掌故

（十）

野史・佚聞・
人物・風土・

月刊

55

[redacted]

新書介紹

談蟻錄　方劍雲著

本書原在香港時報連載備受讀者歡迎，現應讀者之請，出版單行本，每册定價港幣五元，美元一元。

妖姬恨上册　岳騫著

本書以小說體裁，敘述中共文化大革命事，自一九六五年文革前夕寫起。讀後對文化大革命來龍去脈，有相當了解。定價港幣捌元，美元壹元陸毫。

兩書均定四月出版，本社代售，讀者函購，八折優待。

掌故 月刊

第55期 目錄

※每月逢十日出版※

掌故

第五十五期

每册定價港幣二元正

全年訂費 港幣三十元 台幣二百四十元 美金八元

出版兼發行者：掌故月刊社

地址：九龍亞皆老街六號B

通信處：九龍旺角郵局信箱八五二一號

電話：K八〇八〇九一

The Journal of Historical Records
P. O. Box No. 8521, Kowloon
Mongkok Post Office, Hong Kong.

督印人：鄧少卿

總編輯：岳騫

印刷者：和記印刷有限公司
新蒲崗景福街一一〇號超達工業大厦十樓

總代理：吳興記書報社
香港租庇利街十一號二樓
電話：H四五〇五六一 四五〇七六六

國內代理：黎明書報社
台北市八德路三段九十九巷六號
電話：七二一一二五二九

星馬代理：遠東文化事業有限公司
新加坡厦門街十九號 檳城沓田仔街一七一號

印尼總發行：集源公司 椰城旗桿街87號A
Dil Tiang Bendera No. 87A
Djakarta, Indonesia.

澳門：可大文具店
亞庇：利民公司
斗湖：光明書局
漢城：泛亞書籍公社
倫敦：香港文化服務社
中藝公司
東寶公司
紐約：友聯圖書公司
友誠公司
友方公司
菲律賓：華安書局
芝加哥：文華書店

羅省：大元公司
新東方公司
三藩市：益智圖書公司
文化商店
華盛頓：德昌公司
波斯頓：中西公司
千里達：中華公司
加拿大：香港商店
溫哥華：僑益書局
滿地可：明星書局
渥太華：民生書局
巴西：興昌公司

鄧小平的大半生（上）

·放之·

一九五七年毛澤東率領一批幹部自北平飛往莫斯科，參加蘇俄十月革命四十週年，鄧小平是隨員之一。赫魯曉夫曾這樣地記載着：

「本人猶記得與毛澤東的一席談話。我震驚於他的語調竟與史達林的語調一模一樣。那次談話的氣氛，倒是很融洽的，但由於他批評其他政治局成員的那種態度，使我深具戒心。……在他的同志中，僅有一個人，毛澤東還算看得過眼的，便是鄧小平。我記得毛澤東指着鄧小平對我說：『你看見那邊那個矮子嗎？這仁兄很機伶，將來大有可爲哩。』對鄧小平，我一無所悉，聽過幾次他的名字，那還是中國人民得勝以後的事，前此，未所聞也。」

從四川到巴黎

鄧小平的身裁非常矮小，肩膀特別寬大，他和別人站在一起照相，好像一隻老母鷄揷在鵝羣裡，讓人看起來很不順眼。

鄧矮子於一九零三年生在四川省廣安縣協興塲。他的祖先在清朝時出了一名翰林，官至大理寺正卿，因此鄧家在縣裡頗有聲望。到了清朝末期，鄧家已經逐漸轉化。鄧矮子的父親鄧文明，是「哥老會」協興塲「仁」字號的掌旗大爺，是當地炙手可熱的人物。因爲他兩腮長滿鬍子，當地人民對他恨入骨髓，背後叫他「牛角鬍子」。由於鄧文明在「哥老會」中的緣故，他的交遊很廣，當然在地方上也很有潛勢力，後來就當上了廣安縣的「團練局長」。

清朝的政治權力原來一直操持在滿人手中。道光十三年，洪秀全在廣西桂平縣金田村起義，到了咸豐元年，攻陷永安州，乃建號「太平天國」。幾年之間，太平軍攻陷了長江南北六百多座城市，勢力達十六省。當戰雲瀰漫大江南北的時候，清廷只好命令各省縣挑選青年壯丁，組織「團練」以保衛鄉里之名，抵禦太平軍的進犯。最著名的當推曾國藩領導的「湘軍」，接着，各省也正式辦起「團練」組織了。

鄧文明當了廣安縣「團練局長」便成了當地的惡霸。他不僅是個酒徒、煙鬼，而且還是一個色鬼。鄧文明在「局長」任內搜括了不少銀兩，購置良田房屋，先後娶了四個妻妾，生了四男三女。在一九零三年生的頭胎兒子就是鄧小平。

鄧小平從小就矮，唸書却非常聰明，四書五經念了八、九年，滿清帝制覆亡，民國成立，鄧小平又受了幾年新式教育。到了一九一九年，鄧小平長到十六歲，他的父親就把他送到重慶一個留法預備學校學習。鄧小平讀了一年多，然後以「勤工儉學」名義去了法國。

當世界第一次大戰結束後，法國曾在我國招募了華工十餘萬人。這個時期，我國聞人吳稚暉、李石曾等人發起「勤工儉學」運動，鼓勵清寒青年，以半工半讀的方式赴法留學。從一九二○年到一九二二年，兩年之間，留法青年竟達兩千多人。其中以四川、湖南、廣東為多，山西、山東、河南、河北諸省次之。

當時我國提倡「勤工儉學」，是以「勤於做工，儉以求學」的目標，組織青年赴法留學。這原是一件好事，那想到後來却發生了波折，不少青年到了歐洲，為俄共所收買，建立了共黨組織，這確是料想不到的後果。當時，上海、廣州、漢口、重慶、北平各地，都設立了留法預備學校，講授法文及工藝課程。時間多為一年，但也有讀兩年的。

據李璜「學鈍室回憶錄」中記載：

「鄧小平四川廣安人，原籍廣東客家，為四川重慶留法預備學校第二班畢業生，前十名為沈默士、聶榮臻、周欽若、金滿城與他等人；由重慶商會會長汪雲松贈送每人二百大洋赴法，其時在一九二○年夏。我曾與李乃堯為李石曾先生所請求，前去馬賽第一次接船，便遇着鄧小平。船上載有二百人，中有九十二個四川籍者。鄧小平首先登岸，向我報告，船上有九十多位同鄉，他都安排好了。每十人為一組，共分九組，行李也分作九大堆，以備我一隊一隊的引導他們上岸，過海關，驗行李。這一來，我便不大費事，甚有秩序的便將九十二人帶上碼頭，每人面前擺着行李，以候車運去馬賽火車站，不像李乃堯跑得滿頭大汗，照料廣東及北方學生，顧此失彼，而且行李弄掉一兩件，大受抱怨。」

按李璜的敘述，鄧小平到達法國的時間當為一九二○年夏天（應為七月）。那時鄧矮子不過十八歲，他能組織九十二名四川青年，編隊排好行李，這證明鄧矮子確有「蛇一樣的聰明」。

和鄧小平同船到法國的還有陳毅、李合林、聶榮臻、謝澤沅等人，後來他們都成為共產黨徒。

有一件讓人撲朔迷離的史料，鄧小平在法國時，改名闞澤高。鄧小平為什麼改了姓名這一點無從查考。據說輪船到馬賽港時，李石曾到碼頭歡迎，鄧小平手捧名冊，向李氏自我介紹說：

「我叫闞澤高，是這批勤工儉學同學推出的代表，我們這次共有二十五人，編為兩班。這是名冊。」

據說李石曾當時對這個短小精悍的矮子頗為欣賞。

關於鄧小平改名闞澤高的事情，李璜也有類的記載：

「鄧小平其時年歲不過十七、八歲，並不叫小平，而叫作闞澤高，同來的都叫他小闞；我在點名上車時，照名單也喊闞澤高，他答應我的呼聲不誤。不知道，他何以加入共產黨後，不但改了名，連他的祖宗八代的姓都要改了！因有這一次的接觸，我對他的印象頗佳，知其並不單純，安心去當一個油印博士就算了。在旅法各團體救國聯合會監事會議席上，他是一名監事，我曾在此會中再次遇見過他，據周恩來介紹，稱他為鄧小平。我甚詫異；但我不好問，他何以改名換姓？——不過中共黨員這樣改名換姓的，也不只鄧小平一人。他大概是家原富有，參加共產黨革命，恐怕連累家庭的緣故。」

所謂「油印博士」，這是一個戲謔的稱呼。在法國的小數「勤工儉學」青年，在蘇俄第三國際導演下，成立了「旅歐支部」，陳延年、趙世炎編印了一份油印刊物「少年報」，最初趙世炎負責寫蠟板，由於忙不過來，便找了鄧小平來幫忙，從此鄧矮子便專門負責寫蠟板、印刷工作。後來「少年報」改為「赤光報」（初為半月刊，後改為旬刊），約在一九二三年初，仍由鄧小平担任寫印工作。據說他的字寫得不錯，印的也很清楚，大家都叫鄧小平爲「油印博士」。當然，這是開玩笑的稱呼。

鄧矮子向馮玉祥下跪

據中共「黨史」記載，中共在法國建立正式組織，當爲一九二二年七月。

不過，早在一九二〇年夏天，親共的「勤工儉學」青年陳延年、趙世炎、蔡和森、王若飛等人，便在巴黎成立了「社會主義青年團」。當時，這些被蘇俄國際共黨利用的青年，成立了一個小規模的書報社，推銷來自中國的文化書刊，並且宣傳共產主義。那些「勤工儉學」的學生們，離鄉背井，精神寂寞，因此深受「書報社」的思想影响，不到一年時光「社會主義青年團」就吸收了一百多名青年，周恩來、李富春、李立三、李維漢（羅邁）、徐特立、陳毅、向警予、蔡暢、聶榮臻、鄧小平、何長工、李合林、劉伯堅、孫倬章、謝澤沅等人，就是在這個時候參加共產黨的。

或許有人懷疑，爲什麽陳延年、趙世炎、蔡和森、王若飛等人，是法國最早共產黨組織的奠基人，到了後來却由周恩來奪走了領導權呢？

這個理由很簡單，因爲周恩來在當時的共產黨員中，英語程度較好，他可以直接跟俄共代表談話，不用翻譯。這和瞿秋白的情況相似，瞿秋白因爲俄文不錯，經常接觸俄共頭目，後來俄共才培植他爲領導人物，因此瞿秋白才說，這是「歷史的誤會」！

我們應該瞭解當時「勤工儉學」的青年，最早從一九一九年六月，在國內接受申請，八月即開始乘船到了法國。兩年之間，竟達兩千多人。這些青年就讀的學校以蒙達爾尼、麥南、楓丹白露等校最多。

當時有錢的學生多爲廣東人，他們進入里昂中學，並接受廣東省官費，所以他們比較用功，極少參加共黨者。至於比較窮的學生多爲四川、湖南人，則一律送到收費最廉的蒙達爾尼中學。

在巴黎近郊蒙達爾尼中學的學生中，有蔡和森、李立三、蔡暢、徐特立、向警予等人。這幾個都是最早參加共黨的領導人物。

剛才談過，法國巴黎早在一九二〇年夏天，陳延年、趙世炎、蔡和森等人成立了「社會主義青年團」，到了次年秋冬之交，由於他們在里昂搗亂失敗，法國當局便將蔡和森、李立三、李維漢、陳毅等人遣返回國。至於留法的共黨組織，則由周恩來負責了。

據張國燾「我的回憶」中記載：

「……中共中央根據黨章每年舉行一次大會的規定，正在籌備第二次大會的舉行。恰巧在這時候，蔡和森、向警予等同志被法國驅逐回國。他們兩夫婦受了歐洲共產主義運動的影響，成爲虔誠而熱烈的馬克思主義者。……他們滿懷興奮，準備回國大幹特幹一番。……

「他們對於中共中央所發表的第一次對時局的主張，雖一致贊成，但也覺得有些不滿的地方。蔡和森首先指出，這個文件並未將中國無產階級和其先鋒隊的中共的作用完全表明出來。他認爲中國的資產階級不會有法國革命中法國資產階級所能起的作用。中國是一個半殖民地，中國工人應聯絡廣大農民與小資產階級，形成反帝國主義的聯盟。……」

從張國燾的紀錄來看，中共「二大」存在着思想的分歧，同時可以確切證明中共確爲蘇俄的應聲蟲。不過一九二二年七月十六日至廿三日舉行「二大」，蔡和森當選中共中央委員（二大只選了五個中央委員，即陳獨秀、李大釗、張國燾、蔡和森、高君宇），這對於法國的中共組織鼓舞很大。因此，也就在這年七月，法國建立了中共旅歐總支部，以及德、比利時的分支部。

一九二四年，中共爲配合國內形勢的轉變，旅居法國的中共黨徒大批的撤退返國。七月初，周恩來、徐特立等人離開巴黎，取道蘇俄返國。周恩來臨走前，將中共旅歐總支部的領導權，移交了鄧小平。

鄧小平在法國負責中共旅歐總支部，並沒有什麽具體的成績。恰巧那時蘇俄「第三國際」方面，指示中共黨徒積極參加廣東的中國國民黨革命陣營，進而伺機篡奪革命的果實。因此，旅歐總支部中共黨徒，也陸續取道莫斯科，在「東方大學」受過短期的馬列主義講習，然後返囘中國。鄧小平大約是在一九二五年囘國的。

鄧小平從蘇俄囘國後，曾經在馮玉祥的部隊中幹過「政治工作」（有人說他在馮的西北軍官學校工作）。鄧小平爲什麽混進馮玉祥的部隊，這其中當然是個統戰陰謀。蘇俄「第三國際」爲了赤化中國，想盡了任何辦法，當時國際共黨對於「基督將軍」馮玉祥抱着無限的幻想。在國民革命軍北伐以前，馮玉祥部隊裡確實混進去不少共產黨徒，這是鐵的事實。

後來，馮玉祥參與中國國民黨的反共工作，首先，馮玉祥就以迅雷不及掩耳的手段，把鄧小平一批共黨徒逮捕了！

本來，馮玉祥決定殺掉鄧小平。那時，馮要殺掉鄧小平，跟殺掉一隻鷄一樣容易。但是馮玉祥見鄧小平跪地求饒，淚流滿面，心想我何必殺這個小矮子呢？據當年服役「西北軍」的人，暢談起這件往事，實在讓人啼笑皆非。據說馮玉祥審訊他時，鄧小平立刻跪在地上，操着濃重的四川口音說：「請馮將軍饒命！」

一個是身材魁偉的將軍，一個是短小粗壯的階下囚，這個情形若是用攝影機拍攝下來，將成爲最有趣的史料吧？

鄧小平被釋放以後，趕緊落荒而逃。因此，在「文革」期間，大陸「紅衛兵」提起這件往事，還寫了打油詩諷刺鄧小平。詩曰：

「但求官與餉，不問兵和槍，幹盡荒唐事，終於逃落荒。」

江西的「四大金剛」

鄧小平在西安馮玉祥部隊作政工，這是中共的統戰陰謀。當時中共有「南有廣州，北有西安」之號。那時在西北幹政工的共黨份子有鄧小平、劉伯堅、李林、劉志丹等人。西安市的「政治保衛部」部長兼「中山軍事政治學校」校長史可軒，就是一名共產黨徒。

馮玉祥與武漢汪精衛，於一九二七年夏天召開「鄭州會議」，決定遵從國民黨中央的「清黨」政策清除了共黨份子。因此，推斷鄧小平大約是在那一年七月左右逃出西安，到達上海的。

鄧小平到了上海後，向潛伏在上海租界的中共中央報到。當時正值「南昌暴動」失敗，中共黨徒個個愁眉苦臉，黯然無光。鄧小平領了一筆盧布，就在上海租界覓了一棟小樓，跟一名叫張茜元的女人同居，過了一段溫柔鄉的生活。

一九二九年春，中共中央派遣鄧小平到了廣西。那年十二月，「紅七軍」成立於廣西百色，鄧小平作了「政治委員」。這是他在中共從事軍隊工作的開始。

盤踞在廣西的所謂「左右江蘇區」，是指廣西省的左江和右江。左江以龍州爲中心，右江以百色爲中心。一九二九年秋天，滲透於廣西警衛軍任第四、第五大隊長的張雲逸、俞作預叛變，會合了原右江東蘭縣韋拔羣領導的一支農民暴動隊，竄據了百色、恩隆(現稱田東)、奉議（現稱田陽）一帶，宣佈成立所謂「右江蘇維埃政府」，成立「新七軍」，張雲逸任軍長，鄧小平任政治委員。於是積極展開打家劫舍、裹脅農民，襲繳地方團隊工作。不久，「紅七軍」擴展了三個「縱隊」，兵員達一萬人以上。後來，「紅八軍」被國軍瓦解，殘部併入「紅七軍」，於是「紅七軍」將三個縱隊改編爲「十九、二十、二十一師」。

鄧小平被派往「左右江蘇區」，是傳達中共中央「新的戰鬥任務」的。所謂「新的任務」，就是「立三路線」，集中兵力進犯長沙、南昌等重要城市。「紅七軍」由於執行「立三路線」，向江西流竄，沿途受到國軍的截擊，損失甚重。後來「紅七軍」殘部編入了彭德懷部。不用說，鄧小平這次工作是失敗了。

當大陸「文革」時，「紅衛兵」刊物「中學革聯通訊」，曾以「逃兵鄧小平」

爲題，批判了鄧小平這次率領「紅七軍」流竄的舊事。原文節錄於後：

「一九三〇年，鄧小平担任紅七軍政委。一九三一年初，他率領軍隊由廣西進發到江西會合主力紅軍，中途被敵人截斷。鄧小平失去與軍長張雲逸的聯繫，他就帶領已渡過武水的一部份部隊，到達江西崇義休整。

「幾天之後，鄧小平去杰壩找贛南特委接頭，不料上饒方面敵軍對崇義發起了猛攻。此時敵我力量懸殊，情況緊急。我軍邊打邊撤急切等待着這位『最高首長』回來指揮。這時鄧小平其實已經回來，他走到離崇義二十里的一個山頂上，聽到前方槍聲此起彼落，早已兩腿發軟，兩手顫抖，嚇得失魂落魄。

「鄧小平立即抽出紙筆，寫道：『我今天由杰壩回崇義，……聽到槍聲很激烈，估計你們已經撤退，我跟不上隊了。這裡離井崗山不遠，……你們可以前往那裡與該處紅軍會師。』爲了給他自己的開小差再找點『理由』，他又添上一句：『我擬趁此機會向中央滙報紅七軍的情況。』寫完之後，就交給通訊員去追趕那『趕不上』的隊伍，自己則向右轉，溜之乎直奔香港的繁華世界去了。」

這段「紅衛兵」刋物的報導，有兩點值得研究之處。一是鄧小平到廣西任「紅七軍」政委的時間。這篇文章說是一九三〇年。但實際鄧小平担任「紅七軍」政委是一九二九年十二月是時「紅七軍」在廣西百色成立，張雲逸任軍長，鄧小平任政委，這是事實。同時鄧早在未成立「紅七軍」前，便啣中共中央之命，到達廣西了。

其次關於鄧小平「開小差」的問題，也值得商榷。衆所週知，當時李立三掌握中共中央最高領導權，鄧小平和李是留法「勤工儉學」老友，當然鄧是「立三路線」的擁護者；換言之，鄧即是「左右江蘇區」的中共中央代表。鄧在廣西期間，曾先後來往上海百色數次，當一九三一年，「紅七軍」被國軍打得落花流水，鄧小平很可能接到上海的密令，催他前往檢討報告。

鄧小平到了香港，就轉往上海。這個時候，他的老婆張茜元難產，非常危險，鄧小平以「半公半私」的理由到了上海。（關於鄧的婚姻，據說其妻金維映，一九三三年在瑞金與李維漢私通，因此離婚，後和卓琳結婚。因此張茜元可能被鄧遺棄在上海了。）

前面提過，鄧小平像蛇一樣的聰明，也像狐狸一樣的狡猾。他原是所謂「立三路線」的擁護者，這只是政治上的投機而已。不久，中共中央派鄧小平到「江西蘇區」工作，他到了江西，立刻見風轉舵，投進了毛澤東的懷抱，却作了李立三的叛徒。

鄧小平到江西後，初任瑞金縣委書記，後任共軍「總政治部」宣傳科長，編輯「紅星」三日刋。到了一九三三年，鄧小平已幹上「江西省委書記」。恰巧這時中共「國際派」以「反羅明路線」爲名，對毛澤東展開一場鬥爭。於是，江西的毛澤東派「四大金剛」鄧小平、古柏、毛澤覃、謝維峻，便一起遭受了整肅。

關於「羅明路線」，應作一番說明。羅明是廣東大埔人。當李立三時期，羅明担任「福建省委書記」。他在各地暴動失敗後，就逃到閩西蘇區，不久，羅明作了「閩粵贛省委書記」。

那時，羅明認爲中共在閩西上杭、永定等地區非常困難，因此他主張必要時應該拋棄此一根據地。羅明是按照毛澤東的游擊戰畧，才作這種機動性的軍事行動。恰巧那時正當國軍發動第四次圍勦的前夕，控制中共中央的國際派主張「粉碎敵人四次圍勦的決戰」，應採取「布爾塞維克的進攻路線」，因此指控羅明是「逃跑的右傾機會主義」，展開了批判工作。

一九三三年二月八日，中共中央局作出「反逃跑路線的決定」。接着，「蘇區」開始了批判鬥爭活動。

二月十六日，中共中央局代表博古（秦邦憲），以「擁護黨的布爾塞維克的進攻路線」爲題，在「工農紅軍學校」第四期畢業生的黨團員大會上，發表「政治報告」。博古說：

「羅明同志對於閩西上杭、永定幾年與敵人作長期堅決鬥爭的工農羣衆，作了以下的慘淡、黑暗、茫無前途的描寫：

『邊區羣衆一時上山，一時下山，一時太平，一時又大恐慌，因此開會集中武裝等等都很難動員……』

『有些羣衆說被敵人進攻幾次就弄得這樣苦了，上級還說要準備長期戰爭，這樣下去怎樣得了呢？』……」

這個以「反羅明路線」的中共黨內鬥爭，在「蘇區」作了長期而廣泛的鬥爭。只要「紅軍」受到國軍的追勦退却，其首長一定被指爲「羅明路線」而加以處分。如江西黎川被國軍克復，「閩浙贛軍區司令員」蕭勁光未能守住，即被整肅，結果蕭勁光被判五年監禁徒刑。

以鄧小平爲首的毛派「四大金剛」，他們都是「江西省委書記」。他們在江西形成了一個小組織，擁護毛澤東，擴展毛的勢力。結果，這「四大金剛」遭受了整肅。據中共「鬥爭」十五期（一九三三年六月十五日），顧作霖的文章中說：

「揭發了江西的羅明路線與鄧小平，謝維峻等反黨的派別觀念和小組織行爲。」

結果鄧小平的職務被撤職了。李富春接任「江西省委書記」。鄧小平、毛澤覃、古柏，謝維峻「四大金剛」，受到「最後嚴重警告」的處分。

客觀地說，中共當年發動「反羅明路線」鬥爭，完全是內部權力的鬥爭，這跟以後毛澤東整肅劉少奇、林彪一樣，這就是共產黨的本質。

「反羅明路線」鬥爭的結果，終於演成了中共中央對毛澤東的整肅。

當一九三三年底到一九三四年初，福建發生「閩變」，當時秦邦憲、張聞天、周恩來都主張派「紅軍」前往助戰，但是毛澤東却反對，主張坐山看虎鬥，由於「紅軍」未能適時配合，國軍竟在一個多月的時間，迅速地擊敗了十九路軍，使所謂「福建人民政府」，造成了一塲「樹倒猢猻散」的鬧劇。

結果惹怒了蘇俄當局，於是控制中共的「國際派」，便將錯誤責任置於毛澤東身上，予以留黨察看處分。一九三四年八月，老毛帶着妻兒、特務離開瑞金，去了雩都。

龔楚的「我與紅軍」會記載說：

「九月間，我收到十塊銀元的特別營養費，買了一隻大母鷄，二斤猪蹄，先派人送到毛澤東處，作爲晚上消夜的食品。我到晚上九時才去，賀士珍將燉好的母鷄和猪蹄端上。毛澤東很高興，他的酒量很好，我們痛快的吃了一頓後，便滔滔不絕的長談起來。

「不知是故意做作或出自衷心，當談到我過去被處分的事，他說當時並不贊同給予我以處分，但周恩來過於刻薄，才鬧成那件不愉快的事。同時，他說留俄歸國學生毫無鬥爭經驗，又要攬權，很多事情都被他們弄壞了，對他們表露深深不滿。

「酒後是最易引人傷感的。我們追溯到井崗山鬥爭的往事，他喟然長嘆：『龔同志，我自從參加革命以來，受過開除中委和八次嚴重警告的處分，這次，更將造成失敗的責任，完全推在我身上，現在，可不是我們井崗山老同志的天下了！』說時竟凄然淚下。這時他有點輕微咳嗽，臉部更加瘦削而枯黃，伴着一盞熒熒的豆油燈，神情顯得非常頹喪。」

從上面一段記述看起來，毛澤東的流寇思想實在濃厚，同時更可以瞭解毛澤東後來到了延安，鬥垮「國際派」，正是報復心理？

那年十月，中共盤踞江西「蘇區」的軍隊，開始了所謂「兩萬五千里長征」。「紅軍」日夜流竄，狼狽萬分，因此在貴州「遵義會議」中，毛澤東利用羣衆不滿心理，把錯誤責任完全推在「國際派」身上，他却取得了領導地位。從此毛澤東便一帆風順了。

打橋牌專機飛瀋陽

鄧小平隨着「紅軍」西竄，抵達陝北

，担任共軍第一軍團政治部宣傳部長。一九三七年抗日戰爭開始，共軍投順政府改編爲第八路軍，下轄一一五、一二〇、一二九師，鄧小平任一二九師政委（初任副政委）。翌年並兼任中共中央「北方局」委員。

鄧小平在抗戰時期，有兩件「趣事」，這是大陸在「文革」時期，「紅衞兵」揭發出來的，謹轉載於後：

「鄧小平任一二九師政委時，一次與閻錫山某部遭遇。此時，我軍居高臨下，地勢十分有利，加以某部並未發現我軍，根本還未打響一槍。當時這位鄧政委一看見山下密密麻麻的閻軍，早已嚇得魂不附體，立即轉回身去，覓路逃生。鄧小平這時連他隨身的通訊員也丢掉不要，急不擇路，直奔荆棘叢生的亂石縫中躲藏。平時聽到他做動員報告時的那副慷慨激昂的情景的人，見到此時他的一副狼狽相，莫不嗤之以鼻。」

另外鄧小平還有一件「趣事」：

「一九四〇年在冀南打仗，劉伯承（按劉當時任一二九師師長）同志親臨敵前，指揮全部官兵奮戰，而作爲政委的鄧小平卻躲在後陣，坐立不安。一時槍聲緊迫，殺聲震天，鄧小平頓時臉色蒼白，雙腿無力，急令管理科長立即輕裝準備逃跑。鄧小硬逼着管理科長，把劉伯承的許多軍事著作也埋掉，然後倉惶逃竄。劉伯承同志打了勝仗回來，發現師部已經轉移。及至派人找回這位鄧政委，劉伯承才知道他的心愛的軍事著作早已經埋掉，而且忘了埋藏的地點，再也找不到了。氣得劉伯承同志說：當個政委，什麼事不管，倒管起我的書來了。」

鄧小平在軍事上可能沒有什麼才幹，但是他的組織能力是不錯的。抗戰開始，一直到勝利後共軍全面叛亂，鄧小平始終跟劉伯承在一起；雖然部隊番號改變多次，從「一二九師」改成「中原野戰軍」，到了一九四九年初又改爲「第二野戰軍」，但是鄧小平一直在這支後來稱作「二野系」的部隊服務。直到中共政權成立，鄧小平才離開部隊。

因此，鄧小平和共軍的淵源深厚，而且有一定的影響力量，這是不可諱言的事實。

一九四八年著名的「徐蚌會戰」（共黨稱淮海戰役），鄧小平竟以「前委書記」身份，代表中共中央統一領導「二野」和「三野」兩支共軍作戰，由此可以看出鄧小平的重要了。

中共政權成立，鄧小平出任「西南局」第一書記，「政務院」（國務院前身）副總理；一九五四年五月，調升中共中央秘書長，鄧小平從此在共黨內成爲當權派的中堅人物了。

鄧小平曾三度訪問蘇俄：

一、一九五六年二月十一日，鄧小平以「中共代表團」團員身份，抵莫斯科參加蘇聯共黨第廿次代表大會。是月二十八日，他隨同「代表團」團長朱德等人，拜會赫魯曉夫，並進行會談。

二、一九六〇年十一月五日，鄧小平以「副團長」身份，隨同劉少奇率領的「中共黨政代表」團赴俄，參加蘇聯十月革命四十三週年集會。十一月六日，隨團拜會蘇共中央「第一書記」赫魯曉夫，出席蘇共中央主席團舉行歡迎宴會。

三、一九六三年七月五日，鄧小平以「中共代表團」團長身份，率團赴莫蘇科參加「中蘇共黨會談」，廿一日率團由莫斯科返回北平時，毛曾到機場迎接。

我們從這個記錄來看，自政權成立，到毛蘇交惡（一九六二）爲止，鄧小平始終代表毛澤東扮演着最重要的角色。毛蘇雙方罵陣式的「九評」文件，鄧小平是這個文件撰寫小組的召集人，可見他的文筆不錯，而且能夠深受毛澤東的信任。

鄧小平的「政治地位」，早在一九五六年「中共第八次全國代表大會」中，已經到了巔峯狀態。

中共「八大」在九月十五日開幕。

九月十六日，鄧小平代表「中共中央委員會」，在會中作了「關於修改黨的章程的報告」。

九月二十七日，鄧小平在「八大」中

當選爲中央委員、政治局委員、政治局常務委員及中央委員會總書記。鄧小平並主持了大會閉幕式。

鄧小平在北平時，經常打橋牌。他打橋牌是在北平市養蜂夾道，這是「北平市委」爲他佈置的一個俱樂部。那裡設備豪華，吃喝享受簡直腐化透頂。鄧小平每星期三、六晚上，及每個星期日的下午和晚上，都在那裡打橋牌，一直打到深夜兩點鐘散場。

經常陪同鄧小平打橋牌的，有前「北京市副市長」萬里、吳晗，前「中共中央辦公廳主任」楊尚昆，這是經常陪他打橋牌的人。另外，還有前「北京市委」秘書長項子明，前「北京日報」總編輯周游等人。過去「北京大學黨委副書記」彭佩雲的丈夫王漢斌，因爲橋牌打得好而接近了鄧小平，因此得「北京市委」副秘書長的職務。

鄧小平的橋牌癮頭很大，經常去這個俱樂部，每次非打到深夜兩、三點鐘不肯休息。每逢打橋牌時，鄧小平凝神貫注，誰也不敢打攪他。如果有急要的公文請他簽發，他馬虎地一看，隨便簽個字就算了，假使秘書再要請示，他就會生氣。

鄧小平只要想打橋牌，就由萬里找搭子。假如臨時中共中央有重要集會，鄧小平只好出席，但要約好的搭子在俱樂部等候，一直要等到鄧小平散會之後，立刻再打。過去毛澤東或劉少奇臨時找他，鄧小平只得放下橋牌趕去，但是牌搭子仍舊要在俱樂部等他，回來再打。

鄧小平打橋牌還有一個特別脾氣，喜歡老搭子，不喜歡新搭子。這是中共首領喜歡保持私生活的神秘性。因爲打橋牌可以毫無禁忌地聊天，遇上新搭子，說話就不能隨便了。因爲在共區裡面，平常偶而有一、兩句閑話，也可以成爲日後的罪狀。

鄧小平不僅在北平時經常打橋牌，就是到各省市視察時，也要抽出時間來打一下。一九六四年夏天，毛澤東派鄧小平、楊尚昆、薄一波到瀋陽處理公務。到了瀋陽，鄧小平一陣心血來潮，想打橋牌，但是薄一波不會打，既然缺搭子，鄧小平又不願意找新搭子。楊尚昆爲了迎合鄧的興趣，特地打長途電話到北平「中共中央辦公廳」，囑咐他們派出專機迎接吳晗、萬里前往瀋陽，說什麽有「重要會議」。那次，恰巧萬里不在北平，吳晗接到通知，心裡當然明白，便臨時找了前「共青團第一書記」胡耀邦、前「共青團書記」胡克實，馬上乘專機飛往瀋陽。去陪鄧小平打橋牌。

關於鄧小平打橋牌的內幕新聞。大陸「文革」時期已被揭露，成爲批判鄧小平的「黑材料」之一。現在載錄一九六七年二月八日「紅衞兵報」，題爲「揭開鄧小平搞裴多菲俱樂部的黑幕」，文章如後：

「正當全國人民在偉大領袖毛主席的領導下，……克服暫時困難時期所出現的重重困難的時候，鄧小平却指示前北京市委反革命修正主義份子萬里，盜用國家建築材料和資金，在養蜂夾道修了一個富麗堂皇的『高幹俱樂部』，吃喝玩樂設備一應俱全。……很快，這個地方……也成了他招降納叛，網羅牛鬼蛇神的裴多菲俱樂部一直經營着。二老板就是前北京市委黑幫份子萬里。……鄧小平通過打橋牌，與這幫反革命修正主義份子、牛鬼蛇神，結下了不解之緣。幾年後，除出差之外，每星期三、六晚上，每星期日下午、晚上，他們都聚會在養蜂夾道，大打特打。此外，鄧、萬還在工作時間，通過秘書約集黑班爪牙們去『値班』（黑話，指陪鄧小平打牌玩樂）。他們玩樂時，由北京飯店以高級菜飯、茶點侍候。他們一打就是七、八小時，直到鄧小平說累了，才能罷手。鄧一心熱衷打牌取樂，竟指示在打牌時不許用工作去干擾他……眞是『修』到家了。」

張大千的世界

■杜文靖

去國兩載，國畫大師張大千居士，又僕僕風塵地，抱病返抵國門，他將以三個月的時日，停留在國內，和親友故舊共敍往事，和朋儕把晤，暢談「大千掌故」。

雖說心臟病糾葛年餘，張大千先生看來依然神采奕奕，氣色紅潤，絲毫未見倦態，甚且還親往橫貫公路，瀏覽了悠美的風光；許是祖國溫馨的人情，溫暖的氣候和怡人的景緻，使張大千的病體，得到不藥而癒的效果。

雖然是歲月不饒人，但是張大師的風采依舊，那一頭銀髮，那一綹白髯，使這位名震中外的國畫大師，更顯得飄逸出塵，宛如雲中仙鶴。

張大千近照

一直以「隨遇而安，隨分為寬」自況的張大千居士，不論在四川，在上海，在巴西八德園，或在現居的加州環蓽庵，張大師都十分執着於維持中國的傳統。

張大千先生係於上月二十五日，在夫人徐雯波，公子葆羅、女兒心聲及孫女綿綿陪同扶持下，坐着輪椅，受着眼疾和心疾的雙重困擾，忍受二十小時的勞頓旅途，回到國內。這位被國際美術協會推崇為「當代世界最偉大的畫家」的張大師，在初抵國門之際，曾以安定愉悅的神色，接受百餘位歡迎人羣的熱情包圍。

接着在親友的叮嚀、祝福與安排下，住進榮民總院，做一項為期三天的健康檢查，並在台北渡過了純中國式的新年。

回到國內過年，是近年來張大師最大的心願，回到了國內，張大師似乎有千言萬語欲訴，但却僅一再重覆「眞高興，終於又回來了。」

對一位以性靈過活，却又滿懷去國思鄉的藝術家來說：親履國土，嗅一嗅泥土香，聞一聞故鄉味，是最大的安慰。

返抵國門，張大師最怕人們提及 總統蔣公逝世的事，一旦提起，大師的神色立即顯現黯然。遇到這種情形，他的親人會連忙打岔，怕大師過分傷神，對心疾有害。提起這件令人傷神的往事，張大師銀白的鬍鬚，依然沾滿了激情的淚珠。張大師說：「在 蔣公逝世時，就想回來看看，結果却因心臟病發住院，無法成行。」

這是最最遺憾的事。

大年初三，張大千在台北渡過歡樂春節之後，便搭機赴花蓮，而於大年初四遊覽橫貫公路，這一路鬼斧神工的雕鑿，張大師眞是嘆爲觀止，再加兩岸崖壁高聳，森林蓊鬱，處處是天然國畫，確是一次難忘的旅程。

由於這趟橫貫公路之旅，大千居士又多了不少作畫的素材，也多了不少氣勢磅礡巨作的藍本。

或有人說，張大千「富可敵國，貧無立錐」，但是他所在之地，却一定是十分中國的，五千年歷史文化薰陶之下，張大師是屬於守舊派的；無論何時何地，大師總是一襲長袍，或藏青，或棗紅，盎然中國古風，一件馬褂，可不也是中國式的，配上中國的布鞋，雖說無立錐之地，却又處處容身，而容身之處且盡屬華宙。

當年旅羈巴西，大千居士把自己的居停，起個純中國的名字「八德園」，在園內，到處是梅，四望是松，在酷熱的巴西，那是清涼的東方淨土。

現在，位於加州舊金山蒙特利鎮的「環蓽庵」，可不也仍是一片中國風。雖然設置在加州「十七哩路」風景區，環蓽庵却在古松翠柏的環繞下。

張大師的孫女綿綿說：「爺爺在家，現在是不常畫畫了，他喜歡搬石頭，弄長樹，還做假山。」

爲了環蓽庵，張大千不但花了不少金錢，更花費了不少精力、心智，園中一草一木、一山一石都出自張大師的構思，環蓽庵並裝點得像是一幅山水畫境。

環蓽庵中，景秀色雅，但是參天古木林立，但見嶙峋異石環伺，加上陣陣隨風撲鼻的梅花香，又和着竹林呼嘯，入耳清雅，環蓽庵眞是加州的東方樂土，人間仙境。

除了松、竹、梅之外，大師並在門前矗立一幅青天白日滿地紅的國旗，用來表明屋主人是來自中華民國。張大千說：「住的地方，一定得有國旗，千萬別讓人誤會成外國人，甚或日本人。」這也是大師愛國情操的一種表現！

在初住進環蓽庵之際，他就命工匠把外國樹木伐盡，引植松、梅、竹、菊。在中國花、樹中，大師似乎偏愛梅花，在環蓽庵中，他已陸續地植了九十七株梅花，一到寒冬，芳蕊吐艷，確實美妙異常。

大師曾夢想在環蓽庵中，種植百梅，成爲百梅園，現在他有所改變了，他只想種到九十九株，到底太過圓滿，毫無缺憾的生活，不見得令人滿意。

可惜的是，環蓽庵在一年來，因主人臥病而被冷落了不少，蒔花、植草、種梅、搬土、弄石都成難得的事，只有偶然，居士散步於園林間，環蓽庵的草木，才能一睹主人的神采。

這次回國，張大師可是賭了氣，不管醫師的囑咐。他說：「我一定要回台灣，不論會死會活，非回去過年不可。」醫師無奈，爲他做了檢查，勉強放行，不過隨身可還帶着氧氣筒。和八種不同的指定藥丸。

張大師說：「其實那些都是多餘的，醫生白操了心，我從舊金山到東京到台北，可一顆藥也沒吃。」現在連病情似乎都轉輕了。

這回陪同大千居士回國的張夫人徐雯波女士，和大師結褵數十載，可說是心靈的契合。徐雯波本身亦好作畫，造詣也頗具工力，對大師是由敬佩、仰慕、傾心，進而以身相許。五十七年徐雯波女士還拜在黃君璧門下，成爲藝壇一段佳話。徐雯波對大師的照顧，眞是無微不至，堪稱爲中國藝壇一對神仙眷侶。

提起大千掌故，張大師就有數說不完的史料。當年他在敦煌石壁拓摹的印本，成爲最具價值的國寶，大師却不私藏，將之悉數捐給故宮博物院。 蔣公還特地爲此一事蹟，頒贈匾額，表示嘉許慰勉。這是大千掌故中，最爲人樂道的一段往事。

愛吃、愛畫、愛擺龍門陣、愛旅行。被合稱爲大千四好。吃是張大師的家學淵源，其先君張老先生便以吃享譽巴蜀，對飲食之道，深通箇中三昧了。

愛畫也是家傳，大千居士說：「家母嗜好丹青，我之愛畫畫，是承襲母風。」

至於旅行和擺龍門陣，則是大師自創的。心情好的時候，大師可以足跡遍三江五湖而不倦，情緒佳時，大師也可以促膝長談中夜而不知止息。

現在，因爲眼病、心疾雙重糾纏，已無法盡情享受了，這對豪放的大千居士來說，是最痛苦的事。

不過大師依然保持着童稚般的純眞，十足的藝術家氣質，雖然十年前大師罹患糖尿病，醫生囑咐再三，不可進甜食，醫師也定時爲他診治。平時大師還肯聽話，但在醫生診治前一日，大師就會不管三七二十一，大吃甜食，大師的心中這樣認爲：「反正明天醫生就來了，吃一些甜食又何妨。」

大師說：「十年來，家人不准吃這，不准吃那，但是我遇到機會，就大吃特吃，還不是活到今天。」

提到吃，大師的精神都來了，他指正一般人對川菜的誤解，大師說：「川菜不辣，只有家常川菜才加紅。」對吃，大師是不挑地方菜的，只要是好菜、名菜，他都來兩下，「當然魚翅燕窩熊掌都是佳肴，但青菜豆腐只要做的得法，也能成爲珍饈。」這是張大師對吃的藝術觀。

在吃的方面，有一段故事，那就是「大千鷄」了，原來大師愛吃鷄，結果市面上傳出了「大千鷄」，廣告上還標明係依大師的烹調法做成的。

有一囘大師被請赴宴，吃了一道鷄，十分可口，大爲讚嘆，問主人菜名爲何，主人詫異地囘說：「這是先生最拿手的大千鷄呀！」大師還幽了一默說：「天曉得，我怎會做得出這麼好吃的鷄。」

使張大師名聞遐邇，且造成「大千鷄」、「大千魚」的謬傳的，是大千先生的畫，大師的畫可謂當世一絕，大師的畫和畢卡索齊名，被譽爲「東西兩大宗師」。足見其畫藝之精絕了。

然而自從五年前，大師的右眼血管破裂之後，他就較少作畫了。

偶然他還會提筆，但得換一付特製的眼鏡，這付眼鏡右鏡是一片墨片，蓋起右眼，只用左眼作畫，長期磨練下來，眼睛倒也不是大問題了。倒是手抖顫，才是大麻煩，正因爲如此，大師現在喜歡畫大幅，以減少手抖的障礙。

大師此次歸國，歷史博物館將爲大師舉辦一次盛大的畫展。

不管怎麼說，大千居士此行是歡娛的。在祖國靈秀的山水中徜徉，在濃厚的故友舊情中陶醉，大千居士說：「早該囘來的，囘國來，眞高興。」

本刊通信地址畧有更動，各方賜函、惠稿、訂閱、請逕寄香港九龍旺角郵局信箱八五二一號，較爲快捷。

（附英文）

P. O. BOX 8521
KOWLOON MOGNKOK
POST OFFICE,
KLN, H. K.

北望樓雜記（六）

·適然·

錢牧齋前、後秋興八首

錢牧齋（謙益）明末一代宗匠，徒以身家念重，身事兩朝，爲世所輕。生前已受盡奚落！死後更蒙寃不白。例如清末革命志士附會太后下嫁案，竟指爲牧齋獻計，並僞造上諭，亦指出牧齋手筆，尤爲可笑。實則牧齋爲人雖非忠烈之士，亦尚有可稱之處，明末兩大忠臣皆其及門弟子一爲永曆帝之大學士瞿式耜，後殉難桂林，謚忠宣。另一人即鄭成功。雖在牧齋降清之後，瞿、鄭對之敬禮不衰，永曆帝在肇慶時，瞿式耜會上疏代牧齋解說。

明永曆十三年（清順治十六年，一六五九）鄭成功揮兵反攻，前鋒抵南京城下，並謁孝陵，牧齋喜極賦秋興八首次工部韻：一、龍虎新軍舊羽林，八公草木氣森森，樓船蕩日三江湧，胡馬嘶風九域陰，掃穴金陵還地肺，埋胡紫塞慰天心，長干女唱平遼曲，萬戶愁聲息擣礁。二、雜虜橫戈倒載斜，依然南斗是京華，金銀舊識秦淮氣，雲漢新通博望搓，黑水游魂啼草地，白山新鬼哭胡笳（此兩句罵得兇），十年老眼重磨洗，坐看江豚蹴浪花（此兩句見此老得意狀）。三、大火西流漢再暉，金風初勁朔聲微，溝塡羯肉那堪臠，竿掛胡頭豈解飛（罵得兇），高帝旌旗如在眼，長沙子弟肯相違，名王俘馘生兵盡，敏道秋高牧馬肥。四、九洲一失算殘棋，幅裂區分信可悲，局內正當侵劫後，人間都道爛柯時，住山獅子頻申久，起陸龍蛇撇捩遲，殺盡胡夷纔歛手，推枰何用更尋思。五、壁壘參差疊海山，天兵照雪下雲間，生奴八部憂懸首，死虜千秋悔入關（此可能是實情），箕尾廓清還斗極，鶉頭送喜動天顏，枕戈席藁孤臣事，敢擬消遙供奉班。六、戈船十萬指歲頭，太白芒寒八月秋，肥水共傳風鶴警，台城無那紙鳶愁，白頭應笑皆遼豕、黃口誰容作海鷗，爲報新亭垂淚客，好收殘淚覽神州。七、鈴索驚傳航海功，秋宵蠟炬井梧中，馮夷怒擊前潮鼓，颶毋讙催後鷁風，蛟吐陣烟掀浪黑，猩殷袍血射波紅，秦淮賣酒唐時女，醉倒開元鶴髮翁。八、金刀復漢事逶迤，黃鵠俄傳反覆陂，武庫再歸三尺劍，孝陵重長萬年枝，天輪只傍丹心轉，日駕全憑隻手移，孝子忠臣看異代，杜陵詩史汗青垂。此八首詩作於鄭成功初傳捷訊時，故意氣風發，不可一世。

不幸鄭成功中敵緩兵之計，頓兵金陵城下不進，終至師潰，全師退出長江，又回金廈。牧齋大爲傷感，賦後秋興八首：一，王師橫海陣如林，士馬奔馳甲仗森，戒備偶然疏壁下，偏師何意潰城陰，憑將按劍申軍令，更插韡刀警士心，野老更闌愁不寐，誤聽刀斗作秋讖。二，羽檄橫飛建旆斜，便應一戰決戎華，戈船迅比追風驃，戎壁高於貫月搓，編戶爭傳歸漢籍，死聲早已入胡笳，江天夜報南沙火，簇簇銀燈滿盞花。三，龍河漢幟散沉暉，萬歲樓邊候火微，捲地樓船橫海去，射天鳴鏑夾江飛，揮戈不分旄頭在，反旆其如馬首違，嚙指奔逃看○○（此兩字原缺），重收魂魄飽甘肥。四、由來國手算全棋，數字拋殘未足悲，小挫我當嚴儆候，驟驕彼是滅亡時，中心莫爲斜飛動，堅壁休論後起遲，換步移形須著眼，棋於誤後轉堪思。五、兩戒關河萬里山，京江天塹屹中間，金陵要奠南朝鼎，鐵甕須爭北固關，應以縷丸臨峻坂，肯將傳舍抵孱顏，荷鋤父老雙含淚，愁見橫江虎旅班。六、吳儂看鏡約梳頭，野老壺漿潔早秋，小隊誰教投刃去，胡兵翻爲倒戈愁，爭言殘寇同江鼠，忍見遺黎逐海鷗，京口偏師初破竹，蕩船木梯下蘇州。七、十載傾心一旅功，御抱原廟夢魂中，每思撒豆添營壘，更欲吹毛布雨風，淮水氣連天漢白，鍾離雲捧帝車紅，南宮圖頌丹沿在，辜負秋窗老禿翁。八、艱難恢復勢逶迤，蟻穴何當潰澤陂，駝馬已臨迤北路，礮車猶獲向南枝，雷驚犀象牙方長，雨送蛟龍宅屢移，最喜伏波能振旅，封侯印佩許雙垂。

後八首遜於前八首，因無前八首之激烈壯懷，此時眼見大勢又去，已經氣短，其音哀其辭絀也。

牧齋前後十六首詩，將清室罵得夠慘，尤其前八首許多字眼，用得相當刻毒。身後爲乾隆皇帝看到大爲震怒，飭修貳臣傳，實在也由牧齋引起。更下上諭指斥錢牧齋非人。乾隆帝以爲明室遺臣爲明朝盡節者，無論如何辱罵清室皆有可原，獨錢謙益曾仕清，又反噬，是眞不可原諒者。牧齋詩集被劈板，禁止流傳，至清末雖重印，但以上十六首詩則不載集中，此見於「台灣文獻專刊」之「鄭成功特輯」，彌足珍貴。故特公之同好。

台灣省抗日志士詩

民國十二年，台灣愛國知識分子爲求改革日本對台灣之野蠻統治，組成「台灣議會期成同盟會」，公開向東京及台北兩地日方當局申請准予成立。日本台灣總督田健治郎認此舉係民族運動，妨礙日方統治，下令拘捕主事人十八人，自民國十二年十二月迄民國十四年二月，經三次審判，判蔣渭水，蔡培火入獄四月；蔡惠如，林呈祿，石如恆，林幼春，陳逢源入獄三月；王敏川初判入獄三月，上訴改判無罪。此即日方所稱治警事件，亦日本迫害我同胞無數事件之一，中國人固不能忘記也。入獄諸人皆飽學之士，所爲詩詞率多佳作，茲錄之於後。

林幼春獄中詩

獄中聞畫眉聲

陰房臥聽畫眉聲，絕勝簾櫳語燕鶯，記得嬌兒歌俚曲，也和好鳥弄春晴，心馳刹末空增恨，身處籠中敢浪鳴，十日愁城九風雨，耳根聊喜一時清。

再聞畫眉

特地頻來唱自由，珠喉玉舌屋東頭，不吹風管迎簫史，却奏南音媚楚囚，詩興隔宵先醞釀，鳥聲三月故溫柔，何當更與師公冶，得共春禽愬積愁。

獄中感春賦落花詩以自遣

繫久縣知景物非，强揩病眼吊斜暉，九旬化碧將爲厲，舉國招魂未忍飛，歷劫尚當甘墮落，幾生修得到芳菲，因風寄謝枝頭鳥，極口催歸何處歸。

獄中寄內

板床敗荐尚能詩，豈復牛衣對泣時，到底自稱强項漢，不妨斷送老頭皮，夢因眠少常嫌短，寒入春深却易支，昨夜將身化明月，隔天分照玉榴枝。

四月十五夜鐵窗下作

月夜不見月，萬念紛交縈，別來已七旬，辜負三囘明。遙知閨中人，携兒坐中庭，舉頭見月輪，淚下如雨零。又如桃李園，置酒張華燈，既聯羣季歡，浩歎皆同聲。嗟我獨何爲，乃墮千丈坑，一孔井中天，兩點簷端星。終日無與語，長夜還獨醒，有如月中人，探險來重冥。何當跨白虹，反我白玉京，璇室瑤之宮，桂樹長青青。左手握素娥，右顧招雙城，往來騎鶴人，半屬同胞生。扶雲使之開，驅月令之行，一物不蔽虧，萬象咸晶瑩。微照方寸衷，大鐲山河形，爾時窗下人，誰敢懷不平。

二、陳逢源

囚禁台南永固金城

眼中人事劇縱横，一片牢騷意未平，愁寄斜陽天外晚，夢回古渡畫中明。江湖滿地南冠子（原註：倡設台灣議會同志多數被捕），風浪連宵永固城，猶喜崢嶸留正氣，讜言容易罪書生。

乙丑春移禁台北監獄

旋驚冷落過新年，却喜刪除到俗緣，樂道豈妨居陋室，處身唯恐酌貪泉。非因琢玉難成器，莫漫尤人兄怨天，袞袞諸公常在眼，相逢依例一嫣然。

構獄由來總有因，蜂房雖小可容身，不須問卜尋唐舉，忽聽呼名似孔賓。（原註：蘇軾詩：了然非夢亦非覺，有人夜呼祈孔賓）流水游龍辜舊夢，東風繫馬入新春，一時寂寞皆如此，莫效窮途痛哭人。

贈同獄林南强

稜稜俠骨與儒香，後起誰能抗雁行，生不逢時仇黨錮，身因歷劫富詞章。才名自昔推公瑾，狀貌何人識子房，今日相逢餘涕淚，楚囚無處話凄涼。

獄中寄內

相思紅豆子離離，一縷春愁只自知，斗室夢魂燈照後，小窗風雨夜寒時（佳句也）。烟花舊事都別幻，絲竹中年已不支，從此敬通宜閉閣，欲隨京兆學畫眉。

刑滿與峯山出獄，備受台南市民歡呼有感

滿街爆竹响連天，深愧無從解倒懸，已覺自由非易取，徒揮赤手抗强權。

按陳逢源台南市人，家道殷實，疑為鄭成功守台時謀士陳永華之後，永華輔鄭氏三世，治事忠勤，識見閎遠，有台灣諸葛亮之稱，施烺征台後，清廷盡徙鄭氏及勛臣子弟入北京，陳氏獨留，至今仍為台灣望族。

陳逢源被捕時僅三十二歲，使尚存，應為八十一歲。以近代人類歲數之高，並非不可能者。但以後未聞其消息，想早世矣。只未知重覩「漢家重整舊山川」否？（中國政府代表在台北受日本總督安藤利吉之降時，台省詩人所賦之句。）

三、王敏川

獄中雜詠

獄官指點到監門，寢息安排日已昏，莫笑書生罹不測，民權振起義堪尊。

此地同來數十人，俱懷才畧策維新，相逢轉恨無言說，只把頭顱暗點頻。

自料樊籠不易開，讀者靜坐屛疑猜，分明恍共諸賢語，拜服千秋有俊才（時讀中國哲學史）。

生無大過任自然，况有春光廹眼前，為語親朋莫惆悵，獄中儘可渡新年。

四、蔡惠如

意難忘（下獄之日淸水台中人士見送途將為塞，賦此鳴謝。）

芳草連空，又千絲萬縷，一路垂楊牽愁離故里，壯氣入樊籠，滿水驛，滿人叢，握別至台中，老輩青年齊見送。感慰無窮。山高水遠情長，喜民心漸醒，痛苦何妨，松筠堅節操，鐵石鑄心腸，居虎口，自雍容。眠食亦如常，記得當年文信國，千古名揚。

金縷曲（幼春入院養病故遲我十日下獄，聞被當道催促寬綬，賦此解慰）

聞道君來矣，甚東風，咆哮似虎，驟吹車至。為想文園多病容，怎奈嚴寒天氣，又要看赭衣如紙。熱血滿腔堪抵抗，斷烟霞，振作精神起。同縲洩，可能記。雖云此是傷心地，着吾儕，臥薪嘗胆，嘯吟風雨。飽飯胡麻袪百病，勝飲淸心蓮子，更細嚼菜根風味，比似餐芝能益壽，且安閒料理千秋計，誰會得英雄志。

東風齊着力夜雨

短牀人獨臥，聽簷前點滴最分明，這薄寒天氣，瀟瀟斷續。魚躍三更，為關連宵不寐，別自有深情，欲解愁千斛，夢到榕城。惆悵年來心事，怕梨花一樹，玉筋頻傾，奈連綿竟夕，漸損繁英，嘆銀河多時移漏，使人間到處凄清，疎衾輾轉，又捱過報曉鷄一聲。

詞未必佳，志士之作，文以人傳，正不必求佳也。

雜談七君子之一

李公樸

·雲煙·

抗戰前，在上海有所謂：「七君子」——沈鈞儒、鄒韜奮、史良(女)、章乃器、沙千里、王造時、李公樸等七人，搖旗吶喊：「救國」、「抗日」、「愛國」等口號，茲沈、鄒、李三人，墓木已拱。

李公樸在滬江大學附中唸書時，名叫「晉祥」，原籍：江蘇武進，因移居鎮江頗久，故無常州話音——鎮江話口音；在滬江附中讀書時，曾被推選爲「中學部基督教青年會會長」，有時他代表中學部青年會出席上海基督教青年會會議，或其他會議，穿長袍黑馬掛，有時携手杖一枝，在校時有時穿長袍或黑色學生裝。

一九二五年（民國十四年）三月十二日，孫中山先生逝世後，大學部有一位四年級學生（李浩駒），運入「三民主義」，及「五權憲法」出售，嗣後大學部有數位學生發起研究：「三民主義學社」李公樸與中學部另一位學生（謝某）參加該學社，嗣後該學社脫胎成爲「國民黨黨支部」，在黨支部未成立之前，孫中山先生在廣州時之外事處處長李錦綸（該大學國際公法教授）曾出席該學社講演，孫科先生有時探望該教授，李公樸是否加入爲國民黨黨員？不十分清楚。

一九二七年國民革命軍北伐抵達上海後，閘北由二十六軍軍長周鳳岐駐紮，李公樸担任了該軍政治部勞工股主任，該時李氏炙手可熱——滬江的學生不知他就是李晉祥；國民黨南京中央黨部宣佈清黨部後，李氏溜之大吉，赴美國半工半讀，未唸完大學即回上海。

由黃任之推荐，李氏擔任了「申報社」附設之業用補習學校校長，兼任申報圖書館館長；學校總部及圖書館均設在南京路大陸商場三樓，圖書館無閱覽室，僅供借出，科技書籍頗少，多數是文藝小說、報章雜誌等，圖書館設有讀者問答部，有指導員數人，前中共「文化部副部長」夏衍爲指導員之一，該時他是否用此名？局外人無從知悉，因指導員之辦公室，在學校本部辦公室裡面——最後之房間。

學校方面除在校本部設立第一分校，學生最多，有一千餘名，因設有晨班及夜班，且課程較其他分校多一俄文班，其他各地分校——南市、閘北、滬西、及滬東等分校課程所授相同——國文、英語、日文及簿記，均係晚間上課；另有婦女補習學校一所，地點在同孚路（舊名）斜橋弄，校長係一女性（繆氏），設日班及夜班，課程多一「家政班」。

申報社總經理史量才在滬杭公路上遇害後，報館業務遂由馬蔭良、張竹平等負責，學校及圖書館仍由李公樸主持；誰知淞滬警備司令部兩次派員會同公共租界警務處政治部，搜查學校本部及圖書館辦公室，有無宣傳共產主義等文件，雖一無所得，然維持報館的負責人，爲避免有宣傳赤色共產的嫌疑牽累，遂向李公樸提出：「由某月某日起，學校與圖書館脫離關係，如爾不能自己維持即結束……」學校可維持，總結開支相抵不貼錢，圖書館是一問題，李氏四面奔走，新聞報副刊編輯嚴獨鶴，曾語不佞：「該報願接辦圖書館附有若干條件……」不佞知李氏未必願接受，故辭不願當接綫人。李氏奔走的結果以李祖紳、史詠賡(史量才之子)黃任之等爲學校董事及圖書館董事，爲了紀念史量才，遂提學校及圖書館的名稱，由「申報」兩字改爲「量才」，不久撤銷了第六分校。

五月三十日爲「一九二五年五月三十日在南京路老閘捕房門前被印度籍巡捕（差人）鎗殺的學生和觀衆紀念日」，七君子召集了若干量才補習學校的學生及其他人士，假座上海市商會大禮堂舉行紀念大會，會後排隊（兩人一排），往閘北「五卅烈士墓」公祭，沈鈞儒領隊，據量才學校的一學生講：「李校長出市商會大門後，踏上一三輪車往別處去，因其欲去購買火車票，所以未與他們同行」，至於七君子是否都參加往閘北公祭五卅烈士，無從知悉，因該時一般人士不知所謂「七君子」。

某月一個星期日上午，不佞路過北火車站，見車站那邊情形，和往日不同，人頭擁擠在租界電車站那邊，見鐵柵內有一量才學校的學生，往前詢問：『你們何故來這裡？』『李校長叫我們來火車站。』這些羣衆要求「車站當局接送他們往南京，向政府請願，「堅決抗日」，「收回東北失地」，路局未得上峯之許可，不准，因此羣衆阻止火車開出，而別處亦無火車駛來，僵持了數小時，得南京當局指示，駛送他們往南京，到了南京以後，集中在中央軍校操場上，蔣委員長（故總統）向他們報告；『抗日政策後，嚴肅地訓話：『要往前綫參加作戰者可留在軍校。』結果沒有一人留在軍校，『不願者往車站等候，送你們回上海』。他們往車站時沿途呼喚口號，不知「七君子」是否都往南京請願，報上亦沒有發出，僅有一地產商人黃延芳，參加在內。

「九、一八」是日軍侵佔東北的紀念日，若干量才業餘補習學校的學生和其他人士，在南市遊行和呼喚口號；翌日、有一位教師在講課之前問學生：『昨天那一位赴南市參加遊行？』誰知兩天之後，李校長公樸傳詢那一位教師，『某先生在課室內講課之前，少說廢話』。那位教員就想，班中有一位學生以前係第六分校的，他是免費生（自由農場的茶房）鎮江人，校中很少免費生，從此之後，那位教員在講課之前不再向學生問：「參加活動情形」。其實那位教員係無黨無派的，好奇心而已。

但彼等（七君子）活動情形變本加厲，最高當局忍無可忍，遂命上海當局拘留七君子；李公樸被捕後，何時可釋放無人能知之，量才業餘補習學校董事會改派王偉生（燕京大學出身、上海地方協會幹事）擔任校長。數星期之後，七君子都恢復了自由；國軍西撤後，上海淪爲孤島，李氏參加了「東北救亡團工作」因若干團員和他意見不一致，李氏遂離開「東北救亡團」；抗戰後期李氏在昆明遇害。

李氏在滬上主持「申報」及「量才」圖書館及業餘補習學校，年僅三十餘，但留了鬍子，他臉上原有髭，口才很好，他能流淚使人同情，如申報圖書館關閉後要改組，舊有工作人員不願離去，甚至報告工部局警務處，最後李氏向這批人員苦勸而流淚，他們遂同情離去圖書館，另招若干人員，圖書館遂恢復了借書工作。申報當局辦業餘補習學校，不是爲賺錢，是社會事業，而李氏有目的，作爲活動資本；學校放暑假和寒假，教員無薪水的，下學期是否續聘？不預先通知；如放暑假後須等待秋季開學前兩星期始發聘書，寒假後須等待春季開學前一星期發聘書，此與學店作風有何分別？

流光如矢，忽已三十餘年，茲「七君子」留在人間者：僅史良（女）、沙千里、章乃器（鳴放時曾戴右派分子帽子，已摘去）彼三人均在北平，而王造時如何？報章上不見到他的行跡已久，其在滬上一大學執教，中共無律師制度，其原係一律師；「五卅烈士墓」誰再在腦海中？利用價值已完，文革時上海所有公墓被掘或墓地在文化革命時已毀？在文革之前已不聞「公祭五卅烈士」之舉動，該時七君子中，六人尚健在，彼一時也，此一時也。

抗戰見聞紀要

行政院秘書黃濬通敵的悲劇

關德懋

民國廿四年（一九三五）十一月一日，國民黨中央全會開幕，汪精衛被刺重傷，（刺客孫鳳鳴，當場被警衛人員擊斃，主使人王亞樵在逃。）汪不能于短期內恢復健康，辭去行政院長，經中常會決定由軍事委員會委員長蔣公兼任。除秘書長（原任褚民誼，繼任翁文灝），政務處長（原任彭學沛，繼任蔣廷黻）外，秘書處的人事組織仍舊，譚（延闓）、汪（精衛）任內之秘書、參事、科長、科員，以至於低薪級的員工，一律留任。僅機要、會計、庶務三科科長為例外。中央人事任免與公務員之保障，已奠立基本制度，國民政府成立未到十年。

譚任院長較久，選賢與能，十九來自三湘。汪用人並不限於嶺南。當年行政院被外界戲稱為「湖廣會舘」，未免牽强附會，不如「湖南會舘」比較恰當。

汪喜歡填詞作詩，秘書長褚民誼，外號「褚老英雄」好武術，一批彎弓跟鍵，腰繫鏢囊，深通拳脚的江湖好漢，進進出出，正好與汪所引用的詩人名士，「吟風弄月」，相映成趣。

蔣公接任後，號召「學者從政」。清華、南開的教授與留美的學者紛紛南下，以蔣廷黻先生為始，如陳之邁、顧逸羣、張銳、吳景超、何廉、張純明都先後到行政院任職，增加了洋氣與朝氣的新潮作風。

汪任內引用的風流名士，首推曹纕蘅、李宣倜、黃濬三位。曹的舊體詩有名於時，隨汪辭職而去。李字釋堪，別號十一，寫字學米襄陽，才氣功力到家，曾送我四幅寫在高麗髮箋上的行書，可惜在逃難中遺失了。黃濬字秋岳，嘗用「花隨人聖盦」的別號在「國聞週報」上發表「詩話」、「隨筆」等文字。書法學黃山谷，甚工，喜用灑金箋界劃方格，集宋詞長調的句字寫對聯，別具風格。李、黃是閩侯同鄉，國府成立前，久居故都北平，已是文酒風流的名人。任職行政院時期，比鄰而居，經常邀約院中仝人晚餐，聯絡感情。李家廚司是正牌福州菜的烹調能手，請客的菜餚十分精緻可口，非當年京滬有名的福州飯舘所能企及。我曾有過一次作李、黃兩位的食客，宴席設在李家，好像是李家的客廳大於黃家。飯後隨黃至隔壁登門拜訪。主人引至二樓陳設精緻，古色古香的書房中稍坐，大概就是他寫文章，詩話的「花隨人聖盦」了。閑談片刻，引我更上一層參觀他兒子的工作室。他兒子名字惜已忘記，是一位擅長攝影技術的全材，滿屋都是照像器材與作品。當然是攝影、顯影、放大、製版等技術兼通，設備齊全，不必假手於外間專售攝影材料的商店或照相舘。他們父子通敵，洩露機密文件的可能性亦許在此。他當時把得意傑作一張一張地介紹給我欣賞。看上去像板畫的山、房屋、風景圖片，最為特出。據稱用「反顯影」的技巧製成這種浮雕型的畫面。現今展出的美術攝影常見，四十年前確屬創作。是否如他所說，他個人所發明的風格，不得而知了。

這一位攝影藝人的像貌與他的美術作品，成絕對的反比例。

我向不「以貌取人」，也不迷信風鑑，然而，這位名士之子，使我初次見面而暗中大喫一驚。本來所謂美醜，原無一定的標準與尺度，人的五官而外，還有不可捉摸的豐神，江南人俗話的「風頭」。世間儘有五官端正，而索然無味的俗美人，也有清、奇、古、怪，「醜而不平凡」性格男子。（如一位朋友的夫人對羅家倫先生的評語。）黃秋岳兒子的像貌，不是不平凡的醜，而是不忍卒睹的陋。彷彿是兩頰瘦削而暗無色澤，兩目深陷而無神采，配上乾燥無味的說話聲音，引起人不寒而慄。

黃秋岳那時候，至少也五十開外了，身材不高，也不瘦，比較李釋堪的白皙、挺拔、英俊，當然不如，但非醜陋。黃父子兩人因通敵罪被捕，消息傳到行政院，院裡同事們難免評論黃作日寇間諜的因素而表示惋惜。有人認爲他走路時左右搖擺，目光下垂，所謂「不仰視天而俯視地」的特徵，係不祥之兆。未嘗不有些兒牽强附會，事後先見之明。至於黃有兩房家眷，南京的正室而外，上海還有金屋藏嬌，薪俸雖豐而不夠揮霍，遂委身事敵，出賣靈魂，是一致的定論。我認爲一個醜陋不堪而有技能的兒子，可能是促成叛國罪行的主因。這是我個人的感想，向未對人透露，也無此必要。

一九三六年三月，行政院長蔣公，苦心孤詣，爲挽救中日兩國間大戰的爆發，舉薦非國民黨人的北洋時代政界耆宿許世英（靜仁）出任駐日大使，許大使赴日履新之前，蔣院長交付他一封「親筆信」，帶給日本的西園寺公望。當年日本軍閥與少壯軍人志在征服中國的驕恣狂妄，只有西園寺是唯一可能發生阻扼作用的人物，同時也是唯一堅决反對武力侵華的「元老重臣」。

這一封中日關係歷史上的重要書札，曾由行政院秘書長翁文灝交秘書黃濬擬稿，經核定後，仍由黃秘書用榮寶齋的仿古詩箋，正楷寫成。內容固然是說明：中日唇齒兄弟之邦，不可自相殘殺爲第三者造機會的大義，文章却十分典雅，字體亦端莊流麗。院中同仁都圍觀黃秘書臨池揮毫，交相稱讚，黃亦外示謙遜而自鳴得意。從此，黃的翰墨更見重於當時。院中同仁着實不少向他「敬求墨寶」，黃亦有求必應。他的辦公室成爲名符其實的「寫字間」了。

七七事變，日本終於爆發了侵華的戰爭。首都戒嚴，我偶然間在某一天的上午到院上班，看到黃正在灑金箋劃成的小方格中寫集宋詞的長聯，照例去欣賞一番，發覺長聯的詞句非常凄凉幽怨，長聯而外，還寫了三個字的橫額：「待焚樓」。我不覺衝口而出：「秋老，現在同日本小鬼打硬仗，正是我們揚眉吐氣的時候，何以寫出如此無興會的對聯，簡直是輓聯！」黃微笑，哼哼一聲，彼此都當作扯淡而已。請黃寫字的羅君强答喳了：「老兄，別胡說。『待焚樓』是爲我最近盖好的蝸居題名。日本鬼子遲早要轟炸南京，盖好的房子不等待燒燬等待甚麽？」我當時無心的多嘴，决未想到成爲黃、羅兩人的凶兆語讖。黃未久即被捕，羅當年是由武漢行營調任行政院秘書，後來隨汪精衛到南京參加漢奸組織了。

黃案自偵察逮捕審訊判決，到執行死刑，時間很久。因爲是對日戰爭開始以前的第一件叛國通敵的大案，主管方面特別審愼，尤其是主犯非等閑人物。由於此，亦且由於非常時期的戒嚴法令，黃案的經過未在報紙上作任何公佈。行政院內所能得到片斷的消息，不外如下的幾點：主犯父子二人，並未牽涉其他人物。因爲證據確鑿，二人無法不俯首認罪。最嚴重的罪行是把中央密令封鎖江陰要塞，以截斷日本軍艦到長江上游作戰的情報供給敵寇。根據反諜情報人員的證詞，黃經常於晚間往訪日本總領事須磨，盤桓至深夜而歸。駕車的司機當庭呈上日本領事「賞賜」司機的現金以及詳細日記作證。

宣判以後，黃家的親屬最後請出汪精衛寫信到主辦機關，請求從寬發落，當然無效。黃曾在獄中上書自白，哀求免死的文章中有兩句不合邏輯的話，說他的通敵，無損於國家，有利於個人。

黃秋岳的死，可以說是中國古往今來，文人無行的悲哀。

民國國士張衡玉

·芝厂·

本刊上期北望樓雜記所刊洪憲詩詞，大半爲張衡玉所作，其人眞國士也，學問道德均冠絕一時，茲摭拾有關史料，畧述梗概。

辛亥武昌起義，一個月間，南方十二省紛紛起兵響應，清廷慌了，派徐世昌到彰德，請那個「洹上釣徒」的袁「宮保」出山。九月初八日，灤州通電，同日，山西也獨立了，不特清室親貴爲之喪膽，袁世凱也嚇出一身冷汗，他怕革命勢力伸入北方，成了肘腋之患，於是爲了「穩定南方局勢」，便派唐紹儀南下議和，同時宣言「秦晉羣盜，不與南方革命比」，命令曹錕等部隊，由石家莊進攻娘子關，要想加以武力鎭壓。

這時却惱了山西都督府的財政司長張衡玉，他寫了一信給袁世凱，說：「執事言秦晉羣盜，某不敢辯；然奉執事令征羣盜者，害且百倍於盜。執事視其焚殺畧不禁，是殘民也；逆天下之心，是樹敵也；避南軍之鋒，專攻秦晉，是示怯也；朝議停戰，夕謀進攻，是背盟也；殘民不仁，樹敵不智，示怯不勇，背盟不信，敬厲兵抽矢，以待執事，惟執事圖之」！義正詞嚴，筆鋒尤犀利，袁世凱得信，急電入晉部衆，撤回灤州，山西幸免了兵燹。

衡玉是山西趙城人，名瑞璣，光緒末科進士，分發陝西，一連做過韓城、興平、長安、臨潼、咸寧五縣知縣，清介强項治績甚著。自庚子以後，各處教案頻生，教徒勢燄甚張，干涉獄訟，攪擾政治，衡玉禁止一般信教的自稱「教民」，如果故犯，便不問三七廿一，先辦教民，罰充苦差。教會中人人懔懼，主教牧師向他交涉沒有結果，便告到省裡去，省方大吏，勸衡玉息事寧人。他不予理睬，教會中人看他是個硬漢子，也無奈他何。任長安縣事時，有一天，撫臺的姨太太過生日，滿城文武官吏紛紛拜壽送禮。衡玉就在這一天裡請了病假，連衙門也不上。撫臺心裡着實不高興，對人說：「張某不先不後恰好病得那末巧呀！」一怒之下，把他調到臨潼去。其次，太原商民反對苛捐，罷市抗議，撫臺自己出去開導，無結果，因衡玉得民心，叫他出去對市民勸說，兩三句話便解決了。撫臺覺得自己是個方面大員，竟不如一個小小縣令，面子好沒光彩，着實又羞又惱，剛好臨潼的新豐鎭，發生刼案，那撫臺便借了這件事來出氣，記了他十個大過，並奪俸三個月。

不幾個月，土匪的頭兒劉光升給抓到了，供出同謀犯王某吳某，都是新軍軍士，張氣憤極了，便頂了一呈說：「縣所被盜，即帥府所部兵，兵能刼民，下吏奪俸記過，豈得謂平？」撫臺大慚。在任八年，老百姓呼他做「張爺」，頌爲「良吏第一」。

排滿革命，自同盟會成立後，這個「順天應人」之舉，已經「水到渠成」，做官的很少參加，張衡玉却以「宰官」身份，宣誓加盟，和黨人景耀月等人，過從甚爲密切。那時，有一黨人在縣衙裡讀書，西安將軍旗人某，偵知其事，將要揭參，恰巧武昌起義，而衡玉這時也掛冠回去太原了。

山西倡義時，衡玉被推爲財政司長，履實課核，於省政亦多建議，尤其注切時局的推移。元年一月二十二日，國父孫中山先生，命伍代表廷芳轉達，袁世凱宣布共和政見，允以臨時大總統相讓；袁便於清室宣布退位後，二月十一日發出眞電，中有「……帝政之終局，即民國之始基，從此努力進行，務令達到圓滿地位……，世凱極願南行，暢聆大教，共謀進行之法，只因北方秩序不易維持，軍旅如林，須加布署」，……等語，黃克強由甯電袁，建議南兵北調，「南可節餉，北可保安」，黃也明知袁不肯南下的意思，但革命黨祗求能夠打破北方封建勢力，鞏固革命基礎，則一切都好商量；這個建議自然不是袁所能接受的，但國父本天下爲公精神，終於在三月卅一日臨時約法公布後，四月一日便宣告辭職。在這時之前，忽有蒙古王公們從北方馳書全國，請各省推袁爲元首，這不用說是有人在裡邪發動製造的。張衡玉如鯁在喉，不得不吐，便又給袁世凱寫了一信，說：「大總統者，國民所公推，非一方所得私舉。孫公人望所歸，天下翕然，舉爲大總統可也，不能以其位私授之人」……

袁世凱前後得他兩封書，覺得這個從州縣起身的革命黨人，咄咄迫人，有些不好惹，便想以祿位來羈縻他，擬特任他做山西民政長，但，他已在半個月前解職去了。

其後，張被選爲參議院議員。他到了北京，冷眼旁觀裡，看透了袁的居心，是一手挾金錢名位，一手持白刃，許多不肯入彀，不受他收買的，他便施出卑劣的手段對付，如志士羅明典、吳定安的告國人書，揭發暗殺吳祿貞的陰謀，不久這兩人忽告失踪了，他知道像袁這樣人物，絕不是人格所能感動或主義所能吸收的。不久，便回山西。二次革命失敗，民黨份子，紛行出京，他所居的「誰園」裡，居常招待着往來秦晉的「逋客」。性好藏書，又精於詩書畫，自稱：「書不如畫，畫不如詩，詩不如其爲人」。袁世凱稱帝時也奔走南北，冀有作爲。

民國八年，徐世昌就任大總統，以和平爲職志，與廣州護法政府進行和談，當時最棘手的是陝西問題，因爲陝西督軍陳樹藩是北京政府任命，但陝西反陳人士組成靖國軍，推于右任爲總司令，在陝西與陳軍作戰。最初北京政府指靖國軍爲匪，不在議和之列，經南方政府力爭，乃同意列入停戰範圍。雙方又同意推張衡玉爲監視停戰代表，衡玉乃入陝監視停戰。

衡玉抵西安後，即向全國發出通電，縷述陝民慘狀。電稱：

養日抵西安，陝省雙方軍隊刻俱停戰。前蒲城小有衝突，今已平息。調查主客各軍駐紮地點：陳督所部分駐大荔、朝邑、潼關、臨潼、蒲城、藍田、安康、榆林、膚施、寶鷄、咸陽等處；奉軍許蘭洲所部駐興平、武功、扶風、岐山；張錫元部駐渭南、華縣、華陰、零口鎭；嵩軍駐鄠縣、盩厔、郿縣；川軍駐南鄭、沔縣、寧羌、褒城；鄂軍駐白河、平利；甘軍駐邠縣、永壽、栒邑、隴縣、汧陽、三邊；晋軍駐韓城、郃陽；綏軍駐橫山、靖邊，靖國軍部駐乾縣、鳳翔、淳化、耀縣、三原、富平、美原、涇陽、同官、宜川及渭北小青河以西蒲城附近一帶。唯聞郭堅、樊鍾秀已高懸奉旗，投歸許旅矣。統計南北主客駐陝軍約十三萬，集八省之兵，合數省之匪，星羅棋布於關內一隅，縱卸甲坐食，秦已不堪。瑞璣入關，所經市闤，比戶墟落斷烟，聞西路尤甚。陝南已搜括無遺，陝北則糜爛殆盡。父老相見，拮手失聲，咸謂兵火之慘十倍回亂，但願自今以後，再勿多生偉人英雄，使愚民得稍稍安集，於願已足。若欲復無氣，非三十年後未易言也。其言甚愴，聞之惻然。瑞璣擬一、二日親赴興平、三原各戰線與許、于各方接洽，所商停戰劃界事宜。務求兩免衝突，暫息民喘。和議既開，則是非曲直聽之南北公判。陜人受禍較烈，故陜人希望和平之心較他省尤爲迫切。此電入覽，八百萬呼籲之聲隱隱紙上矣。瑞璣叩。梗。(民國八年三月二十三日發，二十五日到)

衡玉此電雖非對于右任而發，但確對靖國軍有微詞，中間隔了兩日，衡玉又發一電稱：

陜事已兩電奉聞。查陜省軍匪不分，近來土匪蠭起，如北山曹老九等皆借名靖國，占據滋擾，三秦人民疾首痛心。惟逑及胡景翼軍隊，則感贊不已。足見人心不死，是非昭然。近因陜西一隅，牽掣大局，致和議不能進行。瑞璣竊謂陜事完全解決，當待和議公判。戰事既停，和會即當續開。至劃界一事，南北所爭皆與事實相遠。瑞璣入關以來，耳目聞見較爲親切，日與三秦父老及各界紳民研究息事寧人方法，過偏則爭，過激則變，只求雙方退讓，攻者解圍，戰者避舍，不致再起衝突，使小民暫時省□安。若如南方所爭，劃界以十一月十六日原狀爲準，北方以二月十三日爲準，是停戰以後又起紛爭。地點之爭，時日之爭，鄉鎮距離遠近之爭，各持一說，不肯相讓，雖千筆萬舌，亦無從而調停之。一有決裂則戰事立起，民又遭殃矣。瑞璣擬明日親赴興平、三原與許、于接洽，實行息戰安民爲第一。至陜省各種重要問題，俟和會開議自當連帶解決。務請繼續開議，判決一切。大局幸甚，陜西幸甚。瑞璣叩。有。（民國八年三月二十五日發，二十六日到）

靖國軍當局感到張衡玉偏袒北軍，總司令于右任，副司令張鈁，致電衡玉，並將此電通告全國，電稱：

西安張衡玉先生鑒：公受南北公推，劃界蒞陜，中外人士，南北政府，方以陜戰停否，眞僞莫知，萬目睽睽，待公一電。當駕抵西安，爲三月養日，其時東戰場如關山、興市、紅崖渡圍攻尚烈，西戰場則陳氏掘地穿隧，環擊乾縣，弟等派人持書渭南，曾以戰况奉告，不意公甫入省，即發梗電，謂雙方軍隊，刻已停戰云云，果何根據，爲此枝辭，此欲敬問者一也。越二日，興市圍軍，被我驅逐，乾縣關山等處，戰事猶昔，不知公又何據。有電中復謂戰事既停，和議即當續開云云，隱戰禍以賺和會，是公良心上語否乎？此欲敬問者二也。及公來原，見關山、乾縣求援帛書，並謂在興平亦有所聞，乃連電陳氏，故艶電有乾縣、關山當退步之語。卅電有解圍發電二事，俯允立決之請，因之卅一致張嘏民電，亦有刻正磋商停攻退駐等字樣。以上手書俱存，謂梗有二電符合事實，則艶日後各電，不當發生。謂艶日後各電根據事實，則當日弟等請據實迅告和會之電，何以卒不允發？此欲敬問者三也。以先後電辭推之，公在原所發密電數通不知又如何用意？如何措詞？確聞飛短流長，搖我軍心，俟報紙揭出，當再敬問者四也。公奉使入關，委任書文，自當尊重，如戰未停，即應聲明負責之人，倘其已停，秉公行使職權可也。試問陳、許乾縣之爭，何與公事，此我之所不敢聞命者一也。郭、許雖已攜手，乾縣總屬郭部，苟靖國軍旗幟一日未下，當然屬我範圍，况乾縣將士死守數月，以待公至。今乃水急捕魚，舉人與地分贈陳許，讀公支電，竟不容弟等置喙，謂已居中與陳、許交涉。堂堂專使，望之三月，迎之萬里，特來而代我斷送，此我之所不敢聞命者又其一也。近日疊接報告，關山、興市敵軍，又節節進逼，加增兵力，紅崖渡、乾縣之兵，亦並未退，此後戰事重開，其責皆公負之。公留原二日，謂通電停戰，非入省不能辦到，今入省多日矣，劃界不劃，監視不監，退兵不退，通電不通、專以空言誑我，是直爲一二人開生路，爲八百萬人民延戰禍也。秦民水深火熱，待救久矣，今若此，惟號泣旻天而已。弟等忍淚陳詞，特對公爲人格上之忠告，並促公爲職權上之注意。公義所在，用敢直質。于右任、張鈁蒸印叩等語，特聞。于右任、張鈁印。（民國八年）（黨史會藏「絹書墨蹟三」）

衡玉接此電自難緘默，通電自辯稱：

大總統、國務院、參陸處、各報館、軍政府、參衆兩院、唐朱總代表、各代表、各報館、李督軍鑒：乾縣停戰事，前電已畧言之。頃接李龍門兄電稱，「于右任漾電，陳督又以全力攻擊乾縣。恐兄入陝後，謂陝戰全停之言，被陳督完全破壞再不得以此欺人矣」。等語。詞意怏怏，苦相詰責，一若乾縣確有戰事，而瑞璣故爲隱飾者。夫停戰與否，必有確證確據，非一人一言所能僞造也。一月以來。右任自三原函電致滬，總以乾縣未停戰爲詞。一則曰襲擊，再則曰合圍，三則曰全力攻擊。如右任所言，則一月內之乾縣，無日不在砲轟槍擊中。即以漾日之電爲開始攻擊之日，距今已十日矣。請陝西旅滬諸君電右任探問，此十日中陳督攻擊情形如何？乾軍守禦方畧如何？城垣有無破壞？雙方有無傷亡？陳督共分幾路，距城里數若干？駐紮何地，攻擊何方？右任既爲總司令，軍事上之報告當必較他人明白詳晰也。若乾縣方面果有全力攻擊之舉，陝西八百萬父老子弟當共聞共見。瑞璣負監視之責，而不聞不見，或聞之見之而隱而不言，則瑞璣罪當萬死矣。

夫此次陝西停戰亦時勢所迫使然，非瑞璣之功。陝戰既停，不待右任之電，而和會即開，亦時勢所迫使然，非瑞璣之力。和會之不可停頓，全國人之心理也。和會之開，非特中國之利，亦陝西之利，亦靖國軍之利也。瑞璣向勸右任速整理內部，俟和會告成，以便編制。右任不暇計此，乃如報館訪員有聞必錄，日書一紙以告滬。每一紙到滬，滬上諸君即據函電譁然，與和會爭，與瑞璣爭。試平心靜氣一研究之，陝西未宣戰以前情狀何如，今何如也，乾縣未停戰以前情況何如，今何如也。乾戰事，右任日日言之，諸君日日言之，而乾縣仍日日無恙也。掩紙思之，當憬然悟矣。

總而言之，瑞璣此次入關，一言一舉不曲求人諒，人亦不諒。故謠諑橫生，不惜破壞大局，使乾縣之戰禍再生，滬上之和會再閉，藉瑞璣之口而唾罵之，而其心始快。殊不知停戰與否，此何等事，豈能以一手掩盡天下人耳目。瑞璣雖愚，亦當自謀立足地，乾縣果有戰事，瑞璣職司何事，早當布告天下矣，又何至陳督日日攻擊，右任日日告急，諸君日日詰責，而瑞璣尚日日推諉掩飾耶？此不待辨而可決者。今和議行將告成，陝西問題隨大局而解決有望矣。請諸君勿輕信謠言，橫生枝節。和會幸甚！中國幸甚！陝西幸甚！靖國軍幸甚！瑞璣叩。卅。（民國八年四月三十日發，五月二日到）

南北和議最後以破裂終。衡玉亦不爲革命黨人諒解隱居故鄉終老。實則衡玉本是同盟會員，又最服膺中山先生，安有袒北方之理，實在由於靖國軍大半是土匪民不堪命，觸目心傷，說了幾句公道話，便受到攻擊，調人之不易爲，古今中外皆然，固不獨衡玉爲然。

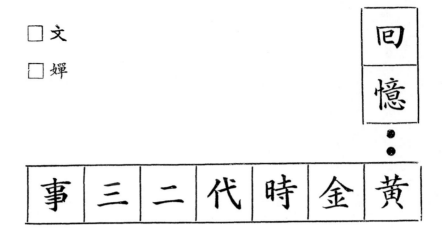

回憶・黃金時代二三事

□文
□婵

當我是個學生，從高中到大學的一段時期，亦正是中國出版事業最繁盛的時代。新文學的興起，同時吸收了廣泛的西洋文學作品及哲學思想，那時青年學生求知慾很强，每星期出版的刊物與新書，大家都搶着閱讀，捷足先得爲快，作家們埋頭苦幹的在著述新作品，出版家如商務印書舘，中華書局，世界書局及其他書店，各自努力，互相競爭出版新書。我一看到新書廣告，就立刻想去買。我是個女孩子，那時女孩子逛書店的不多，書店都在棋盤街四馬路一帶熱鬧區。商務、中華、世界是我最常去的書店，其他書店偶然也走進去翻幾本看看。我所感興趣的是文藝方面的新書，那是非買不可。還有那長桌子上堆積如山的廉價書，我每次都擠在桌旁，選擇着翻閱着。那隻廉價書桌，終於吸引一大羣學生樣青年圍着。他們一本又一本的閱讀，不一定就買去，無形成了一個圖書舘，大羣的讀者中，多般是男學生，那時的男學生頭髮不太整理，蓬蓬的但不太長，多半是戴上一副眼鏡，一件半新舊的藍布長衫，脚上一雙橡膠鞋，雖然是這樣樸素，讀書人文質彬彬的，不是沒有一點瀟灑的風度。我記得有一天是商務印書舘大廉價，書籍又多又好，對折出售，我又擠在書桌邊大大的挑選，有一本是「雙城記」的譯本，厚厚的一大冊，站在我旁邊的一位男學生模樣青年，把這本雙城記翻看半天放下，放下了又拿起來看幾頁，再看那書後的標價又放下，我也愛這本書等他第四次放下，我拿了這本和其他選好的書，一起付了錢買下了，這本書原價是一元二角，對折是六隻銀角子，六角錢在當時一個普通學生階級，也得算一算，學校附近的小飯舘，飽食一頓不會超過三角錢的，當我買下這本書之後，我心中覺得不安，因我猜想他或許嫌這本書太貴而放棄，而我是因爲購買能力比他强些，而搶奪了他心愛的書，我抱了一大包書，一邊走一邊心中暗想：「我不該這樣啊，我應將書去給他」。這樣又走囘到廉價書桌邊，他仍是在翻書，他忽囘過頭來向我看一眼，眼光中露着惱色，我是很敏感的，就立刻將書給他，並向他說：「這本書該是你的，你拿去看吧！」說着我逃也似的離開了他，出了商務大門，就坐了包車。那時候尚流行着自備包車，不是三輪車，乃是車夫拉着跑的。當我坐上車，他已追奔了出來，急着要和我講話的樣子，我只是害羞的低了頭，不敢向他再多看一眼。在歸途中心是怦怦地跳着，自已覺得剛才做錯了一件事，又想想我是做對了；他或許會很愉快的去讀完這本書，我可以去買過一冊不廉價的。囘家後呆呆的坐着，媽媽問我有什麼不舒服，我囘答說：「有點兒頭痛。」這明明是撒了個謊，但我那敢把事實告訴她，假使告訴了她，她一定會責備我說：「你是個女孩子家，怎麼可以無緣無故的送書給人。」媽媽心中或許認爲我是做了件天大的錯事。所以我瞞過她也作罷了，事隔數十年後想起來，自己分析一下當時的心理，是純出於天眞的同情心，還有本能地不自知的對這個人有點好感。假使這位先生現在還活着，也會偶然想起這件事吧！笑一笑，增加中年以後凄涼心中一點溫暖。

我閱讀的興趣一天强似一天，恨不得不睡不吃的一口氣將新書看完。上課講的是文學，看的也都是文學書，看得多了自己也不知不覺要動筆寫。那時學生出版刋物的風氣很活躍，系裡編辦了本半月刋。我寫了一篇去，那是敍述一個少女不自知的墜入了羞怯怯，甜蜜蜜的初戀，只覺得心境與前不同了，寫信告訴她的姊姊，這是一篇信體的短短的描寫，不料一經登出後，那位主編的同學故意捉弄我，在稿末寫上了這樣幾句：「好文章，初戀是作者自己的經驗，不知對象是那一位，他眞幸福。」一時女同學們也來向我開玩笑，你一句我一句，弄得我又害羞又懊悔，幾乎要哭出來了，我說：「你們何必大驚小怪，寫出來的故事，不一定是眞的事實呀！」我的這篇處女作，却給同學們作了取笑的資料，澆了我一桶冷水。眞的，以後不敢再寫了。但是，實際上沒有這麼簡單，我寫作的興趣越是壓制，越是濃厚，不寫等於吃了飯不消化。我喜愛詩，自由體的新詩在那時非常流行，詩人有徐志摩，朱自清，劉大白，冰心等等，一首又一首的可愛的詩，我唸了也想學着寫，有一段時候，我就這樣偸偸的寫下了不少白話詩，寫好了藏來藏去，像做賊偸來的東西一樣，現在想起來眞是愚得可笑。

寫詩是完全發乎情感的，我那時祇是一個不滿廿歲的少女，沒有經過憂患，當我讀着詩或小說的時候，不知不覺將自己一份天眞的熱情融化在詩文裡去了，我還不知道戀愛究竟是什麼呢？然而我相信有一天會碰到它的。好像看到一串水晶晶的葡萄，夠引人，很想摘一顆嘗嘗，但又躊躇不敢。男學生們圍着我在追求我，那時候電話尙不十分普及，他們都是寫信來表示，或在宿舍、敎室門外等候着，找個機會談幾句話。眞奇怪，這都引不起我心中一點的激動，然而我如烟似霧一縷縷渴求愛情緒，像那天空中飄忽的白雲，它散漫着，時隱時現。一忽靈感來了，我就憑着一腔奔騰的情感寫下詩。我記得有一個黃昏，同室的同學都去參加演劇討論會，我推說肚痛不去，等她們走空了，我一人在房中，頓覺得自由自在，毫無拘束，趕快拿起了紙筆，寫下了一首比較長的白話詩：

我徘徊在黃昏的江岸，
落日的餘暉映照在水面，
碧波搖閃着點點的金光，
我抛一片荷葉，它飄流在金光上。
一瞬間荷葉變了一隻小船，
我叫着：小船兒你駛到那裡去？
在黃昏茫茫的江河裡，
看！那西邊叠叠的晚霞是你的家？
小船兒在碧流金波中蕩漾，
我又叫着：你可帶我去？
我要找尋他，他在什麼地方？
他在睡着麼？帶我到他的睡夢裡。
誰知道？他睡在什麼地方？
——在海之涯，在地之隅，
在白雲的盡頭，在萬山深谷。
可是一忽小船兒不見了。
原來小船兒又變作一只小飛艇，
我穿上了滿綴夜明珠的舞裳，
將柔柔如絲的長髮垂披在兩肩，
像那九霄雲中飄飄的仙女。
一會兒飛到很高很高的天上，
眼前熣炫着繁星的光芒，
白雲團團的繞在我的身邊，
看啊！一輪銀月，月要將我抱。
星和月忽然都鬧走了，
眼前是片片的彩霞如錦，

夜鶯在雲間歌唱嬌嬌，
我隨了歌聲進入更深的雲霄。
英俊的面上浮着夢的微笑，
這莫不是他，輕些，輕些，
別要驚醒他，讓我來偷偷的敲，
敲開他那緊閉着的夢的窗帘。

『是誰闖進了我的睡夢中，
——是一個水仙花般的女郎，
她穿了夜明珠的舞裳，
玫瑰的頰上現了熱情的微笑。』

『誰闖進了我的睡夢中？
是個輕巧頑皮的小姑娘，
她清甜的歌音在低低的喚我，
她來找我，是不是愛我！』

這時的他忽將我雙手緊握，
我却一溜烟的掙出了快快逃跑，
這甜甜的相思播入了他的心田，
從此他熱情，他終日痴狂。

我一口氣寫好了這首詩，自己看看覺得很有趣、又怕同學看見這詩又要來取笑我，我密密的封好藏在枕套裡，以後也寫了許多白話詩，一起收藏在一隻書篋裡，將書篋放在衣箱內。數十年來，東奔西遷，財產蕩然，親友零落，這個又破又黃的舊書篋仍在我身邊，我一看到它像是回到了從前，所以一直沒有把它掉去。

一年之後，我自己覺得成熟了不少，我又開始寫小說，寫好後試投到曾虛白先生主編的眞美善雜誌去，承蒙錄取刋出，題目是「你在何處」，並接到虛白先生來信鼓勵。但我終覺得寫小說最難的，就是創造書中主人翁及每個人物的個性。所謂個性就要有特點，這特點就是他或她的思想，人生觀，而且要與故事的發展配合，錯綜複雜的線索，要散又要織成一片，這眞是必需費盡心思去安排。讀過了莫泊桑、柴霍甫、哈代們的小說，人物個性刻劃深刻，結構技巧上的精湛老練，更使自己不敢輕易動筆。後來也習作性寫過幾篇，被同學們新辦的雜誌去塡充篇幅。這類月刋不是因爲人事變動，就是因爲經費不足，稿件不夠而停刋。我又寫小品文，投到時事新報的青光文藝版去，主編人是王世穎先生，他對學習寫作的青年們也很肯指導鼓勵，我已記不清那時候的稿，每一千字是多少錢，總之，到報館去領稿費，在我又是一個難關。站在一個小小的窗洞前，憑着一紙領稿證，等候着辦事人員計算，數着一塊二塊一角……。有一次一位付欵的老先生，要我在領欵條上簽個名，並問我一句：「這是你自己的麼？」我回答：「是我的。」他又好奇的看了我一眼。當我回身要走，站在我旁邊的一位高高身材，穿了件灰布長衫，一副眼鏡架在瘦瘦蒼白的臉上，笑訕訕的向我從頭到脚打量一番。我猜想他心中一定在想：「你這個黃毛丫頭，也想擠進我們職業文人圈子裡來麽？」我很敏感的覺得有點難受。所以後來投稿就寫上「却酬」二字，免得麻煩了。

由於教授們的介紹及選課，我閱讀範圍漸漸的廣泛，文學理論，中外文學史，詩史，各國名家小說（譯本或原著），文學家傳記，文藝思潮，文學批評等等的書籍，因此對於爲興趣激起初期學習寫作的熱潮也低落下去。我試寫過對某篇小說的批評，不過批評是比較主觀，祇能自己看，若發表出去，我是一個學生，對方大作家那肯甘心，可能會引起筆墨官司一塲呢。

日復一日，年復一年，我的智識隨時月在增進，但對社會的經驗還是缺乏，有一天我自己忽然想起，我終日埋頭在書本子的頭，應該抬起來向十字街頭，睜開眼睜去望望。我更應該去瞭解與自己生活環境不同的人們，於是想去接近探訪她他。我有一位同學，她認識袁美雲家的，我要求她帶我去她家拜訪。袁家住在霞飛路寶康里，那時袁美雲才十二三歲，長得好活潑美麗，一見她可愛的模樣兒，使我驚呆了半晌講不出話來，她正在共舞台上演京戲，我要她唱幾句給我聽，她欣然應諾，笑咪咪的將頭微微一歪，小眼兒一瞟，雙手供着，扮個輕柔的姿態，就唱起來了。

唱的是玉堂春中一段流水快版，咬字清楚，嗓音甜圓，我眞高興，有這樣一位藝術天才的女孩子被發掘出來。她後來成了個大明星，決不是偶然。職業伶人的過的生活與我的完全不同。在這段時間中，我直接或間接，有形無形的去訪了女工、尼姑、姨太太們的生活。使我得到了一個結論：人是絕對適應環境的動物，在任何環境中都可以活着，第一求生存，第二求生活。有一天媽媽帶點埋怨的口氣問我：「怎麽你近來書也不常看了？忙着跑來跑去，還有舅舅已答應今天晚上帶你同去吃花酒，到那名叫小紅的長三堂子去。」（當時上海所謂長三堂子等於日本藝妓館），我聽了高興的說：「我不怕舅舅不帶我去……」媽媽又說：「野孩子，你怎麽忽然想要去看看妓女，你舅舅做過大官，他有錢去化，那些妓女見錢眼開，唉！千萬不要給舅母知道啊！別叫她說我把你這個獨生女寵壞了，就這樣任性……」我回答說：「媽媽，我已經再不是一個稚氣的傻孩子，也再不是書獃子，我要從社會的各層生活中，去認識和了解許多事情，這對我將來立足社會有幫助的……」「是啊！」媽媽望了我一眼，笑咪咪的又說道：「你當然不是小孩子了，我結婚的時候才十七歲呢！」大約媽媽發見我臉上忽有點兒異樣，她趕快又補充一句：「現在時代不同了，你們這一代都能幹，比不得我們是一生關在家庭中的，」總之，我自己感覺到我是長大了，思想也成熟，勇氣也培植起來了，是到可以步入社會的時候，同時，偶然也會想到，我是需要有一個家了。

在我幾位相識的男朋友中，有個體格健全，態度誠懇，個性和善忍耐，樂觀，而且趣味很廣泛的青年，二年多以來，雖然他常去我家，陪伴我媽媽談談話，但彼此仍保持着普通友誼。在追求我的幾位男同學之中，不是沒有他的敵手。不過，事情有這樣奇妙，難道說是姻緣前生註定麽？一個週末的下午，我與他在江灣小鄉村散步，這個小小的鄉村就在復大後面，風景如畫，有綠油油的田陌縱橫，有數間茅屋，有一灣河流，架着木板小橋，橋下活潑小鴨在游泳。正是春天鳥語花香，柳絲繞衣，春色濃得像甜酒，我們被美的春光陶醉了，同時也被蜜般的愛情陶醉了。從那天起，我倆踏入情網，從此再也分不開。他喜愛書，我也喜愛，他曾對我說：「我爸爸有個大書局，（他父親是世界書局的創辦人沈知方，那時世界書局的聲譽與營業正在向上爬，五層鋼骨水泥的新大厦，玻璃櫃窗中，陳列着ABC叢書。ABC叢書是搜羅了全國當代著名學者編寫的，對出版界來說，確是一偉大的成功。）我自己要創辦個小規模的書局。」我當然同意，很高興的發表我的意見：「目前像三大書局的書價，以一般學生經濟能力來衡量，未免太高一點了，將來我們的書局，第一宗旨要減低成本，書價愈低愈好，使在求學時代的青年，人人有能力來購買。」我當時忽又想起了我曾贈一本書與一位陌生的人，心一跳，臉上有點發熱，我想把這件事告訴他，但畢竟還是沒有說出口。結婚後，我們的書局和我們的孩子，很順利的前後產生了，做出版業眞是不容易的事，尤其是在減低成本上，我與他費了不少心血研究，才算成功，我忙着寫簡介和校對工作，他計劃營業發行等等事務。最先出版的是五十種世界文學名著叢書：書品漂亮，價格尤低，第一日廣告登出，就把同業駭了一跳，因爲業務上多了一個可怕的競爭對衆。這書局就是開設在上海四馬路世界里五號的啓明書局。不久，抗戰的炮聲響了，文化界的黃金時代隨着炮聲消失，我的黃金時代也從此結束。回憶當時有書可讀，有閑暇可以習寫作，我有青春的活力，我有愛，有甜蜜的家庭生活，有抱負，又有事業。這眞是一生中的黃金時代一去不能再回來。抗戰的火焰，燃燒了中國土地，日本軍閥惡毒暴虐之下，中國人民的鮮血流遍了山河，白骨如山。歷史上起了大大的變化，可憐老百姓的命運無法自己控制了。下篇我要寫的該是烽火離亂話傷心。

完

一九七六年二月十一日脫稿於
美國加州百樂園寓所

抗日時代淪陷的山東（六）

胡士方

　秦啓榮，山東萊蕪人，黃埔軍校六期生，與戴雨農同期。韓復榘任山東省主席時，秦在省政府任高級參議，銜戴之命，在山東工作，但才智平庸，無何成績可言，山東省黨部主任委員張葦村在濟南商埠緯五路進德會被刺時，中央曾派要員到山東暗查，詢之秦啓榮，亦不得要領，可見工作之差。迨抗戰軍興，韓復榘不戰而退，秦始脫穎而出，担任山東三民主義青年團主腦人，毛澤東在延安曾謂河北的張蔭梧，山東的秦啓榮，是兩顆阻碍「革命」的尅星，那是將秦估價太高了。秦在抗戰期間之山東省政府繼張鴻烈任建設廳長，並兼任山東省府魯南辦事處主任。三十一年沈鴻烈調後方任農林部長時，秦曾一度逐鹿山東省政府主席一職，以于學忠反對而未成功，三十二年七月，于學忠率五十七軍、五十一軍過微山湖，轉移安徽阜陽時，秦啓榮在後方掩護，據說功勞不小，因秦啓榮留守山東而又進駐安邱，不久日軍即集中猛攻，於是在八月七日秦啓榮即陣亡於安邱之輝渠。後來其兄弟們如秦啓棠、秦啓楠，在山東政界也頗活躍，何思源、王耀武，在山東當主席時，秦啓梅即任省議員，與郭金南，同以大炮之名享譽歷下云。

　趙保原，是民國二十七年十一月十八日，由日僞軍反正過來的一位幹將，其出身履歷在前文已提過，玆再稍加補述。按趙保原自反正後，即被編爲山東第八區保安第三旅，駐防昌邑城以東濰河兩岸，以趙之號召力强，不久又壯大起來，連招遠、海陽、棲霞、掖縣、萊陽，都在趙的勢力範圍以內。所以，又擴編爲暫編第十二師。二十八年八月，遂升爲山東第十三區行政督察專員兼保安司令，以至魯蘇戰區膠東區游擊總指揮官，三民主義青年團總團部魯東北區指導員。同時軍統局戴雨農並委以魯東行動總隊總隊長；李仙洲在入魯前又派趙爲山東挺進軍第一作戰地區司令官，眞是身兼百職，炙手可熱。當時活耀膠東的游擊首領如掖縣的杜廣乾，招遠的徐叔平，平度的張金銘，黃縣的王景宗，牟平的苗展奎，棲霞的蔡晉康等等，都以趙保原馬首是瞻，其餘像秦玉堂、丁綍庭、閻珂卿、黃愛軍、董希瞻、陏永胥、劉經川諸人，更成了趙的麾下。說起趙保原在膠東全盛時期，就連八路軍的許世友亦受趙指揮的，趙保原舉行重要會議時，許世友的政委高錦純，就不時參加趙召開的會議。但後來中央苦於抗日，疏於防共，日本投降又接收不當，地方行政與軍事進展不協調，遂致整個大陸盡成赤區。趙保原於民國二十九年十二月底，在萊陽之易莊，以及萬地，受共軍圍攻後，已形成獨力苦撐之勢。迨民國三十五年，馬歇爾來華搞軍調部，三人小組，共軍暗地擴充，國軍縛手挨打，局勢更趨惡劣。趙保原集中兵力扼守膠縣，該年六月八日，共軍即以十倍兵力，排山倒海，猛撲膠縣，趙保原兵力不足兩團，卒以寡不敵衆，城破兵敗，趙保原亦自殺成仁，其參謀長牟俊峰、政工處長陳楚僑、軍需處長李梅五、副官處長徐如一、軍報社長張凱生等人，亦同歸於盡。趙保原的首級被共軍割下，以玻璃匣裝盛，遍傳膠東，可見趙保原在共軍對手中，是何等的重要。

竇來庚，山東臨朐縣二區竇家窪人，山東武術傳習所畢業，對武術造詣很深，按臨朐人在濟南學習武術的人最多，如名拳師曾廣基、衣冠儒、張士選、聶方炘、馬元華、劉瑞年等等，都是臨朐人，韓復榘在山東，竇來庚即担任山東國術舘長。七七事變，日軍進侵濟南，竇則成爲韓之親信，一齊南撤，韓以抗命中央伏法湖北，竇始率第三路之警衛部隊展開抗日游擊。竇爲人豪俠仗義，故部下不少武林技擊高手，各方依歸者達萬餘衆，沈鴻烈繼任山東省主席後，竇部即編爲保安第十七旅，分駐於臨朐二區恒濟鄉、朱位鄉、上莊鄉、七賢鎮一帶，該部迭經苦戰，是爲人稱譽的勁旅。民國三十年，山東鬧荒年，魯南尤甚。保安第十七旅的官兵都以地瓜秧、榆樹皮充飢，環境最困苦。三十一年秋，日軍大舉進犯于學忠的魯蘇戰區之際，有大股日軍主力折回兜犯竇來庚之旅，遂發生慘烈戰鬥，死傷爲魯南戰役中最嚴重一次，尤以日軍火力兇猛，我軍彈藥缺乏，激戰數日，十七旅即傷亡纍纍，竇亦壯烈犧牲，在山東抗日戰爭史上留下光榮的一頁。

張里元，河北省人，北京大學畢業生，是韓復榘當年延攬的冀藉知識份子。初任沂水縣長，其學識甚佳，性沉毅，重實踐，爲人樸厚。梁漱溟在山東時，與張最友善。梁之推行鄉村建設，張里元亦參與其事。中日戰起，張乃以魯南民團爲基礎，在沂蒙山區展開游擊。當時山東之青年知識份子都紛紛投奔，擁有抗日健兒達五萬餘人，爲魯南抗日之勁旅。民國二十六年，升爲山東第一區行政督察專員，兼第五戰區魯南游擊司令，及魯蘇戰區山東挺進隊第一縱隊司令。並轄有第一支隊司令盧煥彩，第二支隊司令郝雲溪，和第三支隊司令王洪九。民國二十七年，山東省政府移魯南東里店，張里元即担任省府之外圍防務。

民國二十八年，日軍發動瘋狂進攻，張里元對日軍作戰最力，遂又奉令將其部隊改編爲保安第三十六師，由張兼任師長。後來省府遷安徽阜陽，其部下的幹將王洪九繼任爲魯南專員，並統率張里元的部隊，繼續作戰，始終就未離開過山東，國共戰起，濟南易守，王洪九的九個團乃編爲山東保安第一旅。初屬第九綏靖區李良榮節制，旋歸李彌第十三兵團第九軍黃淑指揮。徐蚌會戰，國軍失利，所有部隊垮的垮，散的散，但王洪九率領着張里元的這股武力，却屹立不倒，以後則又編爲第九綏靖區李延年的直屬部隊。

李寰秋，山東廣饒人，黃埔軍校一期生，民國二十年前後，曾任過福建連城縣長。日本鬼子侵佔山東，即於家鄉與族人李法希倡組游擊隊伍，李法希任司令，李寰秋任副司令，實權則完全操於寰秋手中。民國二十七年，李部即奉令改編爲新編第十五旅，所屬有四個團，三個特務營，兵力約在萬餘左右，以廣饒、臨淄，爲根據地。其時臨淄有共產黨李人鳳者，前爲臨淄縣立中學校長，擁有千餘人，亦盤據廣饒、臨淄間，以抗日爲名，坐擁武力爲實。李寰秋與其聯絡甚密，且視爲抗日伙伴。後來魯北各游擊隊首領，已窺悉共產黨詭計，遂發起聯合剿滅李人鳳八路軍第十團之舉，唯李寰秋力阻之，遂使共黨日漸坐大，貽患魯北，此咎完全是李寰秋所造成。民國二十八年，日軍大舉進攻，寰秋首當其衝，使新編第十五旅幾乎完全瓦解，後艱苦支撑，轉進安邱一帶整補，始得以殘存。

勝利後，李寰秋在游擊武力中實力最弱，終乃沒沒無聞，此更足爲親共者戒。

周樹棠，壽光縣人，祖父周廷弼，字右卿，係山東師範學堂修業，日本法政大學政治科速成科畢業，曾任過山東臨時省議會議員，衆議院議員。父親周振東早逝，生五子，俱由祖母撫養長大。樹棠畢業於青島鐵路中學，在校以田徑賽、籃球著名，曾參加過華北運動會，身材肥碩，個頭高大，膚黑多髭，跟關雲長護衛周倉差不多，故鄉人遂以周倉稱之。在魯東一帶提起周倉來，可謂無人不曉。周的二弟和四弟，都習無線電，三弟樹相習空軍。周在抗戰之初，即組軍打游擊，名義是別動隊第十三支隊第七梯隊，其宗旨是堅決抗日，忠心中央。周在學生時代即是充滿朝氣的活躍份子，故號召抗日，也是網羅的當地一羣小伙子，在鄉間抗日之餘，並幫助老百姓收莊稼，做工作，最受人稱譽。後張景月在壽光崛起，勢力亦最大，即以武力併吞周的隊伍，周一看張景月的抗日路線，與自己不謀而合，遂毫不反抗的成了張景月的麾下。並且交出兵權，專在第十四區負責組訓民衆工作。對鄉村保甲，防奸肅共，都做得相當有成績。

後來國軍失利，張景月和張天佐，都集濰縣。時濰縣守軍爲九十六軍陳金城部，其軍部早已潛伏共諜，故在濰縣即將周倉逮捕，冠以莫須有的通匪罪名槍决，連在第八區專員公署担任無線電台台長的四弟，亦一併加以殺害。迨陳金城被俘，共諜原形畢露，始知周氏兄弟死的寃枉。據說周倉的所遺的獨生子周俊義後由濰縣逃出，又參加了敵後肅奸工作，亦被犧牲，眞是一門忠烈。

徐振中，山東益都人，爲富農家子弟，曾經營振東書店於益都。人頗篤誠好學，對三民主義研究甚力，亦富有愛國思想。中日戰起，即揭竿抗日，初任游擊隊第四支隊長，日本鬼子佔領益都時，曾突襲益都車站，生擒四名日兵而名聞青州。後升爲游擊第三軍區司令，駐紮益都，廣饒、臨淄一帶，紀律嚴明，對地方組織亦頗有條理。後以張景月在壽光雄據一方，徐振中亦投於張部。初任團長，未幾即升爲旅長。勝利來臨，徐與張景月護送何思源進濟南接收，以厥功甚偉，遂被提升爲山東第十區行政督察專員。濟南戰起，王耀武調徐振中爲三十二師副師長，並兼濟南防守司令。結果，王耀武化裝逃走失敗而被俘，徐振中於戰爭中却身重數槍，瀝血歷下而成仁。

曹克明，山東高密人，北平中國大學畢業。民國二十七年，即在山東第八區即墨縣的一、七、八區，膠縣，平度邊境一帶，展開抗日游擊，兵力有九個大隊外，並有一特務大隊。其大隊長如王子久、孫倬雲、黃樂亭、李佛舟、劉雪橋、譚雪亭、王仁甫、李準亭亦都是高密，即墨兩縣的地方志士，尤其是高密人，在山東教育界最有勢力，早年的劉冠三在青島創辦震旦公學，晚近的留美學人蔡復元主長山東省立第一師範學校，都是高密人，所以，曹克明部中就有不少高密藉的教育界人士。如著「膠東零零」一書馳名的楊逢春（生甫），辦理游擊隊財經出色的隋景華，都是從事教育多年，又跟隨曹克明抗日的。

曹克明的抗日部隊，於民國三十二年即被編爲山東省保安第三十旅，與平度的李得元，高密的張漢，膠平邊境的姜鐵錚等游擊首腦，展開抗日活動於膠東一帶。民國三十四年，何思源又將曹的部隊改編爲山東挺進軍第三十六縱隊，下轄一〇六、一〇七、一〇八的三個支隊，人數已達萬人，在昌邑縣第七、八區活動。不久日軍投降，曹克明則被王耀武改編爲綏區監護第十二團。後來跟隨王耀武在常德戰役任余程萬團長的杜鼎到山東，成立山東警備第二旅，曹克明即與胡振甲分任爲副旅長，聽說曹現在台灣，仍從事反共工作活耀於政界云。

和仲平，山東新泰人，在戰前就是山東軍統方面的領導人，說起和來，本與中央無何淵源，其能夠參加情報工作，則完全係由軍統局青島區負責人王蘭亭介紹所致。王爲河北省人，早年任職膠濟鐵路局，担任鐵路巡警巡官時，即已替軍統工作，亦可以說是戴雨農的老幹部。其與和仲平最友好，故和在濟南担任牛業公會會長，即兼領軍統地下工作的負責人。其人雖無赫赫之功、出色的成績，但人很忠誠篤實，平平無過而稱職，各方面都應付的不錯。民國二十六年日軍佔領濟南，和仍居於濟南商埠緯九路一四合房中，已辭去牛業公會會長，改任公會之名譽會員。日本特務機關初時尚不察知，唯日子久了，和的手下人多，又有秘密電台，風聲當然會走漏的，所以，在和到青島開會歸來，一出濟南車站即被日憲兵隊特務逮捕而去。淪陷區的老百姓都戰戰兢兢的過生活，亦無人敢探聽及議論，於是和仲平即無聲無息的不知所終。勝利後，敵偽投降，才知道和死得最慘，其命運與膠濟鐵路的那位軍統工作者楊段長一樣，都是日本特務教唆狼狗活活亂噬而卒的。至於和被害後，其夫人與女即遷匿他往，有位兒子名和進步，後亦從事抗日游擊隊，聞現在台灣，可謂烈士有後矣。

翟毓蔚，山東章邱人，北京大學畢業，是章邱的富家子弟，日本鬼子到山東，翟即毀家紓難，揭竿起而抗日。山東有句俗話：「金章邱，銀歷城」，章邱有舊軍鎮孟家的「祥」字號綢緞莊名聞全國，那是人所共知的。章邱人「十人九打鐵」，二把手小車，一個大帽鍋，三個人合夥，就可靠打鐵走遍天下，故章邱人最有錢，全都是安居樂業的人家。所以，章邱人保家鄉最出力，組游擊除經濟條件最優，發展亦快，翟毓蔚是章邱最大的一股游擊武力，比明水附近的岳伯芬，歷城邊境的陳崇山，水寨一帶的孟兆信都能打。又因章邱與歷城以龍山為分界，龍山附近就是翟毓蔚游擊勢力範圍以內，故時時威脅着濟南的日偽政權。歷城縣的偽縣長，自周鼎、帥景署，到何聞天，各縣長都怕章邱的游擊隊。山東日軍特務機關派了一位日本軍官小林，到章邱掃蕩，就被打死歷城邊境上。

勝利後，翟毓蔚已升為山東第五區行政督察專員，與歷城縣長岳伯芬成了拱衞濟南的地方武力。王耀武守濟南時，曾計劃將大軍滙合翟毓蔚、岳伯芬的武力東進青島，但後以王優柔寡斷，不敢放棄濟南而作罷。如果聯合當時所有的地方武力揮軍南下或東進，未必會全軍覆沒的。

熊綬春將軍事略

—柳藩國—

君姓熊，諱綬春，字霖生，南昌武溪鄉人，生於民元前五年，家世業農，父鴻疇精舊學，管教甚嚴，齔齠即曉以忠義，母萬氏，俱早逝。君幼禀聰慧，過目成誦，勇敢逾恒人，性好冒險，遊巨川陟巉巖，視爲常事，稍長益誠實，態度雍容，曾肄業南昌心遠中學，成績優異，兄綬雲，携赴粤令習軍事，畢業於黃埔軍校三期，初任排連長，民十五年革命軍克南昌，綬雲時任副團長，以轟城先入陣亡，君請假奔喪，見親悲痛逾恒，不忍遽離，留贛襄籌軍分校，迫於甯漢分裂，走南京任桂團長永清部連長，邵伯之役，苦戰俘獲甚衆。十六年樞選派優良學生出國留學，君膺選赴日，初入戶山軍校，繼入步兵專校，二十年歸國，任特務一團副團長，翌年（一二八）滬戰爆發，代莫團長指揮參戰，屢挫强敵，當建議瀏河宜置重兵，未蒙採納，果有瀏河之失，君智計過人，將才天成，已爲人所稱道，適軍委會舉辦幹訓班，以學識優長，富戰地經驗，選充上校教育組長，旋奉派任步專教官暨星子特訓班大隊長，前後教練學生數千人，多有樹立。

二十三年河南省主席劉峙，慕君才，招任保安處學兵團長，繼調保安第三團長，前後三年，勦匪成績卓著，悍匪劉桂棠蹂躪數省，敗官兵無數，遇君則逃豫南，飛毛腿迭創官軍，前東北軍一旅之衆莫能敵，君輒一鼓而擒之，當路以十萬鉅金，君拒其賂，數其罪而置於法，其廉正光明之態度，誠足以挽頹風而立頑懦。

二十六年抗戰軍興，任鄭州警備司令部參謀長，徐汴陷落，應胡宗南總司令之召，走陝甘任第七軍分校軍官大隊長，未幾充沙市警備司令部參謀長，時敵勢正猖，所至淪陷，抵沙市而武漢已棄守，君冒險親赴武漢近郊點編游擊隊，鞏固沙市外圍。二十八年春改任渝北警備司令部參謀，旋調一百零三師副師長，協助何師長紹周勦匪川東湘西等地，翌年夏防守長陽及宜昌對河一帶，敵每次渡江均被擊回，第三次長沙會戰，冒艱險進薄沙洋，牽制敵兵，使不敢傾力南犯，三十一年何升軍長，君擢長一零三師，固守原陣地，陪都外圍之鄂西，賴以保全，當時有某將領函詢致勝之道，君覆書云：「用兵之道，貴有自信，對友軍要互信，對部屬要信任，完全以信爲本。」亦可見其爲人。

三十二年夏奉調雲南，冒暑行軍，官兵苦之，君於途次集合部屬訓話，喜形於色，莞爾而笑，全體官兵爲之怡然，狂歡不已，軍中傳爲佳話，蓋君在該師五年，初爲露其笑容故也，其治軍之嚴，及得部屬敬畏之心，可見一斑。明年調滇西，進攻松山，該地位於怒江西岸，高出江面三十餘里，俯視騰衝龍陵，敵人建有堅强工事，經常留一聯隊防守，以爲窺我西南之門戶，某軍從正面進攻，未及一週全軍覆沒，繼調某師繼攻，支數小時即行潰退，最後第八軍開到，何軍長紹周令君率所部出擊，迂迴山後斷龍陵之接濟，再沿公路仰攻，實行坑道戰，守土血爭，肉搏而上，敵數度用降落傘增援無效，又遣肉彈隊暗殺，危險程度間不容髮，進攻最後一據點，重量炸彈炮彈不能克，乃挖數千公尺隧道，用六噸炸藥拔之，其攻堅擊銳之難，與用炸藥之鉅，實創兩次世界大戰新紀錄，經過此役之後，滇緬路大門既開，騰衝龍陵相繼克復，而該師官兵亦已損失殆盡，旋全國部隊授榮譽旗十面，一零三師榮獲其一，是役當夏秋之交，酷暑薰蒸歷時二月餘，晝夜苦戰，君髮爲之斑白，其致力之苦，謀國之忠，海外報紙特別刊頌，然而獨不聞於國內者，以君實事求是不好浮誇，自不宣之，人何由傳，惟　蔣委員長聞敵人廣播，比用急電召見面予獎勵，三十四年元旦授四等寶鼎勳章，旋調任青年軍師長，因東南戰事轉進，改任十四軍中將副軍長，迄抗戰勝利，復授勝利勳章，整軍後即一再請求歸田，均不獲許，該軍旋改爲整編第十師，君任中將副師長。

三十五年元旦授忠勤勳章，是年秋共軍李先念部西竄，君率兩旅之衆殲之於川陝邊境，繼經陝入晉固守運城，旋奉調率部駐歸德，明年受訓入京，參與軍事會議，　蔣公深知其謀勇兼備，特垂詢勦共意見，君歷舉實地經驗以對，入秋共軍劉伯承部偷渡黃河，適羅師長另有任務，由君指揮堵勦，連殲劉部四縱隊，自以劉不敢與戰，望風逃竄，曾函告家屬云：「劉匪授首，僅時間問題耳。」陳毅見劉部慘敗，由山東增援，君復潰之於蘭封，然劉部藉茲復得休養滋長，中原從此多故，匪衆日夥，而國軍兵不見增加，君率一師之衆，連年征勦，繼殲劉部於柳林，生俘五千餘，報章刊載有柳林蕩冦記之稱，是年國慶授四等雲麾勳章。君御軍嚴而有恩，居恒與士兵共甘苦，食不兼味，衣不求暖，由潢川至經扶追勦劉股途中，曾凍倒軍次，士兵爲之感動，益加欽敬，其經常驅兵於水火，置之於死地而無怨心，卒以達成戰必勝攻必克者，洵非偶然。

三十七年春眞除整編第十師中將師長，先後解阜陽南陽之圍，尤以黃汎區之役，大軍雲集迎距掎角各有部署，結果僅第十師達成預定計劃，重創逃匪，白總司令深爲嘉勉，公開稱贊，倘得人皆如君則中原戰局早已改觀，何致有徐蚌之失，同年秋該師復改爲陸軍第十四軍原番號，君仍任軍長，編入黃維兵團，十一月參與徐蚌會戰，通過淝河，共軍開始包圍，君比建議爭取時間，向雙堆集以東李延年兵團携手，免墮入共軍口袋，未被採納，迨至二十七日果陷重圍，衆寡懸殊，苦鬥待援，而援兵不至，經八十五軍突圍無效，君復建議各自佔領原陣地堅工固守，不僅未被採納，反令十四軍與八十五軍調換防地，共軍乘雙方接替立足未之際，輕裝急進，加以八十五軍廖運周師叛變，兩軍同受重傷，君收拾殘部，固守十餘日，共軍源源增援，而君所留殘部日見減少，糧盡彈絕，大勢已去，乃動殺身成仁之念，當預通令所屬由谷副軍長代理其身後職務，至十二月八日共軍劉伯承部政治部主任張際春派專使送信勸降，君毅然拒絕，立斬其使，翌晚九時召所屬二五四團熊前團長福廣面授遺囑，令將此次戰役失利原因報告國防部參考，並請俞局長及在京友好照料家屬，至十一日晚十一時三十分共軍陷軍部所在楊圍子，君在掩蔽部即拔自衛手槍自戕頭部，共軍抬至南坪集而氣絕，比葬於集之東南火神廟側，浩氣長存，人所同慨，嗚乎烈矣！

畧談王耀武

—劉文煥—

「孔曰成仁，孟曰取義，惟其義盡，所以仁至，讀聖賢書，所學何事？而今而後，庶幾無愧。」我讀文信國公就義前這幅衣襟贊，和解送他時，他經過零丁洋「……人生自古誰無死？留取丹心照汗青」這首詩。以及「君王城上豎降旗，妾在深宮那得知，十四萬人齊解甲，竟無一個是男兒！」五代蜀後主孟昶妃花蕊夫人的這首亡國詩，不獨感慨萬千，心儀其人，而且深感不知愧煞後代多少二三其德的王侯將相，失足鬚眉？大陸戡亂時，濟南陷落後，變節附共的王耀武，就是其中之一。因事過境遷，很少有人提及，但筆者認爲基於國家民族立場，對於這樣的人，不能姑息，應該秉筆直書，口誅筆伐，以彰其惡，而爲叛逆者戒。大家都知道，孔子著春秋而亂臣賊子懼，所謂一字之褒，榮於華袞，一字之貶，嚴於斧鉞，春秋弒君三十六，亡國五十二，孔子是非二百四十二年之中，善善惡惡，賢賢賤不肖，用能存亡國，繼絕世，撥亂反正，濟弱扶傾。莊子曰：「朝菌不知晦朔，蟪蛄不知春秋，豈可執冰而語夏蟲哉？」鑑古觀今，王耀武之蜉蝣天地，直夏蟲不足語冰之流！有關他過去的一切重大事蹟，社會人士，率多耳熟能詳，不必辭費，但還有一些雋聞軼事，很少爲人知道，茲就其於湖南洪江第四方面軍將校訓練班精神講話時之自述，及筆者耳聞目見的一鱗半爪，在不踵事增華、穿鑿附會的原則下，畧爲述及，藉供談助，並爲後之治史者，有所擇焉。

從軍經過

王籍山東泰安，幼時家境不裕，賦性頗聰穎，及長，不安筆硯，好作狎邪遊。家人以其不守繩墨，難以造就，送至上海戚友處，習打字，冀得一技以餬口。王以此項技藝，毫無出路，如坐針氈，極感不適。翌年春，黃埔軍校，招考新生，王得悉後，欣喜逾恒，心嚮神往，遂託詞返家就學爲由，稟於店主，店主以未得其家信，且以其少不更事，恐生意外，不允其請。王悻悻然，無計可施，但以立志甚堅，非走不可，於是典當衣物，私籌路費，不辭而去。抵粵後，寄寓旅社，經探得投考情形，逕往報名，參加考試。詎發榜，未被錄取。王以名落孫山，有負初心，難酬壯志，且以留住多日，床頭金盡，食宿路費，多成問題，憂慮徬徨，無以爲計，在無可奈何之下，悲從中來，乃在該校操場內，嚎啕大哭，雖經多人勸慰，仍然泣不成聲。事聞主考之一劉經扶（名峙，時任入伍生團營長）先生，當即詢其所以，並查閱其考試成績，告以筆試各項，雖屬及格，但因身高不夠，致未錄取，經再三解釋安慰，並允助其川資，囑其身高及格時，日後再來。王情急智生，當答以身高係由矮小長成，我入校後，只有長高，不會再矮，且身體髮膚，受之父母，高矮大小，全係天賦，人力不能改變，且歷史上晏嬰、淳于髡，身長均不滿五尺，甘羅十二為相，解縉十四入朝，班超之投筆，汪踦之執戈，宗慤之破浪乘風，劉琨之聞雞起舞，古來英雄將相，未聞以身軀之高矮，影響其志氣，限制其事功。並陳述其投考之經過，及其無顏無力返里之苦衷。劉聞言後，不但同情，且極激賞，於是面允設法，破格錄取，並予大洋數圓，資其食宿。王乃破涕為笑，鞠躬稱謝，由是如願以償，得以入校，而奠鵬程發軔之基。王嘗語人曰，我之得有今日，多係恩師劉峙將軍之所賜，故其得志後，歲時伏臘，對劉始終敬禮有加，以示不忘。

計懾土司

王於黃埔軍校三期畢業後，先後歷任第一軍第一師之中下級幹部。民二十三年間，流竄於贛、豫、鄂、皖地區之朱毛紅軍，經五次圍勦後，傷亡殆盡，潰不成軍，原盤踞於贛南地區者，無法立足，朱毛紅軍，乃率其殘餘，作二萬五千里之長竄，輾轉而至陝北。時王任團長，以參加圍勦（鄺繼勳、方志敏等股），積功擢升獨立旅長，奉命繼續追勦，調駐川西之松潘苗猺地區。該處地瘠民貧，民性強悍，且以交通阻塞，語言不通，風俗習慣，多不相同，苗漢之分，益為顯著。政府以鞭長莫及，亦早視同化外，其一切政令之推行，多自當地土司出，過去中央或地方部隊，進駐該地時，大多被其消滅，難得倖免。王到達後，得悉上情，深感如有意外，不但任務無法達成，即官兵生命，亦多難保，寢食不安，至為焦急。經深思熟慮後，乃決定於其駐地，舉辦一顯示部隊潛力、極具規模、且富有戰鬥性之運動大會，除球類、田徑外，其主要項目，特着重於刺槍、劈刀、拳術、馬術、架上體操、武裝越野、實彈射擊，及戰鬥演習等等。於是召集連長以上，及必要人員，舉行緊急會議，決定各該單位担任之項目，面令翌日開始，加緊練習，限兩週內完成，更規定各項選手，必須身材高大，年富力強，頭腦靈活者，方為合格，至服裝儀表，紀律精神，尤應特為注意。一切決定後，照計而行。屆期，王即柬請各土司首長紳耆，蒞臨指導。開幕後，按預定項目，次第進行，各項選手，有如生龍活虎，身手非凡，至為精彩，觀者如堵，盛極一時，至實彈射擊之命中，戰鬥演習之逼真，直是嘆為觀止，而服裝儀表，紀律精神，尤屬令人刮目，使該土司等，目瞪口呆，心驚胆戰。閉幕典禮時，王一一請其批評指教，伊等均讚不絕口，備極推崇，咸謂為該地有史以來，未有之創舉，因而懾於王之威力，不但不敢稍存覬覦，且低首下心協力合作，使其圓滿達成任務。並更聯名分電中央及有關單位，說明該部紀律嚴明，訓練精良，及軍民合作、衛國愛民之一切情形，為從來進駐該地之任何部隊所不及。層峰據報後，極為嘉許，不久，王蒙召見，隨即擢升為五十一師師長。

上高之役

三十年三月初，春暖花開，贛北敵軍，實行其所謂春季攻勢，開始蠢動，致有上高會戰之發生。此時敵北路之三十三師團，集結於萬壽宮附區，中路三十四師團，沿湘贛公路，南路二十混成旅團，沿錦河南岸，同時西犯，企圖將我七十四軍之五十一、五十七、五十八等三個師，於上高、高安以西，棠埔以東之錦河南北岸，，以分進合擊之態勢，一鼓而殲滅之。是時我軍除以一小部留置錦河地區，遲滯日寇東進外，大部主力，早已轉移洞溪及棠埔與上高等處，敵未得逞。自三月二十日至二十五日間，敵二十混成旅團，分由灰埠、石頭街各處，渡過錦河北岸，與其三十四師團會合，以其全力，向我上高右翼及正面，猛烈攻擊。敵機十餘架，終日助戰，彈如雨下，血肉橫飛。我軍愈戰愈勇，寸土必爭，各處高地，屢失屢得，因而傷亡慘重。正當戰局緊張之際，王以電話，向羅卓英（時任九戰區副司令長官兼十九集團軍總司令）將軍告急。羅當告以上高地位，如何重要，多支持一小時，可得一營兵力增援，三小時，可得一師，六小時，戰局定可改觀，嚴令必須死守。結果，不到一小時，總部特務營，已馳援上高，五小時後，三戰區急派之二十六師（師長王克俊），亦已適時增援，分向蓮塘及向塘火車站，敵之兩大據點，開始攻擊，策應上高，使上高轉危為安。羅將軍指揮若定，於茲可見。當會戰開始時，敵攻上高，志在必得，以傷亡倍我，屢攻不下，銳氣全消，於無可奈何之下，改用攻心戰術，以署名關西大將致王耀武勸降書一件，空投我軍。其大意略為「蔣薛已到窮途末路，視將軍如砲灰，將軍勇敢善戰，在此一戰區之我軍，多已領教，為將軍計，望速善為自處，勿被利用，招致犧牲……。」同日以同樣署名，致其三十四師團大賀師團長之信，因誤投我五十七師陣地，被我獲得。略謂：「連日天氣甚壞，道路泥濘，各路攻勢，均無進展，如不能即日攻下上高，誠恐蔣薛游擊部隊，襲我後方，應即相機處理……。」王得此兩信後，亦如楊修因「雞肋」兩字，測知曹軍有撤退之象徵，深知日寇已成強弩之末，有敗退之模樣，乃當機立斷，分令各部，反守為攻，並速組追擊隊，開始追擊。日寇狼奔豕突，風聲鶴唳，潰不成軍，終獲大勝。統計戰果，日寇傷亡萬餘，鹵獲輕重武器無算，俘官兵騾馬甚多，更增強我官兵殺敵致果之必勝信念，因而奠定爾後常桃及湘西會戰勝利之基。事後羅將軍於上高附近之隍城講評時有言：「……北伐時的鐵軍，為第四軍；勦共時，為十八軍；抗戰時，則為七十四軍……。」官兵極為感奮。是役，我五十一師，獲有國民政府軍事委員會第一號武功狀，五十七師，獲第二號武功狀。

如此指揮

我記得是三十四年四月上旬，抗戰最後的一次湘西會戰，日寇一一六師團，六十八旅團，及偽二師等部，其作戰計劃，企圖以邵陽為基地，沿湘黔公路之桃花坪、高沙市、竹篙塘等處，分向我雪峯山脈之廻隆司、龍潭司，以迄江口、金屋塘、瓦屋塘之線，作廣正面之攻擊，威脅安（江）洪（江），直迫我空軍基地湘西重鎮之芷江，其主力，則直指我五十七師之江口。四月中旬，敵以平射炮，集中火力，向我洞口（形勢極險峻，為貫穿湘黔公路，進入雪峯山脈之唯一孔道）濫肆轟射，我扼守之一加強排，全部壯烈犧牲，敵佔洞口後，先後陷我巨口鋪、山門、馬脛骨、肝溪、月溪等要隘，近迫與江口勢成鼎足之青岩、鐵山兩高地。該兩高地，遙遙相對，居高臨下，扼通江口公路之咽喉，一旦有失，不但江口不守，安洪難保，抑且危及芷江。某日，王（時任四方面軍司令官）率參謀人員，親來江口五十七師師部，集合師長（李琰）及高級人員等（筆者時任該師上校參謀主任），研判情況，以紅藍鉛筆，在軍用地圖上，親自鈎畫，面授機宜，並令情況無論如何變化，江口必須死守。時青岩、鐵山，分由師屬一七一團（團長杜鼎，後任一百軍軍長，現在臺），及一七〇團（團長孫進賢，陷共區）固守，苦戰多日，犧牲慘烈，詎我官兵浴血奮戰時，突有工兵某團團附張少校，前來師部，面報師長，謂奉司令官命令，前來破壞江口橋樑（橋長約二十餘公尺，係湘黔路上青岩、鐵山西通江口之唯一橋樑），並云已將TNT之黃色炸藥藥包，全部裝好，特先報告師長，再行引發。李聞言後，大為驚訝，以王曾面令，江口必須死守，此一橋樑，為青岩、鐵山與江口間，交通之命脈，青岩、鐵山，為本師之主陣地，亦為主力之所在，一旦橋樑破壞，交通斷絕，增援補給，都成問題，倘至彈盡援絕，則敗象立呈，江口如何固守？且以士氣極為旺盛，鬪志高昂，惡鬪苦撐，理應如何激勵，以張戰果？尤可慮者，萬一情況有變，則以歸路斷絕，無一可以生還，於心何忍？如是面告該團附，非得本師長之同意，不得破壞任何橋樑，該團附答以此係執行司令官命令，倘不破壞，如何復命？可否請寫一手令，以便交差？李艷然曰：「司令官處此重大情況，出爾反爾，實太兒戲，我未奉到此項命令，你在此地，必須聽我，一切責任歸我負擔，如再敢說破壞，就先槍斃你……。」並隨即派遣工兵多人，監同該團附前往取出藥包，致未破壞。因此，對該兩處糧彈物品之補給，以車行無阻，仍能源源不絕，就地交付，充分支援，使我官兵，毫無糧彈不繼之顧慮，得以熾盛之火力，發揮高度之戰鬥精神，制壓日寇無數次之猛攻，不但始終不能越雷池一步，更使其曳甲丢盔，踉蹌大敗，奠定湘西會戰的全面勝利之基。戰局結束後，陸軍總司令何應欽將軍、美籍參謀長麥克魯等，自昆飛來戰地，偕王及軍長師長，率同我等，步至青岩巡視。我未用之彈藥，堆積如山，日寇遺屍徧地（左手多被砍，其鋼盔背包水壺衣物等，到處皆是，臭氣薰天，令人欲嘔，同行等均按樹葉塞鼻。尤令人怵目驚心者，該處所有地面草皮，多已翻起，無一完整，戰況之烈，可以想見。巡畢後，何敬公及麥克魯等，極爲嘉許，王僅拍李師長之肩曰：「你很好，你很好」而已。事後麥克魯將軍，以在中國戰區之第一號「銀星」勳章，令頒一七一團攻佔「三角腦」重要高地（青岩最重要據點）之某連周北辰連長。回憶當時，使江口橋樑，果爾破壞，則湘西會戰之整個戰局，或當重寫。

一般權術

魏武重法術，天下貴刑名，但「司馬昭之心，路人皆見」。二十七年秋，王任七十四軍軍長，駐於贛西分宜，舉辦一幹部訓練班，王兼班主任，受訓學員，爲軍屬下級幹部。時頗多戰績之五十七師，劃歸七十四軍之戰鬥序列，爲時不久，該師駐分宜縣屬之昌山，距軍部約五、六華里，適師長施中誠將軍（現在臺），患病臥床。王爲示關注及安慰起見，某晨，集合全班教職學員等訓話，報告施師長患病消息，强調吾輩革命軍人，同生死，共患難，休戚相關，應即前往探視之一篇大道理，乃親率該等，跑步至該師昌山師部，面示慰問之忱。施以偶感不適，有勞軍長關懷，至爲感激，施以天性純厚，不虞有他，未久，即調升爲副軍長，師長職務，由余程萬將軍，取而代之。

同年冬，九戰區長官部撥歸該軍之榮譽團少校大隊長胡某，精明幹練，年富力强，乃以原級派某師服務，調兼該班某隊隊長。王以胡某爲新進人員，與上級官員，定多交往，且器宇非凡，確爲不可多得之優秀幹部。某日，召胡談話，詢及學經歷及家庭狀況等等，胡某簡明扼要，對答如流，王當說：「咱們是軍校先後同學，都是革命軍人、領袖學生，你很有才幹能力，本軍正需要像你這樣人才，你好好的幹……。」於是書一便條，特支胡某法幣陸佰元（時少校月薪八十元），又隨即取出衣料二件，囑其帶歸，爲送其太太之禮物，並約胡於午後六時晚餐，以示慰勞。

王有族叔某，時調該班軍需工作，以涉嫌貪汚（草鞋費），經該班學員檢舉，向王報告。王得實情後，集合全班人員，宣佈此事，並云貪汚不論多少，均應處以死刑，義正辭嚴，不稍寬假。但隨說：「他是俺的叔叔，於法應該嚴辦，但在情理方面，俺又恐怕遭人物議，說俺刻薄寡恩，沽名釣譽，所以俺特別將這件事，宣佈出來，表示俺的坦白無私，現在俺對這件事，不知道怎樣辦才好？看俺有沒有這個面子？要求大家，免他一死。」王講畢後，大家才知道，王軍需是軍長的叔叔，於是要求，免予處分，結果，僅將該軍需調走了事。

三十年冬，七十四軍駐於湖南桃源，時正雨雪交加，天寒地凍，士兵赤脚穿草鞋，不勝其苦。王於某日，宴請縣長（王協武）及機關法團首長紳耆等，觥籌交錯，極爲歡洽。酒過三巡後，王說：「俺叫王耀武，縣長叫王協武（時年六十左右），他是俺的哥哥，俺是他的弟弟，弟弟有什麽困難，哥哥應該要幫忙解決，這是天經地義的事。現在各位看看，這樣嚴寒的季節，俺這些爲國殺敵、可憐可愛的弟兄，還是赤着脚，連一雙鞋子都沒有，俺是他們的軍長，縣長是俺的哥哥，你們各位，看這件事，應該怎麽辦？」如是縣長、商會會長，及在座首長紳耆等，於酒後耳熱、情不可却的場面下，都異口同聲的說：「貴軍官兵，保國衞民，紀律良好，有何困難，我們地方，應該盡力幫助，這件事情，軍長儘可放心，我們決定照辦……。」散席後，王即先行稱謝，時以舊歷年關將屆，不數日，除官兵每人贈鞋一雙外，並有年節食物甚多，王之用心，亦屬良苦。（按王縣長，似是湖南人）。

抗戰末期，我國參加滇緬作戰遠征軍之第五軍，以屢建奇功，名馳中外，該軍軍長杜聿明（光庭），因而名噪一時。王時任七十四軍軍長，奉命駐湖南東安，於白牙市辦一幹部訓練班，急欲了解第五軍之新式戰術，及其練兵用兵之道，以便迎頭趕上，而不後人，乃多方運用關係，延聘該軍王金波中校，任該班教務處副處長，請其將杜軍訓練與作戰之特點，列入課程，專責講授，並面許六個月後，以團長任用，王中校唯唯遵命，極爲努力，時已九個月，團長消息，仍如夢幻，王頗怏怏，急欲離去。某日，王約該中校談話，詢及其在本軍觀感，並云我與杜光庭如何？有關團長問題，隻字不提。王中校率直對曰：「本軍一切情形良好，軍長優點，較杜爲多，祇是杜重然諾，不重權術……。」王聞言後，知其諷己，於是齎以多金（相當現時臺幣拾萬元），以塞其口，使其離去。

三十四年夏，湘西會戰勝利後，王令五十七師全體官兵，集合於洞口南端之廣場內，聽其訓話。集合後，伊同軍長及美軍金上校（爲配合方面軍作戰之美籍高級負責人），與隨行之高級官員等，屆時到達，即席開場白後，當令工兵營長高玉琢（聞係王表親）出列，隨即宣佈其如何作戰不力，貽誤戎機，且全營官兵，傷亡散失，使多年生死與共的患難弟兄，如此犧牲，於心何忍？這樣罪該萬死的營長，要他何用？着即就地槍决，以昭炯戒。當王語至此，場內氣氛，頓時緊張，臺上將領，亦多噤若寒蟬，面面相覷，無敢或動。金上校覩狀，心知有異，就詢於王，當由翻譯官舌傳，金上校即以生澀的華語說：「不好，不好……我以爲你是開慶祝勝利大會，我才來參加，你如果是殺人，不應該要我來參加。」經傳譯後，官兵不約而同，轟然失笑，王亦掩口葫蘆，爲之色霽。高營長因而倖免一死，但在場官兵，早已爲他深深的揑着一把汗。

王嘗自我介紹的說：「一般高級將領，和達官貴人，常以不要錢而自我標榜，以博聲譽，俺老實的告訴你們，俺王耀武是要錢的，但俺是要上面的錢，和做生意賺錢，俺不是喝兵血，要你們的錢，更不是拿錢回家，買田地和房產，而是拿這些錢，用在你們的頭上，或者是有意義的地方，絕對沒有絲毫爲我個人打算。據筆者所知，第四方面軍駐渝辦事處，位於重慶朝天門，處長郭立雅先生，每於歲時伏臘，遵照王的指示，對在渝有些和王有道義之交或利害關係者，多有餽贈，致博得很多人士之好感，遇事樂爲之助，王之用心，亦可概見。

訓練情形

訓練重於作戰，三十三年冬，第四方面軍駐於湖南洪江之在頭。王爲加强訓練起見，特舉辦一將校訓練班，受訓學員，爲各軍副軍長以下、校級以上人員。筆者因而參加第三期受訓，王每週均有精神講話，講解其個人練兵帶兵用兵之經驗心得，及應如何修己待人的道理，常將其生平的遭遇，作講話的題材，現身說法，我佛如來，竪白同異，自圓其說，有時輕鬆生動，妙語如珠，繪影繪聲，各極其致，大有海客談瀛、聽者忘倦之概。因是受訓人員，頗有「自從佛國拈花去，空手歸來總是香」之感。王於精神講話後，當日定與各學員，共進午餐，依次輪坐，閒話家常，天南地北，了無拘束。每期結業時，照例舉行結業典禮及會餐晚會。上校以上，並宴請於私邸，藉機舉行個別講話，猶憶其與筆者談話時，筆者依照禮節，應對進退。伊即曉示曰：「咱們都是先後同學，這是在俺家裡，不必拘束，影響談話情緒，輕鬆點好了。」如是他乃起身，囑我隨他走出，同在外院散步，一來一往，輕鬆自然，除一般問答外，他說：「你在康澤(與王同期同學)那裡作過事，你覺得他如何？」我當答以他很愛護部屬，重視人才。他接着問：「你對本軍的看法如何？有什麽優點和缺點？要講實話，不可謊言。」我答：「本軍士氣高昂，紀律良好，平時重視訓練，戰時善於作戰，爲一般友軍所不及，其他優點很多，司令官比我更了解。至於缺點方面；我認爲第一點——官兵近於驕傲，驕必敗，傲必亡，謙受益，滿招損，這是至理明言。第二點——忽視自修，梁武帝說：「三日不讀書，即覺語言無味。」曾國藩日必讀書，並作劄記，趙普說：「半部論語，可以平治天下。」使能提倡閱讀，蔚成風氣，則本軍前途，當更光明遠大。他聽了以後，極爲稱讚的說：「你很有見解，可以當老師，替他們上課。」我當說：「我未來本軍以前，是在陸軍大學，當上校指導員。」他笑着說：「難怪你很會講話。」接着他告訴我，這一期受訓的成績，俺已看過，你的成績最好，俺將每期成績好的人，都寫入了俺的日記簿內，俺要特別告訴你，本軍唯一特點，就是要搜羅人才，決不埋沒人才，你對本軍有什麽建議和意見，隨時可以直接寫信告訴俺，你回去好好的幹……。」絃外之音，令我憧憬，撫今追昔，感慨系之！

三大主義

某次，王於將校訓練班精神講話時曾云：「國父講三民主義，俺現在要講三大主義。」以事隔三十年，僅就記憶所及，在不失其原意下，文詞方面，畧加潤色，分述於後：

大膽——領袖嘗言：「軍人事業在戰場。」「革命軍人，須向最危險方向前進。」曾文正公也說過：「凡事有五六分把握，便須放膽做去。」就拿俺個人來說吧，俺自從軍校畢業後，先後參加東征北伐，勦共抗戰的歷次戰役，很多次俺的任務，特別艱鉅，俺去的地方，特別危險，可是俺從不叫難叫苦，祇有遵命去作，舉例來說；江西勦共，人家以一個師打敗仗，師長被俘被殺(係指張輝瓚，按時地不同，意在舉例)，俺以一個團，反而打得敵人(方志敏股)落花流水，無法立足，當時這個任務，誰也提心吊膽，不敢擔任，只有俺這個愛吃大葱和饅頭的王耀武，奉命後，毫不考慮，一口承當。兵法有云：「置之死地而後生，置之亡地而後存。」破釜沉舟，背城借一，都是很好的戰例。必死不死，倖生不生，俺以必死的決心，必勝的信念，俺不怕敵，敵就怕俺，結果是有志竟成，天如人願，叫俺打了一次有聲有色、很漂亮的勝仗。 領袖據報後，當即叫俺當旅長，這不是最危險的地方，就是最成功的地方嗎？所以一個革命軍人，一定要有勇往直前的勇氣，銳不可當的精神，朝着最危險的方向前進，切不可膽小如鼠，貪生怕死，畏縮不前，放棄成功立業的機會。但是古人說：「臨事而懼，好謀而成。」「多一分檢點，少一分失敗。」所以咱們擔任重大任務時，都要小心翼翼，履薄臨深的去作，切不可心粗氣浮，張皇失措，以致僨事，所謂「膽欲大而心欲細。」就是這個道理，諸葛一生惟謹愼，呂端大事不糊塗。」這兩句話，大家要牢牢的記着，深深的體味。

大志——將相本無種，男兒當自強，孟子說：「當今天下，舍我其誰。」「堯何人也？舜何人也？有爲者，亦若是。」當劉邦和項羽，看到秦始皇出遊時，車駕威儀之盛，他們羨慕的說：「大丈夫當如是也」、「彼可取而代之」的豪語，結果秦失其鹿，楚漢相爭。范文正爲秀才時，即以天下爲己任，古來英雄豪傑，沒有一個不是胸懷大志，心雄萬丈的。遠的不說，國父訓示我們，要立志作大事。他爲堅定推翻滿清，創造民國的大志，自興中會成立後，曾先後起義十次，都是失敗，但愈挫愈奮，不渝初志，武昌首義，終底於成。 領袖繼承 國父遺志，在湼彌堅，自黃埔建軍後，以有限之人、財、物力，從軍兩次東征，兩次北伐，五次圍勦，卒能統一全國。以至現在領導全國軍民，與號稱世界一等强國的日寇，作堅强之抗戰，且最後勝利，指日可待。這些掀天揭地、繼往開來的偉大事業，决非村夫俗子，問舍求田，而無大志者，所能倖致。歷史上一旅興夏，三戶亡秦，勾踐之沼吳，光武之興漢，以及有志竟成者，不可勝數，所以我們革命軍人，尤其將校幹部，每個人都要有豪邁的氣概，遠大的志向，才能作出一番驚天動地的事業，不負這七尺昂藏。

大量——語云：「量小非君子。」「有容乃大。」歷史上功業彪炳的人，沒有不是寬洪大量的，張良納履，韓信受辱，漢高祖豁達大度，三傑趨從，唐太宗下士禮賢，羣雄入彀，責已之負荆請罪，容人之唾面自乾，千載以來，傳爲佳話。即舉俺自己的例子來講，俺當團長的時候，俺這個團，參加全軍的運動大會，錦標錦旗，就拿了十之八九，這時俺年輕好勝，自覺非常光榮，大會閉幕後，那些沒有拿到錦標的團長，心有未甘，如是尋仇找隙，向俺厲聲的說：「你這小子，眞是王牌團長，我們要看看你腦袋上，刻了『王』字沒有？現在我們團長級，還要來比賽一下，看你還能不能夠拿到錦標？」俺當時年少氣盛，受不了他們這樣的侮辱，就毫不猶豫的說：「你們欺人太甚，俺姓王的决不含糊，誰有種？誰就來。」如是他們以聯合行動，拳打脚踢，向俺圍攻，這樣吃虧的，當然是俺，事後，他們還面報軍長，說俺如何趾高氣揚，耀武揚威，鄙視他們，軍長雖明知就裡，但因衆怒難犯，爲整個團體着想，只有敷衍他們，委屈着俺，以示安撫，如是將俺降爲營長，事過半年，俺才官復原職。迄今思之，當時他們雖然過於無禮，但是俺也犯了「小不忍，則亂大謀」的錯誤，簡單的說，就是度量大小。清翁同龢有聯云：「受盡天下百官氣，養就胸中一段春。」這就是宰相肚內好撑船，和大度能容，有忍乃濟的最好說明。因此，我們將校，度量一定要大，事業方可成功。

結論

抗戰末期，我全國陸軍，整編爲四個方面軍，王耀武竟能與當時盧漢、張發奎、湯恩伯等，並駕齊驅，一躍而爲第四方面軍司令官，時在軍校先期儕輩中，於軍事方面，而能出類拔萃，煊赫一時的，除有「西北王」之稱的胡宗南（軍校一期）將軍外，尚無人能出其右。「七七」事變後，雲龍風虎，時勢英雄，王轉戰大江南北，確也爲國家立下了不少汗馬功勞。這時可說是乘風破浪，得心應手，左右逢源，更以聲譽日隆，進而榮獲最高統帥的知遇，由旅長而洊至方面軍司令官，飛黃騰達，直上扶搖。勝利後，策勳酬庸，更得中樞之倚畀，開府濟南，主綰魯政，並兼第二綏靖區司令官，股肱心膂，位列封疆，政府遇王，不爲不厚。當時魯中，有三李（李延年、李仙洲、李玉堂）不如一王之譽，仕宦至將相，富貴歸故鄉，其高視濶步，躊躇滿志，意氣自雄的神情，益可想見。王於此時，應如何感恩圖報，爲國家盡至忠，爲民族盡大孝，在任何情况下，懍於生死事小，失節事大之義，以保晚節，而享令名！詩曰：「靡不有初，鮮克有終。」詎見不及此，濟南陷共，竟以被俘聞。有關其戰敗被俘的經過，道路傳聞，一一其說，然被俘之後，未能慷慨悲歌，一死見志，而快恩仇，實屬親痛仇快，爲人不齒。尤有甚者，不僅覥顏事仇，認賊作父，更進而以「漢人學得胡人語，也在城頭罵漢人」的嘴臉，聞對我領袖政府，作甚多詆毀誣衊之廣播，人之無良，一至於此！詩曰：「人而無恥，胡不遄死。」孟子曰：「不恥不若人，何若人有？」哀莫大於心死，斯其無恥之尤。因而憶起「史筆流芳，未能成名終可法，洪恩浩蕩，不思報國反承仇。」「一局圍棋，今日幾乎忘穀雨，兩朝元老，他年何以辨清明？」（這是明末薊遼總督洪承疇松山戰敗降清後，轉任清廷七省經畧，時人對其譏諷唾罵的兩副對聯）這個故事，假使王耀武不是隋陸無武，灌絳無文之流，這個故事，他應該了解，午夜清思，不知作何感想？

人之所以異於禽獸者幾希？小人去之，君子存之，不爲聖賢，便爲禽獸。一失足成千古恨，再回頭已百年身。差之毫釐，謬以千里。處千鈞一髮之禍福關頭，生死榮辱，是非成敗，只是繫於一念，林文忠公有云：「苟利國家，生死以之，豈因禍福避趨之？」孟子曰：「三軍可奪帥也，匹夫不可奪志也。」又曰：「我善養吾浩然之氣。」是氣也，至大至剛，小之無內，大之無外，立德立功立言，不淫不移不屈，如日月經天，江河行地，內聖外王之學，存神過化之基，爲天地立心，爲生民立命，爲往聖繼絕學，爲萬世開太平，是氣也，何氣也？實即覆載無私，陰陽不賊之天地正氣，亦爲我中華民族，五千年文化傳統之精神。堯以是傳之舜，舜以是傳之禹，禹以是傳之天下後世。荊軻之歌，聶政之勇，魯仲連義不帝秦，藺相如完璧歸趙，太史簡，董孤筆，張良椎，蘇武節，嚴顏之頭，嵇紹之血，睢陽之齒，常山之舌，忠肝義膽，碧血丹心，千載而下，猶見血淚！至若漢之溫序，伏劍拒降，唐雷海清，肢解不屈。柴市成仁，揚州盡節。岳武穆三字含寃，方孝儒十族被戮。楊椒山心存君國，直斥嚴奸，左光斗義辨忠奸，痛詆魏賊。矢志復明之朱舜水，負帝投海之陸秀夫。凡此我黃帝子孫之忠貞節義，無一不爲我中華兒女之肝膽心腸。而揚州十日，嘉定三屠，與乎其他舍生取義，殺身成仁，刀鋸鼎鑊，甘之如飴，視死如歸，獨完大節者，尤屬指不勝屈。是皆塞乎兩間之正氣，光芒萬丈之民族精神，上可以對億萬世之祖宗，下可以對億萬世之後代。質之鬼神而不疑，百世以俟聖人而不惑。前事不忘，後事之師，後之視今，亦猶今之視昔。筆者撰述此篇，意在警惕世人，尤其後之來者，臨大疑，決大難，義之所在，見危授命，生死以之，切勿自貽伊戚，重蹈覆轍，類如王耀武之流。則黃花青史，俎豆千秋，生而爲英，死而爲靈，無負黨國，不忝所生，豈不毅然大丈夫哉？最後，我要強調「養天地正氣，法古今完人。」這兩句話，爲本文的結束。率爾操觚，難免魯魚亥豕，幸閱者教之。

洪憲本末（三）

・鐵嶺遺民・

參政院

約法會議通過成立參政院爲諮詢機關，但在立法院成立前代行立法院職權，如此就變成了國會，權力自然很大。袁世凱於民國三年五月二十四日公佈約法會議制定的參政院組織法，六月二十日成立參政院，在參政院成立之日，政治會議即宣告結束，六月二十九日袁世凱又下令以參政院代行立法院職權。

參政院由參政員七十三人組成，其中大半皆清朝遺老，袁世凱還怕這些人不肯就，寫了親筆信派人分送各處，說明共和更易係國體變更，並非改朝換代，爲民國服役，決無失節之嫌，經此一邀，許多遺老紛紛出山，就連清末與岑春煊連盟專門與奕劻、袁世凱對壘的瞿鴻禨都到了。重要人物梁士詒、梁啓超、蔡鍔、楊度、孫毓筠、嚴復、劉師培皆在其中。不過在舉世昏昏時，也有少數獨醒人物，其中最著名的是于式枚，式枚原任李鴻章幕府，袁世凱有一個時期走李鴻章的門路，很恭維于式枚。據說李鴻章死時上慈禧太后遺摺，中有附片保薦袁世凱，就是于式枚的手筆。袁世凱任了大總統之後，屢次聘于式枚出山，皆被堅辭。此時成立參政院，袁世凱又聘于式枚任參政，派長子克定持親筆函去青島邀請，克定是式枚的學生，見面苦苦哀求，于式枚仍不爲所動，祇寫了封信要克定帶回。信云：「參政一席，於鄙人性質不甚相宜。前承公推舉爲考察憲政大臣，前後奏章均可覆按，然亦不欲顯有辭避，致負公知愛之深，曾托菊相（指徐世昌）代達私衷，事前已先與芸台（袁克定）有秋後來京之約，必能轉達聰聽。積病之後，尤畏炎熱，一切情形，知蒙鑒及，良覿有日，統容面陳。承賜食品多珍，拜領飽德，並惠川資優厚，大不敢當，謹留以爲證行之券。回憶十年門館，千尺深潭，受惠已多，大恩不謝，本不應自外也。」書首稱「慰庭四兄大人」，書末附註稱：「封題是官樣文章，自應從同，函內是平日私交，不敢改二十年布衣昆季之雅。」袁世凱得書後祇得一嘆置之。還有一位喬樹枏，清末任學部左丞，袁世凱屢聘出山不就，這次也名列參政，施愚帶了名單去徵求同意。喬樹枏看見不能更改，靈機一動把喬字改爲王字，於是參政就落到王樹枏的頭上。

黎元洪處境漸苦

參政院成立後，黎元洪被任爲參政院長，汪大燮任副院長，此時黎元洪已看出袁世凱的本意已不僅要作總統而已，基本是一步一步的走向皇帝。而袁世凱一旦作了皇帝，所有中國人處境最難的無過黎元洪。因爲袁世凱眞的稱帝，擺在北京大官顯宦面前不外兩條路，一是折節稱臣，甘作新朝佐命，一是飄然遠去，作民國遺民。但是黎元洪兩條路皆走不通，自己以副總統身份，向袁世凱稱臣決不肯爲，但是要想回到黃陂作一個老百姓，就算黎元洪自己沒有其他念頭，袁世凱也絕不放心。黎元洪處在這個環境中，唯一辦法就是裝聾扮啞不說話。

不過表面看起來，袁世凱對他仍然十分尊重，黎元洪未進京之前就兼任參謀總長，此時仍領參謀總長兼職。但是，黎元洪却從未到部辦公，一切事務均由參謀次長陳宧（讀頤）代行，陳宧也是湖北人，對黎元洪也很恭敬，部內有事必然要親來請示，雖然每次請示，黎元洪還是讓他斟酌辦，但陳宧規矩仍然到，因此黎元洪對他頗有好感。

當參政院組成後，黎元洪被任爲院長，但是對於參政院事務皆不參加意見，任何大事皆由大家決定，他祇是呆坐不開口。有時甚至缺席，袁世凱對之也無可如何。不過，這個時期，袁世凱及其手下，也覺得黎元洪已不關重要，既然進行帝制，自不必要副總統，祇要黎元洪不逃出北京，就萬事大吉。

黎元洪住進瀛台之後，衞兵均換了總統府的警衞，黎元洪自己隨身僕從出入亦受到限制。名爲副總統實同囚犯。此種生活尙能抵受，最怕的是袁世凱一旦稱了帝，難以自處。因此，黎元洪就想離開北京，脫出樊籠。第一步要求出洋考察，爲袁世凱拒絕。第二步要求回鄉掃墓，竟然也未被批准。到了最後，要求遷出瀛台，算是得到批准，由小樊籠換到大樊籠，精神方面也還好些。新的府第在東廠胡同，明代爲魏忠賢宅，清末爲榮祿住宅，袁世凱購贈黎元洪，富麗堂皇甲於北京，段祺瑞住的府學胡同宅也是袁世凱舊贈。此等處可以看出袁世凱用錢的氣魄。

終身總統

參政院於民國三年五月二十六日成立，六月二十日開幕，袁世凱以命令宣佈依據新約法參政院代行立法院職權。七月間，公府政治顧問美國人古德諾博士，提出一個說帖，指出現行的大總統選舉法有修改的必要。提出兩點理由，第一、原來的大總統選舉法，規定參衆兩院議員爲投票人，兩院爲選舉機關，可是根據新約法，國會改爲一院制，參衆兩院已不存在了。第二、大總統選舉法規定，總統副總統因故不能行使職權時，由國務院代行職權，可是目前已沒有國務院，祇有政事堂，政事堂並不等於國務院，政事堂能否代理總統職務，並無明文規定。

古德諾這個人，研究近代史的人對他都不陌生，以後楊度發起的籌安會就是根據他的一篇大文而起，但很少人留意他在發表「共和君主論」之前，還有這個說帖，而且也確能言之成理。袁世凱當時把古德諾說帖交參政院討論，八月十八日參政院通過梁士詒等提案，修改民國二年十月五日公佈總統選舉法，民國三年十二月二十八日又經約法會議通過，袁世凱次日即行宣佈。

新的總統選舉法內容重要之點是：總統任期十年（原四年），連任不受限制。總統改選之前，如果參政院認爲政治上有必要，得議決總統連任而不進行選舉。總統繼任人由現任總統推荐三人預書於嘉禾金簡，鈐蓋國璽，藏之金匱石室，備有鑰匙三把，由總統、參政院長、國務院分執其一，平時不得擅自開啓，須在選舉前取出交與選舉會。總統資格以年滿四十歲，在國內居住滿二十年者爲限，總統選舉會由參政院參政、立法院議員各推五十人組成，副總統也由現任總統推荐三人，選舉手續與總統同。

新選舉法公佈後，有識之士無不搖頭，大家最感不平的倒不是總統任期問題，事實上袁世凱已造成終身總統的形勢，他在世一天也沒有人同他爭總統，大家所不能接受的是這個推荐繼任人的辦法，如果袁世凱在提名的名單上寫上袁克定、袁克文、袁克良弟兄三人的名字怎麽樣，他三人不論誰當總統，繼任人再寫上自己三個兒子的名字，總統不是變成世襲了。

遺老紛出山

由於袁世凱的復古，加上徐世昌就任國務卿，使許多遺老對袁世凱的觀感大大改變。在清室遜位之初，一般遺老均認定袁世凱是操莽，人人皆欲得而甘心，可是，見到袁世凱對清室確實百般維護，不忘故君，大家又覺得袁世凱到底還有良心，敵意漸失。及至袁世凱接二連三推行復古運動，宮內先傳出袁宮保是忠臣的謠言，各地遺老自然聞風興起。許多遺老所以肯任參政，他們的理由就是認定袁世凱一切爲了大清，幫助袁世凱可以早一天促使大清中興。

在此種風潮期間，袁世凱因勢利導，又拉出兩個有名的大人物，一個是趙爾巽，號次珊，清末任東三省總督，張作霖就是其一手提拔起來，民國成立後，趙爾巽隱居不仕，其弟趙爾豐清末任四川總督，辛亥起義，被四川革命黨所殺。因此，趙爾巽恨透了革命黨，也遷怒到民國政府，袁世凱此時下令成立清史館，聘趙爾巽擔任清史館館長。最初趙爾巽不肯就，袁世凱勸他說：「這不是作民國的事，還是作的清朝的事，假如修史大權落於不滿先朝人之手，定將不利於故君。」

這段話打動了趙爾巽，當時提出一個條件，要爲其弟趙爾豐辨誣，袁世凱也答應了，於是趙爾巽出任館長，並且提出四句口號：「我是清朝官，我修清朝史，我做清朝事，我吃清朝飯。」表示自己並未出仕民國。像趙爾巽已算立場站得穩了，可是另一位遺老梁鼎芬却去信責備他，認爲清朝並未亡，修什麽清史。

另一位遺老是湖南人王闓運，全國公認的大師，袁世凱請他擔任國史館館長，負責纂修民國史，王老頭子這時已過八十歲，收到電報欣然就道。湖南方面王氏門弟子有成就的已很多，許多人皆去勸阻，認爲老師這麽一把年紀，何必再去作官。王闓運笑嘻嘻地說道：「就因爲年紀大了，甚麽事都不能作，祇能作官了，因爲作官是最省事，最不用費精神而錢又掙得最多，我怎可不作。」

最初的帝制派

最早公開發表文字擁護袁世凱稱帝的，倒不是後來一般知名的洪憲人物，而是兩個不見經傳的人。遠在民國二年二月二十八日北京國風報就發表過馮國璋、倪嗣冲兩人的勸進密電，中有警句：「孫黃失勢，已入英雄之彀中，黎段傾心，可寄將軍於閫外。」當時馮、倪曾予以否認，斥爲造謠，事後來看，這個電報大概是革命黨人僞造的，因爲馮國璋從始至終就反對袁世凱稱帝。

可是就在此事發生不久，有一個湖北商人裘平治，居然聯絡一羣人上一個條陳給袁世凱稱：「總統尊嚴不若君主，長官命令等於弁髦，國會成立在即，正式選舉，關係匪輕，萬一不愼，全國糜爛，共和幸福不如亡國奴，曷若暫改帝國立憲，緩圖共和。」

袁世凱此時正爲帝制謠言困擾，想藉機會表白一番，當時下了一道嚴厲命令說：「共和爲最良之政體，治平之極軌。本大總統受國民付託之重，就職宣誓，永不使帝制再見於中國，皇天后土，實聞此言。乃竟有商民裘平治等呈稱……不意光天化日之下，竟有此等鬼蜮行爲。……如務爲寬大，置不深究，恐邪說流傳，混淆觀聽，極其流毒，足以破壞共和，謀叛民國，何以對起義之諸人，死事之先烈，何以告退位之清室，贊成之友邦，所有裘呈內列名之裘平治等，着湖北民政長嚴行查拿，按律懲治，以爲猖狂恣肆，干冒不韙者戒。」

這道命令眞是義正辭嚴，後來雲南護國軍所攻擊袁世凱推行帝制，背叛民國的文字，皆無此言簡意賅。這個裘平治倒也有膽識，未等查拿，自己跑去北京自首，至於究竟判了什麽罪，以後倒未見公佈。

繼裘平治事件之後，僅隔了一個多月，又有一位湖南人叫章忠翊寫了一篇「勸正皇帝位表」，洋洋千言，駢四儷六，理論與裘平治相仿，而文字要好得多，袁世凱又下令湖南民政長拿辦，以後也沒有下文。

這兩位可說是帝制派的先驅，惜乎意見早了一年多，若推遲到民國四年八月以後發表，馬上就可以換來功名富貴，但以後是福是禍，也難說了。

勞乃宣表錯情

在趙爾巽就任清史館館長之後，又回到青島，遇到一位遺老勞乃宣，閒談起朝局，趙爾巽說了一句「不久日月重光」。在遺老口中的日月重光自是指溥儀復位，大清中興的意思。趙爾巽當時何以會講這句話，目前已很難揣度，但言者無心，聽者却有了意。

勞乃宣號玉初，庚子年拳匪之亂時，正任吳橋縣令，曾上書請求取締拳匪。在那個時代有這種見解也不容易，所以勞乃宣並不冬烘，他確有自己的一套看法。此時先寫了一篇「共和正續解」，主張復辟。同時又寫一封信給趙爾巽，要他勸告袁世凱歸政清室。信稱：「總統之任，必有滿期，退位後無異齊民，其時白龍魚服，無以自衞，怨毒所畜，得而甘心，不測之禍，必難獲免。項城識畧過人，必早慮及此，以管見推之，以爲必示人以非富天下之誠，而後足以平逐鹿之爭，必示人以不忘故主之忠，而後足以戢糾桓之驕氣。然此時遽議歸政，冲主不能親裁，別求居攝，殊難其選，實仍無以逾乎項城。故愚意議定十年還政之期，昭示天下，而仍以歐美總統之名，行周召共和之事，福威美食，一無所損，所謂閉門天子，不如開門節度也。還政之後，錫以王爵，則與總統退位後復爲齊民者不同，爵位之崇，僅下天子一等，自必堂高帘遠，護衞謹嚴，不致有意外之患，……且總統無傳家之例，而王爵有罔替之榮。如是則項城安而王室亦安，天下因之以舉安，是以深冀吾公之見陳，而項城之見聽也。……公謂成先朝之史，以報先朝之恩，竊謂此說得行，其所以報先朝之恩者，尤勝于修史萬萬。」

勞乃宣這封信到今天看來，還覺得很有見解。當今許多國家的獨裁領袖，所以始終不肯下台，就是因爲在台上得罪人太多，一旦下了台沒有安全感。至於以「歐美總統之名，行周召共和之事」，過去的西班牙就是這種制度。佛朗哥元首逝世後，西班牙就復辟，卡洛斯即王位，仍實行君主立憲制度。假如袁世凱當初眞有意歸政清室，勞乃宣的辦法倒是行得，可惜是袁世凱無意再保大清，勞乃宣表錯了情。

勞乃宣致周馥信

勞乃宣致書趙爾巽，未有下文，於是又寫信致周馥。周馥號玉山，出身李鴻章幕府，與袁世凱父親保慶，叔父保恒都是朋友，袁世凱在朝鮮時，周馥已經當了海關道，很幫過袁世凱的忙，就輩次出身來說，周馥皆是長輩，可是袁世凱的官升得太快，到了袁世凱代理直隸總督時，周馥祇當到直隸布政使，變成袁世凱的部下，要拿手本晉見。後來兩人均官運亨通，光緒末年，袁世凱當到直隸總督，周馥當兩廣總督，以後又結爲兒女親家，袁世凱第八子克軫，是周馥的女婿，周馥長子學熙號緝之，曾在趙秉鈞內閣任財長，後來周馥感到北京政局過於複雜，去信着學熙辭官回青島，因此後來洪憲的事，與周學熙完全無關，周氏喬梓的風骨，在當時頗爲一般人所重，袁世凱對這位既是世伯又是親家的周玉帥一向相當尊敬，勞乃宣也知道寫信經過周馥轉到袁世凱手上比較容易，當時寫信給周馥稱：「趙次帥由京來島，謂項城自言，今日所爲，皆所以調護皇室，初無忍負先朝之意，曾商之世相（指世續，時任清室內務府大臣），欲卸仔肩，而世相言無接手之人，故不得不冒此不韙，誠如此言，則項城之心亦良苦矣，當以拙作正續兩作質之次帥，問其可否代呈項城，次帥曰可，因即請其携之入都。……伏思我公歷事累朝，恩深位重，孤忠耿耿，至今夢寐不忘，于項城有父執之誼，識拔之雅，近又締結絲蘿，親同肺腑，若出一言，重如九鼎，可否將狂瞽之言，轉達聰聽，倘荷采擇，見諸實行，非特有造於先朝，其所以爲項城者，亦不啻出諸九淵，升之九天也。」

周馥爲人並不胡塗，他雖然忠於清室，不肯出仕民國，但是終周馥之世，對復辟從不感到興趣，也未參加過任何活動。清室對他相當尊重，有重大事件，也還派專人赴青島徵詢意見。但周馥對清室復辟則不存希望，明知道大事已去，即使勉强一試也必然無成，所以周馥當時並未把這封信即刻轉過去，隔了一個時期才託人帶給袁世凱。

勞乃宣致書徐世昌

勞乃宣寄給周馥的信沒有結果，並不氣餒，又給徐世昌寫了一封信，繼續鼓吹還政清室。信稱：「……我公既受先朝重任，又與項城至交，此策得行，兩無所負。……憶己、庚之際，拳匪初萌，弟在吳橋任內，考出義和拳爲白蓮教支流，刊『義和拳教門源流考』，分佈各處。又通籌辦法，屢擧上官，而直省台司，褒如充耳，以致釀成滔天之禍。時項城出任東撫，道經連鎮，弟往迎送，以刊及原稿面呈，項城大爲嘉納。到東後一切照行。聯軍到京，東省卒得保全，其取善之宏，從善之勇，令人感佩。今夏在青島蒙賜手書，尙有『昔庚子之變，執事不憚苦心，標正論以拯危亡之禍』之語，是項城用弟言取效，至今猶未忘也。竊謂弟今日所言，尤關重大，若荷聽從，其收效之宏，較之庚子更勝萬萬也。」

這封信的內容與其說是爲了清室，勿寧說全是爲袁世凱打算。徐世昌接到信，自然捧給袁世凱。

袁世凱對勞乃宣有很深印象，看過之後，未置可否，說道：「勞玉初學問不錯，可以請他來京作參政。」

徐世昌聽了也不向下問，就發了一張聘書請勞乃宣到北京擔任參政。

勞乃宣萬不料三封信換來一個參政，自然喜出望外，其他想作官而作不到的遺老，也認爲這是終南捷徑，於是紛紛發表文章，最著名的就是現任國史館館員宋育仁，發表還政清室的演說。宋育仁號芸子，是四川人，曾受業於王闓運，王闓運出任國史館長後，想到這位高足，把他拉來當國史館的纂修。所以宋育仁已經食了民國俸祿，不能算是遺老了。可是他竟然發表演說，要求還政清室。演說地方在首都，宋育仁又是現任官吏，居然可以公開發表此種言論，使復辟謠言更加熾盛。到了後來，日本報紙連篇累牘刊載北京即將復辟消息，終於引起風波，肅政使夏壽康首先提出檢擧。肅政使就是御史，由御史出來參一本，是誰也招架不住的。

臨風追憶話萍鄉（八）

張仲仁

「暗渡陳倉」

「暗渡陳倉」是一個隱秘怪異的穴道名稱，和「銅壺滴」有異曲同工之妙，是我師祖黃文的傑作，他曾傳此穴道功來懲罰一位罪大惡極的戰時自衞隊長。

在抗日戰爭後期，吾鄉已成爲眞空地帶，隨時有我國駐軍，來來往往的調動移防，當時的地方政府，在供應方面實在窮於應付。人民雖交足軍糧，但還得分担駐軍的額外借糧兼借欵；這還不算，更有三五成羣携械帶槍的散兵游勇，不斷上門騷擾，要吃要錢，弄得各鄉村鷄犬不寧。那時戰亂地區，各鄉鎮公所人員，顧得駐軍的供應補給，却無法兼顧地方治安。

在此種情形之下，人民不勝其苦，因此很多大族姓祇好組織自衞武力，同時向縣政府呈報備案，免生誤會。但有些鄉村，因爲山高路遠，政府管理不及，他們也就不理呈報不呈報，自行處理一切。多數團隊由在鄉軍官帶領訓練，實行軍事管制，紀律就比較嚴格。但其中却有少數團隊變了質素。這些烏合之衆，一有了武器，在毫無抵抗的樸實鄉村間，無形中產生了一種勢力。並且是一種頗强的勢力，這種勢力使得一個人得意忘形，目空一切，此時罪惡也就從此而生矣！其中有一位鄉團首領，可作爲小人得志便瘋狂的殷鑒。

自湘北、及贛東和贛北會戰後，政府爲了戰畧上的關係，特下令先將贛西邊區幾個縣的鐵路公路徹底破壞，以阻滯敵軍進侵。故此在抗日後期，吾鄉運輸，因公路破壞而受阻，陸路全靠人力車爲主要交通工具。在萍鄉至宜春的官道線上，有一處大村庄，是劉姓集居之地，該處商旅絡驛不絕於途，因此供應旅客的食住商店等，亦異常興旺。

該村設立的自衞團，是由一位武術人士劉德雄帶領，他原本家境好，且有部份私槍，開始時出錢出力來保衞桑梓，當時很獲得本族長輩及鄉紳的稱讚。他很應該循規蹈矩的做下去，然而可惜的是此人受不了高祿尊位，一旦稍有得志，便忘本棄祖，爲所欲爲的來欺壓良民了。經過短短的幾個月時間，這位隊長竟突然改變了他的態度，由護衞桑梓變成爲害地方！眞所謂「天變有雨，人變有禍」這是確實不錯的。

劉德雄自領導鄉團，在地方頓成了風頭人物，自恃武功好，如今又掌握槍枝武力，出外有隊員侍衞，返回有衞兵敬禮，眞好像一登龍門身價百倍！因此產生了一股驕凌之心，他自以爲已做了大元帥，不知不覺間露出了狂妄之態，連地方鄉紳會議制度也不願遵守，凡事一意孤行，慢慢的竟仗權勢把持地方公產，缺德的是連老弱孤寡的口糧也要扣尅。這些貪財之行，尚可理解，最不應該的是飽暖淫慾而後强姦有夫之婦！他貪財好色的邪惡醜形，至此已表露無遺。他時常帶領隊員以巡視爲名，實則進行他的奸謀鬼計；他派隊員設關卡，私自徵收來往商旅貨運稅，稅額並無規定，憑他的私人意思强徵。如遇商旅反對，就使出橫蠻手段，毆人後又沒收貨物，這簡直是成了要買路錢的强盗！所謂「學官不成，習於盗賊」。如此胡作妄爲，竟無人能夠制止他行此不義。

事因當時局面混亂，縣政府及區公所均自顧不暇，地方鄉紳因他武力在手亦莫可奈何，此時眞變了狼未驅走，虎又上門。後悔擁護他做自衞隊長也已遲了！在無法可施之時，却有當地一班武術界人士，他們看不過劉某的行爲，準備同心合力來懲戒此盜匪心腸，缺德敗壞之輩，以除地方之害。

人所不敵「滑泥山」

如憑武功較量，當然不準用槍，但祇可一人對一人，決不能幾個師傅一齊圍攻。問題是一人對一人能否打得過他？因爲劉德雄不但武功相當好，他還有一手人所不敵的「滑泥山」功夫；此「滑泥山」屬於法打之類，是法術，不是正派功夫。和他較量過的武師，其中有功力高過他的，但往往敗在他的「滑泥山」法術之下，如不明白他這一手法術，眞覺得寃枉透頂。因功力比他强，怎會敗在他手下呢？再經過幾次決鬥，武師檢討失敗情景，大家敗得如出一轍，到此時恍然而悟，知道劉某確會施法術。

爲着進一步的明瞭，商量後再派人向他挑戰，此次比武時就特別留意他的動作及面部表情，果然不錯！每當他拳掌上不能取勝時，即刻施展「滑泥山」法術，但見他口唇蠕蠕而動，暗唸咒語；說也奇怪，和他打鬥的人立即覺得地面上如同倒了生油一般溜滑，簡直站不住脚，又好似飲醉了酒，步履輕浮；此種情形，怎能再扎馬坐樁！功力再好也施展不出，除開敗在他這種下三濫的法術之下還有何話可說呢。

吾鄉有兩種人所共知的法術，一是「千斤壓」，是捉蛇必用之法；還有一種是「雪山」法止血。這兩種法術是很靈的。但關於「滑泥山」法，却很少有人知道，也絕少有人施用，因此種不是正派功夫會武術的人不屑學習。凡學習的人，也是偸偸摸摸的暗中進行，因怕人恥笑也。

雖然此法不能登大雅之堂，但武術中也有克服「滑泥山」的功夫。練此功夫的器具，是用大南竹劈開幾塊釘在地上，普通約一丈方圓，然後脚穿釘鞋蹈在上面扎樁打功夫，一直練則能打完整套功夫而不滑倒，便算是成功了。（釘鞋是以前鄉間出品的牛皮雨鞋，鞋底釘尖鐵釘，在泥路或冰雪上行走不會滑脚。）但是穿上釘鞋蹈在竹片上，根本站不住脚，可以說比溜冰更滑，溜冰場是大片平地，還可控制；但竹板是高低不平，竹片一片拼一片，是拱圓型再加低槽，當釘鞋踏上去，一定會從高處滑向低槽，雙脚一用勁滑得厲害；功夫不但不能練，站在上面已東倒西歪，把持不住平衡，上身一歪斜，失却重心，就會跌倒！最慘的是當你忍痛爬起身，誰知剛剛起身，才移動下脚步，又會跌倒，此時眞叫人啼笑皆非。若非親身經歷不知其艱難味，有時甚至跌傷尾骶骨，那種痛法更難忍受，只得用雙手和兩膝爬出竹片外才能站得起來。

有什麽法子可以在竹片上練功夫呢？只有一種方法，要用蜻蜓點水式的快捷步法，而且要會丹田提氣，脚一蹈上竹片就使出靈巧身段，要借力使力；手脚舞動要快速，輕功中帶勁力，兩脚在竹片上一點即起，不讓它滑開，要做到身輕如燕，才能上竹片。但練到中氣已提不起時，就要立即脚點地面一縱，跳出竹片外，那就不會跌倒。然此時已是氣喘呼呼，非常吃力了。我曾吃苦練了一段短時間，就自動放棄了。練習時跌過多少次，已記憶不起，總之，苦頭吃盡。

回頭且說當年一班武師，輕功最好的亦無能力擊敗此「滑泥山」法術，有的想出法子用鷄狗血塗在鞋底上，看看能否破他法術，誰知也毫無用處。因此一班武師苦無對付良策，最後有人建議，不如用重金禮聘我師祖黃文才老師傅，用穴道功夫來制伏此狂妄的惡霸。相請之下，老師傅雖然願意協助地方除害，但他不肯親自出面樹敵；經磋商應付對策，仍然想不出一個萬全之策。武師及鄉紳們均感焦急萬分，雖然除暴有心，但却屠龍無力。

習秘功報仇雪恨

黃老師傅深思之下，突然觸發靈機即詢問那惡徒劉德雄是否好色？他所涉獵的婦女，有否其丈夫會武術的？此時在場參與其事的，有位楊姓靑年，見問此事，即抱拳向黃老師傅說：「家門不幸，說來慚愧！內子曾遭惡徒凌辱，這是多人所知的事，我雖然曾奮力與之搏鬥，但自認功力淺薄，無能保護自己的妻室，眞枉爲男子漢，可是我仇恨在心，必要報復！老師傅俠義爲懷，如有除暴之策，請快道出，如能殺此惡賊，晚輩赴湯蹈火决不推辭。」

黃老師傅見此青年氣冲斗牛，誓雪恥辱，不覺大喜！不過未知資質如何，是否可造之才還得試過方知。他當即要一間房子應用，和青年進入屋內，並咐主人，房門未打開，請不要拍門騷擾。經過半天測驗後，老師傅認爲青年可担重任，然後就秘密的傳授他一手穴道功夫，此即神秘的「暗渡陳倉」！此功不但能抵制「滑泥山」，並且會廢去他全身功力。後來鄉間武術界中傳流一句話：「暗渡陳倉大敗滑泥山」。

此手功夫雖然和「銅壺滴漏」大同小異，然而有分別的是一前一後；「暗渡陳倉」穴位是在肛門邊近尾骶骨旁。出手點穴道的人，不但要指法俐落，而且要有高度的涵養功夫，否則很難忍受施術前那段侮辱的時間。因爲點此穴道要在午夜時，乘男女交合最高潮近尾聲時下手點穴。但婦女們胆小，不是人人會點穴的，女的不能動手，就祇有靠丈夫出手，他要預早躲藏床舖下，聽着自己的妻子給人玩弄，忍住鼻息，不可沉不住氣，要等到適當時刻突然出現下手，定可達到報仇雪恨的目的。

楊姓青年得到老師傅悉心教授，練習復練習！報仇心堅，全神貫注，不久時間就能運用自如，此時老師傅也非常滿意了。一切籌劃就緒後，由楊家媳婦約好狼子色鬼，佯稱丈夫去他埠經商，兩天後才能返家；那天特意煑幾味可口的小菜，招待這萬惡的淫棍。

劉德雄當晚十分高興，因爲這次是女方自願的，不像以前「襄王有心，神女無情」，沒有什麽趣味；今天則一反常態，自以爲獲得美人青睞，當然格外興奮。但他絕未想到，閨房却是鬼門關，風流債須用命來償。且說楊家媳婦假意殷勤，曲意招待，故意媚眼撩人，巧笑生春；使得劉隊長神魂顛倒，連他父親姓什麽都忘記了！女的將晚飯弄好，已等得他色急肚餓；他一手摟抱着美人，一手端杯暢飲，等飲到有七八分醉意，就想上床尋歡。此時屆深夜，與丈夫約定的時間快到，只得忍辱陪他進房，讓他輕薄到夠。

楊家媳婦雖然對他痛恨入骨，又恐怕表演不夠眞切而露出破綻，致令他起疑心戒備，因此祇得强制心中怒火，讓他滿足獸慾，祇希望丈夫出手成功，來報復此汚辱仇恨。酒醉後的劉惡人，那知道危機已伏，他只知道自己享受肉慾的樂趣，那理得別人的痛苦！他瘋狂的發洩獸慾，臨到最緊要關頭時，女的把握時機在床邊輕輕的敲了兩下；此時劉德雄正當飄飄如仙，全身神經鬆弛之際，突然從床底下伸出一隻手來，審中部位，對準穴道，一指戳中此「暗渡陳倉」穴位！

當時劉德雄卒不及防，也是他惡貫滿盈，而楊姓青年恨他入骨，對準他暴露在外的尾骶骨旁一指用力點下，就此得手。點中此穴道反應是非常敏銳的，立即全身軟癱，跟着就打冷顫。此時劉某已明白陷入圈套，急欲跳下床來抵抗，却已經遲了！因他已感全身無力，力不從心矣！楊姓青年順勢抓住一提，女的跳下床來，夫婦合力將此淫棍拖翻在地，然後將預備好的一大盤冷水，照頭淋下！他赤裸的身體，躺在地上已經是夠冷的了，再加上一盤冷水，如何忍受得。

色後傷身成絕症

平時一個龍精虎猛的武師，到此時軟如羔羊，雙手抱緊胸前，全身發抖，倒在冷水濕透的地上，再加色後受重傷，大熱後又大冷，此時此際，任你金剛再世，也不能運勁抵抗矣！昔日威風八面的鄉團隊長，今已成爲捲縮的小爬蟲！眼見憤怒的楊姓青年，知道天理難容！然而他還是露出乞憐的眼光，意欲饒他一命。

「暗渡陳倉」穴道部位，是神經末梢總會之處。針灸醫學上是督脈的起點，沿整條脊骨由頸部直上腦頂，經前額印堂鼻柱至上嘴唇內爲止。如此穴位中傷，會影響脊骨神經失常，慢慢就全身萎頓疲軟乏力，走路時雙脚輕浮發抖。

據筆者病案記錄，近年來以脊椎骨病及鼻竇炎兩項佔多數，病狀是一前一後直通督脈。因此經脈其爲病也，脊强而厥，强者强直不靈活；厥者，就是厥逆也，不順之意，氣上逆爲厥心痛，腦逆則頭痛。頭面有五官七孔，鼻塞兩孔不通，就影響腦神經。色後冷水淋身，風寒入骨髓，髓以腦爲主，頭腦是人體的司令台，如受侵襲爲重病，致令全身虛損，如醫治不當，日久失調，頭腦暈脹，記憶力漸漸衰退，由强壯轉爲虛弱，聰明變爲痴呆，這是有關人體健康的重要問題。

這位色胆包天的武林敗類劉德雄，自從那晚受傷後，楊姓青年放過了他的性命，讓他走路；他從此銷聲匿跡，杜門不出，前後判若兩人。自衞團職務移交副隊長負責，再也不像以前氣焰高張，尋花問柳了。因爲他的身體一日比一日不如，起了很大的變化，他自己知道是難治的絕症；雖也會順從家人的意思，不斷的延醫診治；但他因顏面的關係，始終不肯將病源說出，因此任你吃盡良藥，也無濟於事。

醫藥無效之下，終日躺在床上，飲食乏味，精神不振，日漸萎縮瘦弱；到此時醇酒美人，金錢權勢均已失去了興趣矣！經過幾個月後，全身肌肉失去，瘦成皮包骨，六月天亦畏寒怕冷，冬天更不用說了。

他還在壯年期，就受此病苦折磨，這是他自己所作的孽。雖然他也許會後悔以前的過錯，但除開百上加斤，再增加精神上的痛苦外，對他絕無幫助。眞所謂：「一失足成千古恨！再回頭已百年身。」他的結果，使當時吾鄉一帶，不論老輩青年均有所警惕。爲善爲惡祇是一念之差；而得意和失意，也不過是頃刻之間。人生幾何？爭强鬥勇，尋歡作樂，利己損人，家財億萬，終不免與草木同腐！何不學賢哲善人，造福人羣，那才是永久的福樂。

北平琉璃廠的南紙店筆墨莊

唐魯孫

北平是咱們中國文化古都，每條大街都能找得到南紙店，可是如果您打算買點高級筆墨紙張，那您就得跑趟琉璃廠，準保能稱心合意，滿載而歸。

在前清科舉時代所有進京趕考的舉子，沒有那一位沒去過琉璃廠的。這條街除了書局子就是南紙筆墨莊，再不就是這個閣、那個齋，還有什麼山房等等店名典雅的古玩舖。南紙店雖然是一家挨着一家，可是人家各做各的買賣，誰也不搶誰的生意。譬如說拿廠西門靠着有正書局的清祕閣南紙店來說，他家是以打朱絲格子最拿手。從前不管是四條或八條屏幅，講究先打出朱絲格子來寫，白紙嵌朱絲，不但大方顯眼，而且間隔整齊劃一。有的人不管寫幾言對聯，都喜歡打朱絲格子，甚至於上下行欵也打出來。想當年舊王孫溥心畬，是書家兼畫家，有時自己一高興，寫對聯先把寫字的地方，用淺絳、淺碧，畫成雲龍、漢瓦、螭藻，各式各樣的圖案，然後再寫字的。如果您是位書法名家，工於書而拙於畫，這個工作就可以找清祕閣來畫啦。您怎麼說，他就能怎麼畫，包您稱心滿意。因爲清祕閣有一位師傅，是大內如意舘出身，所以清祕閣這手絕活，在北平來說那一家南紙店也沒法子跟他比的。

跟清祕閣正對面是淳菁閣，這家南紙店開的比較晚，大約是民國十一二年才開張的。因爲東家頭腦新穎，所以做生意的手法，也顯着火爆，與衆不同，而且能夠迎合當時的新潮派的需要。像林風眠王夢石湯定之陳半丁等人，都跟他家作生意，於是研究出來古法翻新，仿宋染色箋。他們用黃柏胭脂、赤芍各種有色藥料搥碎熬汁，分別拖染，製出來的信紙詩箋，不但古樸素雅，而且澹重發墨，書畫家彼此函札往還，有一個時期大家都用淳菁閣的仿宋色箋。他家跟姚茫父、陳師曾淵源很深。陳師曾又把染紙加礬古法傳給他，於是他家的詩箋，可以蘸墨水寫字。其時姚茫父、陳師曾、齊白石的字畫，都是日本人最仰慕的，記得白石老人有一幅抬頭見喜的工筆畫，是桌上一具蠟燭台，燭光晃晃，由上方垂下一縷細絲，繫着一隻赤紅蜘蛛，由淳菁閣製成加礬詩箋，每匣五十張，一下子不知銷了多少匣到日本去。後來日本文化人到北平觀光訪問，差不多都要到琉璃廠淳菁閣買幾匣加礬詩箋，帶同日本送人，才算得上是風雅之士。

中華書局的緊隣就是松古齋，櫃台之前特別寬敞，據說那是乾嘉年間南紙店的格局。同時乾嘉名人筆記裡，也有提到松古齋的，可見在那個時候，就有松古齋了。松古齋雖然不是專門裱畫店，可是他家對於挖裱字畫特別拿手。翁瓶齋日記裡就說過，他收藏有國初四大名家書畫團摺扇十二把，打算挖裱成四條屏幅懸掛。可是又怕挖裱的不夠精細，把扇面給裱壞了。

後來還是德珍齋古玩舖東家，特別把松古齋挖裱的字畫，送給翁老過目，認為滿意，才把扇面交松古齋去裱。從此翁瓶齋所有字畫都交給松古齋去裝裱，翁老在日記裡對松古齋還大捧而特捧呢。要說南紙店裱名人字畫，十之八九都是過手交行買賣，手藝再好，還能蓋得過好的裝裱店嗎。後來北平有位畫家胡佩衡發現松古齋老東家有一贅婿，是蘇州裝裱字畫一等一的高手，人家後櫃有榆木加漆大裱畫台，一代傳一代，一點也不含糊，是眞正上等裝裱，所以在北平眞正玩字畫的人要眞正裝裱，一定找松古齋。

松古齋除了代裱字畫外，還代賣玉堂楷則。現在提玉堂楷則恐怕沒什麼人知道了。可是當年在科舉時代，讀書人為了應付朝考，要寫大卷子，所以從小進書房一開始練小楷，就要用加厚宣紙寫白摺子，既不寫靈飛經，也不寫衛夫人。一定要到松古齋買一冊玉堂楷則來臨摹，所謂玉堂楷則裡頭的小楷，全是清朝各科會試三鼎甲的法書。像王仁堪、洪鈞、曹鴻勛、陸潤庠、馮文蔚、潘祖蔭等人的書法，一個個都是工整端正，足為寫工楷的楷模。不知松古齋是從什麼地方搜集來的，也按科分先後，鼎甲名次，精工石刻裝帙成冊，每本足銀一兩，不但京城裡讀書人家要買一本給子弟們臨摹，就是直魯豫各縣書香門第人家，要是進京也必買幾本帶回去，自己用或者送人。誰知道代賣玉堂楷則還眞給松古齋掙了不少銀子吧。

琉璃廠中間最出名的南紙店，那就屬榮寶齋啦。他家限於地勢，門臉兒並不怎麼富麗堂皇，櫃台前頭，尤其仄逼。可是人家櫃房後頭，有小屋雙楹闢為雅室，院內花木扶疏，室內文玩滿架。名公鉅卿，騷人墨客，凡是經過琉璃廠的，都要到琉璃廠的榮寶齋歇歇腿喝碗水。人家櫃上不但煙茶伺候的特別週到，就是出來招呼陪客掌櫃的或夥計，也都各有一套，能把主顧應付得賓至如歸，皆大喜歡。因此榮寶齋的交往，比那一家南紙店都寬，所以在他家掛筆單的，也特別多。不但前清三鼎甲都在榮寶齋有筆單，就是宣統幾位師傅，如陳寶琛、朱益藩、梁鼎芬，也跟榮寶齋各有各的交情。

想當年要找八位或十六位太史公寫一堂屏條，或是集錦摺扇，如果找不對門路，您就花多少錢，也湊不齊。可是您祇要找榮寶齋託他家去找，準保如響斯應，約期取件。包不誤事。在平時各位太史公，都有寫好裱好的大小對聯，臨空掛在榮寶齋的客房。而且每位都定有墨潤，如果您看中那一副，店裡還管代求上欵。祇要那一位太史公一旦駕往西方極樂世界，他的字畫馬上就有人到榮寶齋搜購，不幾天這位故去太史公的法繪墨寶，必定漲價，那可準極啦。

不是淳菁閣有仿宋色箋加礬詩箋嗎。樊樊山，羅癭公，李宣倜，林開謩，這班名士，不知道是誰，找出一套梅花喜神譜，套印起來，當箋紙用。不但古色古香，而且滑潤着墨，大家書翰往來，一窩風似的，大家又全部改用梅花喜神箋，成了當時文化界的一種習尚。後來有幾位專攻仕女的畫家，把紅樓夢全部人物，找精彩的回目，一共畫了一百二十張，每張都用西廂記裡詞句題詞，例如賈太君華堂開夜宴，題積世老婆婆攏翠庵走火入魔，妙玉被强盜背着越牆而逃，題：咳！怎不回過臉兒來。不但合情合景，而且有不少神來之筆。跟張善孖畫虎，用西廂題畫，同樣妙絕。

可是誰買了這套詩箋，全都是欣賞愛玩，捨不得拿來寫字當信紙用。後來各地風雅之士，也到北平來搜購，這種詩箋跟故宮影印的故宮珍藏鐘銘鼎彝，文玩字畫的日曆，在民國二十四、五年的時候，都成了古玩攤上的古董啦。

廠東門有一家南紙店叫榮錄堂，有三間門臉，非常開濶，門面雖然錯金藻飾，可是斑駁脫落顯得沒精打采似的。門口右方還掛着一方小木牌詞句現在已經背不出來了，大意是歷代縉紳，奉准由本堂刻印，各家不得仿刻字樣。現在跟年輕朋友談到縉紳，十之八九不知道縉紳是什麼，說白了，縉紳就是淸朝全國官員代表出身經歷的職員錄。這個職員錄可比現在職員錄，記載的詳細，甚至於府道州縣之下，還註明繁，要，衝，表示這個缺是繁是簡，要衝不要衝。一年出一本，編印縉紳，好像是屬於榮錄堂的特權專利，從來也沒見過別家編印的。榮錄堂後櫃有八九間貨倉裡頭存的都是刻縉紳的木版。據說從順治三年到宣統三年一律保存的完整無缺。這個買賣是山西祁縣劉家開的。到了民國十六七年掌櫃的叫劉樂山不但是飽學之士，而且鑑賞紙張，另有獨到之處。有一年春節進廠甸，筆者在地攤兒上看見有一捲宣紙，外頭一張已經泛黃，一共十二張，裡頭十一張全都完整如新，既未變色，也沒毛邊。紙質細潤澄白，所差者就是尺寸不對，三尺見方，寫字作畫，都不合適。因爲紙的料子好,所以花了八毛五分錢，把十二張紙全買下來。經過榮錄堂的時候就進去歇歇腿，把紙打開請劉樂老來鑒賞鑒賞。那知道剛一打紙卷劉老就說您買到乾隆紙了。據他說一聞紙香就知道是乾隆紙，總有一種說不出來的紙香。他把整張紙在日光底下一照，正中間有一尺大小水印暗紋，團龍圍繞着一個三字，在八卦裡是乾卦。紙裡所嵌水印，更說明了是乾隆紙一點也沒錯。後來上海德古齋古玩舖開業，筆者送了四張乾隆紙做賀禮。開張當天就被識貨的吳湖帆，以四百元代價一齊買去。在德古齋來說是做了一號露臉的買賣，在筆者來說，送了一份大人情。誰又知道紙的來價,祇有幾分錢一張呢。在民國十六七年，北平市面上忽然出現若干細密酒金五色粉箋，印金五色花箋，磁青紙，觀音紙，江西鉛山的有榜紙，臨川大箋紙，浙江常山的奏本紙，紹興的蠟箋，黃箋，花箋，羅紋箋，甚至於宋朝澄心堂紙，龍鬚紙，都有人送到門上來託售。筆者凡是碰到這類古代名紙，一律都送請劉樂老加以鑑定後，每種都收藏了一些，可惜全沒帶到台灣來，否則這些紙留到現在，那豈不都成爲曠代瓌寶了麽！

北平的筆墨莊也都集中琉璃廠一帶，雖然說的湖筆徽墨，可是都是湖筆莊代賣墨，眞正專門賣墨的墨莊，至少在北平來說，還眞少見呢。先說胡開文吧，他家寫小字的筆毫最好，從七紫三羊來說，一種是普通的，桿粗毫長，一般寫白摺子練小楷，就都可以用了。另外有一種精選七紫三羊，在白麵買一塊八毛錢一袋兒的時候，一枝精選的七紫三羊就要賣到一塊五六。還有八紫二分羊，九紫一分羊，紫毫越多，價碼也越高，一枝長鋒純紫毫，在當時大約是合兩袋洋麵一枝。筆好當然筆管也跟着講究起來,像什麽金管,銀管，斑竹管，湘妃竹管，象牙管，玳瑁管，琉璃管，鏤金管，綠沉漆管，雕紅管，樱竹管，紫檀管，花梨管，虬角管，琢玉管，王公鉅卿，書香門第，什麽樣筆管都有，眞是讓人目迷五色。可是實在說起來，還是白竹薄標（光滑細緻的意思，薄標是行話）最能揮洒自如，得用筆之妙。先伯祖石襄公在湖州府任上，訓練一個書僮胡三元研究製筆，把選製湖筆的訣竅，都學全啦而且特精。在湖州一般筆工都尊爲高手。後來先伯祖卸任回京，胡三元也跟着到北平給先伯祖製筆兼司筆札。等先伯祖去世，胡開文筆莊馬上重金禮聘他去做大拿，大拿說新名詞，就是高等顧問。筆者字雖然寫不好，可是當年在北平，選筆還頂嚴格。有一次在胡開文選定幾枝紫毫，打算讓胡開文刻上我自己認爲很得意七律裡一句「閑愁不爲落花深」詩句，恰巧胡三元老叔在櫃上閑坐，一看我知道選筆刻字，特別高興說：你既然懂得選筆，我就賣賣老精神吧，立刻一挽袖子，拿起刻刀，幾下子就把這句詩刻好抹了紅，還刻上邊欵，是「胡三元爲閑愁主人選製」邊欵加藍。胡老又拿出兩枝舊藏長鋒羊毫對筆，上刻「大富貴亦壽考」、「吳興守者精選特製」幾個字，他說這是先伯祖過五十大壽他一共選製了二十枝現在祇賸下兩枝，就送給我吧。後來筆者發覺這枝筆筆鋒軟熟極易揮灑，不但便於取勢,而且回鋒轉折之間，也不致稜角畢露,寫出來的字,尤其澹逸純和，洪潤自由毫無火氣，的確夠得上神品兩個字。胡老說製筆方法，以尖齊圓健爲四大要素，筆之所貴者在毫，毫堅則尖。

用青羊毛，豐狐毛、鼠鬚、虎毛、牛毛、麝毛、羊鬚、猪鬃，狸毛，甚至胎髮，都可以製筆，然而都不如兎毛，可是兎子講究是崇山絕壑裡的最好。這種兎子特別肥碩，毫長而銳，秋毫取其健，冬毫取其堅，春夏兎毫，則屬於普通兎毫，不屬極品了。若是這一年中秋不見月，則山兎不孕，這種兎毫少而堅健，在選毫方面算是珍品，要是胡老不說，我們眞想不到做毛筆還有這麼多講究呢。琉璃廠還有一家筆莊叫李文田，門口兒有個啞巴院兒，好像是做莊的買賣，他家是以寫大字的抓筆出名，筆越大越好。北平有一位大書家，以給人家寫匾額最負盛名的華世奎，就非用李文田的筆不可，說是用李文田的筆寫榜書，淸遒生動，眞趣自然。從前畫家金拱北作畫也最愛李文田的畫筆，白描畫用他家的中管鼠心毫，運動省力，點畫無失。經他這麼一說，不但湖社弟子如惠柘湖，何雪湖等人相率效尤，就連溥雪齋，馬伯逸，徐燕蓀這些故都名畫家也都覺得李文田的筆，誠然有天機偶發落筆自如的意境。藏園老人傅沅叔有一次告訴筆者說：「寫字作畫，一定要筆墨紙張相互配合。有些人說用惡劣墨也可以寫出好字畫來，那眞是欺人之談。不過舊墨越來越難得，新墨越做越離譜，將來總有一天連嫁娶送新郎倌文房四寶的禮墨都成了古董的一天呢。故宮博物院在神武門標賣一批淸宮內庫發現霉變，破碎，蟲蝕，鼠咬的廢品。其中有一項是變質顏料跟碎墨，都被李文田整批標買去了。名爲碎墨，其實有若干是非常完整的。其中還有圈書用的朱綠黃藍紫絳墨錠，都是淸代帝王御用之品，更是名貴異常。筆者聞聽之後，特地到李文田選了一些收藏。現在想想這些東西，有錢也沒處去買啦。

賀蓮青也是北平有名筆墨莊。他家的筆不但選毫精細，所用筆管選材也特別嚴格。您買他家的上品的好筆來用，如果鋒芒脫落筆肚鬆散，可以把原筆拿到店裡從新選紮，祇按原價七折收費。到他家買筆，如果眞是一位主顧，他會告訴您一套筆的保養法，他說筆用完一定要洗，把殘墨洗乾淨，則筆毫可以經久不脫，同時戴上筆帽，免得傷了筆鋒。若是沾了油，趕快用皂角湯洗去。如果這枝筆暫時不用，或者出外，可以用黃連羹湯，輕蘸筆頭，等乾後收起，就是經年不用，也不會蟲蛀。您想想像這樣給顧客服務，現在上什麼地方去找呀。

寫到此處，恰好小孫子放學回家，正準備學校功課，先寫大小楷，一看大字筆套在一個塑膠筆帽裡，帽短而小，筆乾如枯枝，無鋒少芒，簡直是一撮子蔴劈兒。現在寫字求其簡便，都用塑膠墨盒，不要說是墨香，求其沒有臭膠味，已經是上上大吉了。再看所用的薄薄的一張紙，任何人拿這種紙來寫字；都可以力透紙背。一共三大行，兩行寫大字，另一大行再分成三行寫小字。我的天！不要說顏魯公、趙松雪了，您就是把王右軍、歐陽詢請了來，也寫不出鐵畫銀鉤，龍翔鳳舞的好字來呀。我們下一代的寫字，如果再這樣不先利其器，長此馬虎下去，禮失而求諸野，我想將來總有一天，要到韓國日本去留學，學寫中國毛筆字的。

啓者：本刊因香港海外郵費漲價幾及一倍，廹不得已，自本年起，海外訂費一律增至美金八元，凡在元月一日後所收到訂單，寄來美金六元者，均作爲九期訂費，情非得已，敬希鑒諒。

經理部白

在馬德里看中國功夫

林惺嶽

來馬德里不到一個星期，就知道有一個中國人的名字——李小龍已經揚名西班牙，不但在街邊道旁的書攤上，都陳列着介紹李小龍的書刊，同時「猛龍過江」也正在馬德里的戲院上映，賣坐鼎盛。西班牙人似乎是相當熱情與直率的民族，他們看到影片中精彩的打鬥鏡頭時，會在影院內當場毫無保留的喝采鼓掌。顯然，李小龍的截拳道武技的神妙表演，給西班牙人開了新的眼界，也使他們在驚嘆之餘，好像又有些不太相信，不過毫無疑問的「中國功夫」已因李小龍的電影，而在西班牙傳播開來。比日本的空手道及韓國的跆拳道更神秘更吸引人。

但在西班牙的武術圈裡，對中國功夫的估計與看法，却似乎與一般羣衆不同。在專家的眼中，中國功夫的地位並不能完全建立在李小龍的電影上，而是必須經過實際的印證及考驗。在這個水平上，中國功夫的表現並不令人樂觀，造成不樂觀的局面則多少與過去在此地發生的一件偶然事件有關。兩年前，有一位台北的太極拳老拳師來到了馬德里，透過在此地的曉星書院（Colegio Mayor "Siao-Sin"）中國籍陳姓院長的介紹與安排，與馬德里的武術界「以武會友」。但這位太極拳的老拳師據說在當時身體情況不佳，同時他又太過大意。首先他低估西班牙武林的實力，公然表示願意接受任何當地高手的考驗，這種叫陣的方式激起西班牙武林好漢的爭勝雄心。最失策的是這位老國術家在未比武前，竟先露了底，公開放映自己武術的紀錄片供人參考，如此一來，就使自己置身於敵暗我明的不利處境了。果然雙方交手「互推」時，中國老拳師一不小心，被「推」了一把，當場受了內傷。老拳師大意失荊州，雖然並不就表示其功力不濟，不過馬前失蹄的意外，却總是一件令人遺憾的事。

如此收場，頗使出面代邀的曉星書院院長感到臉上無光，不過他在誇獎對方之餘，也附帶暗示馬德里的武術界，人外有人天外有天，中國功夫的高手還很多，相信不久會有更厲害的能人到來，到那時再向西班牙的武林豪傑領教領教。

果然，今年來了一位高手，那就是畢業於中國文化學院觀光科的陳清文君。陳君年紀未及三十，中等身材，同時臉色有些蒼白，從外表上絕看不出他是武林人物，但實際上，他是「四象門」的高手，已潛習該門武技十數年，這次猛龍過江，就是要會一會西班牙的武林高手，以期在異國揚名立萬，因此到馬德里不久，馬上找到陳院長請他代爲安排，這下正中陳院長的心意，馬上答應。基於上次經驗，使它不得不謹愼從事。他再三考慮之下，終於謙虛的以研究武道切磋武術的理由向對方提出邀請。西班牙的武術中樞，是馬德里大學城的體育館，剛好是在曉星書院對面不遠的地方。經陳院長善意邀請，體育館的武林巨頭們馬上有了反應，並談妥了時間與地點。跟着側面風聲傳出，馬德里的空手道、跆拳道及柔道等各道的高手將傾巢而出，果眞如此，屆時將形成車輪戰了。

這一仗對陳清文委實十分重要，只許贏不許輸。事實上也輸不起。一個異鄉人，只能有一次機會。如果出師不利，就難有出頭的日子。基於血濃於水，所有認識他的中國學生，也對他的未來成敗表示關切。

較量的日子終於到了，對方的人馬果然準時光臨，陣容極爲壯大，空手道、跆拳道、柔道等首腦人物都來了，還有一位最引人注目的貴賓，那就是西班牙王子，也就是卡羅斯國王的堂兄弟。顯然的，對方很重視這場比賽，不過並非側面風聲所傳的所有高手傾巢而來，實際上對方帶來準備迎戰的高手只有一位。雖然只有一位，分量却很夠，就是曾遠征墨西哥最近又從歐洲比賽回來的冠軍級人物，當前馬德里武壇最熱門的高手，這位空手道高手還很年青，留有一撮鬍子，長相英俊體格魁梧，眞可說得上是虎背熊腰體健如牛。

雙方人馬會面時，先在書院樓上會客室交誼一番，順便詳談比賽方式，然後下樓進入臨時道場——圖書閱覽室旁邊的會議室。空間不算大，不過足夠空出一個比賽的場地兼容納所有的旁觀者。雙方主角登場了，陳清文換上了灰白色的中國傳統武道裝，腰上圍着一條代表四象門段級的黃色腰帶。西班牙方面的高手可眞瀟洒，不但沒有換上空手道裝，甚至連領帶也沒拿下，就以原來的打扮，脫下皮鞋就上陣了。

雙方對陣時，陳君在對方高大體型對照下，顯得削瘦矮小，但他很從容鎮靜，擺出了四象門的「樁」，挺腰坐馬右臂前伸，對峙幾十秒鐘後，對方攻擊了，以右脚側踢的招式向陳君腹部雷擊般的踢出一脚，但說時遲那時快，陳君就在對方起脚時，閃電般的揚起右脚更快更準的踢中了對方右大腿的內側。這下對方識相了，知道前面這位短小的中國人是塊硬材料。於是臉色下沉，隨即轉身回踢陳君的胸部，陳君反應很快，以手臂抓住對方小腿跟，往左邊一拋，同時迅速轉身迴擊，以左掌劈中對方的腰背，對方兩次中招，雖然經得住打，但出手不得不變得謹愼些。不再冒然進招，在攻擊前，先起脚做試探性的佯攻，陳君沉着應付，每當分開時，陳君即回復挺腰坐馬單臂前伸的樁式。西班牙高手以間續抬脚佯攻的方法步步進逼，不久看準時機再度側踢，直取陳君上胸，這一脚來得很突然！踢得又高又快，力道極爲剛猛，陳君來不及低身迴避，但却及時用雙手以非常巧妙的掌法擋開。陳君立刻採取主動攻擊，奮勇前撲，以右脚連環快速的招式，踢向對方右大腿及小腿的外側。陳君起脚的方式與空手道不同，出腿幅度不大，但極敏捷，邊踢一邊靠近，顯然的他想以脚攻誘使對方注意下盤，然後近身突襲上盤。西班牙高手大概也覺察到這一點，所以正當陳君欺身而近時，即猛然擊出右直拳，陳君以左臂格擋，同時以右掌劈向對手門面，對方側頭避開，並起右脚正踢陳君下腹，陳君迴身側避，即時以雙手抓住對方右脚用力往上擡舉，對方先以左手抓緊陳君的左後肩平衡身體，然後大吼一聲揚起右掌往陳君右後肩劈下。就在此時，陳君也以右臂肘後撞擊中後面對手的右腰邊。雙方一撞一劈立即分開，這是搏擊中最驚險的一幕。經過這一次近身搏鬥，雙方大概試出了彼此的斤兩，臉上露出一種極不自然的微笑。因爲在笑容下隱伏着更堅毅冷酷的攻擊意志。果然分開不久，攻守更加緊湊的展開，就在此緊張剎那，空手道會長一聲令下，雙方頓時分手，結果算是握手言和不分勝負。

經過這一仗證明陳君的身手果然不凡。馬德里的武林巨頭們在賽後即當場表示願請陳君到體育館授課。陳院長以我方代表人的身份也感到光彩十分。中國功夫畢竟經得住考驗。

賽後陳君到我的寢室更衣時，向我透露實情，原來剛才的比賽只是「點到爲止」，基於貴賓雲集，賽前陳院長愼重叮嚀他，比賽態度固然不亢不卑，但下手要稍加節制，以避免暴烈與尷尬的場面發生。

綜觀這次四象門武術與空手道的會戰，可以說是勢均力敵。空手道方面招式變化較少，但出手起脚有板有眼，力量剛猛，並且耐得住打。雖然連續中招也不怯場，反而攻擊精神越發旺盛。如果沒有充分的苦練，及豐富的搏擊經驗，絕無法達到如此穩健而威猛的火候。這是他方可取之處。至於四象門的武功，則是我第一次聽到的，從賽場中的表現，可看出陳君的手法較富變化並運用靈活，善於從防守中連消帶打。從表面看來，陳君的體型與力道較對方遜色，以較遜於對方的體型與量級，竟能在嚴密的防守中立於不敗之地，進而尋隙出擊而佔得上風，實在是難能可貴的。

目擊陳君出戰空手道的高手，令我深深感到一個中國人單槍匹馬到外國打天下是越來越不容易了。東方的神秘已一步步面臨解剖與實驗，西方的國度裡固然還尊重公平競爭的原則，但發展的機會却安置在極冷酷與現實的考驗基礎上，你如果沒有實功夫與眞本事很難站得住脚。在國外不是談理論的地方，處於日新月異、能者出頭的環境裡。空談理論，强調淵源與誇耀歷史並沒有多大的作用。外國人在傾聽你的高論之後，會緊接着問你實踐了多少？並隨時想秤一秤你實際的份量，你如果不夠重那就免談。曾經是柔道與空手道宗主國的日本，把柔道的無限量級王座拱手讓給荷蘭，空手道選手從歐洲的擂台鎩羽而歸，都不是偶然的現象。而香港的國術選手遠征曼谷被泰國選手打得落花流水，更是殘酷的事實。因爲大家都明白泰拳原是從國術局部演變而來。但講究實踐的能力及功夫，已經是這個時代的徵候。寄望國內武術界，多多到國外開濶眼界，與外國武術印證功夫，以求進步以揚國威。但切記，假若沒有兩下子，最好別輕易出馬。

一九七五、十二、三十一，於馬德里。

貓嶼奇景千鳥蔽天

·曾子銘·

台北一批愛好海鳥的人士，在澎湖縣長呂安德的陪同下，於去年盛夏，前往珍禽聚集的「貓嶼」參觀。此一小島，位於馬公以南卅五海里地方，東經一一九度十八分十六秒，北緯廿三度十七分四十九秒，滿潮時面積○·○八○二平方公里，目前有玄燕鷗、白眉燕鷗、蒼燕鷗等珍禽數千隻棲息於懸崖峭壁之間，當行人接近島上時，成羣飛鳥即翱翔於天際，密可遮天，蔚爲奇觀。

這批以台北西區扶輪社名義訪問澎湖的人士，共有十七人，都是工商業鉅子，也是愛好大自然的人士，他們於上午七時卅分自馬公出發，約十一時半抵達貓嶼。

這艘六十馬力的漁船，載着二十餘名乘客在海面上疾駛，同行的，除了隆昌企業公司董事長辜振甫和利登實業公司董事長李超然兩位先生曾到過貓嶼之外，其餘人員，都是初次光臨。

在距離貓嶼千餘公尺時，雖然我們尚沒有聽到鳥鳴的聲音，却望得見黑壓壓的一片，將「大貓嶼」與「小貓嶼」上空給籠罩住了，隨着漁船的前進，海島的影子便越來越近，我們在距離岸邊一百公尺處地方拋錨，然後改乘小舢舨分批上岸。

這座從來沒人居住的小島，突然間湧上一批不速之客，似乎引起了牠們大大的不滿和騷動，只聽得「呱呱」之聲，此呼彼應，響徹雲霄，那種身歷奇境的異樣感受，直令人聯想起「骷髏島」的歷險故事。

來到岩壁底下，舉首仰望穹空，看到千百隻燕鷗，在茫茫天際中縱橫交錯。這黑壓壓的一片，像羣飢餓的禿鷹，牠們盤旋、上升，然後俯衝、飛掠，一些愛好攝影的人士，早站在突出的岩壁上，對着迎風展翼，歛翮息止的海鷗，拍下無數張珍貴的鏡頭。

在距離不遠處，我們看到一對燕鷗，在殷勤示意，互訴愛慕。雌的一隻，起先還保有幾分矜持，對雄燕鷗的舉喙示愛，全無動於衷。雄燕鷗極有耐性的在雌燕鷗前，不斷擺頭、側目，且不時的輕輕碰觸，悄悄耳語，直到雌燕鷗頷首示意，表示出備受感動的樣子了，雄燕鷗才一副受寵若驚的頻頻點頭回禮。

隨後，這對愛侶便不停的互相鞠躬，距離也越拉越近，這大概就是燕鷗求婚的儀式吧？儀式一完，雌雄兩鷗，便比翼齊飛，相互戲逐，看得大家連連感嘆，眞所謂「只羨鴛鴦不羨仙」，羨煞人也！

我們四處張望，看一羣燕鷗在小嶼附近覓食，牠們飛掠、俯衝、盤旋及拍翅，隨後又一隻跟着一隻棲息在岩壁上，每一隻都控制了牠的速度，先收取雙翼，然後兩脚緊緊抓住突出的岩部——却只有一隻例外。

這隻燕鷗，由於受了傷或是疾病，有一脚是萎縮的掛着和無用。我們看牠向懸崖翱翔、飛落，用牠一隻好的脚抓住岩面，然後，在最後的一刻，伸出牠的左翼抵住岩石，這樣可以得到一個有穩定作用的第二接觸點。牠用這種姿態棲息，半躺在岩縫中，儘管有海風吹著，牠還是巧妙的維持了身體的平衡。

我還看到一隻燕鷗，與我們似曾相識的站在幾呎遠的岩縫地方。牠目不轉睛的看著我，任我揮臂、恫嚇，也無動於衷，我可以清清楚楚的看到牠每一根羽毛。這隻安詳自若的海鳥，使我回想起童年時候，偷偷攀伏在大榕樹上，看斑鳩歸巢餵食的情景。

這隻燕鷗，就和家鄉的野鴿子一樣，灰褐色的羽毛，一般大小的體型，所不同的，燕鷗脚趾間有蹼，而且有張又尖又圓的長喙。這種鳥之所以被叫做燕鷗，是因爲牠們都有一把和燕子一樣的剪刀式尾巴，可說集海鷗與燕子於一身，是飛行姿態最優美的海鳥之一。

環視這羣海上珍禽，到底爲數有多少，誰也不能確定。去年八月間美國海軍第二研究所的研究人員，到澎湖進行寄生蟲研究時，船過貓嶼，發現遮蔽了貓嶼上空的海鳥，約有五千餘隻。當美軍研究人員將此一發現，告訴東海大學環境科學研究中心的研究員陳炳煌和顏重威兩位知道時，也曾前來實地觀察。據他倆估計，那天所看到的海鳥，約有千餘隻，頂多不會超過兩千隻。

其實，他們也攪不清是別人高估了海鳥的數目，還是在他們抵達貓嶼之前，已有數千隻海鳥喪失生命了。據我看，如果要想以目測的方式，來統計出海鳥的大概數字，那是極不準確的，因為無人可以將所有躲在岩壁中，伏在草叢裡的所有鳥隻，全部趕飛起來。我們所看到的，只是一小部分在天空迴旋、覓食的燕鷗罷了。

我們曾討論一個問題：這麼多的海鳥，牠們到底以何為生？是否有海鳥聚生的地方，就有大量的海洋生物，在附近淺海地方繁殖？

我們曾離開岩壁，到較為平坦的珊瑚礁岸邊去勘察，發現有無數隻泛着綠色銀光的小魚，在珊瑚岩縫中聚集迴游。除了這些數不盡的墨綠色小魚之外，還有多種奇形怪狀，瑰麗無比的海洋生物，於海面上浮游。

我們於岸邊觀察過這些魚類之後，又到幾處天然水池地方，看各類海洋植物，像紫菜、海藻、海苔等淺海植物，竟長得比其他地方還要肥大，還要密集。可以想見，有海鳥聚生之處，附近海洋生物必會有大量繁殖，而且成長迅速。

事實證明，這數千隻海鳥，每天所排泄出的大量糞便，已將深褐色的岩壁，塗抹成一道灰白的壁面了，附近玄武岩、珊瑚岩，也都是白跡斑斑，如抹石灰。這些水粉狀的鳥糞，應是海洋生物的最佳養料。

隨後，有人建議爬到頂端，看看是否有鳥蛋可撿，或捉幾隻雛鳥帶回去豢養。有三個人，沿着較平坦處攀登上去，他們一面爬，一面找尋，最後還是徒勞往返。

為何找遍燕鷗棲息處，却見不到一只鳥蛋或一隻雛鳥呢？隨同前來的船長，他經驗十足的說：這些燕鷗是準備要搬家了，所以老早就不打算生蛋了。

這位船長說：每年十月季風一到，島上就見不到半隻海鳥，牠們要往氣候溫暖的南部遷移，須等明年三、四月間季風過去以後，才會飛回原地，然後下卵孵幼鳥。

辜振甫先生也表示：這種鳥一年只生兩個蛋，在牠們離巢南遷之前，是不生蛋的，要等幼鳥羽毛長豐以後，才一起南飛，到另一家鄉過冬，所以在這期間，要想撿個鳥蛋，或捉隻雛鳥，那是不可能的。

呂縣長對燕鷗南遷的事，感到非常有趣，但誰也不曉得牠們將遷往何處，或何日再飛回來？

呂縣長說：一些重視鳥類生態學研究的國家，常於候鳥足部，繫以標籤，註明年月及出生地，等牠們飛到遙遠地方，而為人們所捕捉的時候，便可以根據脚上所繫的籤號，與負責研究的機構取得聯繫，這就可以測定出候鳥遷移的方向和所在地了。

呂縣長希望我們國家，也有人肯從事這項研究工作，這是很有意義，而且很值得去做的事。

正當大家坐在一起聊天，討論一些有關鳥的生態問題時，有人在地上撿到一枚小彈頭，隨後又在附近撿到一些生銹了的炸彈碎片，這些破彈片，是空軍練習投擲炸射時，所遺留下來的殘餘痕跡。

早先，東海大學兩位研究員登臨本島，實地觀察鳥巢的分佈，以及海鳥生態之情形時，即發現軍方把這個島嶼當作靶場，漁民也經常登岸撿拾鳥蛋，故而担心這些美麗珍貴的海鳥，終有一天會走上滅門之禍。

於是，他們回到台中之後，便向校方提出爭取將貓嶼劃為野生動物保護區的構想，幸校方已採納了他們的意見，並向政府有關單位提出建議。目前軍方已不把貓嶼當靶場了，地方政府，也禁止漁民前往，撿拾鳥蛋，這些保護措施眞令人額手稱慶，燕鷗有福，可免絕種之禍矣！

據悉，貓嶼地方，除有為數不少的白眉燕鷗之外，尚有少許黑鷺棲息其間。這些鳥類，已有日漸稀少之趨勢，我們國家，唯獨貓嶼擁有這麼多的珍貴海鳥，倘能藉此資源，發展為海鳥公園，不但可以增加地方政府觀光事業之收入，而且還可提供海內外愛鳥人士，大開眼界，從事研究。眞是一舉數得，大有可為也！

蘭嶼來回

·碧竹·

大三那年，校方曾經舉辦過一次蘭嶼的訪問旅行。我與高采烈地報名繳費，與高采烈地準備離島應該携帶的物品，沒想到臨時因爲事忙走不成，只好眼睜睜地看着同學們上船，心中眞是說不出的遺憾與惋惜。

今年暑假，一位德國朋友從香港來，邀我和他前往蘭嶼。他是神父，柔和溫良的性格完全表現在他誠懇的眼神裡。我大二那年，他住在泰山明志路一家修院中，整整一年。名義上他從我這兒學習中文；其實，憑我這一口土腔濁重的台灣國語，他能學到什麽呢！倒是他，這位通曉十一種語文的聖經博士，像一座智慧的泉源似的，成爲我高山仰止的象徵，成爲我見賢思齊的典範。我學習他那精湛的英文和法文，學習他那難得的謙冲和幽默，更學習他那無不覆幬、無不持載的廣被同情與關愛。和他在一起就像置身綠水青山，不但心神清朗，而且愉快充實，超脫現實，渾忘名利。因此，當他把蘭嶼之行的日期，訂在八月中旬時，雖然在八月下旬，我即將踏入結婚禮堂，我依然絲毫不加考慮地答應了他。

於是，就如那首旋律輕快優美的歌一樣——夏天裡過海洋，我們一同走進長久的渴望和嚮往中，去拜訪這座孤懸在太平洋洶湧浪花中的小島。

我們在蘭嶼停留了四天，靠著自己健碩的雙腿，我們走過環島公路的每一寸土地，看過島上的每一個村子，並且兩度穿越島上的橫貫公路，還盡量找機會和當地的居民交談，我們在强烈的風雨中走，在熾熱的陽光下走；衣服濕了，有時是因爲雨水，有時是由於汗水；衣服又乾了，有時是因爲風吹，有時是由於日曬。像一個心智初開的小孩，渴望去了解人生和宇宙，我們渴望去了解這座島。

離開蘭嶼的前夕，我們在蘭嶼別館旁邊一家出售紀念品的小商店喝啤酒，那位頭已微禿但仍然顯得年輕的老闆問我們覺不覺得蘭嶼美麗。朋友愉快地點點頭，我却突然感到說不出話來，思潮在胸中澎湃翻滾，可是千頭萬緒，竟然不知道哪個地方是端頭。是啊，是美麗，誰能否認她的美麗呢？可是，在美麗之中，却讓人感到微微的哀愁，似乎是某一部份不充實的一種空虛，令人聯想到川端康成一部小說的書名——美麗與悲哀。

的確，沒有人能夠否認蘭嶼的美麗。當我決定前往蘭嶼時，許多曾經去過的朋友以一種識途老馬的神氣與得意告訴我蘭嶼很美麗，當我從蘭嶼回來後，許多不曾去過的朋友充滿羨慕和嚮往地問我，並且期待我再一次證實他們一向經由傳聞得到的觀念——聽說蘭嶼很漂亮？是的，在這個面積僅有四十六平方公里的小島上，景色非但不是可以一眼望盡，而且層嶂叠翠，每一步都是一個新的境界；雲繚霧繞，每一個轉彎都是一次新的驚喜！可以令人神魂激動，也可以叫人摒息停氣。沿海礁石奇形怪狀，天工巧妙，令人讚嘆。特別是海水的純藍，更是叫人午夜夢迴，還要回味再三。那是一種純粹的海水，無可比擬的、美好無雙的海水，沒有受到任何化學的污染，幾千萬年以前海水的標本。朋友的脚步幾乎踩遍世界各地的泥土，朋友的眼睛幾乎看遍世界各地的海水，可是他對我說：

——這才是眞正的海水。

蘭嶼的美麗是一個無可懷疑的奇蹟，但是，爲什麽，爲什麽它的美麗給我一種悲哀的感覺呢？從蘭嶼回來以後，我長時間地反省著這個問題，爲什麽？在我深切地反省之後，我終於找出了悲哀的根由，它來自兩個方面，一是那兒的居民，一是從台灣被送去管訓的罪犯。

蘭嶼給我的印象是落後，純粹的落後。我們在雨霧籠罩下抵達蘭嶼，飛機降落時，把機場的積水濺成高高的水花。原來所謂的機場只不過是一片比較平坦寬敞的草地而已。幸好飛往蘭嶼的飛機是相當迷你的，連同駕駛員，一次只能搭乘十個，還不致叫機場無法負荷。從右旁的窗子往外望，一個穿丁字褲的男人在雨中急走著，畧畧弓著身子，身後是一片低矮的山。左邊的窗外，一幢灰色的建築，是機場的檢查哨，前面停著一輛生銹的小車，原先以爲那是已經被歲月淘汰了的，下機後才知道它是航空公司的交通車。沒有車門，開動後由一個男人拿一片板把車門擋住。車窗沒有玻璃，擋不住車外斜射的冷雨。不知道是路面凹凸得太厲害，或是車子已經奔波過幾百年，當它駛離機場時，不禁令人想起一則笑話——除了喇叭，什麽都會響。不過，四天後當我再搭這一部車子去機場時，司機先生告訴我，車子來到蘭嶼才四年，剛來時是全新的：

——海風太大，不容易保養。

然後他誇張地摸了一下下巴，笑著說：

——在這兒，人也老得特別快。

可是不要小看了這輛老爺車中的超級老爺車，它在島上扮演著重要的角色，假若沒有它，所有的旅客上下機場便只有利用最原始的交通工具——雙脚。島上除了軍用的吉普車以外，只有蘭嶼別館的一輛中型遊覽車，專門載送暫住別館的旅客環島觀光；一輛小型的公共汽車，負責環島的交通任務。可惜我在島上四天，沒有看過它開出來一次，聽說車子故障了，沒有人會修理。居民告訴我，有時車子好好的，可是唯一的司機先生心情不好；有時司機先生好好的，可是唯一的車子鬧情緒，因此，能夠象徵島上有公共汽車的，只有環島公路旁的招呼站牌。後來我看過公共汽車的司機，一個顯得十分羞澀的年輕人，他說他想去台灣。島上另外還有兩輛運貨的三輪車，却經常成爲居民懶於走路時搭便車的對象。島上還有摩托車，弄不清楚總共有幾輛；不過不可能比半分鐘內通過台北橋的收費站的摩托車多。除此以外，島上便再也找不到其他的交通工具了。

落後的蘭嶼實質上的缺點，雖然在改進的過程中，這是無可避免的一個階段或一種現象，並且就是爲了這個理由，使得她具備了更高的觀光價值。可是比觀光價值更重要、更有意義的是生存環境。就生存環境而言，落後便成爲一種痼疾，一種難以根治但必得根治的病症。因爲落後，滋生出許多問題。第一個問題便是髒，我們在蘭嶼住的地方是紅頭村的天主堂，紅頭村是蘭嶼的中心區，蘭嶼的別館所在地。天主堂建築在高高的山坡上，從下車的地方走上去，必須穿過紅頭國民小學和好幾戶居民的房子，小路的兩旁，一堆堆的糞便。雖然我從小在鄉下長大，比較不避髒；雖然當時我穿了皮鞋，當我走過，仍然脚底發麻，有一種不敢向前跨邁的恐懼。天主堂的後面有他們自己的廁所，大概是爲了怕太多人使用弄髒，特別在門上加鎖。我有鑰匙，可是通往廁所的草地上太多糞便，使我沒有勇氣通過，國民小學也有廁所，但是即使是小便的地方，白蟲也蠕蠕而動。因此，我在蘭嶼憋了三天，一直到忍無可忍了，才硬著頭皮跑進別館求助。

落後的第二個問題是營養不良。當地的雅美族同胞一天只吃兩餐，吃的是番薯和芋頭。番薯的葉子小小的，被海風嚇住長不大似的，番薯也小小的，馬鈴薯一般。芋頭種在水裡，也是小小的。好像在這島上，什麼東西都小了一號。據說他們種一次番薯和芋頭可以挖三年，想吃就挖，很方便、很省事，可是這種東西除了澱粉之外，還有什麼營養呢？那兒的小孩子，一個個挺著大肚子，滿眼飢餓的神色。我不禁想到自己童年吃番薯的情形，一樣挺著一個大肚子，走過街上的店鋪，看到什麼東西都想吃。一天黃昏，一位老太婆到天主堂來，哇啦哇啦不知道在叫什麼。我問一個會說國語的小孩，小孩說她肚子餓，想跟我們要東西。島上不產米，別館賣米飯，從台灣來的，奇貴！我們在郵局旁邊一家外省人經營的小店中吃了四天陽春麵。朋友飯量小，胃口和我不一樣，似乎還可以支持，吃到第四天並且津津有味地告訴我，有一次他在中東旅行，整整一個星期，什麼東西也沒有，光吃水果。他說：

——酒對我們比較重要。

而我，一個吃不慣麵食的人，却吃麵吃慘了。回到台東，第一件事便是衝進館子大吃一頓白米飯，雖然時間是早上十點鐘。當米飯滑進喉嚨，我深切地體會出什麼叫做「粒粒皆辛苦」，比以前冒著烈日在稻田中除草時所體會的還要深刻、眞切！

從蘭嶼回來，在台東開往高雄的公路局金馬號車上，偶然看到一份花蓮印行的東部地方性報紙，提到蘭嶼農業發展的事。據說台東縣政府很想指導蘭嶼居民種植水稻，可是居民認爲水稻成長期間工作太多，成熟後又不可隨挖隨吃，因此不願意合作。報導最後下結論，認爲居民太懶惰了。其實懶惰不是問題的癥結所在，問題在於如何建立他們新的觀念，讓他們了解爲什麼水稻比番薯芋頭對他們具有更多的益處，讓他們明白勤勞工作的意義。觀念的建立是教育的責任。島上幾乎每一個小村都有一所小學，椰油村並且有一所國中。這所國中環境的美麗是令人目瞪口呆的，當我站在國中的大門旁，我深深感到，能夠在那兒的講台上奉獻自己的青春。是人生最大的安慰；能夠在那兒唸書，是人生最大的幸運。對於島上下一代的教育，表面上似乎已不再有所缺乏，可是根據當地居民的說法，雖然校方供應吃住，而且吃得比較好，雅美族年長的一輩仍然不喜歡送他們的子女去唸書。出售紀念品的商店的老闆下結論：

——他們太頑固了。

他並爲他的結論提出另一個例證。政府爲了使他們住得舒服一點，替他們興建鋼筋水泥的國民住宅，可是老一輩無論如何也不肯搬出他們那類似洞穴的傳統住所。特別是朗島村的居民，連讓政府興建都不肯，因此那兒仍然保留著完全原始的色彩。不過比較年輕的願意住進去，年輕就是希望。

如此看來，雅美族年老居民的保守觀念竟是進步的一大阻礙！怎樣去溝通他們，成了最重要的問題。可是他們的語言和我們完全不一樣，似乎成爲一道隔絕的牆。但是除了年老的觀念，一些年輕女孩對性的看法也必須加以輔導，在島上四天所看到的、所聽到的，似乎她們對這方面相當不在乎，有時竟然僅僅是爲了想得到一點吃的東西！這一點所有從外地去的人都有責任，包括觀光的旅客、生意人以及其他偶爾經過那兒的人，往往爲了貪圖便宜，而建立起她們不勞而穫的錯誤觀念。

深夜我躺在天主堂裡，在陣陣的潮聲中，想著居民的處境，無法入眠。一個民族不管如何落後，不管如何困苦，只要他們具備有民族的自尊心和自信心，終會有一天，他們的努力會帶給他們一個揚眉吐氣的地位，可是，假如缺乏這種自尊和自信，我們只有爲他們慘淡的命運痛哭！問題是，外來的許多行爲却正足以造成島上居民自尊自信的淪落，以至喪失。年輕女孩的性觀念只是其中的一個例子而已，其他的島上居民也是一樣，小孩子會向外來的人要吃的東西，男人女人在路上看到外來的人，除了一聲打招呼的「鍋蓋」外，第二句話便是：

——Tobacco?

偏偏許多從外面去的人，縱然自己並不吸烟，也帶了大量便宜的香烟。他們有的是爲了和居民進行最原始的交易方式——以物易物，然後從中佔最大的便宜。有的僅只是爲了同情，爲了居民嗜烟如命。可是不管這種行爲背後的動機是功利或是仁慈，都已經在無形中搶盡了居民的廉恥！許多人以爲觀光事業的發展會給居民帶來新的出路，事實上却帶來他們的末路。他們似乎並不善於或是不會做生意，蘭嶼別館是外面去的人經營的，出售紀念品的商店老闆是台東人，其他幾家小店也沒有一位雅美族的人在主持。觀光客去花錢，居民賺不到，他們只是像動物園中一羣奇形怪狀的動物一般，被人「欣賞」！我所看到他們僅有的一次「生意」是同紀念品店的老闆做的，一個雅美族小孩拿著他父親打魚時撈到的一個大貝殼去賣給老闆，賣了五元新台幣。小孩走了以後，老闆以十五倍的價錢賣給一個學生模樣的觀光客！

我還想到居民的生病問題，當地人告訴我，台東縣政府派了一個醫生駐在蘭嶼，可是醫生的老家在台灣，紀念品店的老闆說得比較輕鬆：

——可以包飛機去台灣，一趟才四千二。

可是他們必須撈多久才能撈到一個貝殼。一個貝殼才値五塊錢，一趟包機的八百四十分之一！

現在，我要把筆尖指向生活在蘭嶼島上的另外一羣人。他們和我們一樣，都是人，都是中國人，都是有血有肉的人。可是他們和我們不同，他們既不是觀光客，也不是生意人；他們是另一個世界裡的人，他們是管訓隊裡的罪犯。當我用「罪犯」兩個字來稱呼他們時，內心感到十分不安。假如不是爲了敍述淸楚起見，我寧願選擇另外一個名詞。是的，我的確深深地感到不安，如果他們眞是罪犯，在他們犯罪時，我們，你、我，我們整個的社會是不是必須負一部份或大部份的責任？那麽，當我說他們是罪犯時，我們每一個人同時也是罪犯。如果他們不是罪犯，何以他們必得失去自由，背井離鄉，叫人想起「雪擁藍關馬不前」的詩句？可是什麽是罪犯呢？如何的一個人才叫罪犯呢？唉，就是這一羣人，就是這一羣世俗眼中的罪犯讓我在蘭嶼，讓我從蘭嶼回來以後思潮起伏，讓我感到蘭嶼的美麗充滿了哀愁。

在島上，他們是很容易辨認的。理光頭，穿着灰色的衣服、黑布鞋。早上八點左右，他們排着隊去做工。黃昏，他們三三兩兩出現在紅頭村的幾家小店裡，聊天、吃東西、喝米酒。當地人管他們叫「隊員」，對他們相當客氣。雖然在蘭嶼到處可以看到他們，可是當我抵達蘭嶼之前，我並不知道蘭嶼住了這麽一羣人。

我們到達蘭嶼的第一個黃昏，在小店吃陽春麵時，突然從身後傳來一陣畧帶抱怨的閩南話：

——誰說拜耶穌就不會做敗家子？我拜耶穌，還不是一樣被送到這裡來。

我嚇了一跳，回過頭一看，一個理光頭的男人坐在後面的桌子上喝酒。我迷惑地問他：

——你來這裡當兵？

——管訓。

我突然明白過來，包括他剛開始所說的「拜耶穌」的話，他當然是把我的朋友當做紅頭天主堂的神父，而下意識地向他發耶穌的牢騷！我的第一個反應是想到「惡魔島」那個影片，在昏暗搖曳的燭光下，我幾乎以爲他就是史廸夫麥昆。我天生異常好奇，有時好奇得唐突，就像那個時刻，我對他的問話：

——爲什麽？爲什麽被送來管訓？

——誰知道？

——您府上哪裡？我是說您家住在哪裡？

——高雄。

——結過婚沒有？

——孩子都上小學了。

——可是您看起來那麽年輕！

他沒有再回答我的話，站起來和老闆算賬，又買了一瓶米酒，塞到寬大的上衣裡面，就走了。我望着他的身影在門外消失，忽然感到眼眶發熱。我想到他住在高雄的妻兒，當他們想到他時，一定不只是眼眶發熱的吧？

他怎麼會被送來的呢？在他身上，充滿多少曲折的故事呢？我很想明白，我希望能夠找到機會再好好地和他談談。第二天早上，我又碰到他。他正排隊要去漁人村建造國民住宅，在清明的光線下，他看起來果然蒼老了許多。我向他打招呼，他沒有理我。後來的三天裡，我沒有再碰到他。爲什麼他不理我呢？一定是我在什麼地方冒犯他了，一定是我和他談話的口氣太像警察在盤查他了。我深深後悔自己的急躁。

往後三天，他們的身影，他們的一舉一動强烈地吸引着我。曾經在前往蘭嶼國中的途中碰到大雨，跑到路旁一座草寮暫時躲避，草寮裡有兩個管訓隊的罪犯。他們很和善地招呼我們坐下，並倒開水給我們喝。他們說他們的工作是照顧草寮外的一片瓜田，除了比較不自由，工作倒是很輕鬆。我問他們平常伙食如何，他們說很好。

——我們自己種菜養猪。

親友前來探訪是被准許的，其中一個比較高瘦的說他的太太幾天前曾經從台南去看他：

——不過來囘路費太貴了。

另外一個比較矮胖的居然是我的同鄉，住在雲林縣西螺鎭。當他知道我住雲林縣東勢鄉時，非常高興，一再向我打聽故鄉的消息。啊！遊子！他並且告訴我，他們隊裡也有一個東勢人，可是他只知道那人叫「阿明」，不知道完整的姓名。對於故鄉的人，由於長年在外，我已變得陌生。但是我多麼希望能夠對他有點幫助啊，譬如說替他傳個消息給他年老的雙親。我請他替我打聽清楚那位東勢人，請他和那位東勢人當天黃昏再和我在草寮見一面。黃昏時我再走遠路去，在草寮中等了四十分鐘，一個人也沒有看到。當我往囘走時，心中異常難過。不知道他們爲什麼會淪落到這個地步？

曾經在前往朗島村的路上，看到路旁一羣正在工作的罪犯對一個過路的少女吹口哨。有一位甚至跑到少女前面對她丟石子。少女在沒有陽光沒有雨水的天氣下撐起傘，把傘壓得好低好低。面對這個情形，我曾經冒火，可是我立刻原諒了他們，因爲他們正在做什麼，他們並不知道。

離開蘭嶼的前一天黃昏，又看到四個罪犯在小店喝米酒，其中一個喝得大醉，又叫又跳，賴在別館前面。他的同伴借來一輛摩托車，要把他弄囘二十公里外的住所。他就是不走，嘴裡不知在說些什麼。許多人圍着看，像鄉下地方孩子圍觀打拳賣膏藥的江湖老手變把戲一般。我看着這一幕，心如刀割。這是我的同胞，我不願他在我的外國朋友面前演出如此行爲。每次面對這位朋友，我總是覺得我已不再僅僅是我，不再僅僅是黃某人，而變成整個的中國，揹負着過去，展望着將來。我不允許自己的同胞在外國人面前丟人！我熱愛中國，熱愛關係到她的一切。這位朋友曾經問過我，畢業後是否準備出國，我搖搖頭：

——離開自己的祖國，我沒有辦法生根。

我默默地走囘天主堂，忍不住熱淚盈眶。不過，我明白他的酗酒只是因爲心情不好而已，可是，爲什麼他不能忍受？像其他大多數人一樣。根據他們自己的說法，在島上一共有三百多個罪犯，有些有確定的刑期，他們努力工作，等待囘台灣重新生活的日子。有些屬於保安處分，端看他在隊上的表現而定，大抵都在五年左右；他們對於自己的前途無法肯定，心煩意亂。可是不管是哪一種罪犯，都不肯透露自己犯罪的情況，甚至於在他們自己之間也一樣守口如瓶。每次提到這類問題，他們有笑一笑，說句「做壞事啊」。

對於這一羣人，我經常提醒自己，不要讓同情泛濫。然而，在我深切的反省之下，我發覺這類同情非但不是泛濫，而是絕對必要的。我早說過，如果他們眞正犯了罪，我們每一個人，我們整個社會似乎也有責任。時常，當我想到他們的時候，我竟然深深地內疚着，儘管我和他們之間，在我還沒有去過蘭嶼之前，連碰過一面也沒有。縱然他們目前的處境是罪有應得，我們也必須付出溫厚的關懷；我堅信沒有一個天生的壞人，假如罪惡一時蒙蔽了他們的善良天性，我們沒有義務不幫他們將罪惡洗除。

從蘭嶼回來以後，朋友們屢次問我是不是要寫點文章。我說當然要寫，但不是現在。目前我對她的了解太少，只能說些人云亦云的表面話；假如光寫她的美景，却無法忍受那美麗的哀愁。我希望什麽時候能夠有機會去那兒住一段時期，比方說去蘭嶼國中教書，然後學習雅美族的語言，深入他們的生活，探究他們的風俗習慣，並對當地的土壤、森林、海水、魚類等做一番踏實的研究，之後才好好地寫一本書，像梭羅的「湖濱散記」。我更希望有機會進入管訓隊，和罪犯們長時期地共同起居、共同工作、共同作息，充份地挖掘他們的心理、他們的靈魂，之後寫本書，寫出他們善良的天性、感人的故事，以及不可輕侮的自尊，像杜思妥也夫斯基的「死屋手記」。最大的希望是透過這書，對他們的生活有所幫助。然而，回來後一個多月裡，我老是想到島上的居民和罪犯，想到他們無助的神情！多少人天天在酒樓飯店中紙醉金迷花天酒地，而孤懸在太平洋上的蘭嶼被人遺忘了；縱使偶然想起，也只是抱着上動物園的心情、自以爲高人一等地前去「觀光」！那是我們的同胞，如果他們挨餓受凍，我們的溫飽還有什麽意義呢？我經常想着這些，淸夜捫心，冷汗直冒。文學的良知逼迫着我，終於使我在能夠寫出一本完整的書之前，先寫出這些內心深處的話。

雜說施公案

·莊練·

舊小說中有所謂「公案小說」，專記古代的名臣與清官們如何爲造福民生而作了許多剖疑析冤、除暴安良的不平凡故事，甚受社會大衆的歡迎。在這些公案小說中，最爲著名而流傳最廣的，當然要數包公案、彭公案，與施公案。此三部書中的主角人物不但家喻戶曉，平劇中也多有搬演。包公人稱包青天，其聲名之盛，遠過一切。彭公案的主角彭鵬，比起包公來雖然差了一截，但他在担任地方官時那種强直有爲、清廉正直的鐵漢作風，見之清史彭鵬傳，乃是鑿鑿有據的事實，比起包公故事之多出後人附會，似又勝過一籌。最使人難以索解的是，清康熙時的施世綸，並不是彭鵬那樣勇敢强健的正常人，他既不能親自出馬去捕盜殺賊，也不能喬裝成算命先生到鄉間去微行私訪、察奸除暴，類似彭公案那樣的施公案故事，究竟如何有發生的可能呢？

據清史施世綸傳，施世綸乃靖海侯施琅之子，以其父廕得官，初任江蘇泰州知州，四年後升任揚州知府，再調江寧知府，其後即由司道而洊升卿尹，簡放漕督，以迄於卒。可見他在地方上担任州縣親民之官的時間很短，不至像施公案小說中所說的那樣，因在江都縣做知縣，遇到疑難案件甚多，必須有賴他親自出馬微行私訪，方能查明眞相，緝獲眞兇，爲蒙冤的無辜洗清寃枉。以施公案與彭公案相比，在這一點上，就減弱了很多立足的力量。其次一點，則是施世綸的生理缺陷。

在施公案故事中，每次施公出外私訪而被惡霸强梁識破其身份，以致遭遇危難時，這些惡霸强梁們總把施公叫做「施不全」。這「施不全」三字究竟作何解釋，在施公案這部書中並無交代。從前蔣君章先生在新民半月刊上撰寫「施公與施公案」一文，曾說：「小說描寫施公的五官四肢都有毛病，爲一個行動極不便的殘廢人，則不知何據，實在是很不正確的。」這話極有理由。如果施公的身體殘廢，五官四肢都有毛病，行動又不方便，則他的這種生理特徵馬上就會傳遍遠近，不管他裝扮成何種模樣，只要他一走出縣衙門，立刻就會被人認出這是州大老爺在微行私訪哪！這種樣子的微行私訪，要說還有什麽效果，那也就太笑話了。所以無怪蔣君章先生要對此表示不信，而由較早的「施公案傳」改寫而成的施公案，也就把這一特徵在書中删去不提了。蔣君章先生說：「小說描寫施公的五官四肢都有毛病」，作此描寫的小說乃是早時的施公案傳，而非後來的施公案，如果只看施公案，並不容易瞭解蔣君章先生此話的意義。爲了明白起見，應該將「施公案傳」的說法先引述一遍。

清道光年間刋行的「繡像施公案傳」，全書八卷，一名百斷奇觀，記述施公在江都知縣任內如何藉微行私訪及其聰明才智斷決疑案百件，乃是後來施公案小說之張本。此書書前繪有施世綸的騎馬像，面貌奇醜，臉多瘢痕。手足均作拘攣之狀，其後附有讚語。云：

「汝身不長，汝貌不揚，胡爲邦家之柱石，而爲生民之碩望？汝外惡。汝內臧。寧獨德政之昭昭，而實文章之宗匠，噫！微斯人也，幾失子羽昭明之相。」

味此文之語氣，對施世綸全無譏嘲的意味，然則其說必定有其根據。蔣君章先生不信此說，想是認爲於理難通之故，然而筆者亦曾在其他書中見到類似的記載，綜合起來，可以證明此說不誤。如清稗類鈔卷六十一「容止」類中。有一條說：

「漕督施世綸貌奇醜，人號爲施不全。初爲縣尹，謁上官，上官或掩口而笑。施正色曰：公以其貌醜耶？人面獸心者，可惡耳，若某則獸面人心，何害焉？」

這一條記載亦說施世綸有施不全之號，又自稱獸面，不難依稀想見前述施公騎馬像之實際情狀。另外，則清乾隆間吳人顧公燮所撰的「消夏閑說」中更有一條，說得較此更爲具體：

「康熙年間，蘇州施撫軍世綸，係將軍施琅之子，以功廕。貌甚奇，眼歪手捲，足跛口偏。有張姓塑肖像如生，施命其塑已，謂何法可以掩此四醜？張歸家，思之再四，計無所出。適薙髮趣耳，妻笑曰：如此情形，好似施相。張曰：得之矣！即以趣耳塑像，坐石上，蹺一足。施大悅，薦於揚商，張由是致富。」

這一條記載，將漕運總督施世綸，錯成了江蘇巡撫，自是顧公燮的誤記。但其中明白說到張姓匠人爲施世綸塑像，以蹺足趣耳之狀掩其眼歪手捲，足跛口偏之相，則與前述各項記載相合，可證其確是身體有嚴重缺陷的殘廢之人。如此奇相，人所罕覩，如何還能以喬裝改扮掩飾其身份，來上一手微行私訪之事呢？所以，施公案這部書，其實不應以施世綸爲主角；而平劇落馬湖、連環套、惡虎村等劇中所寫的施公，亦需要另換他人。這理由很簡單，因爲施世綸根本不可能有過這類故事，而且有關史書也全無這方面的記載。

施公案這部小說之所以產生，似與當時的政治風氣有其關連。消夏閑記中另有一條說：

「康熙二十年，制台于清端成龍，好微服潛行，察疑獄，求民隱。然奸人造言散布以傾怨家，或反失實，屬吏雖灼知而不敢言。有布衣程姓進見眞言，且指目擊一二事爲徵。公悚然曰：微子言，吾安知人心刁詐若是也？陳恪勤公彭年守吳，亦喜微行。有金獅巷富室汪姓兩子，以曖昧事殺其師，賄通上下衙門，以疑案結局。惟公不可以利誘，汪遂重賄左近茶坊酒肆脚夫渡船諸人，囑其咸稱寃枉。公察之，衆口如一，遂不深究。又劉家濱富家乳嫗抱一小孩稍懈，小孩不見，殺死城上，剝去金珠衣物，緝凶無著。公夜出細訪，遇一醉漢曰：此沈某殺也。次日拿沈審問，沈極口稱寃，畧加刑即釋焉。孔子曰：衆好必察，衆惡必察，善夫！」

于成龍乃康熙時之天下第一清官，服官州縣時，屢以私訪破奇案，事見清史于成龍傳。然而這一條記載却明白說出了私訪反易爲人矇蔽，可見于成龍私訪頻數之情形。另外，陳鵬年的事例，亦與此彷彿。于成龍與陳鵬年，都是清朝著名的好官，他們之好爲微行私訪，目的當然在勤求民隱，察疑析枉。而他們之所以爲民歌頌，此亦爲具體的事蹟。由此我們可以想像得到，當時的一般清官，大多好行此道。寫入公案小說之後，這類事蹟也就成了清官與好官的特徵。施世綸既被選作公案小說的主角人物，當然他亦得微行私訪，否則他就不成其爲好官了。事實上，施世綸的微行故事，半出於假借移植，半出於撰書人的向壁虛構，可信的成份微不足道。至于他爲什麼能夠代替于陳諸人，成了公案小說作者選定的對象，似與他的强直剛正作風有關。于成龍和陳鵬年只是清官和好官，而施世綸於清廉之外，更有强直剛正，不畏强權的偉大風格，有類於包拯與海瑞。我們知道，包拯與海瑞，都是千百年來爲人謳歌的對象，由此足可看出小百姓心目中的好官是何標準。準此而言，施世綸雖是一個殘廢的施不全，一旦被寫入了公案小說，正復無礙其微行私訪與爲民除害的偉大事蹟。小說之所以爲小說，這不是太明顯的例證麽？

抗戰勝利後復員裁軍迄戡亂概述（二）

——徵調出川各軍整編與參加作戰情形

·孫震·

戊、三十七年政府在不得已之情形下正式動員戡亂情形概述

上述共軍方面，自三十四年日本投降起，繼續發動內戰，破壞停戰。在三十六年共黨決定促林彪北進奪取東北，劉伯承南下奪取華中，互相呼應，爲其奪取政權開端之目標。及進入三十七年，因日軍在東北之精良武器均陸續運輸入劉、陳、彭、聶、賀各股之手，從此攻城略地，動亂日益擴大。政府不得已，取消停戰命令，正式下令全國動員，討伐共軍，令全國各整編師旅仍恢復爲原來之軍師名義，開始繼續征兵征糧，以供作戰之用。但此時共諜滲透，已深入中央各部門及各省縣地區。我方政府區域內，又有附共之民主黨派份子，推波助瀾，專以便利共黨，妨礙政府爲目標，致各省反對征兵征糧之議四起，即不反對者亦不顧事實需要，請減請緩。共軍坐大，而議論未已，兵源不充，糧源不濟，再加以共諜破壞幣制，擾亂金融，使軍民同胞，在作戰之負担及作戰之犧牲外，更感受生活上之痛苦，民生日艱，士氣不揚。共黨方面，則一切用專制獨裁之辦法，不受一切牽制，在强迫與欺騙雙管齊下之下，任意征兵征糧，擴大軍事，一切以求勝利爲目的。

自三十七年一月起以後，東北方面，林彪共軍陸續陷瀋陽、鞍山、遼陽、四平及長春、錦州各要地，東北全部失陷。遂南下入關進入華北，至十二月其一部已抵北平之南苑機場，一部已抵天津市附近。

同時華北方面，在晉綏地區竄擾之聶榮臻部，因在以前之三十四年俄軍佔領張家口後，即將張家口移交與聶榮臻接防，毛澤東亦進駐該地，使該地成爲共黨對東北發號施令之樞紐。林彪之出關，亦即由此走廊進入東北，受俄軍指揮，積極發展。三十五年雙十節，傅作義軍在解大同之圍後，打通平綏鐵路，東進收復張家口，聶榮臻被迫退回晉綏邊區。此時林彪部入關，聶榮臻亦在傅作義之後，以七個縱隊之主力（即七個軍），自東打通平綏路，進而再度攻佔張家口，與林彪東西呼應。當時石家莊、保定均已陷入敵手，北平孤立，遂成共軍之囊中物。

同時西北方面，彭德懷自退出延安後，三十七年亦率所部主力南進反攻，我西安方面指揮之劉峙兵團損折後，關中空虛，被迫抽調在晉南豫西作戰部隊，增援關中，晉南之劉伯承所屬陳賡部隊，遂乘勢渡過黃河，進攻孤立之洛陽，及東窺潼關。

同時山東方面陳毅部隊，於劉伯承三次南竄豫鄂皖蘇行動中，亦先後以絕對優勢兵力南下，於嶧縣使我整二十六師（即二十六軍）馬師長全部犧牲，於棗莊使我整五十一師（即五十一軍）

周師長全部犧牲，於孟良峪使我整七十四師（即七十四軍）張師長靈甫全部犧牲，於萊蕪、吐絲口、馬陵道地區使我李仙洲司令之整七十三師、整四十六師大部犧牲，李亦被俘，膠濟鐵路從此中斷。其中只有陳毅部隊在圍攻南麻城戰鬥中，爲我整十一師（即原十一軍）所擊敗，在圍攻滕縣縣城戰鬥中，爲我第十綏靖區李玉堂所指揮之整二十師（即原征調出川之二十軍）所擊敗，此兩次均使陳毅部隊傷亡極重，解圍潰退。進至三十七年六月，陳毅又以主力圍攻第十綏靖區司令李玉堂之兗州及整十二軍，因綏靖區特務營之一部叛變，卒致兗州失守，濟南省會從此孤立。至九月，陳毅又以全力圍攻濟南省城第二綏靖區司令王耀武部，因以前第二綏靖區司令部曾侵奪所部八十四師吳化文之烟土五萬斤事，吳化文蓄意報復，至此於濟南外圍陣地叛變，王司令耀武突圍出濟南城後，卒於呂灘被俘虜，山東遂全部失陷。

華中方面之劉伯承，在四出流竄豫、鄂、皖各省中之較大戰鬥中，爲三十七年三月二十九日劉伯承東竄安徽省，猛攻阜陽，爲我第十四綏靖區司令李覺指揮整七十四師之整五十八旅（即原五十八師），死守五晝夜，經各路友軍馳援，劉伯承潰退。又三十七年六月，劉伯承以數倍兵力北竄河南省豫東，奪佔許昌後，又襲攻開封城，使守軍六十六師大部犧牲，李師長仲辛自殺成仁。劉股入開封後，仍經我援軍第五軍及五十五軍、六十八軍、四十一軍、四十七軍分道進攻，合力收復開封，四十七軍並南下收復許昌。繼劉股又竄河南之豫西，猛攻南陽第十三綏靖區司令王凌雲部，王凌雲綏區係由第九軍一部及河南保安團隊所改編之第十五軍編成，同時有河南之宛西各縣反共領袖陳舜德等率領甚有戰鬥力及反共之地方武力協助作戰，遂將劉伯承擊退。但因關中空虛，將晉南豫西兵力抽調回關中後，晉南黃河北岸之陳賡部隊，因得渡過黃河，圍攻洛陽，並於三月十四日攻破洛陽。當時防守洛陽之青年軍二〇六師，於洛陽失守時，官兵大部損失，邱師長行湘被俘，經第四十七軍（即征調出四川之四十五軍、四十七軍合編之一軍，此時恢復軍番號），循隴海鐵路向西馳援，收復洛陽。但入洛陽部隊，又因隴海鐵道東段情況緊急，奉令東調使用後，洛陽不久仍陷陳賡手。後又因洛陽失陷，南陽失去北面屏障，劉伯承第二度西竄豫西，再攻南陽，第十三綏靖區司令王凌雲率部激戰，豫西地方團隊各支隊及王之綏區兩軍傷亡均大，遂向襄陽荆門撤退。七月上旬，劉伯承率第十、第十二兩縱隊，跟踪由南陽、棗陽兩路，進攻襄陽、樊城之第十五綏靖區司令康澤所部，康司令及副司令郭勛祺率第一〇四旅、第一六四旅奮勇固守，激戰十餘日，至七月十五日共軍突入城內，部隊多數犧牲，康司令、郭副司令被俘。至此鄂北豫南區域在長江北岸之一線，所保存者僅襄沙公路上之荆門作前線，及平漢鐵道上之信陽作前線，在隴海鐵道上所保存者，僅黃河南岸之鄭州、開封、商邱、徐州、海州各據點，及北岸新鄉。因此迄至三十七年十月止，自林彪入關直抵平津後，山東及冀南整個形勢爲陳毅所控制，華中豫、鄂、皖三省長江以北大平原整個形勢爲劉伯承所控制，西北陝、甘兩省北部形勢，爲彭德懷、賀龍所控制，晉察及冀北一帶形勢，除太原保持固守外，大部爲聶榮臻、徐向前所控制，國府作戰形勢，益趨不利。

（完）

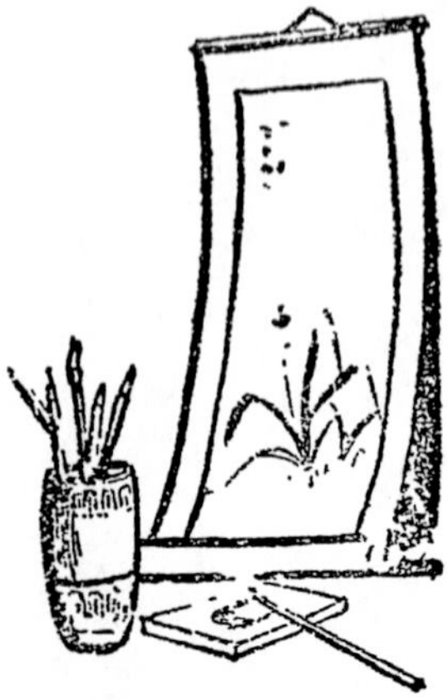

天聲人語

丙辰元月筆會酒集 少諷

買春烟滸勝，置酒倚瀾堂，娓娓翁孫健，（少游丈藝談驚座文珊小友猜謎輒中）姍姍伉儷莊，（嘉樹葆蘭）龍雕新墨富，（幹之小雅均有新著見貽）虎射綵鐙光，（仁超擅製謎語詞流搔首）甯水扶輪手，（元一會長指揮若定）徐揮舞袖長。

移　居 張叔平遺作

遷流已屬尋常事，甕牖繩樞大有人。世相千般看未了，等閒虛廢百年身。
斗室圖書布署難，尙餘殘墨自留看。曹倉杜庫亡都盡，話到楹書損肺肝。
被酒當筵發浩歌，適才今古孰相羅。早知世運成龍劫，無補艱危恨已多。
明窗筆墨費安排，且住爲佳亦遺懷。傳舍浮生寧更惜，榜書姑署小宜齋。
浮生何事總栖栖，笑我偏求重古稽。頑鈍不除才力短，自矜初悟死生齊。
九十仍同少壯心，無絃終喜有知音。文林學海交都偏，全爲憂時望活深。
老來辛苦弟兄情，藥餌茶鐺數載併。大限倘臨天不管，最難安置是餘生。
何處江湖訪舊盟，英雄兒女自關情。疾中轉易懷前夢，靜數寒鐘到五更。

遣興集樊川句 張泰祥

一

水態雲容思浩然，水分雲隔二三年。
未趨雉尾隨元老，漸壓瓊枝凍碧蓮。
爭得便歸湘浦去，却思同在紫薇天。
青雲滿眼休驕我，不到蓬萊不是仙。

二

平生自許少塵埃，盡日看雲首不回。
獨鶴初冲太虛日，潛龍須待一聲雷。
廣文遺韻留樗散，小捷風流已俊才。
吉甫裁詩歌盛業，長安回望繡成堆。

三

一片餘霞映驛樓，南陵水面漫悠悠。
金風萬里思無盡，芳草何年恨始休。
高驛數聲秋撼玉，馬鞭斜掛笑回頭。
關河客夢還鄉遠，終把蹉跎訪舊遊。

四

曉樓烟檻出雲霄，逸驥尋雲步步高。
一嶺桃開紅錦艷，九天香滿磚蕭騷。
城高鐵甕橫强弩，嵐嫩千峯疊海濤。
日暮東風怨啼鳥，玉人何處教吹簫。

五

賦雪搜才去必頻，霽河千里曉橫銀。
春愁兀兀成幽夢，霄漢年年步後塵。
迷興每漸花月夕，滿街含笑綺羅春。
風吹柳帶搖晴綠，又喜幽亭蕙草新。

夜　讀 龔嘉英

寒夜篝燈讀杜詩。少陵千載是吾師。
沉潛警策眞無匹。忠愛纏綿盡得之。
國破恍如天寶後。文衰尤甚暴秦時。
腐儒尙有丹心在。獨抱殘編到漏遲。

歲暮簡孫君守立 栗由思

作客天涯嗟道窮。飄萍身世與君同。
神州未復行看老。仗劍沼吳心尙雄。

減字木蘭 張大千

題郎靜山代攝小影

「墜鞭側帽，走馬長楸年正少。容易秋風，兩鬢蕭蕭一禿翁。急需行樂，陶寫任教兒輩覺。吾愛今吾，猶有紅妝喚老奴。」

前調贈大千居士 張佛千

一

幾番報導，海外東坡眞個到。美髯如銀，丰采依然光照人。新窺寶冊，至美潛藏生命力。徵壽無疆，春酒初熟晉一觴。

二

掀髯一笑，袖携環華梅香到。神韻難傳，入畫宜詩總是仙。風流絕代，老更自憐人亦愛。靈府長春，善葆黃金難鑄身。

八歸　題翠袖倚竹圖 蘇文碧

烟霞媚嶺，霜風敲竹，愁倚翠袖望切。頻憐墜葉辭枝去，還見斜陽消黯，亂鴉零綴。暗綠空江南浦路，送遠棹，攀條傷別。慣一霎，好夢隨雲，化幽恨千叠。

何事千山歲晚，疏梅香處，久駐征車天末。藥欄香謝，玉柯霜冷，倚倦當年風月。怕賓鴻影過，總說天涯正氷雪。深深聽，搗衣砧永，戛玉閑窗，笛寒聲自咽。

長亭怨慢　惜　別 高梅憶

待囘首，斜陽何處？寂寞當時，野風南浦。望裡孤帆，冷烟愁碧，亂江渡。雁聲多少？渾不識，相思苦。怨別已無言，怎耐得，迴潮低訴。凝佇。怕昏鴉歸盡，恰是黯雲催暮。幾番照我，算只有月明如故。弄梅影，別樣芳馨。伴凄咽，高樓更鼓。賸千頃滄波，長漾新愁難賦。

水龍吟　春遊梅花湖 劉瑩

野烟淡染平蕪，依依還逐寒山轉。鷗羣弄影，柳絲鎖碧，草萋雲岸。照水梅開，繡巖鴻去，綺懷無限。喜花風吹早，先裁新句，疏香裡，芳華滿。

翻怕東風無伴，共春衫，梅邊迎晚。橋闌立盡，正尋香雪，風吹片片。一樹斜陽，半船行客，笛聲清遠。且慢搖畫槳，東山月上，蘸清波淺。

編餘漫筆

編者

本期內容以人物爲多，所刊傳記實包括了各方面，張大千居士爲曠代難得的藝術大師，其人之高風亮節，擇善固執之情操，尤值得贊揚。

張衡玉爲民國國士，其人之才與品均屬第一流，但知者已少。上兩期北望樓雜記曾載「洪憲詩」，堪稱一代詩史，至其人之不畏強暴，堅持正義，亦非時人可及。本刊旨在搜集野史，表揚忠烈，故對張氏一生，特別介紹與讀者。

抗戰初起，行政院簡任秘書黃濬以敵諜罪名被處死，此事要爲民國間諜史重要之一頁，本刊已有報導，但只言及間諜案破獲經過，至於黃氏爲人，甚少叙述。關德懋先生當時亦供職行政院，與黃氏相識，且曾至其家中，見其事，所言均第一手資料，關先生以爲黃氏通敵，可能受其子之累，此言良確，否則法不及妻孥，政府自無連其子一道處死之理。但據編者所知，黃氏尚有一女，當時在南京某學校讀書，家兄與之同學，曾言全校男生無人敢追黃小姐。無他，因其生活太奢侈，花錢似流水，所有男生自忖皆不能養此妻子，故皆望而却步。此亦一因。總之，黃氏當日收入不非，所以因欠債而入日人圈套，皆由於生活不檢所致。

李公樸當年在京滬一帶相當活躍，有「七君子」之稱，實則此人並非「君子」，雲煙先生大文只叙述片斷，此人之事不堪者太多，已死於非命，不談算了。但讀者只看雲烟先生大文，亦可了解當年一羣政客學棍之譸張爲幻，貽害國家之處實在太多。

紀念熊綬春將軍一文，用文言寫成，但內容翔實，此公是名將亦是烈士，平生事磊磊落落，最後見危授命，與其兄均爲國捐軀，一門忠烈，尤其難得。

記述王耀武一文，作者係山東人，曾是王耀武部下，所記載也是第一手資料。平情論王耀武，其人能作戰，多權變，但心術則非君子，所以在春風得意時尚不太看得出，但識者已知其非善類。綜其一生計排擠施中誠，傾陷夏楚中，逼反吳化文，終致身敗名裂。古人云士先器識而後文藝，實則心術不良之徒，可爲勇將但不能爲名將。王耀武即是勇將，但一遇挫折，便原形畢露。

鄧小平最近又成爲熱門人物，本刊特刊出放之先生之「鄧小平的大半生」上篇，因文章過長，下期繼續刊出。又本刊以後打算陸續刊出中共重要人物，請讀者留意。

由於中南半島易色，銷場日狹，本刊亦受影响，希望愛好本刊讀者能設法推介，協助本刊度過難關，倘有兩位讀者介紹一位新讀者，本刊困難即可解决。

掌故 月刊 訂閱單

<table>
<tr><td>姓名
（請用正楷）
中英文均可</td><td colspan="3"></td></tr>
<tr><td>地址
（請用正楷）
中英文均可</td><td colspan="3"></td></tr>
<tr><td rowspan="5">期數及金額</td><td colspan="3">一年</td></tr>
<tr><td>港澳</td><td>台灣</td><td>海外</td></tr>
<tr><td>港幣二十四元正</td><td>台幣二百四十元</td><td>美金八元</td></tr>
<tr><td colspan="3">平郵免費・航空另加</td></tr>
<tr><td colspan="3">自第　　期起至第　　期止共　　期（　　）份</td></tr>
</table>

請將本單同欵項以掛號郵寄香港九龍旺角郵局信箱八五二一號

英文名稱地址：

The Journal of Historical Records
P. O. Box No. 8521, Kowloon
Mongkok Post Office, Hong Kong.

俊人書店 圖書目錄

九龍旺角郵局信箱八五二一號 電話：3-808091
WISE-MAN BOOK STORE PO BOX8521
KOWLOON HONG KONG POST OFFICE T3-808091

書名	作者或出版社		定價H.K.
「偉大的抗美援朝運動」	人民出版社		3000.00
（全書十六開大本共一千三百多頁所有韓戰史料全部包括在內，爲罕見孤本）			
東洋文庫十五年史（日文）			1000.00
西安半坡	文物考古社		1000.00
中華兩千年史精裝七册	鄧之誠		300.00
第二次世界大戰簡史	美•第威特·休格 王 檢譯		20.00
太平洋戰爭紀實	何成璞譯		20.00
日本屠殺秘史	日•神吉晴夫第編著		30.00
赫爾回憶錄	C. 赫爾著		30.00
韓戰秘史	美•羅柏·萊基 劉勾譯		30.00
山本五十六 （全譯本）			20.00
日本神風特攻隊	日•豬口力平，中島正 著 謝新發譯		30.00
日本軍血戰史 （決戰篇）	蔡茂豐譯		10.00
美蘇外交	J.F. 貝爾納斯著 王芒等譯		20.00
琉球島血戰記	日•古川成美著 陳秋帆譯		10.00
太平洋戰爭	周紹儒譯		20.00
第二次世界大戰史	科馬格著 鍾榮蒼譯		20.00
中國典籍知識精解	任松如著		50.00
李嘯風先生詩文集	李嘯風著		15.00
中國文學家大辭典（上、下）	楊家恪編		200.00
國父軍事思想之研究	羅雲著		10.00
中國文化綜合研究			200.00
張群秘書長訪問韓日紀要	中日合作策進委員會，中日關係研究會		50.00
中日關係論文集 （第一輯）	中日關係研究會		200.00
中共暴政十年	中共暴政十年編輯委員會		50.00
遠東是怎樣失去的	陳國儁譯		20.00
中國文學家列傳	楊蔭琛編著		100.00
成語典	繆天華主編		100.00
六十年來的中國警察	中央警官學校編印		50.00
角山樓增補類腋	清•雲間姚培謙纂輯、司徒趙克宜增補		100.00
中外名人辭典			100.00
古今同姓名大辭典			100.00
處理日本投降文件彙編（上、下）	中國戰區中國陸軍司令部	七册	200.00
何應欽將軍講詞選輯	中國戰區中國陸軍司令部		
八年抗戰與台灣光復	中國戰區中國陸軍司令部		
受降報告書	中國戰區中國陸軍司令部		
何應欽將軍中日關係講詞選輯	中國戰區中國陸軍司令部		
八年抗戰	中國戰區中國陸軍司令部		
世界道德重整運動和龍劇			

月刊

56

[redacted]

野史・佚聞・人物・風土・

中華民國六十五年（一九七六）四月十日出版

新書介紹

談蟻錄 方劍雲著

本書原在香港時報連載備受讀者歡迎，現應讀者之請，出版單行本，每册定價港幣五元，美元一元。

妖姬恨上册 岳騫著

本書以小說體裁，叙述中共文化大革命事，自一九六五年文革前夕寫起。讀後對文化大革命來龍去脈，有相當了解。定價港幣捌元，美元壹元陸毫。

兩書均定四月出版，本社代售，讀者函購，八折優待。

掌故月刊

第56期 目錄

每月逢十日出版

掌故

第五十六期

每冊定價港幣三元正

全年訂費
港幣三十元
台幣二百四十元
美金八元

出版兼發行者：掌故月刊社
地址：九龍亞皆老街六號B
通信處：九龍旺角郵局信箱八五二一號
電話：K八〇八〇九一
The Journal of Historical Records
P. O. Box No. 8521, Kowloon
Mongkok Post Office, Hong Kong.

督印人：鄧少卿
總編輯：岳騫
印刷者：和記印刷有限公司
新蒲崗景福街一一〇號超達工業大廈十樓
總代理：吳興記書報社
香港租庇利街十一號二樓
電話：H四五〇五六一 四五〇七六六
國內代理：黎明書報社
台北市八德路三段九十九巷六號
電話：七二一九二五二九
星馬代理：遠東文化事業有限公司
新加坡厦門街十九號 檳城沓田仔街一七一號
印尼總發行：集源公司 椰城旗桿街87號A
Dil Tiang Bendera No. 87A
Djakarta, Indonesia.

澳門：可大文具店
亞庇：利民公司
斗湖：光明書局
漢城：泛亞書籍公社
倫敦：香港文化服務社
中藝公司
東寶公司
紐約：友聯圖書公司
友誠公司
友方公司
非律賓：華安書局
芝加哥：文華書店
羅省：大元公司
新東方公司
三藩市：益智圖書公司
文化商店
華盛頓：德昌公司
波斯頓：中西公司
千里達：中華公司
加拿大：香港商店
溫哥華：僑益書局
滿地可：明星書局
渥太華：民生書局
巴西：興昌公司

台兒莊會戰實錄

侯象麟・王化宇

戰前概述

廿七年三月上中旬間，我於臨沂戰捷後，而臨城、滕縣告陷，敵一部進至台兒庄，企圖强越運河，爲我第五十二軍（關麟徵部）所擊阻。另一部陷嶧縣，與我第八十五軍（王仲廉部）膠着於齊庄棗庄間。臨沂方面，敵續有增援。

我第五戰區以「徐州爲敵勢所必爭，津浦南段之敵，與我夾淮河對峙，以待機蠢動。北段之敵，日顯增强。爲確保徐州計：建議抽調大軍來徐，轉移攻勢」。白副參謀總長崇禧氏亦以湯恩伯軍團與敵相持於陣地爲非計，亦必增兵出擊，以制機先。經統帥裁可，乃命第二集團軍調徐。

時本（第二）集團軍於信陽，已奉命調洛，行進在途，第廿七、卅師、獨四十四旅正向鞏洛集中，第卅一師時歸武漢工程處指揮，經始武勝關工事，於歸還建制後，方於許昌下車中，即令轉向徐州進發，時十九日黃昏時也。該（卅一）師夜抵徐，奉戰區命，向車輻山集結，歸湯軍團指揮。

第一章　第三十一師之行動

湯軍團謀畧

廿日晨，師長池峰城會晤湯總司令於台兒莊南站，湯親授軍團作戰方畧：以「軍團乘我張（自忠）龐（炳勳）兩軍與敵周旋於臨沂時，李（明揚）狙擊兵團進迫鄒滕間，我第八十五軍正近迫齊棗。軍團爲誘致嶧棗之敵於台兒莊，以貴師向嶧縣進攻。軍團主力經蘭陵鎮向城，迂迴嶧北，待敵南下，軍團旋轉而殲滅之。」即命「接替第五十二軍台兒莊防務，掩護軍團北進，迨軍團越向城後，貴師即開始行動。」是晚軍團渡河完畢。

進入情況

廿一日，師搜索連（騎兵），及別働隊（便衣）開始向敵活動，以偵察一般情況，敵甚沉寂，無所得。晚令第九二旅（欠一八四團）附一八一團（欠一營）明（廿二）拂曉驅逐北洛泥溝之敵，向九山獐山進攻，相機佔領。第一八四團位置於台兒莊，第一八二團位置於北站，即設施各該地工事，一八一團第三營位置於土城，整理台兒莊兩岸進出路。時師第九一旅旅長虛懸也。

戰幕揭開

廿二日，我一八三團驅逐北洛泥溝之敵，向九山獐山行威力搜索，獐山一部爲我奪取，九山諸點無一下者，晚引次泥溝。是日我傷亡五十餘，夜給乜旅長子彬作戰指導：「以一部封鎖山溢

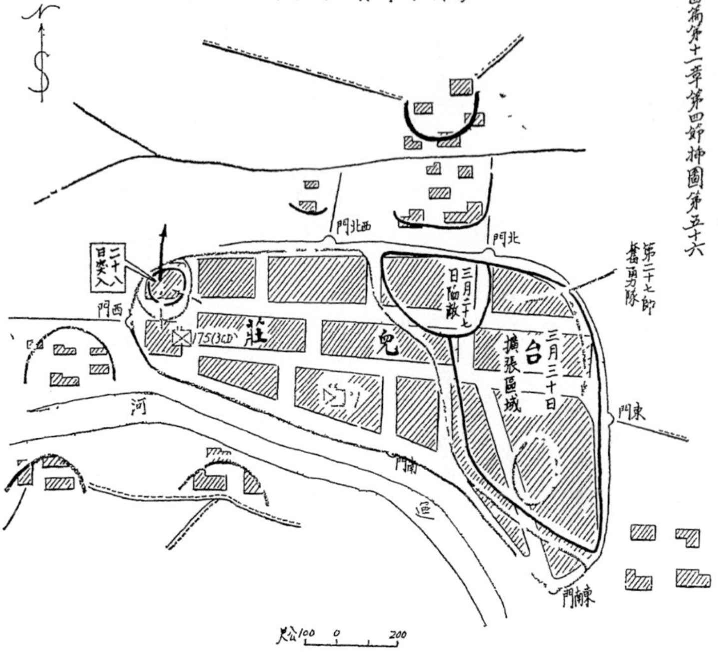

徐州會戰台兒莊逆襲經過要圖
（民國二十七年四月二日一時至十四時）

第四篇第十一章第四節插圖第五十六

兩側敵據點，以主力直搗嶧縣城」。

廿三日拂曉前，各部到達攻擊準備位置，我別働隊潛入城郊，五時許，我一八一團右翼隊向九山、左翼隊向獐山攻擊前進，乜旅長率一八三團乘機突進，七時迫南關，不得入，九時許，敵以一部出擊，旅引退泥溝，敵未跟進，日暮後，旅攻擊再興，敵堅壁以待，復引還，本日我傷亡逾百，諜知嶧城敵有增援，晚令一八一團第三營歸建，以加强乜旅兵力。

虎兕出柙

廿四日晨大霧，敵我遭遇於途，我退守泥溝，作有力之狙擊，敵逕趨北洛，時發現敵步騎砲聯合約三千餘人，師騎兵被壓迫於紅瓦屋屯以東，午間北洛失手，梁營長敬賢力戰身殉，我九二旅隊與敵相持於南洛、劉家湖間徹夜。是日我傷亡官兵二百餘人。連日來，師與湯軍團電訊迄不通，乃轉詢長官部，始知「湯軍團於博山口與敵激戰中，棗莊、齊莊我八十五軍亦危急」。旋奉命「師歸戰區直接指揮，並嚴令死守台兒莊，不准越河。」師判斷：「敵今夜若不退，明日將南犯矣」。乃爲固守台兒莊計。變更部署：令一八三團以一部保持現狀，主力集結於北站，一八四團，一八二團任務同前，一八一團位置於土城爲師預備隊，乜旅長遂還於土城。

激戰開始

廿五日晨，敵機多架臨空，濫肆轟炸，旋敵開始猛攻南洛，我經兩次增援抵抗之，午間南洛終不守，我兩連兵力全部犧牲，旋劉家湖亦陷敵，敵遂直迫台兒莊，其砲兵於劉家湖放列，若無忌憚者，我高營長鴻立氣憤，親率其第九連赤臂揮刀，猛撲劉家湖，矢奪其砲，時麥秀盈尺，循畦躍進，出敵不意，刀映日光，閃青霜之紫電，頓寒敵胆，均棄砲而逃，我曳砲反馳，敵旋反撲，機槍密火，我死傷殊衆，砲復爲敵有，僅予敵以損害而已。午後，敵增至五千餘，在步砲協同攻擊下，阮上諸村盡失，一八四團憑城固守，在敵機砲轟擊下，城中已成火海，敵終由北門突破，竄入三百餘，我團長王震督部力堵北門，阻止竄入之敵於城隍廟內，廟、院落皆蒭草也，卒火殲之，始知敵爲磯谷廉介師團之瀨谷旅團也，王團長負創於胸及臂，六時戰况漸沉寂，師派康副師長法如主守城事，王團長赴徐療傷，是日我傷亡官兵七百餘人，始作內城壕，派楊明智營、工兵營入城，歸副師長指揮加緊工事。

敵情判斷

戰報上聞，本夕白副總長自徐來，登車站大樓，見台兒莊外諸村落，火光燭天，槍聲零落，首詢敵情判斷，以「敵以一部牽制湯兵團，主力進攻台兒莊。公首肯之，云：是需砲兵者，又料敵戰車必將至，乃電話李長官，請即派砲兵八團來，又電話開封程長官，請撥調戰防砲連來，程勉允之，復語池師長曰：「國家僅有此砲二連，一尚在機校，一始調汴，希重視之」。又曰：「台兒莊乃徐州屏障，今此要點，已非湯軍團之旋轉軸，乃戰區之旋轉軸也，期能三日守，俾戰區獲得時間餘裕，敵可就殲也」。珍重而去。

半城血戰

廿六日敵續有增加，九時頃，敵陸空協同，大舉進犯，重點仍指向台兒莊，城中烟火彌空，北門再被突破，時城內壕猶未深築也，敵再竄入城隍廟而立足焉，廟昨已火矣，今不克火制，遂成敵據點，康副師長裹傷督戰，我步工兵猛撲不能下，北門亦難以堵塞，敵陸續竄入，向東大街蠶食，城始爲敵我所共有，從此而內外受兵，半城而血戰矣。時我守兵塞街巷，拋瓦罐，擲傢具，折棟傾牆以堵擊，在敵機砲轟擊下，死傷纍纍，城內始步步荆棘，卒遏制敵之進展，而敵亦自斃於轟擊者甚衆，適南風北向，感天助我也，敵氣爲奪，六時頃，攻勢始衰，東城亦大部陷入敵手。

當台兒莊激戰時，北站之攻守戰亦甚激烈，乃制止我之策應，以分散我兵力者，我一八二團堅强固守之，乜旅長以一八三團向劉家湖出擊，以緩台兒莊之壓迫，但爲敵阻，王郁彬團長負傷督戰，其營長張靜波負傷下，擅自脫離戰場，及土城，乜旅長手斃之，以聞。師乃昭告官兵，「負傷無命而下者殺，師與此共存亡也」。是日我傷亡逾千，夜調整部署：一八四團附楊營、師工兵營（欠一連）、師迫擊砲連任台兒莊（西關不含）之守備。一八一團欠楊營，位置於西關，歸乜旅長指揮。一八二團附工兵一連

徐州會戰台兒莊附近戰鬪經過要圖

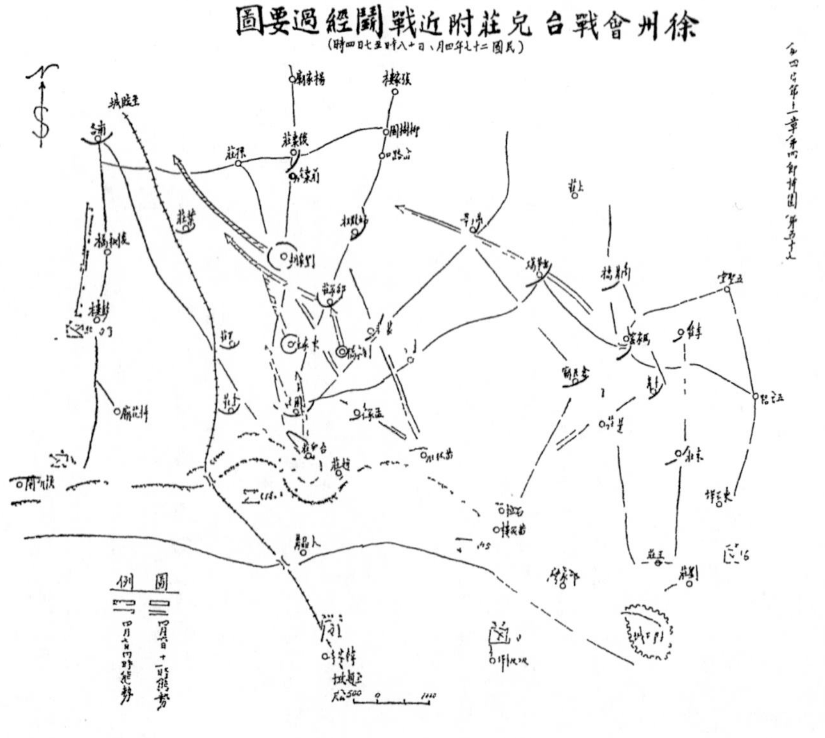

任北站之守備。一八三團位置於土城爲師預備隊。夜派上校師附王冠五代理一八四團長，王去而康副師長赴漢療傷。

台兒莊者，乃魯南一商鎭，居戶二千餘，城久失修，南濱運河，東遠村落，北郭乃阮上諸村，極蔭蔽，西有關廂，密接河岸，向以船渡通南北，距北站約四華里，南站約五華里，昔爲漕運停泊所，爲魯東魯南入蘇之要道，擬議高（密）徐鐵道線上之要地，以連繫津浦、隴海、膠濟線者。商肆昔繁盛，號稱小南京，自膠濟、津浦線成，漕運廢，市始衰落，城內東南街市鱗櫛，西北則疏曠，鎭有碉樓九，今爲敵據者四，我有五，敵置小砲於其上以瞰我，我無物可利用矣。昨今之戰，居民不逃者，今亦傷亡出走無一矣，然益加重師之傷患處理。

今午後，我砲兵八團來，野重砲各一營，黃昏測地完成而試射，我士氣益激奮。夜戰防砲自汴至，爲法產二五式四門，係汽車牽引，命位置於北站，歸韓團長世俊指揮。

罕有鏡頭

廿七日晨，有敵聯合兵種一聯隊，自嶧南下，敵機自南北來，迭肆轟炸我前後方，午頃敵展開猛烈攻勢，台兒莊內外交迫，我力拒之，敵我砲戰亦然，但我砲兵時以「節約彈藥」爲請，致未能作猛猛烈射擊，終被敵優勢砲兵所制壓，但今敵砲多落於城中西北角我之守區，罕及第一線，以敵我相距過近也，我一八四團乃獲從容與敵周旋，予敵重大打擊，終不使越雷池一步。北站方面，敵對我深溝高壘亦無法進攻，十三時頃，發現敵戰車九輛，越劉家湖逕趨台兒莊西北城角，向城垣轟擊，塵烟飛揚，瞬間成霧，我官兵隱伏以待，韓團長迅令戰防砲出動，一舉而擊中其五，倖逃者四，敵戰車烟火熊熊，我陣地官兵歡聲雷動，城上伏兵皆起，躍下而奪車，欲卸奪其砲，時劉家湖，阮上之敵，亦舉目駭視，竟不發一彈，以爲我歡聲所震眩，竟達五分之久，實戰塲上絕無僅有之奇景也，從此敵戰車不敢迫近台兒莊矣，本日敵逐次攻擊，均未得逞，我官兵自姜副團長常泰以下，死傷五百餘人，而台兒莊再經彈巢成焦土矣，城內之敵增至千餘，我工事益固，南站今成廢墟，師指揮所位置於站南鐵橋下而穴處，時師獨立戰鬥已一週矣。

是晚，我總司令孫仿公率所部抵徐，電話池師長慰問狀況，並示以「已令獨四十四旅歸該師指揮，我卅師，廿七師均抵徐，四十四旅明（廿八）拂曉可到達，餘皆跟進」。師官兵聞我大軍到達，士氣振奮，旋四十四旅先遣參謀來，師即令該旅位置於頓莊閘，着師搜索連再向北活動。

第二章　第二集團軍會戰之經過

一週來本集團軍（欠卅一師）自洛轉徐，於廿七日始達，受命「卅一師歸建，附一一〇師，以協同湯軍團將敵捕捉於台兒莊而殲之」。時棗莊方面，我八十五軍陳大慶師甚得手。而臨沂方面，敵有向沂河右岸轉移之勢。據戰區通報，高徐公路敵續有南下。本集團軍必迅速掃滅當面之敵，爾後方可行動自如。乃在徐作如下之腹案：

「仍以卅一師任台兒莊之固守，廿七師位置於東西趙村，卅師、一一〇師於頓莊閘、侯新閘，將進出敵之右側背。第四十軍由禹王城渡河，進出敵之左側背。行鉗形攻勢」。乃電令在利國驛之一一〇師交替防務後，向侯新閘集結。總部即位置於韓家堡。

台兒莊最後危機

廿八日十一時頃，敵約一大隊，藉集中砲火之掩護，向台兒莊西北城角突進，城垣上有文昌閣，城之制高點也，已摧毀於近日敵砲火，今再經砲擊已成廢墟，卒被敵强登，但不得下，下而斃於我內壕者幾滿坑，終被深阻，經我一再反攻，亦不易上，西門遂爲敵火控制，台兒莊已處於危急時矣，令一八一團（欠一營）由西關沿外城堤阻擊續登之敵。該部官兵有躍進於前毀敵之戰車上，藉爲輕機槍掩體，誠天造地設也，乃獲內外封鎖，斃敵甚衆，城牆上殘敵不足百餘，我行兩端阻絕，待晚再策驅除。局勢乃穩定。

是日，我第卅師甫下車，即以先頭部隊進出頓庄閘，支援台兒莊之保衞戰，黃昏，該部越鐵道東攻，無視於敵戰車之衝擊，而南北洛之敵，則固守不能下，我砲兵難予支援，然亦有功於台兒莊西北城角之策應戰。晚，該師於頓莊閘集結完畢，獨四十四旅向禹王城歸建。今我城內外傷亡官兵二百餘，夜爲規復文昌閣計，王代團長冠五簡特務連壯士七十二人爲突擊隊，勉爲黃花崗七十二烈士者，適青年節日前夕也。集中迫砲火掩護，疊土囊以搗文昌閣之殘敵，十一時頃，攻克而盡殲之，並俘其傷者四名，倖逃者亦斃於我外兵封鎖，可云其片甲不返者。乃悉爲磯谷師團之瀨谷旅團赤柴之部，而我七十二壯士者，成烈士十四人云。捷聞，擢升王冠五爲九一旅旅長，仍兼一八四團長，以待建功者。

攻勢轉移之策定

廿九日晨，總部召集軍師旅長、砲兵團長會議：孫公曉以統帥屬望余等努力立功，不僅以固守台兒莊爲榮，且必完成圍殲任務以上報。判斷當面之敵似在待援中，我以鉗形攻勢當可聚殲之，卅一師仍須獨自爲戰，不須請援，即將戰防砲二門撥屬廿七師。砲八團歸總部指揮，作機動使用。廿七師爲右翼師，須勇敢向劉家湖突進，卅師爲左翼師力行南北洛之攻畧，待第一一〇師進入田軍長掌握後，須向泥溝深入，遮斷敵後交通，明（卅）日拂曉須東西相應，向敵反攻，四十四旅位置禹王城，對沂河右岸警戒。時我廿七師（黃宗顏旅）於昨（廿八）夜，渡過運河，全部到達東西趙村，師長黃樵松以七九旅位置右自台兒莊沿運河至禹王城之線，以八十旅旅長侯象麟率該旅附砲兵一營，戰防砲兩門，工兵一連，當夜向敵人左後側之燕子井、石佛寺、雷草疙疸之線挺進，乘夜構築簡易工事，以穩扎猛打戰術，完成向劉家湖攻擊準備。

是日午，戰區以先肅清台兒莊城內敵人之屬望，調重迫砲營來，乃歸王旅長指揮，預於今晚施行全面巷戰之攻擊。黃昏，田軍長鎭南氏入城視察，勉官兵建功，並語王曰：「今城街之守，已屬戰鬥問題，我士氣旺盛，足以當之，君須注意絕火之法，街房屋頂可盡去也，免資敵燃燒，以重我累，則障碍物材不可勝用也，木屑竹頭雜置之，向不忍於民者，今民已盡，任君放手爲之，制敵之法，亦惟火攻，可多備棉油彈，着火彎弓以射之，城中油商花行有餘裕矣。巷戰我有力武器，惟手榴彈、與迫擊砲彈，及大刀耳，皆敵之所畏，希善用之，至通衢地下，可穴道塡瓦罐，以防敵之坑道進攻，聞音響則易備，君須飭部力爲之」。王曰、敬聞命。

夜，王以禹功魁、汝心銘、古文照、秦應岐四個營。各配屬工兵小組，迫擊砲二門行全面總攻。我重迫砲先剷滅東城之碉樓，僅五十餘發，似皆毀之，各營開始清道出擊，敵亦頑强抵抗，我官兵若扣關仰擊然，前仆後繼，而難斬關進展，營長汝心銘死之，感於步機槍，無以神其武耳。蓋敵我堅工，彼此均難獲逞，均置之死地而後生者。僅剷弱敵碉損害。戰功以禹功魁爲最，亦僅突破東北面三棟院落，令擢升一八四團團長。彼此皆可稱爲苦戰者。

兩翼師之行動

卅日晨，我廿七師第八十旅以果敢之行動，旋出敵左側背，直搗劉家湖，出敵不意，以熾盛之步砲火力，集中於敵砲兵陣地，形成一點殲滅戰，敵輕重大砲八十餘門，陷入我火網之內，難予轉移，而死傷枕藉，劉家湖之敵向我反撲，阬上之敵遂呼嘯來援，與我發生激烈白刃戰，彼此皆腹背受敵，我爲爭奪此砲兵陣地，亦死傷甚衆，十時須，敵增援部隊約一聯隊之衆，附戰車十二輛，自嶧踵至，向我展開衝擊，我乃轉據雷草疙疸之線拚死抵抗，侯象麟旅長在砲火籠罩下，指揮戰防砲出動，連續擊中敵戰車八輛，其四倖逃，敵步兵失去戰車掩護，亦動搖後退，我官兵奮勇追擊，而敵砲兵萬彈齊發，以行遮斷阻止，我戰防砲不幸被敵砲發現，該連長及屢建奇功之良砲二門，在敵砲火集中射擊下，人砲俱殉矣。午頃，敵我均調整部署，雙方砲戰開始，我以劣勢游擊砲兵羣，不定時向敵集中射擊，當晚擊燬劉家湖敵之汽油彈藥等庫，黑烟衝天，爆聲隆隆，前線官兵撫臂叫快。

今我卅師方面，自晨至午，向南洛進攻，呼應廿七師之拂曉攻擊，被敵頑抗，亦無進展，而損傷甚微，我廿七師傷亡連長以下官兵一百七十餘人，敵有倍於我。判斷當面增援之敵，以應城中困苦之求，而竟投入於侯旅奇襲之戰，敵亦將先擊破我外線壓迫，以遂台兒莊之奪取。

綜合情報：棗嶧之敵南移，湯軍團必可揮兵南下，但據戰區所知：臨沂方面，敵正轉戰南下中。乃令各部嚴陣以待。晚，戰區令修復運河鐵橋，已令交通兵團在趙墩待命。

落英繽紛燕子井

卅一日晨，敵機臨空，到處投彈，九時頃，逸出劉家湖之敵約五百餘，藉戰車十餘輛，向我燕子井攻擊，我守兵一連，憑工應戰，力却來犯之敵，而犧牲陣地火攻中者幾盡，迄未動搖，侯旅長令派兵一營馳援，勗以班排突進，迫敵近戰，因而反復肉搏，雙方死傷甚衆，敵戰車雖狼奔豖突，迄未阻止我內外夾擊，有躍仆於車上者，而混戰於燕子井四週，敵氣爲奪，迄午頃敵始敗退。我傷亡連長以下二百餘，敵始驚我之英勇。

紛紅駭綠台兒莊

是日夜，城內之敵忽蠢動，始以火焰器企破西大街之防線，火焰器初出現於戰場者，我官兵始亦驚惶，但敵難超越我障碍物，我官兵一一以手榴彈斃之，時爆炸聲密如新年之爆竹，敵死傷滿街巷，旋北大街亦告警，敵有竄入王旅部者，電話忽中斷，也旅長急入城，至則敵已橫屍北街上五十人耳。王旅長時在禹園部，鎮靜各部之拒守，敵終感天塹難飛，而飲痛雷池難越矣，戰聲由間歇之濃密，而漸歸於沉寂。拂曉見暴屍於赤赭間者百十餘，紛紅駭綠之台兒莊，遂震慄所謂「大和魂」之胆。秦應岐營長呼其收屍予停戰。今鹵獲文件，乃知爲圍攻臨沂坂本旅團也。

强弓之末

四月一日，午前十時頃，敵大舉向北站進攻，昨（卅一）日我修橋之舉，似爲敵機所發現，敵爲先發制人計，砲火甚猛烈，北站之戰，前未有如斯之猛者，我後方被敵砲火遮斷，及以鐵橋折修爲阻，增援困難，韓團長汛沉着應戰，敵雖楔式進攻，但被我消滅於陣前者甚衆，一八一團戴團長炳南由西關向北站出擊，於狹窄地區，遭敵截擊，我士氣百倍，擊攘而前，卒達北站，第卅師吳明林團亦由頓庄閘向北站夾擊，韓團長乘機出擊相呼應，敵終敗退，北站屹無恙，蓋我背水列陣，將士誓不滅虜不生還者，而敵實犯逐次使用兵力之過失，雖餘勇可賈，終乃强弩之末耳，是日我卅一師傷亡官兵三百餘，晚以吳明林團歸卅一師指揮，位置於土城，乜旅長以一八三團位於西關，戴炳南團於北站待命。

當北站之戰時，我廿七師第七十九旅之杜團向邵莊之敵攻擊，以行牽制，八十旅則原地與敵對峙中。因湯軍團以愛曲告急，陳大慶師擊破敵之騎兵聯隊後，仍於傅山口苦戰中，關軍長又回軍北向。判斷當面之敵，仍圖勉力掙扎以待後者。今我第一一〇師已於侯新閘集結完畢。

陣地肉搏戰

二日八時頃，發現高徐公路上，敵之聯合兵種約兩千餘，附戰車十六輛，在砲兵掩護下，分數隊向我雷草疙狙陣地猛攻，守軍一五九團第二營王景山營堅守陣地，予敵痛擊，激戰至午，被敵戰車包圍，敵以火焰噴射器向我陣地四面火攻，掩護步兵逼近我陣地，情勢殊險惡，我侯旅長即命該團劉冠英營馳援，該營長爲避免敵之優勢砲火損害，乃率全營官兵施以白刃戰，隻方短兵相接，反復衝殺，登戰車擲手榴彈者有之，向戰車澆油者有之，在混戰狀態之下，使敵砲失去作用，敵戰車被毀者四，而我官兵被敵戰車輾死者七十餘名，自午至暮，我以寡敵衆，奮戰不撓，卒擊走之。我固守陣地之王景山營長身中數彈，竟壯烈成仁，兩營官兵傷亡者五百餘人，卒保本軍守無不固之令譽。

本日黃昏間，有敵機一架自南來，盤旋我上空數匝，降落於北洛間，令我砲兵擊毀之，寡效，韓團有吳春秋班長者，晚率兵數人，潛進而火焚之，殊堪獎賞，令擢升排長。近日來，戰區仍主先殲滅城內之敵，俾作戰行動之自如。乃令廿七師以步兵一團，自台兒莊東面突入，王旅協力夾擊之。於今晚十時開始，九時半王旅開始正面攻擊，我輕重迫砲彈如雨下，似予敵殺傷頗大，以吸引敵之兵力，我廿七師一五八團先頭營，乘機攀登東城，營長程希賢率兵先上，初甚順利，未及半，即被敵阻止，營主力不得登，團營乃爲攻城戰矣，入城之部隊，而蒙重大之損傷，終被拘束於街巷，逐次而覆沒，是舉遂無功。迄子夜，東城無巷戰聲，王旅乃停止攻擊。

風雨同舟

近日來，敵抽調各方兵力，日有增加，判斷敵有向我反包圍企圖，亦必先以擊破我廿七師爲目標。乃令侯旅預爲縱深配置。三日午頃，敵約一縱隊，向我石佛寺左後方迂迴，同時劉家湖之敵約一聯隊，向我燕子井攻擊，時侯旅長爲抑制敵向禹王城進展，以主力由石佛寺出擊，各部均於現位置展開激戰，石佛寺乃成焦點，敵戰車十二輛團團包圍，藉砲兵掩護，節節向我壓迫，我劉冠英營以一部留置雷草疙疸，向旅部增援，時我官兵均與敵作近迫戰，而被敵戰車輾死無反顧，敵大砲約六十餘門，但予我損害並不大，黃師長命向運河北岸轉移，時在敵之前後夾擊下，勢不可能，亦無此必要，營連排長均受傷不退，終挫其兇鋒。形勢萬分危急之時，適有湯軍團鄭洞國師之連絡參謀來，侯旅長告以當面敵情，盼其轉達，請「即時派兵一部，於敵側背施以威脅，或遙以砲兵聲援」。迄午後，我陣地均無恙，日暮間，忽聞敵後有砲聲，迂迴我左翼之敵即回竄，正面之敵亦遁回劉家湖。該旅血戰終朝，傷亡近千，予敵以重大打擊。侯旅長有同感同舟風雨，鄭洞國友誼深厚矣。

是日午，總部開軍師幕僚長會議：卅一師以「守則有餘，攻則不足，因城中巷戰，彼此堅工，難以困獸鬥，我之不能翦此頑敵，猶敵之不能驅除我也」。廿七師以「敵之攻擊重點轉移，我似應以站得穩，打得狠，希總部把得準」。孫公曉以「敵實寡弱已處於苦戰之境地，果能切斷其後方交通，敵不難於殲滅」。乃囑卅軍應即以卅師、一一〇師攻取泥溝挺進紅瓦屋屯爲目的，以確實遮斷其補給與連絡。晚令吳明林團歸建，戴炳南團位置於土城。

血染禹王城

四日敵攻勢再興，重點指向禹王城，晨七時，敵騎兵約一聯隊向我大東庄作試探攻擊，遭我一五七團之伏擊，死傷百餘，遺屍逃竄。九時，敵約一旅團，砲約四十門，進佔我右翼禹王城高地，瞰制我運河全線陣地，以優勢砲火，掩護其步工兵，企圖強渡運河。我官兵以必死決心，堅守陣地，以機動部隊截擊數次強渡之敵，均予擊退，并消滅其大半。十一時頃，我第六十軍盧漢部之兩個師到達增援，當以一師兵力進攻禹王城，該師雖法式裝備，但訓練不足，且乏戰鬥經驗，密集而暴露，乃蒙敵砲火重大之損失，死傷過半，即撤回整理，殊爲可惜。我四十四旅以兩個連接應之。當時孫公氣憤，連頒二道手令，曉諭全軍：一、今是我們創造光榮之良機，也是生死最後之關頭，不死於陣前，即死於國法，本總司令將以成仁之決心，與台兒莊陣地共存亡，亦必執行連坐法，以肅軍紀。死爲光榮而死，生爲光榮而生，希我官兵共此努力。二、訓令本集團軍：愼保本軍守無不固之精神，發揮娘子關殲滅敵七十七聯隊之偉績，今祇有前進，絕無後退之途，過河者死。誓以破釜沉舟之決心，深信必操必勝之信念」。午後，我一五七團選奮勇隊二百名，攜帶炸藥、手榴彈、大刀等輕便武器，夜襲禹王城高地之敵砲兵陣地，卒炸毀敵砲十數門，並利用此丘陵地帶，疏散隱伏，出沒於敵後，迄敵敗退，晚始返回，我僅受傷士兵二名，該奮勇隊曾蒙嘉獎。

本日田軍長親督卅師指向南北洛，一一〇師（欠一旅）指向泥溝，作楔式攻擊，自晨至午，終因裝備不足以破敵，迄鮮戰果，但敵亦未敢予以反擊，入晚，兩師均於敵前徹夜，準備明日再舉。夜分，奉戰區指示：「臨城棗庄之敵，向嶧南移，臨沂保衛戰再起，囑軍團以保持士氣，以勿攻堅爲宜」。乃令田軍長停止攻擊，一一〇師仍控置於侯新閘，卅師以袁有德團留於現位置，主力保持於頓庄閘。

拂塵論戰

五日敵我皆無爲。各部均努力整理工事，敵砲兵竟日轟擊我野戰陣地，午頃，田軍長偕張金照師長來台兒庄視察，途中砲彈着落於左右，笑語張師長曰：「若被擊中，乃中頭獎也」。既入城，巡視後，慰問狀況，王旅長曰：「沒有什麽」，乜旅長曰：部隊皆凋零，忠勇咸效死」，田公曰：「敵今無能爲也，彼已逸失戰機矣，向以一部監視君等，渡河而南，孰與阻者，余以台兒莊之危機，在外不在內，彼如撤出，則此彈丸之地，以機砲也威之，早齏粉矣，彼矜於皇軍威武，乃陷於進退維谷之境，實彼之庸碌，而天奪其魄也。前者有建議以「卅師與君換防者」，總座即否決之，以「慣戰之兵，久戰之地，雖一兵一卒也可守，以他部增援則猶可，以他部易守，是棄地棄兵也。余深服其軍事名言，致遲君等休息耳，君等大名垂宇宙矣。」皆大笑樂。是日，運河鐵橋成，我裝甲車一列駛出北站，向敵游動砲擊，經敵砲還擊而返，乃若示威然。

春光水暖

六日十時頃，敵似傾其砲火威力，向我廿七師總攻，彈多墜落運河水際，飛漱林間，我陣地皆隱藏丘林中，敵戰車受阻於地限，僅停列於陣前，敵兵藉爲掩體，憚不敢進，我亦制止官兵出擊，而沉着應戰，敵終無施其技，相持午頃而退去，乃益春光水暖耶。

當晚陣地傳來湯總司令上　統帥電稱：「本軍團今（六日）十二時，若到不了台兒莊，恩伯願受軍法處分」，佳音傳來我官兵歡躍如狂，均枕戈以待，預作追擊之準備。入夜以來，敵砲仍斷續向我射擊，夜分，劉家湖忽大火，繼而阮上有爆炸聲，城中殘敵猶與我保持接觸，旋即寂然，敵已逐次退却矣，各地殘敵均乘車逃遁。

大捷會師

七日一時餘，孫公電話命令：「以廿七師爲右翼追擊隊，沿高徐公路向北追擊，卅師爲左翼追擊隊沿鐵道向嶧縣追擊，以卅一師清掃戰場，於紅瓦屋屯集結」。

各部均輕裝踴躍前趨，廿七師曾受到敵騎之逐次抵抗，拂曉而達蘭陵鎮南，卅師到達泥溝，即受到狗山獐山之敵阻止。卅一師清掃戰場時，發現敵於劉橋已毁戰車三十輛，劉家湖前後有八輛，殘缺重砲七十餘門，砲彈壳則堆積如山坵，已廢卡車九十餘輛均在劉家湖，而較完整遺棄於途者五十七輛，紅瓦屋屯有待斃之馬五百五十餘匹，各地軍品之燼餘者甚多，南洛敵機殘骸一架，與各地之神社。甚多戰場上待運之死屍七百餘具，而台兒莊內：儲存於宏大當中之軍品猶完整者，則待清點矣。

捷聞，全國歡騰，億兆鼓舞，首開二期抗戰勝利之先舉，美英俄等國均爭傳新聞報導，譽爲有名之一戰云。當時詩人王陸一曾有詩讚之：「鐵券河山戰鼓殷，臨沂春服萬朱顏，公仇十世無情報，狂虜千營一夕燔。皇漢大風芒碭際，元戎神武指掌間。台兒莊畔明明月，起爲中興照故關」。

交文案彙記

—清末山西禁煙慘案—

·郭榮生·

宣統二年二月初三日發生於山西交城文水兩縣的禁煙（雅片）慘案，與四川之鐵路風潮案，同爲清末兩大要案，當時全國輿論譁然，民心之向背，影響淸室之存亡，關係至爲重大。惟四川鐵路風潮案，各書俱有記載，而山西禁煙慘案之交文案，坊間出售之中國近代史，竟隻字不提，詢諸數位中國近代史專家，竟亦以「未聞有交文案」對。我聽了各專家答語後，深感山西老百姓，在中國禁煙歷程中，死傷百餘人，犧牲慘重，因而促成滿清覆亡。其功不應泯滅。且爲安撫無辜死難者的英靈，我們有責任將案發詳情予以佈露。

當時對於禁煙慘案報導最多，記載最詳的是太原的日報晉陽公報。該報於丁未年（光諸三十三年，一九〇七年）十月發行，由留日山西同盟會會員出資創立，並由同盟會會員王用賓任總編輯，慘案發生，派同志張樹熾（字漢捷）至交城文水，調查死傷情況，追逼逃犯，慘害百姓等演變實況，連日登載，慘案詳情始得播傳全國，惜晉陽公報，現無存本，無法查考。

交文案紀詳

王用賓先生寫過一篇「辛亥革命前後山西起義紀實」（後爲中華民國五十年文獻編纂委員會編印出版之「各省光復」第八章山西光復所轉載），其第二節「交文案與山西革命」有如下的記述：「時淸廷有六年分期禁煙之令，早禁絕者邀上賞。晉撫丁寶銓爲邀功保舉私人，立以禁絕詐奏，實未諭禁限於民。不料庚戌春（宣統二年，一九一〇年）淸庭派員勘查，丁遽調兵兩營，武力剷煙，交城文水兩縣之民，跪求緩剷幾日，乃竟開槍斃百餘人；又誣爲匪，以剿辦有功列保案。全省人心大憤，王乃振筆直書，揭發當局誣上殘民之罪迹，並派張樹熾同志，親往交文調查死傷實情，連日登載。事聞於京，丁爲御史胡思敬所劾，交部議處，降級留任。」

王用賓先生的記載，過分簡畧，閱後對實際情況，無法獲得瞭解。所幸宣統二年三月廿五日發行之東方雜誌（商務印書館印行）第七年第三期（三七至三八頁），「宣統二年二月中國大事記」欄，對交文案有較詳細的記載，但該雜誌原標題爲「山西交城文水兩縣鄉民暴動經官派兵勦殺」，與事實不符，予以取消，文中有「激成民變」字樣，亦屬不妥，先爲提出，希讀者注意。茲抄錄原文如左：

『據報言：宣統二年二月初三日山西交城文水兩縣，因禁煙一事，激成民變，聞兵民已經開戰，旋由諮議局徧發傳單，謂種烟禍首業被拏獲，大局可定云云，茲將民變原因及當日辦理情形，詳紀於下：

民變之原因：交文兩縣，山中地土甚瘠，向來無人耕種，自咸豐年間，開墾種烟，所出土漿，幾爲天下之最，農民因利之所在，紛紛爭趨，乃始履畝升科，兼收地畝稅，以助國家之用。農民恃種烟爲生，早成習慣。迨上年禁烟令下，農民頓時失業。而文水劉令，反愚弄百姓，囑其從速完糧，當爲轉懇上台，仍准次年種烟云云。衆遂信以爲眞，比及冬烟發生，則又迫令剷拔，且不導以改種雜糧，於是鋌而走險，聚衆抗禁，至有本（二）月初三日民變之事。

劉令之貪暴：文水縣令劉彤光性極貪暴，去歲奉文禁烟，該令復視爲利藪，派遣丁役下鄉勒索，凡無力納賄者，輒拘案嚴懲，施以種種非刑。聞農會會員楊增榮，曾請於該令，以民間種烟，久成習慣，率皆無雜糧籽粒，擬請籌欵備購，按畝借給，限令改種良苗，隨糧繳還，該令謂將來如有拖欠，勢必余受賠累，不如聽其自然，較爲妥適云。

紳士之演說：祁縣紳士孟步雲，前年諮議局派往文水演說禁烟，劉令見其到境，竭力阻撓，謂禁烟一事，現已辦妥，次年絕無一人私種。孟信以爲眞，遽赴開柵鎭（文水縣）演說數語，即回省垣。近因開柵聚衆，奉委復往，以洋烟不禁，中國必危等語，對一般農民宣佈，衆大譁，謂我輩生路已絕，何暇管他朝庭之事，紛紛羣起，欲與爲難，孟遂奔返縣城，投函諮議局，聲稱烟民梗頑不化，而省中乃決計派兵前往矣。

兵民之衝突：省中派夏學津帶馬步砲各隊，計共五六百名，半駐交城之廣興村，餘則悉留文水城內，本（二）月十三日，督率各兵進逼開柵鎭，捉獲武樹福等六人，村民不依，各執鎗刀等件，集衆追奪，各兵對之開鎗，不料村民愈聚愈多，立將各兵四面圍住，互相衝擊，各有殺傷，仍復對持不下。次日，省中得有警報，復添撥兵隊，並續運子彈前往。按西報亦言，當官兵至時，有多數少年鄉人集官前，求准於已下籽之數處，開除禁令，當時官見人數衆多，懼其反抗，不分皂白，即令兵士放鎗，遂擊死四五十人，有絕不相干之旁觀，亦遭殃及，內有學生某彈中額角，一人騎馬自鄉村來，亦受彈立斃云。』

慘案發生後，山西巡撫丁寶銓誣民爲匪，奏報清庭，「大清宣統政紀實錄」卷三十一，載着丁撫奏摺的摘由，曰：「宣統二年庚戌二月丙申山西巡撫丁寶銓奏山西文水縣匪徒武樹福等聚衆滋事，業務查拏懲辦地方一律安謐，下部知之。

胡思敬奏劾丁寶銓

丁寶銓誣交城文水兩縣百姓爲匪徒滋事，山西百姓憤恨異常，加以王用賓每日在晉陽公報秉筆直書，爲山西百姓呼籲，同盟會會員景定成（字梅九）時爲北京國風報（日報）社社長，不時報導交文兩縣禁煙慘案眞相，並以犀利之筆，撰文爲山西百姓大鳴不平，對丁寶銓之處置失當，痛加撻伐，於是山西禁烟慘案，播傳全國，名御史江西新昌胡思敬，於宣統二年二月，呈奏清庭，劾彈丁寶銓欺蒙上告，縱庇私人，濫殺無辜。茲將胡「劾山西巡撫丁寶銓摺」抄錄如下（見胡思敬：退廬疏稿卷二）：

奏爲特參疆臣縱庇私人，濫殺無辜四十餘命之多，欺朦入告，請旨查辦以伸寃抑，恭摺仰祈聖鑒事。竊聞山西文水縣禁煙肇禍一案，殺戮甚慘，全省震動。緣晉省農業向以煙土爲大宗，文水出產尤富。去年下令禁栽鶯粟，鄉閭素無儲畜，又不勸令改種雜糧，民愚無知，遂至大困。今春播種之時，聚集多人，哀乞於縣官，請寬禁一年，濟目前急，且援陝豫事爲比。縣官不敢專，請示於巡撫丁寶銓，該撫遣紳士二人，下鄉解散，又恐人衆滋事，密派黃國梁率兵備彈壓，行有日矣。

別有夏學津者該撫之私人也，初該撫娶一娼婦爲妾，每出必挾以俱行，其妾未脫籍時，與夏學津之妾同時在勾欄中，以姊妹相呼甚暱，夏學津因是往來撫署，如親串然，該撫大寵任之。以一畢業生到省投効未久，即委充教練處幫辦，鬻缺賣差，醜聲大播。至是因文水事起，思立功自見，自薦於該撫，願効力。遂撤黃國梁不遣，改派夏學津率兵以往。初至文水，鄉民迎拜馬首，申前請不應。

翌日兵次開柵，前奉委解散之二紳，一日左炳南，一日孟步雲，對衆演說，民皆跪聽，孟紳出語大厲，衆惡之。前跪之武樹福，宮九湖麾衆起閧，聲大作。夏學津縛武朝福，至徐溝殺之，宮九湖逸，遂移軍開柵鎮，以補取逸犯爲名，縱兵大掠，逼死一寡婦，輪姦一幼女垂斃，居民見事急，有四人潛登鐘樓，擊鐘招救者，兵逐之，抛一人樓下，立殞，一人遁，餘二人擲瓦石相抵，誤中一卒，即該撫原奏所謂傷馬兵一名者是也。兵大怒，立執二人斬鐘下。近村各鄉民聞鐘，奔視，有輟耕荷鍤者，有散學挾書策者，詢知擊鐘者三人，俱死於兵，近前與理論，夏軍連放鎗兩排，死四十餘人，傷六十餘人。積尸盈道，哭聲震天，時二月十三日也。

該撫聞變頗懼，即具疏詆鄉民爲匪，匿妄殺邀功之夏學津不敘，別嫁名李逢春。是役死傷實百餘人，誑云只殺數人，武朝福提解未至，急誅之以滅口，又禁止太原各報，不許登載，種種欺飾情形，以一人牀笫之私，竟置百餘人生命不顧，實屬蕩檢殃民，有負疆寄。應請特派大員查辦，將該撫照例懲處，該員夏學津照律治罪，以謝晉民，少洩其憤恨不平之氣，所有微臣糾參緣由，謹繕摺具陳，伏乞皇上聖鑒。

陳夔龍奉命查辦

胡思敬奏摺遞上，清室震驚，於宣統二年（庚戌）三月（乙巳）初六日下令曰：「諭軍機大臣等，有人奏疆臣縱庇私人，濫殺多命，請飭查辦一摺，着陳夔龍按照所參各節，確實詳查，據實具奏，原摺着鈔給閱看。」（見大淸宣統政紀實錄卷三十三）。時陳夔龍爲直隸總督，奉命之餘，派屬員存記補用道袁祚廙，馳赴山西實地調查，依據調查結果，陳於宣統二年四月初三日具摺呈覆淸庭，擬具懲處失職各員意見，並顏其奏片曰：「遵旨查覆疆臣被參各節摺」，摺文如左（見陳夔龍：庸菴尚書奏議卷十四）：

遵旨查覆疆臣被參各節摺宣統二年四月初三日奏爲查明疆臣被參各節，恭摺覆陳，仰祈聖鑒事。竊臣承准軍機大臣字寄，宣統二年三月初六日奉上諭：有人奏疆臣縱庇私人，濫殺多命，請飭查辦一摺，着陳夔龍按照所參各節，確切詳查，據實具奏，原摺著鈔給閱看，欽此。當即委派存記補用道袁祚廙，馳往山西，確切訪查，茲據該道查明稟覆前來，臣復加察核，尚屬切實，謹爲我皇上縷晰陳之。

如原奏所云：文水去年下令禁栽鶯粟，又不勸令改種雜糧，民遂大困。今春播種時，聚集多人，哀乞縣官，請寬禁一年濟急，且援陝豫事爲比，縣官不敢擅專，請示於巡撫丁寶銓一節。查山西文水縣，爲產土最盛之區，上年全省禁種，該邑亦曾改種大麥雜糧，旋因鄰縣交城境內，有偸種鶯粟地畝，官拏到案，未究釋回。又謠傳陝豫兩省，栽種如常，愚民遂希冀復種。適文水之開柵鎮，有武樹福弓九湖即弓酒壺二人，素非安分，倡議立約，糾衆以圖要挾。今年正月，徧散傳單，入約者已十餘村，迫脅社首畫諾，聚衆斂錢，揚言如不允從，即焚燬房屋，首與爲難。並有不待允准，硬行播種者，社首惶懼無策，上書縣官告急，有生命危迫，臨書哀號等語。知縣劉彤光接閱此書，並不親往開導，遽憑一二社首之言，稟請撫臣派兵，此乃肇事發兵之緣起，而爲原奏所未盡詳者。

又原奏謂該撫遣紳士二人下鄉解散，又恐人衆滋事，密派黃國梁率兵彈壓，行有日矣，別有夏學津者，爲該撫之私人，因文水事起，思立功自見，該撫遂撤黃國梁不遣，改派夏學津率兵以往一節，查丁實銓接據劉彤光請兵之稟，隨即發交諮議局議覆，當由該局派議員四人，分赴交城文水二縣勸解，並先派馬兵二十名前往彈壓，該議員到彼演說數次，勢不可遏，且將官發告示撕毀。該縣復據社首等公稟，電省請發重兵，丁寶銓乃派管帶李逢春帶隊前往，兼派教練處幫辦夏學津同往指揮，並無派遣黃國梁之事。至夏學津係江蘇武備畢業生，在晉歷委陸軍差使，現充教練處幫辦，光緒三十二年即經調任山西，撫臣恩壽調晉差遣，尙非丁寶銓私人。

又原奏謂，夏學津初至文水，鄉民迎拜馬首，力請弛禁不應，翌日兵次開市，前奉委解散之二紳左炳南孟步雲，對衆演說，民皆跪聽。孟紳出語太厲，前跪之武樹福弓九湖，麾衆起鬨，聲大作，夏學津隨縛武樹福，至徐溝殺之，弓九湖逸，遂移軍開柵鎭，以捕取逸犯爲名，縱兵大掠，逼死一寡婦，輪姦一幼女垂斃一節，查丁寶銓當派兵之始，一面飭太原府知府周渤，會同紳士左炳南孟步雲前往，二月初八日，先到開市即開柵鎭，傳集花戶曉諭，衆仍跪求弛禁一二年，周渤不允，遂散。越日，孟步雲又往開導，已有轉機矣。乃交城之營兒村民，齊赴開柵，責以負約，於是團體復結，官紳密商，始有擒渠解從之議，遂定議，十二夜兵發開柵，十三日夏學津劉彤光偕紳士等同往，兵隊繼至，首將武樹福拏獲，弓九湖聞風先逸，因而大索，陸續縛赴廟中者，無分良莠，共一百二三十人，當搜索紛紜之際，有因此損失財物者，據該村報稱，共三十七家，抽查數處失物屬實，雖皆爲數無多，尙非大肆擄掠，然軍紀不嚴，乘勢剽取亦可想見。至逼死寡婦，輪姦幼女垂斃，查無其事。

又原奏謂居民見事急，有四人潛登鐘樓，擊鐘招救兵，逐之，拋一人樓下，立殞。一人遁，餘二人擲石相抵，誤中一卒，兵大怒，立執二人斬鐘下，近村各鄉民聞鐘聲，奔視，有輟耕荷鍤者，有散學挾書策者，詢知擊鐘者三人俱死。前與理論，夏軍連放槍兩排，共斃崔來盛等二十八人，受傷者四十餘人，丁寶銓奏稱數人，係因未得確數，始據稟報少數言之，已由該撫自行覆陳在案。是役實由李逢春帶兵前進，而受命於夏學津，該撫奏內叙有派往照料之夏學津等語，尙非嫁名匿報。惟當兵衆格殺之際，有大營村之朱竹林，赴開柵上學；平陶村之郭二小，進城探親；廣興鎭之朱毛交，武陵村之王三，在地種麥，道旁立看，均被誤傷斃命，原奏所謂輟耕散學之人殆即指此。

又原奏謂將武樹福提解至省，急誅之以滅口，又禁止太原各報不許登載，當時拏獲之一百餘人，由該縣劉彤光訊明，飭令分別保釋。死四十餘，傷六十餘人，該撫聞變頗懼，即具疏詆鄉民爲匪，匿妄殺邀功之夏學津不叙，別嫁名李逢春，是夜死傷百餘人，誑云只殺數人一節，查十二日兵發開柵，曾發令不許撞鐘，以防驚衆，乃官兵入村搜捕時，有在約之武陵村民周成富周海子，廣興鎭民之張貴兒三人，潛赴鐘樓，擊鐘召援，官兵上之，以死抵拒，並持甎擊傷馬兵一名，官兵激憤，遂殺三人於鐘下。卒因鐘聲四達，驚動附近入約之村民，一時聞聲前來抵禦者約數千人，官兵見衆人蠭擁，認爲匪人三面來襲，初尙擊以空槍，衆仍前進，且以砂石還擲，繼乃開槍轟擊，衆始潰散，事後查點，惟將武樹福等六人帶縣拘押，後在武樹福身上搜出手訂合同傳單稿二件，遂將該犯解省，行至徐溝，奉丁寶銓諭，飭訊明按聚衆土棍例，就地正法，餘犯從寬省釋。至山西商辦報館，僅有晉陽公報一家，調查交文之事，時有登載，原奏禁止登報之說，想係傳聞之誤。

又原奏謂該撫初娶娼婦爲妾，未脫籍時，與夏學津妾同在勾欄中，以姊妹相呼甚暱，夏學津因是往撫署，如親串然，鬻缺賣差，醜聲大播一節，查丁寶銓有二妾，一里居，一隨任，均係良家女，夏學津亦未聞有納妓爲妾之說，所稱鬻缺賣差，查無實據。惟該員年少驕恣，怨聲載道，其平日不自檢束，誠所不免。此查明晉省文水等地方滋事及該撫被參之一切情形也。

臣查此案始由武樹福弓九湖二人，藉要求種煙爲名，廣布傳單，斂錢聚衆，甚至訂立合同稿據，爲之迫脅入約者，竟有二十一社之多，似此頑梗之尤，委屬法無可貸，惟當其立約之始。該地方官果早爲覺察，勸導有方，當不難立時解散，即武樹福等怙終不悟，亦祇需拏辦一二人，其事自平，乃已革文水縣知縣劉彤光，事前既已疏忽，臨時又甚張皇，倉促請兵，致釀重案，僅予革職，尙覺稍輕。抑犯事雖在文水，而起釁實由交城，署交城縣知縣徐星朗，於本邑種煙，查禁敷衍，復坐任鄉民勾結鄰境，聚衆滋事，毫無阻遏之心，平心而論，豈能無咎。至派兵之初，丁寶銓三令五申，專備彈壓，乃夏學津鹵莽圖功，輕於一發，且於武樹福已獲之後，大索不休，誤傷多命，嗣復多方諉卸，以掩其過，無怪爲衆怨所歸。李逢春爲管帶，竟惟夏學津之命是聽，又縱令所部兵隊騷擾閭閻，則平日之毫無紀律，於此可見。

以上各員均屬咎無可辭。相應請旨，將已革山西文水縣知縣劉彤光，永不敘用。署山西交城縣知縣直隸州知州徐星朗，即行革職。山西陸軍教練處幫辦江蘇武備畢業生夏學津，陸軍步隊第八十五標第一營管帶武備畢業生李逢春，一幷撤差褫革，用示懲儆。

至山西撫臣丁寶銓，嚴禁種煙，分所當爲，迨事起之後，疊據地方官紳電稟交馳，甫行派兵彈壓，且諄囑毋得輕發，未嘗不愼重出之，其飭將武樹福就地正法，亦屬誅當其罪，是該撫臣之於此案，措置尙無不合，惟核其兩次陳奏，但就各文武等所稟情形據以入告，未能詳細確查，且僅將劉彤光參革，而於此外辦理不善之文武，概未議及，似亦不無疏忽。第該撫臣平素辦事頗具才畧，蒞晉以來，凡地方應興之庶政，應保之利權，無不竭力維持，於大局實多裨益，可否從寬免其察議之處，出自天恩。再禁種土藥，乃爲民除害之本圖，各省現正實力進行，未便因一隅滋事，稍涉鬆勁，致他處聞風效尤，阻礙禁煙前途，擬請飭下該撫臣丁寶銓，仍當督飭官紳照常切實查禁，以重要政。所有查明疆臣被參各緣由，理合恭摺具陳，伏乞皇上聖鑒訓示，謹奏。

失職人員之懲處

證以交文案發生後，張樹幟曾化裝伏夫，於深夜到督練公署後門張貼傳單，攻擊丁寶銓慘殺民衆，並揭發丁寶銓私生活一事。則胡思敬參摺所說丁寶銓妾和夏學津妾都是勾欄中姊妹，不無來歷。而陳夔龍謂丁寶銓二妾均係良家婦女，則查案之袁祚廙，實有袒護丁寶銓之嫌。且查覆奏摺盡量加重交文兩縣知縣之罪嫌，減輕丁寶銓之刑責，避重就輕，是直隸總督陳夔龍對山西巡撫丁寶銓，難免官官相護也。

直隸總督陳夔龍呈上查覆奏摺，淸政府乃對各失職人員，分別予以應得之懲處，於宣統二年四月庚辰淸庭下令曰：「又諭前據御史胡思敬奏，疆臣縱庇私人，濫殺多命，請飭查辦一摺，當經諭令陳夔龍確查。茲具查明覆奏：

已革文水縣知縣劉彤光，於人民要求種煙，既不早爲勸導，臨明又甚張惶，致釀重案，業經革職，永不敘用。

署交城縣知縣直隸州知州徐星朗，查禁敷衍，坐任鄉民聚衆滋事，着即行革職。

陸軍教練處幫辦江蘇武備學堂畢業生夏學津，鹵莽圖功，誤傷多命。陸軍步隊第一營管帶武備畢業生李逢春，縱令所部騷擾閭閻，一併撤差褫革。

山西巡撫丁寶銓兩次奏陳，但就各文武等所稟情形，據以入告，僅將劉彤光參革，而於此外辦理不善之文武，概未議及，亦難辭疏忽之咎，丁寶銓着交部察議。

朝廷於禁煙一事，志在必行，此次該省釀亂，始由於地方之查禁不力，而統兵亦未能審愼辦理，故予以處分。至於民間種煙，希圖弛禁，膽敢聚衆抗官，此等刁風，斷不可長，自應嚴加懲治，嗣後仍着各該地方官，嚴切查禁，毋稍懈弛。（見大淸宣統政紀實錄卷三十四頁）

諮議局媚官殃民，丁寶銓懷恨報復

山西諮議局議長梁善濟先時報告，對於官場，亦頗有原恕之詞，以是大為晉陽公報所攻訐，指為媚官殃民，梁因偕全體議員自行辭職，並作書通告各省諮議局。其後舉人蔣景汾被拘至縣禁押，聞以其為報館訪員之故，學界中定期開同志會，研究此案，亦經官勒令改期，並不許學生到會（宣統二年四月中國大事記：見宣統二年五月廿五日發行之東方雜誌第七年第五期第六五—六七頁）

丁寶銓受交部察議之處分，心懷痛恨，『於是羅織大獄，以為報復，賄囑滿御史榮先，奏謂：「山西士氣淳樸，近年囂張殊甚，恐有不逞之徒，潛伏生事，交晉撫嚴查。」丁遂以鼓吹革命，煽動人心之罪，列王（用賓）為首，並牽連法政專校監督（榮生按：即今日之校長）劉綿訓，山西大學堂監督解榮輅，學部主事荊致中，諮議局議員張士秀，報館記者張樹熾，姜虎臣，及其他同志數十人。奏准封報館，捕黨人，將張士秀，張樹熾，姜虎臣等繫於獄，荊致中等革其官，解榮輅，劉綿訓等交地方官嚴加管束，其他同志被放逐監視者不少。王（用賓）得隙逃日，清廷乃下令通緝，並查封家產，收繫其父於候質所。此即當時舉國轟傳之「交文案」也。經此案後，表面上山西革命進行，不無頓挫，然民情憤激已極，尤以青年文武學生起而加盟者日多，學生之混入新軍亦不少，革命主義，乃更由鼓動而入實際階段，已潛伏辛亥起義之動機。（王用賓：辛亥革命前後山西起義紀實，載中華民國開國五十年文獻編纂委員會印行「各省光復」。第八章山西光復第二節）。

鄧小平的大半生（中）

·放之·

外交統戰「老狐狸」

我們必須認清一個事實：自從毛俄交惡以來，鄧小平一直担任着中共的所謂「國際反修」工作。而且，他更肩負「國際共產主義的統一戰線」工作。

前面提過，中共對蘇俄罵陣式的「九評」文件，當時網羅了中共內部人才，組織了撰寫小組，這其中包括劉少奇、鄧小平、陸定一、陳伯達、胡喬木、彭眞、周揚、王力、康生等人。而「九評」文件撰寫的實際主持人，就是鄧小平。這是不能忽視的一件史實。

從此可以研判，鄧小平確是中共內部攬國際共黨統戰工作的「第一把手」。

在「文革」中，陳伯達批判鄧小平時，曾說過這樣的話：「鄧這個人憑他聰明，好像他是天生的百科全書，無所不知，無所不曉。」陳伯達又批評鄧小平「對國際反修作了一些工作，但大致方針都是毛主席主持的。鄧在北京起草了廿五條反修綱領，根本不能用，以後到杭州，主席親自攬了廿五條。」

陳伯達所說的鄧小平起草的「二十五條反修綱領」，它的正式名稱應該是「關於國際共產主義運動總路線的建議」，這是中共「國際反修」最重要的一個文件。

儘管陳伯達是用最壞的話來批判鄧小平，但從他的話裡，可以顯示出三個事實：

一、鄧小平很「聰明」。

二、鄧小平「無所不知，無所不曉」。

三、鄧小平對「國際反修」確實「作了一些工作」，而且還起草了「廿五條反修綱領」。

從此可以看出，鄧小平在中共內部確實担任重要的國際統戰工作。一九六六年五月七日，是鄧小平被鬥前的三個月，他還在上海市工人歡迎阿爾巴尼亞代表大會上，代表「中共中央」發表了一篇激烈的反俄演講。甚至到了是年八月十七日上午，正是中共「十一中全會」攻擊鄧小平時，鄧小平還以「中共中央總書記」身份，到北平機場迎接比利時共產黨中央委員會總書記雅克·格里巴。從此以後，鄧小平才消失了活動。

寫到這裡，我們想分析一下前年（一九七四年）四月，中共曾派遣一個「代表團」出席了「聯合國第六次特別會議」。這個「代表團」名單如下：

團長——鄧小平。

副團長——「外交部副部長」喬冠華（現任外交部長）

團員——王瑞林、程遠行、章含之等

十四人。

這是個什麽性質的會議呢？這是聯合國自一九四五年成立以來，首次討論有關原料和發展問題的「特別會議」。過去聯合國召開的五次「特別會議」，都是安全理事會要求的，而這次「特別會議」是由阿爾及利亞革命委員會主席、第四屆不結盟國家和政府首腦會議執行主席包米廸提出倡議召開的。

阿爾及利亞倡議召開這個特別會議，中共暗中支持，因爲此次會議最符合它的願望。這個會議雖然廣泛地討論世界原料產銷和經濟開發問題，但任何人也都知道，這只是「紙上談兵」而已，根本解決不了問題。但是中共却企圖利用這個「特別會議」，煽動、結合發展中國家（中共稱之爲「第三世界」），利用某單一經濟產品的控制和壟斷，威脅極需該項產品的工業國家。中共以美蘇爲首要目標，使之屈服，在政治上作重大讓步，這是中共當前反美、反蘇的鬥爭策畧，這也是毛澤東反美、反蘇「外交路線」的實現。

鄧小平爲什麽到美國參加這次「聯合國第六次特別會議」？這表示中共重視這個會議，所以特別派了鄧小平作「代表團長」，並在會中發表一篇反美、反蘇的演說。同時，鄧小平更可以藉此機會在西方國家之間，進行統戰。

鄧小平攪國際統戰工作，稱得上是一四「老狐狸」，既狡猾，又陰狠。他要用一套歪曲的理論，去說服那些所謂「第三世界」的國家，鄧小平是僅次於周恩來的煽動宣傳家，而他的文筆却遠超過周恩來，這是不可否認的事實。

也許目前自由世界國家，還有不少人對周恩來、鄧小平存着一份幻想，認爲他們是「温和派」，這是一個極大的誤會。我們須知鄧小平對外的言行，完全是按照毛澤東的「外交路線」辦事。如果把鄧小平看成「温和派」，就是一項大錯！

能逮耗子就是好貓

鄧小平是在一九六六年被鬥爭的。

最初「紅衛兵」貼「大字報」攻擊鄧小平，把他和劉少奇相提並論，稱爲「劉鄧反黨集團」。

接着，也就是一九六六年十月間，陳伯達在「中共中央工作會議」上，公開指出劉少奇、鄧小平是「黨內走資本主義道路」的首要份子。陳伯達說：「錯誤路線的代表人物，歷來是一、二個人或很小一個集團攪起來的……這次攪錯誤路線的代表人物，在十一中全會批評過，大多數同志不知道，這次會議就說穿；就是劉、鄧的錯誤路線。」

十月二十三日，劉少奇、鄧小平在「中共中央工作會議」上，分別作了「自我檢查」報告。

鄧小平的「自我檢查」報告說：

「在十一中全會中，毛主席的一張大字報，就是砲轟劉少奇同志和我兩人的司令部。毛主席在這張大字報中，一針見血的指出我們所錯誤的性質，是『站在反動的資產階級立場上，實行資產階級專政，將無產階級轟轟烈烈的文化大革命打下去，顛倒是非，混淆黑白，圍勦革命派，壓制不同意見，實行白色恐怖，自以爲得意，長資產階級威風，滅無產階級志氣，又何其毒也！』毛主席這一砲打得很準，打中了我們要害。在五十多天的錯誤中，由於派工作組的結果，實際上起到了壓制左派，打擊左派，壓制不同意見，扼殺了剛剛起來，轟轟烈烈的文化大革命羣衆運動，把運動攪得冷冷清清的，普遍的發生學生鬥學生，羣衆鬥羣衆的現象，把運動引導到了邪路上去。……這說明，我們所犯的不是什麽簡單的錯誤，而是方向的錯誤，路線的錯誤。」

鄧小平還在「自我檢查」中，這樣嚴厲地批評自己說：

「一九六四年底，毛主席，曾批評我是一個獨立王國，這個嚴厲批評，對我有所震動，但以自己不是一個擅權的人來寬解自己，並沒有找到病根所在，我的錯誤思想和錯誤作風，沒有得到改正，這次犯路線錯誤當然是不可避免的，這次不犯以後也必然要犯的，總之，我的思想和作風，同毛澤東思想是格格不入的。沒有高舉毛澤東思想的偉大紅旗，沒有緊跟主席，這就嚴重地脫離了領導，加之又嚴重地脫離羣衆和脫離實際，完全暴露了我這個人，不是一個毛主席的好學生，是完全不適合担任重要領導工作的。這次犯路線錯誤，是一次自我大暴露，證明我是一個沒有改造好的資產階級小知識份子，是一個資產階級世界觀沒有得到根本改造的人，是一個沒有過好社會主義關的人。現在初步用鏡照照自己，眞是不寒而慄。以我現在的思想作風和政治水平，担任中央領導工作，對黨對人民的事業是不利的，我自己應該深刻反省，努力學習主席著作，努力改造，努力改正錯誤，保持晚節，力求做一點有利於黨和人民的事情，以求補過於萬一。我有這樣的信心，在自己的積極努力和同志們積極幫助之下，在一個相當時間內，錯誤是會得到改正。在毛澤東思想的光輝照耀下，自己跌了跤了，應該自己努力站起來。」

雖然鄧小平用這種肉麻的話，招認自己的錯誤，但是他在中共中央工作會議上，並沒有獲得「過關」。

陳伯達在批判鄧小平的「自我檢查」時，曾這樣說：

「這條路線是劉，鄧聯盟攬的。對劉的錯誤大家了解比較多。而對鄧是不了解的。對他的大字報也不多。其實鄧的問題是很明顯的，而且也是很嚴重的。……鄧每次開中央會議，他是以批評爲主，對於其它大事，他是無所用心。對羣衆是不接觸的，對羣衆路線不感興趣。可是什麽事他都愛『拍板』，總理也只有陪榜，要同鄧談問題比登天還難，……劉、鄧的思想作風是和毛主席相對抗的，鄧的面貌如果不在我們全黨攪清，那是危險的，他同劉是打着一樣的旗幟，……六十二年攪包產到戶也是鄧說的。六十三年提出一二線的問題，主席退到二線，這是組織上的措施，鄧以爲大權在手了……利用毛主席休息時，把錯誤路線向下推行，鄧的錯誤路線在全國是有影響的……現在鄧還沒有承認錯誤，他還想進攻。」

就在這次會議上，毛澤東也直接批評了鄧小平，毛說：

「自八屆六中全會以後，鄧小平一次也沒有來看過我，從一九五九起直到今天，他沒有一件事情向我請示……」

據說這是一個事實，鄧小平住的地方，距離毛的住處只有五分鐘的汽車路程，但是鄧小平從來不向老毛請示過問題。

有一次，毛澤東在「中共中央工作會議」上這樣說：「每一次我來開會，鄧小平總是故意坐的遠遠的，存心躲着我。（大意）」

鄧小平的一九六六年十月二十三日的「自我檢查」，並沒有「過關」。

爲什麽不能「過關」呢？據稱因爲他的「自我檢查」，只對執行「文革錯誤路線」作了檢查，却沒有對過去自一九五九年起「錯誤」，作了自我批評；而且，鄧小平只承認其錯誤是個「認識不淸」的問題，却並沒有坦白出在「文革」中「制定一條錯誤路線」，反對毛澤東奪權的事。

一九六六年十一月八日，曾被毛澤東讚揚過的「紅衞兵」聶元梓等十一人，貼出一張攻擊鄧小平的「大字報」，題目是「鄧小平是黨內走資本主義道路的當權派」。裡面一開頭這樣寫着：

「我們認爲：我國黨內頭號走資本主義道路的當權派是劉少奇，二號人物就是鄧小平。」

從此，「紅衞兵」鬥爭劉、鄧的「大字報」便紛紛出現了。

一九六七年二月十四日「八·二五戰報」，題目是「鄧小平十大罪狀」，全文如下：

「鄧小平是中國第二號修正主義份子！是黨內第二號走資本主義道路的當權派！是資產階級反動路線的罪魁！鎭壓無產階級文化大革命的禍首！他反對毛主席，反對毛澤東思想的罪行非常嚴重。現在初步揭露如下：

一、鄧小平在主持中央書記處工作時間，一貫獨攬大權，擅作主張，與毛主席分庭抗禮。一九六一年中央開會起草人民公社『六十條』時，鄧小平不向毛主席請示，毛主席批評說：『那個皇帝決定的？』一九六四年毛主席還嚴厲地批評鄧小平是一個獨立王國。但是，鄧小平頑固地抵制毛主席的批評，抗拒毛澤東思想，毫無悔改之意。

二、一九五六年，鄧小平在他的『關於修改憲法的報告』中，極力吹捧蘇共二十大，大反所謂個人崇拜，根本不提毛主席締造、培育、領導我們黨的偉大作用。

三、一九六一年，鄧小平在某省委一次會議上的講話中，大反毛澤東思想，攻擊三面紅旗，攻擊毛主席。……狂妄地影射和攻擊毛主席，說什麼凡是辦不到的，不管原來那個人提，站不住就要改，顧面子是顧不住的。

四、一九六二年，由於蘇修的破壞和自然災害的影響，我國的經濟發生了暫時的困難。這時，鄧小平在國內、外階級敵人向我猖狂進攻的面前，裡應外合，公然提出包產到戶的主張，帶頭刮起了『單幹風』。他在團中央的一次會議上就會公開鼓吹恢復單幹，說什麼『不管白貓、黑貓，能逮耗子的就是好貓。』

五、一九六三年，在劉少奇、鄧小平的支持下，國家科委草擬一套關於學位、學銜的制度，並經鄧小平親自批准。

六、一九六一年頒發試行的『高教六十條』，是一個地地道道地推行修正主義教育路線的綱領性文件。同年，鄧小平在北戴河召開的中央書記處會議上，親自主持討論了這個文件，並且公開聲稱：『這是一個好文件。』

七、鄧小平對毛主席提的半工半讀，陽奉陰違，消極對抗。

八、一九六四年……鄧小平竟公開地……反對，並……惡毒攻擊這次文化大革命，……說什麼『有些人就是想批判人出名，踩着別人肩膀自己上臺。對人家一知半解，抓着小辮子就批判半天，好自己出名。』

九、一九六四年高等學校社教活動在北京大學開始試點。北大師生揭出以陸平為首的反革命集團，並開始追查北京市委。劉少奇、鄧小平立即使彭眞彈壓。

十、在這次無產階級文化大革命中，鄧小平和劉少奇在一起，趁毛主席外出的時機，利用中央大權在手，制定了一條資產階級反動路線。他們違抗毛主席的指示，急急忙忙派出大量工作組去鎮壓羣衆運動。」

中共對鄧小平的鬥爭，從一九六六年底起，展開了兩年的時間。這都是毛澤東造成的。

一九六八年十月十三日，「中共中央」召開了八屆十一中全會，會中對劉少奇作了「撤消其黨內外的一切職務，永遠開除出黨」的決議，從此大陸上的報紙、電台便公開地指名劉少奇是「叛徒、內奸、工賊」了。但是在這個會議上，却並沒有對鄧小平作明確的處分，在開除劉少奇黨籍的決議文中，有這麼一句話：「繼續清算劉少奇及其同伙叛黨叛國的罪行」，這即表示對鄧小平將繼續進行批判工作。從此鄧小平被趕出「中共中央委員會」，他的消息再也聽不到了！

鄧小平被逐出了六年，這段時光他在哪兒呢？

傳說鄧小平曾下放到江西省「生產建設兵團」，作思想改造工作。鄧服務的單位，距離南昌市不遠。據說鄧小平在江西呆了五、六年之久。

假使這個傳說不確實的話，那麼鄧小平在過去六年中，也是在「思想改造」中渡過的。或許他仍然呆在北平。

請介紹，

請訂閱，

請批評，

請指教。

洪憲本末（四）

·鐵嶺遺民·

夏壽康呈請查禁復辟活動

夏壽康是湖北人，辛亥革命時在湖北都督府任司長，以後隨黎元洪到北京作官，當了肅政使，眼見復辟謠言日盛，當即提出呈文稱：「為杜亂防嫌，保全清室，仰懇鈞鑒事：竊維清廷遜位，民國待以優禮，勝朝有禪讓之美，而開國無征誅之嫌。中外翕然，名正言順。乃近聞有人散佈論說，主張變更國體，還政清室，又聞有人具奏清帝，請恤邀謚，似此謬說流傳，淆惑觀聽，微特滋民國之疑，實亦非清室之福。伏念改革之起，實由於晚清失政，皇族驕盈，把持政權，公行賄賂，疏宗見排於近宗，滿人見排於皇族，又協力以排斥漢人。滿、漢惡感，積不能解，滿人之擅權當國者，又惟知聲色貨利，無政治能力知識。平時混淆黑白，臨事應變無法。坐成土崩瓦解之勢。武昌兵起，各省獨立，天命人心，一去不返。加以庚子拳亂，皇族倡之，辛亥革命，又皇族釀之，外人以皇族一再召亂，損害各國商務，且彼國在華教士僑民，生命財產，關係尤鉅，預決清室之不能維持，故亦贊成國體之改革。其時上海領事團，及各國商人，聯名請清廷退位，足見此次變更，迫於中外大勢所趨，非武力所能壓制也。今民國甫建，風雨飄搖，若又倡改弦更張之議，則是自求擾亂。與暴徒二次破壞，用意何殊。且清廷本以失民去位，民心斷難再復。徒使反側之徒，用其陰謀構煽內亂，而他國且利用此以收漁人之利，中國之危亡將萬劫不可復。是爭一生之權利，陷五族以淪胥，不獨為世界公例所不容，抑且背孔、孟大同之經義，況清室宗廟陵寢，永受尊崇，載在盟冊，後因此等謬論，致滿人皇族中或有一二無知之輩，悞入歧途，妄生枝節，其禍何可勝言，更恐其說倡揚，國本因之動搖，清室亦隨之傾覆，揆諸清太后遜位之本心，豈宜有此？大總統受全國人民負託之重，値此安危呼吸，斷不宜避嫌姑息，致釀亂機，應請飭下內務部，將此等論說嚴行查禁，並轉知清室內務府，遇事留意，杜莠絕嫌，用副民國優禮清室之致意。此呈一上，局勢又為之一變。

由於夏壽康提出的呈文義正辭嚴，理直氣壯，袁世凱自不能不理，當時批交內務部查辦，內務部乃出通飭文稱：（上略）辛亥之役，舉國民情，以共和為趨嚮，義聲所樹，各省風從，清皇室鑒於人心已去，帝制當除，慨然將統治權公諸全國，約法中明載中華民國主權，屬於國民全體，是國體於共和，固永久無可更變。乃竟有無識頑民，倡為復辟之邪說，以冀動搖邦本，淆亂人心，似此妄肆譫言，慮致圖謀不軌。須知國步艱危，民生凋敝，五族共謀利濟之方，一姓實斷無再興之理，豈可姑容狂瞽，肇生厲階，以國家爲犧牲，供他人之鼎俎。興言及此，悚懼殊深。查案亂國憲，刑律訂有專條，法令之嚴，實難姑息。嗣後遇有誣妄之徒，散佈此等荒言者，即當嚴加禁制。其或顯有不法行爲，證據確鑿者，立即隨時查拿，按照刑律內亂罪分別懲辦，除函步軍統領並知行各省外，爲此飭知京兆尹查照，轉飭所屬一體遵照，並會同步統領警察廳，出示曉諭地方人民一體知悉，毋得輕信浮言，致干刑典。」

內務部飭文發出後，參政院開會時，參政孫毓筠提出「查辦復辟謬說案」，特別指出許多人認爲沒有皇帝就不成其爲國家，是極大的錯誤，因此應請政府明令查辦復辟謬說。孫毓筠本是革命黨，此時投靠了袁世凱，後來名列籌安會六君子，而且是籌安會副理事長，可是到了此時，孫毓筠還不知道袁世凱有帝制自爲之意，所以在參議院發言，指斥遺老們認爲沒有皇帝就不成爲國家是極大錯誤，可是八個月後，他也走上這條路，認爲中國非有皇帝不可。由這一點來看，洪憲帝制起源，時間實在很遲，全盤計劃皆在袁世凱的腦子裡，外人實在摸不到邊。袁世凱接到參政院咨文後，於民國三年十一月二十三日發表申令，指斥復辟之不當，自己決無歸政清室之意。宋育仁此時仍在北京，不料有一個四川同鄉與他有仇，跑到步軍統領衙門去檢舉，步軍統領江朝宗祇得派車把宋育仁請來，以後判遞解回鄉，派專人把他送回四川。

不會株連皇室

宋育仁被遞解回籍，實在也是空話，袁世凱私底下送了他三千元路費，又命令四川地方官月送三百元，比起在京當編修還好得多，但是此種行動却嚇壞了有關人等。

首先受到衝擊的是勞乃宣，他正滿懷高興準備到京出任參政，繼續鼓吹還政清室，霹靂一聲，宋育仁在京被捕，遞解回籍，勞乃宣嚇住了，因爲自己行爲與宋育仁相同，如果進京之後被肅政使再彈一次，必然與宋育仁同一命運，變成求榮反辱，還是安安穩穩在青島作遺老好些，不當參政了。

其次感到震驚的是清室，在此以前清室也都把中興大業寄托在袁宮保身上，此次恍如焦雷轟頂，頓時改變態度。第一部先改了年號，不敢再稱宣統六年，而稱民國三年，接着交出了勞乃宣一封敘述進行復辟經過的密奏。同時宮內的男子紛紛剪去辮髮，並且通告全國遺老改換民國服制，也勸告張勛及其辮子軍剪辮，但張勛却置之未理，並未遵旨實行。

這時隆裕太后已死，宮內本來有四位太妃，屬於同治帝的珣太妃、瑨太妃、瑜太妃、光緒帝的瑾太妃，在隆裕太后死後，由袁世凱致函載灃，請由瑾太妃管理宮內事務，載灃及清室當然照辦，從此瑾太妃（此時稱端康太妃）就成了宮內的當家人。由於宋育仁的事件發生，瑾太妃不能自安，又派出胞弟志錡（此公是現在港名畫家唐石霞女士之父），去見袁世凱解釋，說明清室與這批人活動絕對無關，要求民國派兵警衛宮門，稽查來往人等，以免有不良之輩從中播弄，引起誤會。袁世凱接見志錡，由內史監（即總統府秘書長，徐世昌登台後改此古名）阮忠樞代接見，好言安慰一番，囑志錡轉告太妃安心。查辦復辟人士決不會株連到皇室。

各省疆吏也都仰承顏色，紛紛通電指斥復辟其中最先起來作應聲蟲的倒是張勛，在通電中稱：「國事非等於奕棋，政壇豈同乎兒戲。」看了袁世凱與張勛當時的言行，想到一年以後，兩年以後兩人的作爲，眞使人笑不得氣不得。

王闓運辭官回里

宋育仁被遞解，把國史館館長王闓運嚇跑了。王闓運並不以遺老自居，因此他到北京作官，原本心安理得，袁世凱當初請他去，是看了他的名望與學問，希望將來作個定朝儀的叔孫通，他自己則以東方曼倩自居，剛到北京去見大總統，經過新華門時，抬頭看看上面匾額，突然說道：「怎麽起了這麽一個不祥名字。」跟隨他的一羣人，包括門人楊度在內，都不知新華門何以不祥，王闓運再看一看，自言自語說道：「老眼看不清楚，我說是新莽門呢？」全體吃驚無人敢置一詞。加上他對袁世凱始終以世伯自居，背後皆稱袁四，這些閒話傳給袁世凱知道了，當然不開心，於是國史館經費也不能按期發下，更使王老頭子氣憤。宋育仁是民國三年十月初一（舊曆下同）被捕，十月十四遞解，王闓運自已不敢去送行，派周媽送去二十元。這時京中空氣對王老頭很不利，另一門人夏壽田是袁世凱的侍從秘書，一向參與機要，也來告知老師不要出門亂跑，防作宋育仁之續。

王老頭子本非遺老，無端被指爲復辟派，這口惡氣悶在心裡眞不好受，勉强支持到十一月十一日，終於悄然離京，把國史館印交與楊度代管，十一月十四日到漢口，寫信致袁世凱稱：「前上啓事，未承鈞諭，緣設立史館，本意收集館員以備咨訪，乃承賜以月俸，遂成利途，按時支領，又不時得，紛紛問索，遂致以即領抵借劵，不勝其辱，是以陳情辭職，非畏寒避事也。到館後，日食加於家食，身體日健，方頌鴻施，故欲停止兩月經費，得萬餘金買廣厦一區，率諸員共聽教令，方自廉雅，若此市道，開自輙生，曾叔孫通之不如，豈不爲天下笑乎。前擬將頒印暫存夏內史處（指夏壽田），又嫌以外干內，因暫送存敝門人楊度家，恭候詢問，必能代陳委曲，闓運於小寒前由漢口還湘，待終牖下，奉啓申謝，無任愧悚。」袁世凱接到這封信也祇有付之一笑，未予理會，總計王闓運是民國三年六月二十五抵京，十一月十二離京，總計作了不到四個月的官。

袁段之間

在北洋三傑中，袁世凱與段祺瑞的關係比較密切，小站練兵時，軍官升遷皆要考試，當時王、馮均已升了統帶，段祺瑞考試却不能過關，以後是袁世凱漏題目給他，才算考試及格，升了砲隊統帶。袁世凱大段祺瑞六歲，袁世凱任山東巡撫時，段祺瑞任砲隊統帶，連同部隊一起隨袁去山東。段祺瑞原配夫人吳氏，是江蘇宿遷人，在山東病故，次年袁世凱就指婚把義女張氏嫁給段祺瑞。這位張氏夫人也是名門出身，其祖父張芾號小浦，陝西涇陽人，曾任江西巡撫，死後謚文毅。張氏夫人何以流落到袁府，有一種記載說其父爲袁甲三部將，死後遺一孤女年僅四歲，由袁府收養，以後由袁世凱認爲義女，此事尙有難解之點，段祺瑞續絃時三十七歲，袁世凱四十三歲，張氏夫人年齡雖不知，估計當在二十七歲左右，因袁克定這一年二十五歲，克定一向稱爲段家大姐，可知張氏夫人一定長於袁克定，但也決不會過三十歲，如以二十七歲計算，袁世凱大她十六歲，如果她流落袁府時四歲，袁世凱二十歲，距離袁甲三去世已經十五年，說其父是袁甲三部將，自不可靠，此事多年來筆者始終查不出究竟。袁府上下對張氏夫人十分尊重，袁世凱夫婦皆稱大小姐。視同己出，袁克定兄弟姊妹皆呼爲大姐，所以就關係而論，袁與段實有翁婿之誼，但段祺瑞却不承認親戚，祇以部下自居，此是段祺瑞品格高尙處。袁世凱清末任軍機大臣時，花了三十萬元在府學胡同買了一處房子，及至以足疾被勒令休致，臨行時，就把這所房子贈給段祺瑞，同時袁世凱又知道段祺瑞不事家人生產，恐怕他掙的錢不夠用，臨行又私底下給了段夫人五千元，作爲貼補。以後事隔多年，袁世凱久已去世，段夫人提及此事還熱淚盈眶，罵段祺瑞沒有良心。

因爲有這樣關係，袁世凱有些私事不肯讓馮國璋作的，却放心使段祺瑞去作，如孝感通電逼清室退位，如迎黎元洪入京，都是段的傑作，但是到了民國三年以後，兩人之間就有裂痕了。

袁克定小時了了

袁克定是袁世凱長子，正室于氏夫人僅生此子。袁世凱十八歲結婚，少于氏夫人一歲，次年生克定，所以袁世凱僅長於克定十八歲，由於父子之間年齡相差甚少，所以克定很早就參與其父的機要大事。

光緒二十七年（一九〇一）袁世凱由山東巡撫升任直隸總督，北洋大臣，這年袁世凱四十三歲，克定已經二十五歲，他讀書據說讀得不錯，但是却沒有功名，袁世凱既然當到直隸總督，當然不願兒子作白丁，就替他捐了一個候補道，這在當時的制度是可以捐到的最高官階。

光緒三十二年（一九〇六）清廷將原來的工部、商部合併成農工商部，由原任商部尚書載振任尚書，載振是慶親王奕劻的兒子，奕劻久已爲袁世凱所收買，載振與袁世凱文字往還皆稱四兄大人（這在清朝是違祖制的），奕劻父子已成了袁世凱的政治俘虜，對之巴結惟恐不及，載振當了尚書，就想到這位世姪袁克定，乃任命袁克定爲右參議，不久遷右丞，署左丞，在部內來說，除去堂官（尚書侍郎）就以左右丞權位最重，其官階則有類於今日的司長。這時袁克定只有三十歲。到了宣統元年，袁世凱被勒令休致，回彰德養疴，袁克定留在京內未走，仍然服官，宣統三年，武昌革命軍起事，袁世凱再起督師，袁克定始辭官去參贊戎機，但未負任何名義，實際上當時與南方議和是由他主持的，他並且私自派人與黎元洪接洽，其中一位朱芾煌被前線總司令馮國璋捉住差點被殺，也是袁克定書到解圍的。

不過，在當時袁克定可能就提出許多希奇古怪的計劃，例如取清室而代之，袁世凱沒有接受，他很不高興，袁克文寫「大兄傳」，曾提到「惟以建言策政，先公多不納，心輒鬱鬱。」就是指此而言，民國元年二月，袁克文奉命回去搬家眷，于氏夫人未赴京，袁克定也以侍母爲名，留在村中，家眷啓行時，袁克定騎馬去送行，火車開後，騎馬回村，不知何以馬忽然受驚跳躍，把克定摔在地下，三日不省人事，在上海請德國醫生在腦部開刀始治好，但已跛了一腿。

衙門裡的老夫子

·唐魯孫·

從前大小衙門，都請得有老夫子，多者十位八位，少者也有三位兩位，所謂老夫子，是衙門裡上上下下，對師爺的尊稱。一提師爺，大家總會聯想到紹興師爺，其實師爺並不全是紹興人，那一省那一縣都有作幕當師爺的，不過紹興人作幕的多，加上父以蔭子，親戚至交互相汲引，人數越來越多，而且熟能生巧，案例滾瓜流熟，名幕迭出，因之師爺，好像是紹興人專用的名詞啦。

當年新官一授職，還沒上任，首先要物色適當可靠的師爺，有的是自己聘請的，有的親友引薦的。反正什麼樣的官，請什麼樣的師爺。從來沒有跟過督撫，又到府縣衙門去當老夫子的，您固然不敢請，他也不會來屈就。嚴格說起來，所謂師爺也分三六九等，您要請西席，也得恰如其份，辦起事來，才能左右逢源呢。

師爺在衙門裡的地位，頗像現在各部會的參事，又像機要秘書。可是師爺如果得到主官的充分信賴，予以授權，加上主官有權而不輕用，那這位師爺可以乾綱獨斷，他說了算數，不但現在參事秘書沒有那麼大的權力，就是秘書長以至於主官本人，要是本機關最高會議，把這件事否決了，主官也只有乾瞪眼莫法度，還不如舊式衙門裡紅師爺的威風赫赫呢。

師爺在地方機開，要按現在職位分類來說，可分爲兩類，一類是主管刑名，一類主管錢谷。要是中央行政部門，或者夠得上專摺奏事的衙門，師爺也分兩種，一種是專司筆札應酬文字的叫書啓師爺，一種是專擬奏摺公文的叫總文案（背後又叫紅筆師爺）。主管刑名的師爺，等於司法官，有權批判刑民訴訟，可以說執掌生殺予奪的大權。主管錢谷的師爺，等於現在的稅捐處，所有錢谷田賦以及財務上的徵收事宜，統統歸錢谷師爺掌管。

在彼時主官跟師爺，算是賓東關係，延聘的西席，不是長官對部下，從屬關係。所以主官對師爺，不管是掌文案的，司書啓的，刑名也好，錢谷也罷，一律都稱呼老夫子，師爺則稱呼主管爲東家，或者是東翁。無論是州、縣、府、道，或者是藩臬、督撫，只要請到品學兼優，有爲有守的老夫子，他們各自掌管職司，那身爲主官的，眞可以說是優哉游哉，垂拱而治了。

那些作幕的師爺，不但是世襲罔替，各有絕活兒，而且裡裡外外，上上下下，他們好像有個同業公會，互通往來，非但聲息相通，而且彼此全有關照，知道怎麼趨吉避兇，怎樣大事化小。尤其是新任交接，他們都能面面俱到，既不會吃虧，也不致於受騙。總之吃這碗飯的，全是世守爲業，自然特別愛惜羽毛決不肯做些有辱聲名的事，否則一旦傳揚開來，一提某某師爺，人人搖頭，那豈不就得改行換業了嗎。

所謂師爺，還有一項特別的，就是東家一定要讓老夫子住在衙門裡，不但供膳宿，住處還得寬敞幽靜，膳食更要豐盛適口，每位老夫子，還得派一個聰明靈巧的書僮伺候起居飲食。像當年于式枚在李鴻章幕府裡，另外設一小廚房，給予晦若專用，您就可以想像當年督撫對於得力的老夫子是怎樣的重視尊敬了。到了民國有位總長，不但性情暴躁，甚且到了驕縱狂妄的程度，而且有一個怪脾氣，員司呈閱的文稿，稍有不合，立刻把公文往地上一摔。有一次一位司長，拿文稿，親送總長畫行，總長一犯狗熊脾氣，把公文又摔在地上，那知那位司長，不但是老公事，而且是老油條，立刻一彎腰，把公文拾起往頭上一頂，衝著窗戶跪下。當時那位總長也楞住了，一面拉一面問，這位司長說，來文上有大總統印，扔在地上，就犯了大不敬罪，這在前朝那還得了，所以跪在地上替總長祈福。他不說贖罪，而說祈福，足見這位司長的口才迅捷。經過這一跪，居然把眼高於頂總長大人的壞毛病給糾正過來了。

光緒初年曾國荃，由兩廣總督內調，署理禮部尚書，到任之後，有位司官把文稿呈堂畫行，坐慣了方面大員的曾九帥，簡直就跟土皇帝一樣，根本就沒把一般司官放在眼裡，犬馬金刀昂然而坐，沒站起來接稿，那知這位司官，守正不阿，楞是拿著公文不放，並且退出廳堂，聲色俱厲的，對值日書班叱責說，「曾大人久坐外官，不懂得京裡規矩，幾時見過司官送稿，堂官不站起來接的，你沒有事先稟明，是你辦事疏忽，去拿戒尺來，自己打手掌十下。」曾九大人一聽，知道自己失儀，趕緊作揖謝過。從此知道京官長官對部屬彼此都有尺寸的，比外官難坐，沒過半年又謀求外放啦。

袁項城由直隸總督奉調軍機大臣，達拉密（檔案房執事）拿案卷去見他，袁項城當然也不懂樞垣制度，坐在座位上用手去接，達拉密拿著案卷往後一退，袁再伸手探身去拿，不想達拉密又往後退了一步，袁比曾來得機智，連忙站起來，才把案卷拿到手。敢情按照清朝統制，官文書是屬於朝廷的，堂官司員不論官大官小都是給朝廷辦事。這種制度不僅是一種體制，更是對國家公文和公務員一種崇敬，也就是敬業的意思。所以清朝六部員司見堂官洽商公務，堂官必須站起來聽，核閱公文也是站著判行。到了民國北洋政府時期王克敏做財政總長，大概還承襲點前代遺風，不論大小官員，到總長辦公室報告公事，他一定站起來請來員坐下，他然後談公事。王叔魯說屬員進總長辦公室，心裡一起尊，已經侷蹙不安，長官再一蹦臉，胆小的屬員，應該說的話，都吓回去了，十成話連三成也說不完全，豈不誤了大事。所以他對僚屬來回公事，總是和顏悅色，起身讓坐奉烟，然後再談公事。王叔魯後來雖然當了漢奸，可是他這種舉止，倒也有點道理，不可因人廢言呢。同時也可以明瞭當年長官對部屬，也有一定的尺寸，不是一味亂擺官架子的了。閒言擱下，再表正題。

老夫子既不需要到辦公室辦公，也沒有固定辦公時間，當然更談不上簽到簽退了。所有文稿，大半都是在自己起居室裡構思擬辦。跟現在主官一會叫某參事來，一會叫某秘書來，氣氛完全兩樣。主官如果有要公跟老夫子商談，大半都是屈駕移樽，就教高明。所以在當時讀書人，抑鬱不得志，退而爲人幕府，仍舊維持自己確然不拔的節操。不像後來讀書人爲了贍家糊口，就是被人家又摔又罵，也只好充耳不聞，忍辱吞聲的幹下去啦。

筆者有位忘年之交鄭伯孚先生，他是廣東茂名董姓名幕的入室弟子，據他說學幕並沒有什麽秘密不能告人的訣竅，一切都是經驗累積，如能神而明之，自然左右逢源。從前某軍門獨子，在市街馳馬傷人致死。按照大清律應予抵命，老夫子靈機一動，把馳馬改爲馬馳，則其罪在馬而不在人，所以軍門獨子，得以保全。又某年值慈禧皇太后六旬萬壽，閩浙總督札委仙遊縣縣令賫送貢品晉京呈納。其時正當錢糧下忙時期，縣令一走，當然影響入息。縣太爺沒辦法，拿重金拜託老夫子婉爲說詞寫張稟帖請求另派，大意是，「今逢皇太后千春萬壽，如由仙遊縣賫送壽貢晉京，罔知顧忌，單單派仙遊縣令，似有未妥，乞請鈞裁。」上官一看，當然准如所請，另派別員。後來閩浙總督，認爲該員顧慮周詳，在另外一件保舉案，反倒把該員以才長心細膺列特保。這些事都是有得力老夫子，才想得到呢。

還有一樣，不論大小衙門，凡是師爺，有滴酒不沾的，可是沒有不抽烟的，有的愛抽旱烟筒，有的喜用水烟袋，而且所有師爺好像一個科班訓練出來的，一律不用墨盒墨汁，全用硯台研墨，鄭伯孚說，這也是作幕的一項門道。因爲偶或有些最速件。主管坐在老夫子屋裡，等候看稿，這時候老夫子必定先拿烟袋抽上兩袋，一方面盤算，一方面打腹稿，如果兩袋烟抽完，腹稿還沒擬好，那就把硯台注好清水，拿起墨錠，慢慢磨研，等墨磨好，腹稿也就完成，振筆直書，一揮而就啦，至人家傳說，師爺拜師學幕都有一套秘密傳授，那都是猜測之詞，平常老師把自己經歷的事告訴告訴學生，讓學生知所趨避，那倒是有的，什麽本門心法，學幕要訣一類的風傳，那簡直越說越神了，其實滿有那麽八宗事，不過學檔案的，倒有一套管檔案的方法，在當年的確有用。現在進入電腦時代，一切案卷可以用電腦管理，那些心傳口授檔案管理方法，也就全都落伍了。

衙門裡師爺的待遇，都是保密的，只有本人跟東家知道，這倒是跟歐美現在各大企業管理方法，不謀而合。從前一位官員，升遷調派，官聲如何，大部份都操在師爺手中。所以養士酬庸之道，也變化多端。例如每月月初月半，那是規定宴集，歲時令節，更要準備豐盛筵席，欵待全部師爺，遇到時蔬瓜果上市東家借名薦新，請師爺們打打牙祭，要是久雨快晴，豐年瑞雪，對月，賞花，都是犒勞大家好題目。有時即興吟詩，拈韻作詩鐘，也都酒肴雜陳，笙歌助興。賓東之間，眞是其樂融融。再則就是老夫子的雙親三節兩壽，主官可能不惜派人跋涉關山，備辦壽禮，貴重補品，一聲不響，用晚生姪輩名帖，送到老夫子的府上去。主官在老夫子原籍偷偷買房子置地，也不乏其人，等老夫子告老還鄉，可以舒舒服服過下半輩子了。彼時雖然沒有什麽績效獎金，年終加發等等名堂。可是冬有炭敬，夏有冰敬，除了老夫子的月例之外，隨時都會想個點子貼補貼補。

此外在督撫衙門的師爺，遇到辦理保舉，得力的老夫子，主官都把他們列名，可以混個出身，三年幕府，相處乳水的賓東，又要給老夫子張羅引見。進京引見之前，大張盛筵，當衆致送優厚程儀。如果是督撫衙門的老夫子。則司道府縣，爲討好上官，自然踴躍解囊。同時老夫子受主官這樣推重倚畀，就是晉京引見分發，大半都棄而不就，仍舊在追隨原東家，代爲籌謀策劃，那些司道府縣，焉能不儘量巴結，設法攀交。所以湊個萬兒八千的程儀，是指顧間的事。老夫子晉京引見之後，名也得啦，利也有了。回到原幕，給老東主辦事，還能不鞠躬盡瘁，忠誠不二的嗎。

啓者：本刊因香港海外郵費漲價幾及一倍，廹不得已，自本年起，海外訂費一律增至美金八元，凡在元月一日後所收到訂單，寄來美金六元者，均作爲九期訂費，情非得已，敬希鑒諒。

經理部白

我國境內龍的發現

林朝棨

中生代（六千五百萬年前至二億二千五百萬年前）時，我國大陸上及湖水中甚至沿海的海中，均爲爬行類生活上的樂園，東於東北，西至西藏，北至外蒙、新疆，中國本部之山東、山西、陝西、四川、貴州、雲南均產豐富之恐龍等爬行類之化石。其中有許多種是世界罕見的珍貴種屬，甚至亦有只見我國之科。

我國之近代科學對這方面的研究，却比新進國家的遲。民國四年，湖北宜昌發現「石龍」，並且有英人爲其記載發表而認爲屬於古代爬行類之化石。嗣後經我國初代之地質學者章鴻釗大師所研究，獲知所謂「石龍」者，只是石鐘乳，而非生物遺跡。章師詳述其名著「石雅」中，並附實物照相。茲將我國研究中生代爬行類化石之經過敍述如下：

一、俄人潛入盜採恐龍化石

最早報告我國中生代爬行類化石者爲民前十年（一九〇二年）之俄人克卜土拖夫尾奇（A. N. Kryshtofovich）。他的報告登載於俄國地質礦物年報。此我國最早被發現的鳥盤型恐龍乃俄國人入黑龍江流域所盜採者，起初俄國學者誤為古象化石，而陳列於 Blagoweshensk 陳列館，以後始證明為恐龍化石，直至民國三年，克氏又親自潛入我國境內之產恐龍地點，即由布列亞河對岸侵入中國境內。此地點之含恐龍化石層為白堊紀之夾砂及鬆軟砂岩之礫岩層。克氏發現產恐龍化石之地點後，俄國政府派遣彼得格勒（即現在之列寧格勒）之多名探險發掘隊於民國四年至六年夏季又潛入我國境內從事盜採名貴化石。所採的化石偷運至俄國後，由瑞亞賓加予整理研究，於民國十四年始提出初步報告，命名為黑龍江粗齒龍，到民國十九年再提出正式報告，且將黑龍江粗齒龍改為新屬之黑龍江滿洲龍。此恐龍化石乃當時世界最完整而稀奇之鴨嘴龍類化石，至今一直被陳列於列寧格勒之俄國國立博物館。嗣後俄國人一再潛入黑龍江中游之我國境內之白崖，盜採另一批爬行類化石，偷運俄國，經瑞氏研究結果，命名為克氏龍節龍，圍裾阿爾伯脫龍、平肋阿斯匹龜，及矽化木等。本化石屬與含滿洲龍層屬一同一地層，時代被認為白堊紀後期（一億三千六百萬年前至六千五百萬年前）。

如此大量的文化財產，世界最珍罕之化石被盜採並偷運出國，我國却完全被蒙在鼓裡，成為國際學術界的大笑話。

二、採去大量恐龍化石

一九〇九年美國探險俱樂部會長，動物學家安得思（Roy Chapman Andvews）為供應紐約美國國立自然科學博物館所需要之動物標本，到遠東之東印度羣島、菲律賓、台灣、琉球及日本各地，採集大量標本回國。一九一〇年又到朝鮮半島及我國東北，攀登長白山，蒐集大量之哺乳類及鳥類標本，寄回美國，然後安氏又到俄國及波羅的海各國蒐集動物標本，一九一二年返回美國。一九一三年安氏從事阿拉斯加之探險與採集工作。一九一四年八月第一次世界大戰爆發，探險工作暫時停頓。該博物館古脊椎動物專奧斯明（Henry Fairford Osborn）勸安氏至西藏及中央亞細亞，除採集動物化石外，努力尋找原始人類之化石，安氏心動，是年又到華南、西藏、中南半島等地工作，十二月回國。

美國參戰，安氏亦志願從軍，而被編入海軍情報部，派駐北平工作。安氏對我國之自然界了解深，遂以北平為據點，策劃大規模之我國東北及西北之探險採集工作。因此他又前往東北、察哈爾、內外蒙，實地勘察，並採集一千五百件哺乳類標本寄回。

安氏返美後積極籌備中亞探險工作，在其採集項目中，增加地質、古生物一項，並計劃使用汽車縱橫穿梭沙漠、草原區，增加工作效力。籌募了二十五萬美元作經費。安氏遂公開其探險計劃，招募隊員，志願參加者達一萬人以上（包括女性三千名）之多。

一九二一年三月美國紐約自然博物館所組織之中亞考察團出發前來中國。該團團長為動物學者安得思，副團長為古生物學者葛蘭遮（Walter Granger），團員有地質學者毛里斯、地理學者巴開、地形學者兼照相師薛克爾福特、機械師辜開得等。

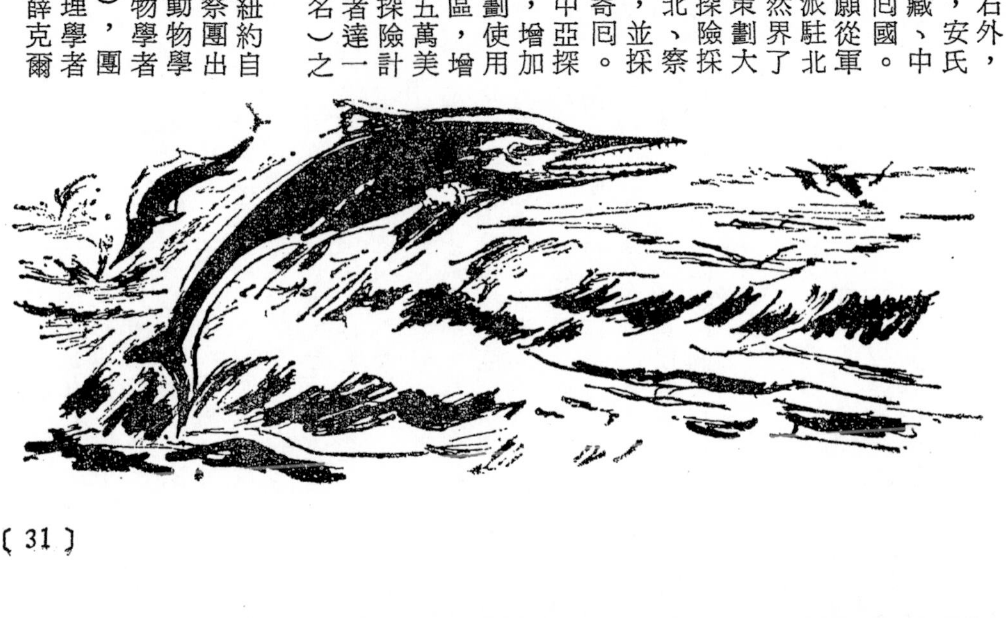

一九二二年四月十七日全員携帶五輛汽車及七十五頭駱駝，由北平出發，經張家口進入蒙古。九月末返囘北平。此行最大之收獲乃九月二日在Shabarak Usu之白堊紀紅色砂岩所構成的「焰崖」採到長約八英尺之劍龍類（恐龍亞綱鳥盤目劍龍亞目）之老祖宗「原龍」之八英寸大之頭蓋化石，對恐龍之演化研究有莫大之貢獻。在 Iren Dabasu, Ondai Saiv, Oshi, Shabarakh Usu 發現含恐龍化石之白堊紀地層，在 Iren Dabasu, Loh, Ardyn Obo, Shara Murun 發現含巨雷獸之第三紀始新世之地層，以及含世界有史以來最大之陸棲哺乳動物卑路芝獸之第三紀漸新世地層，在 Oshi 發現了鸚鵡龍及亞洲龍。

奧館長與安團長對我國之化石寶藏發生興趣，翌年（民國十二年）又來到我國，完全針對恐龍化石之發掘工作。主要發掘地點爲 Irdin Manha, Barm Sog, Shara Murun, Ardyn Oba, Djadokta, Oshi, 等地，尤其帶來巨形化石發掘修正的專家約翰遜 (Johnson) 及開生（Kaisen），在Jren Dabasu化石產地滯留正一個月，採到各種鴨嘴、鱷、龜等大量之化石，葛蘭遮又由第三紀漸新統中採到新脚犀、卡留諾獸、巨猪等之珍獸化石。又在 Irdin Manha 之第三紀始新統中，在僅僅一星期之發掘中就獲到鈍角類、原巨雷獸、顳雷獸、後鼻獸、跌爾痲獸、安氏獸等多類寶貴之原始哺乳類化石。是年八月，奧館長亦抛棄一切公務與研究，趕到現地參加工作。此次工作之最大貢獻爲原角龍之恐龍蛋化石的大發現，轟動學界，證明恐龍屬於卵生動物。

發現蛋化石乃七月十三日，地點爲 Skabarakh Usn 之焰崖，發現人爲古生物學者奧爾生。所以安團長說民國十二年七月十三日是美國中央亞細亞考察團最偉大的一日。是日中午奧爾生匆忙跑至營地報告見到石化之數個蛋化石。半信半疑之安團長即與奧爾生到現地查看，果然有三個完整之蛋化石，在小岩棚之上。蛋長約八英寸。專家葛蘭遮認爲白堊紀不可能有能生如此大形蛋之鳥類存在，而可能是恐龍蛋，因爲附近只有大量之恐龍化石存在。所以此三個蛋乃人類最初見到的恐龍蛋。蛋化石呈棕色，內部充滿堅硬之紅砂岩，蛋殼甚厚而完全礦化。

岩棚下尙有兩個蛋化石，大半埋設於紅沙岩中，蛋化石之上方四英寸上有體長僅一、二公尺之全身已成育之小恐龍，但口中無牙齒，所以安團長命爲「吃角龍蛋食蛋龍」。此種小恐龍爲一種「偷蛋賊」。當牠潛入原角獸巢窩偷蛋時，忽然受到狂風之侵襲。結果被沙所活埋者。恐龍蛋呈細長形，三個之中，兩個已稍爲破損，清理後發現蛋中有尙未孵化之幼龍之白骨，證明其確實爲原角龍之蛋。然後，以顯微鏡觀察蛋殼時，獲悉其空氣孔的形狀與排列，與蛇鳥或其他鳥類以及現在之爬行類者完全不同。七月十五日又發現一窩五個蛋之原角龍巢窩，强生(Albert Johson)亦發現了九個蛋排成一窩之恐龍蛋。其他之團員亦熱心尋蛋，各有所得，結果三日間獲到二十五個恐龍蛋。恐龍蛋之外，於此地就發現七十五件之原角龍化石。表示七—八千萬年前，當原角龍之產卵期，羣龍會集於「焰崖」，龍母使用龍爪挖掘淺坑，將蛋生在窩坑中，呈圓環形排列（有時有三段者），將薄沙蓋覆，借太陽之熱，使其孵化成龍。惟不幸被風沙蓋覆數尺時，蛋不能孵化，因沙之重壓蛋面破裂，沙粒侵入蛋中，石化保存至七—八千萬年之後，始被採到。團員囘北平後已有各國之大報記者十五名在等候恐龍蛋之消息，再兩三小時後，恐龍蛋之消息已傳播到世界各角落。倫敦時報使用該社之超特急電話不限制時間與語數，動員全通信機關，詳細報告安得思之戈壁探險消息。

三、爲賣恐龍蛋化石籌集經費

爲着擴大採取我國化石標本，必須再籌募二十五萬美元之經費，安團長及奧館長等遂離華返國，他一到維多利亞港，各報社對他爭取恐龍蛋照相之優先登報權，一家願出一千五百美元，一家願出三千美元，一家提高到五千美元，但均被安團長所拒。當他座乘大陸橫貫鐵路時，他的車廂由沿線各站上車之記者所擠滿。安氏只聽到滿車不斷發出「恐龍蛋」「恐龍蛋」，他遂成爲「

蛋人（Egg man）」，啼笑皆非。恐龍蛋熱使安團長不費幾天就收到不少捐欵，充爲在中國發掘化石之經費。安氏遂成爲獵龍化石之大英雄。（安得思被聘爲美國國立自然科學博特館之總務局長）。因捐欵尚未達至預定的二十五萬美元，所以安團長與奧館長洽商結果，決定拍賣一個恐龍蛋補充經費之不足。此消息一見報，倫敦時報即願出二千美元，國立地理協會願出三千美兄，澳洲博物館抬高至三千五百美元，耶魯大學加到四千美元，最後奧斯汀·柯兒開特大學以五千美元購定。當時所採到之原角龍蛋共達三十個。故總價值高達十五萬美元。按黃金之重量，一個恐龍蛋大約與同量的黃金塊等價。嗣後安團長在全美國中舉行八十一次演講會，結果一共收到三十萬美元以上，可以再到中國繼續獵取恐龍化石。恐龍蛋之拍賣價值傳到中國後，我國當局非常驚訝，民國十三年七月安團長一行至庫倫時，外蒙地方政府亦開始阻止考察團之工作，每團員之出入護照提高至三千美元，同時派俄人警察人員隨團監視。

民國十四年考古學家尼爾遜及古植物學家（曾經被聘爲台大地質學系之客座教授）錢耐亦參加，是年四月由張家口出發，經Shabarkh Usu，探查天山，六月由白堊紀之Djadokta層（白堊紀）採到原始哺乳類之牙道黑達獸，三角齒獸、似三角獸、舌獸、古蜎獸等之名貴珍獸化石及是年八月在Baron sog採到第三紀漸新世之始椎獸，稜齒獸，車利哥獸之珍獸化石。但民國十四年之考察工作受俄國與外蒙之阻礙，不能發揮效率。民國十五年因北伐，停止工作。

民國十七年地質學家之斯博克與考古學家之鼓得亦加入陣容，一行三十八名由北平出發，在Shara Marun發掘到犳獷類、始椎獸等，又在塔里木泡附近發掘鏟齒象），八月返回北平。民國十九年之最後探險又加入名古脊椎動物專家德日進神父與楊鍾健以及地形學家魏曼，中央政府並由古物保存會派一名參加，一行二十七名五月由張家口出發考察內蒙等地，發掘了戈壁獸，異犀。鏟齒象之珍貴化石，收獲不少。

因北伐成功全國統一，由愛國心所驅使，化石之採查、發掘、研究等均由外國人轉移中國人手中，民國十八年以來，政府規定外國人之探險、考察，必須受古物保存會之許可與節制。民國十九年美國中亞考察團之蒙古考察必須遵守下列條件：一、必須受古物保存委會之任命；二、國內與國外之參加人員各一半；三、所採取之標本，另有規定外，必須保留在中國；四、所採到之脊椎動物化石之重複標本以及與以往所採之標本相似者必須留存在中國；五、新發現之種類，必須帶往美國研究者，可以考慮帶出，但是需要接受下列三條件：①中國爲共同研究必須派出專家，其來往旅費及研究中之經費由美國自然科學博物館負責。②該博物館必須對我國派外專家提供獨立研究之方便。③研究完了後，所有標本必須按照原形退還中國，爲比較研究必要暫時放置美國之標本，展出時，必須標明中國古物保存會保管品，但亦要贈送中國兩組與原標本完全同樣之化石模型。爲暫時保管之依據。以上之規定雖然經美國國務卿史汀生所不同意，但嗣後中國以古物保存法條例，防止了無價之寶之文化財產之外流。美國自然科學博物館之中亞考察團之組職與活動，依中國國民及政府之自覺與醒悟，不得不停止。

四、山東恐龍之發現與發掘

民國二年麥爾神父在山東蒙陰縣寧溝附近，發現含骨骼化石之砂岩，麥神父將其打一塊帶回教堂。嗣後麥神父將此塊充滿神秘之砂岩塊交予來訪之德國籍工程師笨哈格。約在民國五年笨工程師將此長約五十公分之含骨骼化石由山東帶至北平，交給西城兵馬司胡同之中央地質調查所丁文江所長。民國十一年，來華協助實業部顧問安德生之瑞典古生物學家師丹氏基來訪丁所長時，丁所長提示此砂岩標本，請師氏鑑定其中包藏之骨骼化石。師氏認爲砂岩中之化石爲恐龍之三個椎骨。美國紐約自然科學博物館的中亞考察團古生物班主任葛蘭遮來訪丁所長時，看了樣塊標本，跟師氏一樣，也認爲此骨骼化石爲恐龍之椎骨。

因此，丁所長與安顧問認爲該化石對中國之地層，古生物學上，頗爲重要，於是，派該所技師譚錫疇，會同安顧問，前往山東現地探查。譚安兩氏於十一年十一月二十八日由北平出發，經天津、濟南，到達泰安。由泰安再向東南，越過平原達至蒙陰。在蒙陰地方探勘數日，見不到任何恐龍化石之蹤跡。至十二月三日清早，安顧問由住宿之蒙陰溪谷中之奧煙鎭前往北面之山城尋找，而譚技師前往探勘平原上之南向小村落。中午安顧問返回奧煙鎭午餐時，見到譚氏之留信，謂渠於寧家溝村之附近發現「龍骨」。

寧家溝村之恐龍骨骼化石產於白堊紀早期（可能爲侏羅紀晚期）之綠灰砂岩層中呈懸地地形狀之沙漠景觀發現蒙陰之恐龍化石地層後，安、譚兩氏即携帶少量化石返回北平報告所長。譚氏亦報告含包恐龍化石之蒙陰層，見於青島北方之魯東一帶。因而，民國十二年譚錫疇又帶領安顧問之助手張某至魯東山地探勘，遂發現萊陽之另一處重要之恐龍產地。

民國十二年春季師丹氏基爲中心之中央地質調查所蒙恐龍發掘隊，前往奧煙村從事正式之恐龍發掘工作。此次發掘獲得驚人之成果。因爲獲到極爲完整之恐龍亞綱、龍盤目、龍脚亞目之一新科、新屬、新種之師氏盤足龍骨架化石（新科爲盤足龍科）。關於盤足龍之發掘經過爲：

長約十公尺之恐龍骨骼被包含於堅硬之砂岩中。爲探尋骨骼之延伸方向，先將上覆之岩石清除，作業中所暴露之骨骼部分使用帶鬆伸帶之細長紗布繃帶。但繃帶工作完成時不幸被土匪所襲擊，而全員不得不退入城壁中。俟土匪離開發掘地後隊員始返回發掘地，惟包骨化石之繃帶之一部分被土匪所割開，致使骨骼數片散落地面，但幸而損失頗爲輕微。以後繼續發掘，現出全部骨骼後，截斷成數個大石塊，經包紮後裝箱，搬運至泰安站，再輸送至瑞典。在瑞典宇不薩拉大學，由維曼教授指導下，使用三－四位專門人員與技工，清理約一年，然後研究其形態及生態、生活環境等。證明其爲經常於陸上湖水中生活之草食恐龍類。

在寧家溝之發掘中又發現盤足龍以外之恐龍化石。民國十一年十二月之譚錫疇之蒐集標本中有劍龍之骨骼化石。劍龍亦是恐龍中之最奇異之怪物之一。寧家溝出土之劍龍遺骨片乃亞洲之最早發現之劍龍類化石。

譚錫疇所調查之魯東之與蒙陰統同時代之地層廣泛分佈於萊陽、即墨、膠、諸城、莒縣一帶，在萊陽天橋屯將軍一帶的紅土夾綠灰色砂硃岩層之中又被發掘到龍脚類、哈德鴨嘴龍類、獸脚類、師氏盤足龍、中國譚氏龍等。在蒙陰除恐龍外，產中國圓鏡龜、平頂中國龜、蓋板龜等。

五、我國學者的調查研究

民國十八年夏季，德日進及楊鍾健在山西西部旅行，曾發現兩處之爬行動物化石產地。第一產地爲陝西北部神木縣東山崖上的中上部，爲一恐龍的足印化石。此足印呈三趾形狀，十分清楚，長約三十公分，寬約三十三公分，大小頗與禽龍足印相若，其年代爲侏羅紀（一億九千萬年至一億三千六百萬年前）後期。

民國十九年中央地質調查所翁所長在四川旅行，十二月六日由溫泉峽溯嘉陵江，抵二岩村。隨行之孫學悟發現舖路的石牌中有骨化石，附近有一採石場，採秭歸統（白堊紀之紅層）下部之秭歸石灰岩爲石材。含骨化石之舖路石即由秭歸石灰岩所採來者。翁所長即請採石工，將舖路石中之骨化石細心打出數片，帶回地質調查所研究。翁所長感覺本骨化石對地質學及古生物學甚爲重要，所以命該所之譚錫疇及李春昱前往該地作更進一步之研究。次年（二十年）譚、李兩位地質學家到二岩村之採石場勘查，將許多石灰岩塊之帶骨化石者採取後運北平修理。因石灰岩甚堅硬而化石又風化脆軟，修理不易，負責研究之楊鍾健認爲鑑定上甚爲困難將標本送請布洛里教授研究，亦無結果。民國三十三年夏巴布亞燕大教授、德日進神父與楊鍾健在四川研究盆地地質時，楊氏借機前往二岩採石塲，採得三根破碎之牙齒化石，圓而微彎，四周作折曲，頗似龍類或鱷魚。（民國二十三年美國地質學會及古生物學西部支部第三十三次會上龍得巴發表於民國四年在四川榮縣發現恐龍化石之地質情形；堪布亦發表其研究該項化石的結果，據云所發現者爲一鋸齒狀之牙及一腿骨，而與北美白堊紀後期之暴龍相似。）

民國二十五年夏，楊鍾健與甘布教授到山西盆地及四川盆地作三疊紀（二億二千五百萬年前至一億九千萬年前）及白堊紀地層之研究。楊氏等在榆社一帶採到三個產骨化石之產地，在清漳河西方石壁採到二齒龍狀動物之兩根長牙及二處不同產地之骨化石。楊、甘兩氏又到四川，在榮縣北方之馬鞍山採到恐龍骨骼及鱷類之牙齒，在榮縣東北方七里處得到許多恐龍骨骼（包括龍脚類及獸脚類之各個牙齒）以及幾根鱷類之牙齒，在榮縣東南方約二里之西瓜山之綠灰色砂岩中得到一隻完整的恐龍化石，形態如山東蒙陰的盤足龍，但形甚大。

抗戰初期岳希新在四川威遠工作年餘，在該地發現鱷類化石一件，蜥脚類恐龍化石一件，但頗碎不全。

以後我國學者在四川等地，陸續有恐龍類化石之發現，經楊鍾健等學者之修理、研究結果，大巴山區之侏羅紀中期及晚期之廣元統中，採到劍龍狀劍閣龍、甘氏四川龍、榮縣峨嵋龍、威遠中國鮮龍及龍盤類恐龍之足印化石，在四川盆地西部威遠及其附近一帶之侏羅紀中期之自流井統大安寨石灰岩及東嶽廟石灰岩中產有恐龍化石之岳氏三巴龍、劍龍類、威遠中國鮮龍等化石。又在四川華瑩山及中樑山區之自流井統中採到岳氏三巴龍。

再回到山東。有一年，有一批地質學系學生到魯東「萊陽梨」之故鄉萊陽作地質之野外實習。實習隊在萊陽、金剛口村外之一個小溝裡，發現恐龍之骨化石，另外在一個大溝之坡土找到四個蛋化石，但實習隊不敢斷定此等蛋化石是屬於恐龍蛋，返校經過教授之研究，被認爲大致爲恐龍蛋，嗣後將其中兩個送至古脊椎動物專家研究，最後斷定是恐龍蛋無疑。

第二年夏季，一隊恐龍發掘隊，到萊陽工作，其中有研究古生之專家，有發掘恐龍之技師及技工。該隊在金剛口村西南約一公里處，大路旁之溝中發現被水冲出的恐龍骨片，此溝有零星骨片散在，僅有一處之溝底碎骨密集甚多，以後就完全無骨化石，此事實使發掘隊認爲溝底之大量骨化石之地層即含恐龍地層，即開始發掘工作。溝三公尺寬，一公尺深，含化石層爲緻密而帶粘性之一種夾細砂之粘土質岩石。骨化石呈紅包，而骨骼中之有機質將周圍之土還兄變成綠色。發掘隊在金剛口村住三個月，將溝兩岸之含化石層之上蓋全部細心清除，使全部之骨化石露出。經使用凝固劑硬化、編號、照相、測定位置、描寫、記錄後，以水顯之宣紙包蓋，再以石骨包好，然後取出裝箱。此次採到十餘隻不同種之恐龍，有大恐龍與小恐龍之完整骨骼，有魚及龜之化石，尚有大堆之蛋殼與約四十個完整之蛋化石，大功告成，滿載而歸。

萊陽所發現之化石中，最多者爲鴨嘴龍（即禽龍）。過去我國所產的鴨嘴類有六種以上：內蒙二連之駝龍，外蒙之滿洲龍，黑龍江之櫛龍，黑龍江之滿洲龍，山東萊陽之譚氏龍，青島之櫛龍。此等均生活於白堊紀晚期之恐龍。櫛龍與衆不同，其頭有一根棒狀之管子。此外，陝西神木之恐龍足印化石、熱河羊山之熱河龍足印化石、蒙古之原禽龍亦可能屬於鴨嘴龍之類。

由學生實習所發起的此次萊陽的發掘，爲收獲最多之一次發掘，其成果之大，可以與後述之卞美年氏之雲南祿豐縣之大發龍相媲美。

喜馬拉雅山我國境內之珠穆朗瑪峯地區，海拔四千八百公尺處，中國人採到一條魚龍化石。此魚龍化石被稱爲「西藏喜馬拉雅魚龍」。本魚龍之龍身長十公尺之上，與北美所產的莎斯特魚龍甚近似。但牙齒著生之方式，四肢骨上之特徵等，與北美所產者有別，所以屬於一新種。與西藏喜馬拉雅魚龍共生者有鯊魚及許多海棲無脊椎動物，地質年代爲三叠紀之晚期；由此等化石之研究，可知一億六－七千萬年前，今日世界屋脊之喜馬拉雅山脈，尚是一片汪洋，海域由今日之地中海，延伸至我國，魚龍是當時海中無敵手之最兇猛之肉食動物。

六、雲南發現祿豐動物羣

抗戰間，中國石油公司顧問卞美年氏，在雲南祿豐縣之三叠紀地層中，發現原始恐龍類及近似哺乳類之獸形類恐龍，對整個世界之古脊椎動物學、生物演化學，對我國地層學，古生物學貢獻甚大，驚動學界。據卞顧問的報告：

民國二十七年十月初，從金沙江及元謀縣，取道鹽興縣，經元水井，穿過雲南省最重要的產鹽區，十月十六日到達祿豐縣，該縣位於昆明西方沿公路一〇三公里。

沿公路西行，經過羊老哨下腰，可以見一座平頂山，以紅、紫、綠、黃、灰、白之雜色岩層所組成，非尋找化石不能斷定其地質年代。卞氏到達該地之第二天，即開始搜尋化石。在縣東南五里的白家大凹，得到少數的貝類化石、龜骨碎片及魚鱗，獲知祿豐雜色岩層之中部是湖泊沉積。

十月八日往東城北五里的黑龍潭（非昆明縣屬之黑龍潭），費了一天工夫，在湖泊沉積下部的紫色砂岩所組成之山坡上，找到恐龍的骨片，如肢骨、脊椎等等。是月十二日，順含骨化石地層的走向，往北走到城東北六里許的大冲，在一個小溝裡，看見一隻恐龍的後腿骨，整整齊齊的橫臥著。起初以爲是一架完整的標本，經過七日的挖刻，始知大部分已被侵蝕冲刷走失。十月二十八日於大冲稍南之沙灣又找到一處，似有整隻骨架之希望，然而經三日之工作，才知道又是零星骨骼，眞令人失望。但是在工作期間內，在附近之一小溝中，見到幾個恐龍之頸骨，按著次序排列著。

既有頸骨就必須尋找其頭，乃決定在頸骨前端之紫色砂岩中刻出牠的頭。於是使用由祿豐縣建設局借用之鐵鑿與鐵錘，由推定頭部位置慢慢鑿下去。從上午至下午鑿探半日，毫無結果。當以失望之心情，再輕輕鑿下時，終露出一小部分之骨骼，高興萬分。終於發現頭部。最後將頭骨連帶岩石同時細小地取出，收獲甚大。

次日，即十月廿九日就由頸骨往後鑿開岩石，尋找身部。不久，見到肩骨、背脊骨等，無疑是一隻完整之骨架。開鑿恐龍工作一連十四日，共挖去、噸之砂石，終算將一億八千萬年前之完整之恐龍，使其「重見天日」。此原始恐龍，從頭至尾有五－六公尺長，但站起來僅二－三公尺，頭部特小，前腿非常小，後腿粗大，只用後脚跑路，停下來的時候，就用尾巴一撑，如同照相機之三角架，安定其全身，放心休息。

如今祿豐龍已被探到十隻之多，從小龍到成龍都有，可以研究其從幼到老的體形變化（即所爲「個體發生」）。祿豐龍以外祿豐的雜色岩中被探到蘆溝龍、中國龍、兀龍、雲南龍、卞氏獸龍等。好象祿豐縣是一個一億八千萬年前之恐龍之動物園。此地的每一種恐龍均甚珍貴，而全球無雙者，尤其卞氏獸龍是尊貴中的最尊貴之一種。因爲生物演化論上，卞氏獸龍成爲爬行類至哺乳類之間之橋樑性種類，就是最近類之爬行類，怪不得曾經被學者編入原始哺乳類（稱牠爲「獸」）中，但嗣後又被學者拉進爬虫類中來卞美年顧問之發現祿豐動物羣，對學術界所貢獻之功勞實在太大。

臨風追憶話萍鄉（九）

張仲仁

「福人葬福地、福地等福人」

江西老表有一種祖傳遺風，就是非常注重龍脈風水，凡建造房屋或安葬祖先墓穴，非選擇適當的地勢不可；第一要來龍好，其次是去脈佳。所謂：「左青龍，右白虎，前朱雀，後玄武；朝出前面要開陽，不可閉塞；後面必要有靠山，不能虛空；不怕左邊青龍高萬丈，祇防右邊白虎高出頭。」以上幾句歌調是看風水的鍼言，堪輿學天經地義的道理。我們偶然會遇到一處龍蟠山嶺，虎踞雄峯，而且有蜿蜒清流的好風景地區；但是那種山脈河流一瀉千里之勢，那就是龍脈一去不回頭的風水，雖然境美地佳，但不可選作居住之所。

吾鄉許多大族姓集居之處，都是經祖先們千揀萬選的發旺之地，他們最講究「丁」、「財」、「秀」三種旺氣結合的好風水。但各族姓所佔的風水地勢，不是每處均可得到三種旺氣的，因此發旺過程也均各不同，有的旺財不旺丁，有的旺丁不旺財。在三旺之中最難求的是「秀」，「秀」即貴也，是指有讀書人能考取功名。各姓世代集居，人丁多少不一，有一萬數千人的大族，有幾百人口的小族。如族中長輩學識優良，領導有方，不但本族興旺安泰，連帶有益地方安寧，也可協助政府推行一切政令。宗族團結的地方潛在力量，對國泰民安來說，是極大的推動力。

龍脈結穴分陰陽

說到堪輿先生，可以說多數是烏龍透頂的，吾鄉就有許多是騙財騙食之徒，當然其中亦不乏眞才實學之士，可惜如鳳毛麟角。因爲看風水要八年十年才會顯現，不妨花言巧語的騙人可也。看風水最難的是分清楚陽陰，因其中有三種龍脈地形，結穴是不同的，一線之差，很容易看錯。建墓地應該用陰穴；建祖祠房屋用陽穴；但陽穴之中又分兩種，其一是普通人家居住的，第二種祇能建造寺廟庵堂。吾鄉有句俗語：「名山好景盡歸寺廟菩薩所佔有」。此話確有點道理。那一班高僧道人，因修道已有了很高的智慧，而且到處雲遊四方，名山大川都有他們的足跡，視野廣濶，自然知識豐富，知道選擇最好的地方建造寺廟；因他們不受時間限制，往往跟着一條山勢龍脈，跨省過縣，不怕千里跋涉，非要找到結穴終點的所在地，結果如願以償。然後對那班善男信女宣稱，是神靈指示，才能找到此處建廟福地。

以前鄉下人迷信十足，凡是叫到有菩薩顯靈要建造寺廟，和尚要多少錢，就捐多少錢，但望菩薩保佑他今生發財來世也發達。因此很容易籌到一筆大數，更因此寺廟建得雄偉。但凡和尚找到的龍脈風水，的確不錯，香火特別旺盛。但如果用此龍脈風水地點做普通居住房屋，那就效果相反；堪輿學上說，會住得人丁衰落，毫無興旺。因此凡是寺廟不能做住家，這是風水使然也。

還有一種世代發旺，永不衰落的地勢，是稱爲三元不敗的好龍脈風水，這是千載難逢的；如能發得一兩代的，已是很不錯的了。還有風水好的，能出忠良，不好的又出奸佞。這些事眞假難分，筆者畧識淺知，也難肯定風水這玄妙的關鍵所在。現將吾鄉有事實根據的傳說畧舉一二。

據說：江西吉水縣文家祖墳所佔的風水是「鳳形」，主出忠良，這是我國婦孺皆知的「文天祥」祖墳所在地。當年宋朝亡，元朝興，文天祥曾被囚禁三年之久，磨折得頭髮脫光，但他終不屈服；在獄中作「正氣歌」，歌詞慷慨激昂，發揚民族正氣！最後執刑時還高聲唱：「人生自古誰無死，留取丹心照汗青！」文信國公的愛國愛民精神，傳留後世，萬古長存！使後輩欽敬不已。這是他本人的高尚人格表現，抑是他家祖墳風水所至？傳說如此，也可想像當時人們對風水之信及迷了。

另一處分宜縣嚴家「密水蛇形」祖墳，據說主出奸佞，果有明朝奸相嚴嵩父子亂朝綱。在嚴閣老未倒台之前六年，曾有一位過路的堪輿師登山查看，他看後感慨的嘆說：「此種險惡墓穴，不應爲人主葬，雖可興旺四十年，但過後一敗塗地不可收拾」。後來果然應他所言，一點不錯，嚴家興旺四十年後悲慘收場。

筆者有位族家姑丈姓黃，居住在距我家數華里之小村庄，是四代未分家的大家庭，俗語：「千人食飯，一人主事」。因爲當家人正直，相當興旺。然後計劃擴建新居，可惜誤信江湖風水佬的信口雌黃，選擇了一處山窩地盤建新屋；那地方三面高山環繞，前面左右沙手山形相操，好似一對螃蟹推兩面夾緊。那地方滿種樹木竹林，隱蔽得密實不通，外面行人看不到裡面的房屋，屋後有一井冬暖夏涼的好泉水湧出；表面看來確實是理想的建屋地址，而且風水光生既看過說好，就此決定建造。

首期開發地盤工程時，黃家有位遠親，是一位秀才，平素喜愛研究堪輿學，不是職業風水佬。他曾婉言相勸，此處不宜造住屋，祇適合建寺院。可惜言者諄諄，聽者藐藐，黃家並未採納他的良言，等新屋建成，搬入居住後，始發覺大屋陰氣盛，陽氣衰，好似缺少一種新房子的新興旺氣；但此時發覺已遲，果然入住不到二十年的時間，很少吃到添丁的紅鷄蛋，不但如此，反而年年有喪事，人丁衰落，就顯得大屋陰森森，靜得使人打寒顫。一個原本興旺的家庭，因聽信了烏龍風水佬的話，弄得門庭寥落，這是否房屋之故？還是命運使然呢？

筆者稚齡時期，那時江西尚未鬧匪患，北伐之戰並未影响到湘贛邊區，因此人民仍過着和平安樂的生活。可惜的是無中生有，我家不幸受到風水佬的蠱惑，曾鬧出一場爭墳山的官司，竟牽動了五族姓人登堂作証，訟事拖延數年之久，後來雖不了了之，可是衙門八字開，無錢莫進來，金錢損失無數。更氣人的是事後才知上了風水佬的當，該處是一塊不能安葬墳墓的絕地，爭來又有何用，因此當時不但寃枉耗費財力，我長輩們還被人冷言譏笑。

據說，當年風水佬說得活龍活現；因該山叫「獅形嶺」，就謬稱該處風水是活龍口，還還有四句讚詞：「活龍對活口，獅子團團轉，人若葬得中，金銀滿百斗」。兩家主事人一叫，「金銀滿百斗」，這還了得！就是傾家蕩產也要爭奪了！弄得兩家通家之好，爲了後世子孫虛無的百斗金銀，爭奪得成了仇敵，反臉無情的對簿公堂。

船形風水財源旺

吾鄉流江村，地勢好似一隻船形，村外有四道泉源水流入船形的村庄裡，滙成一道河流，直貫全村。河之東北岸稱上村，是張姓集居之地。西南岸稱下村，爲黃姓所佔居。詞曰：「一江春水向東流」。流江村的水是向西流的。論地形黃家佔優勢，因上村地勢較高，雖有兩道水源流入村口相合，可惜水勢不大；下村則另外有兩道水源流入，其中一道泉源更比其他三道要大一倍量；這股是由石洞裡湧出的眞泉水；每逢旱季出水量更大，在夏季水味既凍且甜。說也奇怪，每當火傘高張的暑熱天，如行人走得滿身流汗，苦熱難忍時，你只要走近洞口井邊一站，幾分鐘後立即息汗，通身涼爽，這種天然冷氣，比現代的人工冷氣設備要舒服得多，因爲天然冷氣不用關起門窗，悶在房子裡。

凡是沒有河流的地方，就是無水的乾龍，龍缺水無生氣，成了死龍一條。所以有山脉無河流就不成爲風水，是荒蕪不毛之地，不能居住；也無陰陽結穴之處；廣東風俗稱水爲財，的確有道理。流江下村黃家的地勢，有此四道水源環繞，這是先天所賦於的優良福地。

吾鄉的碾米機及編爆紙舂碎原料，均靠利用水力來推動，鄉間特製有一種木做的水輪車轉動機，就順着水勢推動，不用人力辛苦操作。可見那時雖無城市的機械設備，也知道利用水力了。有水就有財，故此黃家的出產特別佔優勢。上下兩村就好像船頭船尾的地形，緊密的包圍着！這是旺錢財，但財富又不易流漏出去，是一處好風水的地方！因此住在船裡的張黃兩族姓，永不會衰落。（筆者按：如今大陸變色，全國貧窮，這船形的好風水，豈有不衰落之理。）

黃族人丁較多，所佔土地，範圍也較廣濶，但美中不足，有一處上好的龍脉風水，稱爲富貴雙全的結穴墓地，竟然不知不覺的讓給了別姓，這緣因待我慢慢講來。

逆水龍脉壕形山

下村出口延綿七八華里的山嶺，田園、房屋均是黃族的產業，並有很多處煤礦山場，出產很是豐富；其中有處「壕形」山，（壕者即是漁家用竹蔑編織的大圓形物、口大尾尖，用來捉魚蝦的工具）在該山之上流，則另有龜形、魚形、蝦形、蛇形，四座小山脉，分頭朝向正面的「壕形」山直游而來。流江村四泉水滙集成的河流，也就是由此幾座山形中流來轉去，一直轉到「壕形」山前張口處爲止點。然後由右手邊轉彎向下流而去。上流的四座山形顯明，好似高掛的魚、蝦燈籠一般，煞是好看。那地方是風水佬找尋墓穴的目標，故此四座山上均葬了不少的先人，已變成一座墳塲。唯獨此「壕形山」上，祇有右後方山窩建造有房屋。除此，始終無人注意到此活龍口。原來「壕形」山正中地方，正是結穴的最好風水之處！因「壕形」山脉結穴既不顯明，山的形勢又不好看，而且很少人知道此種希罕的逆水龍脉風水。

研究堪輿學的書籍很多，其中一部「地理正宗」是學看風水者必讀之書，如同羅盤上的指南針。所有書籍上圖形說明，多數是順水山脉江川，很少逆水龍脉的記載；故爲一班抓住一本通勝看到老的風水佬走了眼，成了錯把鑽石當玻璃，專門去找那蝦兵蟹將，反將一處萬法歸宗，正統龍脉的佳穴而不顧。

在述「壕形」山事件之前，先講一個類似的風水趣事。據長輩們說：有處龍脉，是稱爲「五馬歸槽」的好風水，葬中此穴，是主出文臣武將，必定富貴雙全。當地人士一直在顯明的五馬山形上找尋墓穴，而忽畧了歸槽處逆水山形的正宗主穴。後來有一位外鄉旅客路經該山時，忽患時疫，病情嚴重、無法上路，正好該處有一家貧窮的孤兒寡婦，善心的讓他住下，並照顧一切，旅客得以病體痊癒，保住一命。但他病後體虛，雙脚發抖，不能繼續旅途，必要休養一個短時期。然而貧窮的寡婦，平日靠兒子砍柴爲活，那有錢買好的食物來補養他，不得已祇好將正在孵鷄仔，而尚未成形的鷄蛋，一個一個從母鷄窩中摸出來，煑熟待客，幾天之後已祇剩下最後一個，也摸出來讓客人吃了！母鷄發覺窩中已沒有了蛋，即跳出咯咯的叫個不停；因此爲客人所知道，他非常的感激此好心腸的貧窮母子，這眞是難得的好人家！本來孵這窩鷄仔，他家準備餵大到過年時需用的，如今竟送給客人吃光了！他母子如此捨己爲人，眞乃世間完人。

孵鷄仔的蛋在未成形時煑來吃，是很補身的，客人吃了後幾天的休養，很快就恢復了體力。原來他是一位堪輿學的行家，早已注意到「五馬歸槽」形的風水，他詢問後知道是窮母子家族的公山，就決定點此穴作爲報答救命之恩。當晚將「五馬歸槽」的風水事，告知該寡母孤兒，並將帶在身邊的盤川，分出一半給他們做遷葬費用。

該孤兒自將他父親骸骨改葬此「五馬歸槽」墓穴後，第二年即爲一富裕人家看中，選他爲女婿，兩小夫妻恩愛異常，妻子賢良又孝順，岳父當然提拔資助女婿，該孤兒起初經營些小生意，幾年後竟成富商，買田置地建房屋；以後兒女成羣，果然子孫有文有武，富貴雙全！全鄉欽羨。如今回想吾鄉那種善待外鄉客人的風氣之盛，可能與此種風水趣事有關吧。

再說「壕形」山上流的龜、蝦等四座風水山，山後面還有一座高大的牛形石山，山脈氣勢頗雄偉，可惜此山生成飲水牛形，牛頭低落浸在河水裡；此種山脈風水，和分宜縣嚴家的密水蛇形墓穴相同。因此吾鄉黃家誰也不願將祖先的骸骨葬此險地，雖明知葬後有財勢，爲免後世子孫受累，寧可放棄幾十年的興旺。

祖孫謀取活龍口

且說湖南湘潭縣有位吳老先生，是一位具有實學的堪輿家；有一天他路經吾鄉，看見此「壕形」山脈的好風水，眞好似發現了寶藏，又驚又喜之下，心想：這種蹈破鐵鞋無處覓的活龍口，得之不易，我必要想辦法得到它。於是進行查探，知道是黃家的祖業，而且絕不會賣給外姓。這位老先生眞是用心良苦！他先回家鄉，經過深思熟慮，終是放不下那處活龍口！他爲着後世子孫的發旺，竟然下定決心，必要將此佳穴謀取到手。

那天叫齊全家小商談此事，他要帶一位男孫出外幾年，辦此要事，家中以他爲主，當然無人反對。一切商量妥善，祖孫二人扮成走荒畢鄉的流浪客，來到流江黃家乞食，主人家見此老少二人衣服雖然襤褸，可見態度一表斯文，頓起憐憫之心，收留他祖孫住下，幫忙看顧牲畜；吳老先生的初步願望是順利的達成了。自此祖孫二人悉心替主人牧養牛羊，白天趕着牛羊羣去「壕形」山吃青草，黃昏後趕歸欄裡，忠心耿耿，數年如一日，將牲畜養得肥壯，深得主人家的歡心。老祖父一到晚間，就教孫子讀書習字，毫不怠忽。

每屆年冬下雪之季，祖父就指着「壕形」山結穴之處，告訴他孫子說：「此處對正上流河水直冲而來，收集順着河水游來的龜、魚等物；你看，滿山遍野一片白色，唯有此一小塊地方，經常乾燥無雪積存，此就是風水龍脈結穴的奇妙之處。順水龍脈誰都知道，唯獨逆水向上朝的風水，最是難得；在未葬墳墓前無人留心，可是落葬後即會引起人們的注意。我推算自己的八字，知道不久就會離開人世，屆時你可跪在主人面前哀求，請求他送幾尺荒地給祖父下葬，你可指明公公素來喜愛平日牧牛羊的那塊荒山之地。主人如果答應給你，一定要象徵式給點地價，並且要簡單的寫一張地契，這是不可少的手續，也就是我們祖孫替人做工多年的目的。」孫兒將祖父的話謹記在心。

又過了兩年，吳老先生因病與世長辭，一切後事，果然如他所願，順利完成。孫兒克盡孝思，但總是工人身份，起初草草安葬，後來才慢慢修整墳墓，並請主人題字，前後豎立兩塊大碑石。此時小孫子亦已長大，他在祖父死後，還忍耐着做了兩年牧童，然後辭別主人返湘潭。祖孫兩人前後在黃家牧牛有七年之久，終算達成了謀佔風水的目的。

後來黃家主人慢慢的明白了箇中原由，也只是自認本姓無福享受此靈穴。以前的人很講信義，既已賣了給吳姓，就嚴禁子孫在吳先生墓旁再行僭葬。雖然如此，在若干年後，該「壕形」山墓穴旁的四圍，竟然已葬滿了墳墓；路上經過的人，都可以看見山上情景，眞好似衆星拱月一般；誰知這樣一來，更增强該主穴的氣勢！鄉人感慨之下，遂嘆道：「福人葬福地，福地等福人」。

吾鄉都知道湘潭吳家子孫很興旺，但發旺到何種地步？無人去深入探查，故此不清楚情形如何。筆者成人後，每年清明節，路經該處就可看到「壕形」墓穴的石碑上油了新的鮮紅顏色，那就表示湘潭有子孫來掃過墓了。

湘潭至吾鄉，來往路程要六天時間，吳家是幾房份輪流負責來掃墓，掃墓者除修整墓塲外，必須要用硃紅印刷兩張墓碑貼，帶回家去對照，以防子孫扯謊偷懶，未到祖墳去掃墓也。

硯山老人雜憶

·萬耀煌·

湯化龍何以不見容於湖北

湯化龍是一個才氣縱橫、雄心萬丈、野心勃勃的人物。進學中舉會進士殿試第三甲同進士出身，都是連捷，年事又輕，新學識十分豐富，遊學日本，考察憲政，梁啓超派人物自不能放過此一才學兼備、語驚四座的湯氏，斯時又是民報與新民叢報筆戰衝突最激烈之後，而居正又是同盟會的健者，都是湖北人，故居攻訐湯氏不爲餘力。實際湯化龍幷不是梁黨，與梁個人友誼尙佳耳。武昌起義，湯議長爲衆望所歸，欲擁爲都督，以不嫻軍事堅辭，然感於一羣熱血革命青年，爲革命排滿，不惜生命，與軍警血戰，十九日之夜，發揮至大至剛正氣，殊足令人無限敬愛，所以湯先生對於這羣熱血青年，敬之愛之敎之導之，同時爲大局前途籌畫，起草文告各種通電乃至都督祭告天地文等等。他的故事旣熟，文章又流暢，與這般青年明友，坦誠合作，使這般革命青年由衷的熱服，都督府典章制度，幾乎無一不是湯化龍手筆，最後草擬的鄂州約法，宋敎仁認爲乃憲法的規模，與之相談，深爲相得，鈍初以湯氏才識介之克强先生，克强先生親訪在軍事匆忙之際，所談深相接納，黃、宋兩先生知道，漢口領事團，在起義不過一星期，能承認交戰團體，宣佈中立，完全是湯氏之功，否則十個胡瑛亦不能爲力。黃宋對湯眞有認識，但是另一方面，居覺生（正）掌握同盟會，以湯化龍深得人心，益滋疑忌，遂發動新入會的同志，對湯的一切作爲行動，謂其爲憲政派，無不加以阻擾和攻擊。實際此時之湯化龍，不惟無絲毫可疑，且係可資深信之革命者。克强先生深知武昌內情，迨漢陽已到最危險時期，面告李書城、黃愷元，邀約濟武先生同行赴滬，南京臨時政府成立，克强先生任濟武先生爲陸軍部秘書長，又遭首義同志之反對，於是湯先生不容於臨時政府陸軍部區區秘書長。是時湖南都督譚延闓，爲諮議局議長亦憲政派，未聞湖南同盟會同志反對，且受湖南人之擁戴，張謇爲江蘇諮議局議長，湯壽潛浙江諮議局議長，都算憲政派。臨時政府均任爲總長，不聞同盟會同志反對，此宋敎仁黃興深爲湖北嘆息也。

同盟會的湖北會員

清末留學東西洋的學生，以湖北人最多，參加同盟會的，也以湖北留學生最多，在日本與歐洲各國的同盟會湖北學生，總計也不過百餘人。

在日本東京加盟的，但燾、劉成禺、居正、白逾桓、田　桐、孔　庚、萬聲揚、戢翼翹、李基鴻、吳　崑、時功璧、時功玖、馬伯援、馮亞佛、匡　一、王獻緯、李四光、姜明經、劉　芬、蔣文漢、沈鴻烈、黎本唐、石星川、王晉藩、劉一淸、石志泉、龔國煌、董用威、范熙績、蔣作賓、張華輔、劉緪武、羅　杰、周　斌、張伯黃、藍天蔚、葉于蘭、張　軫、黃愷元、朱兆熊、李　元、李　碧、程守箴、吳祉貞　葉佩薰、莊印甫、許　緯、范鴻鈞、駱繼漢、任本昭、劉公、曹亞伯、魯　魚、耿覲文、彭漢遺、劉　英、劉　鐵、楊時傑、李書城、張　昉、袁麟閣、朱綬光、張春霆、王式玉、陳重民、蕭　萱、吳秉樅、范騰霄、陳裕民、何成濬等數十人，其後陸續加盟者如張知本等，爲數不多耳。

在歐洲留學，最初成立革命黨，尙在同盟會之前，其後則改爲同盟會，如史　青、賀之才、周澤春、石　瑛、劉家佺、馬德潤、喻毓西、黃大偉、高大吉、魏宸組、胡秉柯、朱和中、陳寬沅、羅　虔、李以祜、劉蔭茀、王鴻猷、唐　豸、張若柏、潘宗瑞。

以上東西洋留學生，加入同盟會，見於記載者，皆湖北俊秀之士，傑出之才，各懷澄淸天下之志，爲社會領導人物，有感於總理孫先生之精神主義之偉大，故參加此一非常的革命組織。其在歐西者，對湖北革命運動，因道遠影響甚少，而留日同盟會員，在乙巳年（同盟會成立之年）前，以各種革命宣傳品輸入武昌，或假期回國口頭演講，乙巳年以後，每次由東京帶回武昌革命刋物（主要的爲「民報」）的人，却不是同盟會的人物，而是另外一般的留學生。他們雖不是同盟會，却比同盟會更熱心，而同盟會的革命精神和意志，由他們間接宣傳，使武昌青少年傾心嚮往，於軍中於學堂啓發太大了。

同盟會會員的誓約與歸國後的行動

同盟會在東京成立時，如火如荼的轟動一時，實質上還是極端秘密的，湖北留日士官學生的誓約，都是黃克强先生保管。自身語言行動較未加入時，更爲謹愼，湖北留學生多數官費，士官學校，全爲官費，如果官費取消，同時學籍亦開除，李書城因言論激烈取消官費，遂冒頂浙籍丁人俊之名而入士官學校即其一也。

同盟會成立時，湖北留學生加盟，總算最多的，也不過前述之數，只算留日學生中一小部分，絕大多數仍未加盟。蓋革命爲非常事業，留學的目的，各有不同，并不盡是爲了革命。且同盟會是個秘密組織，因爲有了「民報」發行，革命的聲名大振耳。李子寬（基鴻）居士百年一夢記，「應城縣在日本留學者五十餘人，而加同盟會從事革命者，蔣作賓、張華輔、我（子寬）三人，余（子寬）加入同盟會爲革命黨員，應城留日者五十餘人，祇蔣雨岩、張慰生、李仲卿等所知，我叔祖雲亭公，不知由何處得知余爲革命黨員消息，有一日詔余曰，汝做造反滅九族的事？我含混不承認。」由此知加入同盟會之舉，即在東京也是極端秘密，在國內凡革命黨，就是造反的，是大逆不道，同盟會是革命黨，淸廷官吏視革命黨，如毒蛇猛獸，當時雖無夷三族滅九族之誅，可是重則就地正法，輕亦監禁終生，而且牽連親族鄉黨，以故凡參加同盟會的同志，雖父子兄弟夫婦之親，也不洩露己身爲革命黨員。

我不是同盟會會員我是革命黨員

有明友看了劉健羣在艱苦少年行中幾句話：「聽說近來有些人，年齡不符、地處偏僻，爲混充老革命，一定有意無意說自己和同盟會有關。」以我的年齡與會經在軍中有過革命秘密組織，又親身參加辛亥武昌首義之役的關係，許多朋友問我是不是同盟會員，在我回答「不是」之後，他們反大爲驚奇，他們看過湖北文獻第三期，朱懷冰先生因向少倩先生，「幷許介紹加入同盟會，余當欣然接受。」湖北大多數革命元老，都是同盟會，你應該多有認識，爲什麽參加，同你沒有盟會爲什麽沒有吸收你們。朱懷冰先生很輕易的有人介紹加入同盟呢，實在令人不解，我對朱懷冰加入同盟會，與向少倩爲何如人，在同盟會名單中與革命事蹟中，從未發見向某其人，此事不必深論，我只就湖北幾個革命團體，與我個人談同盟會的關係。

一、文學社：辛亥年元旦成立，軍隊同盟、羣治學社、振武學社，延續而來的，有六七年的歷史，其組織成份，完全是第八鎮及廿一混成協士兵，其中有幾位排長，也是由參加革命組織的士兵升起的，儘管社會很開明，科學廢了，學堂興了，出洋的風氣大爲開展，新軍成立，讀書的士子，擁進兵營的很多。但是好鐵不打釘，好兒不當兵的社會觀念，還是不容易改變。以故當兵的在士大夫社會中，低得不能再低。凡出洋的留學生，都是士大夫階層，同盟會的同志，更是留學生中的佼佼者，歸國後，或留在中樞，如軍諮府，或陸軍部，各省疆吏，無不爭相羅致，湖北的留學學生，回鄂的除文人外，士官學生，少之又少，我所知道的，石星川、熊祥生、劉繩武等三數人而已。他們能對軍隊運動嗎。所以軍隊中革命運動，同盟會的同志，根本無一人作此想，而且他們的地位高高在上，軍隊中革命排滿，早鬧得天翻地覆，同盟會中同志，夢不聞雷，還談什麽兵運。我們進了陸軍小學，而中學學生地位與士兵不同，如藍天蔚正當第八鎮三十二標統帶，我同他的胞弟藍文蔚去看他，我們談話中也談到軍中有革命組織，他特別警告：「你們不要涉及革命問題，於你們前途影響甚大且兵士能做什麽。」試問藍氏乃同盟會人物健者，親率有一標之衆，在武昌不能也不敢有所作爲，反警告我們不涉及革命問題，也不知他的部下已有多人參加士兵革命組織，又如耿覲文、范熙績他們胞弟耿　丹，范熙鎬與我們至好，他們回國之後，道出武昌，我同他們乃弟去拜訪，談革命抗滿，也談到軍中有革命組織，他們雖未加深責，却相當膜視，表示連我們此時都談不上革命，那些士兵還有什麽作爲，這都是同盟會中堅人物，對武昌新軍士兵看不起，他的同盟會同志，根本不會去做什麽兵運工作了。我曾與他們談到同盟會，頗覺淡然不應。

二、共進會：是由東京同盟會分離而成立的。其宗旨與同盟會僅一字之差，排滿革命並無二致，由孫　武、劉公、焦達峯在漢口組織成立，居　正、楊時傑同時加入，他們還不是以同盟會身份，而是以共進會共同進行，在武漢行動，也是極端秘密，性質畧同於長江一帶的幫會。所以不易爲官府密探所偵知，如開大方棧的劉玉堂，就是青洪幫的老頭子兼理門的首領，他與孫　武爲把兄弟也是共進會的同志，有他的掩護，共進會的工作便順利多了共進會的原來工作，是以運用幫會爲主，後以幫會分子複雜，知識低下，遂改變計畫，吸收新兵和在校學生，而劉　鐵弟兄已在京山之永隆河張截港開始運動幫會矣。在武漢的共進會，因孫　武名字被人訛傳爲革命黨首領孫　文之介弟，故新軍志士與青年學生，慕名入會者頗多。像居　正，楊時傑他們從沒有介紹一人入同盟會者。

以上無論文學社或共進會的同志，豈不想爲同盟會員，其奈不得其門而入何？我們當發起羣治學社時，自己愛好，自稱爲同盟會外圍，實際上所有士兵學生同志，都是本一己之熱忱，與個人之職責，從事革命，固不在乎同盟會或不是同盟會，儘管不是同盟會員，誰又不是革命黨員呢。再說同盟會的譚人鳳，辛亥年初，蒞武漢，曾因胡瑛之介，見了蔣翊武幾人，他就看不起翊武，胡瑛雖解說，仍成見甚深，可於奪取翊武之帥印，獲得證明。

雙橡園的哀思

——公孫嬿——

四月二日約了羅文山兄並偕妻康齡自華府開車至紐約。爲了趕時間，在紐約公畢再轉波士頓。此刻華府已經是櫻花待放，垂柳新綠，草坪上春意盎然。誰料一入波士頓竟碰上雪片紛飛，也許地氣暖熱，雪落地就融化了，弄得雨雪淒迷。不過溫度很低，儼然又墜入另一嚴冬。

黃昏投宿旅舍時，外面已是銀白世界。天色朦朧起床，吃過早餐，冒着凌晨的風寒，逕向下一目的地——西點軍校行進。事先已與那座馳名世界的軍事學府任中文系的錢至德少校連絡好，他駕了車在門前準時等候。

西點軍校的校區遼濶，設備與建築都是第一流的，在地形上那是個制高點，溫度較平地低了很多。正逢週末，學生放假，一些年輕的學生，穿了灰呢的畢挺制服，帶着女友各處散步，在嚴肅中洋溢了一股青春氣息。車離波士頓後，天氣逐漸清朗起來，進入紐約區，更是陽光和煦，儼然就是個料峭的早春。

站在麥克阿瑟將軍的銅像前，我曾爲這位典範的軍人老前輩默禱，心中誦着『老兵永不死』的名句，肅然覺得天地間充沛了正氣，彷彿那個世紀日漸迢遙。而現實的環境中，似乎被一股邪氣所取代，難怪麥帥凝眸遠矚，是爲短視的世人憐憫嗎？在麥帥銅像右前方的大草坪中，正是美利堅開國元勳華盛頓的騎馬銅像，巍然要騰冲入霄漢，這又是位軍人的楷模，他的豐功偉業，長存在後輩的心中，而且是如此的得到民衆的景仰，所憑藉又是什麽？

在錢少校位於軍區的官邸中午餐，飯後圍坐飲咖啡。由開播的收音機中，突然傳出令人難以置信的消息——中華民國總統　蔣公，因突發性心臟病，於四月五日午夜十一時五十分崩殂了。

我們都以爲自己耳朵有了毛病，或許是聽錯了，大家面面相覷，誰也不敢打破眼前的沉寂。扭轉另一個電台，在重要的報導中，所廣播也是這一則。於是啓開電視……都是一樣新聞，並且加了說明和頌揚惋惜的按語。霎時間我覺得如兜頭灑了桶冰水，而每個人都像在凝固在大氣裡，心中一片空洞，軀殼也痲木了。

「走，馬上趕回華盛頓！」立刻下定決心。

「我先打電話，跟華府連絡一下！」文山說。

由大使館方面，千眞萬確的證實了這一消息，而且下午六時，將舉行緊急會議，我必須設法趕回華府。

「走吧！」我看錶計算一下：「還趕得上！」

眞是馬不停蹄，順沿着那平滑如鏡的公路，風掣電閃的飛下去，我們像是坐在飛機中，一點沒有休息的加足馬力，在日落前回到目的地。

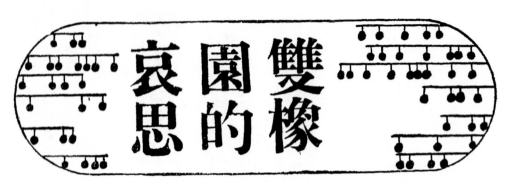

雙橡園召集的緊急會議上，沈大使沉痛的宣佈此一不幸消息，嗚咽聲中連連淚落，終至語不成聲。這位學識、修養均臻化境的大使，平日溫和、明智、寬恕，是位彬彬的學者，也抑不住內心的悲痛，失聲哭泣起來。每位與會人員，都低垂下頭，淚眼婆娑，大廳外頓覺天昏地暗，我們偉大的民族救星 蔣總統走了，在世界上風狂雨暴的今天，他老人家的睿智領導，為我們生存的前途，照耀着明燦的光亮，如今怎不令人感到乾坤旋轉，豈祇是個人的哀痛？這是整個人類的噩運！

按照決定，全使館人員服喪，停止酬酢與下半旗一月。並且自七日起，在雙橡園的大使官邸中設置靈堂，開放三天，供中外人仕簽名誌哀。這只是顯示海外熱愛中華的人們的情感於萬一，椎心之痛，是無法用語言文字，以及任何行動所能表達的。

沈大使逾恒的悲傷，使同人們都感到低氣的窒息，大家的眼睛都是濕濕的睜不開。勉強睜開眼，又感到一陣刺痛，淚會從眼眶中滲出——那是淚呢？還是血？默誦着「處變不驚」的訓誨，我們唯有更堅定、更沉默、更要咬緊牙關，將沉痛化為力量，以慰故總統 蔣公生前對我們的培植與教養。

和藹待部下如家人的沈大使夫人，和大使一樣的沉入哀傷。親自督導佈置靈堂、裡裡外外的奔勞。

七日清晨，沈夫人最後檢察靈堂。幾位同事夫人都很早就到了靈堂。她們兩眼都紅腫了，跟着沈夫人身後，一面巡視，一面啜泣，無法抑制心底的悲哀。沈大使來了，館員們也陸續的來了，恭立在 總統蔣公的玉照前，行禮致敬。

大家以抖顫的手，在簽名簿上曲扭的寫下自己的姓名，向這個世紀的最偉大的領袖叩別。所有的人，幾乎都是低着頭，用手絹掩着鼻子離開的。自從在華府有了這座雙橡園，可以說從來沒有遭逢到這麽大的變故，我們所有的人，原是圍繞 蔣公總統膝前長大的，如今驟失庇護，誰又能忍得住不同聲一哭！

整個的雙橡園原像一座小山林，駛車蜿蜒而上，首先看到一面鮮明的青天白日國旗，降落在旗桿的中央。方圓之內，似乎擯絕了春訊，進入園裡的人們，心情都是悽愴的。推門進入內廳，邁上四階木梯，右手邊的第一間客廳，原是貴賓接待室，如今便是追悼我們最偉大的領袖 蔣公的靈堂。跨進門檻，是張舖了白台布的長桌，上面放了兩本簽名薄，各有兩支黑色簽字筆，桌前有兩張靠背椅，桌中央是一瓶黃色的鬱金香，桌外方供奉了總統 蔣公穿長袍坐在窗前的彩色照片。

總統蔣公那幀放大的黑白玉照，高奉在白壁的正上方，環繞以小白菊綴串的花圈。前置一案，罩以白台布，當中是大瓶盛開的白菊花。兩旁有一對白磁鏤空的圓筒型台燈，透散出光芒。再前面，則是一對貝殼製的、蓮花托座中所插的白素圓柱燭，燭芯的火苗微微跳動，更顯得肅穆闃靜。

長案的兩邊，各有一座方木案，上置古瓶大燈，靠右方是一面立插的國旗。

大使館各單位主管，輪流接待來簽名的中外賓客。最勞碌的是胡公使旭光、陳公使衡力，和陶參事啓湘三位，凡蒞臨的外賓他們都認識。張參事仁家招呼教育界與學人，羅甦民兄接待蒞奠的華僑，各負專責。自上午十時到下午五時，有時還要延長時間，又要回去加班趕辦公務，三天中他們眞是忙透了，也許因為這是為慈祥的 蔣公總統最後一次效命的機會吧！

國際友人送鮮花致奠的非常多，分佈在全廳。僑胞們送來各色玫瑰大花籃，則成排置在案前。當中的是美京中華會館送來的黃玫瑰，其次是中國國民黨美京分部、美京安良工商會、華人耆英會同仁、美京同源會同仁、蘭亭別墅同仁。三天內一共用了四冊厚簽名薄，許多人物已見電訊中報導。身在華府的文友有施克敏、侯榕生、王嗣佑、張天心、冷若水、吳崇蘭、續伯雄、傅建中、王綺、李德延、魯芹……他們都早早的來過了。

三天內到雙橡園簽名悼奠的中外人士

，都流露出內心的摯誠。在美國這麼忙碌的社會，他們能抽出時間，遠自各州，匆匆奔向華府，自動的來表達一點心意；這表現的究竟是什麼？一代偉人的仁心，原像甘霖，灑施給全世界每一角落，一旦離去，使世人共覺北極星沉！這悲痛是無法彌補的。

有一位穿着樸素的天主教人士——孫格士先生，我不曉得他有什麼神職，他先後來了兩次，肅立在案前默禱。第二次來，從懷中掏出兩張卡片，分置案上。又拿出一本聖經，以拉丁文唱禱，其聲哀切，聞之泣下，原來他代表的是美京全體天主教徒。原任美國務院中國科長、現調任紐澳科長的莫柳泉先生，因爲嬰兒太小，留在車上需人照顧，他們夫婦倆輪流進來簽名，這是最好的眞情的流露。原國務院情報處長，現當教授的柯來恩先生，和另一位傑布克先生，幾度站在　總統蔣公的玉照前，口中喃喃默禱，徘徊不忍離去。還有一位生在山東的美國朋友，是退役上校，中文名叫馬可岩，二次世界大戰曾在重慶服務過，悲戚的恭立案前，竟至落淚嗚咽起來。

老將軍魏德邁伉儷也來了，魏夫人身體欠佳，平常很少出門行動，這次也一同來到雙橡園。三十年前我在四川成都西較場當學生，曾經接受過魏將軍一次校閱，記得那時他已兩鬢斑斑。這次看到他已發福，一頭皚皚銀光白髮，祇是腰板還那麼挺直，身體依然健壯，不失英雄風範。沈夫人和魏夫人談話時，我趨前與魏將軍握手自我介紹：「三十年前我在四川見過將軍！」

「在重慶？那時你還很年輕吧！」魏將軍望着我問。

「在成都，我讀軍校時，我是砲兵科的學生。」我說。

陶參事在一旁說明我的現職，眞像是重遇老長官的親切。首先他爲　蔣總統的驟然長逝表示無限的哀悼，次則他自願在十六日舉行的大追思禮拜中，講述　蔣公總統的行誼。回憶在第二次世界大戰時，他接替史廸威，出任中國戰區的最高統帥蔣公的參謀長，深得賞識。他是直接眞正追隨過的，由他在追思會上來講述行誼，那是最恰當不過的了，沈夫人送他們伉儷到門口，一再讚揚老將軍的眞誠率直。

還有四位美國彪形大漢，簽了名久久不忍離去。其中一位在五旬以上，有一頭火紅的細髮，也會說幾句發音不正確的國語。告訴我他外號叫「金龍」，而這「金龍」二字，還是當年在重慶時，戴先生雨農給他起的，就因爲他有一頭金髮。這四個人很講義氣，與中國的交往各有一段往事，而所有的事又都和領袖　蔣公的仁慈有關。後來我聽陶參事啓湘兄相告，「金龍」的中文名字是畢列茲。

九日午飯後，主理僑務的羅甦民兄進進出出的忙着，他說：「兩點半鐘，全美京的僑團僑領，都要來簽名致悼。他們來自各地，我要招呼他們，」果然不久就陸續的來了，他們是：美京中華會館主席方華耀博士、共同主席李中南先生、華人福利會美京分會李達平主席、前安良總會余贊煖總理、安良工商會李德賢余瑛和主席、洪門民治黨秉蘭亭別墅長許福榮主席、同源會謝家康主席、還有前任中華會館主席吳光明、陸傳銘、李俊各位先生，及曾競選美京在國會代表的李孔相先生……一共有幾十位之多。其中有兩位山東籍的僑胞，是劉克莊與劉敬久昆仲二位。他們個個身着素服，表情凝重，大家肅穆無聲，恭立在　蔣公總統的玉照前行最敬禮。因爲人多全廳中都被他們站滿，許多外國朋友只好先在門外等候。美國是講自由民主的國家，他們看了這一幕，定必心有所感，知道普天之下，擁戴　蔣公總統，是出於每個人的至誠。

三天靈前肅立，使我深深的體認到，對於中國人而言，　總統蔣公英明與睿智，是超過了華盛頓和麥克阿瑟之於美國。如今他老人家離我們遠去了，但是偉大的精神仍將領導着我們。我們唯是堅此百忍，奮勵自強，一心一德繼承　總統蔣公的思想、言行、與志業，才能對得起我們最敬愛的領袖的在天之靈！

北望樓雜記（七）

·適　然·

輓名人聯

曾國藩逝世，輓聯印成專冊，但最受人注意，傳至現在者首推左宗棠與李鴻章聯。左聯：「謀國之忠，知人之明，自愧不如元輔，同心若堅，攻錯若石，相期勿負平生。」此聯所以為世所重，因曾左二人晚年交惡，左聯對曾推崇之餘，並不諱言意見相左，祇強說是「攻錯」而已。

李聯：「師事近三十年，薪盡火傳，執挺忝為門生長；東西亘九萬里，內安外攘，曠世難逢絕代才。」亦恰如其份。

左宗棠死時，輓聯亦多，最佳者要推四川李士棻一聯：「出將入相，大名與曾李相參，豈知鉅任獨肩，勳業最高心最苦；互市叩閽，隱患非漢唐可比，太息老成不作，人才彌少事彌堅。」這副輓聯好處不但情感眞摯，也頗能刻劃出左宗棠為人。

以曾左李三人性格而論，曾是純臣，平生潔身自好，保持出水荷花之品質，身前身後不留半點瑕疵。李是大臣，苟利國家，生死名譽皆所不計，所以敢出頭簽馬關條約，敢同八國聯軍打交道，生前被人罵為漢奸，夷然受之，一旦死去，舉國驚駭，始知少此人不得。左宗棠則是權臣，敢作敢為，擺出一副將在外君命有所不受態勢，所以能輿櫬出關，收復新疆，最後以七十二歲高齡當法人侵畧閩疆時，慨然受命督辦福建軍務，此種英氣為曾李所無。方之歷史人物，曾國藩似諸葛武侯，左宗棠似張居正，李鴻章頗難位置，勉強比附，則寇準庶幾近之。

李鴻章逝世，最出色一副輓聯乃袁世凱所輓：「蚤蒙知遇，終荷栽成，一生低首拜汾陽，敢詡臨淮壁壘；世變方殷，斯人不作，萬古大名垂諸葛，長留丞相祠堂。」

下聯是浮泛語，不談，上聯頗有意義，袁世凱識李鴻章甚早，是在朝鮮時，也確曾一度蒙李鴻章知遇，不過當時雙方官階相差太遠，李鴻章已是直隸總督，北洋大臣，袁世凱還祇是一個同知銜駐朝鮮委員。以後袁世凱官大了，結交了翁同龢，因而失歡於李鴻章，直到李鴻章去世都不喜袁世凱，對人就罵袁世凱是小人，但傳說李鴻章死時遺摺却有保荐袁世凱語，說「環顧國內無出袁世凱之右者」。故袁之輓聯有「終荷栽成」語，但現存李鴻章遺摺又無此言，眞象迄未明。

民國十四年三月中山先生在北平協和醫院逝世，各方哀悼，輓詞、輓聯特多，其中最出色者首推徐樹錚一聯，「百年之政，何若民先，曷居乎一言而興，一言而喪；十稔以還，使無公在，正不知幾人稱帝；人幾稱王。」此聯寓意深遠，頌揚得體。徐樹錚在民國初年本為各方攻擊對象，但當徐樹錚收復外蒙時，中山先生致電嘉勉，譽之為班超，傅介子，當時兩人尚未謀面，徐樹錚對中山先生已有知己之感。以後直系當政，出現孫段張三角同盟，徐樹錚曾代表段祺瑞赴廣州報聘，是時中山先生正督師桂林，得報即請徐樹錚赴桂林一談，並電囑故總統蔣公中正陪伴至梧州，另派人至梧州迎接，到桂林後曾數次長談，徐樹錚對中山先生固極端佩服，中山先生對徐樹錚也頗爲賞識，曾有意留徐樹錚任參謀長，徐樹錚不願離開段祺瑞，婉言辭謝，但內心感激又深一層，故在中山先生去世時，有此佳聯相輓。

段祺瑞逝世，許世英輓云：「一生剛介，三造共和，定大難，決大疑，峙如泰山，渟如止水，晚節愈堅貞，莽莽乾坤能有幾；卅載論交，百年知己，言可坊，行可表，進思盡忠，退思補過，衷腸欲割裂，茫茫人海更何之。」

楊雲史輓云：「佛法得心通，論並世英雄，成敗一般皆畫餅，人間誰國手，數滿盤勝負，江山無限看殘棋。」

兩聯各極其妙，許與段交情深厚，共事數十年，故輓聯側過於段之功業，楊雲史與段素乏淵源，本身無事可叙，故從小處落墨，讀後深覺意境飄逸，不食人間烟火。

黎元洪時爲直系强迫下野，避居天津，聞中山先生逝世，輓云：「江漢起元戎，仗公同定共和局；乾坤試回顧，曠世誰爲建設才。」此聯雖不出色，但非黎元洪不能用，因黎爲武昌首義人物，與中山先生分任民國第一位臨時正副總統，故上聯云爾。

段祺瑞時任中華民國臨時執政，即國家元首，輓云：「共和告成，溯厥本原，首功自來推人世；革命勇往，無間始終，大年不假問蒼天。」

張作霖時任東北邊防督辦，中山先生反對直系，曾與段祺瑞、張作霖訂「三角同盟」，中山先生北上，經過天津時，張作霖曾來謁，時中山先生已病，即在榻前相見，至爲歡洽。中山先生逝後，張作霖輓云：「讀過中華廿四史，詎少英豪，掃清君主淫威，誰曾倡首；喚醒同胞億萬人，彌留付託，抱定民生主義，死不灰心。」張作霖自不能撰聯，此當係秘書代筆，但詞樸實無華，亦頗肖張作霖之口吻。

原任浙江督辦之盧永祥係段系健將，民國九年直皖之戰，皖系戰敗後，勢力全部瓦解，只盧永祥在浙江碩果僅存，爲段系唯一實力派人物，所謂孫段張「三角同盟」，皆由盧永祥代段出面，此時盧方被孫傳芳所逐，失去浙江，流滯天津。輓云：「以主義奮鬥，乃厄於年，豈薄海同悲，無忘今日；惟精神不死，有利於國，太息彌留遺語，可見平生。」

孫傳芳時任浙江軍務督辦，亦有輓聯云：「大業垂成，宏願當爲天下雨；英靈永閟，悲思遙逐浙江潮。」

中山先生係應段祺瑞之邀北上，段派去廣東迎迓者，即以後任國務總理之許世英，許輓云：「四十年建革命之勳，立志堅貞，身可毀，家可破，國不可亡，三民五權，大名永著；八千里徇合肥之請，征塵兄瘁，聲相應，氣相求，而未相覿，九仞一簣，遺恨難亡。」

辛亥革命成功後，南京臨時政府開會追悼烈士，章太炎炳麟輓云：「羣盜鼠竊狗偷，死者不瞑目，此地龍蟠虎踞，古人之虛言。」語含譏諷，章炳麟本同盟會健將與中山先生私交亦甚篤，入民國後忽相携貳，且專以中山先生爲攻擊目標，世人皆不解，似在抗日勝利後，張溥泉（繼）在南京一次談話會述及此事，據云南京臨時政府成立時，章氏入京謁見中山先生，要求任之爲「國師」，一如明太祖之於劉基，中山先生以無此例而却之，故章氏由恨中山先生轉而恨國民黨，再進一步投向袁世凱，任吉林籌邊使終以假官眞作，觸怒袁氏，被囚於北京，世人皆讚章氏威武不屈，很少人論其被囚之由矣。張溥泉與章氏及章士釗，鄒容四人結拜太炎居長，溥泉次之，士釗又次之，鄒容最幼，章氏雖與國民黨結怨，但與張溥泉則私交始終不渝，故張溥泉談太炎，決不致有意誹謗，所言當屬眞實。

中山先生北京逝世，太炎輓以聯云：

「孫郎使天下三分，當魏德初萌，江左幾曾忘襲許；

南國係吾家故物，怨靈修浩蕩，武關何事入盟秦。」

此聯亦非頌揚，上聯尤多貶詞，以孫

策方中山先生比擬似不倫，但以當時南北分裂而言，形勢則又近似，至於下聯以中山先生北上比之楚懷王入關盟秦，與事實尤不符，懷王入關實爲秦人有心誘騙，中山先生北上段祺瑞亦有誠意存焉，更可斷言者，使中山先生不死，段祺瑞决不致扣留不讓其南返，故太炎此聯，與人與事皆不符。

當中山先生靈櫬停在碧雲寺時，太炎又輓一聯：「舉此盡蘇俄；赤化不如陳獨秀；滿朝皆義子，碧雲應繼魏忠賢。」此聯一出，國民黨人大譁，但皆原諒其人爲瘋子，未予理會。

總之太炎一生反中山先生有類於王闓運之反曾國藩。章太炎因求「國師」不遂而反孫、王闓運究因何事反曾，已成千古疑案，但知王闓運謁曾國藩於軍中，頗有自用之意，曾以其狂士，未用。王離開曾營時，咏詩有：「自嘆携短劍，竟爲看山來。」情見乎此。但俗傳因王勸曾取清朝而代之，故爲所惡而不敢用，則不知眞僞矣。

民國二十九年五月十六日，三十三集團軍總司令張自忠將軍在襄河戰役殉國，消息傳出，舉國震悼，張將軍是抗戰間第一位陣亡總司令，功業彪炳，久入人心，故朝野軍民一至哀慟。靈櫬運回四川時，陪都重慶開追悼會，所送輓聯美不勝收，其中最噲炙人口者，爲中國國民黨重慶市黨部所輓：「驅十萬衆，快九世仇，數中華男兒，盡讓將軍獨步；拚七尺軀，爭方寸土，是復興鐵劵，豈惟吾黨殊榮。」

此聯最勝在氣勢，一般輓聯情致纏綿者多，氣勢雄壯者少，但亦祇有張自忠將軍始能當此聯。每讀「驅十萬衆，快九世仇，拚七尺軀，爭萬寸土。」就恍惚見張將軍橫刀躍馬，殺敵先登之象，輓聯能將人物刻劃出來，眞傑作也。

勝利後，上海各界又開張自忠將軍追悼會，孔祥熙輓云：「隨棗之役，勝利之基，日月儷丹忱，聯捷雄風青史在，長城而後，轉戰而死，河山縈碧血，從來名將白頭稀。」亦頗工整，聯中並將張將軍戰功扼要說出，尤爲難得。

勝利後，軍統局長戴笠在南京附近飛機失事而死，開追悼會時，各方輓聯甚多，最佳者應推章士釗所輓：「功在國家，利在國家，平生讀聖賢書，此外不求成就；謗滿天下，譽滿天下，亂世行春秋事，將來自有是非。」

上聯尚屬泛泛之語，下輓則非輓戴笠不可了，此聯妙在不明白恭維，而實在寓頌揚之意。謗滿天下，譽滿天下，除戴笠外，眞無人可以當此。

胡宗南亦輓一聯，胡戴不但同學，交情尤爲深厚，輓聯云：「祖帳舞鷄鳴，浩浩黃流，問誰共擊渡江楫；春風吹野草，滔滔天下，祇君足懼亂臣心。」

此聯祇有最後一句切題，其餘輓任何同學皆可，胡戴交情非不深厚，實在由於戴笠身份太特殊，要想能恰到好處使人一看就知是輓戴笠，眞非國手不可。

輓政敵聯

中山先生逝後，陳炯明輓一聯：「惟英雄能活人殺人，功首罪魁，留得千秋青史在；與故交曾一戰再戰。私情公誼，全憑方寸赤心知。」

此聯在頌揚中仍標榜自己，實則陳炯明之叛中山先生，道地以下叛上，故交之稱，未免自高身價。是時陳炯明已失惠州，流亡香港，通篇並無漫罵語，亦屬難得。

辛亥革命時，武昌起義著名人物號稱三武，即蔣翊武，孫武，張振武，三人以蔣翊武人品最高，張振武最爲跋扈，是時黎元洪以副總統兼領湖北都督，張振武任軍學司副司長，豪縱驕恣，黎元洪不堪其逼，陰電袁世凱求助，調張振武入京，密令軍政執法處捕獲立時槍殺，同死者尚有湖北將校團團長方維。消息傳出舉國大譁，在京鄂人猶憤，推出代表質問袁世凱，袁世凱乃將黎元洪密電發表，於是全國又集矢於黎元洪，元洪夙有長者之名，至是掃地以盡，以後不得不受袁挾制，供其驅使，此案當爲主因。

張案大白後，黎元洪通電全國解釋，

稱「張，方之大罪十四，元洪之不獲者已三，大罪者三。」及張振武棺木運回武昌，黎元洪又親至靈堂致祭，痛哭失聲，輓以聯：「為國家締造艱難，功首罪魁，後世自有定論，幸天地盤臨上下，私情公誼，此心毋負故人。」雖有巧飾之詞，究難洗擅殺之罪也。

民國十八年一月十二日張學良在私邸密置武士，誘殺東北邊防司令長官部總參議兼遼寧兵工廠廠長楊宇霆，黑龍江省長常蔭槐，此冤獄也，尤以常蔭槐之死最冤亦最可惜，張學良之不堪成大器，從殺楊，常時即可見之，惜乎中央政對之鞭長莫及，坐任其兩年之後，一朝失去三省也。

楊，常死後，張學良送一輓聯：「詎同西蜀偏安，甘為幼常揮痛淚；凄絕東山零雨，終憐管叔誤流言。」此聯上聯比武侯揮淚斬馬謖，下聯比周公誅管叔，人皆稱其用典之雅，實則比擬不倫，張學良固不能與周公、武侯相比。楊宇霆既無失地之過，東北當時又非偏安局面，安可以斬馬謖並論，而楊宇霆又無叛變事實，更與周公誅管蔡形勢不侔。豎子無良，自壞長城，國家之不幸也。

輓聯作憤激語

輓聯多發紓情感，對亡者表哀痛之忱，很少有出以激憤之語，就區區所知，此類輓聯前後有三章，皆佳構也。

一、左宗棠輓林則徐聯

附公者不皆君子，間公者必是小人，憂國如家，二百餘年遺直在；廟堂倚之為長城，草野望之若時雨，出師未捷，八千里路大星頹。

此聯重要者在為首二句，左宗棠曾見知於林則徐，據云由林則徐揄揚與陶澍，陶澍不惜折節下交，兩人結為兒女姻親，左宗棠因此更為世所重，雖是布衣已名滿天下，故左宗棠對林則徐有知己之感，林則徐之事所知當較別人為多，所言「間公者必是小人」尚可推測是穆彰阿而言，至「附公者不皆君子」則不知所指何人矣。

二、湯化龍輓宋教仁

民國二年三月，國民黨代理事長宋教仁在上海北站被兇手武士英刺死，消息傳出，舉國大憤。湯化龍本進步黨領袖，在國會中與國民黨立於敵對立場。是時國民黨反袁世凱，進步黨則擁袁，宋教仁之被刺，明眼人皆看出是袁世凱主使，但湯化龍不顧一切，輓以聯：

倘許我作憤激語，謂神州當與先生毅魄俱沉，號哭范巨卿，白馬素車無地赴；便降格以利害觀，何國人忍把萬里長城自壞，從容來君叔，抽刀投筆向誰言。

此聯眞憤激之至，絲毫不為袁世凱留餘地，正氣沛然，進步黨中論人品，以化龍為第一。

化龍又有輓蔡鍔一聯：

無友無敵，無新無舊，異口罔閒言，名滿天上，謗即隨之，此例遂為先生所破；斯時斯世，斯人斯才，賫志以終古，我瞻四方，魂兮歸些，英靈其挾天地俱沈。

此聯不僅在輓蔡鍔輓聯列第一，則在民國以來輓聯中亦為最佳之選，尤其上聯可抵一篇蔡鍔傳贊，別人萬語千言，未必有這二十九字說得中肯，是眞了不起。綜蔡鍔一生不僅友人一致推崇，即袁世凱對蔡鍔亦未有片言惡語相加。平日與左右言及，且有「吾負松坡」之感，楊度一生功名毀於蔡鍔之手，但亦無絲毫敵意，蔡鍔死後親撰輓聯，有「於今豪傑為神」之語，推崇備至。化龍之聯，蓋寫實也。然非蔡，皆不足當此。

武陵遊踪

——葉以熾——

一、桃花源的介紹

唐朝李太白，曾有一篇千古爭傳的名作——春夜宴桃李園序；

『夫天地者，萬物之逆旅，光陰者，百代之過客，而浮生若夢，爲懽幾何，古人秉燭夜遊，良有以也。況陽春召我以煙景，大塊假我以文章……如詩不成，罰依金谷酒數。』

這篇百餘字短文，寫出他對人生的看法：

①樂觀進取的精神，②惜時愛才的襟抱！

不辜負天地萬物的造化，所以有秉燭夜遊。不悵惘於浮生若夢，所以有大塊文章。然後詠歌之，幽賞之，藉山水靈光，花木美秀，盪胸默識，領畧乾坤。所謂『體古今廢興之機，衡經綸運轉之道。』那麼，仁者樂山、智者樂水，不僅可作爲太白高風的注脚，也正是人生勵志奮發的陶溶！

二十二年以來，同學會曾經舉辦多次郊遊，我們曾欣賞過阿里山的雲海、日出，墾丁風光、太平山的朝嵐、溪頭竹籟，以及日月潭、石門水庫、北部近郊諸勝——烏來、野柳等地。不獨增進同學之間精誠團體的聯誼，更且交融從事興復志業上，互助力行的實踐！六十三年四月廿日，在同學會總召集人等策劃安排中，我們一行六十餘人作武陵之遊。

武陵農場，是近十餘年間，開闢出來的勝境。由退除役官兵輔導會管理，一方面安置退除役官兵，一方面開墾山地，增加生產，種植寒帶果木，利民利國，不失古代屯田養士的規範！

農場的位置，是在中部梨山深處，由梨山循橫貫公路宜蘭支線，經過環山，到志良站。再循道左支路，大約十公里的路程，便是萬樹蒼松、一片桃林，別有天地非人間的武陵勝地——桃花源了。

二、由東勢到達見

我們由台北乘車出發，中午抵東勢，參觀了大雪山林業公司。從整潔園林中，遙望八仙山諸峯，一片蒼綠，氣勢十分高逈！我寫出第一首詩句；

『地接羣峯秀，東鄰大邑繁，風光隨處錦，鳥語可人喧！車轍通縣壁，溪流溯上源！庭園生意滿，晴翠擁林軒。』

由此，循八仙山道入山，並承大甲林區管理處派員指導協助，非常熱忱，使我們得到許多方便，十分感謝！車子經過白冷，到了天冷。據說從白冷起，氣候就開始冷了，雖然現在是四月上旬，按農曆來說的話，正是台灣最好的時候，柳綠桃紅，風景宜人。可是這裡的天氣，就有些不同，一陣陣輕寒，帶給人們異樣的感受。山愈來愈高，樹愈來愈大，氣候也愈來愈冷！偶而一兩隻鳥兒，飛過山林，有時那濃翠間傳來一、兩聲鳥鳴，大有只在此山中，雲深不知處的意境！

不久，到谷關，車子並未停止。這個小山村，有著名的谷關温泉，也是軍方的寒訓區。

山脈至此，陡然高峯突兀，兩山夾徑，山下鑿成隧道，有些像河南函谷關的境界，道旁就是大甲溪，叢林深密的中間，有國軍駐紮，可能是寒訓部隊，那是一項特殊訓練，山地作戰與寒帶作戰的技能，以適應將來作戰的需要。行車至此，即景生情，於是握管寫出谷關一律；

『絕嶺如函谷，名關控險開，天連雲樹迴，風挾水聲來，深密屯軍旅，高寒養棟材，江山廿年事，浩蕩孰徘徊！』

車子一直駛過，進入重山叠嶂中，無窮的林木，構成一幅綠色世界。盤折廻環的山路旁，大甲溪從一邱一壑間，穿串出滔滔不絕的清流！一個大轉彎，那高山發電，偉大建設——達見高壩，已經在望！

這裡是遠東第一高山大壩。工程之鉅，費時之久，發電能量之廣，是全國第一。大壩工程已接近完成階段，除了水力發電以外，還準備開闢成高山湖沼，蔚爲觀光風景區之一！以下有管制道一、六〇〇公尺，過此，就是青山。

『千嶂開山路，高崖築壩功，奔流穿石急，鑿路入雲中，海嶽天時濟，南疆地利雄，蓋籌關社稷，仁治著勳隆。』

三、八仙蒼古！

青山是蓄水庫，也是谷關到梨山的中途大站，連接大雪山的要隘，重峯上有一道長橋通過，遠遠看到大雪山諸峯，絕頂仍然籠上一層白白的寒雪，其下，有紅色的山崖，有深深的大壑，夾山束水，林木蕭森，路局在此設有管理站、休息室，供給冷飲，備遊客小憩之用。道旁的青山賓館，依山建築，十分高敞。崇阿叠翠，風景幽麗。如果你想領畧那山聲、水韻、靜夜、月明，不妨在此停留一宵。我喜愛那一灣清澈的澗水，想像江漢滄浪，晴川煙朝，然而除了心神飛越之外，眼前只是仄狹山谷，與天上飄浮的白雲！

『盤折過層巘，飛橋跨八仙，丹崖鬱奇秀，清澗任流連，滄浪今何在，晴川憶悃然，高樓山館外，不似楚雲邊。』

據說八仙山是以八個山峯而得名，但我以爲八仙蒼古，在於奇。絕谷、飛泉、大壑、古關、重峯、老樹、水壩、飛橋，眞是輾轉曲折，使人目不暇接！路的盤曲愈多，山的深邃愈隱，有時一個急彎，忽然開朗一個大山壑，直斜下去，幾乎下至谷底，深杳得連氣都不敢透！有時連接上坡，一連十幾個大彎小彎，矗入雲端，你會看到山下雲氣上升，白雲像絲縷似的飄浮在林壑間，那份虛空玄妙的意味，不難體會出蓬萊仙境的美感！

至於山芳幽草，也能傍山臨水，點綴煙霞。尤其是一些谷澗細流，冷冷水音，在空山中別有一種清新的韻致，我在馬崙道中，寫出兩首五律；

①

『山中天地古，草木一年新。信有煙霞癖，能霑雨露春。荒雲依玉闕，飛夢隔仙塵。一自蓬萊上，迢迢已出神。

②

石谷冷冷水，空山嫋壯音。無人惜幽獨，孤抱且沉吟。世路相知少，天聲豈易尋。我來茶當酒，長嘯自開襟！』

四、積雪峯頭大雪山

越過了德基，車子飛駛上嶺，穿過了飛橋，大雪山，已經到眼前，遠峯上的積雪，似乎看得更清晰，我們眞想停下車來，再攀登到山上，看看那峯頂的積雪。眞的，在台灣我已多年未看到雪了，雖然玉山上每年下雪，然而登山賞雪，似乎機會不多，雪，使人懷念，也使人難忘它清標絕俗的純潔！如今在車中看到了，心中喜悅，好似重見家山，我寫出詩句是：

『寒翠凌霄漢，風神照玉顏，中峯森積雪，絕壁瑣重山，飛鳥不常至，浮雲空往還，儘多雄傑氣，何日下秦關！』

車子廻旋在八仙大雪之間，忽而左轉忽而右轉，滿目的森林，林相優美，滿耳的山聲、水聲、林聲，挾着浩浩的風聲，構成一首壯闊的樂章！大雪山的雄秀，在於高迥，巍巍高峯，巨人似的，雄姿英發。它的縱谷面，特別深而又寬，半山上繚繞看輕雲、薄霧，若隱若現，尤其是車子穿過一個山洞，那是十分驚險的鏡頭。山洞並不寬綽，僅容得一輛車子駛過，而且是急彎，彎道又仄又狹，上逼重山，下臨深壑，上下都是急彎過洞，不容你遲疑、喘息，既不能慢，又不能快，行車至此，要不差分毫才能恰到好處，順利穿過，如果駕駛員不是熟諳此路，那眞是太危險！在層層灌木深山間，一條大甲溪，穿越兩山溪澗，奔流而下，加上溪中亂石阻遏，水流激起巨大響聲，浪花噴射像萬馬奔馳！山的一邊是高大的山峯斜削下去，形成一道又長又深的溝壁，對面的八仙山，却又突然拱出一條峻陡的山嶺，兩座大山，恰巧束着這一溪澗，似乎是百種聲音，都滙合一處。壯大的天聲，非帝驚人！但又一個大彎彎過去，却又是一個寬大山谷，最奇怪的是一座小村莊，獨自在白雲深處的羣山萬壑裡顯露出來，近午炊烟，嫋嫋直上，那份安閑平靜的氣氛似乎孤獨得太幽也太雅，眞的清高絕俗，不染塵氛！

『洞似重關據，驚人百籟喧，懸岩非蜀道，陡壁若夔門，雲外孤村小，山高老樹尊，輕車經過此，回顧太銷魂！』

五、梨山賓館

經過佳陽以後，車子速度似乎加快，疾速地向梨山駛去，山風陣陣捲進了車窗，氣温也漸漸降低，寒氣不斷地襲人，大家都穿上外衣，根據我們氣象專家楊學長說，這裡的氣温大約最高廿度，最低是零下八度，現在雖是春暖花開，平均也在十五度至十七、八度之間，原來我們已經在海拔二千餘公尺的高山上，山道漸漸寬潤，偶然一片高山平原，一座整齊的軍營，肅穆威嚴，十分突出，尤其是青天白日滿地紅的國旗，臨風飄揚，愈顯得神彩光華！不久，那座碧瓦朱檐，雕樑畫棟的傑閣層樓——梨山賓館，已經展現眼前，梨山到了！大家下車，參觀休息！

我們這一羣遊客，論年齡上有年高德劭的白髮老公公，下有又跳又叫的小孫孫，男女老幼，數十餘人，論人事大都是邦國楨幹，社會名流。

梨山賓館，馳名遐邇，它的建築宏偉，庭園佈置簡潔精緻，即便是一草一木的培植，都顯得出別有心裁，華而不腴，濃淡有致，從富麗堂皇中，顯露出高雅樸實，疏朗幽靜的美感！

這不是宮殿，也不是離宮別舘，這是一座深繫中外人士讚佩的，純東方色彩——中華文化代表作！

我們參觀了賓舘，在雕欄花圃，水池亭台間，拍了很多珍貴鏡頭，欣賞奇花異草，有一種白色花心，外有姚黃帶紫紅條紋的花瓣，特別顯得艷麗奪目，我寫出梨山賓舘即景：

『金碧飛簷舘、蓬巒擁麗華。九州懷去日，萬念託仙葩！天意乾坤在，人間雨露遐、雕欄徒倚處，豈獨夢長車！』

附近車站，出售各種水果，及出產物品，價值也不甚貴，這兒居民整潔，錯落有致，梨山以盛產水蜜桃、蘋果、梨子等高級水果，每年收益，高達五億元以上，居民努力增產，各安生業，因此生活普遍改善。尤其是榮民們，個個豐衣足食，立業成家，家庭中大都電氣化，這是三民主義施政的效果，也是　領袖德澤沛及生民的恩惠！

六、福壽山莊

福壽山在梨山附近，原是一座長滿亂草的荒山，經過榮民們，十五年來，艱辛努力，不停地開闢已經是萬千花木的綠麗名山。這裡種的蘋果、水蜜桃、櫻桃、胡桃、板栗、梨子，還有香菇、康乃馨及一些蔬菜，除了水蜜桃、梨子、蘋果品質優良，水份糖份尤美，現已大量生產外銷，櫻桃、胡桃、板栗等產量較少，但已分別增植，三五年後，也都可以大量應市。

農場共分四個莊，每莊約二十餘家人家，據一位農莊的工作人員說，每家每月收益，平均約在一萬餘元，即使是上山不久的人，也能每月獲得三千多元，可見汗不是白流，『一分耕耘，一分收穫！』我們參觀了農莊山產陳列室，以及作業場。看見漫山遍野的果園菜園，蘋果樹上結實累累，襯着水蜜花香，一片碧綠，處身在美麗的農莊美麗的花世界，怎能不寫給它一首詩：

『露井桃千樹，嫣紅水蜜香。人居花世界，山繞美農莊！玉蕊原仙種，風情壓海棠，江南殘破後，重見綺霞粧！』

七、由環山到武陵

環山是到宜蘭支線上一站，距離梨山約三、四十公里，也是蕃社，居民大多是泰雅族的山胞，山村是沿着大甲溪的山坡上建築的。村道、平房，整齊清潔，桃花源上所謂『屋舍儼然有良田美池，桑竹之屬，阡陌交通，鷄犬相聞，其中往來種作，男女衣着，悉如外人。』很有相似之處，道路上飄落水蜜桃花瓣，蝴蝶兒，在野花上飛來飛去，令人多少有些相憐相惜的感觸。

『盤谷雲方散，環山入望中。紫蘿蕃社屋，綠樹晚霞風。舞蝶誰相惜，夭桃盡落紅，空留飄艷質，無復夢魂通！』

過此，到志良站，循道左支路，復行十餘公里，兩旁山崖，愈逼愈窄，愈狹愈陡，前面遠遠看見一個大石壁，當道而立，幾乎是無路可通，但車子依然迅速馳去，車中每個人都驚訝不定，忽然又一灣道越過一道水泥小橋，車子忽然穿進了又高又狹又長的石壁內，光線頓然一暗一明，大家抬頭一看，對面大石壁上，顯出四個擘窠大字『武陵勝境』！黃君璧敬題。

呀！桃花源到了，眞的，山窮水盡疑無路，柳暗花明又一村！

車停了，大家紛紛下車，欣賞這帶有幾分神秘性的仙境！一條清而淺流水，沿着削壁曲曲折折地流去，從路面到溪底，有百餘蹬高而又陡的石級下去，兩旁建有竹欄杆，以免危險。大家在此拍照留念、盤桓、欣賞，大石壁是天然的巉崖，也一分爲二，原來有一條極仄的小徑，後經人工開闢，始能勉强通車，這條溪就叫做武陵溪，溪水的上游是來自大雪山東峯亂石壁，也是大甲溪的西源，水性很寒，但很清澈。晶瑩見底，從前山地人，叫它爲七家灣溪，沿溪上行，可以由一條小徑攀登雪山，下游一直流過農場的萬壽橋下，和卑亞南鞍部，流出的思源埡口，勝光溪會合，那就是大甲溪，一直奔流出海！

我們在此停留約半小時，大約每一分鐘，都十分珍貴，有人談從前去過湖南桃源，但未到桃花源。又有人大談桃花源的故事，嘆惜着故國桃源，恐已面目全非！太息、傷感，與復興的意志都橫胸而來！『桃花流水意，又作武陵春，故國空神迹，仙源更幾人！巉崖雙壁立，翰墨一時珍，坐愛山林晚，何堪數刼塵。』

大人們在悵惘神思，只有孩子們，歡天喜地，脫掉鞋襪，走到溪裡，泡泡溪水，哇！好涼！好涼！

這是一個明霞在天近黃昏的時候，車子復沿着山道，扭扭轉轉的曲徑通幽，大約又是五、六公里忽然眼前一亮，山勢突然左右大幅度的分開，展現出一片山谷盆地，那裡就是萬樹長青，千花織錦的現代桃花源武陵農場！

八、桃源勝景

武陵這個地區的高度，海拔約一、八○○餘公尺，氣溫平均約在十五度，土地肥沃。由東埸到此全程計一六○餘公里。農場成立在民國五十二年，據說，十幾年前，當時在橫貫公路通車不久，有一次大火燒山，大批警民奮勇撲滅餘火，有些山民自環山沿大甲溪望上游走，忽然發現溪水一分為二，分水的巨大石頭，非常雄偉。於是再循着左邊水流一路行去，忽然發現一片平坦開闊的山谷，有人以為有些像桃花源的武陵，因此武陵也就此得名，而這一為世人所羨慕嚮往的仙境，似乎又重行為世人所發現。後來經輔導會闢為農場，種植水蜜桃花，那就更增加桃源景色了！

我以為武陵石壁是桃源的谷口，而農埸才是桃源的境地。這裡的美景，可分為四部份：

①水蜜花林：千枝萬樹上，開着輕紅粉白的水蜜桃花，香香的、甜甜的，那份嬌媚，多麼引逗人着迷。

②是石圃琪花，一些花圃都是用竹欄壘石而成，其中種着各種名花，例如各色奇異花卉，即如玫瑰，又大又鮮艷，又如竹石之間，配上碧草名花，格外覺得有風緻。此外，尚有馳名已久的名花，鳶尾草，形狀有些像劍蘭，但花朵又像蝴蝶蘭，紫色花瓣，嬌妍秀麗！我們讚美牠是琪花瑤草，似乎並不太過。另外，還有日本移來的芍藥，那眞是太稀有，只可惜尚未開花，未能欣賞這天香國色！

記得重慶的汪山汪家花園，有幾叢芍藥，大約二三十株，有粉白、大紅、粉紅諸色，盛開時，清香中帶有一些藥味，據說也有綠色及紫色的，但未見過，芍藥雖不是牡丹，但枝葉花形，都很相似。唐韓愈有一首芍藥詩：『浩態狂香久未逢，紅燈爍爍綠盤龍，覺來獨對情驚恐，如在仙宮第幾重。』可見古人對牠的讚譽了。

③是小橋流水。在農場左邊的武陵溪水，緩緩流去，沿溪是一帶綠蔭，花木繁茂，有一條很長而又廻曲的石子路，兩旁的花卉、姹紫嫣紅，一直通到一座亭子，另外在亭的四周，利用天然林石，構成花圃，小橋是個風雅的去處，你看那如茵碧草，柔軟像地毯似的，清香襲人，不由你不愛，古人所謂眠琴綠蔭，不正是此一境界麽，如果有美於斯，彈一曲琴，唱一首歌，我想那不是一幅心靈上的畫稿麽？

④松柏名園，農場除了工作處所以外，另建有平房三五所，作為欵待嘉賓的地方，每間房屋外面，均種有花木，另有一水池，內養錦鯉、金魚，池旁堆有花山，山後就是松柏園，園的門口兩旁蒼松翠柏，夾道直立，一直種到園內，包括水松、矮松、扁柏、龍柏等很多，還有不知名的品種，以及各形盆景，以供觀賞。

過此，又約一公里許，到農場招待所，那是一處不太大的幾間平房，相當簡樸、整潔。後面是一排五六間的宿舍，都是上下兩層的大統舖，可供百餘人住宿。另有一小飯廳，供膳食。我們一行於下午五時許抵達，事前由總聯絡人沈學長及楊學長、林管處人員，已經預先安排好食宿，使我們有賓至如歸。今天，我們收穫太多，大夥兒笑料豐富，笑聲、叫聲，以及孩子們叫喊蹦跳聲，似乎給這平靜山谷盆地，帶來一番熱鬧。

九、武陵醉歌

一輪明月，從東山上升入天空，流星三五，熠熠的閃耀着，風微微地吹來野花香味！武陵招待所的餐廳上，正是『開瓊筵以坐花，飛羽觴而醉月！』筵開八桌，道地台灣菜！所謂的瓊筵，那是山肴野簌，但十分豐富，新鮮可口，我們還嚐到馳名世界的大甲溪特產——鱒魚。一道清蒸鱒魚，鮮美無比，大家吃完了還要再來一碗，可惜沒有了，但美好野蔬，不斷上來，興趣越來越高，酒到杯乾！平時不喝酒的，今天放浪形骸，喝得臉紅脖子粗！即便是各位嫂夫人，也不甘示弱，笑語如珠，大喝特喝！

好在我們這一羣，有的是酒國豪雄，醉壇宿將，這一邊是楊老久的酒，喝得最多，以名將之威，與西藏王飛將軍鏖戰不已，想不到我們的王妃大嫂子，暗地裡一記當頭棒，鬧得連罰三大杯！

那一邊我們的百里侯江南才子、河南老鄉各領一軍，揮杯對壘，夫人城上又擂鼓助陣，眞的是滿堂轟飲，大笑大樂！此外，馬大哥，以他遍歷中外，博聞廣見的經驗，大談酒經。從國產佳釀，談到世界名酒，如臺灣金馬的高粱大麯，江浙的紹興、太雕，兩湖三蒸、粵桂三花、江蘇洋河高粱、河北玉華、山東黃酒、山西汾酒、貴州茅台、西川大麯，以及美國香檳、蘭姆，英國威士忌、法國的白蘭地、日本韓國的清酒等等，歷歷如數家珍，又如酒的品評，酒的喝法，如何鑑別眞僞，如何運用功效，眞是精研博識，漪歟盛哉。不得不佩服！馬故善飲，也精於酒，他能縱飲不醉，但也能淺斟細酌。這位縱歛自如的馬大哥，當場表演酒道，贏得數度熱烈掌聲！

喝醉了，喝醉了，一些滿臉紅紅的同學，大家都走出廳前，吹吹涼風！看到清皎皎的月光，照遍了山谷，好似照澈我們純樸的心靈，只有悠悠白雲，越飄越遠！

夜，雖然深了，然而我們睡不着，稍稍休息一下，又去喝，花生酒。品嚐一下淺斟細酌的滋味，滿頭白髮的楊老總，因主持這一場龍門大陣，由上下五千年，縱橫千萬里，到古今的廢典，以及故國山河的慘痛，國際局勢的推演，國家經建前途，與興復的展望，不禁從感嘆憤慨中，堅定必勝心成的信念，更磨勵我們奮發報國的意志！時已夜深，大家在酒酣耳熱中，共同舉杯，遙祝國家復興！

這是同學會的一頁珍貴歷史，人生幾何，懽樂不易，心情激盪，遂成長歌五十二句如後：

『桃花流水武陵春，桃花源內避秦人，桃花依舊自顏色，桃花曾似接仙塵。我亦避秦來海嶠，飄零琴劍空長嘯，五陵豪氣憶少年，天涯何堪追歡笑，當時勝事已如煙，江山紫燕記桑田。夢裡金貂猶換酒，烏衣舊識總淒然！春波年年盪春柳，柔絲猶拂行人首。落日渡頭繫啼鵑，暮雨朝雲誰消受！蓬萊山上日月長，天開淑景耿朝光！五雲深處擁萃律，中有琪秀與瑤芳。碧雲媚，八仙醉，梨山春曉武陵翠！似揮玉斧削巉崖，千尋陡壁如幽隧。一經逶迤綠一灣，娟娟松柏映重山。夭桃灼灼勝穠李，水蜜天香艷人間！此中人家有三五，百戰歸耕立門戶，篳路藍縷啓山林，錦繡更種千花樹。名園水木自綺華，野紅未必盡凡花，嬌綴風情染畫稿，今宵明月醉流霞。楊老久，好喝酒，座上羣公難罷手！山餚野蔌溢清樽，美景豪情未曾有。金谷酒陣鬪心兵，八座夫人笑語傾！江南才子浮大白，虎頭飛將意難平，別有總憲調鼎鼐，白髮奕奕誇神采，盡傾肝膽妙解頤，舉杯預祝渡滄海！我聞此語起壯思，魏闕江湖共驅馳。我歌憂樂關天下，斗酒相逢互交期！』

十、桃山瀑布與歸程

距離農場約三、四公里的桃山瀑布，是桃源中又一勝境。林局曾在此處建有寬敞山亭，及廚房衞生設備等，供遊人休憩

之用。進而以供給飲料[illegible]

此外修築一條上山的便道，可以通行小型吉甫車，不過登山的人，還是步行上山，似乎纔夠刺激有興趣！

廿一日早晨七時，我們分批出發，步行經萬壽橋，一路上山。約四十分鐘以後，已經漸漸接近，遠遠聽到瀑布的水聲。果然一個陡坡翻上去，看到那一條橫空匹練似的瀑布，猶如銀龍一般，張牙舞爪，噴雪飛珠，直落千尺澗底！古人所謂『倒傾銀河千尺水，飛珠噴自九天來！』似乎有些相似！桃山是武陵羣山間的支裡脈，山稜在這，陡然聳出一峯，中間有一寬徙大的石隙，山水即由此飛瀉直下，形成巨大的飛瀑，十分壯觀！加上四週青山翠谷，瀑水廻音，非常渾雄，自然的韻律，似乎在我們心靈上，也融合成交響，使人耳目清暢，產生快感！

林場人員爲我們準備了飲料，因此我們有足夠時間，欣賞這山川含蘊的奇景！

『五里桃山路，危岩百丈高，驚聲飛瀑布，無酒醉葡萄，景色銀龍舞，心情寶劍豪，暫拋塵海事，淸境足忘勞！』

豐原是台中縣治，四月時節

[illegible]洲種[illegible]不及大陸江南一帶大紅袍種，既美且厚。不過水汁多，有清香，也是果質本身的優點。目前市價不貴，約十六、七元一斤。

[illegible]把，大一簍小一簍，帶回家去，與家人共嚐佳品。有的是帶回去送親友！林管處更以我們預定的枇杷每人四大包，眞的是滿載而歸，大飽口福。

北洋軍閥笑話多

‧老丁‧

北洋軍閥，多出身草莽，靠汗馬功勞，雖位列封彊，却出言粗野，因而鬧出了不少笑話。

北洋三傑

北洋軍人有三傑：王世珍見首而不見尾，被稱爲龍；段祺瑞善怒而有威爲虎；馮國璋最好說話則是狗。但馮對這個稱譽覺得很不是味，而最不願接受此一「令名」，只是已成了口碑，也就無可奈何了。

善後會議

段祺瑞得奉軍擁護出任執政時，曾忙召開所謂善後會議。有人爲此會議擬了一副妙聯：

善則如之何？會放狗屁；

後來怎麼樣？議個鷄巴。

新捉放曹

曹錕賄選總統成功，認爲「捉放曹」這齣戲名，對他很不吉利，乃改名爲「陳宮計」。同時還禁演「擊鼓駡曹」。

他在總統寳座上，還不滿一年，就因馮玉祥倒戈而被囚在中南海的延慶樓上了。他過了一年多的幽閉時光，才因吳佩孚、張作霖聯合倒馮，而得到釋放。那想到他自己倒眞演了一齣「新捉放曹」。至於他的被國人唾駡，比起彌衡的擊鼓駡曹，可說殆尤甚焉，那更是應得的報應。

名字被扔

姜桂題在熱河都統任內，有天偶到庶務科閒坐，忽見地上有一紙條，上寫「要掛麵」三字。他氣嘟嘟地說：「你們怎麼拿我的名字滿地扔？」

庶務科長一看，也不敢發笑，就趕緊拾起來，恭恭敬敬地夾在卷宗裡。姜則仍是負氣而去。

吃我的肉

王占元做兩湖巡閱使時，以猪肉犒賞三軍，並致詞勗勉。他說：「你們吃得一塊一塊的肉，都是我的肉，吃了我的肉，就得給我拚命。拚命打了勝仗，還來吃我的肉。」

云云云云

王承斌當直隸省長時，某縣呈一公文，滿篇「云云」字句。原因擬稿者如遇引錄公文原文，就寫「云云」二字，到繕正時才錄上原文，這是官署的一般通例。

此呈又是錄事失檢，只將「云云」照抄，而鬧出笑話。王看了大爲光火，立即批示：「錄事云云，縣長云云，着將一干云云人犯帶省，聽候本省長云云。」

加上外衣

孫傳芳（馨遠）做江蘇督辦時，好拉攏名流，和張君勱常晤面。有次孫對張很恭維地說：「君勱先生學術道德，實爲今日世界的泰斗。」

張接着謙謝說：「馨帥待我獨厚，天氣還沒冷，已經給我加上外衣了。」

民不聊生

張福來曾做過河南督軍，有天他接見在北京各大學省籍的畢業生。他對他們說：「聽說你們都是在北京的大學畢業生，都會說六國英文。這就好，這咱就能救國。可是老天爺好久不下雨，這民不聊生怎

[illegible]

大家聽了，都莫知所措，這時[illegible]見的教育廳長忙喊了一聲：「督軍。」張才接着說：「那，咱問教育廳長吧。」

大帥化鱉

民國六年七月一日，辮師張勳和馮德麟突然發動復辟，重擁溥儀登上金鑾殿寶座。北京市面到處是張的辮子兵和馮的鬍子兵，强迫家家懸掛龍旗。

但不到十二天，段祺瑞領兵攻入北京，張勳急逃入荷蘭使館，馮德麟則化裝逃往天津，辮兵也都紛紛剪辮，鬍兵逃散，這齣戲就收場了。因是有人戲作月令說：「是月也，帝復辟，龍旗見。大辮飛去，鬍子剃光。大帥入荷蘭水瓶，化爲鱉。」

奉張還巢

奉系首領張作霖，把持北京政權時期，以梅蘭芳的新戲「鳳還巢」是奉軍還巢，特禁止演唱這齣戲。

爲時不久，張因軍事大爲失利，就被逼退回奉天，在皇姑屯爲日軍埋置炸藥炸死。奉張不但還巢，且死得很慘！

帶皮吃蕉

吳俊陞是張作霖的親信人物，是和張[illegible]有一次他參加一個盛大的宴會，席上備有香蕉等果品。他在東北尚是初次看到香蕉，便取了一隻，連皮吃了。後見別人剝了皮吃，他不願丟臉，就又取了一隻，仍是連皮吃下。還大聲說：「我吃這個東西，就是喜歡連皮吃，才覺得有味道。」

耍砸鳥籠

張懷芝做山東督軍，因省議會的議員們，常對省政多所批評。張竟發出狂言說：「你們對我的省政亂叫亂鬧，如果惹我火了，我就把鳥籠子給踢弄了，看你們敢不敢還亂叫亂鬧？」

省議會爲圓形建築，好像鳥籠。踢弄就是砸毀。

一輪明月

靳雲鵬有次很自豪的講說他的身世。他說：「我是從一輪明月（推獨輪車）出身，偸鷄摸狗，無惡不作。我從軍之後，一直創到出將入相，還當過保定軍校的校長。三十多年以來，也算飽經人海滄桑了。」

佛學妙講

靳雲鵬晚年學佛，隱居天津。韓復榘[illegible]講演[illegible]香。靳先行三跪九叩大禮，然後才發表佛學妙論。他說：「佛者，覺也。覺者，學也。這就是活到老學到老的意思。凡是世界上古往今來的一切事物，佛早就看透徹了。西洋人說一點水中有很多微生物哩，佛早就說『一花一世界』了，你們看一朵花裡就是一個包羅萬象的世界，又豈只是一滴水有很多微生物呢？」

獻媚被摑

民國十六年，山東境黃河上游河堤潰決，張宗昌急下令搶修，幸未釀成大災害。地方人士因推請河務局長林修竹（留日，與張同爲掖縣人。後曾任北政府教育次長，總長爲劉哲。）向張致意，願在大明湖爲張建生祠以誌德政。

張一聽林報告，立即摑以兩個耳光，橫眉怒目地大罵：「都是你們這羣東西假造民意。有罵我張宗昌的，有恨我張宗昌的，我一天沒了兵，誰不想殺我？去！去！去！咱不喜歡這玩藝。」

彈詞考

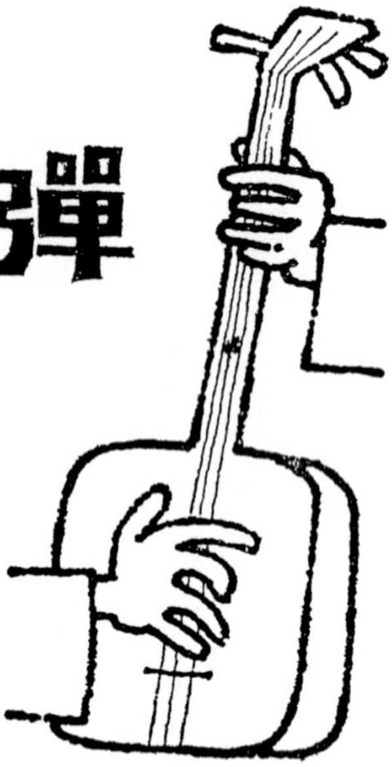

·清曉陶·

彈詞是在我國南方各省頗爲流行的一種講唱文學，它在南方各省民間所佔的勢力很大，一般的婦女和不大識字的男人，可能不清楚秦始皇、漢武帝，也可能不知道司馬遷、李白、杜甫，却不會不知道孟麗君、方卿、唐伯虎，這些彈詞家們創造出來的人物，已經在民間植下了極深刻的印象與影響力。

彈詞可以分土音與國音的兩種，國音的彈詞最多，體例也最單純，像大部頭的「安邦志」、「定國志」、「鳳凰山」和「天雨花」、「筆生花」、「鳳雙飛」等，都是極出色的作品。土音的彈詞，就以吳音，也就是蘇州話講唱的最爲流行了，「三笑姻緣」、「玉蜻蜓」、「珍珠塔」，都是著名的唱本。不過在敘述及生旦唱的部分，多用「中州韻」，也就是蘇州人說的「官話」（國語），丑角的說唱部分，則用本地吳語。

在廣東的「木魚書」，加入了廣東的土語方言，福建的「評話」當然也加入了福建的方言。這些也都是彈詞的一種。彈詞在南方各省產生的影響，就好像鼓詞在北方各省的一樣重要，不過，鼓詞的作者中，著名之士並不很多，彈詞却至少有「名著」十多種。在中國的文藝作品中，彈詞的重要性，絕不下於小說與戲曲，其中幾部最好的作品，也可以和小說戲曲中最好的作品相提並論。可惜有許多作品早已不見了。民國三十年左右，曾有人做了一項彈詞目錄，收入百餘種作品，只不知又經過了三十多年，這些本子如今還在不在世間了。

中國小說最長的有一百二十回或一百四十回，戲曲中最長的有四十齣，甚至到一百齣（「目蓮救母行孝戲文」），論冊數則最多不過二十冊，可是彈詞可以多到三十冊以上，前面提到的「天雨花」有四十冊，「安邦志、定國志、鳳凰山」合起來有七十冊。可以說是所有中國文藝作品中，卷佚最浩瀚的了。彈詞的描寫，比「好逑傳」、「隋唐演義」等名著高明得多，它以描狀細物瑣情而見長，細膩處有的比「紅樓夢」、「金瓶梅」更有過之。有人說笑話，說是一個婦人的鞋帶鬆了，她這個繫鞋帶的動作笑話，却也說明了彈詞的[illegible]多少也導因於蘇州人多半有那份閒情逸致。

彈詞的前身是「寶卷」，這也是在明清時在江浙一帶盛行的彈唱，他們稱之爲「宜卷」，彈唱前先要焚香請佛，帶着很濃厚的宗教色彩，寶卷之前就是「變文」了，跟「變相」一樣，變文的「變」是指變更了佛經的本文，而成爲一般人都能聽得懂的「俗講」的意思。早先變文都是講佛經上的故事，發展到後來，變文就不限定是佛經的故事了。變文是講唱相雜的，講的部份是散文，唱的部份是韻文。這種講法當時很鮮明，同時也是唐朝以前未出現過的表現方式，所以很吸引了一些聽衆。變文的韻式，至今還在「寶卷」、「彈詞」、「鼓詞」中，保存了下來。

彈詞的唱詞，以七字句爲主，有時在七字句加上一個三言的襯字，也有把七字變化成爲兩句的三言的，比如「珍珠塔」中有兩句這樣的例子。

常言道，惺惺自古惜猩猩。（七言前加三言）

方卿想，倘朦朧，緣何相待甚情厚。（七言前兩個三言）

最早的彈詞是何時開始的，已不可考，不過，「元曲選」的編者臧晉叔，在明萬曆年間，曾經刻過元朝末年楊維貞的「四遊記彈詞」（俠遊、仙遊、冥遊、夢遊），不過他只刻了其中的三遊，這大概是在文字記載中，最早出現的「彈詞」字樣了。最早的彈唱故事的「彈詞」，則是明末的「白蛇傳」。明末清初柳敬亭說書，不知道說的是不是彈詞，但是在孔尚任「桃花扇」的「餘韻」一折中，描寫柳敬亭所彈唱的那一段「秣陵秋」，倒確實是彈詞。

柳敬亭是第一個把說書流入江湖的第一人，所以說書的人把他奉爲祖師。可是早在明萬曆天啓年間，就有「說書」一詞出現了。另外，北平崇文門外南藥王廟西院，有偏殿，是鼓界同業長春老會所的祠堂，其中供奉有周莊王的神像（因周莊王設諫鼓，受[illegible]像，及耳朵特別靈敏，對音韻極敏感的師曠先生像。關起彈詞票友，到底誰是祖師爺，也沒有確切的答案，都說可能是柳敬亭。

因爲彈詞是婦女最喜歡的東西，漸漸的有文才的婦女，就得到了一個發洩他們詩才和牢騷不平的機會，她們自己動手來寫自己要的彈詞。詩詞都是男人的玩意兒，在這方面傳統的壓迫太重，婦女不容易發揮她們特殊的才能，可是彈詞不同，他們可以在其中充分抒寫出她們的情感思想。比如「再生緣」，以孟麗君爲主角，寫她女扮男裝考中狀元入朝做官的故事，由其中宛轉的情節，曲折的遭遇，在在說明了當時女性的苦悶，在一個完全沒有女權可見的社會中，女子是多麽希望也能與男人一樣，看看這個世界，而不必藏在深閨之中，除家務之外，什麽也不能碰。在彈詞的唱本中，類似再生緣的故事是非常之多的，這些「神遊」的作品大多都是出自女人之手。

蘇州人說「彈詞」，是指評話與彈詞，評話就是大書，像三國誌，列國志、精忠岳傳、大明節烈等忠孝節義的故事，還有神話鬼怪的封神榜、濟公傳等，都是大書，只說不唱，道具只有醒木一方，摺扇一柄。彈詞也稱小書，多講落難公子與小姐後花園私訂終身之類的故事，表演方式就複雜了。連說帶唱，還有樂器伴奏。演唱彈詞，在開場時，總有二至三節「短打」的節目，叫做「開篇」，由一人主唱，伴奏人數不拘，演唱的多爲著名彈詞唱本，精彩的片段。說書則要兼顧「說、噱、彈、唱」四者，有時由一人全部包辦，也可以幾個人合作。通常都是兩個人或三個人合作。不過兩人以上就有上下手之分了。上手坐在台桌左邊（由觀衆席上看去），負責彈三弦及說、唱主要的部份。下手在桌子右邊，彈琵琶，也担任說唱。三人或四人時，仍以一人爲上手，餘均爲下手，圍坐桌子三面。樂器則多加一把琵琶，月琴或二胡。

三四十年前在蘇州雖然並沒有某行某業的人一定要加入某種工會之類的規定，但是依照傳統，所有評彈藝員，都分別屬於兩個社團，光裕社與普裕社。在演出場所外面，一定掛着牌子，寫着：「××社社員×××先生（或女士）開講（或彈唱）××書目」，大書稱開講，小書稱彈唱，光裕社最早是不收女社員的，民國以後才漸漸開始收女社員，比如范雪君是很有名的，她最擅唱張恨水的啼笑姻緣。也有人說光裕社就好像平劇科班一樣，事實上兩者並不一樣，因為評彈學藝不像平劇的坐科，却是跟定一位老師來學各種技巧。

評彈的演出場所，稱作書場，書場多半是茶館兼業，從前在蘇州茶館之多，可與今日台北之咖啡館比美，而規模比較大的茶館，多半附設書場，場地大的書館，面積也可與此間觀光大飯店之大廳相比。在上海也有幾家大飯店，附設書場的（如滄州、東方兩大書場）。書場設備很單純，桌子多用八仙桌，早年用木凳子，後來改用籐椅。八仙桌很佔地方。但是當時的人認為那是理所當然，書場老板也沒有為了多招攬些客人，就多放一些桌椅。入場子買票，而是從管事那兒買竹子做的書籌，書籌的大小和小孩子用的牙刷那麽大，上面有茶館名稱的火印。聽書的人被稱為聽客，聽客付錢拿了書籌，就可以依自己的興趣選位子，先來先坐不對號。要想看說書先生彈弄三弦的指法，就坐在他的右手邊上。有的舊式書場，在書壇前設有一個特別的長桌，叫做「狀元枱」，倒不是中了狀元的人或是狀元的子孫才能坐的，而是一種「貴賓席」，一般人不大去坐，因為接近說書先生，聽起書來特別過癮，所以留給年高德劭之士、或老資格的聽客坐的，有時候這「特別來賓」還能提供給說書先生一些意見呢！入場以後，茶房泡來好茶一壺，拿走書籌，以便與說書先生拆帳。

書場中有賣零食的小販，手挽提籃，籃有方圓兩種，方的裝有點心茶食，賣的是方糕、斗糕、麻酥糖、葱管糖、香酥桃片、麻糕等，用紙包成四方形，一個籃子裡可以叠放很多種類。圓的賣的是各類瓜子、甘草脆梅、山楂糕等，眞是五光十色，難怪也有很多小孩子去聽書了。茶館大門的兩邊，多半設有小吃店，賣蟹殼黃、生煎包子、餛飩、麵條、湯圓等各種麵食，聽客也可以請茶房代叫，價錢很便宜，口味却多半很好，因此生意興隆。

一般書場一天演兩場，第一場下午三點左右，第二場晚上七點左右，每場大約兩小時。節目內容多為大書一段，開篇一小段，小書一段。不過開篇一般聽客不大愛聽，因為最精彩的小書在後頭，開篇唱了就佔去小書的時間了。所以有時候也免去開篇。說書先生並不常駐某一書場，而是以所說之書長短決定停留的時日，一部書說完了，就換到另一個書場去。通常一部書少說也要四五個月，碰上精彩的書，說上大半年也是常有的事。有些聽客是天天去聽，說到緊要關頭，可以拖上十天八天的，蘇州人稱之為「賣關子」，明知今天還說不到關子，聽客們還是捨不得不去。這恐怕是早期的「連續劇」了吧？

蘇州有一個習俗是很善良而體貼的，就是所謂聽「專書」，書場因為不收門票，所以是一個開放式的場所，門窗不關，書房旁邊的走廊，有時也放上長凳，這些地方是供給花不起錢的人聽書用的，因為當地民風淳樸，大多數的書場都是這樣，大家都覺得這是理所當然的。

去書場聽書的人，多半是老年人，也有一些對此有興趣的年輕人去捧場，女性聽客是到北伐前後才漸漸上書場去聽書的。而且多半是中年以上的婦女，艷妝少婦很少見。但是彈詞是婦女們最喜歡的，她們在遇有婚喪喜慶節日時，在家中內廳設堂會，有時候，大戶人家會在夏天設有長期的堂會，這時候除了一家大小之外，至親好友的全家人也都來了，晚飯後睡覺前聽上一段說書，眞是一大享受。不過，說書先生與女客之間有道竹簾，聽書的人看得見外面，外面的人則看見這些年紀大小不一的女聽客了。由此可見當時的「女權」是完全一點也談不上的。這種「長」的堂會。到秋涼的時候就告終止了。

[illegible]場會各滿，可是有許多也[illegible]書的節目多半很精彩，選自[illegible]多唱本中的精華片段。

彈詞也與平劇一樣，有各種派別，比較為一般大眾所熟知的有所謂沈調（沈儉安）、薛調（薛筱卿）、蔣調（蔣月泉）、徐嚴調（徐雲志、嚴雲亭）等，其他的一些名家如張鑑庭，張鑑邦，張鑑國三兄弟，徐麗仙、楊振言、楊振雄兄弟等的唱腔，都是由幾個老調中變化出來的，蔣調可以算是彈詞中的「梅派」，學他唱的人最多，他之所以那麽受歡迎，而成為一代宗匠，是因為過去的彈詞唱奏者，太注重說逗這一方面，只要口才好，唱的部份馬馬虎虎能將就就行了。蔣月泉能獨創一格，把情感注入唱腔中，而由此成為一種派別的代表。

彈詞在大陸上流行的地區很廣，以上海為中心，京滬線到武進（常州），滬杭線到杭州，這段地區之間的大小鄉鎮都有書場，因此說書先生也常跑碼頭。他們收入多半不錯，尤其是名角，更成為各大書場爭聘的對象。資深的說書先生，為了說得更生動些，必須常常修改或增添劇情甚至唱詞。一個說書的人，有時要變成劇中人，用第一人稱敘述或彈唱，有時又要以第三者的地位，對劇情加以解釋、交待，描寫劇中人的心理及當時的情況，而他除了三弦或琵琶外，只有一把摺扇能用來加强動作，所以說書以前多要對鏡練習很久，充份的把握住時機，聲音表情與面部表情是同樣重要的。女性評彈藝人，一向在比例上較少，而且多半是下手，一方面女人彈琵琶，看起來比三弦雅緻些，同時，上手的責任較重，一人要兼飾數角，沒有寬厚的嗓音是不容易做好的，加上女人比較容易害羞，所以就多半做男人的下手了。說書這個行業，是要靠一點天份的，光靠興趣與努力，若不是這塊材料是怎麽樣也沒法子吃這行飯的。

目前全世界的中國人之中，能公開演出正宗彈詞的人，大概就剩下台北吳韻集與香港雅韻集的少數社員了。吳韻集成立於民[illegible]參加的人多了，[illegible]就獨立了。一直到民國五十三年暫停活動之前，吳韻集也曾一度有過多彩多姿的日子，曾在民聲、民本電台，每週做半小時或一小時的節目，中廣、正聲、正義之聲、中央台，也都請他們去演唱過，可惜在電台的節目，只能唱開篇，沒法說書，到後來可唱的都唱絕了，加上原本單身的年輕小伙子都先後成家，有人出國，有人到南部去了，吳韻集在民國五十二年的年底，只好宣布暫時停止活動。

民國五十八年，瀟湘小姐自港回國定居，在她的奔走之下，吳韻集又告復活，開始了一週一次的聚會，並公開演出多次。

香港的雅韻集成立於民國三十七年，極盛時期曾有過四十多位社員，也經常演出，不過也與吳韻集遭遇同樣的困擾，新社員的吸收很不容易，而老社員的流動性很大，離開一個人就少了一人，因此近年來雅韻集在港演出的次數很少，只每週聚會兩次，互相切磋一番。

在今年演出之後，我訪問了幾位名票：

何國安先生，是雅韻集的社長，五十七歲的他，看來不過五十歲，九歲那年就有登台的經驗，至今與彈詞結緣了四十八年了。他畢業於上海國立音專，曾化了十年工夫研究音韻學，也曾參考平劇「販馬記」寫過一個彈詞的唱本。何先生是第一流的上手人材，能說會道，聽他說書可以眼淚鼻涕一起笑出來，他可以說是彈詞界的老前輩了。他表示，自己早該退休了，但是看到「沒人接棒」，又急又無奈，只好「拚了老命」再上台。

張善珙先生，家中開書場（上海滄州書場），從小就喜歡上彈詞，也曾經廢寢忘食的學，什麽都學，不過他表示，到後來才逐漸悟出這些「學問」的道理。他也曾寫過一個唱本，講過的是小兒女的私情，也是落難公子的故事，在香港還彈唱過的。他唱起「蔣調」來，眞有靑出於藍的聲勢，上下手都做得，而且很樂在其中。

倪美玲小姐是到了香港，遇見了何、張二位，在他們的鼓勵之下，才開始學彈詞的，她天生嗓子好，唱起來眞是沒話說，不過道白的部份比較不道地，她表示，自己是上海人，說不來蘇州話，有時候一個字繞不過來就是繞不過來，完全沒辦法。由此可見，若原就會說蘇州話的人，學起彈詞來，應該是更容易些的。

盛磐耕先生，是吳韻集的元老之一，他的三弦、琵琶，都彈得很好，過去曾反串「三笑」中的秋香等旦角，演起老生老旦來，也能恰到好處，可以說是一流的彈詞全才。

楊錦池先生，民國四十一年加入吳韻集，他是蔣調的高手，嗓寬音宏，說唱俱佳。今年在「聽堂奪子」中，飾努力奪子的徐長正老先生，唱得觀衆有人落淚呢！

程壽昌、程松甫兩兄弟，也在四十一年加入吳韻集，兄弟二人搭檔，說唱都很出色，尤其哥哥程壽昌，一付不慌不忙的穩健台風，說起來慢條斯理，唱起來有條不紊。

瀟湘，本名毛雪琴，曾是雅韻集的社員，民國五十八年，復會有功，被推爲台北吳韻集的社長。她在民國五十年，自鐵幕投奔自由到達香港，曾是邵氏明星，拍過黃梅調的片子。後來黃梅調走下坡，她自己覺得不適合拍時裝片，更沒法拍動作片，就與邵氏提前解約。她彈得一手好琵琶，擅唱「麗調」，反串小生有獨到的工夫。音色優美，「情探」是她的拿手，也是彈詞的一種新腔，雖與老調畧有不同，却很清新討喜。

然而目前，「後繼無人」是吳韻集與雅韻集面對的共同難題，多年來，沒有年輕的人去學彈詞，不但是學唱彈詞的沒有年輕人，就是去聽彈詞的年輕人，也極少極少了。這兩次的彈詞大會串，去捧的觀衆也多半是中年以上的人，今年在公演前，蘇州同鄉會曾經給幾個大專學校去了公函，希朝能吸引一些年輕學生來觀賞，同鄉會願意保留一部份票子給學生。結果眞令人洩氣，竟沒有一個學校有回音的。聽說也有研究所的學生，正在研究彈詞，要寫論文。不過這種方式與純粹把彈詞當作娛樂，在基本的精神上是多麼的不同！

事實上，要求今天的年輕人，聽彈詞聽說書，似乎也很難做到，在台灣生長的年輕人都說國語，在香港長大的說廣東話，就算從小也會說蘇州話或上海話，也因爲要從小用功唸書，應付激烈的升學考試，而沒有功夫聽這個，何況彈詞也不像當年在江浙一帶是那麽隨時隨地可以欣賞的大衆化娛樂了。沒有這個環境，自然沒法對它發生興趣。年輕人對吉他的興趣，自然比三弦、琵琶來得大，吉他三五個月就能自得其樂的彈唱，而三弦、琵琶，每天練一到兩個小時，起碼一年才能上道，若要彈得好，更要下不知多少苦功。唱歌不但容易學，而且唱得好還可以賺錢，可是彈詞却完全不是那麽回事，公演時搞不好還會賠錢，不過任何一種娛樂事業，觀賞的人總是比演出的人多，如何吸引年輕人回來，來聽聽這種前人辛苦經營而留下的民間藝術，是很重要的。也許可以公演多幾次，製造一些「名劇」，像人人都知道幾齣平劇一樣。把唱詞編印成專輯，另外出版唱片，或到學校有關社團做專題示範演講，都是可以辦得到的。不過，最重要的是，要社會一般人士能有這種體認，知道這樣做，是爲了能使這麽好的民間藝術，繼續的流傳下去。

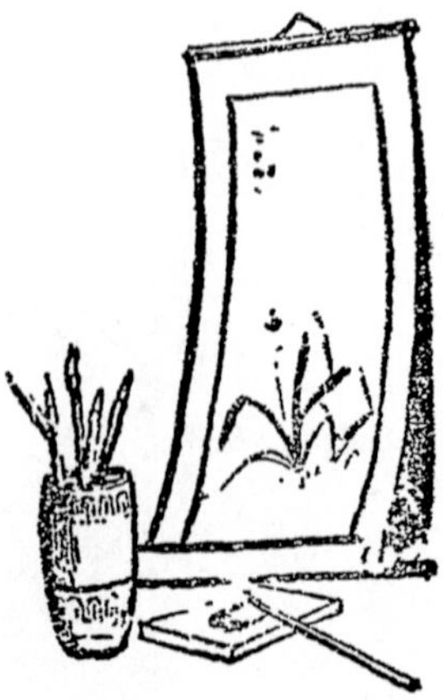

金門憶舊（一）

·關西人·

讀「綠化金門勝於左公柳」以後

讀樊振先生的大作之後，我面前好像站立着好些面色黝黑、身體健壯，態度純樸，而又意志堅强的舊日袍澤。荷鋤帶鎬，挖壕掘溝的在栽植樹木。又好像看見他們從山溝、井邊，挑水灌溉，堆砌石塊，做木牆以防風害。也好像看見他們因樹木的榮枯而表現出的歡樂悲愁。樊同志文筆流暢，感情豐富，動人之深，有如是者。筆者躬與其事，故不揣冒昧，畧事敍述。並以此開始，以綠化金門，作爲金門憶舊之一焉。

民國三十八年十二月，蔣夫人勞軍金門，親臨戰場。時正隆冬，狂風怒吼，寒砭肌骨，因之再三叮嚀，金門必須造林。不久數萬株馬尾松苗，即由臺灣運到。三十九年年底。 總統蔣公復職視事後，第一次觀兵前線，在風起雲飛，砂塵滿天中檢査戰備，巡視堡壘之餘，不斷面示：「金門應即栽樹積水。」後此在金門的工作要目中造林列爲大政，遵爲圭臬。軍隊民衆齊力以赴，各任司令官亦勤率嚴督，不敢疏忽。樊先生以之比美「引得春風渡玉關」的左公柳，筆者並無異議。但如文中所云：「胡伯玉將軍主持金門防務……。」筆者願誠摯聲明，金門造林之開始及成功，主要是總統蔣公及夫人的英明昭示，政府長官的鼎力支援，許多技術專家的協助，各任司令官之共同努力，特別是戍守官兵的辛勞。「胡伯玉將軍」縱然稍有貢獻亦不過千萬分之一耳，而且是職責所在。

據故老相傳，金門原屬林森草深的海上綠洲。民族英雄鄭成功攻取臺灣之前，正值南京失利之後，船艦蕩然，難以伏波。乃在金門伐木爲舟，控帆過海。厥後鄭經乘三藩之戰，進兵福建，亦以金門爲前進基地。因此金門失去林木，漸爲風沙侵融。迨至抗日軍興，倭兵進佔，與大陸隔離。居民燃料缺乏，乃刨根割叢，遂成水土無法保持之狀。不特太武石山濯濯，即雙乳山田埔岩亦白沙赤土，寸草難生。我軍進駐時，大陸柴木來路已絕，居民本以勁草防風護禾者，至此又以割爲燃料，且有軍民爭取情事。爾後軍煤雖獲補給，民煤亦得供應，然根本久遠之圖仍在恢復「海上綠洲」的本來面目。鄭成功伐木取臺，其子孫理應報應，由臺灣支援以綠化金門。

軍人本屬戎馬生涯，可以攀高山，越大水，破强敵，陷堅陣。一提起造林，誠如趙尺子先生的大作所云：「種樹種樹將軍令……。」認爲此乃易爲。但樹苗不聽命令，一批一批運來，一批一批死去，民國三十九年便在這種情形下心灰意懶的幾乎是絕望了。一位專家說：「五風十雨皆祥瑞」。在風中灌水，栽樹該無問題。然而問題就出在東北季候風太强，一日兩次灌水也都成了白費。

民國四十年，筆者在一次旅行中，發現了臺灣海邊有一種木本「印度田靑」的防風樹，當即向專家請敎移植金門之可能性。此時由於韓戰發生，臺海局勢穩定，政府不但派了一個金門工作小組，以朱光彩博士爲組長，其下有各種專家十餘人。逐漸也請農復會延伸其工作範圍至於金門，森林專家康翰，水利專家章元曦及徐吳斌負責連絡工作。一致認爲印度田青富於根瘤菌，可爲木麻黃、金、銀和歡等樹作先驅，至於馬尾松等應列爲最後種植。果然專家的見解比「將軍命令」有效，春種子，夏苗壯，秋開黃花，冬則以高等人身矣。祇是壽命太短，五年便枯，而且不能成材。

民國四十一年除繼續推廣田青外，開始了木麻黃的引進，這一年鑒於多次的失敗，特別是運輸。乃開始了①在臺灣與林場立定合同，竹籠中塡實肥土，植苗籠中，連籠帶土，船運而來，到金門挖坑妥當，在田青樹之側，拖好肥料，整籠入坑，然後指定專人，日夕維護，如此田青宛如褓姆，不但防風，而且在地下供應根瘤菌。新木麻黃苗，乃一一得活。②政治部主任兼金門縣長李德廉同志，與專家同心協力，在金門建立了農林試驗場，並在小徑設立苗圃。鑒於在臺採購樹苗，不但運輸困難，而價値昂貴，在公路兩側夾道培植，尚可支應。若在沙石赤土地造區城防風林，則自行育苗，不但易成而又價廉。金門無竹，不能編籠，因而改用塑膠紙袋。但赤土活樹困難，一日筆者在後浦東側的一塊貧瘠地中，召通信營長陳華封中校，告以挖成五百個坑，坑深到一人跳入不見其頂，坑大到兩人入內轉動無碍，然後塡汚泥其中，再在其上先植田青，再栽木麻黃。兩年以後，砍去田青，木麻黃臨風搖曳，恰似稚童學步，蓋以一片綠葉，覆沒砂石赤土矣。民國四十六年，筆者二度出長金門防衛，雖然際此鷹廈鐵路通車，匪圖金門又急，但面積造林，仍在進行。其中以湖南高地西北之三十二師張聞聲，鵲山以東之十師馬安瀾兩師長成績最優。又雙乳山地區九十三師師長雷開渲，埕下西南張華峯砲兵指揮官、鵲山以北高英俊砲兵指揮官及二十七師等之面積造林，功亦卓著。其地原都沙石瘠土，用深挖坑，換好土，拖肥料，栽育苗等方法。十六年後之今日，當年茸苗，已成雄木，林蔭蔽日，積葉成茵。尤其山後田埔蚵殼墩等地之林帶，早已阻止了海水飛濺，沙粒撲面的災害，西洪村落，免於沙葬，且闢爲遊憩勝境之榕園，恢復昔日「西洪無地不開花」之美麗風光，西向太湖，十分旖旎。民國六十一年三月，筆者應邀訪問十年不見之金門。在莒光樓前西望厦門雲頂岩仍是磷峋嵯峩，寸草不生。回看太武山則青葱耀眼，大地盡碧，不禁低吟曰：「綠化金門島不荒！」「一島之不綠，將如天山葱嶺何？」近聞金門區在栽培花木菓樹中。「洛陽三月花似錦，出門盡是看花人。」祇要努力，往事可以爲證。「鐵鑄金門打不開」之外，後人將再爲我軍民加上一句「春風十里杏花香，同袍將士何昂藏」了。

由於金門栽樹之一段艱辛史，筆者於民國五十二年向中原才子李士英出了一句上聯徵對曰：「雙木成林，三木成森，森林必須林森。」蓋言樹成林後，氣象森嚴，風沙不能動撼，李才子迅即答曰：「二人爲从，三人爲衆，衆從應先從衆。」李士英眞英士也。

蟹眼泉與古岡湖

金門環島是海，但本身却水不夠用，民國三十八年國軍進駐後，使原在島上居民三萬七千人之外，增加了一倍半以上，尤其在戎馬倥偬之際，食水用水乃成了大的問題，「軍民爭水糾紛」便成了時時處處必需解決的事件。特別是井水被取過量時鹹味大事增加，腹瀉成病，防不勝防。開始造林後，需要量更是使水無法負擔。

經濟部朱光彩先生的工作小組，詳細計算金門雨量及各地受水面積之後，認爲水量來源充足，十餘萬人應無問題，尚可灌漑不畝，增加農牧。問題是：第一雨量不平均，每年七八兩月是雨季，百分之九十的雨水傾盆而下。第二是雨水落地迅即入海。因此建議除了造林以求水土保持的久遠之圖，治標之道，第一是逢溝築壩，第二是多挖池塘，兩項工作歸向一個目標，即「提高地下水水位」然後廣開井而取之。金門環海，海水密度濃，海的面積大，雨水入地，不能再滲流入海。

在朱光彩小組的精密設計下首先在太

[illegible]官兵們努力作戰的[illegible]，定名爲武夷水壩，武夷是李師的代名[illegible]壩分東西兩渠，中爲溢洪道，鋼筋水泥質料。東渠最長，沿太武山脚而又分支北出，導山坡之水及壩中蓄水引入數十個池塘中，功效還在使雨水入地，點滴不漏入海中。這個壩用的兵工不算工錢，費時幾近一年，花錢近乎百萬，欵係金門軍民福利社中撥出，在當時當地，確係一筆太大的支出，也不可能再負擔一個同樣這種工程，偏偏這種性質的工程在金門的當時是十分需要的。

在武夷水壩之後的水利工程，乃着重於逢溝堵壩，並且在一條溪水中上下可堵數壩，有些壩由於洩水溝渠不當，壩塌水洩，造成災害的也有，但多數却都成功。太武的金湖溪由蟹眼泉起本來是荒溪小徑，牧童濁足的野草地方，後來由於節節堵壩，兩側修路，中實蓮藕，又在路邊鑿山爲洞，築屋而居，變成了金門島發號施令的地方。這個工程由第九第十兩師及原先的第五軍直屬部隊所完成。現在的「太湖」風景如畫，便是由蟹眼泉發源的金湖溪所積聚的。太武山西南的兩個水壩其中之一是六十九師曾杰師長所完成，八二三砲戰激烈時，附近軍隊便由兩壩供應用水。太武山東南鵲山附近的砲兵部隊在砲戰時對敵傷害很大，但也承受敵彈至多，可是[illegible]的水源。由於蓄水池高亢，還有灌溉的功能，高英傑指揮官能變鵲山以北一大片沙漠爲森林，這個蓄水壩供獻不少。

蟹眼泉在太武山南海山寺的西側，泉由石縫中滲出，形如蟹眼，涔涔而下，不捨晝夜，乃太武風景之一，筆者以此作爲金門東部水利的代表。金門西部最足以爲水利之代表的是由寶月泉點滴而滙集成的古岡湖，乃金門唯一產稻之區，舊金城位於岡阜之上，由高俯瞰，湖光山色，不減江南明媚，近亦環湖築路，建亭植柳，可與太湖東西相映而爭美矣。

金門西部水利之大者是後浦港之築堤，收容了雙乳山以西的雨水。其次是古寧頭西南的雙鯉湖，最初規模不大，現在已變成廣濶優美的慈湖。阻水入海，這兩個堤壩，效用是彰。古寧安岐間，由農復會援助的槓桿水井，入地三尺，即可由井得水灌田。後浦至榜林間一片碧綠的菜畦，當年不輟的供應市場，也是地下水充足使然。

以雙乳山爲中心，東到小徑，西到榜林，南北到海，這個窄狹地帶，大部份是斷崖殘澗，鋁土赤鐵混合砂石，每當雨季，急流入海，南岸海邊一片黃色，冲洗之厲，可以概見，駐軍用水每從遠方運來。在此地段唯一的制水之法是築壩，首先是[illegible]雨水沖洗把[illegible]雙乳山以南海岸崖立如削[illegible]色白似雪，這便是陶瓷所需要的原料白土，福建省僅德化與金門有此原料可以製造瓷器，但金門白土之被發現，乃是冲洗中得來。

金門也有幾個深水井，係由經濟部鑿井工程隊經勘察試鑿而成，第一口在頂堡，第二口在尙義機場附近，每口需欵近二十萬元，而且要用發動機抽取，現在看起來微不足道，但在民國四十二、三年，金門本身確實負擔不起，因此不敢廣事發展。同時，地下水因堵壩日多漸漸增高，深水井已無此必要，固然深水井取出的水色清味甘，最適飲用。

民國四十三年夏末，筆者調職回臺，舊日袍澤仍在金門服務者，而告筆者曰：「新司令官爲金門帶來福音，枯井也滿了水，雖然軍隊人數增加不少，但以往軍民爭水的事件不再發生了。」筆者頷首者再，幾乎熱淚奪眶！飲水思源，我袍澤胼手胝足，汗滴黃土，現在總算有了結果。近來看電視聽到翁倩玉小姐唱：「成全了別人，犧牲了自己，這才是愛的眞諦……」不禁又哈哈大笑，我們的萬里河山不也是我們的列祖列宗用血汗創下來的嗎？我們這些點滴微勞，敢向夏禹王比嗎？小巫之至者也。希望舊日袍澤也爲此而哈哈一笑！

易培基其人其事（一）

·傅清石·

易培基其人其事

培基先生姓易，字寅村，號鹿山，湖南善化人。住長沙白沙井，民前卅二年庚辰正月十九日生。父爲遜清武官駐湘西，先生有二弟，長早歿，次名白沙，因慕明代陳白沙獻章而命名，少有異才，著「帝王春秋」，盛譽一時。民初，白沙嫉世惡俗，每讀離騷，欷歔久之，終效屈平沉江而卒，正值端陽佳節，先生悲不自勝，爲詩哀悼：「從此愀然廢佳節，一盂麥飯度晨昏」，可見脊令情篤。先生自幼年，學有根基，爲文析理，頗中肯綮。其父在湘西任內，因事牽連，致入囹圄，先生上書陳寃情，有司閱之，深爲感動，遂得釋免，時年十六，自此頗有文名。洎長，憤外侮日亟，欲從事外交，離家赴鄂，考入湖北方言學堂，研習日文，與趙恒惕同學；畢業後趙赴日本，易不欲同行。人問其故？先生曰：「昔賢危邦不入，亂邦不居，今日本淫賣國，我雅不欲往」。其高潔而固執之性，有如此者。

先生返長沙，從事教書生涯，自覺晏如。後以軍閥恣睢，衷心義憤，乃糾合同志，發起驅逐張敬堯運動，至爲積極。蓋先生對張督湘，視作北狄入寇。其「感懷」詩有「北人今駐細腰宮」之句。此詩七律，僅憶其頷聯：「一聲清梵雲中落，四月閒花雨後紅」，清新飄逸，沁入心脾。所幸「驅張」成功，可解吾民之惱。因此，深得譚延闓氏激賞，引爲知交，先生發軔殆從此始。

主持第一師範

湖南省立第一師範位於長沙南門外，爲前代大學堂舊址，建築古樸，氣象褘而，亦黌宇之佳境。先生任第一師範校長時，人才鼎盛，學者衆多，成績之佳，甲於全省。學生組織最著名者，爲「崇新學社」及「明社」。明社提倡無政府主義，社員人數不多，由學生劉孟葦、張文亮、龔業光等負責。龔有妹業雅，雅智而美，與許文暄(後適易禮容)、周毓明，均加入明社，亦是女生中之佼佼者。文亮綽號「摸書角」，因撰「摸書角」新詩，思想浪漫，不可思議。崇新學社社員最多，活動亦繁，經常舉辦演說，陳清河最出風頭，同校二部師範學生，有賀衷寒，亦善講演，但未參加活動。體育健將有蕭自誠、朱錫紫等。最受歡迎是表演新戲（話劇），如「夜未央」及「孔雀東南飛」等，全城轟動。當時女角由男人飾演，「夜未央」女主角，係學生寧鄉人熊鳳騰担任，最爲出色。「孔雀東南飛」女主角，請胡震寰飾演，婀娜動人。有李三省者，爲長沙文明戲中編、導、演三項能手，胡爲李之門徒，不僅貌美如女，且善表演而富吸引力。該校學生對外交際，有葛光運（湘鄉人）、匡懷瑾（醴陵人），葛長辭令，靈活機敏；匡多才藝，能詩文，善雕刻，長國畫，精胡琴，擅京戲（平劇）。當年歐陽予倩自滬回湘公演「貴妃醉酒」，盛況空前，主持招待者即爲葛、匡，頗得人緣。匡後爲名票，宗譚叫天之

[illegible]該校男女兼收，作風新穎，[illegible]頓開三湘文化先鋒。當時教務主任爲周谷城，後爲彭韻宣，訓育主任王鳳喈，總務主任彭尼。教員有夏丏尊、劉大白、熊夢飛、匡務遜、羅教鐸（化學）、李味農（英文）、黃醒（音樂）等，尚有江蘇人葉鼎舉教美術，葉去後，聘馮氏兄弟繼之（江蘇人）。蘇曼殊亦曾教英文及中文詩詞，確是陣容堅强，無與倫比，先生自兼教國文，尤以「文字源流」一課，最受歡迎。

孫大元帥派駐浙江

當湘軍總司令譚延闓，與趙恒惕在湘作戰之際，譚堅請易任總司令部秘書長，參謀長爲石陶鈞（醉六），副官長姜濟寰，先生即離開第一師範，欣然前往衡陽軍次就職，住江東岸楊留餘堂楊績蓀家。是時戰氛緊張。譚嘗親赴陣地視察，登臨昭山，忽報上海來電，驚悉夫人產亡，當即昏厥墜馬，衆扶上輻而歸。哀傷逾恒，伉儷情深，誓終身不復娶。譚氏德高望重，文武兼資，尤重情感道義，今世不可多得。

之後，譚軍敗績，退往廣東。先生留住衡陽，旋奉　孫大元帥命，派駐浙江全權代表，策動盧子嘉軍歸附事宜。其代表辦事處設於杭州西湖俞樓，位據孤山，風景絕佳，樓爲俞樾（曲園）所建，兩屬西式樓房，結構頗新。先生向俞平伯租賃，言明每月租金三十銀元，俞堅要每月住期按陰曆計算，後揣其意，因陽曆有卅一號，房客得多住一日，則房東吃虧一天，如此戔戔小事，先生謂此人亦工心計也。相傳俞樓建造，有一段神話。筆者檢閱曲園劄記：謂當初建斯樓時，曲園夢一偉丈夫全身盔甲，入室憤然，曰：「汝建此屋，阻我出路」。俞醒而奇，經查此人名王延慶，爲史可法部將陣亡，葬孤山（今墓在俞樓後），俞乃命工，另移門向以避之。

[illegible]湖光山色，有助詩文。其生平唯一著作「三國志補注」，亦在斯樓撰寫。當時唱和詩詞諸人，爲汪精衛、胡漢民、鄒海濱等。汪寄先生詩書於扇面。筆者憶其前四句云：「不晴不雨祇陰陰，此日西湖倦氣侵，孤塔偶從塵外見，遠山如在夢中尋」，頗見自然。先生贈鄒海濱詩：

「去年湖上送春時，今日君歸又送之，
閒倚迎春橋上望，長隄十里柳如絲。」

詩詞清越灑脫，惜無存稿，其詩宗杜，蓋同誠鯁情操。尤喜作五律，氣勢雄渾，如「除夕登樓」云：

「岳麓臨江渚，深宵獨倚樓，有心消刼火，無計遣閒愁，
遠水聲何壯，寒雲雨未收，明朝迎歲首，春意滿枝頭。」

又一首「新年」詩，亦爲五律，僅記其頸聯兩句，「縱有椒花樂，其如雨雪何？」雖寥寥兩語，足見蒼涼沈鬱，彌可誦。至於「長江水漲」一詩，胸懷豁達，宅心仁慈：

「春來十日雨盈城，難得雲開見晚晴；
幾處黃昏人在望，萬家飢溺總關情。」

黃昏聞笛：

「江村吹笛月婆娑，一片秋聲向晚多，
已是客中聽不得，那堪重唱渭城歌。」

無題二首：

「春意如醒上陌頭，忽看柳色動離憂，
思君時節君知否，最是風清月上樓。」

（二）

「衡陽七十二峯高，南望伊人夢也勞，
潭水桃花孤影過，見他梁燕有新巢。」

人間亦有痴于我

當先生在湖北方言學堂求學時，住武昌楊家。楊家有女美慧絕倫，慕其文才，欲許終身。先生以已訂婚而堅拒之，女痴悒而亡。先生禮教忒深，然於內心蘊有「我雖不殺伯仁，伯仁由我而死」之感，引爲終身遺憾。

有葉麻子著，窺悉其意，以詩嘲之：「春苑歸來盈袖香，銷魂天氣柳絲長，早知今日增惆悵，何不當時什襲藏？」先生亦不介意。一日，葉來訪云：「君愛杜詩，知黃四娘否？少陵最欣賞黃四娘，有詩爲證：『黃四娘家花滿溪，千朵萬朵壓枝低，留連戲蝶時時舞，自在嬌鶯恰恰啼，』熨貼之至。後人亦有詩詠之：『樂天歌裡商人婦，子美詩中黃四娘，莫向痴人前說夢，世間萬事海茫茫。』於是引起和尚釋紹嵩不得清凈，亦有詩云。『忽驚春色二分空，滿地榆錢逐曉風，黃四娘家誰敢道？古來惟有杜陵翁』」。

任教育總長

先生在浙江任務結束後，復奉　大元帥命，派駐北京全權代表，並監辦庚子賠款退還事宜，住北京南河沿大純公寓。因公務關係，得識俄國大使加拉罕，但無交往，平日與李石曾以革命意志相契，過從甚密；未幾，黃郛組閣，由李介先生識黃。先是黃欲李出任教育總長，李以信「無政府主義」而辭，故特推薦先生任教育總長，黃亦久耳其名，慨然接受，或云：「易由埳井一飛而上鳳凰枝，位高愈危，樹大招風，宜乎愼矣」，卒然。先生性疏約，不欲虛應人事，毀忌時興，終還埳井而不得跨時之樂，命也。

黃郛主政未久，即告解組，代之而起者，爲段祺瑞執政。先生以國民黨身份入閣，且段夙慕其國學深博，爲人醇正，請其續任教育總長，旋兼女子師範大學校長（總務由羅宗翰、羅馭雄經管），並負責組設清室善後委員會，亦僅負名義而已。其實，先生主旨仍在教育，故重視北京大學，但對該校人事生疏，其時蔡元培已出國，校務由蔣夢麟代。幸有顧孟餘從中聯繫，顧係北大教務長，深得先生信任。顧亦常來其寓商談，筆者適在北京上學，是以知之

蔣總司令邀往南京

段氏執政未久，軍閥披猖，內閣閣員多避居東交民巷。先生奉命南歸，住長沙瀏陽門外「謙莊」曹子谷家。是時寧漢分政，長沙共黨滋事，時勢危急。幸蒙蔣總司令關懷，特派專人持親筆函來長沙，促先生速赴南京共商國是，先生倉卒啓程晉京，乃葉德輝被害前夕。先生至南京住鐵湯池丁公館中央委員會招待所，所中均爲黨國先進及南京政府首要。筆者在此初見　蔣公，引爲生平榮幸。

身兼三職顧此失彼

南京政府開始組織，先生任農鑛部長，兼上海勞動大學校長，又兼北京故宮博物院院長，綰領三職，表似顯貴，然從此多事，漸走下坡。眞是「何嘗眞富貴，依舊布衣裳」。加以譚公組安逝世，頓失知己，攻訐之人，有加無已。先生身兼三職，力不從心。在事實上，三職異地；精神上，無法集中，顯難照顧，終以故宮盜寶之說，爲其制命之傷，雖是含沙射影，已成衆口爍金。當時秉良心識內幕而主正義者，亦大有人在，尤其　蔣公明達，曾謂人曰：「易是讀書人，亦是老同志，不至如此，應査明白」。更有吳稚老最爲不平，來台後，曾與譚九思詳實深談，憤懣不已。人云：故宮組織嚴密，互相監視，不易竊取，且無法攜出衞門。如果有盜寶之事，應由故宮博物院秘書長負全責，何能殃及遙領「院長」名義，而鞭長莫及之人？或云：當先生抵北平時，最初相契，而卒得其力之某名人，頗涉嫌疑。

敍說至此，何以產生「盜寶」之說，中有一段秘情，以至小事而成大患，知交而同寇仇。此人單名河北人，常爲易家座上客

[illegible]違閫令。其妻曾向故宮博物院李宗侗秘書長介紹友人工作，李竟拒絕因深恨之。從此火苗暗蘊，一發不可收拾，以致易氏家破人亡。李為人戇直倔強，具大少爺習性，更不知人事之圓滑肆應。某夫人遭此碰壁之辰，顏面攸關，愈想愈氣，于是向外散發火種，而「盜寶」之說起焉。事後易氏聞而大怒，深責李壻任性，何以對人？敗乃公大事矣！至抗戰時，該院秘書吳瀛晤筆者于重慶，曾詳談此事實況，慨然淚下，幾不成聲。所謂「星星之火，足以燎原」。殊不料為介紹求職之小「事」，而成毀「人」之導火線。昔武侯知人善任，尚有街亭之失，豈非天意？于今人事滄桑，夫復何言？幸衆知此筆「冤枉帳」，乃是「莫須有」，一代碩儒，結果如此，所謂「今生業障」，猶同繭縛。先生蒙冤且絕嗣，確是慘矣。于今事過境遷，言之無補，姑且引用三國演義「西江月」一語：「古今多少事，都付笑談中」。

提拔後進造就人才

農鑛部地址先在南京乾河沿，與司法部為鄰，後遷至崔八巷。次長初為麥煥章，次為陳郁與蕭瑜，鑛政司長胡博淵，農林司長徐廷瑚，總務司長陳郁兼、秘書李儻、黃德安、方表（叔章）曾任國會議員，尤以英文秘書端木愷，學有專長，現任東吳大學校長。科長陳菱曾、蔣君豈（其兄實三為長沙有名體育教員），周純（石蘭）管會計，晏遠懷（甸芳）司庶務。科員楊興詩（武昌楊家）、楊泉蓀（衡陽楊家）、辦事員鮑事天（鄂人），英俊優識，現任菲律賓中正學院院長。司書饒振常，精明幹練，來台後，任台灣銀行主任秘書，嗣調台中分行經理，前歲攖疾下世，殊堪軫惜。全部可謂人才濟濟，均為一時之選。筆者位列科員，忝陪末座。同時尚有北平地質調查所所長翁文灝、烈山煤鑛局長周培均，副局長程星齡，均毋須庸述。

[illegible]。故宮博物院秘書長李宗侗（玄伯）為易之女婿，秘書吳瀛（景州）江蘇武進人，為易湖北方言學堂同學，學業該通，蒞事明敏，院中尚有馬衡、胡鳴盛、莊嚴等，亦屬長才。

農鑛部規定在辦公時間，抽出一小時宣讀三民主義，此項工作，由秘書黃德安負責，在合全部職員宣讀，發音清晰，頗得佳評。其人活潑有風趣，曾當蔣君豈科長結婚典禮，冠蓋雲集時，黃任來賓致詞，說：「古之女子二十而嫁，男子三十而娶，蔣君結婚較遲。諺云：『大器晚成』，蔡君之器究竟多大，無從查證」。引起全場大笑，尤以名媛淑女，忍俊不禁。當時君豈之妹，長名君劍（七七），次名君約（八八），亦在座中，玉容艷麗，滿堂生輝。

先生治事嚴正，主持農鑛部最為認眞，不准遲到早退，每早派陳郁監督上班情形，筆者有次因事遲到，被易註明于簽到簿上遲到十分鐘，可見大公無私。先生生活儉樸，起居有規律，每日黎明即起，庭前散步。平日舉止循禮，道學氣味濃厚，晚年患糖尿病，飲食更慎，甚至飯亦少吃，由女看護在家隨侍，一切聽從安排，殊不自在，引以為苦，而糖尿病始終未愈，以至彌留。

小倉山畔杜鵑橋

先生南京住宅在鼓樓門鷄鬧，為兩層樓花園洋房，係金陵大學為外籍教授而建。背鄰小倉山，山上有袁子才隨園遺址，荒草衰煙，黃土塞道。惟隨園之東，有小橋焉，人稱「杜鵑橋」。尚有芊芊草色，淙淙水聲，比較可觀而已。先生有時晨昏散步，多在橋邊。曾有句云：

「小倉山畔一荒亭，芳草魂銷何處青？
春去雨中人不惜，杜鵑啼與落花聽。」

先生因農鑛部在南京，勞動大學在上海，兩處各住一星期，故每週來去京滬臥車，次早到達，即驅車上班，不勝辛勞。先生有怪性，不欲接見新聞記者，惟對上海申報記者沈九香（聞亦在台），視爲例外。沈于每週二赴鬥鷄閘易公館，抄寫行政院政務會報紀錄，以便爭取時間發表。保管此項資料者爲蔣君豈，有時由筆者代爲接待。

農鑛部後與工商部合併爲實業部。在未合併之先，吳稚老不以爲然，曾根據　國父「建國大綱」之組織，并無實業部之名稱。故予反對，然事已遲。兩部人員經合併後，農部多人被裁，是因「實業」而「失業」，先生亦無可如何。易氏一生恃才傲物，目中無人。工商部長孔庸之，每次請其參加宴會，均被謝絕，經熊科長集生，統計其請柬有十四張之多。足見易氏應世過于疎忽，致爲其後受打擊之原因。

先生平素拒見新聞記者，固開罪於人，而幕僚人員，聽其自然，不加聯絡，亦爲失策。迨後易氏下台，致併發症之「盜寶」說隨之而起，滿城風雨，無人辯白，易亦無「報」可以答辯。世人處于煙霧之中，而燃火者有聲有色，狂抨無已；但亦有不平而不能鳴者，有隔岸觀火者，有登眺黃鶴樓者，甚焉者落穽下石。昔韓文公曰：「反眼若不相識，落陷穽不一引手救，反擠之，又下石焉者，皆是也。此宜禽獸夷狄所不忍爲，而其人自視以爲得計」。噫！易之亢傲，有以自取矣。

譚組安氏致易氏函

譚氏在湘與趙（恆惕）軍作戰，不幸敗北，撤退廣州。曾有兩函致易：一用湘軍總司令部銜紙，一用彩色信箋，精心着筆，字字可法。同時可見譚易交情，至深至厚也。

第一函

鹿山先生左右：數書均奉到。稽遲未復，甚慚媿也！七月廿四日書，縱談時事，碻有見地。我方將領，不免失之耳食。以言和爲可靠，幸吾不入彀中。不圖左右乃能于千里外決之，有此關心，無此明識，未易臻此。頃已將尊函寄石侯閱矣。病兵漸次可瘉，刻正點名整頓，準備兵八元，官二十元、正式發餉、士氣稍振。惟黃國軍下世，有志未展，思之憮然！專此佈復，敬問旅安，弟延闓啓七月三十一日。

第二函

寅村先生左右：陳書農來，承佳筆之賜。又得見種種報告，無異對談，惟故宮書畫版本，乃寥寥至此，爲可惜耳！天祿琳瑯書目所載：甲午清撿時續編書具存，今似亦散佚矣。散盤究以何者爲眞？公兩者皆曾摩挲，必能定之，願告我也。見致毛潤生（之）書，知此心如青天白日，至爲信仰。前書云云，今事亦大明，不須弟更復矣。子靖書來，言公所以助之者甚至，知不待弟言。然弟所處，實不能有以助之，故益不能不望公也。石曾先生處，請爲致意。子靖頗愧對之，期公爲之解釋。然吾知石兄不如此也。近事知在鑒中，故不一一，敬請大安！弟延闓啓一月七日。

（未完・待續）

天聲人語

猛士行 並序 王公璵

北伐後，繼以抗剿各役，徐州之王敬久（又平）、王仲廉（介人）、暨魯省之李延年（吉甫）、李玉堂（堯階）與李仙洲諸將，均卒業黃埔一期，忠勇有戰功。時人以徐州二王與山東三李並稱；美之也。迨抗戰勝利，內亂猝起，神器東遷，情勢劇變。目前反攻復國聲中，三李二王，已漸凋零，祇徐州介人尙健壯；然久蟄山林，迥非當年意氣矣。頃介人於乙卯冬臘鼓聲中，以其昔在軍中所作詩歌六十首，依時地加以編次，題爲「萬里征塵」見示，不禁愴然有感。蓋予與王李諸將均相稔；念劉季「大風歌」中有「安得猛士」句；爰襲其義，率成「猛士行」四十韻，藉酬介人。

駒光奔逝急如矢，回首前塵一夢裏。
當年婦孺震威名，徐有二王魯三李。
早歲憂時曾請纓，馬上搖鞭悉南指。
相期親愛濟精誠，苦研韜略同硯几。
學成俱堪敵萬人，牛刀試自東征始。
北伐聲中各建功，受命元戎供依倚。
剿匪抗倭益艱辛，疆場百戰終湔恥。
凌煙閣上合圖形，睥睨褒鄂藐餘子。
國威丕振待修文，不道蕭牆劇變起。
神姦媚外妄稱兵，一時國祚瀕傾圮。
爲存正朔渡海東，亟圖伐罪肅綱紀。
詎知一李（仙洲）陷重圍，敵後無從卜生死。
一李（堯階）意外坐株連，竟論刑戮收大理。
年年待命備反攻，一王（又平）一李（吉甫）日翹企。
先後貧病齎恨終，但餘英魄護桑梓。
及今[illegible]
肉生髀。時憂食指殊浩繁[illegible]），懸懸深恐囊無米。
仍矜雅吝儒將風，從不怨尤輕臧否。
近喪賢妻神自傷（夫人郭翔九殊賢能新逝），淒淸深感夜無俚。
挑鐙姑錄舊時吟，心逐征塵寄萬里。
遣愁無意作詩人，敷陳端合稱詩史。
開緘拜讀淚汍瀾，哀生傷逝情難已。
况驚臘鼓逼歲闌，朔風嘯度客窗紙。
我與五將忝論交，二王尤早稱知己。
回憶柳營歡聚時，入座忘形難序齒（我與五人均卯年生）。
愧我庸懦一書生，幸叨青睞肩並比。
情景依稀似目前，胡竟凋零忽如此。
登樓望遠念神州，不禁低徊思猛士。
因思五將仍少年，合助聲威匡國是。
却聞天道原健行，新陳運轉無休止。
逝者如斯去不回，川上如何怨流水。
君不見中華邦舊命維新，炎黃子孫世濟美。
際會風雲終雪仇，自多英俊待驅使。
揚舲西上氣如虹，大張撻伐敵披靡。
攻堅夜渡大河黃，乘勝宵收紹塞紫。
前鋒疑是霍嫖姚，殺敵直如屠羊豕。
後生可畏亦當然，堪爲老將卸肩仔。
放歌聊酬萬里吟，吟成百感雜悲喜。
願具莫計醉尉訶，好共迎春傾綠螘。

趙敎授尺子輓詩 王大任

燕都邂逅各丁年，叩角長歌詩百編。
劍底風雲齊奮勵，相期蕩寇勒燕然。
尊酒論文記尙鮮，巴山夜雨話當年。
多君塞上歸來日，肝胆鬚眉照綺筵。
瀋陽烽火徹天紅，心戰曾收汗馬功。
安危當時曾共仗，不堪瀛海哭秋風。
回首關河百二州，臺員聚首話從頭。
著書豈爲消孤憤，誓斬樓蘭願始酬。

[illegible]
噓來冷氣煙生口。賞去[illegible]。
一盞燈光秋寂寂。半簾花影夜漫漫。
朔風吹白悲雙鬢。合藉芳醪注臉丹。

乙卯歲暮感懷 張雪茵

一

花木飄零逐歲刪，驚心鄉夢阻重山。
廿年多少思親淚，贏得蕭蕭兩鬢斑。

二

人在天涯歲已闌，遙知風雪滿長安。
灞橋曾折千條柳，怎及思親淚更酸。

三

瀟瀟榕葉響長廊，冷雨敲窗怯晚涼。
鄉夢時溫簾未捲，萬愁如海一身藏。

次韻酬定山郎以爲壽 丁治磐

遲遣溪舟訪戴逵，恍聞高詠隔溪雷。
（君居永和余家新店淡水爲隔）
儘多豪氣故難老，特有文心未易灰。
舊雨只應抵掌過，新潮也許盪胸廻。
爲君早辦屠蘇酒，讓與先杯好共陪。
（開歲君八十小於余）。

丙辰新春 陳慕萱

龍飛燕語報年新，歌管樓臺萬戶春。
遠樹煙消生曙色，香花風暖正芳辰。
晴雲似畫開滄海，瑞雪如銀點大屯。
歲月蹉跎興慶感，不堪鏡裏舊時人。

春宵 陳慕萱

東風嫋嫋度春宵，花影輕移柳影搖。
太白酒邀明月醉，子瞻燭爲海棠燒。
千金一刻催銅漏，謾無低歌譜玉簫。
碧落星稀猶耿耿，瀠洄心似去來潮。

編餘漫筆

編者

這一期出版之日，適逢故總統蔣公崩殂一周年，仁人之澤，歷久彌新，蔣公雖離世一年，但國人哀悼之情，懷念之切，並未稍減於去年今日。本刊去年曾選輯紀念文字多篇，本期又刊出我國駐美大使館武官公孫嬿「雙橡園的哀思」一文，敘述去年美國中外人士哀悼蔣公之情況，亦近代史料。公孫嬿本是名作家，其文字之優美感人，亦非一般作品可及。

民國二十七年四月台兒莊大戰，距今已三十八年，是次戰役是我國對日抗戰第一次大勝，也可以說是自從甲午戰爭以來中國軍全殲日軍之第一次，其意義自非尋常。是役中國南北各有軍隊參戰，死守台兒莊者爲第二集團軍第三十軍之三十一師，與日軍逐屋爭奪，在台兒莊展開肉搏。日軍志在必得，中國軍寧死不退。戰至最後，援軍四集，日軍大部就殲。此役自以孫連仲之第二集團軍出力最大，三十軍共轄三個師，守城者是三十一師，在兩翼作戰者是二十七師、三十師。本文作者乃二十七師八十旅旅長，親預斯役，躬冒炮火，所記皆親身經歷之第一手史料，價值特高，本刊故樂於刊載，相信他年必爲修史者所採用。

「硯山老人雜憶」提出湯化龍何以不容於湖北一點，亦爲近代史一重要公案。湯化龍其人之才、德、識見均是民國第一流人物，就其個性而言，比較接近革命黨，但終不見容於革命黨，硯山老人歸咎於居正；實則居正亦是賢者，特一入黨，便不免有黨同伐異之念。民國甫成立，同盟會便同湖北人決裂，除居正，張知本，曹亞伯等少數會員，仍然堅決站穩同盟會立場，其餘湖北革命黨人皆奉黎元洪爲黨魁，折而擁護袁世凱，直到帝制發生，始回頭反袁，已焦頭爛額矣。

本年是龍年，中國人一貫視龍爲祥端。龍究竟有沒有，如果就古代的恐龍而言，自是有的，若是照一般圖畫上的龍，則肯定無此動物。本期發表林朝棨先生「中國境內龍的發現」，則是說的恐龍，將數十年來所發現之恐龍，臚列無遺。此文眞見工夫，非專家不可。

鄧小平事件尚未有結局，北平已發生天安門示威暴動事件。中共當局很可能將此一責任推在鄧小平的頭上，故鄧小平雖然垮而未垮，但其本身仍具有重要作用。本刊自上期發表鄧小平之文章，本期繼續刊載中篇，下期續完，以供關心時事之讀者參攷。以後本刊也將盡量發表當代重要人物的歷史。

最後仍然希望本刊讀者能熱心爲本刊介紹訂戶或直接購買，不勝感謝。

掌故 月刊 訂閱單

請將本單同欵項以掛號郵寄香港九龍旺角郵局信箱八五二一號

英文名稱地址：

The Journal of Historical Records
P. O. Box No. 8521, Kowloon
Mongkok Post Office, Hong Kong.

姓名（請用正楷）中英文均可			
地址（請用正楷）中英文均可			
期數及金額	一年		
	港澳	台灣	海外
	港幣二十四元正	台幣二百四十元	美金八元
	平郵免費・航空另加		
	自第　期起至第　期止共　期（　）份		

野史・佚聞・
人物・風土・

[redacted]

月刊
57

掌故月刊

第57期 目錄

每月逢十日出版

掌故

第五十七期

每册定價港幣二元正

全年訂費 港幣三十元
台幣二百四十元
美金八元

出版兼發行者：掌故月刊社
地址：九龍亞皆老街六號B
通信處：九龍旺角郵局信箱八五二一號
電話：K八〇八〇九一
The Journal of Historical Records
P. O. Box No. 8521, Kowloon
Mongkok Post Office, Hong Kong.
督印人：鄧少卿
總編輯：岳騫
印刷者：和記印刷有限公司
新蒲崗景福街一一〇號超達工業大厦十樓
總代理：吳興記書報社
香港租庇利街十一號二樓
電話：H四五〇五六一 四五〇七六六
國内代理：黎明書報社
台北市八德路三段九十九巷六號
電話：七二一二五二九
星馬代理：遠東文化事業有限公司
新加坡厦門街十九號 檳城香田仔街一七一號
印尼總發行：集源公司
椰城旗桿街87號A
Dil Tiang Bendera No. 87A
Djakarta, Indonesia.

澳門：可大文具店
亞庇：利民公司
斗湖：光明書局
漢城：泛亞書籍公社
倫敦：香港文化服務社
中藝公司
東寶公司
紐約：友聯圖書公司
友誠公司
友方公司
菲律賓：華安書局
芝加哥：文華書店
羅省：大元公司
新東方公司
三藩市：益智圖書公司
文化商店
華盛頓：德昌公司
波斯頓：中西公司
千里達：中華公司
加拿大：香港商店
溫哥華：僑益書局
滿地可：明星書局
渥太華：民生書局
巴西：興昌公司

鄧小平的大半生（下）

・放之・

鄧小平再起

鄧小平在「文革」被鬥倒，罪名之重，僅次於劉少奇，何以到一九七三年突然翻身，被放出後即任「副總理」至一九七五年元月中共十屆二中全會又被選爲副主席、政治局常委，地位較文革前尚高半級。因爲鄧小平在文革前雖是政治局常委，只是總書記，地位較副主席爲低。

鄧小平之翻身，究竟是毛的主意，還是周恩來建議得到毛澤東批准，此事海外迄無定論，觀於以後的演變，個人認定這是毛澤東之意，毛澤東重起用鄧小平，內心有兩種打算，表面理由是周恩來在一九七二年發現了癌症，生命已論日計算，而且也不能擔任繁劇工作，非找一個替身不可。暗地則是以鄧小平威脅周恩來，因爲自從林彪敗亡，周恩來無論名與實，皆取得「接班人」的地位，毛澤東決不願周恩來一枝獨秀，形成尾大不掉，就想平衡周恩來勢力，但此時中共內部與周恩來地位相等的，能力皆不足與周恩來相比，因此，想起鄧小平，特地把鄧小平從「牛欄」放出，第一次出塲且由王海容扶持，實則鄧小平身體不是毛澤東，比周恩來好得多，又何用人扶持，無非是毛澤東故意安排，讓外人看見他對鄧小平重用，間接提高鄧小平身價，以威脅周恩來的地位。

毛鄧這次衝突真因

鄧小平既然鹹魚翻生，爬上了第三四把交椅，何以又跌下來，可能與鄧小平個性作風有關。自鄧小平上台後，可以看出他又恢復了過去肆無忌憚的作風，如在聯合國演講自認屬於第三世界，見到法國總統戴斯亭聲言俄毛大戰必不可免，前者自是毛澤東同意，後者便是鄧小平信口開河了。至於在北平與基辛格談判，被基辛格罵爲「下流小人」，後來與福特談判，又鬧得不歡。

毛澤東要鄧小平代周恩來，是希望鄧小平能進行國際統戰，但鄧小平把周恩來的笑臉外交一變爲罵戰外交，在毛澤東看來將破壞了國際統戰，尤其是美毛關係，鄧小平一上台便同美國搞不好，勢必影響到中共的生存。

這一點自不是主要，但在鄧周兩人作一比較，毛澤東感到鄧小平已相形見拙，對鄧小平的倚重便打了折扣，再加上其他更重要的因素，使鄧小平在將爬上最高一把交椅時，摜下來。

更重要的一項，則是自鄧小平「解放」後，大批在文革時被打垮的中上級頭目紛紛出籠，有些且任顯職，重要者計有：

一、「最高人民法院院長」江華。

二、「人代常委會副委員長」陳雲、譚震林、烏蘭夫。（人代常委副委員長共二十二人）。

三、「國務院副總理」：鄧小平、王震、余秋里（兼計劃委員會主任）、谷牧（兼基本建設委員會主任）。（國務院副總理共十二人）。

四、各部部長：康世恩（石油化學工業部）、徐今强（煤炭工業部）、葉飛（交通部）、邊疆（第六機械工業部）、萬里（鐵道部）、張勁夫（財政部）、李强（對外貿易部）、周榮鑫（教育部）、李成芳（第五機械工業部）。

中共「國務院」共有部會二十九，「解放幹部」竟然佔了十一名，超過了三分之一。

軍事方面「解放幹部」佔的比例也相當高，目前有「副總參謀長」九人，「解放幹部」佔三人：楊成武、王尚榮、伍修權。「副總政治部主任三人」，「解放幹部」佔一人，梁必業。大軍區司令員十一人，「解放幹部」佔二人，楊勇（新疆軍區）、秦基偉（原成都軍區，現北京軍區）。其他次級共軍幹部「解放」的更多，最受人注目的是前任「總參謀長」羅瑞卿也被「解放」，任「國防科委副主任」。

至於黨方，省市級黨委第一書記二十九人，「解放幹部」已佔八人，即：山西省王謙、山東省白如冰、浙江省譚啓龍、江西省江渭清、福建省廖志高、湖北省趙辛初、四川省趙紫陽、雲南省賈啓允。

這一大批黨政軍幹部被「解放」，有的且在鄧小平之前，自不能說是鄧小平的力量，但「文革派」顯然把賬全記在鄧小平的頭上，二月十三日「人民日報」發表李成「要繼續批孔」一文，即指出：今天，刮右傾翻案風的人正是在幹着『興滅國，繼絕世，舉逸民』的反動事業。他們一上台，就否定和修改以階級鬥爭爲綱，改變黨的基本路線，翻已被黨的九大、十大肯定了的無產階級文化大革命的案，他們在用人問題上，不講毛主席關於無產階級革命事業接班人的五條標準，不講老、中、青三結合，不問這個人的歷史狀況如何，不問這個人對待文化大革命的態度如何？統統搜羅起來，他們妄圖興滅繼絕的正是劉少奇、林彪相繼推行，並且接連破產的修正主義的政治路線和組織路線，他們原來就是在文化大革命中被批判過的不肯悔改的走資派。」

這段話全對鄧小平而發，雖然也有些地方傷到周恩來，但仍以鄧小平爲主，因爲周恩來並未垮過台，怎麽會「上台」？周恩來也未曾在文化大革命中被批判。

毛江所以不放心鄧小平者在此，因爲這批被「解放」的幹部，不問是不是鄧小平黨羽，目前必然會同鄧結合在一起，如果毛澤東死後，鄧小平眞的造反，勢力將大過江青。只要去了鄧小平，此輩羣龍無首，便不敢亂動，而毛江去了鄧小平之後，可能要將一批力量較大的頭目，指爲鄧小平黨羽，加以整肅。故鄧小平之被整，並非「功高震主」，而是鋒芒過露，雖無謀反之心，却處嫌疑之地，筆者事先料定鄧小平不能接班者，此爲最大原因。

最後再說到周死對鄧的影響。鄧小平之復出，可以看出毛澤東是有意以鄧驅周，驅周之後再清算鄧，但此一步棋很快便被周恩來所化解，周恩來可能對鄧小平曉以大義，喻以利害，鄧小平也看透了今日沒有了周，明天就沒有自己。因此，周鄧之間反而結合在一起。毛澤東弄巧成拙，當然痛恨，但此時正有用周恩來之處，鄧小平又是剛放出來，不便立時翻臉，所以等到周恩來死後才發作。這一因素倒不是因爲周鄧一黨，而是周死已無用鄧之處，所謂狡兎死，走狗烹，狡兎既死，留着走狗恐防會咬自己，此乃千古定例，固不止毛澤東一人爲然，只是中共政權情況更複雜，夾了一個江青要接班，於是毛澤東一切措施皆不按牌理出牌，任何人也無法猜測。

即使沒有火燒天安門事件，毛澤東也要剝奪鄧小平一切職務，加重其罪名。天安門事件，只是給與毛澤東一個更好的藉口，無論中共內部情況如何變，鄧小平再起的可能是沒有了。

古今談

吃在上海

唐魯孫

珍饈美味薈集上海

談到飲食，北平是累世皇都，上方玉食，自然萃集大成，珍錯畢備。中國有句老話，說「吃在廣州」，紅棉飲饌，羊城烹割，固然精緻細膩，可是精則精矣，只是談不上博。上海自從通商開埠，各地商賈雲集，華洋雜處，豪門巨室，有的是鈔票。但求一恣口腹之嗜，花多少錢是都不在乎的，於是全國各省珍饈美味乃在上海一地集其大成。眞是有美皆備，祗要你肯化錢，可以說想吃什麼就有什麼。

上海的飯館，最早徽幫的天下。繼而蘇錫崑常各縣形成一股力量，有所謂本地幫崛起，後來蘇北的人來上海的，日見其多，淮揚幫的菜在乾隆皇帝三下江南，就疊蒙御賞，淮揚菜肴早就馳譽全國，很快的也在上海紮根。海禁一開，廣東人在上海的勢力，日趨雄厚，廣東人又最團結，飲食又講究清淳淡雅，不慣滬幫揚幫的濃厚油膩，隨後廣東菜館就像雨後春筍，一般開起來，在上海灘後來居上，抗戰之前，到抗戰初期，粵菜反而變成上海飲食界主流了。至於川湘鄂閩雲貴平晉各省市的飯館，家數不多雖聊備一格，可是各有各的拿手菜，也能拉住一部份老饕。

瓦砵臘味飯燒臘鴨脚包

我們先談談廣東菜吧，老資格的廣東菜館，要算南京路的大三元了。在廣東長堤的大三元本來是廣州四大酒家之一，早就享有盛名。上海分號的大三元，都是些平平實實廣東的普通菜餚，並沒有什麼特別菜。可是眞正吃客，到大三元吃飯一定要點瓦缽臘味飯，因爲大三元做燒臘的大師傅是東江請來的第一把高手，選肉精細，製造嚴格，鹹中微甜，甜裡帶鮮，不像台灣所謂名牌香腸，甜得不能進口。他家燒臘中的鴨脚包，的確是下酒的雋品，鴨掌隻隻肥碩入味，中間嵌上一片臘味，用滷好的鷄鴨腸細紮，每天下午三點開賣，總是一搶而光，他家的鴨脚包，在上海雖有若干賣廣東臘味的，可是誰也比不了大三元。

南京路的新雅，是以環境清潔衞生稱雄上海的。我們常說，飯館的菜雖然好吃，可是廚房不能看，人家新雅的廚房，可不同啦，不但不怕人看，而且歡迎客人去參觀。歐美人士到上海，最喜歡到新雅吃飯，因爲他們看過廚房乾淨，可以放胆大嚼，不必担心瀉肚啦。新雅菜的特點，用油比較清淡，北方人吃起來，也許覺得味道不夠濃厚，可是恰好配合歐美國際友人的口味，每到飯口樓上樓下，舉目一看，外國仕女，眞比中國人還多。他家小型冬瓜盅，是最受顧客稱讚的，冬瓜祗有台灣生產小玉西瓜一般大小，又鮮又嫩，比肉厚皮粗的大冬瓜，簡直不可同日而語了。他家煎鰽白鹹魚，辣椒醬，都賣小碟，是最佳的下飯菜。到新雅來吃的客人，不論中外，這兩個物美價廉的菜，總是少不了的。

愛多亞路南京戲院對面的紅棉酒樓，有人說他是廣東菜的竹槓大王。其實那要看你怎麽吃。有一對中年新婚夫婦到紅棉吃便飯，要了一個乾燒冬筍，先生在新夫人面前，要表示自己對吃很內行，於是關照堂倌，冬筍越嫩越好。等吃完一看帳單，可就傻了眼啦，這一盤乾燒冬筍的價錢把兩人口袋掏光，才勉强夠付帳的。問堂倌何以這盤菜這麼貴，堂倌馬上叫廚房裡抬出兩大筐冬筍，都有去掉筍尖的，這對夫婦祇好照單付帳。另外筆者一位朋友的妹妹和夫人，在南京大戲院看完電影，就順步進了紅棉晚餐，要一份小盤蟹黃翅羹，覺得味道不錯，叫堂倌再來一個，堂倌一看這兩位是濶吃客，當時推荐今天有鮑魚大包翅，兩人也就欣然來了一份中盤的，的確汁稠味濃，火工恰到好處，可是吃完一結帳，兩人傾囊以付，尚且不夠，祇好把灰狐大衣留下做押，才能出門。筆者知道了這件事，特地約了兩位朋友到紅棉小酌，跟帳房總管聊了一陣子，才明白他們對於眞正吃客決不狠人，要是碰上自命不凡的燒包的朋友，開個小玩笑或許有之。我告訴他們，這種作風，對生意是有影響的。他們很聽勸，後來居然把這個毛病改了。老實說紅棉的廣東菜，講烹調技術，不但在上海要屬第一，就是跟廣州香港比手藝，也是毫無遜色的。他的頭廚是廣州陶陶酒家出來的，一味捲筒鱖魚，眞是細嫩柔滑，整盤魚捲不作興發現一根魚刺。梁均默先生是吃廣東菜名家，（廣東叫食家）他說粵菜雖然比較清淡，可是大鮑翅，全蛇羹，龍虎鬥一類菜，也不是清描淡寫的，要做到腴而不膩，厚而不滯，才算上選，上海的紅棉算夠得上這個條件啦。

珍品佳肴風味各異

南京路派克路口後來開了一家怡紅酒家，門面雖然不大，可是他家有一菜一點，很招徠了若干食客，菜是烤小豬，點心是灌湯餃。所謂烤小豬，他家所用的小豬絕對是乳豬。他們在龍華有牧場，他家的豬，飼料考究，飼期適當，豬仔就先比別家地道，烤出來的乳豬，焉能不好，同時他家吃乳豬蘸的醬，也是自家調製，味道也跟別家不同。至於灌湯餃，是用飛籮麵擀皮，其薄如紙，內外透明，一兜滷湯，好像沒餡，湯汁腴美，百吃不厭，同時用油綠小秋葉托襯，放在堊白飛邊小磁盞裡，每盞三隻，白綠相間，看着令人發生美感，別說吃啦。數十年來，祇在怡紅吃過這種雋品，有的廣東館子連這個名字還不知道呢。

虹口地區，在民國十六七年，市面日趨繁榮，旅店酒家，也越開越多。稅務署主任秘書董仲鼎聲甫兄弟，都是廣府菜的大吃客，哥倆一高興，在虹口開了一個秀色酒家，文人手筆，跟一般生意自不相同，特闢幾間雅室，碧樹紅欄，清標拔俗，飲饌器皿，全是訂燒細瓷。跟一般酒家銀器枱面，俗雅立判，所做的掌翼煲，是秀色招牌菜。所謂掌翼煲的材料，其實是鷄鴨脚翅，先把掌翅炸到顏色金黃，用陶罐加高湯配料煮到酥爛，上桌的時候，架在小酒精爐上，脚掌都有大量膠質，越煲香味越濃，吃完剩下半罐濃汁，用來燉豆腐或者熬黃芽白，更是絕妙的下飯菜。有時候買到羊蹄，也賣羊蹄煲。因爲材料調配得適當，不但毫無一點羶味，而且濃郁腴潤，是冬令進補的極品。陳筱石晚年腿脚發軟，名醫張簡齋告訴他最好是吃燉羊蹄，自然慢慢會步履如常。不過江南人怕羶，不行隆冬進補，平日羊肉銷路不旺。所以羊蹄不一定每天買得到，秀色一有羊蹄，總要給陳筱帥公館送兩煲去。聽說台北有一家餐廳偶或也有羊蹄賣，說是他家新發明的，其實羊蹄煲早在四十年前，已經有人徧過啦。上海廣東飯館一到立冬就拿冬令進補龍虎鬥三蛇大會來號召，先母舅因爲在廣東住了幾十年，對於廣東菜特別有研究。據他老人家品嘗結果在上海吃蛇肉，要算虹口的陶陶酒家最爲貨眞價實，不要滑頭。三蛇大會是三條不同的毒蛇，一條叫做過樹榕，一條叫做金甲帶，一條是飯匙頭，專門治理三焦濕熱惡毒，如果再加一條貫中蛇，就叫全蛇大會，這條貫中蛇，能把上中下三焦豁然貫通，雖然貫中蛇祇有姆指粗細，二尺多長。可是全蛇大會的酒席，比三蛇大會要貴上一倍。據說這幾種毒蛇，都是廣西十萬大山的特產，廣東有所謂蛇行，跟鷄鴨行一樣。一交立秋，蛇行的捕蛇專家，就結隊進山捕蛇了。貫中蛇最少，可是治病方面，必須有貫中蛇效果才能特別顯著。所以不論那家捉捕到貫中蛇，都要歸公分配。請客吃全蛇大會，在主人來說，算是大手筆的光彩盛典，筆者在上海曾經參加過一次全蛇大會，首先是吃蛇胆酒，堂倌把四隻蛇胆紮在一隻銀乂上，一個小銀盤子放着一枚帶把銀針，一隻小銀夾子。每人面前一杯烈性酒大半，都是白蘭地，由堂倌用針把四隻蛇胆扎破，每隻胆在客人酒杯各滴一滴，最後輪到主人，每隻胆要不多不少恰好各剌兩滴滴到主人酒杯裡，於是大家鼓掌致謝舉杯，主人此時要對這個堂倌放賞。全桌酒席，不論煎炒烹炸，每個菜裡都少不了蛇肉，蛇肉羹熟很像鷄絲，鱔魚橫切面，還看得出有紋理，蛇肉反而一點也看不出來。最後是一隻巨型銀鼎，鷄絲蛇絲魚翅鮑魚大雜膾，每位可以盡量吃飽。鼎裡是各味俱全，鮮則鮮矣，但是過份駁雜，說不出有什麼獨特風味來，蛇會終席，主人宣布，請大家到先施公司浴德池洗澡。人家吃蛇者，每人都攜帶換洗內衣褲而來，祇有筆者是個大外行根本沒帶，於是讓家裡把內衣褲送澡堂子去。等到解衣下池，腋下腿彎，都有黃色汗漬，據說這就是吃全蛇的功效，把風濕從都從汗水裡蒸發出來了。所以請吃全蛇，主人一定附帶請洗澡。筆者因吃全蛇而露怯，雖然事隔四十多年，仍然記得清清楚楚。

憇虹廬的粉果

虹口愛普羅電影院旁邊有一家餐館叫憇虹廬，是光緒二十九年恩正併科一位傳臚黎湛枝後人開設的，跟黎同科的狀元是王壽彭，黎的別號嘯虹，所以王壽彭給他餐館起名憇虹廬，門匾也是這位狀元公的親筆。據說他家的清燉牛脊髓、太史田鷄，都是南海梁鼎芬太史口授親傳，非常有名，可惜筆者去了幾次都口福欠佳沒吃着。憇虹廬最著名的是粉果。任何一個廣東館，一盅兩件都是小碟火盞，單獨憇虹廬的粉果是十二隻一盤，連盤上桌。粉果的皮子是蕃薯粉跟麵粉揉合的，香軟鬆爽，不皺不裂，餡兒紅的是蝦仁火腿胡蘿蔔，綠的是香菜菜泥荷蘭豆。黑色是冬菇，黃色是鷄蓉干貝。包粉果也有特殊手法，皮兒必須光潤透明，顏色還得配的勻稱，乍看隻隻粉果，都是青綠山水，別說吃，就是看也覺得醒眼痛快。做粉果的是廣東鼎鼎大名大梁陳三姑。就是廣州最著名馬武仲家的特製粉果，也還輸陳三姑一籌呢。所以大家都是排班入座，等着吃粉果，絕非謬採虛聲，湊熱鬧起鬨來的。上海廣東酒家，後來越開越多，大家祇知道在裝璜佈置上，爭奇鬥勝，所請的師傅，也沒有什麼高手，自然拿不出什麼特別出色的菜肴來。現在擱廣東菜不說，先來談談上海本幫菜館吧。

談到上海本幫菜館，真正夠得上代表本幫風味的，恐怕要屬小東門十六舖的德興館啦。因爲館子靠近魚蝦集散市場，所有下酒的時鮮，血蚶、鮮蟶、活蝦、海瓜子，都比別家菜館來得新鮮。

濃郁香酥腴潤適口

本幫菜的紅燒禿肺，生炒圈子，醬𤎌櫻桃，蝦子烏參原汁厚味，濃郁鮮味確實純粹本幫風味。他家有一個菜是生煸草頭墊底蒜蓉紅燜猪大腸，不但毫無臟氣，論火候那眞是到口即溶，絲毫不費牙口，再配上生煸草頭，可稱得起是色香味俱全啦。這一隻上海菜，祇有德興館最拿手，像老正興老合記魁元館那家都趕不上德興館的這隻菜腴潤適口呢。

廣西路的老正興也算是老資格的滬幫菜館，他家的糟都是自已特製的，所以凡是用糟的菜，他家都比別家高明。白糟醃青魚，春筍火腿川糟，都是絲毫不用味精，自然鮮美的拿手好菜。滬幫飯館的湯，不是醃篤鮮，就是肉絲黃湯，總嫌厚重油膩。會吃的朋友，大魚大肉之餘，點他一個枸杞蛋花湯，或者來個紅莧菜湯加糟，眞是清淡爽口，肥膩全消。

菜市路老合記，也是上海灘的老字號，不是道道地地老上海，不會光顧到合記去。貴池劉公魯在上海是有名的捧角兒家，同時也是位吃客。他說合記有兩隻拿手菜，雖然材料都極普通，可是除了合記誰也做不出那麼好的味道來。他家的金銀雙腦，是把燻過的豬腦，跟新鮮豬腦剔去血絲細筋，用干貝白果用文火燉熟，干貝起鮮，白果去臟氣，這是合記的拿手菜之一。合記養了若干隻菜鴿子，飼料上得足，所以鴿子特別肥。拿來做油淋乳鴿，特別肥嫩。從前賀衷寒先生最愛吃鴿子，他說到廣州不去天香樓吃焗鴿，到上海不到合記吃油淋乳鴿，錯過這樣的口福，那就太可惜了。

上海大陸大廈，後改慈大樓，也有一家老正興，除了寧紹幫應有的燒划水、炒鱔糊、扁尖腐衣、冰糖元菜一類菜肴之外，他家有一個菜是清蒸草魚，鮮魚洗淨，把頭尾鱗鰭一齊切掉，用一塊白菜葉放在飯鍋上蒸，等飯蒸好，魚也蒸熟，加上薑絲葱花，用頂上生抽（好醬油）調味，魚肉鮮嫩，隱約含有稻香，說起來簡單，做起來也容易，可是咱們做出來，總也沒人家那種香味。他家還有一種用薺菜做的冲鼻辣菜。再叫一個五花肉炆鰻魚，配着辣菜來下飯，不是眞正老吃客，絕不會這麼樣點菜的。

靠近大中華飯店有一家叫大發的，本來是一座黃酒館，後來他把蘇州松鶴樓掌灶的請了來，因爲顧及同行義氣，不好意思，也買松鶴樓拿手的三蝦熱拌麵，（蝦仁蝦子蝦腦所晒出的醬油叫三蝦醬油）跟松鶴樓來比，可是到了清水蝦盛產時期，他研究出賣蝦腦麵，一碗熱氣騰騰的蝦腦麵端上來，赤蕾頳尾，簡直是一碗白玉盞珊瑚麵，有人硬叫他珊瑚麵。此外菜肉蒸餛飩，大閘蟹上市時候是蟹粉湯包，更是名聞遐邇。有一個時期筆者跟金融界朋友，在大中華飯店開有長房間，上海名琴票陳道衣哲嗣青衣名票陳小田，因爲大發啾仄嘈雜，所以一到河蝦旺市，總是來到大中華我們的房間吃蝦腦麵，這時候倪紅燕還沒有跟鄭小秋結婚，她想跟陳小田學平劇落花園，在大中華吃了三頓蝦腦麵，就把全齣落花園學成了，你說蝦腦麵的效力有多大。

火候恰到好處

廣西路小花園的老正興，因爲東夥不合，有幾把好手又開了個大陸飯店，他家買賣後來居上，生意反而比老正興來的旺。一個大蒜清炒去皮鱔背，鮮嫩腴脆，如而不濡，火候眞是恰到好處。炸排骨本來是一隻普通的菜，可是他家炸排骨雙吃，不管掛糖醋汁，還是洒椒鹽，因爲肉選得精，火用得當，炸得金黃，絕不見油，而且保不塞牙。台灣台中縣府所在地豐原，有一家本省館子叫醉鄉，炸出來的排骨，全台有名，差近似之。

牛莊路的天香樓，原來是徽館底子，後來添上寧紹菜，上海寧波同鄉會會長烏崖琴，有一次特別請我去吃象牙菩魚。連菜都向所未聞，自然欣然前往，品嘗一番。這種魚頭大身小，刺少肉嫩，腮努眼凸，是杭州七里塘特產清水魚的儁品。魚皮一剝就掉，配好葱蒜薑酒，下鍋生炒，魚肉的顏色白中透黃，跟象牙一個顏色，所以叫象牙菩魚。這個菜祇有天香樓跟西湖的樓外樓會做，物稀爲貴，所以出名。天香樓既然是徽館底子，所以他家的鴨餛飩，仍舊以錫暖鍋上菜，到了三九天，江浙一帶，雖少見雪，可是晚來冰霰初寒，也令人手足發僵，三五知己小酌之餘，來一客全份鴨餛飩，飽暖舒暢，眞不輸於吃涮鍋子打邊爐呢。

民國二十年以後，住宅區越來越往滬西發展，大廈連雲，別墅處處。飲食業腦筋動得最快，以清湯鴨麵馳名蘇常一帶的崑山阿雙麵館，首先在拉都路開了一家分店。他家的拿手菜，一古腦都搬到上海來，什麼紅湯燻魚麵、薺菜蝦仁嫩豆腐、素炒杏邊筍，筍是生在銀杏樹旁的竹筍，是崑山特產，由崑山運來上海的。一到八月中秋桂花香，就開始賣清湯鴨麵啦。據說阿雙家煑鴨子，有獨門妙法，上海分店的老湯也是從崑山運來，至於怎樣的煑鴨子獨特手法，那是非常保秘，不給外人知道。有人說他家有一種香料秘方，可以却除鴨騷，增加香味，下香料的時間數量，當然都是有講究的，他家所用的鴨子也不在上海買，是在崑山四鄉養鴨人家，預約訂購的，崑山地區溪流縱橫，水軟而柔，除開雛鴨時期，鴨子整天在清波綠水裡，捉捕魚蝦一類活食，崑山又是江南米倉，平日又都是米糠豆皮一類有營養的飼料，到了七八月一割稻，把鴨子放在還沒翻地的水稻田裡，飽餐田裡餘粒，鴨子焉得不精壯健碩。他家鴨麵的特點是鴨肉酥而不糜、腴而能爽，有人稱讚阿雙館的清湯鴨麵，爲中國美味之一，可算是知味之言。

無錫船菜馳名全國

蘇錫菜比較精細，祇是甜味稍重，無錫菜館在上海要屬山景園，無錫是以船菜馳名全國，在山景園吃船菜他家也能承應，不過不能放乎中流，臨風四顧，總覺情趣索然。其實他家的金錢鷄、桂花栗子羹，也都別具風味，尤其一隻叫化子鷄，等鷄煨熟，堂倌拿來當場往地上一摔，眞是炙香四溢，肉質嫩美，想不到叫化子對吃上還眞有一套呢。

維揚是魚米之鄉，又是淮鹽集散地，當年極會享樂的皇帝老官清高宗，又幾度臨幸揚州，所以揚州飲饌考究是舉國聞名的。揚州飯館自然在上海也大行其道，老式飯館有老半齋、新伴齋，新式的有精美瘦西湖、綠楊邨，揚鎮都是最講究吃肴肉干絲的，在上海自然吃不到什麼玉帶鉤、粉鴛鴦、天燈棒的肴肉，就是干絲也不過是拌煑兩種，也沒有揚州富春花局、金魁園各式各樣名堂的干絲，祇能說大致不差罷了，至於一般菜式也不過蟹粉魚唇、荷葉粉蒸肉、蝦子燒大烏參、蘿蔔絲汆鯽魚等等味厚汁濃，令人大快朵頤。精美雖是新式食堂，可是他家的棗泥鍋餅、翡翠燒賣兩味甜品，一是鵝黃襯紫，酥脆香腴。一是碧玉溶漿，清馨芬郁，純粹邗江風味。瘦西湖的展翼穿雲，（去骨的鷄翅膀穿一片雲腿，據是當年阮元在揚州教廚師做的。）糟煨雙掌（鵝掌鴨掌），都是叫座的招牌菜。綠楊邨一到冬至就添上野鴨煲飯了，沙煲原盅，一掀鍋蓋，一陣飯菜熱香撲鼻，鮮厚酥潤，無與倫比。聽說野鴨香粳米，都是揚州運來，做野鴨飯的，也是一位鹽官的廚孃，每年冬季應聘到上海綠楊邨專門做野鴨飯，一到年底封灶，又回揚州過年，明年冬天再見矣。

揚州劖肉速肉上乘

揚州最有名的菜是獅子頭，咱們叫獅子頭，人家本地人叫劖肉，雖然揚州劖肉不上酒席，可是這菜的講究可大了。據說猪肉一定要選肋條，前後腿肉都不能用。肉要極有耐心切成小丁，畧剁幾刀即可，這就是大家所知道的，做獅子頭要細切粗斬。外行人，把肉切好放在砧板上，拿兩把刀像擊鼓似的，運刀如雨，這就把肉的精全剁跑了，剩下的都是肉的渣滓。所以有些美食專家，不吃千刀肉，就是這個道理。肉剁好，畧用稀芡粉，撮成肉圓，最忌使用鷄蛋白，或者荸薺末，撮肉圓祇要挼成畧圓，不會散開就行，千萬不能用勁勒揑，然後用大青菜葉包起來，每一斤肉分成四隻六隻均可，過大過小都不相宜。最好用陶器悶鉢，鉢底先舖上攝淨毛根的肉皮，再放干貝、冬菇、毛豆、冬筍或春筍、青菜、風雞，再加薑、糖、酒，白燒加鹽，紅燒加醬油。眞正吃家以白燒爲上，爲紅燒的醬油，就是用揚州四美醬園的古法選製的秋抽（高級醬油）吃到後來，墊底的菜芯，總帶點醬酸味，劖肉進鉢也有訣竅，要平放鉢面，不能重疊，否則老嫩不勻。陶製鉢口，都不太嚴蓋好鉢蓋，要用濕布圍起，以免走氣，煨劖肉最好用大炭基，火力持久均勻，經過六到八小時，連鉢上桌，這才是嫩、香、腴潤、油而不膩的獅子頭。至於後來有人做獅子頭想出新花樣，加上蟹粉，雖然增加了鮮的成份，可是蟹鮮奪味，原味不彰，實在不足爲訓的。

有一年筆者到揚州參加一項會議。回程把揚州著名說評書的王少堂，約到上海大中華書塲來說水滸，王少堂在揚州說水滸，是無人不知，無人不曉的，他能把水滸上的人物，特別造型，每一位好漢的穿裝打扮，聲音笑貌，絕不雷同。一張嘴就知是誰出塲了。一季書說下來，倒也很剩了幾文。他臨走之前，一定要請我吃一次眞正揚州劗肉，劗肉做好送到大中華飯店房間來吃。這是筆者所吃最地道的一頓劗肉，滑香鮮嫩，眞是前所未嘗。後來才知道這份獅子頭是兩淮鹽運使衙門，專做劗肉的一位廚孃的傑作。想不到最好的劗肉，不在揚州反而是在上海吃到的。

抗戰之前上海雖然說輦轂雲集五方雜處，但是究以江浙人士爲多，大家都不習慣辛辣，所以川湘雲貴各省飯館，在上海並不一定吃香，不像抗戰勝利之後，各省人士在大後方住久，習慣麻辣，還有後方生的川娃兒，沒有辣椒不吃飯，形成川湘雲貴各省的飯館到處風行，變成一枝獨秀了。當時上海廣西路的蜀腴以粉蒸小籠出名，粉蒸肥腸、粉蒸牛肉，酒飯兩宜。葉楚傖先生當年在上海。良朋小酌，最喜歡上蜀腴，尤其欣賞他家的干燒四季豆，蜀腴經過葉楚老的揄揚，生意就越做越火爆了。

成都小吃是有劉伶之癖的好去處，因爲他家下酒的小菜式樣特別的多，林長民林庚白兩位雖然都是隸籍福建，可都是成都小吃的常客，林長民常說，吃西菜最好是北平京漢食堂，一上小吃就是二三十樣，儘吃小吃，就夠飽了。要吃中餐最好是上海成都小吃，要他十個八個小碟，最後來碗紅油小小抄手，兩三個朋友小酌，塊把錢就可以酒足飯飽，昂然出門了。以上兩家川菜，都是以小吃爲主，能夠承應酒席的，還有一家古益軒，他家佈置高雅，設備堂皇，雅座裡四壁琳瑯，都是時賢家畫，很有點北平春華樓的派頭。其實論酒席，並不怎麽高明，可是有幾隻拿手菜，確實引人入勝。清燉牛鞭用砂鍋密封，小火細燉，葱薑鹽酒，一槪不放，純粹白燉，牛鞭燉到接近溶化，然後揭封上桌，羅列各種調味料，由貴客自行調配，原湯原味，所以純厚濃香，腴不膩人。到了冬季，去古益軒的客人，不論大宴小酌，大都要叫一隻清燉牛鞭吃。

雲南名菜汽鍋雞

雲南菜的口味，雖然跟四川口味很相似，可是不像川菜之辣之濃。雲南多山所以蕈菌一類的東西特多。固然張家口外的口蘑，是提味中的極品，可是雲南羊肚菌，鷄蒜菌其鮮味也不輸於口蘑，加上雲腿鮮腴又是名聞遐邇的，所以雲南菜，跟各省來比，應當列入上選的。當年上海也有個金碧園，他是因碧鷄金馬而起的名字，跟台北的金碧園是否一家，就不得而知了。以大菜來說，汽鍋鷄、豆豉魚都是別具風味的，這種汽鍋是陶土燒的，他的特長是子口嚴密，絕不漏氣，而且久燒不裂。鷄完全是用水蒸汽蒸熟，湯清味精，當然郁香鮮美，台灣工礦公司，金門陶器廠都仿製過，笨重易裂，氣不能嚴，因此沒能行銷開來。金碧園的頭廚聽說在聶雲台家做過，是滇廚裡一等高手，他家所用的汽鍋，都是道道地地雲南土製，楞是從雲南帶到上海來的，他的汽鍋鷄當然跟別家不同了。還有一個下酒的菜，是干巴牛肉，選上好牛肉用秋抽黃酒醃兩天晒乾，當然下做料醃晒都是有竅門的，吃時切薄片油炸，愛吃酸甜的，加糖醋勾汁，也是雲南酒飯兩宜，一隻獨有的小菜。所謂過橋米線，現在台北的雲南館，都拿各式米線來號召，在上海金碧園雖然也有過橋米線，可是吃的人並不太多。倒是破酥包子做法特別，包子外皮層多皮酥，大受一般吃客的歡迎。至於現在雲南館的冷盤大薄片，雖然吃來爽脆不膩，可是當年的金碧園就沒有大薄片賣。聽說這個菜是李彌將軍家鄉下酒菜，因爲在雲南，大薄片屬於莊戶菜，（鄉下粗菜）不上酒席，所以從前的雲南館，很少預備這樣菜的。

麥特赫司脫路是上海的住宅區，有一家湖北式的家庭飯館叫小圃。有一天跟做過武漢綏靖公署辦公廳主任陳光祖聊天，筆者說上海各省館子都有，可是想吃武昌謙記牛肉、湯糊豆絲就吃不到了。陳說謙記牛肉雖然吃不到，可是有一家湯糊豆絲，還夠標準。現在打個電話讓他準備，明晚我帶你去吃。這個飯館沒有門面，是一棟三樓三底石庫門住宅。門口雖然掛着漆有小圃兩個字的門燈，要不是熟人引領，誰也不會注意。女老板是光祖兒的學生，碰到她高興，也會親自下廚做兩樣湖北家常菜。我們那天吃的是珍珠丸子、粉蒸子鷄、魚雜豆腐、湯糊豆絲。魚雜豆腐本來是湖北的家常飯菜，可是魚雜要選得精，而且用暴火，湯糊豆絲的豆絲，更是湖北省的特產，有人說山東龍口的粉絲，江蘇揚州的干絲，湖北武昌的豆絲，這三絲都具有地方性的特點，別處人仿製也仿不來的。小圃的湯糊豆絲當然風味絕佳。可惜吃了兩次，老板全家到法國定居，上海就很難再找到吃好湖北菜的地方了。

上海二仙居

上海的山東館（上海人叫北平館）最差勁。堂口兒的伙計，十個人裡，也挑不出一兩個眞正說國語的，大半都是河北各縣，或者別的省份人撇京腔說官話，一張嘴先讓人打冷戰。桌上老是舖塊紅色枱布，說乾不乾，說濕不濕，外帶着一股油腔子味。北平老鄉懶得去照顧，外省人自然去得更少了。別省館子日新月異，花樣翻新。祇有北方館子墨守成規，一絲不變。所以上海在飲食業全盛時期，也不過就是大雅樓、萬壽山、頤和園三四家撐撐場面而已。倒是石路有個教門館叫二仙居的非常叫座，不但平津坐莊的老客跟北方到上海來唱戲的梨園行朋友，都愛去二仙居喝兩盅，就是江南江北的朋友，有時候想換換口味，去的人也不少。二仙居的掌櫃，叫劉文濂，是從北平同和軒約去的，黃燜羊肉條、炸烹蝦段、鍋燒鷄，尤其是雞絲拉皮，粉皮也是自己做的，你帶句話兒，讓他削薄剎窄，端上來眞是晶晶明潤，渾然似玉，眞正是純粹北平味兒。比起台灣的拉皮，眞是一個天上，一個地下啦。

上海雖然南北中西林林總總飯館林立，可是像台北圓環一類的小吃攤，也眞有意想不到的美味。

長興酒店旁邊小弄堂原汁牛肉湯每天祇賣五十三加侖汽油桶，兩桶賣完，明天請早。肉嫩湯鮮，絕不續水。眞有一清早從滬西趕來買牛肉湯的。

南陽橋菜市路有個小紹興，專賣鷄粥、牛肉粥、田鷄粥，他家的粥，跟廣東粥類做法不同。廣東粥是把魚片腰肚肝腸等等粥料，用薑葱作料配好，用粥一滾起鍋那是廣東所謂的碌粥，小紹興煑粥所用的米，一定是新米，絕對不用老米，不但濃稠適度爽滑可口，而且稻香撲鼻，增加食慾。所有粥料都是等粥煑熟，再把魚肉配好調味料，熬至入味，然後起鍋，也就是廣東所謂煲粥。每天早市，可以說磨肩擦踵眞是應接不暇呢。

愛文義路美琪大戲院轉角，有一個專門賣大肉包的攤子，既非小籠，又非湯包。比天津苟不理的包子，還大一號，麵醱的白而且鬆，絕不沾牙。純粹肉餡，散而不滯，滷汁濃厚，適口充腸，從凌晨做到早上十點，大約兩千隻肉包賣完收市。吃客都是一排就是一條長龍，靜等新出籠熱包子。攤子旁邊，既沒桌子，也沒凳子，除非買回去吃，否則祇有立而待食。後來有些友邦人士也嘗出滋味，加入人羣等包子的，也日見其多。當年中南銀行總經理胡筆江，就是攤上常客，時常路過下車吃幾個包子，再行辦公。他認爲淮城湯包美則美矣，惜乎稍嫌厚膩，倒是這個攤子上的包子濃淡相宜，而且吃過包子，絕不馬上口渴，可以說他的包子是自來鮮，不是靠味精來調味的。這個攤子一直到抗戰勝利，生意都挺興旺，當然手上也賺了幾文。聽說共黨佔領上海不幾天，就把包子攤給鬥爭清算啦。

牛尾湯汁濃味醇

八仙橋黃金大戲院附近，有個叫黃燈泡的小館子，是凡上海的老吃客，沒人不知道的。他家的牛尾湯，分帶皮子去皮子兩種，每碗裡都好多塊牛尾，汁濃味醇，牛尾酥而且爛，不像一般西餐館的牛尾湯似有若無的吊人胃口。炸鷄腿炸排骨，金黃酥脆，配着意大利糊蒜麵包吃，可說是其味夐絕。

西摩路南洋新村弄口，有一個廣東阿施賣脆皮雲吞的，他的雲吞，不但皮子脆，餡兒也脆。吃到嘴裡爽脆適口，別有風味，可是我始終研究不出，他是怎麽做的。上海雕塑名家李金髮，對於阿施的脆皮雲吞，特別欣賞。每到神思不屬，腕不從心的時候，就晃到阿施那裡吃碗脆皮雲吞，然後拿起刀鑿，好像性靈大來，得心應手，攸往咸宜。江小鶼開李金髮的玩笑，說阿施的雲吞，是李金髮的靈感之源，李對小鶼的說法也不否認。後來李的學生，都成了阿施的常客，全是找靈感去的。也算是藝壇一段佳話。

上海既然是國際商埠，歐美非澳各洲各國的仕女，凡是到中國來的，上海就變成大家的集散地區。於是各式各樣的西餐館，也就應運而生。從前陰溝博士李祖發，美術大師江小鶼，都是留法的美食專家，他們說華懋、滙中、百老滙，建築可都富麗堂皇，刀叉器皿更是奇矞璀璨，迷離耀彩，憑窗瀹茗，欣賞一下過往的行人，或者眺望黃浦的朝陽夕暉，流雲墜霧的景色，倒是絕妙場所，談到菜餚，可實在沒有什麽立足以稱道地方。至於都城、國際，環顧左右的綺袖丹裳，雲髻蛾眉，的確繽紛馥郁，綽約多姿。逢到盛大筵讌，以至白色耶誕大菜，也不過是排場濶綽而已。祇有靜安寺路的大華飯店，（就是總統蔣公跟夫人結婚的地方）廚房的主廚，一位從馬賽重金禮聘，一位是羅馬名庖，做出來的法國菜、意大利菜都是超水準的。可惜這家飯店開了不久，就忽然停歇，一部份改成美琪電影院啦。

西餐館的拿手好菜

上海有些場面不大，佈置幽靜的中小型的西餐館，也各有各的拿手菜。像格羅希路的碧羅飯店的鐵扒比目魚，忌司煎小牛肉，可以說全上海西餐館，都做不出來的。霞飛路DDS咖啡固然芬芳濃郁，非常著名，洋葱檸檬汁串燒羊肉，凡是北方梨園行名角，應約到上海登台，跟常春恒立恒有交情的，他們都請到DDS吃一頓串燒羊肉，讓平津老鄉嘗嘗外國烤肉滋味如何。北平唱生的吳彥衡，（老伶工吳彩霞的獨子）在梨園行是有名的大飯量。他到上海常氏弟兄請吃DDS的串燒羊肉，一口氣吃了二十五串。你說驚人不驚人。也給DDS創下破天荒的記錄。靜安寺愛儷園右首，有兩家德國飯店，一家叫大來，一家叫來喜，都是以寶丹麥原桶啤酒，德國黑啤酒出名的，在上海喝黑啤酒，差不多全是到來喜大來兩家去。來喜掌櫃的是個肥佬。大來是個肥婆。客人一進門，他們最歡迎客人跟他賭骰子，骰子是羊皮做的，有山核桃大小，賭法很簡單，兩隻骰子，各擲一把，比點大小。客人贏了，白喝一大杯黑啤酒，客人輸了，喝酒給錢。所以這家飯店經常是座上客常滿，樽中酒不空。這兩家都以鹽水猪脚出名，人家猪脚白碩瑩澈，收拾得一點毛根都沒有，用來配黑啤酒，確實別有風味。筆者最愛吃他們的紅菜頭鷄魚粉紅色沙拉。上海名畫家吳湖帆也有同好，他說他們的沙拉如同紅梅得雪，珊瑚凝霜，不愧爲色香味三者俱全的下酒雋品也。

虹口有一家吉美飯店，後來因爲營業鼎盛，在南京東路靠近外灘又開了家分店，店裡完全採取西歐鄉村小飯店式佈置，木質桌椅一律白皮，不加油飾。客人一入門就有一種清樸脫俗，耳目一新的感覺。最奇怪的是他家的淨素西餐做的特別拿手，可見當時旅滬外僑茹素的人數，一定也不少。上海聞人，人稱關老爺䌹之，是虔誠佛教徒，上海功德林素菜館，就是關老爺大力支持的，有時功德林吃膩了，想換換口味，就到虹口吉美吃一頓素西餐。舍親李栩厂兄弟三人，自幼持齋，跟關老爺都是上海素食專家，有一天我們一同到吉美午飯。他們吃素西餐，我也捨葷而素，一客黃豆絨湯，一客芋泥炸板魚，營養豐富不說，不油不膩而且特別鮮美。後來筆者也成了吉美座上常素食客啦。

亞爾培路有一個純法國式叫紅房子的

西餐館，他家的法國紅酒原盅炆子鷄，羊肉卷飯，百合蒜泥焗鮮蛤蜊，都是祇此一家的招牌菜。因爲他家佈置得絢麗柔美，而且幽靜無譁，所以上海名媛在交際場合風頭最健的像周淑蘋、陳皓明、殷明珠、傅文豪、唐瑛、盛三都是紅房子的常客。陳皓明是駐德大使陳蔗青的掌珠，周淑蘋是郵票大王周今覺的愛女，有一天兩人在跑馬廳賭馬師陳文楚香檳大賽，能否入圍，結果陳皓明賭輸，賭注是凡是當晚在紅房子就餐的仕女，由輸家出資奉送紅酒原盅炆鷄一份。筆者碰巧也在紅房子吃晚飯，獲贈炆鷄一份。吃完付錢才知是陳皓明所贈，雅人雅謔，到現在想起來，還覺得美人之貽，其味醰醰呢。

南京路虞洽卿路口有一家晉隆飯店，雖然也是寧波廚師，跟一品香、大西洋，同屬於中國式的西菜。可是他家頭腦靈活，對於菜肴能夠花樣翻新，一隻金必多濃湯，是拿魚翅鷄葺做的，上海獨多前清的遺老遺少，舊式富商鉅賈，吃這種西菜，當然比吃血淋淋的牛排對胃口，彼時上海花事尚在如火如荼，什麼花國總統肖紅，富春樓六孃小妹黛玉正都紅得發紫，一般豪客，吃西菜而又要叫堂差，那就都離不開晉隆飯店了。到了大閘蟹上市，有一隻時菜忌司炸蟹蓋，把蟹蒸好，剔去膏肉，放在蟹蓋裡，灑上一層厚厚的忌司粉，放進烤箱烤熟了吃，不但省了自己動手剝剔，而蟹的鮮味完全保持，愛吃螃蟹的老饕，眞可大快朵頤。最初西餐館祇有白色洋醋，吃蟹而沾白醋，實在大煞風景，於是晉隆茶房領班，遇到會吃顧客，就奉上持製私房高醋，說穿了不過是鎮江香醋，臨時擠點薑汁兌上而已。你想人家如此奉承顧客，你小帳能少給嗎。聽說晉隆的炸蟹蓋，是當年袁二公子寒雲親自指點、研究出來的。由此可見吃過見過的人，想出來花樣，畢竟不凡。

此外西摩路口飛達西點店的奶油栗子蛋糕鬆散不滯，香甜適口，跟北平擷英奶油栗子粉，都是令人回味的西點。赫德路電車站轉角，有一家愛的爾麵包房每天下午茶時間出爐的鷄派更是一批出爐一搶而光茶餘名點。

至於邁而西愛路柏斯馨白蘭地三層奶油蛋糕，海格路意大利總會的核桃椰子泥雪糕，永安公司七重天的七彩聖代，跑馬廳美心冰雪奶泡冰淇淋都是馳譽全滬，膾炙人口的糕點冷飲。勝利還都，筆者在上海；曾經停留將近兩個月，正當大閘蟹上市。除了在老晉隆吃過一次炸蟹蓋外，其餘餐館飯店有的停歇改業，有的換了招牌，幾家寧紹幫的飯店，雖然仍舊勉强維持，但是叫幾隻小菜，端上來也都似是而非。滬西幾家西餐館，連房舍都找不着啦。目前究竟上海成了什麼世界，簡直連想都不敢想了。還談什麼飫甘饜美。以上所寫，都是四十年前滬江往事，全憑記憶，誤漏在所難免，希望邦人君子多加指正。

本刊通信地址畧有更動，各方賜函、惠稿、訂閱、請逕寄香港九龍旺角郵局信箱八五二一號，較爲快捷。

（附英文）

P. O. BOX 8521
KOWLOON MOGNKOK
POST OFFICE,
KLN., H. K.

臨風追憶話萍鄉（十）

張仲仁

美嬌娃心如蛇蠍
俏郎君辣手摧花

自古有道：「紅顏禍水」，「一笑傾城，再笑傾國」等等，都是描寫絕色佳人，一代尤物的風流事跡，尤其是歷代所記述的惹火蕩娃，至終都是禍水的根源。她們本身生得美艷不可方物，能使每一個男人爲之傾倒，祇要她對某一個人有意，任你鐵漢英雄，也逃不過此美人掌握。更有爲了一己的私慾，不惜破壞別人的家庭，擊碎另一個賢妻良母的心身，來滿足自己短暫的歡娛和享受，更厚顏的自認這是「愛」。好似她能征服一個男人，是件光榮的事情。一個女人如此做，第二個女人也跟着做；這種壞風氣，極易教壞一班純潔無知的少女，這是現代的社會問題，也是無可奈何的問題。由此使我憶起五六十年前在吾家鄉的一件怪事。

記得筆者年少時，就時時聽到人們談論一件哄動的「紅顏禍水」事件，雖然這件事已過去好多年，但這位尤物，那時還住在我家附近。爲了好奇，我也曾和小朋友們去她家看過；當時我看到這個女人，好似已屬垂暮之年，其實她那時不過四十左右。在她臉孔及身形體態上，一點也看不出如別人所說的旣美且艷的痕跡；我們所見到的，祇是一個瘦弱憔悴的老婦人。不但如此，她的瘦肩還不斷的上下聳動着，原來她終日不停的在喘氣；看樣子非常辛苦，使我不由得起了同情之念。心想：那裡像人們所說的「蛇蝎美人」啊！事實爲什麼別人這樣詆毀這可憐的女人呢？她是在很久以前純樸的農村間，的確出現貪婪的蕩婦；這天生美艷的女人，狠心的傷害了別個女人，最後自己也遭到可怕的報應。

話說在我家附近地方，有位富家子弟，名叫文成祖，本身毫無所長，完全是藉祖宗的福蔭，坐享其成；平日養馬玩雀，任性揮霍，毫不知稼穡艱苦，勤懇守業爲何物。因此鄉下人背後稱呼這二世祖爲「蛀米虫」。吾鄉有句嘲笑話：「人家希望有個好兒子，可惜我未有個好父親」。這是酸溜溜的人所說之語。眞所謂「好男不要分家業，好女不要贈嫁奩」，凡是依賴父兄之業者，怎能比得上自己勤奮獨創的事業呢！

文成祖因祖業豐富，自有美女願相就，他娶到一個如花似玉的漂亮妻室。照理他艷福無邊，應該是錦上添花，誰料婚後不久閨房就揚波起浪。原來他這位嬌妻，性格特殊，二世祖不能滿足她的強力需求，竟因此不安於室，放浪形骸，引誘一班狂蜂浪蝶，整日打情罵俏，毫不將丈夫放在眼內，而這二世祖竟然無法對付，也是他今生的孽寃。這女人不顧廉恥，一味賣弄風騷；在那段時期，攪得滿鄉男人七顚八倒，人人將她比作武則天再世！因爲她天生美艷絕倫，蝕骨銷魂，只要她自動勾引，任何男人都逃不出她手掌心，自願拜倒在石榴裙下。即使那些平日稱爲道學士，如被她媚眼一瞟，手指一勾，就乖乖的進入了她的色情羅網。據老一輩的人說：「若男人經過她的門前，一見到她的芙蓉如面柳如眉，即刻就如吃了迷藥，被她牢牢的吸引住，再也不記得要辦的事務了！眞是世間少有的尤物。」

這女人任性的玩弄男人，更還貪財愛富；凡被她勾引上的對象，均是有身份有財富的人；她用美色迷惑，使男人如痴如狂，然後使出各種不同的手段來索取金錢，她所需索的數目還相當大。如遇到有些吝嗇的男人，不能如她所願，她就以公開醜聞，及向對方家庭告密爲要脅！這班色迷心竅的人，既已進入了美人陷阱，同時嘗到了野花的刺激滋味；此時此際，雖明知上了鈎餌，也衹有乖乖降服。爲着顏面攸關，又不欲使家庭起風波，除開忍痛讓她割一刀。遮蓋此風流孽債，更還有何辦法呢！雖然如此，所謂若要人不知，除非己莫爲。這些事很快艷聞傳千里，自此遠近皆知這位艷婦是個「蛇蝎美人」。

然而世間事，往往有想不到的變幻出現。這女人憑美色勒索敲搾，無往不利，自以爲洋洋得意，人財兩得之時，更不知適可而止；竟然恃色傲物，潑辣成性，做出喪德害人之事！她雖然有優好容貌，可惜頭腦簡單，性格貪婪，私心太重，氣量又窄，以之造成她悲慘的結果。

且說這蛇蝎美人一次搭上一個生得頗英俊的孤寒財主，兩人臭味相投，如乾柴遇到烈火，眞是天生一對混球！雖然女的對他熱情如火，但最終目的還是錢財最好。然而這一次她挖空心思，想盡辦法搞錢，竟然遇到一個一毛不拔的正宗孤寒鬼，任你撒嬌撒痴，騙人騙鬼，他一概不理，談到錢，一味搖頭。這樣一來，搞到美嬌娃惱羞成怒，由愛變恨！對他日漸冷之淡之下，竟還不甘讓他佔了便宜，公開的吵鬧着要孤寒財主的銀錢！因此弄到孤寒的太太也知道了這件秘密。雖然她痛恨丈夫不該去撩惹此蛇蝎婦人，可是如今事關勒索家財，她就不得不挺身而出保護自家的利益。由於孤寒太太也是一個精明能幹的女人，因此絕不肯損失錢財，讓此蕩婦佔便宜。如果她此時能明白這件事是自己丈夫的錯，爲息事寧人計，用身外之物的錢財來換取家庭的安樂，那也就不會有悲劇發生。祇可惜人把錢財看得太重，她爲了金錢不惜犧牲身份，和蕩娃吵鬧打架，弄得仇怨深結，雙方都蒙受殘害，眞是太不值得。

此時孤寒鬼也明白了野花那有家花靚。後悔之餘，竭力支持妻室和對方叫罵，要罵贏那潑婦蕩娃。吵鬧場面一開始，引起一班平日無福親芳澤的窮鬼無賴子，他們唯恐天下不亂，看到好戲開場，一於旁觀助興，在場做啦啦隊。眞是可笑又可悲。至此這淫娃更不要顏面，除開口中罵出些不堪入耳之言，心中更毒如蛇蝎，她有的是惡毒手段，正等待施諸於對方之身。那一位雖然也厲害，到底是良家婦女，任妳精明能幹，怎鬥得過此潑辣女人。

當吵罵至最劇烈階段，孤寒財主的妻子，也許是氣昏了頭，已失却了理性，她不顧一切的趕到對方的家中，好像要去拆屋的樣子；誰知這一來，正合了蕩婦的心意，而孤寒太太身入虎穴，尚不知禍已將至。

那蛇蝎美人一等敵人入門，就立即使兩個男工人，將她拖入屋裡，並將大門關閉，此時財主妻子在兩個惡奴的大力拉扯下，毫無辦法反抗；不但如此，毒蝎婦人竟然着令兩個男工當堂輪流強姦她！並對男工許下諾言，事後有重賞。這兩個毫無知識的粗人，既有金錢可拿，又有女人享受，那裡還理會後果如何，只可憐孤寒財主老婆，又羞又憤，忍受着污辱的摧殘！此時呼救無用，反抗無力，她此時的感受，也只有她自己知道了！最後飽受凌辱後，被趕離出門。

此時圍在外面看熱鬧的人羣，只見財主婆頭髮蓬鬆，衣衫不整，而且步履蹣跚，狼狽的由大門口衝了出來，然後低頭疾走，朝向自己家門而去；和起初的氣燄高張之勢，前後判若兩人。但誰也想不到，蛇蝎美人竟會使出毒辣手段來對付這良家婦女。

該婦突然遭此奇恥大辱，不覺方寸大亂，回到家弄得六神無主，神魂不屬！肉體的痛苦和心靈的創傷，雙重煎熬，使她難以抵受！她覺得活在世上已無面目見人。當晚越想越氣，羞憤已極！就決心自尋短見，一條繩索了此生，免得終身苦痛。

孤寒財主並不知道她被人輪姦的事，但他覺得妻子回家後情況異常，心中不安；但見她滿臉憤怒，又不敢前去慰問，却在暗中留意。當晚他並未睡着，矇矓中看到妻子的動作，不覺大吃一驚！立即將她解救下來，所幸尚未斷氣，急救之下，悠悠醒轉；但因繩索勒緊，傷損了聲帶，雖然救回一命，從此後講話成了沙啞聲。她尋死不成，滿腹怨氣衹有發洩在花心丈夫身上，將她所受的汚辱，連哭帶駡的講了出來。歸根結底，還是丈夫太不應該！既然要貪風流，爲什麽捨不得化錢？如今連累妻室受姦汚，以後給人知道了，連子孫也抬不起頭，講不响話，受累是何等的深重！當孤寒財主明白了情由，如同雷轟頭頂，這重沉重打擊相當難受，他當然心有不甘，但一時無法報復。

然此人城府甚深，他暫時不露形色。先用温言軟語勸慰傷心的妻子，告訴她在半年之內必定要報復此仇此恨！並求得妻子同意，今後行動及錢財要由他支配，不可限制他的用度。財主婆由鬼門關被打回頭，雖然拾回下一條性命，但也感到活着已無甚面目，因此一切都已看得淡了，喉嚨已無沙啞，內心的創痕永遠也無法復元；金錢財寶又算得什麽重要呢！如今她終日關在房中不見人，丈夫在外搞得天翻覆地，她也一律不聞不問了。

這孤寒財主也曾練過武術，因無恒心鍛鍊，功夫並不出色；但他終日深思熟慮，急欲報仇，就到處訪尋名師學技，並一改他的孤寒作風，爲了要師傅教秘功，不惜重金禮聘，衹求達到目的。結果他尋到一位軟功師傅，傳授他一手以牙還牙的穴道功夫，名稱叫「撩咽截喉」！部位是在結喉旁。點此穴道是要在清晨天剛破曉時，太陽還未東升前這段時間。此時睡意正濃，全身無力，輕點此「撩咽截喉」穴道，可使她終身受到嚴重傷害。

相隔一段時間，一切已風平浪靜。孤寒財主佯作忘却前情，故態復萌，再和蛇蝎美人重續前緣。這次不同往昔，似乎要洗脫「孤寒」之名，用錢非常慷慨，對美人所要求的，百呼百應，毫不遲疑。有關她的家庭事務，還代她籌劃一切，添置傢俬，修整房屋，儼然以主人身份指揮；又安排自家的工人來做事，漸漸藉故開除兩個作惡的男工，拔除眼中之釘。毒婦因他凡事順她意思，也就不做防備，更何况有大把銀錢到手。她自信這男人已入了她的情慾網，不計較以前的事了。

一天，正逢她的芳辰之日，孤寒財主爲她預備了豐盛的酒席，恭賀她福壽綿綿！兩人飲酒作樂，歡快異常！當晚婦人顯得特別高興，放懷暢飲到深夜；正是歡娛嫌夜短，醉後嬌娃已沉沉入了睡鄉，這孤寒財主化了不少的心血，肉痛的用了無數金錢，才能得此大好機會，他今晚當然不會輕輕放過。直到清晨天剛破曉時分，孤寒財主警覺的知道時機已到，決不可大意破壞良機，他先試探用手摸一下女的臉孔，見她沉睡未醒，輕輕將手移落頸項間，然後審中穴位，下手點此「撩咽截喉」穴道。此穴道中傷的反應很輕微，衹是喉頭有點乾渴，及一股氣流往下沉，呼吸不順暢之感。當時的動作得很技巧，並不驚動她的好夢，故此對方極想不到中了暗算，還以爲是昨晚多飲了兩杯，才會喉乾氣促，以爲過一兩天就會復元。她怎會想到這俏郎君是辣手摧花呢！

孤寒財主自下此暗算，他還是依然保持和她交往，因爲他要靜觀其變，看中穴道後情形如何。蛇蝎美人自生日過後，喉嚨就日漸乾渴，時時氣塞胸前，呼吸不順暢；每逢講話，接着就有咳嗽，如話講得多兩句，就氣促喘急，好似虛弱不堪的樣子。這情形分明患了重病，她衹得延醫治療；但是一碗碗的苦藥吃得不少，却好似清水淋在石板上，對病毫無幫助，她一樣氣促喘急，痛苦難擋。弄得各醫生也束手無策，不知是什麽古怪病症。

從起病五個月的時間，原本是一位如花似玉的美人兒，已被磨折得容顏慘白，嬌軀瘦削，前後如同兩人。最要命的是喉嚨裡好似有粒東西梗塞着，不上又不下，，講話時中氣下陷，又不停的半聲咳，好像一個老年病婦一樣。以前她說話的聲音，如出谷黃鶯一般的嬌聲悅耳；後來竟變成粗糙沙啞的聲音，好似貓頭鷹在怪叫，很是難聽。她的聲帶變後不久，連眼睛也起了變化，視力既模糊，又無神無采。到此地步，孤寒鬼知道他的點穴已成功，這婦人以後再也不能憑美色要脅男人，也無力再害到別的女人了。雖然他自己老婆因吊頸成爲沙啞喉，如今害她的人更變得悲慘可怕！自此兩家人心中有數，各懷鬼胎，忍受病苦。這也是惡人自有惡病磨的下場。

以「撩咽截喉」和「銅壺滴漏」上下兩穴，針灸醫學是稱爲任脈線，由會陰穴經腹肚臍直上胸腔，浴結喉至下唇承醬穴爲止；和背後的督脈線互相連繫，有密切的功用。胸腹部有病，可配合督脈的穴位，能增加療效，任脈是稱陰脈之海，督脈是稱陽脈之海，是統率全身神經線的兩條總經脈。

但武術一百零八穴位置名稱，和針灸之三百六十五穴並不可相同並論。雖然不同，然其中有些穴道祇相差少許，甚至有少數是同一部位。如遇急症，突然倒地昏迷，或可採用點穴按穴手法救急；平時絕不可隨便點穴做治療醫術之用。學針灸穴位容易，學武術穴位就比較難得多了。此是有關傷害人身之術，教與學兩方面都應特別愼重，不是普通功夫人人都能學習的。

人身穴道中傷，後果是如此之嚴重，這是筆者家鄉鐵樣的事實。蛇蝎美人做出傷天害理的事，這是她自作自取。她早年縱慾如此，當然不會有生育。她的丈夫二世祖又先她去世；色迷斂來的錢財，因藥費及她享受慣的生活而化光；因此景況凄凉，尤得不到本族鄉里的同情。凡人說起她，就好似見到蛇蝎般的憎厭！更不許孩子們和她接近，怕惹到她的毒素。

她因常年寂寞，很喜歡孩子們；但每家的孩子，都被家長嚴厲禁止，不許去看這女人！筆者幼年時去看她一次，後來母親知道了，被她老人家重重的責打了一頓，以後再也不敢去找她。這被人稱爲蛇蝎的女人，結果如何！也只有留待讀者自己去想像了。

故宮博物院的圖書文獻

喬衍琯

位於台北市郊士林外雙溪的「國立故宮博物院」，藏有我國歷代文物三千八百多箱，約二十五萬件。每次陳列達一萬件，每三個月便更換一次。成爲收藏我國歷代文物數量最豐的寶庫，研究中華歷史文化的重心，也成了海內外人士所嚮往的觀光勝地。

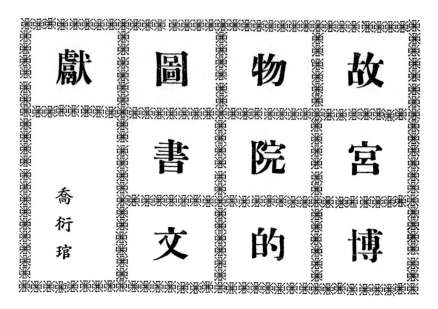

故宮博物院所收藏的那些文物裡面，有一很重要的部分——圖書文獻，似乎並不像古物、書畫等那樣受人注意。這有幾個原因。第一因爲圖書文獻都是用文字來記錄我國的歷史文化，不能像其他文物一樣的爲雅俗共賞，隔閡較少。其次因爲現有的建築空間有限，使得圖書文獻多裝在書箱裡，閱覽室的座位不多，還不能充分供應給讀者借閱。陳列室裡，也只能陳列幾種具有代表性的樣品。最重要的一個原因，便是圖書文獻部分，還沒有編印成完善的目錄，讓海內外的讀書人，能瞭解故宮博物院裡究竟收藏了那些圖書文獻，可供大家利用。

據世伯那心如先生所著的「故宮四十年」（民國五十五年台灣商務印書館初版。）記載，該院共計收藏了圖書一、三三四箱，一五七、六〇三冊；文獻二〇四箱，二八、九二〇件。如以箱數論，佔該院的藏品約五分之二，要是算件數，就要佔到十分之七强。而且這一數字，僅是原國立北平故宮博物院運台的舊藏圖書文獻，如今存放在外雙溪中山博物院裡的，還增加了三批圖書：一、原國立中央博物院籌備處運台的舊藏善本，雖然在數量上很少，然而都是宋元舊刻，很是珍秘。二、國立中央圖書館奉令代爲保管的前國立北平圖書館運台的善本圖書（五十四年從美京華盛頓國會圖書館運回）和善本輿圖（三十七年從大陸運來台灣），共計一百二十箱，有兩萬多冊（件），也存放在故宮。中央圖書館派有專人管理，並在該院圖書室接受讀者申請閱覽。三、該院遷台以來歷年購置和交換以及出版的圖書，共計也有兩萬多冊。合併計算，該院現在可供讀者借閱的圖書（文獻不計），已有二十多萬冊，在數量上說，很是可觀。在台灣地區，是收藏我國線裝舊籍最豐富的單位之一，和中央研究院歷史語言研究所傅斯年圖書館、國立中央圖書館的收藏，可說是鼎足而三。

以前在北平時，故宮所收藏的圖書，曾經編印了善本書目、觀海堂書目、殿本書庫現存目、方志書目和普通書目等，而沒有圖書總目。這些書目有的是以原典藏處所有限，或是按版刻編的，不便於檢查。而况如今在台灣，也不易多見，和現在實際的藏書情形，又不完全符合。故宮博物院遷運來台以後，在中部郊區興建倉庫，典藏文物，機構也比原有編制大爲簡併，業務重在典守，圖書文獻封存在箱裡，編目、閱覽等工作，都談不到。民國四十三年孝感昌瑞卿先生所編的「台灣公藏宋元本聯合書目」，和民國四十六年國立中央圖書館編印的「台灣公藏方志聯合目錄」，都著錄了故宮的藏書，然而或是限於某些時期的刻本，或僅是方志一類。而且書都密封在箱子裡面，地方又偏處中部的鄉間，想按目錄去找書看，很是不方便。

五十四年，爲紀念　國父百齡誕辰而建的外雙溪中山博物院新厦落成，十一月十二日，　國父誕辰紀念日開幕，畫棟雕樑，規模宏偉，是典型的中國宮殿式建築。在空間上雖然也還稱得上寬敞，不過對收藏了二十多萬件文物的故宮博物院來說，單是供展覽文物之用，還嫌不夠。而且復院初期，受編制所限，圖書文獻和書畫等，都歸書畫組掌理，還是着重在典藏。編目和閱覽工作，未能展開。五十七年九月，成立了圖書文獻處，積極展開整理所藏圖書文獻，並且設立了圖書室，供院內外人士閱覽圖書之用。

在這之前，民國五十六年，中央研究院中美人文社會科學合作委員會，資助台灣地區一些收藏中文善本圖書的機構，分別編印善本書目，並聯合編印書名和著者索引。故宮博物院也是其中一個單位。故宮的善本書目在五十七年四月編印竣事，分爲上下兩編，裝訂成一冊，上編是清文淵閣本四庫全書，和摛藻堂本四庫薈要，下編是其他善本。都按四庫分類，一共著錄了六萬多冊，在數量上僅次於國立中央圖書館，而爲其他機構所不及。至於普通本線裝書，也在中美人文社會科學合作委員會的資助下編印，於五十九年五月問世。其中有一些明刊殘本，清代的寫本十稿本，也很珍秘，在收藏不豐的機構，也可看做善本了。現在僅就故宮藏書的特點和重要圖書，簡畧的加以介紹。

一、不僅在數量上很豐富，就內容來說，也很完備。故宮有一部四庫全書，這是清乾隆時所纂修的，當時一共鈔寫了七份，分貯在七個地方，而以存放在內府文淵閣的一部最好，現在便歸故宮所有。四庫全書的纂修，固然也有不少缺失。譬如在選書上不收戲曲小說，釋道兩家的書也著錄甚少。就儒家的著述，又尊崇程朱而貶抑陸王。對明代尤其是明末人的著作，不論是因人，或因某件事情，或是某些文字稍涉「違礙」，便橫加禁燬。在現在看來，有失公正。而對著錄各書涉及宋金關係或明清之際的史事，每加竄改；片言隻字，畧有違碍，便加抽燬，更爲後人所詬病。然而當時負責纂修的，如紀昀、邵晉涵、戴震、姚鼐、翁方綱、王念孫、莊存與等，都是一代大儒，或是績學之士。對歷代所傳下來的典籍，去取之間，自有他們的見地。重要的、通行的、實用的、希見的著作，多已收入。而從永樂大典所輯出的一百多種古書，都是原書已見亡佚，或是殘缺過甚的，後來多印在聚珍版叢書裡。其他孤本秘笈，經四庫全書著錄，而後來已經不傳，或是傳本最爲罕見的，在抗戰以前經各家統計，已有四五百種。民國二十三年，由國立中央圖書館選編了二百三十一種，交商務印書館據文淵閣本影印，名爲「四庫全書珍本初集」，很受國內外學術界的重視，近年又一再重印。四庫全書中現有的孤本或罕見本，還有二百多種。而近幾十年來，國家多難，圖書散佚的情形，足可比得上前人所說的五厄、十厄。四十年前認爲可以找到其他傳本的書，也許現在已經不傳了，或是雖然還存在，可是無從見到。就是還可以找到其他傳本的，四庫全書本也可以取來做互相校訂之用。這三千七百多部、七萬九千多卷的四庫全書，僅畧有缺失。都是紙墨精美，書寫工整，在我國的圖書史上，也是很爲難得的寶藏。而四庫全書著錄雖不免有偏失，還有其他的藏書來補充其欠完備的地方。因爲四庫全書共有三萬六千多册，不過佔故宮藏書的五分之一而已。

二、故宮藏書，一般說來，比較完備。而有些資料，更是特別豐富，尤其是關於滿港史料和中國醫藥方面的，最值得稱道。

說到滿清史料，因爲故宮博物院擁有大批清內府舊藏的各種檔案、起居注、國史館底稿和實錄等，再加上其他相關的圖書文獻，且多未經刊印。如果要研究滿清歷史，故宮所藏的的資料之多，不僅是首屈一指，也不妨說是最爲完備。

清代官修的史乘，爲四庫所著錄，或有其他內府寫本，著錄在故宮善本書目的，有些還沒刊本流傳。即使曾經刊過，寫本的內容又和印本不完全相同，有的就是刊本所據的底本，可供研究互勘之用。

至於普通本書目裡的滿清史料，更是可觀。如紀事本末類有「方畧」十七種，有的一種便有很多部，有刊本、有寫本、有滿文本。別史類的「大清國史未定稿」，凡存三千四百册，同一種志、傳，有原鈔本、續鈔本、原輯本、增輯本、改定本、手稿本等分別。其中食貨志就有二百六十册，大臣列傳共有一千一百多册，眞是洋洋大觀。民國初年設館纂修清史，雖然也曾利用過這些資料，但是經過剪裁之後，不僅在卷册上和清史稿有很大的懸殊，在內容上也比清史稿完整，或可供訂正清史稿之用。而同一種志、傳所有各種不同的本子，互相比較，也可看出前朝史臣們纂修時的去取和筆法。詔令奏議類的歷朝「聖訓」俱全，且每朝都有寫本，刊本和滿文本，還有一部光緒間總理各國事務衙門的鉛字排印本。至於奏議，有清內府寫本「皇清奏議」一千六百六十册，自來彙輯奏議，都遠不如這部書的規模宏富。從順治到光緒各朝都有，惜每朝都有殘缺，如果以檔案、實錄和文集等輯補所錄的奏議，當可配全。政書等類的「則例」、「會典」等，不下二十種，而會典有雍正、乾隆、嘉慶、光緒等朝所修，以同一機構的收藏而論，可說是很難得的。別集類有聖祖到穆宗等帝的御製詩文集五十多種，很是完備。帝王的詩文，本不足觀，每多詞臣代筆，而且多已刊行。國民革命肇始以至民國初年，讀書人對清代帝王製作，不免有種族上的成見。如筆者昔年在台灣省立師範大學肄業時，見到母校所藏蘄春黃季剛先生手批的邵氏四庫簡明目錄標注一部，全書經先生親筆批點一過，由所書題記，得知先生焚膏繼晷，窮數日之功完成的，從頭到尾，朱墨爛然。可是對清帝御制詩文集，便畧過不看。公私藏書，清代諸帝的詩文集也不多見，即使出於欽定的四庫全書，對清初幾位皇帝的詩文集，所著錄的也不如故宮現有的多。如果就史料觀點看，這些詩文集也許還是有可以値得利用的地方。近人研究清史，尤其是宮廷情形，便不乏徵引這些詩文集的例子。

文獻部分，更大部分都是滿清史料。計有：

「軍機處檔」是滿清直接史料裡最重要的一部分。軍機處成立於雍正間，名義屢變，旋有停止。乾隆二年恢復設置，一直到宣統三年四月廢除。其重要職務，最初本是偏於軍機，因爲內閣去內廷較遠，公文傳遞不便，就在內廷添設一個機構。以後一切國家大計，也都由軍機處總攬，漸漸形成了政令樞紐，內閣只辦些例行公事和重大典禮。軍機處把經辦的文件，登了簿册；諭旨章奏，也錄了副本，再把原件歸到內閣去。存在軍機處的是一些密件和外藩表文、各國照會等。所以軍機處不僅有重要的文件，而內閣大庫的檔案如有殘缺，還可用軍機處的副本來補齊，其重要性可想而知了。

「宮中檔案」關於軍國大事比較的少，帝王私生活的事比較的多，是研究宮廷制度、帝王生活等好材料。

「清史館檔」是民國初年清史館纂修清史時的有關檔案，民國十九年撥交故宮。現在共有五十六箱之多，僅畧有殘缺。

「本紀」以編年爲主，記天子一人的大事。重大的政治措施、征伐、大赦、災變、減賦、賑恤、朝貢、條約、改訂制度、大臣的升遷任免等，也在記敍之列。宮中所有本紀，繕成專書，也有漢文本和滿文本之別，內容遠比清史稿的本紀要詳細。現存的從太祖到穆宗各朝都有，但不很完全。

「起居注」是近臣隨時記錄天子言行的書，如能據實記錄，無所掩諱，自然是上乘史料。故宮所藏的起居注，滿文本多於漢文本，都是從康熙到光緒止，各朝也不完全。

「實錄」記載登極、册立、詔書、國書、興兵、封賞、纂修等。故宮藏有副本和正本，分別用黃綾和紅綾做封面，所以又稱黃綾本和紅綾本。又各有漢文本和滿文本。種類雖多，然都各有很少的册數。

「詔書和國書」詔書和東西各國所致送的國書，所藏數量很少，談不上甚麼史料價值，然而可以考見當時文書的形式。

「方志」故宮所藏的方志，一共不下兩千種，是海內外收藏我國方志最富的機構之一，多纂修於清代，當然也有不少清代史料。

「醫藥書籍」中國醫藥方面的舊籍，大部分是宜都楊守敬在清末隨黎庶昌出使日本時蒐購回來的。其中多係小島質氏舊藏。小島家的先世，三代爲醫，收藏醫書甚富，且多罕見的秘本，有些曾經小島氏批校過或是手寫題識。合善本和普通本，近四百部，四庫全書和四庫薈要本又近百部。研究我國的醫藥，這是一批很重要的資料。

三、故宮藏書在內容上是以清代史料和中國醫藥方面的資料最爲豐富，在板本上也有値得介紹的地方。

故宮計藏有宋版書六十二部、金板三部、元版一百十二部，比起前人所誇的百宋千元，在數量上畧有不及。不過孤本秘笈，往往而在。南宋初年國子監覆五代和北宋監本經注合刻，現在所存的僅有三部，其中兩部又都已殘缺，惟一的一部全本爾雅，便歸故宮所藏。還可以從這部書窺見長興監本的規模。宋紹興間兩浙東路所刊群經注疏合刻本，（由三山黃唐主持刻印事宜，所以也「黃唐本」。）傳世可考的僅有六種，故宮就收藏了三種，八行本周禮、論語和孟子便是。其他如宋刻本龍龕手鑑、高麗圖經、袁州本郡齋讀書志、劉賓客集和淮海集。元刻本韓詩外傳、元典章、宣和書譜、元豐類稿和佩韋齋集等。都是如今僅存的孤本。在內容上可校訂後世傳本的脫誤，在板本上更是研究我國雕板印書情形極珍秘的資料。

普通本線裝書，則以清代內府的寫本、刋本和活字本最多。近人陶湘曾在民國二十二年編有「故宮殿本書庫現存目」三卷，所記簡畧，且不甚完備。如要研究清代內府寫書和印書的情形，故宮所藏，當是最可憑藉的一批資料。古今圖書集成，雍正間所印的不滿百部，已極罕見。如今所見到的多係後來影印本，原本故宮便藏有三部。

姚秦鳩摩羅什所譯的妙法蓮華經七卷，見於故宮善本書目著錄的，共有宋元明三代的刻本、寫本二十種。近人丁福保撰有六祖壇經箋注，他在後序裡說：「吾儒言經文錯簡者，起於劉向之校尙書，（原注：見漢書藝文志）猶有古文可據也。疑經文脫簡者，始於鄭玄之注玉藻，（見禮記注）然猶不敢移其次第也。至北宋以後，始各以己意改古書。有所不通，輒言錯簡，六經幾無完本。餘波所漸，遂及叢林。於是六祖壇經，有言其錯簡者，則移其次第；有言其脫簡者，則以他書補入。余以正德舊刻本校之，其竄亂之迹，尙未盡泯也。大凡古書之傳於今者類如此，不獨壇經爲然。」又據丁氏同書箋經雜記，其所收壇經只十多種，都是明正統以後到近代的刻本。我想如果有嫻熟內典的居士或法師，肯發心校理妙法蓮華經，利用故宮這二十種藏本，再加上其他的本子，一定會有很可觀的成績。

上述三點，不過犖犖大端，二十萬册的圖書，三萬件的文獻，當然不是這幾千字所能概括說明的，好在這些書的目錄，業已印行，先後問世，海內外人士都可以持目求書，充分利用。文獻部分，也已延聘專人，考訂編目。「舊滿洲檔」十鉅册，已經出版。並自五十八年十二月起，編印「故宮文獻」季刊，每期選印文獻百餘頁，刊載有關清史論著若干篇。刊行以來，很受海內外讀書人重視，尤其是研究清史的，更可看到若干未經公開的資料。

故宮藏書，也不是沒有缺憾的。譬如清代中葉以降的著述，便所藏不多。而清代刊行的叢書，約三千種，其中校刊精善，很有用處的，也不下千種，可是故宮所藏的僅有十幾部。金石、藝術、譜錄等類的書都不算多。這些却是博物院所常需用的。對於藏品豐富，規模宏大的故宮博物院來說，顯然不敷應用。書目類的書，一共只有五十部，除去複本或一書有不同的板本，不過三十幾種；這和二十萬冊的藏書相較，在比例上很不相稱。然近年台灣地區對前述各類圖書，曾大量影印，將來還會陸續選印，故宮博物院已選購了約二萬冊，並逐步增購，所短缺而需用的書，當可不斷充實，達到足夠應用的地步。

故宮博物院不僅要妥愼典守文物，分期展覽，同時也對歷史文物，加以考訂、研究，往往要參考各種圖書文獻，所以故宮博物院的圖書館是一所學術圖書館。而爲了服務社會，促進學術研究，加強中西文化交流，除供該院人員參考研究之外，也對一般人士開放。凡各大專院校修習文、史、藝術等科系，而在三年級以上肄業的學生；和社會人士從事文史、藝術等研究，經該院同意，都可以利用故宮所藏的圖書文獻。現在外雙溪院舍兩翼擴建工程，業已完成，增建的部分，陸續加以利用。放在箱裡的書，常用的部分也可以放置架上，以便於出納。圖書室的面積、座位，也較原有的增加了不少。對於想利用故宮所藏的圖書文獻的讀人，眞是一個好消息。

故宮對所藏圖書文獻，除了考訂、編目、研究並開放閱覽外，爲了使我國所存的古籍，能廣爲流傳起見，正釐訂辦法，供出版界據以覆印流通。如台灣商務印書館印行的「道咸同光四朝奏議」十六巨冊。該館並籌劃選印「四庫珍本續集」百餘種，無論在數量、內容的重要性，傳本的罕見上，都和初集相當。這對海內外讀書人來說，是一個值得令人興奮的消息。若干同鄉會印行的志書，也有的是據故宮藏本影印的。以前在北平時，故宮曾選印了一些所藏的流傳較少的圖書。如民國二十一年影印的「天祿琳琅叢書」第一集，凡十五種，都是珍本秘笈，而今連影印本也不易得了。現在也許計劃賡續前業，擇尤精印，以彌補出版界需顧及利潤，選書側重銷路的缺憾。第一部元盱郡復刊宋廖氏世綵堂本「論語集解」十卷，已經問世。有序跋，介紹這一刻本的特點，刊印的經過和遞藏的情形。比昔年編印天祿琳琅叢書的方法，還要完善。秘殿珠林石渠寶笈三編，是清內府珍藏的法書名畫目錄，詳載書畫的牋素、尺寸、款識、印記，和收藏家的題跋贊識。內府收藏既精，而本書著錄詳明，不是一些根據傳聞或懸想以編成的目錄所可相比的，是研究我國藝術最重要的典籍。清乾隆、嘉慶兩朝，曾先後纂輯三次，初編和續編，在抗戰前曾經印行。三編係嘉慶二十一年編成，共著錄書畫兩千多種，則僅有內府寫本。新近據以影印，並編了人名索引，好便於檢查。

該院又編印了「圖書季刊」，一如「故宮文獻」之介紹所藏文獻，「故宮季刊」之介紹藏書畫和器物。創刊號已在九月問世。計分論著、序跋、善本書志、秘笈選粹和文淵閣本四庫總目提要五部分。書志部分詳述著述源流、行款板式、流傳情形、遞藏經過，並各附書影，比前人所撰書志要精詳得多。秘笈選粹選印卷帙較少，不便於單行的小書，撰有敍錄，加以介紹。文淵閣本四庫提要是所謂「書前提要」，和單行的「總目提要」不甚相同，是大家都知道的。可是自從民國二十四年，大連遼海書社，把文淵閣本書前提要編爲一百十四卷，用鉛字排印問世，內容既不如總目提要充實，文字上成於衆手，也不如總目提要經紀昀等筆削之後，前後一貫。可供參考的地方不多。而且總目提要通行，也就少有人去理會書前提要了。四庫全書珍本初集的底本，便是文淵閣本，這兩百三十一種書，都各附有書前提要。然因散見各書，引用提要的人也少有人去理會和總目提要究竟有些甚麽出入。故宮的圖書季刊第一卷一期彙印了經部易類的書前提要六十篇（從子夏易傳到易圖變通），其中可以勘正總目提要的地方甚多。試舉一例，總目提要有宋方聞一的大易粹言十卷，說宋志和宋本都作十卷，以證經義考作七十五卷是錯的。四庫簡明目錄、邵懿辰的簡目標注，都相沿作十卷。遂使人誤會經義考的卷數眞的錯了。可是國立中央圖書館便藏有南宋建安劉叔剛刊本大易粹言殘本六十卷，足證經義考作七十五卷是有根據的。於是又令人懷疑是四庫著錄的是別本或竟是節本了。現讀書前提要，則作七十三卷，雖和經義考還有兩卷之差，然而足以證明總目提要論卷數的一段文字，適成爲畫蛇添足了。等書前提要陸續印出，讀提要的人便可多一份原始資料做參考了。文淵閣本書前提要，値得寫篇專文來討論，不是本文所可盡述。

前人藏書，每秘不示人，或僅對少數知交，才肯通假。近世這種觀念漸漸改變，認爲圖書是天下公器，不宜私秘。然仍有少數抱殘守闕之士，把藏書看做禁臠，令人惋惜。現故宮博物院肯將藏書編成目錄，並編印刊物詳加介紹，便利讀書人去找書。更選出若干重要而且珍秘的書，影印流傳，使得海內外的讀書人，都能坐在自己的書桌旁邊，隨心所欲的讀到故宮的藏書，眞是一件嘉惠士林的盛舉。

本文承昌瑞卿先生提示資料，並賜閱一過，改正錯誤的地方，謹申謝忱。

筧橋英烈多美眷

吳東權

中影新片「筧橋英烈傳」正在拍攝，該片是以空軍戰神高志航爲主線，襯以劉粹剛、閻海文、沈崇誨三位鐵血烈士的殉國經過，構成一部空戰史實影片的劇情。當年這些英烈，年齡都很輕，除了高志航是卅一歲殉國，其餘三位，都才二十來歲，眞是英雄出少年，令人由衷景仰。其中第二位烈士劉粹剛，有「紅武士」的外號，不但勇猛超羣，而且駕駛技術也高人一等，據克明著「空軍一年記」中描寫劉粹剛的造型是：

「粹剛是遼寧省昌圖縣人，在九一八後，他拋棄了可愛的家庭和親友，跑到北平，不久他考入軍校，受課半年，又考入航校，那時他僅僅二十一歲。他有中等的身材，黑而壯的體格，銳利的眼光。他的性情非常爽直，不了解他的，認爲太剛愎，可是和他相處久了，大家便知道他爲人富熱情，並且慷慨，而講義氣，他平常喜沉默，不好講話，深沉的面孔，蘊藏着國家的悲哀，偶然講起話來，短短的幾個字，用遼寧聲吐出來，有力而深刻。」

寥寥數語，把劉烈士描寫得宛如就在眼前，他的妻子許希麟，在他殉國後曾經爲他寫了好幾封悼念的信，以一篇「念粹剛」最爲感人肺腑，曾公開披露於報刊雜誌，這裡抄錄另一篇信文，文詞凄惋，堅毅哀怨：

「粹剛：爲了禦侮，爲了捍衞祖國，你竟在××壯烈地犧牲了，你離開了我，我果然不能和你相處一起，我相信，你的靈魂仍和我相親相近。粹剛，你的光榮，也正是我的哀榮！

「『七七』蘆溝橋事變，你深遠的目光已看透一切，你認爲我們抗戰的時期已到了，所以你說：『政府培育我們多年，今日方有機會爲祖國効力，初試鋒芒，可是希麟，我非替祖國爭口氣不可。』我平日常講，希望你將來作戰成功，所以說：『此番果眞作戰的話，希望你征服一切，做一個中國的厲秋芬。』

「現在，你已盡了最大的心力，已有不朽的功績，不可磨滅的紀錄，你泉下有知，亦可稍以自慰，至於你未了之事，未竟之志，可以由我完成，我雖無學識能力，但可以堅定心力，克服一切，請你放心。

「粹剛，你雖不能踏遍三島，親手將我們的國旗飄揚於東京上空，你的同志決能負起大任。倭寇雖是猖獗，覆巢之日，亦將不遠，這些，都不過時間遲早而已。至於你堂上嚴親，我定可晨昏侍奉，克盡子婦之責，你慈母墳前，我亦會四時祭掃，請你安心於泉下。粹剛，你爲國捐軀，死得其所，我應當爲你歡欣，可是每見到你的朋友同事，他們戰罷歸來，鶼鶼鰈鰈，往往喚起了我的回憶，過去的甜蜜，如今的煢獨，我不忍言了，讓我的感情深深地埋了罷！剛！再談，祝你安息！

希麟草於燈下」

許希麟女士現在卜居台灣東港，月前閱報獲悉中影公司拍攝「筧橋英烈傳」，特地寫了一封信請轉告張曾澤導演，信中說：

「自得悉中影籌拍筧橋四豪傑的消息後，我即着手寫一些關於先夫劉君粹剛的事蹟，以提供張導演參考，卅年前的往事，歷歷在目，並未因時間的消逝而……傷痛之情，可想而知，因此時斷時續，寫得很慢，但我必勉力以赴……」

雖然劉粹剛烈士殉國將近四十年，我們讀了以上這兩封簡短的信，仍然感到心弦顫動，情緒激盪。

另一位空軍烈士黃保珊，也是在抗戰初期殉國的，年齡也只二十來歲，他的太太孫抱眞女士，那時才二十三歲，當黃保珊烈士殉國一週年的那天，孫抱眞女士寫了一篇「念保珊」的文章，情詞哀惋，胸襟磊落，讀來令人熱血翻騰，鼻腔發痠，茲錄全文如下：

「八一六」這個沉痛的日子，是我個人感到最偉大的而光榮的一天——我的丈夫黃保珊爲國家民族流血的一天，今天，天宇黯淡，蒼天一若弔我保珊之陰魂然！此刻，我在這初秋的晚上，凄然地對這一燈如豆，我凝神地含着光榮而且有復仇的眼淚，懷念着我所能想到的，是他在戰鬥，戰鬥到忘記寫家信的地步！今天，非但我個人懷念保珊，是整個空軍袍澤懷念着保珊的一天，也即全國四萬萬五千萬同胞同樣地紀念着保珊的日子，保珊的精神不死，他永生在每一個人的心裡！

此刻我一邊寫我的紀念文，一邊撫摸着兒子的頭顱：「你爸爸是抗日戰死的，你要替爸爸報仇！」孩子雖然僅僅三歲，但他睜着兩顆圓眼睛，表示着堅毅沉痛的接受！

當我和保珊初戀的時候，即有一個信念，即我祇想有一個把一切交給國家的軍人作丈夫——尤其是一個偉大的空軍鬥士，他的生命，每天在冒險，是最可貴的生命。於是在我母親的猶疑下，我堅決的說：「媽！你不能要我嫁一個庸俗的男子，沒有危險地直活到老，老了望着帳頂而死！在這時代裡這種想法是可恥的，絕非你女兒所可聽從的事！」這樣，我毅然接受了保珊的求婚，於是我們便結婚了。婚後的生活，全部是忙碌的，住在一起的時間很少，我們精神的生活佔大部份，但我們時常通信，那時他的來信總含着熱烈的希望：「我們是國家的人，我們受的恩惠太大，全面抗戰聽說短期內即將爆發，報國的時候到了！」

八一三的戰鼓響後，保珊愉快地由孝感飛回，那時我住在筧橋醒村，一進門他就笑着說：「我們的機會來了，看空戰吧！」眞的，保珊一向是個沉默的人，從有沒有像那天那麽興奮過啊！保珊是個熱血的青年航空員，和其他的有志青年航空員一樣，因此，每當幾個偉大的空戰如：「二一八」、「四二九」、「五三一」諸役，我總以爲保珊尚在參加殺敵，在機對機、槍對槍的一場兇殺中。

保珊乃生長在江蘇的人，江蘇人的特質是細心，但他却兼有北方人堅强的意志，具有廣東人的勇氣，三種性格混合成的一位空軍鬥士，他的義勇是可以概見的，可惜他「出師未捷身先死」，這是保珊的不幸，也是我的遺恨，更是祖國的一大損失。

保珊的遺言是很簡單的，只是：「我是國家的人，不屬於任何人的，有天殉職，你要堅强地活下去，愉快地撫養着兒子，你更要英勇地做些抗戰的工作！」是的，我光榮的活着，因爲你光榮的死去；我此刻撫養着兒子，因爲兒子是未來的主人翁，他是必要參加救亡工作，以竟宿志。

天宇黯淡，秋凉如水，在更深夜靜的晚上，在衡陽的小市一角落裡，我寫着，我仰望着窗外的天空，似乎機聲軋軋，我的保珊在空中戰鬥，在竟未盡之志吧！我又好似見到我的保珊，他像一條影子，跟隨在我的身後，也跟隨着每個人——每個青年航空員身後，鼓勵他們殺敵，要他們替他報仇。

啊！啊！保珊，我光榮的活着，因爲你光榮的戰死！

孫抱眞這篇文章，出自肺腑，源於至情，所以字裡行間，充滿了眞情蜜意，尤其末段寫到「我仰望窗外的天空，似乎機聲軋軋……」這種心境，不是空軍眷屬，是無法體會到箇中辛酸的，何況身爲空軍烈士遺孀，在更盡漏殘之際，推窗仰望晚空，縱然夜空如洗，萬籟無聲，也會在耳鼓之中鳴起機聲軋軋，視覺之中看見飛機翺翔……不知何時，淚痕早已佈滿雙腮，低頭拭淚的時候，才感覺到脖子一陣痠痲，內心空虛似洞穴！

抗戰的第二年秋，孫抱眞女士和另外幾位空軍遺眷由政府安排居住在衡陽城北錢局巷六號一座深邃的庭院中，當時有一位記者在訪問她之後寫了一篇報導，開頭就這樣描寫：

「一進屋門，便聽見留聲機唱片的聲音，從花木遮住的屋子那邊傳來，石砌的小徑，蜿蜒地通到白帘遮蔽着的門窗，當我把來意向一位女侍講明後，她便進裡面通報去了，接見我的是一位黃夫人——孫抱眞女士。她是一位年紀二十多歲的少女，鬢邊帶着一朵白花，操着略帶杭州音的上海話，溫和而活潑地和我談話。當我把來意說明後，她非常感動的樣子，一雙秀麗的眼睛顯得潤紅了。……」

中國的空軍健兒秉承着至高無上、有我無敵的精神，所以個個都是英勇、豪邁而洒脫的，而空軍的眷屬，也具有一種常人所無的勇敢、堅毅、自制的特性，這是一般女性所無法做到的修養與能耐，中影拍攝的「筧橋英烈傳」，不但表現了空軍健兒爲保衛領空而慷慨捐軀的悲壯史實，而且也刻劃了空軍太太爲國家民族而犧牲自我、捐獻私情的偉大節操，這正是當前我們舉國上下所迫切需要的精神，所亟需發揚光大的氣節，讓我們等待着欣賞這部影片的貢獻吧！

我的高祖與湘潭

·劉己達·

一、從陳大榕談起

讀中央日載在二月份陸續披露：監察委員陳大榕先生在本月二日歡度他的八十壽辰，友好祝壽，曾舉行極簡約的酒會。

陳大榕先生係湖南湘潭人，家學淵源，係北京師範大學英語系畢業，在校時，曾參加五四運動與同學俞慎初火燒曹汝霖住宅。畢業後首在安徽任教三年，然後回湘在長沙省立一中，一師長郡諸校任教，並任過湘潭縣立中學校長省議員等職。後來入黨，任黨務工作，勝利以後，又任省黨部委員兼組訓處長，並兼宣傳處長，創辦湖南日報。

政府行憲後，陳先生當選監察委員，二十餘年來，匡時輔政，謇諤盡言，經常發揮監察權糾彈的功能，對整飭風氣澄清吏治，克盡民主鬥士的責任。

陳先生係湘潭人，惟楚多材，湘潭更係人文薈萃之區，自昔已然。猶憶先高祖劉如玉公宰湘潭時，對於湘潭文物，即已稱誦備至，這些有關湘潭文獻，載於「自治官書」中，兒時即已背誦，至今未能或忘，故樂為之重述。

二、我的家世概況

沒有記錄文獻以前，擬請先談我的家世：

我係江西宜豐人，猶憶我們家中，在父親這一輩，經常貼有一副春聯：

「十代書香綿世澤；
九傳仕宦紹家聲。」

於此可見我家世代均係以耕讀傳家，而仕宦亦每代均有人繼承。自毋怪大陸陷共後，共黨對我家要大呼「打倒封建堡壘」。

我祖上在前清都是做州縣官的，但並無赫赫高官顯要，大概以遠祖大成公，高祖子英公曾叔祖榮生公，先祖父霞莊公，為最出色。大成公以乾隆間的進士出任湖北竹山縣知縣。傳聞竹山縣四圍都是竹林，沒有城牆。大成公任官時，縣城為教匪圍攻，以至於淪陷。他老人家因守土有責，殉職自盡，崇祀忠節祠，我們後人稱他為「忠節公」。

至於高祖如玉（號子英）公，出身不過舉人，最初任教諭三、四十年，纔到湖南做知縣，他做過兩任甯遠縣，咸豐初年第一任之時，正值粵匪倡亂，甯遠地當衝要，幾次被廣東來的匪徒圍攻，但因他捍衛得力，結果，甯遠幸而保全，因此，他升任了茶陵州直隸州知州。他的學問很好，人亦幹練，而且清廉達於極點。因保衛地方得力，曾蒙上峯加以「廉明勤慎」的考語。當時曾文正公（國藩）正在湖南本鄉辦理團練。子英公所作的文告，曾文正公讀過了，說可以比得上「王文成呂司寇誠飭勸諭之文」，可算是最高的評價了。

曾叔祖劉寶壽號茶生，後人尊之爲茶生公，他係在高祖調署茶陵時所生，故名茶生。以甲午進士，分發湖南見知於巡撫陳寶箴，歷任湖南十餘州縣繁劇，政聲卓著。至於先高祖以及先祖父併見之於宜豐縣志，謹錄之於下：

三、宜豐縣志記載

「劉如玉字韞珍號子英，與拱辰同族，而鄉舉在其先，由瀘溪訓導截取入京，選湖南甯遠知縣，粵匪兩次圍城，皆力戰却之。咸豐四年，賊復來攻，城中乏水，浚井拜禱，泉即湧出，是人奇之名『劉公井』。巡撫駱秉章奏薦以直隸卅知州用，嘗擬保甲章程上之，曾國藩極加嘆賞，謂大似王文成呂司寇手筆。五年調署茶陵州，時州境多蝗，下車蝗即遠避，調補湘潭，未久復還甯遠，卒於任。孫雲衢，字霞莊，光緒廿一年（乙未）進士，由戶部候補主事，改選貴州安代縣，歿於住所。」

謹按：「縣志上所載之雲衢即係先祖父，我孩提時即隨先大父在貴州安代任所，偏遠小縣，極爲貧瘠，城內商店亦極少，三日一墟，民百所需，必須於趕場日始能購到。但先大父甘之如飴，視民如傷，從不請調，歷十年之久，至改元後歿於住所。因家父不能言，不能任事，由先祖母主持，獲選靈櫬，從湖南辰州買舟直放鄱陽湖，回江西原籍安葬，那時我才年十一歲。

四、有關湘潭文獻

至於有關湘潭文獻，則見之子英公之遺著「自治官書」中。這部書裡面，都是他宦湘的政績，可以看出他做官的作風以及他的學問淵博，可惜在大陸淪陷以前，我家於逃難之際，把這書遺失了。後來還是由於家叔劉師舜在美國任教，偶然在哥倫比亞大學書庫裡看書，忽然抬頭一看，發現了這部書，眞是大喜若狂，當時就設法複印一部，封寄台北家叔劉師湯處，在台某印刷所付印，由我任校對之責，「自治官書」中，有「湘潭觀風告示」謹錄之於下：

「爲觀風事：照得南楚夙稱形勝，中湘尤擅物華。坡著鳳靈，表千仞覽輝之瑞；潭觀龍化，呈萬里破浪之奇。萊子園深，斑衣尚留餘韻；陶公橋亘，錦石長仰高風。疏雨岸花，杜少陵艤舟之地；夕陽汀草，褚河南洗筆之池。沿碧泉以溯洄，文定淵源可證；望朱亭而翹企，晦庵模範猶存。地原清淑久鍾，人自英奇輩出。路子發陰符，聽講無忝丞相家聲；胡叔獻幕府，褎猷悉本春秋筆法。才掄東粵，會沙不附權門，宦謫西江，文莊力排黨議。披湘嶽之全集，著作等身；讀衡麓之祕書，文章名世。是皆成功名於氣節，本學問爲經綸。允堪樹立千秋，匪獨芬揚一邑也。況逢我國家典隆造士，化溥作人。當風氣之初開，已賢能之並進。陳恪勤之治河轉漕，名重封疆；羅愼齋之秉節持衡，風淸黌序。開玉堂之先路，碧村童以神稱；證金粟之後身，紫峴才由仙謫。今則久崇文教，益奮科名。身到蓬山，爭識探花使者；臚傳朵殿，剛逢染柳神君。固宜卿月使星，華彩互相輝映；還卜狀元宰相，大器早爲安排。蓋文物自昔已然，亦人才於斯爲盛。本署縣學慚窺管，技拙操觚。七代青衿，相傳未墜；卅年白紵，屢薦不售。期題雁塔之名，深愧莫繩祖武，曾忝鱣堂之席，猥云能讀父書。計自捧檄春陵，一行作吏，設施冷道，四次保城。笑鉛槧之久疏，政空講武；幸簿書之偶暇，士可論文。是以黃卷靑鐙，未改儒生氣習；疑山瀟水，似有師友前緣。迨承乏乎茶陰，漸相近乎梓里。螺川園解，正弦歌再起之時；蟾窟秋徵，適銀榜重開之會。每念俗稀攀桂，冀培植之得人；却緣期近及瓜，又量移而遷地。而斯土也，於吾鄉亦接壤，較舊治爲多文。月旦曾熟耳聞，喬札宛如相識；年譜歷存齒錄，孔李故是通家。敢誇地與人宜，堪膺保障；竊念士爲民首，藉訪輶軒。願邀今雨之來，用效古風之探。爲此示仰閤邑生童知悉！本署縣定以本月二十日，在於考棚觀風局試。爾多士各運匠心，待舒老眼。果有潘江陸海，應流萬斛之泉源；是眞宋豔班香，定吐五花之筆彩。淸眞雅正，總守先輩典型；濃淡平奇，具見才人吐屬。所貴心裁自出，免疑曹植之倩人；腹稿先成，不類休文之作賦。先器識而後文藝，觀人原自無偏；尊德性不薄詞章，立言要必有本。但青錢之入選，應白璧之同珍。會將際乎風雲，詞鋒堪試；光直爭乎日月，兵氣亦銷。以文字受知，作者正須識者；爲邦家生色，後賢豈讓前賢。引企揮毫，幸無裹足。特示！」

另外還有一聯，係湘潭大門的聯爲鶴頂格，將湘潭兩字嵌於聯首。聯云：

湘水與瀟水合流，宦蹟溯前遊，十載鑒余眞面目；
潭影共雲影交映，風光如故郡，一官領此好湖山。

五、湘潭人文蔚起

從上面的文告與聯語中，可以窺見湘潭地靈人傑，人文蔚起，自昔已然。即以現代的人物，爲國人所熟知的，武功方面，咸同之際，有見知於曾國藩的，以布衣而膺制府的郭松林；又如以熱河驛吏，一旦爲慈禧太后所賞識，不次拔擢做到兩廣總督的袁樹勛。他們都是出身微賤，不能立足鄉里，或逃亡在外，或迫而從軍，後來致身顯要，極其富貴。

至於文學方面，則有文士王闓運，亦即王壬秋，文采燦爛，見稱於時。詩僧八指頭陀，以詩名世。以至於參加帝制的楊度，畫家齊白石。極至於神童沈曼若（時人稱之爲沈博士）。這些人物，都是湘潭的後起之秀迄至於今日，卜居海外以及台灣，港、澳的，尙不乏其人。有如卜居台灣之張劍芬，李漁叔，定居香港之李任難諸先生，均屬能文之士，文采煥然。我的孤陋寡聞，未能列擧的，當不乏其人。

據說有一個時期，齊白石老人在北平亦曾受到同鄉後輩毛澤東的禮遇，時加存問，並且要他的愛人——江青向老人學畫。在一九五二年之際，史達林的壽辰，那時毛共與蘇聯尙未翻臉，毛澤東特央白石老人作畫祝壽。他當即勉強畫了幾枝稀疏桃葉和桃心一個，還題了下面的詞句：

「余不識君爲何許人，吾國執政者囑予畫以贈，老眼昏花，盡乎此矣！」

從上面我們可以看到白石老人的風骨稜稜，不卑不亢，極甚得體較之章士釗，眞是不可以道里計。

六、淪陷後的湘潭

大陸淪陷後的湘潭，人民絕不因爲與毛爲同鄉而沾光。反而一些下級幹部，爲了特別在主席的故鄉，發生「領導」「示範」的作用。過去稍有血債的，如曾任何倒勦匪總部參謀長劉晴初，首先就遭受到了淸算，擧家十餘口深已逃亡外，悉被殺戮。國大代表伍之靑自然也無法倖免。其他被殺的公務人員和地主，或是妄加以國特罪名而被捕殺的，當不下萬人。

因爲該縣人口多，地方富庶，在過去夙有「金湘潭，銀益陽」之綽號，資本家地主亦特多，自然都在淸算之列，因之，流亡在外，在港、台以及美國南洋各地的亦不少。

湘潭的出產亦頗豐饒，以穀米，雜糧，石膏，藥材爲大宗。人民有特殊嗜好，愛好檳榔，每年由南洋輸入頗多，成爲人民的大消耗。

爲了湘潭了更繁榮，爲了紀念毛澤東的故鄉，早已將湘潭升格爲省屬市，大興土木，加意建設，另將湘潭縣治遷置於易俗河，該鎭過去本爲穀米吐納碼頭，倉儲林立，不下四百餘所之多，每所所貯糧食，平均在三四千石以上。現在時移勢易，好景不常，商業上穀米多數轉向滲口，三門一帶。再加以公社成立，坐食山崩，倉空如洗，已無復以往之盛況了。

李岐山

·胡伯岳·

安邑李岐山名鳴鳳，岐山其字也。人多知李岐山，而不知李岐山即鳴鳳也。天性純孝，器度恢宏。少有大志，入邑庠，讀聖賢書，德業益進。其父經商於陝甘間，病逝玉門關外。岐山聞噩耗，痛不欲生，徒步萬里，負骸骨歸葬於祖塋，孝行爲鄉里所敬重，名震河東。

同邑景梅九名定成，奇人也，才氣縱橫，過目不忘。爲人不拘小節，不修邊幅，留學東瀛，醉心革命，爲同盟會之健者，與岐山極友善，因介紹參加同盟會，岐山長於組織，結交河東有志之士，密謀革命，在河東樹立深厚之革命基礎。

辛亥起義，太原光復。袁世凱痛恨吳祿貞謀組燕晉聯軍，阻其北上，先刺殺吳祿貞於石家莊；再藉口保護外人，命第三鎮協統盧永祥進攻山西。娘子關不守，都督閻伯川氏北行，岐山與副都督温靜菴（壽泉）及閻志遠、楊彭齡、景梅九、謝禎祥等南下河東，收集潰卒，組織成軍。因井勿幕已率陝軍渡過黃河，克復運城，即率部與陝軍會合，岐山被推爲旅長。命景蔚文與史宗法分任團長，遂率軍攻克絳州（今新絳縣），捕殺潞安協臺兼前路巡防幫統陳政詩，保衞河東。並協助王用賓、張士秀組織河東軍政府，軍政府命岐山爲總司令，圍攻臨汾之前路巡防統領謝有功，月餘不得下。後盧永祥南侵，亦止於臨汾。故太原不守，而河東屹立不動，得保山西光復之成果，岐山之功最大。

民國元年，南佩蘭（桂馨）以籌餉委員至運城，名爲籌餉，暗中厚結李部景蔚文，唆使取而代之，以瓦解李之實力。事洩，岐山拘南於運城，袁世凱以岐山與觀察使張士秀反抗北京政府，據河東獨立，令晉、陝、豫三省派兵圍勦。實則李張在河東，革新地方政治，整訓部隊，勢力強大，適招人忌。此即所謂河東張李案也。

豫軍趙倜率毅軍由會興鎮渡河，茅津渡方面河東守軍已撤退，以示不抵抗。故趙部不發一彈，如入無人之境，直趨運城。岐山、士秀被逮捕，押解北京。臨行，運城各界士紳及各學校學生列隊往送。抵京，下陸軍監獄。軍法執行處長陸建章主審其事，各判徒刑十五年。後知其寃，故又特赦，恢復自由。

岐山出獄後，一日至代縣會館，忽爲山西便衣憲兵所逮捕，押赴前門車站，岐山性機警，行至前門，見巡警（即警察）過，作掙脫狀，大聲急呼：「山西憲兵在京師捕人」巡警援救，阻止押赴車站，憲兵無奈。當局接巡警報告，以山西憲兵不經京師許可，擅自捕人，實已超越範圍。而憲兵所列罪行，又無實證，乃赦令釋放，始免於難。

後陸建章奉袁世凱命督陝，以岐山爲不可多得之傑出人才，約偕行，委爲陝西督軍署之參議。時陝西革命先進郭希仁講學華山楊家園，岐山往謁，因識同志胡景翼、劉守中、鄧寶珊、董振五、劉靄如等，得時相過從，策劃西北及華北之革命大計。適袁世凱背叛民國，進行帝制，欲將 國父手創之中華民國改變爲家天下，傳之子孫。陝西同志憤怒異常，紛紛起義，聲討袁賊。岐山與胡亮天、鄧寶珊、董振五、景梅九起義於渭北櫟陽，惜勢力單薄，立足未穩，不堪一擊，終爲陸建章所擊敗，景梅九、胡亮天被捕，解送省垣，岐山幸逃脫，未被執。西安同志欲救景、胡，運炸彈進城，計劃劫獄，事洩，王紹文等二十餘同志被陸所慘殺。王陸一逃三原，得保性命。

梅九將解北京，岐山與同志設伏渭南赤水，欲中途劫之，因失期而事不成，乃與馮欽哉、鄧寶珊、王祥生、李養初等往富平。縣警備隊隊長某與岐山爲舊友，以此爲基礎，渡河攻猗氏、虞鄉，爲晉軍圍困中條山中，形勢極爲危急。適袁世凱帝制失敗死，黎元洪繼任總統，罷討袁之役，岐山始赴北京，所部由政府派王平政發資遣散。

陸建章既慘殺革命黨人，又搜括民財，雲南護國軍起事，袁世凱政權動搖，陸失去憑依，陝人遂有逐陸之役。陳樹藩部郭堅首先發難，陸命其子率一旅之衆，進軍三原，以攻郭堅。胡景翼部張義安以營長駐三原， 夜冒陸之巡城隊，圍攻旅部，全部繳械，並俘陸子。陸子落於革命黨人之手，遂以陸建章離陝，交換其子之性命。陸離陝後，陳樹藩爲陝西督軍。陳旣藉革命黨人之力而掌政權，反依附軍閥，投靠段祺瑞，而視革命同志爲仇敵。

六年段祺瑞組督軍團，逼黎元洪去位。岐山在北京，目覩軍閥橫行禍國，國將不國，憤怒異常，遂往來京漢道上，聯絡同志，密謀討段，又被逮捕，再繫陸軍監獄，九年始獲釋。第四混成旅旅長張錫元率部駐陝西，邀岐山往，岐山與當時渭北靖國軍諸同志多友好，並邀集關芷洲、馮欽哉、武士敏諸同志於渭北之雨金屯，謀成立部隊，表面上又不得不與陝督陳樹藩虛與委蛇。陳知岐山一旦得勢，必不利於己，陰派其營長姚某刺殺西安東十里舖，時年僅四十歲。

辛亥革命，山西光復，本分三路。閻伯川、姚維藩（以价）光復太原，續西峯（桐溪），弓富魁光復大同，王太蕤（用賓）、李岐山、張士秀光復河東。太原雖光復，不久因清軍攻入而復失。大同與河東則屹立固守，不爲清廷所撼動。岐山之於民國，功亦不小。然被袁世凱判刑於前，被段琪瑞繫獄於後，終被陳樹藩所謀殺，岐山之死，吾晉少一革命强者，國家亦失一英才矣！

張靜江先生二三事

郁　青

吳興張靜江先生，名人傑，世居南潯鎭，先世經營絲業，家財百萬。光緒二十七年，先生二十五歲，納貲以道員身份隨孫寶琦赴歐，任駐法使館商務參贊。有次在赴法船上巧遇 國父，結爲同志，說：「你無錢搅革命，不妨打電報給我，但不可直言，祇能寫記號以免外間多疑。」有次 國父眞的需要錢，姑打個記號去試試，居然不到幾天功夫，所要的數字分文不爽，其急公好義守信有如此者。後在巴黎組世界社，印行定期刊物，鼓吹革命。辛亥十月，武昌起義，先生乃間關返國，翊贊 國父，主持國政。迨至袁氏竊國，先生復捐輸巨欵，陸續供應 國父從事革命事業，其功至偉。 國父嘗謂同志說：「自同盟會成立後，始有向外籌欵之舉，時出資最勇最多者，張靜江也，傾其巴黎之店，所得六七萬元，盡以助餉，眞是難得之至。」

民國十六年中樞爲安定東南局勢，特組織上海、浙江兩政治分會，以先生爲浙江分會主席，就近指導省政府處理政務。十七年二月，當局爲欲實現民生主義及實業計劃，特設立建設委員會直隸國府，任先生爲委員長主持會務，時浙江省政府主席何應欽將軍，另有任命，中樞爲統一事權，復命先生接任浙江省主席。十九年十二月，先生因政務官不得兼任地方行政長官辦法之限制，請辭浙江省府兼職，遂專任建委會委員長。廿六年十一月，國府爲長期抗戰西撤，先生經香港，前往瑞士養痾。二十七年一月，建設委員會奉命與經濟部合併，經管各項業務由經濟部之資源委員會接辦，先生始能稍息仔肩，但仍任中央監察委員。復員後任總統府資政。三十九年九月三日，病逝美紐約，享年七十有四。

綜計先生一生，從事革命工作幾近半個世紀。主持各項經建及倡導辦理民營建設，凡所措施，莫不攸關國計民生，且能排除萬難，悉力以赴，其剛毅與氣魄，實爲他人所不及，故有我國近代最成功的建設家之譽。茲舉其犖犖大者二、三事以爲讀告。

民國十七年二月，直屬於國府之建設委員會組織成立，其職權依會組織法之規定：凡國營事業如交通、水利、農林、漁牧、鑛冶、墾殖、開闢商港、商埠，及其他生產事業，須設計開創者皆屬之。上項各事業之已成者，其管理監督保護改良，屬於中央各主管機關。事業範圍，極爲廣泛而龐大，顧事屬初創，又値軍費浩繁，並無餘欵可供建設之用，開辦之始，僅由國庫撥發十萬元，作爲基金。先生以發展經濟建設，必須先建立健全之電氣事業着手，於是先將南京電燈公司及無錫震華、耀明二電燈公司，一併估價接辦，改爲首都電廠，及戚墅堰電廠。一面羅致專才，嚴密管理，增加設備，擴充業務，一面呈請國府核准，先後發行長短期電氣事業公債共國幣二百五十萬元，以作收購京戚二廠原有土地設備，及整理二廠發電，輸電等設備之用。

十七年六月，中樞決定籌辦無線電通信事業，先生遂遵令在國內重要都市設立電台二十七處，約定聯絡通訊者三十三處，又創立國際電台，傳布政情新聞，使國民獲得通信之便利。無線電業務，經建委會一年之努力，成效大著，乃依法於十八年八月移交交通部接管。

我國已開採之煤礦，多在華北，長江下游區域，向乏有規模之煤礦可資供應，一旦交通梗阻，勢將發生煤荒，問題極爲嚴重，建委會於是先後開辦長興、淮南二煤礦，以供應首戚二電廠及其他重要工業之用。長興瀕臨太湖，煤斤取道水運，頗稱便利。淮南交通阻塞，轉運困難，先生乃以已辦各事業之盈餘，由田家庵舖設鐵路，長凡二百三十六公里，以裕溪口爲終點，稱曰淮南鐵路，此路客運之外，以運煤及農產品爲目標，皖中及北部遂得日益繁榮。惟自十九年底起，建委會改隸於行政院，其職權，經第二度之修改，大加緊縮，除辦理電氣行政及民營電氣事業指導外，其業務顯已以設計爲中心，然先生除原辦各項事業外，二十年起，復在常州、無錫一帶，推行電力灌溉，並設模範灌溉局，在吳江龐山湖，辦理集體灌溉水利事業。

廿六年春，揚子公司成立，經奉國府核准，承購京戚及淮南鐵路，共值國幣五千萬元，先生乃以所得資金，接辦安慶電廠，經營饅頭山煤礦，與貴州省政府合營貴陽電廠，並籌設武漢水電廠及西京、南鄭、湘西、柳州、宜賓、都江、萬縣、岷江等電廠與湘江煤礦，復計劃設立機構，開採鎢、錳、汞、錫，以供國防需要。以上廠礦事業，建委會時期，大部分均已實現，一部分由經濟部完成。

先生主政浙江時，民政廳長朱家驊，，財政廳周駿彥，教育廳長陳布雷，建設廳長程振鈞，保安處長朱世明，均爲一時之選。除經常庶政外，對於建設尤爲積極。下車伊始，即宣布治浙四大發展交通計劃，一爲興建全省公路網；二爲鋪設杭江鐵路，開發腹地；三爲開展全省長途電話，以利通訊；因爲整理內河及沿海航業，以補陸運不足。自就任以迄交卸，在三十五閱月之中，計已築成通車之公路，有京杭國道之杭長（興）段一三三公里，滬杭國道杭乍（浦）段一一八公里，杭紹（興）省道六五公里，鄞鎮慈奉省道一二〇公里，臨（海）樂（淸）省道一三〇公里，杭富省道五〇公里，杭徽線杭昌段一五二公里，其他省縣通尙有多線未計。十八年六月，又組織杭江（山）鐵路工程局，從事測建三九七公里之鐵路，十九年四月，杭金（華）段先行通車，此路即爲日後浙贛鐵路之東段，爲由滬前赴湘桂及西南各地之捷徑。

先生爲欲發展浙江省工商業，復於十八年八月，在杭州舉辦西湖博覽會，這是破天荒之舉，爲期雖祇短短三個月，但觀衆却達八百萬人，那時的東方雜誌出有一個專號，很詳盡的記述這個盛會。第四屆全國運動會復於十九年四月在杭舉行，參加者共有二十一單位，選手多達一千四百九十六人，上海的良友畫報就派有三十名攝影記者，盛況空前。這種事業，在今天看來倒不算什麽，但在四五十年前有此見地與魄力，眞是難能而可貴呢。

先生的行誼是寫不盡的，這裡不過是截取其中盡人皆知的一段，聊記其梗概而已。

洪憲本末（五）

·鐵嶺遺民·

袁克定之倨傲

袁克定因生長在仕宦之家，從幼年就握有大權，因此對任何人皆無禮貌，此點實壞了袁世凱的大事。由幾件事可以看出來。

民國二年舊曆年初一，馮國璋與段祺瑞兩人進公府給袁世凱拜年，見面之後兩人仍按舊規矩跪下叩頭，在清制屬員叩頭，長官也要跪下還禮的，但此時袁世凱身爲國家元首，自不能下跪，當時一面呵腰還禮，連說「不敢當，不敢當，請起，請起。」同時又喊幾位公子「你們都來還禮啊！」克文、克良聞聲出來，連忙跪在旁邊叩頭，祇有袁克定坐在旁邊動也不動，看也不看他們一眼，這件事段祺瑞認爲奇恥大辱，以後堅決反對帝制，其中因素固多，但不願在跛子大爺（段對克定的稱呼）殿下稱臣，却也是主因。

另一件是前段講到的朱芾煌奉袁克定命令與武昌議和，途中被清兵捉住解到大營，馮國璋不知道私下議和的事，以朱芾煌爲奸細，就要殺他，袁克定知道，馬上派人送封信來，說明朱芾煌係自己擅派，請馮國璋原諒，信到，馮國璋就把朱芾煌放了。這件事本來作得很好，可是信的稱呼却是「華甫大哥爵帥大人」，下面署名「弟定」二字。筆者第一次看到袁克定這封親筆影印的原函，就覺得不大舒服，後來越想越覺得不是味道。馮國璋是袁世凱的部下，既不是子姪亦不是僕人，論年齡馮國璋尙長袁世凱一歲，袁克定憑什麼資格稱他大哥，實在費解。根據仕宦人家慣例，老年僕人在家庭中地位比小主人高，紅樓夢中賴嬷嬷見了賈母坐下說話，鳳姐等人却祇能站着；再以中原地區（包括袁克定家鄉在內）風俗，對年長於父親的僕人要稱爲伯伯，年齡較自己長的也要稱之爲哥，何况馮國璋並不是袁府的僕人，這些地方對馮國璋自然是相當刺激。

還有一件事，在袁世凱死後，運靈回彰德安葬，北京政府命令河南巡按使田文烈贊襄喪事，田文烈曾任過袁世凱的文案，也是袁克定的父執輩。奉到命令，趕到彰德晤袁克定，名刺投進後，少遲有個僕人出來擺手說道：「大爺傳見」，田文烈氣得忍不住罵了兩聲。像這些地方根本就是妄人行爲，安能成大事。

謎也似的白狼

就當袁世凱武力擊敗國民黨同時，河南中部寶豐崛起一支大土匪白狼，這是一個傳奇人物，傳奇的故事，直到今天官私文書均未証明白狼究竟是何許人，看來此事要永遠成謎了。關於白狼的身世，一般傳說有兩種，一說白狼眞名齊天化，一說白狼確實姓白，號朗齋，當地習慣稱謂喜歡減一字，眞名白朗齋一減爲白朗，再轉就變爲白狼，兩種說法，表面看來以後者爲合理，但却以後者附會的成份較大，前者也許還可靠些。

中原地區尤其是豫中、豫東、皖北、魯南出大土匪已經不是新聞，歷史上的劉邦，朱元璋也是這一類型，不過奪得天下之後，就變成了太祖高皇帝，若是被消滅自然也就是流寇了。淸朝以前的不說，就以入了民國而論，也出了幾個大頭目，最著名的首推白狼（豫中）其次要說到以後在臨城刦火車的孫美瑤（魯南），還有一個張學良（皖北），當時正是張學良如日中天時，官方通緝這個張學良衹得加一個犬旁，變爲張學狼。這個張學狼外界知道的不多，但最高峰時也嘯聚了四五千人，狼奔豕突，東西流竄千里，豫皖兩省不知有多少縣官爲他丟了官，再小一點的還有一個李老洙，力量雖然不及上述三人之大，但有一時期在皖北，豫東提到李老洙，確實能止兒啼。

土匪頭要不要很大的材具，並不需要，就以上述四人而論，眞正有指揮才能的首推張學狼，勇敢善戰則推李老洙，白狼與孫美瑤全靠手下人出力，本身才具十分平凡。但這點並不是說任何人皆可「拉桿」（土匪嘯聚的代語），起碼作頭目要具備兩項條件，第一不貪財，搶了錢大家均分，不得私自藏匿一文錢，第二不怕死，每次同官軍打戰，一定要身先士卒，這樣弟兄們才能敬服，還有不好色，不要看輕土匪，土匪綁了票（粵語標參）綁到年輕婦女，另置一院派人重重看守，從頭目到小嘍囉，皆不敢動半點邪念，倘有行爲不端而被查出，即時槍斃，再好的朋友決沒有人出頭求情，紀律之嚴雖正規軍不及，除這三點外，還要寬宏大量不記私仇，才夠作大頭目的條件，看了盜之道，覺得許多當政者亦不如。

白狼興滅

白狼軍戰術最大長處，是行踪飄忽，鑽隙蹈瑕，仍然是老一代流寇的戰畧。由於白狼軍不必帶輜重，走到甚麼地方就吃住在甚麼地方，所以輕裝日夜可行三百里，官軍自然追不到，往往越追越遠，甚至於追了一大段路，白狼又竄回背後去了。

在白狼流竄期間，受影響最大的是張鎭芳，前面曾經談過，袁世凱放歸彰德時，都靠張鎭芳維持家庭開支，前後三年，因此，袁世凱對張鎭芳內心實在感激，在洹上時張鎭芳有詩寄懷，袁世凱依韻和詩有「白首論交思鮑叔，青松未遇笑留侯」之句，上句明白說出張鎭芳在經濟上的支持。到了袁世凱當了大總統之後，自然想起了這位鮑叔，就派他任河南都督。張鎭芳爲人貪而無能，衹知聚歛，萬不料平空出來了一個白狼，攪得他手忙脚亂，毫無辦法，到後來實在攻擊他的人太多，袁世凱也護庇不了，衹得派出手下王牌大將段祺瑞暫代豫督，負責剿白狼。

白狼手下人皆是土匪，沒有大志，出去搶了東西就送回家中，仍然戀戀家鄉不肯遠去，逐漸喪失了機動性，後來經過幾次戰爭皆受損失，於是白狼召集部下商量下一步驟，重要頭目皆覺得長此流竄下去不是辦法，主張找一個根據地，於是白狼決計入陝。

在白狼起事時，陝西都督是張鳳翽，袁世凱久已想調動陝督，乘此機會派陸建章任第七師師長，帶兵援陝，到陝之後，即接任了陝督，並擔任剿匪司令，可是陸建章對白狼也沒有辦法，到了最後，袁世凱無計可施，竟然派人去掘了白狼的祖墳，白狼揚言要報復，要去項城掘袁氏祖墳，嚇得繼任河南都督的田文烈，派了唐天喜一個旅保護袁氏祖墳。

白狼入陝時，居然提出政治號召，發表通電說自己「奮起隴畝，志在救民」，儼然要同袁世凱爭奪天下了。不過白狼入陝後，因經過重重打擊，無數次的艱苦戰爭，實力大損，手下能打仗的人大部戰死，白狼衹得率部再度東竄，在途中遇到趙倜，一仗被擊潰，白狼本人戰死，才算結束這一次戰役，袁世凱從此也看透北洋軍的暮氣，以後成立模範團，起因也在此。

模範團

袁世凱與段祺瑞之間正式決裂，始於成立模範團，在此以前，袁始終把段當作軍事方面第一個心腹，段也感恩知己，力圖報稱。但段對袁的忠誠却有限度，祇擁護袁作總統，不贊成袁作皇帝。段祺瑞這種立塲，今天來推斷不外出於兩點，第一是忠於共和，因爲當年逼清帝遜位的兩封孝感通電，皆是段祺瑞領銜，入民國後，恭維段祺瑞的人一定要提到「首創共和」的事，段祺瑞也自鳴得意，如果輔佐袁世凱作了皇帝，不惟對不住清室，也毀了自己的光榮歷史；第二，段在北洋軍中已成爲袁世凱的繼承人，如果袁世凱作了皇帝，繼承的將是袁克定，段祺瑞自不願世世爲袁氏爪牙，尤其他同袁克定素有心病，更不能在跛子大爺殿下稱臣。這種情况當然瞞不了袁世凱，就想削去段祺瑞的權力，可是多年來對於掌握軍隊，袁段一貫採取分工，袁管上層軍人，段則管中下級軍官，整個北洋軍佈滿了段的勢力，袁世凱要想收回兵權，非徹底改組北洋軍不可。

袁克定去過德國，平日也最崇拜德國，民國三年，請來一位德國顧問丁克滿少校，一位法國顧問白禮蘇中校研究改造中國陸軍的辦法。兩位顧問一致認爲中國兵不能打仗，甚至打白狼都打不過，決不是由於器械不精，更不是因爲體格不强，而是由於缺乏訓練，兵不練就變成廢物，但練兵不但需要將帥，最重要還是士官，沒有下級軍官，任憑師旅長怎樣能幹，都沒有用處。說到最後，顧問提出一個具體辦法，應該成立一個訓練機構，專門訓練士官。這項建議正合了袁世凱的本意，馬上就予以批准，就在大元帥統率辦事處之下，先成立模範師籌備處，後來感於模範師目標太大，恐怕引起北洋舊人懷疑，於是改爲模範團，團長由袁世凱自兼，以原任赤峰鎭守使的陳光遠爲團副，籌備員有王士珍、袁克定、張敬堯、陳光遠四人，團址設在西城旃檀寺，團本部設在北海，兵士由各師中下級軍官抽派，又由蔭昌自保定軍官學校畢業生中抽調直豫吉奉四省籍貫的二百八十人爲中下士，民國三年十月模範團正式成立。

以王代段

袁世凱與段祺瑞之間，自民國三年以後，關係日漸疏遠，終而致於決裂，其中有內在因素，也有外在因素，內在因素是袁世凱爲人確乎有古代奸雄之風，對任何人皆不能推心置腹，段祺瑞爲人則倔强剛愎，認爲義所當爲者決不讓人，因此，雙方在權力上先發生了衝突。外在原因是由於兩個人，一是袁克定，一是徐樹錚，袁克定同段祺瑞一開始就有芥蒂，以後意見越來越深，遇見段祺瑞的事，袁克定一定從旁說壞話。徐樹錚是江蘇蕭縣人，光緒二十七年袁世凱任山東巡撫時，徐樹錚前往投効，未見到袁世凱却遇上段祺瑞，兩人一見面就十分有緣，從此徐樹錚入了段祺瑞的幕府，日漸寵信，成了段祺瑞的靈魂，民國成立後，段祺瑞任陸軍總長，徐樹錚任次長，實際上一切事務全由徐樹錚處理，段祺瑞爲人奇懶，段公館府學胡同前門，對着陸軍部後門，段祺瑞若去陸軍部辦公，祇要過一條街就成，但是却很少到部，每天徐樹錚把公文拿到段公館請段批，以後公文也不拿當面報告一聲，請示處理辦法，最後徐樹錚處理之後，過來說一句就算了。每天公文又多，徐樹錚站着說了幾句話，回身就走，段祺瑞精神正在牌桌或棋盤上，根本就未聽見，因此許多公事皆不知道，經常袁世凱看見陸軍部某件呈文不滿，召段到府詢問，段一無所知，再追問這件事是誰的主張，段又一口担承，袁世凱透恨了他這項作風，給他加了四個字考語「剛愎他用」，以後成了段祺瑞終身的評語，在這種情形下，袁克定的壞話自然容易說進去。後來袁世凱決心要免除段的職務，但總要有一個繼任人，就想起同屬北洋三傑的王士珍來。王士珍自從民國成立，就回到正定隱居，不到北京來，袁世凱派袁克定親去正定勸駕，王士珍表示無意功名，不願再作官，袁克定就說袁世凱祇是請他到北京敘敘契濶，並不勉强他作官，王士珍情不可却，祇得來了。到了北京袁世凱馬上授爲陸軍上將，派爲陸海軍大元帥辦事處坐辦，準備以王代段。

湯山春茗

洪憲帝制之始，談了很多，但都是外界揣測迎合，袁世凱則一貫採取反對態度，自從宋育仁被遞解回籍，對京中醉心帝制的人，自是一大打擊，擁護共和的人，也都安下心來。這時國民黨已被解散，原日的國民黨人，除去少數投靠袁世凱，大部份在北京均不能立足，自然談不到對政治上有何影響，比較起來，進步黨對共和制度却具有保衞的力量。雖然國會被解散，進步黨的議員也失去了席次，但進步黨仍是合法團體，進步黨重要人員梁啓超，湯化龍均負海內重望，袁氏父子要進行帝制，必須要得到進步黨的支持，尤其要得到梁啓超贊同。

民國四年初，有一天梁啓超突然接到袁克定的請帖，請到湯山春茗，本來這種應酬，事很平常，梁啓超未多作考慮就如期赴會，可是到地方才發現並無其他客人，除去一主一賓之外，陪客祇有一個楊度。梁啓超覺得氣氛不對，因爲梁啓超與袁世凱個別談話是常有的事，但同這位「太原公子」，却從無私人酬酢，突然這樣神秘請客，一定有大事商量，但既然來了又不便退出，祇得坐下靜觀其變。

袁克定看見梁啓超却十分客氣，起身拉手說道：「今天沒有外客，我們可以隨便談談。」

梁啓超也祇得道謝，落坐後袁克定却未談甚麽正事，一味天南地北胡扯，梁啓超一方面順口敷衍，內心就更加狐疑不定，一直到吃過了飯，離席飲茶，袁克定突然問道：「近來各界都說共和制度不適合國情，不知道卓如先生以爲如何？」梁啓超怔了一下，說道：「我們政論家祇問政體不問國體，因此對這一點很少留意。」

楊度大笑道：「這是滑頭的話，國體與政體還是一件事。」

梁啓超說道：「哲子，你是憲法專家怎麽講這種外行話，國體自國體，政體自政體，基本上絕不相同，我對國體一向不願過問，至於輿論怎樣說，更不大留意。」

楊度袁克定看見梁啓超態度冷漠，不便再向下說，梁啓超也覺得這一餐吃得無味，少坐就告辭，這一件事算是袁克定第一次透露帝制的消息，距離籌安會早半年有多。

二十一條

近代史有許多問題，至今無法得出結論，有些即使已經論定，但仔細想想，覺得其中疑點依然甚多，如袁世凱承認二十一條，即是一例。

二十一條內容，中國人可以說無人不知，二十二年之後所掀起的八年抗戰，追溯原因，仍然種因於二十一條，此處不談二十一條內容，祇說其中幾項疑點。

第一、當時攻擊袁世凱的人，皆指袁世凱承認二十一條以換取帝制，半世紀以來相沿已成信史，但仔細研究，覺得此說甚爲可疑。因爲日本正式向袁世凱提出二十一條件是在民國四年一月十八日，此項條文之草成，應在民國三年底，當時無論從任何方面皆看不出袁世凱有帝制自爲之意，就是日本駐北京的特務記者所發出電訊，也祇報導中國可能復辟，沒有任何人推測袁世凱將作皇帝，則袁世凱以承認二十一條換取帝制之說，自難成立。

第二、日本公使日置益向袁世凱面遞二十一條文件時，袁世凱曾要他送外交部，日置益却聲明此事祇同總統一人交涉，不得向任何人洩漏，語帶恫嚇。可是消息迅速即洩露，經北京外國記者發表，馬上引起全國反對，十九省將軍通電反對，副總統黎元洪，陸軍總長段祺瑞也據理力爭，如果袁世凱有意以二十一條換取帝制，何必將消息漏出，而十九省將軍及黎、段二人此時皆唯世凱之命是從，若非袁世凱授意，他們也未必會起而反對。

第三、日本公使日置益當時恫嚇袁世凱稱：日本在野人士與國民黨關係甚深，如果袁世凱不承認二十一條，則日本政府無法阻止國民黨擾亂中國。此項消息發表後，黃興首先通電宣佈停止黨爭，俾袁世凱能專心對外，如果袁世凱料到以後必須承認二十一條，又何必放出這種空氣，減低自己威信，增長革命黨人聲望。

第四、日本方面本意進行秘密交涉，袁世凱却堅持經過正式外交途徑，由外長陸徵祥，外次曹汝霖負責交涉。如果袁世凱眞有意以此換取帝制，何必公開內容，以自暴其醜。筆者決無意爲袁世凱辯護，但以上幾點確實難以解答。

二十一條後果

「二十一條」中國人一貫引爲奇耻大辱，到今天四十歲以上的人，說到「五九國耻」仍然憤慨不平，但在今天看來，簽訂二十一條的後果，中國的損失並不大。日本的損失却十倍於中國都不止。中國方面損失，實際上就是在東三省，山東方面雖然以後在巴黎和會失敗，日本人佔領膠州，但到了華盛頓會議，仍然要交還中國，至於長江流域日本所欲攫奪的利益，可說一件也未到手。

日本方面的損失却有幾點，第一，同中國人結下了再也不可解的寃仇。本來在甲午戰爭後，中國恨透了日本，李鴻章的聯俄抗日外交政策由此產生，可是到了八國聯軍入北京時，各國兵紀律以德俄最壞，美日最佳，處在德俄佔領區的老百姓，紛紛跑到美日佔領區去避難，使中國人對日的觀感爲之一變，以後十幾年間中日朝野關係均極融洽，可是到了「二十一條」事件發生後，中國對日本再度掀起了仇恨觀念，直到今天仍未解除。

第二，英日同盟解體，日本所以稱霸東西，得力於英日同盟者至大，英國人所以扶助日本，是利用日本以抗俄，英國外交家私下稱日本爲英國在遠東的看門狗，不料二十一條全文發表後，直接侵犯了英國在長江流域的利益，使英國人感到這條狗終究要反噬主人，英日同盟的廢止，雖在二十年後，但精神方面此時已經攜貳了。

第三，引起美國的警惕，把日本當成一個重要對手，以後的華盛頓會議保障中國領土主權完整，軍縮會議規定美、英、日海軍噸數，都是爲了對付日本，種因還在二十一條。

戰後在米蘇里艦向盟軍簽降書的日本政府代表外相重光葵在所著「日本之動亂」一書說：「中國政府接到這個要求之後，不但將它秘密地提示給英美駐華代表，同時也透露給外國記者們，因之煽動了對日本二十一條要求的世界輿論。……日本祇取得在東北方面極不完全的利益，及若干有關山東問題的權益之外，其他的一般要求，不能不由日本方面撤銷了。」

袁世凱與日本

據說袁世凱死後，有一位秘書在他的春藕齋辦公桌抽屜裡，看見一張白紙上寫了十四個字：「爲日本去一大敵，看中國再造共和。」赫然是袁世凱親筆，這十四字頗似自輓聯。傳說雖然未必可靠，但袁世凱與日本之間始終處於敵對立場，則是事實。

袁世凱發跡於朝鮮，以他當時的地位居然能名動朝廷，是爲了平息朝鮮之亂，此舉受到打擊的則是日本，在那次衝突中，日本認識到袁世凱眼明手快，比李鴻章更難對付，私底下已視袁世凱爲大敵。

以後袁世凱扶搖直上，升官簡直如坐電梯，日本人更加不安，到了辛亥年南北議和，革命黨已決定推袁世凱爲臨時大總統，日本方面派出後來任首相被刺死的犬養毅到上海，運動南方反對袁爲總統，據熊希齡在民國二年七月二十八日發表通電稱：「報載四省獨立，有在寧設立政府，推岑西林爲總統之謠，前南北議和時，犬養毅等於前年（辛亥）多來華運動南北分立，渠與希齡本屬舊交，屢至滬寓，密告希齡，謂袁如得志，中國可危。不如勸孫、黃公推岑爲總統，與袁對抗，並要求齡介紹往見，齡與張謇、湯壽潛、莊思緘、趙鳳昌諸君，與犬養接談數次，竭力反對，幸黃興當時力主和議，岑亦病辭不見，犬養乃回家，去年春間再到上海，乃不再與齡接洽矣，此日本民黨利用我南北分立之實在情形也。」

這段事有人証，當然不假，可見日本對袁的敵意甚深。袁世凱在外交方面最可靠的友人是英國駐華公使朱爾典，在二十一條提出後，袁世凱曾商之於朱爾典，朱爾典當時曾勸袁接受，認為中國本身不能戰，西方國軍隊困於歐戰亦無力援助，目前唯一可行之道，祇有暫時接受日本條件，委曲求全，徐圖自强。據說朱爾典說到最後聲淚俱下，袁世凱也為之唏噓不置。二十一條承認後，袁世凱召開國務會議時，提及此事亦曾流淚，可見其內心痛苦，今日看此問題，充其量祇能說袁誤國，而不能說其賣國也。

袁馮之間

梁啟超赴過湯山春茗之後，不能自安，先把家眷送回廣州，然後自己藉省親為名，於三月間離開北京南旋，六月回京經過南京去拜會馮國璋，在當時都督（此時已改稱將軍）中，馮國璋的聲望地位當然坐第一把交椅，加之他是袁世凱數十年的心腹股肱，對袁世凱的事情知道的應比較別人多，所以梁啟超特地到南京去看他，兩人見面談起帝制的事，馮國璋在南京也聽到風聲，梁啟超覺得自己同袁世凱的交情不便進言，就請馮國璋到北京去勸告袁世凱，如有稱帝之意，千萬可要打消。

馮國璋也覺得義不容辭，兩人當即一同進京，六月二十七日到了北京。馮國璋到北京後，前後見到袁世凱三次，每次均同進午餐，當馮國璋剛剛談到帝制時，袁世凱說道：「華甫，你我是自己人，我心裡的話當然可以告訴你，今天的大總統權力比皇帝還有甚麼區別，我為甚麼捨棄現任大總統而去就任未可知的皇帝。要說為兒孫打算，我的兒子你都認識，大兒子患了殘疾，二兒子要作名士，其餘都還小，沒有一個堪當大位的，再說歷史上帝王子孫皆無好結局，我又何必害他們。」

馮國璋看見自己要說的話，都被袁世凱說完了，當時插不上嘴，勉强說道：「大總統雖然無意為帝，最怕到了某一時期，國人一定要推戴，到時也很難推辭呢？」袁世凱正色說道：「眞有那一天，我祇有一走了之，我的第四、第五兩子皆在英國讀書，我已令他們在倫敦買了一處房子，國人一定逼我，我就移駐英國。」馮國璋看見這不是說假話了，飯後辭出就到處闢謠，說袁世凱決無意稱帝，當時大家都信了，帝制之謠一時歸於沉寂。可是中間不到兩月，古德諾的大文「共和與君主論」發表了，緊接着楊度的籌安會也成立了，帝制正式公開，消息傳到南京，馮國璋眞惱了，指袁世凱居心欺騙，不把自己當心腹看待，對帝制也採取了抵制態度，此點以後影響到帝制成敗，關係十分重大。

學府風趣

老丁

舊時學府，頗多趣事：今日學府，趣事更多。且來說幾則，藉以拋磚引玉，好爲「掌故」多多添些趣料。

崇拜偶像

蔡元培任北京大學校長時，有次和學生們談話，他突然發問：「五加五是多少？」

學生們以校長所問，其中必有奧秘，正感難以作答。有一學生率直地說：「五加五得十。」

蔡笑了笑說：「對！對！」並加鼓勵說：「青年們切不要崇拜偶像。」

不屈精神

蔡元培溫柔敦厚，舉世所知。但臨事堅強不屈的精神，也至令人敬佩！據蔣夢麟說：「在北大時，學生們因講義費起爭執，羣情激動，釀成風潮。他們鬨聚蔡校長室內，以不得解決就不離去作要脅。蔡爲多方解說，仍不能勸導學生們散去。他最後乃握拳怒目衝到房門大聲說：『誰和我決鬥去？誰和我決鬥去？』學生們才爲之感動而相率散去。」

精誠感人

張伯苓，終身致力教育事業，創辦天津南開大學，爲國育材，極有貢獻。蘇督李純（秀山），因受張感動，特遺囑以五十萬元捐助南開，張爲建「秀山堂」大樓作紀念。

抗戰時，張在昆明主持西南聯大。某日奇冷，學生們還都擁被高臥，張忽着夾袍凌晨到校巡視。他們忙爭起床相迎，以後都不敢睡懶覺了。

北大兎子

胡適在北大追悼劉半農集會上，曾以沉痛的心情，說到他和劉的友誼。

他說：「北大早些年的同仁，差不多都知道二院前邊有個卯字號的宿舍，而我們幾個人和半農又都是卯年出生的，終日在卯字號裡，同陳獨秀等談天，好像成了一派。所以那時有人說我們幾個人既然都是卯年出生，同時又同住在北大卯字號宿舍，乃起了幾個外號，就是北大老兎子、小兎子。這雖是開玩笑的話，可是現在想起當時的情形，却令人難過已極！」

海泉居聯

北京大學沙灘附近，有一海泉居飯館，專做北大師生們小酌零吃，生意甚爲興隆。飯館主人曾請胡適寫一副對聯懸在二樓上，對營業更增加不少號召力。聯語是：

學術文章，舉世咸推北大老；

羹調烹飪，沙灘都道海泉成。

白話電報

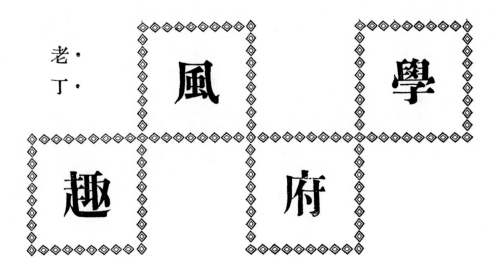

福建廈門大學，曾聘請胡適去當校長。他因不願相就，遂忙打電報去辭謝。那時，他正提倡白話文，所以電文須避免用文言的，而電文須簡明，字數越少才越好。他的電文是：「幹不了。謝謝！」

反白話文

林損反對胡適提倡白話文，時有惡詞痛罵。他有封給胡的信：「字諭胡適：汝本亂賊，人盡可誅，律無專條，遂爾兎脫。然爲杜威作夷奴，爲溥儀作奴才，縱有他技，亦無足觀，況無之乎？嘗試懷疑諸邪說，只遺臭耳！盍張爾弓，遺我一矢？林損。」

狗屁有韻

林損好謾罵，在北京大學執教時，偶然問錢玄同教授甚麼學科？錢答以「音韻學」。林竟斥爲「狗屁」。錢愕然反問：「音韻學和狗屁有何關係？」林才笑着說：「狗屁也有音韻。」

嘲「著作監」

胡適著「中國哲學史大綱」，僅成上半部，全書久未完成，因而招致學術界的嘲笑。

黃季剛曾在中央大學課堂說：「昔謝靈運爲秘書監，今胡適可謂著作監矣。」學生們問其故？黃說：「監者，太監也。太監者，下面沒有了也。」

老益勤學

關吉玉爲北京朝陽學院（後改大學）高材生，在校六年，從未缺課或遲到早退。有天發高燒，同學勸他請假治病，他仍然抱病上課。畢業時名列前茅，院長特親書獎狀嘉勉。

他來台後，傳說以迭任部長的身分，到台大補習英文，也是每課必到，並仍時有抱病上課的事，教授會因而請假，使他可得暇治病。

流亡戲聯

青島黎明中學師生，三十七年元旦演戲祝賀新年，教師孫霑羣作戲聯貼戲台各處，似諷似諧，描繪流亡學校的師生情況，頗耐人尋味。

滿口噴香，一把花生辭舊歲；
當場出醜，全班合演過新年。

在窮校，教窮書，窮鬼常隨窮措大；
迎新春，演新劇，新興有望新青年。

祭壇授書，常說些回也愚參也魯；
逢場作戲，全仗着他能唱我能彈。

幾條被單作戲幕；
全班男女是演員。

當天排，當天演，聊以卒歲；
自己唱，自己聽，不候來賓。

生不生，旦不旦，醜是有的；
噹就噹，笑就笑，罵可不中。

艱辛成果

私立育達商職，在台北校本部和中壢分校，都有非常壯麗的校舍，以及各種現代化的教學設備，是國內頗具規模的一所學府，已爲社會培育了很多優秀人材。

但校長王廣亞在創校初期，卻經歷了極爲艱辛的一段路程，全靠他堅强的毅力與勤奮的苦幹，才逐漸有了今日的輝煌成果。據說，他白天的辦公桌，就是夜間的床舖，那張桌子一直使用了有六、七年之久，而成爲他最值得紀念的器具。

三多學府

從前某地有所師範學校，因所收男女學生良莠夾襍，而校規又鬆弛，所以傳出了不少的笑話。最爲人所談論的有「三多」趣事：一、信多——約期歡會談情說愛的書信多；二、客多——男友女友登門造訪的佳賓多；三、喜多——訂婚結婚生男育女的喜事多。好事者因而戲贈一聯：

教育教育；
學生學生。

校名集聯

南京金陵大學和金陵女子大學、濟南齊魯大學，在抗戰期間，都遷到成都設校。成都有市立一小、二小兩所小學，都有很好的成績。因而有人集這幾所學校的名稱作一趣聯：

金男大，金女大，男大當婚，女大當嫁，齊大非偶；

市一小，市二小，一小在西，二小在東，兩小無猜。

出租學員

北平的高級學府很多，學生們多來自全國各地，因校內宿舍或不夠住，有些學生多寄居在旅社內。所以各家旅社多有「出租學員」的招牌，以廣招徠顧客。但乍看來，好像有很多學員可以出租。

還有，北平的回教餐館，有面市招爲「包辦教席」，是承辦教門筵席的意思。「教席」一詞，也可作「教師」的稱謂，有人因集句成聯：

出租學生；

包辦教席。

戀愛術語

抗戰時期，在大學的男女青年羣中，對於談戀愛事，會以「學校」和「學生」作代名詞，流行着一套新術語。

「學校」：是指女生；「學生」：則是男生。「招生」：是女的徵求男友，雖然不辦聯招，却有數校合組審查學生資格的會議。「招考」：是男的尋求女友，也有集體向一所學校投考而採競選方式的。

「公費」，是才貌雙全的男生獲得了名門閨秀的垂青。「米貸」：是流亡窮苦男生得到了當地富室小姐的關愛。「自費」：則是男女生普通的戀愛。

「開除」：學校認爲學生不合格，可以開除。「退學」：學生覺得學校不適合，也可退學。「插班」：學生想進有了學生的學校，能想法獲准轉學，這叫插班。

「畢業」：由戀愛成功而得了結婚證書。

金門憶舊（二）

·關西人·

周道如砥·其直如矢

趙家驤將軍第一次看到金門馬時，失聲大呼曰「唐馬、唐馬！」筆者訝其多怪。彼曰「頭昂尾張，四肢均衡，刻苦耐勞，任重致遠。」原來唐太宗李世民就憑着這種唐馬，不但威震四夷，而且打來了一個萬王之王「天可汗」榮譽徽號。無怪乎趙將軍驚極而呼！唐末秦宗權據汝南，苛虐之至。潢川光山一帶之民，相率南逃，止於閩南，陳淵入金門牧馬，乃定居焉。故老相傳此乃金門有人烟之開始，金門馬亦與金門人同時同地而繁殖於此。千年以來，良驥蟄伏，人已忘其爲唐馬，且更不知其以往之英風偉績，但以之爲耕種及交通工具。筆者初到金門時，每見一馬被鞍，二人分乘於左右兩側，得得山隙幽境之中，且多係一男一女，人稱之爲鴛鴦馬，乃金門島上主要交通所賴，尤其東西往來，人畏波濤而又迂迴，皆樂乘馬。

由於時代進步，島民僑居南洋漸多，乃有修築公路之議。民國十九年安溪人李敬仲先生任縣長，若干僑領願嘉惠桑梓，捐欵相助，李縣長樂觀其成，金門第一條公路由後浦經盤山瓊林而至沙美，並延伸至官澳。通車後僑欵未來，李縣長不得已遂賣其私屋之在厦門者以還墊欵。其路雖簡，且經若干次加修，以後在王多年司令官任內舖成六公尺寬水泥路面，而成爲環島北路，但其意義却不尋常。作縣長墊錢修路，李敬仲先生的精神自足千古。二十年後島上路密如網，四通八達，使人想起韓昌黎所云：「莫爲之前，雖美而不彰，莫爲之後，雖盛而不傳。」李縣長應十分自傲，「七品縣令，也爲之前！」

民國三十八年冬，筆者初主金門防務。旰衡國防民生的需要，以開闢交通爲當務之急，乃竭其全力，從事於此。由三十九年到四十三年。約五年中，島上公路經大力闢修，已具規模，路線之直，係由劉鼎漢師長創其始，路面之平則爲華心權師長開其端。太武山公墓完成後，十字交义的路線炸石塡溝，力求平直。薛仲述軍長的成就乃係劉華兩將軍的風範所鼓舞。由料羅到溪邊的路線，中經一座土丘，馬安瀾師長集合團營長面告曰：「愚公可以移山，吾人不可以不平丘」？該師拉直湖前鵲山路線時，馬師長又鼓勵官兵曰：「精衛可以塡海，吾人爲何不可以墊壑？」該師官兵果如所願，修築的路，又直又平。各線紛紛效尤，遂使本島公路合乎世界標準。

中央公路，乃責怨最多，艱苦最甚的一條路線。修築的動機，是爲了東西部隊互相增援容易，實際經驗中證明，短距離戰場內的大部隊調動，急行軍的速度較汽車運輸爲快。主持其事的是蘇時少將，施工部隊是十四師、十八師。由工程專家測量設計，從後浦經雙乳山攀入太武山西部再轉而南以達料羅灣，全長約廿公里。爲了尊重專家的意見，注意到坡度及灣度的安全，雖然力求平直，却仍然犧牲了不少原則。由小徑上太武山西尾，便是一例，本擬架橋騰空，直上直下，但還達不到平的要求，同時當時的財力與技術，也支持不了那樣的作法。

中央公路是本島舖修高級路面的第一條。其後舖到榜林無名英雄像段，由第十九軍軍長陸靜澄中將率直屬部隊負其責。先將路面挖平，舖編好鋼筋，再灌入幾乎一公尺厚的水泥。這樣不惜工本，為是「以費為省」，一勞永逸，同時也表現我軍人的氣魄。但主要的着眼還在乎路面好，車輛使用的壽命可以延長，一旦進入戰爭，運輸的速度可以提高。上述那段完成後，筆者第一次任期屆滿，為了後來者可以繼續舖設，當時的參謀長葉燾年便率防衛部直屬部隊向東多舖了一百公尺。民國四十六年夏，毛共已修通了鷹廈鐵路，氣勢汹汹，志在求逞，筆者被徵調第二次復主金門防務。此時島上軍用車輛一再照編裝數減少，但還有九百多輛，比原來多了四倍，特別是載重車輛加多。中央公路乃是主要運輸路線，車隊絡繹，飛塵滿天，道旁行樹，亦變顏色。偶而貴賓來訪，開道車前導，貴賓車隨後即無法睜眼，車禍時出，更屬常事。筆者乃决定賡續前願，繼續舖設水泥路面。此時金門財力已由曩昔之月得廿餘萬者，增至月得一百四十餘萬，財力無慮，而國防部由於中美共同防衛台澎條約之簽定，乃全力支援金門。自費購買水泥，使用築路機械，利用剩餘構工材料，一切一切，比曩昔便利極多。施工部隊是張聞聲的卅三師，林初耀的廿七師，雷開瑄的九十三師，李向辰的廿六師，馬安瀾的第十師及曾力民的第九師。不到三個月，全程水泥高級路面，舖設完畢，預算好的二百四十萬台幣，還加舖了湖前翠谷段支線。兵工之力，確實可愛！為了競爭優勝，便能晝夜從事。為了合乎標準，便能反復修正。祗要高級長官說一聲「好」，他們便忘記了汗流浹背而笑顏頓開。工程完成，他們會三五成羣，漫步而行，嘴邊依然是勝利的歡悅。這次總工程的指導官是工兵少將李賢，由開始到結束，他足足費了半年的工夫。這次工程完成的第一代價是路不飛灰，行樹碧綠。第二受益是汽油節省，車輛損壞減少。另一個難以估計的價值，是民國四十七年共砲轟擊，我們在敵砲火下運八吋榴自走砲搶灘登陸時，最初是寸步難移，必須以少數鋼板墊沙而行。但一到水泥路上，砲車躍進如飛，迅速加入戰鬥，祗是一百多發的奇襲射擊。眼看到敵岸上砲毀人亡，烟幕衝天。我軍官兵久處敵人彈幕壓抑，至此歡聲雷動。厥後每彈三百磅的340的大砲，陸續運到參戰，毛共乃不得不低首求饒。中央公路的水泥路面，至此始獲人們諒解，而免却了多方譏評和責怨。當然在開始修築時，官兵都以啤酒瓶當作碾路機，挖高墊低，都用肩挑，就算作推土機。那種苦況殊非今天的人們所能想像。但那些值得贊揚的官兵，從來不曾垂頭喪氣，口出怨言。有時看到軍師長或者司令官和他們一起揹石同行，還會高聲歌唱「我們好比上火線，沒有後退祇上前，唉、呼、啊……」來。「樂觀奮鬥」「抬頭樂幹」的精神，每每使筆者於一石在背，渾身走汗的時光，不禁也笑逐顏開。克服了艱苦，終底於成。遺憾的是當時沒有開山機之類的築路重機械，而且筆者奉令調職，所以預定展築至太武山的一段，未能施工。金門築路的經過，不管受了多少責怨和艱苦，但祗最高統帥總統蔣公的一句稱贊，筆者便如榮膺桂冠詩人，什麼光榮都難比擬。當中央路面舖成，統帥親臨戰地，首先稱贊「很好，很好，這是我多年來要求築路的標準，今天在金門看到，實在高興。」同時，我們　統帥還指示我的後任築至太武山，并命其路曰「玉章路」。筆者二次主金時，親奉面諭：「樹立玉章路的牌坊」時，不禁自責曰：「我就不會修路上山。」固然我沒有開山機，爆炸藥，可是到底還是氣魄不足！」民國四十七年冬，劉安祺將軍接長金門，喊出了「經營戰場，培養戰力」的口號，大將風格，不同凡響。原來方面之將，並不是單槍匹馬，橫衝直撞，而需要總領全局兼籌並顧的。劉將軍繼續舖修高級路面，遂使金門往昔「蒙塵」的面孔，逐漸轉變而為明媚的風光。凡是立身前線的革命軍子弟，以及居住在戰地的金門兒女，我們固然對我們的成就，引以為慰，可是千萬不能驕傲。試想北美合衆國的東西南北各五十條，而每條都是幾千公里的超級水泥路面的道路，我們自是小巫中之小巫。而且由恰克圖到廣州灣，由上海市到伊犁城等等的超級公路，正等待着我們去開闢，中華民族的金飯碗在南中國海，但炎黃世冑的生命線却在北新疆。由金門進軍北上時，千萬不要忘記了你們的「唐馬」，牠將陪伴着你遠走雄奔，邁向勝利。

地瓜干與高粱酒

福建省的人，好以富貴貧賤四字形容厦門、金門、平潭、東山四個大島，金門居然取得一個貴字。凡到過金門的人，也會驚奇金門村落之命名，與他地之張莊、李寨、趙樓、王屯等等者不同。金門有榜林，也有瓊林，更有無地不開花之西洪、官澳等等。故老相傳金門科甲鼎盛，顯宦輩出，故省人以貴字許之。厥後由於一次鼠疫，死亡甚多，政治上也起了變化，島人乃相率遠走他鄉以謀發展。巨商富賈，代替了當年的翰林進士。金門人的得志則行道爲官，世亂則求富積財的聰明智慧，表現無遺。陳國礎在新加坡的金門僑人羣中，稱黃祖耀、鄭樹順、蔡普中、歐毓章等爲當地金門人的四傑。他們在華人社會中是銀行家、企業家，聲勢赫赫，無人不知。筆者在幾次南洋島羣的旅行中，基隆坡、吧生港全是金門人的天下。沙撈越、婆羅乃、沙巴等地的華人世界裡，可以說衣食住行都在金門僑人的營業範圍之中。同屬炎黃子孫，何以金門人的活力竟然超乎其類，既可發科甲之名，又可獲工商之利，處處出他人頭地？幾經研究，發現食物乃是最大原因之一。蚵蠣加髮菜，與地瓜磨粉對稱拌合而成的主食品，不但使金門青年男的相貌堂堂，女的花枝招展，而且給予他們一種力爭上游的衝勁。代代相承，脈脈相傳，久而久之，便成了一種氣質，一種精神。

我軍初到金門，高峯爲了鼓勵前線戍卒，特發雪白洋麵。筆者的心目中，士兵們必然歡天喜地，大爲感戴。可是回答却是愁眉苦臉：「吃不慣麪粉。」幹部們代答曰：「幸虧此地有蛇，廣東兵纔能在蛇肉的支持中精力百倍，挖壕掘溝、搬石築壘」。我訝然！幹部續曰：「不但蛇多，而且有蟒，重可百斤，長約數丈，以之爲羹，味美而鮮，粵兵嗜之如命，但使三日一羹，饅頭亦可下咽」。筆者姑妄聽之，初未知吃蛇可以造成金門的嚴重後果。三個月後鼠疫發生，民亦乏食，報請上峯派專家來研究。台灣衛生處長顏春輝先生親自涖臨，工作數日，有了結論。金門的老鼠不能超過廿萬隻，否則侵食地瓜，傳染疫癘。以往因爲蛇蟒在野捕鼠爲生，鼠類不易繁殖。現在我軍吃蛇，無異助鼠爲虐。鼠類得此機會，不特入地吃薯，而且入營吃米，伙伕頭，特務長且有被咬傷者！司令部與專家合作，一面禁止殺蛇，一面發動捕鼠，懸賞緝拿，如臨大敵。軍民人等以鼠尾兌換現欵。且規定每日應繳鼠尾數目。不三月，鼠患乃消。官兵回台，不再被牽入檢疫站洒滿一身白灰了。筆者警告粵籍官兵，且止饞涎，亦報請上級改發白米。一場風波，始得平息。金門男女也笑逐顏開，地瓜無恙，蚵蠣常收，民以食爲天，不再對士兵投以厭惡目光，「你不吃蛇，我便有地瓜爲食」。

近年以來，筆者年事漸增，閱歷日積，開始體察到「解決問題」與「一勞永逸」的說法，殊有思索必要。人類綿延不息，問題層出不窮，一勞殊難永逸，因爲問題之中還有問題，循環不已，一勞則可，永逸則未必！則以金門的民食爲例：固守金門，待機反攻，這是國策。但孤島挺峙，以往與鄰近各地有無互通的方便中斷了。首先感到困難的是燃料問題，生地瓜必須烹熟成飯。本來缺少樹木，現在又要構築工事，準備打仗，軍民便割田陌上的防風草，草盡便又爬根，除根無草，又如何維持地瓜收成？經過若干次討論，終於有了結論：「河北山東人不是也沒柴燒嗎？種高粱，吃高粱米，燃高粱楷，金門應倣效冀魯。」可是，奇怪，金門民衆不吃高粱，一如廣東兵不吃洋麵然。五萬官兵已夠台灣運輸補給的辛苦了，再加上三萬八千居民，在當時兵荒馬亂，國庫支絀的艱窘情形下，確實無法負担！為了鼓勵官兵的豪邁氣概，筆者曾經擬定兩句口號：「救國家者絕不拖累政府，愛人民者絕不騷擾百姓。」因此抱定「打掉牙齒和血吞」的決心，告訴同僚：「天上下雨地面滑，自己跌倒自己爬。」三萬八千民衆的生活問題。由我們自行設法解決，不必讓中央分心。曾經徵求民衆意見：「不吃高粱，吃不吃大米？」反應是：「高粱喂猪，人當然吃米！但是籌措經常食用的大量白米，談何容易！在苦思焦慮之中，忽然想出了解決的辦法。原來金門軍民每月至少要從台灣買酒十萬瓶以上，若果把這筆買酒的錢改買大米，以大米換回高粱顆，再以高粱顆製成「聞香先下馬」的蘭陵酒，這樣飲高粱酒，吃大米飯，燃高粱楷，豈不一舉三得。此一構思，經過提出研議，果然一致贊成。時正早春，高粱萌芽，說作便作。民國四十年底在張子英處長督導下，周新春廠長利用舊金城寶月泉的甘泉，開始生產了「金門高粱酒」。當時的紅牌大麯十二元一瓶，黃牌高粱祇賣八元五角。雖然如此，仍比從台灣買來的酒便宜很多，因為減少了運費和損耗，金門物資供應社每月獲利八、九萬元，不僅是解決了食用及燃料問題，而且無中生有的得了一筆欵項，百萬元一年，在當時確實是一個大數目。「財是庶政之母」，地方建設，打仗措施的需費便也迎刃而解。

好像是管仲說過的話「民可以樂成，不可與計始。」民衆們看到種高粱有好處，便又提出要求：一斤高粱顆要換一斤大白米。經過盤算，即或如其所求，供應社還是有利可圖。於是向民衆提出了對等要求：荒地要納田賦，種高粱可以免稅。「財者民之心也。」他們當然接受。於是在農復會引進肥料的幫助下，高粱種植面積年年增加，高粱酒的釀造也歲歲擴張。由於酒色清，酒味醇，而且酒香撲鼻，較之當時的台灣清酒，啤酒，另有一番誘人的滋味，不知不覺便打入了台灣社會之中。台灣是烟酒公賣。當然不許金門高粱侵入市場。不斷折衝，成立了協定，金門自用以外的高粱酒，由公賣局議價收購。經年累月，公賣局成了金門高粱的最大主顧。酒價漲，酒量加，當年的幾十萬，現在增到了幾千萬。聽說今日金門的每年稅收一億幾千萬台幣中，高粱酒佔了不少的數目。這確是解決民食及燃料問題始料所不及。民國四十六年筆者第二次主防金門，每見鄉村市鎮，有村姑賣酒，戰士農夫圍飲微笑，印度田青黃花滿枝，高粱大麴香氣四溢的美麗情景，想起唐人詩句「風吹柳花滿店香，吳姬押酒勸客嘗。」不禁悠然自語曰：「無心插柳柳成陰」。也是始料所不及。

筆者最近參觀亞洲蔬菜中心，陸副主任把甘薯（地瓜）的營養價值說得天上有地下無，百美俱備而無一害。當時在塲的國防部長高煜辰（魁元）將軍迅速反應曰：「今日金門正在『地無一尺荒』的口號下努力。擬請派員前往彼處，化驗土壤，引進品種俾可大量增產。」這是高部長的明智之舉，事屬軍事範圍暫不論及。但地瓜又將在金門沙土地上再度揚眉吐氣，以與白米爭妍鬥艷，恐亦非當年大種高粱時始料所能及。白雲蒼狗，滄海桑田，世事誠難料也。

為文至此，筆者尚欲稍作說明，民國四十年代高粱酒正在紅極一時，「譽滿天下，謗亦隨之」，某些人便以有色的眼光投諸金門：「軍人經商圖利。」筆者在衆口鑠金聲中，祇能又說一句：「軍人並未經商圖利，乃福建省主席開闢財源，以利前線軍民也！」蓋當時金門防衛司令官尙兼福建省主席，統攝軍民兩政，必須兼籌併顧。當時事艱難之會，苟利國家，一意為之，毀譽原無所縈心也。

筆者於三年前被邀訪問前線，早春時候，禾生隴畝，慨然作打油詩就正於同行之王化行(昇)將軍，末句為「從此金門不地瓜」。現在人無地瓜氣，食將又地瓜矣。

易培基其人其事（二）

·傅清石·

由前（第一）函所述，可知國民革命軍當日艱苦奮鬥，待過不高，每月官僅二十元，兵八元，但士氣高昂，殊爲難得！函中「石侯」，係張輝瓚字。黃國軍爲譚部砲兵團長，忠貞衞國，深得譚氏器重。所云「言和」一事，乃指吳（佩孚）趙（夷午），譚氏穩重，不爲所動，易深知吳趙情況，能下判斷，故譚稱易「有見地，具明識」。

第二函所言陳書農，亦湘人，爲易氏學生，時在廣東大學肄業。所謂「種種報告，無異對談」，是指易在北京爲國民黨蒐集情報，寄譚閱後轉報 國父。函中提及「散盤」，據易云：「散盤自昔無譯文，人多不識」。易費時深索，將每字譯出，乃屬創作，可說是易氏對考古文字上空前貢獻。後人銜易者以「人」廢「文」，置之不問，獨譚氏知之。

函中又云：「見致毛潤生書，知此心如青天白日，至爲信仰」，「潤生」恐係「毛潤之（澤東）」之筆誤，蓋易立身嚴正，忠於國民黨，對毛思想行動，至爲反對，並在長沙時曾斥毛妄，蔣公亦知之。故派員赴長沙促易來南京，免遭不測。

函中更有一段故事，譚云：「子靖書來，言公所以助之者甚至，知不待弟言，然弟所處，實不能有以助之，故益不能不望公也」。可見譚氏仁厚，并重視湖南教育。而益可見易對教育熱心，常時幫助子靖。子靖（胡元倓）爲長沙明德中學校長，終生爲教育而努力，人皆敬之。筆者所謂「故事」，是說子靖曾於衡陽面請譚氏捐助，譚正着難之際，恰巧有人送來四百銀元，係酬譚爲撰壽潤筆之貲，譚拒受，并云：「我生平不喜作壽序，又何必酬勞？子靖既急需欵，可拿去應用」。胡聞此言，大喜過望，再三道謝，攜欵而去。函中託易致意石曾，知易李交情彌篤，且常往來，故有此語。

黃鶴樓中相天下士

先生與譚交深，每晤必暢談，每談必暢飲，每飲必暢遊，每遊必有詩。一日，易譚同遊武漢黃鶴樓，姜濟寰亦隨行。三人登樓，遇一相士道岸然，相士見譚氏，則曰：「汝年少登科，家中殷實，生平一帆風順，最得人緣，五十以後謹防意外，若過此關可躋耄耋」，譚一笑置之。次對姜氏說：「汝敦厚相，一生平平」。旋對易注視良久說：「照相上看，汝應清貴而享文名，可惜無子息，壽年不高。因見你走上樓來，隻足輕飄，着地無聲，是舉趾高慢，必招人忌，將來結果，望好自修持，同時你笑不出聲，是心中成見深而性倔强」。易曰：「此妄人耳」。筆者以爲相隨心轉，福由自修，何足深信？但相士說亦一言不爽，易之貴迥出想像，而結果慘怛，亦出想像。筆者親見其初起江東（衡陽江東岸），至「白宮居攝」（易印）僅十年雲那，成、住、壞、空，是猶草木由茁而實，由實而墜，奈何根亦凋零？拙著「自在語」說：「維摩寂默歸何處？昨夜三更月上峯」。日月如是，然人生生死死，方死方生，莊生此語，亦猶「諸行無常」之旨也。

漢滿聯吟佳話

黃鶴樓中小飲方酣，易氏乘興說一笑話，引得譚姜笑不可仰。易性本靜默，間出詼諧，且人笑而已不笑。易云：乾隆最好風雅，每遊一地，必有吟詠，曾因某案，派一滿人武官出使武漢查訪，至事畢將返京，有藩台、臬台、學台於黃鶴樓設宴餞行，筵間暢飲開懷，藩台詩興大發，發起即席聯詠，以「即景」爲題。於是藩台首唱：「餞別黃鶴樓」，臬台接吟次句：「門對鸚鵡洲」，學台毫不考慮，信口而出：「大江流日夜」。此時滿官頓感窘境，無以爲繼，三人啓發他說：「即景詩最容易，眼前見到甚麽，就說甚麽？」滿官抬頭一望，衹見兩隻麻雀，正在樹上打架，滿官靈機一動，就說：「兩個麻雀揪打」，心中高興萬分，但六字不合五絕體，學台建議刪去「打」字，保留「揪」字，則可協韻，此場雅宴，四人盡歡而散。之後，滿官返京復命，乾隆首問有無雅集之舉，滿官暢奏黃鶴樓餞別聯吟經過，并將原詩背誦一遍，表示得意。乾隆評曰：「首句——粗，次句——俗」，第三句『大江流日夜』，尚可稱『雅』，只有你那一句，太不成話，眞該『打』。滿官忙跪奏曰：「奴才本來要『打』，但被他們刪去了！」

詩志不同可治感冒

先生爲精於考據之漢學家，故於治學上，肯下工夫，且記憶力强，過目不忘，晚年尙能背誦經史原文，與之談，眞是「勝讀十年書」。先生有此雄厚學力，不能從事著述，而曳尾宦塗，益其傲性，動輒瞧不起人，人亦忌而避之，至堪惋惜。醴陵傅熊湘（君劍）詩人也，常以詩詞近作寄易氏，易弗拆閱，置諸罏間，眞乃「覆瓿」之義。人問其故？易曰：「昔陳琳之檄，可愈孟德頭風，我若一旦患感冒，必讀君劍詩，可發表大汗」。平心論之，傅詩循同光體，頗有可誦之作。究其原因，易傅詩旨各異。古云：「詩以言志」，傅詩不合易志，故道不同不相與謀。但易有學生蔣竹如，得詩兩句：「相逢何必詢名姓，我亦他年播種人」深獲易心，且嘗誦之。蓋易亦有此類句：如「欲問江湖志，悠悠猿鶴謀」。於此益見易之澹泊名利，藐是初衷，厠列朝班，良非心願。杜詩云：「吏情更覺滄州遠」，易有同慨矣！

庖丁解牛不目視

雖然，易氏眼高性傲，但對王先歉（益吾）、王湘綺（壬秋）、章炳麟（太炎）、葉德輝諸人，文學造詣，頗加推崇，其他似有「目無餘子」之概。其於胡適，則謂其「學欠深實，似不足論」。至於葉德輝，亦吾湘其人也，善詩文，多才藝，算命占卜，無不精通，家藏宋明版書，達三百，被害後，多毀失，至爲可惜！易氏亦間能虛心，嘗謂對「版本學」及「景泰藍」兩項，缺乏研究。每遇宋明版書發生問題時，輒請益葉氏，葉對古本書籍之鑑定，如庖丁解牛，不以目視，以鼻觸書氣味，可斷其年代與眞僞，乃是進乎技矣。葉爲有名風流人物，中年喪偶，亦不續弦，自尋幽徑，樂在其中。且將此道心得，著書立言，人多庋藏，爲近世紀罕見之奇事。易氏在北京時，對柯劭忞（著新元史），亦甚推許，并常有往來之誼，對江叔海（江庸之父）亦具好感。至於劉師培（申叔），則揚抑互見，如易詩云：「一自斯人別，三年耳震聾」，又「願借滄浪一掬水，爲君滌凈庾公塵」。當有寓意。

「季弟繼」之交涉最多

當年易氏與汪精衛、胡漢民、譚組安、蔡元培、鄒海濱、吳稚暉、張繼（溥泉），均有相當友誼，他們對易亦甚推重。尤以張繼每到南京（張河北滄州人，碩人頎偉），必住古樓門雞鳴易公舘，可謂嘗爲座上客。而且出乘易車，易則另僱代步，可見文深。一日易問張曰：『我聞章士釗嘗對人說：「我有季弟繼」，所謂「繼」爲何許人？』張笑而不答心自開。易又云：『我聞人言，士釗公開講演，居然指「二桃殺三士」之「士」，爲讀書人，引起全場譁然；如有其事，則仲兄士釗，何以不讀書，鬧笑話，至如此地步』？

又一次，張繼由河南到南京，向易述他在河南遭遇一宗不幸事件！此事發生於鄭州。當張氏到達鄭州車站時，因人多擁擠，有一士兵粗莽，誤會被張氏推撞，順手擊其頭部，當即昏倒於地，衆人鼓躁，秩序大亂。幸營長聞聲趕來，在張衣袋內發現名片，知是中央委員，該營長心知肇啓大禍，乃情急智生，大聲呼曰：『此人是歹徒，不守秩序，亂闖亂鬧，打得好，是誰打的？』肇事士兵以爲有功，大聲舉手承認本人所爲，營長立即命令押送軍法辦理。一方面護送張至醫院診治，向其再三道歉，並允即回營槍決該兵。張氏不允，仍心平氣和向營長說：『他不認識我，如知道是我，就不會打，放了他罷了』，由此可見張氏寬宏，令人心折。

再又一次，張氏告易一段趣事與兩篇妙文。當其赴滬訪侯林森（子超）未遇，坐侯良久，不見林歸，只得留條而去。次日接到林短箋一則，箋云：

『公臨我不獲，罪甚罪甚！返寓見留言，喜極喜極！覆草請速來，勿却勿却！入夜謀一醉，樂乎樂乎！』

張覽畢大感興趣，援筆覆之：

『來滬先造府，唐突唐突！坐了冷板凳，不快不快！旣約我小飲，算數算數！勿再作亡羊，至禱至禱！』

觀此，可知前輩之風度，甚爲有趣！林張之交情，亦至深矣！

笑話之中無意有意

易家座上客，在南京爲張繼，在北京爲鄒魯。鄒由粵北上，必住在井兒胡同易宅。有一次晚餐，易鄒聊天，筆者亦在座。鄒要易說笑話，易不假思索，即云：「昔有五位陜西老鄉，結伴同出陽關貿易，途中同住旅邸，時値臘月將屆，五人對飲，桌上陳列有鹽蛋、黃瓜、豆干、年糕四色。協議每人須說詩一句，方可取食。於是第一人說：「鹽蛋（雲淡）風輕近午天」，立取鹽蛋食之；第二人說：「黃瓜（傍花）隨柳過前川」，乃取食黃瓜；第三人說：「時人不識予心樂。」幷說：「我一生最樂事，好吃「豆腐」，於是大口嚼下豆干；第四人說「將謂偸閒學拜年（少年）」，我有的是空閑，常向太太拜年（罰跪」，桌上僅剩年糕，歸他所有。第五人慌着大呼：『咱們是「西出陽關五個人（無故人）」。』記得鄒亦報以笑話故事，內容好不好笑，鄒心自知，因粵腔不易全懂。

先生續云：『說笑話有時弄巧反拙，開罪於人。當年李元度（次青，平江人）說笑含刺，使曾文正公難受。是在一次宴會中，李故意說：「昔公治長懂鳥語，不算稀奇，我也懂得獸語」，一座愕然。適巧桌下兩犬爭食骨頭，李問：「牠們說什麼？懂不懂？」衆曰：「不懂！」李說：「牠們叫的聲音，是說唔（鼻音）啞（開口音）的」，衆不敢笑。』易說至此，責李過分。蓋易於曾氏之文章道德，一瓣心香，尤其治家有方，足資世人模楷。

自許培翁卽培翁

先生爲人豁達，不計小節，住西湖時，曾來一位不速之客，自稱姓李，湘鄉人，對易甚大意，呼曰「培翁」，易亦恬然，自語曰：「呼我『培翁』，呼世人之所未呼，當年黃庭堅，人呼『涪翁』」，『涪』雖異，而同一翁耳」。李身材肥碩，面有微厖，鄉音未改，鄉愿氣濃。常來俞樓訪易，邀同遊湖覽勝，幷勸易食狗肉，析論有據；尤以狗腿味更淳美，易心奇其人，呼爲「狗腿」。易重情感，因李常來，印象漸佳，李有一次伴易遊孤山武松墳，訪蘇小小墓。驀憶袁子才詩：「錢塘蘇小是鄉親」，幷鐫私印。易謂錢塘勝地，古來多少達官貴人，袁獨親「小小」，此老可謂風雅之至矣。

李伴易遊最可紀者，爲謁岳王墓，尋靈隱寺，飲龍井茶，觀烟霞洞。是日二人歧途相失，悵然久之，終得復逢。易紀以詩：「龍井悵離蹤，烟霞洞喜逢，再尋苔迹到，惟見落花紅」。此詩境界悠悠，恐另有寓意，非「狗腿」所能得也。

鄉下人放火

先生雖不苟言笑，但有時隨和，當其初抵北京住南河沿大純公寓時，夥計（茶房）見他類似鄉愚，不予重視。易安之若素，幷自任烹調，對紅燒鯉魚，清燉牛肉，頭頭是道。尤喜食瀏陽蔴菌，湘潭醬油，但少吃辣椒，因幼時曾患肺病。有一次，易表演燉鷄於汽油爐，因接李石曾電話，李宅電話爲二二四二，日必通話兩次，話畢回室。見爐火直向上冒，烟霧迷漫，夥計大驚，急以棉被覆滅，幸未肇禍，致爲全店旅客重視，今後不感陌生。有人嚷道：「鄉下人放火，不怕吃官司」。易當時亦慊赧，將清燉鷄送予隔壁金鈎胡同二號吳瀛家，吳大快朶頤。易經此次之故，不再表演弄菜，多與吳逛東安市場小吃，幷小飲幾杯，口中念念有詞：「萬事不如杯在手，一生幾見月當頭」，語有哲理。易於「放火」旬日內（俗語：「燒發燒發」），忽生異彩，發表榮任公教育總長。古語說得好：「凡人不可貌相，海水不可斗量」，公布之日，全店人員引爲奇蹟，尤其夥計們刮目相看，而前倨後恭。有人問：「易某是誰」？夥計答曰：「住在四號房間放火的那位鄉下人」。又有人恭喜掌櫃說：「貴店風水好，出了一位一品大官人」，後易以住旅舘不便，由敎育部秘書袁雪安（醴陵人），陪易觀選住宅，决定搬居地安門南鑼鼓巷井兒胡同七號。

余叔岩在此唱戲

北京舊都，平劇最盛，先生對此道甚愛好，世人多有不知。易氏平日低唱運味自遣，甚至唸詩文，亦有一套唱法，入耳清爽。他住大純公寓時，嘗與吳瀛聽京戲，頗內行（吳能唱紹興戲）。某夕，余叔岩與梅蘭芳合演打漁殺家（慶頂珠），余嗓音較低，易吳坐在第六排，聽不清楚。易云：「以後余伶出台，胸前應掛七字——『余叔岩在此唱戲』」，出語有趣。最能使其滿意者爲「四郎探母」一次大堂會，名角如雲：四郎王鳳卿，公主梅蘭芳，太君龔雲甫，六郎張春彥，宗保姜妙香，四嫂尙小雲，八姐小翠花，九妹王芸芳，蕭太后陳德霖，國舅蕭長華、馬富祿，可謂珠聯璧合。四大名旦動員三人，殊爲難見。易云：「當年程長庚、汪大頭（桂芬）確不平凡，可惜未見。但見過譚叫天（鑫培）的嗓音，高唱入雲，有一次某名角演武家坡，其時叫天尙未顯露，飾薛平貴者，託其悶簾代唱一句：『一馬離了西涼界』，掌聲雷動。迨薛揭簾出場接唱『薛平貴好一似孤雁歸來』，音味平淡，觀衆大譁；後經管班說明眞象，於是叫天由此出名。」筆者按叫天最邀西太后賞識，內廷供奉，御賜四品，當年竹枝詞云「國破家亡誰管得，滿城爭說叫天兒」，可見風頭之健。

先生於京戲懂得頗多，能唱者甚少，惟對「王佐斷臂」（八大鎚）一齣，酷愛其二簧迴龍腔：「爲國家，秉忠心，食君祿，報皇恩，晝夜奔忙」，悠揚豪邁。本來「江陽」轍，音調鏗鏘，引人入勝。有人說：「湖南人唱京戲，等於黔驢學馬叫」，此乃外行人語。須知平劇尖團咬字，多采湖廣音，不必全循京音，如「賀后罵殿」，趙匡義唱：「都說道」之「說」字，出音廣湖，最爲悅耳，至有用京鄂兩音均可者，則爲「三娘敎子」，薛保唱「小東人，下學歸」之「學」字，可京可鄂。據易云：『咬字最精確而不俗者，莫過於言菊明，能知音律，且通文墨』。筆者在北京曾師淑言氏，勉能演唱幾句，自信不致踵事黔驢。言爲旗人，曾任京部主事，繼笑儂下海後，騷動梨園，遠非時伶庸俗可比；惜其晚年落拓，女慧珠、慧蘭，藝事尙精，其爲人不必談。子小明、小朋反而宗馬（連良），此之謂學「馬叫」，其實馬荒腔倒字，尖團不分，何容一學？聞其後來仍走乃父路線，惜爐火較熾欠青純耳。

拒受高等顧問

尚有一事，人鮮知者。先生善駢文，但與譚組安氏同拒作壽挽應酬之作，認爲歌功頌德，有昧良心。當譚駐節衡陽時，發現部屬有蕩檢踰閑，召娼侑酒情事，譚深惡之。請易以總司令名義出「告示」厲禁，易下筆千波競涌，駢味烹鍊，筆者慚恧不能記妙文一字，想當日幕僚中人，今若健在，或可憶之。

更有一事，人亦少知。當馮玉祥炎炙之際，虎視鷹揚，心懷異志；但對易氏頗表敬畏，特備專函，齎重禮，聘請易任該部高等顧問，易婉言拒之，不爲所動。是時馮氏欲在南苑創辦軍事學校，意與黃埔抗衡。易氏不以爲然，并親筆函馮云：『古之賢士，莫不窺史，瞭知興替，預察存亡；而不學無術者，徒逞一時之氣，是猶奕者不窺棋譜，必至敗不旋踵。茲特檢出王先謙「後漢書補注」一部，專人送塵。蓋累荷懷惓，孤寒無以爲報，敬獻斯集，亦寶劍贈烈士之義也。邇聞將軍有辦軍校之舉，大志可欣。竊以爲黃埔有主義，有目標，根基紮實，將來發展無窮。兄 蔣公雄才大畧，豈可小覷，睥睨世界，意中事耳。將軍新校成立，將有何憑藉？有何主義？徒恃武力，良非根本之圖，區區陋見，懇恕鄙妄，伏望將軍三思之。』。聞後來馮因易不接受高等顧問，且傾向 蔣公，內心不懌，致疏往來。易可謂富有「湖南精神」，一生從「不信邪」，於斯可見。

字中亦有野狐禪

易氏愛才若渴，尤於學生愛護備至。如對蕭子昇、譚九思、王鳳喈、程星齡、栗顯運、羅敦偉諸人，甚見器重。羅頗推崇黃少谷，先生亦深賞其才，羅常往先生處執經問難，好學不輟，亦是不可多得。易最重視書法，常摹古碑，亟得神似。其字體甚怪，但人多喜悅。易常云：「字不可俗，須重精神。」對譚氏兄弟書法，頗爲欣賞。惟對于右老之「標準草書」，則謂「野狐禪」耳。先生對湘先輩書法，亟稱何紹基，謂何行草有格；但世人習之，提筆故作震顫，斯下焉者。何氏晚年最可貴者爲隸篆，惜不多見，蓋物以稀爲貴。先生於書法有獨到處，人問其摹何碑？答曰：「齊碑」。吾湘有曹孟其其人，字亦忒奇，人呼爲「兒童派」。易字可惜絕少留傳。筆者曾有易之書信、對聯、條幅，而扇面最多，間出隸篆，世所未見。惜在瀏陽毀於戰火，抗戰時先母僅携出譚組安致易兩函（前章已述）於此順提一筆；先生最不喜「中文橫寫」，如函札中有橫寫者，閱後殊不愜意甚至置之不復。又於後輩書法能欣賞者，爲蕭子昇、朱玖瑩、陳宗漢、何憲琦（叔倫）四人，筆力遒秀，了無俗氣。尤以子昇才學俱優，筆者最欣賞其小楷；，曾保留其致先生書札多通，又汪精衛、胡漢民、稚老、李石曾、鄒魯、張繼致易函件等，亦均珍藏。內中諸人之字，各有千秋，其剛健者，其嫵媚者，若細翫之，如見其人，所謂「人焉瘦哉」。

晚年無子意態蕭然

先生之夫人楊氏，幼年家貧未能入學。治家勤儉，稍近於吝。晚年膝下無子，承繼易長弟之大兒爲子，取名「智多」。楊氏僅有一女「漱平」，端慧賢淑，乳名「端兒」，癸卯年五月廿日生，適李宗侗（石曾之姪），曾任台灣大學歷史系教授。近年間夫妻相繼下世，有子女在國外。漱平嗜國畫，曾於北京美術學校肄業，得校長陳郁之力，而陳亦以總長千金之故，優遇入學。陳因此與易建立關係，竟而青雲直上，官至農鑛部次長，斯有緣焉。

先生因宦途無暇，一生僅著「三國志補注」一書，采自通志、通典及宋明善本書校讎而成，眉批已見，頗有創意，博學宏詞，士林欽重。通志部分，在北京時，因國政勞忙，命由筆者代爲校勘。來台後，其婿宗侗將此書交由台灣藝文印書館印行，係十六開本，封面藍色花紋，印刷精良，洋洋巨觀。

夫人楊氏雖係村女，對易頗知體貼。譬如某晨親煑桂圓鷄蛋予易。其女漱平問之，楊曰：『因孫先生去世，你父昨夜在鐵獅子胡同守靈，辛苦了一夜，天亮才回來，給他補養補養』。此事世人亦多不知，且未見史乘。未久，　國父遺體，移至中央公園社稷壇，萬民哀慟，至爲感人。楊氏從未見過　國父，乃隨易往中央公園一覩遺容。出壇遇一人徘徊花徑，見易而舉手招呼，易僅點頭視之，楊問何人？易曰：「李烈鈞也」。

欲成好事禍不單行

先生雖晚年無子，自委天命，然有人勸其納妾，夫人亦同意，但先生不允。適有旗人景嫣，傭於易家，有女名書秀，年方及笄，妍美而慧，深得易夫人歡心欲納爲妾。時易居上海江灣，景嫣母女均住其家。詎好事多磨，易家有僕名戴茂林，亦長沙人，曾係第一師範工友，其人狡獪多謀，左臂雖斷，然孔有力。一夕，易全家往他埠，家中僅留戴及景女二人。至夜發生慘案，戴持槍逼姦，女無法抵抗，以至失身。事後戴知難逃法網，且愧對易家，乃舉槍自戕。景女亦羞恨萬分，自覺無顏見人，後得嫁與易家廚司，未幾，悲憤而卒。此事發生於易退居之際。諺云：「禍不單行」，信不誣也。

晚節彌堅，大義凜然

先生逝於上海，正值抗戰初期，時局紛亂，先生避居上海租界，日人聞名往訪，以利誘之，易不爲動，并斥日人狂妄。未久夫人下世，家國增憂，日人仍不放鬆，間接使人干擾，易始終不屈，致肺疾復發，而糖尿病亦加劇。自謂生老病死，塵世常情，又感國府主主席　蔣公，待己甚厚，應持晚節，一死報之。回憶當初長沙赤熾，身處艱危，若非　蔣公派人接赴南京，早已殞首，今當大難，何必偷生。旋以氣結痰壅。荷荷而終。易簀之時，景象凄涼，僅得譚生常愷親視含殮，葬於上海虹橋，一代經師，于焉解脫。正如湖州禪師云：「透出龍門雲兩合，山川大地入無蹤」。

發揚湖南精神以正視聽

或云：「吹皺一池春水，干卿底事？」但筆者立於「湖南精神」觀點上，（「發揚湖南精神」一文，爲張益弘教授所著，至堪發揚）深感易氏爲吾湘大儒，且嘗獎掖後進，豈可任其含冤而湮沒。況易氏絕嗣，有女已亡，婿亦不存。當年婿女雖在，禁若寒蟬，似有難言之恫；而易氏生前友生，四十年來亦不發一語，其情費解，恐有「亦將有以浼我」之意，筆者末學膚受，乃承光奎及劍芬諸兄暨先進之策勵，故特據實陳辭。尚望社會人士，明辨是非，洞悉眞象。古云：「潛德幽光」，使歿者能安於泉壤，乃覺行圓滿，是願具足，更冀大德廸示，不以筆者爲多事，則幸甚矣。

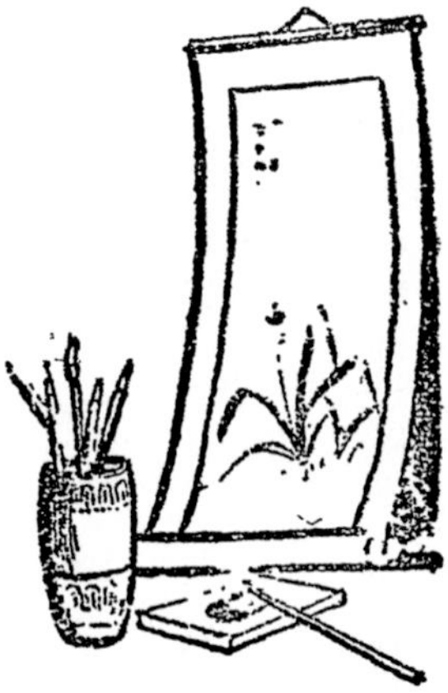

民國十二年之川戰（上）

·華生·

民國十二年的川戰，發動於是年一月，至十三年初始告一段落，中間時作時停，相持達一年之久。以參加作戰部隊言：有川軍，有北洋軍、有滇軍、有黔軍，雙方動員人數不下三四十萬。以作戰地區言：遍及全川各地，而以成都、重慶兩地爲重心。戰鬥時間如此之長，動員軍隊如此之多，戰區如此之廣，四川民衆所受戰禍的痛苦，自更不待言。

這一次川戰，可謂爲南北之戰，一方以北洋政府爲背景（主要爲吳佩孚的武力統一四川政策），一方則遙奉廣州大元帥府的命令。前者以劉湘、楊森、劉存厚、鄧錫侯、袁祖銘（黔軍）及入川之北洋軍爲主力。後者以熊克武、但懋辛、劉成勳、賴心輝等爲主力。又所謂南北之戰，亦可謂爲川軍第一、第二兩軍之戰，以接近南方之各部，係以熊克武、但懋辛之一軍系爲中心，聯合第三軍之劉成勳，和四川邊防軍之賴心輝，所謂：「一、三、邊」的結合。而以北洋政府爲背景之一方，雖包括川軍劉、楊各部，黔軍袁祖銘部，與入川之北洋軍，而實以劉湘、楊森爲中心，即所謂二軍系的人物。明乎此，可知此次戰事的演變情形。

以民國初年一般史料蒐輯困難，四川地處偏僻，當時傳播，已感不易，今日搜集，尤覺缺乏。頃讀民國十二、三年出版之東方雜誌，於「時事評述」欄中，有關於川戰演變之記述九篇，雖不可謂爲完全正確，要屬此次川戰較有系統之史料。現在特把這九篇「述評」，彙在一起，并命一總題爲：「民國十二年之川戰」，發表於此，以供研究民國四川史事者的參考。

四川戰事開始

四川年來因各軍人的競爭權利，早已弄得兵戈滿地，民不聊生。去年（按指民國十一年）八月，楊森一派失敗，表面上內部的競爭者少了一個；而實際上楊森率殘軍駐川鄂邊界，受吳佩孚的指揮，與川陝邊界的劉存厚，川邊的陳遐齡連成一氣，外結鄂陝甘客軍，內則煽動川軍使自相攻伐，以便乘機活動，川局的危險反而比前益甚。川中得勝的軍人，因受了武力成功的教訓，各謀擴大勢力，以圖攘奪權利，所以爭防區，爭餉項的，已時有所聞，而各軍反極力擴充兵隊，因此外間頗有譏「四川民少兵多」的。這種現狀，經過了去年十一月間川中各領袖軍人的「軍事善後會議」，高談了一番廢防區，廢軍長制等等的辦法，仍不能有所改善，有識者早已料定必有橫決的一日了。

川局的決裂，我們初時以爲必由：（一）楊森、劉存厚、陳遐齡等外面的進迫，或（二）熊克武、但懋辛的第一軍，與劉成勳的第三軍的衝突；而不料這次決裂的導火線，卻由屬於劉成勳

[illegible]第一軍的助劉攻陳，與中立系鄧錫侯等的助陳攻劉，並以引起外敵。這固然是我們料事的不準，但川中情勢的複雜，於此却大可想見！

這次戰亂發動的事實是：第三軍下面的第七師師長陳國棟，因去年收編第二軍降附的何金鰲一團，並使擴充爲旅，意圖編成該師的獨立旅，以謀自己勢力的擴大。而何金鰲則不願附屬第七師，運動該旅歸四川總司令或第三軍軍長管轄，以爭自己的地位。陳何暗潮迭起，爭議不決，於是何金鰲於本年一月二十三日正式宣告與陳國棟脫離關係，並露布陳國棟罪狀，令所部向安岳方面集中。何軍移動時，在大足與陳部開釁，於是戰機遂啓。陳、何開釁後，各發通電互訴，並各呈報四川總司令兼第三軍軍長劉成勳核辦。劉成勳頗不直陳國棟所爲，以「估編軍隊擅開兵釁」的罪名，免去陳國棟的師長，而委第七混成旅長藍世鉦去查辦何金鰲。陳國棟表面通電解職候查，而暗中密與鄧錫侯軍聯絡暗襲藍軍。於是劉成勳乃令第一軍但懋辛所部與邊防軍賴心輝等夾擊陳師。鄧錫侯駐軍重慶，其地盤早被但懋辛所覬覦，第一軍乘這機會，頗有從事壓迫鄧軍的趨向。加以石青陽的川東邊防軍移駐江津，扼住重慶的腹背，鄧錫侯外迫於敵黨的侵害，內鑒於同黨的被殘，也不得不即行發動。鄧氏一面於二月初把所部第三師集中永川，與安岳、銅梁、大足間的陳國棟軍聯成一氣，以便進攻成都；一面因第一軍余際唐的第六師，把他方始退出的重慶地盤占據，乃聯合劉存厚、陳遐齡、楊森、田頌堯、劉斌、陳洪範、唐廷牧等通電聲討熊克武、但懋辛等歷年亂川的罪狀。鄧錫侯的移軍，其初是以武裝調和陳、何兩軍衝突爲理由，以要求總司令劉成勳力懲何金鰲爲目的。不料劉成勳因此將鄧第三師師長免職，並電各軍分派勁旅，星夜馳往，强制解兵與陳國棟并案查辦。而鄧軍在隆昌方面，又與查辦軍藍世鉦、張成孝的五、七兩混成旅開戰。但懋辛、賴心輝等，更電斥鄧、陳移兵攻擊。於是、成都、重慶、綏定間，便成一混戰的局勢了。同時，鄂邊楊森一軍，因助[illegible]陳遐[illegible]也即向川東夔州萬縣發展，圖攻重慶，以牽掣一軍，但懋辛乃不得不轉兵東向，竭力與楊軍周旋。而久畜武力定川大志的吳佩孚，此時即令北軍王汝勤、宋大霈、盧金山等力助楊軍，以爭川東。巫峽間另起爐灶的戰爭，據最近形勢觀察，似乎劇烈異常！

川中信息本不易通；近因川省與外面交通的咽喉各地，都已在戰爭中，川局眞相，更令外邊莫名其妙。現在根據所宣布的公電和較確的消息，把四川戰爭中的形勢，列在下面：

（一）川中的戰爭，其戰區爲南起江津，北至遂寧，東起永川、榮昌，西至成都。交戰軍隊，一方爲鄧錫侯、陳國棟的三七兩師約二萬人，一方爲劉成勳所派的五七兩混成旅，川北邊防軍賴心輝所部，以及第一軍但懋辛所部的一部分，其數約倍於鄧、陳兩軍。其勝負形勢，據劉成勳二月二十一日通電稱：「迭克江津、永、榮、隆、銅、大、合、壁、內、資等邑。」又稱「賴心輝將簡陽完全克復。」二月二十三日電稱：「鄧錫侯、陳國棟來電謝罪……，除令各率所部靜候處置外，……」似乎劉軍已勝。而劉存厚領銜的鄧、陳、楊的三月一日通電，則稱「劉兵迭敗，連克名城，成勳坐困垓心，不難指日就擒，一俟奠定，即轉旆東下，掃除熊、但，賴」等語，則又似乎鄧軍已有勝勢。據最近所傳，則說：陳國棟被藍世鉦所敗，從資州退安岳，鄧錫侯則在富順一帶與賴心輝所部相持，大約兩方都沒有如何的發展罷！

（二）川東的戰爭，其戰區一路從鄂邊宜昌起，經巫山，夔州及萬縣、綏定。一路在鄂邊恩施、利川。交戰軍隊，一方爲但懋辛、石青陽的軍隊，其數不能知悉。一方爲楊森的川軍，及王汝勤、盧金山、宋大霈的北軍，其數三師一混成旅以上。其戰地分兩區：一區楊、宋的軍隊占領巫、夔後，向萬縣進攻，但軍堅守萬縣，並相傳有綏定軍隊附和楊軍攻萬縣背面的事情。一區川軍圖出利川、建始，以攻楊宋背面，與盧金山相持。這方面的戰事，兩方勢均力敵，如果不受他種的影響，恐怕不易分出勝負。

（三）川軍中其餘的各軍，如近鄧的田頌堯、劉斌，近但的何光烈等軍隊，頗爲各方所注意。劉斌部駐在忠州，似乎還在整軍觀變，而但懋辛所調防止劉斌的第五師，却已宣告與但脫離關係，自稱民軍總司令，這是與川戰前途很有關係的。

（四）吳佩孚武力定川的計劃，蓄之已久，現在已決定四路攻川。吳氏攻川的軍隊，計派定：（一）從湖北方面進攻的，以王汝勤爲鄂西援川總司令，盧金山爲總指揮，楊森爲前敵指揮，率三師二旅軍隊，分路由施，宜入夔、萬。（二）從陝西方面進攻的，以劉鎮華爲陝邊援川總司令，吳新田爲總指揮，王鴻恩爲前敵指揮，率陝軍及第七師軍隊約一師一旅，由寧羌廣元入川。（三）從甘肅方面進攻的，以甘南鎮守使孔繁錦爲甘邊援川總司令，率一旅由甘邊摩天嶺入川。（四）從貴州方面進攻的，以袁祖銘爲黔邊援川總司令，率一師由畢節入四川叙州。這四路人馬合川中劉存厚、陳遐齡及鄧錫侯、陳國棟各軍，兵力共計有十二師十一旅之衆。吳氏這種計劃如果得能實行，的確可稱爲洋洋大觀，但俎肉饔饞的川民，不知對此將作如何感想呢？（梓生）

（載民國十二年二月十日東方雜誌二十卷第三號時事述評）

四川戰釁重開

四月中旬以來四川方面的和平空氣，到現在已完全被一陣惡風吹散了。原來賴心輝、但懋辛兩軍在成都重慶兩地敗退後，由熊克武糾同集合資簡瀘叙一帶，成一橫線的形勢，一面藉以隔斷成都、重慶敵軍的聯絡；一面等待滇黔援軍從叙州、納溪前來會合，準備分路反攻。那時從他們一方面發出的和平聲，不過是他們部下精疲力盡後的一種極淺薄的欲求罷了，那裡禁得起他們在上一班人的哄誘和威壓？楊森等更不是眞正謀和，一由於各人部下因久戰後元氣已傷，樂得趁這形勢已佔優勢的時候收容敵黨，藉以使各人休養元氣，擴大實力。一由於川北川東十多個將領內部意見已不一致，想藉此緩和內外。這種各有作用的和平空氣，原禁不起狂風一吹的！

四月底熊、但、賴軍隊集中順慶，滇軍萬人由納溪入瀘州，形勢驟然緊急。成都、重慶兩方也定下合攻計劃；並先聲明對劉成勳第三軍及賴心輝邊防軍以和平方法解決，祇對一軍合圍，以爲拆散熊、但、劉、賴的團結的策畧。更由重慶楊軍會同北軍擔任向瀘州截住滇軍，袁祖銘周西城出黔邊牽擊黔軍；而成都八將領則推鄧錫侯爲聯軍總指揮，田頌堯爲左翼指揮，陳國棟爲右翼指揮，向遂寧潼川但軍合圍。

川戰於四月二十八日二次開始接觸，但軍東路由合川永川銅梁三根據地向重慶反攻，滇軍亦於五月一日動員，分由瀘州納溪出動。楊森及北軍除分路防禦外，並約成都聯軍右翼向但軍後方夾攻。東路開戰後，楊森及北軍於五月二日前將但軍根據地合川銅梁分別佔領。瀘州滇軍因有袁祖銘由綦江入黔牽制，力分而敗，八日失隆昌，九日失瀘州，滇軍退富順，這方戰事楊森可謂大獲勝利了。

在楊森東路大勝，熊但遂寧潼川被圍的時候，忽有一驚人的消息傳來，則西路形勢突變，成都於六日被圍，熊克武十二日入成都了！原來熊、但自失合川、銅梁後，集中全力，會同態度不明之賴心輝、何光烈等，以極大勢力，向漢州聯軍唐廷牧一路猛撲。唐軍不支，向後急退，右翼各軍部隊亦爲動搖，不得已讓簡陽於賴心輝，圖與左翼合併攻擊一軍。而一軍則乘銳猛進，使聯軍措手不及，已薄成都。右翼陳國棟正在移換部位，不暇防備，幾被全部擊散。

因熊克武入成都而傳出尤可令人注意的消息，則川中聯軍將領正在圖謀與熊、但聯合拒北。我們從前得到但賴各軍推熊克武爲衞川軍總司令（或稱四川自治軍總司令）的消息，以爲在派系上講求這是應有的事，不足注意的。而不料這回所得消息，與北派發生關係而加入戰爭的聯軍總指揮鄧錫侯也與熊、但協商拒北，以致坐失軍機，使各路因防線散漫而遭大敗。這種消息，我們從純粹北派的劉存厚[illegible]綿陽不願久[illegible]和成都戰爭中劉文輝、彭耀遠、劉斌軍隊的不戰而退，可以證明他有八分以上的可靠。不過在主動聯合拒北的熊克武，內中是否有些誠意，還是全是一種懈敵的策略？鄧、劉、彭是否完全這樣定計，還是仍須變卦與北派聯合？除此以外，如劉存厚、陳遐齡等及這兩人下的各將領所謂純粹北派的能否有力能支持川北大局，楊森及川東北軍勢力能否侵及川北造成統一派在四川的勢力？這都是與川局前途極有關係的問題，爲我們所必須注意的！

我們對於四川人排北自治，北軍退出四川的主張，在理論上是完全贊成的。不過如以去年楊森被排後的四川情形爲例，那麽，這種自治徒使擁兵將領擴大私利，適足以自亂罷了。我們希望四川此後如果講自治，要向自治的正軌上走，不蹈去年的覆轍才好！（梓生）

（載民國十二年四月二十五日東方雜誌第二十卷第八號時事評述）

四川戰局新形勢

四川戰釁重開後，起初依然是東北兩局的形勢：熊但向東北分路反攻；聯軍及楊軍由東北合攻熊、但。自聯軍因總指揮鄧錫侯調度無方，坐了防線散漫的弊病而失敗，熊但集全力向北猛進佔領成都，於是熊、但的氣勢一時大盛，分派重兵追躡聯軍，向川北各重要城邑攻擊，而尤注意於川北戰事重心所在的劉存厚的駐地綿陽一方。這時熊、但大有改變舊時形勢而將戰事完全移向川北的意思。及德陽於五月十五日，綿陽於五月二十日分別爲熊、但攻克，川北各重鎮以次入於熊但的勢力範圍，不但鄧錫侯所指揮的四川各軍無力抵抗，即劉存厚所統的聲勢煊赫的北軍第七師及陝甘軍隊也有不戰而退的；這裡邊的情形頗令人莫名其妙。總之，川北的戰事，熊、但自在遂寧二次發難後，不及一月，將川北重要城邑佔領了不少。他們制勝的原因全在於縱橫捭闔，善[illegible]而劉存厚、鄧錫侯因無法抵制以機警著名的熊克武，不得不退駐梓潼，保寧改取守勢，川北戰事於此也得告一段落。

熊但二次發難時，東路方面唐繼堯所派的滇黔援軍在瀘州一帶大爲活動，一時聲勢甚張。楊森固非弱者，一面以北軍全力爭得瀘州，扼滇黔軍前進的道路；一面以袁祖銘周西成肅清黔邊，出綦江以攪滇黔軍後方，使不敢前進。滇黔軍在短時期內被楊鎮壓得幾於聲息全無；而楊則以本部軍隊聯絡聯軍右翼陳國棟的一枝，爭得熊但發難根據地的合川、永川、遂寧，並乘熊但悉力北趨的機會兼程西上，既克安岳、樂至，又連奪資陽、簡陽，由金堂進薄成都。據近日電傳，楊森軍曾兩次猛攻成都，均被熊克武用奇兵側擊安岳受牽掣而退資簡；惟川東已告肅清，川戰全局聚於北路，這是已定的形勢了。

川中消息阻滯，外邊殊難得確實可靠的新聞。但川中將領的拒外自治的潮流，則以戰局中的事實作證，我們看得出正在潛滋暗長。現在熊但的幫助者有賴心輝劉成勳，是聯軍方面所籠絡過的；何光烈是與楊森表過同情的；彭耀遠、劉斌、劉文輝是最初時的調和派，曾助鄧錫侯攻過成都的：這些人所以一致助熊但作戰，就是爲拒外自治的潮流所鼓勵的緣故。這潮流現在更出人意外的向所謂統一派的楊森、劉存厚、及鄧陳田唐猛沖，將來能否收得效果，固難輕率決定，但劉存厚統大隊可戰的軍隊而有不戰而退的事情，外間已不免因此發生疑問了。

四川的戰局，兩方不謀而合的一齊竭力把他移向北部。現在已成萬流歸宗的新形勢。而據記者的觀察，則將來成敗之分，關鍵當別有在。劉存厚所率陝甘及吳新田軍隊，入川後未曾出力作戰，鄧陳勝則進紮綿陽，鄧陳敗則退入梓潼，甚至鄧陳據成都時，劉徘徊梓潼綿陽而不即入省，劉存厚是否預蓄勢力待熊但及楊鄧都精疲力盡後再行發動，以自握最後勝算？這是最可注意的。叙州一地可接引滇黔軍反攻東路，是劉文輝的防地。劉在聯軍佔成都時接任成都衛戍司令，熊但克成都後仍繼任原職，已足引人注意；而近來又通電表示和平，并率部回叙州防地；劉文輝回防後是否將引滇黔軍助熊但向東路攻擊以牽掣楊森的進攻成都；還是本和平的意思拒阻滇黔客軍，免使川戰再行擴大？這也是可注意的。（梓生）

（載民國十二年五月十日東方雜誌第二十卷第九號時事述評）

川戰局勢又改變

四川戰事，起初分東北兩局，而以成都為重心所在。五月底熊、但再起，竭全力北趨以追逐鄧錫侯、劉存厚兩軍；楊森則亦向北躡熊、但兩軍之後以迫成都，局勢雖不免稍變，而重心依然還在成都。六月初楊森龍泉驛敗退，被賴心輝、張冲迫至重慶附近的老關口，於是省軍注意於設計攻取重慶，楊森及北軍注意於分兵回顧重慶，重慶一地繼成都而成為川戰的重心，而四川戰局乃變為側重東面的形勢了。

七月以來，兩軍前線雖然又復在成都重慶中間的內江一帶相持，而自六月底顏德基叛襲萬縣失敗後，風傳熊、但又將派熟悉川東路徑的張冲、余際唐兩軍繞道小川北再襲萬縣，楊部駐江津的周西成又有不穩的謠傳，東路後方形勢，愈益嚴重；而楊森一方，則急調川北鄧錫侯陳國棟兩軍由保寧出綏定，趕赴重慶，以為東路後方援助。

張冲、余際唐東來的消息，是熊克武含有作用的一種宣傳；而周西成的叛變，於七月十三日果然實現。周西成自去歲被黔省驅逐入川，原為石青陽所收編，後降楊森駐川黔邊境江津、綦江一帶。近熊石因江津踞重慶上游，有高屋建瓴之勢，且相距僅一百二十里，倘相機乘虛往襲重慶，必能使楊、北兩軍措手不及；於是運動周氏相機發難。七月中旬楊軍及北軍盧師宋旅均向資陽進攻，重慶僅趙榮華少數部隊駐守，周氏視為時機已至，十一日集中所部，密向重慶進行；不料周西成調兵進襲雖極神速，而事機不巧，周軍攻打重慶城外浮圖關時，楊軍向北路所調鄧錫侯、陳國棟兩師已兼程趕至，即向周軍反攻。相持數日，至十七日，周軍不支，欲退綦江，半路聞該地已為楊森令楊春芳所部佔領，不得已退向黔邊松坎。同時，前此攻襲重慶失敗退保墊江的顏德基，亦反因此引起敵人的注意，由陳國棟遣隊往攻退往忠州。據八月一日盧金山電告，忠州已被克復，顏周謀擾楊軍東路地方的計劃，至此受一大打擊，熊但在這方面的勢力也將損失不少。但是重慶附近顏周殘部潛伏不少，楊森還難免後顧之憂，且一旦滇黔援川的軍隊轉向這方面來，則顏周仍可率部駕輕就熟以為前驅，所以我的觀察，此後川戰的重心，一時還不能離却東路的重慶一方！

四川戰事從四月底二次發動以來，兩軍劇戰又三個月多了。依國內的戰爭的公式，又到議和或退守的時候。七月初旬，楊森感於部下驍將楊天驊戰死龍泉驛，邱華玉戰死瀘州，而前敵軍事又未易得手，因患咯血退夔州休養；王汝勤迫於吳佩孚的催令入片，而中心實非所願；於是王、楊共定「撤回前線各軍暫時退保重慶藉取守勢以回復原氣」的計劃，一時戰雲瀰天的川局，又發生些和平空氣；倘不是周西成變作，這些和平空氣當更為濃厚了。

（未完・待續）

憶故都企業鬼才張子餘

·白鐵錚·

在台灣居住的平津人士，四十歲以上的，提起「張子餘」來也許有人耳生；可是您提起「長春堂太上避瘟散」來，恐怕沒有不知道的，「張子餘」張老道，就是長春堂避瘟散的發明者和發行者。

北平的老道，在那時可分三大派：一派是長住道，不結婚，師徒相承，如西便門外白雲觀的老道，西城按院胡同西口外呂祖閣（許如稿）的老道，這都是正經八板的老道；一派是伙計道，可以娶妻生子，爲了生活或興趣，拜師傅蓄髮當道士，如齊化門外東嶽廟的老道；另一種是「理門道」，理門道以前沒有，理門以前不屬於道教，長住伙計道都是留髮道裝，而以前的理門，俗稱「在裡的」，不抽烟不喝酒，雖也設壇拜師，但都附設在和尚廟裡，壇主大家叫他「當家的」，下設「催衆」和「幫衆」。一年開幾回壇，收新徒，當家的剃光頭，穿灰布長袍，灰布坎肩兒，供「觀音菩薩」。後來從張子餘入了理門，買了東便門內「長春寺」，他穿道裝束髮，收了幾十個小老道，供老子，無形中創立了「理門道」。從民國二十幾年以後，又多了一個「理門道」。

張子餘年輕時是給茶葉舖和鼻烟舖送茉莉花的，他從京南豐台一帶，躉了茉莉花骨朵（未開花的花苞），每天很早進城，繞了個大圈子，往四九城兒給各茶葉舖鼻烟舖送茉莉，用來薰茶葉和鼻烟兒。那時沒有自行車代步，全憑兩條腿，從天一亮進城跑到下午一兩點鐘，按家送完了才能回家吃飯休息。

用茉莉花薰茶葉爲衆所周知，而鼻烟舖所賣的鼻烟，可分兩種，一種是把烟梗子磨成細粉末兒，往鼻子裡聞，謂之「鼻烟」，講究起來種類很多，外來貨由味道上分可分酸、糟、胡、豆、甜五種，沒薰過的叫「批子」，「在理的」理門教徒，所聞的叫「聞藥」，是用茶葉梗磨的。張子餘每天跟茶葉舖鼻烟舖打交道，同時那時候街面上賣一種日本製的暑藥寶丹，是紅色粉末，夏天聞了覺得又涼又香，生意很不錯，爲一般賣力氣的哥們所歡迎，他一時靈感忽到，心血來潮，也發明一種夏天袪暑的聞藥，分紅白兩種，用錫質八角小盒裝着，盒上刻有「八卦」和「太極圖」，周圍刻着字號藥名，「長春堂太上避瘟散」。並在前門外鮮魚口華樂戲園緊鄰找了兩間門面房設肆。而他的本業送花，由躉花自己跑，也擴大營業，僱了幾個人替他分往各路去送，僅靠躉別人的也不夠分配，自己也買地種植。所以「送花事業」，竟由他一人獨攬了。

他的「避瘟散」，一開始敵不過日本的「寶丹」。可是因他自製自銷，成本低，價錢便宜；宣傳得法，經營有道，銷路也日有進展。

在那時候，北平失學的孩子多，那些苦哈哈的孩子，大半冬天撿「煤核（讀如胡）兒」，賣「臭豆腐」，夏天賣「冰棍兒」

，春秋也找了小買賣作，張子餘便把這些孩子召集了來，每人發給一件黃背心，前後心印有八卦，每人一個小布旗子，上印「長春堂太上避瘟散」，和「太極圖商標」；肩上背一個長方形的木盤，盤裡放幾十盒有包裝的避瘟散，上午九點鐘出發，下午六點鐘回店，在城內外各熱鬧地方，以及東西火車站前，身背方盤，手拿小旗，沿途吆喚：「長春堂——的避瘟散」，下午回去，按賣出包數算帳。那時候大概是每包一毛五分，如能賣出二十包，三塊錢，給小孩二成，六毛，比他們賣臭豆腐、冰棍强多了。

避瘟散生意越來越好，張子餘感覺這筆包裝紙和裡邊的仿單是一筆開支，於是他又把旁邊的幾間房買下，開了一個長春印刷局，除了印避瘟散所用的印刷品外，他還代印各戲園的戲單兒以及其他印刷物品，所以除自用的印刷物免了給外人剝削一筆之外，他又多了一個印刷所。

生意興隆，則財源茂盛，他在東珠市口附近，買了一座不大不小的廟，廟名「長春寺」。他挑選那批沿街叫賣避瘟散的小孩中面貌清秀的，住到廟裡教他們留起頭髮，請人教他們唸「老道經」，給他們製了道裝，以及黃幡寶蓋之類，遇有大戶人家出殯，可以僱這班小老道兒，穿上五色繽紛的彩衣，舉着黃幡寶蓋或打着法器，嘴裡合唱着老道經，在棺木前邊分列兩旁，雜在其他「打執事」的中間送殯（打執事的就是棺木前面兩旁，舉着儀仗如肅靜迴避旗子，以及燈籠、金瓜、鉞斧……的人）。由此，張子餘的生意，又多了一種。而他自己，也從此換上了道裝。他的道裝，很別緻，道袍長將過膝蓋，冬天是黑色禮服呢的絲絨道袍，春秋，是黑色禮服呢的夾道袍，夏天是淺褐色麻布袍子。但不管是那種袍子，都釘上各色綢子或緞子大小方塊補釘，有如國劇裡的富貴衣。他每天坐一輛六隻水電燈，全套銅活鍍電的人力車，到各處巡視他的生意，招搖過市。

不久，他又在長春寺附近，開了一個「長春桅廠」，所謂桅廠就是大木材行棺材舖和槓房，擁有外來的高級木料專做棺槨出售。這時候，他的資財，相當可觀了，但是他仍然沒有心滿意足，又在打磨廠，開了一家「萬年堂飯莊」，一則為自己應酬，交際請客，免得到別的館子去以求方便；二則為了利不外溢，而他的生意又多了一條路子。緊跟着他又想到，開飯莊子所用材料，取之於南貨店的很多，不如自己開一個南貨店，於是又經營了一家「萬年南貨店」。飯莊所用的海參、魚翅、金針、木耳、冬菇等等，以後不買別人的了。

張子餘不忘本，他是從送茉莉花開始，從避瘟散發蹟，所以他手下送花的人，仍然每天送花。他的避瘟散，除了在各藥房、雜貨店寄賣以外，那些背盤子拿小旗沿街叫賣的小孩兒，也仍然每天出動叫賣，每年夏天，長春堂都捐給北平警察局各區警爺們每人避瘟散一包兩包。這時候日本的寶丹，眞的大受影響，無人過問了。

張老道這時候異想天開，為了宣傳他的避瘟散，來了一次滿漢執事活人大出殯。

那時候有錢的發喪出殯，滿漢所用的執事不同，滿淸出殯所用抬槓人的數目，也有限制，就是一般平民，不管怎樣有錢，槓伕最多只能用六十四人，公伯王侯，用八十人抬槓，帝王皇后太后用一百二十人。滿人的儀仗，象徵死人出京打獵，前邊除了兩面開道鑼外，有馬單勾鷹狗駱駝鳥槍砲筒等等。在最前面，抬着幡架，一個用朱紅漆的笨重方木架子，中間揷一個寬約二尺長約一丈的招魂幡，假如棺材用六十四人抬，那末抬幡的人減半用三十二人。

漢人出殯的執事，前邊沒有幡架，代以「銘旌」，銘旌是用紅綢子紮成一丈多高的牌匾，上寫死人的官銜名諱等金字，故都有一句俗話：「鄉下佬不認得銘旌，叫嘟嚕幡」，抬銘旌的人數，也是槓伕的半數。主要的「執事」，是三班堂或五班堂幡傘。

張子餘因為有長春桅廠和槓房的底班，來一次滿漢執事混合大出殯，最前面幡架的幡和銘旌，銷以「長春堂避瘟散「字樣，其他執事，應有俱全。在行列中，有的小老道打着黃幡寶蓋，有的小老道背着方盤沿途撒放傳單和樣品，最後是六十四人槓，沒扣棺罩，沒有棺材，用欄杆搭成一個平台，上放太師椅一把，張子餘身穿八卦仙衣，雙手捧着八卦，盤膝坐在椅子上，穩如泰山。行列自打磨廠出發，進前門經戶部街，東拐經東長安街，北拐走東單至沙灘兒過神武門穿金鰲玉凍橋，出內西華門外西華門南拐灣經西單牌樓往東走西長安街過總統府前往東走穿三座門兒，經司法部街出前門，走前門大街到珠市口往東，回長春寺解散。

活人大出喪，走遍了半個北平城，沿途看熱鬧的人，人山人海，北平人夙不開眼，看完了談論紛紛，互相稱道，收「大家告訴大家」之效，此後，「長春堂避瘟散」，更是婦孺皆知了。

日本鬼子佔據北平之後，他除上述產業之外，又多了一個億兆商店，專賣洋廣雜貨，日常用品；一個億兆銀號。據傳說，日本鬼子跟張子餘開了個玩笑，由日本司令部出面，向億兆銀號進行抵押借欵，數目筆者忘記，當然相當大，抵押品是前門樓子，附帶條件，是每年要由億兆銀號把城樓粉刷一次，交易下文如何，筆者不詳。

道教總會會長常子久，他的廟是在後門大街火神廟，廟產很多，資財豐富，交往也廣泛，他也養了一班年輕道士，個個眉清目秀，衣帽鮮明，唸經嗓音洪亮，聽說在抗日時有一個大漢奸家裡辦喪事，請火神廟小道士唸經，喪事還沒辦完，喪家姨太太把一個叫心亮的小老道拐跑了，於是喪宅跟廟裡要姨太太，常子久跟喪家要徒弟，糾纏不清，當時鬧得滿城風雨。

常子久跟張子餘是拜把子弟兄，呼兄喚弟，表面上是莫逆之交，可是骨子裡是死對頭，常老道對張老道財資雄厚，趾高氣揚的有點嫉妒；張老道自以爲什麼都比常老道强，就是自已不是眞正老道，當不上道教總會會長，自己覺得窩囊。本來他們一個在城南一個在城北，各不相犯，而張老道偏要在城北搞點事業，氣氣常老道，他想盡了方法，終於在積水灘（離後門不遠又名淨業湖，是北城名勝之一）把高廟兒買了下來；最滑稽的是收了一個和尙當徒弟。高廟兒不大不小，有三層殿，頭層做客堂，二層供太上老君，三層當家廟，供他張氏祖先。東西偏殿招待客人，買了以後，修飾一新，時時請些書畫界名人騷客，春天賞花，夏秋賞月，冬天賞雪，有時也請常老道來參加，其實是教他看看勢派兒，氣氣他，可嘆常老道氣量太小，終於被張老道把他氣得得了一場「夾氣傷寒」，羽化登仙而去。

張子餘事事如意，沒想到「泰極否來」，在鮮魚口他的發祥地避瘟散本舖，火神爺下降（許是給常子久報仇），把他的小舖兒燒了多一半兒不說，還延及華樂戲園後台，燒了馬連良的衣箱。那時，華樂歸馬所有，我們平大藝院學長吳幻蓀，是馬連良的秘書。提起吳學長，他實在不簡單，是周退翁所主持北平中國畫學會的硬員，提倡溼筆中鋒畫山水，不但寫畫皆佳，文章也好，當初大千先生第一次到北平，于魁照（非厂）正在晨報主編副刊，因爲于非厂在報上拍馬屁說走了嘴，惹翻了吳幻蓀，也惹翻了北平書畫家，於是吳學長領頭兒對于非厂鼓噪，終於使非厂登報和登門道歉。這次長春堂起火燒了華樂，他代表馬連良要跟張子餘打官司，張子餘托人出來調解，打算「私了」。結果，張子餘不但答應華樂損失照數賠償外，還投資華樂，大事翻修，重新開業，條件是馬方佔全股百份之四十九，張方出五十一。

火燒旺地，張老道因禍得福，誰想到張子餘因爲這一把火，把他的事業，又打入梨園行的圈子裡去。

第一次東征之役

陳錫璋

廣東自民國十一年，陳烱明叛變後，遂呈分裂狀態。雖經孫中山先生率粵、湘、桂、豫及中央直轄各軍，頻年征討，而陳逆烱明仍盤踞東江，卒未能將其撲滅。迨十三年冬，孫中山先生應北方各將領電邀離粵北上，共商國是時，廣東局勢險惡，內部潛伏着許多危機，尤以假革命之軍閥頑强，隨時可使革命政府瓦解與崩潰。革命政府爲鞏固革命之根據地，更要完成孫中山先生出師北伐，肅清全國軍閥未竟之志，於是決定出師東征，藉以討平叛逆，整理內部。

東征之原委

陳烱明既暗中阻撓孫大元帥北伐於前，復公開於民國十三年六月十六日背叛於後，並佔據廣東東江南路一帶，企圖頑抗。雖經大元帥統率粵、湘、桂、滇、豫及中央直轄各軍，一再東征討伐，卒以其中一部份之習性未能泯除，且心懷叵測，致難收顯效。

在粵各軍雖陽趨附革命，惟陰多希冀保全自己的勢力，自不願作重大之犧牲，其中尤以假革命之滇、桂軍。因其驕橫跋扈，圖利奪權，且把持行政，使廣東內部十分紊亂，致使陳烱明餘孽得殘喘苟延，漸萌死灰復燃之勢。

自孫大元帥授權蔣校長介石創黃埔軍校後，一面練將，一面練兵。黨軍基礎既立，掃除革命障碍，便不能不肅清陳逆，出師東征，伐亂誅暴，以安內部。

陳烱明組織「救粵軍」

民國十三年十一月十三日，孫大元帥應北方將領電邀，毅然離粵北上，商討國是大計，遂將廣東一切政務交由留守胡漢民代行大元帥職權。時竊踞東江惠州之險，擁有數萬之衆的陳烱明，以爲有機可乘，及聞孫大元帥在北京病篤，更感慶幸。於是毫無忌憚，秘密派員分赴北京、香港，與北洋軍閥段祺瑞及香港英帝國主義者勾結，並外聯閩、贛、湘各省，內收東江南路土匪民軍，且與在粵之假革命滇、桂軍秘密聯絡，調兵遣將，自稱爲「救粵軍總司令」，企圖分三路大舉進攻廣州，襲取革命基地。

茲將陳軍之實力、建制、與軍隊區分情形，大畧摘錄於下：

「救粵軍總司令」　陳烱明

總　指　揮：林　虎

副總指揮：洪兆麟

各路總指揮：葉　舉

第一軍軍長林虎（約一萬五千人。計有三師、四旅、二獨立團。）

第二軍軍長劉志陸（原林虎部，約七、八千人。計有一師、二獨立旅。）

第三軍軍長尹驥（約一萬三千人。計有四師、獨立旅、團各一。）

第四軍軍長李易標（約六、七千人。計有五師、一獨立旅。）

第五軍軍長熊略（約有一萬五千人。計有二師、一旅、一警備隊，二支隊。）

第六軍軍長楊坤如（約七、八千人。計有六旅。）

第七軍軍長黃大偉（約二千餘人。贛軍一師、二獨立師。）

以上七個軍，另三個獨立師，總數約有六萬二千人。此外尚有：

滇軍第一師師長王汝爲（按：王汝爲，王德慶均於民國十三年降陳。）

湘軍第一師師長王德慶。

廣南之軍隊：

甲、林俊廷部：黃志桓、劉文華、鄧承蓀等各五千餘人。

乙、鄧本殷部：申葆藩、蘇廷有、蒙仁濬、陳先覺、盧得祥等各千餘人。

陳炯明除統率上述各軍外，並裹脅各地民軍土匪，以號稱十萬之衆，於民國十四年一月十七日自潮汕會同林虎，及江西方本仁各部，分三路進襲廣州。其策劃以葉舉、洪兆麟等部集中惠州、平山，進犯石灘；以林虎所部之一部調往贛粵邊界之三南（虔南、龍南、定南）擾我北伐軍之後；一部在河源集結，相機進犯。

黃埔軍校參加東征

惟在粵革命政府留守諸執事，以東江與韓江流域之逆軍不肅清，不但構成當前之嚴重威脅，而且終爲革命進行之障碍。迨至獲悉叛逆陳炯明率軍大擧西犯，有襲取廣州之蠢動，廣州革命政府大元帥府遂於一月十五日下令，以駐粵之粵軍、湘軍、桂軍、滇軍、贛軍、鄂軍、豫軍、建國第一軍及中央直轄各建國軍，共同編組聯軍，以楊希閔爲聯軍總司令。同時頒佈東征動員令，討伐叛逆陳炯明。

是時廣州大元帥府所轄之軍隊，計有許崇智之粵軍，譚延闓之湘軍，楊希閔之滇軍，劉震寰之桂軍，朱培德之建國第一軍，及其餘贛、鄂、豫、晋、陝各軍，與中央直轄各建國軍等，總計有十餘萬衆。爲謀抵禦之策，乃於一月三十日，假粵軍司令部召開緊急軍事會議，決定動員各軍，以期先發制人，出師東征。就中各軍有遵令動員者，亦有徘徊觀望者。前者如粵軍、湘軍、建國第一軍等；後者如滇軍、桂軍等。

茲將當時駐粵之各軍列表於下：

陸海軍大元帥　孫　文
參謀總長　李烈鈞
聯軍總司令　楊希閔
東路討賊軍司令　許崇智
第二軍軍長　許崇智（兼）
第三軍軍長　朱世科
第四軍軍長　張國楨
第五軍軍長　李福林
海防司令　陳　策
江防司令　林若時
湘軍總司令　譚延闓
第一軍軍長　宋鶴庚
第二軍軍長　魯滌平（按：該軍第十二師師長王德慶降陳炯明）
第三軍軍長　謝國光
第四軍軍長　吳劍學
第五軍軍長　陳嘉佑
第六軍軍長　蔡鉅猷（按：該軍仍在湖南，從未來粵）
滇軍總司令　楊希閔
第一軍軍長　楊希閔（兼）
第二軍軍長　范石生
第三軍軍長　胡思舜（兼第五師師長）
第四軍軍長　蔣光亮
桂軍總司令　劉震寰
第一師師長　韋冠英
第二師師長　嚴兆豐
第三師師長　黎明鑑
第四師師長　伍毓瑞
建國第一軍總司令　朱培德（按：亦稱中央直轄第一軍）
第一師師長　王　均
第一旅旅長　顧德恒

第二旅旅長　王　均（兼）
豫軍總司令　樊鐘秀（按：樊鐘秀於民十三入贛北伐，戰敗潰返河南）
山陝軍司令　路孝忱
鄂軍司令　何成濬
贛軍司令　李明揚
中央直轄第二軍總司令　黃明堂
中央直轄第三軍總司令　盧師諦
中央直轄第四軍總司令　梁鴻楷
中央直轄第七軍總司令　劉玉山
中央軍官學校校長　蔣中正

聯軍中惟湘、粵、桂、滇及建國第一軍頗具戰鬥力。可是，湘軍與建國第一軍正在北伐入贛，至於黃埔陸軍軍官學校成立伊始，力量自屬單薄而有限。

蓋黃埔軍校其時僅有在校第二期學生與第三期入伍生，及以第一期畢業生為基幹，編成之教導第一、第二兩團，總計能參加作戰者，約有四千人。且武器不精，餉彈又缺，訓練更未久，尤以教導第二團甫經成立，教導第一團訓練亦不過三月，似此武器彈藥不足，訓練短暫，故人皆以不堪一擊，未列入東征聯軍的戰鬥序列。

校長蔣公以東征軍事，為中國國民黨討伐叛逆陳烱明，實為當前最重大的責任，且關係革命基地之安危至鉅，豈容以等閒視之？經自動請求參戰後，即於十四年一月三十日、準備部署出發。緣粵軍與黃埔軍校關係最為接近，又因蔣公介石兼任東路討賊軍參謀長，而粵軍總司令許崇智復留駐廣州，遂以討賊軍參謀長黃埔軍校校長名義，統率校軍加入右翼軍，會同粵軍作戰。

聯軍最初準備東征時，預定計劃原以戰鬥力較强之湘軍負主要作戰之任務，而以粵軍為輔，黃埔校軍為策應部隊。嗣以湘軍不願負此艱鉅，且以北伐入贛，於是不得不變更計劃，改以粵軍為主，校軍為輔，湘軍為策應。

茲將東征的作戰計劃，及兵力和部署，畧述於左：

1.作戰計劃：粵軍為左翼軍，滇軍為右翼軍，桂軍為惠州攻城軍。

2.兵力部署：

（1）左翼軍——粵軍全部，約有萬人。担任進攻河源、興寧、五華一帶。

（2）右翼軍——滇軍第一、二、三個軍（缺一師），約三萬人。担任進攻淡水、平山、海陸豐一帶。

（3）惠州攻城軍——桂軍全部約六千人。担任攻下惠州後，接應兩翼軍。

迨至二月一日出師後，臨時復變更計劃，仍分三路進兵：

1.以滇軍范石生部任左翼軍，由河源、老隆趨興寧、五華，攻畧陳軍之林虎防地。

2.以粵軍許崇智部暨黃埔軍校教導第一、二兩團及學生隊任右翼軍，由蔣校長介石任前敵總指揮，從海陸豐趨潮安、汕頭，攻畧陳軍之洪兆麟防地。

3.以桂軍劉震寰部任中路軍，由鴨仔舖進攻飛鵝嶺，仍担任圍攻惠州之責。

黃埔軍校蔣校長介石於一月三十一日下動員令，並在軍校舉行東征誓師。二月一日、下總動員令。校軍由黃埔向虎門出發東征，討伐陳逆烱明，並與粵軍協同作戰，是為第一次東征。

東征軍出發後，右翼軍進展神速，迭破逆軍。十日內，右翼軍連克石龍，東莞，繼佔樟木頭、平湖、龍岡等處，所向克捷，勢如破竹。十四日，進薄淡水。

攻克淡水，校軍初露鋒芒

淡水，距惠州僅有七十餘里，距廣州亦不滿百里，朝發而夕可至。該城係土築，設有三層槍眼，城之四圍為窪地。窪地之外係土山，地勢險要，易守難攻。時守城逆軍為熊畧、楊坤如等部，約有三、四千人。閉城拒守，以待惠州、博羅等地之逆軍增援。

先是東征軍之右翼軍黃埔校軍於二月十日，肅清廣九鐵路之敵後，乘勢追擊，並分三路向淡水圍攻：一、以教導第一、第二兩團，由平湖、龍岡前進攻淡水之南；二、粵軍第一旅許濟部，由蘗塲圩前進攻淡水之東北；三、粵軍第三師張民達部，由新墟前進攻淡水之西北。十三日，廣九之敵退至淡水，平山之敵亦向淡水增援，曾向粵軍第二師方面反攻一次，而被擊敗，退回淡水。

二月十四日，右翼軍不顧前進危險，繼續逼近淡水城。十五日拂曉，右翼黃埔校軍奮勇猛攻。當時戰鬥極爲慘烈，反復衝殺，寸土必爭，由於校軍革命朝氣蓬勃，士氣旺盛，卒於是日上午，克復淡水。守城之敵多被俘獲，殘敵紛向東門逃竄。是役自開始攻擊至完全佔領，爲時不過一時三十分。俘敵二千餘人，獲槍千餘枝。校軍死傷官兵，共有六百餘名。

戰役結束後，論功行賞，蔣校長當即指示對一、二兩團官兵予以犒賞，第二團團長王柏齡調任參謀長，奮戰負傷之第一團第一營營長沈應時升任第二團團長。

翌日，前敵總指揮蔣公介石對參與淡水戰役之教導團官兵，發表訓話，說明革命軍勝利之原因：在於「沿途能夠愛護百姓，遵守紀律，服從命令的緣故。希此後能爲一眞正愛國愛民之革命軍人。」

淡水一役之勝利，據劉峙「我之回憶」云：「此役獲得勝利之原因有三：一、校軍官兵具有革命的思想與勇敢，爲戰勝敵人之主因。二、紀律嚴明，官兵愛護地方與人民；地方人民則竭誠支援我軍。三、訂頒戚繼光的連坐法，槍决了畏縮不前的教導第二團第九連連長孫良，表現信賞必罰，促成官兵勇往直前。」

時孫大元帥臥病北京，校長蔣公介石於二月十六日致電報捷。孫大元帥於危病中，聞悉校軍淡水捷報，不勝欣慰，命汪兆銘復電獎勉。原電云：

「介石兄鑒：接銑午淡水捷電，逐句稟告總理，不勝欣慰。並諭代電獎勉各將士，努力殺敵，以期三民主義之實行。兆銘。」

二月十九日，又接胡漢民自廣州來電祝捷。電云：

「先後接許總司令捷報及兄上總理銑電，俱悉。我軍將士忠勇奮發，迭摧悍敵。斬獲甚衆。無任欣慰。而尤以教導團軍紀之肅，戰鬥之勇，出人意表；訓練未久而得此良好成績，固徵吾黨主義灌輸之力，益顯兄等平日訓導之功。今者逆賊實力，喪失已過半，肅清東江，計日可期，敢爲我黨前途預賀。總理連日得捷報，甚悅，精神爲之一振；特囑獎勉。並聞。漢民皓。」

我右翼軍佔領淡水後，再向潮、汕前進，繼續分途追擊。二月十九日，大破敵軍洪兆麟部，又連克永湖、白芒花、通湖墟等地。二十一日，收復平山。敵軍洪兆麟、葉舉部竄逃海豐、陸豐。

惟校軍進展神速，而左翼友軍范石生部却觀望不前，致校軍孤軍深入，形成戰畧突出，深爲兵家所忌。先是聯軍東征二年之久，終未能攻克東江。緣因各軍多懷權利之心，據地盤，謀實力，甚至互相排擠，名爲聯軍，實多携二，故久而無功。

此次東征之役，原以滇軍爲主，粵、桂次之；校軍因兵力單薄，訓練期短，且成立僅及三月，不但敵人輕視，即友軍亦以爲不足重視。迨至校軍一戰攻克淡水，再戰奪取平山，勇敢善戰，聲名鵲起，遂遭各軍嫉妬之心，而失協同一致之誼。因此，聯軍多徘徊增（城）、博（羅）之間，作壁上觀，以致左翼戰況不能同時發展！而使右翼陷於突出危險。

白芒花軍事會議

校軍將領有鑒於此，乃於二月二十一日，在白芒花舉行會議，商討此後進兵策畧。當時有兩種不同的主張：一說：以一部對海豐、陸豐警戒，而以主力回攻惠州，直搗敵人巢穴。所提理由以惠州爲東江之支撑點，惠州一下，東江不難迎刃而解，更以我軍攻淡水之精神，惠州雖險，亦可一鼓而擊破之；若進攻海豐、陸豐，則孤軍深入，未免有後顧之憂。另一說則謂：對惠州之敵採取監視，而以主力進攻海豐、陸豐、潮梅等地。海豐、陸豐既得，則惠州爲孤城，將不攻自下。所持理由爲惠州天險，我軍力薄，萬一受重大犧牲，則恐蹈一蹶不振之危險。若趨海豐、陸豐，則乘戰勝之威，追遁逃之敵，事半功倍。且潮、汕爲敵人根據地，潮、汕既克，則敵進退失據。萬一左翼不下，或後方有變，或據有潮、汕後，亦得有展布之餘地，並可回師西指，爲次第蕩平之計。

前敵總指揮蔣公介石與粵軍總司令許崇智以前策猝難成功，徒損傷兵力，乃採用後計。衆從其議，於是乃以滇、桂軍監視惠州敵人。同時又加調粵軍第一師陳銘樞部及廣東之警衞軍吳鐵城部進駐淡水，掩護前進，而右翼主力遂直向海豐、陸豐挺進。二月十四日，佔領三多祝。二十七日，張民達師攻克海豐。陳烱明已先於二十五日，由汕尾逃往香港。

三月七日，粵軍第一師及第七旅會攻潮安，克之。第二師佔領汕頭，叛軍降者極衆。殘敵洪兆麟部逆軍退遁閩、粵界之大埔、黃岡。戰事告一段落。惟左翼滇軍，中路桂軍，始終通敵，按兵不動，使敵軍林虎部，得由河源、老隆撤兵回師，從容集中，開始向南蠢動，以襲右翼軍後路。

棉湖之役

陳烱明見校軍銳不可當，爲謀挽救其危局，乃乘校軍孤軍深入潮、汕，兵力分散，形勢孤單之際，一面飭屬固守惠州，一面急調林虎、劉志陸兩部增援，分數路由五華、興寧進出河婆，迫近棉湖，向革命軍進攻，企圖一舉將校軍全部包圍而殲滅之。

三月十日，林虎所部已到河婆，截斷右翼軍後方之供應線，形勢危岌。我右翼軍於是當機立斷，迅即變更作戰計劃：以粵軍第二師守潮、汕，以防洪兆麟；以黃埔敎導第一、二兩團及粵軍第七旅回師迎擊林虎；並令已到達河田之陳銘樞旅及警衞軍吳鐵城兩部，由河田襲擊敵背。十二日，林虎分兩路約有萬人，由河婆向棉湖、鯉湖之線來襲，企圖進佔揭陽。

棉湖，乃潮州普寧縣西側之小街市。普寧以東，多屬平原地區；棉湖西北，多屬崇山峻嶺。由棉湖地區向東作戰，則由山地而趨平原，居高臨下，進展易而且迅速；向西作戰，則由平原而攀登山岳，進展難而且遲緩。革命軍棉湖之戰，乃由東向西攻擊，並且爲後方交通線被敵截斷之作戰，其困難危險之狀態，較諸以潮、汕爲基地而出擊者，尤爲困難。

蔣總指揮獲悉上述敵情後，認爲此戰關係校軍命運及革命前途，遂決心與敵作殊死戰，並擬定攻擊計劃：一、以敎導第一團任正面，由棉湖前進攻和順之敵；二、以敎導第二團任左翼，由棉湖前進攻擊鯉湖之敵；三、以粵軍第七旅任右翼，由搭頭埠繞攻和順敵人之右側背。預定三月十三日晨，各部開始向棉湖前進，以備迎擊。

三月十三日，校軍敎導第一團何應欽部與陳烱明逆軍之林虎部遭遇，大戰展開。自晨至午，激戰於上栅、鯉湖一帶。敵軍號稱萬人，校軍敎導第一團以千餘久戰疲乏之兵，而拒萬餘新銳之敵，在團長何應欽將軍督率營長劉峙、蔣鼎文等拚命衝鋒奮戰，並賴將士用命，前仆後繼，犧牲慘烈，苦戰半日，迄未爲動。

方際危急之時，適遇敎導第二團錢大鈞部、粵軍第七旅許濟部，從鯉湖等地率衆增援，並向和順敵司令部進攻，蔣校長介石亦親臨督戰，始將敵軍擊退。

此役校軍能以寡敵衆，卒摧頑强，敎導第一團立功最偉。校長蔣公介石對棉湖之役曾說：「棉湖一役，以敎導第一團千餘之衆，禦萬餘精悍之敵，其危實甚！萬一慘敗，不惟　總理手創之校軍盡殲，廣州革命策源地亦不可保。此戰適當，總理逝世之翌日。蓋總理在天之靈，有以默相其成也。」其影響之大，概可想見。

據革命文獻第十一輯第二一二頁云：「案棉湖激戰自三月十三、十五日止，雖爲時不久，即已結束；但戰鬪之烈，實爲近代我國戰爭所少見。黃埔校軍以不滿三千之衆，戰勝林逆二萬之勁敵，敎導第一團官長士兵死傷二分之一以上，爲數不下三百餘人，損失實力，則已過二分之一。敵人方面死亡則已過三百餘人，傷者倍之。敎導第一團之第三營及校本部學兵連之犧牲爲最大；第三營之官兵幾全部損失，官長傷亡十之八九，亦可謂劇烈矣。」

棉湖之役，戰鬪極爲慘烈。據當年躬臨前敵負責指揮此役之何應欽將軍云：「

民國十四年三月十三日，棉湖之役，由於我將士忠勇赴義，決命爭先，以致犧牲慘重，傷亡枕藉。當戰爭告一段落，集合整隊，已零落難於成軍，官長士兵不禁痛哭失聲，勝利的喜悅，幾被同志傷亡的悲痛所掩沒。但以殘敵待殲，又不容稍有懈怠，於是大家只得擦乾眼淚，從悲傷中振奮起來，繼續進發。」又說：「此次戰役，能夠以寡敵衆，獲得勝利，揆諸原因：一、上下精神團結，官兵共同甘苦。每個人確能發揮親愛精誠之校訓。二、軍民切實合作，做到不拉伕，不擾民，獲有『黨軍可愛』之令譽。三、實行連坐法。四、堅持戰至最後五分鐘，亦即作戰能苦鬪不退，敵人必退。」

又據劉　峙「我的回憶」——「棉湖之役的奇蹟」云：「有一次在吃飯閒談的時候，我半開玩笑的問何敬公（應欽）：『我們在前面已經撑持不住了，你爲什麼還在後面而大吹其衝鋒號？我們還有什麼力量衝鋒？』何敬公說：『我叫號兵吹衝鋒號，不是想要你們衝鋒，而是要告訴你們，我還在陣地未動。』我想想也對，因爲當時何敬公身旁只剩下一個號兵了。假如不叫號兵吹吹衝鋒號助威，那豈不是有兵不用嗎？」時劉　峙任第二營營長充預備隊也。誠可謂「兵在精而不在多，將在謀而不在勇！」

時孫大元帥已於棉湖大戰的前夕，三月十二日，薨於北京行館。噩耗至粵，正當前方軍事吃緊，中央秘不以聞，故三月十三日，革命史上極有價值之棉湖之役，仍馳電孫大元帥告捷。十四日，胡留守漢民以代理陸海軍大元帥身分通告前方各軍墨絰從戎，繼續奮鬪。

校軍以軍情緊逼，仍秘不發喪。直至三月二十日，攻下興寧，始行宣佈。全體官兵聞訊，無不哀痛！

第一次東征勝利

林虎所部大敗後，仍向興寧、五華逃竄，蔣校長介石率領校軍、粵軍，乘勝追擊。三月十七日，追抵安流渡，敵軍尙有數千，不敢抵抗，繼續向興寧退却。蔣公介石得報，於十八日親率所部，星夜兼程馳進，以最急之行軍，竟行一百二十餘里，自間道襲取五華，出敵意表，是日薄暮，校軍迫近五華城下，守城敵軍迄未發覺，乘其不備，校軍一擁而入，擄其守軍王德慶，敵大潰退。

二十日，校軍乘勝復克興寧。叛軍林虎乃由東門宵遁，僅以身免。據民國六十三年六月十六日，黃埔建軍五十週年，聯合報副刊登載錢大鈞將軍「第一次東征記實」一文，摘錄云：

「本團因第二營營長劉堯宸負傷，不得不重新佈署，改以第三營攻西門，第一營之一部攻北門，第二營之一部仍攻南門。下午五時，第三營攻佔新豐街，越西門河逼近城跟，據民房三樓頂，俯瞰敵情，當即向西南突角，以機槍行集火射擊。敵不支。我官兵奮勇登城，分南北兩路掃蕩；第三營第一營分由西門北門入城，同時我第二營亦趁勢攻入南門，殘敵向東門外石馬圩逃竄，潰不成軍，興寧遂告克復。時爲二十日夜十時也。二十一日晨九時，校長入城，安撫民衆。

計是役，我擊斃逆軍團營長多名，虜獲戰利品無算。林虎僅以身免。我團第九連官兵奮勇殺敵，最先入城，是即　總統訓詞中所謂：『越後七日興寧之役的最大勝利，結束了第一次東征的任務。』……之所由自。

蓋　總統之所以特別強調興寧之役者，以興寧位粵之東北地區，當贛粵閩邊境交通之要衝，極具戰畧價值。陳逆以重兵踞此，以謀我革命策源地廣州。萬一不幸東征失敗，不惟廣州難期確保，即黨軍精神，勢將被殲，於爾後之北伐軍事，自有嚴重之不利影響也。」

二十四日，又佔領梅縣。敵軍殘部陸續紛向閩、贛邊境逃竄（洪兆麟部逃閩邊，林虎部逃江西）。陳逆烱明又再度逃亡香港。至三月底，潮、汕全境，遂告肅清。惜孫大元師已在北京溘逝，不及親見東征勝利矣！

北望樓雜記（八）

·適然·

詩文貴真

作詩，尤其作輓詩，不僅須在文字方面着力，且必須有性情存焉。

杜甫受知於房琯，房琯因車戰之敗被貶，後雖重起，却因疾卒於途中。杜甫經房琯墓，拜祭之後，賦詩：「他鄉復行役，下馬別孤墳，近淚無乾土，低空有斷雲，對棋陪謝傅，把劍覓徐君，唯見林花落，鶯啼送客聞。」

通篇無一句不動人，尤其「近淚無乾土，低空有斷雲」兩句，至今讀之尤感凄然。好文字之感人，眞萬古常新，歷久不變。

紅樓夢作者曹雪芹死後，其好友敦誠輓詩：「四十年華付杳冥，哀旌一片阿誰銘，孤兒渺漠魂應逐，新婦飄零目豈瞑，牛鬼遺文悲李賀，鹿車荷鍤葬劉伶，故人唯有青山淚，絮酒生芻上舊坰。」詩不見佳，但句句出自肺腑，牛鬼二句，尤能道出雪芹爲人。

事隔經年，敦誠弟敦敏有「河干集飲題壁弔雪芹詩」：「花明兩岸柳霏微，到眼風光春欲歸，逝水不留詩客杳，登樓空憶酒徒非，河干萬木飄殘雪，村落千家帶遠暉，憑弔無端頻悵望，寒林蕭寺暮鴉飛。」此詩較前詩更佳，通篇皆懷念雪芹語，而字字眞誠，毫無造作，就詩而言，功力不深，就情而論，則是世間第一等文字。

已故江西省主席胡家鳳曾任山東省政府秘書長，逝世時，前山東省主席沈鴻烈輓聯：「一見服槃才，幸獲心腹久共，安內攘外，往事足供青史選，兩行揮老淚，驚聞巨星遽隕，高風亮節，此生那有或忘時。」字字眞誠，亦不可多得之佳作。

民國十六年六月，吳佩孚之秘書長張其鍠在豫南被亂軍擊死，張之同年好友譚延闓輓以詩云。

一別眞投筆，三年負枕戈，有書常不達，無命欲如何？生死交情見，孤寒涕淚多，裹屍餘馬革，悽絕向江沱。

辛苦依人計，艱危壯士風，前知傷郭璞，從事異臧洪，未必謀身拙，仍憐殉友忠，縱橫湖海氣，今日竟途窮。

少年曾並轡，中道各揚鑣，鷹隼飛常厲，驊騮意苦驕，多才成負負，友好已寥寥，頭白誰相慰，羈魂不可招。

夙昔誰知己，平生誤感恩，家惟瓶粟在，篋有謗書存，志事兼儒墨，思心託夢魂，寃親同一盡，慟哭復何言。

此詩溫柔敦厚，饒有唐音，而眞情流露，友道常存。張氏善奇門遁甲，能前知，但不能免禍，故譚氏有「前知傷郭璞」之言，又譚氏始終不以其鍠佐吳佩孚爲然，屢勸脫幅，張氏則以對吳有知己之感，又値吳氏困窮之際，不忍離去，故譚氏輓以「夙昔誰知己，平生誤感恩」亦此意，「誤」字，春秋之筆也。

又譚氏生前與胡漢民和「師期」韻至百首之多，曾出專書，譚死後，胡仍用師期韻輓云。「太傅冲和未易師，灌蘭鋤艾尙無詩，擬從安石規棋癖，肯學君虞有妒痴，風景不殊公逝後。江山無恙我憂時，去年今日經風雨，正是因章索和期。」

胡氏詩多晦澀難讀，此詩則明白易曉，腹聯「風景不殊公逝後，江山無恙我憂時」，悼友傷時，感懷身世，意在言外。以譚氏方之晉太傅謝安，不僅言其一生生活豪華與謝安絲竹東山相似。最重要厥維其「冲和」未易師，胡氏個性倨傲，樹敵過多，在黨內始終孤立，故悼念譚氏時，有此感慨。

譚氏爲人，頗似藥中甘草，使其不死，國民黨高級領袖不致分裂，國事或又不同矣，此眞未易師也。

輓徐樹錚聯文

民國十四年十二月三十日，徐樹錚被馮玉祥指使部下殺害於廊坊，此民國初年一大案也，眞象迄今未能全明。

樹錚號又錚，江蘇蕭縣人，清末爲段祺瑞記室，入民國後，段飛黃騰達，徐之地位亦水漲船高。段任陸軍總長，徐任次長，段任國務總理兼陸軍總長，徐任國務院秘書長兼陸軍次長。段對之信任有加，重要公文皆由徐代拆代行，段又奇懶，從不到部辦公，陸軍部公文已發出，段猶不知，但倘有錯誤，袁世凱詰責之，段皆担承，從不推於又錚，袁明知其故，亦無奈又錚何。因加段考語「剛愎他用」，此四字乃爲段一生定評。

民國七年，又錚任奉軍副司令，與奉軍參謀長楊宇霆合謀，誘殺建威將軍陸朗齋（建章）於天津。陸死時，馮玉祥任十六混成旅旅長兼湘西鎮守使駐防常德，馮與陸之關係，世人皆傳爲甥舅，非也。馮妻乃陸妻之侄女，均直隸鹽山縣尙家宅劉氏，劉氏姑侄四人，嫁四陝西督軍，一時傳爲佳話。姑二人分嫁陸建章，閻相文；侄二人分嫁馮玉祥、石敬亭，故馮玉祥稱陸建章爲姑丈。

馮玉祥殺徐樹錚不僅爲陸建章報仇，亦有政爭成分在內，徐死後，則拉出陸子承武頂其名，謂其子爲父報仇。

消息傳出，各方均表震駭，南通狀元張季直（謇）輓以聯：「語讖無端，聽大江東去歌殘，忽然感流不盡英雄血；邊才正亟，嘆蒲海西顧事大，從何處更得此龍虎人。」

康有爲輓詞，「其雄畧足以横一世，其霸氣足以隘九州，其才兼乎文武，其識通於新舊，既營內而招外，豁杜斷而房謀，又歇歷乎域外，增學識於四洲，其喑嗚廢千人，其洞籥無全牛，其飛動高歌擅崑曲，其嫵媚清詞追柳周。大盜竟殺猛士兮，天人起邦家殄瘁之愁，假生百載之前，爲人龍而寡儔，衰世亂而內爭兮，碎明月於九幽。」

有爲輓詞對徐推崇備至，實則民六復辟之役，敗於段祺瑞馬廠誓師，徐亦參與其事。康畢生以復辟爲志，視反對復辟者爲仇讎，獨對又錚如此讚頌，善言出於仇口，更爲難得也。

輓詩

輓聯佳者多，輓詩佳者少，故作輓聯者多，作輓詩者少，就所記憶，要以故女詩人張紉詩輓陳協之（融）爲佳。協之乃胡漢民內兄，亦革命前輩，性情温柔敦厚，與胡漢民之褊急狹隘恰成對比，但郎舅情感甚佳，協之晚年在廣州築顒園，爲詩酒之會，張紉詩亦經常與會，執贄陳門，甚得協之器重，師弟感情至佳，一九五七年協之在港病故，享年八十。歿前，紉詩亦在榻前侍疾，協之逝後，紉詩有輓詩四章：

蓮塘路上舊晨昏，花繞紅欄柳未髡，萬卷堂中傳政教，羣賢海內拜詩尊，當時誤以投門易，今日方知挾纊温，二十四年如昨日，何堪垂淚說顒園。

舉世哀兵問所之，轉憐無定一羣眉，諸公袞袞歸三徑，古道攸攸塞兩儀，隔巷共吟城北月，閉門閑讀嶺南詩，天涯撫櫬非前料，瞻仰深慚負夙期。

守硯焚香事已終，烏絲闌在錦堂空，莫尋天上閑吟地，但憶詩邊古者風，似佛一尊長寂寂，留翁百載亦匆匆，素車行後餘雲樹，人世微寒晚雨中。

彌留執手父師情，默默如聞肺腑聲，笠屐上墳差一諾，江山回首已他生，私哀併入千秋事，墜緒徒增後死驚，瞻望心期殘燭下，可能重起共承平。

以詩當哭，情意周至，非至情至性人寫不出。其中最好警句如「萬卷堂中傳政教，羣賢海內拜詩尊」，道盡協之翁當年領袖騷壇，受各方推重情形。「似佛一尊長寂寂，留翁百載亦匆匆」。可能隱指當時西南軍政當局對協之翁尊而不親，故此老名位雖崇，而實則寂寞抑鬱。「笠屐上墳差一諾，江山回首已他生」，不能明白其眞意，但文字則十分感人，每讀至此，迴環低誦，不能自已。

葉恭綽輓梅蘭芳詞

梅蘭芳逝世一周年，番禺葉譽虎（恭綽）輓以鷓鴣天詞：「歷歷音塵尙儼然，萬華遺蛻渺晴烟，香飄南國虛三徑，人老東風又一年，爭帥印，戰金山，英風浩氣幾人傳，神州來日無窮事，誰與生靈淚眼看。」此詞實是好詞，尤其三四兩句，最不可及。譽虎先生不愧爲一代作手，尤其難得者不惟通篇無一句八股，而結尾兩句似有不滿意，更爲不易。

因葉輓梅詞，想起曾在某左報任編輯之聶紺弩曾有淺水灣弔蕭紅之浣溪紗詞：「淺水灣頭浪未平，獨柯樹上鳥嚶嚶，海涯時有縷雲生。欲織繁花爲錦繡，更傷凍雨過清明，琴台曲老不堪聽。」蕭紅爲東北籍女作家，死在香港，葬於淺水灣，聶紺弩在上海時與之相識，故有是詞。詞清新可誦，難得者是沒有一字說教意味。

由聶紺弩想到中共詩人，依筆者所見，中共第一代人物中，詩詞造詣最高者自推瞿秋白，其次要數謝覺哉，此君名列中共「五老」之中，但却不受重視，八屆當選候補中委，九屆落選，但以詩而論，則瞿秋白外無人可比。嘗見謝有懷念姜夢周、何叔衡、王淩波三人七古一首，其中有「三君次第委紅塵，遠十四載近一春，總角論交惟剩我，衰年感逝更何人？」

這三人皆是共產黨員，姜夢周於一九二九年在長沙被捕處死，何叔衡於一九四三年由江西逃往上海途中在福建長汀境內被民團擊斃，王淩波則是一九四二年在延安患腦溢血病死，謝覺哉此詩作於一九四三年，故云「遠十四載近一春也。」

其「總角論交惟剩我，衰年感逝更何人」句，似學自袁子才弔蔣心餘詩：「應劉並逝空存我，李杜齊名更數誰」句，但看不出有模仿痕跡，歐陽永叔所謂「明火執杖，不可刀傷事主」，即指此而言，若是剽窃古人一句，據爲己有，硬說自己詩派學自何人，是眞無恥之極了。

中國文字好處，在於同咏一事，而能互不相犯，觀乎以上三詩，可以看出各人工力及被輓者之身份，無不各極其妙，白話詩雖有佳作，但無論如何難臻此境界。此點亦非政治成見所能掩蓋，是眞可貴也。

輓陳布雷詩聯

大陸撤守前，陳布雷突然自殺，消息傳出各方均表惋惜，陳氏爲人立身、處世、治學、從政均不愧一代完人，其自殺亦由於憂心國事，爲一種責任感驅使，士君子行己有恥，如陳氏者眞不愧君子矣。

陳氏舉殯時，蔣總統親往弔祭，頒匾額「一代完人」，褒揚悉如其分。京中要人皆往致祭，輓聯甚多，佳者有黃少谷之「一手文章扶國運，終宵憂樂繫蒼生」，寥寥十四字，足以刻劃出陳氏生平。潘公展輓：「平生風義兼師友，痛哭元戎失佐衡。」亦是寫實之作，因潘公展與陳布雷均出身於新聞界，在中央供職亦多受陳氏照拂，故上聯云然。

沈宗濂輓詩：「運籌六出安劉計，草檄羣推倚馬才，烽火中原猶未戢，哲人梁木有餘哀」，也頗合布雷身份，蔣公幕府中人才雖盛，但若論倚馬才高，自以布雷爲最。

陳布雷逝後三年，友好在台設祭，洪蘭友輓詩：「人天終古總茫茫，韓孟雲龍感難忘，三度凉秋三墜淚，百年風義百迴腸，每忝前席思帷策，會待收京展墓堂，猶記送歸親執紼，昨宵枕上夢錢塘。」

全詩充滿至情至性，知遇之情，身世之感，躍然紙上。洪氏之文，在要人中似乎少見，其精采文字，尙不祗此一篇。杜月笙在港逝世，洪蘭友由台北趕來晤最後一面，杜逝後洪氏輓云，「亮節皎當今，平生歷濟艱危，共仰英雄眞本色；彌留猶待我，至死無忘家祭，痛哭乾坤一布衣。」亦是輓杜氏聯中最佳之作，尤其最後一句，更不能輓第二人用。

大抵輓詩聯之作，必具備兩條件，一、被輓者確有値得稱道處，此聯一出，人無間言，否則恭維過甚，適得其反，足令觀者訕笑，所謂求榮反辱也。二、輓者與死者之交誼與輓聯相合，否則無論如何高手，所作必爲泛泛語，不惟輓聯輓詩如此，即普通贈答亦然，如太白贈汪倫詩：「潭白乘舟將欲行，忽聞岸上踏歌聲，桃花李水深千尺，不及汪倫送我情。」全篇皆是浮泛語，一望而知兩人並無深交，此詩之所以能傳，由於是李太白所作，而詩又太不着邊際，在太白集中另創一格，因此受人注意，若換了同時小名家作品，早不爲人知矣。

輓徐志摩詩

民國十六年十一月九日，名詩人徐志摩乘中國航空公司濟南號飛機，由南京飛往北平，不幸在濟南南方五十里黨家莊因遇到漫天濃霧，誤撞山失事，機內乘客祇有徐志摩一人當場遇難。

當時乘飛機者極少，乘飛機而失事更是未之前聞，而偏偏失事者竟是全國聞名之徐志摩，自然轟動一時。

開追悼會時，輓聯佳章甚多。其父徐申甫輓：「考史詩所載，沉湘捉月，文人橫死，各有傷心，爾本超然，豈期邂逅罡風，亦遭慘劫；自襁褓以來，求學從師，夫婦保持，最憐獨子，如今逝矣，忍使淒涼老父，重賦招魂。」

其離婚夫人張幼儀女士輓：「萬里快飛鵬，獨憾翳雲遂失路；一朝驚鶴化，我憐弱息去招魂。」不即不離，恰到好處。

楊杏佛輓聯：「紅妝齊下淚，青鬢早成名，最憐落拓奇才，遺愛新詩雙不朽；小別竟千秋，高談猶昨日，憑弔飄零詞客，天荒地老獨飛還。」此聯所寫皆實在情景，徐志摩之死，當時傷心仕女決不止其夫人陸小曼及離婚夫人張幼儀，各大都市皆有崇拜徐志摩之女性，突然聽到徐志摩墜機而死，可能皆要失聲一哭，紅妝齊下淚，用一齊字，蓋寫實也。

又輓詩云：「梵祠廢塔獲東山，浪漫詩人去不還，死本易求中歲早，人難再得一棺寒，雲中踪跡知何似，別後情懷更不堪，今日獨遊苦寥落，可能把臂續前歡。」詩是好詩，惜太悽苦，不久楊氏亦遇狙下世。

郁達夫輓：「兩卷新詩，念年舊友，相逢同是天涯，祇爲佳人難再得；一隻河滿，幾點齊烟，化鶴重歸華表，應愁高處不勝寒。」郁達夫時有浪漫派文人之稱，徐志摩爲人亦不拘小節，兩人私交甚厚，志趣亦相同，祇是志摩用情專，而達夫則失之濫，志摩不遇陸小曼，決不會移情別戀，達夫即使不遇王映霞，亦要在外找女朋友，此是兩人不同處。

韓相眉輓：「溫柔誠摯，乃朋友中朋友；純潔天眞，必詩人中詩人。」純以白話出之，亦別開生面。

以後楊杏佛，郁達夫皆不得其死，當其輓志摩時安能想到，正使後人之哀後人也。

天聲人語

次韻百成新春感賦　黃雪邨

春到炎方早。風人逸興飛。收京應在望。作伴好同歸。芳草牽羈緒。幽情寄釣磯。山棲眞得計。豈與道相違。

百成近作蹉跎一首意嫌蕭瑟率賦壯語次韻酬之　黃雪邨

漫從去日歎蹉跎。曠世艱危幾度過。但使立錐能有地。何愁聚水不成河。中樞堅定攘夷策。滿野爭謳擊壤歌。昔是古稀今是始。寶刀未老待重磨。

和李光唐書展感賦次韻　瞿荆洲

之無初識憶家鄉。最念先民手澤香。大筆從心循軌正。中鋒懸腕挽弓强。六書八法洵能守。草聖墨仙郎可當。今日蟹行兼簡化。如羌誰辨古音慶。

同前作　葉桐封

藉藉書名譽故鄉。河汾初接令公香。纖濃玉潤娟而麗。遒勁銀鉤健且强。春蚓秋蛇堪比擬。騰猿舞鶴甚相當。上元節後晴光照。絢彩芳園又衍慶。

書展感賦　李光唐

一從畫虎白雲鄉。總角無忘翰墨香。筆正何如心正易。臨書更比摹書强。顧筋柳骨身難稱。燕瘦環肥體未當。多士低昂廊壁上。頓教滿室有餘慶。

丙辰清明　張雪茵

春潮漲綠滿雙溪。紫燕翻飛濕翠衣。柳岸風清人語細。餘香散落板橋西。踏青人語綠陰中。新換春衫怯晚風。小雨未來斜照淡。紙錢飛白落花紅。天涯芳草碧連天。寄遠無書又一年。日暮山亭回首處。子規啼斷綠楊煙。寒煙漠漠柳絲絲。最是清明苦雨時。小病經旬無意緒。海棠落後未題詩。一年曾有幾芳朝。女伴尋幽隔岸招。共泛春江三月水。輕煙細雨過溪橋。

春雨行　吳慧君

一川風雨籠新綠。無盡春霏吹碧烟。點點絲絲芳草地。迷迷漫漫杏花天。遊迴鳥徑思殘夢。望斷天涯憶素箋。錦樣年華容易過。玉容寂莫有誰憐。

秋意（舊作）　吳慧君

西風摧落葉。昨夜夢殘留。飛絮思儂意。孤鴻映客愁。秋寒彌野色。月影弄江流。萬里情無限。離人獨倚樓。

暑夜　陳伯祺

火傘纔收夜幕垂　時逢三伏少涼颸
冰紈頻拂衣輕葛　沉李無如雪藕絲
蛙鼓荷塘聲閣閣　螢燈竹院影遲遲
繩床且繫桐陰下　冀與羲皇訴故知

餞菊初丈遊美於國都酒樓　陳伯祺

逍遙又作大鵬遊　銀漢星槎越十洲
瀛海蒼茫猶小勺　峯巒險巇盡低頭
兒欣賢孝倫常會　詩爲歡愉氣韻優
每飯未忘君所賜（承鑲義齒甚工）
壯行大白兕觥浮

暮春郊遊訪黃君璧丁衍鏞闕良林鏞諸君得觀名畫巨幅同幹盦馥君　余少颿

幽徑無塵日未暘　磐溪流水自湯湯
倚巖觀瀑驚雙虎（巖前石刻二虎栩栩如生）
隔岸聞鶯過半塘（村名）
朝雨送春復數點　榴花迎客又成行（藝專院前植石榴十餘株花作白色）
此遊請酒猶餘事　藝苑還欣覽秘藏

附幹盦同作一首

掉臂行歌上翠微　兩三點雨灑輕衣
綠迷芳草客初到　白了榴花春又歸
虎巖石傲三人笑　龍坎雲隨一騎飛
尤愛小欄觀瀑立　磐溪風物美於沂

木蘭花慢　宋訓倫

四月三日至柴灣掃陳壽蔭君墓同行者有孟子南吳肖汾馬叔庸沈慕俠

杏花春雨驟，又時節，到清明，有海市潛夫，吟壇舊侶，同弔英靈，陳平，似雲意氣，逞陰符江上奪傾城，惆悵分飛怨耦，竟邀薄倖狂名。　飄零，羈滯庾蘭成，詩筆玉谿生，慨餘年消與，茶鐺論政，酒座談兵，精誠，父慈子孝，算天倫畢竟見眞情，千里家書委婉，一瞑心與山清。

編餘漫筆

編者

這一期文章，份量最重的是「故宮博物院的圖書文獻」一篇，此一類文章甚少人執筆，因爲大家提到故宮博物院就想到所藏的二十五萬件文物，自商鼎周彝，至清代康熙、乾隆的瓷器，收藏之物，與中國歷史並行，歷代文物均藏其中，此爲世界任何國家所無。因人人皆注意文物，圖書便被忽畧；不知故宮博物院所藏圖書亦相當可觀，尤其是文淵閣四庫全書藏於故宮博物院更少人知，四庫全書當時鈔錄七部，以文淵閣成書最早，鈔錄最精，此一部大書，實在是中華文化瓌寶。至於故宮博物院所藏軍機處檔案、宮中檔案，起居注，實錄，詔書和國書、方志都是研究清史直接史料，與近代史亦息息相關、清史稿倉促成書，舛誤太多，不能成爲一代正史，將來必有人重修清史，則故宮博物院所藏圖書，將爲最有價值之史料。本文發表後，希望能引起海內外人士之注意。

「金門憶舊」上期言種樹，本期言築路，在金門種樹固是千難萬難之事，築路之困難，亦不亞於種樹，金門目前已成「世界公園」，風景之美，不遜西湖，二十年前則是黃沙一片，若非數萬大軍駐防，改變金門面貌，實爲不可能之事，部隊若無才識兼備之指揮官，亦不可能傾全力於戰陣以外之事。「關西人」，將軍是名將亦是實業家、工程師，對金門之貢獻太大，外界知者則太少。本刊將陸續發表金門憶舊，請讀者注意。

唐魯孫先生「吃在上海」，將上海好的館子，精美菜餚，羅列無遺，編者讀後，佩服此公眞是吃家，非人可及，本刊讀者上海人不少，讀後當更有親切之感。其中關於吃蛇一段，不僅上海人讀之親切，就是廣東人讀到，也會覺得有趣，原來唐先生吃蛇也如此內行。編者雖是北方人，但在香港住久了，也喜歡吃蛇，香港人吃蛇已是常識，不過，大家只知道三蛇，五蛇，像唐先生所說的了「貫中蛇」究竟是何物，吃了之後竟然全身都是黃色汗漬，此則未之前聞，不知老香港而又精於吃蛇者，能否提出答覆。

最近台北中影公司拍攝「筧橋英烈傳」，以高志航、劉粹剛、閻海文、沈崇誨四位烈士抗日殉國經過爲背景，拍此一部驚天地泣鬼神巨片，本刊前對高、閻兩烈士已有詳細介紹。本期「筧橋英烈多美眷」一文，敘述各烈士之家屬，均有感人表現，忠孝節義，爲中華民族至高無上之倫理道德，各烈士均卒於一門，是眞難得。

其他多篇如張仲仁先生「臨風追憶話萍鄉」，劉己達先生追念先德之文，均不可多得。

錦繡神州

出版者：德興文化事業公司

我國歷史悠久，文物豐富，古蹟名勝，山川毓秀。尤其歷代建築藝術，都是鬼斧神工，中華文化的優美，在世界上有崇高地位；所以要復興中華文化，更要發揚光大，我們炎黃裔胄與有榮焉。

如欲研究中華文化，考據博古文物，瀏覽名山巨川，遊歷勝景古蹟；畢一生精力，恐亦不克窺全豹。往年雖有此類圖書出版，惜皆偏於重點介紹，不能滿足讀者理想。

本公司有鑒於此，不惜巨資，聘請海內外專家搜集資料，歷三年編輯而成；圖片認真審定，詳註中英文說明，堪稱圖文並茂。內容分成四大類：「**文物精華**」「**勝景古蹟**」「**名山巨川**」「**歷代建築**」將中華文化的精英，包羅萬有，洵如書名：**錦繡神州**。並委託柯式印刷廠，以最新科技，特藝彩色精印。八開豪華精裝本，金線織錦為面，織成圖案及中英文金字，富麗堂皇。「**內容**」「**印刷**」「**訂裝**」三並重，互為爭妍；所以本書被評為出版界一大傑作，確非謬贊。

凡備有本書者，不啻珍藏中華歷代文物，已瀏覽全國名山巨川，遍歷勝景古蹟。如購贈親友，受者必感隆情厚意。

全書一巨冊　港幣弍百元

經已出版。【付印無多，欲購從速。】

總代理

吳興記書報社

地址：香港租庇利街十一號二樓

電話：H四五〇五六一

Ng Hing Kee Newspaper Agency

No. 11, Jubilee Street, 1st Fl,

HONG KONG

九龍經銷處

德興書店（旺角奶路臣街15號B）

吳興記分銷處（吳淞街43號）

外埠經銷處

星馬婆	遠東文化有限公司
曼谷	青年文化服務社
菲律賓	華安書店
越南	聯興書報社
紐約	友聯圖書公司
三藩市	益智圖書公司
三藩市	新生圖書公司
三藩市	文化書店
波士頓	中西公司
芝加哥	文華書局
檀香山	大元公司
倫敦	東寶公司
加拿大	香港百貨公司
澳門	可大文具店
斗湖	光明書局
亞庇	利民公司

掌故

月刊

58

野史·佚聞·

人物·風土·

原書原樣

掌故月刊

第58期目錄

每月逢十日出版

掌故

第五十八期

每冊定價港幣三元正
全年訂費　港幣三十四元
台幣二百四十元
美金八元

出版兼發行者：掌故月刊社
地址：九龍亞皆老街六號B
通信處：九龍旺角郵局信箱八五二一號
電話：K八〇八〇九一
The Journal of Historical Records
P. O. Box No. 8521, Kowloon
Mongkok Post Office, Hong Kong.

督印人：鄧卿臺
總編輯：岳少
印刷者：和記印刷有限公司
新蒲崗景福街一一〇號超達工業大廈十樓
總代理：吳興記書報社
香港租庇利街十一號二樓
電話：H四五〇五六一　四五〇七六六
國內代理：黎明書報社
台北市八德路三段九十九巷六號
電話：七一二一二五二九
星馬代理：遠東文化事業有限公司
新加坡厦門街十九號　檳城香田仔街一七一號
印尼總發行：集源公司　椰城旗桿街87號A
Dji. Tiang Bendera No. 87A
Djakarta, Indonesia.

澳門：可大文具店
亞庇：利民公司
斗湖：光明書局
漢城：泛亞書籍公社
倫敦：香港文化服務社
中藝公司
東資公司
紐約：友聯圖書公司
友誠公司
友方公司
菲律賓：華安書局
之加哥：文華書店
羅省：大元公司
新東方公司
三藩市：益智圖書公司
文化商店
華盛頓：德昌公司
波斯頓：中西公司
千里達：中華公司
加拿大：香港商店
溫哥華：僑益書局
滿地可：明星書局
渥太華：民生書局
巴西：興昌公司

五十年前東北地方之軍政與民政

王艮

一、緒言

敘述五十年前東北地方之軍政與民政之前，首先必須對民國元年（一九一二年）至民國十七年（一九二八年）十二月三十日，東北易幟前，十七年間之政治形態，有所瞭解，方能畧知東北地方軍民兩政之一斑也。尤其於此十七年內，東北地方幾乎為張作霖父子之政治舞臺，故張氏父子對東北政治影響之深之大，不問可知矣。苦談東北地方政治，即不能不談張氏父子對東北軍民兩政之關係也。然張作霖雖為綠林出身之軍閥，但頗「講公道、重義氣。」除抱擴充地盤之觀念外，尚知愛惜人才，注重建設。丘念台先生曾說：「風雲際會，炙手可熱……。取精用宏，志不在小，於是延攬文武人才，已不在少數」。均指張氏而言。

因此談東北地方政治，無論行政系統上、建設上、以至於名稱上，於此十七年間，變化甚多，均與張氏父子有異常密切之關係，茲就犖犖大者，畧記於後：

武昌革命成功當時之張作霖，正任奉天巡防中、前兩路巡防統領。民國元年（一九一二年）三月十五日，東北變更行政組織，改任前東三省總督趙爾巽為奉天都督、任前吉林巡撫陳昭常為吉林都督、改任黑龍江巡撫宋小濂為黑龍江都督。是為軍政長官並兼管民政長所掌管之事務。即為軍民兩政之首長。元年二月，黑龍江都督宋小濂辭職，由周樹模繼任，孟恩遠（原二十三師師長）為護軍使。九月將奉天中、前兩路巡防，改為二十七師，由張作霖任師長。十一月趙爾巽辭職，由張錫鑾繼任。二年（一九一三年）六月吉林都督陳昭常辭職，由張錫鑾兼任吉林都督。二年七月周樹模辭職，由畢桂芳護理黑龍江都督。九月朱慶瀾（原第一混成旅旅長）為黑龍江護軍使。六月十三日任命齊耀琳為吉林民政長、七月十六日任命畢桂芳兼任黑龍江民政長、十月十三日任命許世英為奉天民政長，自此軍民兩政各有長官矣。三年（一九一四年）五月二十三日，公布省、道、縣三級官制，六月大總統命令第七十二號，廢除東三省各省之都督及民政長，改稱將軍及巡按使，道長官之觀察使改稱道尹。民國五年（一九一六年）四月，袁世凱為安撫籠絡計，任命張作霖為盛武將軍，督理奉天軍務。六月六日袁世凱憤恚死，七月又改將軍為督軍，改巡按使為省長。七月六日黎元洪特派張作霖為奉天省長、畢桂芳兼黑龍江省長、郭宗熙為吉林省長。民國七年（一九一八年）九月七日復升任張作霖為東三省巡閱使，節制吉、黑、兩省軍務，統轄東三省之軍政。民國十年（一九二一年）五月三十一日，又任命張作霖兼任蒙疆經畧使，節制熱、察、綏三特區。民國十一年（一九二二年）四月九日，即下動員令陸續派兵入關，號稱鎮威軍（張為鎮威上將軍），張氏自為總司令，孫烈臣為副司令，楊宇霆為參謀長。五月十七日。免除張作霖東三省巡閱使及蒙疆經略使本兼各職，奉、吉、黑各省督軍獨立，督理各省軍務。六月二十日，東三省議會聯合會通電贊成統一，並推舉張作霖為保安總司令兼軍務總監；吉、黑兩省之督軍（名義並未廢除）就任東三省保安副司令兼軍務副總監。然均未得北京政府之任命。民國十三年（一九二四年）十二月十日，段執政仍令張氏節制東三省軍政。並令張作霖督辦奉天軍務善後事宜，張作相、吳俊陞督辦吉林、黑龍江軍務善後事宜。民國十四年（一九二五年）一月七日，派張作霖督辦東北邊防屯墾事宜。民國十五年（一九二六年）十二月一日，張作霖率軍入關，於天津就任安國軍總司令（其中包括東北軍全部、張宗昌之直魯聯軍、孫傳芳之五省聯軍、閻錫山之晉軍）張、孫、閻為副司令，楊宇霆為總參議。民國十六年（一九二七年）六月十八日，於北平就任海陸軍大元帥。民國十七年（一九二八年）六月四日，張氏出關回瀋陽，車經北寧路皇姑屯站，受日人陰謀陷害，被炸殞命。同年六月十九日，張學良就任奉天軍務督辦，萬福麟為黑龍江軍務督辦兼省長，張作相為吉林軍務督辦兼省長。七月四日張學良就任經東三省議會聯合會推舉之東三省保安總司令。十七年九月熱河廢止特別行政區，改為行省。十七年十二月二十九日，得南京中央政府及保安會之諒解，東北宣布易幟，服從國民政府，遵守三民主義，全國統一。復經中央政治會議決議，改組東北四省之行政組織，國民政府於十二月三十一日正式任命張學良為東北邊防司令長官，萬福麟、張作相為副司令長官。翟文選為奉天省政府主席，張作相兼任吉林省政府主席，常蔭槐為黑龍江省政府主席，湯玉麟為熱河省政府主席。民國十八年一月廢止道制，採用省縣二級制，並改奉天為遼寧。但省不直屬於南京國民政府，通過東北政務委員會，受南京國民政府之統制。六月各縣公署改稱縣政府，其長官縣知事改稱縣長。

再者東北境域內包含蒙地，除有關蒙旗特別關係外，一般均置於省行政之統轄內。如東部內蒙古所屬之哲里木盟區域，分轄於，奉、吉、黑三省。

東北地方行政最大之單位為省，省下分道，道下分縣，縣為自治單位。縣治未公布前，而將來准備公布者，設置設治局。另東部蒙古各盟各部之下，所屬之旗，與縣為平行單位。

熱河特別行政區域，為民國二年（一九一三年）七月六日所設，至民國十七年（一九二八年）九月五日廢止，與省平行，為軍治行政，兼管軍民兩政，其長官為都統，以武官充任之。

另有掌管中東鐵路及其沿線附屬地之行政、教育、司法等之東省特別區，設置行政長官，其地位與省長相同，於哈爾濱設置東省特別區行政長官公署，為特殊之行政單位。

二、東北之軍政

東北地方之軍政長官，於民國十三年（一九二四年）十二月一日，改稱為督辦，督理全省之軍務，熱河特別行政區域置都統，督辦公署及都統府之下，置若干鎮守使公署。

本來各省督辦公署，督辦各省軍務善後事宜，但斯時段祺瑞執政仍令張作霖節制東三省軍政，並於民國十四年（一九二五年）一月七日，令奉天省督辦，兼辦東北邊防屯墾事宜。張作霖已早於民國七年九月担任東三省巡閱使時，便掌握東北軍政大權，當時吉、黑兩省便以奉天馬首是瞻。直至民國十二年以後，第二次直奉戰爭結束，奉軍完全勝利開始，張作霖便實際成為奉、吉、黑三省之領袖人物，故有「東北王」之稱。加之復兼任蒙疆經略使，故熱、察、綏三特區均為張氏之勢力範圍。

因此張氏之權勢，日趨擴大，內部自難免相互激盪，暗流時起，終成分裂之局。十四年（一九二五年）十一月，復有郭松齡倒戈之變發生，事經一月之久，郭軍鬥志消沉，軍心動搖，復加馮玉祥援郭之軍未至，故使郭軍慘敗之速也。因此東北大局，又趨分而復合之勢。且於民國十五年（一九二六年）東北軍重加整編，其軍事情形，大致如左：

甲、東三省保安總司令部及其編制

①總司令一人
②副總司令二人
③參事二人
④參謀處（下分四科）
⑤軍務處（下分三科）
⑥軍衡處（下分三科）
⑦軍學處（下分五科）
⑧軍需處（下分四科）
⑨航警處（下分三科）
⑩工程處（下分三科）
⑪軍法處（下分二科）
⑫醫務處（下分三科）
⑬副官處（下分三科）
⑭秘書處（下分三科）
⑮政務處（下分三科）
⑯航空處（下分　科）—後增設者

（一）督辦公署及其編制

督辦為一省之軍政長官，督理全省之軍務，督辦為大總統特任，由上將或中將担任之。其衙門為督辦公署，督辦為維持該管區內各地之治安，依省長之請求，需要兵力時，得按實際情況，酌量派兵協助之。但遭遇緊急事變之際，得直接處理之。督辦公署之編制如下：

①督辦一人
②參謀長一人
③參謀四至七人
④副官長一人
⑤副官三至七人
⑥書記官二人
⑦科長四人（四科為軍需、軍務、軍法、軍醫。）
⑧科員若干人

（二）都統府及其編制

熱河特別行政區域，其行政長官為都統，其衙門為都統府，管理該區域內之軍民兩政事務，都統直接隸屬於大總統，統轄所屬軍隊，及其管內之民政各官、巡防部隊、警備部隊等，都統府之編制如下：

①都統一人
②參謀長一人—輔助都統參劃軍務
③參謀三人—協助參謀長，分任軍事計劃。
④書記官三人—依都統之命，掌理機要事務。
⑤副官三人—承受長官之命，掌管事務傳達。
⑥軍務處
⑦總務處

（三）鎮守公署及其編制

鎮守使於各地方駐在，担任該地方之警備及維持治安之責，由大總統簡派將官充當之，但當時情形特殊，東北之鎮守使，均由張作霖之名義任命之。關於其職務及權限，並無任何明文規定，對於督辦或都統為隸屬關係。然實際於東北各地方之鎮守使，為各地區之警備隊長或地方軍政長官。其衙門為鎮守使公署，編制情形如下：

①鎮守使一人
②參謀官一至三人
③副官一至三人
④軍需官一人
⑤軍醫官一人
⑥軍法官一人
⑦書記官二人

東北地區鎮守使之配置如下：

1.奉天省境內
（一）東邊鎮守使（鳳凰城）
（二）錦綏鎮守使（錦州）
（三）渤海鎮守使（營口）
（四）鎮安鎮守使（安廣）
（五）洮遼鎮守使（洮南）
（六）榆關鎮守使（山海關）

2.吉林省境內
（一）吉長鎮守使（長春）
（二）依蘭鎮守使（三姓）
（三）濱江鎮守使（哈爾濱）
（四）延吉鎮守使（局子街）

(五)綏寧鎮守使(寧古塔)
3.黑龍江省境內
(一)黑河鎮守使(黑 河)
(二)呼倫貝爾鎮守使(海拉爾)
(三)綏海鎮守使(綏 化)
(四)安泰鎮守使(安 達)
4.熱河特別行政區域境內
(一)朝陽鎮守使(朝 陽)
(二)林西鎮守使(林 西)

乙、東北之軍備

東北陸軍，其兵力之分配如下(民國十五年三月編成)

①奉天省境內十師
②吉林省境內二師(內騎兵師一師)六旅。
③黑龍江省境內二師(內騎兵師一師)、三旅(內騎兵旅二旅)。
④熱河特別行政區域境內(兵種及數字不詳)

除以上各省、區境內之兵力外，另有騎兵游擊隊、山林警備隊、戰車隊等特種部隊。

(二)東北之海軍

東北海軍，稱東北艦隊，隸屬於東三省自治保安總司令部航警處指揮之下，民國十五年(一九二六年)四月以後，直屬於保安總司令。東北艦隊分松、黑兩江江防艦隊及海防艦隊，前者炮艦八艘編成，以哈爾濱爲根據地。後者爲裝甲巡洋艦「鎮海」、「威海」、「定海」三艦編成，以葫蘆島爲根據地，並以葫蘆島設立航警學校，訓練幹部，東北海軍遂蔚然成軍。

(三)東北之空軍

於東三省自治保安總司令部內增設東北航空處，設立航空學校，訓練幹部，並選派優秀青年二十八人，分兩次送往法國航空學校深造，民國十三年(一九二四年)初，復自外國購入各種新型飛機一百二十餘架，成立「飛虎」、「飛龍」、「飛鷹」、「飛豹」四個航空大隊，編組成軍，是爲東北空軍之始。

劉粹剛烈士傳畧

本刊資料室

劉烈士粹剛，遼寧省昌圖縣人，生於中華民國二年。在遼寧省立第一工科學校畢業，考入中央陸軍軍官學校第九期肄業，復考入中央航空學校第二期學習飛行。烈士體格魁偉結實，兩目烱烱有光，待人爽直眞誠，處事明敏果決。因親見日軍在我東北暴行，及九一八事變後，鄉土淪亡的苦痛，報仇雪恥的心情，特別沉重。嘗讀岳武穆傳記，勃然起曰：「國仇不可不報，失土不可不復」。其飛行技術，冠於儕輩，射擊命中率，恒在百分之九十以上。尤具有領導能力，同學咸以老大哥看待，他亦以老大哥自居，遇同學有過失，直言誥誡。頑皮的同學愛而畏之，戲叫他「劉爺」，因成了他的綽號，直到他任部隊長時，還普遍的叫着。自二十三年二月在航校畢業，短短的三年中，由隊員任分隊長；二十五年，便在有名的第五大隊第二十四隊任隊長。二十六年升上尉本級。

第二十四隊的隊員，是最優秀的十三位青年，最長的不到三十歲，最小的祇有二十一、二歲。烈士領導着這一群伙伴，經常的練習飛行，格鬥、和打靶，無時無刻不在準備與未來的敵人在空中斷殺。

二十六年七月七日，抗戰的序幕揭開了，敵人在平津方面逐步擴大戰事。八月十日，我空軍第五大隊（欠第二十八隊）自南昌移駐揚州，原擬對冀北的敵人採取攻勢；繼以淞滬形勢日緊，乃轉移目標，先協助上海方面陸軍奪取日租界根據地，轟炸敵海上各種艦艇，與阻止日軍之登陸，自八一三淞滬戰事爆發，十四日起，第五大隊幾於每日飛滬轟炸敵兵艦及陸上據點，敵機亦經常來揚州轟炸。十六日七時三十分，第五大隊大隊長丁紀徐率霍克機十五架，飛滬轟炸虹口敵兵營，烈士駕二四〇一號任掩護，擊落敵水上偵察機一架。十七日七時四十分，烈士率霍克機三架轟炸虹口敵兵營。投彈後，遇敵轟炸機八架，驅逐機二架，我分隊長傅嘯宇擊落驅逐機一架，烈士擊落敵轟炸機一架。二十日十三時五十分，烈士率霍克機九架，炸虹口敵兵營，冒敵方高射砲火，投下大量炸彈，多數命中，遇敵驅逐機二架。烈士擊落其長機一架。又發現敵水上雙座偵察機追踪至敵艦旁，將該機擊落於長江口內。二十二日起，第五大隊自揚州移駐南京，與第四大隊共負責首都空防的任務。二十三日七時三十分烈士率霍克機四架，由京出發，掩護友機轟炸吳淞口登陸之敵及運輸兵艦，遇敵驅逐機五架，烈士擊落敵機一架，隊員袁葆康擊焚敵機一架。

九月初敵軍大批抵滬，展開激烈登陸戰，我第五大隊爲協助地面友軍作戰，將全部威力指向長江口。六日，於瀏河附近炸沉敵掩護登陸之艦船三艘。八日，炸敵出雲艦。九日，烈士單機飛滬，偵察楊樹浦及崇明一帶有無敵機場設備。到達楊樹浦上空，發現敵機二架，盤旋於敵艦上空，高度約八、九千呎，烈士在敵機上方視察，因望遠鏡故障，不甚清晰，乃飛至崇明島以東及瀏河一帶視察。旋復飛至楊樹浦上空，兩敵機仍未離去，乃避敵機飛過，俯衝下降至五千呎，偵察高爾夫球場及江內沙灘，均未見有敵機停放，完成任務，兩敵機已追趕不及。十二日，烈士率霍克機五架，冒敵猛烈砲火，在長江口內炸中敵巡洋艦一艘。從九日起，敵襲我首都的機羣，恒在四、五十架，分成多數的梯隊，行波狀的攻擊。又自中旬以後，我淞滬第一線部隊畧向後移，敵陸軍航空隊得到陸上根據地，空軍實力，不啻驟增數倍，我空軍乃採取避實擊虛的戰法及旺盛的精神補助物質的缺乏。十七日，烈士率霍克機六架飛滬，偵察敵坦克車，遇敵驅逐機二架，與分隊長王倬各擊落敵機一架。二十日十時，敵機四十餘架，分三批空襲南京，又續來驅逐機三架，重轟炸機六架，紛向城內投下燃燒殺傷彈。烈士率霍克機九架偕第十七隊波因機二架起飛迎擊，烈士架二二〇二號機與隊員袁葆康，信壽巽機兩架，擊傷敵轟炸機一架。同時，敵輕轟炸機九架，及水上驅逐機二架圍擊我機；烈士與袁葆康各擊落敵機一架。第四大隊隊員樂以琴追敵至鎮江以西復擊落敵轟炸機一架。二十二日十時十分，敵驅逐轟炸機各二十餘架，分批襲京；烈士率霍克機十架，第十七隊隊長黃泮揚率波因機二架，分區警戒；烈士與袁葆康在激戰中共擊落敵機二架。二十五日，敵機多架五次襲京，我高射砲隊協力抵抗擊落敵機四架。烈士自九月中旬以後，因每日滯留空中達七、八小時之久。面容開始消瘦，皮膚被日光晒得漆黑，然精神仍舊旺盛。

十月六日，敵機兩次襲京，第二次，敵轟炸機三架，驅逐機五架；烈士率霍克機十架，波機、費機各一架，分向市郊迎擊。烈士擊傷敵機一架，螺旋下墜；另一敵機，則自烈士側方進來，彼此遂旋轉攀昇。因敵機性能優良，飛行速度特快，向烈士座機側方射擊子彈多發，但均由機腹越過。烈士因螺旋急降，敵誤認已被擊中，未再追擊，烈士乃安然飛回。十二月十四時，敵轟炸機九架，單翼驅逐機六架襲京，烈士率霍克機五架，波機、費機各一架，迎擊。烈士駕二四〇七號機，向敵轟炸機攻擊，而敵驅逐機二架又追向烈士座機之後；乃不得不捨棄敵轟炸機轉向敵驅逐機對頭射擊三次後，始得脫離，乃改追敵最後之三架轟炸機。斯時，又有敵九六式精銳的驅逐機一架，由後方緊緊追來，當再捨棄敵轟炸機，向敵驅逐機對頭。正擬發射時，飛行線忽被敵機射斷，飛機發生螺旋狀態，敵機緊緊追隨，愈降愈低，正在危急之際，烈士突將機頭一仰，將一長串槍彈，射進敵機內部，敵機頓時墜落城南。至此烈士擊落敵機之紀錄，共是十一架。

同月二十五日晚，奉命於二十七日拂曉，率隊掩護第八路軍反攻山西娘子關；二十六日晨，率機三架，由江蘇溧水起飛。至洛陽，加油後復北飛，準備當天到達太原。唯烈士未曾飛過山西上空，值陰雨多霧，循汾河前進；未到太原，天已漸黑，左僚機一架生故障，折回。烈士與另一機前進，突受到地面砲火射擊，始知誤入晉北敵軍陣地上空，因料太原沒有燈火設備，決飛回洛陽。八時五十分，烈士之機油將告罄，而僚機亦已油罄；烈士不顧自己危險，把最後一個照明彈放下，助僚機降落，再單獨前進。至高平縣，油罄，因愛惜飛機，不肯跳傘，正在覓地下降時，城中燃起一火，誤以爲指導降落，遂盤旋而下，觸及城東南角魁星樓，人機俱焚，太空在望，壯士不返，國人莫不同聲痛悼，烈士生前，因功奉頒七星星序及二等宣威奬章。追贈少校，遺妻許氏。航委會於昆明空軍軍官學校內附設粹剛小學，以紀念烈士，對日抗戰勝利，其故鄉昌圖縣金家鄉改稱粹剛鄉，以資紀念於永久也。

南嶽生活的回憶

□守　□六

民國三十一、二年，薛伯陵先生主湘，創辦了三所專科學校——商專、工專、農專，校址均在南嶽，使南嶽風景優雅的環境裡，更添上了文化的氣氛，我因在商專攻讀，所以也就經常沐浴在南嶽美麗的風光裡。

南嶽設有管理局，（類陽明山管理局）由石宏規先生任局長，他在南嶽街坊的進口處，樹立了四個大字，高，奇，深，秀——並附有註言：「不至祝融，不知其高；不至水簾，不知其奇；不至方廣，不知其深；不至藏經，不知其秀。」以概括南嶽美的所在。

高——是祝融峯，其寺殿的瓦，全是鐵鑄成的，因為峯高風大，鐵瓦才不易吹走，每片瓦上有：「中華民國二十二年湖南省政府主席何鍵鑄製」的字樣，這裡值得囘憶的有兩樁事：其一，誠如林先生所指出的，寺後有石欄，名捨身崖，峭壁孤懸，下臨無地，何主席把它改稱守身崖，誠然，到了那懸崖絕壁，眞使人心驚肉跳，那一念之間，究竟名之曰捨身崖好呢？還是名之曰守身崖好呢？我記起一則有趣的經過；那年，有一位朋友在南嶽結婚，湖南有名的雅禮中學校長勞啓祥先生以來賓致詞，他以南嶽名勝，逐景加以說明，以印證新婚夫婦的前途吉利，最後他說到捨身崖和守身崖兩者究以何者為好的問題，他說：「新婚在沒有結婚以前，要守身如玉，結婚以後，要捨身報君，所以兩者均好」，當時獲得滿堂讚美的掌聲。就我們踏入社會來說，也應該是自持守身如玉，奮勉工作，則要捨身報國的了。二是談到看日出；我們每當登高的時候，就會注意到看日出，在南嶽更是看日出的勝地，不過如何有幸看到好的日出，則眞是千載難逢的機會，記得是那一年的七月初，我們住在祝融峯的那一晚，氣溫甚低，早晨四時多，廟裡的和尚叫醒我們起來，我們都穿上厚的洋毛衣，趕出去朝東方看日出，結果是失望而歸了！早餐的時候，我問到一位老和尚，當年他的年齡是六二歲，在山中修行已四十年了，據他告訴我，四十年間，他僅只看到三次好的日出景象，由此可見好的日出景象之難了！我再問他，好的日出是什麽景象，他說兩旁的黑雲，就像兩座高山，在高谷中，先呈顯出一片金黃奪目的彩色，然後一個大而圓的體積，在兩山之中一級一級的向上跳，幾分鐘後就顯出美麗的日出圖了。

奇——是指水簾洞，工專所在地；在高約四五丈的懸崖，不捨晝夜的潺潺流水，恰似一幅水簾，其奇妙是——如果流水量過多，則可能成爲瀑布，水量過少，則不能形成簾紋，當你抬頭凝視的時候，幾如置身在一幅竹簾的前面，眞是嘆爲觀止。

深——是指方廣寺，在我的記憶裡，這地方似乎偏僻些，所以沒有去欣賞，眞是可惜；現在淪在共黨的統治下，更不知何年何月，才能親歷其境的了。

秀——指藏經殿，顧名思義，是有關佛經收藏的地方，可惜我對佛經一無所知，無法瀏覽。那殿的周圍，喬木參天，顯得非常寧靜，樹林裡吹來颼颼的風聲，好像是音樂的節奏，予人心曠神怡，樂而忘返；殿前的那株連理枝，更平添了秀中有奇的感覺，只有身歷其境的人，才能體會到「秀」的舒適。想到佛經，我得記憶到太虛法師來南嶽說佛的經過——色即是空，空即是色的那些道理，除了深奧難懂之外，他那口浙江土音，也是難懂原因之一；倒是趙炎午先生以佛學弟子的身份，向他行了一個大禮，全身俯伏於地，至今在目猶新。

除了上面說的高，奇，深，秀之外，還有黑龍潭和半山亭了。黑龍潭是南嶽聖殿式側上山五六華里的山腰，當雨量大時，形成了洶濤的瀑布，雨量小時，則靜如一溪流水，所以它不能美比水簾洞，終年終月的是那麽均勻的流水，而形成水簾奇觀。在黑龍潭上面，是聖經學校，也就是商專的所在地；那裡也是樹木參天，避暑的勝地，莘莘學子，能在那裡學習，眞是得天獨厚的了。學校後面的山坡，有一個地下會議室；抗日期間，蔣委員長主持軍事會議的地方，三面有通道出進，內有一個可容百人的會議廳，因爲是在岩石中開鑿而成，在沒有發明原子彈以前，那是一座無虞空襲的安全會議場所。

半山亭與黑龍潭恰是相反，由聖殿右側山行十五華里即到，是至祝融必經之道，在炎暑的七月，要穿上夾衣；半山亭是個齋院，主持者是蔡道人，他會太極拳等國術，與我有私誼，所以我到那裡的食宿是免費的。

其他如磨鏡台，南天門……等，都是使人留連忘返的地方，總之，南嶽的風景是美麗的，我在南嶽的學生生活，更是値得回憶的。

斷頭將軍張石侯

南芸

文天祥正氣歌：「為嚴將軍頭」，指後漢守巴郡的劉璋將嚴顏，給劉備部將張飛所擒，張飛叱降，顏曰：吾州有斷頭將軍，無降將軍，張飛怒叫推出斫了，顏曰：斫便斫，何必生什麽氣！飛壯而釋之，這是斷頭將軍的出典。但嚴顏這顆頭，是沒有當眞斷了的，結果還是降了劉備。倒是後來呂蒙取荆州，在麥城力蹙被執不屈的關將軍，給孫權斬了，把首級送到洛陽給曹操，三國志演義裡，寫曹操打開盛着首級的木匣時……「見關公面如平日，操笑曰：『雲長公別來無恙』！言未畢，只見關公口開目動，鬚眉皆張，操驚倒，醒後，謂衆官曰：『關將軍眞天神也』……」羅貫中把關將軍英靈寫得栩栩如生，加深了後人對關將軍的崇敬！無他，惟忠與義，充沛兩間，頭可斷義不可辱，前之先軫歸元，後之睢陽罵賊，都是憑着這股忠義之氣，「男兒死耳」！血肉之軀，原算不得什麽的！

在我們初期勦共戰史中，也有一位斷頭將軍，那就是湖南的張輝瓚將軍。

提起張輝瓚將軍，記得有一齣叫做「張輝瓚殺劉麻婆」地方戲，那是民國十六年仲秋前後，張任湖南警備司令時的眞實故事，給搬上舞台演出，實大快人心。這裡不妨先說：這位嫉惡如仇，為地方除害一個小故事。

劉麻婆是長沙一個經營地下淫窟的老鴇婆，生得高頭大馬，滿臉橫肉，一雙蝦米目，襯着高翹的顴骨，憑這一付尊容，自然是不堪承教的了，可是她有一套本領，專替一般狂蜂浪蝶，牽絲引線，更佈置了許多特殊而香艷的秘窟，供人淫樂，她手底下擁有粉白黛綠的野草閑花不算，還能運用神通，勾引一些名媛貴婦，祇要尋歡的客人，指得出門戶，記得來容貌，不管是小家碧玉，或是宦門的姨太太，她準給你弄到手。

據說劉麻婆網羅了長沙所有的專跑人家內眷的三姑六婆，替她搭橋鋪路，設法勾引，先之以哄騙，繼之以恐嚇，一旦着了她的道兒，要脫身便大不易了，許多婦女們給她弄得敗操失貞，做了客串的娼妓，劉麻婆的造孽錢得了不少，同時也認識了許多富商巨賈，成了長沙市的名女人。

張輝瓚接任警備司令後，對於劉麻婆的所作所為，早有所聞，準備對這地方惡瘤開刀。他化裝一個商人模樣，自稱是藥材商，以四支巨大關東人參，送給這虔婆，指定要當地司令的如夫人，代價不計。劉麻婆高興得笑不合口，答應三天之後聽信。及期前往，導入密室，尚未落足，果然自家的姨太太給引出來了，張一見大怒，抽出手槍，把這老淫蟲制住由所帶便衣擁上囚車，就在當夜判處槍決示衆次晨布告貼出，長沙人無不額手稱慶。

張輝瓚字石侯，湖南長沙人，世居縣

之神塘。自幼天資聰慧，就讀私塾，即以博聞强記冠於同窗，爲師長所器重。中日甲午戰敗。他目擊清廷庸弱，立志從軍衞國，毅然投筆，入長沙兵目學堂，其後經湘省考選，東渡扶桑，初入振武，復再考入士官。其不平凡的儀表，饒有風雅的談吐，豁然開朗的胸襟，在濟濟士官生中，可稱得傑出人才。

辛亥革命武昌首義，學成歸國。最初在湖南主持陸軍將校養成所，爲鄉梓培育軍事幹部。次年，國父孫中山先生從海外回國，在南京就任臨時大總統，以黃克强（興）爲陸軍總長，創辦軍需學校，造就軍中主要財務經理人才，陸軍將校養成所奉令併入，即任張氏爲總隊長。民國三年，蔡松坡出任全國經界局局長，以張才幹卓越，在日又是素識，委爲該局處長。民五，奉派赴德考察軍事，返國出任湘軍兵站總監；之後，歷任湘南第二區警備司令、第四混成旅旅長。民十一年，改任湘南警務處處長，不避權貴，鋤奸除惡，挽救頹風，安定地方，貢獻最偉。

袁世凱死後，軍閥割據一方，有似唐末藩鎭的局面，國父以護法相號召，聲討有罪，並組織軍政府，以主持護法的軍政大計。譚延闓奉令就任北伐討賊軍總司令於衡州，率師北征，張輝瓚時隸畏公麾下，成爲湘軍勁旅。

當民十二、十三、十四年間，軍中時有齒齕，驕兵悍將，各不相下，做統帥以值用兵之際，不便揚此抑彼，甚且還得故作糊塗，稍一大意，就不免沙中偶語，拔幟而去，譚畏公治軍有一套，他把握着一個誠字，任誰驕悍跋扈的將領，祗要一聽是總司令的意見，三言兩語，便能使其心悅誠服。

那時的廣州，眞個是處處營壘，滇桂軍的橫暴，雜牌軍的凌亂，住霸王屋，坐霸王車；祇有湘軍在一文人統領之下，而且又在窮乏之中，却能恪守軍紀，譚畏公的渾脫雄厚，襟懷寬大，固是因素之一，而張氏助挽狂瀾，未嘗不是他定典帷幄之功。

民十五年，國民革命軍繼續北伐，張氏出任第四師師長，南昌攻城之戰，第一師王茂如（柏齡）部，迎擊敵軍於北郊牛行車站，助友師突圍脫困，傷亡慘重；後以張氏之第四師增援，在攻城戰鬥中，張氏更奮不顧身，表現了大無畏犧牲精神，首先衝入南昌，因此威名遠播。（按北伐軍在江西，戰事之烈，甚於收復武漢，蓋吳佩孚之守鄂，係將其兵力逐次投入戰場，且往往緩不濟急；而孫傳芳之守南昌，則爲嚴陣以待，且有原自粵退入閩贛的陳炯明餘孽代打頭陣，以致我方解圍軍本身的傷亡，反在被圍友軍之上。）

民十六年夏，長江流域戰事告一段落，國民政府奠都南京，張輝瓚積功升任爲第二軍副軍長，駐宜昌。當時汪精衞與唐生智等受共黨蠱惑，竟趁蔣公由贛轉赴京滬之際，公然背叛，造成寧漢分裂，汪等密謀將第二軍剪除，奪取宜昌，去其背上之芒，以此壯大聲勢；而適巧魯滌平軍長，尚在南京未歸，第二軍的處境，可謂危殆萬分。張氏盱衡時局，成竹在胸，一面派員赴漢，僞與汪言和，一面與北面友軍方振武部聯絡，協議合擊。正在佈署之間，忽得密報，唐部已先發制人，張氏見勢危迫，不容猶豫，立令所屬廿三師朱耀華部留駐沙市，第六師戴岳部移防荊門，他自己親率第四師王俊之一部轉進當陽，採取誘敵深入之計。

十月二十日，唐生智部的熊俊、陳玉槐、吳尚三師，合力取襲沙市，朱耀華且戰且退，俟誘敵至荊門，張輝瓚軍全力對敵展開反擊，敵軍猝不及防，接戰之後損失慘重，未幾，方振武的聲援部隊趕到，唐生智所部潰不成軍。此役，張氏不慌不忙，謀定後動，其識見與毅力，極爲上級稱許。十七年北伐告成，南北統一，部隊整編，第二軍縮編爲第十八師，仍以魯滌平爲師長，輝瓚副之。翌年魯調職主贛，以張升任師長，入贛協助剿共，兼負南昌衞戍之責。

當北伐初期，共黨秉承第三國際陰謀，竊權肆虐，實以湖南爲根據地，進謀擴其勢力於東南，以破壞統一軍事。迨馬日事變及南昌暴動之後，共黨首要逃潰於贛西之井岡山，恃險嘯衆，劫奪團鎗，益以朱彭之叛部，袁孔之徒衆，賀鄺之黨羽，兇燄愈熾；更又脅迫一般無知農工，清算地主，製造鬥爭，殺人放火，無所不爲，弄得江西人民擾攘不安。張氏到職以後，鑒於流毒與罪惡，蓋非過去白色帝國主義、軍閥官僚、土豪劣紳、地痞流氓之積惡所能比擬，必須澈底加以剷除，惡毒乃盡，因即督率所部對共軍實施搜剿，並對滲透共諜，嚴厲制裁，這種硬派作風，立即獲得一千萬贛民讚佩，這時毛澤東非常狼狽，因此對他恨之入骨。

民國十九年秋，共軍犯岳陽失敗，主力回竄江西，以吉安縣之東固、龍岡墟一帶作根據地。是年冬，中央以北方「擴大會議」之變已平，恐共軍坐大，爲消除大患，安靖地方，決定採取圍剿戰畧，先在南昌設立行營，策劃剿共大計，兼以安亂後之遺黎，復劫餘之元氣。

南昌行營成立後，旋以魯滌平兼任第九路軍總指揮，親率第五師一旅，出樂安、永豐、吉安，進取東固；同時並將張輝瓚之十八師爲主力，張氏奉命後，爲着酬答那時江西省主席魯滌平對他的知遇，率所部由永豐向東固挺進。共軍本是烏合之衆，不堪一擊，第十八師官兵戰志旺盛，一路勢如破竹，進展甚爲順利，十二月二十日即與第五師主力會師東固。

東固克後，稍事整頓，張氏席不暇暖，即率軍續進，以五十四旅留守東固，親率五二、五三兩旅，向龍岡墟進擊。是時，正值嚴冬，氣候酷寒，加以山路崎嶇。行軍甚爲艱困，他奮勇直前，二十九日攻破龍岡墟，不待共軍有喘息機會，三十日後晨五時再率所部向五門嶺搜索前進，一舉攻克蕭埠、黃陂，先後殲共軍千餘。

正以勝利在握，方期直犁賊庭，橫掃敵巢，不意十二時許，敗而復合的共軍，突由四周增援來犯，將張部陣地截爲兩半，予以各個包圍，我後援部隊既追趕不及，地形的限制又難以機動展開，加之東固、龍岡的鏖戰，雖說給予共軍一個重大的創傷，可十八師的本身精銳，也就不免折耗過甚。事起倉促，雙方展開隆烈戰鬥，到了下午四時，共軍以人海戰術，攻勢淩厲，敵我傷亡慘重，戰爭在慘烈狀況下進行。這時如果他能肯背進後退，還多少可安全撤離，張輝瓚是個負責盡職的標準軍人，認爲對共軍的頑抗絕不能示弱，仍指揮疲乏殘剩的部隊奮力苦戰。

這時，副旅長洪漢傑與團長朱先志，均已相繼陣亡；當情勢愈發對我不利時，天已昏黑，表湖以西的五十三旅陣地，又被突破，共軍如潮湧而來。張氏兀立營門，左右勸他避去。怒目斥道：「我能往，寇亦能往，避到那裡！」及至主力漸次覆滅，仍率直屬部隊至二七九高地，扼險抗拒，與共軍展開肉搏戰鬥，一時殺聲盈耳，血流成渠，終以彈盡援絕，無可挽救。他決心成仁，顧其親信衛士歎道：「我不能擒敵而殲其衆，有負國家愧對領袖了！」言畢，拔鎗自裁，衛士們早防他自殺，急將鎗奪下，强護他突圍。詎力不從心終於爲共軍所執。

張氏被執以後，一些原與張相識之共方頭目，多來探視，陽示關切，意欲由其函促東固五十四旅前來投降，張氏把這班人駡得無言而退。

毛澤東與張原是舊相識，既不能强把他說服，乃改採柔猾方法，特別殷勤欵待，面對時口口聲聲稱「石侯先生」，極盡恭維，希冀他改變初衷，張始終以無言對抗，在獄中，數圖自殺明志，却不得遂。

經過兩旬的囚禁，共軍白費心機，知其志不可奪，由禮遇恭維，而奚落侮辱；毛氏以當年任第二軍第四師長時，不肯隨和，同時二軍軍政治部主任是李富春，四師師政治部主任是李六如，都是共產黨徒，和張積有舊恨。乃於二十年元月二十日，將張押解返回東固，召開所謂「人民公審大會」，這時張輝瓚已將生死置之度外，一任其毒施酷刑，毛喝令先將竹籤刺入張之喉頭，防他毒駡，接着便以油脂，塗在他肚臍眼上，用火燃燒，然後才斬其首級，裹上紅布，布上大書「張輝瓚頭」四字，釘在祠堂匾上，拋入贛江上游。

張氏頭顱隨水漂到吉安，當地男女老幼，見其忠骸，無不痛哭流涕，吉安縣長彭浩徐（學沛）率同各界設奠公祭，把這張將軍的頭，送到南昌省垣。江西省政府以禮奉入豫章公園，組治喪委員會，刻檀香木爲體，殮以陸軍將官服。當地民衆爲張浩氣感動，紛紛自動趨弔，閭巷爲空，忠義昭垂，可見人心未死。追悼輓章至夥，譚道源聯云：「湘南首義，東固成仁，馬革痛餘生，無限傷心同一哭；先軫歸元，睢陽罵賊，英靈追往烈，長留苦節壯千秋。」道源是時亦提兵在贛剿共，且皆魯滌平所部之宿將，故措辭沉痛如此。

張殉職時，年甫四十有七，遺妻朱氏，子二，家庭極爲清苦蕭條。國府爲軫念忠烈，特明令追贈爲陸軍上將，並運歸長沙公葬於岳麓山，與黃克强、蔡松坡兩先生之墓，同其千古。張墓繞有石圍，間以方形石柱，柱皆刻有名流哀誄。夕陽西下，登其墓地在石級上，俯覽水陸洲橫，宛如浮葉，風聲帆影，似對英靈憑弔。

挽長沙張石侯將軍

較張睢陽、顏常山尤艱，懍大節如生，前不見古人，後不見來者。

繼譚茶陵、林武陵而逝，知正氣仍聚，下則爲河岳，上則爲日星。

代許克祥輓前人

生同郡，長同戎，敵愾更同仇。雅誼未能忘，慟逝者、行自念。

頭可斷，舌可割，其志不可奪。大名垂勿替，微斯人、誰與歸。

哈爾濱的白俄

松坡

我國極北的大都市——哈爾濱，是個奇特且令人眼花撩亂的地方，這裡所說的奇特是指人種而言。在哈爾濱的街道上，你幾乎可以看得見世界上大部份國家的不同種族，市面繁華，許多最新型的建築物，點綴在南崗區的使館街。

哈爾濱市的人口據市政府在民國廿八年的統計約爲一百六十萬人，（僞滿時代），但其人口有兩大主流，一爲闖關東的山東人，另一即爲白俄羅斯，俗稱爲白俄，約佔總人口的百分之六．一，在九萬多到十一萬人左右。

白俄也是俄國人，俄國共產黨推翻沙皇十月革命後，有些沙皇貴族從中俄邊境的滿州里越界逃到我國，更有數以萬計的白俄從中俄國界不同的地方逃到我國東北。但是；不分貴族和平民，絕大多數都集中在哈爾濱市，從事各行各業討生活。（哈爾濱人稱呼白俄爲老毛子）

日本人統治僞滿洲國時期，在哈爾濱市成立了「白系露西亞人事務局」亦即「白俄事務局」，派有專人處理白俄的事務，包括白俄人所有的生活範圍內的事。日本人的這一套，令白俄人相當頭痛，據說：日本人最主要的是怕白俄人替蘇聯新主子幹諜報工作。

哈爾濱市的白俄，絕大多數從事商業，南崗區最著名的秋林洋行就是俄國人開的，筆者讀哈爾濱市立二中的時候，上學和放學都必須經過秋林洋行，所以每天都順便進去逛逛，或者買點兒麵包和甜食，這家秋林洋行就是一家百貨公司，店員全部是白俄小姐，後來接受市民建議，增添中國小姐作店員，但也是極少數，那些新增添的中國籍女店員，都會說寫流利的俄文，待遇十分優厚。

皮貨和珠寶商也都是俄國人開的，因爲哈爾濱特別寒冷，皮貨生意永遠是一支獨秀，哈爾濱有錢人太多，俄國人開設的珠寶店非常多，筆者記得讀初二那年的夏天，有天在新城大街靠近巴拉斯電影院附近和同學閒逛，忽然聽到一間俄國人開的珠寶店內傳出兩響槍聲，緊接着看見兩個日本武裝憲兵押着一個中年俄國人出來，手上帶着手銬，額頭在流血，不一會兒救護車開到，從裡面抬出一具日本憲兵屍體，據說是被那俄國人開槍打死的。

大部份的白俄都開規模龐大的牧農和麵包房，哈爾濱最便宜的飲料就是鮮牛奶，筆者家住哈爾濱市香坊區。三面鄰居全是俄國人，也全是開牧場的，鮮牛奶喝也喝不完，那些白俄酪農集資開設有好多家奶粉廠，奶粉罐頭全部外銷。俄國人麵包房烘製的各色麵包，味道都很不錯，哈爾濱市的麵包生意幾乎全由白俄包辦了，白俄也製造香腸，夾在麵包裡很好吃。

白俄的女孩子絕大多數美麗動人，眼睛大大的，皮膚白皙身材苗條而多情，對待中國人很有禮貌，當地不少中國人與白俄女孩結婚，生活都頗美滿。

成年的白俄男女，幾乎人人嗜酒如命，東北的高粱酒和二葫蘆頭，比伏特加有過之無不及，白俄喝酒通常是用大玻璃杯，一口氣就一杯酒喝下肚，而下酒菜通常是醃番茄和酸黃瓜，白俄人喝下後勁大的高粱酒，往往醉倒街頭，夏天等酒醒了就自行回去，冬天可慘了，倒臥雪地而家屬不知道，一夜過後就變成凍死骨了，哈爾濱的冬天，在街道上經常看得到酒醉凍死的白俄，報紙上連這種事都登煩了。

有些不求上進的白俄男女，酗酒嗜賭而淪落為扒手小偷和娼妓，哈爾濱的扒手十之八九是白俄。

哈爾濱市的賽馬場在香坊區，每週末、週日舉行兩天賽馬，成千上萬的人羣擁向賽馬場買他們喜歡的馬票，那些騎師清一色是白俄，哈爾濱最大的養馬場和種馬場都是白俄人經營的。

一般說起來，哈爾濱的白俄富的太有錢，窮的白俄也有伸手向人討錢的，但為數較少，大多數的白俄男女，與中國人都能和睦相處，不過相交不深，他們恨日本人，因為日本人控制了他們的生活，他們更是痛恨蘇聯十月革命後的紅色暴君，因為赤俄的暴政使他們失去了國家。

× × × ×

癌症萃方

讀者李樂俅先生提供「癌症萃方」一種。據李先生稱：此方係台灣雲林斗六新崙製藥專家白連清先生所函賜，傳授此方者，則為其師江西興國曾慶芷及曾植舜二先生，二曾又得自江西瑞金曾大發袁雪容伉儷。每逢假期，白連清先生之師迭遣其師弟登山採藥，活人甚衆。茲將治癌各方錄後，以供讀者參考。

治肝癌方：當歸五錢，生耆（芪）八錢，金銀花三錢，半枝蓮一兩，白花蛇舌草二兩，正馬胡四錢，大黃三錢，黃岑三錢，灸梓子五錢，生豨簽草三兩。

治大腸癌方：當歸五錢，生耆（芪）八錢，金銀花三錢，半枝蓮一兩，白花蛇舌草四兩，半夏四錢，川朴三錢，生薑一兩。

治胃癌方：當歸五錢，生耆（芪）八錢，金銀花三錢，半枝蓮一兩，白花蛇舌草二兩，廣木香三錢，吳茱萸三錢，炒梔子三錢，馬胡三錢，貢丹三錢，炒谷、麥芽各三錢。

治食道癌、口腔癌方：當歸五錢，生耆（芪）八錢，金銀花三錢，金蜈蚣三錢，射干三錢，正萷格一兩。甘草三錢。

治鼻癌方：當歸五錢，生耆（芪）八錢，金銀花三錢，金蜈蚣三錢，白附子二錢，春花二錢、細辛五分，升麻一錢，柴胡一錢，白朮二錢，正粉光參鬚三錢。

治肺癌方：當歸五錢，生耆（芪）半錢，金銀花三錢，生蒲公英三棵，半夏三錢，川朴三錢，魚腥草四兩，并宜時飲蘆薈汁。

治乳癌方：當歸五錢，生耆（芪）八錢，金銀花三錢，敗醬草一兩，半枝蓮一兩，白花蛇舌草二兩，蒲公英二兩，外用臘腸（即香腸）搗活鯽魚一尾敷於患處。愈後宜常服「龍膽瀉肝湯」。

附：龍膽瀉肝湯：酒炒龍膽草，酒炒梔子，酒炒黃岑，酒炒生地，柴胡，車前子，澤瀉，木通，當歸，甘草，分量隨病情輕重而酌定之。

防癌聖方：咸豐草（一名黏人草），連葉帶根洗淨，用刀背搗爛，一斤配五碗水，文火煎半小時，加紅糖，去渣飲用，一週一次，能消五臟毒穢，無病可服。

臺灣愛國詩人

林幼春其人其詩

—王天昌—

一、少年時代

「南阮北阮多畸士，我識仲容殊絕倫。才氣猶堪絕大漠，生涯誰遺臥漳濱。嘔心詞賦歌當哭，沉恨江山久更新。我本哀時最蕭瑟，亦逢庾信一沾巾。」

——梁啓超贈林幼春詩

和胡殿鵬（南溟）、連橫（雅堂）同被稱爲臺灣淪陷時期三大詩人的林幼春先生，名資修，字南强，幼春是他的號，晚年又號老秋。原籍福建省平和縣。清乾隆間他的先人渡海來臺，定居今臺中霧峯。祖父文明公，官至定威將軍；伯祖文察公，拜振威將軍、福建水陸師提督，因爲抗拒太平軍汪海洋部，在漳州殉節，詔加太子少保，諡剛愍。父朝選公曾爲廣東候補知縣。名詩人林癡仙（朝崧）是他的叔父，對於他在詩文上的成就影響極大。

幼春先生於民國前三十三年（西元一八七九）的正月二十九日，出生在福州衛前街寓所。母親是福州人，乳娘也是福州人。民十一年他有壬戌歲重遊福州絕句五首，前三首是：

「古時城郭古雲烟，海立山飛世局遷，我本樓船舊童子，並圖留命看桑田。」

「烏衣門巷舊曾棲，海燕重來路欲迷，垂老却尋生我地，不堪腸斷衞前街。」

「舅家生小記曾遊，曲巷常穿獅子樓，天外旅雲招不得，又揮清淚過西州。」

第二首原註：「往歲先君寓閩，與先妣結褵於此地。僕閩產也。老大重來，能無愴然！」今臺灣省通志稿學藝志文學篇本傳和中縣文獻（一）林幼春先生之遺稿中，都誤作「生於霧峯」。其實他四歲那年才隨父母回臺灣，跟族人團聚。他有六個兄弟，三個妹妹。他從小聰慧好學，在同輩中首屈一指。還沒成年，就已博覽羣書，旁及詩學。並且好讀新書雜誌，所以他的學問見識能新舊兼有，高人一籌。後來師事廣東三水梁鈍庵先生，詩境大進。光緒二十九年（一九〇三）他有哭梁鈍庵先生七律一首說：

「萬丈光芒落海濱，文章何假命何眞！千秋灑盡才人淚，一夕修成劫外身，陸賈臺前非漢日，尉陀城下有胡塵。最憐彈遍侯門鋏，國計家聲兩未伸。」

臺灣省被日軍佔據他才十六歲，就隨着叔父癡仙奔往泉州避亂。次年有和季父中秋無月歌。自注：「丙申十七歲試筆之作」。南强詩集列這首詩爲第一首，當是最早之作。（臺灣省通志稿文學篇本傳說他「乙未之役，年方十六，即作諸將詩七律六首」，恐是訛誤。）後來癡仙轉徙桐城、申江等地，和他分手。丁酉年他十八歲，有夢得季父信愀然而作一首，述當時心情：

「泉城一別後，奔走無寧息。天地紛兵戈，云胡不相憶。夜夢寄書來，依稀入胸臆。陸沉神州間，拂劍蘇門側。逝將逐鵙夷，還教避繒弋。餘情在農桑，珍重在顏色。再拜受斯言，夢境方歷歷。空檐悄無聲，關山夜吹笛。奈何一片心，窮溟浩無極。」

戊戌年（一八九八）他在臺灣，有春夜萊園水閣值雨有懷、久雨嘆等五古詩。久雨嘆裡詛咒災荒，感念民生，很有白樂天新樂府的風致：

「不雨既害稼，久雨乃無家。皇天胡不仁，重使民怨嗟。即如去年秋，洪漲無津涯，滄海數十村，決蕩為魚蝦。餘毒洩未盡，今茲復來加。茅屋亦漂搖，大廈喧青蛙，釜甑或生魚，倉粒皆抽芽。殘生幸脫免，禍邇福轉遐。不見負暄翁，擁背徒嗟呀。」

二、愛國詩篇

他親自看到臺灣同胞遭受日本軍閥欺凌壓迫的情形，激起高度的民族思想，對唐景崧獨立抗日期間的一切措施，感慨千萬。在十九歲後有諸將詩七律六首，詠唐景崧、劉永福、邱逢甲等人。由是文名大盛。諸將六首如下：

「南州承制萬夫奔，獨為神京守外閫。父老不煩丹穴索，孤臣敢受素麾尊。但思一柱天能倚，其奈羣飛海已翻。他日尙餘諸疏在，嘵嘵衆口與鳴寃。」唐維卿中丞

「將軍百戰著威聲，鳳詔遙啣佐上卿。河北虜驚張萬福，關中人望李西平。傳聞馬市收賨布，復遣蛟宮取水晶。至竟尺槎浮海去，枉教薏苡累修名。」劉淵亭軍門

「文章任昉推名手，勸進齊臺首上箋。鉛槧生涯邀異數，菰蒲人物此居先。一時噓氣能行雨，滿望隨風直上天。誰信抱琴滄海去，瘴雲長隔祖生鞭。」邱仙根工部

「三戶英雄竟若何，吳公近事感人多。草間持梃長酣戰，夜裡量沙獨浩歌。望月有年皆帶甲，回瀾無力且憑河。纍纍叢葬磧溪路，策蹇荒山未忍過。」吳湯興茂才

「花裡搖鞭五馬嘶，孤城如斗彗星低。極知此事同巢幕，未忍高飛徑拔梯。人笑鴞欽難學鳳，我憐鸚鵡不如雞。同為說夢知誰是，試把閒情問辟鶒。」黎伯鄂太守

「猿臂丁年挾箭馳，北平家世虜能知。花拳子弟肩魚服，雕面酋豪拜隼旗。脫兎每憐身似玉，騎驢今見鬢成絲。臨河誰唱公無渡，寂寞天涯老自悲。」家伯蔭堂觀察

連雅堂評他的這幾首詩說：「以論臺事，猶少陵詩史也。」

這期間他住霧峯萊園，經常和鹿港詩人洪棄生（月樵）詩文往來。如辛丑年（一九〇一）觀洪茂才鈔山谷詩有七古一首寄贈：

「蠅頭細字魚網紙，輕風忽忽生十指，洪君書似秋蛇蟠，乃所貴重不在此。吾觀洪君書法奇，指若忘筆聽筆馳。神凝恍忽見山谷，棱鞋芒屐來談詩。詩家至宋凡幾變，其初縈縛互相煽。髯蘇才調天下希，伯仲之間旗鼓擅。風流不絕數百年，江西宗派人爭傳。魚龍曼衍海倒立，文光千載星經天。奇文自是天下重，我憐洪君汗至踵。君言樂此良不疲，一飲瓊漿神倍勇。相逢我為君傾筐，請君寶此千寶裝。惟愁中夜風雨至，海怪來攫君須防。」

三、櫟社始末

他二十三歲那年（一九〇二）冬天，叔父癡仙從上海回臺灣，看到兵燹以後的故鄉，滿目瘡痍，感慨萬千，就邀他和賴悔之首倡創立櫟社。苑裡陳滄玉、潭子傅鶴亭、鹿港陳槐庭、苑裡蔡啓運、神崗呂厚庵、霧峯林壺隱等聞而贊助。櫟社二十年間題名碑記記載這事：

櫟社者，吾叔癡仙之所倡也。叔之言曰：『吾學非世用，是為棄材；心若

死灰，是爲朽木。今夫櫟不材之木也，吾以爲幟焉。其有樂從吾遊者，志吾幟。』同時賴丈紹堯及予，聞其言而贊之。既而傅君鶴亭、陳君滄玉、陳君槐庭、呂君厚菴、蔡君啓運、從兄仲衡，聞其風而贊之，始定社章，立題名錄，爲春秋佳日之會。自是和者寖衆。……」

次年（一九〇三）三月四日，諸詩人在臺中林季商的瑞軒集會，共推癡仙、滄玉二人爲理事，訂立社章十七條，要「風雅道義相切磋，兼以實用有益之學相勉勵，且期交換知識，親密交情。」後來蔡惠如（鐵生）、林望洋（載釗）、連橫（雅堂）、林獻堂（灌園）等人相繼入社，聲勢大盛。

臺灣自康熙二十二年（一六八三）明代遺老沈光文（斯庵）設立東吟社，算是臺灣詩社的濫觴。臺灣陷日以後，本省人士每藉吟詩爲名，集合同志，訟疾苦，通心曲，交換見聞，講求互助，於是各地詩社相繼創立。據連雅堂臺灣詩社記所載，民國十三年全省詩社有六十六社；楊雲萍藏臺灣吟友錄所載，民國二十五年全省詩社有八十九社；據臺灣省通志稿文學篇調查，民國二十五、六年間全省詩社實有一百八十四社以上。櫟社是臺中州最早設立的詩社，也是最具規模與聲名的。

民國十一年十月八日。櫟社創立二十週年，議立題名碑紀念，推幼春先生撰碑記，詳述創社經過：「……溯自壬寅結社，至是二十年矣。經營肇始於癡仙，規模具於鶴亭，提携羽翼則又灌園之力爲多。……」所記言簡而事賅。

民國二十年，櫟社爲慶祝三十週年社慶，鑄造詩鐘三架，銘文二十四字是：

「小叩小鳴，大叩大鳴。願我多士，雅韻同賡。振聾發聵，勿墜淸聲。」

同時梓行櫟社三十年間沿革志傅鶴亭著，幼春先生作序。

民國十一年，幼春先生選櫟社同人唱和吟稿得詩六百一十七首，編爲櫟社第一集。連雅堂序曰：

「嗟乎！櫟爲無用之材也，詩亦無用，而眷眷於此者何也？文運之盛衰，人物之消長，朋簪之聚散，道義之隆汚，均於是在，則其安可以其無用也而棄之？……」

到了民國三十一年，櫟社四十週年，才有櫟社第二集上下二卷印行；上卷收幼春、壺隱、鐵生、望洋第十餘已故社員不見於第一集的遺詩二百四十四首，下卷收鶴亭、灌園、幼岳等十幾位的古今體詩二百八十七首。因集中有灌園的老妓行一首，觸及日本政府的忌諱，曾被查禁。

光緒末年櫟社成立以後，幼春先生有社課，有唱和，詩篇大增；或感人生，或慨國事，或寫景，或狀物。如席上觀劇有感：

「酒腸空澗感無端，烽火笙歌頃刻看。一代山河多變故，千年人物此衣冠。淸樽且博今宵樂，好會難追去日歡。同是登場同是幻，祇應當作夢邯鄲。」

如息夫人（丙午社課）

「國小何能拒虜氛，千秋飲恨說釵裙。如臯望絕三年笑，幽峽愁行五夜雲。豈復有人存息祀，轉憐無計召秦軍。定知不競新粧妒，餓損腰肢媚楚君。」

如枯樹：

「霜皮溜雨幹烘晴，漸覺槎枒鑄鐵成。曾是外强堪鳥啄，却緣中朽已蟲生。未僵端賴盤根厚，後死寧無宿蘖萌。多謝蒼藤肯相蔓，綠陰聊慰暍人情。」

四、與梁任公唱和

民國前一年三月，梁任公應臺灣遺民的邀請，前往遊歷，住霧峯的萊園，跟幼春先生有唱和之作，讚賞他的詩，以「海南才子」稱譽他。先是，戊戌維新失敗，梁氏東渡日本，在橫濱刊行淸議報、新民叢報，臺胞頗有讀者。幼春仰慕任公的文名，就馳函請教，互相唱酬。由於他早年嚮往民主政治，從此就跟維新人物時相交往，認識的人也日漸增多，舊派的保守人士，也時常跟他詩文往返。因此一時新舊人物都能以他爲友。梁任公既來臺灣，就由林獻堂安排，在萊園下榻。櫟社二十年間題名碑記文中曾提到這事：

「是歲（辛亥）三月，集全島詞人，大會於（臺）瑞軒，（清明後一日）再會於萊園。時梁任公、湯明水（覺頓）兩先生亡命海外，適然戾止，觴詠之歡，有逾永和。……」

幼春先生有陪任公先生夜坐分得會面兩字二首：

「淸風吹塵襟，竟夕得良會。蕭然灌木下，便作人境外。吾生力勞勞，險若歷嵩泰。浮雲百年身，意自甘粗糲。況此一樽酒，池魚腴可膾。晏然陪語笑，歡樂忘顚沛。即事良不易，淸歌出煙靄。

「十年讀公書，一旦識公面。初疑古之人，並世無由見。及此慰平生，春風座中扇。但恨少未學，徒作臨淵羨。高深邈難測，窺管目已眩。誠願棄素業，從公更研練。小巫神氣索，欲進羞自薦。默念宿所志，胸次日千變。中更遭世艱，幾欲焚筆硯。君子故有恒，素行保組練。小儒自多患，汲汲憂貧賤。惻然哀吾頑，毋寧事耕佃。」

又有奉和任公先生原韻之作：

「憂患餘生識此人，夷吾江左更無倫。十年魂夢居門下，二老風流照海濱。一笑戲言三戶在，相看淸淚兩行新。楚囚忍死非無意，終擬南冠對角巾。」

另有次韻敬呈任公先生七言古詩八十六句。（任公遊臺，二月二十四日乘笠戶丸出發，偕行者爲長女令嫻及湯覺頓。二十八日抵基隆。目的在籌欵十萬元，在北京上海辦兩大報，鼓吹憲政。因地方蕭條，日方監視，未能如願。留臺一月，與遺民多所酬酢，得詩八十九首，詞十二首，見飲冰室合集文集卷七十八。事詳丁文江著梁任公年譜長編卷二十。）

五、悼念癡仙叔父

癡仙是一代大詩人，成就可以跟丘倉海並肩；幼春雖是他姪兒，却只小他五歲，因而情同兄弟，時常唱和，受他的教益也就多了。民國四年秋後，癡仙病逝於無悶草堂，這在幼春確是無限的哀痛。哭季父癡仙先生詩：

「繐帷尊酒猶平日，麈尾招魂倘有知。黃土摶人遽如此，青山歸隱更無期。星辰落落思元化，今古茫茫賦大悲。嘔出心肝仙亦鬼，斷腸先祭草堂詩。」

再哭季父詩：

「蒼蒼正色是耶非，誰遣秋官動殺機。後死定因聞道淺，先生毋乃絕塵飛。上天造命呼眞宰，窮海占星驗少微。平日杞憂何限事，中宵風雨涕沾衣。」

都是這時的作品。癡仙去世後十七年，無悶草堂詩才刊印傳世，幼春有無悶草堂詩集題詞六絕：

「地老天荒喚奈何，傾江熱淚尙滂沱。聰明折盡才人壽，願乞臣癡比叔多。

「詹園水碧霧峯青，遺老猶能說酒星。掃盡百年酸腐氣，二豪侍側拜劉伶。

「越客淒淸作越吟，朱絃三嘆韻沈沈。文章祇是言愁具，一任旁人測淺深。

「馬（司馬相如）工枚（（乘））速二難兼，妙諦眞看信手拈。多少撚鬚名下士，好山長隔一重簾。

「累丸曾共鬥錙銖，愛好貪多計轉迂。將受乘蜩丈人教，此身先學橛株拘。

「滑天風雨舞蛟螭，身在愁城睡較遲。一夜懷人頭欲白，移燈更讀草堂詩。」

又有無悶草堂詩存序說癡仙的詩：

「吾島自斯庵（沈光文）以來而有詩，吾邑詩人至邱丈仙根而大著。島系中絕，諸老播遷，當鐘移鼎換之交，有作唳鶴哀猿之逸響者，則叔父癡仙先生是已。嘗試論之，先生之詩，當其轉徙桐城歇浦間，勝賞既多，時有小謝（朓）清新、太白俊發之語。及其歸隱故林，雖豪氣未除，而機心已茁，頗雜以玉溪（李商隱）恢詭、昌谷（李賀）詰曲之風。三十以外，憂患飽嘗，乃折而學陶，學杜，學韓，學白。……修先生之猶子也，私淑久而情誼深，少先生五歲，今茲五十有二，距先生之卒十七年矣……。」

後一年又有題先十叔和新會梁先生留別詞後二絕：

「廿年手澤喜猶存，中有梁公爪雪痕。今日人亡邦國悴，獨留楚老弔王孫。

「昔日言愁未是愁，蘭成詞賦滿江樓。即今子弟南音變，更遣何人作楚囚。」

時在民國二十年，「南音變」者，蓋感慨於日語盛行，漢詩文解者日少。

六、臺灣文社

自癡仙、悔之先後去世，櫟社漸趨不振，七年秋，清水陳基六、蔡惠如就和清水詩友別立「鰲西吟社」，並在清水鰲峯的伯仲樓，舉行一次別開生面的「櫟鰲聯吟會」，開本省詩社聯吟的先河。席間，幼春、惠如等深慨漢文垂絕，要在吟詩以外，提倡作文，於是又有「臺灣文社」的創立。這年十月，頒發創立趣意書，向全省人士呼籲：

「本島自改隸而後，凡欲攻漢學者，於文不受制藝，於詩不受詩帖所厄，上下千古，縱意所如，此誠文運丕振之秋，詩界革新之會也。爾來二十有餘年，其間中南北部諸君子，同聲相應，同氣相求，結社以切磋風雅道義者，幾如雨後新筍，櫛比而出。海隅風騷，於據爲盛。然而猶有憾者，以未有文社之設立也……我櫟社諸同人不揣固陋，恐斯文之將喪，作砥柱於中流，僉謀設立臺灣文社，以求四方同志；更據刊行文藝叢誌，以邀月旦公評。願中南北部諸君子鑒此微衷贊襄是舉，庶幾海隅文社之盛，與詩社並駕齊驅，是亦維持漢學之一道也……。」

得到各地人士支持響應，遂於十二月十一日訂立臺灣文社規則十二條，並推傅鶴亭掌總務，林幼春掌文務，林灌園掌財務，蔡惠如掌外務，林子瑾掌內務，鄭少舲任編纂。次年一月一日開始發行「臺灣文藝叢誌」，十月十九日在臺中戲院召開大會，選舉林幼春等二十七人爲理事，洪棄生等三十八人爲評議員。文藝叢誌以少舲爲發行人，每月十五日發行一次，後改爲旬刊；幼春有叢誌弁言述志。叢誌得林熊徵、顏雲年、林烈堂、林獻堂、甘得中諸氏捐助，總共發行七年才停刊。叢誌第二年第六號發刊序說：

「……能詩不及能文之有益。詩祇寫性情，文則可以通意見……補詩學之缺憾多矣。吾櫟社諸子，有鑒及此，故有臺灣文社之設，非但促吾人之學爲文也，亦所以維繫斯文於不墜焉。」

所以說文社之設對臺灣文運的影響是很大的。

七、文化協會與抗日

臺灣自被日本軍閥佔據以後，本省同胞接連不斷用實力抵抗，但迫於日軍橫暴鎮壓，屢起屢敗。從民國二年起，逐漸轉化爲思想運動、政治抗爭。第一次世界大戰結束後，國內民族自決的呼聲，國內新文化運動、民主思想的澎湃，更喚起了臺灣知識分子的政治意識。民國十年七月，林獻堂、蔣渭水等人籌組「臺灣文化協會」。十月在臺北靜修女校創立文化協會總會，推臺中林子瑾爲議長，林獻堂爲總理，蔣渭水爲專務理事。文化協會成立後，幼春先生即跟隨他的從叔獻堂，參加這個民族運動兼文化啓蒙的工作，運籌決策有很多貢獻，當時大家都以「小諸葛」稱他。

文化協會常在各地舉行公開演講，主講人多取材於政治史實，說明立憲與專制的得失；有時隱約指責日本當局的施政，有時明白痛詆臺灣警察的橫暴不法。因此，主講人、聽衆每每跟警察發生衝突，演講會或被中止，或被解散。民國十二年，日本政府在臺灣實施治安警察法，但文化協會的活動有增無減。為貫徹啓蒙宗旨，又開辦各種講習會。十二年九月起，在臺北、臺南，聘請連雅堂、蔡式穀、蔣渭水等主講臺灣史，法律與違警例，通俗衛生，漢文。十三年八月，利用萊園為會場，開夏季講習會。十四年七月，十五年八月，同樣舉行第二次、第三次的夏季講習會。講師有他和林茂生、蔡式穀、陳逢源、鄭松筠、蔡培火、謝春木等。

　十二年十一月，有一羣小人，受日人御用，為要頌揚日本統治，對抗文化協會，就組織「公益會」。次年六月底，公益會在臺北召開大會，宣告反對文化協會，並排斥蔡培火、林幼春等請願設置臺灣議會。七月三日，文化協會同志也聚集臺中市林氏祠堂開大會，由林獻堂親自主持，林幼春抱病憤然出講，反駁公益會。從此，文化協會更獲得全省同胞擁護，而公益會就匿跡銷聲了。

八、被判下獄

　不久，他因議會事件，被判禁錮三個月。起先林獻堂、蔡惠如、林呈祿於民國十年一月在東京，聯合臺灣旅日人士一百七十人，共同簽名向貴衆兩院請願，要求設置臺灣議會。先後遭貴族院和衆議院否決。這年四月，林獻堂回臺灣，跟蔡培火訪問各地，宣傳設置臺灣議會的宗旨。臺北、臺中各地籌備大開歡迎會。正好留日學生也放暑假回臺，就組織講演隊協助宣傳。一時輿論大振。在臺的日本人看到這情形，百般阻撓。林氏家中曾接到日本人的脅迫狀，指為叛逆，將加殺害。林氏家族為避免犧牲，就勸阻各地籌備歡迎會。十一年一月，林氏携帶了五百多人連署的請願書到東京，向帝國議會提出第二次請願。同樣又遭貴衆兩院否決。五月，林氏回臺，臺灣總督府運用種種手段打擊請願運動；田健治郎總督又跟林獻堂、楊吉臣、林幼春、甘得中等人會談。林獻堂因經濟原因，才聲明中止參加議會請願運動。於是，蔣渭水、林幼春、蘇壁輝、林麗明、林子瑾、蔡培火、陳逢源、石錫勳、林呈祿等組織「臺灣議會期成同盟會」，於十二年二月作第三次請願。當蔣、蔡、陳三人代表團到達東京那天，有臺籍飛行員謝文達駕飛機在東京上空，散發傳單，引起日本當局注意。臺灣方面，總督府認定期成同盟會之結社，有碍安寧秩序，遂依治安警察法取締。這年底，日方逮捕了蔡培火、林幼春等二十九名，押送臺北地方法院審訊。十三年十月二十九日，幼春先生和蔡惠如、石煥長、陳逢源、林呈祿同被宣判禁錮三個月。不服上訴；次年一月二十日，上訴駁回，依原判決。各被告分別被拘於臺北、臺中、臺南監獄受刑。幼春先生因患病正在臺中醫院住院治療，延到三月二日才入臺中監獄。他有二月二十八夜病院漫題四絕：

　「一擊俄張鷙鳥威，鐵山蛇犬遽成圍。眼看六翮投羅盡，爭忍孤雲自在飛。

　「求醫偶作偸生計，入獄非無必死心。握手院門長訣語，幾回腸斷獨沉吟。

　「峨峨大舸發鷄籠，夾岸歡呼氣吐虹。此別誰知隔生死，一聲珍重寄東風。

　「弔客紛紛日滿床，殘星猶自吐光芒。明知鼂錯終難免，更向臨危發智囊。」

又有吾將行一首：

　「……朝來南北又傳警，二臂已折誰能爭？鐵生訣我院門外，怒髮盡豎如荊卿。……」

入獄以後常以詩自遣。獄中十律堅定强韌，可與文信國正氣歌，陸放翁絕筆示兒詩媲美。

　「又到埋憂地，俄成出世人。猶思托妻子，從此謝風塵。一念生千劫，餘痾待後身。丈夫腸似鐵，得死是求仁。

　「能食非人食，生機未盡無。但求存把骨，終得養肌膚。餓死高賢過，嗟來此士迂。丈夫輕小節，談笑對糠秠。

　「此會非常會，端如隔鬼門。一絲難割愛，半面又銷魂。志業誰能悔，寒心强自温。移山愚計在，傳語望兒孫。」

他出獄後，仍熱心贊助民族運動；民國十六年底，担任臺灣民衆黨顧問，直到二十年初，民衆黨遭日警强迫解散爲止。

九、熱心助人，自得其樂

幼春先生少年博學，常替鄉里担任通譯、聯繫的工作。逐漸得到鄉人的愛戴，先後被推霧峯鄉長區長，霧峯信用組合長（今信用合作社理事長）、臺灣民報社長、臺灣新民報顧問。他熱心助人，家產耗損。有一年因捐稅到期，繳納不出，官府一再催促，急於星火，他不得已向合作社貸了一筆欵，以便完糧納稅。他剛得欵，就有幾個愛好文學的青年，向他請求資助出版；他竟忘記完糧納稅的急用，而將貸來的欵全部捐贈出來了。

晚歲長住霧峯，生活也較平靜，常以詩碁自娛，也喜歡招詩友觴詠。十六年清明，十八年清明，櫟社諸君子都曾聚集萊園修禊。每次聚會都有唱酬。茲錄他二十二年清明在萊園小集的詩八首如下：

「四月五日天氣陰，喜迎舊雨來竹林。花蘇草潤禾稼起，也洗詩人塵俗襟。

「柳絲拂水竹千霄，山鳥提壺忽見招。便覺詩芽隨處茁，紅塵隔斷未棉橋。

「山樓四面拓明窗，乘興還來倒酒缸。春色似因吾輩駐，花間飛出蝶雙雙。

「小習池頭柳眼青，荔支塢上醉吟醒。十年不奏鈞天樂，合有游魚出水聽。

「夕佳亭子立黃昏，時有山猿對影蹲。今日老梅頑石下，鳥聲人語總春温。

「立石當時近好名，即今太上亦忘情。却思楓落吳江冷，一語能傳崔信明。

「望月峯頭一振衣，謫仙詩句滿煙扉。何當叫出雲中月，來照仙人化鶴歸。

「垂老重來集考槃，才華雖謝氣巑岏。煩君一置東林酒，更盡淵明十日歡。」

這些詩頗有悠然世外的情調。再如二十四年重陽的東山別墅雅集詩：

「携得登高杖一枝，菊花還插帽簷欹。遠看沒鶻天低處，正是孤城日落時。李嶠山川眞滿目，梁園賓客總能詩。老懷尚有風雲氣，不作清秋宋玉悲。」

這詩雖力自振作，而悲凉失望之情，終不能掩。

十、永遠的懷念

民國二十八年（一九三九）八月二十四日，他因病逝世，享年六十。葉少奇有詩哭他說：「看天忍淚更何言，碩果於今並不存。病骨卅年肩衆望，詩才一代仰彌尊。常將倒履迎寒士，曾見昂頭入獄門。近許傳箋稱弟子，傷心豈獨爲私書？中原鼎沸感難支，輒使先生發古悲。疾惡心情狠似虎，憤時詩句銳於錐。耽書小癒翻加病，愛子初囘便拒醫。硬骨稜稜標末世，臨終意志尚堅持。」這年四月，日寇陷南昌；五月，重慶大轟炸，汪兆銘走上海求和。時局險惡，是使他拒醫求死的客觀環境。

他的遺作有南强詩集四卷，文集二卷。民國五十三年二月由其哲嗣林培英先生刊行問世者，爲南强詩集一冊，依作品時期先後排列；末附文錄，有梁鈍庵先生傳、剛愍公家傳、臺灣通史開闢志序、無悶草堂詩存序等十篇。集前有高安彭醇士先生作傳，浠水徐復觀教授、鄞縣戴君仁教授作序，集後有培英先生跋。

他的詩，各體皆備；古體雅健高亢，有李太白的遺風。連雅堂說他「旗鼓騷壇張一軍，亦狂亦俠亦温文」。徐復觀教授評他的詩「意境深而宏，氣象光而大」，又說：「詩若足以資教化，勵末俗，則邦人君子不於先生之詩求之，奚以哉！」戴君仁教授謂：「古近各體，盡美備善。鑄意鎔詞，冥搜獨造。高處上摩宋賢之壘，平處亦可與弢庵（陳寶琛）石遺（陳衍）爭席，而其最可欽重者，當爲眷念祖國之辭，與抗志求仁之作。」梁容若教授評謂：「南强詩激越而堅定，凄迷而瀇宕，合林景熙、周公謹爲一人。人境廬、飲冰室之影響亦顯然。」各家觀感不同，幼春先生的詩成就卓越，具有時代使命，爲本省代表作家，是可以論定的了。

張天師與龍虎山的始末

張源先

龍虎山（原名雲錦山）在江西省貴溪縣城西南八十華里處，在一片層巒疊嶂的丘陵中，突起二峰，其形一如龍昂，一似虎踞，倚天拔地，氣勢崢嶸，瀘溪環抱東南，迤邐西去。山麓建有正一館，奉祀歷代天師，其中惟有始祖道陵天師、三十代虛靖天師、四十三代耆山天師係塑像，精工塑成，宛似眞容，其餘各代則均爲神主，取材名貴，彫鐫精緻，春秋佳日，遊人香客，均進館膜拜，館後有道陵天師之衣冠塚。附近名勝古跡甚多，有仙崖、水崖、煉丹灶？演法觀、飛昇臺、丹井、金銀倉、天鼓、雷打石、黃楊棺等。仙水兩崖位於天師府前面河州下游十餘華里之山崖下。仙崖門前有桂花數株，開花時香氣沿河飄送，異常馥郁。水崖外則似竹成林，間雜蒼松，景色清幽。煙丹灶係一小土丘，土色赤褐，任何草木不生，據說，這是道陵天師煉丹的地方，土性被燒死，所以草木無法生長。演法觀高踞峰巔，遠望如仙人樓閣，縹緲雲間，傳爲天師向天行奏處。飛昇臺突出雲霄間，形如平臺，爲天師昇天處。（惟不知是第幾代天師）。丹井又名龍井，在演法觀下，山泉從石隙中噴出，石潔水清，中有龍神，變化大小不一，其形或如蚯蚓，或如蛇蝎，或如蜥蜴，有禱雨者，用淨磁甌迎請到壇，封以符章，覆以錦袱，一夕雷雨傾盆，龍神藉風雲而去。三十五代天師可大眞人，常檄龍致雨，請於朝，勅封丹非龍神爲廣潤侯。井旁植一石碑，鐫有數十古字，惜年代久遠，難以辨識。雷打石壁立有如刀削，相傳釋家之普庵禪師，學五雷法於三十代虛靖天師，試掌心雷誤劈山石而成。黃楊棺在山頂岩石上，前後式右，無路可通，俗傳有一任天師煉成正果後，遺蛻即殮入此棺。

上清宮是道教的神經中樞，張天師處理教務以及拜祭之所，在唐代上清宮稱爲眞仙館，宋代大中祥符元年（西元一〇〇八年），眞宗皇帝改稱爲上清觀，政和元年（西元一一一一年）間徽宗改爲上清正一宮，元代稱爲正一萬壽宮，清代順治元年（西元一六四四年）世祖皇帝改稱爲太上清宮，簡稱上清宮，一直沿用到大陸淪陷之前。上清宮建於龍虎山正一館東北十三華里，爲宮殿建築，形勢宏偉，宮門曰鼓樓洞，其高大傳與北平前門相埒，樓上供奉玄天上帝，樓下兩旁塑有三十六將神像，各盡其態，翔翔如生。入內有街長約半里，形如太極圖（英文S形），各爲龍街。中有上下馬亭，往昔無論文武官員，文如宰輔尙侍，武如將軍提鎭，到此都必須下轎下馬，離宮步行至此始可騎乘，以表誠敬，一如孔廟前制度。亭凡二十四柱，建築精巧，匠心獨運，無釘簨接筍之跡，傳說係魯班仙師夢示匠人所建。前行百尺爲午朝門，石砌牌樓，有五門可通行人。再行三百尺，爲鐘鼓樓，東懸鐘，西架鼓，均距地二十尺，敲鐘擊鼓的人，均須上樓，鐘爲唐代所鑄，係五金合鑄，重達九千九百九十九斤，每次敲鐘，山鳴谷應，餘音繚繞，久久不絕，數十里外清晰可聞，實爲稀世之寶。再進爲龍虎門，門內殿前有三十六層石階，循階而上爲玉皇殿，殿高五層，巍峩雄壯，殿內上方繪有雲彩、鶴、鹿等圖案，十分華麗，供有玉皇上帝，四相、十將、侍御諸眞塑像，威儀莊嚴，令人肅嚴起敬，後爲三清殿，供奉元始天尊、靈寶天尊、道德天尊，以及三官、四聖、五老、十眞等神像。彫鏤精細，神態維肖。在玉皇殿之東約半里處，有三華、東隱二院，前者隱現竹海葉波中，樸實莊嚴，古風雅緻，係天師別業。後者於松柏掩映間，清雅高尙，極爲幽靜，爲衆居士憩息之所。

張天師的住家，稱爲嗣漢天師府，一般人習稱天師府，位於上清官以西二華里處的上清鎭，坐北朝南，佔地甚廣，其建築規制，初如總督衙門，清咸豐四年（西元一八五四年）間燬於洪楊之亂，清同治六年（西元一八六七年）重建，雖不如往昔日之壯麗，但仍存舊觀，門前朱漆金字天師府橫額，氣魄豪邁。首爲頭門、次爲二門、進廿尺有一口深井，專供府內飲用，左邊爲萬法宗壇，右邊爲玄毅壇，均係天師或法官祈禱及作法會之所。再進卅尺爲前堂，堂內左設知教廳，右設贊教廳，爲正副監紀之辦事處。再進爲大堂，左爲齋堂，右爲禪房。再進爲上房，乃天師及眷屬所居，上房右邊爲藏書樓，樓上所藏各種書籍，極爲豐富，樓下設書院，爲天師府子弟教讀之所。再進爲花園，遍栽各種名貴花卉。左後爲廚房、餐廳，右後爲菓樹園。左前方爲魚池及菜圃，再進爲後大門。綜觀天師府的建築，旣像廟宇，又似王宮，又似衙署，莊嚴肅穆，兼而有之，甬道、臺階、走廊，多係長條石砌成，樑柱皆爲深紅色，大小柱子約有百根，大者需兩人合抱，小者亦有一尺直徑。據史貽輝道長說：「他於民國二十五年到天師府參禮時，府內住的全係正一（伙居）道士，他們早晚玄門功課，青烟繚繞，終年不輟，香氣襲人，儼然另一世界。天師府被羣山環抱，峰巔高聳，雲海相接，滿山茂林修竹，千年古樹，比比皆是。」府前約五十尺是一條清澈而寬濶的河流，曾通經由鷹潭逆航之汽艇，如遇端陽節，有十餘艘龍舟競渡以應景，河岸是鱗次櫛比的商店，街道皆爲長條石鋪成，可對通吉普車，街長四華里，若遇七月趕集時期，由鄰近鄉村趕來的買賣羣，連續三天皆熱鬧非凡。尤以府前廣場最爲擁擠。

按天師之封號，始於唐天寶七年（西元七四八年），玄宗皇帝詔後漢天師張道陵兼贈太師，唐中和四年（西元八八四年），僖宗皇帝封三天扶教大法師，宋紹定元年（西元一二二八年）理宗皇帝加號三天扶教輔元大法師。五代吳楊溥順義元年間（西元九二一年），封三十六代張宗演爲輔天師，並追贈以上歷代眞君之號。明洪武元年，（西元一三六八年）太祖皇帝封四十二代張正常爲正一嗣教護國闡祖通誠崇道宏德大眞人，秩二品，清順治八年（西元一六五一年），世祖皇帝授五十二代張應京爲正一嗣教大眞人，掌道教，秩一品，朝班在左都御史之次，而在侍郞之上，爵位相當崇高。清乾隆十二年，（西元一七四七年）高宗之副都御史梅成穀劾以正一眞人邀榮逾分，下部議，比照太醫院使，改授五十六代張遇隆爲正五品，三十一年（西元一七六六年）高宗皇帝又晉秩五十七代張存義爲正三品，清光緒三十年（西元一九〇四年），德宗皇帝賞給六十一世天師頭品頂戴，並賞戴花翎，榮封三代（五十九、六十、六十一代爲光祿大夫），迄民國爲止。

天師府之組織，在前清時代，府內置提點一員，正六品，提舉一員，從六品，副理二員，贊教四員，均七品，知事十八員，未入流。出缺，由正一眞人於本府道衆內揀選補充。如提點出缺，由提舉以下各員挨次升補，均出具考語，報由吏部補放給劄，並於每屆年終，造具各法官（提點以下各員統稱法官）及道衆年貌貫清冊，報明該省督撫咨郞部查核。

至於歷代施行法事，爲禱雨，祈晴、呼風、召雪、封山、破洞、伐廟、除邪、斬馘蛟龍、制伏狼虎、驅除旱魃、掃蕩螟蝗、療病禎災等，大都如願應驗，否則，在專制時代帝王之前，豈能空言搪塞，又豈能安享二千年得來的尊榮？

據傳良能先生說，他在從軍前夕，專程到龍虎山，得當代天師饋贈最名貴的黃綾符，作爲護身之用。才知道天師畫符，事先要沐浴齋戒，在正殿上供奉祭品，焚香祈禱，鐘鼓齊鳴，然後內外屏息，聚精會神，在秘室中獨自揮毫，良久乃成，絕非輕率的急就章。

六十三代天師張恩溥，襲職於民國十三年，三十八年四月三日，携長子允賢、侍從邱建忠倉促離山，由金谿縣城搭乘三谿部隊軍眷卡車到廣東，經廣州、澳門、香港等地十二月得桂永清總司令協助入臺。五十八年十二月二十五日，因癌症逝世於新北投自宅，享壽七十五歲，惟長子允賢早在四十三年因肺炎病故，次子允康陷大陸，生死未詳，六十四代天師，乃由其侄源先承襲，源先係六十三代天師之堂姪也。

附錄：漢天師世襲表

（摘自中央研究院珍藏道藏）

一代諱道陵字輔漢　二代諱衡字靈眞　三代諱魯字公祺
四代諱盛字元宗　五代諱昭成字道融　六代諱樹字德馨
七代諱回字仲昌　八代諱迥字彥超　九代諱符字德信
十代諱字祥字麟伯　十一代諱通玄字仲達　十二代諱恒字德潤
十三代諱光字德紹　十四代諱慈正諱字子明　十五代諱高字士龍
十六代諱應韶字治鳳　十七代諱順字中孚　十八代諱士元字仲良
十九代諱嗣字德眞　廿代諱諶字子堅　廿一代諱秉字溫甫
廿二代諱善字元長　廿三代諱季文字仲珪　廿四代諱正隨字寶神
廿五代諱乾曜字元光▲　廿六代諱嗣宗字榮祖
廿七代諱象中字拱宸▲　廿八代諱敦復字延之
廿九代諱景瑞字子仁▲　卅代諱繼先字嘉聞又字道正號脩然▲
卅一代諱時脩字朝英▲　卅二代諱守眞字遵一▲
卅三代景淵字德瑩　卅四代諱慶先字紹祖▲
卅五代諱可大字子賢　卅六代諱宗演字傳號簡齊▲
卅七代諱與棣字國華號希微　卅八代諱與材字國梁號廣微
卅九代諱嗣成字次望號太玄　四十代諱嗣德號太乙
四一代諱正言號東華　四二代諱正當字仲紀號仲虛
四三代諱宇初字子璿別號耆山　四四代諱宇清字彥璣別號西壁
四五代諱懋丞字文開號九陽　四六代諱元吉字孟陽號太和
四七代諱玄慶字大賜別號貞一▲　四八代諱諺頨字士瞻別號湛然
四九代諱永緒字允承別號三陽　五十代諱國祥字文徵
五一代諱顯庸字九功　五二代諱應京字翊宸
五三代諱洪任字漢基　五四代諱繼宗字善述
五五代諱錫麟字仁祉　五六代諱遇隆字輔天
五七代諱存義字方直　五八代諱起隆字紹武
五九代諱鈺字佩相　六十代諱培源字育成　六一代諱仁晸字炳祥
六二代諱元旭號曉初　六三代諱恩溥字瑞齡號晏生道生

註：黑色三角係兄傳弟或叔傳姪

伯父與我屬於內四房之文房譜系爲：
一房：諱元旭號曉初（六二代即伯父之父）
二房：諱元善號敬初
三房：諱元基號（忘記）
四房：諱元旭號復初（係我祖父）
六一代係我曾祖父

註：伯父係指六十三代張恩溥

想起了老君廟

·唐魯孫·

上個月，錦繡河山節目講到了西北的老君廟，特地請採礦專家董蔚翹先生，把老君廟石油城開發西北油田，從甘肅油礦籌備處，一直到探勘鑿井出油成立甘肅油礦局爲止，董先生都有很詳細的叙述，我現在把老君廟的風土人情，以及我們在臺灣意想不到的事來談談。從甘肅酒泉出發去老君廟，是要經過萬里長城最西邊嘉峪關的，長城雖然年久失修，有的地方崩坍倒塌，可是嘉峪關高寒磔豎，城廓巍峨，朝霞夕暉氣象萬千。站在關上眺望，關裡關外，雖然僅僅是一牆之隔，關外是極目蒼茫，黃沙無垠，旣無人車鳥獸，更無花木疏林，就像一葉孤舟，處身流沙瀚海。西北有一首民謠：「出了嘉峪關，兩眼淚汪汪，前面一片海，後面一座關。」任憑你是意志多麼堅强的人，一邁出關門，都有前路茫茫，空虛寂寞的感覺。

在嘉峪關城牆外邊，有一堆三尺高的大大小小的石頭子，據當地人說，凡是出關的旅客，都喜歡先到此處城牆上擲幾塊石頭子，當卵石從空中滾到地面的時候，石頭子會發出像燕子吱吱的叫聲，假如沒有燕子叫的聲音，就表示此行不太順利，甚至於再進嘉峪關多半是仰面還鄉啦，因此出關的客商，十之八九都要跑到城上扔幾塊石頭子來試一試，說穿了塞外風高，卵石相撞，自然發出迴音，你別看這一堆不起眼的亂石頭，不知譜出了多少出關人當時沉重的心聲呢。

甘肅一帶離海遙遠，雲橫山嶺，交通阻隔，除了隴南，每年有少許雨量之外，其他地區，有時終年不下雨，整天颳黃沙，就是耐旱的草木，也沒法兒生長。老君廟的甘肅油礦區，雖然想盡各種方法，打算把礦區綠化，種了一些耐寒抗旱的樹木，僱了若干專人，經常施肥灌溉過了重陽還要拿馬糞麥子稈，將樹枝樹幹，一齊包紮起來，那種勤愼呵護，眞是視若上苑的瓊枝玉樹。等到春風解凍，節近清明，才敢脫衣卸甲，讓那些柔枝弱草，承受點朝陽夜露，就這樣噓寒問暖，仍舊枝葉稀稀落落，像一把用舊了的雞毛撣子，可憐兮兮的隨風擺搖。礦上機電工程師最早是靳錫庚先生，有一天他半開玩笑的說，礦裡大量出油可能爲期不遠啦，可是要把礦區綠化美化，到民國一百年，還不知能否達成這個目標呢。這雖然是句笑談，但是也可以看出，在老君廟一帶栽植花木，是多麼艱苦。

談到西北人民的生活，由於自然環境條件太差，農產品稀少，物資又特別缺乏，衣食住行，一切生活方式，不但比不上長江流域的人，就是跟直魯豫一帶人民來比，也要差着一大截呢。男女老少每人一件白碴子羊皮襖（沒有上布面的皮桶子，可不像怪俠歐陽德反穿），白天當衣服，夜晚就成了被窩啦，一年四季都是這件破羊皮襖。當初有位宦遊西北的官兒，怕內眷吃不了那麼荒寒的苦頭，所以久久沒有接眷，想不到這位太太把事想歪了，以爲老爺在外走私，金屋藏嬌，這位官員倒也風趣，在無可奈何之下，寫了幾段似詩非詩訴說塞外苦兒叫七筆勾的詞寄給太太。其中說到穿衣服是，「沒面羊裘，四季常穿不肯丟，冬帽尖而瘦，棉袴大而厚，綢紗用不着，白布染黑油，粘羶又腥臭，被襖何曾有，因此把綾羅綢緞一筆勾。」這位官眷看了這首詞，再跟去過西北的人一打聽，果然不假，才打消了隨任的念頭。

講到吃喝，日常雜糧是主食，要是吃麵條包餃子，那就是吃犒勞啦。大葱大蒜辣椒，那是每餐的必須品，甭說魚鼈蝦蟹，離海太遠簡直是少而又少，就是白菜冬瓜韮菜茄子，一類普通菜蔬，也是視同珍饈。在當地里肌肉川黃瓜，肉絲炒韮黃，都能上酒席，可是來個燒烤黃羊子，紅燒駝峯，在內地酒席上列爲名菜，這在老君廟，反而稀鬆平常了，尤其駝峯簡直是一兜兒肥油，令人沒法下嚥，可是當地賣力氣的朋友，都是整塊肥油往嘴裡塞，據說駝的油不但耐力，而且抗寒。有人形容當地吃喝是「奶茶進一甌，餅子葱椒醋，鍋盔蒜下酒，牛蹄和羊蹄，讓你吃個夠。」

講到住處，因爲天氣太冷，颳起黃沙來漫天蔽日，晝夜不停，所有的房子，雖然都是磚石建造，可是屋頂，十有八九都是塗泥輾光壓平，家家屋頂全都打掃得乾乾凈凈，婦女們可以在屋頂上一邊晒太陽一邊做活計，孩子們可以擺張桌兒做功課，也能彈球踢毽兒，蹦蹦跳跳的玩。因爲每家房子都是平頂，你到我家串門子，我到你家聊閒天，你來我往大家都可以高來高去，剛一去到的人，總覺得自己的家，像不設防的城，太不嚴緊，可是久而久之，也就慣了，這也是當地特殊的風光之一。至於說到西北一帶住窰洞，不但冬暖夏涼，有的窰洞內部軒敞清幽，氣勢雄偉，佈置紓迴，有位豫籍宦游西北的金開憲老先生因愛住西北的窰洞，致仕之後，就在老君廟附近住下來，他的窰洞，以松柏做樑柱，以玻璃雲母來透明，那眞是楹檻膥麗，蒼渾古拙，一入其中，塵慮悉消。無怪此公長住窰洞，樂不思蜀。有的內地人挖苦西北住窰洞說是，未雨綢繆，窰洞低窪盡土修，夏日難晒透，陰雨偏偏漏，土塊當磚頭，燈油牆上流，馬糞牛溲，腌臢腥且臭。」未免說的刻薄過份，可能那位先生，沒到過敦煌莫高窟千佛洞，未見過豪門鉅室華麗的窰洞，才把窰洞說的不堪。至於所說，腌臢腥且臭，因爲西北人家都睡土炕，而且薪柴缺少，大家把牛馬駱駝糞晒乾了當燃料，那股子味道確實讓人受不了，那倒是一點都不假的。

談到交通問題，地廣人稀，遼濶無涯，沙漠戈壁浩瀚冥密，所以西北在行的方面，似乎一直使用着原始交通工具。起旱（陸上旅行之謂）多一半是駱駝，連騾子驢馬都不多見，在沙漠裡駱駝食水，都可以自己儲存，比驢馬得用多啦。有的地方須要經過黃河的汊子，灘多水急，沒法行船，於是有一種用牛皮做的筏子，這種牛皮筏子，好像也是西北一帶所特有的，把整隻牛切除牛頭抽骨去肉，先是用風箱，後來用氣筒灌足了空氣，多少隻牛皮用牛皮繩串在一塊，上頭舖上木板，就成了平平坦坦的牛皮筏子啦。就是觸礁刺破了一兩隻，也不會立刻發生沉沒的危險。抗戰初期礦區的油，就用牛皮筏子裝運，後來礦區有個礦工叫賀維智的，他忽然靈機一動，既然是運油，皮筏子何必打氣，乾脆灌油。這麼一來每次運油量多了兩三倍，油的成本也大大降低，所可惜的這種牛皮筏子，不能裝置動力，祇可一瀉千里，不能逆流而航。到了下游，還要拖出水面，放了氣，把皮筏子摺起來，再攢到上流，做第二趟買賣。

過了嘉峪關，有一條青雲公路，這條五六十公里長的公路，是專爲甘肅油礦而修，離礦區還有幾公里，就可以看到孤峯礫豎，巍峨插雲，四根碩大的水泥柱子，那就是老君廟礦區咽喉要道，同時也是象徵性的大門。任何進出礦區的行人車輛，一定要在檢查站登記，雖然是四面不靠孤零零的幾根柱子，可是從來沒聽說有誰敢偸關越卡，不辦出入登記的。

正對礦區大門是總辦公廳，左邊是來賓招待所，祁連別墅，來礦區的賓客，都得住在那裡，在當地來說，不但是設備完善，簡直是富麗堂皇啦。右邊是單身宿舍，又叫光棍營，光棍營有一句俏皮話是，礦區住三年，看見母駱駝也變成容長臉兒的美人啦。由此可想礦區的生活，有多麽枯燥。因爲交通困難，環境特殊，生活枯燥，所以當局極力鼓勵員工携眷來往，一方面在員工和眷屬，衣食住行教育福利事業，特別重視，辦理得也就盡美盡善。除了自辦學校、醫院、牧場、農場、輾米廠、麵粉廠，磚瓦窯、陶器窯以外，還有，個供應社，那眞包羅萬有，洋唐雜貨，一應俱全，簡直可以說是個大百貨公司，並且還代辦理郵電業務。另外還有一個蔬菜部，比現在超級市場還要偉大。每天要從各區農場，以及到八十多里的酒泉，把礦區好幾萬人所需要的油鹽菜蔬鷄鴨肉類，都能按人口的多寡定量分配，像油米清水燃料油一類東西，還能補給到家。

凡是來到礦區工作的員工或是眷屬，一經登記報到，就發給一本居住證，將來享受一切福利，就憑這本居住證了。雖然礦裡福利辦得那麽週到，件件都能替同人設想，可是生活在塞外荒涼，好像另外一個世界裡，已婚的躭心子女將來教育問題，未婚的一想到自己的終身大事，更是繞室徬徨，恨不得飛離礦區，另謀發展。總而言之在礦區的員工，儘管生活安定，可是那種枯寂無聊，孤陋寡聞的環境，住久了誰也受不了的。

抗戰剛一勝利，礦上從上海來了一位新從海外學成歸國的李工程師，他是携眷而來，太太是玻璃皮包玻璃絲襪，先生是玻璃背帶玻璃錶帶，竟然鬧得全礦區都轟動了。當時大家總想着玻璃那麽脆，怎能做皮鞋背帶，所以孩子們經過這個玻璃家庭門口，總要往裡張望張望，就是大人經過時也少不得也要多眇兩眼想瞧瞧這一對摩登夫婦。

老君廟到了冬天，祇要冷着冷着一回暖，往天上看，祇要西北角一發黑，准會下一場大雪。大雪之後，礦區運輸處可就忙啦，不但要掃除積雪，清理道路。最頭痛的一項工作，是雪霽天開，必定有若干人家迎街大門，各屋的窗戶不但被雪封死，而且結冰，交通隔絕，沒法進出，祇有請求運輸大隊，派車支援了。被雪封凍的門窗，變得酥而且脆，用不得蠻勁，祇有用水罐裝足了開水，挨家用熱水去化雪，現在在臺灣的哥兒姐兒們，每到冬天一聽說合歡山積雪盈尺，大家歡喜若狂，呼朋喚友背着雪撬，抗着冰鞋，聯袂到松雪樓溜冰賞雪，堆雪人，打雪仗，那股子興高采烈的勁兒，眞是令人羨煞，可是她們和他們又焉能想到在我們中國大陸，隆冬苦寒的西北，下起大雪來，是什麽滋味呢。

老君廟一帶地勢，是在海拔三千公尺以上，每年僅僅是四月到八月屋裡可以不必升火，大家可以舒散舒散筋骨，穿穿夾衣服，其餘的月份，簡直都是冰天雪地，過着縮手凍脚的生活，咱有位蘇州朋友席先生，平素就體弱怕冷，來到礦區工作，正好是已涼天氣未寒時，他老人家脚上沒離開過毛襪子，手上永帶着絨手套。那年又趕上特別冷，老君廟最低氣温到過攝氏零下二十三度，冷得那位席老兄，不顧一切寫了一份辭呈，沒等批准，就襆被進關楞給凍得棄官而逃啦。

礦區有一次舉行同樂大會，有一齣戲是打麵缸，戲裡的王書吏要用一把芭蕉扇，這一下可把劇務給難住了，找遍了全礦區，也沒有芭蕉扇，後來用馬糞紙畫了一把芭蕉扇給王書吏，才算交代過去。聽說有一次演話劇，需要一把破雨傘，也是礦區裡找不着。由此可見礦區雨量稀少不說，簡直沒夏天，所以扇子也派不上用場啦。這個笑話，是凡在礦區住過的人，都聽說過。

另外還有一件頂有趣的事，據說凡是在老君廟油礦工作的同仁，如果在礦區病故，那時候還不時興火葬，都是七尺桐棺，雄鷄領路，萬里關山，仍舊要把靈柩運回故里安葬，居然會有死者亡魂向活人托夢，還有亡魂附體，又哭又鬧，懇求礦務局發給護照，加蓋正式關防，在靈柩通過嘉峪關的時候當場將護照焚化，以便亡魂能夠順利過關，油礦當局爲了安慰人心，也祇有照發不誤。礦區有位文牘賀先生，平生最喜歡蒐集奇文，關於呈請發給運靈護照的簽呈，他選擇幾篇最精彩的收入他的「奇文共賞集」。據他說集子裡最精彩的一篇是太監身故，請賜還遺體（太監淨身後，切除物存宮爲證。）附葬的手摺，典雅喬麗，令人毫不覺得是一件見不得人的事兒呢。民國三十六年這位賀先生隻身逃離鐵幕來到臺灣，可惜他窮畢生精力搜集的奇文四百多篇，都來不及携帶來臺。否則他那些奇文，出本專集，茶餘酒後翻翻，準能讓人消痰化氣呢。

民國十二年之川戰（下）

·華生·

川戰二次發生後，兩軍各誘至從前的中立軍隊相助作戰，就六月以後而言，祇劉文輝、陳洪範、劉斌、彭耀遠各軍未被捲入漩渦。熊但素利用自治潮流以肆其運動手腕；曾拉孫中山先生代表呂超組織討賊軍以圖引致中立各軍，而各軍中除彭耀遠一部受呂改編加入熊但方面外，其劉、陳、劉各軍則仍守中立，不加入於任何方面。七月二十八日北京有「特派劉湘為四川清鄉督辦」的任命，劉未即就職，而一時頗惹人注意。劉湘頗有乘兩軍疲乏，出而提倡和平，以收拾川局的計劃；且將轉而利用熊克武所利用的自治潮流，以為結合川中將領的策略。有傳述劉湘最近活動情形者，說：「劉湘現與陳洪範、劉文輝一致，又與劉成勳、賴心輝接洽，主張與第三軍及邊防軍修好，共同解決熊克武、但懋辛的第一軍，俟第一軍解決後以禮請北軍離川。」又竟有傳述劉湘、劉成勳（賴心輝服從二劉）具體接洽的條件的，則說劉湘及中立軍提出的條件為：（一）擁戴劉湘為四川軍務善後督辦；（二）請求熊但離川第一軍改編；（三）第三軍一律歸賴心輝改編；（四）遣散招安軍；（五）大局定後禮遣北軍出境。而劉成勳等提出的對案為：①川事由各將領開軍事善後會議解決；②熊但願率第一軍出川討賊；③第三軍前歸賴氏指揮者當交賴氏改編；④新招軍隊酌與解散；⑤北軍須即出境。——這種消息，證以賴心輝近辭前敵總指揮職，以致中路戰事停頓，及楊森部唐式遵的移向自流井與敍州劉、陳中立接近，而劉陳部反向成都方面移動的事實，似不能指為謠傳。別一方面的消息，對劉湘及中立各軍的活動並不否認，而為傳述這種結合的內幕，將聯絡全川各派軍人合力處置北軍，並傳楊森的態度已傾向自治派。要之，此後川南一帶，將代川北川東而為川局的重心點；劉湘及中立各軍首領，將更比熊、但、楊、鄧引人注目；而川局的不能定以武力，當由能用手腕的人以條件結合各派而平定，也可斷言。這種成功，還是歸於縱橫捭闔的熊克武，還是歸於乘機崛起的劉湘？這時都不能預言。

在前項消息盛傳中，熊克武忽於七月二十五日發布通電就討賊軍總司令職，不先不後，適在這時，是否想藉此一振將士氣象，以抵抗川南的行動，還僅僅內部改組而止？我們殊不敢斷言。熟悉川事的人說：「川將人物首推熊劉（湘），惟團體固結劉不如熊；帶兵經驗，熊不如劉。」我們此後，且看熊劉鬥爭，究竟歸誰勝利？（梓生）

（載民國十二年七月十日東方雜誌第二十卷第十三號時事述評）

川戰仍難結束

八月二十日，周西成乘楊森一派軍隊前線三路失利，賀龍在忠州宣布獨立襲攻長壽的機會，聯合湯子模顏德基二次大舉攻襲重慶。重慶被圍七日，與外間交通斷絕；因此一時謠言大作，說什麼前線勝負已決，楊森戰死，袁祖銘被圍，盧金山被俘，于學忠陣亡，北軍退夔萬，趙榮華隻身逃赴宜昌求援。又說什麼熊克武劉湘聯合統一川局，滇軍入駐自流井，周西成二十四日入重慶。這種消息，一面固使熟悉時事的人驚疑；但一面因謠言所傳的重慶陷落時怎樣，北軍的退敗與後方應援怎樣，似乎確鑿有據，使人不能不有幾分相信，並發生川局不久結束的希望；一直到袁祖銘於二十七日擊退周西成的消息證實，我們始能斷定這謠傳的虛妄。

現在且簡單地把這以前的事情接續本誌十三號所述的敘述一番。

當七月中旬，楊森一派在重慶初次轉危為安後，因前線兩軍都已疲乏，藉調和為休息；所以戰事移向重慶附近的左右兩路。左路以打通重慶與敍瀘的聯絡線為目的，八月初，盧金山佔忠州，顏德基退向涪陵，與周西成及瀘州退出的湯子模會合，勢力又極雄厚；重慶方面以鄧錫侯率兩師對此路，相持於南川涪陵墊江一帶。右路以奪取順慶打通與川北劉存厚田頌堯的聯絡線為目的，以袁祖銘所率生力軍向西北突進。

成都重慶兩方，一面共同商量和局，一面又各進行軍事。劉湘的善後督辦，雖經楊森等各軍首領推舉，而未得吳佩孚的任命，一時不能就職，和平統一川局，很不容易。於是以袁祖銘主持前敵，改變方針，易和為戰，分三路向成都進攻。軍事的佈置，是以趙榮華守重慶後路，鄧錫侯對待下游周西成等，又以北軍盧金山等在前敵任中路，在資州以下取守勢；以楊森及各川軍任左翼，由敍州嘉定進攻成都；袁祖銘黔軍任右翼，分四路由安岳、遂寧、鄰水、武勝取道金堂進攻成都。是項計劃，係因中路各地多險要，資簡一帶的銅鐘河、茶店子、龍泉驛等非用多大犧牲不易佔領，楊森前次失敗，已有經驗，所以令北軍去守；左路仁壽黃龍溪，右路淮州金堂，都是平坦大道，進攻較易，所以楊袁率軍攻取，並擬定由左右翼向前抄進，截斷熊軍中路後方。楊袁依這計劃進行，於八月中旬已在左右路奪得安岳、樂至，佔領入省大道的廣元寺，離成都僅二百里左右；左翼亦得到劉文輝部的援助，從事前進。不料熊克武善於用兵，明知北路黔軍係生力軍，不能力敵，乃用全力壓抑久戰疲乏的中右路軍及川軍。熊軍因劉湘在川南活動，決意先行壓倒這一路，賴心輝於十四日復內江，繼佔富順，制止楊森與中路的聯合，又令周西成在後方向瀘州假作逆襲形勢，使楊軍不能前進。十八日熊軍以大隊乘黔軍盡調北路猛力進向成都的機會，對中路大足方面北軍取劇烈的攻勢。中路北軍的失敗，損失頗大，謠傳盧金山被俘；北路袁祖銘正在向金堂猛進，聞訊不得不退，於是重慶方面三路乘勝齊進的計劃，變成三路齊退，外間謠言，因此大盛。

楊森左翼軍隊的後退，實因探知所部駐梁酆都的旅長賀龍受石青陽運動，後路不穩。原來石青陽因楊袁及北軍，三路前進，熊軍危急萬分，特用從前使顏德基周西成叛擾楊軍後方的計劃，勸誘賀龍離楊，賀龍於八月十四日獨立，同時忠州又有一部軍隊譁變響應，並撥軍進攻長壽，謀從這一方突破楊軍左翼陣線；鄧錫侯下游軍隊，這時不得不赴長壽攻擊賀龍，於是前線既退，後路又虛，形勢極為不穩了。

假作逆取瀘州的周西成，待下游鄧陳軍離隊開去，乃集合顏德基湯子模等四團之衆，乘虛襲據重慶南岸銅元局，向城中猛攻。周軍這回的二次襲重慶，雖不如當時謠言所傳的那樣得勢，但北軍川軍，紛紛調軍援救，仍不斷解圍，勢將退出，幸袁祖銘一力主守，調回北路本系軍隊，卒於八月二十七日將周軍擊退。袁祖銘自經擊退周軍後，已成重慶方面的中堅人物，他於九月一日通電宣布就前敵總司令職，仍一力主戰；但周西成於九月四日又三次來襲，袁氏用盡力量於十日始得將周軍擊退。袁氏的進攻方畧，事機已失，而周軍全師而退，並無損傷，將來難保不四次五次於前敵緊急時再來後方擾亂，恐怕袁氏的定川回黔將因周西成的牽制而不免延擱了。

四川本籍軍界的自治與和平的醞釀，到現在仍不斷的進行；但這進行的中心，既從熊克武方面，而移轉到二軍方面的劉湘及中立派各軍人身上，則將來自治與和平成功後的利益，自然隨同轉移；所以熊氏近來竭力破壞這自治與和平運動。順慶第五師長何光烈因列名於劉湘等的調和通電，被熊氏運動其部旅長李伯階將何軟禁，並有解赴成都殺害的消息；但賴心輝已不願任前敵總指揮，劉成勳又傾心於劉湘，熊氏僅恃但懋辛諸人的力量能否達壟斷川局的目的，這時很難逆料。（梓生）

（載民國十二年八月二十五日東方雜誌第二十卷第十六號時事述評）

川省和平空氣與瀘渝劇戰

川省醞釀多日的和平運動，在九月中旬重慶三次解圍後，敍瀘方面的中立派頗有竭力進行的趨勢，且得乙方楊森等與甲方劉成勳賴心輝等的相當同意。但這和平的進行，在楊森等固非眞心爲和平，而甲方重要人物熊克武，更以提倡和平者與乙方較爲接近，在暗中竭力破壞，於是一面談和平，一面作劇戰的奇觀，乃發生於九月中旬的川局中。

當和議進行時，南路雙方軍隊由中立軍指定駐地，熊克武擬赴自流井觀察，楊森擬回重慶養病，調人劉文輝擬親至富順與賴心輝磋商和議辦法。乃熊克武突令賴心輝等集合三四師以上人數，向瀘州進襲，一時盛傳瀘州失守。幸楊森早已有備，即遣隊應戰，而陳洪範劉文輝等以三旅兵力，向自流井、富順、資州、內江遮斷兩軍陣線，强令停戰，聲言何方開火，中立派即一致對付，熊克武瀘州的襲擊乃歸失敗。

熊軍在南路退時，本向北移，不料行經中路，即暗集三師十二團兵力，突向駐大足黔軍猛攻。黔軍人數較少，被包圍至四五層，七月十日前後，血戰五晝夜，拚命突圍而出，節節退向重慶，熊軍即追蹤進迫重慶。這時駐重慶各軍，正因周西成刧日輪宜陽丸，架去日本船主及北軍軍官，且爲保持渝萬交通計，以全力向涪陵方面對付周西成、湯子模等。袁軍退至，無可爲助；而熊以大軍長驅東來，袁部黔軍雖死力抵抗，終難與敵，重慶一地，危險萬分。幸劉湘於熊軍退出瀘州時，即已料定熊克武對東面將有活動，亦率軍至重慶，調查東面兩軍停戰議和情形；劉至重慶見前敵危急，熊克武實破壞和平，乃改變態度，正式加入戰鬥，助袁攻熊。適楊森亦由瀘州率部趕至，乃合力在重慶附近敵住熊軍。

九月中旬以後的重慶戰事，猛烈情形，言之可怕。不耐戰的北軍趙榮華等已退夔萬，保後方交通；劉湘、楊森、袁祖銘三首領於戰情緊急時，屢次親身督戰，以衞隊，手槍隊，梭標隊，炸彈隊，敢死隊等向熊軍衝鋒；而敵軍亦由熊克武親臨指揮，拚命圖奪重慶，兩軍肉搏，死傷極鉅。正面陣地浮圖關，北面陣地悅來場兩處，曾於八以日內衝鋒四十七次，而因鄧錫侯軍隊開援重慶，涪陵周西成等躡踵而至，南岸銅元局一地，又成南路戰場了。

重慶一地，熊軍志在必得，竭全力以作孤注，劉楊袁等必欲死守，不恤竭全力以相爭；但熊軍取攻勢而來，西北南三面皆有勁旅猛攻；劉楊袁等以守勢相禦，三面抵拒，頗見竭蹶，而同系的北路劉存厚，中立軍劉文輝等，又不能有所活動以分熊軍勢力，以現在形勢而言，似熊佔優勝，而劉楊袁不免吃虧了。

（載民國十二年十月二十五日東方雜誌第二十卷第二十號時事述評）

重慶攻克後的川戰

重慶自六月底以來，已成川戰重心，曾三次被圍於叛將周西成。及熊克武定計乘和平運動進行時以三師以上兵力猛力東下，同時周西成亦四次來襲；第五師又攻重慶北面；當時楊森劉湘袁祖銘等困守孤城，死力拒戰，本已危險萬分。未幾，瀘州再陷，楊春芳投降呂超，左臂已斷；川北劉存厚及敍州中立軍更不見有何動作足以控制熊但，而熊但方面則士氣益盛，進攻愈猛。十月十日，滇軍胡若愚率部萬餘人加入，在巴江血戰，十月十六日楊袁等不支，滇軍及熊但賴各軍分路入佔重慶。趙榮華北軍早退萬縣，扼守後方，楊森亦退到萬縣，聯絡收容潰軍；劉湘退墊江，袁祖銘退長壽，鄧錫侯、陳國棟退鄰水，意圖向北與保寧劉存厚田頌堯連接。

重慶失守，熊軍方面捷電，亦僅述滇軍相助，分路攻入，可見實因楊袁等力盡，不堪再任防守，所以被克。楊袁退軍計劃，因左路川南已失，向東北分兩路退去，於反攻及後方聯絡都得形勢；但可惜士氣已喪，不堪再戰了。近熊軍傳出消息，長壽涪陵已肅清，萬縣已攻克，而實則萬縣尚在楊森手中，不過川軍攻擊非常猛烈罷了。

重慶攻下，本可使長江形勢劇變，惟吳佩孚似已有計劃，並不大增援軍，張皇其事，祇分令川北劉存厚出兵牽掣，令楊森限期收回重慶，令王汝勤布置應援，不使川軍出夔萬。最近形勢，劉存厚雖曾在川北畧有活動，而未見能有進展；楊森雖接到槍彈軍需的補充，反攻似頗困難；惟王汝勤率領第十八師軍隊，對付久戰的川軍，則似尚可支持。

（載民國十二年十一月二十五日東方雜誌第二十卷第二十二號時事述評）

內戰停滯中的川局變化

國內近來因爲吳佩孚態度的畧見和平，不特不反對津系和奉，而自己且大使其「尊段」「聯盧」的手段，是以東北，東南的戰機停而未啓。至已經發動的戰亂，粵則兩方都已精疲力盡，不得不休息；閩湘則因大體的解決及地方的牽動不能發展，也都呈滯的情形。在此現狀下，孫寶琦乃得大作其和平統一之夢，電致獨立各省首領，請派代表，組織和平統一會議，以希望海內不用甲兵，由他空洞的憲法統一說收統一的功勞。這時川省戰事，獨獨異於他方，急轉直下，有非常的變化。影響所及，或者能更鼓動軍閥的用兵興味，而使別方面的戰事不能因停滯而和緩，則成都的一戰，關係全國大局，不可謂淺了。

川局自去年十月間兩方竭全力在重慶附近劇戰半月後，劉湘、楊森、袁祖銘等敗退夔萬，整理殘軍；熊克武各軍亦疲倦不堪，亟待休息。吳佩孚雖急令川北劉存厚進兵成都，亦未見如何成績，那時停滯情形，已與現在的粵局相彷彿，乃十一月底，突聞楊森等反攻消息，而十二月十四日重慶竟被攻下，熊克武疲勞的川軍固不堪戰，退敗，即胡若愚所率滇軍，亦不戰而退。其後楊森、袁祖銘率軍急進，與熊軍相持於永川、內江、瀘州，劉存厚在北部亦大活動，熊軍左支右絀，屢屢失敗。而劉湘一方指揮楊袁各軍戰鬥，一方通電主張和平解決川局，僅認熊克武但懋辛的第一軍爲仇敵，而表示對於熊軍友軍劉成勛、賴心輝各部可以和平解決，使對方團體不堅，易於制服，此種且戰且和的策畧，大顯功效。及一月杪，劉湘令楊袁軍聯合川北劉存厚所部急進；熊克武見大勢已退，急邀集各將領在省外南津驛開軍事會議，未得結果，乃知賴劉的心變，不得已於一月二十五日率部盡輸軍械，暗集潼川，準備設計暗襲楊袁，得一大勝，以挽回劉賴已變的軍心。不幸熊氏計劃被劉湘識破，令楊袁佯向成都以示不備，而密以大軍攻潼川，熊軍大敗，遺棄軍械，幾不成軍，熊個人逃回成都，方與劉賴集議再戰，而楊袁軍隊急進，已迫城外，賴心輝一戰而敗，成都重地，遂不得不入於楊袁手中了。

成都下後，熊但賴劉等退出各軍，乘攻軍後路空虛，謀向東南活動，一時東南形勢大緊。這時且盛傳：滇軍將大舉援川，擬聯合成都退出各軍襲擊重慶，斷楊袁軍後路。惟因劉湘等早有布置，分別派隊出發追逐，不數日間，形勢即爲寬緩。未幾，賴劉等分派代表與劉湘接洽收編，熊克武的第一軍亦表示願交賴心輝代統，滇軍更未見如何活動，大約紛擾年餘（僅以這次的戰事言）的川戰，至此當可有一解決了。

重慶成都等重要地方既盡爲接近北方的軍隊所佔，在北京當局看來，自然是川局已有結束，當進而論功行賞獎勵諸將。二月二十八日閣議，依吳佩孚所保，任劉存厚爲四川督理，田頌堯爲幫辦，以鄧錫侯爲省長，而劉湘的川藏邊防督辦，袁祖銘的川滇邊防督辦，楊森的川東護軍使，也都已擬定命令。適因曹錕接楊森電報，儼然以省長自居，恐是項命令發表，另生變卦，乃擱而未發。吳佩孚對川對粵，都是利用各系統不同的軍隊，去分頭並進，以求達最後目的的。現在川局雖有幾分把握，而對於所利用各軍，却難於對付，一有不妥，禍患立見。武力統一的政策，危險重重，於川戰中分劃地盤的困難上，可以概見！（大山）

（載民國十三年二月二十五日東方雜誌第二十一卷第四號時事述評）

川局的善後

四川方面北派的勝利，我在第四號中已講過了。此後熊克武輩雖不能再振，而北派自身却發生了不少問題。從外面講：北京的任命疆吏，斟酌了四個月始得下令。從內部講：劉湘收服賴心輝部後，各軍即發生防地問題。劉成勳降附北系後，即與川邊軍發生爭執；其餘劉湘與劉存厚的二劉之爭；楊森與鄧錫侯的督軍省長之爭，須糾紛多時始能解決。現在川省各軍，雖依袁祖銘所指定的防地移防，各實力中堅如劉湘、劉存厚、楊森、鄧錫侯等，先後奉了北京方面的命令，各就各職，但是危機尚多潛伏。「天下已定蜀未定」，四川的眞和平，一時還不容易說。（大山）

（載民國十三年七月十日東方雜誌第二十一卷第十三期時事述評）

狐媚

·永華·

妹丈邊庚源肄業成都軍校時，有同學陳君，暑假回鄉省親，及歸，面如黃蠟。同學異而詢之，陳君曰：「說來笑人，被狐狸精嚇破胆了。」邊君續詢究竟，陳君曰：「余返抵家中，即聞表弟某有被狐精魘迷之事，初不之信，但表弟日形瘦削，心神恍惚，親友深爲其憂。余遂自告奮勇，俟夜間表弟入室就寢後，伏於門外暗中窺視，初無動靜，至十一時，忽覺腥氣撲鼻，有犬形動物隨風而至。及抵門前，皮毛卸地如蟬蛻，盈盈起立者則宛然一好女子也。余大驚，益注視，目不稍瞬。女輕叩門而門鍵自開，遂緩步入內矣。次日以余所見告諸親友，聚衆會商，決定當晚由余携手槍，與表弟同寢，俟狐入，即發槍斃之。有長輩某素極審愼，誡曰狐善蠱人，變化無方，恐不易瞄準；聞所最懼者爲鯊魚皮，盍覓購一張預置床上，以防萬一。余等遂如法泡製，購得鯊魚皮一張備用。當晚余與表弟同榻，余肘後置手槍，罩鯊魚皮於被上，十時後，注視帳外。至十一時許，室門忽自開，一妙齡美女娉婷入，見其向燈而拜。女一拜則燈焰一縮；三拜之後，燈青如豆矣。余急探肘後槍，而手弱不能舉，視表弟，狀如癡呆。女趨前揭帳，見鯊魚皮，突驚叫轉身而逃。其聲凄厲，從所未聞；余與表弟俱駭極而昏，不省人事矣。次晨，家人入室，以薑湯將余等灌醒，爭詢究竟，余以除狐未成，甚感愧窘，引鏡自照，則面色已變靑黃。父母囑延醫診視，醫曰：君胆囊已破，面黃不可救藥矣！所異者，狐經鯊魚皮一嚇，竟不再至，表弟亦康復。」

陳儀之死

—方知白—

曾任台灣省行政長官之陳儀，於民國三十九年春以叛國罪經軍法審判，判處死刑。經過情形，知者不多，爰就記憶所及，實錄以供衆覽。

陳儀，號公俠，浙江紹興人，思想似乎頗爲前進。在北京政府屬下任浙軍師長，國民政府屬下則先後任福建省政府主席、中央黨政考核委員會秘書長，台灣省行政長官、浙江省政府主席等職。政府當局器重其才識，屢次畀以重任，眞可謂不薄矣。乃彼以生性好變，終以叛國罪被誅，爲世人所不齒。

據與陳儀軍校同學之上海特別市臨時參議會副議長徐寄廎氏言，陳儀才識雖高，而生性善變，在政治活動上，都是看風轉舵，隨勢而行。民國十五、六年間，當彼在北軍孫傳芳屬下任浙軍師長時，蔣總司令率國民革命軍北伐，陳儀見革命軍勢大，即暗中投入國民革命軍，蔣公委以軍長職。事爲孫傳芳所偵悉，將陳儀拘押至南京訊問，孫傳芳責其不應反叛，陳言大勢如此，不必多辯，要孫傳芳立予釋放，否則立予槍斃可也，旋由徐寄廎氏爲之保釋。

陳儀娶有日本籍妻子，國人皆稱日本帝國主義或倭寇，而陳儀獨不然，經常稱日軍爲外來民族，可謂奇特之至。

陳儀在福建任省府主席時，以建設廳長徐學禹、省府顧問沈銘訓二人爲心腹人物，當時福建省政之有關財經事務，均由徐學禹負責主持，所有訓練事宜，則由沈銘訓主持。而沈銘訓則爲共黨在閩之潛伏分子。另有陳儀之外甥某，當時在閩任縣長，亦爲共黨份子。陳儀在浙任省府主席時，用貢沛誠爲建設廳長，陳惕廬爲省訓練團教育長，貢、陳二人後經查明均爲共黨分子，陳惕廬在南京某書局被緝獲，即行槍決。貢沛誠則遠颺，不知所終。惟以上項事實論，陳儀在閩浙兩省任職時，就都以共黨分子爲心腹，其居心概可想見。

三十八年春，蔣總統引退後，南京失守，共軍陳毅部隊盤據江北，急欲渡江南犯，當時陳儀見情勢不對，竟手書「大勢已去，不如網開一面，免得塗炭生靈」一字條囑其曾任縣長之外甥，送駐上海之京滬衛戍總司令湯恩伯將軍。意在使湯總司令於江陰要塞放共軍渡江。陳儀以爲湯恩伯爲其昔日提携之人不致誤事。不意此一字條，竟爲當時淞滬警備司令部調查處處長毛森所獲，毛森即以此字條賫呈湯總司令，湯以此事關係重大，即親自送至奉化溪口，請示蔣總裁如何處理。蔣公乃致電廣州之行政院，行政院於三十八年四月十五日院會通過改組浙江省政府，陳儀免主席職，改以杭州警備司令周嵒爲浙江省政府主席。

四月十四日記者于役上海，上海新新九廠廠長吳士華請吃飯，浙省臨時參議員石有紀及中央銀行專員周宇宸二君善卜易經課，先卜上海之平安，次卜杭州之平安。卜杭州平安時得課詞云：「晦暗不明，孽亂遭殃，陳失其邦。」記者十五日中午偕石參議員有紀由滬返杭，車行至嘉興時，石語記者云：觀乎昨夜所卜杭州安全之課詞，難道陳公俠要滾蛋嗎？迨至晚上十一時許，「正報」打來電話，說行政院院會通過，浙江省政府改組。記者隨即致電話於省府張秘書長延哲，詢問得知浙省府消息否？張答無所聞，再問陳主席預知此事否？答亦不知此項消息。因知浙省之改組，實爲一突然之事。吾人鑒於此事，深感上海周宇宸君卜課之靈驗。

陳儀得知浙省府改組之消息後，即決定於四月二十日上午九時辦理交接。然行政院之通知改組浙省府電報迄二十日上午八時才到。先是蔣公會致電陳儀云「交卸後，希來奉一行。」而陳儀則回電云：「閱報知被免職，急待交代，無暇赴奉。」復電電文，似有怨憤語氣。旋周嵒訪陳儀，謂接溪口電話，仍盼陳主席於交卸後去奉化一行，如以爲中途不平安的話，可以由杭州警備司令部派隊伍護送。陳儀當告知：「我去好了。」可是陳儀於省府主席交接禮後，乘汽車赴太平洋戲院參加杭州市長任顯羣爲其佈置之杭州各界歡送會，鋪蓋行李都放在汽車裡，由其日籍夫人在車照顧。陳儀在歡送會中畧致謝詞後，即乘原車與其夫人偕行。按照通常路線，杭州去奉化應出望江門，向南行。但陳儀夫婦之汽車則出候潮門，向北行。周嵒所派便衣人員察知其方向是去上海，而非去奉化，乃即乘吉普車尾隨陳車之後，相距約一公里許。迨陳儀車至金山河渡口等候渡船時，吉普車亦趕到，同上渡船，周嵒所派便衣人員即跳上陳儀座車。陳乃知已被監視，即問便衣人員，你們要送我到何處去？便衣人員答送上海湯公館。一到湯寓，陳儀即責湯何以如此。湯告以奉命行事，請其息怒。并勸請陳儀仍應赴奉一行。陳儀堅決表示，奉化不能去。說：「現在只有兩條路，一則派飛機送我去蘇北，一則立即將我鎗斃。」湯總司令一再勸慰說：如你不願去奉化，可以去台灣休息。倘又不願赴台，則到衢州去休息一段時間亦可。衢州綏署有一幢洋房在那裡，你可以去暫時休息休息。結果陳儀答應去衢州。因由湯總司令派飛機送至衢州。迨浙贛鐵路線軍事緊急時，再由衢州以飛機轉送台灣，張延哲秘書長亦同機來台。案經蔣總統交付軍事審判，由顧祝同任審判長。審判結果以陳儀犯叛國罪，判處死刑，執行鎗決。張延哲則稽押半年後，由其夫人朱秀榮設法保釋，後在台從事水泥加工事業，業於三年前在台病故。是爲記者所知陳儀叛國處死案之大概情形。

記民國二十九年
蘇北黃橋之戰

杜負翁

民國二十九年秋，蘇北黃橋之戰，每見記載，一鱗半爪，深覺對全面檢討，未能詳盡。吾以爲黃橋之戰，關係國共兩方勢力之盈虛消長，爲一具有決定性重要關鍵。黃橋之戰，殲滅共黨，原意料中事；不意星星之火，竟能燎原，其結果養成共黨壯大，卒至大陸淪於共手，則黃橋之戰，若不就事直書，以告千秋後世，留爲殷鑒，吾人咎戾深矣！勝利還都，余從蜀道歸來，從各方探詢，將搜集資料，留爲信史，蓋深恨當時情景，未能目睹，除以耳代目外，無可搜集資料也。

乃竟事與願違，非言人人殊，即守口如瓶。考其原因，參加是役者，率各自爲己，各有私心，不惜顚倒是非，忠奸莫辨。其未參加戰事者，又恐直言無隱，開罪於人，率以糢糊莫辨之詞，或模稜兩可之語，敷衍塞責，甚至當時在該區負有黨政責任之人，每與談及，亦鮮作明白答覆。余爲保留信史起見，乃不惜時間，遍加訪問，就所得資料，相互映證，以成此稿。即此一稿，亦曾求教於曾經目睹諸友好，亦不獲一字批評。無已，藏此稿於笥，以待知音，不知不覺間，已歷年所。近以負翁年逾八秩，風燭草霜，此稿倘或湮沒，爲一般人所快，即爲余之所不忍。思惟至再，以公諸於世，較爲相宜。名曰資料，將期有以補充、改正，而成信史也。

新四軍遭逢皖南事件殲滅性的致命打擊後，主力已覆滅過半，主腦人物，如正副軍長葉挺、項英等，非死即俘，江南已無立錐之地；中堅幹部幾傷亡殆盡，流竄殘餘，不及千人，逃至江北，苟江北防堵得力，即能掃滅盡淨。坐使陳毅、張雲逸、粟裕、羅炳輝等繼起，重圖再振聲勢。當七零八落竄至蘇北時，懾於國軍實力龐大，兼慮日軍掃蕩，其發展與收繳民槍民力，多採偸摸方式，不敢明目張胆，論理擴展壯大，必然緩慢，庸知不及一年之整補，即有可觀，時陳毅仍用新四軍之名，捨師團組織，改用支隊番號，掩飾實力之差，武器裝備，尤爲窳劣，綜計實有兵力，至多未曾超過三千數字，地區且限於如皐、靖江狹長地帶，其頹勢與國軍相差，誠不可以道里計。

國軍方面，韓德勤擁有十三個保安旅，其中有最精銳之獨一旅、獨六旅，獨六旅戰鬥力最强，每旅平均以三千估計，其地方兵力已逾四萬。李守維所帶正規軍八十九軍，三個師，每師以最低六千估計，連直屬部隊已逾兩萬。李明揚指揮長江下游挺進軍，分爲兩部，一爲李長江，統率舊省保安團，及雜湊部隊，有九個團（李長江叛變投僞時係三個整師。）一爲陳泰運，領導舊稅警總團，約爲六個團。合計李長江陳泰運二部兵力，亦在三萬左右，其他游雜部隊，尚不在內，合計總兵力，已達十萬之數。（此爲最低估計）與新四軍爲三十與一之比，當保安興化等四個完整縣，尚有十餘縣，均能推行政令，蘇北向稱富裕，政費源源不竭，國軍且由中央直接發餉，武器裝備，除中央不斷補給外，並有中型規模修械兵工廠，一切人力、物力更不止三十與一之比，地形、地理，均處於絕對優勢地位。

國共兵力雖大相懸殊，但新四軍三千人，孤注一擲，係一個整體力量，國軍內部，則派別分歧，各樹勢力，而猜疑嫉妒，互相攻訐，雖有壓倒之絕對優勢，終爲凌亂不齊的一團散沙，分析其間人事糾紛，摩擦脈絡，韓德勤雖然未爲共黨利用，但是一切措施，有權而不善用，認事不眞，是韓之大病。韓，漣水人，顧墨三小同鄉，亦顧之多年老參謀長，韓以幕僚出身，過去於軍政兩途無籍籍名，忽膺蘇省疆圻重任，似不相宜。韓德勤爲人，正合魏德邁報告書中之批評：顢頇，無能，兼而有之，係一因人成事之角色。任幕僚，在桌案上擬策畧，確有小小聰明，界以封疆軍政大責，不惟無此氣魄，才識亦不能濟。江蘇政治，人事磨擦，由來已久，漣水派軍人，與後起及地方系帶兵者，如李明揚等，向來不甚和洽，韓德勤身爲首長，首當其衝，不能消除各方意見，融成一氣，一體効忠，是一大失者，有時若似製造糾紛。當時兵力，但韓德勤與李明揚早有極深隔閡，李長江、陳泰運均爲李明揚部屬，韓德勤不能與李明揚融洽，李長江、陳泰運不待言矣。

加以李守維與李長江勢不相能，各有無法解釋的誤會，癥結所在，則爲李明陽、李長江銜恨韓德勤勒扣中央軍費不發（李長江後來叛變，雖是共黨勾結，不止一日，軍餉亦是原因之一。）韓德勤則稱二李防區所收地方政費未曾解省，扣發中央軍費，正所以歸抵省庫。各有其是，各有其非，李守維驕橫跋扈，恃有實力，干涉行政，並歧視二李集團。韓德勤懾於各方蠻橫，遂虛與委蛇，期以李守維箝制二李，實權因以旁落。李守維雖操縱其間，李明揚老奸巨猾，李長江又爲一江湖老粗，其與韓李不能相容，日見加深。李明揚與陳泰運又因地區稅收衝突，及地區界限糾紛，又復離心離德，時起齟齬。韓德勤雖心非各方，但又利用矛盾，使局勢得以維持，求能鞏固。蘇北爲敵後地區，我之軍政首腦不能一致，綜錯複雜，即不爲新四軍所乘，將亦自取滅亡。物必先腐而後蟲生，其潰敗之局，已早隱伏於各方，即待導火線暴發，即崩潰不可收拾矣。。涉筆至此，寗不痛心！

當時蘇北，若有一統籌全局、寬宏大量，目光深遠之大吏，指揮裕如，在新四軍殘餘渡江而北時期，合力剿滅，可保無一生存，永絕後患，何致有黃橋之戰？當新四軍偷渡之時，李明揚防區最近，可堵而不堵。韓德勤、李守維應派隊前往，而按兵不動，保存實力，反遣責二李不力。及新四軍渡江而北，四出活動，李明揚、李長江明知故昧，視若無睹，韓德勤、李守維以爲癬疥之疾，不足爲患，僅陳泰運先後與共軍接戰，有所斬獲。此種現象，或爲保存實力，或爲坐觀成敗，一若秦人視越人肥瘠，無關痛癢，正如李長江曾恨恨的說：「我們各看各的本領，看李守維究有多大狠勁。」觀此語，可以想見當日蘇北個個作壁上觀戰畧，希望鷸蚌相爭，漁人坐政其利。此種觀念，當日軍閥即是如此，如若軍閥不存私心，大家團結，民國十六年革命軍北伐，未必能統一全國。李明揚溝通陳毅，尤爲糊塗，豈不知共黨抗日，純是虛言。

黃橋，係泰興一個小鎭，市面不大，但毗連如皋、東臺、興化各縣邊境，爲新四軍進出蘇北中心區要道。由於陳毅伸張勢力，漸漸侵及政府控制核心地帶，激怒李守維，不能不作一次淸剿軍事行動。韓德勤至此，亦知共黨力量擴張，於己不利，於是在韓李二人布署下，選擇黃橋，爲一適當圍殲戰地。根據情報，新四軍力量，充其量不能超出兩千人，韓德勤，尚能採取謹慎，一再諄囑其部下；李守維十分自信，認爲新四軍不堪一擊，具有絕對勝算把握，心目中早存輕敵之心，已犯兵驕必敗，當時調集作戰部隊，是八十九軍全部，配以獨三旅、獨六旅；新四軍方面，據事後查知，僅使用九個加强連。論數量，我方軍力仍居壓倒之勢。

戰鬥開始於二十九年年底。陳毅最先以三個連，做吸引我方兵力之用，其餘部隊不知隱藏何處。（後知藏於民房地下地道之中，此項地道，皆共黨所挖，皆能四通八達。）李守維率強大兵力，採用深追直入戰法，絲毫不顧埋伏、截擊。獨六旅旅長翁達，為著名戰將，所部在蘇北甚著威名，為韓德勤部下作戰力最強的一旅，其時正隨李守維指揮追擊，當追至黃橋時，翁達向李守維建議二事：一為守住黃橋不追，先鞏固中心陣地，然後進攻、退守再作決定；一為如必欲追擊，須留一部份主力軍控制橋頭，以防緊急變化。此兩策至為中肯，其他參謀人員無不贊同；獨李守維剛愎自用，認為新四軍決無餘力襲擊後路，即令有之，亦可摧枯拉朽，立時消滅。遂復尾隨追擊。及前數里，阻於河道，正擬搭造浮橋，而伏兵猝起，李之深入大軍，倉皇應戰，竟均在共黨火網控制中；待及後退，翁達又堅稱不能稍退半步，以懈士氣。李守維至此，心膽俱怯，竟下令退却，陣勢遂告凌亂，士兵亦全無鬥志矣。

詎料退達黃橋時，方知數丈大橋，已為共黨破壞，大軍擁擠，勢難飛渡。進既不能，退又不可，正遑急間，陳毅使用最後夾擊之四個精銳連，於此千鈞一髮時，全部出現，猛力橫攻，並放火焚燒渡船，一時聲震天地，不知新四軍究有多少。在猝遭不測時，我軍大亂，人馬踐踏，翁旅獨力苦戰，奮勇當先，猶能掩護李守維下船逃遁，孰料李守維於心荒意亂中，竟失足墜水，浪流湍激，遂與波臣為伍，勇敢善戰之翁旅長，亦於此時中彈陣亡。李翁既喪，指揮無人，全軍遂整個覆沒，非逃亡，即被俘，但此三個師兩個旅全部武器，及萬餘兵員，皆為陳毅戰利品，共黨立即壯大，成為蘇北雄厚的基礎。最初兵力，只有九個連，成功發達之速，令人難以置信。陳毅於戰勝之餘，曾揚言曰：「黃橋之捷，已足抵補皖南失敗」。斯言並不過謬。李守維自以為是，輕敵致敗，一死宜也，惟惜中央處於敵後，喪師萬人，復折勇將，殊足痛心。韓德勤聞此兵敗，失聲痛哭，亦又何補？此時李明陽、李長江又一次按兵不動，坐觀成敗，其心可誅。

一場慘敗之後，消息震動山東，蘇魯戰區（時為于孝侯主持）皖北四省邊區，及重慶統帥部。以國軍對於共黨，為共黨以最少兵力，滅國軍成師成軍的龐大部隊，實自李守維始：亦可以說：開共黨以少吃大之先河，誠屬一場可恥的戰局。

近見有顧錫九撰「洪澤湖邊腥風之起」一文，中有一段，關係黃橋之戰，節錄於下，可以前文參合、對照。其文云：

（上畧）共黨開始襲擊如皐保安旅，旅長何克謙，與共激戰一日夜，傷亡慘衆，何亦陣亡，李明揚總指揮，受共蠱惑，竟未派兵援救。陳毅，以「打」「拉」並用得計後，即進一步奇襲省保安第九旅張少華部，張旅長被迫放棄姜堰據點，率部經泰興，至江南游擊。李揚對劃歸指揮之保安旅團遭共襲擊，仍不聞不問。共軍佔據姜堰後，已達到阻斷江蘇省政府與泰州李總部之聯絡，促李明陽等，先與政府不合作，以孤立東臺、興化（時為省府所在地），遂其「打」「拉」並用陰謀。經過以上以上兩次戰役之失利，李明揚、陳泰運都按兵不動，致陳毅得以從容擴充，並又乘勢偸襲保安旅陳勳濤部，陳部傷亡損失很大。蘇魯戰區所劃與李明揚指揮之保安旅團，多遭共黨各個擊破，李無政治立場，被陳毅利用，於此可作明證。因李陳任由陳毅坐大，致造成此後黃橋一戰失利。（中畧）二十九年十月一日，我布防於海安、胡家集、曲塘之線的八十九軍之三十三師（欠兩團）、一一七師（欠一團）、附獨立第六旅全部，保安第十旅張能忍遭共不斷襲擊，乃於十月三日，由李守維軍長（八十九軍）指揮，向古溪、營溪進行掃蕩戰，以期肅清反側。共酋陳毅亦集中兵力，以求決戰，遂演成蘇北存亡攸關之黃橋戰役。戰況至為激烈，同時蘇魯戰區韓副司令，命駐泰州之李明揚及曲塘之陳泰運，率部會同堵剿。李軍長率部正向黃橋前進，五月七日，先頭三十三師九十九旅王學階團，已攻佔黃橋東圩門內，正與共激戰，不料李陳兩部按兵不動，並公開由李長江（李明揚之副總指揮）派兵三團，接防共軍姜堰據點，接濟陳毅彈藥十五萬發，並會合管文蔚士共，到處造謠，放火拆橋，又將蘇魯戰區副總部所發佈之作戰計劃全部供給陳毅，陳於了解我軍行動後，遂集中主力於蔣垛附近，對八十九軍司令部及右翼縱隊獨立旅實行腰擊，以致我主力腹背受敵，與共軍激戰兩晝夜。不幸李軍長守維，參謀長丁虎，獨立旅旅長翁達，團長韓振翼，一一七師七零一團團長陳學武等，均壯烈陣亡，三十三師團長佘世梅、王學階等負傷，官兵傷亡數千人，官兵游水渡河，武器損失極多。蘇北抗日主力，經此重大損失，始揭開共黨全面破壞抗日陰謀，中央何參謀總長、白副總長，乃聯名發佈新四軍不服從命令，破壞抗戰國策宣言，使全國了解共黨是藉抗戰奪取政權，促其覺悟團結抗日，但共黨毫無悔悟，陳毅反變本加厲，乘勢襲擊我東臯、東臺、鹽城、阜寧等縣，繼續繳地方武力，及游擊部隊，以達其「收金百萬，擁軍百萬」之目的。

文疊山著：

楚辭探賾

屈原像（封面）
普拉瑟翰（英文）
梁寒操翰
蕭繼宗序

嫉惡如仇的石瑛（上）

· 劉棨琮 ·

負笈重洋習海圖，爲誰虎帳竊兵符，若教此論湯屠戶，一是天人一鬼狐。
黨人爭拜鮑羅廷，赤燄漫天帶血腥，惟有先生指正誼，發姦摘伏鐵錚錚。
夷目郊迎國禮周，淞沽功業奠金甌，寃禽塡海多奇策，頑石何因不點頭。
世風日下競貪汚，高潔如君德不孤，鐵面無私繼包拯，陵園界址不含糊。
種菜崑山日務農，舟車跋涉一勞工，諸公袞袞能如此，華夏何愁不大同。

石蘅青先生篤於內行，平日出處大節，取與細行，皆嚼然不苟，任事不避嫌怨，持躬儉約，終身未御皮裘，行不攜侍役，待人褒貶無私，接物誠摯有禮；惟嫉惡甚嚴，好面斥人過，每以取戾於世，而人以其無他，終皆諒之。民國卅三年十二月四日，卒於陪都重慶歌樂山中央醫院，享年六十有六，中央黨政各界曾開會追悼，蔣公親臨致祭。有「革命通」之稱的馮懋龍（自由）作前詩五章以挽之。

石先生諱瑛字蘅青，清光緒五年已卯（一八七九）出生於湖北陽新縣原籍。他的祖先是書香世家，曾祖東壁、祖凌雲，都績學不顯達；以後家境中落，蘅青的父親乃輟學治農事，半耕半讀，以田園稼穡度其生涯。

石瑛自幼生得厚重而英特，一切舉止異於常兒，天賦非常聰慧，讀書過目成誦，其曾祖東壁公戴着老花眼鏡，親自珠點教讀，授以儒家諸籍，目爲大器；稍長即入塾拜師受業，對於八股制藝精神貫注，因而奠定國學始基，由於他勤奮研讀，能舉一反三，因小知大，故文譽日起。

我國遠自三代，即重選賢舉能，以選拔人材。兩漢重經學，漸因教育程序，創考試制度。所謂「學優則仕」，讀書人要步入宦海，必須發奮苦修，故有「三更燈火五更鷄，正是男兒立志時，青髮不知勤早學，白首方嘆讀書遲。」「十年寒窗無人問，一旦成名天下聞」之說。士子爲了要光宗耀祖，青雲得志，都希望取勝於科第，無不循此門徑，惟科舉是尙。

光緒廿九年，歲次癸卯，石瑛年足廿四歲，他對於所謂「八股」者，即破題、承題、起講、提比、虛比、中比、後比、大結，已能融會貫通，這年桂月，他參加湖北鄉試，首塲考四書，二塲考五經，三塲考對策，得中舉人，光宗耀祖，鄉里稱榮，塾師招宴，備加青睞。

清廷自鴉片戰爭之後，節節失敗，於是有識之士，鑒於世變日亟，非船堅炮利，不足以挽囘中國的厄運，故海防自强運動，相繼風起；而甲午中日一戰，堂堂老大的大清帝國竟敗於蕞爾彈丸的扶桑三島，因而肇萌列强瓜分之禍，於是士大夫階級，又發生幡然維新的改革之論。光是科學技藝，船堅炮利也沒有多大用處，於是由「洋務論」一變而爲「時務論」。這年同舉之士，大率趨北京參與殿試求仕進，獨石瑛則受康梁新潮流影響，以爲非改弦更張，振業崇武，不足救危亡，慨然有遠翥之志。

直隸南皮張文忠公（之洞），是晚清繼曾（國藩）、胡（林翼）等中興名臣之後，與李文忠公（鴻章）齊名的重臣。他早期爲清流黨的黨魁，以敢言馳譽都中，不以參劾爲能；接着由山西巡撫，而洊升至湖廣總督，最後入閣爲軍機大臣，一路官運亨通，富貴壽考。從出膺疆寄，而入贊樞機，垂三十年，在中國近代歷史上佔着極重要的地位。

這位以文儒致通顯的抱冰老人，前後坐鎮武昌達二十年，不僅興鐵廠製鎗砲，設官錢局鑄銀圓，而且築馬路、闢商埸，大肆社會經濟建設。他更以勵學愛士自悅，首開速成師範、兩湖完全師範、方言文普通中小各學堂，選派學生留學東西各國，爲國家儲才。

石瑛既入武昌文普通學堂肄業，時爲戊戌政變百日維新之後，康梁事敗避逃，六君子被執遇害外，其餘贊助維新的內外大臣，一概罷黜獲罪，只有南皮張香濤握有實力無事。斯時國父孫中山先生「以學堂爲鼓吹之地，借醫術爲入世之媒」，決定推翻滿清之志，革命運動除了珠江流域由興中會直接主持發動之外，間接影響所及者，首爲日本的留學界，次爲人文薈萃的上海，再其次則爲兩湖。湖北的武昌、漢口，爲數省要衝，風氣早開，青年學生接受新思想，不滿於清政府的統治，便發爲革命思想，鄂省青年劉靜菴、呂槐庭、張難先等，成立科學補習所，湘省亦有華興會之組織，是爲兩湖最早革命之團體。石瑛受革命思想的薰陶，與曹亞伯、居正、田桐等，在武昌黃鶴樓結拜爲異姓兄弟，參加張之洞舉辦的湖北官費留學生考試而錄取。

光緒卅年秋，他與湯鑄新（薌銘）同赴歐州學習海軍，先至比利時，旋轉法蘭西，入海軍學校肄業，他殫心竭慮，發奮力圖，冀速窮其術以爲國强兵雪恥，而校中對外籍學生非常歧視，凡有關戰術器械之新異者，則秘而不授。石瑛心尤不甘，乃與同學向國華私相研究，終於刺取秘藏之海軍地圖文件，急携往比京布魯塞爾近郊一小照相館，攝影複製，以存其眞。事爲照相館發現其文件之來源，秘密報告海軍海校。當他倆携同原件及照片自比京返法途中，即被法國密探跟蹤監視，到達巴黎即遭逮捕。經中國駐法外交人員以彼等純出於愛國，並無間諜行爲，向法國政府交涉，祇判以驅逐出境了事，而未加罪刑。前詩憑自由「一是天人一鬼狐」之句，便是說明石偸攝海軍地圖被罰一事，至於湯薌銘其人，自入黨後曾私入總理寓所，盜取盟書爲衆不齒，後任湘督軍大殺黨人，因有「湯屠戶」之渾號。

吳稚暉先生是我國學術界一顆光芒四照的彗星，他的一生多采多姿，他的思想常以無窮盡的天體，無限數變化萬千的星辰對象，他的人生觀，脫胎於老莊的自然哲學，像大鵬縱橫萬里。石瑛既被判出境，即渡海至倫敦，由陽新同鄉曹瘋子亞伯之介紹，而認識了這位吳稚老。吳敬恒與石比鄰而居，對他極爲敬佩，譽爲「湖北的聖人」。

稚老獨來獨往，不受繁文縟禮的羈絆，視富貴如浮雲，當他發覺中山先生「是一個很誠懇，平易近情的紳士，舉止是偉大，是不能形容的偉大」，就五體投地的佩服。經過曹亞伯和石瑛的介紹，稚老居然也加入同盟會。稚老特立獨行，口誅筆伐，他罵共產黨爲「無盔甲的袁世凱」，他又罵汪精衛的行徑，爲僵屍「白毛毿毿」，惟獨對石瑛總是翹起大拇指，彼此比鄰而居，補習石瑛的英語，石瑛天賦秉異，三月餘的窮研功夫，居然能相對會話，乃入倫敦大學旁聽，不久即補爲正式生，習鐵道工程，於科學課程專心攻研，孜孜不休，每日與年青人爲伍，騎脚踏車往返上學入市，一切力爭上游，不甘落後，其治學精神亦復如此。

「猛回頭」作者陳天華，少時即以光復漢族爲念，每讀中西史志，於興亡盛衰之感，則涕泗橫流，其愛國之忱，發於天性如此。以日本頒佈取締留學生規則，憤不能平，乃作絕命書投海自殺；天華逝後六載，即民前一年之辛亥六月，楊守仁（篤生）在英聞黃克强之黃花崗一役敗訊，亦憤而自投於利物浦海濱。陳楊皆湘籍，均爲憂國傷時之聞人。吳稚老與石瑛同往經理黨人之喪事，由於石瑛對英國官場交涉適宜，處理事務又敏捷，使友邦認識中國革命黨人的一片赤忱。

這年秋，武昌起義，十月下旬，國父由紐約至倫敦，寓於佛里街薩福伊旅舍（Savoy Hotel），當晚國父即訪吳稚暉未晤，留函云：「弟今午從美抵英，行動主極端秘密。……近日中國之事，眞是泱泱大國民之風，從此列强必當刮眼相看，凡我同胞，自當喜而不寐。今後之策，只有各省同德同心，協力於建設，則吾黨所持民權民生之目的，指日可達矣！」

國父此行，已決定滿清政府命運，蓋是時國內十五省已宣布獨立，各省對清廷繳解之欵，皆已停止，而海關收入之部份，均以支付庚子賠欵，清廷不能動用；至於清廷向英美德法四國銀行團借欵，經國父委託美人同志咸馬里交涉，又停止交付，使清廷陷於絕境。石瑛與李書城及吳敬恒等，日隨　國父左右，多所協贊。

國父自英倫轉法之巴黎與法國朝野人士接洽後，與李書城乘輪經庇能返國，石瑛與吳稚老亦隨後經柏林、羅馬東歸。中華民國元年一月一日，國父偕湯爾和、王寵惠等，由滬專車蒞南京，就任臨時大總統，行宣誓禮於江蘇諮議局。特派石瑛總辦全國禁烟，在職僅三月　國父因同志之阻撓，不能實行革命方畧，决心辭去總統，欲率同志爲純粹之在野黨，專從事擴張教育振興實業，以立國家百年根本大計，並主張不干涉用人行政，以免袁氏之猜忌。石瑛回到武昌以後，即負責主持同盟會湖北支部，是年冬，參加競選國會議員，當選爲衆議員。

袁世凱對待政敵有兩項法寶，是以金錢或厚爵收買人心，如果政敵不予接受其財勢，則派人暗殺之以除後患。宋教仁四處抨擊時政，老袁對這位湖南硬漢，勢必除之而後快。宋案發生後，鐵證如山，不僅革命黨人激動憤慨，中外亦爲之搖首嘆息，梁啓超、章炳麟等均以文電抨擊，黃興的輓聯尤爲逼眞，聯云：「前年殺吳祿貞，去年殺張振武，今年又殺宋教仁；你說是應桂馨，他說是洪述祖，我說確是袁世凱。」

這時的北京國會，本已是袁掌中的玩物，袁憑其財勢，可以爲所欲爲，而國會中黨派紛歧，議員亦流品複雜，不足以匡正，石瑛於民國二年四月北上，發現一代梟雄老袁的野心，雖夠得上爲「治世之能臣」，亦夠得上爲「亂世之奸雄」，堪與曹操媲美，曹孟德寧肯作「周文王」，而袁世凱却欲親自取天下於婦人孺子之手。石瑛剛直而不鹵莽，誠實而不鄉愿，既不畏强暴，也不侮鰥寡。他擇善固執，不與國會議員沆瀣一氣，深感救國非空言可濟，自顧所學猶未之信。因而棄國會議員而去。

二次革命失敗後，袁世凱藉故下令解散國民黨，取消兩院國民黨議員資格者共四百卅八人，各省立法機關亦凌夷澌滅殆盡，石瑛之姓名已在老袁之通緝令中，故急行赴英，入伯明罕大學習採礦冶金，爲我國留英留德攻習冶金最有成就之人。

稚老在南菁書院做秀才的時候，特別致力於我國語言文字的研究，他手創一套豆芽字母，教家人拼寫方言，作爲通訊的工具，他在巴黎辦「新世紀」周刊時代，對於中國語文改革途徑，和國語運動的理論方法，已完成體系，發表「書神州日報東學西漸篇後」一文，對於補救我國文字缺點，造字母、統一讀音之事，已有詳盡的設計。民國肇建，　國父欲以教育總長職位，力辭而止，風義在師友之間。稚老志在統一國音，蔡元培任教育總長，邀他推行國語注音運動。民二年的讀書統一會成立，論音則南北相爭，古今異議；定符號則千奇百怪，人人欲爲倉頡，稚老多方因應，舌戰群儒，結果異己者信其平實，同調者敬其周密，因而產生平情可行的決議。二次革命失敗，稚老的國語運動推行中止，他與蔡元培等重到倫敦，石瑛得復聚首晤談，對於這位完人、百世師表的淹中西之學，究天人之理，秉浩然之氣，感染既深，受益亦多。

（未完・待續）

記國共大同之戰

·耿若天·

前言

民國三十五年，共軍集優勢兵力，包圍晉北重鎮大同，準備一舉而下，但經一個多月的激烈戰鬥，卒遭國軍擊退。此役若共軍能攻下大同，勢必影響華北大局，則中共政府之成立，或不需待三年之後。

大同爲晉北重鎮，同蒲路於此銜接平綏路，其西南爲管涔山脈，標高二千三百公尺以上，東南爲恒山山脈，標高二千二百公尺以上，爲五嶽中之北嶽，恒山山脈向西南走至同蒲路附近爲句注山，標高二千公尺以上，山西自句注山以北稱爲晉北。此地區以大同盆地爲中心，冬季寒冷乾燥，自然環境與漠南無異，歷代防胡人南下牧馬，均以本地區爲國防重心，胡人佔領本地區，則可南犯太原，東侵河北，故於此地築有內、外長城，內長城在句注山之上；集寧位於陰山山脈，爲防胡之國防前線，古時在國防上有句警語「不教胡馬渡陰山」。晉綏邊區爲賀龍部，晉冀察邊區爲聶榮臻部，於民國二十六年秋抗戰開始初期即盤踞於此。其不僅地形熟悉，且民衆亦多被裹脅，惟本戰役時，共軍尚無攻堅之能力；抗戰勝利後國軍接收大同未久，大同至太原之間同蒲路即被共軍截斷，大同以北於平綏路之豐鎮、集寧，復爲共軍搶先襲佔，故大同守軍對外面交通，實際已被共軍完全截斷，陷於孤軍固守形勢，且守軍除暫三十八師外，餘爲游擊部隊（東北挺進軍）及地方團隊，內情極爲複雜，如無卓越之指揮官領導統御，則甚難發揮戰力。

雙方兵力情況

共軍爲聶榮臻部第一、第十、第十一、第十二、第十三、第十四、第十八旅，賀龍部三五八旅、新四旅，及共軍區部隊等共約五萬餘人，另日俘一千五百餘名，爾後共軍兵力復陸續增至八萬人先後攻略大同據點，最後舉全力强攻大同；大同守軍爲暫編第三十八師、東北挺進軍（轄新編騎兵第五、第六師）、交警第三大隊、保安總隊、保安第二團、戰車隊（戰車十一輛），及第十專員公署所屬之保警大隊，大同、廣靈、渾源、陽高等縣自衞隊，由第八集團軍副總司令楚溪春將軍指揮，確保大同；繼以第十一戰區有力部隊向張垣行策應攻擊，第十二戰區以「圍魏救趙」之作戰構想，直接向共軍必救之地集寧進攻，以解大同之圍，繼依大同守軍之協力，捕捉共軍於集寧、大同之間地區殲滅。

作戰經過概要

民國三十五年七月上旬，共軍向大同周邊地區集結，爲對大同守軍行徹底圍困，先對外圍據點發動攻勢，七月十九日至三十日，因圍攻應縣守軍不下即轉移兵力，截斷大同至懷仁間同蒲路，國軍爲徹底集中兵力，確保大同，八月二日令守備懷仁暫編第三十八師第三團，在保安總隊向南出擊之接應下，先撤退至平旺、口泉，繼撤守大同南區，共軍乘勢向大同城郊迫近，對國軍形成四面包圍。共軍圍攻大同，初期由姚喆統一指揮，並分設四個指揮部，後（八月二十一日後）改由聶榮臻統一指揮，城東由姚喆指揮，城南由楊成武指揮，城西由王赤軍指揮，城北由黃新武指揮，爾後賀龍、蕭克分別至城北、城東協助聶榮臻（位於城東之聚樂堡）指揮。大同保衛戰開始時，楚溪春將軍爲保衛大同告軍民同胞書，對本戰役之勝利有重大影響，可供今後作戰參考，茲摘錄其文告之要節如次：

一、加强工事：工事是作戰之保證，有了好的工事，就可以減少自己的損害，所謂「平時多流一滴汗，戰時少流一滴血」，就是這個意思；因此希望大家努力工作，並以競賽姿態，迅速完成工事，使城防鞏固，勝利才有把握。

二、肅清僞裝：對敵人作戰，和對一般作戰一同，他們的作戰是政治重於軍事；因此，在作戰未開始前，我內部被打入的僞裝份子，絕不在少數，我們應在「事的反效處，人的失常處」，多懷疑，多考慮，發現僞裝，肅清僞裝，更進而要人人做警察，逢人管理，逢人盤查，使僞裝份子不敢來、不敢在、不敢活動，徹底做到淨白陣營。

三、節省食糧：在作戰期間，困食糧來源不易，一定會感到困難，大家必須節約，我們節約辦法是：

①不准以食糧釀酒。

②不准賣酒或吃酒。

③減低米麵的精度。

④減少吃飯的次數，以吃飽爲原則，不必過於求飽。

⑤絕對不准浪費食糧。

四、節省彈藥：彈藥是作戰的主要工具，沒有彈藥，一切槍砲，都成了廢物；因此，我們對於彈藥，絕對不准任意消耗，平時好好保存，戰時瞄準射擊，近發槍，一彈中一敵，叛匪和我們作戰，最初是逗我們的子彈，等到我們彈盡的時候，他們的精銳部隊就上來了，我們千萬不要上他這個當。

八月二日夜，共軍在其猛烈砲火掩護下，開始向大同外圍據點猛犯，其以一部牽制我軍注意力及兵力於東、南兩正面，主力向大同東南郊之沙嶺猛犯，企圖襲佔機場，截斷守軍空運補給；向城東進犯之敵，其攻擊方向指向海立村，守軍爲暫三十八師第一團第五連排長閻振閣，率兵四十餘名，與共軍反覆肉搏，斃共軍一百三十餘名，國軍亦大部犧牲，最後退守曹夫樓據點；向沙嶺進犯之共軍，爲共軍主力所在，守軍爲暫三十八師第一團第四連與廣靈、大同、渾源三縣之自衛隊，及第十專署保警大隊之一部，激戰至拂曉，始將共軍擊潰。三日以後，每夜共軍均以人海之車輪戰法，向曹夫樓、曹夫廟（以上兩據點守軍爲暫編第三十八師第一團兩個連及高陽縣自衛隊）、沙嶺進犯，惡戰至九日後，戰鬥更趨白熱化。十二日晚共軍以五個團兵力，在其猛烈砲火掩護下，向沙嶺守軍行連續九次波浪式之人海猛衝，均被守軍擊退，至午夜後守軍碉堡大部被共軍摧毀，共軍一部突入陣內，守軍暫編第三十八師第一團第一營遂與共軍展開陣內肉搏戰及逆襲，第二團第一營亦及時到達增援反擊，終將共軍擊潰，恢復原陣地。十三日賀龍率其精銳三五八旅及蕭克率新二旅新四旅等部隊到大同北郊之孤店及二十里舖附近，於該（十三）日夜對國軍發動總攻，主攻指向沙嶺及城西之警察學校，激戰至拂曉始將共軍擊退。十四日共軍轉攻城北及城南各據點，城北方面由賀龍親自指揮，激戰至十五日五時許，城北之白馬城、臥龍灣、下武庄、修道院及城南七里村等各據點，均被共軍攻陷，共軍一部並突入城北車站雙方形成混戰，經國軍增援部隊到達予共軍猛烈反擊，始將共軍擊退，繼向修道院反攻，但未獲成功。十五日後，東、西、南三面之敵，及陸續增援到達之敵，舉全力向國軍發動猛攻，並以山砲向城內轟擊，民衆遭共軍砲擊傷亡甚衆，曹夫樓、沙嶺、北岳廟、水泉灣等據點，戰況均極激烈，但經國軍城內砲兵射擊，及機動部隊適時逆襲，均將共軍擊退。十六日晚共軍復在猛烈砲火掩護下，以人海向城南之北岳廟猛攻，激戰至拂曉將共軍擊退。十八日國軍東北挺進軍機動部隊，在戰車隊及空軍支援下，向城北之共軍出擊，斃敵甚衆。共軍對大同之圍攻，因曠日持久，二十一日乃改由聶榮臻親自指揮，對城外各據點以攻擊築城實施强攻，依交通壕及塹壕向國軍陣地迫近，攻擊重點指向沙嶺及城南之北岳廟，二十五日國軍向城南之北岳廟據點出擊，斬獲甚衆，二十七日，沙嶺守軍殆盡，該據點被共軍攻陷，共軍進攻曹夫樓據點，曾施放毒氣，二十八日國軍向城南之北岳廟出擊，殲共軍甚衆，出擊部隊於入夜前撤回廟內，大同城郊據點激戰至三十日，國軍爲保存戰力，乃主動放棄曹夫樓、警察學校，並令北岳廟據點內守軍於夜暗突圍，當夜於廟內掘洞甬衝出十餘人，餘均復被共軍阻回，突圍未獲成功，當夜共軍對北岳廟復施放大量毒氣，官兵中毒失去戰鬥力，遂全體犧牲。

大同守軍孤軍奮鬥經月，及迭經美國馬歇爾調處（調處執行部），亦均遭共軍悍然拒絕；北平行轅乃令第十二戰區解大同之圍，及令第十一戰區以有力一部，由北平附近向張垣（張家口）採取攻勢，策應第十二戰區作戰；第十二戰區奉命後，採「圍魏救趙」之作戰方針，向敵必救之集寧採主動攻勢，九月一日，以暫三軍（欠暫十師，配屬新編三十一師）於歸綏附近、第三十五軍（欠新編第三十一師，配屬暫編騎兵第一旅，新編騎兵第十二、十四總隊），於歸綏以北地區，分別向集寧分進合擊。聶榮臻統一指揮共軍圍攻大同，朱德原令其自八月二十三日起，限在一星期內攻陷大同，後復限自九月一日起展限一星期，並於三日內攻佔城北車站，四日內開始攻城，故自九月一日起，共軍對大同之攻擊重點遂轉移至車站，集中第十二、第十三、第十四、第三五八旅，以及軍區部隊之獨立團等，由賀龍親自指揮，向車站守軍猛犯，東北挺進軍與共軍反復肉搏，及暫編三十八師與保安總隊，分別抽調精銳增援反擊，始將共軍擊退；二日晚共軍在其猛烈砲火掩護下，繼向車站行車輪式人海猛攻，經暫編三十八師再度抽調兵力向車站增援反擊，共軍亦不斷增援反撲，戰況遂形成膠着，共軍復發射大量毒氣彈，守軍東北挺進軍二百餘人及增援部隊暫三十八師之一部，遭共軍毒氣攻擊，均失去戰鬥力，狀極危急，賴後方增援部隊及時到達逆襲，車站陣地始轉危爲安；該（二）日第十二戰區暫編騎兵第十二、第十四總隊襲佔陶林、掩護主力繼續東進。三日大同守軍以保警總隊及交警大隊增强車站防守兵力，並調整部署，共軍於該日晚復傾全力來犯，車站大街及水塔等據點，先後被共軍攻陷，激戰至四日下午，雙方傷亡均極慘重，國軍爲保存戰力，遂放棄車站據點，撤守城廂。五日第十二戰區暫三軍攻克資山，暫編騎兵第十二、第十四總隊攻克土城子，新編騎兵第四師進抵五里壩，正向集寧前進，第三十五軍進抵田家鎮，正轉向卓資山前進，共軍乃星夜抽調圍攻大同之共軍主力北上增援集寧，其殘部對大同僅實施圍困。六日暫三軍、新編騎兵第四師、及暫編騎兵第十二、第十四總隊等，已迫近集寧城郊，對集寧共軍騎兵第一、第二旅、及第一、第二、第三縱隊包圍攻擊，激戰至十日，攻佔石寧城郊各據點，且一部已突入集寧城內，惟共軍憑既設工事頑抗，激戰至十一日晚，共軍由大同抽調之兵力向集寧增援已到達，乃開始向國軍反攻，暫編第三軍陷於內外受敵之不利情況，激戰至十三日拂曉，新編三十一師，斷然擺脫共軍不夾擊爭取外線，轉而與外圍之騎兵部隊併力攻城，該（十三）日第三十五軍亦到達戰場，並立即加入攻擊，及在空軍密接支援下，十四日攻克集寧，殘敵奪路分向張垣、陽高、左雲、右玉方向逃竄，國軍乃迅速分向潰竄之敵追擊；當以新編第十二師向涼城追擊，新編騎兵第四師、新編騎兵第二旅、暫編騎兵第一旅及暫編騎兵第十二、第十四總隊等，向豐鎮、大同追擊，十五日大同週圍共軍開始破壞及爆破，準備撤退，十六日大同守軍開始向大同東、南、西、北四面出擊，十七日第十二戰區新編三十二師追抵香火地，十九日追抵涼城，主力新編騎兵第四師等攻克豐鎮；攻克豐鎮後，即以暫編騎兵第一旅、新編騎兵第二旅，繼續向左雲追擊，暫編騎兵第十二、第十四總隊，繼向陽高追擊，新編騎兵第四師向大同追擊，二十日與由大同向北追擊之部隊，於得勝堡會師。

余家菊書生報國

·江春男·

青年黨四位主席：左起李璜、陳啓天、余家菊、左舜生（已故）

青年黨主席團五個主席之一余家菊，日前不幸病逝，老成凋謝，不論該黨或其他政界人士，均深表痛惜，並關心青年黨今後的團結問題。

自今以後，青年黨僅存兩位主席，一位是在香港講學的李璜，一位是領導（中間派）的陳啓天。二十餘年來，該黨家務糾紛不斷，一直處於分裂狀態下，青年黨內元老莫不憂心忡忡，担心黨的前途。如今左舜生與余家菊已相繼去世，團結仍然遙遙無期。但黨內若干人士亦深感時不我予，正積極計劃暑假召開青年黨全國代表大會。

享年八十的余家菊，書生本色，個性平和，節制律己，來臺之後即專心致力於教育和哲學研究。他在十餘年前即雙目失明，但後來仍被推爲青年黨主席之一，可見他在黨內德望之隆。

余氏生於湖北黃陂，早年畢業於武昌中華大學中國哲學系，民國十年公費留學倫敦大學，專攻教育與心理。返國後先後在南京東南大學、瀋陽馮庸大學、北京大學、北平師大及中國大學等校任教，均講授教育與心理學。

這位青年黨領袖曾任國民參政會之參政員、國民政府委員、國民大會主席團及總統府國策顧問。來臺後寓居臺北，不久視力逐漸減退，終至雙目失明。

中國青年黨號稱書生政治集團，其創黨伊始，完全由於少數留學生，基於愛國救國熱忱，毅然以國家主義與全民政治相號召。只仗幾枝筆與一、二刊物之發行，便引起全國青年知識分子的望風響應。余家菊即一本書生愛國熱忱而入黨，而終其一生亦均筆桿及刊物不離身。直到逝世前兩個多禮拜，還將他在抗戰時期寫的文章廿四篇，集爲「孔學漫談」一書出版。

這個書生政黨自其黨魁曾琦於民國四十年逝世後即告分裂。始則分爲二派，其後內在與外在因素相激相盪，派系越演越多，爭執越來越烈。余家菊即「整理委員會」派的領導人。

青年黨的分裂，意見多於政見，當初不無逞强鬥勝的成份在內。大家互相抬槓，可是長久以來，彼此發現誰也「壓」不了誰，吵吵鬧鬧，徒然貽笑外人。於是有關團結之議時試，但是每次都功敗垂成。如今有人遠走國外不問黨事，有人潛心研究不理是非，也有人變成離羣孤雁，孤軍奮鬥。余氏生前亦恆以此爲憂。

余家菊對孔學致力甚深，他的政治思想亦從孔學中抽取發揚出來。他從孔子的「仁」，「愛」，擴大爲「純正」愛國主義，亦即毫無任何企圖的愛國。他的人生觀是謙讓爲懷和自我節制，反對「自我擴張」和「唯我獨尊」，一切盡其在我，不計成敗得失。這種執善不放的個性，就是他在青年黨內爭中的立場，也是他和少數人相處不融洽的原因。

他在失明之後，仍然關心國事，每天上午找人讀報紙給他聽。他學術根基深厚，記性甚好，失明後更積極鍛鍊腦力。由他口述而寫了「我們怎樣辦？」「仁者無敵」、「復興愛的文化」、「論語今解」等書。曾爲他做筆記的立法委員冷彭，對余家菊的風骨學問極爲佩服。冷委員認爲，余主席那種「盡其在我」的人生觀，是我們當前需要學習的精神。

冷委員說，「余主席過世後，黨內人士聚會，大家都感到從此國家又少了一個說話的人，少了一份安定的力量。」

余氏生前常說，中國青年黨這塊招牌，既在日寇與共禍所造的浩劫之中，爲同志們的血所洗染過，則今日站在此招牌之下，令我們後死同志，雖生活仍舊顚沛不寧，而精神上總認爲是光榮的。

據悉，青年黨內中堅人士正積極籌劃在明夏召開應該在去年召開的全國代表大會，並且改組中央執行委員會，將原有廿五人增爲卅五人，更名爲臨時中央執行委員會。在該黨爲死者哀悼氣氛下，大家更有應加速團結的體悟。

余氏對魏晉玄學、隋唐佛學、宋明理學、清朝樸學，均有所研究。晚近身體行動不便，每日端坐默唸「大乘起信論」，藉以習靜養生。不久前歸信天主。他住在臺北市合江街小巷內的老舊平房，室內陳設簡樸。他遺言一切喪葬從簡，只在教堂行最後告別式即發葬泰山。

不久前，在香港的青年黨主席李璜致贈「學鈍室詩集」，擺在余公館客廳，詩集內回顧該黨當初艱困之境以及奮鬥之勇頗多慨嘆，其間充滿深情厚誼。如今朋輩相繼零落，曷勝唏噓。

但願今後青年黨能更邁向團結之途。

伍誠仁與他的畢業證書

· 姜雪峯 ·

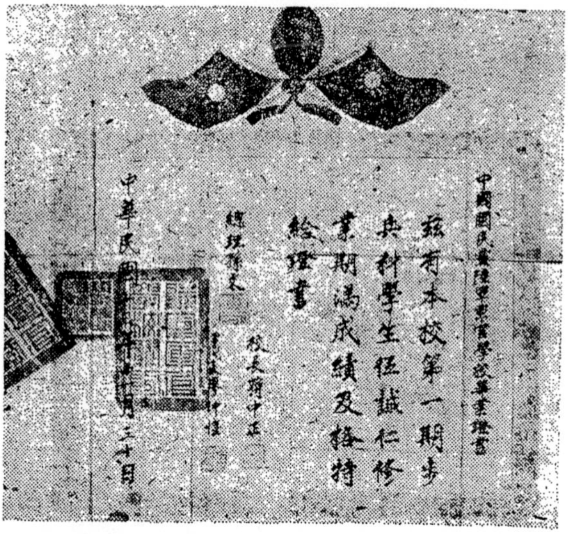

最近見到了一份非常珍貴，極有意義的歷史文件，那便是故伍誠仁將軍所持有的黃埔軍校第一期畢業證書。

從這份畢業證書上，我們可以看得出來，名將輩出、享譽中外的黃埔軍校，在創辦初期係以「中國國民黨陸軍軍官學校」爲名，因此，畢業證書乃由國民黨總理孫文、校長蔣中正、黨代表廖仲愷會銜頒發。證書底版上印有陰文凹版：「革命尚未成功，同志仍須努力」十二個字。證書之後並列着兩顆關防，一曰「陸軍軍官學校關防」，一曰：「駐陸軍軍官學校中國國民黨黨代表之印」，四角印有：「親愛精誠」四字校訓。伍誠仁將軍所領到的畢業證書是埔字第一百六十八號，黃埔一期的結業日期是中華民國十三年十一月三十日。也就是說，伍誠仁將軍的遺屬，保存這一份珍貴的歷史文件，爲期逾五十年，半個世紀有多。

讓我們再回顧一下黃埔軍校的輝煌歷史，民國十三年元月三十一日，中國國民黨第一次全國代表大會在廣州召開期中，國父以大元帥的名義，派 蔣公爲陸軍軍官學校籌備委員會委員長，籌委會的七位委員是王柏齡、鄧演達、沈應時、林振雄、俞飛鵬、張家瑞和宋榮昌。先於二月二十八日指定以廣州黃埔爲陸軍軍官學校校址，黃埔是廣東粵江下游的一個小島，距離廣州約三十華里，乘小汽船，一小時即可抵達，那兒是長洲要塞的所在地，清末曾設有廣東陸軍學堂和海軍學堂，黃埔軍校成立後，便將那兩校校舍合併而爲軍校校址。

十三年二月六日， 蔣公在廣州南堤，設立軍事籌備處，八日召開第一次校籌備會議，十日分配各省區招收新生的名額，全國各省招生的總數三百二十四名，但是後來由於各地前來報考的人數太多，素質尤高。所以，在六月十六日舉行開學典禮的那一天，通過錄取而抵校報到的學生一共有四百九十九人之多。謂之爲集全國革命青年之精英，那是絲毫不誇張的。

軍官學校的主管、教官陣容甚爲堅强，校長　蔣公中正、黨代表廖仲愷、總教官何應欽、政治部主任戴傳賢、教授部主任王柏齡、教練部主任李濟琛、管理部主任林振雄、軍需部主任周駿彥、軍醫部主任宋榮昌、教官梁廣謙、錢大鈞、胡樹森、陳繼承、顧祝同、文素松、沈應時、陸福廷、嚴重、王俊、劉峙。

十三年六月十六日上午八時，舉行開學典禮，　國父親臨致訓，並由胡漢民代讀　國父訓詞，那四十八個字的訓詞其後曾經被指定爲中國國民黨黨歌，民國十六年國民政府定鼎南京，復由國民政府公開徵求樂譜，明令定爲中華民國國歌。

在軍閥環伺，雜牌部隊充斥廣州，盤踞要津，把持稅收的那一段險惡時期，軍官學校弦歌不輟，接受最嚴格的訓練，尚且能在未畢業以前便組織成軍，在　蔣公的率領之下，一舉敉平廣州商團事變，十三年十一月十三日　國父北上，臨行之前曾經親赴軍官學校作最後的視察，他曾面告　蔣公說：「余所提倡之主義，冀能早日實行，今觀黃埔軍校學生，能忍苦耐勞，努力奮鬥如此，必能繼吾之革命事業，必能繼續我之生命，實行我之主義。凡人總有一死，只要死得其所。二三年前，余即不能死，今有學生諸君，可完成吾未竟之志，則可以死矣！」

由以上的一段話，也可以想見　國父對於軍校學生寄望之殷切。

十一月三十日，軍校第一期學生畢業，時值　國父北上途中，在那一天，　國父離開日本神戶，登北嶺丸，續向天津進發。十二月四日抵達天津，接受盛大熱烈的歡迎，自此之後，以迄民國十四年三月十二日，　國父病逝北平之日止，黃埔一期學生在　蔣公麾下，以寡擊衆，開始東征，摧毀叛軍陳炯明的十萬之衆。三月十三日，　國父病逝之翌日，東征軍棉湖大捷，　蔣公曾於事後論及這一次偉大戰役說：

「棉湖之役，以教導第一團千餘之衆，禦萬餘精悍之敵，其危實甚，萬一慘敗，不惟　總理所創之軍盡殲，廣州革命策源地，亦不可保。此戰適當　總理逝世之翌日，蓋天地之靈，有以默相其成也。」

伍誠仁將軍全家合照

以革命始以革命終

東征一役大獲全勝後，黃埔軍校師生相率成爲國民革命軍中堅，從民國十三年東征之役，到時今爲止，軍校學生東征西戰，南討北伐，掃蕩軍閥，剿赤平亂，八年抗戰，乃至戡亂，反攻復國，黃埔學生拋頭顱洒熱血，他們的彪柄功勛烜耀史冊，他們的忠勇事蹟不勝枚舉。——有如這份埔字第一六八號畢業證書的持有者：矢志「以革命始，以革命終」，畢生勇於任難而懦於求聞的伍誠仁將軍，便是其中各種不同的典型之一。

伍誠仁，別署克齋，民國前十六年五月十四日，誕生於福建浦城故鄉，浦城是福建最北的一個縣份，與浙江江山接壤，一向是福建通往京師的唯一陸上孔道：所以，儘管浦城境內多山，有山城之名，却依然以商旅繁盛，富甲閩北，在海運尚未暢通以前，浦城便贏得了「銀浦城」的美名。

夙為浦城望族，但由於伍姓一族富於國家民族觀念，因此終清之世，浦城伍家不曾出過一位應試做官的，也許，這便是伍誠仁革命精神的由來。

浦城伍姓一族樂善好施，頗著義聲，伍誠仁的祖父伍潔庵，父親伍心澄，尤其急公好義，扶危濟傾，遜清咸同年間，太平天國之役，浦城慘遭兵燹，十室九空。更嚴重的是劫後之餘又感染疫癘，病斃餓死的災黎，充塞溝渠，屍骸狼籍。伍潔庵和伍心澄兩父子不由不動了惻隱之心，他們不惜毀家紓難，購辦大批藥品，奔走救濟，也不知全活了多少人命。而且在這次大難以後的十餘年間，繼續不斷的在辦他們的私人救濟事業，——這兩父子曾在浙江龍遊設立育嬰局，專門收留撫養無父無母，和為父母所棄的孤兒。由此可以想見，浦城伍家所辦的救濟事業規模殊不在小。

就因為前後十多年的奔走籌劃，心力交瘁，這一方生佛的兩父子終告相繼辭世，浦城伍家的家道也因而中落，祖父和父親先後病故後，伍誠仁才十一歲，他驟然發現他在一夕之間變成了一家之主，由於他是長子，上有高年祖母林氏，寡母吳氏，三代孤兒寡婦。在伍誠仁下面，還有一個九歲的妹妹，一個七歲的弟弟。

像一個小大人似的撐門立戶，發奮讀書，直到民國九年，伍誠仁二十六歲了，祖母和母親先後亡故，妹妹出嫁了，弟弟也有二十二歲，伍誠仁將家中各事料理清楚後，把整個家交給他的弟弟，他毅然決然的隻身離家，遠赴中國國民革命的發祥地廣東廣州，這便是他的以革命始。

民國九年，革命策源地廣州正值黑暗時期，國父時在上海，軍政府名存實亡，桂系軍閥盤踞粵境，擁兵自重，直到九年十一月粵軍反攻，連克肇慶、廣州。 蔣公親自赴滬恭迎 國父南下，重新恢復軍政府，方始有了一線光明。伍誠仁孑然一身到達廣州，時在 國父旅滬之際，他驟然來到這麼一個光怪陸離，全然陌生的地方，大有茫然四顧，無所適從之苦。因此，他無可奈何的考進了廣東西江陸海軍講武堂。往後，他對於這一項學歷絕不重視，甚至於當別人將西江海陸軍講武堂畢業的學歷給他寫在履歷表時，他竟親自用筆刪去。

事實上，伍誠仁不但在西江講武堂裡讀畢了業，而且還在北洋軍中任過帶兵官，經過三年多的「亂戰生涯」，他都積功升任連長了，當黃埔軍校成立，正式招生，他便將連長一職棄之如敝屣，毫不遲疑的報名與試，獲得錄取，正式投入他久已嚮望的國民革命陣營。將過去的一段痛苦，予以一筆抹煞，他曾欣然的告訴親友們說：

「如今，我總算結束了我險將迷失的生涯，實現我獻身國民革命，救國救民的志願了。」

接收青島威懾悍匪

由於 蔣公的知人善任，也由於伍誠仁在考取黃埔第一期以前，受過基本軍事訓練，先已當過軍官，有過三年多的帶兵作戰經驗，所以在軍校舉行開學典禮以前，伍誠仁便奉派為分隊長。

伍誠仁確能貫徹他「以革命始」的精神，在黃埔一期同學中，他理該是在「內行」「先進」「老資格」之列，然而，他嘗說他投入革命冶爐就讀時期的求知慾，實已臻及如飢如渴的程度，舉一個例，軍事學校最基本的課程：「步兵典範令」，他就一天到晚書不離手，直到他能背得滾瓜爛熟而後止，如果能夠按照他的心願，像這樣發憤努力下去，以黃埔師資之優良，革命精神之充沛，伍誠仁的兵學造詣必定可以突飛猛晉，提前達成，可惜的是當廣州一夕數驚，形勢險惡，軍校師生爲了確保革命基地，不得不提前結業，及早組織成軍，投身戰場，完成史無前例的艱鉅任務。

十四年元月，盤踞東江的叛逆陳炯明，乘國父上，廣州空虛，以所部十萬之衆，傾巢而出，西犯廣州。陳炯明僭號救粵軍總司令，自潮汕出動，以林虎爲總指揮，兵分三路，向廣州展開圍攻。當時，蔣公麾下，只有兩個軍校教導團，以及第一、第二兩期學生。但是 蔣公釐訂戰畧，以攻爲守，聯絡桂軍、滇軍，進攻陳炯明的巢穴——惠州城。

二月一日，東征開始，連克石龍、東莞、淡水諸要地，二月十八日，伍誠仁即已升軍校軍官團第八連上尉連長，東征大捷，陳炯明亂事敉平，伍誠仁出生入死，勞苦功高，到了民國十五年， 蔣公出任國民革命軍總司令，誓師北伐，六月二十一日，伍誠仁即已升任補充師第一團第一營少校營長，是年十月，再升任第二團中校團附。十六年七月十五日更洊升總司令部補充第十一團團長。從他在一年之間連升三級，於同學之中也算是升遷較速者，便可覘知他表現的優異。

在這一段時期，伍誠仁的部下都是兩廣部隊，當年的部隊是很難免會存有地域觀念的，伍誠仁是閩北人，但却由於他大公無私，治事嚴謹，與所部將士患難與共，艱苦同嘗，視士兵如子弟，所以，他的部下對他都很愛戴，甘於用命，樂於效死，又使伍誠仁在革命軍中聲譽鵲起，一致認爲他是不可多得的將才。

第一次獨當方面，奉令辦理最艱巨的任務，是在民國十七年，伍誠仁任總司令部憲兵第二團上校團長，他是當時全國僅有的兩個憲兵團長之一。就任不久，奉命接收久爲日本强佔的青島，這是他平生首度執行外交兼軍事的雙重任務。日軍懾於國民革命軍的聲威，不敢公然抗拒或阻撓，可是他們又不甘於放棄，於是便用陰謀詭計，唆使膠東巨匪劉黑七，率領悍匪數萬，在膠濟鐵路兩側持槍列隊。表面上說是歡迎國民革命軍，實際上却很可能對我國軍施以圍攻。

憲二團全部官兵只有二千餘人，敵衆我寡，兵力懸殊，何况一到臨近青島的地方，即已陷於重圍，戰火一觸即發，在那時的情勢眞是千鈞一髮，危殆萬分。然而，伍誠仁却能雍容鎭定，匕鬯不驚，他決不示弱，下令所部在車門車窗裡武裝「亮相」，我憲兵素質本高，訓練尤其精良。劉黑七匪部都是烏合之衆，從來不曾見過這種壯盛的軍容，或許也有點因爲激發天良，由虎虎軍威引起了國家民族觀念，數萬殺人越貨的强盗土匪不但不敢與國軍爲敵，反而俯首稱降，聽候編點，使日本人的陰謀詭計，當場爲之粉碎。

民國二十一年一二八淞滬之戰，伍誠仁已洊升國軍第八十七師少將獨立旅長，他親率所部堅守陣地，誓死不退，打了非常漂亮的一仗，使國際間對國軍刮目相看，譽爲亞洲第一流的勁旅，尤其阻遏了日軍的瘋狂進攻，同時也將他們積極侵華的時間表予以展緩。淞滬戰後，又有閩變，二十二年春，伍誠仁奉命提師入閩平亂，他的那一個獨立旅是先頭部隊，在延平縣與變兵一個軍正面交鋒。

以寡擊衆、敉平閩變

延平地勢險峻，易守難攻，所以閩中人士有「鐵延平」的說法，伍誠仁率部順利推到延平九峯山下，山上却有敵軍一個軍，正以高瓴建甌之勢，嚴陣以待，照理說像這種仗是絕對沒法打的。但伍誠仁抱定必死的決心，激勵將士，發動仰攻，居然就能擊潰當面十倍之敵，力克閩北天險，而閩境變兵經此嚴重挫敗，軍心渙散，鬥志盡隳，等到中央軍源源開來，蔣公親臨指揮，變兵悉數稱降，閩變不旋踵而平定。否則，在那外憂內患空前嚴重的時候，倘若閩變遷延時日，漸次蔓延，後果簡直不堪設想。

由於閩變一役戰功卓著，伍誠仁在二十三年十二月八日升任第四十九師師長，他帶了大批變兵殘部，間關萬里從福建到湖北孝感，從事整訓，然而未幾便因共軍流竄，自贛入閩，竄犯福州。伍誠仁部乃又奉命步上回程，再自孝感輾轉返閩解福州之圍。然後，直到民國二十五年爲止，他這一支有力的部隊，就投諸於剿共戰事。四十九師一路追剿共軍，歷時兩年有餘，從福建追到浙江、江西、安徽、河南、陝西、四川松藩，追擊數萬里，大小近千仗，屢屢予共軍致命性的打擊。

當他直接把共軍徐向前部追到四川松藩，到了海拔三千公尺以上，幾無路徑可尋的山區險地，徐向前被伍誠仁逼得無路可走，便糾合了三個軍團的共軍，回師猛撲，作困獸之鬥。雙方兵力懸殊，伍誠仁所部的無線電收發報機偏偏又壞了，無法修復。通訊聯絡中斷，徐向前便乘隙而進，將伍誠仁所部團團圍住。伍誠仁曾坦承這是他領軍作戰唯一敗績，但他終能率部力戰，突圍而出。初度受挫後，他的上級指揮官曾經盛讚他說：

「轉戰千里之師，而軍容士氣，勝我部多矣！」

但是伍誠仁却在事後反躬自省，引以爲咎，他向　蔣委員長自請處分，　蔣委員長對於這位得意門生，「千」戰驍將雖仍慰勉有加，祇不過伍誠仁深切以爲自己的「非戰之罪」是由於學養不足。他決定繼續深造，堅懇　蔣委員長俯准進入陸軍大學就讀。

民國二十六年抗戰爆發，一年後，二十七年七月，伍誠仁始在陸大第十四期卒業，出任江漢荊宜師管區司令，作後方重鎮，爲西南大後方——陪都重慶把守大門，一直到三十三年五月八日，他奉委六十五軍中將副軍長，伍誠仁在抗戰八年間，足有七年之久，做的是練兵工作。不過其間也曾內調，例如他任過六戰區司令長官部高級參謀，軍事委員會中將高參，兼委員長侍從室侍衞組長。

民國三十四年，抗戰勝利前後，伍誠仁曾遠在廣東南韶，出任南韶師管區司令，一直到三十七年三月，李良榮任福建保安司令的時候，他才在福建保安司令部當了整整一年的參謀長。三十八年三月轉任福建軍管區副司令，福建軍管區司令係由福建省主席朱紹良兼任。

三十八年後大陸形勢逆轉，樞府播遷台灣，伍誠仁亦自閩省撤退來台，任職國防部參議，其後樞府以伍誠仁忠勤幹練，曾多數徵求他的同意，擬畀予重要職位，伍氏爲讓青年將校有晉陞之機會，均予婉謝。四十一年十月二十二日，奉命假退役，結束了他「革命始」、「革命終」的戎馬生涯。自他二十二歲離家，到他三十八歲假退役爲止，伍誠仁的大半輩子，都在軍旅之中渡過。

這是黃埔一期同學的又一典型，前半期光芒萬丈，如日中天，後半期則由於任務之不同，從前方調到了大後方，漸漸由絢爛歸於平淡。伍誠仁曾因作戰有功，榮獲記大功兩次，復因抗戰有功迭獲寶鼎、忠勤勛章，復以勝利敍勛，又獲勝利紀念章一座，謂他爲黃埔一期生的佼佼者，當不爲過。

民國四十一年奉令假退役後，伍誠仁曾解甲歸農，參與自由中國的壯大生產行列，而且歷時達十有八年之久。民國五十九年十一月二十九日（農曆十一月初一），他病逝於空總醫院，享年七十五歲，殯葬之日，政府官員，各界人士前往致祭者千餘人，備極哀榮。

很久就想一寫「以革命始，以革命終」的伍誠仁將軍了，祇以手頭缺乏資料，遷延日久，頃在報章閱及伍氏愛婿雷震宇在澳洲領導僑胞，從事宣傳工作，頗著功勛。因承友人之介，自雷君處獲得若干伍氏事迹，本文方告完成，謹向雷君致謝。

洪憲本末（六）

·鐵嶺遺民·

帝制真禍首

袁世凱死後，黎元洪繼任，通緝帝制禍首八人，其中有夏壽田在，就表面情形來看，似乎冤枉，因爲夏壽田是袁世凱的秘書（內史），既未當過官，亦未公開參與過政治活動，帝制罪魁不下百人，結果僅通緝八人，夏壽田居然入選，似欠公允，但事後看出，此公確是洪憲眞正禍首，黎元洪、段祺瑞所以通緝他，自有道理。

夏壽田號午詒，陝西人，父名時，淸末任江西巡撫，夏壽田隨宦在江西，曾執贄於湘綺老人王闓運的門下，光緒廿四年戊戌中進士，殿試一甲第二名，就是俗說的榜眼，在科舉時代，是讀書人最好的出身，所謂玉堂金馬，富貴是指日可待的。但是戊戌之後就廢了科舉，夏壽田白中了榜眼，竟然未謀得一官，由於他眞有學問，詩詞文章書法都是第一流，辛亥年端方奉命入川平亂，就聘爲幕府，一同赴川，行到資州端方爲亂兵所殺，夏壽田因爲是漢人幸免於難，輾轉回到北京，此時袁世凱已東山再起，出任內閣總理大臣，袁世凱與端方是把兄弟，兒女親家，眞眞是死黨，聽到夏壽田回來，就召之入幕。民國成立任總統府秘書，民國三年改秘書爲內史。當時任內史監（秘書長）的阮忠樞鴉片烟癮極重，上午不能辦公，夏壽田因爲一無嗜好，每天除去辦公就是讀書寫字，所以每天能按時上班，袁世凱每天上辦公廳，內史祇有夏壽田一人在，因此有心腹事就同夏壽田商量，袁世凱不是容易同人說心腹話的，所以同夏壽田無話不談，大概由於兩點：第一，夏壽田對端方忠心耿耿，端方死後，夏壽田賦誄哀悼，以侯嬴自居，幾欲殉主。袁世凱與端方交情勝於同胞，對夏壽田自然看成自家人；第二，夏壽田是個純粹書呆子，對名利十分淡泊，眞正共大事還需要淡於名利的人，像楊度的熱中，祇能作外圍，機密大事自不能同他商量，但是以袁的身份又不能當面指揮楊度作事，其中最好的居間人就是夏壽田了，由於夏楊都是王闓運門生，有同門之雅，談話更爲方便，據楊度同張一麐說：「吾本欲回湘，午詒云，總統有大事需汝出頭，實則我亦被動非主動。」可知眞正居間操縱的是夏壽田了。

古德諾其人

洪憲帝制肇始於古德諾發表「共和與君主論」一文，從此古德諾大名遂長留中國近代史。民國五十八年間外籍顧問何止千人，眞正爲中國人所熟知者，無人超過古德諾。究竟是古德諾之幸抑是不幸，都很難說，但可以斷言的，帝制之推動，與古德諾絕對無關，使古德諾大文不發表，也一定另有外國人出面發表，古德諾祇是中國帝制派掛出的一塊招牌，貨色如何，決定在製造人而不決定於招牌也。

古德諾是美國人，担任公府顧問，當時公府顧問各國皆有，後來被帝制派利用的除去美籍顧問古德諾，還有日本顧問有賀長雄。古德諾何以會發表這篇文字，爲帝制派放第一砲，其中經過已無具體資料可查，但祇知慫恿古德諾發表此文的是周自齊，並非楊度。

周自齊地位雖不如夏壽田隱晦，但也是一個半幕後的人物，因此，可以參與大計。袁世凱當時推行帝制眞正可以磋商的人，第一是夏壽田，第二可能是楊士琦，第三就是周自齊。楊士琦對帝制始終旁觀，夏壽田也是無可如何隨遇而安；周自齊倒是眞熱心，以後也唱了幾齣挑大樑的戲，此時蠱惑古德諾的又是他。

古德諾本身是共和國的國民，却去鼓吹另一個共和國推行帝制，在帝制派心目中，也許覺得由古德諾出面更可否定共和國的價值，不知古德諾個人並不能推翻共和制度，反而犯了罪，美國朝野對於古德諾的行動皆感憤慨，令其返國，不得再在中國居留。古德諾既不能要求中國予以政治庇護，祇有乖乖地囘國，臨行時留一信給蔡廷幹，說明自己爲人利用，囘國後將要受刑事上的處分。當時尚不知何人出面利用古德諾，以後公府英籍顧問摩利遜證實是由周自齊經手，眞象始大白。但帝制已進行得如火如荼，此時已不需要古德諾博士，即使古德諾登報否認曾寫此文，但火頭既已燃着，帝制派也不理會了。可是古德諾却從此身敗名裂，爲中美兩國人所不齒，實在冤枉，周自齊此舉也未免缺德。

共和與君主論

古德諾大文「共和與君主論」，全長約四千五百字，其中所論各點，在今天看來實在一無是處，其重心在於民智未開國家不能實行共和，特別舉中南美爲例，但中南美之巴西、智利與阿根廷均實行共和有年，且有成效，又何以故呢？古德諾認爲「阿根廷及智利兩國初建共和時，騷擾紛紛，久未平定，然其後漸見安甯，頗享太平歲月之福。至巴西則二十五年前建立共和制以來，雖畧有騷動，而共和之命運，實屬平安。然此三國於立憲政體，皆能極力進行。十九世紀之初，阿根廷及智利兩國，久已力爭進步，而巴西則未立共和之前，在帝國時代，業能鼓勵人民，使之與聞國政，故三國之得此結果者，非偶然也。」這一段話說了等於未說，巴、阿、智三國民智決不比中國高，三國既然可以實行共和，則中國又怎麽不能？

「古文」又以英國爲例，指英國克倫威爾曾實行共和，但旋即失敗，足爲中國之戒，但這個例子又出了一個漏洞，因爲英國民智當然高於中國，英國竟然不能實行共和，究竟共和制度是適用於落後國家，還是適合於先進國家，如果說共和不適於先進國家，則法，美兩國又何以適用共和體制，如果說共和不適於落後國家，英國共和政府又何以失敗。古德諾對此亦有解釋，指「美國之革命，初非欲推翻君主也，其目的但欲脫英國而獨立耳。乃革命成功而後，其勢有不能不用共和制者，蓋其地本無天家皇族，足以肩負政務之重。」這段話實在妙不可言，不知道歷史上第一個作皇帝的人，是不是天家皇族，中國的劉邦、朱元璋更同皇族沾不上邊，要說一定皇族才能作皇帝，袁世凱決非皇族，無論怎樣附會，中國歷史上從未有過姓袁的皇帝。古文又說「然當日統率革命爲華盛頓，使其人有帝制自爲之心，亦未始不可自立爲君主，乃華盛頓宗旨，尊共和不喜君主，而又無子足以繼後……」這段文字不但荒謬，也太厚誣賢者了，等於說華盛頓如果有個袁克定這樣兒子，也會稱帝似的，怪不得美國國務院要吊銷他的護照，勒令囘國受處分了。

六君子

袁世凱死後有人撰了一付輓聯「致疾六君子，送命二陳湯」

，「六君子」指的籌安會六位發起人楊度、孫毓筠、嚴復、劉師培、李燮和、胡瑛。「二陳湯」指的陳樹藩、陳宧（讀頤）、湯薌銘。「二陳湯」的事留在以後再說，此處先談談六君子。

談起洪憲帝制經過，世人常有一個錯覺，以爲整個推動洪憲帝制的力量是六君子，而六君子又都是同類的攀龍附鳳之流，其實這是一個大錯。世人所以有此看法，因爲帝制公開活動始於籌安會，籌安會由六君子具名發起，因此才有「致疾六君子」之說。實際上這祇是表面現象，沒有籌安會，帝制還是要辦的，沒有六君子，也另有一批人出來湊熱鬧，籌安會祇是帝制的尖兵，先把籌安會招牌掛出來探探行情，傳說中飛簷走壁的大盜要在屋頂降落平地時，先要扔下一塊石子投石問路，看看下面是不是陸地，籌安會祇是投石問路的石子，所以到了後來帝制運動一旦轟轟烈烈展開，籌安會便無疾而終，可以證明籌安會實際上是帝制的先遣隊，不過如象棋上的過河小卒，若以之爲車馬砲却是大錯的。

六君子組合實是一個大拚盤，六人中楊度是立憲派，嚴復出身海軍，但爲名學者，劉師培最早也算是革命黨人，但在辛亥革命前已經變節投向清廷，作爲清廷耳目偵察革命黨人行動，其行爲自不足齒，但論到學問，與嚴復倒是各擅勝場。至於其餘三人倒是眞正的革命黨人，孫毓筠當過安徽都督，李燮和當過吳淞都督，胡瑛當過武昌都督府的外交部長，皆是革命黨的中堅分子，尤其孫毓筠更深得中山先生賞識，革命黨人尊敬，結果竟然變成洪憲帝制犯，實在不值得。

今日作蓋棺論定，六人最該死的是楊度，籌安會實在是他一人組成。最不值的是孫毓筠，如果孫毓筠一直追隨中山先生到底，以後在安徽還是第一人。最寃枉的是嚴復，受名高之累，硬被栽贓。最沒有出息的是劉師培，所以捲入政治是受了老婆所迫。最不能派用場的是李燮和，唯一能蓋前愆又回到革命陣營的是胡瑛，容分別敍述。

怪物楊度

楊度這人可說是民國初年的一個怪物，他一生經歷之多，遭遇之奇，確實無人可及。楊度在清末受業於王闓運之門，當時就有才子之稱，光緒二十九年（一九零三）楊度在經濟特科殿試時考取了一等第二名，若照科甲習慣來說，也應該算是榜眼。不料考了狀元（一等第一名）的梁士詒出了毛病，軍機大臣瞿鴻禨與西太后談起梁士詒時，指此人梁頭（與梁啓超同姓）康尾（與康祖詒即康有爲尾字相同），又是廣東人與孫汶同鄉（按當時清廷通緝中山先生，是在文旁加水，瞿鴻禨又分不淸香山，三水，把孫梁當成同縣），其人之人品可知。西太后恨透康梁，也怕死了孫汶，不料這個姓梁的竟與三人都有關係，當時一怒之下，連閱卷大臣都換了，要重新考過。梁士詒嚇得不敢入場再試，楊度也隨之嚇跑，去了東京。據傳說楊度行前與張之洞發生聯繫，張之洞資助他的膏火之費，楊度在東京負責聯絡留學生，有機密事專函向張之洞報告。

楊度在東京駐在飯田町一個房子，地方很大，他既有錢，又有學問，更加長於辯才，兼之慷慨好客，一時飯田町寓所無形中成爲留日學生俱樂部，尤其湖南省籍學生幾乎無人不識楊度，黃興（當時尚名黃廑午）、宋敎仁、蔡鍔都是常客。康梁此時亡命在東京，也與楊度有接觸，中山先生創立興中會之後，由檀香山到東京，想在留學生裡面吸收大量同志，到東京自然也要去拜會楊度，請楊度加盟，但楊度仍醉心君憲，對革命沒有興趣，同中山先生祇交了朋友，未成同志。北伐以後，楊度在上海向人談起，說中山先生找他加盟他不肯，介紹黃興與中山先生見面，孫黃二公見面一談志同道合，就把興中會與黃興領導的華興會，加上章炳麟、陶成章領導的光復會，合組而成同盟會。言下之意，以爲革命黨之成功，他也有很大功勞。但據章士釗記載孫黃二公第一次見面是他介紹的，兩人談話時章士釗也在座，當時祇有孫公一個人說話，黃、章二人祇是靜聽，章士釗形容孫公當時氣概「太原眞氣，戶牖迷濛」，今日讀來躍然紙上，大概章士釗說的是眞的，楊度是胡說吹牛。

楊度在東京的行動，受到北京方面的注意，當時漢大臣中地位最高的是張之洞，權力最重的是袁世凱，被稱爲朝廷兩大柱石。張之洞已認識楊度，袁世凱雖然未見過楊度，却久已心儀其人，就想拉楊度回國。就在這時（光緒三十一年，一九零五）清廷派了五大臣出洋考察憲政，最初派的是鎭國公載澤，戶部侍郎戴鴻慈，兵部侍郎徐世昌，湖南巡撫端方，內務府大臣紹英。八月二十六日五大臣在前門車站上車時，被安徽桐城人吳樾擲了一顆炸彈，戴澤、紹英受了傷，當時祇得停止，九月間再度出發，徐世昌同紹英不敢去了，換了山東布政使尙其亨，順天府丞李盛鐸仍然是五個人。這五個人根本就不知憲政爲何物，要考查也無從考查起，於是保薦了一個維新派人物湖南人熊希齡爲隨員，把這項考察的責任交給熊希齡。熊希齡當然比五大臣內行，惟其內行才知道這件事千頭萬緒不易着手，當時就向五大臣建議，不如先找一個懂得世界各國憲法的人，依據各國憲法，參酌中國國情，寫出一份報告，回來時再加上整理，專摺上奏可以得到朝廷採納，否則在外國就地取材，即使寫出一篇考察報告，也未必合用。這些大臣都是作官作了半世，懂得爲官之道，第一要訣就是推，既然有人代勞，又何樂不爲，當時一致同意熊希齡的意見，責成他物色專人起草報告。

熊希齡就去東京找到楊度，說明來意，楊度覺得這是一個大顯身手的機會，當時就一口答應了。但是楊度自身對憲法知識也有限，就去找梁啓超，要梁啓超寫了一篇「世界各國憲政之比較」，他自己寫了「憲政大綱應吸收各國之所長」及「實施憲政程序」，及至五大臣回國時，楊度把稿件交給熊希齡，抄錄一遍變成了五大臣的奏摺，清廷居然予以採納，當然其中經過瞞不了朝內大臣，於是楊度才華更名動公卿，尤其是一貫留意人才的袁世凱，更密切注意。到了光緒三十三年（一九零七）由五大臣出名保薦楊度才堪大用，這時清廷設立憲政編查館，賞楊度四品京堂，爲編查館提調，楊度再度入京，從此投入袁世凱之門。

楊度正式投到袁世凱門下，是光緒三十三年（一九零七），兩人一接談，彼此都相見恨晚，當時的楊度，已經以日本維新名相伊藤博文自居，認爲中國事一定要交他來收拾。不過，此時楊度要保的還是大清，他也未想到擁袁作皇帝，袁世凱縱有帝王思想，此時也不敢流露，更不會輕易同楊度講。楊度當時祇希望藉袁世凱這個階梯，有朝一日爬上宰輔位置，便可大行其道。誰知次年光緒帝崩殂，宣統帝繼位，攝政王載灃監國，首先就下令把袁世凱放歸田里，此事雖與楊度不相干，但楊度失去這個靠山，要想爬上宰輔位事，就難如上天了。楊度當時失望之極，逢人便說自己有伊藤之才，無伊藤之福。

袁世凱雖然放歸田里，袁克定仍留在北京任農工商部左丞，楊度仍任他的憲政編查館提調，袁世凱在京時，兩人當然也認識，但却沒有深交，此時袁世凱歸隱洹上，袁克定留在京師作爲聯絡員，很快就同楊度聯絡上，日日在一起商談大計，此事以常情來衡量，兩人當日所要討論的，恐怕還是怎樣促成袁世凱東山再起，要說那時就在一起商量擁袁作皇帝，大概還不至於。

辛亥革命事起，武漢三鎭首舉義旗，北京的朝廷固然亂成一團，袁世凱的親信也忙得不亦樂乎，上自奕劻、徐世昌，下至楊度，皆爲此事絞盡腦汁。祇是怎樣才能使袁世凱出山來得比較自然，是奕劻同徐世昌的責任，楊度却不理這些，乾脆跑去彰德，駐在養壽園中參與大計。以後南北議和，最初階段在秘密進行時，皆由袁克定主持，實際上則由楊度出謀定計，如最初派朱芾煌去武昌見黎元洪半途被馮國璋截獲，幾乎送了朱芾煌的性命，以後馮國璋調回，改派段祺瑞統兵，也與和議有關，怕馮國璋從中阻撓。隨後又派蔡廷幹，劉承恩去見黎元洪，要求保留清廷，實行立憲，被武昌方面拒絕，及至袁世凱就任內閣總理大臣，與南方正式和談，派唐紹儀爲總代表，楊度也是代表。這一階段，楊度實際上已經參與了袁世凱的機密大計，但是，大概還不會觸及「帝制自爲」的事。

民國成立後的兩年中，楊度頗受冷落，個中原因無人提及，推測約有幾項原因。當南北議和在上海舉行時，袁世凱因爲唐紹儀是廣東人，與中山先生是小同鄉，皆是香山縣人，可說是總角之交，關係密切在已之上，南方首席代表伍廷芳又是廣東人，他們集到一起說起廣東話，局外人根本就莫名其妙，因此派了楊度作隨員，目的在於要他當一名探子，將孫、唐、伍商談情況，每天報告，誰知楊度到了上海，沉迷於北里烟花，日日狂嫖爛賭，一切大計皆不知道，袁世凱對楊度不由感到失望，覺得此人是書生徒托空言，不能派眞實用場。

在南北議和之前，楊度與汪兆銘原來合組了一個「國事共濟會」，目的就在溝通南北，促成和議，此時和議已經告成，汪兆銘早已去南方向中山先生歸隊，「國事共濟會」也就宣佈解散，到了解散時還餘一萬多元公款，又被楊度帶去青島花光。袁世凱對人的手法，完全學自歷史上的奸雄，決不怕部下亂花錢，而怕的是不肯要錢又不屑於作官的人，但是對於楊度這種不分靑紅皂白，抓到錢就亂用，也覺得豈有此理。因此在民國元二年間楊度可說是極端的不得意，也牢騷滿腹，民國二年七月熊希齡進行組閣時，特地去拜望楊度，希望楊度幫忙出任教育總長，楊度却嫌這個衙門沒有油水，要幹就幹交通總長，交長如果不能到手，就幹同成路督辦也可，祇是不當教育總長。熊希齡再三說請多幫忙，楊度却瞪起眼睛說幫忙不幫閒。幫閒一詞有人認爲始於魯迅，實際發明人却是楊度。

民國二年底袁世凱下令成立政治會議，全體委員六十九人，由總統指派十人，楊度即在其中，當時楊度仍抱有雄心，想担任政治會議議長，誰知袁世凱却派了李經羲任議長，楊度失望之餘，公府也不常去了，眞的打算回湖南住一個時期再說，就在這時夏壽田來同他講「總統有大事，須汝出頭」，於是楊又留下來，這時是民國三年上半年的事，帝制暗地醞釀當開始於此時。

到了民國三年五月，袁世凱突然題了一個匾額「曠代逸才」賜給楊度。這一行動頗不尋常，因爲在此以前，袁世凱對楊度並無特別關注之處，同年三月授勛，楊度祇得到勛四位，遠落在一般當朝大臣之後。袁世凱忽然賜以匾額，親書「曠代逸才」四字，自是殊榮，楊度更受寵若驚，當時上了一篇呈文謝恩稱：「爲恭達謝忱事，五月三十一日奉大總統策令，楊度給予匾額一方，此令，等因奉此，旋由政事堂頒到匾，賜題曠代逸才四字，當即敬謹領受。伏念度猥以微材，謬參衆議，方慚溺職，忽荷品題。維紱飾之逾恒，實悚惶之無地，幸値大總統獨任艱鉅，奮掃危疑，度得以憂患之餘生，際開明之佳會，聲華謬竊，返躬之咎彌多，皮骨謹存，報國之心未已。所有度感謝下忱，理合恭呈大總統鈞鑒。」

研究洪憲帝制發軔，大概此事爲契機，楊度所以能得到此項殊榮，中間一定有有力人士爲之推轂，依當時情形看，能向袁世凱說心腹話的，似乎祇有袁克定與夏壽田，至於楊士琦與梁士詒並非不得袁世凱信任，祇是有關帝制事尙不願兩人與聞，證以後來楊度向張一麐說自己要回湖南，是夏壽田留他，說總統有大事要他辦，大概這是同一時期發生的事，所以說洪憲帝制，楊度橫被罪魁之名，實際上祇是一個幫閒而已。

不過經此一事之後，楊度更加起勁，四處活動，袁克定請梁啓超春筵，也是楊度的主意，但遇到大關節，袁世凱仍然不願他出頭，如古德諾發表「共和與君主論」，則是周自齊負責疏通，並非楊度出面，所以如此，大概是怕楊度一出手就鬧得通國皆知，事情不成，就變成絕大笑話，觀於以後請願聯合會組成，籌安會即自行解體情況來看，可以斷言，即使洪憲帝制成功，袁世凱當了中華帝國皇帝，首任宰相也決輪不到楊度，甚至再退一步說，就算太子袁克定登了極，會不會用楊度當宰相，仍是絕大疑問，因爲楊度爲人實在太淺，宰相肚裡好撐船，非深沉的人不能作也。

古德諾文章發表之後，楊度就寫了一篇「君憲救國論」，文章採用問答題，楊度以「虎公」爲名答客問，文字頗長，其中有幾點頗爲有趣，例如「虎公曰：法、美皆爲共和，亦復皆行憲政，則於中國共和國體之下，實行憲政，胡不可者？而必謂改爲君主乃能立憲，此說無乃不經，然試問法、美人民有舉兵以爭大總統之事乎？人人皆知其無也。又試問何以彼無而我有乎？此人民程度不及法、美之明證也。」這段話表面說來好似頗有理由，實際還是古德諾文章的翻版，無非說落後國家不能實行共和，在今日看來，原不值一駁，但在當時一般帝制派來看，未嘗不視爲讜論。

又如：「客曰：子之欲改爲君主者，亦欲避此時之亂也，然大總統繼任之時，有此變亂，君主繼位之時，獨無此變亂乎？」這一問實在也問得很深刻，楊度的答覆是：「大總統之名義有競爭，君主之名義無競爭，競爭大總統不爲罪惡，競爭君主，乃爲大逆，誰敢嘗試此者，此即定於一之效也。共和改選之時，羣起而爭大總統，所以全體皆亂，君主嗣位之時，決無羣起而爭君主之怪事，故亦即無全體皆亂之怪事。即有亂者，不過反對君主之一部份人耳，故繼任大總統敵多，而嗣位之君主敵少。」所舉各點，以此點似最有力，但也不值一駁，中國歷史宮闈之亂，弟兄爲爭皇位而展開血腥鬥爭者無代無之，明代燕王之亂，清代雍正奪嫡，屠戮兄弟，皆昭昭在人耳目。不過，楊度這一番話，在當時確頗爲新鮮，與古德諾文章相配合，成爲帝制派的經典。據說楊度寫就之後，託夏壽田轉呈袁世凱，袁世凱閱後大爲激賞，密令交給奉天將軍段芝貴，秘密印刷散發各省大吏傳閱。段芝貴當時就有乾殿下之稱，自清末以來就是袁世凱的心腹，這篇文章經段芝貴印發，當然也就代表了袁世凱的意思，以後各省督軍、省長紛紛勸進，並有十四省督軍密電奏請早正大位，導源皆在於這篇文章，楊度雖不是帝制發起人，但推波助瀾之功，實在甚大，所以後來難逃通緝也。

楊度在洪憲帝制得意時期很短，前後應不過三月，到了梁士詒的「全國請願聯合會」出現，籌安會就被棄置，這一變化對楊度自是一巨大打擊，但就事實而言，也有其必然性，因爲楊度爲人祇有一張嘴，遇事亂嚷，在一件事未開始之前，利用他的嘴巴去嚷嚷，探探行情是可以，到了問題揭開，眞眞要辦事，就不是楊度所能爲力了，因此籌安會祇能鼓吹帝制，不能推行帝制，到了眞要實行帝制，就非要有財力、有辦法的人出來不可，梁士詒自是合適人選，相形之下，楊度也就非退避不可了。

楊度雖然在帝制後期很失意，但是帝制犯之名已經定讞，談帝制的人，第一個就要談楊度。在帝制未取銷之前，還可以鬼混一時，到了民國五年三月二十二日袁世凱正式宣佈取銷帝制，楊度處境就更慘，由於他個性揮霍，到處欠的都是債，館子、服裝店、首飾店、書店，甚至八大衚衕的局賬，無所不欠，帝制進行期間，局外人尚不知楊度失勢，總以爲皇帝一旦登極，楊大人就是新朝宰相，到時還怕他不還賬，誰知袁世凱宣佈撤銷帝制，皇帝都沒有了，那裡還有宰相？於是所有債主一齊逼上門追債，楊度既受到了政治的壓力，又困於周身債務，狼狽之狀，不難想像。

到了袁世凱死去，黎元洪正位，通緝帝制犯，楊度自然在內，但通緝也是具文，不久就取銷了。楊度此時無路可走，隔了幾年忽然同張宗昌拉上關係，在張作霖開府北京時，楊度想作一個教育總長，也未能到手，當年熊希齡請他幹，他不肯幫閑，此時想幫閑亦不可得了。張宗昌倒後，楊度去上海依杜月笙，爲杜府食客，北伐成功後，左舜生先生在上海見到楊度，談起時局，楊度兩手抱着肩膀，歪着頭說道：「蔣介石武功蓋世，材畧過人，可惜他不肯作皇帝，所以中國不能太平。」左先生是後輩，不便駁斥，祇好忍笑辭出。直到楊度死後，國民政府抄獲共產黨資料，發現楊度生前竟加入了共產黨，說來眞不能相信，但事實俱在，又不能不信，此楊度之所以爲怪物也。

（未完待續）

北望樓雜記（九）

·適然·

名將多能詩

梁武帝時，曹景宗北征還朝，武帝設宴慶功，命文臣賦詩以賀。景宗亦欲賦詩，且請武帝限韻，請之再三，武帝姑限「競病」二字以難之。景宗即席口占云：「出時兒女悲，歸來笳鼓競，借問道旁人，何如霍去病」，舉朝嘆服。

北宋曹翰一代名將，亦擅爲詩，有七律云：「三十年前學六韜，英名也得預時髦，每因國難披金甲，不爲家貧賣寶刀，臂健尙嫌弓力軟，眼明猶識陣雲高，庭園昨夜秋風起，羞睹繁花舊戰袍。」此詩宋太宗亦欣賞，召見曹翰特別提及「每因國難披金甲，不爲家貧賣寶刀」之句以詢。

明代破倭大將戚繼光鎭守雁門關時曾有詩：「秋風已老塞門臣，欲向君王乞此身，一夜星霜凌短鬢，明朝不是鏡中人。」亦頗有唐人韻味。

台灣首任巡撫劉銘傳，安徽合肥人，在家鄉辦團練，以後隨李鴻章平太平天國，平捻，戰功卓著。其人材武過人，而雅好讀書，翁同龢稱之爲「武人中之名士」，所著有大潛山房詩。

銘傳初應李鴻章之召，離家出征，賦詩云：「拜別親朋去故關，舉家相送淚潸潸，從戎氣壯晨趨馬，破曉雲開鳥出山。人値少年當自立，身逢亂世敢偸閒？中興將帥堪平寇，我待功成便早還。」詩未必佳，但活畫出一名少年出征之情景，頸聯「從戎」，「破曉」二句象徵其前途之遠大，腹聯則自勉兼以勉人。最不可及者爲末句「我待功成便早還」。劉氏以後雖未能功成早還，但在清代中興將帥中，除彭玉麟之外，確以劉氏爲最恬淡，進難退易，從不貪戀權位，最爲難得。

銘傳又有一詩：「自從家破苦奔波，懶向人前喚奈何，名士無妨茅屋小，英雄總是布衣多，爲嫌仕宦無肝胆，不慣逢迎受折磨，饑有粗糧寒有帛，草廬安臥且高歌。」蓋可覘其人之生平。

銘傳任台灣巡撫共六年，台灣當時情况與內地省份大不相同，銘傳抵任後一一納之正軌，故近人將銘傳與鄭成功並列，無鄭成功，中國不能有台灣；無劉銘傳台灣不能中國化。雖在抗倭勝利，未必便能歸中國版圖也。

英法聯軍之役，英兵攻定海，總兵葛雲飛（淸謚壯節）力戰殉國，甚爲壯烈。曾見其所塡詞：「寄友」：兩載音書少，豈咫尺魚沉雁杳，國士當年蒙許我，到予今魂夢猶牽繞，感知己，爲君曉。壺中歲月原無限，怎奈英雄易老，此日着鞭須努力，趁江流擊楫收功早。關心者，鷄鳴了。」又「感懷」：「殘碑斷戶認當年，門第曾經開府，碧瓦朱欄誰領署，剩有頹垣焦土，明月三更，夕陽半壁，一付凄涼譜，幾回腸斷，令人不堪重睹。漫把此日傷心，盈虛消息，轉眼成今古，金馬依稀猶在耳，銅雀春歸何處，南郭荒崗，北邙殘壘，誰記英雄數，黃梁夢覺，底事繁華如許。」

葛將軍殉難後，其妾率親軍入敵壘搶其屍回葬，壯烈不下於沈雲英。

曾國藩組湘軍討太平天國，最初得力助手首推羅澤南，羅亦飽學之士，湘軍將領如殉難廬州之江忠源即其弟子，羅當時組軍即以其弟子爲骨幹，後皆成方面大將，羅澤南如不死，功名當不在左宗棠之下。茲記其軍中作七律一首：「幾年戎馬度雄關，百萬軍中亦等閑，笳動五更明月曉，營連萬幕夕陽殷，奇謀定後閑拈句，一戰歸來飽看山，大事都從忙裡錯，好從靜處制羣蠻。」

詩極壯麗，頗得從軍之樂，五六兩句的是大將口吻。

先祖雪門公清末任南京督標中軍副將，升松江提督未赴，值革命軍攻陷南京，自殺殉清。記其任遊擊時詩：「挑燈酌酒讀離騷，匹馬秋風繫戰袍，四顧蒼茫銀蠟冷，一聲長嘯碧天高，空山深處啼孤雁，明月穿窗射寶刀，投筆淮南酬壯志，書生無恙耐辛勞。」又甲午戰後感懷詩：「割地今成多事秋，鴨江戰後恥東遊，滔滔誰作中流柱，滾滾誰看逐浪鷗，九塞風催霜信急，一丸雲鎖雁聲愁，武夫泣洒憂天淚，抗敵眺憑北望樓。」當時南京制府有意派先祖去日本考察，拒而未赴，故第二句及之。

李鴻章三弟鶴章，文武兼資，功業彪炳，祇以兩兄瀚章、鴻章功名太盛，曾國藩又屢勸以持盈保泰，故未能大用，鶴章積不能平，嘗賦詩寄意：

「昔渡雄關事遠征，翩翩戎馬一書生，身經吳楚百千戰，手克江淮廿八城，功狗自憐勞病苦，山猿猶喜去來迎，騎驢道上今重過，休說將軍故李名。」自註云：予同治元年統兵，宿桐城大關。四年重過旅邸，題此。光緒元年臘抄，省親武昌督署，仲絜六侄屬爲書之，指僵幾不成字，聊以存雪泥鴻爪之証云爾，伯鶴字。

詠古詩

詠古詩須蒼涼悲壯，立意新頴，讀時使人心情激動，讀後則無限低徊，斯爲上乘之作。此中高手，仍推詩聖，少陵詠武侯詩：「丞相祠堂何處尋，錦官城外柏森森，映堦碧草自春色，隔葉黃鸝空好音，三顧頻煩天下計，兩朝開濟老臣心，出師未捷身先死，長使英雄淚滿襟。」此詩已成詠武侯詩之絕唱，結尾二句已成習慣用語，足見其感人之深。

清人詠古詩佳句亦多，如王仲瞿（曇）弔西楚霸王詩：「江東餘子老王郎，來抱琵琶哭大王，如我文章遭鬼擊，嗟渠身手竟天亡，誰刪本紀翻遷史，誤讀兵書負項梁，留部胡盧漢書在，英雄成敗太凄涼。秦人天下楚人弓，枉把頭顱贈馬童，天意何曾袒劉季，大王失計戀江東，早摧函谷稱西帝，何必鴻門殺沛公，徒縱咸陽三月火，讓他婁敬說關中。黃土心香一掬塵，英雄兒女我沾巾，生能白版爲天子，死剩烏江一美人，壁裡沙虫親子弟，烹來功狗舊君臣，戚姬脂粉虞姬血，一樣君恩不庇身。」

王仲瞿才氣縱橫，識見精闢。但不守繩墨，故仲瞿之詩，決不能以規矩相限，如末首有三「一」字，此非律詩正體也。作詩雖不必定守規矩，如崔灝黃鶴樓詩，即與規格不合，但亦決不可以此爲法，崔灝可，仲瞿尚可，我輩斷不可。

仲瞿詠唐李靖廟詩，力辯李靖無誘楊素紅拂妓逃走事，詩二首，選一：「我讀虬髯傳不然，夫人墳冢象祁連，衞公謹畏如平日，越國房幃兒晚年，侍史忍辭袁盎去，舍人肯負孟嘗賢，唐書兩種難憑信，况且虞初九百篇。」

虬髯傳爲虛構，筆者曾有文考之，指年代不符，若依虬髯傳言，則虬髯客見唐太宗時，太宗年齡最長不得過七歲，任其如何英武，亦無七歲童子能嚇走志吞中原虬髯客之理，其他理由尚多，此處不贅。仲瞿是詩人，對史實未曾措意，僅從情感而論，說：「公爲韓擒虎外甥，初見楊素，即有拊床推座之目，公爲庸人，亦當感恩知己，况英雄乎？是必無私其侍姬，爲申公巫臣之爲者，小說欲以英雄推夫人，故重誣衞公矣，詩以辯之。」實在本無此事，辯亦多餘，但詩實在是好詩，尤其前四句，讀後無限低徊。

詠漢武帝茂陵詩四首：一、祖龍而後事驅除，千古雄才斷不如，一統早收南越地，五經始重聖人書，求言帝度容方朔，問道儒官用仲舒，五十四年文治日，天山羿得幕庭墟。二、求賢初詔下金門，一舉賢良百十人，容得馬遷留謗史，能成蘇武做忠臣，張湯峻法刑名好，汲黯狂言戇諫眞，明說賦才無處用，鄒陽枚馬任沉淪！三、西域河沙古未開，犛牛徼堠接輪台，掃空瀚海長城外，斷得匈奴右臂來，和議終非中國計，窮兵纔是帝王才，守文弱主書生見，難與英雄靖九垓。四、壺關一悔奈匆匆，恩子歸來僅有宮，命將不曾封李廣，愛才畢竟誤江充，神仙大藥無消息，方士招魂又鑿空，不有茂陵遺恨事，怎教人士哭秋風。

四詩首三首皆讚，第四首畧有微詞，但亦曲爲解說，其中最佳者爲第三首。史家多以漢武帝窮兵黷武爲非，此事就當時形勢而論實是大功一件，但歷代文人多反戰，故譽之者絕少，祇有王仲瞿敢寫出「和議終非中國計，窮兵纔是帝王才」，不僅議論新，胆氣亦夠壯也。仲瞿詩不講對仗，全憑才氣，其中有些名句使人百讀不厭，在清代詩人中，應可列入第一流。

仲瞿之外，區區最愛讀者爲蓮洋山人吳雯咏古代五美人詩，茲錄如下：

西　子

響屧廊前夜月孤，苧蘿村畔沒寒蕪，已教舊恨傷麋鹿，又肯新愁入鷓鴣，鐵網皆云沉寂寞，黃金任爾鑄模糊，江東救得無餘事，那復扁舟共五湖。

明　妃

不把黃金買畫工，進身羞與自媒同，始知絕代佳人意，即有千秋國士風，環佩幾曾歸夜月，琵琶惟許託賓鴻，天心特爲留青塚，春色年年似漢宮。

綠　珠

蓋代貞心蓋代姿，鮫珠百斛價難追，已拚知己偕金谷，豈肯才人嫁養厮，璧月沉時香未冷，彩雲散後夢何之，當年也有翾風侶，不識春風又付誰。

太　眞

人間天上兩茫茫，傾國傾城恨最長，何處玉妃留別院，尙教亭子憶沉香，漢宮自喜同飛燕，春色爭誇似海棠，七夕牽牛私誓在，同心願只屬三郎。

虞　姬

楚歌一夜動悲涼，百戰空嗟霸業荒，子弟皆知歸長者，美人獨解報君王，江東日落垓塵散，原上春歸墓草香，回首五陵煙樹盡，千秋同作恨茫茫。

以上五首，尤以咏明妃詩，堪稱千載絕唱。

咏古詩所以不易作，愈是重要人與事最難見工夫，無他，好話被人說盡，不易推陳出新。

以歌咏岳武穆而言，歷代作者何止百家，就余所見者佳章雖多，別有新意者則絕少，包括以咏古擅長之朱彝尊、王仲瞿在內，均是老生常談，人云亦云。其中別有見地，使人有耳目一新之感者，就區區所見，前後計有三人。

一、趙子昂，咏岳武穆流傳者似以子昂爲最早，其咏「岳鄂王墓」：「鄂王墓上草離離，落日荒涼石獸危，南渡君臣輕社稷，中原父老望旌旗，英雄已死嗟何及，天下三分遂不支，莫向西湖歌此曲，水光山色不勝悲。」子昂此詩之頸聯「南渡君臣輕社稷，中原父老望旌旗」，已成爲典故，詩文引用者甚多，尤其子昂身事異族，仍敢以詩歌表達民族思想，是爲難得也。

其次要數袁枚，隨園詩以浮滑爲後世所詬病，但其人旣聰明絕頂，又力主性靈，故作詩每能擺脫窠臼，另創新意，袁詩「謁岳王墓」共八首七絕，選其四：一、遠寄金環望九哥，一朝兵到又回戈，定知五國城中淚，更比朱仙鎭上多！二、一個西湖換兩宮，靖康小雅唱雍雍，憐他絕代英雄將，爭不遲生付孝宗。三、歲歲君臣拜詔書，南朝可謂有人無，看燒石勒求如幣，司馬家兒是丈夫。四、江山也要偉人扶，神化丹青即畫圖，賴有岳于雙少保，人間才覺重西湖。

子才此詩確與人不同，尤其二、三兩詩更有新意，南宋之弱，確不如東晉，東晉從始至終不與北方談和，更不必說稱臣。而在偏安期間亦從未忘記克復故國，故先後有殷浩，桓溫、劉裕之北伐，尤其劉裕北伐，幾乎完全收復失地，統一全國。但子才認爲岳武穆「爭不遲生付孝宗」，此則書生之見矣，岳武穆之戰金兵，所以屢戰皆捷者，武穆用兵如神，將士用命，固其一因，而各部皆黃淮子弟，人人有復仇之志，敵愾同仇，則主因也。及至孝宗派李顯宗北伐時，偏安江南已四十年，官兵皆生長江南，對大河南北毫無感情，兼之缺乏訓練，秦檜在世禁止言戰，民族思想蕩然無存，使岳武穆處此，恐亦無良法也。

另一位是明朝文徵明，此公詩名爲書畫所掩，實則詩詞造詣工力極高，所作詩恬淡高逸，不食人間烟火。例如辭官還里詩：「晨驅羸馬出楓宸，回首長安萬斛塵，白髮豈堪供世事，青山自古有閒人。」何等超脫，文徵明詩大率類此，全集從無劍拔弩張之語，有之，惟有咏岳武穆一首「滿江紅」了。

徵明與沈石田（周）爲友，石田偶得高宗勅岳飛榻本，邀徵明同賞，各賦滿江紅詞一闋，石田詞並無新意，已不復記憶，僅記徵明作：「拂拭殘碑，勅飛字依稀堪讀，慨當初倚飛何重，後來何酷。果是功成身合死，可憐事去言難贖。最無辜，堪恨更堪悲，風波獄。寧不念，中原蹙，寧不念，徽欽辱，念徽欽既返，此身何屬。千載休談南渡錯，當時自怕中原復，諒區區一檜亦何能，逢其欲。」

此詞之所以可貴，在於所言爲八百年中咏岳武穆詩詞所未言，歷代文人因關乎君臣大義，從無人直接指斥高宗。趙子昂，袁子才雖然指責南渡君臣，但皆以含糊語句出之，從無人將殺岳飛之責，全放在高宗肩上。實則若冷靜一想，徵明之言確有見地，殺岳武穆何等大事，中間又羈押甚久，屢經審訊，最後定讞，非高宗批准不可，若謂高宗無責任，誰能信之，問題祇在於此一罪案，高宗與秦檜孰主孰從耳。

但文詞亦有少許疏畧處，即「念徽欽既返，此身何屬」一句，用欽則可，用徽則不可。因殺岳武穆時，徽宗已死，高宗當時議和所持理由爲迎回徽宗靈櫬及生母韋太后，故徵明將徽欽並列似有不妥之處，雖詩詞非史論，不必太過吹求，但重要事究竟錯不得。

高宗何以同意殺岳武穆，千古寃獄亦千古疑案，歷來論此事者不知凡幾，而就余所見者無一滿意之解釋。目前事隔八百年，我輩自不能强作解人。但筆者多年來有一想法，金人當時是否透過秦檜威脅高宗，如不就範，即在汴京立欽宗爲帝，是時劉豫已廢，汴京由金人直接統治，如金人有此舉，高宗處境將大爲困難，是則非唯命是從不可矣。但此祇是瞎猜，不敢論史也。

又嚴遂成之三垂崗詩：「英雄立馬起沙陀，奈此朱梁跋扈何！隻手難扶唐社稷，連城且擁晉山河，風雲帳下奇兒在，鼓角燈前老淚多，蕭瑟三垂崗畔路，至今人唱百年歌。」此咏李克用也。三垂崗在山西省潞城縣西，爲李克用屯兵置酒處。五代史記莊宗本紀：「存勗，克用長子也，初克用破孟才立于邢州，還軍上黨，置酒三垂崗，伶人奏百年歌，至于衰老之際，聲辭甚悲，坐上皆悽愴，時存勗在側，方五歲，克用慨然捋鬚指而笑曰：吾行老矣，此奇兒也，後二十年其能代我戰于此乎？」嚴詩全用此意，寥寥五十六字，而鼓鞞當年，英雄舊事，皆躍然紙上，是眞不可及，讀者若嗜聽平劇珠簾寨者，讀此詩當更感親切也。

咏古詩詞不但要能推陳出新，更要能道出古人心意，始爲上選。古今咏張良詩詞之多，就筆者所見，似無超過清人朱彝尊水龍吟「竭張子房祠」：當年博浪金椎，惜乎不中秦皇帝，咸陽大索，下邳亡命，全身非易，縱漢當興，使韓成在，肯臣劉季？算論功三傑，封留萬戶，都未是，平生意。遺廟彭城舊里，有蒼苔斷碑橫地，千盤驛路，滿山楓葉，一灣河水，滄海人歸，圯橋石杳，古牆空閉，悵蕭蕭白髮，經過臨洮，向斜陽裡。

這首詞重心在上半闋，尤其是「縱漢當興，使韓成在，肯臣劉季？算論功三傑，封留萬戶，都未是，平生意。」幾句，直指張子房心事。子房之所以反秦，不惜傾家結客，僱力士刺秦始皇，基本原因是爲了「五世相韓韓入秦」，所以張良之反秦是爲韓報仇，決不是扶漢，不料間接幫了劉邦，使劉邦混一天下，但是，故君之恩仍然難忘，對於「論功三傑，封留萬戶」，並不看在眼裡，朱彝尊斷定當時如果韓王成不死，張良一定不肯爲漢臣，這句話大有見識，知人論世，應該如此。

又看見一付張良祠對聯：「從龍逐鹿兩茫然，我思妙用無方，何害英雄同兒女；黃石赤松皆戲耳，獨欽善全有術，得免烹醢即神仙。」上聯當是指張良獻議召四皓以安太子的事，下聯「黃石赤松見戲耳」句，爲獨特之見，千古以來，無人懷疑黃石公，流傳下來尚有「黃石公素書」，因爲此一故事太完整了，從圯橋進履到授書，歷歷如繪，千年後讀來如在目前，從來無人懷疑過黃石公存在，就連朱彝尊，尚且說「滄海人歸，圯橋石杳」，後人且有據此而笑秦始皇「夜半橋頭呼孺子，人間尚有未燒書。」

但仔細推想，恐是張良自己編造，尤其是在遇劉邦之後，自稱可爲「帝王師」，既抬高自己身價，又能免於猜忌，因帝王師決不會同帝王爭天下也，此是張良絕頂聰明處，雖騙了不少人但終於還有人能識破。

夏完淳神童第一

區區讀史，月旦古今人物，竊謂諸葛武侯宰相第一，文天祥狀元第一，岳飛名將第一，而夏完淳則神童第一也。完淳當南明宏光帝覆滅之後，陰與同志密謀起義師，事洩被執，不屈就義，死時僅十七歲耳。忠孝節義集於一身，其人品爲古今罕有。最爲難得者，厥爲詩文詞曲歌賦，無一不通，無一不精，眞不知書從何時讀得者。余最愛讀其所爲曲，茲錄於下：

自敘

「仙呂傍妝台」客愁新，一簾秋影月黃昏，幾回夢斷三江月，愁殺五湖春，霜前白雁樽前淚，醉裡青山夢裡人。英雄恨，淚滿襟，响丁東玉漏聲頻。

「前腔」兩眉顰，滿腔心事向誰論，可憐天地無家客，湖海未歸魂。三千寶劍埋何處，萬里樓船更幾人，英雄恨，淚滿襟，何年三戶可亡秦。

「不是路」極目秋雲，老去秋風，剩此身，添愁悶，悶殺我，樓台如水鏡如塵。爲伊人，幾番拋死心頭憤，勉強偷生，舊日恩。水鱗鱗，雁飛欲寄衡陽信。素書無準。素書無準。

「掉角兒序」我本是，西笑狂人。想那日束髮從軍。想那日，霸角轅門。想那日，挾劍驚風。想那日，橫槊凌雲。帳前旗，腰後印，桃花馬，衣柳葉，驚穿胡陣。流光一瞬，離愁一身，望雲山，當時壁壘，蔓草斜曛。

「前腔」盼殺我，當日風雲。盼殺我，故國人民，盼殺我，西笑狂夫，盼殺我，東海孤臣。月輪空，風力緊，夜如年。花似雨，英雄雙鬢，「合」黃花無分，丹荑幾人。憶當年，吳鈎月下，萬里風塵。

「餘音」可憐寂寞窮途恨，憔悴江湖九逝魂，一飯千金敢報恩。

佳句紛乘，落英繽紛，正如金聖嘆評西廂記「寺警」一節：千狐之裘，萃而爲白者也」。「掉角兒序」一闋，更如漁陽三撾，讀後眞使頑夫廉，懦夫立志。余每讀「憶當年，吳鈎月下，萬里風塵。」輒掩卷閉目沉思久之，太息人之才慧不可比擬，此公衹活十七歲，眞不知書是何時讀得，區區縱活至一百七十歲，亦不能及其萬一也。

完淳另一套曲「感懷」，茲錄於下：

「仙呂甘州歌」興亡盛敗。嘆英雄黃土，俠骨荒邱。千秋萬歲，無限爲龍爲狗。君不見，六朝烟草餘芳樂，幾片降旗上石頭，青天外，白鷺洲。暮鴉殘照水悠悠。斜陽裡，結綺樓，湘簾半掛月如鈎。

「前腔」新寒入敝裘。想霜驕駿馬，飄零難偶。江花江草，秋來剪出離愁。想着我，弓開楊葉胡雲冷，劍挑蓮花漢月秋。愁三月，夢九州，歸期數盡大刀頭。人千里，淚兩眸，西風雁字倩誰收。

「前腔」吞聲哭未休，悵荒烟古渡，衰蒲殘柳，淸宵無寐。漫將往事追求。珊鞭風軟金條脫。寶劍霜生錦臂韝。颷威駛，露影流，隔牆人唱小伊州。杯中物，鬢上秋。夢囘酒醒月空樓。

「前腔」南冠客楚囚，望雲山萬里，那禁囘首。丁丁曉箭，難爲心坎眉頭。幾番的，空簾翦雨三更夢，我待要，望海乘風萬里遊。雨空逝，水自流。寒江積霧放空舟。空中影，浪上漚。玉關何地覓封侯。

「餘音」我那人呵。影何方。書在金陵。客夢西樓。一樣西風兩地愁。

完淳尚有散曲數首：「商調金鶯轉」（金陵雜詠）三江襟帶寬，萬里風塵阻。疊浪崩雲，一綫通吳楚。奇雲小孤，輕烟大孤。猛聽得麗譙××三通鼓，白雁風前，月冷霜華苦。

「雙調江兒水」望青烟一點，寂寞舊山河。曉角秋船馬上歌。黃花白草英雄路，閃得我，對酒銷魂可奈何。熒熒燈火，新愁轉多。暮暮朝朝淚，恰便是長江日夜波。

「商調金梧桐」（送沈伯遠出獄）西風落葉繁。有個愁儂伴。湖海窮途，却恨相逢晚。平生一片心，斗酒英雄胆，兩鬢黃花，翦燭淸宵短。情深不覺秋光換。

完淳一門忠烈，一門風雅，其父允彝詩文俱佳，在東南有聖人之目，國變赴水死，母，生母，姊均能詩。余最愛讀其生母陸氏之「追悼」一詩：「錦瑟蒼涼憶舊踪，芳年行樂太匆匆，焚香簾幕圖書靜，得月樓台笑語通。人並玉壺邱壑裡。才分彩筆黛螺中，祇餘華表魂歸去，夜夜星沉夜夜風。」此詩當係悼允彝作。亦可見承平時代，家居之樂，而一遭大變，世事全非矣。

完淳一門忠烈，父允彝，起義師兵敗投水死，岳父錢旃與完淳同時被俘就義。姊淑吉，二十一歲守節，垂三十年晚入空門爲尼。與妹惠吉均工詩文，玆錄於後：

先考功忌日　三首　　夏淑吉（美南）

輕生一訣答君恩。伯道無兒總莫論。
不忍迴腸思昨歲。楞嚴朗誦一招魂。
翻疑愛重摘人天。子女緣微各可憐。
拜慰九京無一語。花香解脫已經年。
望係安危一代尊。天涯多士昔盈門。
邱山零落無人過。夜月烏啼自斷魂。

憶王庵舊遊寄再生　　前　人

人生聚散本浮漚。囘首蒼茫感昔遊。
曉露未晞花力重。午陰欲定鳥聲幽。
聞香小坐忘塵世。步月淸言掃舊愁。
梅影横斜應似畫。殘英滿地有誰收。

悼孫儼簫　　前　人

憶昔于歸紈綺叢。郎家聲譽擅江東。
肅雝自叶房中樂。散朗仍歸林下風。
日暖畫樓彤管麗。春深珠箔麝蘭通。
綵雲散後空憑弔。野哭荒郊恨幾重。

閨　思　　前　人

碧天明月影遲遲。翠袖輕寒香露滋。
海內風塵勞客夢。江東羅綺擅文辭。
頻驚桂棹迴前渚。時整花鈿立小墀。
子夜明燈猶未寢。魚箋珍玩感婚詩。

二月雨雪同靜維棲止曹溪並美南姊作　　夏惠吉（昭南）

天涯風雨雁飛鳴。雨雪相依倍有情。
點點遠山寒玉映。層層深樹夜珠明。
論心此日歡方洽。惜別他時感又生。
便欲隨君愁未得。梅花香夢隔蓬瀛。

（未完待續）

平津瑣記之一

燒餅麻花兒和豆皮兒捲餜子

・丁秉燧・

北平是個多年的帝王之都；天津是華北最大的商埠。這兩個城市因爲地理環境，和歷史背景的互異，所以雖然相隔祇二百四十華里。在風俗、習慣、人情上，有的地方大同小異；有的地方却大相逕庭。還有些事物，名同而物異，或物同而名異。筆者久居平津，願就記憶所及，拉雜寫來，以資談助。

平津市上賣的早點，眞是花樣繁多，不勝枚舉。北平有豆汁兒，豆腐腦兒，京米粥，杏仁兒茶等。天津有麵茶，茶湯，秫米麵兒，炸糕，煎餅餜子等，這些在海外讀者沒有什麼印象的不談，像現在有的燒餅、油條，和豆漿。在平津吃起來，可就種類繁多，花樣百出了。

先說北平，北平的燒餅有「芝蔴醬燒餅」，「馬蹄兒燒餅」，成長方形，狀如馬蹄兒，麵中也有少量芝蔴醬，面上也有芝蔴。「肚臍眼兒」，圓形，不大，鼓鼓的，面兒上有少量芝蔴，而裹以花椒鹽兒狀似肚臍眼兒，故名「螺絲轉兒」，也用芝蔴醬和麪，沒有芝蔴，表面上有囘旋紋，狀如螺絲。「鼓蓋兒」，圓形，不用芝蔴醬，裡面有一層糖，中間空，烙得鼓鼓的，所以叫「鼓蓋兒」，形狀比一般燒餅畧大一點兒。

北平人管油條叫「蔴・花兒」。發音重前面的「蔴」字。有一種食品，以糖和麪，用兩條兒麪扭股炸成，也叫「蔴・花兒」。發音重後面的「花兒」字。那麽，這前後重音不同，如何區分呢？在報紙還沒有發展到「有聲」以前，只好請讀者心領神會了。

北平的「蔴・花兒」，狀比現在的油條瘦而小，但却炸得脆。還有一種「圓蔴・花兒」，形狀不是長條兒，而是圓圈兒，故名。炸得更脆而焦，所以也叫「脆蔴・花兒」。

用油和麪，炸成長方形，上面劃出幾個長條兒的開口，一種薄得透明，鬆脆可口的食物，叫做「薄脆」。用油和糖，趕成圓形，敷在圓形油麪上，一種雙層的食物，也把它炸出來，叫做糖餅兒」。

以上所談，北平的燒餅和油條，每種各有四五樣以上，不同的型式和口味，每天可以換著樣兒的吃，不會吃膩。

豆漿對北平人來說，不是很普遍的食品，（北平人喝豆汁兒和杏仁兒茶的佔多數。）也和海外一樣，分甜漿、鹹漿兩種。沒有豆漿店，只有推車賣豆漿的，可見銷路不大了。

天津的燒餅有「蔴醬燒餅」（就是北平的「芝蔴醬燒餅」，不過天津人習慣叫「蔴醬」，北平人習慣非叫芝蔴醬全名不可。）「長燒餅」，細長，外面也有芝蔴。「糖燒餅」，白糖餡兒的。「餡兒燒餅」，是豆沙餡兒的。

天津人管油條叫「餜子」，形狀和海外的油條相似。但是天津的「餜子」有鹹淡味兒，體積也較豐滿，而且大部份用「

香油」炸，（台灣管「香油」叫「蔴油」，也就是用芝蔴磨成的油。）很少用花生油或豆油的。所以吃起來很香，不像海外少數的油條，用花生油炸，也沒有鹹淡味兒，吃起來乾乾的，眞有「味同嚼蠟」的感覺。

天津也有和北平「薄脆」一樣的食品，叫做「鍋篦兒」。言其形火好像放在鍋裡爲蒸饅頭用的竹篦子。按象形來起名字。也有「糖餅兒」。不過，天津的「鍋篦兒」與「糖皮兒」，都比北平的「薄脆」和「糖餅兒」體積大一點，大概和天津人長得稍微高大有關係吧！

豆漿是天津人最普遍的早點食物，除了甜漿和鹹漿以外，還有兩種北平所沒有的食物，就是「豆腐」和「豆皮兒」。請注意，這裡的所謂「豆腐」，不是指四四方方白顏色一塊一塊的豆腐；而是指一碗豆漿裡，有幾塊不規則形的小豆腐，連漿帶豆腐一起，叫做「豆腐」。

天津賣豆漿沒有推車的，都是開設舖戶，名叫「豆腐房」，在全市設立得很普遍。當時，法租界二十七號路，北洋戲院附近，有一家豆腐房最有名，每天廿四小時營業。他的營業分兩方面：一方面打豆腐（四方一塊一塊的），做豆腐乾，零整批發，這是白天的營業。一方面做「豆腐」和豆漿、「豆皮兒」，從半夜起一直做到第二天九點左右，供客人到他店裡吃點心。

天津是個工商碼頭，每天早晨上班的工人的習慣，都是一大早從家裡揣一個「餑餑」出來，到豆腐房叫一碗「豆腐」；把「餑餑」分成小塊兒，泡在「豆腐」裡，連湯帶水，連稀帶乾的，稀里呼嚕熱氣騰騰的吃下去，吃飽了再去上班，這是最平民化的吃法，花錢不多，吃得很飽。工人們每天固定的習慣如此，所以豆腐房開得很多。

天津的「餑餑」，全名是「貼餑餑」。因爲是貼在鍋上做出來的。這裡，要把天津和北平，一般平民做飯方法的不同，說明一下：

天津人用柴竈做飯，一個大鐵鍋，下面有個鍋腔子，燃料用秫稭，或是蔴桿。有的人把鐵鍋砌在土坑上，鍋底下的竈口通到坑洞，晚上燒一鍋水，把坑也燒熱了，睡在上面很舒服，這是中國農村社會原始的「暖氣」。

鐵鍋的用處可大了：燒水、燉肉、熬魚、貼餑餑、都是用它。在天津吃魚很方便，高貴的魚如比目魚、黃花魚、鯉魚、鯽魚價錢貴一點。像刀魚、鏈子魚，和一般小魚，都很便宜。把魚煎好了，放上佐料和水，開始熬的時候；就把餑餑貼在鍋的上端四週，這時把木頭鍋蓋蓋上。等相當時間以後，打開鍋蓋，魚熟了，餑餑也貼好了。把熬魚和貼餑餑同時進行，既省時間又省火，這就是有名的天津「貼餑餑熬魚」。

「餑餑」是用玉米粉做的，（天津人管玉米粉叫「棒子麵兒」。）形狀長圓，通體黃色，貼在鍋邊的那一面，貼成棕黃色的脆皮，也很好吃。北平也有形同天津「貼餑餑」的食品，不過原料是小米麵兒，而名字也叫做「貼餅子」了。北平的「貼餅子」完全是有商人製作販賣，不像天津，每個家庭裡都能做「貼餑餑」。因爲北平人不用鐵鍋，柴竈做飯，而是用煤球爐子，小火兒做飯。北平人吃魚也不方便，魚蝦都從天津運來。北平的家庭婦女，百分之九十以上不會做魚，要吃魚就到菜館去吃。這是兩地習俗不同的地方。

「餑餑」在北平有兩種講法，一種當點心解釋，旗人管吃點心叫「吃餑餑」。早晨起來見面，首先問：「您吃餑餑了沒有？」就是「您吃了早點啦嗎？」前門外有幾家點心舖，門口招牌都標明「滿漢餑餑」。另外一種當餃子解釋，「煑餑餑」就是水餃兒。北平有一句俏皮話兒：「這個人見了煑餑餑都不樂」。就是說這個人臉上太嚴肅死板，冷若冰霜了。因爲北方俗諺：「好吃不如餃子，舒服不如倒著」。一個人看見最好的餃子都面無笑容，其冷酷可知了。舊俗結婚入洞房，新郎新娘要吃「子孫餑餑長壽麪」，這裡的「餑餑」，也指的是「水餃兒」，不是點心。

在天津豆腐房，最平民化的吃法是「豆腐」裡泡「餑餑」。一般吃法呢，是吃燒餅、餜子，再來一碗「豆腐」，或是豆漿。較貴族的吃法呢，是「豆皮兒」捲餜子。

一大鐵鍋豆漿熬好了以後，停火冷卻、豆漿裡黃豆所熬出來的油，就逐漸浮泛到表面上來，凝結成一層淡黃色的薄膜。豆腐房的師父，就很技巧地，用一雙長筷子，把那層薄膜挑出來，這就叫做「豆皮兒」。「豆皮兒」的形狀是圓的，面積和鐵鍋的上口一般大。師父要很小心，挑破了就不成為「豆皮兒」了。但他們都有技術，不會挑破。挑完一張以後，再浮上來的油又凝結了一層薄膜，於是再挑一張，一鍋豆漿只能挑出四五張「豆皮兒」來，便無法再挑了。所以打算吃「豆皮兒」的客人，一定要搶早到豆腐房去，去遲一點就賣完了。

「豆皮兒」所捲的餜子，也是特別炸出來的，比一般的餜子粗而長，有一尺多不到二尺長。名叫「棒捶子」，是專為捲「豆皮兒」用的，每天也炸不了多少，為配合「豆皮兒」一起賣。

四十年前，天津還沒有賣消夜的館子，租界上一般夜遊的人，無論是聽戲、跳舞，散場以後已是十二點多，打算吃點消夜再回家的，就都到法租界那家豆腐房去吃燒餅、餜子、豆腐漿。打通宵牌的人，也在天亮以前，到那裡去吃一頓，到澡堂子睡一覺，泡個澡再回家。（天津澡堂子開門很早。）從清晨起，才是工人，學生，和一般顧客吃早點的時間，所以這家豆腐房從半夜起賣燒餅、餜子和豆漿，一直到次晨九點，生意絡繹不絕，非常鼎盛。

現在賣燒餅、油條的豆漿店，在海外已經很普遍了。如果能根據北平、天津燒餅油條的種類，多研究出幾樣來，不但吃客能換換口味，豆漿的生意也一定會愈發興隆，不知道是否有人肯動動腦筋？

麻將

是甚麼人發明的？

·莫問津·

麻將牌是中國人所創造的娛樂品，這是誰也不會否認的，但究竟是什麼年代的產物？什麼人所創作？却因並無史籍可考，傳說紛紜。由於宋朝名士楊大年曾作過一册「馬弔經」，其競技情況，與麻將娛樂頗爲近似，因此後人大都以爲「馬弔」是麻將牌的前身，「麻將牌」是由「馬弔牌」所蛻化的。其實，「馬弔」即是「麻將」是一而二、二而一的玩意，根本沒有什麼前後身之分；最顯著的就是「馬弔」這個名稱，照字義上看來，實在想不出有什麼意義，採用這二個全無關聯的字，作爲一種物品的名稱，簡直不可思議。「麻將」亦名「麻雀」，已爲人所共知，在江南一帶，對於天空中飛翔的鳥類，不論鶯燕鳥雀，甚至大如兀鷹，都一律總稱曰「刁」（上聲），「麻雀」稱「麻刁」，楊大年原籍是江蘇無錫，將「麻刁」讀作「馬弔」，應是順理成章的事。

至於說「馬吊」的牌面上所繪的全都是人像，與麻將截然不同，可是在全部人像中，却分有士農工商四類，正符合現下麻將牌的字與長方圓四種，麻將牌的長方圓圖形，原本具有士農工商的涵義，長條形的禾稈，代表農人；四方形的「卐」字，代表工人的規矩；圓活的當然是商人，這分明是楊大年蓄意隱諱，特地將它改頭換面，以作掩飾，這位名士如此煞費苦心，自必有其不得已之處，但由此可知麻將牌的創造年代久遠，而且麻將必然引起過一場鉅大的風波，因爲麻將競技中所涵有的反戰意識，非常濃厚，反對人類以互相斲殺來求取勝利，這就很容易觸犯稱王道霸者的怒燄。試觀歷代以來，不僅正史與文獻中找不到麻將牌的片言隻字，甚至在裨官野史中也很難發現它的踪跡，楊氏之忌諱，自亦不足爲怪了。

筆者祇在舊小說「紅樓夢」中，見到了麻將的影踪，那是描述賈老夫人與王熙鳳、薛寶釵、史湘雲，共同鬥牌作爲玩樂的一段，雖然書中只稱「鬥牌」，所鬥的是什麼牌，却並無提及牌名，可是北方人所稱爲「鬥牌」的牌，只有二種，就是「麻將」與「同棋」，其他的牌都稱打，而不稱鬥。而且書中還有如下幾句的描述：「鳳姐明知老夫人等著『二餅』，便把『二餅』打了出來」。「二餅」分明就是「二筒」，北方人一向把「筒子」稱爲「餅子」，至今仍然。並且接下還有：「湘雲說『二餅』我倒並不歡喜，恐怕老太太倒是『滿』了」。「滿了」是麻將牌娛樂中所特有的術語，因使讀者們淸淸楚楚知道是麻將牌。曹雪芹雖然也避諱了麻將的牌名，却又故意從牌面名稱與術語中透露，這在今日一般研求麻將史者看來，也彌足珍貴了。

據傳說麻將的初期，只是流行於宮庭中，是宮娥太監們的恩物，後來才從內宮中傳至王公巨卿宅第，成爲公子哥兒與士大夫們的高尙娛樂，直至明末時期，方始流入民間，那是由公子哥兒們，將之携入了秦樓楚館，一般高等妓女們，除了琴棋書畫之外，又學會了這個新鮮玩意兒應酧嘉賓，從此便流傳民間。但爲時頗短，那是滿州人入主中原以後，在反淸復明的浪潮中，麻將牌遭受了厄運，當時那些滿州官員，查封所謂叛逆之家時，都查到了麻將牌。滿州人看不懂這些是什麽玩意兒，以之詢問漢官，也知道這是一種玩樂品，名爲「麻雀」，但牌面上却並無雀形。當時那七個字，也並非是東西南北中發白，而是「公侯將相文武百」，問到這些字的意義，却都結結巴巴說不出一個所以然，於是引起淸廷疑慮，疑與反淸有關，遂明令禁止，不論軍民人等，凡有收藏麻將牌者，必須立即呈繳官府，此後如有私藏，一經查出，將以叛逆罪論處。小小一種玩樂品，竟然要犯滿門抄斬之罪，那還有誰敢收藏呢？

至於現代所流行的麻將牌式樣，却是淸代道光年間，寧波秀士陳魚門所改繪的。據近人筆記所載：自從陳魚門改繪麻將牌式樣以後，曾有杭州之江日報記者，在民國三年親至舟山，訪問陳氏後人，獲得了準確的資料，證實了故事的眞實性，特爲轉錄如後：

「陳魚門是寧波舟山縣人，在道光初年中了秀才以後，因屢試不第，鬱鬱寡歡，精神頹喪，經常自言自語，呈現半痴呆狀態，其家人深感憂慮。陳魚門有表兄業航海生涯，自置航船一艘，頗具規模，爲人運載貨物，往來沿海各埠。陳魚門家人慫恿其在表兄船上，充任司賬，希望其借此遠遊各地，解除胸中憂鬱，於是陳魚門乃棄學從商，每抵一埠，必登陸暢遊，果然性情開朗，精神恢復。

海員因生活枯燥，大都嗜賭，船中賭具，應有盡有，開航以後，便開始賭博。陳魚門雖然不嗜賭，但在無聊時，亦作壁上觀，他見到麻將玩樂，發生興趣，雖然他尙屬初次見到麻雀牌，但却早已聞名是淸廷所嚴禁的，可是他看不出有什麽反淸意義，如果一定要說有政治意味，那只有公侯將相等字樣，倘以之改換他字，便無絲毫政治氣息，於是他立意將之改繪。

風向與海員生活，有密切關係，東南風或西北風，對海員生活，影响重大，所以他很快就想到了東南西北四字，可是以下三字，極費躊躇，能連接在東南西北之下，只有一個中字，中字之下二字，却把這位秀才困住了，一時之間，想不出適當的字。有天風和日麗，海面如鏡，陳魚門淸晨起身，便獨自溜到甲板上，反著雙手踱步，口中不斷地唸著東南西北中，然而中啊！中啊！老是中不下去。他的表兄其時也走到甲板上來，站在他的背後，他却惘然不覺。還在唸著『中啊！中啊』表兄以爲他還懷念功名，因而向他勸慰：『讀書人希望考中以後升官發達，但做生意也同樣可以發達，至於說光耀門楣，那在發達以後，用銀子捐一個功名，不也是一樣。』不料這幾句隔靴搔癢的勸慰說話，却引起了陳魚門的靈感，立刻跳起身來說『對啦！白衣人考中了可以發達，發了達的白衣人，也可以考中，哈哈！白中發，發白中，一點兒也不錯。』

中發白三字，於焉誕生，這也是窮秀才的牢騷。那時的麻將牌上長方圓三個形式，方的已不是東字，而是三個四方形的口字，但一品二品，却又是官級，又得避諱，於是又改爲萬字。筒形的一束，改爲雀形，以實麻雀之名。原本稱爲『餅子』『條子』的；則改爲『筒子』『束子』，這是寧波漁民與漁行交易的術語，百斤稱『一筒』，十筒稱爲『一束』，十束也就是一『萬』斤了。麻將牌經此一改，更爲廣泛流傳，祇是從士大夫的高尙娛樂，普及成爲大衆化的賭具，追本溯源，可不應忘記這位發明人陳魚門呀！

天聲人語

中華詩學社以丙辰上巳爲總統蔣公崩逝周年徵詩

文叠山

客歲遙聞元首崩，萬民齊悼淚塡膺，慈湖水綠山川麗，鯤島春榮草木增，自是英靈光四序，還看德業濟中興，蘭亭百代聯詩陣，墨經從公志可膺。

丙辰端五

黯黯兵壓八表昏　天涯何處悼忠魂
澧蘭沅芷菲芳歇　大好河山遍淚痕

第三屆世界詩人大會

長蛇封豕世方驚　且向寰瀛發正聲
和平相處羣黎望　詩陣從來不用兵

乙卯九日

陳伯祺

楓葉流丹錦繡開　龍山高會且徘徊
東籬人比黃花瘦　故國霜催白雁來
羣季揷萸嗟少一　悲秋作賦孰爲才
却欣今日無風雨　三徑叢中酌舊醅

次戒三丈六八生朝韻

嘉章渺渺轉愁予　濡筆難爲效奏舒
江上有皐皐有鶴　子今知我我知魚
時來俊語俱頤解　老去工詩出緒餘
階砌華堂雙福慧　懶從常理問盈虛

九屆花展

余少颿

花會逢春今其九。紫陌烟籠人負手。曲闌阿閣相徜徉。小憩泚茶亭午後。舶來韲送瓊與琳。觀賞雌黃憑會心。蹀躞逢人飛口沫。花神莫辨孰知音。

次韻酬樹老

前人

因壑名居屬野夫。（客居百駕山下，因以爲號）時逢鸞鶴足嬉娛。纔移茗盌聲華接。旋展詩筒肺腑蘇。片丹光透皤皤頂。贏得今吾猶故吾。

與人論詩別後特集元遺山句寄意

張泰祥

平林簇簇點晴川，人物風流見藹然，燕子不來花著雨，簫聲吹暖賣餳天。
（一）山中寒食，（二）櫻桃宴，（三）芳華怨，（四）食榆莢。

草堂人物列仙臞，驚看燕家頭白烏！安得明珠三百斛？長門曉夕夢相如。
（一）上馮內翰，（二）望王李歸程，（三）洧川行，（四）芳華怨。

殿前鸚鵡喚新班，幾處春風揭繡簾；枉爲珠娘怨金谷，不知猶有竹枝鹽！
（一）探花詞，（二）長春，（三）後芳華怨，（四）秋風怨。

別意春江誰短長？故人相念不相忘；路人愛是風流樹，雨打風吹枉斷腸！
（一）醉中送陳季淵，（二）醉答元，（三）結楊柳怨，（四）後芳華怨。

燕宿鶯啼處處通，五花驕馬四蹄風；鴛鴦驚起東西去，悵望相看似畫中。
（一）長春，（二）長安少年行，（三）後平湖曲，（四）雪景乘騾圖。

金鞍繡帽好還鄉，洛水秦山引興長；富貴同生亦同死，海枯石爛兩鴛鴦。
（一）送陳寄川，（二）寄答景元，（三）解劍行，（四）平湖曲。

金鞍繡帽亦風流，猿鶴無情也解愁，六印才堪誇兒女，少年錦帶佩吳鉤。
（一）芳華怨，（二）湖中詠，（三）天門引，（四）望歸吟。

不須紅袖出重城，黃閣歸來履舄輕，何論同袍不同夢，只知環佩作離聲。
（一）僕射陂，（二）春日，（三）黃金行，（四）芳華怨。

新詩無補玉川窮，和氣春風在眼中；乾鵲無端爲誰喜？玉關歸路幾時東？
（一）送吳子英，（二）挽楊尙書，（三）西樓曲，（四）征人怨。

旅食難堪日月遲，茫茫野色動淸悲，邯鄲枕上人初覺，落日欄杆有所思。
（一）京居，（二）永寧秋望，（三）送杜招撫，（四）白雲鄉。

飄零無物慰天涯，雙鳳簫聲隔彩霞，萬里風濤接瀛海，年年歲歲望還家！
（一）西齋夜宴，（二）梁園春，（三）橫波亭，（四）西樓曲。

綺天仙掌惜空閑！日照春山花滿烟，萬里長鴻思一舉，調元消息在今年。
（一）秋風怨，（二）半山亭，（三）送仲梁出山，（四）喜雨。

憶黃花崗

滿江紅　關照祺

三月春光，依然是，飄風烈烈。幾番欲，問天無語，寸懷淒絕。夙昔羊城空寄夢，而今虎穴誰還躡？更那堪、草莽翳高岡，黃花血。山河淚，難禁雪；家園痛，如焚熱。願忠魂呵護、盡殲妖孽。往燕應憐雕棟毀，歸鴻猶認佳城闕。想今來、珠海卷寒潮，聲悲咽。

春思

聲聲慢　關照祺

神遊赤縣，恨對青峰，林花尙怯春寒。海澨烟雲，御風縹緲優閑。繁華廿年飄逝，算幾，回、尋夢都難。誰又省，只東風，誤我，不度蓬山。
試看詩囊依舊，已空無隻字，餘淚斑斑。多少鶯鶯，花前猶唱關關。堪憐落英幾片，逐溪流、似怨凋殘。空嘆息，恁韶光、孤負者番。

奮勵

王大任

浮世光陰野馬馳，卅年人在鳳凰池，身逢離亂留詩史，歲值艱危感鬢絲，前輩風微嗟已渺，中興大業凜茲時，屯蹇國步休喪志，祖逖聞雞是我師。

編餘漫筆

編者

這一期有許多佳作，最重要一篇乃杜負翁「蘇北黃橋之戰」，此一戰關係以後整個大局。黃橋之戰何以會敗，國軍方面史料始終說不清楚，使人越看越莫名其妙，所以然者，因為此事不能直說，其中牽涉到大人物，而且都健在台灣。

黃橋之敗，由於韓德勤之顢頇無能，稍知其事者皆不能否認，致黃橋之敗，誤國家大事者——韓德勤，明知韓德勤不濟，而任韓德勤以誤國者，顧祝同也。

韓德勤與顧祝同為江蘇漣水同鄉，北伐成功後，顧祝同已成江蘇「第一軍人」，韓德勤始終在其部下任職，江西剿共時，韓德勤任五十二師師長，會被共軍俘虜，詭稱伙伕逃脫，但雖然屢戰屢敗，却無礙其升官。抗戰初期，顧祝同任江蘇省政府主席，以韓德勤為民政廳長，旋顧兼任第三戰區司令長官，指揮江南戰場，京滬淪陷，江蘇被截斷，此時為國家計，為江蘇計，均應另行改組江蘇省府，簡派賢能大員，統敵後軍政，但顧祝同一貫視江蘇為其「采邑」，不肯授與外人，乃以韓德勤代理省政，終而實授，終致僨事。詳細經過，負翁已言之甚詳。李名揚自不是東西，但李名揚在北伐前已任贛軍總司令，曾親炙國父，是時顧祝同尚任粵軍總司令部副官長，地位去李名揚遠甚，韓德勤更無論矣。李名揚不服韓德勤，韓德勤又不思化解而一力排擠，終以將帥不和，全局敗壞。

此情在台之蘇北人士皆知，私下談起亦不勝嗟嘆，但無人肯形之於筆墨，個中情況，負翁亦言之甚詳。負翁杜召棠先生，原籍揚州，為當代詩文大家，與顧、韓均有交誼，獨能不避嫌怨，毅然揭出此事經過，本刊宗旨亦在力求眞實，故樂意刊出，任何後果皆在所不計。務使誤國之輩不能永逃清議之誅。

人物方面最重要者為嫉惡如仇的石瑛，此公不但是民國第一清官，亦民國第一能吏，本刊以前曾有報導，但不夠詳盡，劉棨琮先生此篇可概括石老生平。

其次斷頭將軍張石侯一篇，內容亦眞實、悲壯，此乃國家興衰之機，張輝瓚東固之敗，與韓德勤黃橋之敗，頗多相似，然賢愚不肖則相差甚遠。

本期有關遊記較多，共有三篇，均清新可誦，張天師一篇，似遊記亦似史料，雖其中不無迷信成份，但讀者只看天師府，不必理會其呼風喚雨也。

其他人物傳記為林幼春、劉粹剛，雖文武異途，但皆國家之忠烈義士，故特表而出之。

掌故月刊訂閱單

姓名（請用正楷）中英文均可			
地址（請用正楷）中英文均可			
期數及金額	一年		
	港澳	台灣	海外
	港幣二十四元正	台幣二百四十元	美金八元
	平郵免費・航空另加		
	自第　期起至第　期止共　期（　）份		

請將本單同欵項以掛號郵寄香港九龍旺角郵局信箱八五二一號

英文名稱地址：

The Journal of Historical Records

P. O. Box No. 8521, Kowloon

Mongkok Post Office, Hong Kong.

俊人書店 圖書目錄

九龍旺角郵局信箱八五二一號 電話：3-808091
WISE-MAN BOOK STORE PO BOX8521
KOWLOON HONG KONG POST OFFICE T3-808091

書 名	作者或出版社		定價H.K.
﹂偉大的抗美援朝運動﹁	人民出版社		3000.00
（全書十六開大本共一千三百多頁所有韓戰史料全部包括在內，爲罕見孤本）			
東洋文庫十五年史（日文）			1000.00
西安半坡	文物考古社		1000.00
中華兩千年史精裝七册	鄧之誠		300.00
第二次世界大戰簡史	美•第威特・休格 王 檢譯		20.00
太平洋戰爭紀實	何成璞譯		20.00
日本屠殺秘史	日•神吉晴夫第編著		30.00
赫爾回憶錄	C. 赫爾著		30.00
韓戰秘史	美•羅柏・萊基 劉勾譯		30.00
山本五十六 （全譯本）			20.00
日本神風特攻隊	日•豬口力平，中島正 著 謝新發譯		30.00
日本軍血戰史 （決戰篇）	蔡茂豐譯		10.00
美蘇外交	J.F. 貝爾納斯著 王芒等譯		20.00
琉球島血戰記	日•古川成美著 陳秋帆譯		10.00
太平洋戰爭	周紹儒譯		20.00
第二次世界大戰史	科馬格著 鍾榮蒼譯		20.00
中國典籍知識精解	任松如著		50.00
李嘯風先生詩文集	李嘯風著		15.00
中國文學家大辭典（上、下）	楊家恪編		200.00
國父軍事思想之研究	羅雲著		10.00
中國文化綜合研究			200.00
張群秘書長訪問韓日紀要	中日合作策進委員會，中日關係研究會		50.00
中日關係論文集 （第一輯）	中日關係研究會		200.00
中共暴政十年	中共暴政十年編輯委員會		50.00
遠東是怎樣失去的	陳國儁譯		20.00
中國文學家列傳	楊蔭琛編著		100.00
成語典	繆天華主編		100.00
六十年來的中國警察	中央警官學校編印		50.00
角山樓增補類腋	淸•雲間姚培謙纂輯、司徒趙克宜增補		100.00
中外名人辭典			100.00
古今同姓名大辭典			100.00
處理日本投降文件彙編（上、下）	中國戰區中國陸軍司令部	七册	200.00
何應欽將軍講詞選輯	中國戰區中國陸軍司令部		
八年抗戰與台灣光復	中國戰區中國陸軍司令部		
受降報告書	中國戰區中國陸軍司令部		
何應欽將軍中日關係講詞選輯	中國戰區中國陸軍司令部		
八年抗戰	中國戰區中國陸軍司令部		
世界道德重整運動和龍劇			

錦繡神州

出版者：德興文化事業公司

我國歷史悠久，文物豐富，古蹟名勝，山川毓秀。尤其歷代建築藝術，都是鬼斧神工，中華文化的優美，在世界上有崇高地位；所以要復興中華文化，更要發揚光大，我們炎黃裔胄與有榮焉。

如欲研究中華文化，考據博古文物，瀏覽名山巨川，遊歷勝景古蹟；畢一生精力，恐亦不克窺全豹。往年雖有此類圖書出版，惜皆偏於重點介紹，不能滿足讀者理想。

本公司有鑒於此，不惜巨資，聘請海內外專家搜集資料，歷三年編輯而成；圖片認真審定，詳註中英文說明，堪稱圖文並茂。內容分成四大類：「**文物精華**」「**勝景古蹟**」「**名山巨川**」「**歷代建築**」將中華文化的精英，包羅萬有，洵如書名：**錦繡神州**。並委託柯式印刷廠，以最新科技，特藝彩色精印。八開豪華精裝本，金線織錦為面，織成圖案及中英文金字，富麗堂皇。「**內容**」「**印刷**」「**訂裝**」三並重，互為爭妍；所以本書被評為出版界一大傑作，確非謬贊。

凡備有本書者，不啻珍藏中華歷代文物，已瀏覽全國名山巨川，遍歷勝景古蹟。如購贈親友，受者必感隆情厚意。

全書一巨冊　港幣弍百元

經已出版。【付印無多，欲購從速。】

總代理

吳興記書報社

地址：香港租庇利街十一號二樓

電話：H四五〇五六一

Ng Hing Kee Newspaper Agency

No. 11, Jubilee Street, 1st Fl,
HONG KONG

九龍經銷處

德興書店（旺角奶路臣街15號B）

吳興記分銷處（吳淞街43號）

外埠經銷處

星馬婆	遠東文化有限公司
曼谷	青年文化服務社
菲律賓	華安書店
越南	聯興書報社
紐約	友聯圖書公司
三藩市	益智圖書公司
三藩市	新生圖書公司
三藩市	文化書店
波士頓	中西公司
芝加哥	文華書局
檀香山	大元公司
倫敦	東寶公司
加拿大	香港百貨公司
澳門	可大文具店
斗湖	光明書局
亞庇	利民公司

掌故

野史・佚聞・人物・風土・

月刊

59

掌故月刊

第59期 目錄

每月逢十日出版

掌故

第五十九期

每册定價港幣二元正

全年訂費 港幣二十四元 台幣二百四十元 美金八元

出版兼發行者：掌故月刊社
地址：九龍亞皆老街六號B
通信處：九龍旺角郵局信箱八五二一號
電話：K八〇八〇九一
The Journal of Historical Records
P. O. Box No. 8521, Kowloon
Mongkok Post Office, Hong Kong.

督印人：鄧少卿
總編輯：岳騫
印刷者：和記印刷有限公司 新蒲崗景福街一一〇號超達工業大廈十樓
總代理：吳興記書報社 香港租庇利街十一號二樓 電話：H四五〇五六一 四五〇七六六
國內代理：黎明書報社 台北市八德路三段九十九巷六號 電話：七一二一五二九
星馬代理：遠東文化事業有限公司 新加坡厦門街十九號 檳城香田仔街一七一號
印尼總發行：集源公司 椰城旗桿街87號A Dil Tiang Bendera No. 87A Djakarta, Indonesia.

澳門：可大文具店
亞庇：利民公司
斗湖：光明書局
漢城：泛亞書籍公社
倫敦：香港文化服務社
中藝公司
東寶公司
紐約：友聯圖書公司
友誠公司
友方公司
菲律賓：華安書局
芝加哥：文華書店
羅省：大元公司
新東方公司
三藩市：益智圖書公司
文化商店
華盛頓：德昌公司
波斯頓：中西公司
千里達：中華公司
加拿大：香港商店
溫哥華：僑益書局
滿地可：明星書局
渥太華：民生書局
巴西：興昌公司

哲學家吳康博士

——盧幹之——

曾任國立中山大學文學院長、國立政治大學文學院長及各大學教授，並創辦廣州文化大學自任校長之吳　康博士不幸於五月十九日病逝台北三軍總醫院，享壽八十有一歲。

吳　康博士為當代權威哲學家，早歲畢業北京大學，即任教於廣東高等師範及廣東大學，嗣後考獲公費留學法國，專治文史哲學，民國廿一年（一九三二）得法國巴黎大學文學博士學位後，即任國立中山大學教授並文學院院長，民國廿四年（一九三五）應聘赴法國巴黎大學中國學院講學，為客座教授；次年又赴捷克國家學院及捷京國立查理士第四大學講學，並被選為捷克國家學院名譽會員，返國後仍回中大任教，民國三十一年（一九四二年）創辦中華文化學會及中華文化學院，旋改為文化大學。

吳康博士字敬軒，廣東平遠人，生於清光緒二十一年九月，幼年就讀鄉塾，已畢四書五經，維新以後，改就新式小學，而中學、大學。民國九年畢業北大哲學系，二十一年獲巴黎大學博士學位。吳　康博士精通法文、英文、德文、拉丁文、希臘文、著作等身，馳譽中外，其法文著作「春秋政治哲學」，由法國最著名之雷路書局出版，法國著名漢學家伯希和教授譽

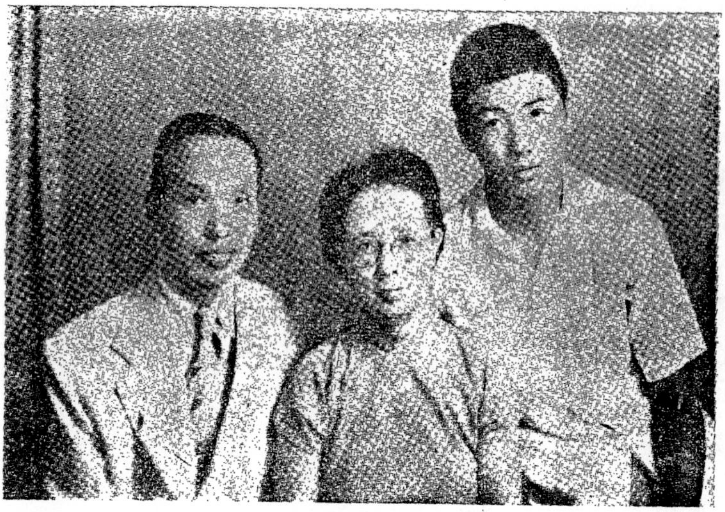

吳博士與夫人李漱六教授暨公子合照

爲「名山不朽巨著」。吳　康博士對於哲學甚有研究，著有「老莊哲學」、「康德哲學」、「近代西洋哲學要論」等十餘種，均爲哲學界人士所推許。時局轉變，吳博士赴台講學，任國立台灣大學教授及教育部編纂。曾數次來港，担任香港大學、中文大學校外考試委員，並於一九六六年由新亞書院邀請主講研究院及大學高級哲學，担任客座教授一年。

吳　康博士提倡「新人文主義」，其基本理論，就是「道德」與「科學」並重，以中國固有文化爲經，以西洋的科學文明爲緯，從而建立中國的新型文化。關於「新人文主義」的實踐，是博士於民國三十四年（一九四五年）在中華文化學會會刊上曾發表「論中華文化」一文，詳爲論述，其所列綱要是：一曰「探討舊文明」，二曰「輸入新學藝」，三曰「創造新文化」；並提出民主化的治學精神和科學化的治學方法。吳博士所提倡的「新人文主義」學說，以「知識」、「道德」、「藝術」三者分途發展，以達成「眞、善、美」的總體理想境界。

吳康博士畢生從事教育工作，不求聞達，矢志不仕，他雖然精通西學及數國文字，但時刻都不忘發揚中華文化，再造文明，他崇尚本國文化傳統，尤以「儒家」與「道家」爲其研究中心，他爲人淡薄寧靜，胸懷豁達，惟以「博學」、「審問」、「愼思」、「明辨」、「篤行」爲己任，學而不厭，教而不厭，數十年如一日，堪稱春風化雨，桃李滿門！

吳康博士夫人李漱六教授，現仍任教於國立台灣師範大學，（李教授畢業於北平女子師範大學，與吳康博士同留學法國）伉儷恩愛非常，相敬相研，有一子名詔雲，現已有孫兒，家庭天倫樂也融融。彼倆結婚二十週年時，吳博士曾有一首詩云：「辛苦共嘗二十年，幅巾釵鬢兩依然，綠章久奏通明殿，書史誰傳烈女篇；閉戶著書同此日，淸樽話舊憶從前；依依黃鶴樓頭夢，飛上蓬萊幾樹烟。」吳博士除了哲學是專長外，文章和詩詞，也有很高的造詣。其題近影有云：「爲學則覃思研精，爲文則沈博絕麗，此少日之所期，洒迄今猶未至。爲人羣而服務，以教化而易世，躡往哲之芳踪，契玄理於未濟」。（見附圖）

吳康博士生活儉約，體質温文，他自己說：「我受氣雖薄，但平日生活嚴肅，飲食簡樸，故常能保持水平線以上的健康，兼無吃烟飲酒等不良嗜好，所以衣履整潔，雖無裼裘之態，頗有瀟灑之情，雍容華貴，固不敢當，爾雅温文，每邀浮譽。」吳博士於一九五六年在台灣六十壽辰時，友好張其昀、高信、余俊賢、鄭彥棻、祝秀俠等特爲其祝壽。一九六六年在香港中大講學，適值七十大壽，友好又發起爲其祝壽，席間，香港大學中文系主任羅香林教授致詞說：「吳康博士是一位仁者，『仁者壽』，故此能享高壽。」中文大學新亞書院院長吳俊升博士則說：「哲學家大多數是高壽的，如羅素、杜威等都超過八十歲以上，所以吳博士一定會長壽的。」現在，吳康博士已歸道山，與世長辭；但他的學術成就，及對社會之貢獻，則永留不朽也！

為學則覃思研精
為文則沈博絕麗
老少日之所期迨今猶未去
為人群而服務
以教化而易世
躡往哲之芳蹤
契玄理於未濟

錫園主人自題近影
民國四十三年十二月廿日
於臺北旅次

茲錄吳　康博士著作如下：

（一）台灣商務印書館出版的：

周易大綱（民國四十一年台訂正版）

尚書大綱（民國四十二年台訂正版）

康德哲學簡編（民國四十三年初版）

老莊哲學（民國四十四年初版）

（二）華國出版社出版的：

近代西洋哲學要論（民國四十三年初版）

宋明哲學（民國四十四年初版）

（三）中華文化出版事業委員會出版的：

康德哲學　上下兩冊　（民國四十四年初版）（民國五十五年再版）

（四）法國巴黎雷路書局出版的：

法文春秋政治哲學（一九三二年）

法文漢籍考原（一九三八年）

杜月笙和李裁法的秘辛

·寒梅·

十多年前，被稱爲「香港杜月笙」的李裁法，最近在台北監獄又再度被選爲服刑人的模範，監獄長官公開勉勵監獄的人犯，學習李裁法知錯必改的精神，希望每一個服刑期滿的出獄人，重回社會之後，走向新生！

李裁法在台北監獄已渡過了十二年的思過生涯。當他三審判決確定，並蒙政府體念他在抗日期間，潛伏香港從事反間諜的工作，對國家諸多貢獻的功勞，減免極刑入監以來，一直循規蹈矩，埋頭聖經去探討人生的眞理，和獄中監友和諧相處，並經常協助監友排解糾紛，將親友送給他的衣服食品以及金錢，去周濟一些比他迫切需要的人，因而深受同獄監友的敬重！

由於李裁法重義氣，在江湖上名氣很大，同獄監友偶有爭吵滋事，祇要李裁法出面調解，就會大事化小事，小事化無事，對獄中犯人的管理工作，減少了很多意料不到的麻煩。因此，監獄長官對李裁法的服刑表現，極表稱許。

去年清明節， 蔣公逝世後，台灣社會各界發起捐建中正紀念堂運動，李裁法也在獄中率先响應捐獻一萬元，可見李裁法雖是爲了吳家元的恩怨觸犯法網，但他熱愛國家，忠於 蔣公的一片赤忱忠誠，却是始終如一的！

李裁法的一生，可說是多彩多姿。他以「香港杜月笙」的盛譽，曾在港九風雲際會，在社會上更是舉足輕重。他和杜月笙之間義氣連枝的關係，在我國近代的江湖史上，却還是一頁鮮爲外界知曉的故事！

李裁法和杜月笙的交往，始於對日抗戰之前。那時的杜月笙，在上海正是黃金時代，憑着義氣兩個字，無說是社會每一個階層，杜老闆「閑話一句」，就可以逢山開路，遇水搭橋，尤其是有關公益事業，更是出錢出力，率先倡導，對社會諸多貢獻，深受各界敬重！

李裁法少懷大志，對杜月笙的爲人作風，由衷敬佩，在七七事變之前，李裁法有意到香港打天下。懷着敬慕的心情，前往拜訪杜月笙，並作禮貌上的辭行。

杜月笙當時眞是座上客常滿，可是一見到李裁法氣宇不凡，特別欣賞。對李裁法的豪懷壯志，慰勉有加。並以自家人待之。希望李裁法到了香港以後，多做一些對社會有益的事，期望殷殷，李裁法深受感動。從那時起，兩人的師生關係，就開始歷久彌堅了！

李裁法來到香港之後，脚踏實地，經過一段艱苦的奮鬥後，漸露頭角，憑着重感情，講道義的作風，幾年之間，終於出人頭地，在香港社會上，聲望日隆，尤其是江湖上的衆路英雄，在識英雄重英雄的交道上，已非點下阿蒙了。

直到珍珠港事變，香港快要淪陷的前夕。當時的杜月笙，和政府的軍統局已有了深切的關係。爲了考慮到香港陷敵後的工作安排，想起了正是李裁法爲國家建功立功的大爲機會，於是指示香港方面的親信，速與李裁法密切連絡，妥爲佈署。

戰火迫近香港時，軍統局戴笠先生派駐香港區的負責人王新衡，親訪李裁法於寓所，叮嚀了幾句話：「淪陷後的香港秩序，你要儘力維持，我們陷在香港的同志，你要設法救援」。特別說明是戴笠先生和杜老闆的重任。

李裁法以國家興亡，匹夫有責，立刻拍拍胸膛，欣然受命，當面向王新衡表示：請轉告戴先生和杜老闆，我李裁法在生一日，這條生命連同滿腔頭顱熱血，是獻給國家的了。在國家利益高於一切的前提下，雖踏湯蹈火，也義不容辭！

香港淪陷後，李裁法果然沒有辜負戴笠和杜月笙的重託，更沒有使王新衡失望，他出生入死的，協助陳策將軍維持戰亂期間香港的治安，並協助盟軍作戰，日本軍隊開進香港，想利用李裁法的社會潛力，請李到日本憲兵部服務，担任偵緝隊長。李裁法運用機智負起反間諜的工作，利用近水樓台的機會，遙奉重慶方面的指揮，一連救出了一百多名政府的重要人物，以及一百多名未及撤退的重要工作人員。諸如侍奉國父原配盧太夫人脫險，掩護杭州市長周象賢，已故的外交部長魏道明雙親，陳策夫人，國民黨港澳方面黨務負責人沈哲臣等平安撤離。同時還出力出錢組上海同鄉團，協助江浙人士回鄉。

在那一段期間，李裁法最驚險也戲劇化的一件工作，就是接到杜月笙及楊虎夫人陳華的通知，設法營救吳家元離港。當時的吳家元曾被北平的日軍通緝，並派專人到香港來追捕。李裁法基於杜月笙的關係，不惜以自己的生命去救吳家元一命脫險。吳家元得李之救離港後，李裁法的身份才被日軍發現，處境至為危險，在日軍下令逮捕他的前四個小時，得到「自己人」的暗號通知，才匆匆離港到滬，再由上海繞道入四川重慶。中途在西安因旅費不繼，他打了一個電報給杜月笙，想不到杜月笙立刻給他電滙了兩萬大洋，可見杜月笙對李裁法倚重之殷。

李裁法到了重慶之後，杜月笙殷殷慰勉，愛重有加，使李裁法益加欽服禮敬。李在重慶時，曾受誣被捕，杜月笙四出營救，澄清事相後終於力保開釋。而曾獲李裁法救命的吳家元，却忘恩負義，竟對李冷漠敵視。不過，李對吳仍然是以德報怨，並未介意。

抗戰勝利後，李裁法重返香港東山再起，由於他在戰時在香港有過普渡衆生，古道熱腸的表現，人緣好，信譽好，聲望更隆。他所經營的麗池花園遊樂場，使滿目荒凉的香港北角繁榮興旺起來。曾被一家美國生活雜誌，稱讚他的麗池是遠東規模第一，名聲四播。

李裁當時對社會公益，更是不遺餘力。他出任了東方體育會主席，北角街坊會副理事長，跑鵝區街坊會監事長，華僑子弟學校會董，孔聖會名譽會長，廣東省政府參議等職，這一位「香港杜月笙」，叱吒風雲，不可一時。

民國三十八年五月，杜月笙抱病由上海重來香港，李裁法親迎於碼頭，親切接待。慧眼識英雄的杜月笙，早已料到李裁法並非池中物，目睹李裁法得意香港，至為欣慰。在那一段期間，過往更為密切了。

當時，李裁法經營的麗池，無論裝璜、設備、侍應、遊樂。不但在亞洲數第一，即使置諸歐美兩洲各大夜總會之林，也能列為第一流，麗池有餐廳、舞廳、游泳池、兒童樂園、亭台樓閣、高爾夫球塲，女招待一月底薪二千港元，一日可售門票兩萬多張，當時便是香港最高尚、最大規模的娛樂塲所，尤其是舉辦第一屆香港小姐，更是轟動一時。

杜月笙當時雖是抱病在身，仍為李裁法的麗池捧塲，使得客似雲來的麗池，更是身價百倍。

李裁法後來又在九龍青山開設一家高級的酒店，自任董事長，禮聘杜月笙担任董事，這一家設備一流的青山酒店，其富麗堂皇處，令人恍如置身人間仙境，成為香港名勝之一。

李裁法在春風得意，對杜月笙執禮甚恭。充份表現了江湖義氣，英雄本色，在杜月笙垂危時，對社會各界通稱李裁法為「香港杜月笙」一事，曾私下表示「裁法在江湖上，確是很夠義氣的手足」。可見杜月笙對李裁法的確是另眼看待的。

李裁法為了吳家元的私恩怨觸犯法網，社會各界，尤其是香港僑胞，對他的遭遇深表同情，一致認為如果吳家元不是恩將仇報，李裁法不可能先足千古恨，如在李裁法有功於抗戰，且在勝利後在香港也施惠僑胞，政府論功減罪的德政，旅居香港的李裁法親友，以及受過李裁法恩惠的僑胞，對政府的仁政措施，莫不同深感受。

梁任公與徐志摩

·劉太希·

日前和陳定山兄談到徐志摩，定山說：「志摩那次飛機失事，事前曾約我同行的，他說這飛機是免費的，有六個座位，還空了一個，你恰好補上，我已答應同行，不料我的太座十雲說也要去，這樣一來，座位不夠了，我只好說不去，後來他另邀某君同行，竟然遇難。最巧的是同機的人，都是三十六歲，我那年也是三十六歲，後來補上的某君，也是三十六歲，眞是不可思議。難道就是劫數？」

梁任公比徐志摩大二十二歲，徐出生之年（一八九五年），正値任公等代表廣東公車一百九十人上書陳時局，戊戌政變時，任公二十五歲，徐還是三歲小孩。

徐於民五秋入北京大學，住錫拉胡同蔣百里家中，蔣百里是徐的姑丈蔣旌的族弟，是任公的得意門人，由於百里的關係，徐在民七的夏天，也成了任公的學生。

這年八月，志摩出國留美，入克拉克大學治社會學，上書與任公，備述其傾服之誠：「夏間趨拜光儀，眩震明誨，未得一抒其愚昧，南歸適慈母染恙，奉侍匝月後，復料理行事，僕僕無暇，首途之日，奉握金訓，片語提撕，皆曠可發蒙，感喜怍愧，至於流涕，且諗先生愛人以德，不以不肖而棄之，抑又重增皇悚，慮下駟不足以充御廐，而有愧於聖門弟子也，敢不竭驢步之安詳，以冀千里之程哉」。

他又在日記中，流靈出對他老師的崇拜，「讀任公先生新民說及德育鑑，合十稽首，喜懼愧汗，一時交集，石頭記寶玉讀寶釵之詩作乃曰，我的也該燒了，今我讀先生文曰，弟子的文也該燒了」。

「讀梁先生之義大利三傑傳，而志摩血氣之勇始見，三傑之形狀，固極快奮之致，而先生之文章，亦夭矯如神龍之盤空，力可拔山，氣可蓋世，淋漓沉痛，固不獨志摩爲之低昂慷慨，舉凡天下有血性人，無不超騰激發，有不能自已者矣」。

民國十年梁任公與蔣百里辦「改造雜誌」，由中華書局發行。志摩也常投稿，他寫過「安斯坦相對論」（物理學大革命），「羅素遊俄記書後」，「評韋爾思之遊俄記」等文章。

次年十月，志摩回國了。年底任公著成「先秦政治思想史」，志摩原計劃把這書譯成英文，但後來却未成事實。

志摩與他夫人張幼儀的離婚，任公從不贊成。他在民國十二年時寫信勸志摩道：「萬不容以他人之苦痛，易自己之快樂，弟之此舉其於弟將來之快樂能得與否，殆茫如捕風。然先已予多數人以無量之苦痛。」「戀愛神聖爲今之少年所樂道，——茲事蓋可遇而不可求。——況多情多感之人，其幻象起落鶻突，而得滿足得寧帖也極難。所夢想之神聖境界恐終不可得，徒以煩惱終其身已耳。」「嗚呼！志摩，天上豈有圓滿之宇宙——當知吾儕以不求圓滿爲生活態度，斯可以領略生活之妙味矣。——若沉迷於不可必得之夢境，挫折數次，生意盡矣。鬱悒侘傺以死，死爲無名。死猶可也，最可畏者，不死不生而墜落至不復能自拔。嗚呼！志摩，可無懼耶公！可無懼耶！」志摩讀此信後，上書給任公，表示他不能贊同他老師那種反理想主義的論詞。他說：「我之甘冒世之不韙，竭全力以鬥者，非特求免凶慘之苦痛，實求良心之安頓，求人格之確立，求靈魂之救度耳。」「人誰不求庸德？人誰不安現成？人誰不畏艱險？然且有突圍而出者，夫豈得已然哉？」「我將於茫茫人海中訪我唯一靈魂之伴侶，得之，我幸，不得，我命。如此而已。」「嗟夫吾師！我嘗奮我靈魂之精髓，凝成一理想之明珠，涵之以熱滿之心血，朗照我深奧之靈府。而庸俗忌之嫉之，輒欲麻木其靈魂，搗碎其理想，殺滅其希望，汚毀其純潔。我之不流入墮落，流入庸懦，流入卑汚，其幾亦微矣！」志摩離婚三年，就與陸小曼結婚了，志摩的父母本來對他與張幼儀的離婚就不滿意，這次再結婚，更是不贊成，他們倆老提出了三個條件，一定要志摩遵照辦理了才許結婚，條件之一就是證婚人非由梁任公担任不可，這一下子可難了徐志摩。他明知任公對他的離婚再娶是不滿意的，但迫於無奈，只有央求胡適去游說。果然神通廣大，一言九鼎，終於說動梁任公，任公在結婚典禮的致詞中很不客氣的把新郎新娘痛斥一番，首先說兩人皆是曾經結過婚的過來人，希望此後各自檢點，勿再做一次過來人，其次便指着徐志摩大罵，說他性情太浮，以致學問做不好，用情不專，所以鬧離婚再娶，往者不諫，此後一定要洗心革面重新做人，任公嘮嘮叨叨罵個不停，最後志摩只好走上前服罪。面紅耳赤地請求道：「請老師不要再說下去了，顧全學生一點面子罷」，任公也覺得罵得差不多，便就此停住。梁實秋在「讀徐志摩」一書中寫道：「只有梁任公先生可以這樣罵他，也只有徐志摩這樣一個學生，梁任公先生才肯罵，這眞是別開生面的一場證婚。」

民國十二年陰曆長至日，任公給志摩寫了流民詩一首，六解橫幅一條，跋云：「右一首六解，由鳧盟作。……其詩七絕最佳。——格調獨造，舉似志摩相與擊節。」任公又在病榻旁用前人詞中句，集成幾百幅對聯，其中最得意的是贈給志摩的一副，聯曰：「臨流可奈淸癯，第四橋邊，呼棹過環碧；此意平生飛動，海棠影下，吹笛到天明。」

任公在「飲冰室詩話」中解釋道：「此聯極能表出志摩的性格，還帶着詞仙的故事，他曾陪泰戈爾遊西湖，別有會心，又嘗在海棠花下作詩作個通宵。」

民國十四年十月，志摩繼孫伏園之後主編北平的「晨報副刊」，他接辦時，在大政方針上寫道：「此外，前輩方面，梁任公先生那枝長江大河的筆，是永遠流不盡的，我們小報，也還得沾他的潤澤」。此文一出，任公立刻就來了，他聯合志摩，展開了一場「關於蘇俄仇友問題」的討論。他們師生同鑒於蘇俄當時對中東路、蒙古、烏梁海、新疆等地的侵略行爲，與做「中蘇友好」、「蘇俄不是帝國主義」、「中國親善的友人」種種虛僞宣傳的可怕，遂相約爲文揭發其陰謀，任公在復劉勉己書中論「對俄問題」中寫道：「問蘇俄是不是帝國主義者，我毫不考慮地答道：他是帝國主義的大魔王，俗語說得好，江山易改，品性難移，一國的國民性，可是換一面招牌就改得轉來嗎？俄國人玩的政治，對內只是專制，對外只是侵略，他們非如此不能過癮，不管蘇不蘇，赤不赤，玩來玩去總是那一套。……中國以前是沙皇夢想的湯沐邑，現在便是紅旂底下得意的拋球場，蘇俄啊！你要辯明你不是帝國主義嗎？你那一天把在中國的活動停止，我們那一天就相信你，但是能嗎？」同時徐志摩在「仇俄與反對共產」一文中響應他的老師說：「除完全聽蘇俄共產黨直接指揮的政府外，無論何種政府，他都要無條件攻擊或擾亂搗毀。」

這次關於蘇俄仇友問題的討題，是他們師生二人最精采的合作，四年後，任公病歿於北平協和醫院，任公歿後二年，志摩又橫死於墜機，地點是濟南黨家莊，一對不平凡的師生，在短短的二年內相繼告別了人間，只留下他們的著作和久宿的墓草給予後人欣賞與憑弔。

最驚險的一夜

逯劍華遺著

我所說的最驚險的一夜，並不是關於個人的遭遇，而是認爲這一夜的安危，關於中日整個的戰局，可以說關於中國存亡的命運。因爲上海之戰從八一三開始，到十一月六日，大廠失守，敵人又在金山衞登陸，滬西一帶也爲敵方控制，這個保衞大上海戰，事實上不能不從新部署，所以軍事最高決策者，便決定於十一月八日之夜，在松江召開最高軍事會議，地點即選定作者當時服務的機關——松江區行政督察專員公署，當夜參加這項會議的，都是參與上海大戰的高級將領，師長以上的軍長，及各集團軍總司令，全體出席。除了分別向委員長報告戰鬥實况外，則恭聆 領袖訓示今後的軍事機宜。這一夜的專署，是將星雲集，而且是國家命運所託的一般人物，松江距上海咫尺之地，萬一關防不密，走漏半點消息，敵方的飛機可能傾巢而出，籠罩了整個的松江，將松江夷爲平地，後果如何？就不堪設想了！所以在我聆聽了這個消息，並且接受事先佈置的任務後，不但心情惶急，頭也大了。

這一天專員王公興一大早赴前線公幹，署部由我負責，上午十點多鐘，忽然第八集團軍總司令張發奎，率同參謀長朱暉日到了專署，找王專員談話，專員公出，當然由秘書我接待貴賓，張總司令很簡單的對我說：「今晚要借貴處召開一個會議，麻煩你替我預備一個地方，並請佈置一切」。我便一口承諾，並且陪同他察看我們的會議室是否合用，他看過未作可否，只是點頭示意即行告辭。我不敢多問，只好恭送其行，將出門，我曾探詢朱參謀長的意見，蒙他的情，愼密的告訴我：「這個會議室太暴露，似乎不大合宜，因爲今夜的這次會議，委員長將親臨主持，關防務須嚴密，而且力求安全，請你偏勞了。」我聽了這些話，馬上愁鎖眉頭，兩肩好似加上了千斤重担，心情萬分的緊張，送走他們之後，私自盤算必須另尋一個嚴密的會議場所，想來想去，只好選定專員的住室權作議場，較爲妥當；因爲那裡非但幽靜，而且是單獨的一個小院落，與別處隔離，毋須另設警衞。決定之後，便一方着人灑掃內外，畧作部署，專員住室及辦公室，準備作委員長的休息室，對面餐廳及閱書房間權充各將領的招待室，中間客廳佈置一會議室，所有門窗掛上黑紗，以防空襲透出光亮。各事停當，一方召請保安司令部少校參謀耿繼賢，告知第八集團軍在此開會，務須嚴加戒備，傳諭警衞隊，前後門加雙崗，所有部署職員官兵，入晚歸寢室後，一律不准外出，更不准擅自走近專員住處，違則嚴懲，並切囑耿參謀竟夜巡查，不得有誤，事雖佈置妥貼，但心裡總是忐忑不安，因這一夜的集會，我乃局外人，當無關輕重，但是暫代地主的身份，招待不週，尙屬小事，萬一發生意外，這干係可就大了！

晚飯後不久，已是上燈時分，首先到達的，仍是午前來的張老總及他的參謀長，我引導他們看了會議場所之後，當蒙點頭示可。他旋即辭出，不知所向，後來方知是去松江車站，恭候委員長。時近七時，院外已是黑漆一片，各將領三三兩兩的陸續惠臨，我只帶親隨一人在場接待，奉烟敬茶，及聞院中有人呼喊，聽聲音便熟知老友王又平到了。他是我的小同鄉，而且是多年至交，雖然在外戎馬半生，但鄉音無改，聞聲便知。這位抗日猛將，當時任八十七師師長，並暫代軍長職務，指揮第五軍所轄的八十七、八十八及三十六三個師，和孫元良宋希濂兩將軍，可稱爲抗日三雄，作戰三月，屢挫强敵，日軍畏之如虎，不敢攖其鋒。他是和李玉堂戴雨農將軍同來的，在黑暗中我迎到他，很親熱的和他握手，並低聲告訴他勿再聲張，以防意外。他很豪爽的笑了一聲，之後便細語問道：「老頭子來了沒有？」我答尙未，進入接待室，大家相見，各談作戰經過，軍人氣概，多數是豪放的無所拘束，肚子餓了，就問有吃的沒有？幸而我們爲招待老同學趙錫田來松江，準備了一些菜餚，蒸了許多饅頭，並且煮了一鍋綠豆稀飯。誰料今天竟有此羣英會，弄得老趙不敢停留，馬上溜回防地，因爲他那時是旅長，只好避開，這就好了這般老饕，分幾次吃得是一掃光。

大約九點的光景，各集團軍總司令相繼而來，記得有顧祝同、陳誠、朱紹良、黃琪翔、張發奎諸高級將領，有沒有黃紹雄在內就不清楚了，不多久，八集團軍的張老總又去車站，旋聞門外汽車聲音，知道　領袖駕到，大家立即肅靜，並出室恭迎，我也肅立門旁參與迎駕行列，瞻仰偉大　領袖的威儀，隨行者有副參謀總長白崇禧，侍從室主任錢大鈞，軍令部長徐永昌是否同來，記不得了。坐定後我便入室侍候茶水，拉起窗幔，使空氣流通，然後退出，立於室外廊下，聽候差遣。這是我一生中担任聽差，侍候他人茶水的一次，不以爲辱，且以爲榮。

在開會之前，委員長先行分別召見各集團軍總司令，及軍師長，聽取他們的報告，並徵詢他們對戰局的意見，由錢大鈞依次傳見趨謁，各作簡明的報告，也有附陳意見的。　領袖面露笑容，慰勉有嘉，並且對各軍作戰最力者垂詢甚詳，當召見王敬久孫元良及宋希濂等三將領時，忽放緊急警報，燈火熄滅，我便入室迅將窗幔拉下，而心情非常緊張，誠恐敵人萬一獲得情報，空軍夜襲，如果來個捲地轟炸，專員公署，目標顯著，且防空設備簡陋，不但在場各人生命安全可慮，而國家前途，何堪設想！所以我只有默禱，求上蒼佑護，平安渡過這個驚險的一夜，內心確是惶急萬分，幾乎窒息。但聞　領袖仍鎮靜如常，促王等繼續報告，亦垂詢作戰實況，聽其聲形若無事，因此我心也稍平靜了點。

大約一刻鐘的光景，解除警報響了，因爲敵機掠空而過，並未盤旋，推知是回航經過松江，飛歸上海軍艦。每天常在傍晚飛過松江上空，今天晚了一點，只是虛驚一場，幸慶無事，我也放了心。進了室內斟了一杯白開水，敬放在　領袖面前。適在這時，戴雨農將軍從上海奉迎夫人到了松江，特來參與這次的會議。旋即開會，事關軍事機密，我便退出，仍坐廊下聽候使喚。不多時王專員回署，聽我報告後，也只好靜坐一旁，鵠候會議結束。

會議大約經過三個小時，已是九日的兩點多鐘，會議畢。委員長偕夫人先行離去，大家恭送小院之前，然後紛紛各自回防。我和公璵兩人這才鬆了一口氣，放下一顆心，感謝上帝總算平安度過了驚險的一夜。但天方黎明，敵機二十多架，覆壓松江上空，輪流盤旋，濫施轟炸，松江十里長街，變成一片焦土！當地平民死於此難者，七八百人，斷肢殘骸觸目皆是，到處血肉模糊，慘不忍睹，巡視災情，黯然淚下，悲憤填膺，初齒腐心，此項血債，心想將來只有血來償還，松江之會，至今已三十多年，惟追往事，猶爲心悸。

民園隨筆

王大任

日本武士切腹風氣之沒落

世人以櫻花妙喻日本的民族性，以其熱情而氣短也。日本人的富於自殺傾向，即係此種氣質有以使然。日本古史所載，至中世紀封建制度產生，對於武士切腹，認為無上之榮譽。在日本武士階級中；不僅男子對於君王主張盡忠死節，妻子對於丈夫情形亦同。至於死節之性質，在男人為感恩，為抗議，為贖罪，在女子為貞操、為反抗、為殉情，情形雖殊，義烈則一。

關於切腹行為之紀載最動人者為英國文豪梅滔所著日本研究一書，其描寫瀧善三郎之切腹，細膩生動，感人至深。

第二次世界大戰結束後，日本之武士道精神業已式微，驚心動魄的切腹儀式多已棄而弗用，但以手鎗替代切腹的軍政大員仍不乏人。例如當時的陸軍大臣阿南惟幾大將，最先飲彈自裁！參謀總長杉山元元帥夫妻雙雙自殺殉國！其次，田中靜一大將，吉本上將，以及近衛文麿公爵等，或以手鎗，或以毒藥，紛紛自戕，以謝國人！其中眞正採用切腹自殺者僅得一人焉。即是九一八事變之主角本莊繁是也。無象菴雜記考證：「本莊切腹係在陸軍大學樓上」，並引據日本某中將談片曰：「彼是日往其宅採訪，其夫人說主人已自裁矣。問明其所在急往視之，則見本莊已跪拜皇城垂首斃矣。渠係正式切腹，先將腹部十字切開，並重整衣冠，然後用刀突刺心臟，再拔出斜刺頸脈，俯首面向皇城，作謝罪狀死去！懷中留有遺書，寫明：「九一八事變應由自己一人負責，上負天子，下累國人，願以死謝罪」等語，此一叱吒風雲之九一八瀋陽事變罪魁禍首；如此悲壯絕倫的結束其一生，非僅玩火者果自焚其身，同時也象徵日本軍閥帝國之澈底終結！

哈市日人萬千被害實錄

一九四五年九月，日本天皇下詔無條件投降，時距蘇軍象徵性參戰僅半個月。蘇軍進入東北後，其暴行之慘烈，為前史所罕見。偶閱丁酉七月十八日工商日報轉載東京通訊一則，其報導之資料，係根據日政府厚生省，（社會福利部）之公報，其正確性較諸東北父老所傳說者為切實可靠，合錄全文，以為異日考訂之資料。

「本月七日，日政府厚生省發表蘇軍侵入哈爾濱後死亡日人名單，全部共七千四百零五人。名單資料來源，一部份為去年李德全携日，同時參酌本月三日遣俘船「興安丸」所帶到之中共紅十字會各種表冊與存根，如哈爾濱難民委員會死亡證明書存根，難民救濟會埋葬申請書底冊，死亡診斷書存根，哈爾濱中央醫院死亡者名冊等。

上列資料，反映出除少數患肺炎、肺結核、大腸炎而死外，幾乎都是「遭難」

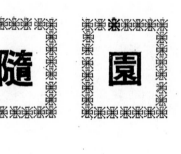

，可見日本投降時蘇軍侵入哈埠後燒殺姦淫之兇殘！實與活地獄無異！自日投降至一九四六年春這半年期間內，從各方情形推測，最低限度死去之日人在一萬八千名以上。

一九四五年八月蘇俄突對日本宣戰時，哈埠之日人，包括軍人與軍眷共七萬五千六百人，嗣後所有男子幾全部被徵入伍，僅留老弱婦孺。八月十八日蘇軍二萬侵入哈市，曾對日人施以種種非人道殘暴，所有日人公私財產，被掠奪一空。九月以後，市場上塞滿擺賣衣物之日本難民，同時更被紅軍以十元一天工資的低廉代價僱用不少，後因蘇軍濫發軍票，致日本難民生活更加困苦，百分之八十强均營養失調，零下二十度的東北之夜，各處街頭瑟縮着一無所有之日人，病倒者觸目皆是。

此次厚生省發表之七千四百零五人死者名單中，所有列爲「遭難」的，除一部份婦孺被燒斃或投海集團自殺外，所餘者百分之九十七以上均爲蘇軍所虐殺。

集團自殺最慘者爲哈爾濱郊外大泉子開拓團，八月十七日紅軍迫近哈爾濱時，該團團長早津次治，率領婦孺四八〇名集中於全孝村團員子弟學校，（該團全部五五八名爲富山縣人，男子七十八名已徵入伍），除少數服毒者外，大部份均於自己縱火焚燬小學時葬身火海，雖然其中七十一名胆怯者怕死抱着小孩逃出火海，但因恐怖與飢餓，仍難幸免於死亡！

八月十七晚十一時，哈爾濱東面的阿城縣四道河開拓團，（團長名取美朗）集中全體團員，關鎖團本部大門，於紅軍沿濱綏線侵入前一小時，用炸藥集體自殺！

蘭西縣的大兵庫開拓團，團長中易寬，全部三百八十二名都係兵庫縣人，當蘇軍進至該團所在地約十里時，其中二百九十九名婦女抱着子女向呼蘭河投水！」

以上所紀，僅哈爾濱一地遭難之人數，如以整個東北計算，當廿倍於此，「覆巢之下，焉有完卵」，思之悚然！

精神動員五筆鈎

民國二十九年春，予甫自前線歸來，備員中央社會部，被派爲國民精神總動員會視導，時大學畢業未久，工作雖繁，仍好寄情吟詠，曾彷效清代果親王一筆鈎體列，寫精神動員一筆鈎五首，題爲五筆鈎。光陰荏苒，瞬已卅五年，偶檢庚辰日記，舊作尚在，不辭固陋，特爲檢出，藉以激勵國人並用以自勉焉。其一：「掃蕩倭囚，收拾河山快國仇，重整大刀頭，痛飲黃龍酒，華夏神明胄，抗戰持久，精神動員，建國如反手。因此把醉生夢死一筆鈎！」其二：「自强自救，自力更生無怨尤，美英爭爲友，物質援我厚，軍民如水乳，無分前後，出錢出力，精神能持久，因此把頹廢消沉一筆鈎！」其三：「爲國復仇，綱常節義要講求，覥顏事敵寇，萬載猶遺臭，大義著春秋，恪遵職守，成功成仁，精忠隨領袖，因此把苟且偷生一筆鈎！」其四：「報國良猷，急公好義應居首，黃金足北斗，一死皮囊臭，國破家何有？囤積可陋！輸財卜式；千古大名留。因此把自私自利一筆鈎！」其五：「寄語英髦，信仰三民愛領袖，合作無咎尤，團結實力厚，鬩牆事可羞，勿亂步驟，抗戰到底，風雨賴同舟，因此把紛歧思想一筆鈎！」

啓者：本刊因香港海外郵費漲價幾及一倍，廹不得已，自本年起，海外訂費一律增至美金八元，凡在元月一日後所收到訂單，寄來美金六元者，均作爲九期訂費，情非得已，敬希鑒諒。

經理部白

廬山奇景

與

名勝古蹟

王白

廬山是我國名山之一，而且也是馳名中外的著名風景區。廬山在江西省北部的九江境內，聳立在長江與鄱陽湖之間，當登臨九江市外延支山上一望，便見大江東去，廬山遠峯羅列，態勢萬千，眞是靈秀之地。

廬山得名與景色之美

而廬山在上古名叫敷淺原，後來叫做匡廬山。據說周朝時候，有一位姓匡名俗的，兄弟七個人，在這山上居住，其後兄弟七人去世了，賸下一個空廬，所以叫做匡廬山，省稱廬山，又稱匡山。南史劉慧斐的傳內，所說的「遊於匡山，遇處士張孝秀，相得甚歡，遂有終焉之志，因不仕」，便是指這個山。又有人說：秦始皇時廬敖隱居這山，故稱爲廬山的。自秦而後，歷有開發，其建築古蹟，遠在他山之上。漢明帝時佛教盛於我國，廬山建寺達三百餘處，多毀於兵禍。廬山絕勝的風景，最著名的是三疊泉瀑布。從前有人說過：「上級如飄雲拖練，中級如碎玉摧冰，下級如玉龍走潭，散珠噴雪，眞是天下絕景，」這道泉，確是廬山第一。往日從九江乘搭登山專車，可以直達山頂牯嶺，而這條登山公路全長三十六里。到廬山去必到牯嶺一住，牯嶺是廬山的一嶺，也是廬山的中心，是一座雛形已具的園林城市，設有市政機構管理。四周奇峯拱立，白雲環繞，素稱在白雲層上的城市。且這裡有平坦寬濶的柏油路及公園，市區有廬山大厦、廬山賓館、以及療養院、游泳池、新式別墅等。而旅客從牯嶺乘搭遊覽專車，循着平坦的環山公路，穿霧過嶺，暢遊東西谷療養區，廬林風景區，以及牯嶺主要風景名勝大林寺、花徑、仙人洞、黃龍寺及廬山植物園等。這條公路循山蜿蜒長達十五公里，行車霧中，跨嶺越溪，四望飛瀑流泉，到處林壑幽深，景色美不勝收。它的名勝古蹟共有一百多處。

右軍墨池及惠遠道場

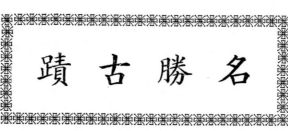

位於金輪峯下面的歸宗寺，又名瞻雲寺，本來是晉朝大書法家王右軍的故宅。羲之在潯陽卸任後，住在金輪峯下，以後把宅捨爲寺，寺內還有墨池，池水是黑的，相傳是羲之洗墨處。據志書載：王羲之生性愛鵝，宅後還有鵝池。說者謂：羲之的筆勢，「飄若浮雲，矯若驚龍」，就是仿效鵝頸的態勢，但那個鵝池現在不見了。

相傳東晉安帝義熙間，名士惠遠居廬山東林寺與遺民十八人同修淨，而成爲高僧。傳載：「惠遠見廬山清淨，足以息心，始住龍泉精舍。刺史桓伊，乃爲惠遠築房殿於山東，即東林寺也」。名士惠遠等的清景，久爲佛門所景仰。惠遠對於廬山的靈奇，宣揚不遺餘力，他說：「其山大嶺凡七重，圓基周回，垂五百里，風雨之所據，江山之所帶，高巖仄宇，峭壁萬尋，幽岫窮崖，人獸兩絕。天將雨則有白氣先搏，而纓絡於山嶺下。及至觸石吐雲，則倏忽而集。或大風振巖，逸響動谷，羣籟競奏，其聲駭人，此其化不可測者矣。衆嶺中第三嶺極高峻，人之所罕經也。太史公東遊，登其峯而遐觀，南眺五湖，北望九江，東西肆目，若登天庭焉」。「其嶺下半里許有重嶺，上有懸崖，古先民之所居也。其後有崖，漢董奉復館於崖下。北嶺石巖之間，常懸流遙霑，激勢相趣。百餘仞中，雲氣映天，望之若山有雲霧焉。其南嶺臨宮亭湖，下有神廟，即以宮亭爲號。東南有香爐山，孤峯獨秀起，遊籠其上，則氤氳若香烟，白雲映其外，則炳然與泉峯殊別。左則翠林，西有石門，其前似雙闕，壁上千餘仞，而瀑布流焉」。

這是一千五百餘年前，東晉高僧惠遠所記的廬山景物。由牯嶺取道土壩嶺，經十八盤到了東林寺，就是惠遠當年的道場，這寺歷經毀修，尙僅存廳堂數楹，有遠公影堂，懸十八高賢像，當時逸世之風，慨然可敬，據高賢傳載：「遠公送方外客，例不過虎溪橋，某日送陶淵明及陸修靜，不覺過溪，虎忽吼，三人亦遂之大笑，其後寺築三笑堂」。遠公就是當年東林寺高僧惠遠的別墅。而在廬山史上，東林寺不愧爲匡廬第一古刹，其中所存古蹟甚多。在寺北有上方塔，存晉石碣，碑記經過漫長歲月，已不能辨認。在山門前有唐刻石經幢，高四尺許。唐李邕所撰復東林寺碑，僅存五百又三十字。唐柳公權書崔黯撰復東林寺碑，僅存四十八字斷片一石。此外尙有大唐大中八年所刻佛像，明儒王守仁詩碑眞跡。

陶淵明栗里故宅醉石

東晉時代的廬山隱士陶淵明，愛菊成癖，也是我國詩史上田園詩人的創始者。原來自漢代建安以後的詩人，多注重詞藻，魏晉詩人更受佛道的玄學影響。演成了虛無的出世主義。惟有陶淵明愛好大自然，以淺明的詩句，自然的音韻，冲淡的作風，歌頌田園的樂趣，後來唐宋詩人柳宗元、白居易、蘇東坡等多受其影響。而引他的一首飲酒詩云：「結廬在人境，而無車馬喧，問君何能爾，心遠地自偏。采菊東籬下，悠然見南山，山氣日夕佳，飛鳥相與還。此中有眞意，欲辨已忘言！」像這種與大自然相融合的冲淡襟懷，自然不屑爲「五斗米折腰」，毅然辭去彭澤令，賦歸去來辭，重返其廬山故里過其「夏日長抱飢，寒夜無被眠」的清苦生活。但他却以詩酒自娛，以大自然爲良伴，徜徉山水自適。他生於東晉咸安二年，卒於宋元嘉四年。

陶淵明名潛，字元亮，自號五柳先生，後人尊之爲靖節先生。據古文獻的紀載，說他是潯陽柴桑人，這是古地名，在地圖上是找不到的，其實潯陽即今江西省九江市的別名，這地名是大家所熟悉的。至於柴桑，也是九江的別名。柴桑爲漢所置，晉移入潯陽，所以他是潯陽柴桑人，殆無疑義。而古潯陽亦稱江州，面江背山，形勢扼要。但據各家記傳所載，一般却說陶淵明的故里在廬山南麓虎爪崖下的栗里，並非柴桑。而查愼行廬山遊記則謂：「淵明家在柴桑，而栗里則其所嘗遊者」。然而，白居易訪陶公故宅詩序云：「今遊廬山，經柴桑，過栗里，思其人，訪其宅」

。又詩云：「今來訪故宅，森然君在則。柴桑古村落，栗里舊山川。……子孫雖無聞，族氏猶未遷。」這分明在說，栗里是古柴桑的村落，有陶淵明的故宅，他說栗里在柴桑，當然可信。蓋古柴桑的城南，有箇最高峯廬山，奇景勝概，是古代久已著名的風景區，愛好大自然的陶淵明，爲了要和當時住在廬山箇寂觀的道士陸修靜朝夕相處，於是就移居到栗里去。他的移居詩云：「昔欲居南居，非爲卜其宅；聞多素心人，樂與數晨夕」。其中所謂「素心人」，大概就是指陸靜修，和廬山東林寺高僧惠遠者。又晉書陶潛傳上有：「……所之，唯至田舍，及廬山遊觀而已。王弘每令人候之，密知當往廬山，乃遣其故人龐通之齎酒具，於半道栗里要之」。可見當日陶淵明頻往廬山遊玩，後來爲便利起見，就索性遷居栗里。好心腸的江州令王弘，教人在栗里等候，送酒給他飲。

在栗里那裡有一村名叫陶村，當地的居民都是姓陶的，據說就是淵明的後裔，因受先祖性格的影響，「讀書不求甚解」。那裡一帶還有不少是紀念陶淵明的遺跡，在陶村不遠，當廬山南麓，虎爪崖流出的小溪旁，有一濯纓池，其旁的碑石上刻「醉知濯纓之池」六字。這就是當日洗纓的地方，他是嗜酒如命的，常喝到爛醉，所以被稱爲「醉仙」。再循着山徑，走進了一處亂草叢生的低窪塲地，有一塊巨石赫然橫臥，這就是有名的「醉石」。據史書載：「陶淵明棄官歸後，藍輿往來廬山中，醉輒臥石山」。又廬山記：「陶淵明初居栗里，兩年間有大石，仰視懸瀑，可坐十餘人，號曰醉石」。這塊醉石高約丈餘，後人在石上面刻有「歸去來館」四字，他常在此醉臥，正是以大石爲「館」呢！醉石旁還有一流潺潺的溪水，名爲「醉石澗」。醉石稍上，荒草中有一處廢墟，斷碑上書有：「陶靖節先生故里」字樣。此外，還有「五柳館」遺址，傳說「五柳先生傳」，就是在這裡寫成的。陶淵明的墓地則在栗里西北的十里面陽山上，墓畔還有「靖節書院」遺跡。廬山有這麽清高一世的田園詩人陶淵明穿揷其間，千古傳爲佳話。

白居易花徑草堂

白居易任江州刺史時，曾數度南遊大林寺，並自記道：「環寺多清流、蒼石、短松、瘦竹。山高地深，時節絕晚，於時孟夏月如正二月天，梨桃始華，澗草猶短，恍然別一世界」。因而，在大林寺偏南的桃林花徑，吟詩曰：「人間四月芳菲盡，山寺桃花始盛開；長恨春歸無覓處，不知轉入此中來。」在當時寺僧因是白居易吟詩的地方，就用石碣刻上「花徑」二字，後人因名此地爲「白司馬花徑」。之後，宿莽湮跡，已成廢墟。民國八年李鳳高雅慕白居易詩風人格，斥資建亭，將花徑石碣重鐫，並補種桃花，以存古香。陳三玄名其亭爲「景白」，以寄欽仰之意。抗戰時，廬山守將杜遇春題詩於亭上，頗爲神色。句云：「登臨勝地驅胡虜，免教神仙墮劫塵」。據說白居易當江州刺史的時候，鑒於廬山風景絕勝，頗有終老之意。曾寄他的好友元稹一書云：「僕去年始遊廬山，到東西二林間，香爐峯下，見水墨泉石，勝絕第一，愛不能舍，因築草堂」。附詩曰：「生平無所好，見此心依然，如獲終老地，忽乎之知還。架嶺結茅宇，鑿壑開茶園。」

朱熹講學白鹿洞書院

提起了宋代理學大儒朱熹，他和廬山的白鹿洞極有關係。先說白鹿洞的歷史：洞在五老峯的下面，唐朝德宗貞元年間，李渤和他哥哥李涉，隱居洞內讀書，養一隻白鹿極馴，李渤進出，那隻白鹿跟着來往，當時的人都稱渤爲白鹿先生；因而稱洞爲白鹿洞。後來李渤做了江州刺史，想把那隱居的地方留個紀念，便造起臺榭來，因此白鹿洞的名，大家都知道。而到了唐末，天下大亂，各郡的學校，壞的壞了，廢的廢了，一般高人雅士，常來這洞講學，一半讀書，一半避亂。等到五代南唐昇元年間，就在這洞建起學校，命國子監九經李善道爲洞主，號爲「廬山國學」。宋朝初年改爲書院，更加擴大，和睢陽，石鼓，岳麓三個書院，齊名天下，後遭兵禍燒毁。但在南宋孝宗淳熙六年（公元一一七九年），朱文公熹，字仲晦，一字天晦，因知南康軍事，重修白鹿洞書院，聚集生徒講學，發揚孔孟之道，至爲透澈，自成一家，羣儒所宗。他除講學外，又潛心著述，所著的書很多，大都在白鹿洞完成。如果提起了白鹿洞，就會把朱子的流風襯托出來，所以白鹿洞書院，成爲海內四大書院之一，而白鹿洞因此佔着歷史上文化總滙的地位，甚爲重要，固已不待辭費的了。到了元朝末年，白鹿洞又被毁。明朝正統成化年間修復，萬曆年間又廢，清朝順治年間再行修復，均置學田。康熙年間賜「學達性天」的匾額，及十三經二十一史等書，以後常常修理，並添學舍。清末廢了書院的制度，改爲高等農林學校。入民國後，白鹿洞書院遺址，改爲朱子祠堂，中間是禮聖殿，右爲紫陽祠，在紫陽祠後面爲白鹿洞，形像城門，內有用石鑿成的鹿。但現在的白鹿洞書院遺址，山門「白鹿書院」四大字，爲康有爲所題。前有兩牌坊，一坊寫着「古國學」三大字，一坊寫着「名教樂地」四大字。到了此地，綜觀形勢，雖無高山大澤，奇風異境，然而佳木長松，翳雲蔽日，清流潺潺，風泉冷冷。而離書院不遠，小山起伏，溪流映帶，古柏高聳，翠竹參差，還有五老峯爲屏，鄱陽湖爲鏡，那是海內五大叢林之一的海會寺，爲廬山南部勝境。康有爲題詩云：「開寺誅茅五老峯，手植匡山百萬松，盪雲盡吸明湖水，招月來聽海會鐘。初地雨花馴白牯，陰崖石氣鬱蒼龍；讀書無處歸來晚，桂樹幽幽霧里重」。

明太祖設周顛仙人碑

在廬山一百多座古名蹟，就中個湮沒已久的竹林寺，明初有寺，其後失存，僅餘崖壁一座石門矗立，門額題「竹林寺」三字，掩映在幾株瘦竹中，其寺有門無寺，又稱竹林隱寺。相傳明太祖朱元璋和陳友諒大戰鄱陽湖的時候，有一顛者姓周，乞食南昌，對衆唱太平歌，謂之「告太平」。朱元璋奇之，使隨營行軍。及渡長江，風雨大作，周顛高歌太平，以激勵士氣。不久，周顛辭行他往，明太祖問其住址，答曰：「我乃廬山竹林寺僧也」。後來，朱元璋打敗了陳友諒，建都金陵，想起周顛在行軍中有助士氣，特派人到廬山尋訪，不見踪跡，人們說他在此乘白鹿騰雲成仙去了。使者囘宮復命，以後，朱元璋就在此建立訪仙亭，豎立一座周顛仙人碑，碑陰有太祖詠周顛詩，以紀念周顛其人。而亭門兩旁有聯云：「姑從此處尋蹤跡，更有何人告太平？」這座周顛碑亭，俗稱爲鄉碑亭。而站鄉碑亭遠眺。北望長江，白光閃灼，蜿蜒如帶，帆影歷歷可數，極遠處闕陌縱橫，一覽無際。近看山麓東西二林古寺，伴着亭亭塔影。東北長江洲卣林立的城鎮即九江，古名江州，籠罩林木於葱翠和淡淡烟霧中。沿着南潯鐵路迤邐伸展的牯嶺九十九峰，峰峰都有松樹。且亭旁另有聯云：「四壁雲山九江棹，一亭烟雨萬壑松」。再沿着錦繡谷轉一個灣，就到了陰峰層岩的下面，有一個三丈深的洞穴，傳說是呂洞賓修仙學道的地方。洞門一對石獅，門坎有石級，洞內擺着渾圓整齊的石桌石凳，中祀呂洞賓的石神台。洞是風化而成的石洞，可容千人，確是一個大古洞。後爲著名的一滴泉，泉水清冽可飲。泉池四周洞壁上刻有無數名刻，橫鐫「洞天玉液」四字，旁有聯云：「山高水滴，千秋不斷；石上清泉，萬古長流」。然而，仙人洞爲廬山主要風景名勝之一，由原路下錦繡谷的棧道，可到仙人洞圓門前，圓門鐫着「仙人洞」三字。圓門旁有幾塊石頭，僅能容一個人通過。再爬到一座凌空伸展，號稱「蟾蜍石」的崖石上，撫摸一棵宋代古植物的石松，看它那多皺的樹皮，像是經過一番艱難辛酸的閱歷似的。松下鑿着四個大字：「縱覽雲飛」。眼看脚底下雲海翻滾在「飛」，覺得自己也在「飛」呢！

金門憶舊（三）

·關西人·

粤華流通券・物資供應社

十二兵團在戰爭激烈進行中接防金門後，筆者以兵團司令官及福建省主席兩重身份，治兵敷政，準備反攻。蓋此時不但海南、舟山仍在我手，川、黔局勢，猶可有爲。爲了策應友軍及接應共黨後游擊志士，反攻浙、閩，乃是主持前線軍政者應有的抱負。

反攻準備的許多項目中，最爲一般人所注視的，當以穩定幣值及物資供應爲首要。蓋戡亂末期「通貨膨脹」、「物價飛漲」的險象，在當時人們心目中，仍然是「談虎色變」般的嚴重。再度大舉之前，對於貨幣作用及物價穩定，必須多加注意，以免影響人心士氣。

如所週知，金門乃是一個蕞爾荒島，驟然增加了近十萬的軍隊，物資需求，倍感浩繁，時值初冬，臺灣海峽，白浪滔天，船隻到了海岸，因爲沒有碼頭設備三五天無法駁卸上岸，乃是常事。倘若載有猪、羊、雞、鴨，最易暈死，祇有拋棄海中。岸上十分需要，却眞望洋興嘆！學會了囤積居奇的商民，趁此機會，抬高物價，一包新樂園香烟，賣一塊大洋錢，已經成了司空見慣，其他貨品，大都類此。加上各師團隊因爲物資缺乏，各自向後方採買，彼此價格不同，引起上下的猜忌，控訴案件，時有所聞。大敵當前，精神必須團結，不容許因小利而失和氣。美軍的PX（消費合作社）制度，在此時之金門，確實需要，不但是軍隊，即三萬八千民衆的生活需求，也得個軍政府爲之籌謀。而況是福建省政府主席親身駐在之地，更屬責無旁貸。

筆者因公回臺，晉謁林蔚文副長官於東南軍政長官公署。適蔚公與臺灣銀行總經理瞿荆州及長官公署主管經理財務的諸位先生正在開會。蔚公招我入座，參與其議。始悉所商者乃是對於金門駐軍的經費支援問題。原來當時臺灣省臨時議會開會議決：第一是臺籍子弟入營當兵，暫時不到外地。第二是臺幣流通區域，暫時限於本省。舟山、海南，區域遼濶，各有其省屬銀行，調節軍費。惟福建屬地狹小，而金門軍隊又多。中央政府遠在重慶，播遷未定，對於金門軍費供應，鞭長莫及，照顧不周。東南長官公署鑒於問題嚴重，乃由蔚公等籌商解決。研議良久，苦無善策。筆者聆悉其情，率爾對曰：「臺幣紙也，金門所需者貨也。以臺幣在臺購買貨物，運至金門，賣貨得欵，以充軍費，寧不解決問題。當前癥結所在，僅爲供應與消費間之媒介耳。軍用票，地區流通劵，向已有之。我若以金門軍費爲基金，在當地發行流通劵，則任何問題都可解決。僅需貸我臺幣三百萬元，供我在臺購貨周轉之需。」與會諸人，見我對此繁難問題，片言解決，如釋重負，欣然贊成。於是如筆者所言，貸欵三百萬元，軍費在臺發給。是即粤華流通劵及物資供應社之由來。

福建淪陷，極爲倉卒，厦門失守，亦甚狼狽。筆者名爲福建省主席，從湯恩伯將軍手中接任時一無所有，連一顆大印，還是伍誠仁將軍在臺給我的。所以無法使用福建省銀行來發行「閩幣」。幾經討論，終於決定以軍用票方式發行地區流通券，定其名曰粵華流通券。粵華是十二兵團當時的代號，十二兵團所以取粵華以爲代名，是向外宣示及對內鼓勵，這個兵團是廣東黃埔軍隊的精華，它對效忠於中國國民黨及其揭示之三民主義。在當時大局勢中。這種宣示及鼓勵，確是十分必要的。流通券以此定名，不特使人有榮譽感，抑且也表示了人對流通券的信心，是兵團軍餉的担保而發的。

有了流通券，便要成立物資供應社，生活日用必需品一批一批由臺灣運到。跟着要解決的問題，便是軍隊上以團爲單位設立消費合作社，營、連則不准設立。物資供應社以記賬方式，對部隊的合作社先供應貨物，然後逐漸收回貨欵。對於民衆，則先舉行承銷商登記，現錢現貨，不賒不欠。由於物資來源充裕，供應社存底甚豐，不但囤積居奇，物價暴漲的事，從此絕跡。而且因爲經濟管制政策的收效，全島軍民便享受了「一個物價」「同樣利潤」的生活。至於軍隊本身因採購而涉及的軍紀案件，也再未發生過。

由駐臺辦事處主辦再由政治部監察的統一採購貨物，因爲大批交易，價錢比較便宜。若干公營事業，更有折扣優待。再加上運輸車船的免費，即或在採購及運輸與儲存過程中，有不可避免的損耗及散失的虧蝕，但大體上金門物價並不比臺灣高。原則是經濟管制組織以臺灣市價加上上述損耗，規定統一物價，然後再打八折批發給軍隊合作社與民衆承銷商。這是說合作社及承銷商都得了百分之廿的利潤，售貨超過規定價格，便要受罰，降低則不過問，所以便形成了「一個物價，同樣利潤」。這樣一直實行了五年之久，漸漸成了一種定制。以迄今日，大致還是當年的規模。多年以來，在金門或因意外，偶爾發生一時的供應失調現象，却不會有暴漲的物價問題。使筆者深深體會到孔子所說的「民無信不立」的眞實意義。

上述政策的制定與執行的措施，由張子英、楊邁卿、周新春等共同策劃，採購組李仰堯、物資供應社石讓齋等同志的忠誠努力，嚴格執行，特別是政治部代主任李德廉與其監察人員的勤檢嚴督，鐵面無私，進行的十分認眞而順利。本來是以防止物價暴漲，整飭軍隊紀律爲目標的經濟管制，居然漸漸有了盈餘。石讓齋同志是清華大學的幹員，他以學者清高的品格，主持物資供應。與艱苦服務，絲毫不苟的採購組長李仰堯前後呼應，彼此合作。他們以精打細算，點滴歸公的作法，日積月累，集腋成裘。到了民國卅九年年底，盈餘增加到了每月廿萬臺幣的程度。財政是庶政之母，有了錢什麽事都好辦。這個時候，金門要辦之事，一一都要錢來支持。例如構築工事、培植森林、開拓道路、整備水利、設置學校、建立公墓、修造營房，等等難以統計的工作項目，每一措施，動輒需要幾十萬或者上百萬的龐大數字。特別是人們覺得不可思議的，打仗用欵，也得在金門物資供應社盈餘下支出。突擊南日、湄州以及東山作戰的部份LST（登陸艇）僱用費每次都要超過十萬元以上。還有軍民來往金臺的交通飛機，每週一班，由CAT僱用，月支十萬。完全是公欵無着，「金門自理」。記得在抗日作戰時期，最流行的口號是「有力出力，有錢出錢」。但這個時候的金門軍民，却很光榮的既出力、又出錢，在上峯「克難運動」的口號下，默默地執行着既戰鬥又建設的雙重負荷。錢，百事非錢莫辦的這個錢，本來是人創造出來的，它本身不管是金銀銅鐵，都不具有特別義意，祇人力組織與貨物生產的一種媒介。粵華流通券、物資供應社在金門的作用，就是解決了問題，而且還生產了錢。

筆者於此要特別鄭重聲明，上述各項，並不表示上峯不支援與愛護金門。反之，除了經常費以外，兵團一到金門，東南軍政長官公署使發給了五十萬元的工事構築費。四十三年守軍及其司令官調回臺灣時，國防部也發了五十萬元的防空設置費，共支援了一百萬元，在當時國庫支絀的情形之下，確實是不少的數目。四十六年，筆者第二次回主金門防務，幕僚們向來視察的陸軍總司令彭孟緝將軍提出幾百萬元的支援請求，我驚其請求太奢，向彭表示歉意。彭曰：「我在三年參謀長任內，對於金門，不特前線加給多了一倍，連同作戰措施，總共花了×億×千×百×十萬元。現在你們要幾百萬，算不了什麽。」我才知道近年來國家經濟進步太快，財政收入日增，軍費支付日多。特別是一九五四年中美共同防禦條約簽訂，美元大量到來，配合國欵，共同支持金門，氣勢甚都，百凡充裕。已非從前五年撥欵一百萬，以及僅由物資供應社所供應的區區之數寒酸相，所能比擬。

天下事每每分解不開的是禍福、利害、吉凶、榮辱。第二次世界大戰期間，盟軍戰畧重歐輕亞。麥克阿瑟元帥任美國太平洋戰區司令時，所率軍隊是其他戰區統轄下軍隊的三十八分之一。逐島爭奪，至爲慘烈，委屈艱苦，兼而有之。可是正當他英勇奮鬥，攫取勝利時，原子彈投到了廣島、長崎，日本立即投降。比起德國人的硬拼到底，難易大不相同。麥帥以勝利者的姿態，君臨日本，備極尊榮。堪稱屈以獲升，因禍得福。人世間根本沒有十全十美的事。金門的流通券，於完成它過渡的時代任務之後，在財政當局統一幣制的要求下，收回焚燬。改爲在臺幣上加印金門兩字，并規定行使區域限於金門。「粵華流通券」與「金門臺幣」的作用，實際上是一而二，二而一的。而在收回流通券時，短少了五萬多元的券鈔，可說是金門得了一筆不小的意外收入。

物資供應社到民國四十六年稍事改組，臺北採購組的任務，交由聯勤總部接管，金門總社歸於戰地政務委員會統屬。乃是筆者第二次回主金門時的措置。每每體會到最愛護前線官兵的是最高統帥，最瞭解金門內情的是當時的總政治部主任蔣經國先生。尤其是經國先生，那時至少一個月就去視察一次，幾乎每一村落，每一班排，他都與民衆官兵接觸親近。所以粵華流通券、物資供應社，並不會在一般人心目中形成大的閑話。而且在最初五年中，確實貫徹了「自力更生」的精神，幫助了「克難運動」的推進。筆者每覺果眞反攻見諸行動，因糧於敵，固是兵家常談，「克難創造」更是前線指揮官應有的作爲。祇要坦白眞誠，解決問題，不必計較毀譽的。

書・蔬・魚・猪

古寧頭破敵之後，近乎十萬的軍隊聚集在一百七十八個平方公里之內，以與當年的十八軍衛戍武漢，雄踞湘粵，相形之下，確屬局促。「兵猶火也，不戢則焚，兵猶水也，不流則腐」。爲疏導情緒，振奮精神，孫竹筠團長向我建議提出了一個口號：「人人有希望，個個無顧慮」。註解是今日的十萬戰士，將是反攻時的十萬幹部，一旦奉命進入大陸，再領導百萬大軍，光復河山。因此利用整軍經武的今日，實行　國父孫中山先生所昭示的「革命的基礎在高深的學問」。工餘之暇，從事讀書。正如古人所云：「學以長才，學以敦品」。換言之，讀書不但可以獲得知識，還可以變化氣質。十二兵團戍守金門達五年之久，屢戰屢勝。調回臺灣奉令撥入友軍繼續爲國服務。官兵們不矜不驕，不怨不尤，始終如一的風格，筆者每以爲乃是讀書的結果。在鼓勵讀書風潮之初，正氣中華報幫了很的忙。每個士兵的讀本，每種書籍的翻印，每週將校集會時的讀物，該報在張鳴岡同志的主持下，晝夜辛勞，不計一切。將校集會是團長以上的讀書組織，研讀範圍至廣。　國父遺教、總統訓詞、名將傳記、還有讀史兵畧等等，不一而足。團長以上的將校乃是軍隊中的主要幹部，在此集會中研讀，有時也提出心得報告，不但增加彼此了解，抑且無形中養成了精神團結。上級因此可以看出幹部們風采，下級當然也因此而體會到了長官們的風度。下級幹部及士兵們的讀書組織及刋物課本，原則上由兵團部規定，實施上彈性頗大，由各師團因環境因任務而自行斟酌。軍隊是一個上行下效的有組織有紀律的團體，風氣一開，迅即瀰漫全島，每日凌晨，處處都有讀書聲，以與敵岸的槍砲演習聲，相映成趣。戰場上本有一股肅殺之氣，但若能以好整以暇的態度處之，便可以想像到王翦伐楚、羊祜對吳的情景是如何一種境界。

抗日戰爭時期的艱苦地區駐軍，每每有鹽泡飯的事情發生。勝利後自以爲再不會吃當年那樣的苦了，却不曾料到兵到金門，又有地瓜葉當菜的漫長歲月。臺灣的菜運不來，當地不出產。時正慌亂，東南軍政長官部能按時運來米糧那已經是很大的關懷了。許多中央機構由川來臺，好些軍隊由大陸撤來，東南軍政長官部確實心餘力絀，愛莫能助。「好漢不叫苦」。備戰讀書之外，再加上一門功課——種菜。租地、闢荒、買種子、籌工具，不到幾個月的時光，菜園遍地，菜蔬豐收。最使人感到意外的是近溪傍水沙土地上長出來的蘿蔔，很像長白山上的人參一樣，既長又胖，既脆又甜。包心白菜，更是可愛，一顆會重到十來斤。記得十九軍調防舟山時，弟兄們除了武器裝備之外，還帶了很多自己種成，蘿蔔白菜，準備在船運途中享受。國人每慨嘆貧苦人們的可憫曰：「面有菜色」。其人若食而無菜，那不是營養偏枯，抑且在飲食中缺乏了一種情調。試閉目一思：「布衣暖，菜根香，詩書滋味長。」那句話中的菜根香，該是如何地使人欣羨——而且蔬菜之所以被先賢列入「書蔬魚猪」的四大項之中，除了實質上的的「清腴」之外，還有一種觀念上的恬淡。一個修養工夫十分到家的人，恬淡乃是絕對缺少不得的。所以紅塵氣重的羊羔美酒生活，必須有蘿蔔白菜的調劑。軍人也是一樣，在「八二三」金門砲戰的四十六天中，大、二擔的兄弟們，艱苦特甚。當筆者第一次看到該地指揮官陸志家時，形容枯瘦，面如黃蠟，我在餐桌上問他要吃什麽，他饞涎欲滴的說：「蔬菜」！

十八軍四十三師鮑步超將軍的官兵，原屬交通警察縱隊，其前身是忠義救國軍，精幹而又有勦共經驗，尤其在山區作游擊戰，曾是一般軍隊所望塵莫及，但是不會打正規戰，特別是不懂得海岸守備。民國卅九年初，該師担任金門南海岸防務，在一個夜晚，忽然槍聲大作，如臨大敵。該師報稱共黨的水陸兩用坦克車登了陸，並稱一輛已被擊壞。天亮之後，才看清楚，原來是一個重幾百斤的大玳瑁，已被擊碎，但肉仍可食，鮑師長送筆者若干，味極可口。以後漁業專家相續來金，據其所稱，金門雖不如湄州島魚區產魚之豐，然却比非魚區的他處魚產爲多，不過限於近岸，遠海則受季節及風浪影響，也不能和澎湖相爭。金門的黃魚是在內海的竹筏上釣來的。鯧魚是由九龍江口游出來的。帶魚季節，滿海白色，可是一如黃魚羣然，驟然來，忽然去。所以金門人最可靠的海味是蠔，一稱蚵殼，植石條於內海，蠔生於石，潮退居民結隊採拮，滿籠而歸。又一種是紫菜，也是趁潮退而拾取。這是金門的天賜佳品，前文已曾述及。大軍湧入金門，原來差堪自給的魚產，本已不能供應。國防部在臺主事後，規定每一軍人每月給肉一斤，魚一斤，另外前線官兵肉魚各加給一斤。這便構成了問題，環海的金門，魚的來源還要臺灣運來，寧非怪事。幾經政府協助與專家策劃，增加漁船，改良漁網，建立天候警報，設置冷藏冰庫。筆者第二次回主金門防務時，軍民總數已到十三萬多，然而在不斷改良與增強後，雖然軍隊前線加給變成每人每月兩斤肉兩斤魚，需求總數，多了四倍，金門魚產仍然供應有餘。而且若干黃魚、鯧魚，尚源源運到臺北市場。「靠山吃山，靠海吃海」，山有山珍，海有海味。人是萬物之靈，祇要有生存空間，便可無中生有。金門精神之可貴，便是不靠「外援」，而注重自力更生，魚產僅一例耳。

「天蒼蒼野茫茫，風吹草低見牛羊」，這是中國西北原野之勝概。江南被稱爲魚米之鄉，肉食的來源要靠養猪，本是農村副業，但却關係甚大。軍隊雲集，首先是駐地整潔，軍民共居一處，軍人的整潔要求，首先遭殃的便是農家的猪舍。所以民國卅九年到四十二年，金門軍民的肉食，全靠臺灣供應，一如其他物品，必須物資供應社辦理。軍隊除了公給的數目之外，也得在物資供應社採買，每月至少兩千頭猪隻，不但是駐臺採購處的繁重負担，而且物資供應社爲此被軍民上下內外人等，攻擊得無法答辯。筆者乃深入瞭解「肉價太貴」的原因，乃悉在臺採購處委託經紀人分別到農村收買，那時臺灣尚沒有大規模的畜牧塲。買來運到基隆，必須租地飼養，以待船運。根據經驗，必須製好木籠，裝猪入內，途中飼以菜蔬。船到金門，又必須覓地飼養，逐日宰屠，以應市廛。這些種種過程及花費必須加在猪身上，因之金門肉價要比臺北高出幾乎一倍。難怪衆口一聲「剝削軍民」！聯勤總部補給猪肉的各種費用，業務費可以支出，物資供應社不可能用別的錢支付這個巨大數目，祇有忍受嚴厲的指摘：「防衛部做生意，連猪肉都要加價」。民國四十三年春，福建省政府改組成立，委員們就職於金願，行政院派政務委員董文琦先生蒞臨監誓。董於參觀莒光樓、中央公路、武夷水壩等等建築之後，正色告筆者曰：「建設應民生需要一致，始可謂之民生主義之實行」。我曾熟恩其語，因而多所省察。乃決定訪問鄉民以助其改良生活之道。漸次獲得結論：「養猪成效快，獲利速」。問題在乎獲得貸欵，引進猪苗，並能有建築猪舍之材料。當即貸欵一百五十萬元，空運苗猪，且由公家給材料，搭蓋猪舍。爲了減輕民衆負担，約定接收苗猪三月內死亡者，由公家負担，三月之後則由私人負責。一年之後，金門猪隻日多。筆者二次囘防時，猪數之多，超過人數。不但物資供應社不再在臺採購，即聯勤補給猪肉，亦由當地供給。因爲金門肉價已比臺灣爲低，且省却運輸及損耗用費。「物以稀爲貴」，反之物因多而價廉，因養猪而自行解決了肉食問題，確是值得憶述。孳殖兩字在兵學上有解釋不盡之意義，趙充國、諸葛亮都有事實證明。「軍以戰鬥爲主」，這是軍人開門見山的第一課。「兵凶戰危」，也是因爲軍營之中自有一股肅殺之氣。武士鬥劍，必以勁力內斂，名將爭雄，極忌再衰三竭。故古人稱贊籌邊重鎮，每曰：「文能附衆，武能威敵」，這個附字和威字，確是值得重視。滿清中興名臣曾國藩以書、蔬、魚、猪四字爲其傳家四寶，其精義蓋在調和榮華富貴、高爵厚祿也。筆者鑒於孤島久戍，爲保有餘不盡之氣，謹以曾氏四寶施之於戰地軍民，正不獨減肅殺，調暴戾已也。

（待續）

北方雜耍之一

京韻大鼓和劉寶全

丁秉燧

京韻大鼓，又名小口大鼓。大鼓發源於河北省，唱的人都有地方鄉音，因此名叫怯口大鼓。到了用北京話，北京字眼唱大鼓，就叫小口大鼓，而正名爲京韻大鼓了。

談到京韻大鼓的崛起，發揚光大，以迄成爲宗派，就要先從劉寶全這個人談起了。

劉寶全自幼喜歡戲劇，學國劇，工老生，也常到各小碼頭演出。有一次演空城計，在台上出點小錯，心中很是懊惱。心想就是不出錯，唱到多好，最多能博得譚叫天第二的地位；因爲那時譚鑫培已然大紅，有伶界大王的地位，和叫天的雅號了。「寧爲鷄口，勿爲牛後」。乾脆改行，在別的方面發展，非要出人頭地，創出個唯我獨尊的局面不可。於是毅然脫離梨園，改行學大鼓。後來果然有志竟成，成爲鼓界大王。這個人志向和毅力，可以說是超人一等，卓越不凡了。

清末的大鼓名藝人，有宋五、胡十、霍明亮三位，霍明亮對彈弦子還很有研究。劉寶全就從這幾位名師虛心學習，加意揣摩，集傳統藝術於大成，而自出機抒，另創一個革局。就和譚鑫培改革老生自成局面的路線一樣，融會，消化原有的，而再加上自己的創意。

首先，他刪除原有唱法的鄉音，怯字。把字眼、腔調，完全應用北京音韻，成爲百分之百的京韻大鼓。

以前大鼓的唱法，都是上來死唱，如同背書。劉寶全則加了表情，神態，他唱述某一個人的時候，就仿學某一個人的聲口、形態。唱述第二個人物時，又換一副型態。生動、變幻，引人入勝。

以前大鼓的唱法，不但死背書，而且唱的人站在那裡一直不動。劉寶全不然了，他又加了身段和功架。像「長板坡」，他一方面形容趙雲促請糜夫人上馬；一方面形容糜夫人婉拒。除了表情以外，還用手式，身段來刻劃。像「戰長沙」，形容關黃對陣情景，他用手式和身段，來描寫出二人不同的刀槍架兒來。這眞如同國劇界，冶「唱做念打」於一爐的演法了。觀衆自然連看帶聽，得如醉如痴，心曠神怡。頭一次聽的人，準保上癮。一般老觀衆，則不但常聽，幾乎把他每一段兒玩藝兒都聽上幾十遍。劉寶全以二十多段玩藝兒，享譽走紅數十年，如果不是爐火純青，登峰造極，就不會有這麼大的號召力，和這麼長的持久力了。

劉寶全有一條天賦的好嗓子、高音、亮音、腦後音都有。但是一個人只恃天賦並不可靠，還要加人工培養的。劉寶全一輩子的嗓音激越清亮，到六七十歲猶有童子之音，就得力於他多少年來一貫地刻苦練功，和加意保養。

他的生活習慣。每天清晨起來，蹓早兒、喊嗓子。吃完早點，找弦師來「溜活」，這是曲藝界的行話，就是調嗓子。「活」是節目，譬如今天唱什麽節目，就是「使喚」那一段兒「活」，往往預定在台上唱的是短段兒，而早晨「溜」的卻是長段兒，甚或是兩個短段兒。有這樣的準備工作和基礎，則在台上唱完了，就顯着行有餘力，游刃有餘了。

劉寶全爲了保護嗓子，飲食上特別注意。第一，辛辣有刺激性食品絕對不吃。第二，鷄鴨魚肉也很少動，吃也是淺嘗輒止。每天正式吃點早餐，午餐晚一點，多爲豆漿或稀飯，晚飯也是如此。因爲午，晚兩餐飯要登台，必須吃得少而清淡，直到晚場下台以後，才吃一頓像吃飯的宵夜。爲了忠實於藝術，保維嗓音清亮於不輟。幾十年來犧牲了食道樂，這個人的毅力也就可觀了。

大鼓原來傳統的節目很多，總不下五六十段，劉寶全在初學時全學過。但是後來他却去蕪存精，把詞句俚俗，情節欠妥，缺乏高潮的摒棄不用，而只精練二十多段，幾十年來翻來覆去地唱。他的唱除了嗓音圓潤，字眼清楚以外，走高腔則如鶴唳九霄，響遏行雲。行低腔則跌宕婉轉，迴腸蕩氣，在行腔作韻上，更把喜怒哀樂的氣氛從聲口中表達出來，輔以生動傳神的表情，邊式美觀的身段，所以聽劉寶全的大鼓書，不啻是看、聽他一人班在演戲。而每一段大鼓都各有不同的特色，也可以說，他擁有二十幾齣拿手好戲。

劉寶全常唱的大鼓節目是：博望坡，百山圖，烏龍院，活捉三郎，寧五關，別母亂箭，戰長沙，關黃對刀，華容道，截江奪斗，單刀會，草船借箭（羣英會），白帝城，徐母罵曹，長板橋，古城會，鬧江州（李逵奪魚），南陽關，審頭刺湯，游武廟，馬鞍山，大西廂。還有個短段兒丑末寅初。

他演唱的習慣，頭一天登台，必唱博望坡，多少年來不變。筆者曾研究唱這段的原因，大概是諸葛亮初出茅廬第一功吧！就和譚鑫培打泡必演定軍山一樣，取一戰成功的意思，老藝人們都有他們牢不可破的想法。

最長的段子是單刀會，一段兒要唱四十分鐘。普通段兒二三十分鐘就能唱完了，因此這段兒不常露，有時朋友煩才肯露一下。

丑末寅初是個寫景的短段兒，有時候在百山圖前邊，加唱這麽一段，要看劉老頭的情緒而定。這段兒玩藝兒是不能獨立算一場節目的。

大西廂是描寫才子佳人，一段要耍嘴皮子的大鼓書。劉寶全唱來妙造自然，有如行雲流水，形容紅娘快走如同一溜烟的身段，俏皮美觀，令人嘆絕。這是他拿手傑作，每唱必滿。後來因爲年歲大了，以老頭子學小姑娘的身段和聲口不大合適，就很少唱，但是越少唱，越珍貴。劉寶全晚年，把大西廂年只一演，只有在舊年底封台時才唱，總要連唱兩三天才能滿足觀衆的熱望，而也給雜耍園的茶房製造了搭桌銷紅票的機會。像天津壽康商場小梨園，平常聽劉寶全，前座不過三角錢，到了封台時的大西廂，茶房把前座印成元（銀圓）的紅票（即現在所謂的榮譽券），向熟客人兜售，（交給雜耍園子仍爲三角，他們賺那七角外快），一般常座兒都捧場照買如儀，年底放了交情，則平常可以拿到好座。同時，手裡有大西廂的前座好位子，可以請客，其作用有如請吃年夜飯，是大西廂賣高價連唱三天，都能場場滿座，其名貴和號召力就可見一斑了。

劉寶全既成爲京韻大鼓一代宗匠，除了少數一兩位以外，可以說所有大鼓藝人無不遵循劉派了。當然大多數是私淑，拜入門牆的沒有幾人。

他的大弟子是白鳳鳴，白原來爲劉寶全彈弦子，後來日久天長，耳濡目染，就進一步由彈改唱了。白的身體不大好，嗓子不耐唱，往往唱到一半，就汗流浹背了。在天津因有老師在前頭，無法發展，就到北平去唱。但是北平雜耍生意不如天津，白又無驚人之藝，所以始終沒有大紅，只以一塊劉派弟子號召而已。

林紅玉是私淑劉寶全的女大鼓藝人，嗓子有點闇啞，沒有亮音，但是她學到劉寶全的身段和刀槍架兒，都有深刻研究，爲劉本身以外第一人。她在天津勸業場天會軒演唱多年。

另一位也在天會軒唱過相當時期的劉派女藝人是小黑姑娘。她藝名小黑姑娘，實際却是以皮膚白著名；眞夠得上頸似蝤蠐，膚如凝脂。尤其她喜歡穿黑色衣服，更顯得皮膚雪白。她的玩藝兒不多，但是嗓子清亮，學劉有點神似的地方，因爲人生得漂亮，她的觀衆一半爲聽，一半爲看，所以很有號召，紅紫一時。後來她到上海發展，嫁給名票薛君良，她也改名薛良君，隨同夫婿票戲，串演「坐宮」，傳爲一時佳話。

後起女鼓姬有個小綵舞，她原姓駱，嗓子很好，高音亮音都有，而且耐重唱，最初她一意學劉，從劉的弦師學藝，紅了以後，就打算不囿於劉派，而獨樹一幟。於是除了劉派那二十幾段玩藝兒以外，也唱些「紅梅閣」等，白雲鵬的段子，同時自己覺得嗓音太剛，就在腔調裡加點顫音，以資柔媚。國劇旦角尙小雲也犯這個毛病，因爲自己嗓音衝，就加顫音，其實不見得增色，反倒弄巧成拙。筆者曾對尙小雲和小綵舞判以罪名：「擅加顫音」。不過這只是個人的自由心證而已。於是後期的小綵舞，便脫離劉派宗範，而獨創一格了。假如對劉寶全比擬爲鼓界梅蘭芳，則小綵舞就是後期的張君秋，學梅未完全到家，却自創怪腔百出了。

劉派大鼓後起女藝人，正宗規矩而升堂入室的，當推小嵐雲。她本姓鍾，她姑姑鍾姑娘就唱劉派大鼓，台上生活沒有多久，退休以後，就把所學教給小嵐雲，小嵐雲自幼聰穎，又虛心用功，並且經常觀摩劉寶全的台上表現，所以她雖私淑劉派，但在唱做神情，身段功架上，都有精湛的造詣，又加上一條好唱子。所以在民國三十七年，劉寶全退休以後，她在小樂園挑大樑好幾年，聲勢歷久不衰，儼然劉寶全第二。如果將劉寶全比擬爲鼓界余叔岩，小嵐雲就可比擬爲孟小冬了。

最後談劉現在台灣的劉派傳人章翠鳳女士，她最早私淑劉派，而且氣力充沛，不讓鬚眉。做派，身上，也盡得乃師法乳。不但在天津是紅底子，在南京，上海也大紅大紫。追隨政府來台後，既無其他雜耍藝人，也沒雜耍館子，獨木不成林，無法施展。課徒爲樂，也不理想，終於侘傺以歿。

古往今來

腰刀葦笠話更官

白鐵錚

腰刀葦笠，本來是清末民初北平人的一句俏皮話兒，它的意義，等於餛飩沒有諂兒、片兒湯稀鬆平常、二五眼是一樣的解釋，腰刀葦笠這句話，早已被打入冷宮，知道的人不多。前些日子，看到潘大成先生的「打更小考」，才又想起「腰刀葦笠」這句話，更連想到清末之期民間政治的腐敗可笑。

北平的治安，在沒有警察之前，在清末有九門提督，還有所謂禁衞軍負責，在城牆上面和城裡頭城牆根兒底下，隔不遠就有個一明兩暗的三間小平房，名叫「堆子」。堆子裡面輪流駐有小兵，俗稱「堆兒兵」。大街上交通薈萃的地方，蓋有幾間房，大都是三間兩進，也就是中間兒的一間，又往後推進一間去，叫「廳兒」，在我小時候仍然存在，好像由提督衙門的步營還是禁衞軍派一個小官兒和幾個小兵兒輪駐，那小官大家在習慣上稱他「廳兒上老爺」！廳兒門外兩邊掛兩面虎頭牌，虎頭下邊，左邊牌子上寫肅靜，右邊的寫迴避，廳裡一進門兩邊各掛短把兒五六尺長的皮響鞭兩條，門後一邊懸梆子，一邊懸鑼。是爲小兵兒每夜值更所用。在廳的門口兩旁房簷前面，還立著五六根竹竿，高過房簷，上有鐵鉤，名叫「鉤竿子」，是捉賊用的，據比我老一輩兒的人說：廳上老爺，每夜照例「查街」，非常的威風，前邊有兩個氣死風燈帶路，後邊是四個小兵，跨刀荷鎗，老爺在中間走，再後邊是兩個扛鉤竿子的和一個打梆子一個敲鑼的。最妙的是這些人晃晃蕩蕩的走，在前邊扛燈籠的還大聲的喊：「大老爺往東查了去嘍！」接著打梆子的「梆梆」打鑼「噹噹」的敲打。

您別看這種舉動滑稽，其實其中大有學問，這裡邊包含著「防患於未然」的哲理。不肖之徒，如果在東邊某處想有所活動，聽打更的這一喊，怎能不銷聲斂跡，跑到別處去了？更官兒一晚東西南北繞個圈子，責任算盡到了，至於眞正出了竊案，官兒們又另有一套，假如失主是升斗小民，無權無勢，報了案也給他來個不聞不問，相應不理；假如失主有點勢派兒，地方官兒也能設法將原物追回，而那時候的偸兒，眞所謂「盜亦有道」，絕不給老爺們找麻煩，不惹老爺生氣，專偷老實人家兒。落得地方表面上平安無事，實際上全然不是那麽囘事。

北平哄小孩兒，教小孩兒說話，有一套小孩語，就是「小小仔兒，一身青，不是馬隊就是堆兒兵！」堆兒兵就是在堆子裡駐守的小兵兒，他們白天司守，夜裡司值，值就是「值更」，一到完更，便敲梆打鑼，每個堆子都敲打一陣，二更三更也應如是。據說堆兒兵隸屬北衙門，北衙門就是九門提督衙門，內有步營，馬隊，和「汛」，汛就是維護護城河的兵丁，所以那時如有兩個北平人打架，向來北平人打架是天橋的「把勢」，儘說不練，打架時裝腔做勢，捲袖子攞胳臂，往後退著說：「好！等着你的，瞧著我的，咱們營裡不見，汛裡見」。後來入了民國，警察廳成立，堆兒兵以及步營馬隊汛裡的河兵，少壯的當了巡警，老弱的變成無業遊民，而堆子，城牆上的空了起來，城裡的變成窮人窩，後來也漸漸拆毁，筆者小時候，仍有所見，但已不多了。

在當時，城裡有一種最可惡，最可怕的官兒，說他大並不大，說他小，他可直接向皇上奏事，就是「巡城御史」。巡城御史的俸祿很少，很窮，據說他們坐一輛騾子拉的破轎車，每天在四九城窮晃蕩。北平從前什麽都好，只是空氣汚染的太厲害，那時雖沒有汽車排臭氣，可是髒亂不堪，號稱「無風三尺土，遇雨滿街泥。」御史老爺在窮極無聊的時候，就得想個道道兒，找幾個錢過日子，於是他看準了那家有錢可欺。跟他趕車的「把式」（車伕）說好，在路過這家門口的時候，把他破車的車輪子，趕到這家門口台階上去。跟着傳當地廳兒裡的老爺，把這件事交給老爺酌辦，車仍留在這家門口，御史安步當車的囘家。廳兒上的老爺，把這家主人或管事傳了去，對他講：「誰都可以開罪，就是不能得罪御史，你們的台階擋了他的道，他說你「私佔官街」，準備一半天奏明皇上，治你私佔官街的罪，你要知道，私佔官街，最輕的罪名，是發往邊疆啊，好在你遇上的這位御史老爺還容易說進話兒去，我還能替你打個關節，我瞧呀！你破費他幾百兩銀子算了，你知道發配邊疆的那個勁兒是怎麽受的了……」連說帶勸帶唬嚇，終於教這家主人拿出三四百兩銀子了事。廳兒上的老爺跟御史老爺，本來是一條籐兒，一個鼻子眼兒出氣兒，銀子到手，上上下下按大小份兒分肥，皆大歡喜。

這種官兒，這種作法，日子久了誰還佩服，還唬得住誰？所以下邊的人，不會聽他那一套。御史巡街，也巡夜，無論堆子、廳兒，他有時都去巡查。廳兒也好，堆子也好，更有絕妙的招兒對付他。他們在睡覺之前，把葦笠懸掛在門口上門檻兒上，一件破青布袍子，用竹竿穿在兩隻袖子中間，掛在葦笠下邊，夜裡看生像一個「吊客」，一把破腰刀，靠在左門框上，御史老爺的破騾車遠遠的來了，嘰咚咕咚聲，早已吵醒了睡覺的廳官兒或堆兒兵。他們從被窩伸出腦袋來，喊道：「卑職某某侍候老爺」！

御史老爺在車裡也喊道：「免啦」！雖然轎車停在泥塘裡，他還是問道：「街道可曾打掃乾淨？」

被窩裡答道：「打掃乾淨」！

又問道：「地方上是否安靖？有無宵小鬧事」？

被窩裡答道：「都沒有」！

御史老爺的車，於是又嘰咚咕咚的走了，廳老爺或堆兒兵，便又把腦袋縮進被窩兒睡覺了。當時的敷衍和片兒湯的情形，實在不敢令人相信，此之謂「腰刀葦笠」。

說到這兒，我本人也有一段「打更小史」，寫出來其洩氣的勁兒，也足以令人噴飯！

在我大學剛剛畢業，那時各中學「小四門」教員十分缺貨，小四門者，就是圖畫、手工、音樂、體操也，筆者因爲是學美術的，雖然對音樂體育不靈光，但行情仍然不錯，各地爭聘，我於是就了離城百十里地一個初中的小四門教員，因地方不靖，教職員在夜裡要值更守夜，同時都還武裝起來，時在冬天每人準備老羊皮襖一件，步槍一支，學校設有更道、炮樓、護校河溝、土埝（圍着學校的土坡），在風兒緊的時候，學校在夜裡並供給燒酒火鍋，一向平安無事，樂得夜裡吃吃聊聊。

有一天，壞信兒傳來，說天津附近，海河岔子的「海羊」（隱藏在海河岔子蘆葦中的强盜）登路，到處燒殺綁票兒，我們這學校，學生是附近各鄉縣紳商子弟，也是强盜目標之一，風聲越來越緊，隔學校半里之遙的張仙莊，居然出了鍋爆老太太，逼著劫財的案子。第二天晚上，附近各村，鎗聲呼應，白天經過連莊會議決，那處出事，馬上燃放冲天炮和「起火」，其他各村聽見，便包圍上去援助。當天日落以後，眞是風聲鶴唳，如臨大敵，晚飯以後，分配守衛地點，我被分配在大門外左邊的大楊樹底下，那一夜，正是十月下旬，哨子風兒嗚嗚的響，滿天烏雲欲雪，我俯臥在大楊樹上，老羊皮襖半舖半蓋，趴了一個多鐘頭，四週靜悄悄的，連樹葉掉至地上的聲音都聽得見，有時候遠遠的有零星的鎗聲，我不但不覺得冷，反而趴得滿身大汗，羊皮襖發出的羶臭味道，令人作嘔，我全神貫注前面，把一桿三八步鎗，頂上子兒，扣上保險，往前邊用眼睛盯著，一分一秒的過去，恨不得海羊賊馬上來，好一顯身手，就在這時候，前面一個黑影兒，毛著腰，晃晃悠悠的蹭上前來，越來越近，我混身打戰，好似失了知覺，熱汗變成冷汗，黑影又近了，離我有一丈多遠的時候，我靈機一動，告訴我自己，還不開鎗！我右手食指用力摟鎗機，天哪！鎗不響，我想我今天一定被活捉，聽天由命吧！黑影兒越來越近，離我三尺多遠的時候，我一看不對，黑影兒朝我搖尾巴，嘴裡哼哼的響，原來是學校大廚房養的狗，老黑。我清醒了過來，這纔明白，搬鎗機子不響鎗，原來是我忘了扳開保險，幸虧忘了扳開保險，否則不但老黑沒了命，還鬧得天下大亂！

嫉惡如仇的石瑛（下）

・劉棨琮・

石瑛每值課餘，咸深入社會，以探求不列顚立國之基礎，與政制禮俗國故民情之奧。從宇宙間的大事物，去探玄擷微，有眞學問自有眞功夫，着着實踐，不尙虛套。留學英倫九年，以工資讀，縮食敝衣，堅苦匪懈，學以大進，曹亞伯形容他與苦行頭陀如出一轍，其艱苦可知。此時，他年事已卅五六，在國內政治地位，足與時馳驟，而能折節從新致力於學術，立後來事業之基礎。

石瑛在英倫三島苦讀，於民國十二年歸國，由於川資缺乏，無法起程，他託人設法附乘貨輪的甲板上，長途竟不能得一舖位，遇風浪雨打，祇好縮入貨艙底，恃其身軀高大而壯健，個性耿直而堅強，克服旅途困難，這種忍苦制勝的精神與毅力，朋友均呼他爲「石頭」。

石瑛是一個深受西方科學洗禮的人，可是對於我們東方的哲學精微，並不鄙棄，當他回國之初，原懷志在廣東建設機械廠，以私人合資興實業爲社會倡導，終於受種種因素而作罷，乃應蔡孑民（元培）之聘，北上任北京大學教授。蔡元培是學貫中西的通儒，便是具備「温良恭儉讓」各項美德的君子，人們看見他「休休有容」，反誤認其爲「好好先生」，殊不知他之「外柔內剛」的特性，有「臨大節而不可奪」的風格。那時，北大教授如林，全國學者悉予羅網，無問新舊通專，以禮致之，極一時之盛。石瑛深邃篤實，尤爲所賓敬。他住在東吉祥胡同，課餘之暇，專心於牘案治術政論，經常與李四光（仲揆）、王雪艇（世杰）等，促膝研討，時望翕然。

民國十三年一月五日，曹錕以湖北省長湯薌銘久不能到任，改任督軍蕭耀南爲代理省長。旋曹錕討奉，派吳佩孚爲討逆總司令，蕭受湖北各團體及軍官勸告，宜佈保境安民，爲抵制曹吳勢力之侵入鄂境，延攬旅寓北京及上海之國民黨籍人士回省襄助，石瑛乃與田桐、張知本、居正、郭泰祺等回武昌。

會談結果，公推石瑛爲武昌高等師範大學校長，郭泰祺爲商業大學校長，張知本爲法政大學校長，嗣以蕭耀南無誠意，以不克行其志，未一年乃返北大。時黨方付諸其特殊使命，因而聲勢日張，風動學府。執政者曹錕欲延攬他入閣長教育，以收物望，石瑛堅辭不就，南下赴粤屈任工程師，受到許多人贊佩。

民國十一年以後，國父贊成聯俄，改變昔日之主張有三：一是蘇俄宣言放棄在華一切特權，二是當時俄國不能爲中國之患，三是爲外交手段之運用。至於容共由聯聯俄，有密切的關係，也可以說容共與俄而來。國父豁達大度，與人爲善，從「如不服從吾黨，我亦必棄之」一語，即可了解對共黨之態度。

鮑羅廷到達廣州之後，決定「吸收國民黨中優秀青年黨員，造成左右兩派，分化國民黨並進而連絡國民黨左派而孤其右派」，果然見效。在選舉中委時，李大釗、于樹德、林祖涵、譚平山等當選，毛澤東、瞿秋白等五人當選候補委員。同時，鮑羅廷看準了汪精衞是軟骨頭，全力拉攏，使與忠貞不二的國民黨人不睦，而自居於左派，受「中共」份子的膜拜與指揮，進一步指某些人爲右派，某些人爲中派，喊出「革命的向左轉」，爲汪精衞拉勢力，給他們自己樹立傀儡友軍，如此使黨的整體被分化， 國父北上之後，他們便無所恐懼地露出猙獰面目，和國民黨分庭抗禮，公開進行篡奪了。

中山先生逝世後，革命陣營遽然失掉領導者，自不免有紛亂的現象，於是俄共鮑羅廷乃大施其鬼蜮伎倆，中共自甘爲鷹犬，會同一部份認識不清的革命黨人，大肆活動，挑撥煽動中國人與列强之間的仇恨，造謠中傷以分化國民革命勢力，然後由共黨竊據黨政軍津要，最後想達到偸天換日的目的。十四年八月，廖仲凱被刺後，共黨背叛國民黨之行爲，日漸顯著。

這時，國民黨中央執監委員多人，因不滿共黨之跋扈，先後離粵。因爲在廣州方面，由於汪兆銘這干人，阿順鮑羅廷顧問的意旨，對「異己」的老同志，採取排斥方法，派遣林森、鄒魯北上，担任北上外交代表團的主席與秘書，汪之如此做法，實際上是對林鄒兩人的「放逐」。

先是，國父在北平逝世，移靈香山（一名西山）碧雲寺石塔內暫厝，至民國十八年六月一日舉行奉安大典，靈櫬始從北平歸葬南京紫金山之麓。林、鄒經上海時，便計劃反共工作，十一月二十三日集會於北京西山碧雲寺 國父靈前，出席者有林森、居正、石青陽、覃振、沈定一、鄒魯、葉楚傖、石瑛、邵元冲、張繼、謝持、茅祖權、張知本、傅汝霖等（見陳希豪著「過去三十五年之中國國民黨」），決議事項如下：

一、取消政治委員會；

二、開除共產黨員在國民黨之黨籍（包括中央執行委員譚平山、李大釗、于樹德、林祖涵，候補委員毛澤東、瞿秋白、韓麟符、于方舟、張國燾）。

三、政府中政治顧問鮑羅廷與俄國軍事顧問應予解僱。

四、中央執行委員會應從廣州遷至上海；

五、開除汪精衞黨籍六個月。

六、修正第二次全國代表大會選舉法。

另據胡耐安「談西山會議派與改組派」一文，這個「西山會議」是由吳敬恒主席，除了上述決議外，並推舉林森、覃振、石青陽、鄒魯、葉楚傖爲常務委員，復於上海設立中央執行委員會，以抵制汪兆銘之廣州中央黨部，而且派定李烈鈞、柏文蔚、鄒魯、傅汝霖、張秋白爲駐北京委員；沈定一、葉楚傖、戴傳賢、覃振、茅祖權、居正、石瑛、石青陽、張知本爲駐上海委員；譚延闓、邵元冲、熊克武爲駐廣東委員；同時派易培基、馬叙倫爲北京特派指導員；爲摘發共黨奸宄之先聲，更通電各黨部停止廣州中央執行委員會的職權。

廣東中央黨部爲共黨份子所把持，以西山會議不足法定人數，認爲其議決無效，十五年元旦召集第二次全國代表大會，多數共黨份子當選爲國民黨中央委員或候補委員。參加「西山會議」者，在北京感受着親共份子的囂張，幾乎隨時有挨揍流血的威脅，其危可知。

「黨人爭拜鮑羅廷，赤燄漫天帶血腥，惟有先生持正誼，發姦摘伏鐵錚錚。」馮自由挽其詩之一章，即爲記述石瑛在「西山會議」中，據理力駁，鮑羅廷、李大釗憚其剛正之一幕。

十五年春夏之間，「北方自國民軍退出京津以後，中國形勢之變化，其迅速與重大，非昔日沉悶與輕易之狀態可比。如奉軍佔領京津，則日本在華之勢力，愈爲穩固；吳佩孚在鄂豫之勢力，英國必竭力助長之；孫傳芳盤踞江浙，英必逼孫與吳聯。美國近且有聯孫以牽制日本之傾向，法國恐蘇俄在華之勢力復張，故急使與英日聯合戰線，在滇助唐（繼堯）以牽制廣東之北伐。總之，此後列强在華，對於北方國民軍處置既畢之後，其必轉移視線，注全力於兩廣根據地無疑，且其期限不出於三月至半年之內也。」

石瑛以北方政局日亂，不可久留，乃離開故鄉東下，居上海一家小客棧裡，自奉甚儉，服裝樸素，穿着像一個學究式的冬烘先生。據湖南賴景瑚先生在「記石衡青先生」文中，提到他剛從美國留學回滬，會見這位身材魁梧、面色紅潤的學者，發現他待人坦白、直率、和藹、忠厚，不僅健談，而且極有分寸，條理清晰，每談一個問題，都能握住要點。胡耐安批評他，沒有那深藏研究裡的專家「偏見」，對於社會問題，他能從宇宙間的大事物去探玄摘微，並謙抑的向遯園先生請教，其篤實誠懇，充滿熱忱，直使晚輩受寵若驚。

國民革命軍北伐出師時，有「打倒吳佩孚，聯絡孫傳芳，不理張作霖」之口號，此不特適應彼時之情勢，亦所以離間北方之各大軍閥，以便各個擊破，故當吳佩孚應戰時，雄視東南五省之孫傳芳，本擬坐觀成敗，以收漁人之利；不意吳竟大敗，孫始着慌。惟蔣總司令已自湖南出江西，且別令何應欽第一軍由粵取閩，向傳芳地盤取大包圍之形勢。南昌一役，孫軍大敗，何應欽所部復由閩北上取浙江。十六年三月，孫內部自相衝突，遂爲革命軍所乘，於是國民革命軍底定東南，建都南京。

上海光復後，石瑛被任爲龍華兵工廠廠長，這個廠設在上海的高昌廟，他愛才如命，提携後進，延聘了許多剛從國內大學畢業的青年，担任各種事務性的工作，負責全廠各部門的主管人員，又全是新從歐美日歸來的年輕技術專家，蔚成一種蓬勃的朝氣。

石瑛對於人才的羅致和運用，確能發揮科學管理，因人適才的功能。他過去所學所教雖則爲冶金學，而於子彈鎗炮的製造，以及如此規模龐大工廠的控制，由於其處事有條不紊，計劃部署週詳，又好像一位老練且有豐富經驗的兵工專家。更因爲他待人恩威並施，公私分明，沒有一個人不心悅誠服而樂於効命。

石瑛是以「廉潔」、「嚴正」、「不畏强權」、「敢作敢爲」著稱於世，人們都批評他具有一副金剛的面孔，却很少人知道他還有一付菩薩的心腸，因此許多青年，在他潛移默化之下，獲得許多待人接物的道理。龍華兵工廠在他努力整頓革除積弊中，終使支出減二分之一，而出品加倍，對於國民革命軍繼續北伐，所需軍火供應，貢獻至鉅。

民國十七年，黨國元老張懷九（知本），就任湖北省政府主席，特請准國民政府調任石瑛出任建設廳長、嚴立三（重）爲民政廳長、張難先爲財政廳長，賢豪並集，開湖北政治史上之新紀元。石瑛、嚴重、張難先均衣履樸素，他們每步行街市，不識者均認爲「鄉下佬」，久染官僚作風的人，睹之更爲驚異，因有「湖北三怪」之稱。一般人對他們三個的評議是：

石衡青：嫉惡如仇，剛正不阿，其部屬深自檢束，沒有人肯去欺騙他。

嚴立三：苦口婆心，推心置腹，其部屬深爲愛戴，沒有人忍心去欺騙他。

張難先：機心獨運，洞察隱微，其部屬深感畏敬，沒有人敢去欺騙他。

石瑛憑其所學，度以精思，運以大方，於交通水利農工商諸部門，一一創造規模，蕩滌舊污，爲後來者取法。張知本先生主鄂，得此廉能賢豪之助，對於綏靖地方，協助北伐，口碑載道，故鄂民對懷老，譽爲「江漢百年一清」。

民國十八年冬，石瑛辭去湖北建設廳長的官職，改就武漢大學工學院教授兼院長。這所大學他並不陌生，五得前他受蕭耀南督軍之請，曾一度主持該校，即爲武昌高等師範大學一再擴充改制而成者。工學院爲新創不久，一切設備未周，科學儀器簡陋，石瑛除致力於充實外，更勤於講授，嚴於實習，已立立人，刻苦好學，以身作則，負有盛譽。

越兩年，張難先任浙江省政府主席，挽商這位嫉惡如仇的石瑛，出長建設廳長，情不可却，東下就職。時全國學生工會社團，紛向國民政府請願抗日，中央正籌備國難會議，而適當浙政百廢俱興，財力竭蹶之後，石瑛苦心擘劃，分別緩急，以定進止。而杭江鐵路及發展電力工程，尤爲迫切。諺云「巧婦難爲無米之炊」，此種建設地方發展實業的急務，實在不能拖延，他便專程至滬，與銀行界鉅子磋商，反覆開陳，始得獲致投資借欵，建設之僵局，因而迎刃而解。石瑛發現外籍水利顧問多人，整日遊手好閒，而無所事，省庫浪費報酬不少，他便解約遣散，以減輕財政之負荷。張難先主席為矯正盲崇外人無功豢養之陋習，亦遣去民政廳所聘之外籍警察顧問，不僅人心為之一振，行政效率因此驟增，政聲益著。

石瑛出生於鄂南山嶽地帶，地內蘊含的盡是鋼鐵岩石，他秉賦了這些山嶽的精英，鋼鐵的意識，因此隨身以俱來者，便養成他人格的偉大，志行的純潔，情操的崇高，氣質的堅貞。這些固然值得大書特書，而他的眞正長處，是他意志最堅强，辦事有能力，馭人有方法，實為官場中所不易見。他不僅是有抱負有遠見的理想家，還是精明幹練勇往直前的實行家。

南京位於全國的東南，當長江下游，北控中原，南制閩粵，西扼巴蜀，東臨吳越；握長江流域的沃野，控海疆七省的腰膂，為全國政治的樞紐。昔年諸葛武侯以「鍾阜龍蟠，石城虎踞」八字，說明它的險要性；北伐勝利正式建都於此，奠定了民族獨立自由的重心，蔚然而有磅礴的民族自尊氣勢。祇要到過首都的人，看到鍾山南坡的明孝陵和　國父陵墓的景色，未有不使人頓生思古之幽情。那是我民族國魂所寄的兩大精神堡壘，浩氣長存最偉大的表徵。

國父當時力主建都南京，不僅是「繫乎中外之觀瞻，勿任天下懷廟宮未改之嫌，而使官僚有城社尙存之感」。尤其是明太祖以淮右一布衣，提挈漢族與元人反抗，終至光復華夏，成為一代偉業，這一歷史故蹟，更能反映出　國父對南京精神寄託與宏遠的展望。

南京為我國四大古都（長安、洛陽、南京、北平）首屈一指的城市，六朝以來，成為兵家必爭之地。民國二十年，日本發動長城戰役，攻陷榆關，奪我熱河，壓迫我軍退出長城以南，以鞏固其僞滿之計劃。九一八事變之後，日本復於次年一月二十八日在上海啓釁，挑動淞滬戰役，猛烈進攻，政府為拱衛京畿，在軍事上經營南京堯化門、棲霞山一線為防守陣地，置野戰軍之重心於蕪湖、灣沚之間，作成了「遠勢防禦」的姿態，並將吳、福國防緊扣在太湖邊緣上，接連京滬、嘉興一線，造成了一條環狀防禦網。蓋古之時，外敵入侵，多自北來，爭勝於淮泗之野；或沿江東下，馳騁於江淮之間。而南京又為國都所在，為全國政治神經中樞，政府復調石瑛接長南京市長，由於他做事明察秋毫，對人不講情面，他那「清勤愼」的政風，馮自由先生曾譽之為「民國以來第一清官」。因為他具備許多優越條件，政府慧眼識英雄，所以一個陳舊而百廢待舉的首都，便在他短短三年的苦心治理下，奠定了一個現代化城市的規模。

石瑛為政治理想而奮鬥，他能明辨是非善惡，是「有所為，有所不為，自不能無所謂」的。所謂「有所為」，就是理所當為，不猶豫不遲疑，義無反顧，朝向眞理的大道邁步前進。所謂「有所不為」，是在良心上、在道義上、在職責上，決不做傷天害理的事，他不願在良心上受到譴責，在道義上受到唾棄，在職責上有所虧損。正因為他有主宰，有正確的人生觀，定能有所不為，決不會無所謂。這些說明了一個人做人的態度與政治立場的緊要處。

石瑛能主持正義以身殉道，南京市民是深深在念的，他能贏得首都人民給予他「石獅子」的稱譽。當年有位居顯要者，在新居落成時，看中某地一對石獅子，便舁到相府門口作陳列，石瑛不畏强權堅令搬回原處，終使那位炙手可熱的顯要，莫奈之何，這便是石瑛治理南京，明是非，辨善惡，能擇善固執，以身殉道的例子。

南京為國都所在，顯貴衆多，處理事務尤為困難，而石瑛的特立獨行，許多人不了解他，批評為孤高寡合，譏諷其為矯枉過正，然而他那風骨嶙峋的作為，依然不向現實屈服，他在南京雷厲風行，明察秋毫，對人不講情面，處事不畏權勢，許多趣聞軼事，如盛怒時常動手打人，每天只吃稀飯，大都是無稽之談，但也確有許多戲劇性的眞實故事，値得向讀者報導一番。

南京爲全國政治神經樞紐，觀瞻所繫，石瑛致力於市政建設，開拓馬路，整頓市容，不遺餘力。人們只知道他在城市西北的上海路一帶，建立了美侖美奐的新住宅區，而很少人知道他在下關火車站附近，興築了幾百幢價格低廉的平民住宅。那時下關江邊的良善之區，幾爲英日洋行所佔有，石市長擬修築現代化的江邊馬路，少不了與英日僑民發生衝突，僑民因受不平等條約的保護，狃於舊習，氣燄極盛。石瑛費盡許多唇舌，據約與理折之，無毫末假借，終於將一條寬濶平坦的大馬路修築完成。

那時，日軍對山海關發動攻擊，侵畧華北日趨積極。日商擬在城內的夫子廟、新街口或白下路等繁盛市區，覓地租房開設餐館，「醉翁之意不在酒」，自然是其假此而設情報機構的藉口，事爲南京市政府所悉，則婉詞而拒絕之。日本方面以江寧條約明文載明開放下關南京爲商埠，其英文的書法是 Hsiakuan, Nanking，日方堅持下關南京兩個英文地名之間，是省畧了一個 and，故南京城內應列爲開放的商埠。我國則持相反意見，認爲照英文習慣寫法，先書下關後書南京，兩地名中間的逗點應作「的」字解，亦即是英文中的「of」用法，明明是說南京的下關，自然南京城並不包括在商埠之內，雙方各執一詞，演成僵局，竟無法解決。

後來，日商列舉兩個事實，說國民政府未奠都南京以前，內橋附近曾有日人在是處開設商店，如今復有俄人在新街開設禮查飯店，如果南京不是開放的商埠，何以他們可以設立？這樣一來，我政府當局便無詞搪塞，中央各機構首長集會商討，幾經會談，却無法找出適當的理由來拒絕，最後還是授權給南京市政府去處理。

石瑛與幾位愛國熱忱之士研究，大家同意以國民外交運動來處置，請求政府予以諒解，不可加以干涉，經他默許之後，於是由政府、市黨部、憲兵司令部、首都警察廳主持，分別通知夫子廟、新街口及白下路三處所有房地主開會，說明預防漢奸假借人名義，代日人租房的企圖，如房地主不能確知租戶政治背景，政府或爲查明，萬一有利令智昏者諉卸責任，應視爲全體市民之公敵，羣起而攻之，政府更當追究責任。經過此次會議，日本始終無法在三處租到房屋，石市長在國民外交上，打了一次勝仗。

時英人在南京下關設有「和記蛋廠」，不僅廠址規模宏大，建築華麗，而且資本雄厚。可是這家外國經營的廠商，對於石市長雷厲風行的整頓稅收，置而不理，所欠契稅托而不繳。

湖南瀏陽唐有壬，爲「名父」唐才常的仲子，恃才傲物，風流自賞，廿四年聖誕節被歹徒狙擊要害不治喪命，「案」既未破，「情」自莫白。有謂是基於他的「親日」情緒，及其政治恩怨夾雜其間；有謂其遭人暗算，是含有桃色成分。他的死，僅僅賺得友好的數聲嘆息而已。石瑛主南京市時，唐有壬正担任外交部次長，彼正情感頗篤，過從亦密。

英國駐京總領事白朗德，對於和記蛋廠的欠稅，曾拜會唐有壬次長間接向石市長代爲活動不果，復向湖南同鄉時任市政府秘書長之賴璉（景瑚）疏解亦不可。白朗德屢次要求唐與石約期面談，都被拒絕，如此一而再，再而三的糾纏，石市長始予允懇。

是日，白朗德由熊亨靈先生引見石市長，握手後坐定，石以國語詢其來意，白朗德不懂。英總領事以石市長係留英學生，請用英語交談。石回答道：我如到英國，向貴國政府交涉問題，自然要說英語，你和中國政府交涉，就應該說中國語言，若你不懂，則理應隨帶翻譯！」白總領事瞠目相視，自知理虧，弄得這位大不列顛帝國的外交使節，進退維谷，啼笑皆非。最後，白總領事請我司法行政部次長鄭天錫做調人，設宴招待石市長，彼此杯酒言歡之後，化敵爲友，以作那次交涉尷尬的收場。我國有所謂「不打不相識」之言，從此之後，兩人往返頗密，和記蛋廠也照章補了欠稅，南京的英商更不敢故意刁難，遷守我國政府的法令規章。

達尼爾說：「沒有風浪，顯不出水手的腕力；不臨戰場，試不出將士的勇氣。」大凡勇敢果決的人，必有一種特殊的感化力，這種力量有如磁石，其效能長存宇宙之間，他那高尚的氣質，永遠會輾轉傳播下去。

當石瑛大事開闢馬路建設首都市政時，某路因必須拆除英人洋房，便遭受阻碍，迭向我外交當局交涉，要求變更。石市長以外人僑居我國，必須服從所在國的法令，自己不應存有弱國無外交的心理，遇事處處遷就，政府既已公布路線，任何困難必須克服；但為顧全情理，外僑拆遷補償，當予特別優厚，甚至覓地重建，均無不可。於是面授機宜，派參事張劍鳴會同外事人員向英國總領事交涉。張參事晤英總領事之後，首先發問：貴國倫敦市區內有無拆遷闢路之工程，事前是否必須經過測量繪圖，由政府公告定期拆毀開築？外人在倫敦建築是否不受建築法令的拘束，而酌予通融？一連串的詢問，使英總領事無法自圓其說，石市長於是下令拆卸，使英人迫不得已遵令自行拆遷。

九一八事變發生後，花樣翻新，利用清廢帝溥儀在東北組織偽滿州國，盡力挑撥我國內民族間的感情，以達到它「以華制華」的新策畧，當時全國的民氣激昂到了沸點，政府當局深知國力準備未周，對外不宜輕啟戰端，寧可忍辱負重，而不能作孤注一擲。

偽滿洲國是日本的傀儡組織，我政府外交當局曾提嚴重抗議，並照會九國公約當事國、致牒國際聯盟，請作有效處置；同時我財政部長宋子文宣布實行封鎖東北海關，以與偽滿洲國斷絕一切往來關係，而日本更肆無忌憚，一方面以漢奸殷汝耕組織偽冀察政務機構，以進入「華北特殊化」，一方面迫我和關外通郵。

中央政治會議為此事會集會研商，認為允許通郵，於國家體面有關，固非所願，果若拒絕，則壓力愈來愈大，衡量輕重，結果還是忍辱負重，通過了定期通郵。石瑛雖爭得臉紅耳赤，而少數服從多數，交莫奈之何？他據理力爭，明知於事無成，但依然竭盡所能而大聲疾呼，此則乃其發乎一種「有所為」的責任感所使然。

石瑛憤慨之餘，特於市政紀念週上，就此案發表演說，他指出政府與偽滿通郵，不啻間接默認其組織，這種悖理的見解，實受恐日的心理作祟，言下不勝唏噓惋惜。他這一篇慷慨激昂的言詞，在座的激烈愛國分子，為之激動落淚。這些熱血澎湃的愛國者，乃於散會後，寫信給主張通郵的先生們，並於每一書柬中，夾附一顆子彈，要求於二讀時予以否決。俟再度集會，提出通郵案複議時，那幾位出席要員，將外界輿論以及愛國分子之舉，提出報告，大家面面相覷，認為事態嚴重，確應妥慎考慮，以免激起公憤。於是改變主張，暫時延擱，最後受日本强勢的壓迫，還是付諸實施。

石瑛對於日本人的要求，合理者無不立刻辦到，令其滿意，否則必堅決拒絕，毫不通融。他以為市長為地方官吏，非外交人員可比，公事公辦，大可不必敷衍，時日本駐京總領事須磨，却以為在中國予取予求，誰敢說個不字，然而這位嫉惡如仇的石市長，須磨初次拜謁即遭閉門羹，後來屢次求見，也都被擋駕。

民國二十四年一月，南京舉行防空演習於公共體育場，須磨曾於事先請求我外交部准其前往參觀，未得許可，但當演習之日，須磨竟已商得參謀本部，指派某少將參謀陪同到場，石市長以此演習是對日備襲而舉行，何以有敵人來參觀？須磨有意借此與石認識，不等及介紹，石市長即大聲斥責道：混蛋，我們今天演習，是對付那個日本的，何以竟准許敵人來參觀，豈有此理！那參謀與須磨聽了，口呆目瞪，不知所措，只好悄悄溜走。事後，須磨向我外交部提出口頭抗議，唐次長有壬以其再三請求始勉强允許者，非正式邀請可比，責他無理道歉了事，須磨自知理虧，也只好一笑了之

古人云：歲寒知松柏；松柏在平時不能表現其蒼翠，而必於天寒地凍，霜雪交

加之際，方見其隱曜含華而不凋之可貴，人之處亂世亦然。汪精衞豐姿爽朗，志壯氣盛，其「引刀成一快，不負少年頭」，誠屬轟轟烈烈之舉，不料中途蹉跌，一誤再誤，自隳個人光榮歷史；尤其在對日抗戰中，不惜脫離陣營，投入陷阱，靦顏與敵攜手，粉墨自憙，以元勳元老身份，遽變了元憝元惡，結果魂銷異國，蓋棺論定，不啻黨國罪人，遺臭萬年。

石瑛擔任南京市長，是汪精衞任行政院長時代，請他出山作爲一種政治安排，時爲九一八事變之後，我國內爭不息而外患加深，政府或乏內外同時作戰之實力，社會遂起「同族不妨相讓」之暗流，隱與「安內而後攘外」之國策相盪擊。政府的對日外交政策，是避免和它發生正面衝突，有時自然免不了屈辱求全。他那付充滿愛國熱忱，却大大不以爲然，蘅青先生雖屬地方官吏，但也以中委資格，却常在中央政治會議席上，義憤塡膺，痛哭陳詞，毫無保留的發表他對國事的堅定主張，攻訐中央的對日政策，加以他平日執法如山，不畏權勢，自然爲當時一般達官貴人所厭惡。

汪精衞受了領袖慾的支配，又脅於悍妻的河東獅吼，當時他力主媚倭，凡日本高級官員中，必禮以上賓。民國廿四年春，日本朝日新聞記者專機訪華，蔣委員長對日本記者發表談話，表明對日外交方針與態度，應以絕對保持國土完整爲基準。該訪問團到達北平、天津、青島等市，歡迎之熱烈，極一時之盛；當飛機抵京時，行政院電話通知石市長親往迎接，他以辱國拒往，汪精衞反覆解釋，幾至決裂，最後僅派賴璉數員至故宮機埸敷衍。該訪問團原排有拜訪石市長之舉，他依然派員招待，不予親自招待，不予親自接見，因而與汪院長不相容而交惡，當即草妥辭呈，雖僅三百餘字，而義正詞嚴之氣，均表現於字裡行間，經公諸報章後，傳誦一時。這年三月廿六日，政府任命馬星樵（超俊）爲南京市長，石離任之日，南京市民遮道攀呼以送。前載馮自由詩之三四，即記其主京之德政，市民亦有稱爲「包龍圖」再世者。

石瑛的詞典中，可以說沒有權利或政治的野心那一類的字句，他一心一德，只想用其所學，盡其所能，爲國家勤求建設，爲民衆力謀福利。許多不明者，以爲他是秉性剛烈，固執而不講理，事實上他還是不恥下問，接受別人的好意見，而放棄其主張，與同事之間，無不推心置腹，合作無間。

當此中國國民黨集合全黨精英，開拓復國之機運，延攬青年人才，擴大全面革新之際，筆者有感於石瑛之施政，能明察秋毫，雷厲風行，對人不講情面，處事敢作敢爲，可爲天下法，故爲政之道，必須從能聽逆耳之言開始，用新人行新政，「其命惟新」蔚爲風氣。

石瑛自奉節儉，生來似乎便是書卷氣與鄉村樸素的揉合體，非似一般特任官「昂昂乎廟堂之器也。」那種神態，其個人的生活，極爲嚴肅刻苦，非僅衣履樸素，飯菜亦簡陋，有「布衣市長」之稱，他鑒於國難方殷，力戒奢侈，對市屬各機關學校人員，要求尤爲嚴格，不准男子着洋裝，女子着短外套和燙髮，曾派密隊四出巡邏。且又以達官貴人每以汽車接送其子女上學，殊違兒童及青年向學之旨，且多數納稅人均以公共汽車代步，達官貴人號稱「公僕」，豈可自顧享受！因派警察在各學校門口查察。他對貪贓枉法，是極深惡痛絕的，無論識與不識，必執法以繩，毫無寬恕，故在其鐵面無私的嚴厲管治下，都不敢貪汚違法，不愧爲「民國以來第一清官」。

南京市長交卸後，石瑛一度出任銓敍部長，入督僚佐，出巡地方，於銓政多所推進。他與曹亞伯各在崑山置一小田園，種菜蒔花爲務，中央委員乘火車例得一等免票，蘅青先生往來之間，常購三等票與平民相坐，無怪馮自由有「諸公袞袞能如此，華夏何愁不大同」之輓句。

二十六年盧溝橋事件發生，全面抗戰的序幕，由此揭開，我全國軍民聞義赴難，共抗强寇，臨戰之勇，死事之烈，實足以顯示民族獨立的精神。南京陷敵後，國民政府遷到重慶，國軍統帥部則駐在武漢，由委員長親自策劃部署，爲長期抗戰的準備。是時，武漢三鎮已成溝通南北，屏障西南的重心，我方戰畧是將國軍主力，撤回平漢、粵漢鐵路以西，來組織和培養反攻的力量；同時於各省撤退時，都留一部份國軍在敵後，建立據點以從事游擊。這年十一月下旬，國民政府明令改組湘、鄂、黔、皖、蘇、浙等六省政府，以張治中主湘，何成濬主鄂，吳鼎昌主黔，蔣作賓主皖，顧祝同主蘇，黃紹雄主浙。

三楚耆英何雪竹先生，其生平洞達韜鈐，勳業彪炳，人俱知之，尤其性情和靄，平易近人，裘帶雍容，大有儒者風度，他主鄂期間，省府委員都是鄂省名彥，頗有「人才省府」之稱。嚴立山（重）出任民政，石瑛則主建設。石瑛雖早無權位慾念，但以國難當前，盡匹夫之責，慨然受任。其時正醞釀武漢會戰，軍事方急，交通之修築破壞，視作戰需要爲定，而出以迅速；促進工業推廣合作，籌劃遷移，計慮指揮，目不暇給，如此失眠，舊疾大作，乃解兼職，還恩施後，復辭去委員，以資修養。

二十八年，鄂省設臨時參議會，石瑛德高望重，膺選爲議長，敬恭桑梓，義不可讓，持論一秉大公，視政府人民爲一體，竭誠翼導，無所偏倚，一掃詭隨依違與故持異同之習，極得陳辭修之禮敬。三十二年春，他力疾主持臨時參議會會議歷十餘日，會畢而足部痿痺，自是日益衰損，是年七月就醫重慶醫院，終告不治，石瑛的一生嘉言懿行，對於國家社會人心風氣之影響至至深鉅。吳稚老輓句有云：「抱建造現代國家人才，未能一試，留得遺超人風節而逝，自足千秋。」乃耿介不苟，懷才不遇之嘆也。

乾清門「進克食」記

·唐魯孫·

自從清社既屋，民國肇建，溥儀留住在那個黃圈圈兒所謂紫禁城裡，一直到馮玉祥逼宮，差不多將近十來年。在這十多年裡，帝制雖廢，可是逢到歲時令節，萬壽慶典，元旦朝賀，宮廷儀注，一仍舊貫，祇是具體而微了。

清朝有一種武職官叫侍衛，分御前侍衛，乾清門侍衛，是專司警蹕扈從的。宣統沒出宮之前，雖然侍衛編制縮小，可是駐守在神武門的禁衛軍，仍然有四五十號人。當時禁衛軍又由一位姓毓叫朗軒的統領着，其人瘦小枯乾，嘴唇上長着幾根七上八下的狗蠅鬍子，談吐風趣雋永，而且頗得開玩笑的眞諦，善於摟罵。所以毓爺三教九流各行各業的朋友都有，大家都管他叫四爺而不名，其實人家排行在二，根本不是行四，因爲毓爺不但音容笑貌跟七俠五義裡的翻江鼠蔣平，好像一個模子裡摳出來的，就是對人處世急公好義的勁兒跟蔣四爺也不差分毫，所以大家都稱呼他四爺，所謂四爺者，即蔣四爺也，他從二爺降級爲四爺，也居之不疑，而且引以爲榮，由此可見咱們四爺有多四海啦。

四爺整天是離不開鼻烟的，時常誇讚自己鼻關耐力特强，就是聞一鼻子白胡椒粉也不會打噴嚏，有一次恰巧跟毓四爺同席，正趕上三伏天，筆者身帶有一瓶塊劑阿莫尼亞精，是預防中暑用的。四爺平素雖然經得多見得廣，大概這路洋玩藝兒，還沒見識過，於是掏出瓶來跟四爺開開玩笑，賭個小東。如果四爺聞了之後，毫無感覺，筆者在東興樓輸酒一桌，四爺輸了請筆者吃一頓紫禁城的祭肉。誰知阿莫尼亞是由竅及腦，跟鼻烟僅僅刺激鼻關的性質兩樣，他一嗅之下，不就噴嚏連天打個不停，而且涕泗交流，鬧了個紅頭漲臉祇有認輸。

散席之後，也就把件事忘啦，有一天剛吃完晚飯，毓四忽然大駕光臨，感情是特踐前約請吃祭肉來的，吃祭肉有件新鮮事兒，除非跟侍衛們有交情，等閒人是吃不到的，於是跟他進了神武門。在順貞門外，座北廟南有一排高台階屋子，就是禁衛軍辦公室（後來故宮博物院拍賣丸散膏丹皮貨疋頭茶葉綉貨的倉庫就設在那兒），因爲當值分白班晚班的關係，屋裡朝南有一排大坑，有蘇拉（宮中雜役）伺候茶水，坑桌擺有細磁茶壺茶碗，坑上兩頭矮條櫃上放着帶蓋磁缸，裡頭放滿了大小八件（北方點心舖做的甜點心）大花生糖炒栗子一類甜食。輪值的侍衛人員大約有十多位，最有趣的是大家洗完臉之後，每位都有一枝京八寸的旱烟袋，懷裡都揣着一隻鼻烟壺，當時雖然香烟已經極爲普遍，可是這羣侍衛老爺們，就沒有一位帶着洋烟捲兒的，好在筆者一向是抽慣了烟斗的，大家拿出烟袋一吧嗒，倒也顯得很合羣。山南海北一通瞎聊，不知不覺就是二更天，侍衛老爺都換上短裝，有的綁上袖箭，有的揣起二人奪（匕首）每人還有個手槍一把，四人一撥，出去巡邏，工作很認眞，還眞像回事，沒出去的人，有的和衣打盹，有的閉目養神，有的燈下看書。剛一交四更巡邏人等就都陸續回來，各屋蘇拉就送來臉湯嗽口水，請老爺進克食了。（滿州話進餐吃祭肉都叫進克食）等大家嗽洗完畢，天也不過是朦朦亮，蘇拉用托盤送進來的餐具，是每位中型暖盅一隻，醬褐色手紙，切成豆腐乾大小，一寸多厚一搭。筆者心裡想，吃祭肉用這些小塊手紙幹嗎呀，恐怕露怯，所以也沒敢問。一會兒功夫，蘇拉拈來一隻大紫銅壺，外頭罩着厚布套，壺裡是滾開濃郁膏腴的白肉湯，一個竹邊銅絲小漏斗，說了句請爺加滷子，筆者弄不清該怎麼辦，幸虧毓四怕我受窘，急忙把漏斗加在我的暖盅上，肉湯從漏斗冲到盅裡，立刻成了一盅上好的醬汁，另後面有一個捧着錢菠籮的蘇拉，毓四從銀包裡拿出四個大銅板往菠籮裡一扔，說兩份四個。那位仁兄立刻拿出兩把帶木套的解手刀，往坑桌上一放，又捱桌收錢送刀子去了。這個時候有人喊偏肥，有人喊偏瘦，此起彼落，非常熱鬧，跟着有一位矮肥老頭兒，捧着一張大托盤進來，每桌放下兩大盤白煑肉，另外還有幾個醱麵荷葉捲子，肉片有手巴掌大小，有肥有瘦，薄到可以跟北平冬天賣羊頭肉媲美，眞是凝脂玉潤，其薄如紙，白肉醮醬汁，夾在捲子裡吃，甘腴適口，肥而不膩，那比沙鍋居的白肉要高明多啦。據毓四說：清太祖當年還沒進關踐位大統的時候，跟明朝兵將在老哈河一帶展開了拉鋸戰，有一次中計被圍，清太祖混入亂軍之中，突圍落荒而走，明軍兵將緊緊趕追，太祖看見遠處有一茅草蓬子隱隱露出燈光，等走到近處一看，原來是一雙鬢髮如霜老頭老奶奶，正在推磨子搾豆漿準備早市呢。一看太祖英姿颯爽，氣度軒昂，也猜出是員逃將，於是指了指石磨後頭的草垜子，太祖就藏在草堆子裡啦，等追兵來到，兩位老人家一味裝聾做啞，結果指點追兵朝相反的方向追下，太祖才倖免於難，後來追念兩老救命之恩，可是黑夜倉促之間，記不清是那個村落，又忘了問兩老姓名。一直耿耿於懷，等到繼承大統，就在神武門裡，順貞門外蓋了一座小廟供奉那兩位老人家。因爲是萬曆年間的事，所以就說供的是萬曆媽媽。全國的庵觀寺院，除了家廟都由出家人當住持，祇有這座小廟是由大內御花園眞武殿值年太監兼管。每天用一隻全豬燒香上供。別瞧這座廟不大，不論什麽禁屠大齋日子，可是給萬曆媽媽上供的豬，永遠是供應不誤。後來皇室經費雖然極端困窘，這個祭典仍然沒廢，直到宣統出宮那位萬曆媽媽才斷絕了香火供奉，每天早晨，還要給萬曆媽媽供一遍香茶，瀹茶也是用玉泉山運來的御用泉水。提起玉泉山的水，也還有段小掌故。不知是清朝那一代開始，帝后飲用的茶水，都是每天從玉泉山運來的。凡是在北平久住的人，祇要常去清華燕京，或是逛逛西山頤和園，總會碰上一輛騾車拉着一隻大水櫃，車上插着一面小黃旗，緩緩而行。那是宮廷專用水車，從玉泉山把泉水運進宮去供應內廷使用的，一天兩趟，風雨無缺，水車一進神武門，可得先給萬曆媽媽廟裡留下一提樑子水，好瀹茶上供，這壺賸下的水可也就歸侍御老爺們早茶享用了。

民國二十年左右故宮博物院，分三路正式開放，憑票參觀，有一次筆者同朋友參觀西路，還看見這座奇特的小廟，已經是古苔夾徑，兀立在殘陽蔓草間呢。

至於吃祭肉何以不准醮醬油，不准用筷子要用解手刀，毓四可就說不出所以然了。後來筆者在天津跟息侯金梁同席，這位金少保說，萬曆媽媽當年是開豆腐坊的，忌用豆類製品上供，醬油是豆類釀造而成，所以也在禁用之例，金老昔年在乾清門也當過值，彼時吃胙肉還都是淡食，大家看着祭肉皺眉頭，白古撕裂的肉，誰都沒法下嚥，後來有一位蘇拉，腦筋特別轉得快，他把草紙浸在高醬油裡吸飽再陰乾，吃肉時把醬油草紙用高湯一冲，有醬油之用，而無醬油之名，大家既不違背祖制，又可免於淡食之苦，豈不一舉兩得。從此大夥兒才免於淡食。按照滿州的習俗，凡是郊天釋奠，享用祭品一律都用刀子，所以吃萬曆媽媽祭肉，也是捨筷子而不用。大陸變色，談到吃胙肉，早已成爲歷史名詞，不過偶然在此間四川館吃到大片的蒜泥白肉的時候，又不禁引起思古之情了。

認識故宮

時時輕拂拭勿使染塵埃

——談故宮雜項之保管與收藏

・劉良祐・

前言

雖然我們中國文化淵遠而流長，先民們所創造的文化財產是那麼的多彩而豐富，但是能流傳至今的文物，僅僅是其中非常幸運的一小部份。當然，天災和兵災往往是使文物大量毀壞的主要原因，但是由於收藏保管的不當，同樣也會使古物在無形中受到莫大的傷害，而減短其存世的「壽命」。所以一方面保存我國先民偉大的文化遺產，使之流傳久遠，本來就是我們應有的責任。一方面我們也相信有相當數量的精美古物散佈在民間的收藏家手中，因爲我們願意在這裡，把我們以往保存古物的經驗和方法，提供出來，做個簡單的報告，並且也希望這個報告能對民間的收藏家們，提供一些實質上的幫助。

在還沒有談到實際的工作之前，我想再談談和古物相處的「素養」。我們都知道，古物之所可爲「古」，是因爲它有長久的歷史，並且它沒有「再生」的能力。所以當它一旦因爲不小心而毀壞，便是有再好的方法來修補，也不可能恢復它本來的面目了。

當然，古物的收藏和保管，決不只是「小心」兩個字而已。「小心謹慎」是我們和古物相處起碼的素養，沒有這種「如履薄冰」的心理準備而去接觸古物，簡直就是一種「瘋狂」的行爲。

在大自然的諸般現象中，我們常見堅鐵化爲銹泥，草木化爲灰燼，又說歲月不饒人，似乎「時間」成了莫大的罪人。事實上，空間的因素才是最重要的，因爲在不同的收藏環境下，時間雖然相同，却往往對古物的「壽命」有不同的影響，雖然不同的古物，因爲材料和結構的相異，有不一樣的保管方法。但是就一般收藏的大原則而言，以下的幾點是值得特別注意的：

首先是光線的問題。通常從光的來源，我們可以把光線分爲「自然光」和「人造光」兩種，自然光直接或間接來自日光。現代科學已經證明了日光中的紫外線，對於色彩、紙張和織物有很大的危害。柏林實驗所以及不列顚紡織廠協會都在他們以往的報告中，肯定的指出：遭受三個月不斷的日光作用後，絲織品就會喪失其耐久性的百分之九十五。所以我們在收藏書畫、織綉一類古物的時候，首先要注意收藏處的光源，絕對要避免日光的照射，如果我們要觀賞這些古藝術品，最好是在隔絕日光的場所，以人造的燈光來照明。我們一般人因爲感受不到紫外線的作用，也看不見紫外線（除非是在特製眼罩下），於是往往忽略了這個相當重要的「兇手」！目前在社會上的骨董店和私人收藏家手中，相信有不少的古藝術品，正在遭受日光的「殘害」，這是值得我們警惕的第一個原則——你不可以將古物經常曝露在自然光下！

其次談到空氣的問題。空氣是氧和氮的混合物，在這兩種氣體中，純氮氣是很安定的，而氧氣則很活潑，特別是臭氧O_3。通常而言，一切有機成份物質材料，像纖維、皮革、油畫、漆、紙等等，一直都在進行著緩慢的和不斷的氧化。除此而外，在我們目前生活的都市中，還有另一重更嚴重的災難，那就是空氣的污染！汽車、工業和煤烟，能使我們生存的大氣中含有很多的二氧化碳、硫化一氫和氫氧化銨。二氧化碳，它和空氣中的水蒸氧化合，就能形成活性很大的反應劑，這種反應劑可以溶解那些看來似乎很堅硬的材料，例如像大理石。至於那些亞硫酸氣體，更是可怕！它們和空氣中的水結合，首先成爲不穩定的亞硫酸，而後硫酸離子SO_3和水份再形成對所有各種古物都能起最大傷害的—硫酸！聽來是如此可怕，但是只要我們能夠小心，這種災難是可以減到最低的。所以收藏古物的第二大原則是——你不可以將古物暴露在污染的空氣中。最好將古物遠離都市，並且我要奉勸，在陽明山和北投擁有豪華別墅的各位先生，別把珍貴的古物放在那裡，温泉固然對皮膚病有益，可是硫磺氣却是一切古藝術品的死對頭！

接下去就是氣温的問題了。大家都知道，空氣中的温度和水蒸氣的比例是有密切關係的。這種相關性的概念，我們可以用下面的一個簡單例子上看出來。現在我們到市塲上去買一尾鮮魚，如果你不把它加以適當的密封就放入冰箱，那麼不久之後，當你取出它來，你會發現它的表面水份已經失去，而成爲乾癟癟的樣子。相反的，你從冰箱中拿一杯飲料出來，在這個炎熱的夏天，杯子的四周立刻會結上一些水珠子。這種種現象都告訴我們，空氣中在不同的温度下都含有一定的水份——飽和水蒸氣。當氣温在短時間內突然下降五—六度的時候，就會使水蒸氣從空氣中凝結出來，而使牆上、玻璃上、地上甚至古物上附著一層小水珠，如果温度下降得更大，在這些東西上，就會蒙上一層水，就好像剛從水中拿出來一樣。過份的濕度，對古物的危害，我在這裡不必細說，我想說的是因爲濕度所帶來的另一種災害。

水的本身，不只是一種有力的破壞者，更是一般黴菌的觸媒劑。我國古代藝術品所使用的一切粘合劑，像裱糊用的精製漿糊、酪素、洋粉、木器、竹器用的精製膠，甚至粘合珠寶、金屬的魚膘膠，及其他可粘性的物質，都恰好是繁殖一切黴菌、蕈類、黴菌等等的良好營養料。被感染了黴菌的古物，由於它的繁殖，很快的會使這些膠質喪失它原有的能力。結果使膠合物相互脫落，這個現象就是古物「脫膠」的原因！

所以收藏古物的第三個大原則就是——你不可以使收藏古物的塲所忽冷忽熱，不要從炎熱的街上回來後，把隨身的古物立刻收到冷氣調節櫃裡。並且要常常注意古物的狀況，使它保持正常的濕度和温度。

以上所談的，是我們保存古物時最容易爲一般人所忽畧的幾個大原則。但是僅僅只有消極的防止，這對古物的保存還是不夠的。因爲保存的目的，在使我們能觀賞古物的「價値」，所以我們還應當進一步的使收藏的古物，經常保持着「最佳的狀態」。這就要牽涉到我們日常的清理和維護的工作了。而適當的清理和維護的工作，也正是從積極方面來延長古物壽命的最佳途徑。

前面已經提到過，因爲古物材料和結構的不同，而有不同的清理和維護的方法。我國的古物類別很多，在下面個人謹就日常所負責的範圍，選幾種最重要的古物來說明如何清理和維護：

（一）漆器

漆器是我國最獨特的文化產物之一，雖然漆器藝術的種類繁多，但是從製作的方式上，我們可以將之分爲三大類：一、是髹漆類，像彩漆裝飾的一切竹，木雕刻、日常用器，以及夾紵佛像等等；二、是雕漆類：如剔紅、剔黑、剔彩、剔犀等等；三、是鑲嵌類：像戧金、戧銀、平脫器、珠寶、螺鈿鑲嵌(周製器)等。

要眞正深入了解漆器的保養原理，就必須對各種漆器的製作過程有個相當的了解，但是這些並不在本文討論的範圍之內，所以從畧（請參看拙著：虹見霞錦說漆器——雄獅美術月刊一九七五年十一月號）。不過我們必須知道，大多類的漆器都是由漆層、胎骨以及漆和胎之間的漆灰和麻布所組合而成的（髹漆器和鑲嵌漆器沒有漆灰和麻布）。有了這個簡單的概念，我們就可以來談漆器的清理和維護了。

傳世的古漆器，常常表面都有塵垢，要去除這些塵垢，絕對不可以用毛刷淋水刷洗，除非它完好如新，但是傳世品十分完整的極少，就是完整而沒有斷紋的也不多。如果不愼，水由斷紋及破裂口滲入漆皮內，就足以分解「漆灰」，況且古漆器「漆灰」的粘附力已經很薄弱，吸收水份後，將會使漆皮和器胎分離剝落。所以，遇着浮灰，最好用雞毛帚輕輕拂拭（羊毛刷更好）。假使因爲灰汚太多，必需要清洗，那麽就要選擇良好的清洗劑。

現在世界各國懂得清洗漆器的地方不多。在日本，一般用酒精作清洗劑，另外有些地方用氣油做清洗劑。它們的好處在揮發性高，去汚力也强，所以在清洗時，一則可以省些力氣，二來也不怕它們滲入漆皮中去。但是我們並不贊成使用這些清潔劑，我們的理由是這樣的：首先，揮發性高的液體，雖然不會在器表面留存太久，但是它們往往會傷害到漆的光澤；其次，因爲它的去汚力强，又易揮發，所以常會影響到工作人員的情緒，使他們工作時太快，因爲快而有疏忽，以至傷害到古物！

我們目前所使用的清潔劑是飲用的高級酒，如公賣局的紹興酒，就很合用，因爲紹興酒的酒性較溫和，不至傷害漆表的光澤，而揮發後尚能留下微量的水份，可以滋潤漆皮，並有益於漆的色澤。清洗時，要順着同一方向徐徐揩擦，切不可用力來回反復的使用毛刷，以免牽動已經開裂的漆皮離胎脫落。

清洗過的漆器，最好在上面擦一層薄而勻的高級蠟。目前我們常用的是天工牌的乳白色去汚蠟。因爲這樣一來，不但可以滋潤漆皮，也可以隔絕空氣，保持器身內固有的濕度，並杜絕大氣中過多水份的侵襲，而且增加漆器的光澤，看起來分外美觀。以上便是漆器清洗和維護方法的簡單介紹。

（二）珍玩、服飾、文具（筆墨）

其次要報告的是，珍玩、服飾和筆、墨的整理。在整理珠寶、織物的時候，最好能戴上清潔的細手套工作，因爲不清潔的汗和人類分泌物，常會汚染珠寶和珊瑚的表面，也會汚染衣物，使它們容易感染黴菌而腐朽，或是妨害它們的光澤。一般來說，這些古物除了要注意防蟲的工作外，更重要的是要常常「晾晒」。只要「防蟲」、「防濕」、「防震」的工作能常常注意，並沒有什麽特殊的工作要做。只是在「晾晒」時，一定要注意古物的定位，尤其不可讓織物隨風招展。比較理想的「晾晒」環境是將古物放在一個人工照明的風道中，以乾的冷空氣，徐徐通過，切不可曝晒和風吹。

（三）琺瑯器

琺瑯器是由琺瑯質和金屬胎相結合而成的一種藝術品，因爲製作的方式不同，而分爲掐絲琺瑯器，內塡琺瑯器和畫琺瑯器。其中掐絲琺瑯器就是我們一般所習稱的「景泰藍」，這種工藝技術在十四世紀元朝的時候傳入我國，而畫琺瑯器和內塡琺瑯器則晚至十八世紀的清初，才由海路傳到我國來。所以清以前的琺瑯器，只有掐絲琺瑯器這一種形式。而清初以後的琺瑯器是上述三種都有的。

以往琺瑯器的保管和整理，是比較著重於避免「外力撞擊」的這一點。因爲古代琺瑯器的琺瑯質和胎骨具有不同的膨脹係數，所以在長久的歲月中，琺瑯和胎之間，已經開始鬆動了，只要較大的外力，都能使表面的琺瑯崩落下來，甚至有時器表上的「掐絲」也會一起掉下來。所以琺瑯器最好存放在軟墊的盒子裡。而在清洗的時候，則以濕布擦過後，再以乾布擦一次，最後也要在上面打一層保護性的蠟。

最近筆者在平日作琺瑯研究的時候，有幾點重要的新發現。其中有二點對今後的保管和清洗工作是有特殊意義的。

筆者的第一點發現是「蠟補」現象。在所有的明代琺瑯器中，普遍都有色蠟的塡入，這種情形幾乎是不可避免的！經過仔細的觀查和分析，這些都是白蠟加入各種色彩所調合而成，因爲它的硬度和光澤都很好，所以當它們和琺瑯器上的琺瑯混在一起出現的時候，往往不易看出來。它和琺瑯最大的不同是琺瑯的表面有「氣泡」現象，而蠟的表面是沒有的。它有時出現在器表不太重要的地方，如三足爐，在它底部掐絲欵的周沿一圈，圛是色蠟。也有時候它會出現在器表最重要的部份，像一個明代的掐絲琺瑯盤，它的器心「光輪」部份，就全部都是色彩的塡入！所以明代琺瑯器的這種「蠟補」現象，它一方面可以塡補燒成後不完美的器表，一方面它們也可以做出各種在當時無法做出的琺瑯色，來代替琺瑯色彩的不足。當然清代掐絲琺瑯器上，多少也有「蠟補」的現象，但是使用的範圍不像明代那樣的廣泛。

因此，當我們在清洗和保存琺瑯器的時候，一方面要避免過度的擦拭，更要避免接近高温，温度的升高固然會使「蠟補」流失，就是過度的或粗糙的擦拭，也會擦傷這些琺瑯器上的「蠟補」，而造成不可挽救的惡果。

其次，是組合器的發現，明代的景泰藍中，有相當數量的琺瑯器，是由幾個不同時期的掐絲琺瑯所重新組合而成的。這種琺瑯器因爲原先各部都已燒上了琺瑯，所以無法再燒焊一次。當時的工匠，就用一種動物膠「魚膘」將它們粘合而成。但是在時間以後，魚膘會因濕氣侵入而變質，使得器形各部鬆動，而容易脫開。

所以，我們不可以因爲琺瑯器都是金屬胎，而琺瑯的硬度也高，所以在清洗的時候，用力不當，終使器身斷開！如果，我們已經發現了鬆動的現象，我的建議是，用粘合蠟，將它粘固不動，切不可用金屬燒焊。並且在移動時，要以雙手捧著，以防器身的突然脫落而墜地。

以上是謹就日常工作所得到的些許經驗，提供出來做個參考，因爲篇幅有限，諸多省畧是不可避免的，若有不當處，更希望先進們不吝指正，這也是筆者所最期望的。

北伐誓師五十周年

·陳錫璋·

自民國十五年三月二十日中山艦事變敉平後，汪精衞與共產黨之陰謀既已敗露，除共產黨徒暫時銷聲匿跡，採取守勢外，而汪因參與預謀，自覺不安，遂於三月二十三日稱病不視事。受謂汪精衞確未參與其事，何以一次而詢蔣公何時赴黃埔？而後復由其妻陳璧君，三次電話詢問蔣公行止？此蛛絲馬跡，足可斷言汪精衞是事先知情的。

惟國事不可無人處理，經蔣公介石、張靜江、譚延闓、朱培德、宋子文諸委員相商後，於四月八日，函勸汪精衞以國事爲重，勿爲共黨蠱惑，希其早日復出視事；但汪似有所待而拒之。蔣公不得已復與張靜江、譚延闓、朱培德等，於十五日商談改選國民政府主席問題。

十六日，中國國民黨中央執行委員會與國民政府舉行聯席會議，推選譚延闓爲政治委員會主席，蔣公爲軍事委員會主席。

其時俄籍顧問鮑羅廷，已於二月初，偕同譚平山、陳友仁、顧孟餘等離粵赴俄，不在廣州。

及鮑羅廷獲訊事變，急於四月二十九日返抵穗垣後，秉司令蔣公業已敉平變亂。嗣經蔣公與鮑羅廷晤商整理黨務辦法時，鮑初仍持異議，後以親見蔣公處置事項有條不紊，更爲共產黨未來之發展，不得不接受蔣公之意見，協商國共合作問題。

嗣後汪精衞見大勢已去，且自知事無可爲，乃於五月十一日悄然離粵，赴法國養痾。

先是兩廣統一後，北伐議論復起。時有兩派不同的意見：

一、反對北伐者：「以兩廣禍變迭生，連年苦戰，現雖掃平叛逆，然已民困兵疲，而廣西尤爲甚，正宜休養生息，以待良時，何可即興大戎，重苦民衆？昔陸（榮廷）、沈（鴻英）窮蹙省內一隅，吾人竭盡氣力，乃得蕩平；今北方軍閥，張作霖久據東北，根深蒂固，不易動搖；新近再起的吳佩孚，既得長江各省的通電擁護，復與張作霖通好言和，其聲勢之浩大，不減當年直系盛時；況張、吳既相聯結，更少可乘之隙，兩廣與其相較，可謂地狹兵微，北伐眞是談何容易！」

二、贊成北伐者：「以爲：①欲救中國，除了國民革命，此外實無第二法門。②目下潮流所趨，人心所向，深信革命必能成功。③張、吳的暫時和好，僅爲共同對付馮玉祥，但彼此利害的矛盾，實在無法消融；而雄踞東南的孫傳芳，雖曾隸屬吳佩孚，却野心勃勃，欲獨樹一幟，非甘受吳指揮者；我若出師北伐，張、吳、孫將坐觀成敗，冀收漁人之利。④北有國民軍爲我聲援，南有湘、黔軍作爲前驅，此時正是北伐的良好機會。」

終因多數高級幹部主張北伐，並對反對意見者予以解釋說後，意見漸趨一致。

據黃旭初作「廣西與中央廿餘年來悲歡離合憶述」──李白參與北伐及第七軍出征──云：「國民革命北伐的實現，得力於兩個原因：第一、廣西以偶然的機會，誘發湖南唐生智參加革命，爲北伐打開了門，舖平了路；第二、李宗仁、白崇禧親自赴粤費數旬光陰，向中央各首要力陳利害，請早北伐，更得桂籍粤軍將領李濟琛的贊同，與廣西一致，出兵援唐；然後國民黨中央接受海內外的請願，通過迅速興師北伐案，任命蔣公介石爲北伐軍總司令，誓師出發。」

五月十一日，蔣公提出所擬定之北伐計劃時，俄籍顧問鮑羅廷則深感十分恐慌，力陳北伐之不利，並千方百計加以阻撓，於是蔣公力闢其妄謬，並謂：「政權操之在我則存，一國政治之不能獨立，患在不能自主耳。」

五月二十一日，中國國民黨第二屆中央執行委員會舉行第二次全體會議，決定接受海內外迅速出師北伐的請願，並發表時局宣言，決定北伐。至此，孫中山先生歷年來所主張的北伐，始獲貫澈實現。

時適値湖南唐生智被策動後，通欵國民政府，驅走省長趙恒惕，致遭北洋吳佩孚之不滿，出兵援趙。唐以敵方援軍大集，自忖不敵，於是被逼一再退轉衡陽，連電廣州國民政府及廣西告急乞援，並請求加入革命。廣西爲實踐諾言，乃先行出兵兼程馳援。

五月二十九日，蔣公在軍事委員會開會時，主張先撥廣西軍費二十萬元，並派第七軍軍長李宗仁部先行，出發援湘。

六月三日，張靜江、譚延闓曾勸蔣公出任北伐軍總司令；惟蔣公力辭，並轉推譚延闓。譚不允。於是各軍軍長亦咸請蔣公担任北伐軍總司令，領導北伐。四日，蔣公邀集中央執監兩委員會的臨時會議，主張時機已屆，應即北伐，不再延緩；惟蘇俄顧問則不以爲然，仍謂北伐時期尙未成熟。

中國國民黨雖知軍閥之兵數、財力七倍於我，終因參加會議（各委員）之人，鑒於黨內外人心之趨向，革命精神之須勇往直前，故一致支持，遂通過迅行出師北伐，任命蔣公介石爲國民革命軍總司令案。

六月五日，國民政府特任蔣公介石爲國民革命軍總司令，兼軍事委員會主席，統率海陸空三軍，授予便宜行事之權。

三、北伐前國內大小軍閥，擁兵割據，殘民以逞。其大者，藉口武力統一，操縱中央；小者則藉口聯省自治，把持地方。其目的均在於擁兵自衞，掠奪國家人民利益以自肥。茲將當時軍閥的分佈狀況，及其割據情形，分述如下：

（1）吳佩孚：

吳佩孚自民國十三年第二次直奉之戰，因馮玉祥倒戈，敗走津門，而後乘軍艦循長江入南京、武漢，輾轉遷徙。一度蟄居於豫鄂邊境武勝關之鷄公山。民十四，乘浙奉戰爭之際，東山再起，以湖北督軍蕭耀南暴卒，吳委陳嘉謨繼任，重攫湖北地盤，自稱「十四省討賊聯軍總司令」於漢臯。民十五春擊潰岳維峻之國民軍第二軍於鄭州，佔有河南，於是沿平漢路北進，與奉軍合作，向南口國民軍進攻。一時聲威頗盛，勢力遠及湘、黔；更結納粤、桂失敗軍人，陰謀向革命根據地進攻。所部兵力約有二十餘萬人。

（2）孫傳芳：

孫傳芳原屬直系軍閥之一員，而又善於觀變，圖以自全。自民國十一年冬，率所部經杉關援閩，先後驅走李厚基、王永泉及在閩之粤軍，更收撫閩南民軍。十三年五月，北政府任孫爲閩粤邊防督辦。八月，江浙戰起，孫率閩、贛聯軍大舉入浙，於盧永祥、何豐林出走後，遂取得閩浙巡閱使之頭銜。

未幾，曹、吳戰敗，奉軍伸其勢力於長江下游，獲得蘇、皖兩省地盤。十四年十月，孫傳芳以先發制人之手段，假秋操爲名，調集大軍，迅攻駐蘇奉軍。時白寶山、陳調元等又紛起響應，於是未旬日，驅走奉軍於大江北岸，進佔徐州，據有東南之蘇、浙、皖、閩、贛五省，自稱「五省聯軍總司令」。惟仍遙奪吳佩孚，而不與段政府決裂，亦不願開罪張作霖。所部兵力約有二十萬衆。

（3）張作霖：

張作霖於民國十三年二次直奉之戰，由於吳佩孚遭受其部屬馮玉祥倒戈之變而失敗，奉軍獲得勝利，因而把持北政府中央政局，擁段祺瑞爲執政，攫取津浦沿線之廣大地盤。爲實現其佔領東南之美夢，乃迫使北政府任命張宗昌督魯，鄭士琦督皖，先行建立强固南侵之基地，而後再以優勢實力，迫令馮玉祥之國民軍讓出北京；更乘十四年上海「五卅慘案」發生後秩序之紊亂，以維護治安爲名，進兵上海。復以　宇霆督蘇，姜登選繼代鄭士琦督皖，一舉獲得蘇、皖兩省。

嗣與孫傳芳利益發生衝突，戰爭遂起。奉軍楊宇霆、姜登選知不能敵，自動放棄京、滬、蚌埠等地。雖失東南，惟全師北歸。旋以郭松齡背叛，於十一月二十三日，在灤州宣布獨立，率兵出關，猝不及防，頗受損失。

十五年春，張作霖與吳佩孚棄釋前嫌，成立直奉聯軍，共同對抗馮玉祥之國民軍。嗣國民軍感於三面遭受包圍，遂放棄天津，集中北京，準備向南口撤退。奉軍亦節節緊逼，進佔天津而據北京。一面更令張宗昌奪取直隸於李景林之手，而授與褚玉璞；同時主張擁護約法，以防吳佩孚護憲運動之進行。此時奉軍勢力，合奉、吉、黑、直、魯、熱、察諸省，稱爲三十五萬人。

（4）趙恒惕：

趙恒惕於民國十二年夏秋間，因朱耀華在省建立北伐討賊軍湘軍旗幟後，即倉皇遁走漢臯，求救於吳佩孚，卒得回湘。從此揭出聯省自治之名，實爲吳之附庸。所部兵力約有數萬人。

（5）唐繼堯：

唐繼堯於民國十一年春，初允隨孫中山先生共同北伐，行至廣西潯、柳後，竟勾結滇省土匪吳學顯等，乘間率部返滇，擊敗顧品珍，重握軍政大權，企圖做其大西南盟主之迷夢，然終無由實現。其勢力僅及雲南一省，兵力約有六萬人。

（6）袁祖銘：

袁祖銘前獲吳佩孚援助而得返黔。未幾，受唐繼堯壓迫，率部東走，輾轉入川，頗爲吳佩孚盡力，故吳亦信之。後以川督問題，袁薦劉湘、吳予楊森，於是袁、吳之間，遂失和好。北伐初期，雖與國民政府暗通欵曲，但遲遲而行。

（7）四川：

古云：「天下未亂蜀先亂。」斯時四川一省軍隊之多與龐雜，超越全國任何一省。各大小軍閥均欲獨樹一幟，其稍露頭角者，計有劉湘、楊森、賴心輝、鄧錫侯、劉文輝等人，各有兵力約二、三萬人。

爲加深讀者之瞭解，對於國民革命軍北伐前，敵我雙方兵力分布情形，並作有系統的分析。謹轉錄李守孔先生作「當時各地軍閥派別與實力軍人及其控制地區」一表如下：

當時各地軍閥派別與實力軍人及其控制地區一覽表

軍閥姓名	實力	盤據地區	備考
吳佩孚	約二十至二十五萬衆	自稱「十四省討賊聯軍總司令」，據有豫、鄂、湘等省勢力，遠及陝、川、貴，並與兩廣殘餘舊軍人相結納。	時與奉軍合作，攻南口之國民軍，正沿平漢線向北發展。
孫傳芳	約二十萬衆	據有「蘇、浙、皖、閩、贛」五省，自稱「五省聯軍總司令」。	遙尊吳佩孚，亦不開罪張作霖，樹保境安民之幟以觀變，野心甚大。
張作霖	約有三十五萬衆	據有奉、吉、黑、直、魯、豫、熱、察等八省，自稱「安國軍總司令」。	收編直系舊部，在軍閥中勢力最爲雄厚。
唐繼堯	約六萬衆	雲南一省	以西南盟主自居，時思支配川、黔。
劉湘、楊森、劉文輝等	人數各三、二萬人不等	四川一省，各雄視一方。	爭奪於一省，目光短淺，爲禍之烈，過於他地。
趙恒惕	約數萬人	湖南一省。	初被唐生智迫走，後雖獲吳佩孚援助回湘，但爲吳之附庸。
袁祖銘	約一萬五、六千人	貴州一省。	初獲吳助回黔，後因川督問題，彼此失和。北伐時雖通欵曲，惟遲遲其行。爲一投機軍閥。
馮玉祥	約十萬衆	綏遠、寧夏及甘肅。	與國民政府早有連絡，民國十五年九月誓師五原，全軍加入國民黨。
閻錫山	約十二萬衆	山西一省。	民國十六年六月，就任北方革命軍總司令，服從國民政府節制。

【註】合計敵方兵力約有一百五十萬人左右。

關於國民革命軍各軍之編成及其兵力與主管姓名如次：

第一軍軍長何應欽，轄五師：

第一師師長王柏齡，轄孫元良、倪弼、薛岳三團。

第二師師長劉峙，轄陳繼承、蔣鼎文、惠東昇三團。

第三師師長譚曙卿，轄涂思宗、徐庭瑤、衛立煌三團。

第十四師師長馮軼裴，轄鄧振銓、蔡熙盛、周址三團。

第二十師師長錢大鈞，轄王文翰、趙錦雯、李呆三團及劉秉粹補充團一團。

另有直屬之張貞補充團、蔡仲笏砲兵團、朱毅之警衛團，計十九團。

第二軍軍長譚延闓，轄四師：

第四師師長張輝瓚，轄謝毅伯、周衛黃、鄧赫績三團。

第五師師長譚道源，轄羅壽頤、彭璋、朱剛偉三團。

第六師師長戴岳，轄黃友鵠、廖新甲、劉風三團。

教導師師長陳嘉佑，轄余澤鍷、李蘊珩二團。

另有直屬之謝慕韓砲兵一團，計十二團。

第三軍軍長朱培德，轄三師：

第七師師長王均，轄曾萬鍾、萬人

敵、彭武揚三團。

第八師師長朱世貴，轄韋杵、祝膏如、李思愬三團。

第九師師長朱培德兼，轄顧德恒、李明揚二團。

另有直屬之武宣國憲兵營、張言傳之砲兵營，計八團二營

第四軍軍長李濟琛，轄四師：

第十師師長陳銘樞，轄蔡廷鍇、范漢傑、戴戟三團。

第十一師師長陳濟棠，轄余漢謀、香翰屏、黃鎮球三團。

第十二師師長張發奎，轄繆培南、黃琪翔、許志銳三團。

第十三師師長徐景唐，轄雲瀛橋、陸蘭培、陳章甫三團。

另有葉挺之獨立團、郭思漢、薛仰忠之兩砲兵營。計有十團二營。

第五軍軍長李福林，轄二師：

第十五師師長李羣，轄黃相、周定寬、黃炳堃三團。

第十六師師長陳炳章，轄陸滿、李林、陳偉圖三團。甘國興之砲兵一營。外有梁林、林駒之獨立第一、二兩營。

計八團一營。

第六軍軍長程潛，轄三師：

第十七師師長鄧彥華轄傅良弼、文鴻恩、鍾韶三團。

第十八師師長胡謙，轄蘇世安、宋世科、李明灝三團。

第十九師師長楊源濬，轄王尹西、張軫、王茂泉三團。

外有莫希德、羅心源之兩砲兵營。計九團二營。

第七軍軍長李宗仁，轄八旅：

第一旅旅長夏威，轄毛炳文、陶鈞二團。

第二旅旅長李明瑞，轄俞作豫、李朝芳二團。

第三旅旅長，轄二團。

第四旅旅長，轄二團。

第五旅旅長，轄二團。

第六旅旅長，轄二團。

第七旅旅長胡宗鐸，轄李孟庸、楊騰輝二團。

第八旅旅長鍾祖培，轄尹承鋼、周祖晃二團。

外有砲兵二營，計有十八團二營。

第八軍軍長唐生智，轄五師：

第二師師長何鍵，轄陶廣、劉建緒、危宿鍾、張輔四團。

第三師師長李品仙，轄張國威、熊震、李雲杰、吳尚四團

第四師師長劉興，轄廖磊、唐哲明、李繼寅、蔣春湖四團

教導師師長周斕，轄羅霖、魯楊開、劉克豪三團。

第五師師長葉琪。

外有周榮光之教導團，王錫燾之砲兵團；除葉、夏兩師團數不明外，計有十七團。

中央軍事政治學校步兵學生第一、二團。入伍生之第一、二兩團。

杭毅之憲兵團。賴世璜之獨立第一團。

以上八軍，合計兵力約在十萬人左右。

斯時北方軍閥之兵力約在一百五十萬人左右。國民革命軍之兵力，僅有八個軍，約有十萬衆。雙方相較，衆寡懸殊，何啻以一敵十？在強弱異勢對比之下，國民革命軍北伐，僅許前進，不容後退；只許成功，不容失敗。因此，對於擊敗軍閥中，不能不權衡緩急，畧分先後，以期次第剷除。

蔣總司令鑒於當時情況：一、吳佩孚因緣時會，東山再起，頗欲以一戰聲威，震懾海內；而西南又為渠夢想所必得之地，亟欲攘為己有，以便由湘寇粵，是直接欲加害於國民政府者，吳佩孚也。二、福建周蔭人，江西鄧如琢雖亦隨時有侵犯廣東東江、北江之可能，然俱唯孫傳芳之馬首是瞻。時孫方取得「五省聯軍總司令」之榮銜，暫時自認滿足；且其人乘機伺隙，慣收漁翁之利，縱不作鷸蚌之爭；當知其未必然亟於謀我也。三、張作霖心雄力厚，其勢猶在黃河以北，對國民政府殊有鞭長莫及之感。因此，權衡利害，擬定作戰計劃，以「遠交近攻」之策畧，決定「打倒吳佩孚，妥協孫傳芳，放棄張作霖」為政治口號。採用離

間方法，實行各個擊破。

民國十五年七月一日，軍事委員會主席蔣公介石下北伐部隊動員令。令曰：

「本革命軍承先大元帥遺志，欲求貫澈革命主義，保障民族利益，必先打倒一切軍閥，肅清反革勢力，方得實行三民主義，完成國民革命。爰集大軍，先定三湘，後窺武漢，進而與我友軍（著者按：指國民軍）會師，以期統一中國，復興民族。除第四、第七兩軍先行出發，協同第八軍相機前進外，茲特將第一、第二、第三、第五、第六各軍前進集中計劃，各種圖表，隨令頒發。仰即遵照。此令。」

蓋自民國十三年孫大元帥督師韶關，躬親北伐後，嗣因應邀北上，商談國是，召開國民會議，北伐遽爾中止。後以盡瘁國事，逝世北京。大志未伸，遺恨以終。今兩廣統一，南方已定，自當統率三軍，北定中原，以完成孫大元帥未竟之遺志。

四日，中國國民黨中央執委會發佈出師北伐宣言。畧云：

「中國人民一切困苦之總原因，在帝國主義者之侵畧及其工具賣國軍閥之暴虐。中國人民之唯一的需要，在建設唯一人民的統一政府。而過去數年間之經驗，已證明帝國主義者及賣國軍閥，實為和平統一之障礙，為革命勢力之仇敵。故帝國主義者及賣國軍閥之勢力不推翻，不但統一政府之建設無希望，而中華民國唯一希望所繫之革命根據地，且有被帝國主義者及賣國軍閥聯合進攻之虞。本黨為實現中國人民之唯一需要，統一政府建設，為鞏固國民革命根據地，不能不出師以剿除賣國軍閥之勢力。本黨為民請命，為國除奸，成敗利鈍，在所不顧，任何犧牲，在所不惜。本黨為求遵守　總理所昭示之方畧，盡本黨應盡之天職，宗旨一定，生死以之。」

五日，中國國民黨中央執行委員會臨時全體會議，通過任命總司令蔣中正為中央黨部軍人部部長，有任免所轄革命將領及軍事機關黨代表之權。六日，中央全體會議，又推選蔣公介石為常務委員會主席（張靜江以足疾辭）。因出發北伐，以主席職務，分別請張靜江、譚延闓代理。凡常務委員會會議，由張靜江代理主席。政治會議，由譚延闓代理主席。

革命軍既已準備出發北伐，惟後方革命根據地之治安，更須妥為維護，藉以加強前方攻敵之決心，乃於七月六日，設立總司令部於河南士敏土廠。由蔣總司令統率各軍專命北伐，以總參謀長兼第四軍軍長李濟琛坐鎮廣州，居中鎮攝；鈕永建為總參謀，白崇禧為行營參謀長，隨軍贊助。以第一軍一部，由軍長何應欽率領，防守潮梅，警戒東路；以第二軍第五師譚道源駐守北路；第四軍第十一師陳濟棠駐守南路。其他各要地無不分配重兵把守，以資防衛。

九日，蔣公介石在廣州東較場舉行，就國民革命軍總司令職，及北伐誓師典禮。由國民政府委員會代理國民政府主席譚延闓授印，中國國民黨部中央代表監察委員吳敬恒授旗，國民政府委員孫科奉　國父孫中山先生遺像，並各致勗詞。典禮極為隆重，參加民衆有五萬餘人。

蔣總司令宣誓校閱畢，並發表宣言及通電。宣言畧云：

「中正今茲就職，謹以三事為國人告：第一、必與帝國主義者及其工具，為不斷之決戰，絕無妥協調和之餘地。第二、求與全國軍人一致對外，共同革命，以期三民主義之早日實現。第三、必使我全軍與國民深相結合，以為人民之軍隊，進而求全國人民共負革命之責任。總之，國民革命以主義為依歸，絕不同於軍閥武力統一之夢想。中正惟以主義成敗，決個人之生死；亦即以主義之從違，定順逆之標準，其他一切，均非所計。

通電畧云：

「中正猥以軽材，謬膺重寄，聞令之下，慚悚交併。當此內憂叢集，外患環生，救國重心，屬在吾黨。論才固不敢就，論義實不容辭。茲於本月九日，敬謹就職，勉肩艱鉅，誓以至誠繼承先大元帥之遺志，服從政府之命令，努力國革民命，實行三民主義。苟利黨國，死生以之。好惡同民，險夷弗克。尚望嚴加督責，時賜規箴，協力同心，匡扶大局。」

記褚輔成先生

·阮毅成·

褚慧僧（輔成）先生，係父親生前的好友，革命的同志。

他原籍嘉興，滿清末年，在日本習警政，歸國後奔走革命，常與陳英士先生到杭州來，從事策動。他自己曾寫有「浙江辛亥革命紀實」一文，在抗戰期中，於三十三年四月七日，自四川萬縣寄給張溥泉先生（繼）一文中曾提到：「……杭州阮荀伯等，或斥資接濟黨人，或遇黨案暗中掩護，贊助之力甚大。……」可見其與先父當時來往甚密。慧僧先生之文，開國五十年文獻第二編第四冊，曾予刊錄。

民國三十三年夏天，我自浙江臨時省會雲和，到重慶去出席行政院召集的全國行政會議。我在陪都見到慧僧先生，談到浙江的革命史料，他就將該文也送給我一份。我回到雲和之後，爲呂戴之（公望）先生所見，呂其時住在雲和的赤石，便來訪我說：「慧僧文章的內容，與當時的事實有出入。」我說：「凡是革命的組織，爲了保密，同志與同志之間，往往只有縱的關係，沒有橫的聯絡。可能是褚先生與呂先生當時所任的秘密工作不同，所以彼此有許多事不完全接洽。」我當即請戴之先生也寫一篇，他立即答應。到了勝利後第二年春天，戴之先生纔交卷，題目是「浙江光復叢譚」。我有一次到上海去，謁見慧僧先生，談及此事。他說：「當時革命活動，確屬秘密性的。眞是很多系統，各不相謀。我所寫的偏於政治方面，戴之先生所寫的偏於軍事方面。兩人所寫雖不盡相同，但却都合乎事實，可以併存。」他又提到辛亥杭州光復之前，曾與陳英士先生到杭州，在大井巷王順興飯店一面吃飯，一面談光復的佈置。他說：「這一節，當時那一篇文章中，未曾寫進去。」

三十六年十月二十六日，即農曆九月十三日，爲杭州辛亥革命起義紀念日，中午，我在杭州家中約請當年參與光復的前輩先生呂戴之、黃文叔（元秀）、吳茂林、李谷香、周柏林、錢雄波、雷炳章（鳴春）等。我本來也函請慧僧先生從上海到杭州來參加，而他適因事忙，未能來，却親筆寫一封信給我，對我擬提議將西湖白雲庵遺址改建爲辛亥革命紀念館事，表示贊成。這天，我也將慧僧先生在上海對我所說的話，面報戴之先生，他也表同意。

辛亥杭州光復之後，慧僧先生任浙江軍政府政事部長。民國元年，軍政府組織變更，改任民政司長，也都是浙江全省的最高行政長官。他下令將杭州聖因寺在海寧縣境內所有的農田二百餘畝，撥給意周和尙，作爲雲庵的廟產，以酬其掩護革命活動之勞。聖因寺在外西湖，清初康熙乾隆數次南巡，均以該地爲行宮。那二百餘畝農田，也是由官方撥作寺產，以爲維持該寺管理人員生活之用的。我後未見過意周和尙，聽說他在抗戰初期，仍在敵人佔領下的杭州，爲我方的游擊健兒，作掩護與通訊聯絡的工作。不幸爲日軍方面發覺，派兵去逮捕他，並將白雲庵縱火燒成平地。他本人幸未爲日軍捕得。但在抗戰期中，直至勝利以後，却一直未有他的消息。是否已經逝世，不得而知。

慧僧先生在辛亥浙江光復後任政事部長的時期，他拆除了杭州駐防旗營的城牆，使杭州城與西湖重新合而爲一。杭州的旗營，正在西湖之濱，旗城阻隔了杭州與西湖。在滿清時期，杭州人要遊西湖，只能出湧金門。否則如要穿越旗城，出錢塘門，就要受到旗兵的檢查盤問。如是婦女，還會受到侮辱。每年除農曆六月十八日的晚上之外，杭州人不得於夜間遊湖。因爲這一天是觀音菩薩生日的前夕，又在盛暑，才特別有一次城開不夜。否則一到晚間，旗城的城門緊閉，任何人無法出城。

當時，駐防杭州的旗人及其眷屬人數並不多，却佔有一大片的旗營地。所以慧僧先生在拆除旗城的時候，同時在菩提寺路建造了二百間的平房，將所有的旗人，都集中到該處居住，房屋就免費送給他們，杭州人稱之爲「二百間頭」。他再將原有的旗營土地，全部改建爲新市場，以惠興女中爲辦事處。開闢馬路，皆寬廣整潔，規模宏遠。東西向的幹道，稱爲延齡路與湖濱路；南北向的，稱爲迎紫與平海路。其他的支路，均成爲井字形，縱橫交錯，通達無阻。他又在西湖濱，自南至北，建設了六個湖濱公園，種花木，設座椅，而每一個公園的設計與佈置，皆不相同。並在每兩個公園之間，建築了臨湖的石礀碼頭，以供遊湖的瓜皮小艇停泊。並在第五公園內，懸掛了一具用生鐵鑄成的大禁烟鐘。此鐘在抗戰期間，爲敵僞移走，可能因戰時缺乏金屬，熔之以作武器，殺害我同胞了。當民國元年之時，並沒有新社區或都市計劃，或市政建設等這許多名詞，更沒有現在這許多的建築法令；而慧僧先生當時所做的，却無一不合乎現代都市的要求。凡是到過杭州的人，都知道杭州新市場環境美麗，道路整潔，空氣清新，生活舒適，眞不愧爲江南的天堂。

慧僧先生又將新市場的全部土地，重新劃分，編定號次，分別出售。以所得價欵，作爲公共設施的建設之用。在濱湖路售地的時候，因測量錯誤，致湖濱路的路面侵及了沿路的土地。他乃特別下令准許沿湖濱路的建築，凡二樓以上均可建騎樓，以資補償。今天我們在臺灣習慣了騎樓，不以爲奇。而在大陸，則騎樓是慧僧先生最早倡建的。

慧僧先生多方鼓勵杭州人士及旅滬浙人開發新市場，到新市場購買土地，建築房屋。而他自己，却並沒有買一寸地，也更沒有一間屋。他回到杭州來，總是住友人家中，抗戰勝利以後，他到杭州來，就住在我家的朝北客廳中。他生活極爲簡單節約，臨時搭一張舖，就可以了。

杭州距上海近，上海有租界，皆係外國人建設的。慧僧先生開闢杭州新市場，不用外國工程師，不用外國資金，完全是由國人的力量所建設的。他出售基地，只是先定了地價，然後由願意購買的人登記，以登記在先及繳欵在先的人獲得，並不用投標或議價等繁瑣手續，但是人人認爲公正，也從未發生任何弊端。

慧僧先生任民政長的時間並不久，民國二年，當選北京第一屆國會的衆議員。他因爲反對袁世凱，於是年八月二十七日，爲袁所捕，解至安徽宿縣，交雷震春看管，後又由雷解交倪嗣冲看管。雷、倪雖皆係北洋軍閥，幸未對先生加害。民國五年袁世凱死，各界乃歡迎先生出獄，此後他從事護法運動，奔走於廣州與雲南各地，席不暇暖。民國七年九月，當選爲衆議院副議長。

民國十年，浙江省議會推他爲省憲法起草委員會委員，又當選爲省憲法會議副議長（正議長爲王正廷）。九月九日，浙江省憲法公布，他當選爲省憲法的候補執行委員，他在這一段時期，在杭州住得較久，經常到我家中來，與父親談省憲、談國事，我因而常有侍聽的機會。但浙江省憲法格於軍閥的勢力，並未果行。

民國十五年冬，國民革命軍克南昌，籌組浙江臨時省政府，以張靜江（人傑）先生任臨時省政府委員會主任委員，張未到前，由慧僧先生代理並兼民治科長，這是他第一次負責浙江的省政。他從上海乘輪到寧波，在道尹公署，將臨時省政府設立起來。十六年春推進到杭州。張仍未到杭。也仍由他代理，但不再兼民治科長。

其時，臨時省政府不設各廳，只設民、財、教、建等四科及秘書處。任民政科長的，為杭州人馬初（敍倫）。四月，中央實行清黨，馬竟以科長逮捕代理主任委員。說慧僧先生是共產黨，要加以鎗决。幸而省政府委員中有莊崧甫與王孚川（廷揚）兩先生。莊，奉化人。王，金華人。都是浙江的革命前輩人物，聲望很高。他們即去電報致中央，為慧僧先生呼寃，中央乃命解京辦理。慧僧先生到京後，即行獲釋。而浙江臨時省政府，也於此時奉命改為正式省府，張靜江先生也親自到杭州，担任主席。三十八年，大陸陷共，慧僧先生業已逝世，而馬叙倫却向共靠攏，在偽政府担任「高等教育部長」。忠奸之別，經過了二十二年，乃得以辨明。

慧僧先生離開實際政治工作以後，就常住在上海。他一面從事法政教育，創設了私立上海法學院自任董事長。在江灣建造了新的校舍，都是他的朋友與學生出錢出力，才能完成。民國二十年春季，我自巴黎回國，曾應先生之約，在法學院兼課一學期。二十一年一二八之役，江灣成為戰場，上海法學院暫行遷到杭州銀洞橋綢業會館上課。其時我正在杭州，也曾畧盡微薄的力量。

他在上海，一面繼續主持全浙公會，以團結浙江旅居上海人士，共為桑梓效力。會址在愛文義路聯珠里。他本人也就是住在會中。在上海全市的人口中，浙人所佔的比例甚大，尤其在金融界與銀錢業，多為浙江的寧波幫與紹興幫。但旅滬的浙籍商人，托庇租界，咸不願過問政治。惟因受慧僧先生的號召，多加入全浙公會，使公會的工作，得以展開。

民國十七年元月，父親逝世，慧僧先生親書輓聯：「讀法惟精，立法惟新，執法惟平，是在我浙法界，有口皆碑。何期木壞山頹，聽處處悲歌，同懷道範。為官不貪，為吏不汚，為紳不劣，樂論先生為人，無瑕可擊。如此冰清玉潔，嘆茫茫濁世，誰繼前型。」

先生又在上海代表全浙公會，聯合紹興七邑旅滬同鄉會及餘姚旅滬同鄉會，發起於三月四日為父親舉行追悼會，地點在北山西路七邑會館。先生自任主祭，我特地到上海與會答謝。

抗戰期中，慧僧先生連任國民參政會參政員，初在漢口，繼遷重慶。我在浙江省政府，他常有信來，所言皆民間疾苦與地方興革有關各事，無一語及其私事，也從未向我介紹過一人。

民國三十年冬，我到重慶出席全國內政會議，住在夫子池，這是我第一次到重慶，也許是水土不服，忽患感冒。旅中生病，本來是一件苦事。其時，慧僧先生住在中一路嘉廬，也並無眷屬。某日，我去拜訪他，談到我生病的事。他說，畧知中醫脈理，可為我開一藥方，並約我晚間八時，再往取方配藥。到了晚間，我實在病得起不來，但既已與長者有約，只得勉強起床，冒著寒風，坐人力車去。豈知到了之後，先生不但藥已買來，並且也已代為煎好，盛在碗中。不冷不熱，剛好可吃。先生說：「你走之後，我想到你在重慶作客，人地生疏身體又有病，如何能去買藥，又有誰可以為你煎煑，所以就為你準備好。」他的這種關切愛護，眞使我萬分感動。果然我吃了藥，感冒就好了。事後與幾位朋友談起，他們都很詫異，說：「慧僧先生那裡會行醫，你生病怎麽可以隨便吃藥？」我說：「誠則靈。有了慧僧先生的誠意與我的誠心，這一貼藥就靈了！」

抗戰勝利之後，他住在上海北四川路橫濱橋麥拿里二十五號，是一幢上海式的普通弄堂房子，只一樓一底。三十五年十一月，他到南京出席制憲國民大會，住在漢西門內街。我與他相晤多次，交換對憲法的意見。這在我寫的制憲日記（臺灣商務印書館民國五十九年四月出版，列入人人文庫）中，已有記載。十二月十二日晚六時半，與他同在麥加利咖啡館晚飯。我是日適又患感冒，慧老再為我寫藥方，我看他寫字時，手發抖。一面固然更感激其厚誼，一面也為他的健康已不如前而担心。行憲之後，全國舉行大選，我想提名請他為嘉興縣的國民大會代表，或是監察院監察委員的候選人，我到上海去和他面談過幾次。他一再謙辭，說是年齡已經大了，應該讓給下一代的人，出而為國服務。

三十五年九月一日，浙江正式省參議會成立，慧僧先生特自上海到杭州來參加開幕典禮，並致詞。因浙江省議會自民國十三年以後，就行中斷，直到二十九年，才在戰時有臨時參議會的設立，其間已經有十六年之久。但臨時參議會參議員是政府遴聘的，若論再有民選的議員，則已經是民國三十五年。上距民國十三年，已經相隔了二十二年。所以，他頗為浙江的民主殿堂重得繼續發揮作用而高興。因而，對我十分嘉勉。

慧僧先生在全浙公會中，常懸念於浙西田賦科則的事。浙西各縣因農產富饒，科則特重，確是事實。一說是明清兩朝，因浙西文人專喜批評時政，尤其清初的文字獄，浙西的案子特多，所以將浙西的田賦科則，定得特高，等於懲罰。浙江全省承糧畝分共為四千九百六十三萬餘畝，內浙西杭嘉湖各縣，只佔百分三十七。而全省田賦正稅，在抗戰以前，全年為二千二百十九萬餘元，其中僅抵補金一項，浙西杭嘉湖各縣的負担，即佔百分之七十七，自屬不平。民國三十年起，田賦正稅連同各種附加稅，均一律改征實物，人民的負担，自益加重。所以，慧僧先生這一次到杭州，對新成立的省參議會致詞，並於是日下午三時，在杭州市商會舉行茶會，招待全體省參議員，還是為了要減輕浙西各縣人民的田賦負担。因為他常為此事而呼籲，所以在抗戰以前，曾有人造謠說全浙公會乃浙西大地主的集團，慧僧先生在嘉浙有很多的田地，一向是欠糧不繳的大戶，反而要求減賦。其實，全浙公會的會員中，浙東人士比浙西多，而且工商界人士與文化界人士比有田的人多。至於慧僧先生本人，在嘉興只有祖遺的少數田地，因為從事革命，差不多已賣完了。我在未到浙江省政府工作之前，曾冒昧的問過他，「為何不予闢謠？」他說：「何人有田，何人無之，政府有冊可查，不必我聲明也。」可見他要求減賦，是為了浙西人民，希望負担公平合理，並不是為了個人。

民國三十六年二月十七日下午四時，我與余樾園（紹宋）先生在上海同訪慧老，談國內局勢，他表示悲觀，這是我自認識他以來，第一次聽他說「悲觀」二字。民國三十七年三月三十日，行憲第一屆國民大會，在南京舉行第一次大會，而一生為民主憲政而努力的慧僧先生，適在是日上午十一時半，在其上海寓所逝世，享年七十七歲。在其逝世以前的時期中，我每經過上海，必去看他，發覺他衰弱得很快，且又病膀胱結石，醫生因他年事已高，不敢開刀。他在上海生活固很清苦，而去拜訪的客人却仍很多。這些客人，大多有事拜托，而他則有客必見，有求必應，體力乃更不支。

四月一日下午三時，慧僧先生遺體在上海世界殯儀館大殮，我特往上海代表浙江省政府致祭。我並親撰一聯以輓之：「天上豈亦休文，方期憲政實施，謀國老成同仰望。地下若逢吾父，為言民生困頓，觀鄉小子愧追隨。」

六月，杭州市參議會決議，請將杭州新市場仁和路改名為輔成街，以紀念慧僧先生於民國初年建設新市場之功蹟，尤其對他的遠見，廉潔與公正，表示敬仰。我以抗戰勝利之後，新市場之迎紫路，已改名為中正街，南山路已改名為膺白路（紀念黃郛）。花市路已改名為教仁街。又平海路在抗戰前亦已改為英士街，則以仁和路改名為輔成街，自屬可行，乃立予批准。惟六月底，浙江省政府改組，我離職。此事後任似並未續辦。三十八年四月，杭州陷共自更不會辦了。

邱水文自創水陸兩用直昇機

·江春男·

削瘦斯文的邱水文，面對著陌生人顯得內向而木訥，他看到那麽多好奇的人問東問西，他反覆儘量解釋製造這架乘載兩人的水陸兩用直升機的經過。開始時他對飛機的性能充滿信心，堅信它一定能飛。經過二十幾位專家的鑑定後，他不再那麽自信。但是，由於博得社會人士的鼓勵和重視，他對自己的潛力和前途更加確信。爲了完成這個十餘年來日夜盤繞腦際的夢想，他一直孤獨地默默在計劃著，如今他不再孤獨了。

在臺北市西園路二段三二〇巷五五弄三〇號三樓公寓裡，擺著這架外表像大型玩具的直升機，機身主體是飛碟型，全長五公尺，主螺旋槳八公尺。旁邊地上堆著一排零件雜物。幾乎塞滿這間三十坪沒有隔間的房子。

仔細看，凡直升機應有的機件，例如汽油引擎、發電機、壓縮機、直流馬達、傳動系統、汽箱、主螺旋槳、後駛旋槳、推動旋槳、平行翅、轉向翅、氣動裝置、空氣調節、操縱儀等應有的百餘件裝置，件件具備。

邱水文說，這架飛機總重量不過五、六百公斤，因爲體積比一般直升機袖珍很多，只要有十來坪的屋頂、草坪或水面，都可升降停留。它的引擎只有七匹馬力，耗油量不及一輛汽車。如果得到試飛許可，他很快就可把這架飛機拆開到外面再重裝。他認爲，這架直升機除可實現他童年對飛行的夢想之外，還可以在海上救人或到山中救火。

他的故事比讀勵志文集更有啓發性。數年前，讀者文摘會登出一個有志竟成的故事，一位移居加拿大東北部森林區的農夫，獨自一個人開闢農場，自製簡單機械來耕種，利用函授學校學習機械常識，並購置零件自己裝配一架直升機，參閱函授教材學開飛機。他孤零零地在湖邊開墾，十幾年後，聞名全國，被當作開拓荒野的傳奇英雄。他堅强的意志戰勝了環境，也戰勝了自己。邱水文也是具有這種堅强意志的青年。

現年廿七歲的邱水文在就讀大理國小時，就對能夠直上直下的直升機著迷，他沒有錢買這種玩具飛機，只能偶而到商店去看看，過過癮。有時向同學借來飛機模型玩玩。他覺得飛機眞神奇，怎麽能飛起來呢？

家裡八個兄弟姊妹，全靠做木工的父親維持生活。由於艱困的環境，他無法安心讀書，他成績不好，身體也不大好。所以小學畢業後就輟學到處找工作。

他曾揹著竹簍做過檢拾廢紙、廢鐵的工作，由於這種工作太辛苦，利潤又少，後來又做過裝訂圖書的工作。關於直升機的事，偶而會想一想，但那像天上的星星一樣遙遠。偶而這顆星在大邊向他閃眼。他只能望著它，發發呆而已。

在這種卑微的環境下，他看不到什麽光明的前程。他常常會做白日夢，希望自己能環遊世界。他希望能脫離這窄狹的生活環境，到高山上，到海邊去，遠眺無邊的世界。他內心有點自卑，覺得自己怯弱無能。但在同時，心中又有一種吶喊，要衝破環境，出人頭地，他不甘心困死在小房子裡，他要做一點事情，向自己證明自己。在這種內外煎熬下，天邊那顆閃爍的星，愈來愈亮。他知道，如果他能獨自造一架直升機，他就能改變自己的命運。有一次與朋友喝醉了酒，他壯著膽說了一些大話，事後他萬分不好意思。以後決定自己暗中慢慢計劃，等造好了再說。他開始拿這方面的舊雜誌來翻翻看，一面改習水電工程，水電工程知識幫他改善了一些金錢上的困難，也使他了解一些機械常識。但是他的程度太差了，有關航空方面的書籍，怎麽看也看不懂，他又不好意思向人請教，寧願自己一遍再一遍，反覆地摸索著，他最喜歡看發明飛機和直升機的故事。初期飛機的知識，他比較能夠了解。久而久之，就覺得似通非通起來，慢慢曉得這個夢想可能有實現的一天。

心裡有這個決定之後，生命中就只剩下這個目標——製造出

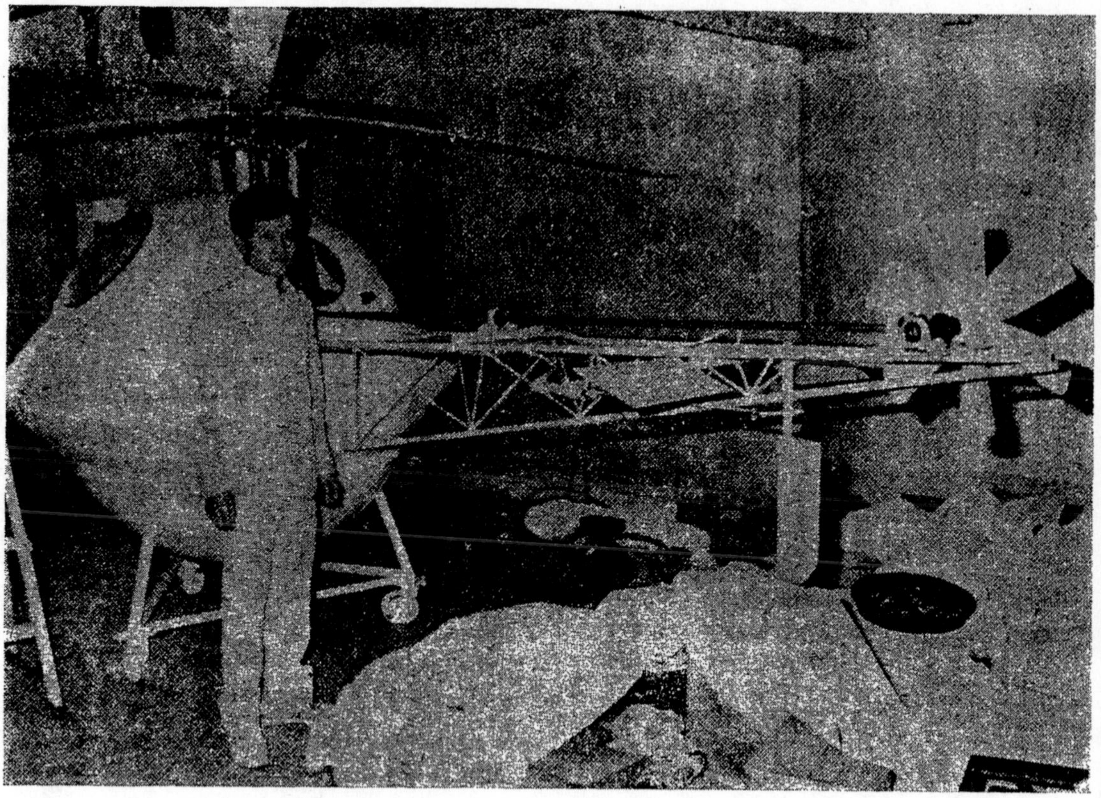

邱水文和他製造的水陸兩用直昇機合照。

一架飛機來。他拚命存錢，服兵役時每月薪金二百八十元，他只用二十元。他獲得水電匠資格證明，在服役後與他的弟弟共同經營水電工程行。數年內終於存了十幾萬塊錢。

也許是老天幫忙，他去年五月又中了愛國獎券六萬塊錢，使他的財產累積到二十萬元，於是他積極著手實現他的夢想。去年十一月開始，偸偸到西園路二段租下這間房子。開始製圖和採購儀器，打造機體外殼。這些事情，他家人都不知道。

在這些器具旁邊，打個地舖，他除了臨時出外做幾件工程之外，其餘時間都在這間工廠裡。三個多月來，他愈陷愈迷，眼看各種儀器逐漸增添裝置完畢，他愈加興奮，有時候高興得廢寢忘食。但是他强抑這種興奮。只對著鏡子跟自己傻笑。他想找專家請教，也不知如何找起。他心想，管他什麼專家不專家，自己先做了再說。

中途他有幾次碰到困難，心情也萬分矛盾，懷疑把這二十萬塊錢花在這飛機上面是否值得，爲什麼不拿去投資做生意，他担心被親友責備，又沒有知心朋友可以傾吐心事，心中寂寞已極。不過，看着逐漸成形的飛機，不免竊喜。等全部裝配妥當，他感到心力交瘁，休息了兩天之後，才壯著膽向分局申請試飛。

到現場看過這架直升機的專家們，都認爲這架飛機的設計和結構有問題，祇能原地打轉，無法起飛。也有專家甚至認爲，他虛擲財力，違背基本學理，不值得鼓勵。但是沒有人不敬佩邱水文的研究精神。許多人願意幫助他繼續完成他的夢想，有的要幫他改良他的設計和構造，有的請他參觀飛機製造的實際情形，有的幫他找飛機製造廠的工作，也有的要幫助他深造進修。大家都希望他有一天眞的能飛起來。

寂寞地熬過這麽多年，邱水文終於不再寂寞了。有這種毅力和意志，他一定可以飛起來的。他的夢想必將實現。他不畏困難，不屈不撓地奮鬥。最後自助人助，有志竟成，這是一個值得喝采的故事。

洪憲本末（七）

・鐵嶺遺民・

孫毓筠

洪憲六君子中，孫毓筠排名第二，擔任副理事長，在六人中，也以他最爲不值。

孫毓筠字少侯，安徽壽州人，孫家在壽州本來已是富室，清末又出一個狀元孫家鼐，是毓筠的叔祖。安徽在清代二百六十八年中祇出過六個狀元，但六狀元中官作得最大的却是孫家鼐。

當時科名最受重視，孫毓筠生在這樣一個家庭，自然想從科第出身，以繩祖武，誰知清廷推行新政，廢了科舉，一時讀書人斷了上進之路。另外一條路祇有出國留學，作一個洋翰林。

據說在民國十三四年時，中山先生開府廣州，一次湘軍總司令譚延闓到廣州，老同年江霞公太史設宴招待，請的陪客有胡漢民，汪兆銘，譚、江兩人皆是翰林，胡漢民是舉人，汪兆銘也是秀才，席間江太史談起清朝之亡，亡於廢科舉，因爲科舉既廢，讀書人沒有出路，非革命不可了。當時譚，胡二公皆表同意，胡漢民表示如果當時尙能應舉，他一定去北京考進士不會去東京留學，參加同盟會。孫毓筠就是在這般公式下，跑去東洋留學。由於他家中有錢，去留學時挈眷同往。夫人汪珏及兩位公子皆一同東渡。孫毓筠到東京不久就加入了同盟會，當時他不但是一個革命志士，也是一個揮金如土的豪傑，同盟會經費得他捐助很多，中山先生對他特別推重，論地位在黃興與胡漢民之間，一度擔任過同盟會本部幹事，這個職務有類於今日中國國民黨中央黨部秘書長，地位之重要可知。

光緒三十二年（一九零六）孫毓筠奉了中山先生命令回南京活動，他事先已捐了一個侯補道，既是三品大員，又是世家子弟，洋學生，到南京之後，頗受兩江總督端方器重，他的公館就成了革命機關，與當時在新軍中任第九鎮三十三標標統（團長）的趙聲聯絡，準備在南京起事，不料事機不密，被人告發。

在他的寓所搜出文件，名冊，他和兩個助手段書雲，權道涵一齊被捕。

措詞妙極

端方抓到孫毓筠，曉得他是壽州孫相國的姪孫，知道不是隨便殺得的，當時就打了一個密電給孫家鼐，請問如何處理。孫老相國回了一封電報措詞妙極，不提孫毓筠犯了叛逆大罪，祇說：「此子生性頑劣，果如情眞罪實，請嚴予管束。」這是不講情的講情，既然請端方嚴予管束，自然不能處死，否則又怎樣管束。同時楊度又打來一封電報說「少侯今之名士，務請妥予保全。」

楊孫二人是在東京相識，此時楊度剛進京當了官，又投入了袁世凱的門下，端方與袁世凱交情勝於手足，將袁世凱門下士楊度當然也另眼相看，在孫相國及楊度兩封電報力保下，端方祇得賣個人情，審判結果判了五年監禁，端方又打個電報給孫楊二人說「孫生門第高華，文理練達，當秉高誼，求入於輕。」判了罪之後，並未眞的坐牢，端方把他安置在兩江督署花園內，撥一間雅室給他讀書，端方走後換了張人駿，把他移去壽州原籍監禁，直到辛亥革命事起。南京光復，江淮震動，壽州革命黨人管曙東聯絡了民團團總王慶雲，繳了當地綠營兵的槍械，在壽州獨立，打開監獄把孫毓筠、權道涵、段書雲都放出來。孫毓筠出了監獄去到南京，這時中山先生尚未返國，南京革命黨人組織北伐軍總部，推原任新軍第九鎭統制徐紹禎爲總司令，于右任爲秘書長，孫毓筠爲副秘書長。不久中山先生回國，就任臨時大總統，北伐也就停止，這時安徽却亂成一團，前後換了幾個都督總是不能安定，經過江西都督李烈鈞及安徽革命黨領袖柏文蔚調處，改推孫毓筠爲都督，才算把局面定下來。

孫毓筠任安徽都督時間很短，前後不過兩個月，及至倪嗣冲舉兵入皖，孫毓筠自忖不能打仗，把都督讓給柏文蔚，自己隻身入京另圖發展。

袁世凱當時對於革命黨人極力拉攏，尤其是曾任過都督的人更不放鬆。當聘孫毓筠爲公府顧問，月送車馬費八百元，而且給予面子十足，從這時起，孫毓筠已離開革命陣營而成爲袁世凱的走卒了。

感念舊恩

孫毓筠所以以革命黨元勛身份，率先投靠袁世凱，近人很少研究其動機。依筆者猜測，可能還與清末被捕一案有關，因爲在被捕時，楊度曾去電爲其求情，受人之恩自不能忘，到了北京之後，很自然地同楊度結成一個小團體。其次孫毓筠在南京被捕，給予優遇，免其一死的是端方。孫毓筠與端方眞可說有生之日即戴德之年，端方與袁世凱是換帖兄弟，兒女親家，袁、端友誼確在同胞兄弟之上。端方在資州被殺，端方手下幕客，甚至聽差都歸了袁世凱，帝制幕後掌舵人夏壽田就是端方的幕府，孫毓筠到了北京，感念舊恩，自然要同端方一系人接近，順理成章就倒向袁世凱一邊。

另一方面袁世凱對孫毓筠也實在不薄，在陸徵祥組閣第一次提出的閣員名單，原以孫毓筠任教育總長，結果因爲國會與陸徵祥搗蛋，把閣員全體否決，未能當上總長。到了袁世凱擊敗國民黨大權在握時，任孫毓筠爲參政，約法會議議長，在當時來說也是殊榮。孫毓筠本是公子哥兒出身，其人屬於神經質，祇講感情不問是非，到了後來，袁世凱作皇帝他也肯擁戴，完全基於報答知己一念。要說他是帝制派，就未免滑稽了。因爲宋教仁提倡還政清室，首先提議請求政府查辦的就是孫毓筠，當時他還痛斥帝制之非，不料一年以後他也變成了帝制派。

在雲南起義，帝制被迫緩辦，以後終至撤銷，孫毓筠眼見大事已去，對前途悲觀失望，曾有一度想自殺，居然上了一篇呈文，請求袁世凱准他自裁。袁世凱此時心情也壞到極點，就在上面批了一個請求自裁非出本意，着勿庸自裁可也。帝制失敗後，通緝帝制犯，六君子中，祇有他同楊度兩人入選，躲到天津二十七號路寓所裡哭了幾日，自殺既無勇氣，就皈依佛法，終日誦經以求解脫。到了民國十三年國民軍首都政變之後，胡景翼任河南軍務督理，胡景翼也是老革命黨人，兩人有點交情，孫毓筠靜極思動，去開封投胡，作爲督署食客，不久就病死開封。

嚴復累於盛名

洪憲六君子中，最冤枉的是嚴復，他同洪憲帝制幾乎就沾不上半點關係，徒以盛名之下，硬被楊度拉進糞坑，幸而當時公道尚在，事前無人予以責備，事後政府也未曾爲難。但六君子一名却不脛而走。時間愈久，大家愈不知六君子的本來面目，或者會誤認六人爲一丘之貉，這是大大寃枉的事，不可不辯也。

其實嚴復不僅未同其他五人混在一起攪帝制運動，就連作朋友也談不到，因爲彼此年齡懸殊，根本不是同一輩的人。六人中除去李燮和，筆者未查出其確實年齡，但估計其年決不會長於楊度，其餘五人年齡以籌安會成立之年計算，嚴復六十三歲，孫毓筠四十四歲，楊度四十三歲，劉師培三十二歲，胡瑛三十一歲。楊度年齡小嚴復二十歲，胡瑛年齡尚不到嚴復一半，以嚴復個性之孤傲，名滿天下的康梁尙被他指責得一文不值，哪裡會看得起這批人？依筆者大膽估計，嚴復除去同楊度經常有來往，與孫毓筠；同是參政，不會不認識，其餘三人，尤其是李、胡二人，可能終身未謀面。因爲嚴復根本上就未出席過籌安會理事會議。也未到過石駙馬大街籌安會會所，沒有機會見到胡瑛與李燮和。至於劉師培因爲是經學大師，又是參政，兩人可能會見過面。嚴復與其餘五人關係如此，硬把他們拉在一起稱六君子，歷史上最大寃獄，無過於此了。

嚴復原名宗光，號又陵，原是宗法嚴子陵的。以後廢了宗光改名爲復，又陵兩字反而不易解釋了，因此又起別號幾道。福建侯官人。幼年就以神童名聞鄉里，清代中興名臣沈葆楨奉命開辦船政，招考海軍學生，嚴復考試得冠軍，這一年衹有十四歲。五年畢業，分發揚武兵艦當練習生，從此進入海軍。光緒二年（一八七六）年二十四歲，派去英國海軍學校留學，學戰術及砲台建築，在校成績冠於同學。當時中國駐英公使郭嵩燾，最賞識他的才識，經常約到使館談論中西學術，彼此互相尊重。嚴復學成回國，沈葆楨已死，無人肯予重用，空學得海軍技能，無可爲之地。

嚴復在海軍敘至副將，在陸軍而言，副將再升就是提鎭，武官極品，海軍官階更貴，副將幾可任一路艦隊司令官，普通一名艦長皆是管帶，等於後來的營長，副將則是副師長的階級，可知嚴復在海軍地位之高，但嚴復似不樂此，想由科舉出身未可得，又捐一個同知銜文官，擢升候補道。到了宣統元年成立海軍部，又把他拉回海軍系統，特授協統。不久，可能有大臣代爲陳奏嚴復想由正途科舉出身，於是朝廷又賜以文科進士。所以就經歷而言，嚴復的經歷可眞夠複雜，海軍保升到副將，文官則任到道員，科舉雖未成，却獲得進士頭銜。而他本人的成就却在翻譯，著名的嚴譯八種（天演論，原富，名學，羣己權界論，羣學肄言，社會通詮，法意），至今仍爲學術界所推重。尤其是他創的翻譯信條「信達雅」，以後也爲學者奉爲圭臬。所評點老、莊及王荆公詩，功力亦相當深邃。總之，嚴復是一個道地的學人，却無端捲入政治漩渦，雖然看似偶然，但這條綫索也埋得很遠。

光緒末年，袁世凱任直隸總督北洋大臣，權高位尊，極力延攬人才。此時嚴復已名滿天下，袁世凱想招之入幕，曾託人致意，爲嚴復所拒，袁世凱大爲憤慨，對嚴復存有極大芥蒂。及至袁世凱罷官，朝野羣起攻擊，甚至認爲袁世凱罪大惡極，罷官尙不足蔽其辜，應當從重治罪，嚴復獨排衆議，撰文爲袁世凱平反，指「世凱之才，一時無兩」。袁世凱此時正在窮途，多年親信好友，無人敢出頭講一句話，對嚴復仗義執言，自然由衷感激，及至辛亥年武昌起義，袁世凱出山任內閣總理大臣，就聘任嚴復爲京師大學堂堂長（北大校長），袁任總統後，復聘爲公府顧問，成立參政院又聘爲憲法起草委員。

嚴復也曾談過「國人識度不適於共和」，但也祇是就當時情況而論，並非有意迎合，不料言者無心，而聽者有意，袁世凱以爲嚴復贊成帝制，又以他的淸才碩望，所以當楊度組籌安會時，示意一定要拉嚴復列名，這一決定却誤了嚴復一生，直到今天仍爲世人所誤解，眞是一大寃獄。

嚴復回國沈葆楨已死，自忖當代無人能用己，就想改行從科舉出身，發憤作八股文，並捐了一名監生，可是考了幾次皆未能獲雋，這當然不是因爲嚴復的學力不夠，毋寧說是他的學問太好了，考試本來是碰運氣，科舉尤甚。這時李鴻章任直隸總督北洋大臣，辦理北洋水師學堂，聘嚴復當教習，又幹回本行。不過李鴻章始終不能重用他，嚴復當然感到鬱鬱。

甲午之戰，中國敗於日本，朝野引爲奇耻大辱，光緒皇帝更銳意變法，下詔遴選人才。嚴復被荐，光緒帝召見，垂詢國際形勢及中國自處之道，嚴復奏對頗合帝意，下來後寫了一封萬言書上奏，其中頗多卓見。當時朝野皆憂國亡無日，中國不久將爲列強瓜分，嚴復認爲不然，指出「今日各國之勢，與古之戰國異，古之戰國務兼併，而今之各國謹平權，此所以宋衛中山不存於七雄之世，而荷蘭、瑞士、丹麥尚瓦全於英法德俄之間。且百年以降，船械務新，軍興是費，量長較短，其各謀於攻守之術也日精，兩軍交綏，雖至強之國，無萬全之算也。勝負或異，死傷皆多，在戰端既構，累世相仇，是以各國重之，使中國一旦自強，與各國有以比權量力，則彼將隱銷其侮辱覬覦之心，而所求於我者，不過通商之利而已，不必利我之土地人民也。」

嚴復此書上於光緒二十四年（一八九八），距離現在已經七十年，其對國際局勢的論斷，若合符節，對於中國七十年來的外交形勢，眞是洞若觀火，直至今天，世界強國的外交政策，仍然沒有跳出嚴復當年的議論，的是眞知灼見。昔人讀杜工部詩，贊揚「杜老兵法不減李鄴侯」，我們今天看了嚴復這篇有關外交的文章，感到此老的外交見識又何遜於王正廷、顧維鈞呢？不過嚴復見解當時既受到大臣非議，光緒帝維新又是曇花一現，自不能用嚴復，而嚴復却因此蒙上了一個維新黨人的頭銜，雖未處罪，更無人敢用他，拳匪亂後，走到上海住了七年，一直到了慈禧太后去世，才又回到北京。

古德諾博士「共和與君主論」發表後第三天，楊度到北京西城舊刑部街嚴復寓所相訪，坐下就說最近牌運亨通：「數日前，挾二千金之天津，訪所眷某姬，約友作雀戲，以千元作底，加旺子百元，和與番無限制，會吾輪莊牌，作餅子淸一色，案上碰出八九餅，手中一餅三枚，二五餅對碰等和，旁家發一餅，以常情論，吾無開槓理，顧吾欲藉以卜吾運之亨塞，乃舉手中牌七枚，翻以示人曰：「吾既槓一餅，已無異自宣吾蘊，尙何秘爲，苟吾運果佳者，所需二五餅終當摸索自得之，天緣湊巧，或且槓上開花矣。」不意翻取諸槓頭之牌視之，果然二餅，遂以一色全對成和，作五翻計算，合旺子之數，一次所贏已逾萬金也，吾以是知吾運已入亨通之境，意有所圖，必當如願，近謀組織一公司，朋輩爭相附股，羣思托潤於吾，能有所膏潤。」

嚴復平日並不愛打牌，亦非楊度的牌友，不明白楊度何以來同他談牌經，但也不便詰問，祇有默然靜聽。

第二天，楊度又來了，這次倒不談牌經，一本正經問道：「見古德諾君主論沒有？」嚴復點頭說：「見到」。楊度又問：「公視今日治何如前淸，共和眞足以使中國富強嗎？」

嚴復嘆息道：「這件事可就不易言了，當辛亥年武昌起事時，淸廷頒佈憲法十九條，信誓遵守，我當時曾主張實行虛君共和制度，假如當初照我的辦法作，淸廷感於亡國未亡，心懷危懼，必不敢再違背憲法，當時君臣之義尙在，內外百官還不敢過於恣肆，如能實行虛君共和，則中國政體可以逐漸走上英國之路，或者可臻於富強。」

楊度說道：「先生的意見對極了，我最近打算糾合同志組織一個團體定名爲籌安會，專門研究國體宜於君主抑共和，請先生作一位發起人可不可以？」

嚴復搖頭道：「我說的是辛亥年的事，不是現在的事，國家事不是奕棋可以重新再下一盤，況且實行共和已久，君主威嚴已掃地無餘，再改回舊制，祇有增加後亂。」

楊度起身告辭說道：「看相算命皆說我交了正運，前程萬里，前日打牌大贏就是一例，顧先生祝我，共同努力。」嚴復這時才明白楊度說牌經的眞意，但是並未置答。

楊度與嚴復談過之後，第二天出帖子請嚴復晚餐，請柬上寫明同席有孫毓筠、劉師培、李燮和、胡瑛。嚴復既不願隨楊度去組織籌安會，又覺得與這四個人實在不是同道中人，當時就謝絕不赴。楊度自然很掃興，若在別人，楊度也就不理了，祇有嚴復是袁世凱示意交下，非請到不可，在散會後，楊度又到舊刑部街嚴復寓所相訪，嚴復已決心與楊度割席，當時拒絕見面，楊度碰了一個釘子回去。在楊度當時的聲勢來說，在北京城內眞還沒有第二個熟朋友敢這樣對他，可是，此時籌安會已決定成立，理事中又非有嚴復的名字不可，嚴復却偏偏不肯見面，楊度此時倒顧不得氣憤，却是焦急，不知如何是好，最後祇有出之於硬來。到了半夜，楊度派人送來一封信，寫道：「籌安會事，實告公，蓋承極峯旨，極峰諭，非得公爲發起人不可，固辭恐不便，事機稍縱即逝，發起啓事，明日必見報，公達人，何可深拒，已代公署名，不及待覆示矣。」信尾並綴「閱後附火」四字。

嚴復得了這信，驚惶不知所措，祇有等到天明再說。及至到了第二天一早，門首已有兩名武裝士兵站崗，外人不得入，嚴復本人也不能出，事實上已形同軟禁。報紙上已刊出籌安會成立啓事，理事共六人，理事長楊度，副理事長孫毓筠，依次是嚴復、劉師培、李燮和、胡瑛。

嚴復此時已經失去自由，也沒有辦法去否認，唯一辦法祇有杯葛，從不出席籌安會理事會，一直到籌安會解散，未進過籌安會設在石駙馬大街的本部。

事後來平章這一案，確實怪不得嚴復，就當時的情形看，嚴復唯一機會是在接到楊度來信後立時出走，遠去天津，進入東交民巷使館區，稱病不出。如果楊度硬把他列名爲籌安會理事，儘有辯解機會，而且楊度有親筆函在他手上，不能不有所顧忌。及至到了次日籌安會啓事已刊出，自身又失去自由，任誰也沒有辦法了。古人詠吳梅村詩：「半世艱難漸後死，一生名節漫沉吟」，亦可移贈嚴復，但對於當時六十三歲的老人，我們仍然不忍苛責。

籌安會成立後，首先遇到梁啓超的痛擊，所著「異哉——所謂國體問題者」一文，對帝制之打擊至重。袁世凱經過一番考慮，認爲可以爲文駁倒梁啓超的，祇有嚴復一人。當時命夏壽田持四萬元支票去見嚴復，請他爲文駁梁啓超。

嚴復當時把支票退回去，說道：「我如果眞能作，自然是應份的事，若收了此欵，將何以取信天下，也不是主座見命之意，足下請回，容我細想一想再復命。」

夏壽田辭出之後，一連三四天時間，嚴復收到信件二十幾通，有時威脅，有時恭維，有時責以大義，有時動以感情，都是促使他寫文章去駁斥梁啓超。

嚴復考慮兩日，實在覺得忍無可忍，親自去見夏壽田說道：「梁啓超的那篇文章，老實講我是有辦法駁他的，不過，我仔細考慮後，覺得主座所以命我爲文，用意本在解天下人之惑。我們福建有句俗語，有時應當由媳婦說，有時應由婆婆自己說。目前情況，正當由媳婦說而不能由婆婆開口，換句話說駁斥梁啓超的文，應當由在野的人執筆，而不應當由在朝的人執筆，我雖然不過列名顧問，畢竟還是政府中人，由我出名駁斥梁啓超，無論有何妙論，皆不足服人，反而使對方增加藉口，我所以不肯落筆，並無他意，恐怕落筆無益而且有害，眞於事有益，我一定不辭。目前外界有以生死相嚇，我根本不介意，我年過六旬，老病相侵，欲求一死亦不可得，誰能殺了我，就是助我解脫，死而有知都當百拜相謝，更有何懼。」

夏壽田見他說得斬釘截鐵，不敢相強，以後又改令孫毓筠執筆寫了一篇，正如嚴復所言，絲毫不起作用。終洪憲之世，「六君子」中五人皆有頌揚文字，祇有嚴復一個字未寫，一次活動也未參加，就家中閉門高臥，不問外事。到了袁世凱死後，黎元洪繼任要懲辦帝制犯時，本來西南方面所提十三人名單「六君子」均包括在內，林紓得到消息趕去勸嚴復出走，涕泣以告，嚴復却自信問心無愧，不理外界謠言，堅不肯走。結果十三人名單到了黎元洪手上，第一個被勾掉的就是嚴復，因爲黎元洪身在北京，情況比較熟悉也。

就當洪憲帝制失敗，袁世凱抱恨而死，黎元洪繼任時，嚴復曾對兩人提出批評，今日讀來仍覺是名言，其論袁世凱稱：「項城之失敗衆矣，而最制其死命者，莫如財政！項城之敗着夥矣，而莫厲於暗殺！項城自秉政以還，於中交兩行，其虧負顯然可指者過四千萬，而黯昧通挪，經梁士詒、葉恭綽爲之騰攫者，尙過此數。不得已，梁士詒倡停止付現之院令，蓋以逢項城之意，欲取中國銀行預備金以爲濟急之計。乃京漢而外，舉不奉令，則事已全反其所期，而徒爲益深益熱之敗着！嗚呼！吾曹終日憂歎，爲國懷破產之懼，而項城則長作樂觀，泥沙揮霍，小人逢長，因而啜汁促訾，是其敗宜久矣。……項城自辛亥出山以來，得以首出庶物者，無他，舊握兵權，而羽翼爲盡死力故也！生性好用詭謀以鋤異己，往者勿論，乃革命軍動，再行出山，至今若吳祿貞，若宋教仁，若趙秉鈞，若應桂馨，最後若鄭汝成，若張思仁，若黃遠庸，海宇譁然，皆以爲項城主之。夫殺吳宋，雖公孫子陽而外之所不爲，然猶可爲說，至於趙秉鈞、鄭汝成，皆平日所謂心腹股肱，徒以洩秘密之口，忍於出此。……則羣下幾何其不解體乎！夫求之財政如彼，察之人心又如此，雖以魏武劉裕當之，殆難爲力，矧非其倫！徒以因緣際會，羣龍無首，爲衆所推，遂以予聖自雄，以爲無兩。……」這段話相當公平，可作袁世凱「論贊」，不過其中指鄭汝成、黃遠庸爲袁世凱所殺，當係傳聞之誤。

黎元洪繼位後，國人以其忠厚長者，皆寄以厚望，嚴復却不以爲然，說道：「吾讀中西歷史，小人固覆邦家，而君子亦未嘗不失敗，大抵政治一道，如御舟然，如用兵然，履風濤，冒鋒鏑，各具手眼，以濟以勝爲期，能濟能勝而後爲羣衆所託命，道德之於國君，譬如財政家之信用，非是固不可行，然而乃其一節，而非其全能也。黎公道德，天下所信，然救國圖存，斷非如此道德所能有效。……古之以暴戾豪縱亡國者，桀紂而外，惟楊廣耳，至於其餘，則皆煦煦姝姝，善良謹慝者也。」絕妙文章，精闢見解，至今讀之，猶餘味無窮。

（未完，待續）

中共「一大」若干問題之研究

郭華倫

中共「一大」的召開，是中共建黨的第一天，也是中共建黨的紀念日。自一九二一年到今天，中共的黨齡已達五十五歲，可是還弄不清它是那一天出生的①，好像是無父無母的私生子，被人隨便冠予生辰，說來也實在可笑。

雖然中共早已官定建黨紀念日爲七月一日，可是經過自由世界學者的研究，並以文件資料證明這是無稽之談②；不過，「一大」召開的確期，到現在還沒有定論。

同樣，關於中共「一大」的若干問題，經過自由世界學者的研究與文件資料的參證，大體也得到了相近的結論，如一九二一年四月，共產國際派威經斯基（Vortinsky)來華，於五月間在滬組織中共臨時中央（或稱發起小組）；一九二一年共產國際派馬林（Maring）、李克諾斯基（Nikonsky）於六月到滬，指導中共「一大」；「一大」是在上海貝勒路李漢俊家及嘉興湖開會，前後共開五次會議而結束；「一大」討論內容及有無宣言等問題，有陳公博「共產運動在中國」論文及附錄，即「一大」黨綱決議可作參證與解答；中央局委員的選舉，也有若干「一大」代表相近的回憶可作說明。其中到現在還沒有正確解答的，只是「一大」代表的人數，名單及其所代表地區的問題。這同樣是由於中共官定「一大」代表爲十二人所引起，而其根源則來自一九三六年毛澤東向史諾口述自傳時的「欽定」。

解答中共建黨的確切日期，也就是中共「一大」召開的日期，最可信的資料，應是出席「一大」代表最早的文字紀錄。在此，首推出席「一大」的廣州代表陳公博的文章，他於一九二一年七月出席「一大」返抵廣州後，寫了一篇遊記，題爲「十日旅行中的春申浦」，載於中共中央理論機關刊物「新青年」九卷三號③。如果說「一大」兩年半之後，陳公博以留黨察看的中共黨員身份④，在哥倫比亞大學撰寫碩士論文「共黨運動在中國」時，把他由廣州到達上海的日期——一九二一年七月二十日⑤前後，當作「一大」開幕的日子而有錯誤；二十二年之後（一九四三年），所撰「我與共產黨」，描述孔阿琴案時，「可能弄點手脚」，有不眞不實之嫌⑥；那麽，這篇遊記是「一大」剛結束後最早的紀載，而且刊登於中共機關刊物之上，既不敢弄點手脚，亦不會忘記或弄錯，是一篇信史了。

陳公博在遊記中說：他於一九二一年七月十四日由穗起程赴滬，在滬十天，住南京路大東旅社四十一號。遊滬期間之某夜，在李家會被法國巡捕搜查與訊問，翌（七月卅一日）晨五時餘，大東旅社四十二號，發生女人孔阿琴情殺案，兇手爲男子瞿松林。因受此刺激，三十一夜遂趁車赴杭。

陳公博此一紀述，與其於二十二年後，即一九四三年所撰「我與共產黨」中叙述中共「一大」第四天晚上，遭法租界巡捕搜查訊問及大東旅社女人孔阿琴情殺案大體相符⑦。一九二一年八月六日上海英文「大陸週報」(The North China Herald)所刊載的情殺案消息⑧，也證明陳公博的「遊記」所述案件確實可靠。

其他出席「一大」代表包惠僧（棲梧老人）、陳潭秋、周佛海都指明「一大」會議由開幕至發生巡捕搜查會場止連續了四次會議，而且是在晚間開會⑨據此推算：孔阿琴案發生於七月卅一日清晨，中共「一大」被巡捕搜查的第四次會議，應爲前一日，即七月三十日晚上，再囘算三天，廿九日爲第三次會議，廿八日爲第二次會議，七月廿七日便是中共「一大」召開的第一天，也就是中共建黨的紀念日了⑩。

至於「一大」代表的人數與代表地區，據棲梧老人（包惠僧）說：這一次代表會議的代表是以地區爲標準，而不是以黨員人數爲標準，七個地區原規定每個地區兩個代表，如東京只有兩個黨員，也是邀請兩個代表，因爲施存統那一年暑假沒有囘國，所以只有一個代表出席。這七個地區是：湖南、湖北、上海、廣州、北京、濟南、東京，出席的代表有毛澤東、何叔衡、陳潭秋、董必武、李達、張國燾等十三人，加上馬林、李克諾斯基，到會的共有十五人。」⑪

代表的名單及所代表的地區，董必武、陳潭秋及周佛海都指出共有十三名代表，分別代表七個地區：日本：周佛海；湖北：陳潭秋、董必武；湖南：何叔衡、毛澤東；北京：張國燾、劉仁靜；上海：李漢俊、李達；廣州：陳公博、包惠僧；山東：鄧恩銘、王盡美（周佛海忘記該二人的姓名）。⑫

一九三六年下半年，毛澤東在陝北保安向史諾（Edgar Snow）口述自傳時，曾說：「一九二一年五月，我到上海出席共產黨成立大會……另外還有一個湖南代表出席了這個有歷史性的第一次會議。其餘出席的有張國燾、包惠僧和周佛海，我們一共是十二人。」⑬

可是，相隔三十三年之後，毛澤東於一九六九年四月一日，在「九大」的講話，數出了十二個代表的名字，却單單漏了包惠僧⑭；如果把他對史諾所說有包惠僧代表其人加入，豈不是又有十三個代表了嗎？

另外，當張國燾尚未脫離中共，一九三七年三月還在延安的時候，就曾向「中國現代革命運動史」編者陳然提供口述資料說：「一大」代表爲十三人⑮。但當張國燾在香港撰寫「我的囘憶」時，却牽强附會的寫道：「在大會之前，幾位主要代表還會商過代表的資格問題；結果認爲何叔衡既不懂馬克思主義，又無工作表現，不應出席大會；並推我將這一決定通知毛澤東，他旋即以湖南某項工作緊急爲理由，請何叔衡先行返湘處理。因此，後來出席大會的代表只有十二人。」⑯

毛澤東爲了符合其以前「一大」代表十二人的說法，從代表名單中有意剔除了包惠僧，張國燾則爲牽强附會遣走了何叔衡，其實兩者均與事實相左：

以何叔衡言，「一大」代表董必武、陳潭秋、周佛海、棲梧老人等的囘憶錄，都一致指明何叔衡出席了「一大」，中共官方的記載更强調何之出席「一大」。何叔衡死後，王明（陳紹禹）、康生曾爲文追悼說，何不僅出席了「一大」，在「一大」之後被派爲中共湖南區委書記⑰。何在工作上的表現，據中共官方的記載，他主持長沙師範學校，爲中共做了許多工作，被毛澤東認爲「最爲堅定可靠的革命同志」，是毛澤東的「最親密戰友」⑱。如謂何不懂馬克思主義，則山東代表鄧恩銘、王盡美（均爲中學生），乃至其他代表，當時亦未見得有馬克思主義理論素養。且各地區代表經各地支部選派，斷不致到達上海開會時再行審查或予以否決。

以包惠僧而論，從毛澤東起，大部份「一大」代表囘憶錄，都承認有包惠僧其人出席「一大」。現在大家研究的重心是包惠僧究竟代表那個地區支部出席「一大」的問題。據棲梧老人（包惠僧）自己的報導，他於一九二〇年九月中旬在湖北參加中共⑲，四個月後，約於一九二一年一月到上海被留在臨時中央工作⑳，直至「一大」召開約有六個月；若以工作時間長短作衡量標準，則包不可能代表湖北支部，如謂代表上海，尚有可能，但因每一地區規定僅派兩人，湖北、上海已有兩人出席，不可能增派一人。這裡値得重視的是：一九二一年五月間，臨時中央代理書記「李漢俊要他（按：指包惠僧）去廣州向陳獨秀報告上海情況，重新擬定工作辦法。」㉑，那麼，很可能當包惠僧到廣州報告上海情況時，陳獨秀派包爲廣州代表，七月再派陳公博爲廣州代表，因此，包惠僧與陳公博在廣州未曾晤面，是不足爲奇的。「一大」之後，一九二一年九月陳獨秀返滬被捕。據周佛海說，我們一面營救陳獨秀一面派人四出『尋覓』代表（按：指尋覓代表出席第三國際在伊爾庫次克舉行之遠東弱小民族會議），包惠僧赴粵，劉仁靜赴北方……」㉓可見包惠僧與廣東有一定淵源。董必武、陳潭秋、周佛海指明包代表廣州，顯然是可以理解的。

綜前所述，本文結論是：

中共「一大」召開應是一九二一年七月二十七日，不是七月一日。中共「一大」代表應是十三人，而非十二人。

①中共官定「一大」召開日期爲一九二一年七月一日。李達、張國燾附會此說（見李達「沿着革命的道路前進」，「中國青年」第十三、十四期合刊，一九六一、七、五。張國燾「我的回憶」。毛澤東於一九三六年對史諾說是五月（見註⑬），一九四六年又對佩恩（Rober Payne）說是六月三十日（見佩恩：Mao Tse-tung-Ruler of Red China, Henry Schuman Inc., New-York, 1950, 1st edition P. 71.）。陳公博先說是孔阿琴案（七月卅一日）之前（見「十日旅行中的春申浦」），後來又說是七月廿日（見「共產運動在中國」）。陳潭秋說是七月底召開（見「中共一大的回憶」）。其他出席「一大」人員之回憶，無確定日期之記述。

②哥倫比亞大學教授韋慕庭（Martin Wilbur）根據陳公博之「共產運動在中國」，對中共「一大」會期曾作最早的考證，認爲「一大」召開日期是在七月廿日至七月卅日之間。對官定的七月一日加以否定。

③見一九二一年七月一日「新青年」九卷三號第三六三——三七四頁。當時「新青年」經常脫期出版，九卷三號實際出版時間應爲八月。因九卷四號，雖署明爲一九二一年八月一日出版，但所載陳獨秀覆蔡和森的信說：「我前幾天回到上海，才見到你的信。」但陳係九月返滬，可見九卷四號係九月出版的。

④陳公博在「寒風集」（甲二三一頁）「我與共產黨」一書中說，他在哥倫比亞大學攻讀時，曾接譚植棠來信，謂陳受留黨察看的處分。

⑤陳公博：「共產運動在中國」，一九六〇年哥倫比亞大學東亞研究所出版。

⑥韋慕庭教授對「共產運動在中國」的考證，係參考陳公博之「我與共產黨」（「寒風集」甲二一二頁）所述孔阿琴案而作的。在韋教授未獲閱陳之「十日旅行中的春申浦」前，對「一大」廿二年之陳公博的回憶錄，難免有所懷疑，認爲陳可能弄點手脚，把「一大」會場被抄與孔阿琴案連結在一起。

⑦孔阿琴案男兇爲瞿松林。陳公博在「十日旅行中的春申浦」遊記中有此記述，但經過廿二年後所寫之「我與共產黨」一書則稱男兇手姓名忘記（見「寒風集」甲二一三頁），這是合理的。見「寒風集」，上海一九三六年版。

⑧美國哈佛大學燕京圖書館藏有該項資料。

⑨陳公博「我與共產黨」、包惠僧「中共成立前後的見聞」、陳潭秋「中共一大回憶錄」、周佛海「扶桑笈影溯當年」都說開至第四次會議晚上發生巡查抄會場事件（周佛海另一回憶錄「逃出了赤都武漢」又說是第六晚）只有張國燾一人說是分上、下午開會，會議開了八次（「我的回憶」），此說不可靠。

⑩七月廿七日「一大」開幕，與陳潭秋所說「中國共產黨第一次全國代表會議是在七月底召開的」大體相符，見陳潭秋：「中國共產黨第一次全國代表大會的回憶」，「共產國際」（美國版）第十三卷，第十期第一三六二頁，一九三六年十月。

⑪棲梧老人：「中國共產黨成立前後的見聞」，北京「新觀察」，一九五七年七月一日，第十三期第十八頁。

⑫董必武之回憶，見瓦勒斯：「紅塵」，斯丹佛大學，一九五二年—(Nym Wales, The Red Dust (Stanford University Press 1952）第三十九頁。陳潭秋之回憶見註⑩第一三六一頁。周佛海之回憶見「逃出了赤城武漢」，「共匪禍國史料彙編」第一冊，第三一八頁。臺北中華民國開國五十年文獻編纂委員會，一九六四年版。

⑬史諾：「西行漫記」紐約一九三八年版—（Edgar Snow, Red Star Over China, New York: Random Hcuse, 1938）第一四一—一四二頁。

⑭毛澤東在中共「九大」的講話（一九六九年四月一日），「匪情月報」第十三卷第一期，第九一頁，一九七〇年二月，臺北國際關係研究所。

⑮「中國現代革命運動史」，中國現代史研究委員會主編，新民主出版社印行，一九四七年七月香港初版。此書原爲中共在延安時期「抗大」與「黨校」的教材，由張聞天、何幹之、陳伯達、成仿吾、陳然組成「中國現代史研究委員會」討論編纂者，並由陳然執筆編寫。據陳然告知筆者，該書有關中共「一大」、「二大」資料，大都取材於張國燾之口述。該書上冊（即已出版者，下冊爲油印本，未出版）第一二八頁載稱：「一大」「到會代表十三人，代表黨員共五十人左右」。

⑯張國燾「我的回憶」。

⑰見王明、康生所作的追悼文，刊「共產國際」（英文版）第十五期，第七五三頁，一九五五年八月五日，及莫斯科華語廣播：「毛澤東揑造了中共第一次代表大會」，一九六八年一月廿九日播。

⑱李銳：「毛澤東同志的初期革命活動」，（北京中國青年出版社，一九五七年），第一四九頁。

⑲棲梧老人：「二七回憶錄」，第二十六頁。北京工人出版社，一九五七年。

⑳棲梧老人：「中國共產黨成立前後的見聞」。北京「新觀察」一九五七年七月一日，第十三期，第十七頁。

㉑同上。

㉒同上。

㉓周佛海：「逃出了赤都武漢」見註⑫。

本刊通信地址畧有更動，各方賜函、惠稿、訂閱、請逕寄香港九龍旺角郵局信箱八五二一號，較爲快捷。

（附英文）

P. O. BOX 8521
KOWLOON MOGNKOK
POST OFFICE,
KLN., H. K.

七七事變眞史（一）

·吳相湘·

盧溝橋距北平前門十五公里，屬於宛平縣。民國十七年，政府劃北平爲特別市的時候，宛平縣治移設於此。那座石橋是金代在西曆一一八七年開工建築，一一九〇年完成的。橋長六十六丈，有十一孔。它是南北交通的孔道，行人往來絡繹。馬可孛羅遊記中曾記載這座宏大的橋可容十騎並行，很贊美它。若干外文書中就稱這個石橋爲「馬可孛羅橋」。

盧溝就是永定河的別名。永定河挾沙甚多，俗稱渾河，也叫小黃河。北方人稱不純黑曰「盧」（史書方志都稱盧溝，有人寫作「蘆」溝，那是寫錯了）。盧溝是和在它南方的白溝河（大清河）相對。永定河下流有堤防長約二百公里，盧溝橋附近的石堤更是燕京的防洪保障。盧溝橋在永定河的位置正如黃河下游的蘭封縣（河南省），是遷流的起點，也就是險工的所在。

盧溝橋的東方七公里是豐台，西南方六公里是長辛店，也都在宛平縣內。豐台是平漢、平綏和北寧三條鐵路的交會地點，往來天津、保定的客貨可由此直達，不必繞過北平。長辛店是平漢鐵路北段的要鎮，北段的修車廠和材料廠都集中在這裡。長辛店的丘陵是層層如堤，沿永定河北行，接西山山脈，山川蒼茫，是兵家必爭的要地。豐台、盧溝橋和長辛店三地是一線相通的，有輔車相依的形勢。

包圍北平是日本人多年來的企圖。日軍佔領榆關和熱河就是要從遠方來兩面包圍北平，冀東成立僞組織和日本在豐台駐兵更從近處完成了三面包圍北平，盧溝橋一直是由中國軍隊控制着，北平在西南角上仍可以和外面交通。民國二十五年九月十八日發生第二次豐台事件，日軍進駐豐台以後，冀察政務委員會委員長宋哲元就令北寧鐵路建築從北平黃村通到南苑的岔道鐵路；並重修南苑的小火車路，通車到北平的永定門；又將平綏鐵路延長一段，從北平的西直門通到西苑，打破日本的包圍圈。

日軍演習挑釁

日軍進駐豐台後，常常以演習名義在盧溝橋附近活躍，偵察地形。最初，演習不過是每月或半月一次，後來漸漸增加到三天或五天一次；最初用虛彈射擊，後來改用實彈射擊；最初是白晝演習，後來是夜間演習。演習部隊有幾次竟要求穿過宛平縣城，都被中國嚴厲拒絕。這種情形連續了幾個月，中國軍隊苦心應付和切實戒備，幸而沒有發生嚴重事件。

日軍在演習示威以外，又假託北寧鐵路局長名義，在豐台至盧溝橋中間地帶六千餘畝的地方測量，想買這塊地來建築兵營和飛機場，這就是當時中國報紙刊載的豐台圈地問題。日本人在民國二十五年十月測量完畢，就向新任河北省第三區行政督察專員兼宛平縣長王冷齋要求售讓，又向地主們宣傳說：願出最高代價來買這塊土地。日本駐屯軍特務機關長松室孝良少將已將全部計劃及地價報請天津的日本駐屯軍司令部備案，決定事在必行。

宋哲元表示擁護中央以後，就在五月十二日（民國二十六年」回樂陵故鄉休養，不回北平，避免日本人糾纏。日本人找不到高階層的交涉對象，各項要求都陷於僵局。六月七日，日本關東軍參謀長東條英機會毫無忌憚的說：「從對蘇俄作戰的軍事觀點來判斷目前中國的情勢，如果可以運用武力，我確認為應當先打擊南京政府，以消除我們後方的威脅」。

盧溝橋附近的事態是日見緊張。日本人只好找王冷齋交涉。王冷齋奉命在以不損領土主權為原則，同時不致將事態擴大的方針下周旋。他在天津的日本駐屯軍司令部及北平特務機關部與日本人交涉二十多次。日本人計盡辭窮，想用重利來賄買當地的少數地主，諉稱民意自願賣出這塊土地，絕大多數的地主們仍寫了不願售賣的呈文，按了手印，報請專員公署及縣政府備案，表示出眞正的民意所在，少數被利誘的地主們當然不敢出面了。日本人認為如不用武力，很難得到這塊土地。於是，演習示威的事逐漸加緊，就在七月七日午夜發生事變了。

七七事變爆發

民國二十六年（一九三七年）六月二十五日，日軍又在盧溝橋以北和以西地區舉行一連串的軍事演習。在演習前兩天，北平發現了從通州來的幾百名偽裝共產份子的便衣人員，企圖製造暴亂。北平治安機關逮捕了一部分人，幸好沒有形成禍患。

七月七日夜裡，駐在豐台的日本駐屯軍第一聯隊第三大隊第八中隊由中隊長清水節郎率領，在盧溝橋以北地區舉行夜間演習，以盧溝橋作為假想的攻擊目標。深夜十一時許，日軍演習隊伍忽然宣稱：有一個日本兵失蹤了，要求進入宛平縣城搜查。這時，清水向豐台的日軍要求支援，駐北平特務機關長松井太久郎也向冀察政務委員會外交委員會提出交涉。日本人說失蹤的日本兵一定是被中國駐軍或土匪殺害了。

外交委員會專員林耕宇向北平市長兼第二十九軍副軍長秦德純請示。秦德純允許電令盧溝橋的中國駐軍幫助搜尋失蹤的日本兵，但拒絕了日軍進宛平縣城搜尋的要求。

當時駐守宛平的第二十九軍第三十七師第二一九團團長吉星文認為那是深夜，如果日軍進城，很容易引起事端，他已先拒絕了日軍的要求。日軍就對宛平縣城採取包圍態勢，豐台的日軍也由一木清直率領以急行軍來援。中國警察保安隊在城內搜尋，並沒有發現日本兵。

松井太久郎不滿意秦德純的答復。秦德純就派王冷齋會同外交委員會主席魏宗瀚等前往日本特務機關部交涉。那時已是子夜二時，松井已得報告說：失蹤的日兵已經歸隊了。但松井仍表示：必須明瞭失蹤的情形，以便談判。王冷齋反詰松井：是怎樣失蹤的？只須詢問那個兵就可以了！最後雙方仍同意共同派員實地調查，並決定由王冷齋、林耕宇、周永業和日本特務機關部顧問櫻井、日本譯員齋籐五人立刻開始調查。

他們正準備出發時，豐台的日軍已經出動了，事態已更嚴重了。這時，駐豐台的日軍聯隊長牟田口又約王冷齋和林耕宇到日本兵營去晤談。牟田口說：日方已派聯隊附森田徹中佐負責全權處理，他問王冷齋有無負責處理的全權？王冷齋答復說：祇有調查使命，而且在事態還沒有明瞭前，談不到處理。拒絕了當地處理的原則。

王冷齋在日兵營談判

王冷齋等離開日本兵營的時候，看見日兵三百餘人分乘大卡車出動。他們到了宛平城東北角約一里的地方，看見日軍已佔據了沙崗在佈防，許多日兵伏臥着作射擊準備。日本特務機關部輔佐官寺平奔到王冷齋等的座車旁，阻止前進，並且說：事態嚴重，已來不及調查，必須迅速處理──下令城內的駐軍向西門外撤退，讓日軍進駐東門以內，再行談判。森田徹要王冷齋和林耕宇下車，把日軍的陣勢指給他們看，並且說：如果在十分鐘內沒有解決辦法，嚴重事件就會立即爆發了。王冷齋沒有被這個威嚇屈服，堅持要回宛平城。

七月八日拂曉四時四十五分，王冷齋等到了城內的專員公署。不到五分鐘，城外突發了槍聲，槍彈紛紛掠過了屋頂。中國軍隊守土有責，立刻還擊。雙方互相射擊約一小時。這時，森田徹又要求中國派員出城面談。林耕宇和日本輔佐官寺平當縋出城去和森田徹談判，沒有結果。雙方軍隊又繼續射擊。那天下午四時，日軍聯隊長牟田口要求王冷齋及吉星文團長或金振中營長出城面商。他們說「未便擅離職守」，拒絕了。

那天下午五時，牟田口又寫信向王冷齋和吉星文提出三項要求：（一）限即日下午八時止，華軍撤退到河東，日軍撤退到河西，逾時就用大砲攻城。（二）通知城內人民遷出。（三）留在城內的日本顧問櫻井、譯員齋籐立即出城。王冷齋復信說：（一）本人非軍事人員，對於撤兵一節未便答復。（二）城內人民自有處理辦法，勿勞代為顧慮。（三）早已令櫻井等出城，惟他們仍願在城內商談，希望解決事件。

這時，雙方是停止了射擊，空氣沉靜。到了下午六時，王冷齋忽然想到：專員公署可能是日軍砲擊的目標。他立即決定遷出，改在附近的民房中辦公。六時五分，他率職員們剛走出公署大門十幾公尺，日軍大砲就已連續轟來，公署房屋被毀，金振中營長受傷。從此，雙方激戰三小時不停。北平西苑的中國駐軍也出動了，驅逐了迴龍廟及劉莊一帶的日軍。

第二十九軍將領馮治安、張自忠和秦德純向中央報告事實真相，並且表示抗敵決心。他們說：「刻下彼方要求我軍須撤出盧溝橋城外，方可免事態擴大。我方以國家領土主權所關，未便輕易放棄，倘對方一再壓迫，為正當防衛計，不得不與竭力周旋」。馮治安和秦德純又在北平要求日軍在晚上即向豐台撤退，否則即行進攻。七月八日夜裡，中日雙方達成口頭協議三項：（一）雙方立即停止射擊。（二）日軍撤退到豐台，華軍撤回盧溝橋迤西的地帶。（三）宛平城改由保安隊在九日上午九時接防。

王冷齋和吉星文奉到了北平的電令，正準備遵照實行。不料，九日上午六時，日軍又砲擊宛平城。這是日本天津駐屯軍步兵最高指揮官河邊正三旅團長發佈的命令──七月七日夜，河邊正在山海關視察日兵演習，得盧溝橋起釁報告後趕往戰地，不顧秦德純和松井太久郎的口頭停戰協議，下達攻擊令。後來，日軍在二十四小時內又連續三次背信棄約。這顯然是日軍利用交涉時間來作軍事部置。

七月十一日，日本內閣會議決定：派關東軍和朝鮮軍增援華北，再由日本國內派兵開往華北，壓迫中國向日本「謝罪」。那天晚上，日本發表了華北派兵聲明，同時任命香月清司中將接替正在臥病的天津駐屯軍司令官田代皖一郎的職務。

當時，日本天津駐屯軍參謀長橋本羣正在北平與冀察政務委員齊燮元協商解決辦法。七月十一日下午，中日兩軍代表松井太久郎和張自忠在解決辦法上簽字，內容有三點：（一）第二十九軍代表向日本軍表示遺憾，並處分負責的官員，保證將來不再發生類似事件。（二）中國軍為避免與日本軍在豐台過於接近，容易惹起事端，改由保安隊在盧溝橋城廂及龍王廟維持治安。（三）徹底取締抗日團體。

日軍提出七項要求

這個解決辦法是在中日雙方努力作局地解決的極微妙時機下簽字的。但東京閣議出兵華北後，日本的華北軍和朝鮮軍的中堅層官佐都認爲這是解決多年來懸案要求的大好機會，態度轉向强硬，也對冀察政務委員會提出了更多的要求。戰後出版的日文書刋，包括今井武夫撰的「支那事變的回想」都認爲：這「廟議決定」使得日本談判代表的行動困難，也引起了中國的連鎖反應。兩國破裂兵戎相見都是由此而起的，這是「運命」。

七月十二日，日本參謀本部策定了「對支作戰計劃」，決定「以打擊中國第二十九軍爲目的，戰事須局限於平津地區」。「本乎局限方針，目前應向平津地區迅速派遣陸軍，以達膺懲第二十九軍的目的」。七月十五日，日本又決定了「支那駐屯軍之作戰計劃策定」，在第一段「方針」中就寫着「軍事行動開始時，速以武力膺懲中國第二十九軍，第一期應先將北平郊外之敵（第二十九軍）掃蕩至永定河以西」，「以影響其放棄依靠中央軍加入戰鬥之意志」。

同一天，香月清司到了天津就任駐屯軍司令官。他經過漢城時，朝鮮軍司令官小磯國昭大將曾向他說：這是一舉解決歷來懸案，實現各種(日本)國策的好機會。關東軍也派參謀副長今村均、參謀田中隆吉和辻政信到天津，向香月提出强硬論的主張。十三日，香月作成了「狀況判斷」：主張日本第一次增派華北的兵力應能一舉擊潰第二十九軍，同時決定向宋哲元提出七項苛刻要求。

宋哲元在七月十一日從樂陵故鄉趕回天津，誤信了日軍的宣傳烟幕：「現地解決」、「不擴大方針」，又看見張自忠已和日本人達成了協議，態度就有點不十分堅定。十四日晚上，香月清司派參謀專田向宋哲元提出了七項要求：（一）徹底鎮壓共產黨的策動。（二）罷黜排日的要人。（三）有排日色彩的中央系機關應從冀察撤退。（四）排日團體如藍衣社、CC團等應撤離冀察。（五）取締排日言論、宣傳機關及學生與民衆運動。（六）取締學校與軍隊中的排日教育。（七）北平市改由保安隊担任警備，中國軍隊撤出城外。戰後公開的日本資料記載：宋哲元在原則上沒有異議，祇希望慢慢實行。他並且指派張自忠、齊燮元、陳覺生和日本繼續談判。

向宋哲元送最後通牒

十五日，宋哲元發出通電，謝絕國人的勞軍捐款。他說：「遇此類小衝突，即勞海內外同胞相助，各方盛意雖甚殷感，捐款則概不敢受」。十六日，北平教育界代表李書華、李蒸到天津拜訪宋哲元，發現他的態度是矛盾和猶豫。他一方面認識日本人是貪得無饜的，不和日本簽訂任何協定；一方面又對中央不滿，不同意中央派兵北上增援，願意有限度的向日本道歉及接受日本的撤兵等要求，希望維持華北和平。

十七日，日軍香月司令官根據東京來的電令；通知宋哲元在十九日以前承諾上述要求。這一夜裡，張自忠再和橋本羣商談。十八日下午，宋哲元藉參加田代皖一郎喪禮之便，和香月清司見了面。日方解釋這是宋哲元向日軍表示道歉，宋哲元却認爲是互相道歉。日方資料記載：張自忠和張允榮在十九日代表第二十九軍根據上述的日本要求簽訂了「細目協定」。

七月十九日，宋哲元從天津回北平，發表談話說：「哲元對於此事之處理，求合理合法之解決，請大家勿信謠言，勿受挑撥。國之大事只有靜候國家解決。」他並且希望中日雙方互信互讓，彼此推誠，促進東亞和平。

當時，和平的聲浪瀰漫了北平。二十日下午三時許，日軍突然用大砲轟擊宛平城和長辛店，吉星文團長受傷，中國軍民傷亡頗多。這一天，日本閣議又決定：命令日本國內的三個師團準備動員。

宋哲元仍在遷就日本的要求：下令撤除北平街頭的沙包和拒馬，命令馮治安的第三十七師與趙登禹的第一三二師換防，擱置第二十九軍高級將領建議的備戰計劃。他又電請中央命令北上赴援的孫連仲等部停止前進。並令平漢鐵路試行通車。他又將七月十一日與日方協議的停戰條款報請中央核議。（未完，待續）

北望樓雜記（十）

·適然·

刺降將詩

前華北「剿匪總司令」傳作義，最近病死故都，傳之一生，不待蓋棺即已定論，無待贅述，因憶及宋末大將夏貴，宋亡之前，受專閫之寄，前後與元軍作戰達二十年，馳驅戎馬，備極辛勞。迨元兵圍臨安，夏貴時在淮西，擬率軍勤王，軍行至裕溪口爲元兵所敗，與臨安隔斷，及臨安破，夏貴乃降。據云當時元兵統帥伯顏着人勸阻夏貴，勿率兵勤王，俟滅宋之後，與淮西一道養老，宋亡後，夏貴降元，官中書左丞頗蒙優遇，又四年而死，死時已八十三歲，尚長於傳作義三歲。

夏貴降時，有人賦詩刺之曰，「節樓高聳與雲平，通國誰能有此榮，一語淮西聞養老，三更江上便抽兵，不因賣國謀先定，何事勤王詔不行，縱有虎符高一丈，到頭難免賊臣名。」

及夏貴死，又有人贈以詩曰：「自古誰無死，惜公遲四年，問公今日死，何似四年前。」又有人吊其墓曰：「享年八十三，而不七十九，嗚呼夏相公，萬代名不朽。」

與夏貴境遇相同者爲呂文煥，呂文煥守襄陽爲元兵圍困五年，屢次請援，賈似道當國皆置之不理，文煥不得已乃降元。然亦不爲世人所諒。呂氏世居江州，即白樂天賦「琵琶行」處，後人因建琵琶亭。文煥降元後，某次宴客琵琶亭，有人賦詩云：「老大娥眉別所天，尙留餘韻入哀弦，江心正好看明月，却抱琵琶過別船。」文煥見之垂淚。

又傳明末崇禎年間大官多員扶乩請仙，乩仙降壇談休咎，多奇中。某官因詢大限，乩仙批以甲申年三月十九日。至是日，李自成破北京，崇禎帝殉國，某竟降賊，迨清兵入關又降清，事隔多年，某次扶乩前乩仙又降壇，某忽憶及前事，因問乩仙所言何以不驗，仙批六字：「公不死，我奈何。」某始恍然，深感無地自容，此事當爲後人編造，以辱貳臣者。

咏吳三桂詩

咏吳三桂詩最爲人熟知者是吳梅村圓圓曲，其中警句如「痛哭六軍皆縞素，衝冠一怒爲紅顏。」「妻子豈應關大計，英雄無奈是多情。」「全家白骨成灰土，一代紅妝照汗青。」等句，均成史論。但梅村與三桂同時，尙存忌諱，雖則當時並無因誹謗或傷害名譽罪而打官司着，但對手握半個中國大權之平西王，自不能無所顧忌，故圓圓曲措詞尙含蓄。

及吳三桂再起兵反情，其手下謀士方孝標爲安徽人，因方孝標之薦，知徽州人謝四新有才，遣使潛至徽州聘請，謝四新辭而未赴，答一詩：「李陵心事久風塵，三十年來詛臥薪，復楚未能先覆楚，帝秦何必又亡秦，丹心早爲紅顏改，青史難寬白髮人，永夜角聲應不寐，那堪思子又思親。」此詩通篇皆毒罵，開首以李陵比之，即點明三桂爲貳臣降將，次句指三桂鎮守雲南三十年來惟知窮奢極侈，享盡富貴榮華，何嘗作臥薪嘗胆之事，三句指三桂以復明為號召，但實際殺害永曆帝已絕明祚。四句譏其已臣清何必又反清，五六兩句如吳梅村衝冠一怒為紅顏意，而語氣凌厲過之。後二句最重，三桂之父吳襄死於李自成之手，其子應熊又為清廷所殺，所以有思子思親之譏。吳三桂閱後大罵薄福小人，亦無可如何。

及吳三桂身死，清兵定雲南，詩人咏者更多。邵為章詩：「百萬雄師睥睨間，先朝一脉絕南蠻，擒人即是人擒處，天道何嘗不好還。」蓋以三桂攻入昆明滅明室與清兵入昆明擒其孫世璠，皆由一處入城，故有擒人即是人擒處之語。又某君一首：「滇南一破籍長淪，天定由來竟勝人，假使吳宗能永古，人生何必重君親。」

又某君一首，祇記得最後兩句：「兩代叛臣千古笑，英雄事業誤娥眉。」

歷代大奸大惡，身後歷時數百年，從無人敢為之作片言辯解者，祇有吳三桂一人，世人之惡吳三桂，「衝冠一怒為紅顏」所佔因素不佔一半，迫死永曆帝最傷人心，而兩代叛臣亦是一因，總之，就吳三桂一生而言，可作忠臣，可為孝子，可成帝業，均誤於一念之私，成為千古罪人，其中半由人事，半亦環境使然，所謂天意也。

貳臣詩

南宋留孟炎與文天祥同為狀元宰相，宋亡，天祥死節孟炎降元，天祥未死前，王積翁欲聯合宋朝降官十人，上書元世祖，請釋天祥為道士，孟炎反對，曰：「天祥出，復號召江南，置吾十人於何地。」事遂寢，天祥終見殺。實則天祥求仁得仁，本不欲免死，王積翁未免多事。但時人對留孟炎大為不諒，江西羅秋臺題詩曰：「嚙雪蘇卿受苦辛，庚公甘作老朝臣，當年龍首黃扉客，同受皇恩一樣人。」

留孟炎晚年罷官回南就養其子。何潛齋遺之詩：「昆明火刦已塵淄，夢覺功名黍已炊，鍾子不將南操變，庚公空抱北臣悲，歸來眼底湖山在，老去心期浙水知，白髮門生憐未死，青山留得裹遺屍。」

浙人甚鄙留夢炎，明代留姓士子赴考，必須具結聲明並非留夢炎子孫，方得入考。

清室入關，明臣多矢志為遺民，不仕新朝。至康熙年間，詔試「博學鴻詞科」即專為山林隱逸而發，於是多數遺臣又爭相應試矣，時人有詩譏之云：「聖朝特旨試賢良，紛紛夷齊下首陽，家中安排新雀帽，腹中打點舊文章，當時本慚食周粟，今日翻思吃國糧，不是孤臣忽改節，西山薇蕨已餐光。」

此詩雖謔，尚是就一般而言，非專指某人，錢謙益某次遊虎邱，有人題詩云：「入洛紛紜興太濃，蓴鱸此日又相逢，黑頭已是羞江總，青史何曾惜蔡邕，昔去幸寬沉白馬，今歸應悔賣盧龍，最憐攀折章台柳，撩亂秋風向阿儂」。則專對牧齋一人而發，章台柳則指柳如是也。

洪承疇經略遼東時，謝四新以世誼曾參其幕，後以墜馬傷臂，辭歸故里，迨承疇降清，南下任七省經略，經湖廣派人招四新，四新不赴，賦詩謝之：「孤城血戰苦睢陽，折臂書生枉斷腸，天地鬼神皆草草，君臣父子兩茫茫，南陽尚有劉文叔，博浪獲存張子房，當日共君渾一夢，夢中復夢夢何長」。

又鄧孝威（漢儀）亦承疇故人，明亡後隱居不仕，某次與承疇相遇，詢以近來有無佳作。孝威呈以咏息夫人詩：「楚宮慵掃黛眉新，祇自無言對暮春，千古艱難惟一死，傷心豈獨息夫人」。承疇閱後啞然。此詩温柔敦厚的是佳什，姑置刺承疇之意不論。純以詠息夫人而言，亦為上選。詩步杜牧原韻，牧之詩：「細腰宮裡露桃新，脉脉無言度幾春，至竟息亡緣底事，可憐金谷墜樓人。」牧之此詩對息夫人亦多怨詞，只意境仍較孝威為遜。而今「千古艱難惟一死」已成習慣用語，但很少人知此詩出於明末遺民鄧孝威（漢儀）之手也。

承疇降清，雖官至極品，但後人亦不昌。蔡顯著「笠夫雜錄（此書為清代重大文字獄之一）載：保定省城獄道口，有總制洪承疇大宅，黃磚朱戶，庭右偏鏤人物，予寓左廡，長至嚴寒，見一幼女，蓬頭單衣，向主乞錢，主人以頻至不理，予詢之爲承疇曾孫女，呼廚人與之椀飯。」承疇後人竟一寒至此，從未經人道及，貳臣眞不可爲也。

贈伶人詩

鼓王劉寶全在北京演唱時，名公巨卿皆與結交，因鼓王不但藝絕，人品亦清高，遠勝於當時之士大夫。故朝野之人，皆不以其爲藝人而賤之。平時亦多有詩詞相贈，其中最膾炙人口者爲楊雲史一首，「此曲人間定有無，花飛四座萬人呼，漁陽三撾齊驚起，爭識前朝張野狐。」寥寥二十八字將鼓王之氣度全部勾劃出來的是大名家手筆。筆者緣淺，未能親聆鼓王清歌，但從留聲機中，曾經聽到，每次聽鼓王之歌，益覺楊雲史此詩爲寫實之作，因鼓王之音本黃鐘大呂，非漁陽三撾不能形容，是知名家之成名絕非倖致，雲史向有詩史之稱，信然。

清代同光間，北京有伶人賈壁雲，美豐儀，色藝雙絕，當時一般文人均有詩記其事，尤以樊增祥、易順鼎之詩最具特色，皆洋洋數百字，極力贊美壁雲。增祥弟子旗人三多，亦贈壁雲詩：「萬人如海笑相迎，月扇雲衫隱此生，我惜賈郎仍不幸，若逢劉季亦良平。」此詩推陳出新，以少勝多，在當時推爲首選。

因壁雲色藝雙絕，當時咏者皆從此處着眼，若不能另闢蹊逕，則人云亦云，即使所作突出儕輩，亦落下乘，三多深明此義，故將賈壁雲之美，此擬於張良、陳平，史書記載此二人皆美男子，留侯更美好如少女，故以良平相比，指賈壁雲若逢劉季，亦可作張良陳平。目前僅以伶人終老，蓋生不逢時，雖有「萬人如海笑相迎」，仍然可惜。此詩之意甚新，勝過樊易諸大家。實則張良、陳平之能佐劉邦平天下，並非因其美如冠玉，如婦人女子，皆由於胸中自有韜畧，並非所有美男子若遇到劉季皆可爲良平，但詩人作詩非論史，只可欣賞其意境清新，不必論事之有無也。

張宗昌治魯時，雖苛捐雜稅甚重，但地方情況則極爲安定，社會亦相當繁榮，文人雅士，徵歌選色，蔚爲風氣。山東以犁鏵大鼓名聞全國，老殘遊記中「王小玉說書」，至今猶使人悠然神往，當時有杜大桂者，亦王小玉之流亞，在濟南頗負盛名，文人學士咏者亦多，記有某君在報紙刊出一絕：「杜家法派尚陰柔，清夜聞猿下益州，桂子無香人遠嫁，斜陽流水叫鵜鶘。」大桂後嫁呂秀文，抑鬱而死。

四大名旦之一程硯秋（原名艷秋）十六歲時受知於廣東名士羅癭公。是時梅蘭芳已竄紅，獨步京華，癭公決計捧起程硯秋與梅蘭芳抗衡，後果如其願，梅程之名並駕齊驅，以後始加入荀慧生、尙小雲合爲四大名旦。癭公初見程硯秋時賦詩六首：一、日下新聲漸寂寞，梅郎才調本天驕，誰知後輩風華甚，聽澈清歌意也消。二、除却梅郎無此才，城東車馬爲君來，笑屬新目忙何事，看罷秋花又看梅。三、協律珠生最自豪，鷗衿蠅玉不輕操，肯培日暮歌台側，珍重延年一語褒。（原註：陳君序衡，冠絕一時，偕余聽程郎曲，許爲合拍。）四、小李睇華意氣橫，散花奔月製新聲，平生難得垂青眼，許爾他年繼老成。（原註：李釋戡負時曲之譽，梅花散花諸劇，并出其手，見程即稱爲後起之秀。）五、風雅何人作總持，老夫無日不開眉，紛紛子弟皆相識，只覺程郎是可兒。六、紫稼當年絕代人，梅村蒙叟並相親，而今合得聯山老，許爾筵前一曲新。

癭公對程硯秋期許甚深，硯秋亦不負所望，終享大名，成名後終身對癭公執禮甚恭。癭公逝於北京，硯秋經紀其喪，禮情周至，稱道一時。俗言戲子無義，實則大謬，自梅蘭芳之祖巧玲，至梅蘭芳，程硯秋，尙小雲無不以義氣自勵，勝於士大夫多矣。

程艷秋義報羅癭公

癭公臨危時，以後事囑艷秋，自撰遺囑云：訃告式：羅公癭公，悼於中華民國某年月日，疾終某處，生平不喜利名，官職前清已取消，逑之無謂也。民國未入仕，未受過榮典，但爲民而已，如公府秘書，國務院參議上行走，及顧問諮議之類，但爲拿錢機關，提之汗顏，不可陳及。

殮葬式：殮用僧衣最適宜，淸代衣冠不適用，民國制服亦所不喜，今生不能成佛升天，期之來生耳！

碑文式：詩人羅癭公之墓。最好請陳伯嚴先生書之。不得稱淸詩人，蓋久已爲民國之民矣。生平文字，皆不足以示人，惟詩畧有一日之長，可請剛甫訂正，印送以留紀念，亦不亟亟，以精美爲主。哀啓不必附送，無可足言也。前詩及此數紙，可印送。程君艷秋，義心至性，照拚古人，慨然任吾身後事，極周備，將來震艮兩子，善爲報答。甲子八月初四日晨，羅癭公倚枕。

癭公遺囑層次分明，曠達而不沽名，所述陳伯嚴即名詩人散原老人陳三立，剛甫則曾習經，亦名詩人。

艷秋在癭公逝後，獨力經紀其喪，且披蔴戴孝，如喪考妣，葬後即南下，求見散原老人於杭州西湖，跪求爲癭公撰墓碑，並奉五百金潤筆。散原老人却其金，當撰文交艷秋帶回，並賦二詩以贈：「湖曲猶留病起身，日飄欲唾雜洗塵；斯須培我凌雲氣，屋底初看絕代人。」「絕耳秦青暗斷腸，故人題品費思量，終存風誼全生死，爲話西山涕數行。」散原老人筆下之絕代人，與癭公之「紫稼當年絕代人」，意稍不同，蓋散原老人視程艷秋此舉眞絕代也，並非指其色藝而言。

康有爲時亦在西湖，亦贊艷秋一詩：「落井至交甘下石，反顧同室倒操戈，近人翻覆聞猶畏，如汝懷思見豈多，驚夢前程思玉茗，撫琴感舊贈雲和，萬全報德持喪服，將相如慚菊部何！」

王紫稼事

羅癭公贈程艷秋詩，「紫稼當年絕代人，梅村蒙叟倍相親」。讀者有問及紫稼何人，所爲何事，茲畧述之。

王紫稼名稼，號紫稼，又號子玠、子嘉，爲明淸之際江南名旦，當時文人學士皆與往還。癭公詩所言，「梅村蒙叟倍相親」，梅村爲吳偉業梅村，蒙叟則錢謙益牧齋也，實則龔鼎孳芝麓與王紫稼交往猶密。錢、吳、龔固世稱之「江左三大家」也，皆對王紫稼如此傾倒，其人之色藝，當不減淸末民初之梅、程也。

茲錄當時文人有關王紫稼之記載於下：

尤侗艮齋雜說：「予幼所見王紫稼，妖艷絕世，舉國趨之狂，年已三十，遊於長安，諸貴人猶惑之。」

吳梅村王郎曲後自跋云：王郎名稼字紫稼，於勿齋徐先生二株園中所見之，髫而晳，明慧善歌。今秋遇於京師，相去已十六七載，風流儇巧，猶承平時故習，酒酣一出其伎，坐下爲之傾靡。余此曲成，合肥龔公芝麓口占贈之曰：「薊苑霜高舞柘枝，當年楊柳尙如絲，酒闌却唱梅村曲，腸斷在郎十五時。」

王紫稼因受貴人寵遇，漸驕恣不法，順治八年北遊京師，年已逾三十，而見者如狂，梅村所記是已。順治十一年回蘇州。適值御史李森先巡按江南，森先嫉惡如仇，有「鐵面冰心」之稱，訪得紫稼諸不法事，竟置之於死地。

婁東無名氏研堂見聞雜記記其事云，李公森先，山東平度人，崇禎庚辰進士，自秦公（按指御史世楨）去後，繼之者皆不稱職，無何而李公來，公爲人寬厚長者，而嫉惡特嚴，當秦公時，大憝之惡，皆已草薙無餘。而踵起者猶蔓延不絕，公一一擒治之，始根株盡拔無蘖矣，其最快者，優人王子玠，善爲新聲，人皆愛之，其始不過供宴劇，而其後則諸豪胥奸吏，席間非子玠不歡，縉紳貴人，皆倒履迎，出入必肩輿，後棄業不爲，以夤緣關說，刺人機事，爲諸豪胥耳目腹心，遨遊當世，儼然名公矣。一旦走京師，通輦下諸君。後旋里，揚揚如舊，其所汚良家婦女，所受餽遺，不可勝紀，席間談及子玠，無不乍舌。李公廉得之，杖數十，肉潰爛，乃押赴閶門立枷，頃刻死。

（未完，待續）

編餘漫筆

編者

這一期出版適逢七月，七月在中國是一個不平凡的日子，曾經出現了三件大事，順序是中華民國十年（一九二一）七月一日中共在上海召開「一全大會」，中華民國十五年（一九二六）七月九日國民革命軍蔣總司令在廣州誓師北伐，民國二十六年（一九三七）七月七日日本人在盧溝橋挑釁，掀起了中華民族八年抗戰。這三件事，每一件皆關乎國家命運，本期各有一篇重要文章發表，郭華倫教授大文指出中共「一全大會」召開日期決非「七一」，斷定時間爲七月二十七日，對第一次出席代表人數也予以訂正，對研究中共史，有莫大幫助。研究近代史所以比古代史難，在於材料太多，難定取捨，中共出席一大代表到今日尚在者有毛澤東、張國燾，去年剛死了董必武，其他也許還有一二存者，但對於他們畢生最大的一件事，中共一大開會日期，沒有一個人說得準，可見所謂第一手資料也是難以相信的。此等類似情況，編者近年來就遇到甚多。

「七九誓師」爲北伐成功之始，但此一紀念日似爲以後的許多紀念日所掩，但知者已不多，今年恰逢「七九誓師」五十周年，當年在廣州誓師之蔣總司令，在領導國家半世紀之後，已於去年崩殂，而今而後，更何處再得此扭轉乾坤的偉人作第二次誓師，撫今追昔，曷勝唏噓，特發表陳錫璋先生大文，以告國人，並紀念逝者。

七七事變已三十九周年，已漸爲國人所遺忘，當年參與其事的高級將領，自劉汝明將軍逝後，已無一存者。七七事變近在眼前，但有關七七事變經過，也甚少有系統報導，吳相湘教授所撰「第二次中日戰爭史」，全根據史料，論斷精嚴，爲抗戰史佳作，本文乃自該書七七事變一節摘錄，這是眞史，與一般回憶錄不同，願讀者留意。

逸劍華先生「最驚險的一夜」，是抗戰期中一件小事，最高統帥八年期中類此事件，驚險過於此者，不知經歷幾百次，讀此文，益念「老先生」，而蔣夫人也在砲火中爲丈夫作伴，亦爲一般婦女所難能。

王大任先生艮園隨筆，敍述日本人在東北移民集體自殺事件，深感惡有惡報，確非虛言，只是全面報應尚未來到，相信日本人有一天要全部遭報。

唐魯孫先生「乾清門進克食記」趣事妙文，引人入勝，但唐先生所述用「醬油紙」冲湯一事，編者幼時曾聞先君述及，先君清末在京讀「貴胄學堂」，常有「克食」賞賜，當時吃法是用「醬油紙」夾住豬肉，俟醬油滋味浸入豬肉中再食，味殊鮮美，與唐先生所述，自可兩存，但細思似以「乾吃」爲勝，未知唐先生以爲如何？

掌故

月刊

60

野史·佚聞·
人物·風土·

中華民國六十五年（一九七六）八月十日出版

掌故月刊

第60期 目錄

每月逢十日出版

掌故

第六十期

每册定價港幣二元正

全年訂費
港幣二十四元
台幣二百四十元
美金八元

出版兼發行者：掌故月刊社
地址：九龍亞皆老街六號B
通信處：九龍旺角郵局信箱八五二一號
電話：K八〇八〇九一
The Journal of Historical Records
P. O. Box No. 8521, Kowloon
Mongkok Post Office, Hong Kong.

督印人：鄧少卿
總編輯：岳騫
印刷者：和記印刷有限公司
新蒲崗景福街一一〇號超達工業大厦十樓
總代理：吳興記書報社
香港租庇利街十一號二樓
電話：H四五〇五六一 四五〇七六六
國內代理：何復國
台北郵政劃撥帳號：一〇七四三八
星馬代理：遠東文化事業有限公司
新加坡厦門街十九號 檳城杳田仔街一七一號
印尼總發行：集源公司 椰城旗桿街87號A
Dil Tiang Bendera No. 87A
Djakarta, Indonesia.

澳門：可大文具店
亞庇：利民公司
斗湖：光明書局
漢城：泛亞書籍公社
倫敦：香港文化服務社
中藝公司
東寶公司
紐約：友聯圖書公司
友誠公司
友方公司
菲律賓：華安書局
芝加哥：文華書店
羅省：大元公司
新東方公司
三藩市：益智圖書公司
文化商店
華盛頓：德昌公司
波斯頓：中西公司
千里達：中華公司
加拿大：香港商店
溫哥華：僑益書局
滿地可：明星書局
渥太華：民生書局
巴西：興昌公司

我與西德巨人的遇合

·關德懋·

「富貴不能淫，貧賤不能移，威武不能屈，此之謂大丈夫」（孟子）

這是我一九五八年譯完「阿德諾傳」以後，給予這位西德巨人的讚語。一九六七年逝世，享年九十有一的「老總理」實在當之無愧。

德國歷史上確有不少大哲學家、詩人、科學家，名垂不朽。然而立功立德，百世流芳的政治人物，却不多見。所謂「鐵血宰相俾斯麥」，有功於德意志帝國的統一，擴張，正因為帝國主義的擴張，才種下了第一次大戰的禍根。俾斯麥固然不能同整個歐洲文明的歷史演進，以及威廉第二的驕恣黷武相抗衡而消弭戰禍於無形。（後者登上皇帝寶座，首先免除俾斯麥的宰輔）。但是，奠定德意志國家的威力，亦即是俾斯麥個人的勳業基礎，主要的是靠「普奧」，「普法」兩場戰爭的勝利。俾斯麥僅作到對奧國兄弟之邦，釋嫌修好，不賠欵，不進軍維也納的政策成功。對於戰勝法國以後的措施，割地，賠欵奏凱巴黎，為威廉第一上皇帝尊號，山呼萬歲於凡爾賽宮，使法國人民蒙受奇恥大辱，種下兩國民族間的深仇大恨，爆發第一次大戰，俾斯麥不能完全脫離干係（第一次大戰後凡爾賽和約所加於德國的種種報復，更是變本加厲，所謂「老虎總理」克萊蒙梭的識見器度就更差於俾斯麥了）。

阿德諾的時代背景與個人遭遇，戰前，戰時，備受納粹極權的迫害，戰後處於被征服，被歧視，被分割赤化，只有敵國而無與援的環境中，創造有新生命的國家，化敵為友，成為西方民主國家的忠實盟友，防共柱石。此一過程的心理建設的成果遠超過物質建設的「經濟奇蹟」。兩者的成就，全靠這一位萊茵河畔老人十四年苦心孤詣，不辭勞怨的領導有方。

這一位跋扈而不飛揚，機智而不陰險的「狐狸爺爺」（註一）民主專政者退休以後，把聯邦總理的寶座讓給「經濟奇蹟之父」艾爾哈德教授，不到三年就垮台，由凱辛格繼任組織中間偏左的大聯合內閣，又不到三年，被「社會民主黨」的布蘭德取而代之，中間偏左的大聯合，一變而為左傾親共，機會主義的小聯合內閣以迄於今。「天下從此多事矣！」

一連串的「和解」外交，並未能化除分割，輕減「圍牆」內人民的痛苦與被迫害，反而造成德共極權統治的合法化，强硬化。再就國內的社會秩序而言，經濟的超景氣，國民所得的繼長增高，並未能實現太平盛世，反而助長了殺人放火，綁架勒贖，以革命為號召，無政府主義形形色色的都市游擊隊的兇燄，年復一年，動亂未已，不能不令西德多數人民緬懷嚮往五十年代的太平日子了。

本人自五十年代到七十年代的開始西度僑寓西德十年之久，亦即是經歷「阿德諾時代」的鼎盛時期到沒落，耳聞目睹，感受較深，因此，對於這一位戰後德國的政治巨人，不勝追思。

一九五三年「六月十七日」，德共統治下的柏林東區工人羣衆，不堪剝削迫害而爆發徒手革命，東部德國的重要城市，聞風響應，搗毀共黨黨部，焚毀黨旗。震撼世界的自由鬥爭，終於被蘇俄的裝甲部隊所扼殺，然而德國人民為爭取自由而壯烈犧牲的氣概，得到全世界愛好自由的人羣刮目相看。

我當時曾主動地為「中德文化協會」理事長朱騮先生代擬一封同情鼓勵的電報拍給阿德諾，協會某君自以為是，把電文收受者的頭銜：「聯邦總理」改為「國家總理」，竟不知此「國家總理」的舊紗帽，早隨希特勒的戰敗自殺，為「第三帝國」殉葬了。稱戰後「德意志聯邦共和國」的「聯邦總理」為「國家總理」，跡近侮辱，尤其發電人是「中德文化協會」理事長的身份。朱先生發現了此一錯誤，電報已發出，無法更正，非常懊惱，認為這一封電報，發比不發還糟，十九碰壁。然而不然，第二天，一封感謝的回電就到了台北，朱先生當然十分高興，認為這位西德的政府首長，如此謙虛，如此重視正義友情！當時的西德全國處於緊急狀態，聯邦總理坐鎮西柏林，應付非常，居然對一位無邦交關係的陌生人，不忘回電道謝。

五十年代開始，法國外長舒曼與阿德諾二人的通力合作，逐漸消除了德法民族間的仇恨鴻溝，以謀取歐洲的團結，掃除戰爭的根源。第一步先成立了歐洲六國的「煤鐵聯營」，繼而成立「歐洲協商會議」，為實現「歐洲聯邦」的起點。雖然遭遇法國議會政黨的重重阻碍與打擊，終於把狹義的歐洲防禦聯盟擴建爲「北大西洋公約組織」最後成立了「共同市場」的「歐洲經濟體系」以及「歐洲原子能體系」。

阿德諾的大名，從此與「歐洲理想」成爲不可劃分的同位素了。

使一個被征服歧視，懷疑的戰敗國，不到十年，恢復聲譽信用，與戰勝國分庭抗禮，不是今日所謂「和解外交」或「乒乓外交」所能辦得到的。內而國會反對黨的激烈政爭，尤其對於加入「北約」，重建防禦武力，恢復兵役的種種法案堅持反對立場，外而俄共集團的哄嚇詐騙，西歐共黨與左傾份子的圍攻，非有大智大勇，百折不撓的精神與毅力，細針密縷，實事求是的勤勞苦幹，是難竟全功的。

俄共的當權者，赫魯曉夫與布爾加寧，終於不能不對這位萊茵河畔的老翁表示友誼，邀請他到莫斯科去談判復交。（一九五五年一月，莫斯科宣佈對德解除戰爭狀態）九月八日，阿德諾率領了一個代表團，有外交部長，國會外交委員會的反對黨副主席在內，飛莫斯科，經過四天的談判，恢復兩國的外交關係，互派使節。

莫斯科之行的前後，阿德諾並不考慮到有傷對方的尊嚴而直接了當地表示：與蘇俄復交的主要目的是要換囘來德國的戰俘與被擄劫扣留的德國平民。據內幕消息：雙方談判釋俘的問題，赫魯曉夫討價還價的開場白，歷數納粹侵畧部隊如何殺害，奴役俄國平民的罪行，刺刺不休。阿德諾也毫不客氣地答覆對方，大意是：「大家都不必再算舊賬，紅軍佔領東普魯士，柏林等地，姦淫擄殺，德國人民也吃盡苦頭……」他以一個備受迫害的反納粹份子的身份，不怕得罪對方，把紅軍與納粹視同一邱之貉，使參加會談的代表團諸公爲之張口結舌，俄共頭子們當然憤怒而起，會議中斷，然而並未因此决裂，終於達成協議。計自當年十月起至一九六五年，僅一年之中，由蘇俄勞動營陸陸續續被釋放遣返的戰俘難民，約一萬五千人以上。

我當時僑寓法蘭克福，對於老總理啓程訪俄的一幕，可以說是近水樓台，觀察到重要場面的動態與老總理的丰采。他老先生在機場上與送行的人羣談笑風生，毫無矯柔造作，如一般政治人物慣於裝扮的嚴肅面孔，或討好觀衆，點頭招手，摸摸兒童臉蛋兒的「鏡頭」。突然有一位老婦人從羣衆走出，到他的身邊，拿起他的手背親吻，表示一種，歐洲社交通常是男性對待女性的最敬禮。老總理的臉上登時變色，縮囘手去，一種十分尷尬而眞情流露的動作，好像是告訴那位老婦人：我去莫斯科是要換囘幾十萬人的自由，你爲你個人親屬的自由如此敬禮，是多餘的！

我所認識的一位猶太籍，西柏林廣播電台的名記者，曾同我月且歐洲政治人物談到阿德諾，他表示欽佩而帶警告的口吻說：「噢！那是一位了不起的人物，然而，却是一位（瞧不起羣衆的）「奸雄」！豈然，豈其然乎？

一九五六年年底，我從西德囘到台北，閒居近郊，有功夫細讀阿德諾授權一位作家，寫成一厚本的「阿德諾傳」，愈讀愈感興趣，隨手翻譯，不計時間，斷斷續續譯完全書，並就書中所引用的人物無故實不易了解者，詳加註釋。但是，譯稿能不能出版，以公同好，成了問題。擱置了許久，有朋友提醒我，試投稿到「拾穗」雜誌社，該社的主編馮家道先生居然未使我失望，而且寫了一封熱情洋溢的信給我：「他不忍釋手，盡一晝夜的功夫」讀完拙譯，對書中的人與事，十分激賞。但爲測驗讀者的反應起見，先由「拾穗」半月刊分章連載，再决定能否發行專書。後來據馮先生來信，半月刊的讀者紛紛投書，要求發刊單行本。一九五九年，單行本終於問世了。

我郵寄一本到波昂，奉贈聯邦總理阿德諾先生，另外寫一封信，說明譯書與寄書的動機（一九五九年六月廿日），大意是：「我懷抱已久要把他的傳記全文譯成中文發表的願望，終於實現了。雖然知道有一種經過改編而未免簡畧的中文單行本在香港發刊，並且閱讀過，仍舊譯完全書，認爲「目前政治的塵霧」再度掀起，確有此必要。……」末尾一段話，未免自負……：「希望西德的資深漢學家願意把我的譯文與原文對照一遍，究竟兩者的語意與語氣吻合的程度如何！……」

「政治的塵霧」，是引用他寫在他傳記原文上的眉批，（原文爲「……目前時代的塵霧……」）影射當年六月他撤銷應選聯邦總統的決定而引起政治風波的一案而言。事實的原委如此。

一九五九年二屆聯邦總統的任期終了，海易斯總統不願經過修憲的大手術，連任第三屆總統而決心退休。「基督民主黨」內擁護艾爾哈德一派，主張阿德諾轉移政府領導權於艾手中，辭去總理而膺選無實權之聯邦總統，以對抗「社會民主黨」之逐鹿。阿德諾最初同意引退而作總統後選人。五月廿五日，美國國務卿杜勒斯逝世老總理飛美弔喪，深感艾森豪政府無人爲繼，足以應付俄共日趨尖銳之威脅，英美朝野顯露妥協傾向。戴高樂政府又對艾爾哈德能否繼續執行法德兩國團結政策，深表懷疑而導致裂痕，遂於六月初公開宣佈決不引退以競選總統，引起國內朝野軒然大波，輿論交責，認爲八十老翁貪權如命。其眞正的動機，不爲人所了解而又不便辯白，只能忍受指責。直到一九六七年，逝世前，他的「回憶錄」發表，第三冊中曾作詳細的記載。

我的一句話總算搔着這位老人的癢處了。他回信相當快而夠份量。對於他的義務宣傳員，免不了嘉獎一番。信上第一段：「接到我的信，得知他的傳記由我譯成中文而且出版，使他「眞誠」的高興。接着就寫：「確定無人能夠如你一樣，經過長時寓居我們的國內，而會把這一個新興的，民主的，確認與自由世界的理想原則密切相關的德國，所給予你的種種印象，廣泛地介紹你的同胞。……你以一位洞澈二次大戰後德國情況的識者地位，不辭勞悴，翻譯我的傳記，尤使我十分感謝。……我希望能透過這本書以增進我們兩國國民的相互了解……。」

這明明是說：他的感謝是爲他的國家而非爲他個人。本書的出版，「希望能增進兩國國民的了解」，而非爲他個人作宣傳。何等立言得體，何等開擴的胸襟！然而，老總理對於他本身的故事能夠感動中文的讀者，而躊躇滿志，就在後來同我面對面的談話中露出馬脚了。

一九五九年八月間，一個偶然的機會，台灣省礦業研究會組成一個考察團到歐洲各國，名爲考察，實際觀光，邀請我以顧問名義陪同前去。九月下旬，西德的旅程結束，該團繼續旅遊英法北歐等國家，我就留在德國，不需要同行。不妨試一試寫信給老總理，說我再度來到西德，準備十月間回國，問他能否「犧牲他的寶貴時間接見我？」他那時候正從瑞士南部度假回來，還未正式到總理府辦公。九月一個整月照例是公衆機關人員交換休假期，國會休會。果然他的秘書來電話通知了：請我在十月二日上午十時半到波昂總理府見面。

我當然是喜出望外，德國的友人們也認爲如此直來直往，容易同他見面，實在是老總理給我的殊榮。

當天上午，因爲我住在總理府附近的一家旅館，波昂原本是一座安靜的小城市，車子也用不着，就此大搖大擺地準時前一刻鐘到達總理府，一所古老的別墅。聯邦政府成立後，原定在全德未恢復統一的臨時首都中臨時租用的總理衙門，因爲老總理盤據了十四年之久（經過四次大選的勝利），克服了多少政治風波，成爲永恒的政治神經中樞，通稱爲「香堡宮」的舊名而不稱總理府。

歐洲國家的所謂「宮」，實在難以等量齊觀，差距甚大。有的不過是饒有園林之勝的區區廈屋而已。「香堡宮」就屬於這一類型：外觀的氣魄不大，內容也樸實無華。終老總理的任內，一切保持原狀，不是更換近代化的起居無辦公陳設而已。（老總理早出晚歸，仍舊住居萊茵對岸的鄉村舊宅）到了七十年代，特出的社會主義份子布蘭德爬上總理的寶座，入主「香堡宮」，作風不同了。另行興建所謂「總理精舍」，總理游泳池等等，大興土木，花去上千萬的馬克。

總理府的大門口，只有一位穿傳統綠色軍裝，頭戴鋼盔，手持步槍，邊防部（註二）隊的士兵値勤，警衞並不森嚴。我走向他的崗位，正要向他說明來意，他倒先對我立正行禮，門內已走出一位老管家來，請我進入客廳稍坐片刻。客廳的另一頭，也就是兩位秘書小姐的辦公處，除却打字聲而外，一片沉寂，也無其他客人或辦事人員露面，大概是老總理揀了一個最輕鬆的上午來接待我這個尋常的中國人。但是，無論如何，以他當時的地位、聲望、權力而論，未免冷落的出奇。不能不佩服他老先生的治事方法，眞有一套。傳記中所描寫的，種種非常人所及的，澹泊平實的個性，並非誇大其詞，有一位對他認識深刻的朋友告訴我：「他的文章，講演，最大的特點是雅俗共賞，引人入勝。他善於屬詞而絕少用孤僻的字彙，或賣弄拉丁文詞。」也就是以平實取勝。

我與兩位秘書小姐寒喧後坐下來未久，一位就引導我進入總理辦公室，一眼望見這位碩人頎頎的老者從寫字枱後面起身，走出來，含笑伸手，寒喧，讓坐在輕鬆舒適的沙發角落裡，好促膝淸談：

「教授先生，你翻譯了我的傳記，那末，你一定深通德國的語文。」他給我戴高帽子了而且賞賜我「教授」的頭銜。說也慚愧，後來我在波昂從事於新聞工作的七年中，「基民」與「基社」兩黨的大亨、幹部同我認識的，一律稱呼我爲「教授先生」而不名，我向未自居教授，或用過此一頭銜，雖然在抗戰期間亦曾担任過母校同濟大學「部聘教授」的名義。

「我能夠親自見到總理先生，感覺到十分榮幸！」我囘敬他似是客套而實際眞誠的一句話。

「你在哪兒學的德文，在德國？」他追問。

「我在中國國內的一所中學裡就開始學德文，後來在慕尼黑進大學。總理先生，我可以坦誠地向你說明兩點：第一，我不是圖利而翻譯你的傳記。第二，中文本得到的反應非常好。」

「你眞的以爲如此嗎？教授先生？」

「總理先生，我不僅是以爲如此，而且確信如此！那一家出版社也同當年德國的出版商一樣，先在一種期刊上連續發表了幾章，結果引起讀者的紛紛投書，要求印單行本……。」

「那就太令人高興了！」

「總理先生，我們倆有一位共同的熟人，就是你的老朋友，僑居盧采恩的史坦因瑪耶（註三）先生。他介紹我閱讀你的傳記。那時候我就決心要把它譯成中文，可惜一九六五年在德國停留一年多，沒有時間，囘到台北才着手。此番再過瑞士，想訪問史坦瑪耶先生，他已去世了，非常可惜！」

「是的，那位可憐的人已不在世間了。他有一位十分嫻慧的夫人。」

談到此，似乎是不着邊際的扯談，然而，我特意提到他的亡友，引起他的傷感，無形地把談話的雙方，人與人之間的距離拉得更近了。

於是他首先提出中國問題，似乎是迫不及待：

「三年前有一位中國的大主教來訪問，我那時候他就住在附近的一所修道院。據說，他也被共產黨監禁過。」他指的是于斌總主教的訪問。

「于斌總主教不是被共產黨監禁過，是被共產黨缺席裁判，判成死刑！」

「是的，他告訴我：大陸上的中國人，向來未曾，也永遠不會對共產黨的統制服貼。大陸人民總有一天要推翻共產黨的統制。你的意見如何，教授先生？」

「于總主教的話十分正確：中國人民不會也不會對共產黨屈服。歷史上，中國人也熬過去不少的災難，不少的暴君統制。對於以往時代的人民來說，容易辦，因爲武器單純。現今不同了，共產黨有了現代化的武器，比方說，只消一挺機槍可以脅迫好幾千人。因此，人民想反抗極權而起義，就不容易了。

可惜人們把中共的統制說成「竹幕」是一種錯誤的代名詞。你們這兒介乎東柏林與聯邦共和國之間，才眞正是「竹幕」，我們的是不折不扣的鐵幕。大陸的現狀頗似希特勒時代的德國，人民對付極權統制，一無辦法。……」

「不，那個時候的德國情形兩樣。一開始，我們德國人，尤其當年的威瑪政府，有可能把禍害（指納粹運動）制止了的。」老總理仍舊忘記不了威瑪政府的無能而表示痛心。

「是的，總理先生，我曉得那一段歷史；一九四一年，我以外交人員的身份在柏林服務。希特勒政府承認了中國的傀儡政權，我們就從柏林撤退了。……」我又再度自我介紹，順帶提到中德斷交的原因。

「你的想法如何，教授先生？中國問題有解決的可能嗎？」他把話頭拉回到正題上來。

「我不悲觀！我認爲有兩種可能：

①人民可能會突然地爆發反抗行動。在此種情況之下，自由世界不可以像對待匈牙利革命一樣地熟視無睹，尤其不可以在我們揷手支援的時候來阻撓我們。

②莫斯科的極權政體崩潰了，北平的嘍囉們失去了支柱。」

「但是，美國人並不願意同赤色的中國作戰！」老總理對第一項的可能性表示懷疑。

「如果他們不是被迫。」我補充一句。

「是的，如果他們不被迫。」

「總理先生，中國的悲劇起源於兩項因素」：我不能不指明戰後美國人的責任了。

「一、我們的共和政體自成立以來，我們的鄰邦日本從未使我們有一天安寧的日子。

二、其次是我們的盟友，美國人。我們的總統蔣介石元帥領導抗日戰爭八年之久，最後還要替英國人，美國人，在東南亞作戰。戰後，美國人來逼迫我們同共產黨組織聯合政府，促使我們原來足以擊敗共黨部隊的戰鬥能力與戰鬥意志完全解體。」

「是的，美國人在一九四五年德國戰敗崩潰後對我們的作法是一模一樣。比如說，德國的共產黨人可以輕而易舉地領到報刊出版的許可證，非共產黨人就難得拿到，因爲美軍佔領總部就有共產黨人。」他透露了他對美國人的觀感，同意我的論斷。

「是的，美國人總該因韓戰的教訓而睜開眼睛了，不至於再讓中華民國上當。」我提出了所有自由中國人的願望而不無疑問。

「美國人是一個青年的民族，第一次大戰後，他們才登上世界政治的舞台。……

赫魯曉夫曾親自告訴我，他對於中國而深感隱憂，因爲兩億人口的俄國，對付六億人口的中國，毫無辦法！是的，他如此地對我說！」他強調赫魯曉夫的話，說出他胸中梗塞已久的一項重大的疑問：「中俄共的衝突」，而向我索證。

「總理先生，他準備如何制服六億中國人，也向你『洩露』了嗎？」

我毫無保留地表明我對於俄共首腦的話不信任，尤其他對這麽一位「反動的美帝資本主義的代理人」所說的話，因此，用「洩露」字樣。

老總理大笑：「那個，他當然不會對我洩露過！」

「總理先生，你是很有遠見的。我遇見過不少的德國朋友，都懷着投機取巧的心理，想在莫斯科與北平之間作手脚。我的看法，這是一項錯誤的估計。總理先生，我可以這麽說，俄共首腦會透過他北平的嘍囉們實行飢餓迫害的手段使六億中國人抬不起頭來，如你所知道的，毛澤東曾經公開表示過，六億人口減少兩億，算不得是一種災難。就說俄共罷，他們實際上也餓死不少非俄羅斯人，如卡爾密克蒙古人，同古斯人。只就大陸上「人民公社」一項而言，已經有好幾百萬人被消滅。」

「是的，毛澤東不是已經廢除『人民公社』了嗎？」他未免對於流行歐洲的『中國人非馬克斯主義者』論懷有幻想。

「不，總理先生，中共是因為一時估計錯誤，手段卑劣而遭遇人民的消極抵抗。他們不得不暫時約束人民公社的進度，並非放棄公社的制度，因為他們在意識形態上確切相信，只有他們能夠經由此種制度實現眞正的共產主義。

「中共不僅是中國的，也是全世界的大禍害。」

「是的，是一個大禍害」。

談到此，已超過三刻鐘，中間，秘書小姐曾進來過一次，悄悄地遞一張紙條給老總理，老總理低聲側面說：「請稍等一忽兒。」我已感覺到會客室裡有人等候接見，老總理預定同我談話的時間已經超過了。於是起身道謝告辭。老總理滿面笑容地問：

「你還有任何願望，我可以為你盡力的嗎？」

「謝謝你，總理先生！我能夠蒙你接見，已得到酬勞了。我可否請你給我一張照片？」

「那當然的，我一定照辦。」

「總理先生，我還想要一張有你本人在內的全家照像。」

「那你就須等到我明年的生日了！」

就在此親切而輕鬆的氣氛中，我同老總理握別，走過辦公室，看到一位半老的小老頭兒坐在沙發椅上，目光烱烱，朝着我一望，我認得出是短小精悍，學識不凡的聯邦新聞局局長艾克爾德博士，老總理的左右手。他亦許心中納悶：這個中國人居然跳過我這一關見到老總理。他當然在秘書小姐那兒摸清楚我的底細了。

第二天，我就收到總理府送來的一張阿德諾的簽名照。

上面一段我私人紀錄下來的談話，突出之點，是有關中俄共的問題。一九五五年九月阿德諾與俄共政府談判復交，赫魯曉夫私自告訴他類似「黃禍論」的一席話，使這一位老謀深算的政治家既懷疑而又希望俄共頭兒吐露眞情。因此，一九五六年七月，尼赫魯訪問波昂時，成為阿德諾——尼赫魯二人密談的主題。後者却加强赫魯曉夫的「恐華」（中共）論。此外，還有一位被蘇俄遣返的戰俘，斯塔林格博士，一位被蘇俄紅軍俘虜，送到西北利亞勞動營服役的醫生。因為是醫生，比較被優待，常同管理人員，俄共幹部有接觸，聽到他們懼怕「中國人」向北擴張的言論。於是他回到西德以後，著書立說風行一時，成為有名的「斯塔林格理論。」確認為中蘇共的對立，有助於德蘇關係的好轉。莫斯科不能兩面樹敵，將對全德「再統一」問題讓步。一時「敵人的敵人便是友人」的怪論，成為西德右傾保守黨派的口頭禪。老總理雖然聽到過尼赫魯的證詞，看過斯塔林格博士的書，仍舊向我索證，非區區個人識見之足重視，實此老謀國之忠，對共黨之不敢輕信，有以致之。

七十年代開始，中俄共衝突的表面化、尖銳化，持續至今，然而我並不認為我當時答覆老總理所持的反調，有修正的必要。毛澤東一死，「蘇修」主義的潛伏份子會不會當權而實行「鞭屍」，再向莫斯科「一面倒」，好分工合作，共同埋葬世界資本帝國主義？」仍舊是目前未有答案的問號。

無論如何，「史塔林格理論」並未實現。莫斯科既未對波昂有絲毫的讓步，東西德間有形與無形的「死亡鴻溝」反而加深加强，布蘭德的「下跪」外交固然白廢，右傾政黨「活學活用」的朝毛政策，除刺激俄共而外，有所收獲的不是波昂而是毛共王朝。

第二年（一九六〇）一月五日，阿德諾八十四歲生日，我當然無法實踐他的預約：要我等到他的生日去討一張他全家福的照片，但是我倒提前托人帶一幅孫雲生先生的山水畫送他作祝壽的禮品，還恭請與他同年的齊如山世伯題字，附函說明。一月上旬就接到他的代筆人巴赫博士來函道謝：老總理對我的「友情盛意」特別欣感。（巴赫後來出任駐香港總領事。）

一九六三年九月，我接到聯邦總理辦公廳主任來函：「奉命邀請我訪問德意志聯邦共和國。」

阿德諾於一九六一年第四屆大選勝利，連任聯邦總理，許下諾言：「不待本屆終了，自行引退」。因此他決定於一九六三年十月十五日，第四屆國會法定年限的一半卸任總理，以實踐諾言。繼任人選是西德「經濟奇蹟」之父，聯邦經濟部長艾爾哈德教授。國會爲老總理舉行送別的慶典，我被邀請觀禮而深感榮幸。聯邦新聞局爲我準備了一個月的訪問節目，包括國防機構與「北約」防禦部隊的聯合演習等等，可謂十分週到。

我兌期趕到波昂，主要的興趣，是參觀國會送別的慶典如何舉行。當日上午，國會舉行全會。議長蓋爾斯登馬耶登壇發表了一篇，崇德報功，長達一小時半的「頌詞」。老總理着常禮服，面對議長，肅立諦聽，目不斜視，彷彿小學生接受師長的訓話。頌詞終了，全場拍手歡呼，老總理徐徐就座，始終沉默，既不對歡呼的人揮手致謝，也不致答詞。我忝以來賓的身份，被排在樓上，老總理的親屬朋友一列座位，居高臨下，親眼看到如此莊嚴而簡單的儀式，既不奏樂，也不唱歌，並未因此減少這一幕歷史劇的氣氛與意義，使我十分感動。

蓋爾斯登馬耶，德國西南部名人，大戰期間參加反抗納粹運動而備受迫害判刑的自由鬥士，宣讀的一篇頌詞，洋洋灑灑，情文並茂。歷敘德國備經納粹與戰爭之災害，戰後重建國家之艱難困苦，老總理之功勳，尤以最後一段總結，沉雄簡練，感人肺腑，他說：一九四九年九月十五日，你從你的議員座位上站起來，接受德意志聯邦共和國聯邦總理的位置。今天你是完成了歷史性的功績，堅忍不拔，實至名歸地擺脫這個位置。

當初你立起身來走向國會諸君的面前。今天國會面對你站起來了，總理先生，爲的是要代表德國的人民，滿懷感激而宣告：康若德——阿德諾已經爲祖國立功了！」

典禮完畢，老總理健步走出人羣，走出議會的大門，登車而去，消失於「塵霧」微茫中，阿德諾的時代就此結束！

後來幾年中，老總理退而不休，仍舊保留他的議會席次，坐在右翼（「基民——基社」聯合黨的席次）第一排第一位，並不經常出席，也不再發言，遇有例行捧場的時候，亦虛應故事，輕描淡寫，作象徵性的鼓掌狀，電視記者往往抓住這種特寫的鏡頭，供人欣賞，他老先生滿不在乎。

他「退休」時已是八十七歲的高齡了。大部份的時間精力，用於「回憶錄」的編纂。到一九六七年他逝世爲止，已出版三大厚册。絕筆於一九五九年，後來四年中許多動盪世局的事，未能發刋，實堪惋惜。

最後一次我同老總理見面的機會，是一九六六年一月四日晚間。「基民——基社」聯合黨爲他九十歲的生日暖壽，舉行盛大的酒會於波昂有名的「貝多芬紀念堂」。來賓數千，朝野政要咸集。那時候已蘊釀「基民——基社」與「社會民主黨」的大聯合，要逼走艾爾哈德，改組內閣，老總理的死對頭「社民黨」要人也有不少參加慶典。區區也接到請帖，仍舊是秀才人情，帶一幅中國畫去祝壽。

壽星公於八時左右到場了，坐在爲他特地安置的圈椅中，與排隊爲他祝壽的賀客握手寒暄，賀客把禮品隨手遞給站在他座後的執事人員。有不少人也趁此同他叙一兩句家常，他有問必答，精神頗旺。臨到我鞠躬握手向他祝賀的時候候，順口一句問話：「總理先生，你還記得我第一次蒙你接見談話嗎？」

「記得，已經好久以前嘍！」

一剎那間，我忽然發現這位老人的兩眼眼角有一小塊紅疙瘩，眼簾已隱現一抹輕微的紅邊，和他的一向深藏不露而烱烱有神的眸子不相稱。我有點兒吃驚！

一九六七年四月十九日老總理感染風寒，與病魔搏鬥了數星期之久，逝世於萊茵河畔的住宅中。波昂的大聯合內閣原不準備爲此一代巨人舖張揚厲，大舉發喪，然而，西德的盟國與友邦朝野，非常重視老總理的撒手人間。弔唁的電信雪片飛來，許多政府要人，名流，都要親自到波昂來執紼致最後的敬禮。這一來，波昂政府當然不能拒絕弔喪，亦就樂得借老總理的榮哀，壯一壯新人物的聲勢，尤其是屢被老總理在競選中擊敗，一朝與「基民——基社」平分秋色的社民黨主席，新任副總理兼外交部長的布蘭德。

於是透過大聯合內閣的決議爲老總理舉行隆重空前的國葬大典。遵照死者的遺囑，由遺囑執行人葛羅布凱博士全權主持國葬大典的進行。葛羅布凱是一位多年輔助老總理處理政務，向不拋頭露面，忠心耿耿的反共學者。

國葬大典的程序略述如下：四月廿五日的上午在死者的故鄉科隆市大教堂舉行大彌撒。遺體先運到波昂市政廳，停放三日，以供民衆瞻仰，然後安置在科隆大教堂的正中神龕前。大彌撒完畢，起靈發引，由三軍儀仗護送，隨同家屬在科隆上船，溯萊茵而上，經過波昂，回到他的故居呂恩道夫村邊落葬。由波昂起，至呂恩道夫，也就是他十四年來經常往返的路程，沿途民衆竚候喪舟，目送老總理一去不返的嚴肅沉重的心情，與尋常萊茵兩岸笙歌嘈雜的光景完全兩樣。

弔喪的國賓，以法國總統戴高樂爲首。當時的法、美、德、三角關係，由於戴高樂的唯我獨尊，不可一世，導致「共同市場」與「北約」防禦問題的種種歧見，顯露裂痕。因此，詹森總統也報到了。英國工黨政府的威爾森，親臨波昂國會追悼大典，但未參加科隆教堂儀式。保守黨的顯要，如麥米倫，艾登，戰後英美兩國佔領軍司令，特派員等，也都隨同來波昂弔喪。尤其難得的是以色列的國父，老而退休的本古里昂率領代表團來到，西歐國家的政要，差不多到齊了。

各國貴賓主要的是參加科隆大教堂的宗教儀式，隨即送殯到科隆碼頭登舟爲止。然後參加國會全體爲老總理舉行的簡單追悼儀式，由聯邦總統「老好人」呂布凱先生主持。晚間由聯邦政府舉行一個盛大的酒會於科隆市有名的大會堂，以酬謝貴賓。然而，貴賓如戴高樂、詹森、本古里昂、麥美倫等人，都於國會的儀式終了，紛紛回國了。

國會追悼儀式過後，出現一幕滑稽劇值得附帶一提，以結束筆者對西德巨人的懷念：聯邦總統呂布凱親自送兩位首席貴賓，戴高樂與詹森，到國會的正門口上車。一大羣攝影記者堵塞出路，要攝這一個千載難逢的鏡頭。呂布凱中立，一左一右，手挽着戴高樂、詹森，並排站住。詹森是唯一穿大禮服，手持圓桶高帽的貴賓（餘人均着黑色常服而不戴禮帽）。詹神色憔悴，當然不是爲死者而爲越戰升級與國內反越戰的騷動傷心。但是，爲敷衍場面，兩頰仍堆起一層無可奈何的苦笑。戴高樂大不同了，一面孔耐煩與不屑爲伍的傲慢神情，有意暴露給大衆欣賞。「老好人」呂布凱不尷不尬，連忙左右開弓，拉起兩位貴賓的手，緊緊握在自己的手中，四手交叉，織成一幅象徵當年世局動態的諧趣圖。

一九七五、十二、四、香港

① 「狐狸爺爺」與「民主專政者」均係阿德諾生前爲人所戲稱的外號。

② 根據聯邦憲法及巴黎協定，西德加入「北約」組織，國防部隊應受「北約」節制，不能用於內務值勤（國防部及三軍機構例外）。「邊防部隊」屬於聯邦內政部，負責邊界及國內治安的警衛。

③ Stienmayer 先生爲阿德諾同鄉友人，僑居瑞士，業古董商，收藏名畫甚多。

長沙大火眞相

·張振國·

酆悌扣陳辭公的車

長沙大火慘案，在抗日戰爭的進行中，在第二次世界大戰的期間裡，確是一件震驚中外的大事！

近年，有關長沙大火的眞相，報導很多，筆者當時服務第九戰區長官部，担任調查室主任，兼管軍事情報，於長沙大火發生前兩天，追隨陳司令長官辭公（陳誠字辭修），到達長沙，是參予處理長沙大火事件，審判酆悌等案當事人之一，當時眞情實況知之甚詳，謹追憶如後，以就教於讀者諸君。

民國二十六年十二月十六日，南京陷敵，在日本軍閥心中，認爲攻陷我首都後，長期抗戰，僅是一種姿態，勢不能支持下去，據敵酋派遣軍司令官寺內壽一的分析：「中國軍隊，經過南京會戰後，已接近崩潰邊沿，無力再戰，日軍只須用少數兵力，掃蕩而已。」

十二月十八日的東京朝日新聞消息：「中國如願意議和，日本亦可停止戰爭」。

進攻蕪湖的第六師團，已經奉令凱旋，士兵歡聲如雷，連行李裝備等都已搬向碼頭，結果是春夢一場！

南京陷落，我政府西遷重慶，事實上、軍事、政治、經濟中心，確在武漢，軍事機關，後勤設施，大部疏散在湖南一帶，也確是我軍事上最危險時期。

當時，敵軍若溯江直上，不讓我軍有喘息調整機會，而我們的局勢可能變得極壞；抗戰工作當更艱苦！

兩個月的休戰，我軍仍得重整軍備，完成了國防新佈署，軍力增加一倍以上，並奠定了第二期全面抗戰方署。

民國二十七年二月，武漢保衛戰序幕揭開，日軍使用第十一軍團岡村寧次，第二軍團東久邇官兩軍團，共計十六個師團，配以航空兵團，由派遣軍司令官畑俊六指揮，分五路向武漢進攻。

我軍主力集注武漢外圍，施行戰略持久防禦；保持重點於外翼，爭取機動自由，予敵以最大消耗，粉碎其繼續攻勢之餘力。

武漢保衛戰爭，進行歷時五個月，使敵深陷泥淖，無以自拔，於十月二十五日，實行焦土政策，將武漢予以徹底破壞後，避免與敵決戰，依照計劃，乃自動放棄武漢。

武漢會戰後，敵軍分二路，一路沿武長公路，一路沿粵漢線進攻，武長路被我軍阻滯於通城九嶺，在粵漢線方面敵於十一月十二日攻陷岳陽，並以主力向新墻河攻進。

陳司令長官辭公，決心在新墻河地區，與敵決戰，予敵迎頭痛擊，於是在新墻河我軍打了一個勝仗，殲敵兩千餘人。

十一月十日長官部尚在長壽街，陳辭公偕周恩來暨我們少數作戰參謀等幕僚人員同往長沙，住長沙南門外造化塘約四五華里章亮基公館裡（舊稱掃帚塘，章時任長官部總務處長），章宅位於一小山坡裡，一座四開進的大平房，陳長官住正房，我們則住側室，臨時找幾張飯桌辦公，此行目的：

一、調動精銳部隊，增援新墻河，派張發奎、薛岳兩將軍所部為攻擊兵團，羅卓英部為預備兵團，與敵決戰。

二、命周恩來、葉劍英等，協同計劃成立南嶽游擊幹部訓練班，（不久游幹班成立，湯恩伯為主任，葉劍英為副主任，講游擊戰術，另成立一特訓班，洪懋祥將軍兼主任，筆者以副主任代理主任，並主講游幹班特種戰術），俾展開對敵全面戰鬥，轉守為攻。

當時，為了集中全力抗戰，共黨自動投誠願意接受中央政府改編參加抗戰，軍委會總政治部成立，陳誠將軍兼任部長，周恩來專任副部長，武漢退守後，周恩來表示效忠，即隨長官部行動，由咸寧、通城、平江、長壽街，而長沙，追侍陳辭公左右，奉命惟謹，當長沙大火時，陳辭公的文告，記得有「何以安軍心，何以慰湘民」之句，係出於洪懋祥將軍手筆，由周恩來修正而發的。

抗戰時期，車輛汽油，均感缺乏，我們來長沙，陳辭公乘德產老式轎車，我們隨員乘大卡車各一部，到達長沙時，是十一月十日黃昏。

第二天早晨，王司機架卡車進城加油，不一會，王司機回來報告，卡車被長沙警備司令部扣留了，陳辭公正在桌上寫東西，一聽非常不高興，即對作戰課長劉雲翰將軍說：「打電話問酆司令，問他為什麼要扣車」，劉撥通電話，只聽對方回答：「凡是在長沙的軍用卡車，一律扣，另有用處」，因為我們初來長沙，陳辭公行轅未定，尚未通知通訊指揮部裝設通訊電話，竟暫用章宅一部電話對外聯絡，可能酆司令對話的聲音很大，被坐在旁邊的陳辭公聽到了，搶過電話叱道：「好大胆，連我的汽車都敢扣，我要殺你的頭！」說罷氣得連話機都拋壞了！

周恩來認名字封建

酆悌當時可能想道，在長沙未有人敢說殺我頭的人，張治中不敢，蔣委員長遠在桂林，難道陳誠來到長沙？

當天，十點左右，看見一部黑色轎車在章宅外圍打稻場停下，（章宅外以竹圍一籬笆，外有一打稻場，作為臨時停車場），見有一位衣西服便裝的紳士人物走出，車裡還坐一位穿陰丹斯林旗袍年青貌美的女郎，我向前招呼：「請教尊姓大名？」

「我是酆悌」，說完遞給我一張名片，上面印長沙警備司令酆悌，是我第一次見面的風雲人物！

「酆司令好」，我有禮貌行一軍禮，彼此互通。姓名。

「我想見見辭公」，他向我請求。

「辭公正在同張總司令向公（發奎）談話，司令可否能等一下？」我說。

「我當然要等，」酆悌誠懇的回答我。

這時，張總司令同薛總司令，均遵辭公電召，於昨晚抵達長沙，順便邀請酆司令在我住房坐下，我倆開始談話：他向我解釋扣車原因：「敵人已陷岳陽，敵艦朝夕可到長沙，我們為了要實行堅壁清野，焦土抗戰國策，待敵人攻陷長沙時，我們要仿照武漢，予以徹底破壞，扣車，是搶運軍事物資，我們真不知辭公已駕臨長沙，未及請示，致引起辭公的誤會，內心非常難過」。

「你同辭公，師生情誼，關係深切，決無芥蒂，我要向司令報告的，辭公正調勁旅，準備在新墻河與敵決戰，昨天我們也打了一大勝戰，料想目前日軍已無攻打長沙的可能性，加以沿江我軍配有岸砲佈雷，敵艦更不敢來犯，請司令轉告長沙居民安心勿驚」，我知道他們的情報不正確，連絡不大確實，惑於敵之謠言攻勢，特作這樣解釋，他不時點頭稱是。

「為了在新墻河地區給敵致命打擊，辭公將各位白袍小將，關麟徵、王敬久、俞濟時、李仙洲、李延年、夏楚中、黃維、王耀武，斯時都是三十左右英勇善戰的青年將領，所率都是國軍勁旅，故戲稱為「白袍小將」！都調上去了，辭公已嚴令前方作戰將領，如再後退一步，決軍法嚴辦，昨天已槍決一位師長！」我輕鬆而嚴肅地說。

「叫他進來！」我請示後，引酆悌晉見辭公，當辭公同酆談話時，我即退出，他們談些什麽，我不知道。

十二日晚飯後，周恩來嚷着要進城洗澡，我們武漢退出後，輾轉戰地，根本無法洗澡，大家滿身臭汗。

周恩來、葉劍英，還有一姓趙的副軍長同我一行四人，乘車進城，街上行人稀少，簡直是死城一坐，我們初到長沙，到處找不到澡堂，只有跑到市警察局見文重孚局長，說明來意。

「敵人快到長沙了，我正忙着應變，沒時間，洗澡堂很多，請你們自己去找」，文局長張皇失措的答覆我們，更荒唐的也不問我們的身份姓名。

「局長大人不要緊張，這位是陳長官的特務部長，敵人來不來長沙，他知道，」周恩來指我，向文局長幽了一默！

這位局長大人，他幹他的，連理都不理我們，眞幼稚得可恨，我們只有掃興的離去。

這晚街上風勢很大，見有少數火炬遊行的行列，是來慶祝新墻河勝利的。

我們好不容易在一個臨大街巷子裡，找到了一個澡堂，是旅館式的，房內有西樣子床，設備很講究，主人已疏散下鄉，留一工友看家，在我們請求下才開門燒水，周恩來興趣特別濃厚，有說有笑，聊天洗澡，我說他雖是共黨頭子，但習慣布爾喬亞的生活方式，他不否認，同時在他閑聊時我們也知道他起名「恩來」的來由。

他說：原來，他在他祖父奉慈禧太后賜官的那天晚上誕生他，他祖父一高興，說皇恩浩蕩帶來他家，故取名「恩來」，我們說他名字「封建」，他也說「封建」。

在戰地近一個月朝夕相處當中，辭公生活嚴謹，他不願多接近，閑來無事，周恩來只有找我們閒聊，因此除了瞭解周的個性外，也知道周的很多往事，容當另文詳述。

葉劍英，廣東人，說國語很吃力，總是沉默寡言，書不離手，一套舊學生裝，無事喜歡往鄉下農村跑。

他們同我表面上非常親切，從不談及政治，各人心裡有數，暗裡鬥爭，彼此絲毫從未放鬆。

報告辭公長沙大火

晚上約十二點鐘左右，外邊人聲鼎沸，出外一看，火光衝天，我們的進出巷口，已被火舌封閉，後退無路，大家在驚惶萬狀中，各人找了幾床棉被，用水打濕，頂在頭上，從火海中鑽了出去，在大街上，是一片呼爺喊娘各自逃命的人潮，到處是遺棄的衣服，眞是慘絕人寰，雖火光照得通明，其凄凉景象，實非筆墨所能形容。

我們四人早被人潮衝散，我個人只有向章宅方向摸索走去。

到處都是一片火海，爆炸聲音震耳欲聾，逃難的人們有如熱鍋螞蟻，電燈早已熄滅，火光照耀有如白晝，月色昏暗寒星點點，冷風襲人，是人間，還是地獄！

好不容易我拖着疲倦的身子，掙扎找到了章宅，這時天已拂曉，衛士們喜見我歸來，知道辭公還在睡覺，我忙進房叫醒：

「報告辭公，長沙大火，」我站在床邊報告。

「叫他們救火就是，」辭公面諭。

「整個長沙大火呀！」我繼續報告。

辭公連忙披衣下床，走到宅後小山坡上，遙望整個長沙燒得一片焦土，餘火未熄，至爲震駭！

辭公回到屋裡，首先問我：「周恩來同你一道去洗澡！他們呢？」「大家衝散了，下落不明，」我答。

「你趕快做幾件事：一、請張治中主席來；二、查明大火的原因；三、看譚故院長公館燒了沒有；四、注意周恩來的行動。

」辭公對我的面諭。

我遵照辭公指示，分別交駐長沙的同志們查辦，即親偕錢漢佐兄（辭公的侍從副官）進城，首先到張治中的官邸（唐生智的公館）只是湖南省政府一位方一志科長在，我說明來意，他說：「張主席昨晚到湘潭去了」，又趕到譚公館，幸尚完整，唯屋空無人。

長沙城中，八角亭，中正路，南正路一帶街市，機關官署，對河嶽麓山下的湖南大學，第一紡紗廠，以及大街小巷，都已化爲灰燼，全城精華變爲頽垣殘壁，財產損失不計其數。

起火時間在午夜，數十處同時起火，可憐一般老百姓，事前一點不知道，臨時單身逃命，葬身火海裡的軍民爲數不少。

我將經過面呈辭公後，並綜合所得報告，結論如下：

一、長沙大火，確是張治中主謀，我們得有他所頒「破壞長沙實施辦法」一份爲證。該辦法他指示所屬兩個保安團，某一隊破壞某一條街，某一隊破壞某一重要建築物，分工分得非常詳細，汽油、爆破器材，也準備週全，時間是十二日午夜開始，分七十二個地點，同時實施，警察從中協助，以打鐘爲號，他做得非常保密，連他親信左右人，以及各部主管，都不知道。

二、大火發生後，酆悌事後根本不知道，那晚酆正在睡覺，經侍從人員喚起後，深感驚疑，馬上找張治中請示善後處理辦法，不得要領，而張又深夜逃走，酆又無法與團隊警察連絡，措手無策，坐以待旦。

三、團隊、警察放火，均已離開長沙，以是長沙治安秩序，無人維護。

辭公飛調俞濟時軍，憲兵團進駐長沙，動員各部政治工作人員、軍醫人員，搶救難民，並辦理輸送物資，恢復市容，救治傷患等善後工作，散發告民衆書，長沙全城總算慢慢恢復了生機；同時鐵道司令蔣鋤歐前來請示，辭公諭：「前線穩定，後方交通應維護暢通」。以是火車不斷鳴笛，人心稍安。

張治中聲聲我該死

十三日，張治中知道辭公尚在長沙，下午從湘潭趕來，兩人一見面，只聽辭公大聲怒吼：「敵人未有繳我的械，你把我的械繳光，你叫我這長官怎樣當法？」又聽張說：「不要說下去了，我該死。」「你把我的電線、電話、棉軍被、彈藥，都燒光了，我有甚麼辦法來指揮作戰，長沙破壞到這樣，怎麼辦？」「辭修兄：我該死，我該死，我該死！」兩人的對話，聲傳戶外。

晚上，周恩來也回到長沙，原來他同葉劍英驚魂落魄的隨着逃難人潮，跑到湘潭，身上沒錢付給飯宿錢，把身上的大衣手錶，都抵押在店裡！

當時敵軍確利用我長沙大火爲口實，大作分化我抗戰陣營的宣傳，退守岳陽，靜待我們內部的分化！

十五日，蔣委員長由桂林蒞臨長沙巡視，文武高級首長列隊歡迎，委員長下車後，表情非常嚴肅，向歡迎人員，也不握手招呼，只走到張治中面前，用手指張的臉上：「你！你！該死，你！你還有臉來見我！」話罷，掉頭乘車而去，到八角亭的山坡上，瞰視一片焦土的長沙城，足足一個鐘頭之久，內心之沉痛，可想而知！

委員長行轅設在何鍵的公館，隨行人員有林蔚文等，下令將酆悌及警察局長、保安團長等三人扣押，禁閉在何公館中間門房裡，絕對禁止任何人接見，不過張治中同酆悌密談過一次，內容是張要求酆不要把他牽涉在內，讓他在外好替酆活動。

我每天同酆悌等三人總要見面兩三次，照拂他們的飲食健康，和傳達意見。

酆悌是黃埔軍校一期生，素蒙 蔣委員長所愛護，在侍從室工作多年，秉性聰敏，剛毅堅貞；其他兩位都忠誠篤實，負責守紀，幾天的接觸中，知道他們均不失爲優秀的革命同志！

特別組織審判委員會，錢大鈞爲審判長，長官部參謀長施伯衡爲副審判長，戰區軍法監盧將軍爲主審官，派我充協辦兼紀錄。

大火的眞正主使人是誰，大家心裡有數，各承審人，均採爲國惜才爲宗旨，在審判中，避重就輕，但酆始終表示一切責任，由他個人承担，從不把張治中牽扯在內，在口供的紀錄中，我們並未錄入酆悌承認一切由他本人負全責字樣。但是交他閱讀畫押時，他又一再親筆塡寫，塡上由他負一切責任，實不失爲一位英雄好漢。

審判結果，酆悌處有期徒刑十年，徐文二人各判七年，專案報呈最高當局核示，奉批「瀆職殃民，一律槍決，張治中撤職查辦」。林蔚公、施伯公等，均是忠厚長者，對酆莫不深表愛莫能助，痛惜萬分！在審判的進行中，酆一再向我表示，要求解往重慶，我也將他意見轉呈，都蒙上級允許盡量想法。

長沙大火，最高當局揮淚斬馬謖，是以緊急處置，以平息輿情。

十一月十八日晚間，我感於酆悌等勇敢負責，代人受過，爲了安慰酆悌的情緒，陪他們吃了一頓豐富晚餐，喝了不少酒，聊了許多有趣故事，在那兩天內，他心情比較安定，除了睡覺，忙着寫信，他將判處徒刑，我已告訴過他！」

十一月十九日，時屆冬季，陽光普照，　委員長在長沙主持三天軍事會議，指示作戰機宜後，於當日上午九時離開長沙，前往桂林。

十九日早晨，我到得很早，照例同他們打招呼，待　委員長暨隨侍們的車輛出發了，我又重到酆的房裡。

「校長走了，」酆問我。因爲來往的車輛，必定經過他的門前，今天開出去的車子特別多，他當然知道。

「走了」我從容而自然的回答。

「我是不是也走，是不是到重慶，」他追問我。

「請準備一下，馬上上車，到重慶，」我含着眼淚騙他。

他們聽了，非常高興，連忙整理容裝，酆手上拿着近二十封他寫的信。

「你是否把信，交我替你代寄，我寄快，」我說。

「很好！很好！」他把信交給我，每封都是他寫給重慶長官親友的。

上了張治中的大當

一輛軍用卡車我同酆並坐在前面靠司機坐，徐等由原看守的憲兵押坐在後面，當車將開到長沙警備司令部附近時，酆突然問我「來到司令部？」我回答他：「你是警備司令，你走時，也應該有個交待或辭行，」他也不疑有他。

當走進司令門裡，俞濟時將軍在坐，旁邊還有兩位軍法官，及不少槍兵（這時俞濟時已奉派兼任長衛戍司令），酆進門見俞，忙稱「俞學長你好，」俞未理他。「俞學長連我酆悌都不認識了，」俞仍不理。

「你叫甚麼名字？那裡人？多大歲數？」俞開始嚴肅問話。

酆悌這才開始警覺，大聲叫道：「張治中，你這王八蛋，我上了你的當，我死了，我的鬼魂也要找你」。

從軍法官宣讀處決命令，到綁赴刑塲，酆悌一直怒罵不停，執行地點在離警備部約兩華里的小山坡上。

我眼見他們三人的伏法，特走到酆悌的尸首旁邊，揮着眼淚說道：「你安息吧！你死得好寃啊！你那代人受過的偉大精神，我會替你白於世人的！」當我離開刑塲時，內心是多麼悲痛啊！

不過多少年來，我心中始終有一個謎，在長沙時，總有一位年青貌美的少女，緊跟着酆的身邊，酆被扣押送菜送飯，雖不准接見，總留連不去，酆伏法後，緊抱尸體，嚎哭不止，這到底是酆的甚麼人？

在台灣有一天，閒談中，左曙萍兄告訴我：那是酆的侄女，等於他的女兒，我這個謎才解開！

事隔多年，走筆至此，不禁擲筆三嘆。

七七事變眞史（二）

·吳相湘·

七月二十三日，宋哲元接見外交部特派員楊開甲和孫丹林時表示：盧案和平已有七成希望，今後的交涉中心端在中日兩國政府。很顯然的，他在當時還以爲和平有望，並沒有警覺到他已中了日本人的緩兵之計，墮入日本人的圈套。等到日軍佈置完成了，三天以後（即七月二十六日），日本駐屯軍就向他提出了最後通牒。

盧溝橋事變發生時，行政院長兼軍事委員會委員長蔣中正、中央政治會議主席汪兆銘（精衞）、外交部部長王寵惠等都在江西廬山主持暑期訓練團，並對即將舉行的全國學術教育界領袖談話會進行最後的準備工作。七月八日，蔣委員長得到了日軍挑釁的報告，就準備動員，決心應戰。他命令在廬山參加暑期訓練團的將領孫連仲等立刻下山，率軍援助河北。外交部次長陳介也在南京約見日本大使館參事日高信六郎提出口頭抗議，要求日本政府約束軍人，不使事態擴大。七月十日，王寵惠部長從廬山回南京，向日本大使館提出書面抗議：「日軍此種行爲顯係實行預定挑釁之計劃，尤極不法」。日本大使館參事日高對王寵惠部長表示的態度是；不願以中國外交部爲對手，而欲就地商談。這是說日本要對華北地方當局肆意壓迫。中國駐日本大使館也來電報告：日本的陸海外三省協議：特別著重今後保障以豐台爲中心，在永定河以東的一定區域設置停戰區域。

中央下令就地抵抗

十二日，日本大使館參事日高信六郎和副武官大城戶到外交部會晤王寵惠，說奉了外務省命令：日本政府對於中國中央軍及空軍或已出動或準備出動一事，「已抱最大決心，以謀應付」。王寵惠笑復：日方既聲明了不擴大方針，關東軍的兵車又絡繹進入山海關。今如眞願事態不擴大，雙方應即實行下列兩種方法：（一）雙方出動的部隊各回原防。（二）雙方立即停止調兵。大城戶立即表示：中日雙方已在昨晚在北平成立一種諒解，「如照部長之意去做，反而會使事態惡化」，「部長所說將出動的部隊撤回原防，在現在情形之下，實爲不可能之事；因本人爲軍人，對軍事甚爲熟識。現在華北之軍事部署是爲防備萬一計，早已辦妥，故此事難予同意」。

這一天，蔣委員長致電宋哲元，說明中央不屈服、不擴大的方針，命令他就地抵抗。蔣委員長又令中央軍集中在保定，準備在永定河與滄縣至保定線持久作戰。七月十三日，日本再發表出兵華北聲明。蔣委員長又電令宋哲元：「盧案必不能和平解決。

無論我方允其任何條件，而其目的則在以冀察爲不駐兵區域與區內組織用人皆（須）得其同意，造成第二冀東（按冀東有漢奸殷汝耕的僞組織）。若不做到此步，則彼得寸進尺，決無已時。中央已決心運用全力抗戰，寧爲玉碎，毋爲瓦全，以保持我國家之人格」。「此次勝敗全在兄與中央共同一致，無論和戰，萬勿單獨進行。不稍與敵方以各個擊破之隙，則最後勝算必爲我方所操。請兄堅持到底，處處固守，時時嚴防，毫無退讓餘地。今日對倭之道唯在團結內部，激勵軍心，絕對與中央一致，勿受敵欺則勝矣」。蔣委員長又派參謀次長熊斌北上，令宋哲元移駐保定，免受日人包圍和壓迫。

七月十五日，中國外交部照會日本大使館，說明日方來文「竟欲以違反事實之見解，除免日方一切應負之責任，礙難承認」。中國外交部又指出日軍强扣北寧鐵路車輛運兵輸械，「顯係有意擴大事態，侵害中國主權，茲特一併嚴重抗議」。

當時，中國駐日本大使館報告：此次日本派兵係以中央軍爲目標。日本政府的最初意向是不主張擴大，此次決定出兵係受了軍部的牽制，尤其受了駐外軍部的牽引。十六日，中國政府對九國公約簽署國的美、英、法、義、比、荷、葡、德和蘇俄等國政府提送備忘錄，指明日本以大量軍隊突襲盧溝橋，侵略華北，顯係侵犯中國主權，違背九國公約、巴黎非戰公約和國際聯合會盟約的文字與精神，促請各國政府注意。同時，中國外交部鑒於中日直接交涉毫無效果，特請英國駐華大使許閣森向東京試探。許閣森就電請英國駐日本代辦達斯轉告日本外務省：蔣委員長準備自七月十七日起停止調動軍隊，希望日本也採取同樣行動；中國政府並準備預作安排，以使雙方捲入衝突的軍隊各回原防。美國駐日本大使格魯認爲「假若日本眞正希望避免敵意的擴張，顯然這是個良好的機會」。但是，日本外務省答復達斯說：解決盧溝橋事件完全是華北地方當局的職權，日本政府不能接受蔣委員長的提議。十六日，美國國務卿赫爾通告各國，聲明對當前國際政局的一般方針是：不行使武力、不干涉內政、遵守條約。

中國堅守四原則

七月十七日，蔣兼行政院院長出席廬山第二次共同談話會，對盧溝橋事件作了嚴正表示：「此事發展結果，不僅是中國存亡問題，而將是世界人類禍福之所繫」。「此事能否結束，就是最後關頭的境界」。因爲「如果盧溝橋可以受人壓迫佔領，那末我們百年故都、北方政治文化的中心與軍事重鎭的北平就要變成瀋陽第二！今日的北平若果變成昔日的瀋陽，今日的冀察亦將成爲昔日的東四省。北平若可變成瀋陽，南京又何嘗不可變成北平！所以盧溝橋事變的推演是關係中國國家整個的問題」。

他進一步表示：「萬一眞到了無可避免的最後關頭，我們當然只有犧牲，只有抗戰！但我們的態度祇是應戰，而不是求戰，應戰，是應付最後關頭必不得已的辦法。我們全國國民必能信任政府已在整個的準備中」。「至於戰爭既開之後，則因爲我們是弱國，再沒有妥協的機會。如果放棄尺寸土地與主權，便是中華民族的千古罪人！那時便祇有拚民族的生命，求我們最後的勝利。」

蔣兼院長在明白表示了中國政府的基本原則以後，又鄭重指出明顯的立場：「盧溝橋事件能否不擴大爲中日戰爭，全繫於日本政府的態度；和平希望絕續之關鍵，全繫於日本軍隊之行動。在和平根本絕望之前一秒鐘，我們還是希望和平的，希望由和平的外交方法求得盧事的解決。但是我們的立場有極明顯的四點：（一）任何解決不得侵害中國主權與領土的完整。（二）冀察行政組織不容任何不合法之改變。（三）中央政府所派地方官吏，如冀察政務委員會委員長宋哲元等，不能任人要求撤換。（四）第二十九軍現在所駐地區不能受任何的約束。這四點立場是弱國外交的最低限度。如果對方猶能設身處地爲東方民族作一個遠大的打算，不想促成兩國關係達於最後關頭，不願造成中日兩國世代永遠的仇恨，對於我們這最低限度之立場應該不致於漠視。」

七月十八日，蔣委員長致電宋哲元和秦德純說：「倭寇不重信義，一切條約皆不足爲憑。當上海一二八之戰，本於開戰之前已簽和解條約，乃於簽字後八小時仍向我滬軍進攻。此爲實際之經驗，特供參考，勿受其欺。」

七月十九日，日本大使館送了一件相當於最後通牒的照會給中國外交部，推卸一切責任。照會全文說：

「帝國（日本）政府已於本月十一日聲明中明白宣示：堅持事態不擴大之方針，幷不放棄和平折衝之希望，隱忍自重，不斷努力於當地解決。然中國政府不但仍繼續挑戰的態度，幷以各種手段與方法妨礙冀察當局解決條件之實行，對於華北安定不斷加以威脅，帝國政府深覺遺憾。苟長此推移，終必難免發生重大不測之事態。中國政府方針亦在不擴大事態，此從王（寵惠）部長閣下屢次說明之言辭中亦可鑑及。中國政府若眞有此種希望，爲求實現起見，帝國（日本）政府要求即時停止一切挑戰的言動，幷要求不妨礙地方當局實行解決條件之事。對於上述，希望迅予明確囘答」。

兩國改在南京談判

當天，中國外交部即用照會嚴辭駁復日本強辭奪理、抹煞事實的論點。原文如下：

「自盧溝橋事件發生後，我國始終不欲擴大事態，始終無挑戰之意，且屢曾表示願以和平方法謀得解決。乃日本政府雖亦曾宣示不擴大事態之方針，而同時調遣大批軍隊開入我國河北省內，迄今未止，顯欲施用武力。我國政府於此情形之下，固不能不作自衞之適當準備，然仍努力於和平之維持。本月十二日，外交部長接見日本大使館日高參事時，曾提議雙方停止軍事調動，幷將軍隊撤囘原地。日方對此提議迄無表示，不勝遺憾。現在我國政府願重申不擴大事態與和平解決本事件之意，再向日本政府提議：兩方約定一確定之日期，在此日期，雙方同時停止軍事調動，幷將已派武裝隊伍撤囘原地。日方既抱和平折衝之希望，想必願意接受此項提議。至本事件解決之道，我國政府願經由外交途徑與日本政府立即商議，俾得適當之解決。倘有地方性質，可就地解決者，亦必經我國中央政府之許可。總之，我國政府極願盡各種方法以維持東亞之和平。故凡國際公法或國際條約對於處理國際紛爭所公認之任何和平方法，如兩方直接交涉、斡旋、調解、公斷等，我國政府無不樂於接受也。」

同一天，日本大使館武官喜多誠一到中國軍政部拜訪何應欽部長，也使用「最後」的語句說明日本的「重大決意」：

「此時乃千鈞一髮之時，幷不是議論時候。請用冷靜態度加以考慮：如中國方面不將新進入河北之軍隊撤退，則局勢必急變，必致引起中日軍全面之衝突，以後局勢則必擴大。此乃最後友誼的進言，幷非威脅恫嚇。」

時機緊迫，對於此時局須立即收拾，希望中國一面撤退進入河北軍隊，一面停止航空武力之動員準備」。

何應欽也嚴正表示：「中國軍隊之移動全係出於自衞，幷無挑戰之意。日本新增加之軍隊如撤退，中國方面亦可考慮將新增加之軍隊撤退」。他又鄭重告訴喜多：「事態之擴大與否，在日方，不在中國」。喜多在臨行時又說：「日本對此非常時局已有重大決意，如中國抱有待日軍撤退後，中國軍始撤退之意，則局勢必惡化。如中國空軍活動，則必引起空中戰無疑，將來無法收拾，希望中國方面審愼注意。」

二十日，蔣委員長從廬山囘到了南京。二十三日，蔣委員長召集軍政負責人討論，宋哲元送來的秦德純和橋本羣達成的協議，立即電復宋哲元說明：（一）來電所報告之條件如已簽字，中央願予以批准，表示共同負責。（二）如果尙未簽字，中央有兩點意見補充：甲、第三十七師撤離宛平縣應爲暫時性的。乙、對於共黨的鎭壓及其他排日團體的取締應由中國自行決定。南京的這個決定表示中央與地方的意見是一致的；也顯出中國政府仍在努力謀求和平，消除日本人所謂「中央妨害當地解決」的藉口。

日軍攻佔廊坊

自盧溝橋事變發生後，中央派參謀長次熊斌及楊宣誠、劉健羣、戈定遠等到北平，向宋哲元說明一切。七月二十二日晚，熊斌等到北平的時候，宋哲元才明白中央是決定抗戰了，他也決定遵照蔣委員長的命令行事。這時，軍政部補充第二十九軍的子彈三百萬發也運到了；駐河南鞏洛警備司令部所屬的高射炮部隊也奉令調駐保定，歸宋哲元指揮。軍政部又令各兵站向北運補給。宋哲元抗日守土的決心加强了。

七月二十四日，國立北京大學全體教授發佈對盧溝橋事變宣言說：「我們爲人道正義、爲自由、爲和平而犧牲，自所不惜。惟望全世界明達認清這個破壞和平、摧殘文化的罪魁是日本，而不是中國」！中國青年學生們也組隊協助第二十九軍做防禦工作。宋哲元下令第一三二師趙登禹部在永定河以南集結，又不顧日本人抗議：命令第一三二師石振綱旅接替北平城防。

二十五日下午四時，從關外調來的日軍一中隊配合着工兵，藉口修理北平和天津間的電線，從天津開到廊坊，佔領了廊坊車站——這是平津間的一個重要據點。駐守廊坊的第二十九軍第三十八師第一一三旅長劉振三要求日軍撤走，日軍不答應，雙方就發生了衝突。戰鬥延續到第二天（二十六日）早晨，日本派陸空軍增援，中國駐軍沒有空軍掩護，祇得退到黃村。

宋哲元得到了廊坊失守的報告，知道戰爭已是不可避免了。他一面約見外交部特派員孫丹林說：「戰爭恐不能免，外交大計仍應由中央主持」；一面命令第一四三師師長兼察哈爾省政府主席劉汝明立刻回察哈爾：「照計劃做，八月一日行動」。

日軍佔領了廊坊後，又從豐台調派一中隊人分乘軍車，冒充北平城內日本總領事館的衛隊在野外演習後回來，企圖進入北平。他們到了廣安門時，中國第二十九軍第二十五獨立旅第六七九團劉汝珍部出來阻止。日軍堅持要進城，擺出了攻城的姿態。宋哲元知道了，就令劉汝珍團長備戰。劉汝珍下令開城門讓日軍進來，等到日本兵進城了一半，中國兵就開槍射擊。日軍陷在混亂中，有相當的損失。日本人稱這次衝突爲「廣安門事件」，認爲是第二十九軍預謀的抗日行爲。晚上，華北駐屯軍司令官香月清司就向宋哲元提出限期撤兵的最後通牒，譯文如下：

「二十五日夜間，我軍爲保護廊坊通信所派之士兵曾遭貴軍非法射擊，以致兩軍發生衝突，實深遺憾。查此事發生之原因，實由於貴軍對於與我軍所訂立之協定未能誠意履行，而緩和其挑戰之態度。如果貴軍有使事態不擴大之意，須將盧溝橋及八寶山配備之第三十七師於二十七日正午以前撤至長辛店；并將北平城內之第三十七師撤出城外；其在西苑之第三十七師部隊亦須二十八日正午以前，先從平漢路以北地帶移至永定河以西之地，并陸續撤至保定。如不實行，則認爲貴軍未具誠意，而不得不採取獨立之行動，以謀應付。因此，所有一切責任，并應由貴軍負之」。

按照這個通牒所開的時限：第三十七師應在二十七日正午十二時以前，從盧溝橋和八寶山撤退。日本大使館人員也曾對美駐華大使館官員有在限期內不發動攻擊的保證。但在二十七日早晨三時，日軍突向通縣的中國守軍攻擊。六時，日本飛機十八架掩護日本騎兵一大隊進攻團河。日軍不遵守他們所定的最後通牒的時限，這是東京和天津少年軍官們合作硬要擴大事態的行動。二十六日，東京參謀本部電令香月清司令動用武力。二十七日，東京又傳令「支那駐屯軍司令官之現行任務爲膺懲平津地區之支那軍」。同時，命令日本國內的三個師團出發。

日軍進佔北平如天津

這時，宋哲元通電全國說：「自衛守土」，完全拒絕了日本人的撤兵要求。他在軍事上是處於不利的被動態勢。七月二十八日黎明，日軍飛機三十餘架掩護機械化部隊分途進攻北平近郊的南苑、西苑和北苑。第二十九軍倉卒應戰，死亡慘重，副軍長佟麟閣及第一三二師師長趙登禹等陣亡。後來，美國駐華大使館武官巴勒上校和史廸威上校曾從北平到南苑去視察，看見了幾百名中國士兵與馬匹屍體，還有大量軍用品堆積在道路上，這顯示出中國軍隊是在密集隊形下被突然襲擊的，沒有時間散開。

當天（二十八日）下午，宋哲元召集緊急會議，商討防守北平問題。中央政府及國民都希望他能守住北平，北平人士却不希望這個文化中心成爲戰場。他最後决定：由張自忠以代理冀察政務委員會委員長及北平市長名義留住城內，維持治安；第三十七師部隊撤到永定河的南岸。宋哲元遵照中央前令移駐保定。下午九時，宋哲元離北平南下，第二十九軍部隊也完全撤行。北平城在七月二十九日丢了。

同一天拂曉，通縣（冀東僞組織的所在地）的僞保安隊第一總隊反正過來，槍殺了日本特務機關部和守備大隊首長及官兵三百餘人；還逮捕了冀東僞政府首腦殷汝耕，準備押他到北平。不料第二十九軍已撤走了，日軍增援部隊趕來，反正的保安隊只得化整爲零散開，日軍又奪去了殷汝耕。

通縣僞保安隊起義反正時，駐守天津的第二十九軍第三十八師與警察也開始向日本租界進攻，克復了北倉飛機場及日軍駐守的車站，一度逼近日本租界中的海光寺。後來日軍增加援軍，並有空軍掩護反攻。三十日，中國軍撤離天津。當時，日本飛機大肆轟炸，私立南開大學的校舍大半都被炸燬了。

宋哲元離開北平是倉卒决定的，事先沒有請示中央。消息傳到了南京，中央政府和社會大衆都感覺事出突然。二十九日上午和下午，蔣委員長兼行政院長兩次召開特別會議，商討平津局勢驟變以後的政府方針。同一天晚上，蔣委員長對新聞記者發表談話，號召全國一致决心共赴國難：「在軍事上說：宋（哲元）早應到保定，不宜駐守平津，余自始即如此主張。余身爲全國軍事最高長官，兼任行政責任，所有平津軍事失敗問題不與宋事，願由余一人負之。余自信必能盡全力負全責，以挽救今後之危局。須知平津情勢今日如此轉變，早爲國人有識者預想所及。日人軍事政治勢力之侵襲壓迫由來已久，故造成今日局面，絕非偶然。況軍事上一時之挫折不能認爲失敗，而並平津戰爭不能算爲已經了結。日軍蓄意侵畧中國，不惜用盡種種之手段，則可知今日平津之役不過其侵畧戰爭之開始，而决非其戰爭之結局。國民只有一致决心，共赴國難。至宋個人責任問題，不必重視」。

日本提出停戰條件

七月十七日，蔣委員長對於盧溝橋事件發表嚴正聲明時就曾明白指出：「我們既是一個弱國，如果臨到最後關頭，便只有拚全民族的生命，以求國家生存；那時節再不容許我們中途妥協。須知中途妥協的條件便是整個投降，整個滅亡的條件」。

七月二十九日蔣委員長在北平不守後對新聞記者說明今後對日方針時，更進一步表示絕無妥協與屈服的决心。他說：「自盧溝橋事變發生，余在廬山談話會曾切實宣告：此事將爲我最後關頭之界限，並列舉解决此事之最低立場，計有四點，此中外所共聞，絕無可以變更。當時余言我不求戰，祇在應戰。今既臨此最後關頭，豈能復視平津之事爲局部問題，任聽日軍之宰割，或製造傀儡組織？政府有保衞領土主權與人民之責，惟有發動整個之計劃，領導全國，一致奮鬥，爲捍衞國家犧牲到底，此後决無局部解决之可能。國人須知我前次所舉之四點立場，實爲守此則存失此則亡之界限。無論現我軍幷未如何失敗，即使失敗，亦必存與國同盡之决心，决無妥協與屈服之理。總之，我政府對日之限度，始終一貫，毫不變更，即不能喪失任何領土與主權是也。我國民處此祖國之存亡關頭，其必能一致奮鬥到底！余已决定對於此事之一切必要措置，惟望全國民衆沉着謹愼，各盡其職，共存爲國犧牲之决心，則最後勝利必屬於我也」。

七月三十一日，蔣委員長發表告抗戰全軍將士書，說明九一八以來的幾年忍耐實在是爲了要安定內部，完成統一，充實國力，到最後關頭來抗戰雪恥。現在既然和平絕望，只有抗戰到底，舉國一致，不惜犧牲，來和倭寇死拚，以驅逐倭寇，復興民族。

安陽保衛戰紀實

・劉如桐・

一、前言

保衛安陽之四十軍軍長李振清將軍，於本（六十五）年四月二十一日仙逝。李將軍智勇兼備，膽識過人，身經百戰，從無一次敗仗。敬恭尊長，復有孝友風範。安陽保衛之戰，以寡敵衆，安如泰山。時余困於城內，曾逐日簡記戰況。現李將軍已歸道山，特將日記整理發表，以資悼念，而慰英靈。

民國三十四年勝利光復，余被派爲河北沙河縣長，參加河北復員。自西安出發，經洛陽鄭州，沿平漢綫北上至安陽。因高樹勳之倒戈，前進行列，整個粉碎。李將軍負傷率部撤守安陽，積極整訓，以備戰鬥。

劉伯承以九個縱隊之兵力，於三十六年夏，圍攻安陽，志在必得。李將軍率四十軍奮力堅守，血戰城郊。地方團隊郭青，王自全，程道生，程道和等部協同配合，表現極佳。其戰況之激烈，守軍之忠勇，民衆之合作，以及可歌可泣之事蹟，實難盡述。

當時被圍困於安陽城內之河北省及中央黨政人員，以及河南、河北、山西等省之專員縣長，計共有專員五人，縣長十七人之多。（各縣辦公處設於四關者於戰事發生後，都遷入城內。）均因共軍作亂，交通斷絕，或縣境被據，無法入區。復值圍城之戰，一夕數驚，流彈橫飛，炮火不斷，敵衆我寡，實有旦夕破城之虞。幸賴李將軍從容應敵，指揮若定，多次硬仗，殲敵無算。劉團攻數月，終以師老無功，漸次撤退，而安陽守城之戰，遂聞名遠近。

二、逐日戰況

自五月八日戰事開始，至余乘機離安，凡六十九日，茲將逐日戰況及重要事蹟，簡列於後：

五月九日

夜開始接觸，戰況激烈，徹夜未停。

五月十日

下午六時左右，我運輸機兩架，降落機塲，運來彈藥未及卸完，即被敵炮擊，不得已倉卒起飛南返。

五月十一日

1. 我方開始以降落傘投送物資。
2. 安陽綏靖委員會佈告查報存粮辦法，以統籌軍民食粮。
3. 南門外郭村，被湯陰團隊放棄。聞有敵八百餘，炮一門。

五月十二日

夜，於城西大司空村殲敵千餘。緣該村駐敵一連，是日下午忽撤走，李將軍料定敵必於夜間進攻，乃親自指揮，預設伏兵二連，不准鳴槍。敵果於夜間發動攻擊，我伏兵齊出，予以痛擊，敵傷亡慘重。李將軍出兵，每出奇計，當時多不解其故，事後莫不驚佩其軍事天才之高也。

五月十三日

敵由西南方竄入南下關，激戰後遺留百餘人，未被殲滅，但亦無法逃回。是夜戰況極烈。

五月十四日

1. 夜，南關外圍被衝五次，敵死傷慘重，終未得逞。
2. 王自全部夜間於安陽橋殲敵三千，俘二百餘名，獲步槍三百餘枝，機槍二十餘挺。
3. 是夜戰況激烈，爲開戰以來所未有。

五月十五日

1.戰況岑寂。

2.兩日來我運輸機署有增加。

3.敵番號爲一二三六縱隊，聞又增加七縱隊。

4.邢台永年敵均有集結，動向尚未判明。敵又在邯鄲永年等處征擔架四千付，每付八人。

5.聞我方援軍已北來，兵力番號及到達地點尚未得確息。

五月十六日

1.援軍陸續北來，敵漸次南撤。聞五月二十日有會師之說。

2.夜戰況激烈。

五月十七日

戰況岑寂。安陽橋以戰略關係放棄。

五月十八日

1.磁縣團隊在外圍沈着應戰，始終未放棄據點，在彈藥給養缺乏之下，屢獲戰果，博得各方好評。

2.南下關迄未收復。

3.四十師三一八團固守三里店，敵多次攻擊，迄未動搖。

4.鑄鐘街失而復得。

5.霍家村被敵攻陷後，方副團長率隊又奪回西部。

6.敵自進攻以來，傷亡約二萬上下，城東白璧集埋尸甚多，附近有敵傷兵五千餘。

五月十九日

1.昨夜戰況岑寂。

2.聞援軍已抵湯陰附近，高村橋一戰殲敵兩團。

五月二十日

岑寂。

五月廿一日

1.南關三里屯爲輜重營據守，自南下關陷敵後，三里屯孤懸城壕外，屢被襲擊。是日拂曉，派隊將該營接出，達成任勝。以出入敵陣，戰鬥激烈，我方傷亡百餘人，該營營長受傷，副營長一傷一亡。

2.我派隊接輜重營之同時，向城西南鐵路西紀家莊出擊，斃敵六七百人，戰果甚大。

3.據確息援軍已過高村橋。

五月廿二日

1.本日空運糧彈較多。

2.夜間槍炮聲疏落不斷，并無激戰。

五月廿三日

岑寂。

五月廿四日

1.敵擬以有力部隊，向我北關突擊，截斷防綫，我爲縮短陣綫，鞏固城防計，將紗廠袁宅（袁世凱舊宅）自行放棄，安全撤至指定地區。

2.聞敵一部換防。

五月廿五日

1.援軍至寧溝迂迴北進中。

2.一糧商由湯陰逃至安陽。據稱我軍向湯陰城內炮擊甚烈，因不能存身逃出。

3.司令部通傳夜間不准閉戶。

4.晚敵發炮甚多。

5.聞北關難民已餓斃百餘人。

6.連日參軍運動極踴躍熱烈，擬成立一補充團。

五月廿六日

晝岑寂，夜間有戰事。

五月廿七日

夜間有戰事，晝穩定。

五月廿八日

1.新聞處下午四時召開治安會議，駐安陽黨政機關均出席參加，決議如下：

①冊報本機關職員幷具結。

②員役須着制服，佩證章或符號。

③送身份證式樣。

2.河北省駐安陽單位，會聯電河北當局，設法以飛機接運工作人員脫險，以免長久被困。保安處乜處長復電，呈奉主席孫電空軍第二軍區，以永年送粮機運新。

註：河北省永年縣自光復後即被共軍圍困，城內軍民數萬人，早已絕粮，每日以飛機自新鄉裝載粮食或餅饃，飛永年上空空投，安陽飛機亦會協助空投一段時間。守永年者爲縣長兼司令王澤民，號王鐵頭，勇敢善戰，殲敵甚多。最後終不能守，王縣長率軍民突圍而出，傷亡極爲慘重。聞王澤民突圍被俘，押回開大會清算，當場施刑，死狀極慘。

3. 收復石奶奶廟。

五月廿九日

1. 花園以西之敵於昨日撤去。
2. 南下關三里屯郭村之敵，於昨夜分向西南及東南撤去。
3. 前進國軍，聞已迫近湯陰。

五月三十日

1. 昨夜十二時許，敵破壞紗廠，并將機器運走一部分。
2. 安陽專員公署於下午四時召開救濟難民會議，豫冀各單位均派員參加。决議分組調查四關難民，即於調查時發給領粮證，以備定期領粮。

安陽專員趙紫辰於開會時報告投粮情形，簡述於後：

「①自戰事開始，至五月二十八日止，新鄉來電已運投公粮百三十噸，約合二十六萬斤。惟統計收起數目僅五萬斤，相差過鉅，難民雖有搶粮情事，但爲數甚少，摔壞不能收起者亦不致甚多，經手人以組織嚴密，不致有何弊端，今竟短少五分之四，殊不可解。

②親見難民在馬市街搶奪空投食物，餅饃拋落厠所內，狼藉不堪，難民搶起，畧拭糞土，即送入口內，足證其萬分饑餓。軍警有主開槍射擊搶粮之飢民者，我急止之。

③四關難民連日餓斃者甚多，中炮彈死者，中流彈死者，搶奪食粮被砸斃者，不可勝計。

④空投之食粮五萬餘斤，團隊用去二萬餘斤。此項空投之粮，原係救濟難民之需，以團隊無粮，不得不予儘先食用。

⑤已電省府，請由七個專署各捐粮二十萬斤，空運安陽，復電已分電各專署照辦矣。」

五月三十一日

岑寂。壁報載敵正拆湯陰城。

六月一日

拂曉，我部在城西邵家棚一帶掩護割麥，南關亦正發動割麥，南面三十里內無敵踪。

六月二日

四郊掩護割麥，湯南戰事無消息。

六月三日

1. 昨夜外圍敵大部撤去。聞湯陰敵亦陸續北撤渡漳河，準備堅强工事。
2. 聞劉伯承曾昇櫬出征。
3. 上午十時安陽專署召開善後座談會，河北十五專署王科長雪亭參加。商談事事項畧記如下：

①集夫三千名，趕修飛機場。

②交通恢復後，向後方疏散學校。

③商家復業，學校復課。

六月四日

1. 綏委會佈告停止搶麥，由地主自行收割。
2. 倡議爲李軍長獻旗，并通電表彰。
3. 催辦放賑。

六月五日

社會部李專員宗瑞電汴，請將賑欵提出，乘機送安。

六月六日

社會部李專員宗瑞稱，銀行無欵，已到之賑欵，不能提出，甚爲焦急。

六月七日

河北十五專署送來通行證。

六月八日

1. 晨赴南關拜訪四十師董旅長蘭堂，王副旅長金琮，均公出未在部。
2. 連日進粮甚多。
3. 南下關戰後形勢已得看到，現存之房屋，多不完整，外圍正加强工事。遙望小郭村，僅餘房屋數間而已。一月之戰爭，竟破壞如此之甚，誠可畏哉。
4. 河北十五專署通知調查難民。

六月九日

戰況無消息。

六月十日

戰況無消息。

六月十一日

晤航空站楊站長，據稱已接復電，保證降落無問題，月內可開始試落。

六月十二日

1. 河南第三專署召開會議，王科長雪亭參加。
2. 連日由部隊掩護，率伕到較遠村莊征借麥粮，擬征借百五十萬斤。

3.致函航空站，接洽乘機事宜。

4.飛機開始降落。

六月十三日

聞人談：劉伯承曾在城東北馬村指揮攻城，有臥車三輛，大汽車四輛，轎車二十餘輛，侍衛及騎兵甚多，并有女工作員二十餘人。村民某之兄，在城內作事，一再試圖報知城內。奈行至戰壕外，即無法接近，致未能達成報告願望。

六月十四日

赴車站大和恆花園，拜晤李將軍振清，談半小時。下午赴軍部晤宋秘書又庸。

六月十五日

1.同長垣縣長穆清泉，廣平縣長高清漢，赴紗廠及飛機場，洽公務及運輸事宜。

2.下午一機起飛後機件起火，急折回降落機場附近田野中，乘客受傷者甚多。爰乘客見發動機起火，驚慌萬狀，飛機迫降尚未着地，即擬開門下跳，而門不能啓，乃破窗爭相爬出，十一人受燒傷及摔傷，兩駕駛員自發動機前跳出，一折腿，一輕傷。乘客所帶行李，均被焚燬。所裝炮彈，以預去引火，幸未爆炸。

六月十六日

赴軍部晤宋秘書商公務。

六月十七日

下午六時赴軍粉廠打防疫針。

六月十八日

1.同磁縣縣長吳志東赴河北十五專署與劉專員商公務。

2.下午河南三專署開疏散流亡機關會議，王科長雪亭出席。

六月十九日

1.上午河北十五專署召開疏散會議。

2.下午三時各流亡單位在河北十五專署開會，當即造冊送河南三專署。

六月二十日

下午三時河南三專署開會，李處長來電，謂每一單位去一二人。當决定請示如何去法，及空運期間，俟復電再行開會。

六月二十一日

上午我機駕駛員以繞飛偏北，被敵發槍射擊，於着地時中彈輕傷。

六月二十三日

1.下午二時左右，我鼓樓炮位向西南發炮多發。

2.河北省政府邢參議延緒携大批慰勞品乘機來安勞軍，下機後赴大和恆花園。

3.下午同磁縣縣長吳志東，廣平縣長高清漢赴小花園拜邢參議。

六月二十四日

我機一駕駛員又被敵射擊受傷。

六月二十五日

1.拜河南三專署趙專員，商公務。

2.我機一架在機場偵察數匝離去。

六月二十六日

我機未降落。

六月二十七日

我機仍未降落。

六月二十八日

李將軍振清乘機赴新鄉。我機仍未降落。

六月二十九日

連日敵撤退甚多，我軍出動，收復崔家橋，辛店集。

六月三十日

李將軍振清乘機返安陽。

七月一日

軍用機奉令空運學生傷兵及軍眷；嚴格執行。本日共起飛九架，三架運學生，三架運傷兵，三架運眷屬。

七月二日

1.社會部李專員宗瑞下午乘機離安陽。

2.守軍奉令收復湯陰，一〇六旅之三一六、三一八兩團已出發，旅部定拂曉開拔。余偕員工到南關旅部，王副旅長金琮允予同行。此項决定，實有冒險性，惟急於離開危城，擬隨軍行動者甚多。

晚九時軍方接到命令，部隊不撤，所征車夫立即放回，以安民心。惟兩日來南下者接踵，磁縣大名廣平南樂等縣長，均率一部員工相繼南去。

七月三日

1.晨，聞劉桐，穆清泉，高清漢三縣長，住南關三里屯，余同陳秘書前往，擬告知駐軍停止南開消息。至則知已動身南去。

2.劉穆高三縣長折返，阻於南關外，

不得入城，余爲設法始得入。

七月四日

1.上午赴十五專署與劉專員商洽機事。

2.下午五時十五專署召開會議，派陳秘書慕韓出席。

3.夜七里店戰事激烈，傳係敵之獨四旅騷擾，午夜後炮火始息。

七月五日

1.拂曉三時，我補充團輕裝由城出發，接應三一六團由湯陰返安陽，十時左右全部返防。

2.磁縣縣政府人員及楊瀟亭、鄭國棟等，亦隨軍民安返安陽。聞降落後之難民及軍眷與行李衣物等，被共軍刦去者甚多。

3.準備乘機人員，造冊送十五專署，并代磁縣造送。

七月六日

穩定。三一六、三一八及補充團，向南面掃蕩。自本月三日起飛機停落。

七月七日

穩定。

七月八日

一〇六旅掃蕩南部。

七月九日

謠言紛起，謂一〇六旅將南撤，人心不定。

七月十日

安陽參議會下午五時召開慰勞駐軍籌備會。

七月十一日

參議會下午召開會議，當場推派代表十人，余被推爲代表之一。同謁李將軍，并商市民大會開會時間。李將軍謂連日掃蕩歸來，明日須召開營長會議，市民大會可定於十三日晨開會。

七月十三日

晨，開市民大會，參加者不甚踴躍。以三一六團業已出發到魏家營，旅部亦移鄉間，部隊又奉令南下援隴海綫，人心未能平息。

七月十四日

部隊南移之說甚盛。戰鬥機飛安投新命令，聞將空運部隊離安。

七月十五日

十五專署劉專員召開緊急會議，報告我軍開始空運，援助另一戰區。

七月十六日

余於下午四時登運部隊專機飛鄭州，分報專署省府在安陽被圍及脫險經過。職員數人亦於翌日乘機離安飛鄭州。

三、後　記

余在安陽被共軍圍困，自三十六年五月九日戰事開始起，至是年七月十六日乘機離安止，共計六十九天。所有逐日戰鬥事蹟，簡述如上。其間戰況，以五月間最爲激烈，以迭次攻入南關爭奪據點爲最危險。劉伯承以重兵圍攻一孤城，竟數月不能下，自出彼意料之外。所以能固守不破者，當有實際原因，茲分析如下：

1.四十軍爲國軍勁旅，訓練精良，團體堅固，轉戰多年，臨陣經驗極富。

2.李將軍勇毅沈着，膽識過人，每次激烈戰役，均親身挺立暴露在最前線指揮。全體官兵見司令身先士卒，不避炮火，莫不奮勇作戰，沈着應敵，以一當十，以十當百，發揮高度攻防力量。

3.地方團隊堅守指定據點，李將軍與各部團隊首長，推誠相與，融洽無間，因而密切配合，均願效命。歷次戰役，表現極佳。

4.軍民共守危城，眞誠合作，民衆以全力支援部隊，發揮最大團結力量。

5.戰事起後，城關學校，均行停課，初中以上學生，每四人編爲一組，協助軍警清查戶口，并隨時糾舉檢查，致共諜無法活動。

鑒於以上原因，故能在敵我兵力懸殊下，保全危城，且殲敵極衆。劉伯承以圍攻不下，損失慘重，不得不放棄計劃，漸次撤退。厥後全局逆轉，大陸變色，而安陽在李將軍之守衛下，始終屹立豫北，最後四十軍之撤離安陽，係奉中樞命令行事，并非因戰敗而喪失防地。李將軍驍勇善戰，人以李鐵頭稱之。或謂國家倘有五十個「李鐵頭」，何至敗於共軍之手，而使大陸急劇變色耶？現九州未復，一代戰將，遽爾溘逝，永遺恨於泉下矣。

人世滄桑七十年（上）

鄒瀾清

前言

余愧寡學，質而不文，生茲亂世，國仇家恨，情何以堪，每於思緒萬端之際，時興慨嘆悲歌之感，情懷激烈，久久難平，退食之餘，俯仰天地，莫知所措，古人多以經世之學，不朽之才，傳諸後世，奉爲圭臬，余何德何能，安敢以文自道，特將平生經歷，苦、辣、酸、甜，寫此「人世滄桑七十年」，用以消磨時日，傳諸子孫，使知先人創業之艱，爲人子之不易，而知有所領悟，以爲人處世之張本，生生不息，重振丕基。

家族世系，祖澤綿延

祖澤流芳，綿延百世，鄒氏由魯遷贛，始祖興財公，立籍於江西宜豐縣天寶鄉三十三都袱溪車上，聚族而居焉，子孫蕃衍，分支排行爲，富、國、興、明、德、文、華、奕、大、昌、良、登、恢、遠、列、欲、起、發、庭、光，興財公依例上尊一代爲國華公，即爲興財公之父，留籍於奉新羅坊，故祖祠曾有；自駕山以開基迄羅坊，歷數百年俎豆相承之聯語，因此傳余而爲十三代孫也，先祖父良讃公生，先伯父早登公，先父同登　，先叔父共登公，先伯叔父皆無嗣，先父生我兄弟姊妹四人，先兄早逝，姊雲英適邑進士熊茂林之曾孫熊君耀奎，妹春英適外祖父省泰公之侄孫劉君倩生，余譜名恢遙。字濤聲，別號瀾清，今以是名，先妣劉太夫人，閨字錦貞，事先祖母甚孝，鄉里稱賢，先父幼年失怙，先祖母守節撫孤，家境清貧，以女紅度日，及先伯父與先父稍長，皆習商業，家境漸豐，先祖母含飴自樂，先叔父習工，一堂和睦，從未分爨，先父以資財稍裕，又以玉堂公祖宅原有之先業紙號舊址，重振旗鼓，開設德泰隆紙號，從戊申開業，未三年，而革命軍興，在軍閥橫征暴斂之下，商業不景氣之中，宣告歇業，全部資財尚不足以清債務，另將華煌公兩旁房屋及玉堂公左側廳舍。典押於人，以了債務，從此家境又陷入困窘之狀，於是父執分炊，各謀生計，先君精於賬務，宿稱師爺，今爲會計人員，以其忠厚老成，鄉間富庶商號，爭相羅致，卒以師爺爲終身職業，年俸所入，尚不足以維生計，先母則終年以紡紗績蔴，種菜養鷄，銖錙所得，拿來幫助家用之不足，甲寅祖母仙逝，飭終大典，先父及諸父等，盡哀盡禮，克盡孝思，時余年甫六歲，平日深獲祖母疼愛，淚流滿面，竟日不食，血肉親情，亦天性使然耳，先君性嗜酒，恆終日不飯，迄至五十以後，竟染一種酒病，每年春發，手脚輪番腫痛，仍需以美酒治之，則癒。前述典押之房屋，經余全部贖回，恢復祖業，並在玉堂公近側，將天主堂及其基地數百坪，全部購買，原欲爲先君立祠，因大陸變色，未了心願，引爲憾事，先母一生皆在苦難中度日，但從未聽其有半句怨言，其樂天安命之態度，實爲後人所不及，有時偶以鄉間紙牌，消解煩悶，左右鄰居遇有急難，無不竭盡全力以爲之助，其自已食不飽，穿不暖，還能一心向善，族戚親友無不稱羡，誠如吾家大門匾額以「忠孝傳家」四字，訓勉子孫，相傳至今勿替。先君生於同治四年乙丑五月二十二日辰時，歿於民國十七年戊辰七月二十二日戊時，享年六十有四，逝時余於役漢臯，因共亂無法奔喪，聞耗五內俱裂，愧爲人子，生不能繞膝承歡，歿不能撫棺一慟，終身飲恨，百感交集，是年九月回里，探視寡母，留家數日，含淚而別。又二年先妣劉太夫人，亦因先君歿後，抑鬱憂傷，啣恨而逝。先母生於光緒十二年丙戌二月十六日子時，歿於民國二十年辛未六月二十八日戌時，享年四十有六，斯時余正閒居京，迨至應召赴宜春供職，道過南京時，得叔謙表叔面告，始獲噩耗，悲痛欲絕，翌年自宜春返里掃墓，父母雙亡，空遺塵榻，觸景傷懷，情何以堪，尤以母氏歸眞，窮姊弱妹，赤手空拳，無以爲葬，幸蒙堂叔祖良棪公，加以援手，始行草草營葬，迄今思之，雖粉身碎骨，亦無以慰雙親在天之靈。民二七，吾妻張維琨女士來歸，翌年己卯八月九日酉時長男光遠誕生於四川重慶，又二年辛巳五月二十六日卯時次子定遠又在重慶誕生，又明年三十一年壬午七月二十六日子時次子定遠在昆明不幸突染痢疾夭殤，時我正隨軍赴保山截日軍於惠通橋西岸，晴天霹靂，遽遭西河之痛，當時七十一軍軍長鍾彬將軍聞耗派副官持函慰問，附以多金，用以彌補醫藥之資，長官情重，却恐不恭，忍淚收受並託來人代爲言謝，又明年三十二年癸未元月二十六日亥時長女靜遠在雲南保山軍次誕生，又明年三十三年甲申五月二十一日卯時次女鎭遠在保山之由旺鎭誕生，又明年三十四年乙酉九月三十日辰時三子安遠在四川重慶誕生，時余正隨第八軍自滇桂入粵經香港海運入魯，又二年三十六年丁亥七月三日未時四子寧遠在青島出生，又二年三十八年己丑元月十六日申時三女懷遠在南昌四緯路特二號自宅誕生，又明年三十九年庚寅三月八日寅時四女香遠在香港九龍出生，其中三女懷遠在三十八年四月共軍進逼南昌時，突染重病，全家勢逼愴惶離家，聽乾親家吳弼康醫師之意，必須留下就醫，否則在逃難途中，這幼小生命，恐生意外，祇得忍痛將其留在南昌，由乳母撫養，而共軍侵佔我寓所時，遷住吳家，迄今二十餘年，音訊斷絕，不知如何，其餘三男三女皆已在臺完成教育，長男光遠在省立成功大學畢業後，於五十三年九月十日赴美深造，已獲密蘇里州立大學物理碩士及哲學博士，主修固態物理，娶河南孟津郭毅之先生之長女乃祥爲妻，五十九年八月二十八日在美完婚，曾偕乃祥於六十年除夕前一日回國，應聘任國立成功大學客座副教授一年，六十一年八月十二日長媳乃祥先行回美，十月四日孫女怡芳在美出生，長男光遠受聘期滿，於六十二年元月十四日重行赴美，現供職於舊金山捷運公司。長媳乃祥亦在保險公司任職。三子安遠自幼即不肯唸書，以致無法進入大學之門，於臺北市立高農畢業服役期滿後，即行就業，六十一年八月十六日與福建昭安許崇明先生之次女運靈結婚，六十二年癸丑六月三日亥時得生一男，依排行爲列字輩，爲吾族十四世孫，因列字不易配合另一字義，余爲之命名、仁德，俟將來修族譜時，再爲孫輩一一命取譜名。四子寧遠於國立臺灣大學畢業後，亦於五十八年九月二日赴美深造，入芝加哥大學，逕修博士，行將畢業，已於六十年十二月二十八日在美與安徽桐城倪乃蘇先生之次女慧如結婚，寧遠與慧如爲臺灣大學化學系同班同學，情投意合，結爲連理，堪稱佳偶，慧如得威斯康辛大學化學碩士，現在伊利諾大學進修博士。慧如於六十四年七月九日凌晨二時許（美國時間）在芝加哥生得一男，由兒媳取名，越。余爲之命一別號爲，仁華。臺灣農曆爲乙卯六月一日，長女靜遠畢業於銘傳女子商專會計統計科適懷寧濮德超先生之次子本渝，靜遠考入華僑銀行後二年，應聘赴加，初任蒙特婁爾中華醫院會計，在職五載，成績卓著，並選爲該院董事，已於五十九年八月二十九日，得生一男，取名濮周頌。靜遠生性聰慧，恒專心自學，早能說一口流利的英語，曾於六十二年農曆九月初三携帶外孫周頌回臺省親，相聚四週，於十月二十六日乘中華航機經美返加，現靜遠已改任蒙特婁爾某大學會計經理，頗爲校方器重。次女鎮遠畢業於淡江文理學院會計統計系，已於五十七年十二月二十四日，與浙江餘姚余堃先生之長子芝生結婚，鎮遠於五十八年十月十八日生一女，取名、余明穗，又於六十一年三月十九日生一男，取名、余俊廷。芝生已去美經商，鎮遠母子三人，亦行將去美，與其夫團聚，四女香遠，於六十年夏國立藝專畢業後，即參加留學考試及格，同年九月十九日乘中華航機去美，入加州大學深造，已修完碩士學分，行將畢業，婚事亦有端倪，此女生性聰慧過人，刻苦自勵，與兄姊有過之無不及，並於六十二年暑期獲得加大文學士時，回臺省親，八月十二日改乘西北航機重回美國，繼續深造。國土未復，家人離散，願憑祖先靈爽，默佑中興，更盼族人無恙，先人廬墓，完整依舊，待贏秦滅亡之日，即統率兒孫，遄歸故里，告祭列祖列宗之時，俎豆千秋，馨香萬禩，開萬世之太平，同沾祖澤於勿替。

童年就傅，鄉居念載

余年八歲乙卯，入尚友山房，隨劉士安吳寒之先生讀，教以三字經，千字文增廣賢文，幼學瓊林諸書，繼而四子書，尚能領悟，此爲民國四年事也，翌年歲丙辰，轉入延陵小學，所教課程則爲，國文、算術、修身等課、晨課仍讀幼學瓊林，古今合壁，足見此時世局未靖，教育方針，莫衷一是，朦瞳學子，渾渾噩噩，當無學制可言，明年歲戊午，又轉入謙益小學就讀，一切課程與延陵小學無異，晚間仍由先伯父早登公，課以四子書，可能天資自問不薄，過目成誦，銘記不忘，又明年己未，謙益小學卒業作文成績，恆在甲下乙上之間，童子無知，自鳴得意，迄今回憶，自覺好笑，又明年歲已未，入天寶公立高等小學就讀，在學三年，成績總在十名以後，教師以漆望明揚仙先生國學深湛，出口成章，尤以所作聯語，全校老師中無有出其上者，茲憶錄漆先生所作天寶公學一聯，由同學以木刻懸於校內禮堂，余因爲參加木刻者之一人，故尚能銘記，錄後誌念，聯云：

天演競文明，願諸君志奮前程，學佔五洲舒國步；

寶賢資教育，聽謂我才優先閣，化宣二載比人師。

漆先生後任宜春縣政府秘書，余亦任該府科員，師生舊誼，獲益良多，嗣聞漆先生任宜豐縣議會議長，被共軍殺害，一代忠良，含恨九泉，慨可悲也，余以家貧親老，高小畢業後，即告失學，往後五六年間，常役柴水之勞，以助家計，因家中用水，必需往河中挑取，每担約明錢數枚，經年累月，亦可節省很多支出、間或隨同鄰居童子上山斫柴，後有一次失足誤墜河中，水流湍急，幾遭滅頂之禍，幸逢放木排者順流而下，跳入急流中將余救起，得慶生還，自茲而後，母氏即不准再去挑水，這些粗活，純係出於自動，並非父母強迫而爲，余自十歲以後，即頗知家計艱難，所謂大難未死，必有厚福，其信然耶，上蒙先人餘蔭，得保殘生，豈獲天獨厚者歟，嗣後又去學商學藝，俱無所成，在家閒居無事之時，經常獨自翻閱先人所藏書籍，如資治通鑑諸書，一知半解，頗感興趣，決不敢以無師自通，妄加期許，深以能獲一點皮毛，聊以自遣，他無足道。

故鄉風物，記憶猶新

天寶羣山擁抱，良田萬頃，民風淳樸，先談吾家風範，自始祖興財公，由駕山至羅坊，卜居車上，前有溪流，名曰袱溪。故祖祠有聯云：駕山綿世澤，袱水漾文瀾。家人聚族而居，直系宗支，立祠者，有興財公、楨明公、德裕公、經文公、華煌公、玉堂公，玉堂公爲奕字排行，因年久已忘其奕字名稱，先祖父與諸父俱居玉堂公祠，余亦在此誕生，玉堂公祠爲兩進一寢祠堂，兩傍廂房甚寬，各有茶廳一，即爲今人所稱之客廳是也，茶廳各有前後兩開間之寢室四間，外有書房和經營紙業之房屋，屋後爲廚房，相當寬敞，佔地數畝，圍以高墻，門對獅峯，故大門橫額有「獅峯挹秀」四字，祠堂坐南朝北。二門有聯云：派分東魯，門拱北宸。東魯爲鄒氏郡。大門一聯，年久駁脫不清。三十六年初，余自軍中告假携妻兒還鄉時，自作大門一聯云：門對獅峯鍾閥閱，身居虎帳展經綸。假李彌將軍名義提下欵，避免語氣過於自誇。今共軍竊國二十餘年，此聯想早已被毀矣。而我也早卸戎衣，退隱林泉。余幼時，每逢清明冬至，興財公、楨明公、德裕公、經文公，皆有祭祖大典，余任禮生，引導主陪祭之尊長，詣列祖列宗之神位前行三獻禮，並讀祝文，隆重肅穆，後之子孫欲求其如此恐不可復得矣，族中人丁不旺，男女老幼，不過百餘人而已，一部份耕種者，分居山田芳源一帶，一部份經商及做工者，則多居車上祖宅，人口雖不繁，而孝親敬祖，則數十年如一日，從未間斷過一次，鄉中除我幼年所讀之三所學校外，就祇有私塾，集學生數人或十數人，聘一有秀才身份者爲師，授以四書五經，風氣雖然閉塞，而敦厚純眞，則無二致，守舊固無進步，文明則帶來許多災難，殺人越貨，無日然之。吾鄉有四大姓，爲陳、劉、鄒、吳，十八小姓，則難盡記憶，如吾之鄒氏，又爲十八小姓之一，因所稱大姓之鄒氏，爲范陽郡，而吾之鄒氏，又爲東魯郡也。劉姓聚居於潭山廟下辛會市，爲墨莊郡，先祖母和先母，俱出墨莊。陳姓則在田背聚居。吾姓則聚居袱溪山坪早田一帶。其他十七小姓，則分居天寶全鄉各地，諸姓多聚居一隅，互相通婚，故多能搭上親戚關係，魏人共處，益增親密，每逢歲首，相互賀年，門庭若市，無形中人與人之間，較爲接近，就少爭執，一團和氣，可稱爲太平盛世之子民。商業以紙業爲盛，其次爲日用必需品，平日不殺豬，故少肉食，每逢朔望，才有肉賣，名曰打牙祭。每年除夕，家家戶戶皆貼上春聯，如：爆竹一聲除舊，桃符萬戶更新。或：天增歲月人增壽，春滿乾坤福滿門。其他詞多吉語之聯，不勝枚舉，而吾家祖祠之聯語，多爲先人所作，逐一換新，聯語繁多，不復記憶。除夕之夜，凡家人在外省，無論遠近，定必趕回家中團聚，吃年夜飯，酒肉魚鴨俱全，飯罷，圍爐守歲、迎灶、祭祖。長輩對晚輩，賞以壓歲錢，錢爲外圓方孔之明錢，穿以紅繩，掛諸頸上，得意洋洋，換上新裝，依照皇歷卜算之幾時幾刻，開門迎接天神，此時即爲新歲開始，晚輩依照長幼順序，行跪拜禮拜年，祝父母福壽康寧，長輩亦爲晚輩祝福，年勝一年，歲歲平安，然後即由父執率領，往祖祠團拜，余輩份最小，可以說凡見族人，就須跪拜爲禮，有時弄得雙膝發酸，但心中喜悅之狀，莫可言宣。至此我憶及父母房門一聯云：堂上椿萱並茂，階前蘭桂騰芳。願以此傳諸子女，望能細味斯言，而知孝道，有所自勉。年初二，即携糕餅禮物，前往外祖母家拜年，外祖省泰公早逝無嗣，外祖母下堂，嫁一龔姓，名已遺忘，住上石橋，做紙業，家尙富，舅氏頗孝順，事外祖母如生母，故余每去拜年時，頗爲舅氏所疼愛，外祖母愛我之深，更不必說，一去必强留數日，滿載薯蔴、冬笋、蕨粉等食物而歸，而所帶去之糕餅禮物，僅接受少許，仍行璧還，這是鄉中俗例。寫至此，鄉中還有一項俗例，凡所餽贈之糕，例皆不受，故在禮盒中之糕，竟有僞裝者，中間以木頭一方，狀似糕形，外裡以糕餅店之招牌紙包封，這種可笑之舉，恐吾鄉而外，絕無僅有。由外祖母家回來以後，繼赴曾外祖家，向舅公表叔輩拜年，表叔嬸甚多，又須一一下跪。此後即算新年已過，不再出去拜年了，元月十一日，爲元宵開始，每晚上燈，至十五日元宵夜始畢，又稱十六日爲殘燈。對面之劉氏謙公祠、文公祠，張燈結彩，三牲酒醴設置香案，吹鼓手奏以各種鼓樂，叫做鬧燈，供人遊觀，辛會市之劉氏大宗祠，還以祖傳之純金金杯數只陳列於劉氏始祖神案前，展示其家傳瓌寶。余自諸兒稍懂世事時起，雖客居異鄉，每年除夕，仍依例祭祖，張貼春聯，以爲示範，二十年如一日，今諸兒多已遠適異國，恐難存故國之風，而羣雛諸已作夷僮，思之能不慨然也。吾鄉在叢山峻嶺之中，交通阻塞，除袱溪上游，可通放木排外，餘皆爲陸路，過了一山又一山，一坡又一坡，所有產物輸出，皆要肩挑或以獨輪車運至會市下游改裝木船，直放省垣南昌，人則多步行，另有一種獨輪車，又稱雞公車，兩旁各坐一人，中間獨輪一個，用人力向前推行，大約每天可行五、六十華里，其他一種交通工具爲轎子，兩人抬，一人坐其中，還有一種半坐半臥者，名叫巴山虎，三十六年余携家人還鄉，就是坐的這種轎子。清明掃墓，鄉人極爲重視，合家老幼，携帶三牲酒醴，金銀紙帛，所有先墳，逐一祭掃。其所謂掃墓者，就是將先墳左右所生之雜草，一一清除，虔誠拜祭，恪盡孝思。五月端陽，龍舟競渡，弔屈原之溺水，亦非常熱鬧，自五月初一起，一連五天，袱溪兩岸，觀者人山人海，因爲鄉人平日，皆辛勤操作，終年很少娛樂機會，乘此佳節，一舒身心勞瘁。七月十五日爲中元節，後代子孫，追源報本，咸以金銀錠帛錢紙，焚敬先人，極盡孝思。八月十五日中秋之夜，花燈遊行，月中丹桂，人間樂境，此時此夕，在歡樂聲中，應此佳節。俗不可免，婚喪喜慶，富有者，五服以內，必須逐一請到，酒食三日，內親亦不例外，遠近親疏，極端重視，外家舅氏以上，必須依次安排首席，稍一疏忽，會弄得臨席而走，勢必多方挽留，不但面致歉意，還要恢復其應坐之席位而後已，此種尊親敬長之禮儀，無形中顯示人倫之重要，亦可爲社風之優良美德，揆諸今日社會敗壞，人性斲喪，重整道德，實所必要。鄉人重視風水，建宅點穴，婚姻配偶，婚期葬禮，皆應請風水先生，預爲選擇，卜算佳期，決不可馬虎行事，雖云迷信，但確果眞靈驗，不可忽視。鄉中使用貨幣，以龍洋袁頭銀幣爲主，銀幣每元換銅板三千三百元，每一銅板換內方外圓之明錢十枚，縣市富商，也有出一種錢票者，票面千元百元不等，似乎此時政府也不干涉，有時出票商號，生意不景虧損時，亦偶有倒閉者，則其所出錢票，變成廢紙，持有者亦不知向何處申訴，但倒閉之商號，亦自知羞愧，良心遣責，多能盡其家財所値拿來攤償，較諸今日因債務而連年涉頌，糾葛不淸者，畧勝一籌。惟有道德才能確保社會安寧，維護人類情感，徇不謬也，而今舉世滔滔，你欺我詐，誠不知伊於胡底。

從政十年，歷盡艱辛

余親老家貧，已如前述，而性剛才拙，少讀詩書，又有何能力，以自求生存，兼以鄉間謠諑紛紜，在高小肄業時，就有所謂參加農民協會之號召，同學中有劉功立者，可能參與其組織，又有教師劉伊圖，似爲主要份子，後遭殺戮，至今思之。此爲共黨倡亂之始，而吾家歷代忠純，守分安命，從無一先人貪不獲之利，非義之財者。余秉承先澤，自幼即不欲稍存妄念，一本忠厚傳家之祖訓，信守不逾。歲戊辰，年已弱冠，一爲鄉間不靖，一爲饑軀所迫，乃半肩行李，一片空白，兩袖清風，毅然背井離鄉，辭別老父慈親，遠走漢臯，初任江漢南關稽查，月薪十元，僅足糊口，未幾，即行解職，因此時定鼎之初，祗要主管去職，隨員亦相繼而走。所謂長江後浪推前浪，一代新人換舊人。斯時建都南京未久，人事體制，尚未建立。歲己巳，去萍鄉，任鑛警局稽查，未數月而黃公畧，突陷安源，鄉人劉魯生被共軍所殺。時劉君爲安源煤鑛管理局秘書，其辦公處即爲創辦人盛宣懷祠堂。余在混亂中，逃長沙，經武漢，去南京，又爲無業遊民，此爲民十九庚午歲也，時劉琴五表兄任內政外交兩部參事，居張府園，祗得暫閒居其寓，待尋工作，時閻馮叛國，成立新兵訓練處，余得人之介，任某大隊某連少尉司書，自京赴漢，招募新兵，不久又遭解散，重返南京，復任教導一師經理處少尉司事，而閻馮亂平，突染痢疾甚劇，自行離職。民二十辛未，邑人漆能廉先生出長宜春縣篆，任余爲財政局課員，主辦田賦收入，經常走遍宜春各鄉，督辦催征。民廿一壬申，漆君調省，余亦解職赴京，先後任青浦奉賢金山營業稅局征收員，月薪有限，一旦去職，不但無絲毫餘蓄，甚至連路費皆成問題。民廿四乙亥，漆能廉先生又重長宜春縣篆，余自京前往，被任爲縣府科員，憶在長江輪中口占俚句一章云：

大江南北總奔馳，慚愧相如未遇時。

飢鳥枝頭棲不穩，孤鴻灘畔瘦難支。

足見斯時景况，如何窘迫。此文曾投南京救國日報登載，惜未留存爲念。民廿五丙子，因與居停意見相左，毅然去職，遠走南京，承司院法秘書長謝冠生先生之介，蒙江蘇高等法院朱樹聲院長，任余爲江蘇沛縣管獄員兼看守所所長。沛縣爲漢帝發祥地，民性强悍，每逢青紗帳起，擄人勒贖，盜賊蜂起，四鄉刦擄，時有所聞。獄中擄攘殺人犯和烟毒犯，共有三千餘人之多，監所湫隘，看守員役僅十餘人，擁擠不堪，席地而臥，潮濕污濁，眞是人間地獄，余視事之日，獄中有所謂牢頭者，皆爲判處無期徒刑之要犯，因其永無出獄之望，故在獄中無惡不作，凡新入獄者，即百般善惡相待，初則以善言誘惑，使其家中所有，盡情送入獄內，聽其使用，如果錢財用罄，則百般虐待，鞭策相加，獄卒明知其內情，亦多爲之相護，分潤甜頭，故在余履任之當晚，主任看守送來現洋三百元。問其故，說號內送來賀禮。獄中每個監房，均稱爲號子，亦即和旅館中客房編號一樣。而余即陽將賀禮收下。翌日又送來三百元，也將收下，未露聲色。再一日又送來三百元，還是照收不誤。余一生意志，素極堅定，嚴守家風，一毫不苟取，否則，抱着九百元現大洋，當時頗足溫飽，因爲此時，一人一月伙食，有現洋三元，就吃得很好。後來將主任看守找來，一一詳詢上欵來源，當知爲牢頭所犒牢而來。一面將欵存入銀行，一面向縣府當局報備，作爲公有，並擬定計劃，將全所監房，一律添製高舖，藉資改善，其不足之數，請求縣中紳士，設法捐助。未久，是項計劃，幸觀厥成，爲力除弊政，又將上述之牢頭，備文列册呈報上峯，移轉南京監獄執行，因爲這種怙惡不悛之重犯，多爲本邑人氏，一旦遠離鄉土，既無親人時來看顧，而人地生疏，何敢作惡，其他監犯，因此懾於遠離，亦不敢效尤，此外守法善良罪犯，本刑期無刑之旨，擇善辦理假釋。此項作風，確已收示範作用，其全國獄政人員，多不願爲而我獨爲之，博得全縣紳士無不贊譽，並獲上峯嘉許。惜好景不常，突於廿五年丙子，發生越獄事變，要犯脫逃者，達二百餘人之多，茲事體大，經南京警備總司令部，江蘇省保安處，司法行政部以及各級主管官署，八度派員澈查，邑人和在監人犯，皆對余多以感佩之詞相答，無一惡言相告者，蓋因爲自到任以來，廉潔自守，力除弊政，僅以免職結案。當突獄之際，余在場攔阻，立於百千難友圍繞中，竟無一人對我施暴者，亦云幸矣，交卸後，走黔疆，被任爲郎岱地方法院看守所所長，一月越獄三次，時耶運耶，天欲絕余而至斯極耶，當時心灰意冷，乃承貴州高等法院第二分院首席檢察官蕭偉先生，以贛籍同鄉之厚誼，並視余爲一廉潔正直青年，力保調任該處書記官，開始記室生涯，每次出庭紀錄，凡訊問到犯人供詞過於嚴重時，都很愼重落筆，因爲每因一個字，即可陷人入罪，總想筆下留情，稍減重罰，悲天憫人，不求善報，祗望能本刑期無刑之義，爲罪犯稍減罪戾，而使之向善而已。廿六年丁丑又隨蕭公遷調鎭遠高一分院，在職僅數月，以資歷不符，無法再行留任，因此時司法人事，已上正軌，非法學出身者不可，而余任監獄人員，則早經銓敍部儲備登記合格，但經兩次出任獄吏，目睹獄中，百弊叢生，視爲畏途，確非稍存善良心性之人所願爲也，此言是否過甚其詞，有待今日獄政諸公自加檢討，清者自清，濁者自濁，不辨自明。惟間聞友人誤觸刑網，一經入獄，多屬錢財盡散。儘管當局倡言如何決心剷除監獄弊政，玩法者仍難除盡惡務，可慨嘆也！或謂廉吏可爲而不可爲，而余一生際遇，皆在艱苦中度日，所求者，夜半沒有鬼敲門，就覺得心安理得，富貴於我何有哉？從政十年，雖然艱辛歷盡，但內心聖潔，天日可表，足慰平生之願耳。

（未完）

金門憶舊（四）

·關西人·

生活保證金

生活保證金這一個名辭，在今天提起來不但一般人不懂，若經解釋，上焉者不但要斥之爲荒誕，而且要責之爲軍閥。下焉者則更難於置信，必認爲這是不可思議；然而在廿六年前的當時，却發生了極難估計的力量。將校們把「出陣忘家」的顧慮消除一旦，加强其「臨陣忘身」的砥礪。「好男兒死在陣頭上，又何憂懼，家鄉雖遭共禍，妻兒已得生活保證」。正因爲如此，所以在海南舟山作戰畧性撤退，「金門必須固守不失，作爲反攻跳板」的大命降臨時，全體官兵一致歡呼，認爲這是上峯給我們的殊榮。其時韓戰初起，友軍敗北。陳毅環我而陣，瞋目獰笑，勢在得我而甘心，暴風雨隨時可以掩蓋金門！其情其景，惟趙尺子先生所寫「卅八年滿盤輸，一軍砥柱一島孤」，可以形容。但金門官兵除注視匪情，加强戰備外，却在舉行各部隊以團爲單位的全島籃球錦標賽。卑視敵人，藐視匪軍。「千古艱難惟一死」，毛共人而匪者也，我願决死，尚有何事可怕。「必死者未必死」，故能從容疆埸，嘯傲江湖。「我們已沒有後顧之憂」。

遠在民國卅六年九月，筆者時任整編第十一師師長，恰値南麻大戰之後，軍次濟南，正作北上德州，會師天津之準備，忽奉急令星夜南下，由歸德北進曹縣途中，驟然與陳毅所率之第一、三、四、六、八等五個縱隊（每縱隊三師九團）遭遇，被其包圍，血戰三晝夜，匪敗逸，羅廣文以第四兵團司令官兼整編第十師師長，向我來援。在曹縣相聚酣飲後，彼大誇其實力，謂擕砲彈八百發，步機彈廿五萬，我不禁一驚，反問曰恐人數在一萬左右？其副師長熊綬春答：①兩旅四團，共八千餘人！②我士兵自嘲曰：『四兵團，四團兵』。我乃以嚴重語氣警告羅曰：「十一師三旅九團近四萬人，擕砲彈三萬發，步機彈三百餘萬，陳毅、劉伯承尚不斷向我包圍攻擊。請明晨九時在曹縣城樓「檢閱」十一師。翌日彼果然得在城樓上看到整十一師兵分三路夾城而進，大車五百輛，汽車二百九十多，騾馬六千匹，大砲四十八門，浩浩蕩蕩，氣勢甚大。羅以爲國防部對我有所特惠，我乃坦白答覆：「一如曩昔」。蓋整編十一師係由十八軍縮編，近又奉命恢復每旅三團。筆者接長十八軍於羅廣文之手，彼所長之十八軍，十一、十八兩師共一萬六千餘人。一如今日彼所率之整編第十師，轄第十及八十五兩旅四團共八千餘人。以上所述，乃係用事實說明幾個軍事上的原則：①曾國藩云「能戰雖失算亦勝，不能戰雖勝算亦敗」。②蔡松坡謂：練兵之主旨，以能効命於疆埸爲歸屬。③軍以戰勝爲主。身爲主將，進入疆埸，一戰勝敗，不特個人存亡，國脈民命，關係至大。所以「力求戰勝」乃前線指揮官唯一無二之想望，爲了戰勝敵人，凡是可以使用的方法都得採用。而加强戰力，形成優勢，特別是鼓舞士氣，昂揚軍心，乃是責無旁貸之大事。

民國卅八年底，第十二兵團轄第五、第十八、第十九等三個軍（在本兵團建制下的第六十七軍遠去舟山）待機金門，準備反攻。此時之兵團司令官的唯一想望為何，明眼人不問可知：「打敗敵人，求取勝利」，本此要求而作的種種措施之一便是發給將校們的生活保證金。在一個偶然的機會裡，參謀長楊維翰向筆者報告：「在國防部由粵移渝前夕，發給兵團（六十七軍自行領去）軍糧代金，現尚存有八十萬光洋」。筆者以為「財散則民聚」，古有明訓。目前之事，打了勝仗，任何可有，打不勝敵人，黃金美鈔尚無用處，光洋將為敵人所有矣！乃召集高級幹部舉行會議，會中議論紛紜，筆者裁決，除以少數充作全體福利外，大部份充作營長以上的眷屬生活保證金，由副司令軍長參謀長等的一萬光洋，逐次遞減為營長的兩千五百元台幣，連長以下原則上不准結婚，因之也就不發給他們的上述那項保證金。當時曾經計算兩千五百元台幣可以夠居鄉村的小家庭兩年之用，至於高級的一萬或八千光洋，除生活外，還可以買幢房屋。八十萬光洋分配到三個軍，當然僧多粥少，所以不足之數，由粵華物資供應社盈利下支出，直到民國四十年初才發放完畢。筆者所以力主發給重要幹部而不是分給全體，這也是不得已而然。「强兵在將。」一個士兵必然要努力立功，才可逐步升遷，「將相本無種，男兒當自强」，軍隊上尤不應有假平等。司令官不照顧他轄下軍師長們的生活而向士兵大眾討好，那是違反了統御的原則。

筆者出身農家，生長行伍，軍校畢業便在戰鬥部隊中服務，因之也養成了一副「老粗」頭腦，祇知盡忠守職，服從命令，整躬率屬，完成任務，外乎此的「人情世故」一點不懂，到了身為兵團司令，還是頑固不化，自是其是。「現在退休下來，面對古人的嘉言懿行，才體會到過去的作為，是處少而錯處多，所幸我的長官都包涵了我，不但未曾責罰，而且還讓我繼續有官有職。最近曾向一位老師而且是長官的上將求教說：「想當年我們為了强兵求勝，有些措施難免與法令規定不盡符合，老師何故曲諒我們？」老師的修養最高，笑領之曰：「我知道你們的動機純正，志在求勝，抗日剿共，能打為先，對此也就不過於計較」。固然長官可以包涵，老師可以原諒，但若要負責方面表率羣倫，到底還得學學衛青、徐達。即以生活保證金一事金而論，其時其地，筆者曾曰：「公款公用，實報實銷，對上包辦，對下公開，此乃十八軍之教條」。但若深入研究，兵團積存的食糧代金，如欲移作他用，應該報請核准，何得權宜行事？此種作法將貽友軍長官以困難。由此而談「風度」及「胸襟」之精義，始信「曲江風采」「江陵風度」，千古大宰，非可人人得有，大將之大，並非戰勝攻克，追奔逐北而已，尚須修養一種決決大度，休休有容的風格，亦即顧大局，識大禮之風魄。羊祜陸抗，為史所美，正於在此。

雖然如此，筆者於民國四十五年農曆大年初二時任第一軍團司令，巡視內壢眷村，在一家戶外，見夫婦兩人對坐午餐，桌上所有一為炒蛋，一為香腸，另則兩碟青菜，妻向夫敬酒，同時以手攔住旁立的三個子女，使其不能以箸取食盤中菜。不覺惻然。入內詢問，始知乃傘兵某營少校副營長，年初一在營值勤，初二返家，與妻兒共渡佳節。又同年夏，軍團以公費透支太多，擬取消各處組副處組長之津貼兩百元，筆者以為兩百元對個人無所裨益，但副司令趙家驤將軍則以嚴正態度告筆者：「用處極大，即以目前而論，子女入學，正可作為學費」。我默然久之，在個「儉可以養廉」，在上峯對部曲則裕可以保恥。這並不是瞞怨政府，大陸淪陷，大量軍民移來台澎，軍費負担已夠沉重。這時正用得着筆語中所說：戰鬥極形殘酷之時，尤須上下相依相賴，共同渡過難關。因此各級共體共諒，祇要是解決問題，又何必把動機想到範圍以外。總之，廿六年已是一個世紀的四分之一，漸漸地就變成現代史了，當時的環境和解決當時問題的措置，現在看來，不免荒誕！

民國四十年，由於毛共的抗美援朝志願軍湧入了韓國，參加了韓戰，美毛正面兵戎相見，血肉相拚，因此在台灣來了兩個美國團體，一是軍援顧問團，一是西方企業公司，前者是官方的，對象是我國軍的裝備訓練，後者是民間的，對象是游擊隊的組織和使用。筆者本來就是福建省主席兼金門防衛司令官，現在再加上一個頭銜──福建省游擊總指揮，年底又改為福建反共救國軍總指揮，以與西方企業公司的任務相呼應。台北國防部設了一個大陸工作處，由鄭介民將軍兼任處長，直接與西方公司合作。至於中央方面，則又有高階層的負責人。

美國的西方企業公司，雖然是以民間公司組織姿態前來台北，但該公司的任務及企圖，對我們而言，並不陌生。抗日作戰的末期，曾經與我合作，成效卓著。此次再度來台，側面消息，它以七千萬美元及輕武器幾萬件為本錢。所以在當時的台海形勢來說，這是一個不可忽視的因素「值得我們的爭取」。當然這也是一筆交易合作的行為，彼此必須談妥條件，然後才可生意成交。換言之，我們必須有人，而後才可以拿到它的槍，再進一步，我們的游擊隊拿前西方公司的槍，必須有成績表現，然後才可以擴大組織，形成力量，來改變匪我在台海的比重。當然西方公司及大陸工作處的工作範圍並不限定福建一省。

民國四十年中的福建省，雖然共軍已攻佔一年多了，可是其控制能力，還不是十分嚴密，我們依然可以容易出入。但若號召內地人民反共抗暴，並不像我們想像中的風起雲湧，雖然人們都不喜歡而且痛恨共黨的殘暴統治。因此我們對游擊隊的組織裝訓，暫時祇限於殘存各島的所謂法上支隊，這些本來都是些情報收集作用，要變成一支能游能擊的武力，還得加以努力。即或如此，當福建省游擊總指揮部規定在閩江口一帶的王調勳部為閩北游擊總隊，在烏坵一帶的王盛傳部為閩南游擊總隊時，發覺大都名實不符，在千挑萬選中編成兩個中隊，在精美編裝及嚴格訓練後，由陳令德、陳偉彬兩人率領，分別由惠安莆田間進入內陸，目的地是戴雲山區。不到一個星期，使我們包括西方公司的人員在內，滿懷希望，化為泡影！僅僅是幾個電報，爾後失去了連絡。得到確實消息是在匪軍圍剿中，無法立足，遂告瓦解。和不久以前在浙江南部的情形一般，所不同的是游擊隊生存時間的長短而已。

幾經檢討，獲得了確切結論，第一是基地區域尚未建立成熟以前，武裝部隊冒然進入，而且是集體活動，目標顯著，易遭圍剿。第二是一個武裝部隊有了武器，還得有感情，互信不生，遇險而覆。第三是在戰術的觀念上必須要能分散工作，個別生存，而一般習性，偏偏是有獨胆者少有羣胆者多。第四是游擊部隊應先能游，而後始可言擊，游是擊的重要手段，不制於人，庶可尋求制人之良機，我們的訓練忽畧了走路這一項。回憶江西剿共時代，正規軍也要「急行強行百里零，翻山過水不要停」，而況深入敵區的游擊部隊，行路一日，水疱滿脚，如何可以逃避敵人的圍剿？第五是一支勇敢善戰的武裝部隊，絕不是如一般人想像中那麼容易。先打小仗，再打大仗，爾後才可以打硬仗，最後始能打有術的仗，我們的理想太高，我們的要求太苛，忽畧了新兵上戰場每易發生的種種笑話。第六是我們忘記了共軍是打游擊起家的。綜合以上六因，一一講求對策，認為長驅直入的方畧，有百害而無一利。於是研究到共軍在沿海一帶的短處：「備多力分」。我若能利用海上機動能力，以大吃小，逐次消耗它的防禦兵力，一則以勝利提高我方士氣，一則以威力使敵疲於奔命，確是以我之長，攻彼之短，「緣木求魚，雖不得魚，無後災」。這種構想中美雙方一致同意。

「盲者不忘視，跛者不忘履」。中國國民黨失去了中國大陸，必須在我們的手中滅共復國，那才是中國國民黨員的神聖責任，高尚品質， 總理孫中山先生訓示我們：「立志做大事」的意義也在於此。一個身在前線的將領，目睹共軍的驕狂暴虐，更應刻刻毋忘曩昔失敗的恥辱，而熟思焦慮的構想登陸反攻的戰術方案。鑒於共黨地方組織之嚴密，以及對共區人民控制之殘酷，我軍置身共區，每如蟬入蛛網，進退攻守，均在敵方監視之中，彼之對我，瞭如指掌，我之對彼，如瞎如聾，在此種不平等處境下，我軍之失敗，便成了無可避免之命運，往事歷歷，不可勝數。故我軍反攻戰術之第一措施，便是先打亂共黨的地方組織，使其情報不靈，補給失儲，然後始較量雙方指揮官之優劣。以筆者個人與共鬥爭的經驗，我若能編組一種突擊大隊，由四個中隊及一個直屬中隊，中隊各二百人，大隊共千人，短武器輕裝備，在我正規軍之前，鑽隙、越絕、揷入敵後，專以攻擊僞行政組織及通信交通與其糧彈儲庫，可分可合，能游能擊，以今日共區幅員遼濶，及粵閩山地峯巒險阻，此種突擊大隊若能練之有恒，習之有素，必可發揮絕大效果。反攻大軍之後，我則以戰地政務鞏固之。（此點容後論之）是則在大舉行動之前，我能利用與西方公司合作機會，先編組此種突擊大隊，以戰爲練，進行突擊，確實是一舉兩得。

如上所云，當時散據各島的地區游擊隊，無論人數編裝及訓練，均不能而且不足以担任突擊大隊的艱鉅任務。反共是中國人一致的願望，但一談到投身戰鬥行列，以性命搏取個人的光榮聲譽，則應有其地位，在當時確實有一屬心理陰霾，蘊藏在若干冒險犯難人們的胸中，不予以澄清，則曩昔辛亥革命，黃埔建軍與夫抗日末期的青年從軍澎湃浪潮，無法激起。一般人依然做着「勝利後接收時的美夢」，「祇要你們在前方打勝利，我們在後方擁護中央，屆時奉派而出，聲勢煊赫。共黨必敗，毛賊必亡，歷史重演，指日可期，何必去前方打游擊？」因此福建省反共救國軍到那裡去找到人拿西方公司的槍，來打共黨，企圖光復呢？忽然有人提到香港，那裡有很多忠貞份子，抗共同志，於是派人前往，幾經磋商，並由上峯許可，突擊大隊逐漸一一編成。第一大隊長是章乃安中校，以防衛部及第五軍的警衛營中各抽一個連爲基幹，參入閩南總隊的份子，一千人的組織，加上裝備，受過訓練，神氣十足，幾次施行突擊，成績表現甚佳。跟着成立第二大隊，隊長陳其忠，一如章乃安大隊，正規軍爲基幹，參加台灣的調服軍役的囚犯，氣勢之盛，不亞於第一大隊，囚犯打游擊，一般人都不贊成，我却堅持「有教無類」，是聖人施教的最高理想，「營盤如爐，人身如鐵，一經鍾煉，便成良器」。陳其忠大隊幾經大戰，人們對之改變了態度。跟着成立了第三大隊，之後在大隊之上加上一個四十二支隊的組織，支隊長是久經戰陣，智勇雙全的張庭光上校。在四十二支隊之前的是四十一支隊，支隊長朱英其，東山人，反共英雄，轄機帆船近廿條，他們不但能打仗，特別是水性很熟，操作很巧，個個都像水滸傳上的浪裡白條張順，加上朱英其的卓越領導才能，每次突擊都表現了優異成績。不久又成了四十三支隊，支隊長張慕賢，也是一個英勇善戰的將軍，轄下三個大隊，全是在香港招來的。由於突擊大隊進行及表現都十分如意，粵東游擊總指揮張炎元將軍的粵東獨立突擊大隊，也來加入到金門，尤其是民國四十一年雙十國慶日的南日島突擊戰，震動了世界，一時金門的反共救國軍，幾乎使在福建的陳毅黨徒立坐不安。本來由於大勢影響，日漸消極的西方公司，又躍躍欲試的轉趨蓬勃。

由香港召集近乎三千名的游擊隊員，原來是一項容易的事，筆者願意記錄於此以爲將來的借鑒。這要回溯到民國三十四年抗日勝利以後，我們處理「游雜部隊」的政策，考慮欠周。日軍侵入，我政府原來的地方官吏，由於我們未曾有文官制度，此輩多由八行書介紹任職，大難發生遠走後方，本黨黨員及其他忠貞優秀份子，乃率民衆，與敵鬥爭，不久毛共滲入，我同志外抗倭寇，內防共黨，艱難危險，長期奮鬥。照理勝利以後，此輩人應屬有功，且宜獎賞，但却一律目之爲游雜，一紙命令，新官由後方派來，走馬上任，原來艱苦奮鬥的同志，却須解甲歸田，筆者曾在湖北見到一位咸寧縣的李縣長，他訴苦說：「個人去留尙無所謂，惟是曩昔相從，苦鬥八年烈屬們的孤兒寡婦，難以安置，心殊戚戚」。言下不勝「國家勝利，個人失敗」的唏噓！民國卅八年筆者軍次建昌，時値共軍渡江南犯，許多本黨同志又來連絡，願留敵後，繼續奮鬥，問以何所需要，愀然對曰：「他日大軍歸來，勿以游雜處理我等，斯願已足」！此種心理影響，至深且廣。國家講是非，個人論邪正，軍隊嚴賞罰，告令中外，莫不以之爲大經。在香港的丁壯而又願意打游擊的反共同志同胞，最初也是無精打彩，提不起勇氣，幾經鼓舞，詳爲解釋，他們才放下作苦工的傢具，一船一船的來到金門，最難得的其中儘多國軍下級幹部，特別是廿期以後的軍校學生，這些人正是游擊隊所需要的，因爲眞正的游擊隊員，應有上馬殺賊下馬治民的本領。筆者看到這些人的歸隊回來，喜悅之情，最難形容，不時想到：「國民革命軍的寶樹，中國國民黨的良駒」，「無競惟人」，中華男兒應有能打倒毛共的英雄，千千萬萬的無名英雄，曾經撥倒愛新覺羅氏二百六十八年的王朝，毛共何物？可以推毀。

中華民國四十一年底艾森豪當選美國總統，競選辭句，曾說要「解放鐵幕」。就職以後，却在結束韓戰。嚴寒的冬天，吹不出欣欣向榮的和風，由於西方公司的結束，福建反共救國軍也就漸漸的虛有其表了！

軍眷安置、與住宅興建

遠在共軍渡江南竄之前，十二兵團便對幹部們的眷屬作了統一處置的打算。民國卅八年七月初，大批軍人子女眷屬在十條黃金的支援下，由少將高參潘文華護送到厦門，陸續乘船進入台灣，走筆至此，我們不能不感激當時的東南軍政長官陳辭修先生，他以兼省政府主席之便，令省府撥空閒公屋收容此批爲數不少的婦孺，分住於台北，桃園及新竹等地。大陸陷落於共黨魔掌，乃是中國近代一大浩刼，因此軍人眷屬的移動，遠非當年勘亂抗日作戰時可比，在過去軍隊要作戰，長官們祇要一紙命令，「眷屬回家」。現在有家回不得必須軍隊上的長官，負責處理。所以十二兵團雖然在江西東南部一面抵抗共軍一面蕩平叛變，却未曾把軍眷忘掉。當時的處置是：①集中居住，統一管理。②按人發給食糧菜金，大鍋煮飯，輪流採買和炊事。③有眷軍人照規定扣薪由兵團撥發到家。④兵團組織了軍眷管理處，負責一切事宜。如此處理之後，前方軍人確實免除了後顧之憂。原來遠在湘黔一帶的眷屬也陸續來歸，最多時曾經到了千戶以上，無形中成了一大負担，可是這是非辦不可的，歷史上最有名的關雲長大意失荆州，便是先喪失了軍人軍眷，然後形成了軍隊潰散。「婦人在軍中，兵氣恐不揚」，垂爲明訓，一個要上陣打仗的軍隊，拖家帶眷，男女老少，那樣還能打勝仗，古今中外，似尙少見。兵團由贛粵閩邊區到潮汕，再轉進增援到金門舟山，始終是戰鬥姿態，奔赴戎機。軍官們沒有後顧之憂，是打勝仗的主要因素之一。

民國卅九年六月的韓戰爆發，美國人派了第七艦隊進入台灣海峽，在當時或者有「穩定情勢」的作用，但其深遠影響對中華民族的爲禍爲福，則將有待未來史家之定評。天下事每每是利害關聯，禍福相依，病人服下痲醉劑，痛是止住了，却對身體未必有益。隨着局勢的演變，美國軍援顧問團又來到了台灣，這等於在第七艦隊之上，對我們再加上一條安全帶，我們不會落水滅頂，但同時也使我們無法登陸求生。可是有一事是例外，金門不在軍援範圍之內，駐在那裡的國民革命軍也不在受援之列，美國人把她看作「游擊隊」。當然也不受「美援」的約束，所以駐在金門的司令官，一方面防衛本島，一方面準備反攻，準備項目之一便是興建在台灣眷屬的住宅，歲月悠悠，時光如逝，初來時僅住三年四載的公屋，有關機關當然要收回自用。筆者爲了解決這一問題，特以金門所產白土，利用運糧回航船隻，裝載台灣求售，得欵報准上峯備案，專作眷舍建造。

中國人有一句很流行的俚語：「與人

不睦，勸人造屋」。不但是大批，而且是繼續建造眷舍，進行起來確實不易，眷屬的階級與眷戶的人口，每每是麻煩的主要項目，一個少校的家庭和一個軍長的公館，再平等也不能不有所分別，軍隊不能沒有階級，待遇原本也就差別，十口之家和兩三口人的需要，大小多少，大不相同。所以各別零星建造了幾年之後，乃有高級眷村及一般眷村的區別，最足以代表的是中壢附近的「居易新村」及內壢附近的「居廣新村」。此外，由於軍隊單位的原故，由防衛部發欵，各軍自行建村居住的也不在少數，最初是第五軍的崑崙新村，十九軍的天山新村。筆者在第二次再到金門，王多年的第八軍，張國英的第十軍也都分別獲得眷村。那已是後來的事，可是第八第十兩軍所援的例却是為反攻準備而建眷村遺留下來的。爾後筆者離別金門，後任的司令官幾乎都不斷的用金門的錢為部屬解決居住問題，遺風餘韻，娓娓不絕。荒野金門，却能為國軍眷屬貢獻了那麽多的幫助，以後台灣各地，大量興建軍眷住宅或發眷舍代金，這一問題，逐漸得到解決。確實是始料所不及。

民國四十三年，韓戰停止，台灣海峽轉趨緊張，國軍高峯發出了「鞏固金馬台澎」的命令，在閩江口外，扼阻馬尾港的馬祖列島漸漸加了它的重要性，華心權少將所率領的八十四師首先担任了那個任務。他們以同樣的理由為其師之眷屬修建了極具規模的住宅，地近中壢，筆者此時正任第一軍團司令受華將軍之託，完成其事。以後為馬祖守將，也相沿成風，都為其所部解決此一問題。

國軍漸漸獲得美援裝備之後，軍事顧問團的相應要求也就日見增加，「維護」「保養」四個字不斷擺在顧問們的口邊，有一天我親自駕駛吉普，邀同軍團首席顧問BATH同行到內壢鄉間的一所破茅屋內，頂不蔽雨，一側已塌，內居母子三人，狀至悽涼，我指告BATH曰，此乃駕駛大卡軍司機的太太，家在大陸，隨夫來此，衣食已成問題，住屋又是如此，古語有云：「飢寒起盜心」，此種情形下的司機，如果偸零件，賣汽油，以之養家活口，似乎不值得深怪的！不錯，機械武器需要維護保養，可是使用機械武的人也不能不維護保養呀？以後筆者又向來軍團視察的顧問團陸軍組組長保卡婉言說明，中國人原本是優秀民族，中國軍人尤其以「明恥教戰」為軍事最高心法，我們接受了別人的恩惠，總想設法加倍奉還，今天不是我們不愛護你們給我們的武器裝備，而是我們官兵多數出身農村，必須慢慢培養這個維護保養的習慣，也要注意，另外的配合，這裡所說的配合條件，涵意頗廣，軍眷安置和住宅的不足，使人工作情緒不佳，乃是其中之一。

一如上文「生活保證金」中所云，軍眷安置與住宅興建，本意是解決軍中問題力求軍隊强健而能遂行任務立功疆場的，却不料後來竟因此引起許多流言蜚語，筆者未以為意，反理直氣壯曰：「革命軍崛起嶺表，飲馬長城，氣勢如虹，量大如海，曾未聞竊竊私語，暗箭傷人。將領們多以戰績博榮譽，同志們亦以道義相交接。中華男兒出生於大陸原野，胸襟空曠，一時失着，退守台澎，稍得升斗之水，便應龍騰而起，消滅奸匪，還我河山。安可一如當年吾人譏笑日本者：「島國小民，量窄識淺」。似水流年，筆者行將七十，回首前塵，豪情未減，近半年來受越戰逆轉之衝擊，意識又復澎湃奔騰，「國父孫中山先生之信徒，總統蔣公之子弟」，理應雄鬥不衰。凡可以加强我們戰力的措施，今日統兵作戰的領導人物，我們應給他以最較大權限，並一致支援，絕不宜評論太多，鼓勵太少，坐令醜敵獰笑！

僑滙、游擊隊自籌經費

人們鄉知道華僑在東南亞地區握有經濟權力，却不知道這個小小金門竟然在華僑社會中擁有不可輕侮的地位。僅以新加坡和馬來西亞而言，籍金門的人，多至近乎十萬，知名人士更是難以勝數。筆者在一次渡假旅行中，到了東馬來西亞的沙撈越和沙壩，又到了婆羅乃那個小王國。這一路金門僑人很多，經營的事業也很大，住旅社、吃飯館、買百貨，都可在金門人的營業範圍中得到供應，尤其是婆羅乃，總人口十五萬，華僑佔了三萬，金門人就有兩萬七千多，而且都來自小金門。可以說明金門華僑居然比金門現有人口還多。大陸陷共，金門得天之佑，雄峙海上，不曾被汚腥旗所侮辱，因此僑滙繼續由南洋滙來，形成了僑眷們生活上所依賴的一種。

民國卅九年底到民國四十年初，正是金門兵荒馬亂，攻守難測的時候，戰地指揮官一心一意的注視敵情，整備戰力，根本談不到關心民瘼，造福地方。有一天政工人員報告說：「幾個老年女人上吊死了」，初以為是軍紀有關，下令澈查，結果是僑滙未到，無以為生，乃厭世自殺！不能不問，乃查根由。原來金門僑滙，向由厦門轉來，現在厦門淪落，勢必經由香港，香港到金門，滙兌不通，必須經由台北轉滙，這一個新的系統，一刻建立不成，僑人滙欵到港，便託在港親友設法轉交金門，這些人良莠不齊，利用混亂時機，把受託之欵轉入高利貸途徑。亦有由港走入地下錢莊，而台北的錢莊却無法流通到金門。因而僑信已到，僑滙却無法到僑眷手中，尤其舊曆年關，告貸無門，飢寒交迫，可以自尋短見。金門防衛部和福建省政府乃向台北發出請求，希望解決此一重要問題，中央政府也俯允了，而且也訂出辦法，以利僑滙，可是問題仍然得不到解決，進而深入調查，發現還有比率問題。原來當時通貨不斷膨脹，官價與黑市相差很大。僑人滙來一元美金到台灣銀行，僑眷僅得八元台幣，若由地下錢莊黑市滙兌，一元美金便可獲得台幣廿幾元。所以台灣銀行雖然敞開了大門為僑眷們服務，可是僑滙仍然形成問題！

美國人成立了西方企業公司，要幫助中國的游擊隊，福建反共救國軍為了要獲得西方公司的武器，乃向香港難民營中徵求游擊隊員，上文已曾述及。但在這一個需求相應的來往中，却發生了一個漏洞，無法填補，那便是游擊隊的經費如何解決？原來殘留各小島的游擊隊伍，可以用種種權宜的手段以求生活，而且要量不大。現在是福建省反共救國軍堂堂正正，旗幟鮮明，就須以合法合理的手段，給他們解決問題。隊伍越來越多，花費跟着也大。偏偏西方企業公司的規章是祇供給武器彈藥與作戰用具，而不涉及生活費用！記得有一次筆者曾和該公司的負責人庇耶斯（此人在越戰中曾任第四師師長及第二軍軍長，以駐韓聯軍副司令退休）與漢彌爾登談及此一問題時說：「你們美國人這種作法，恰如一位富人周濟窮人而慷慨贈送衣料一件，却要窮人自己配上衣服裡子和手工錢，幫助變成了窮人的負担，好意變成了對窮人的為難」！但「這是規定，到處一樣，我們沒有例外可以供給台灣海峽游擊隊的衣食所需」。對此，便祇好向國防部請求了，當時的國防部對正規軍的供應，已是捉襟見肘，確無餘力負担日見壯大的游擊隊，一批破舊軍衣軍毯的施與，業已是人至義盡了！吃的方面，更是清苦的令人難以想像。有一次，筆者巡視南海第二大隊，看到他們正在吃飯，菜只能維持第一碗飯，第二碗是湯泡，第三碗便只好白飯入喉。查其原因，乃是每人每月副食費三十元，包括煤油鹽在內，每餐勉强可買一斤青菜，供應全桌，自然大大的不足了。回來告訴副司令官蘇宇恬，立即無代價供給游擊部隊之煤和鹽。並請另一副司令官柯為之，督策游擊隊，從事於種菜養鷄養猪等，以改善官兵的生活。同時，筆者以防衛司令官身份，不時也給予一些正規軍節餘下的剩米餘欵，但杯水車薪，無濟於事。可是閩南總隊向香港爭取游擊隊員的船，一隻一隻的開出，而現有人員的伙食費也未中斷。固然這時雖漸漸可以聽到「走私」這個名詞，筆者心目中却覺得：「游擊隊本來是自力更生的呀」。悠悠之口，何必計較。

民國四十一年初，金門駐軍的兩個營長回台休假，因携帶「私貨」有違海關規定，被判有罪而撤職。跟着軍的船長，空軍的駕駛也與陸軍回台休假營長犯了同樣罪名而被有關方面所扣押。於是「金門」

「胡璉」「走私」這三個名詞便連繫在一起，不脛而走。筆者在台北一次集會場合中，被財政人員，不指名而搶白了一頓：「軍人走私，前線漏稅，財源如何充裕，軍費如何供應」。明明是說我，即使我有口難辯，僅可默默抗議。經過詳細調查，原來負責與西方公司合作代理福建反共救國軍總指揮的高級人員，找到了僑滙的空隙，利用接運香港游擊隊員的船隻，拿金門僑眷的信到港取得僑滙，就地買成金門日用必須品，隨船運回，再出賣給粵華物資供應社。如此，第一、僑眷們得到了比黑市還高的台幣。第二、粵華物資供應社獲得了比台北價錢更低的貨物。第三、金門消費者得到了在台北買不到的價廉物美的東西，如香烟洋酒口紅絲襪等。第四、游擊隊自然在其中獲取了一筆佣金，以作其經費的開支。這種一舉四得的事情，本來應無問題。但利之所在，弊亦隨之。台灣是烟酒專賣，香港烟酒到來，便影響了台灣烟酒的銷路，財政官員當然要不滿。而況軍人們反而要把香港烟酒帶到台北，去送親友作為禮物，人數一多，日子一久，小數目累成大數目，海關稅務人員當然要抗議！而且負責游擊隊經費的人，對於收入支出，賬目並不週詳，用途又近浪費，在游擊隊和正規軍間也引起了猜疑誤解。作為一個戰地負責的司令官，至也已是圖窮匕見，非作有效處置不可。首先的禁令是凡駐在金門的陸海空勤人員，一概不准携帶香港入口貨物回台，而且厲行檢查，犯者重懲。其次是不准由港進入奢侈物品，絲襪口紅絕對禁止。惟有利用僑滙，進口物資一事，關係僑眷利益及游擊隊經費，必須詳細檢討，妥為籌劃，利弊得失，面面顧到。

遠在抗日戰爭中期，艱苦地區駐軍，由於運輸困難及物資缺乏，部隊長官們為了士兵的飽暖，而且派隊伍到富裕地區採買軍需物品，以增加官兵福利的情事。其中難免偶有弊端發生，遂引起嚴重的「走私」問題，上峯派員澈查，部隊伺隙控告，一時紛擾幾成隱憂。一位高級長官又是當時的名將說了一句使人難以忘懷的話，可以走公，懲辦走私」！戰爭非打不可，士兵安可枵腹，國家財力艱難，不能處處顧到，部隊長應該負責解決問題，不究該走與否，祇問為公為私。中國之大，戰區遼濶，百凡都應考慮到天理國法人情的運用。忠誠者得到鼓勵，走私者得到制裁，這才是高等統帥學的原理。國軍撤離大陸，金門孤軍屹立，一位長官面告筆者曰：「在台灣必須循規蹈矩，執行中央整軍政策。在金門一切從權處理，但求能打勝仗，不受法令束縛」。這也是名將出師的古道。在筆者為了解決上述僑滙及游擊隊經費的事，而召集高級幹部會議時，忽然想起了上述兩則往事，其結論是原則不變，方法重擬。會後迅即決定：①由金門防衛司令部兼福建反共救國軍總指揮部主任李德廉上校，負責組織一個委員會，專司游擊隊經費籌措及監督使用的事項。同時因為李德廉也是金門行政公署的行政長，自然也了解並處理了僑滙的問題。②反共救國軍總部應照概畧的收入數，編列預算，使每一隊員除了衣食，還有生活津貼，縱然不及正規軍，大致相差無幾。③向國防部大陸工作處報請備案。④由兼總指揮報告最高負責人請求核准。如此請求之後，一場「走私」風波，在金門本身，因改變為「走公」而獲得平息。事隔廿多年，筆者今執筆寫此回憶，想起滿清末葉中興名臣之言「忠臣謀國，百折不回……」心情悠然仰首微笑。

近讀宋史名臣奏議，其中孫何論將權有句曰：「……境內之賦權利，一以與之，使其牛酒而犒軍，有黃金而傾敵……」。又宋史周魚詢傳中論擇將亦云：「臨軒敦遣，假以威權，若郭進李漢超輩，閫外之事，得以專之，無以謗讒，輕有遷徙：……」張方平傳亦有「……西山郭進，關南李漢超皆優其祿賜，寬其文法，諸將財力豐而威令行，間諜精審，吏士用命」。讀宋史者每訝宋初中央禁軍纔廿餘萬，竟能完成大業。迄仁宗養兵百廿萬，却每為西夏所敗。然若畧一查究，便知將材代代皆有，任得其宜，權得其用而有異也。將不强，責不專，兵多徒冗，耗國帑，弱國力耳。其實「……郡中筦榷之利悉與之，恣其圖囘貿易，免所過征租，由是邊臣皆富於財，得以養募死士，使爲間諜，洞知敵情……。」不徒宋初爲然，遠在漢文帝時，馮唐爲魏尚蒙寃而言曰：「軍功爵賞，皆決於外，歸而奏之……李牧爲趙將，居邊，軍市之租，皆自用饗士……今臣聞魏尚爲雲中守，其軍市租，悉以饗士卒，私養錢五日一椎牛自饗賓客軍吏舍人……夫士卒盡家人子，起田中從軍，安知尺籍符伍，終日力戰，斬首捕虜……」。以上畧舉數例，即知「走公」之行，由來已久。現在時代雖然不同，原理應無二致，國人所望於邊將者，戰能勝，攻能克守能固也，在萬難之中，設法籌財，用之於公，似不必視爲「走私」而過份計較，一戰勝敗，每每關係國家存仁，其國不存，豈是千萬金鎰所可買得囘來？又一個將領，立身疆埸，如果貪財好貨，其軍隊尚能殺敵致果，誰能其信。反之，兵敗身仁，錢財何用？故人之愚蠢，必不至要錢不要命的程度！而況政府選將，必經縝密考慮，豈肯以疆寄付予貪墨之人！軍人以身許國，理應不受浮濫之譏，才是盛世淳風，開創氣象。

筆者走筆至此，不勝對我　上峯感激之情。國家的紀律是嚴而且明的，我的所作我爲，都得到蔭庇支持。一個將領能被信賴，那是畢生引以爲榮的事。固然我也每每走到太武山無愧亭前，深自反省，了無愧怍。

民國四十三年，韓戰停火，西方公司離台他去，福建省反共救國軍終止了活動，令人困擾的游擊隊經費問題自然消失。僑滙也隨着台幣的穩定而納入正軌。

（待續）

四川淪陷之回憶

·韓文源·

歷史在求眞實，惟欲達此目的亦非易事，即就吾人所經歷者而言，所見所聞，出入大小，或則聞人言而筆錄以充篇幅，或則據枝節以概其全貌。更甚者，則掩己之過，奪人之功，致使後之讀者，不得眞知，無以辨其是非，更無從領取教訓，有失歷史之價値，莫甚於此。筆者自民國卅五年起，承乏戡亂戰爭中鄭州綏署及陸總指揮所參謀長之職，重要戰役，尤能記其梗概，尤於得失關頭，最難忘懷。我曾謂：敵非强大，我更不弱。然由於共黨滲透我中樞情報及作戰幕僚機構，以致判斷決策，均受嚴重影響，故使優勢變爲劣勢，劣勢不能逃避打擊，我則愈戰愈弱，敵則愈戰愈强。時間愈久，我之弱勢愈顯，既無第二線兵團爲之補充，又不善用民間武力。使廣大之地域，受共黨鼓惑控制掌握，地方政府，不能發生領導作用，民爲其用，軍受其困。我軍在戰塲上，不僅要防前方之衝擊，且須防後側之襲擊，等於隨時隨地，受共軍包圍，可以想見我軍作戰之困難於此。回憶民國三十八年四川淪陷前後，在川中所親歷之重要事蹟，證明民心之能掌握運用與否，關係至爲重大，均有一述之必要。蓋四川爲八年抗戰基地，中央據此以獲最後之勝利，故人民對政府對領袖，極具信心。自古即稱四川爲天府之國，地廣人衆，物產豐富。以人口言，連西康即近七千萬人，再加滇黔兩省即有約一億之人口。四週崇山峻嶺，險要重叠，而民心歸向，民情忠實，最講義氣，更爲難得之有利條件。玆特分叙如下，或亦可供史家之採擇。

南平風波後方安定

民國廿九年冬，我統帥部適應戰爭情勢，籌組遠征赴印、緬，會同英軍作戰，我接軍政部軍務司通知，已決定派我爲新編第卅八師師長，準備開赴印、緬，當即計劃如何改編部隊。乃三日後，復接正式通知，奉命改接第卅二補訓處長（新編第卅八師改由稅警總團孫立人部編成），奉參謀總長何敬公召見，而告接有瀘州周成虎師有異動之情報，事機迫切，不容稍緩，囑即日赴瀘州石洞鎭接事，査明實情，妥善處理。至夜九時抵達石鎭審問詳情，我軍已沿江佈防警戒，所有船隻，均禁止過江，形勢緊迫，一觸即發，倘於此時槍響，內戰即將爆發，在樂山之劉樹成師，亦將隨起響應。此種危急情形，極爲機密，鮮爲人知，如一旦風聲謬傳，四川之袍哥社會，甚易以訛傳訛釀成騷動，如被奸人利用，後患不堪設想，後方動搖，前方何以抗戰。乃決心效單騎見回紇之先例，一圖與對方面談，乃拿起電話與周成虎通話。按周在川中友人背後，均呼爲「周瘋兒」，傳說其人有些神經不正常，難以說話，惟至此時，我亦顧不得其爲人如何，非與之一見不可。當電話接通後，我在電話上自我介紹：「我係奉委員長令，接長第卅二補訓處，明日單身過江，專程與老兄一談。並謂我方沿江警戒，已下令撤除等語」，彼示歡迎之意，次晨如約過江，見面後，我便開門見山，請問其對中央有何不瞭解之處，坦白直言，我當答覆研究解決。周旋即滔滔不絕，一一說出若干空穴來風之事。窺其意，不外認為中央歧視川軍，將有不利之舉，所採行動，乃屬自衛。經我一一解釋，拍胸保證，中央絕無對兄稍有歧視之意。我輩今日，只有團結一致，服從政府，參加抗戰，何有彼此之分，周乃答曰：「老兄如此說來，一言為定，我絕對服從中央，聽命領袖……」此時陳明仁係預備第二師長，駐瀘州以南，聞我到瀘，亦趕來相見，三人握手言歡，滿天雲霧，至此煙消雲散，遂急電報告　委員長經過情形，瀘州宣告無事。乃越月，中央軍經樂山開赴西昌，劉樹成阻止不准通過，奉　委員長電令我部接防樂山，乃於次日開拔向樂山行進。我率主力經五通橋，另以一加强團附僞裝之化學兵隊，經馬蹈井向樂山作戰備行軍，迄我抵五通橋後，劉樹成派其中校團附徐某代表前來見我，而稱：「敝師長請貴軍至五通橋為止，如再進一步，槍響恕不負責等語」。我思抗戰基地，決不容有戰事發生，以免影響前方（按此時，中央已作萬一準備，成都軍校學生已發槍彈，暗中計劃編組為作戰部隊），我決心仍採取單騎說服政策，向其代表曰：「我於明日單身赴樂山與貴師長面談，我的坐車也不開去，請用貴師長的車來接」，以示此來無惡意。次日，劉果派車來接，我之左右相謂，此行不如瀘州，太過冒險，我想既不能開啓戰端，只有以談判解決，仍照原意到樂山赴約晤劉。俟抵樂山後，劉之便衣多人，重重在外注視我之發言。請其發表意見，劉之面貌似一老婦人，短於言詞，乃由其參謀長汪某發言。所述皆為對中央不諒解之事件，經我一一解釋，似仍不滿意，不提讓防接防問題，我乃提出具體可行之方案。蓋劉湘之重要軍械物品倉庫，皆在樂山，彼等深恐遭受意外，不便明言，我乃向劉樹成，稱讚劉甫公統一四川，效忠中央之偉大精神。抗戰軍興以後，甫公到京晉謁　委員長，宣稱四川可以擔任出五百萬壯丁，為國家效死，所有人力物力，皆可貢獻國家，擁護抗戰，為川人爭取光榮，舉國欽敬，兄等應繼續甫公精神，為國效力，諒亦同意。我之提案，我只先開一個團到城內，表示已進駐樂山，貴師部隊暫不開動，可環繞我軍駐紮城外。貴軍如有一槍一彈損失。我願負責加倍賠償。我與兄則先電呈　委員長，報告彼此已交防接防，俾釋中央懸念，劉見我精誠不僞，乃慨然允諾。除先即電呈外，我乃專程赴渝報告　委員長，詳陳經過，並陳明劉之忠實服從絕無問題，其中誤會，乃多由情報不實，類多揣測虛構，請　委員長賜函帶回，嘉慰一番，俾安其心。俟我將委員長手諭帶回到眉山時，劉率領師部人員軍樂隊郊迎，至為熱烈。其原駐樂山之部隊，亦相繼開赴指定防地。所有庫存軍需物品，則聽任其從容搬遷，至約半年始告完畢。以後直至抗戰勝利，相處均極融洽，謠言亦不再有。我深感雖未開赴印、緬參加遠征軍作戰，然數年間與川軍川人，精誠相處，毫無猜疑，使抗戰之大後方得以安定，上釋極峯之懸念，下除隱患於無形，不亦勝過戰場之勝利乎？

戡亂失敗基本肇因

中國向來有句傳言，「天下未亂蜀先亂」，而此次戡亂期間四川所表現者，則為天下已亂蜀未亂，適與過去傳言相反。此與抗戰八年四川為基地，終於得到最後之勝利關係至鉅。川人既對我政府信仰堅定，故認為四川可以穩住，共黨分子不易煽惑。蓋西南以外之各省，如東北、華北、華中、華南，皆曾遭受日軍之蹂躪、民間稍有資財及號召力者，均不惜毀家紓難，憤起組織游擊部隊，犧牲之大，非言語所能表達。及抗戰勝利，八年艱苦得有一結果，欣喜之餘，滿以為可投歸政府懷抱，或予收編，或予獎慰。詎知被共黨滲透，受一時矇蔽，主其事者，竟稱此種民間武力為「游雜」部隊，鄙視遺棄，毫不考慮，喪失人心，莫此為甚。而東北近五十萬之僞滿精銳部隊、及民間武力數十萬，又一律不准收編，棄若敝屣，以致多年渴望我政府撫我納我之希望，概歸泡影，不僅滿腔熱誠落空，反永蒙漢奸游雜之名，一若子女對家庭失去溫暖，親生父母反變為寇仇，其投共也，豈能說是其本心？所謂僞軍游擊之武力，均爲民間之骨幹有資望有力量者，誠如水之於舟，能載舟亦能覆舟，無怪東北、華北相繼淪陷，而至徐蚌之役，我軍形成强弩之末。故我嘗謂，國軍之作戰猶如淺水龍，困鬪沙灘，如何能望其發揮作戰力，求取勝利。我非爲忠勇之國軍辯護，事實確如此也。反觀西南四川之民心，未有上述之因素，對政府之信賴未曾稍變，故我對最後確保西南之決心，極爲堅定。而何以淪陷如此之速，確有一言之必要。

川局潰敗起因宋羅

民國卅七年，中央着眼於防衛西南，固守四川，乃在宜昌設川鄂邊區綏靖公署，調鄭州陸總指揮部主任孫震上將爲主任，我亦由參謀長調爲綏署副主任。所指揮之部隊：僅國軍第六十師（原屬宋希濂部），及第二二三師（師長陳瑞鼎，在川新成立），另原屬潘文華部之直屬潘、張、冉三個獨立旅，皆係殘缺亟待補充之部隊。而事實上張、冉兩獨立旅，早由華中剿匪總部調至武漢。又原屬鄭州陸總部之孫元良兵團第四一、第四七兩軍，則在河南蕭縣永城突圍後殘破，亟待集中整補，無法使用，在此籌組部隊期間，襄陽、樊城早已於卅七年七月爲陳賡共軍攻陷，而荊門當陽相繼失守，第七十九軍軍長方靖於荊、當戰事失利被俘。民國卅八年一月廿日首都廣播，公佈政府下令停戰，總統即將引退，大局愈趨混亂惡化。及至二月七日，接本署沙市聯絡軍官密電：宋希濂已將調回沙市之第十三綏靖區王司令凌雲扣留，將王屬第十五軍、及豫西民防部改編，並有對宜昌本綏署不利之傳聞等語。爲避免與宋部衝突，乃將本綏署移至三斗坪。二月十六日，宋希濂親到三斗坪本署，出示國防部電文，謂奉上級指示，重點偏西，因此其司令部改駐宜昌。而本署爲整編部隊，不能不移駐萬縣矣。查宋司令希濂所屬有六個軍（第二軍、第十五軍、第七十九軍、第一一二軍、第一二四軍、第一二八軍），爲退入川鄂邊區最强大部隊，實爲固守川東之主力軍，與本署所指揮之兩師一旅，均係殘破亟待補充整補之部隊相較，不啻霄壤之別。然至爾後，竟被劉伯承一舉攻陷，其再移駐司令部所在地恩施，所有部隊均未被想觸，即紛向川東潰退，影響四川西南整個全局不可收拾，言之痛心，是不能已於言者也。

宋希濂心存私念忽畧本職

川鄂邊區綏署在宜昌成立後，總統曾有電令由孫主任上將召集湘鄂地區之所有綏區司令（約五六個）開會，研討今後共同作戰，防守西南地區之計劃，有意使資深之孫主任（保定軍校一期畢業）領導統一將來之作戰，無如此時之水陸交通混亂阻塞，致令難以召集。宋於此時手握重兵，內心不悅，自在意料中。而傳聞其司令部中有一鄂籍之參議，以蘇、張之流自居，常向宋誇讚其雄姿英發，貴冠一時等語，以致宋終日心猿意馬，一味如何蓄意編併友軍，强大自己，使新歸指揮之部隊心存危懼，無意作戰。前者在沙市之扣留王凌雲，已傳遍全軍，復於八月八日，在巴東將一二四軍軍長趙援、副軍長伍重岩扣留（趙係軍校四期學生，原係華中剿總副參謀長，組成第一二四軍後，由華中剿總撥歸宋指揮），另派新人接替改編。越二月，復將防守巴東之第二二三師師長陳瑞鼎調離職守，其所屬兩個團長亦在一週內更換。按陣前易將，兵家所忌，此等處置，無異自毀長城，爲淵驅魚。共軍遂於十一月二日攻佔巴東城。查巴東爲鄂西恩施之唯一重要補給港口，凡由重慶、萬縣向鄂西前線補給之軍需物資，均在此卸下分送各部隊，自巴東陷落，宋軍不僅補給中斷，而其恩施司令部所在地左側之門戶大開，共軍即由此虛直撲恩施，一時宋之司令部倉皇失措，無以應戰，指揮無主，前線各軍，頓感後方截斷。首腦既被攻破，遂狼狽向後方川境之西陽、秀山潰退，無從秉承，遂不經接戰，紛紛各自撤退大江以南，川東防守，由此崩潰，各軍無秩序無計劃，各自向川境撤退。利川之湖北省主席朱鼎卿所部第二十兵團，亦因牽動，向萬縣撤退。長江南岸如此潰退，迅速的共軍在毫無抵抗下輕易竄入川境。北岸之巫山、奉節、雲陽各地側背，自亦隨之受其威脅。至此本署奉參謀總長顧祝同電令，關於湖北、河南（趙子立）兩省主席所部、及宋希濂潰退到北岸之各軍，概歸孫主任上將統一指揮。値此南岸共軍深入之際，我北岸防守部隊，仍固守陣地，未爲所動。及至十一月中旬，廣西桂林失陷，貴州黃平亦被共軍攻佔，而宋主任希濂已退至南岸之彭水白馬，重慶萬縣間之連絡，有被截斷之威脅，本署所指揮各軍，不能不重新部署。而我之眷屬始乃於此時決定先送重慶，內心悲憤，不堪言狀矣。至三十日晨，始與重慶接通電話，宋之潰退部隊已過江津；成、渝交通，有被追擊宋部共軍截斷之危險，而重慶至此，乃不能不決定撤退。本署旋奉參謀總長電令，本署所部由萬縣移大竹、墊江、鄰水。所遺萬縣及其以東防務，則交由朱鼎卿、趙子立所部輪流接替。以後不得不繞道逐向川西撤退。於是因重慶宣告陷落，川局震動，西南大局愈趨暗淡，是皆由於宋軍鄂西防線首先崩潰，而引進共軍迅速入川，以致最後固守西南之全盤計劃，爲之打破，此爲重要之因素。

羅廣文缺乏修養影響所部軍紀

川鄂邊區綏靖公署主任爲孫上將震，副主任則有董宋珩、孫元良、羅廣文、及筆者四人。董未指揮部隊，我與孫元良所指揮之部隊，皆係新兵整編，補訓均未完成。惟羅廣文之四個師，整編訓練，已有一年有餘，戰鬪力量較强，除宋希濂所部外，羅部實爲川中現有之主力部隊。民國三十八年八、九月間，大局情形愈趨惡化。此時湖南長沙方面，程潛及陳明仁兵團叛變，福建之福州淪陷，贛南之大庾嶺不守。甘肅、青海亦相繼淪陷，共軍將直趨隴南，撤退至漢中之西安綏署主任胡宗南，乃建議國防部，將羅廣文兵團調隴南防堵，改歸西安綏署指揮。國防部乃決定羅兵團除留一部（第一四〇師）仍在東北城口、萬源防堵外，其主力三個師，即由川東難赴川西之平武、青川，對隴南設防，歸長官部直接指揮。本署據此，乃重新部署：以在萬源、城口之第一四〇師，巫溪之第二三五師（原潘文華部），及長官部新令撥集結達縣之第一一〇軍、廿軍、廿一軍（皆係新兵），爲左兵團，由我兼左兵團司令，指揮擔任萬源、城口、巫溪間防務。另以第四十軍、第四十一軍、及巴東北岸之湖北保三旅、保四師爲右兵團，由孫元良兼司令，自巫山長江北岸向巴東北岸推進，並準備進出秭歸、興山之線。越日，余乃赴大竹接羅廣文指揮所之任務。抵大竹當晚，羅正忙於準備開拔，即晚召集營長以上幹部會議，未與我晤面。次晨，其所部一團長(過去曾爲我部隊之營長)來見我，問其昨晚參加會議情形，該團長則云：「昨晚會議殊出意料，司令長官自始至終，大發牢騷，會至夜半後二時始散」云云。余聞之殊爲駭異，暗中自謂，廣文兄何以會如此？此何時也，爲將者責任在身，對部下只有激勵策勉，何能發出怨語，須知在上者怨一聲，在下者怨起百聲矣，將來如何維持軍紀，不勝杞憂之至。果然，我部向川北轉進時，就親身遭遇之事看到，羅部軍紀敗壞到達極點。十二月五日，孫主任偕余率所部令自大竹出發，經廣安、南充、西充、鹽亭、三臺向綿陽前進。十日午前抵綿陽，旋接成都國防部電話，囑即日到成都參加會議，晚九時過新都附近之大橋，過橋完畢，即見有數槍兵持槍阻止呼喚下車（此時我以爲遭兵變刼持），乃相率下車，問其爲何阻止前進？你們係何部隊？該兵等則云：「你們的車，在對岸橋頭將我們的守兵撞傷了，不准走」。我們答云：「並無此事」。但該兵橫蠻不講理，强將我等帶至營部，只好隨之以去，此時不知彼等扣留之眞意安在。我乃發問：貴部係屬何部？彼等答云第四兵團，我心中暗喜有辦法了，乃云請與你貴兵團司令通一電話，但答云司令官不在，我又云請與你參謀長通電話，又答云亦不在，我最後則云那就請營長通電話，彼等亦云營長也不在。此時我暗忖糟了，兵變了，忽而兵羣中後面有一人較大聲說一句：「事到今天還要客氣嗎？」我心裏起急了，乃問隨行高參劉大元兄，隨身帶有大洋（

銀元）否？劉曰有百元，我乃囑悉數付之。並謂如我軍眞有擅傷之處，請以自請醫療可也。果爾，這一銀彈成功解圍了，始將我等放行。查該批守橋士兵，即爲羅廣文之特務營。照理，特務營爲司令之貼身親信部隊，軍紀訓練應爲全軍之冠，何以胡作非爲於此極！是類部隊，尙能言作戰乎？嗣後，我乃調查其軍中情形。據告自大竹出發，沿途官兵相互埋怨，責怪上級，再加以長途行軍疲勞過甚，等於火上加油，此所以羅部早已失其戰力。反觀連日在綿陽、成都間往返數次，天雨泥濘，部隊衆多，而胡宗南所屬各軍之行進，井然有序，官兵未聞有怨言者。以此訓練有素堅强之部隊，只因奉調太遲，未能集中作有計劃之主動使用，一顯其戰力，可惜可痛，孰甚於此，衡諸羅廣文部隊紀律之廢弛，眞不可同日而語也。

胡宗南部隊奉調過遲回天乏術

民國卅八年四月，環顧大局如此敗壞，我二次離家又已十四年，老母年已八十，未得一次省侍，衷心憂痛，朝夕不安，倘有萬一，則將人天永隔矣，瞻念及此，乃決心請假回黔省親，奉准後，一路經重慶，乃謁張長官岳公，陳述個人固守川康防衞西南之計劃，蒙示：有關軍事方面者，請與錢副長官商談云云。越日，即接長官部通知，請我列席長官部會議。余以川鄂邊區綏署副主任被約參加加會議，貢獻意見，深感長官垂愛重視之殷切。乃屆時參加會議，先聽取長官各處長之報告，至總務處長報告時，則謂經費困難，擬行裁員云云。此時我之內心如火燒胸，痛憤難抑，乃不顧一切，起立發言，畧謂：「承長官不棄，要我參加會議，提出意見，深爲慶幸。今日大局如此逆轉，我中央能掌握者，僅剩川、康、滇、黔四省。而川省地廣人衆，物產豐富，民心歸向，爲各省之冠，如能固守，即對得起國家，對得起總統。今後凡事應自行作主，不必再拘守法令，請問今日裁員，每月能省幾何？」該處長起立答謂：「每月能省七千餘元大洋」。聞悉至此，憤不可遏，乃急不擇言：此七千餘元由我籌負，今日川省猶在我手中，每月七千餘元都無辦法籌措，只怪我們無能，倘一旦川省被共軍攻陷佔有，則可成立百萬軍隊，今每月七千銀元區區之數，何致無法籌辦。一時會場全體爲之啞然失色，對我注視，無一語答辯。我乃放肆大呼，提出一口號：「我們擁護張岳公主持西南大局，凡事不必再向中央請求，以免遲誤，能守住川、康，保衞西南，即對得起中央，想總統更爲欣慰云云」至此，我提出具體意見數點：

①四川周圍崇山峻嶺，天險層叠，有若干地方，確有一夫當關，萬人難攻之勢。只要交通要道（派若干技術小組分路出發），作百里縱深破壞，於必要關隘構築工事，即可以少數兵力，防阻來犯敵之大部隊、及重武器，既難通過，如有少數部隊侵入，我以現有武力配合民間自衞力量，決可將其消滅。證以長江北岸防線，我防守部隊，雖多係新兵，然能破壞交通，防阻險要，敵雖頻頻侵犯，均未得逞。四川有些天險，儘可大加利用，不可忽視，此爲必須趕辦者一。

②胡宗南所屬數十萬之精强部隊，其主力應儘快向四川撤退，保衞川康，穩定西南。如此衆多之大部隊，其撤退轉移時間，至少須有三個月。川陝間只有一條公路，可供重武器及輜重運輸，遲則難以完成其任務，此爲必須趕辦者二。

③長官部應速宣佈川、康西南各省，實行戰時體制，因時因地，獨立行事，不必再顧及平時之法令，更不必事事請示，只要能保守住川、康，穩定西南，中央決不責怪，且更希望我們如此做。時至今日，爲時已短，決不容許再有遲疑。至如位編訓民衆，加强生產，控制經濟，以應軍需，則請長官部速擬辦法，通令施行，此爲必須趕辦者三。

余大聲急呼說完後，全體贊同，照提案通過速辦。詎知越月我由黔返防過重慶，到長官部追問辦理情形，尙未擬辦，直至十月命令始下達，然爲時已晚矣。及至十一月廿六日，劉伯承部隊已攻陷綦江，羅廣文部放棄南川，重慶情勢危殆至極，乃用汽車緊急趕運第一軍先頭師（第一六七師）之第五一〇團、第五〇〇團兩個團，到達海棠溪南温泉之線，佔領陣地，阻擊犯敵。雖有斬獲，然後續部隊未能到達，而敵之先頭部隊，已過綦江，直撲江津，成、渝交通，將被截斷，重慶自難孤守。此時胡部之主力軍，尚在川陝公路上行進，頭在重慶，尾在秦嶺，形成數百公里之一字長蛇陣，如何能指揮進擊，此在戰略上之被動，乃無法挽回戰局之事也。來臺後，胡宗南曾兩次約我餐叙，回溯既往，只有付諸嘆息，惟我鄭重申言，保衛西南之戰，其失敗，公不負責也。所知所見如此，其或有助於留心史事者之參考歟？

川民忠貞袍哥義氣

綜上所述，四川之淪陷，首由於宋希濂之私心作祟，自毀防守，而首先崩潰，未加抵抗，使共軍得以長驅直入，如入無人之境，軍紀廢弛，軍心渙散，自難期其作戰。而長官部之副參謀長劉宗寬，原爲楊虎城之外甥，乃係共黨之間諜份子，其所作所爲，自多有利於共黨。距今近三十年，追念過去，不能忘懷於四川淪陷之原因，固有其痛心處。而可愛處，有更補充之必要：四川自重慶撤退，全國爲之震動，認爲最後保衛西南，已屬無望，然四川民心傾向中央，迄未有變。當本署率部由大竹經廣安、安充、西充、鹽亭、三臺向綿陽轉進時，沿途見民心所表現者，紛起組織民間武力，準備抵禦共軍，未聞一語埋怨中央政府，或報告有共黨地下組織出現。而胡宗南所屬各部之眷屬數以萬計，分散投宿寄居於沿公路兩旁之祠堂廟宇，或借住民房，其悲愴凄凉之情況，固不待言，然未聞有被亂民騷擾刼掠者。猶記十二月九日，孫主任震與我及隨從人員僅三部車，由建興場出發，經鹽亭將抵三臺，至距城二十里處之田邊子，入夜已九時，對三臺情況不明，乃以電話與三臺縣議會議長龍傑三通電話，問縣城一般情況。據云：專員縣長已離城他去，此間已成眞空狀態，公等如欲通過三臺，難以保險，有否潛伏共黨分子，未敢肯定云云。但通往綿陽只此一條公路，非經三臺縣城不可，而此時地方治安，概由民團派隊防守。龍議長爲顧慮萬一起見，乃派員至縣城外相迎，該員即偕我等通過三臺，至離城三十里之豐谷井宿營。查此時三臺已成眞空三日，如有潛伏分子，當早已明白宣佈佔有，而我們之夜過三臺，不亦落入虎口，是亦可見民心始終傾向我政府之可愛可貴也。又當本署抵達大竹之次日，即接奉國防部電令，派范紹增爲川東挺進軍總指揮，從事游擊，歸本署指揮。范爲大竹人，對地方情形固爲熟悉，然事前毫無準備，又無可供使用之軍隊，我對此項派遣，能否達成任務，頗感懷疑。越日，范由渝抵達大竹來見，我問其帶有何部隊，彼答云，部隊已隨後來矣。稍頃，我與范偕同觀看，但見男女槍兵數百人，奇裝異服，有似演戲。而一般豪俠氣概，望之令人欽佩，殊亦難得。我於此問范曰：「兄此來有何把握」？彼答云：「大局至此，只有向前一幹，去報效國家，別無話說」。言簡意賅，忠勇之氣，表露無遺。次日，即率其形形色色之五花八門部隊，向東行進，本署並派一無線電台隨行，俟我等抵南充時，即接該電台報告，情況不利，此後消息即斷，范自亦隨之犧牲矣。范在四川爲極有名望之袍哥領袖，待人接物，向極豪爽，一擲萬金，毫無吝色。自民國二十四年中央軍入川後，對政府對領袖，極爲忠誠，證以此次臨危受命，冒險不辭，確屬難能可貴，亦可見四川民心之忠於政府。可謂天下已亂蜀未亂，中原板蕩見忠貞。蜀人之心，可以彰百世，勵千秋，值得史家之大書特書也。

交卸任務奉令飛臺

十二月十日，本署到達綿陽後，即暫住縣府內。與各方連絡：得知東路共軍已過內江，九日陷資中，在資中資陽間與國軍對峙。川南情況不明。川北共軍已進抵朝天驛、廣元、昭化地區。

旋接成都電話，囑赴成鄉參加軍事會議。行前曾與孫主任上將往晤駐綿陽之西安綏署所屬第十八兵團司令李振，詢問其所屬各部隊分佈情形，彼此交換情報，以利指揮。詎知李聞言後，乃拍桌大駡曰：「丟那媽，我當甚麽兵團司令，我只知一個特務連云云」。我與孫主任相顧驚異，不知所答，乃敷衍應酬數語告退。李爲粵人，我在鄭州時彼爲師長，率領所部由粵北上，經鄭州赴陝歸胡主任宗南指揮，三年之間，升至兵團司令，上峯器重，不爲不殷，何以竟發牢騷至此，眞不可解，我內心不禁憂從中來。及後，由成都西進中，李振果然叛變。十日夜十時抵成都，在客廳謁顧參謀總長，會談時，昆明飛機塲長來報，盧漢叛變，而川南郭汝瑰叛變消息，亦隨之而來。大局日趨惡化，昔日所謂忠貞幹部，而今竟喪心病狂，圖窮匕見，露出了狐狸的尾巴，言之痛心，奈何奈何？初在萬縣時，與孫主任德公（孫震將軍號德操）談及大局至萬不得已時，只有率所部退至滇、緬邊區，徐圖反攻，以待局勢之變化。故我之眷屬，除婦孺四口在劉伯承攻陷彭水後，始先送臺灣避亂，其餘較大三男孩則到成都，準備隨我行動，區區之心，只要一息尚存，決與共匪拚戰到底。暗藏軟底鞋若干雙，以備翻山越嶺之用，自始至終，毫不遲疑。詎至在成都開會後奉令：川鄂邊區、川陝邊區兩綏署撤銷，所有部隊，統交由西南戰區長官部副長官兼參謀長胡宗南指揮，並奉令派一專機送楊惠公（楊森將軍號子惠）、孫德公、及我三人與所屬必要人員，於十八日由成都北門外鳳凰山起飛赴海南島，十九日再飛赴臺灣。抗戰勝利後，參加戡亂之戰，於此告一段落。來臺迄今，已二十七年，午夜夢迴，每不忘蜀中山水，更難忘蜀中人情。楊惠公、孫德公與我三人，皆係在川忝負軍職，最後正式奉令交出部隊。同機來臺者，去年楊、孫兩公華誕之會（兩公生辰皆在農曆正月），囑我爲文以記離川之史實，拖延整年，今始交卷。遺漏之處，在所難免，尚乞閱者指正是幸。

洪憲本末

（八）

·鐵嶺遺民·

劉師培扼於悍婦

北方有句土話：「收不到好莊稼一季子，娶不到好老婆一輩子。」此言雖俗，頗有哲理。就以近代人物而論，成功失敗受到女人的影響特大，賢與不肖皆然，此處不談別人，祇說一說「洪憲六君子」排名第四的劉師培。

劉師培號申叔，江蘇儀徵人，經學世家，其曾祖文淇、祖毓松、伯父壽曾均治左氏春秋，名著於道咸同光之世，三世傳經，清代談經學必說儀徵劉氏。其父貴曾也以經學名聞東南。師培幼承家學，邃於經學，尤精左氏春秋。因此嚴於夷夏之辨，民族主義思想發軔較別人為早，清末在上海認識章炳麟，兩人皆深於經學，往復辯難，炳麟自愧不如，成為好友。不久與鄧實、黃節、章炳麟、陳去病合組「國學保存會」，師培改名光漢，表示光復漢族山河之決心。「國學保存會」出有一種刊物叫「國粹學報」，表面上說是學術刊物，實際是鼓吹革命。師培著有「攘論」，「中國民族誌」都是反清之作，由於他有學問，下筆字字有據，與一般宣傳性文字不同，很受重視，革命黨人後來所發佈反清復明文字，也都以師培文章為依據。時間稍久，受到清廷注意，在上海不能立足，挈眷東渡日本。

在日本，章炳麟初組「光復會」，師培加入為會員，以後合併為同盟會，師培仍是同盟會的會員，這時他確實是一個革命志士，全心全意為革命而工作。

不過當時革命在進行期間，需要的黨人是拔劍擊柱的莽漢，而不是規行矩步的書生，劉師培無論內心怎麼熱烈，他在外表上決不像一個革命黨人，因此，在同盟會內部並不受到尊重，有時且成為一般黨人開玩笑的對象，師培在外鬱鬱不得志，回到家中就向床頭人訴苦。

師培妻何震，才貌俱全，學問雖不能與師培相比，但也可以算是通人，可惜是太熱中，自覺夫婦兩人負不世之才，竟然不能出頭，自不甘心，這時清廷也有專人在東京刺探革命黨人消息，何震不知怎樣與兩江總督端方的代表勾結上，逼令師培代端方工作。

劉師培在東京為端方作偵探的消息傳出後，黨人大憤，有些激烈分子要得而甘心，師培在東京不敢住，夫妻回到南京投入端方幕府。宣統元年（一九零九）同盟會上海方面負責人陳其美約集江浙兩省同志在上海馬霍路德福里開會，商量在上海舉事，不知消息怎麼漏出去為端方所知，照會租界當局按扯搜捕，幸陳其美先期外出，得免於難，這件事本來拿不準是誰告的密，但由於劉師培在端方處作幕，自然而然大家又懷疑到他的身上，益爲黨人所不齒。

宣統三年辛亥，武昌起義之前，四川先發生鐵路風潮，端方奉旨入川查辦，劉師培也跟在一道，及至行到資州發生兵變，端方與弟端錦均遇害，劉師培被囚禁幾乎被殺。章炳麟在上海得到消息，急電營救，算是把他救出來。

民國成立後，師培到了北京，任教北京大學，這也是章炳麟介紹的，以他的學問，安心教書自是名教授，偏偏官癮又發，得到楊度援引，入了袁世凱之門，民國四年，袁世凱初任爲公府諮議，他感激之至，寫了一篇謝恩摺：「呈爲恭陳謝悃事，竊師培業軌七畧，才謝三長，孝標荐歷艱屯，子駿冀興古學，自維檮昧，幸值休明，綜鄒魯之七經，昔慚呫嗶，誦唐虞之二典，今睹都俞。恭維大總統乾德誕敷，謙光下濟，風宣衢室，化溢靈台，訪辛尹之遺箴，聘申公以束帛，偕偕士子，伸夙議而遂棲遲，駃駃征夫，詠諮諏而懷靡及，顧復不遺虆采，忝備諮詢，班周士之外傳，進漢臣於前席，俾聞國政，責以春秋致用之方，遂候榮官，置之朝夕論恩之地，寵光曲被，隕越滋虞，惟有仰竭涓埃，冀圖報稱，申遠猷於辰告，勵亮節於寅恭，學有嘉謀，庶備南宮之專對，朝無闕事，願窺東觀之遺書。」文字是古樸得很，可是究竟說的甚麼，每一句典故出於何處，我們今日不能全懂，相信袁世凱當時也未必能全懂。寫這種文章給袁世凱看有何用途，劉師培自己當然想不到，這些地方就是由於他同現實社會脫了節，仍然沉迷於古書中，但是又不能安於儒素，偏想弄個一官半職，思想與行爲互相抵觸，事業必然要失敗的。

劉師培所以得任參政，是出於閻錫山之荐，此事知者甚少。當袁世凱解散國會，成立參政院時，其任命參政七十三人，大部份是袁世凱的老朋友，同時爲了團結各方，袁世凱也密令各省都督推荐，劉師培自四川脫險先到山西，他與閻錫山的關係，大概是在日本建立的。雖然經過閻錫山的推荐，袁世凱最初並未重視，僅任以空名的諮議，恰在這時列名參政的國史館館長王闓運掛印而去，袁世凱就委劉師培代理參政，不久也就眞除。

參政既不是官吏，也不是議員，但似乎兩者又都是，全國衹挑選了七十三個人，極一時之選，劉師培這年衹三十二歲，厠身其間不能不算是一個異數，他自己是個書呆子，對此也許還不太介意，倒是他的那位愛出風頭的夫人，更覺得是袁世凱的殊恩，這時劉師培寓處已有軍警站崗守衛，每天師培上衙門及退朝回來時，守衛一定大喝「立正敬禮」，劉夫人何震經常藏身門後看這一幕以爲樂。

籌安會組織時，楊度拉他入夥，師培自沒有不加入之理，就算他不肯，床頭人也非逼他幹不可。籌安會組成後，大家紛紛撰文鼓吹，師培也寫了一篇「君政復古論」，論到眞才實學，師培十倍楊度，但這篇文章，除去使人看見辭采淵懿，意境高雅之外，實在言之無物，比起楊度的「君憲救國論」猶如一杯白水與洋酒高粱之比，在宣傳上來說，起的作用很小，但世人皆指此篇爲「劇秦美新」之作，還是就文字而言，並不以內容爲準。

袁世凱死後，黎元洪繼任，國民黨人對劉師培一再變節，咸爲切齒，一定要把他列名帝制犯內。此時又虧了章炳麟，挺身而出爲之疏解，把名字勾掉，事後仍在北京大學任教，民國八年去世，祇有三十六歲，著述共計七十四種，後人輯爲劉申叔遺書，自經學、史學、文學無所不通，考據，義理、辭章無所不精，眞是天生奇才。假如不是受於政治上的打擊，促其天年，若能再活三十六歲，其成就將突破歷史上任何人的成就，萬惡的政治，眞不知斷送了多少人才。

李燮和碌碌一生

六君子中排第五的李燮和，在六君子中是一個最碌碌無能的人，他所以能名留後世，到眞虧了洪憲帝制，否則民國初年的有名人物，類似李燮和地位份量的，總在百人以上，到今天皆湮沒無聞，祇有李燮和却能與嚴復，劉師培並列，經常被人談起，恐怕也是他自己生前想不到的。

李燮和湖南安化人，名柱中，號燮和，以後以字行不知道的以爲他名燮和，號柱中，其實錯了。

六君子中，除去楊度與嚴復，其餘四人皆是革命黨人出身，曾隸同盟會籍，以後變成了洪憲黨羽，當然可惜，但四人的轉變時間却又不同，劉師培是在民國成立前就投向了清廷，孫毓筠是在二次革命前已投向袁世凱，故在第一次同盟會內閣倒台後，陸徵祥繼起組閣，曾奉袁世凱之命提孫毓筠任教育都長，結果國會因反對陸徵祥，連帶將所提閣員全部否決，孫毓筠受了池魚之殃。至於李、胡兩人則是二次革命失敗後，整個國民黨人皆受到袁世凱打擊時，不得已到北京去找個出路，恰在這時楊度要組織籌安會，要張羅幾位有名人物出面，於是找到他兩人。

這裡面還有一項矛盾，袁世凱指示楊度拉攏知名之士，自然是才德俱備，聲望皆隆的人合格，但楊度的個性一向是包打包唱，決不願別人插手，可是上命難違，又不能不找一批名人湊數。除去嚴復是袁世凱指定的，非拉得到不可，其餘諸人，最好是有虛名而無實際，雖曾居高位却沒有半點實力，最好的是再胡塗些，更可以聽憑楊度擺佈，楊度根據這個辦法物色人，其餘四人大致皆合此尺度，孫毓筠本來就有點胡塗，此時又困於雅片烟癮，祇求有官可作，甚麽雄心都沒有了。劉師培對政治是個道地門外漢，完全是奉命行事，決不會同楊度爭高低，至於李燮和爲人則庸庸碌碌，不能成大事，因此，楊度才把拉出來，否則李燮和的聲望地位，還眞不夠列名籌安會發起人之列，楊度也許當時是幫了他的忙，但却也爲他添了大的麻煩。

辛亥革命時，江蘇獨立最早的是上海，當時的上海，已是中國第一大都市，上海的情況可以影響全國人心，故上海不變，鎮江、蘇州未必會相繼獨立，南京也不致輕易失守，則當時大局仍未可知也。

革命黨人攻下上海，功勞自以陳其美第一，以後在民國成名的人物黃郛，當時是他的參謀長，故總統蔣公是陳部團長，總統府秘書長張羣是陳部參謀，其餘尚有楊虎、吳忠信，都是慷慨之士，所以能攻下上海，傍循浙江，完成革命大業，但促成革命黨人早日進攻的力量却是李燮和。

李燮和出身湖南求是學堂，曾參加萍醴之役，當時被通緝逃亡日本，最初加入光復會，以後合併同盟會，成爲同盟會會員。辛亥起事，由日本趕回武昌見黎元洪投効，這時武昌人事已定，黎元洪沒有適當位置給他，就給了一張命令委爲長江下游招討使，當革命之初，各地亂委出的招討使、宣撫使、宣慰使也不知有多少，本來沒有絲毫作用，李燮和拿到這張命令去了上海，居然發生了作用，因同鄉關係聯絡警察局巡官黃漢湘、陳漢卿等，聚集了幾百人。就當這時，陳其美進攻上海製造局，局內巡警響應，攻下了製造局，上海便爲革命軍佔領。

事定之後，上海紳士李平書及伍廷芳在城內海防公所推舉滬軍都督，有人認爲李燮和是湖北都督府所派，擬推爲都督，遭到上海方面黨人反對，未能成功，都督一職推陳其美出任。李燮和帶幾百人住在吳淞，一時進退維谷，手下人推之爲吳淞軍政分府，李燮和又自稱光復軍總司令，上海方面也就由他自行稱孤道寡，不予理會。

中山先生囘國後，就任臨時大總統，一時所有革命黨人皆彈冠相慶，及至中山先生決心讓大總統與袁世凱，以謀取全國和平統一，黨內激烈人士均表反對，李燮和也是其中一人，堅決主張北伐，以武力推翻清廷，不與袁世凱妥協，立場十分堅定。

民國元年一月中旬，李燮和上孫大總統書稱：一月以來，最足爲失機誤事之尤者，莫如議和一事，夫和有何可議者，民主君主，兩言而決耳，豈有調停之餘地；戰亦何可議者，北伐！北伐！聞之耳熟矣，卒無事實之進行，坐是搶攘月餘，勢成坐困，老師匱財，擾權奪利，凡種種不良之現象，皆緣是而生，若天下之大局不定。河山之歌舞依然，我恐洪氏末年之覆轍，將於今日復蹈之也。夫袁氏之不足恃，豈待今日而後知之？溯彼一生之歷史，不過一反覆無常之小人耳。甲午中東之役，戊戌之政變，庚子之拳亂，合之此次之事變，凡國中經一次之擾亂者，即於彼增加一絕大之勢力，彼蓋乘時竊勢，舞術以恣之人耳，安知所謂盡力民國，又安知所謂効忠滿廷？凡其竭智盡技，縱橫捭闔而為之者，無非為被個人之計。夫為個人者，但思乘時窺便，以弋個人之利益，而無絲毫公衆之利益置其眼中，故其所為，恒不可以常情測度，豈惟不可以常情測度，即彼身居局中者，亦無從測度已身之所為，何則，彼以術馭人，而不悟彼乃為術所馭也。恃袁氏無異恃袁氏之術，袁氏之術，乃其所為自欺欺人者也。彼自身且不可恃，獨奈何欲率天下之人，以賴袁氏之術乎。故今日者，必須去依賴袁氏之心，而後可以議戰……。」

這段話就當時情況來說，自不切合實際，南京政府所以不能武力底定北方，基本問題還不在軍事而在經濟。不過，李燮和這篇文字，却有兩個特色，即知袁世凱之深，詆袁世凱之重，即在以後護國討袁時，尚無如此一針見血，不留餘地之批評。此文雖不能斷定出於李燮和之手，但在當時李燮和侷處吳淞一隅，手下祇有幾名武將，並無知名文人，則此函可能眞出李氏手筆，果眞如此，李燮和也非碌碌之輩，祇是時運不齊，無機會展佈而已。

不過，李燮和既然知袁世凱如此之深，以後竟然轉變為籌安會要角，推動帝制，就李燮和本人來說，如此反覆盡喪所守，未免不值，但也反映出中國以後數十年政治現象，政治人物沒有操守，國家决不能穩定。

李燮和任吳淞軍政分府的都督時，手下有一支粵軍，統兵將領黎天才，倒是一支强悍隊伍，攻陷南京他就出了大力，一直到民國十年還存在於川鄂之間，改懸靖國軍旗幟，算是民國史上一支奇兵，因不關本文此處不談。李燮和手上的兵本就不多，一部調去南京，一部調去山東援胡瑛，已經全部調走，到了民國成立，和議完成李燮和已成無兵司令，不知道是不是受了高人指點，首先電請裁撤吳淞軍政分府，解散光復軍。就當時情況來說，沒有任何事比這件事再合袁世凱的胃口了，當時被任為長江水師總司令，官階中將，授勳五位，倒也頗為風光。

不過，長江水師總司令根本是空銜，既無防區也沒有水師，不久也就裁撤，李燮和頗為失意，當過官的人又不能回到家鄉再敎書，於是就去北京碰機會，誰知到北京遇上楊度，被拉入伙籌備籌安會。楊度與李燮和之間的關係，大概還是在日本建立的，光緒三十二年（一九零六）李燮和參加丙午萍醴之役失敗，逃去日本加入光復會，以後改為同盟會，楊度當時也在東京，被此都是湖南人，楊度的寓所已變成湖南會館，所有湖南同學都去，李燮和自不會不去，大概從那時起，兩人就有了相當交情，李燮和此時去北京，恐怕還是去投奔楊度，恰値楊度籌備籌安會，李燮和有地位而無權力，有聲望而無能力，是楊度要拉攏的最佳人選，李燮和在失意之際，無路可走，很容易落入陷阱了。

在籌安會宣言發表後，全國上下皆對籌安會諸人大起反感，李燮和走運比別人遲，到霉却比別人早，首先出來一位龔先曜，自稱光復軍宿將，向法院控李燮和冒領軍餉，盡入私囊，控狀中並稱：「李百端恐嚇，謂吾為籌安會理事，何求不得，若再嘵嘵不已，即交軍政執法處，步軍統領置之死地。」李燮和正為此案焦頭爛額，原任湖南省議員，現任「湖南公報」經理，也就是李燮和的弟弟李誨忽然撰文請誅六君子以謝天下，更使李燮和狽狼不堪。洪憲失敗後，李燮和回到家鄉隱居，從此不再露面，到了民國七八年就死了。

胡瑛一味胡鬧

洪憲六君子最後一名胡瑛，一生經歷波翻雲詭，變幻無端，但無論為善為惡，皆是胡鬧一通，胸中無半點主宰，一身偏捲入革命潮流，好似一個小舟被吹入大海中，究竟飄到甚麽地方，已非船上舵工所能作主了。

胡瑛原名宗琬，字經武，湖南桃源人，與宋教仁是小同鄉，湖南人的思想本來就得風氣之先，偏偏戊戌政變死難的六君子首腦譚嗣同是湖南人，庚子起事不成被殺的唐才常也是湖南人，兩人且都是瀏陽人，因此，激起了湖南人的革命思潮，胡瑛就是許多有革命思想青年人中間的一個。

當時胡瑛在長沙經正學堂讀書，這間學校又是一間革命黨人養成所，黃興、張繼都在這間學堂當過教習，胡瑛離開經正學堂以後，就正式投身革命團體，與兩湖有志青年宋教仁、呂大森、曹亞伯、時功璧、孫武、王漢、田桐等人組織「科學補習所」，作爲革命進行機關，吳樾炸五大臣事件，胡瑛也曾參與其事，同盟會成立後他又加入同盟會，一度又設計要炸清廷知兵親貴鐵良，曾經潛入北京化裝苦力跟踪鐵良多日未能下手，又回到湖北，這時他祇有二十二、三歲的年紀，已經作出許多不平凡的事。

「科學補習所」以後改組爲「日知會」，成爲辛亥革命的主力，胡瑛當時奉到命令聯絡湖南及鄂西幫會，吸收同志再介紹入新軍，以待時而動。

胡瑛當時年紀雖輕，却老氣横秋，平日說話對白皆從戲台與鼓兒詞上學來，如「你且道來」、「老夫自有道理」、「難道罷了不成」，這一段話，同黨內同志一說大家就噴飯，但是對一些知識譾陋的幫會人物而言，大家到覺得他很像一個大人物，許多人被他拉進革命團體。

光緒三十一年（一九零五）日知會被湖北當局查封，黨人活動就轉入地下。次年發生了丙午萍醴之役，清廷震驚於革命黨人力量之大，下令搜捕餘黨，這次被捕的有朱子龍、張難先、李亞東、殷子衡、梁鍾漢、劉靜菴、胡瑛。以後朱子龍病死，張難先、李亞東越獄逃走，其餘都判了監禁，胡瑛却判了終身監禁。

胡瑛被判終身監禁，送進武昌縣衙門服刑，這時他祇有二十二歲，正是翩翩年少，講話不是古文觀止，就是說唱鼓兒詞，在監獄中備受尊重，獄卒談國華對他更是恭維備至，甘心爲他服役，胡瑛利用談國華傳遞消息，與革命黨同志聯繫，所以這時他名雖坐牢，實際上却與在外面一樣，絲毫未受限制。到了武昌起義，革命黨人佔領武昌，第一步就是釋放政治犯。胡瑛大搖大擺走出了監獄，到了都督府，這時黎元洪剛剛出山，都督祇是空名，都督府並未組成，胡瑛靈機一動，自封爲外交部長，在都督府旁邊一處房子外面掛上外交部的招牌，儼然部長。

及至湖北都督府組織就緒，大家都覺得都督府下面實在容不了一個外交部，當時決定在都督府下面分設軍政民政兩部，軍政部由黎都督兼領，民政部由湯化龍任部長，而把外交部改爲外交司，歸民政部管轄。湯化龍是進士出身，屬於立憲派，辛亥革命時任湖北省諮議局局長，論聲望自然夠擔任胡瑛的上司，但胡瑛却不服氣，自以爲我是革命黨人，爲革命坐了幾年的牢，怎能受你立憲派的指揮，不肯接受命令，仍掛着外交部的招牌。

但是他這個外交部却無公可辦，因爲他不懂外國語，不諳外交禮節，腦後又垂着一條大辮子，外國駐在漢口的領事官無人同他辦交涉，有事直接去見黎都督。

南京臨時政府成立後，胡瑛去了南京，黃興同他原有師生之誼，陳其美也很推重他，就留他在南京，恰巧這時山東獨立出了問題，黃、陳二人就向中山先生保荐任胡瑛爲山東都督，給以福建兵三千，乘軍艦海籌、海容、建威、豫章、通濟五艦在烟台登陸，光復了膠東各縣，設官分治，作起山東都督來了。袁世凱當然不會讓山東落於革命黨人之手，也派張廣建帶兵到濟南防止革命軍西進，張廣建又自立爲都督，形成對峙局面，一省兩都督相持不下，到了袁世凱任大總統，派周自齊爲山東都督，結束了紛爭之局，胡瑛呈請辭職，明令調京，最初任爲陝甘經畧使，以後又改爲新疆青海屯墾使。

籌安會成立，楊度拉出來胡瑛擔任理事，一方面是借重他過去的聲名，但也未嘗不是照應他，因爲胡瑛此時身染雅片烟癮潦倒京華，侘傺無聊，一日三餐都成了問題，楊度也許看在同鄉份上，替他安排了這一份名義，一時又成要人。不過，由於他的材具，實在也沒有甚麽表現，到了帝制失敗，他逃又逃不動，祇得呆在石駙馬大街寓所聽天由命，當時任警察總監的吳炳湘，民國元年在張廣建處任職，與胡瑛是舊寃家，此時雖未奉到逮捕胡瑛的命令，也派了便衣秘密監視，以防胡瑛逃走。另一方面債主盈庭，也逼得他喘不過氣，一時狼狽萬狀。

黎元洪繼任大總統之後，對胡瑛的荒唐行徑自較別人清楚，當在通輯名單中勾掉了他的名字，吳炳湘自然不能再派人監視，胡瑛悄然離京南旋，回到湘西。民國九年湘人起而驅逐張敬堯，胡瑛又扮了一個重要的角色，擔任湘西民軍司令，張敬堯被逐出湘省之後，他也自動聲請解除兵權，湖南都督譚延闓派他任礦務局協理以酬其功，不過，時間並不久，及至湘局有變，他在湖南無法立足，又到處飄泊。北伐成功之後，胡瑛去了山西，在閻錫山處作客，這時中國內戰頻仍，一般政客從中縱橫捭闔，儘多翻雲覆雨之路，但胡瑛却始終未曾參與，尚不失爲潔身自好之士。

民國二十一年秋天，胡瑛到了南京，這時譚延闓已經去世，湖南人在中樞地位最高的要推司法院副院長覃振（理鳴），兩人在辛亥革命前就是舊交，湖南驅張時又曾共事，不過，此時覃理鳴本身也是閑職，而胡經武已經淪落得不成人形，每日所掛念的就是雅片烟膏，甚麽功名事業，雄心肚志，久已丟到九霄雲外，覃理鳴固然沒有辦法提拔他，他自己也沒有上進之心，寄食京華，到了九月間害病進了中央醫院，按年齡來說，他尚不到五十歲，但身體已瘦弱不堪，到油盡燈枯之境，終於九月十四日病逝中央醫院，身後事仍由覃振及一般老同志料理，結束了胡塗一生，但就晚節而論，尚不失爲改過之鬼。

游德榮的象牙雕刻藝術

·張仕英·

微粒象牙、雕出同舟共濟

半工半讀、青年終告成功

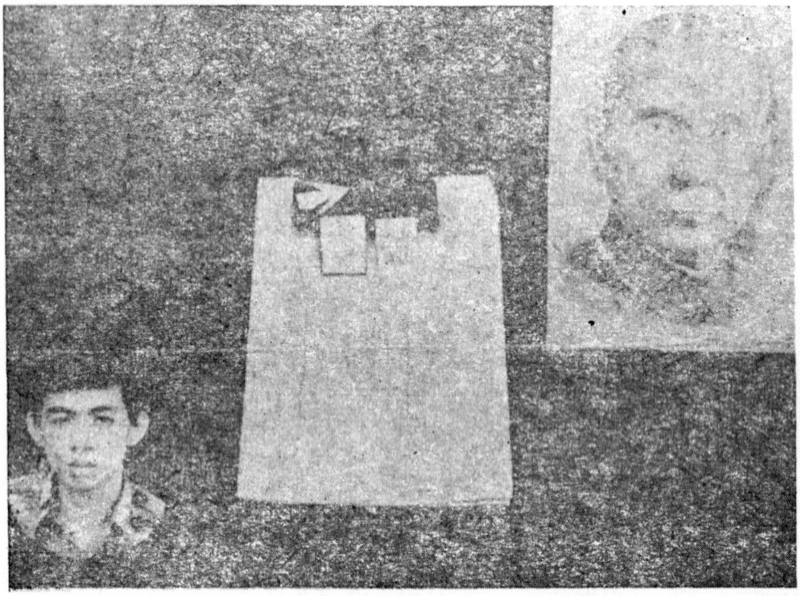

利用一支自製鋼針，在一柄長約三寸的象牙小刀鋒刃上，一字不漏刻出總統蔣公遺訓全文，在二粒小麥大小的象牙粒上，雕塑出十六人像——包括蔣院長在內的一葉扁舟，象徵「同舟共濟」的圖案。仿刻百元新臺幣上的 國父遺像，維妙維肖，幾能亂眞。無師自通的好學青年游德榮，神乎其技。

半工半讀求學

現年二十五歲的游德榮，宜蘭市人，住宜蘭市中山路三三一號，自幼即愛好藝術，由於家境清寒，一直在半工半讀的狀況下，今年才在臺北縣永和鎮私立復興美術工藝職校工科畢業，經其虛心研究多年，終於有成的上述三件作品，經該校於六月八至十二日，在臺北市國立博物館舉辦畢業成績展覽中展出，前往參觀過的人，莫不嘆爲觀止，驚爲天才。

在未談到游德榮對「毫芒」雕刻，苦練有成的經過之前，讓我們來瞭解一下，毫芒雕刻，是怎樣的一種雕刻藝術。

據瞭解，毫芒雕刻，遠在秦代，（距今約二千多年），即已發明，當時的藝術家，是利用骨、牙、玉、角等項，雕塑成玲瓏精細的藝術品。這種精細巧妙的雕刻，隨着時代的進步，雕刻用的金屬工具的發達，愈來愈精細，許多作品，令人難以置信，是出自人工雕刻。

决心鑽研苦練

如宋代王劉九所刻在牙版上的諸天羅漢，細如牛毛，却能表達極高境界。明代王叔遠等諸多作品，莫不玲瓏透剔，形態逼眞。清代的杜士元，能將橄欖或核桃，雕成一葉扁舟，作東坡遊赤壁，其精細如毛髮，每舟價值五十兩，收藏家競相購藏。

直至近代，毫芒雕刻，則以牙質爲主，先後名家黃振效、苒振漢、余歗軒、李苦虛、吳南嶼等，均曾名噪一時。

自民國以來，由於工業發達，人們均滿足於物質生活，對於毫芒雕刻之探研，幾乎後繼乏人。

據游德榮說：他是在一次偶然的機會裡，去逛歷史博物館，而引起他對毫芒雕刻的興趣，爲使這項古代藝術不至失傳，乃下定決心，自行鑽研苦練，經過四年多的再接再勵，終於粗具成就。他希望能接受名師指導，更能上一層樓，對中華文化的復興，稍盡棉薄之力。

三件精心作品

在游德榮目前已完成的三件作品中，都非常精巧，特爲簡介如次：

「同舟共濟」：在不足一公分見方的象牙上，刻上二帆二杆、一塔的一條船，船上共有十六人，由蔣院長掌舵，十五名青年精神抖擻，奮力划槳，向不遠的燈塔划去，象徵着我們政府和人民，同心協力，在姑息的逆流中，排除一切障碍，克服逆流，完成時代使命。在船上的左帆杆上，還刻有「丙辰春日游德榮刻」字樣。功力妙極。

蔣公遺訓：是刻在不足三寸長的象牙刀刃上，全文是仿王羲之的行書，連同「乙卯冬日游德榮恭刻」共計二百六十四字，分成兩行，較歷史博物館珍藏的；象牙小刀上刻字的字體，約小三分之二。此一雕刻，象徵着我中華民族，世代子孫，將對總統　蔣公的德澤，世代懷念。

鋼板上雕刻　國父遺像，是仿照百圓新臺幣上的模式，大小相等，幾能亂眞。

具有耐力信心

當游德榮談到他苦研「毫芒雕刻」的經過時，不禁喜極而泣。

他說：學習毫芒雕刻，必須具有良好的視覺和無比的耐力，更須具有不怕失敗的信心。

游德榮說：雕刻象牙或鋼板，必須具備精巧的工具，也就是說，工欲善其事，必先利其器。但他沒有，所有的作品，都是靠在五金行買來的一支普通鋼針，刻粗磨粗，刻細磨細。最初，是在一粒米大小的象牙上雕刻出「忍耐」二字，經過無數次的失敗和挫折，使他領畧到，在雕刻之前，必須摒除一切雜念，保持心理平靜，然後集中目力，一氣呵成。如果在雕刻進行中，心理不平衡，或鋼針折斷，將使前功盡棄。

游德樂不僅在毫芒雕刻方面下過苦功，「油畫」也是他的專長，就其目前在毫芒雕刻方面的成就，已堪稱爲；現代「魯班」，如能接受名師指點，假以時日，其前途將無可限量。

杜奎英教授事畧

·知仁·

先生諱奎英，民國十二年一月十一日生於黑龍江之慶城縣。先世為河北寧津人，同光之際，弛出關之禁，曾祖金利公移墾慶城，披荆斬棘，以啓山林。祖杜禎公，家境漸裕。父希文公，有志棄耕而讀，以身為長子，例須承父祖之業，居家治產，遂輟學。後常以為憾，乃勗勉先生昆季，三人悉受高等教育，長兄荀若，現在立法委員，仲兄春英，現任國民大會代表。蘭桂騰芳，一門挺秀，識者榮之。

先生幼而歧嶷，初就讀於慶城縣小學。「九一八」事變後，日人竊據東北，兄從事抗日工作，故里不可寧居，學業時為斷續。二十一年舉家入關，寄寓天津，就讀於英租界新亞小學。抗戰軍興，二兄均隨政府轉赴後方，先生仍侍父母居天津。三十年，中學畢業，間關內渡；至河南界首，入魯蘇豫皖邊區政治學院肄業。卅二年畢業後，服務於邊區政工處，同時執教當地各中學。

抗戰勝利，先生於卅六年遄返東北，以時局不靖，松花江以北水火仍深，乃止於錦州二兄任所。旋轉赴北平，就讀於中國大學。卅七年冬，北平陷落，政府南遷，復轉徙至桂林，入廣西大學。嗣又來台，考入國立台灣大學經濟系借讀，四十二年畢業。並先後參加四十三年甲級經濟學系特種考試及四十六年高等考試普通行政人員考試及格。四十四年秋，復考入國立政治大學政治研究所研究，四十七年獲政治學碩士學位。隨即在東吳大學任教，六十二年轉任國立政治大學教席，以迄於終。

先生學術根底深厚，國學造詣尤精，在政大研究時，極受其時之教務長兼政治研究所所長浦薛鳳先生讚賞，謂先生之國學程度，於儕輩中為第一，雖專攻者無以過之。其在浦先生指導下完成之碩士論文「中國歷代政治符號」，廣引中外典籍，用詞澹雅，論析精審，識者稱其質量同於博士論文。政大政治研究所僅出版一次學生碩士論文，先生之作，即其選也，其見重蓋如此。

先生於教學之暇，出其餘力，糾合同人創辦思與言雜誌，致力於人文社會科學新理論之介紹，與新問題之發掘。純學術性雜誌類皆銷售無多，維持不易，旋起旋仆者比比。思與言雜誌以先生為發行人，在其領導協調之下，同人皆能貫徹始終，出錢出力，繼續出版至今已十三年，為純粹私人創辦學術性雜誌之翹楚。先生之貢獻。實為最重要之因素。

先生賦性耿介，有邊民刻苦犯難之奮鬥精神，無屈己以求庇助之依賴習慣。其自敍有云：「刻苦堅忍，是其所長，簡易愚拙，為其所短，學殖荒落，事業無成，固自時深惶愧，然而動心忍性於取予辭受得失之際，生死義利交關之會，縱在顛沛之餘，造次之頃，勉能不棄所業，不失所守，滋亦幸矣。」讀此，則見其堅苦卓絕之志節，英邁特往之情懷，已躍然紙上矣。

先生生於邊塞之區，長於喪亂之世，生平憂患，均與國難相關連。故愛國情殷，憂時心切。加之頻年苦讀，而遭遇邅迍。雖有刻苦之精神，難免心胸之悒抑。憂傷致病，終於本年八月十四日以癌症逝世。英才天妒，聞者痛之。所遺妻女各一，妻黃珍琪女士，美國德薩斯州立大學碩士，執教於東吳大學；女可名，年僅九歲，弱婺孤息，見者無不淚下。後於民國六十四年八月三十一日遵 先生遺囑舉行火葬，謹綴 先生事畧以告，幸同惆焉。

閑話濰縣

—吳鳴鑾—

「準山東人」寫山東事

「準山東人」是筆者自我杜撰的一個名詞，姑不論其通與不通，但含有濃厚的人情味。筆者家族與山東淵源甚久，溯自前清道光年間，兩位叔曾祖分省山東服官起，其後，祖與父兩代，皆在山東從政，筆者兄弟以及長次二子，皆在山東出生，居留達百年之久，直至抗日戰爭開始，才全家遷回安徽桐城原籍。

民國五年（清光緒三十三年）丁未春，筆者出生於濰縣，自孩提以及成年，讀書就業，皆在山東，足跡所至，歷縣城二十八，幾及全省一百零八縣的三分之一，若連經其境而未入城者併計，則尤有過之。在時間上則佔我有生之年的三分之一，其間雖也曾回過原籍，但所至之地，不及全省十分之一，在時間上多次連接計之，亦不及吾年十分之一。二者相較，主客易位，就我個人言，可以說是喝山東水吃山東飯長大的，一切生活習慣，俱已山東化，雖不欲假冒籍貫，高攀同鄉，然個人在直覺上，仍不免以山東人自居，就連家人也自我爲老侉，因此杜撰個「準山東人」以自號，言之殊堪目笑。現在既寫山東事，就寫我的出生地濰縣吧。

濰縣

濰縣縣名之由來，得自濰河（亦稱濰水）流經其境，隋置濰州，並置北海縣以爲州治，明省縣入州，又改州爲縣，清仍之，屬萊州府。筆者幼年離濰，長後屢再至其地，在濟南讀書時，濰縣籍之同學，有小學同級之陳錫金、陳紫金昆仲，及中學同級之王桂五、于竹修、郭廼馥、滕龍光四君，友朋中有郭斗隣、張澤、張喜平三君。筆者於濰縣之所知，皆聞諸父老及友輩者。

一條街上兩位狀元

明、清兩代，重視科舉，爲服官之正途，狀元尤爲讀書人之最高榮譽。蓋鄉試、會試無次數及年齡之限制，即使屢試不中，有生之年儘可繼續再考，所謂今科不中下科再來，而殿試則只准考一次，不中者即今生休矣，故莫不視狀元爲殊榮。

有清一代，一百十二位狀元中，山東共有四位，爲聊城傅以漸，濟寧孫毓溎，濰縣居半數，可說是濰縣之殊榮，兩位狀元又同住在一條街上，更可說是殊榮中之殊榮。所以「一條街上兩位狀元」這句話，不僅本縣盡人皆知，而且傳播甚廣。濰縣曹鴻勛與王壽彭。

曹狀元科次在前，未及見其人，關於他的事，都是得自父老傳說。王狀元是清光緒二十九年（民前九年）癸卯恩科狀元，得見其人，故知之較詳。

現在先說王狀元，筆者家中有其所書之一幅中堂，上款是先父的別號，下款署次錢王壽彭，內容爲歌頌朝廷之一首五言律詩，幼時先父時常講解，以鼓勵上進，歷時過久，只記得其中兩句是「……興文盛禮樂，偃武息民黎。……」，全文不復記憶矣。

王狀元通籍後，只放過一任學差（記不清那一省），鼎革後杜門不出。迨至民國十四年春杪，掖縣張宗昌奉臨時執政命，移師入魯，督辦山東軍務善後事宜，未及三月又兼任山東省長，這位長腿將軍，雖是武夫，其粗魯並不似傳說之甚，亦頗能運用權術，服官桑梓，很想做點漂亮事，以博父老稱讚，庶能獲得支持，以鞏固其地位。就以下數事，可見一斑。第一是羅致名流爲高級幕僚，如聘濟寧潘復爲總參議，湘潭楊度爲參贊，閩侯邱任元爲高等顧問，以示其能延攬人才，藉以自高身價。其次是整飭吏治，擢拔賢能，當時任莒縣知事之周仁壽（字鏡甫，江蘇人），於遜清以舉人大挑，分省山東，宣統二年（民前二年）任沂州府屬之莒州知州，民國成立改爲莒縣知事，在任達十五年之久，有循吏之譽，尤得縣民愛戴，遠近謳歌，至是擢升爲膠東道道尹。數月後道區改劃，由原有之四道改爲十一道，又擢升有幹員之稱的德縣知事林介鈺（字梓鄉，安徽人）爲德臨道道尹，滕縣知事楊鳳玉（字藍田，熱河人）爲泰安道道尹。原沂州府所轄之一州六縣劃爲瑯琊道，復應沂人之請，調任周仁壽爲瑯琊道道尹，以示其關心吏治，順應輿情。再次爲重視教育，更親自登門敦請王狀元出山，任教育廳廳長，託以興學育才之全權。狀元公蒞任，建議三事，其一是舉行遺才考試，報考者不限年齡、學歷，只重學識、能力，錄取後分發各機關任用，以示用人惟才。其二是重印十三經，以示宏揚儒學。其三是成立山東大學，以示興學育才。長腿將軍正想做幾件大漂亮事，以邀美譽，這些建議正投其所求，於是全部採納，更可藉以表示其尊賢從善，遂以此三付重擔，託王狀元全權辦理，在張老總心目中，狀元公對這些事，當然是內行。

王狀元接過這三付擔子，挑起來並不大重。第一件遺才考試最容易，考完放榜後，錄取者報由張老總分發任用，落第者各發給三十元遣回原籍，他的事就完了。第二件重印十三經也不難，原來十三經的木刻版，完整的保存在省立圖書館內（筆者就讀之學校與圖書館緊隣，曾親見幾大棟屋內藏有很多書版，管理人員說是全部十三經），只要搬出來整理印刷，加一篇督辦山東軍務善後事宜兼山東省長張宗昌重印十三經序就行了。第三件成立山東大學較難些，但也有個「抓着禿子當和尚，將就材料」的簡便辦法，當時山東已有法、醫、工、商、農、礦六個專門學校，於是將六專校合併。以醫專改爲醫科，設醫學、藥學二系；工專改爲工科，設土木工程、機械工程、數理三系；法專與商專合併爲法科，設政治經濟、法律、商學三系；農專與礦專合併當農科，設農林、礦冶二系；新設文科，分文學、歷史二系。各科皆附有預科，另設附屬高級中學，亦分文、理二科。各專校之二、三年級學生，仍依原年限（三年）畢業，稱爲山東大學某科專門部畢業，願續學者免試插入相當班次，不續學者發給畢業證書；一年級學生則改爲預科生，至十六年暑假畢業，直升正科，不升學者則發給預科畢業證書。十五年暑假正式招生，投考資格，正科限高中畢業，預科限舊制（四年）中學畢業。狀元公就這樣雖不輕，而易舉的，將山東大學辦成了。

三件大事全部如願完成，自然更受到張宗昌的禮遇，乃再聘請王狀元兼任山東大學校長。山東大學各科，都有不少筆者中學時同學，因而得知學校和狀元公很多軼事。王狀元雖以廳長兼任校長，毫不自居尊貴，依然書生本色，平易近人，不把教職員視同下屬，而待以賓友之禮，從未聞其呼人職稱，更不直呼其名，對教師稱某老師，對職員稱某先生。試想在如此禮遇之下，受之者能不全心盡力，以匡勷之嗎？狀元公也巡視考場，但他不像一般大員之象徵性的，如行雲流水似的一巡而過，視而不見，他是既巡且視，認眞注意考生之試卷內容。筆者小學同學章延齡時在法科，於一場考試中，狀元公巡至其身旁，發現其卷中有一錯字，就以標準的濰縣方言問他：「這個字別人都寫個『鳥』，你怎麼寫個『島』呢？別是差了吧」。其他監考人員暗笑，校長監考，見有錯誤，就告訴人家，還考什麼。可是狀元公的觀念，又是一種想法，他認爲考試只有測驗其程度，並不是刁難，有錯誤就該指正，把學生教會、教好，是老師應盡的責任。

王狀元對山東大學，固然全心全力以赴，但他的頭腦，却配合不上時代，山東大學獨不設體育系，有人向他進言，「德、智、體三育並進，不可偏廢」。狀元公不瞭解體育，以爲不過是跑、跳、打球而已，因此他嘆說：「咳！都是大學生啦，應該專心研究學問，還像小孩子一樣，跑跑、跳跳、搶搶皮蛋蛋子（土話稱皮球爲皮蛋蛋子）玩，有個什麼玩頭」。在他的心目中，體育只是遊戲，不能算學問，他雖不允設體育系，但也不禁止學生打球，以及各項體育活動，還不算死頑固。

也許由於王狀元頭腦舊、作風舊，其對學生猶父兄之於子弟，愛護備至，因此學生獲其庇廕，得免不少危險。自十三年冬國父北上後，國民黨在北方開始活動，山東由丁惟汾先生領導，學生參加者不少。迨至革命軍北伐進至長江一帶，北方各省禁止黨人活動，尤嚴防革命軍間諜，因而對各學校特別注意。山東憲兵司令部獲密報，山東大學內潛伏間諜，命憲兵二名持公函向學校索人，王狀元傳見憲兵，告以「等我查明後，再答覆你們司令」。憲兵不知其身份，很不禮貌的說「不行，非立刻逮人不可」。狀元公說「沒有人怎麼辦」憲兵說「那就逮你走」。狀元公說「好！我跟你去」。侍從校役見演變至此，乃向憲兵說「這是廳長」。憲兵聞言始知其爲大官，立即改顏謝過，倉皇離去。狀元公乘此機會，施展妙計，携帶廳、校兩印，見張宗昌面辭本兼各職，張老總自然是再三懇留。狀元公則以退爲進的說：「如果時常有人到學校干擾，學生如何能安心讀書，焉能達成督辦興學育才之偉業，務請派大員到校澈查，以明眞象，並作適當處置」。張老總乃允派濟南戒嚴司令袁致和、山東憲兵司令田友望，於次日到校陪同狀元公檢查。狀元公辭出回校，立即緊急集合全體師生，說明經過詳情，令各自動繳出有關黨務書籍，及宣傳文件，一火焚之。證據既已湮滅，次日袁、田二位司令銜命到校，狀元公裝模作樣的，陪他們四處仔細搜查，其結果當然是一無所獲，三人同見張老總復命。張向袁、田二人說：「如何！我說學校裡沒問題，你們還不放心，這該明白了吧，老大哥肯替我幫忙，是看得起我，他辦的學校還會有錯嗎？你們別胡聽謠言，給我得罪朋友，從此以後，若再有人到學校干擾，我就惟你二人是問」。及至袁、田二人去後，張却回狀元公說：「老大哥別操這些閑心，學生們能有什麼『日天』（粗話）的本事，他就眞是黨員、間諜，我也不怕，憑槍桿子打不過，就憑幾個半大孩子胡喊亂叫，能把我嚇唬跑了嗎？老大哥你只管放心吧」。狀元公目的已達，正好收篷，不久後他索性要張宗昌自任校長，而由他代爲主持。這樣一來，學校更加安全，學生在校內活動也更方便了。如此看來，這位老夫子，並不迂腐。

十七年夏，革命軍北伐，接近濟南，張宗昌覺得王狀元是他强請出山的，萬一遭到軍閥餘孽的待遇，豈不是爲他所害，乃勸狀元公勿回原籍，全家遷住天津租界，從此息影絕世。其後僞滿潛號，張老總之舊屬，事先與謀，事後往投者，爲數不少，王狀元獨不參與。由是以觀，狀元公之民初不仕，並非自居遺老，忠於遜淸，不與僞滿，更非無國家民族觀念，至其應張宗昌之請而重作馮婦，亦非熱中利祿，讀書人既重氣節，復重感情，不過是知己之報耳，不失通權達變，而能守其正者，然歟。

未中狀元先建狀元府

前節所說的「一條街上兩位狀元」，這句話需加解釋，並不是同住在一條街上的兩個人，先後中了狀元，而是兩座狀元府同建在一條街上，並且是同時建成的。「未中狀元先建狀元府」，這句話簡直不合情理，只有中狀元之後才建府第，那有先建好府第，等着中狀元的，誰又能有這麼大的把握呢！更要詳細解釋了。這句話的形成，包含着樸厚民風，傳統美德，倫理精神，和豐富的人情味。要把兩位狀元的淵源，從頭說起，才能解釋明白。

曹狀元幼而聰頴，家境貧寒，父爲塾師，課徒終生，身後蕭條，母子相依，度日艱難，年十三、四爲人牧牛。王狀元之祖亦爲塾師，設塾村外廟中，課徒十餘人。曹狀元曾讀畢四書，父歿廢學，而志不忘書，每日繫牛樹陰，潛立塾窗外聽講書。當年學童初讀例不講解，只念書文，背誦如流，而不明其義，稍長至能領悟時方開講，講書時諸生捧書環立師側靜聽，講畢各歸坐揣摩，次日囘講，不能者或有誤者，輒遭夏楚。不過老師打學生，只是責其頑惰，促其用功；期其有成，此外別無用心。讀書人很少沒挨過打的，但從未聽說有因挨打而恨老師者，更無因子弟挨打而向老師問罪者，蓋昔人視老師打學生爲天經地義，與現代觀念不同之故耳。

王老師塾中學生，自不免因不能囘講而挨打者。曹狀元與其無同學之名，而有同學之實，同情之心油然而生，乃乘學生出塾便溺時，爲之詳細重講。當年師道尊嚴，爲人師者，無不規行矩步，正顏厲色，不苟言笑，以爲身教，致使學生敬畏過甚，聽講後不懂者，亦不敢請問，也是造成挨打之一因素。至是既有曹狀元爲之重講，且可不懂就問，直至全懂爲止，諸生得此意外之助，不僅齊脫挨打厄運，亦使王老師大感驚異，何以不分智愚，一齊突飛猛進，久思不解。曩時學塾無下課休息時間，除便溺不准外出，備長約二尺許之木籤一支，正面書「出恭入敬」四字，置於門內，學生向老師請一安，不必老師開言，即持籤出置門外，蓋便溺無不准之理也；囘時持入置原處，再請一安歸坐；亦有籤長僅盈尺，分書「出恭」、「入敬」於正反兩面，置老師桌上，不必待出只將籤往復翻轉者；籤只一支，除非人數過多者不增備，蓋所以稽察出入，並防數人同出，藉故嬉戲也。王老師仔細觀察，發現每於講書之後，學生踵接外出，逗留逾恒，歸坐則面色悅然，無復苦思狀，疑必有故，乃潛躡之，見樹陰繫一牛，一童子立樹下爲學生講解，奇之！喚入細問，曹狀元不能隱，備述顚末。王老師聆畢，既愛其才，復憐其遇，更興狐兎之悲，嘆息着說：「歸稟令堂，請明日來塾一行，有話商量。」並堅囑其勿忘而別。

曹狀元歸告其母，曹老太太初以爲其子闖禍，繼察語意則非，然當時風氣，男女之防極嚴，孀婦尤甚，赴約則難逃瓜李之嫌，不赴則負其盛意，躊躇莫決，求教隣嫗，以爲應赴，並願陪往，以免人議。次日同至塾中，王老師說：「大嫂，令郎是塊美璞，不琢不能成器，且淪爲牧豎而不喪志，日後必有大成，因貧廢學實在可惜！我願不要束修，收爲弟子，尊意如何」。曹母慮無力供膳及書籍紙筆，王老師不忍失之，又說：「我也是寒士，境況與尊夫無殊，實無力全擔，這樣吧我供其書籍紙筆，你再苦掙一點，管他吃飯，如何？」隣嫗聞言，力促從命，曹母感泣說：「老師厚恩，我寡母孤兒如何報答」。王老師說：「我豈爲圖報，惜此良才耳」。於是拜師入學，王老師命蹇而學博，今幸得此佳弟子，傾囊相授，終使其大魁天下，正合了「只有狀元學生，沒有狀元老師」這句古諺。

曹狀元及第後，在城內（濰縣有東西二城，這是西城）芙蓉街（以前的舊街名）同時建了兩座大宅，一宅自住，一宅送給王老師，兩宅內部相同，只是自宅大門依制豎旗杆、設上馬石，師宅大門則爲民居之別。當時王狀元還是未入學塾的小孩子呢！等到他自己狀元及第後，只把大門依制改建，就也成爲狀元府了。這才有了「一條街上兩位狀元」，和「未中狀元先建狀元府」，兩句傳播遠近的美談。

樸厚的民風和豐富的人情味

關於兩位狀元的軼事傳說很多，舉其著者於後。第一是「狀元老師教出狀元學生」，曹狀元幼年由其父教讀四書，沒有第二位老師，所以認爲其成就全是王老師一人所賜，僅送一所住宅，實不足以報宏恩，一定要把老師的子孫，也培植出一位狀元來，方稱心願。因之他除了爲王狀元延聘名師以外，自己更親自爲王狀元講授、考課，終於達成心願，他自己不但作了「狀元學生」，也作了「狀元老師」，改變了以前流傳之「沒有狀元老師」的成語。第二是「狀元的娘要飯」，以前的人很重迷信，以爲出了一個大人物，就拔了地方風水，必定有災荒。曹鴻勛中狀元之後，曾連年鬧災，因而傳說「出一位狀元大荒三年」。等到王壽彭中狀元後，大家想起往事，莫不杞憂而蹙眉相告，於是又傳說「要免災難，得狀元的娘要飯」。「當年就因爲曹狀元的娘雖窮，還沒要過飯所以不能免災，現在王狀元家境比當年的曹家還好，王老太太當然更沒要過飯，這塲災難是一定免不了的啦，這些話傳到王老太太耳中，使其深受感動的說：「我一家驟貴，連累全縣受苦，於心何忍！只要能免災，我何妨就要飯」。這位老太太果眞攜了棍子籃子，沿街要了三天飯，以求免災。當然她這只是象徵性要飯，別人歡迎還來不及，那能等她倚門喊要呢！據說老太太還堅持非給殘羹剩飯不要，既求免災，若是不眞不誠，如何能感動神明，消災免難。其後二年，先父到濰，當時還流傳此事，那幾年也無災荒，不知是巧合，還是王老太太誠心格天，就難說了。此二事太富傳奇性，其眞實程度如何，不敢妄斷，拙見以爲潤色或不免，虛構則未必，凡事皆有正反兩面，曹、王二公爲人再好，也不能盡滿人意，難免嫉之者，但只有播善之言，未聞反駁之論，亦可見「公道自在人心」矣。

好官的去後之思

濰縣之風氣樸厚，人民富庶，文風鼎盛，科甲連綿，據說都是由於風水好，主要的風水就是濰河（亦稱濰水），發源於莒縣（清時爲莒州）西北箕屋山，屈曲東北流，經諸城、高密、安邱及本縣，至昌邑入海，河流在本縣的一段，時常氾濫成災。清乾隆年間，揚州八怪之一的興化進士鄭板橋，任濰縣知縣，鄭公生長水鄉，博學而知水性，蒞任後沿河視察，悉其致患之因，乃大舉治河，責富者捐貲，貧者効力，親自督工，疏濬河道，復相度地勢，削曲使直，以暢其流。當時民無遠見，難免怨聲，鄭公揚言：「濰河爲本縣主要風水，關係一縣民命，其所以災患不絕者，皆由於風水不好之故，吾精堪輿，今爲爾治之，易惡爲美，不獨免患，且更使地方富庶，人才輩出，科甲連綿，六十年後，當念吾也」。縣民經其鼓勵，樂爲効命，河治患平，次歲大稔，即已頌聲載道，豈待六十年，然天下事往往不可思議，鄭公治河六十年後，曹鴻勛狀元及第，濰人追憶前語，咸信濰河爲主要風水，益以鄭公爲神矣。

人稱「板橋三絕詩、書、畫」，濰縣署中有其所畫蘭、竹及題詩之石刻數方，筆者曾親見之，只記得一詩曰：「飲酒讀書四十年，烏紗頭上是青天，男兒有志殊頭角（句中殊頭角三字，傳者有誤爲凌煙閣或麒麟閣者，與原意大悖），第一功名不要錢」。

鄭公治濰，韻事頗多，流傳亦廣，其爲官善於撫民，而拙於催科，尤不逢迎上官，以故地方口碑則佳，上峯考績則劣，官塲痼弊，固如斯也。昔年慣例，州縣官只要無劣跡，離任時紳民必爲其立「德政碑」，以表去思。鄭公獨辭不許立，他說：「所書而實，吾之所爲，無足書者；書而逾實，益增吾愧，無異誣我，胡碑爲！然吾必留言，以爲去後之思」。及其行也，縣民遠送郊外，久不聞其語，乃羣請曰「大老爺不是說過有話吩咐嗎」？鄭公却嚴肅的說：「哦！也沒有別的，只是你們有父母的人，都把父母當子女待，就行了，回去吧」。衆人聽了瞠目不解，大老爺何以鄭重其事的，說了這樣幾句話，低頭細想，可不是嗎！誰能對父母像對子女那樣無微不至呢！再抬頭看時，鄭大老爺已經去遠了，這幾句話，眞成了「去後之思」。百餘年後，濰人猶津津樂道。

豐富的物產及特殊的工藝品

濰縣物產極豐富，僅就筆者所知列舉之：

農產品除糧食外，以菸葉爲大宗，年產量極大，有在當地製成水煙絲及旱煙末者，有不經加工以原菸葉運銷各地者，外商英美煙草公司於縣境二十里舖設廠，製成薰菸葉，以供其製造捲煙。菸葉產量之大，就稅收情形，亦可推測之，財政部所轄之山東省菸酒稅總局，於濰縣設第十一區菸酒稅稽征局，以征收菸葉稅；財政部復於濰縣設直轄之薰菸葉稅專局，以征收薰菸葉稅；觀夫此亦可以想像矣。惜乎未能自設大規模之各類製煙工廠，徒使厚利外溢耳。

紡織業亦無較大規模之工廠，而民間紡紗、織布者極多，咸爲家庭工業。據在濰縣郵局服務之中學同學祁延徵說，紡紗者仍爲手搖紡車，數目無正式統計；織布者，全縣之木機與鐵機，總數約九萬架。木機織者爲土布，寬一尺四寸，每匹長十丈八尺，外銷遠及荆襄川陝；鐵機織者爲細布，寬三尺二寸，每匹長二十丈，外銷津青滬漢各大埠。當年無商品檢驗制度，而二者品質俱優，蓋道德觀念重，咸能守信耳。

縣境坊子有煤，因條約關係，由日商魯大公司開採，其儲量與煤質，均不及棗莊與淄博。

濰縣之嵌銀（金）絲工藝，獨步全國，製品有手杖、墨盒、筆筒、筆架、鎮紙、圖章盒、煙盒、煙盤、茶盤、梳粧盒等，昔年尚有供吸鴉片用之煙槍、煙盤等。品質精美，花樣繁多，雅而不俗，其漆爲國產，從不用洋漆，光可鑑人，經久不脫，各項嵌製品，早年曾參加巴拿馬博覽會，獲有奬狀。縣城營此業者不少，而東門內路北之扣雅齋，技藝尤精，遠非他人所能及，若顧客以自作之書、畫爲樣，交其嵌製，竟能不失其眞，誠屬難能可貴。更有一項絕技，能以桃核鐫刻圖章，取桃核之堅實者，以一面磨平，依其紋理，鐫刻古體文字，一面就其原形，刻成山水人物鳥獸魚蟲，更堪稱鬼斧神工矣。

西直門外

——白鐵錚——

西直門，是北平城垣西面靠北邊的一座城門，裡門洞兒是東西方向，經過甕圈兒，外門洞兒向南開，出了城門往右拐向西才是大道。因為有清一代，圓明園、頤和園、西苑，以及從前平大小金川和捻匪的健銳營、虎神營的旗人營房，都在香山一帶，山上還遺留下當時訓練旗兵的碉堡，因之西直門出來進去的人比其他各城門多，而西直門外，可供人憑弔地方以及供後人談論的事由兒也多。

出了西直門，往西走不過火車道與篤橋兒（護城河的橋），有兩家看着不起眼兒，而四遠聞名的店舖，兩家都是坐北向南，都是一門面，東邊一家是「金糕劉」，一般人不知道這家店舖眞正名字是什麼，也許根本沒有名字，但北平人不知道「金糕劉」的很少。專製金糕和蜜糕，就是把「山楂」（北平人稱之名山裡紅）煑熟去皮核，加糖和桂花所製成，加蜂蜜叫蜜糕，美其名為金糕。金糕劉出了名，大內御膳房用他的金糕，大飯莊餑餑舖用他家的金糕，零整批發，生意鼎盛一時。隔不遠是「一小堂」，專賣「開胸順氣丸」，也是一間門面，發售一種黑色水丸（不是蜜丸）的丸藥，專治大便不通、膨悶脹飽、悶鬱不舒、頭暈眼花等症，價錢便宜，據說以牽牛花籽為主要原料，又名黑丑白丑。發售有年，四遠馳名，北平人不知道一小堂「開胸順氣」的很少。

往西走，過了篤橋，便是平綏鐵路（舊名京張鐵路）通往豐台也就是環城鐵路的火車道，過了火車道，不遠分成兩股道，往北是經海甸通頤和園的御路，往西是一股火車土道，往西有一華里，路北有三貝子花園，後來收歸國有屬農商部，俗名萬牲園，佔地相當大，周圍數里，進門左手，靠南邊有野獸，豺狼虎豹狗熊大象應有俱有，北邊有河塘岸上養奇禽，河上罩以大鐵絲籠子，養水禽，過橋往北建築很多，有荷塘水榭，有亭台，有溫室，溫室不遠的豳風堂建築尤為富麗堂皇，不下北海的漪瀾堂，再往西，西北角有慈禧的行宮，宮內陳設高雅，設有大彈簧床，上鋪黃色天鵝絨褥子。有一次筆者遊園，趁四顧無人之際，曾跨過前邊攔着的繩子，在床上坐了十幾秒鐘，覺得頗為受用。在園子的西北角開了一個大門，大門外是碼頭，臨「長河兒」，太后坐船去頤和園便由此上船。園內由行宮南拐，有兩個青銅獸噴水，獸頗古雅。此處建築固好，屋內陳設更好，即著名之暢觀樓，往東不遠便出門了。有一個時期，園內請了兩個遜清的太監看門收票。這兩個太監，個子相當高，筆者遞給他門票時，須仰着腦袋，我的腦袋才到他的胸部，後來聽說他們被星探給探了去演電影，可是始終沒有在電影上遇見他們，不知所終。

言歸正傳，過了篤橋走不遠往北拐是

御路，順御路走約三兩分鐘，便是「高亮橋」。講到高亮橋，這兒有一個民間傳說的故事，在以前，北平人婦孺皆知，名目是高亮趕水西直門，又有人說龍王爺水淹西直門；怎樣說都行。據說清朝某帝王，開罪了龍王爺，龍王爺肚量狹小，要顯一手兒給皇上瞧瞧，藉資報復。於是託夢給某皇上，對皇上說：「皇上小兒，你也不用跟我鬧『彆扭』，瞧不起我老龍，從後天六月初一（託夢的那天當然是農曆二十九），教你北京城全城沒有水，活活把你們君臣小民乾死。」皇帝老兒一覺醒來，可慌了神兒了，於是在五月三十日早朝，把龍王爺給他託的夢，當衆宣佈，教文武大臣急謀對策，於是有君師，當然是劉伯温、諸葛亮、徐茂公者流，跪在龍案之前奏曰：「據小臣算來，明天龍王夫婦，變成老頭老婆，老頭推一輛獨輪車，上邊堆着兩個大油簍，老婆子在前邊用繩子拉着，沿西直門大道往西走。聖上可派一員大將，騎馬擎鎗，出西直門沿途追趕，追上老頭，一語別發，拿扎鎗扎他車上左邊的油簍，左邊的是甜水，右邊是苦水，扎完了回馬便跑，若聽見後面水響，千萬不可回頭，回頭便沒命了。」皇上老兒於是傳旨問道：「那個願往？」只見武將行列中走出高亮，跪在丹墀，高呼「小臣願往」。當下皇上龍顏大悅，賜他御酒，祝他明天馬到成功。

第二天清晨，高亮騎馬拿鎗，出西直門往西去追，追了幾里地時，果然看見一個老頭兒推車，老婆子拉車，高亮趕上前去，不容分說，拿鎗往左邊油簍上便扎，扎完回馬便跑，只聽得後面水聲大作，如萬馬奔騰，越來越近，駭怕得不由得回頭一看，這一看但見水浪滔天，其勢洶湧，於是馬仰人翻，連人帶馬被水冲跑了。北京城水門緊閉，放下千斤閘，幸而水未進城，城外小民飽受淹水之災。此後造成西直門到昆明湖一條河，俗名長河，長河兒的上游在昆明湖，下游是護城河，另一支自德勝門迤西，穿城經積水灘又名淨業湖入北海中南海。

水災過後，尋到了高亮的尸體，埋葬在御路北邊不遠的地方，高亮坟很講究，有石獅、石馬、翁仲、華表、蒼松等等。在長河通過御路的所在，砌了一座石橋，橋邊設木閘，以調節長河入城的水量，水少時據說往橋洞下邊細看，可以看到高亮所用的長鎗的鎗鑽。他的鎗，揷在橋下，是鎭橋之寶。筆者好奇，去看了不少次，一次也沒有看見。

高亮橋東邊，是平綏鐵路車站以及貨棧等，西邊北岸是「影虹堂」。一個大四合宮殿式建築，雕樑畫棟，朱垣碧瓦，氣派萬千，大門開在橋北路西，橋西北岸是「影虹堂」臨長河兒的碼頭，慈禧太后駕臨頤和園不論走御路或坐船，都在影虹堂休息更衣；南岸拐角處，有一個茶樓，以前慈禧臨幸頤和園時，有些小官兒伺候道差，都在長河樓歇脚兒，平常日子也賣散座兒，清末民初改成二葷舖帶茶館兒，筆者少年時代，常在這兒喝茶，臨窗隔長河兒看影虹堂五彩繽紛的倒影，映在河中，十分美麗。再往西走是「船塢」。伺候河差的龍船及小船兒，都停在裡邊，船塢也相當大，園以紅色牆垣，牆上砌着十樣景的窗子，每個大窗形狀不一樣，由船塢往西，是一片荷塘，到了六七月荷花盛開時，坐在塘邊柳下，雨來散草攤上品茗，或躺或坐，聞着陣陣荷香，聽着柳樹上蟬鳴，花錢不多，比在北海五龍亭漪瀾堂以及中山公園長美軒，柏素馨茶座擺譜兒，別有風味。長河兒兩岸相隔丈許，種植一桃一柳，幾十年來柳已合抱成蔭，桃花則死枯殆盡，所謂花不發而柳成蔭了。當初植桃種柳，工程相當大，耗資相當多，從高亮橋起，沿河兩岸往西種植，經萬牲園北牆、白石橋、萬壽寺、紫竹院、西頂（西嶽廟）、藍靛廠，一直種到頤和園。

過高亮橋往北走往西一拐路北是「圓通寺」，廟相當大，舉凡鐘鼓樓、哼哈二將、四大天王、彌勒佛、韋陀、觀音、釋迦牟尼等佛一層殿一層殿分層供養應有盡有。西邊是菜園，像這樣的廟北平城裡城外很多，無足爲奇，圖通寺之所以名享，因爲在廟的西跨院有明朝權閹劉瑾的疑塚。因爲劉瑾生前作惡多端，死在他手下的人，不知有多少，他有先見之明，怕他勢敗死後被人挖墓鞭尸報仇，所以預當疑塚，不知道他究竟有幾座坟，那個坟裡埋着他自己。曹操也有疑墓，也是怕死後被人修理（編者按：此說有問題，因劉瑾最後被明武宗傳旨正法，且凌遲而死）。

圓通寺的對面，是「大薄脆」點心舖，這家餑餑舖（旗人呼點心舖爲餑餑舖）也許另有字號，因爲以「薄脆」而知名遠近，大家早把眞名忘了，恕我也不知道。談起大薄脆，又有一段民間故事，北平民國二十年以前婦孺皆知，據說這個餑餑舖，以前買賣也不怎麽樣，平平常常，有一年春末，每天下午太陽壓山兒的時候，有一個小伙子，軍人打扮，拿一壺酒坐在櫃台前邊，買幾個薄脆就着酒吃，以後，他每天在一定時候來，吃喝完了就走，天熱了，他喝酒時候，就把帽子摘下來，擱在櫃台上，走時戴上。有一天他吃完喝完，匆匆忙忙的走了，忘了戴帽子，等到黑了天舖子伙計要關門了，一看櫃台上放着一個幾百斤的大石頭帽子，伙計毛了烟兒，告訴掌櫃的，掌櫃的和大家都毛了烟兒。於是一傳十，十傳百，遠近都知道了，都跑到大薄脆來瞧石頭帽子。不久，有人發現圓通寺北邊約半里地的索家坟靠右手石人（翁仲）腦袋上的帽子沒有了，左邊的石人戴着帽子，右邊的束着頭髮，此後，這頂大石頭帽子，永遠擺在大薄脆的櫃台上，當了招牌，而大薄脆的生意，也從此鼎盛。

說起索家坟來，也是西宜門外知名的所在。圓通寺廟後身，往北，有兩個大坟地，一個是高亮坟，另一個是索家坟。兩座坟，在以前都相當有「勢派兒」，高亮因趕水殉難得名；索家在有清一代，爲官爲宦的最多，北平旗人流傳一句話，是「佟半朝，郎一窩，加起來沒有索家的多。」可見當時聲勢之盛。可是到了民初以後，筆者去憑弔的時候，兩家坟地，有一個共同的景象，就是老柏樹連根兒刨了，碑樓轡殿，已剩斷垣殘瓦，石人、石馬、石駝、石象、石獅，缺胳膊短腿，或臥或倒，應了板橋先生道情所謂「門前石馬磨刀壞；華表千尋臥碧苔」，有不勝今昔之感。

再往北走，就到了燕京八景的一景：「薊門燕墅」，一座高大的重簷紅牆黃琉璃瓦的碑亭，穩落在莊稼地裡，亭子四面有門，亭子裡邊，一個大石龜駝着一統丈許高的石碑，上面是乾隆御筆「薊門燕墅」四個大字。我眞摸不清這一景美在何處，偌大的黃亭，聳立在一望無邊的莊稼地裡，互不相襯，我直到現在還不明白此一景之所以爲燕京八景中的一景。寫到這裡，似乎不應該往下再寫，往北有「土牆兒」、大鐘寺；往西有極樂寺、五塔寺、往南，有丁郎兒坟、釣魚台、白雲觀等等，這些都有可寫的地方，可是離西直門稍遠，題目是西直門外，我只能寫離城門較近的幾個地方。太遠就離譜兒了。

本刊通信地址畧有更動，各方賜函、惠稿、訂閱、請逕寄香港九龍旺角郵局信箱八五二一號，較爲快捷。

（附英文）

P. O. BOX 8521
KOWLOON MOGNKOK
POST OFFICE,
KLN., H. K.

北望樓雜記

(11)

·適　然·

江左三大家贈王郎詩

吳梅村爲王紫稼作「王郎曲」云：王郎十五吳趨坊，覆額青絲白晳長，孝稽園亭常置酒，風流前輩醉人狂。同伴李生柘枝鼓，結束新翻善財舞，鎖骨觀音便現身，反腰貼地蓮花吐，蓮花婀娜不禁風，一斛珠傾宛轉中。此際可憐明月夜，此時脆管出簾櫳。王郎水調歌緩緩，新鶯嘹喨花枝暖。慣抛斜袖嚲衣肩，眼看欲化愁應懶。摧藏掩柳未分明，拍數移來發曼聲，最是轉喉偷入破，聆人腸斷臉波橫。十年芳草長洲綠，主人池館惟喬木，王郎三十長安城，老大傷心故園曲，誰知顏色更美好，瞳神翦水清如玉，五陵俠少豪華子，甘心欲爲王郎死。寧失尚書期，恐見王郎遲，寧犯金吾夜，難得王郎暇，坐中莫禁狂呼客，王郎一聲聲頓息，移床欹坐看王郎，都似與郎不相識。往昔京師推小宋，外戚田家舊供奉，只今重聽王郎歌，不須再把昭文痛。時世工禪白翎雀，婆羅門舞龜剪樂。梨園子弟愛纏頭，請事王郎教絃索，耻向王門作伎兒，博徒酒伴貪歡謔，君不見，康崑齊，黃幡綽，承恩白首華清閣，古來絕藝當通都，盛名肯放優閑多，王郎王郎可奈何？

王紫稼順治八年由蘇州赴北京，錢牧齋賦詩送行：桃李芳年冰雪身，青鞋席帽走風塵，鐵衣毳帳三千里，刀軟弓欹爲玉人。官柳新栽輦路傍，黃衫走馬映鵝黃，垂金曳縷千千樹，也學梧桐待鳳凰。紅旗曳掣倚青霄，鄰水繁花未寂寥，如意館中春萬樹，一時齊讓鄭櫻桃。篳篥休吹蘆管暗，金尊檀板夜沉沉，莫言北地無鸚鵡，乳燕雛鶯到上林。多情莫學野鴛鴦，玉勒金丸傍花牆，十五胡姬燕趙女，何人不願嫁王昌。壓酒胡姬墜馬妝，玉缸重碧臘醋香，山梨易栗皆凡果，上苑頻婆勸客嘗。閣道雕梁雙燕棲，小紅花發御溝西，太常莫倚清齋禁，一曲看他醉似泥。可是湖湘流落身，一聲紅豆也沾巾，休將天寶凄涼曲，唱與長安筵上人。邯鄲曲罷酒人衰，燕市悲歌護柳枝，無復荆高舊徒侶，侯家一嫗老吹篪。憑將紅豆裏相思，多恐冬哥沒見期，相見只煩傳一語，江南五度落花時。江南才子杜秋詩，垂老心情故國悲，金縷歌殘休悵恨，銅人淚下已多時。灰洞溟濛朔吹哀，離魂昔昔繞蘇台，紅香翠暖山塘路，燕子楊花並馬回。春風作態楝花飛，清醥盈觴照別衣，我欲覆巾施梵咒，要他才去便思歸。左右風懷老旋輕，捉花留絮漫多情，白頭歌叟今禪老，彌佛燈前詛汝行。

牧齋贈王郎詩一往情深，當時頗招物議，侍郎熊文舉曾有詩諷之：「金台玉峽已滄桑，細雨梨花枉斷腸，惆悵虞山老宗伯，浪垂清淚送王郎。」

王紫稼至北京後，寓龔芝麓宅，共三年。芝麓「定山堂集」有順治九年上巳、韓聖秋，丁野鶴，鄧孝威，段雨巖，白仲調，趙友沂過集，聽王子玠度曲，碧窗樽酒叙繁弦，風日依稀玉淑邊，韋曲氣佳三紀月，永和代易九爲年，招尋花事重遊騎，浩蕩春情逼杜鵑，荃蕙無憂賚菉損，當門已讓野夫先。

王紫稼在北京居三年又回蘇州，行時龔芝麓賦詩送行，定山堂集「贈歌者王郎南歸，和牧齋宗伯韻」：吳苑曾看蛺蝶身，行雲乍繞曲江塵，不知洗馬情多少，宮柳長條欲似人。醉拋錦瑟落花旁，春過蜂鬚未褪黃，十里芙蕖珠箔捲，試歌一曲鳳求凰。香韉紫絡度烟霄，金管瑤笙起碧寥，誰唱凉州新樂府，舊人彈淚覓紅桃。漁陽鼓動雨鈴暗，長樂螢流皓月沉，不信銅駝荆棘後，一枝瑤草秀中林。將身莫便許文鴦，羅袖能窺宋玉牆，歸到茱萸溝水上，一叢仙藥擁唐昌。盤髻搊箏各鬥妝，當筵彈動舞山香，酒錢夜數留人醉，不是胡姬不可嘗。生成珠樹有鸞棲，丞相鐘鳴邸第四，爲報五候鯖又熟，平津花月賤如泥。長恨飄零入洛身，相看憔悴掩羅巾，後庭花落腸應斷，也是陳隋失路人（適然按，此首寄慨遙深，芝麓降清，以機雲入洛自况，情節未必相合，但「失路」之痛則一也）。蕭騷蓬鬢逐春衰，入座偏逢白玉枝，珍重何戡天寶意，雲門誰與奏埍箎。天半明霞繫客思，杜鵑無賴促歸期，紅泉碧樹堪銷暑，妬殺銀塘倚笛時。金谷人宜障紫絲，杜陵猶欠海棠詩，玉喉幾許驪珠囀，博得虞山絕妙辭。烟月江南庾信哀，多情沈烱哭荒台，流鶯正繞長楸道，不放春風玉勒回。韋公祠畔乳鶯飛，花下聞歌金縷衣，細雨左安門外路，一行芳草送人歸。初衣快比五銖輕，越水吳山並有情，一舸便尋香粉去，不須垂淚祖君行。」

江左三大家贈王郎詩，皆屬佳作，而以龔詩較勝，蓋龔與王紫稼相處較久，故情感更深，筆下自然流露。

悼王紫稼詩

王紫稼於順治八年入京，順治十一年回蘇州，是年底即爲李森先所杖斃。當時吳人皆鼓掌稱快，研堂見聞雜記記載，「有奸僧者，以吃菜事魔之術，煽致良民，居天山中，前後奸淫無算，公微行至其所，盡得其狀。立收之，亦杖數十。同子玠相對枷死。當時子玠所演會眞紅娘，人人嘆絕，其時以奸僧對之，宛然法聰，人見之者，無不絕倒。」

龔芝麓對此事則頗爲痛心，定山堂有「王郎挽歌」十二首：江左烟花盛綺羅，天寶青春對酒復當歌，白門病死王郎殺，風流已不多。風急江城捲暮潮，銀樽碧月尚春宵，王郎已死清歌歇，愁聽東吳紫玉簫。春風幾日拂朱絃，玉骨空將麈尾填，雲散畫梁人未老，轉傷紅豆李龜年。鶴鑾瑤笙去渺茫，雙扉依舊掩垂楊，杜鵑啼碎紅蘭血，到底閶門片石香。當門芳草泣千春，欲殺猶憐總一身，腸斷墜樓兼賦鵩，天公作意有名人。龍松寒月夜鐘分，慣醉當筵白練裙，偏是江南好風景，落花時節不逢君。韋公祠畔紫游韁，鶯作清歌對海棠。今日山塘花似露，玉芙蓉翦五更霜。分手金昌雪打頭，風花重到海天舟，蕭條伏枕春纔半，月黑吳峯冷似秋。寒食棠梨野水昏，孤舟細雨隔江村，鷓鴣聲急千山暮，王笛分明話斷魂。五陵風日縱雕鞍，寶瑟珠簾夾道看，不及永豐坊畔柳，長條天畔恰春寒。柳七春風蛺蝶飛，一聲河滿淚沾衣，虎邱石畔眞娘墓，重與遊人數落暉。錦纜橫塘繫晚春，玉箏彈淚上羅巾，只愁衞玠應看殺，那得焚琴汝輩人。

此類詩，今日看來，誠屬無聊之作，但在當年，確曾傳誦一時。其中如「雲散畫梁人未老，轉傷紅豆李龜年」之句，不論事而論詩，確屬名句也。

錢龔人品固多可議處，但當時捧角風氣，雖賢者亦不免。如梅村識王紫稼於「勿齋徐先生二株園中」，勿齋名汧，字九一，明亡投虎邱新塘橋死，其子枋，終身不仕，父忠子孝，大節之士也。又芝麓聽王子玠度曲詩，在座者有鄧孝威，此人亦明末遺臣，明亡後隱居不仕，洪承疇寄書招之，復以「和杜牧息夫人廟」詩一首，有「千古艱難惟一死，傷心豈獨息夫人」之句，傳誦至今，固嶔奇磊落之士也。瓔公贈艷秋詩而以紫稼作比，殊非吉語，意者瓔公不知紫稼之結局歟？

長平公主曲本事

楊雲史（圻）著長平公主曲，記述明亡之痛，亦詩亦史，傳誦一時。玆錄全詩，並其有關史實錄出。

景山樓殿鎖春光，紅閣年年發海棠，
一代君臣亡國恨，兩朝兒女返生香。
放勳二女英皇體，長平阿姊昭仁弟，
教養宮中有大家，紅牌家法敦詩禮。
太液春濃玩物華，兩宮傳語召香車，
龍樓問寢家人禮，鳳輦陪遊帝女花。
百花風底妝初靚，並立瓊軒去定省，
萬方多難不知愁，愛日綿綿蓬壺靜。
六龍御宇萬民懽，昭雪忠良罪不寬，
一意平遼思頗牧，用心弭盜恤饑寒。
聖明天子治安切，一日萬幾勵憂惕，
有君如此嘆才難，十七年中五十易。
金牀玉几隱痌瘝，寇盜紛紛事大難，
三峽烽烟橫劍閣，二陵風雨下潼關。
西南鼓角連湖廣，平臺召對求忠讜，
各道疆臣盡苟安，更番宰輔猶朋黨。
督師慷慨枕金戈，飲馬長城喋血多，
一出國門成萬里，蒙恬王翦恨如何。
官家從此心懷惡，憔悴深宮慘不樂，
滿地江湖鴻雁來，中原野哭連河朔。
貴妃犟笑解憂勞，小閣薰香侍退朝，
為有溫存承雨露，轉將歡笑慰嬌嬈。
頻年憂國勤宵旰，今年再報河南亂，
此日重尋盧象昇，當時錯殺袁崇煥。
君王內顧復吞聲，玉樹彫傷憶悼靈，
每為望思傳減膳，更憐多病惜傾城。
傾城思子啼羅綺，玉骨支離扶不起，
擁膝恩深問暖寒，捧心愁絕慵梳洗。
雪衣慘澹咒離魂，鈿盒悽涼誓連理。
中元風露最淒清，夕殿衾寒聖主情，
三十六宮都見月，甘泉夜醮到天明。
上陽花草千門鎖，寒食清明憶燈火，
日暖長楊侍輦遊，風明絮閣吹笙坐。
雲鬟不覩像生花，晶盤誰進江南果，
兵馬悠悠意惘然，玉環如在若為憐，
君王莫自歌長恨，死別無多祇二年。
桑乾河上鬼夜哭，甯武關頭烏啄肉，
大星如月落前軍，西路烟塵如破竹。
中宮進饌慘無歡，相對天顏淚不乾，
皇帝比來何太瘦，欷歔舉箸勸加餐。
廣甯門外昏塵霧，南內驚聞漁陽鼓，
臨朝不見一人來，九廟沉沉哭太祖。
夜呼皇子換衣裳，慘對髫齡教出亡，
此去明知成死別，撫摩憐惜斷肝腸。
皇子出宮狂呼酒，只有承恩依左右，
此時神鬼盡呼號，三尺龍泉提在手。
酒酣起入壽甯宮，宮門月黑蕭蕭風，
可憐皇帝憂勤事，都在椒房涕淚中。
椒房涕淚問朝事，今日何須庇妻子，
我家半壁有陪京，事尚可為胡留此。
君王回顧淚潸然，骨肉今當速成全，
自古國君殉社稷，我行在後卿請先。
皇后逡巡起承旨，袁妃再拜謝賜死，
此時兩主入宮門，痛絕驚魂不能視。
生兒殺兒兒莫嗟，奈何生我帝王家，
何如從母全家死，地下相隨伴阿爺。
兒生從父死從母，國破家亡敢獨後，
他生不到貴人家，來世願為太平狗。
君王拔劍淚如線，欲斫不斫走繞殿，
后妃浴血在一旁，姊妹牽衣齊掩面。
雪膚花貌化遊魂，珠簾玉砌殷紅濺。
此時鐘鼓報黎明，棄劍擲地酒亦醒，
草草出宮一回首，宮中白骨堆縱橫，
昭陽恩愛一朝絕，錦繡山河不獨生。
步上煤山紅閣裡，四顧宮城烽火起，
兆民何罪在朕躬，遺詔書襟猶罪己。
花裡君臣畢命時，閣西第七海棠枝，
鼎湖波靜騎龍去，三日人間盡不知。
皇子難容外家第，長平五日還魂異，
倉皇扶入武安家，血肉糢糊埋玉臂。
滿座王侯狗尾新，茶棚哭臨但平民，
公卿認賊呼天子，不及黃門一寺人。
凝碧池頭齊拜舞，金甌已破何人補，
貂蟬朝士盡從龍，袍袴宮人能刺虎。
三桂回軍赴杏山，遼東廷哭乞師還，
八旗壯士風雲會，王氣東來山海關。
王氣東來賊西走，掃蕩豺狼定九有，
兩朝禪嬗非戰爭，天下得之流寇手。
甲申三月大明亡，甲申五月清祚昌，
弔民伐罪上尊謚，詔令天下皆持喪。
草間穿塚餘父老，百姓哀思皇帝好，
非如輿櫬李重光，豈是降旛陳叔寶。
四海欣看迎梓宮，長陵左纛制何崇，
大哉周室封箕子，邈矣炎劉祀魯公。

有詔封侯世奉祭，賜爵延恩同帶礪，
似聞公主在民間，早選清才似王濟。
流離皇子在泥塗，如此風霜定有無，
萬里死生斷消息，思皇骨血此遺孤。
上書削髮詔不許，此是吳王偏憐女，
便爲蕭郎築鳳臺，好教弄玉隨仙侶。
犢車魚笏滕乘鑾，駙馬威儀是漢官，
看到樂昌圓破鏡，高皇龍種盡平安。
鍾陵天判雲中下，人間猶看天孫嫁，
沁水田園內府錢，叢鈴碎珮銀潢夜。
周郎才調復温存，夜擁春寒話返魂，
九死未能酬故國，再生獨得荷新恩。
金根玉勒紫駝釜，新築平陽公主府，
夫婿青春比翼歡，哀家方寸攣鬌苦。
國破山河滿眼中，朝朝啼淚唾壺紅，
妝樓猶見含章樹，腸斷新恩出故宮。
春風秋雨愁懍獨，翠袖單寒臥金屋，
都尉明年賦悼亡，吹簫鶴市哀相續，
靈藥難教再返生，舊臣遺老俱顰蹙，
紫玉魂來陰火紅，窮泉應見先皇哭。
温明秘器下東國，新賜墓田鄉杜曲，
招魂猶上樂遊原，紅葉無情溝水綠，
桃花開到殯宮深，落日牛羊辨陵谷。
本朝開國祭明良，武國旌旗捲八方，
收拾人心功第一，六軍縞素祭懷王。
當時盛德邁湯武，三百年來置陵戶，
銀海沉沉金雁飛，行人爭拜昭陵土。
金粟堆前松柏哀，淒涼弓劍已塵埃，
熊羆夜守翠微靜，玉馬晨趨風雨來。
煤山花發鶯啼曉，城闕陰陰閉煙草，
野史方嗟明故宮，遊人又說唐天寶。
神武門前清水流，玉河車馬去悠悠，
衣冠文物都消歇，尚有詩人一二留。
前朝興廢悲異代，後人憑弔前人再，
莫問王孫事已非，可憐帝子家何在。
天壽山高萬壑深，杜鵑啼遍十三陵，
人間誰詠長平曲，萬歲千秋望帝心。

錄長平公主曲竟，茲就雲史所言清朝對明朝兩大恩惠言之。清廷入關之初，封遼王後爲「延恩侯」，司明陵祭掃與清相終始。最奇者，在清亡之後，最後一代「延恩侯」朱承煜仍以遺臣自居，不思漢族之光復中原，乃光復明朝之疆土。再據歷史詳考，遼王亦無子孫在關外被掠，是知延恩侯並非朱明後裔，其人是否姓朱，亦不可知矣。至雲史謂清室待明代子孫之厚，更非事實，茲舉一野史，以駁其說。

清人李芳遠著張先生傳，記述崇禎帝第三子定王被殺事頗詳，茲錄於下：

戊子（即康熙四十七年）四月初三日，予方與先生在書房陳黑白子以相娛，即有軍廳高公，邑令張公，率營兵官役，將先生父子同予鎖拿，予茫然不知其何故也。星發電馳，解赴省城。撫軍（即省主席）坐後堂，左右列藩臬兩司，旁無一役。先問予曰：「你是李某，曾做過饒陽縣官嗎？予曰是。你既讀書爲官，當知法理，爲何窩藏朱某，爲不軌事。予曰：予家只知讀書，門外之事亦不與聞，不知誰爲朱某，從不敢作犯法事。撫軍曰：你家教書先生是何人？予曰先生姓張，名用觀，係南方人，於二十年前，在東平州張家設教，曾認識。後於前年十二月，伊父子來至吾家，諄諄尋館度日，予有孫數人，從他讀書。至於朱某不法事，並不曉得。撫軍曰：他在南方姓王，山東姓張，你不知嗎？予曰一毫不知。又喚先生父子至問曰：你是什麽人。曰：吾乃前朝皇子朱慈煥，原封定王。事到今日，不得不說實情。又問曰：你何以去浙江？曰：崇禎十七年流寇圍困京城，先皇帝交於王內官往民間藏匿。及城破，王內官獻之闖賊。闖賊又交於杜將軍。未幾吳三桂同清兵殺敗流賊，各自奔逸。賊中有一毛將軍者，帶吾至河南地方，棄馬買牛，種地年餘，清朝查捕流賊緊急，伊遂拋吾而逃。吾時年甫十三，自往南行，至鳳陽遇一老鄉紳王姓者，曾爲先朝諫官，彼詢根由，執手悲泣，留在伊家，予遂改姓王，偕伊子同學讀書。又數年而王官病故，吾年十八九，乃從江而南，舉目無親，煢煢莫告，到一禪林大士前，削髮爲僧，苟延歲月，偷生度日。後遊於浙，止一古剎中。有胡姓者，餘姚人也，亦明時宦裔，偶來寺中，與我談經論文，愕然大咤曰：子有如此才學，何爲流於空門。乃延至其家，改換衣帽，勸吾蓄髮。伊居室之旁，有小園半畝，茅屋數間，俾吾住其中，後又以女妻焉，此吾所以爲浙人王某也。撫軍曰：今有江南兩處叛案，皆稱扶爾爲君，恢復明朝，爾往浙中質之。時四月初六日也。當日撫軍將口供繕寫題奏，即將先生同予，起解南行，騾轎四乘，解官數員，一東兗道蕭，一撫標大廳陳，一都司長並守備千把等，統領馬步兵數百，及沿途接者，日有千人，舉目視之，隊伍交雜，林林總總，前後擁護，予心惶惶，如在夢中矣。十四日振海將軍之戰艦滿兵，較之陸路，赫赫加倍焉。二十二日到杭州，在貢院質審，上坐者欽差少宰穆丹，次鎮杭將軍，次兩江總督，次浙閩總督，次蘇撫于，次浙撫王，共六位大人。問先生曰：你是王士元嗎？先生曰：吾本姓朱，名慈煥，改名王士元是實。又問曰：你既是朱某，朝廷待你不薄，何爲謀反？曰：吾數十年來改易姓名，冀以避免禍耳。今上有三大恩於前朝，吾感戴不忘，何嘗謀反。又問：什麽三大恩。曰流賊亂我國家，今上誅滅流賊，與我家報仇，一也。凡我先朝子孫，從不殺害，二也。吾家祖宗墳塋，今上躬行祭奠，命人洒掃，三也。况吾今七十五歲，血氣已衰，鬢髮皆白，乃不作反於三藩變亂之時，而反於清寧無事之日乎？且所謂謀反者，必占城池，積草屯糧，招兵買馬，打造盔甲，吾曾有一於此乎？吾因年荒米貴，在山東教書度日通衢，密邇京師，尙敢有謀反之事乎？大人曰：現在大嵐山叛賊張某，口稱保你，何得强辯。遂帶張賊至，時予與先生同在案前。問曰：你認誰是朱某。張熟視曰：都不認的。又問：你前供扶助朱某，如何今日又說不認得？張賊曰：原是假他名色，以鼓動人，委實不認識也。遂將予與先生收入囹圄中，既而江南解一和尙至。和尙者太倉奸僧也，素行不端，曾鑄假幣，僞造定王劄符散給愚人，煽惑作亂，乃提先生對證，又云不相識。奏上部覆命下，判語曰：朱某雖無謀反之事，未嘗無謀反之心，應擬大辟，以息亂階。細詢李某堅供不知情。然在伊家捉獲，且住有年餘，說不得不知情，合以知情而不出首之例流徙三千里。案定後，予蒙恩簽發寧古塔，而先生則於是年冬棄市矣。先生家在餘姚，有一妻二子三女一媳，聞事發捕捉，遂一家投案，六命俱盡云。

根據李芳遠之「張先生傳」可知清室對明裔之忍，定王慈烱（李芳遠文說爲慈煥，慈煥乃崇禎帝第五子，早殤，追謚悼靈王，明史有傳。）流落民間隱姓埋名凡六十五年，雖各地義師及吳三桂起兵均以「朱三太子」爲號召，但定王無動於中，未參與任何反清活動。清室明知其無謀反之事，却稱其有謀反之心，以之入人罪，烏乎可？

近年面世之清代檔案，知被誅朱氏子孩，並非定王一家，清室當時之政策，則「女留男不留」，雖强褓中男嬰亦必處死，務使朱氏絕後，其計甚毒，但對女性則故示寬大，長平公主即其一例。雲史竟稱頌清室仁厚，若非對鼎革之事毫無所知，即有意維護，非信史也。

下期精采文章預告

一、立委胡淳以身相「詢」：

國民政府立法委員胡淳，於本初在立法院提出質詢，指出當前國營事業中的貪污情事；而胡委員忽於本年五月因心臟病發作而逝世。此事雖轟動台灣朝野，但台灣報章却不敢詳加披露。本刊已獲得此事件的翔實資料，定於下期發表。

二、細說「長征」：

龍吟所著，細說「長征」，爲現代史長篇，前在本刊連載，深獲好評。惜作者事忙，以致中斷；有勞讀者函電交催，深以爲歉！現又蒙作者允於下期繼續供稿，謹向讀者預告。

天聲人語

無病吟

陳藩遺作

一

家國飄零逐燕飛，猶聞帶礪話依稀，翠華東渡波如咽，代馬南侵蝍不肥；薇薄首陽花濺淚，歌殘凝碧露沾衣，長安日遠孤臣識，俯仰乾坤萬象非。

二

碧血黃埃一鞠塵，英雄兒女共沾巾，生逢板蕩空持節，死結纓旄肯帝秦，天地流形成正氣，風雷變色見情眞，凌雲枉負平生志，長使江濤泣鬼神。

三

海市棲遲學避秦，天涯寥落夢中身，月明幾度懷環珮，風動無端惜藻蘋；未必穿花皆蝶戀，原知鑄錯亦蘭因，金戈紅粉催人老，欲借銀河洗俗塵。

四

畫圖省識總銷魂，話盡滄桑記淚痕，柳岸浣紗懷舊宅，梨花隔院憶侯門；襄王雲雨空尋夢，漢闕琵琶枉被恩，響盡珠盤辨幽怨，依稀飛絮憶江村。

奮勵

王大任

浮世光陰野馬馳，卅年人在鳳凰池，
身逢離亂留詩史，歲値艱危感鬢絲，
前輩風微嗟已渺，中興大業凜茲時，
屯蹇國步休喪志，祖逖聞雞是我師。

孟委員廣厚輓詩

前人

交遊零落感山邱。又報艮朋賦玉樓。
誠潔持躬能有幾。孤忠篤學信無儔。
故鄉夢斷悲紅禍。客路愁多易白頭。
從此牙琴成絕響。黃爐憶昔淚難收。

湯上將恩伯謝世二十年青詞

甲寅六月二十九日爲上將忌辰，僚屬於善導寺設薦，世界畫刊社發行專刊，索題，敬題四首。

丁治磬

一

丹旐飛飛二十年。蛟龍玉匣閟長眠。
一哀部曲平生恨。梵筴聊將告九泉。

二

多時儘有鼓鼙聲。久客精魂意未平。
愁過春花秋便老。雲台烟閣視蓬瀛。

三

力竭三呼更一呼。將軍信是好頭顱。
誓師語壯空成憶。端合威儀付畫圖。

四

吾曹萬死一心人。澒洞猶餘報國身。
不待昆陽助雷雨。羣蒿暧見俊如神。

滿江紅

憶黃花岡

關照祺

三月春光，依然是，飄風烈烈。幾番欲夢，問天無語，寸懷淒絕。夙昔羊城空寄高岡，而今虎穴誰還躡？更那堪、草莽翳家園痛，黃花血。　山河淚，難禁雪；孽。往燕應憐雕棟毀，歸鴻猶認佳城闕。想今來、珠海卷寒潮，聲悲咽。

聲聲慢

春　思

關照祺

神遊赤縣，恨對青峯，林花尙怯春寒。海溢烟雲，御風縹緲優閑。繁華廿年飄逝，算幾囘、尋夢都難。誰又省，只東風誤我，不度蓬山。已空無隻字，餘淚斑斑。試看詩囊依舊，花前猶唱關關。堪憐落英幾片，逐溪流、似怨凋殘。空嘆息，恁韶光、孤負者番。

北中呂山坡羊四章

盧元駿

一、晨　行

晨曦初上。溪山無恙。茫茫大地籠紗帳。鳥喧簧。樹流蒼。者般清景眞堪賞。昂首徐行任嘯狂。雲，伴我翔。入我膛。

二、雨　中

雲烟飄盪。雨風飄盪。千重山色掀青浪。瀑飛揚。澗汪洋。人間盡作琉璃樣。俯仰隨心轉四方。東，也是泱泱。西，也是泱泱。

三、晴　時

紅霞一線。山容乍轉。半輪纏吐光千片。樹翻鮮。草騰妍。朦朧大地春煦遍。信步晨郊最曠然。花，舞我前。煙，捲我前。

四、陰　天

陰霾天氣。烟飛雲曳。四圍山黯溪流激。磬聲低。鐸聲凝。沉沉壓得人兒碎。我却長行欲起頹。心，闖出了煦。天，掛上了霓。

五、竹林中

幽篁道上：青巒在望。林間疇畔都空曠。菜花香。澗泉長。清氤滌我塵囂想。扶杖朝朝踏曙光。心，也健康。身，也健康。

六、登指南宮

青蘿夾道。蒼崖飛瀑。白雲冉冉爭相導。路非遙。磬殷招。瑤階拾級心先到。倚檻晨風把鬢搔。登，與自饒。歸，韻却迢。

編餘漫筆

西德前總理阿登諾博士，為二次大戰後第一政治家，關德懋先生記述與阿氏交往，關乎近代歷史，意義重，本刊向不刊登外國名人傳記，今亦樂為破例，並向關先生致謝。

火燒長沙事件，為抗戰期中一大奇案。本文作者當時服務於第九戰區長官部，担任調查室主任，兼管軍事情報，是參與處理長沙大火事件，審判酆悌等案的當事人之一，所記為第一手資料，特選載以饗讀者，並明眞相。

吳相湘教授「七七事變眞史」，秉史家之筆，記本世紀以來關乎中華民族命運的關鍵大事。自上期刊登，極為讀者讚譽，本期續完。今後本刊決定多選此類文章。

「安陽保衛戰紀實」是眞眞第一手資料，今日而談此役，讀者可能不太措意，不知安陽之守，要為戡亂之戰一大奇蹟，勝利後，共軍全面叛亂，進攻政府區，先圍攻孤立無援之據點，前後約五年時間，凡共軍包圍之城，無不攻下，堅強如太原，守到最後一分鐘，全城黨政官員自戕以殉，震動中外，但太原仍然陷落，此固由於太原目標太大，共軍志在必得，但亦看出當時共軍攻勢之強，無人能長期堅守一點而不墜者，初期雖有歸德、包頭、大同、阜陽、四平街各處，均能堅守不失，尤以四平街之戰最為慘烈，但雙方交戰時間甚短，援軍又很快到達解圍。至於始終沒有援軍，堅守孤城至最後者，只有兩處，一處是二十二軍守大同（軍長姓左，記不起名字），一處便是李振清四十軍始而守安陽，繼而守新鄉了。但二十二軍在最後終於開城投降，李振清則守到最後，仍能率領官民衝破重重包圍，退至台灣，此項成就即求之歷史亦少見，近代更絕無矣。

李將軍遷台後一度任澎湖防守司令官，退役後在台北近郊天母開一間小型的士公司，名「故宮計程車行」，淡泊自甘。筆者去台北，經常乘「故宮」之車，惜乎未能一晤，暢談守安陽，新鄉舊事。李將軍功績得劉先生此文以彰，是最值得欣慰之事。

「四川淪陷之回境」亦是眞實史料，著者久歷戎行，內參機要，外典重兵，對當時情況知之甚詳，論斷尤其公平，國家興亡有時眞不知其然，當事人固然莫名其妙，史家有時亦感不解，但勝利後兵心民心之失，與裁軍有最大關係，此事已成定論，不必細述。

杜奎英教授係筆者同學，其人之品德為近代知識分子所少見，而學識尤非儕輩可及，同學時筆者就以為師，彼此為布衣昆季之交，不啻手足，以才人不壽，古今同慨！特刊此文，以悼故人，而誌哀思。

編者

掌故月刊訂閱單

姓名（請用正楷）中英文均可			
地址（請用正楷）中英文均可			
期數及金額	一年		
	港澳	台灣	海外
	港幣二十四元正	台幣二百四十元	美金八元
	平郵免費・航空另加		
	自第　期起至第　期止共　期（　）份		

請將本單同欵項以掛號郵寄香港九龍旺角郵局信箱八五二一號

英文名稱地址：

The Journal of Historical Records
P. O. Box No. 8521, Kowloon
Mongkok Post Office, Hong Kong.

掌故（十）

數位重製・印刷　秀威資訊科技股份有限公司
https://www.showwe.com.tw
114 台北市內湖區瑞光路 76 巷 65 號 1 樓
電話：+886-2-2796-3638
傳真：+886-2-2796-1377
劃　撥　帳　號　19563868　戶名：秀威資訊科技股份有限公司
讀者服務信箱：service@showwe.com.tw
網　路　訂　購　秀威網路書店：http://store.showwe.tw
國家網路書店：http://www.govbooks.com.tw

2020 年 7 月
全套精裝印製工本費：新台幣 35,000 元（全套十二冊不分售）

Printed in Taiwan　ISBN:9789863268130 CIP:856.9

本期刊僅收精裝印製工本費，僅供學術研究參考使用

ISBN 978-986-326-813-0